GRA O TRON

Cykl

PIEŚŃ LODU I OGNIA

GRA O TRON

STARCIE KRÓLÓW

NAWAŁNICA MIECZY

Tom I. Stal i śnieg

Tom II. Krew i złoto

UCZTA DLA WRON

Tom I. Cienie śmierci

Tom II. Sieć spisków

George R.R. Martin

GRA O TRON

Tłumaczył Paweł Kruk

ZYSK I S-KA
WYDAWNICTWO

Tytuł oryginału *A Game of Thrones*

Wydanie przejrzał i poprawił
Michał Jakuszewski

ISBN 978-83-7506-729-3

Zysk i S-ka Wydawnictwo
ul. Wielka 10, 61-774 Poznań
tel. 61 853 27 51, 853 27 67, fax 852 63 26
Dział handlowy, tel./fax 61 855 06 90
sklep@zysk.com.pl
www.zysk.com.pl

Dla Melindy

PROLOG

— Powinniśmy wracać — nalegał Gared, kiedy las zaczął pogrążać się w mroku. — Dzicy nie żyją.

— Czyżbyś bał się zmarłych? — spytał ser Waymar Royce z cieniem uśmiechu na ustach.

Gared nie dał się sprowokować. Był mężczyzną w sile wieku, skończył pięćdziesiąt lat i widział już niejedno paniątko; większość z nich przychodziła i odchodziła.

— Zmarli to zmarli — oświadczył. — Nic nam do nich.

— Czy oni rzeczywiście nie żyją? — dopytywał się Royce. — Jakie mamy dowody?

— Will ich widział — powiedział Gared. — Jeśli on twierdzi, że oni nie żyją, to ja mu wierzę.

Will domyślał się już wcześniej, że prędzej czy później wciągną go do swojej kłótni. Pragnął jednak, by nastąpiło to później.

— Moja matka opowiadała mi, że zmarli nie mają głosu — wtrącił.

— Moja niańka mówiła to samo, Will — odpowiedział Royce. — Nie wierz w nic, co ci opowiadają przy piersi. Istnieją rzeczy, których można się nauczyć nawet od zmarłych. — Jego głos odbił się echem w pogrążającym się w mroku lesie.

— Przed nami długa droga — zauważył Gared. — Osiem dni, może dziewięć, a już zapada noc.

Ser Waymar zerknął na niego obojętnie.

— Codziennie zapada mniej więcej o tej samej porze. Gared, czyżbyś bał się ciemności?

Will widział ściągnięte usta Gareda i błyski gniewu w jego oczach schowanych pod czarnym kapturem grubego płaszcza. Od czterdziestu lat Gared służył w Nocnej Straży i nie przywykł, by traktowano go lekceważąco. Ale nie tylko o to chodziło. Will wyczuwał jeszcze coś pod zranioną dumą starca. Można było to wyczuć niemal namacalnie; nerwowe napięcie graniczące ze strachem.

Will podzielał ten niepokój. Od czterech lat służył na Murze. Kiedy po raz pierwszy wysłano go na zewnątrz, w jednej chwili przypomniał sobie wszystkie dawne opowieści, że aż go zemdliło. Później wydawało mu się to śmieszne. Teraz miał już za sobą ze sto wypraw i niestraszne mu było ciemne odludzie. W ten sposób południowcy nazywali nawiedzany las.

Tak było aż do dzisiaj, ponieważ tego wieczoru było inaczej. Opadająca na las ciemność sprawiała, że czuł dreszcz na całym ciele. Przez dziewięć dni jechali na północ, potem na północny zachód i znowu na północ. Oddalali się coraz bardziej od Muru w pogoni za bandą dzikich grabieżców. Każdy kolejny dzień stawał się bardziej nieznośny od poprzedniego. Dzisiejszy okazał się najgorszy ze wszystkich. Liście szeleściły niczym żywe stworzenia, poruszane wiejącym z północy zimnym wiatrem. Przez cały dzień Will miał wrażenie, że coś ich obserwuje, coś zimnego i nieustępliwego, co z pewnością nie darzyło go sympatią. Gared podzielał jego odczucia. Will pragnął, by jak najszybciej popędzili i schronili się za bezpiecznym Murem, lecz nie mógł tego powiedzieć swojemu dowódcy.

A już na pewno nie takiemu dowódcy.

Ser Waymar Royce był najmłodszym synem starego rodu posiadającego zbyt wielu przodków. Był przystojnym, osiemnastoletnim mężczyzną o szarych oczach i niezwykle szczupłej sylwetce. Rycerz patrzył z góry ze swojego czarnego rumaka na Willa i Gareda, którzy jechali na drobniejszych koniach. Ubrany był w czarne skórzane buty, czarne wełniane spodnie, czarne rękawice z kreciej skóry i wspaniałe okrycie, które stanowiła czarna lśniąca kolczuga nałożona na warstwy czarnej wełny i garbowanej skóry. Ser Waymar służył w Nocnej Straży od niespełna pół roku, lecz nie można było powiedzieć, że nie przygotował się do swojego zajęcia. Przynajmniej jeśli chodzi o stroje.

Szczególnego blasku dodawało mu jego futro z soboli: czarne jak noc, grube i miękkie niczym grzech. „Założę się, że sam je wszystkie pozabijał — mówił wcześniej Gared do swoich towarzyszy przy winie. — Pewnie poukręcał im łby nasz dzielny wojownik". Roześmiali się razem z nim.

Trudno jest przyjmować rozkazy od człowieka, z którego śmiejesz się za jego plecami, pomyślał Will, dygocąc na grzbiecie swojego konia. Gared pewnie czuł to samo.

— Mormont powiedział, że mamy ich wytropić, i tak zrobiliśmy — odezwał się głośno Gared. — Nie żyją. Nie będą nas więcej niepokoić. Przed nami ciężka droga. Nie podoba mi się ta pogoda. Jeśli spadnie śnieg, powrotna podróż może potrwać nawet i dwa tygodnie, a śnieg to najmniejsze zło, jakiego należy oczekiwać. Mój panie, czy widziałeś kiedyś lodową burzę?

Młody rycerz wydawał się nie zwracać na niego uwagi. Wpatrywał się w zmrok z miną na wpół znudzoną, na wpół roztargnioną, dobrze znaną jego podwładnym. Will jeździł z nim wystarczająco długo, by nauczyć się, że w takiej chwili lepiej mu nie przerywać.

— Will, opowiedz mi jeszcze raz, co widziałeś. Dokładnie, niczego nie opuszczaj.

Przed wstąpieniem do Nocnej Straży Will był myśliwym. A dokładniej mówiąc, kłusownikiem. Wolni Mallistera przyłapali go na gorącym uczynku w lesie swojego pana, jak ściągał skórę z kozła, tak więc miał do wyboru: przywdziać czarny strój albo stracić rękę. Nikt nie potrafił poruszać się po lesie równie cicho jak Will, o czym szybko przekonali się jego czarni bracia.

— Obóz znajduje się dwie mile stąd, tuż za wzgórzem, nad strumieniem — powiedział Will. — Podkradłem się najbliżej, jak tylko mogłem. Jest ich ośmioro, mężczyźni i kobiety. Dzieci nie widziałem. Postawili szałas przy skale. Śnieg prawie całkiem go przykrył, ale ja zauważyłem. Nie palili ognia, lecz wyraźnie widziałem wykopany dół. Nikt się nie poruszył. Długo ich obserwowałem. Żywi nie wytrzymaliby tak długo, nie poruszając się.

— Widziałeś krew?

— Nie — przyznał Will.

— A jakąś broń?

— Miecze i łuki. Jeden z nich miał topór. Wyglądał na ciężki, z podwójnym ostrzem. Okrutna broń. Leżał na ziemi, tuż przy jego ręce.

— Zwróciłeś uwagę na ułożenie ciał?

Will wzruszył ramionami.

— Dwoje z nich siedzi pod skałą, a pozostali leżą na ziemi. Jak zabici.

— Albo pogrążeni we śnie — zauważył Royce.

— Zabici — upierał się Will. — Na drzewie, wśród gałęzi, dostrzegłem kobietę. Pewnie stała na straży. — Uśmiechnął się słabo. — Pilnowałem się, żeby mnie nie zobaczyła. Ona także się nie poruszała. — Nie potrafił opanować drżenia.

— Masz dreszcze? — spytał Royce.

— Trochę — mruknął Will. — To z zimna, panie.

Młody rycerz zwrócił się w stronę siwego zbrojnego. Ścięte mrozem liście zaszeptały dookoła, a rumak Royce'a skoczył niespokojnie.

— Gared, jak myślisz, co ich mogło zabić? — spytał obojętnym głosem ser Waymar. Otulił się szczelniej swoim długim czarnym futrem.

— Chłód — odpowiedział Gared zdecydowanym głosem. — Zeszłej i poprzedniej zimy, kiedy byłem jeszcze prawie chłopcem, widziałem, jak ludzie zamarzali z zimna. Ludzie opowiadają o zaspach głębokich na czterdzieści stóp i o wiejącym z północy lodowatym wietrze, lecz prawdziwym wrogiem jest chłód. Skrada się ciszej niż Will; najpierw trzęsiesz się, dzwonisz zębami i tupiesz, marząc o grzanym winie i miłym ognisku. Potem chłód przenika cię, wypełnia twoje ciało i nie masz już siły z nim walczyć. Łatwiej jest po prostu usiąść albo położyć się spać. Podobno na końcu nie czujesz bólu. Słabniesz i ogarnia cię senność; wszystko zamazuje się i czujesz, jakbyś tonął w morzu ciepłego mleka. Ogarnia cię błogi spokój.

— Cóż za wymowność — zauważył ser Waymar. — Nie podejrzewałem cię o coś takiego.

— Paniczyku, ja zaznałem podobnego chłodu. — Gared ściągnął z głowy kaptur, odkrywając okaleczone miejsca, w których kiedyś miał uszy. — Uszy, trzy palce u nóg i mały palec lewej dłoni. Miałem szczęście. Mój brat zamarzł na warcie z uśmiechem na ustach.

Ser Waymar wzruszył ramionami.

— Powinieneś się cieplej ubierać, Gared.

Gared rzucił młodemu rycerzowi gniewne spojrzenie, a blizny wokół otworów po uszach, które obciął mu maester Aemon, zaogniły się od gniewu.

— Zobaczymy, jak ciepło się ubierzesz, kiedy przyjdzie zima. — Nasunął na głowę kaptur i wtulił głowę między ramiona, pogrążając się w ponurym milczeniu.

— Skoro Gared twierdzi, że to zimno... — zaczął Will.

— Will, pełniłeś warty w zeszłym tygodniu?

— Tak, panie. — Przecież nie było tygodnia, żeby nie wychodził na kilkanaście cholernych wart. Do czego on zmierzał?

— Jaki był wtedy Mur?

— Wilgotny, kapało — odpowiedział Will, marszcząc czoło. Teraz zrozumiał, o co chodzi rycerzowi. — Nie mogli zamarznąć, skoro Mur płakał. Nie było jeszcze aż tak zimno.

Royce mu przytaknął.

— Bystry chłopak. W zeszłym tygodniu mieliśmy trochę przymrozków, trochę też popadał śnieg, ale z pewnością nie nadeszły jeszcze mrozy, które by zabiły ośmioro dorosłych ludzi. Ludzi ubranych w skóry i futra, mających schronienie i możliwość rozpalenia ogniska. — Rycerz uśmiechał się pewny siebie. — Will, zaprowadź nas tam. Chcę zobaczyć tych nieżywych na własne oczy.

Teraz już nie było rady. Został wydany rozkaz, a honor nakazywał go wypełnić.

Will jechał na przedzie; jego kudłaty, drobny wierzchowiec stąpał ostrożnie przez splątane zarośla. Poprzedniej nocy spadł niewielki śnieg i przykrył kamienie, korzenie i zagłębienia czyhające na nieostrożnych jeźdźców. Za nim podążał ser Waymar Royce na swoim ogromnym czarnym rumaku, który prychał niecierpliwie. Nie był to najlepszy koń na pościg, tylko kto powie o tym paniątku. Za nim jechał Gared. Stary żołnierz mruczał do siebie pod nosem w czasie jazdy.

Zapadał coraz większy zmrok. Bezchmurne niebo przybrało kolor ciemnej purpury, barwę starego siniaka, a potem sczerniało. Ukazały się pierwsze gwiazdy, półksiężyc. Źródła światła, które ucieszyły Willa.

— Możemy jechać szybciej — powiedział Royce, kiedy ujrzeli całą tarczę księżyca.

— Nie na tym koniu — odparł Will. Strach sprawiał, że stawał się zuchwały. — Może pojedziesz przodem, mój panie.

Ser Waymar Royce nie raczył odpowiedzieć.

Gdzieś w głębi lasu rozległo się wycie wilka.

Will zatrzymał konia pod wykrzywionym starym grabem i zsiadł z niego.

— Dlaczego się zatrzymujesz? — spytał ser Waymar.

— Lepiej będzie, jeśli dalej pójdziemy pieszo. To już za tamtym wzgórzem.

Royce siedział przez chwilę nieruchomo ze wzrokiem utkwionym w dal. Zimny wiatr zaszeptał w koronach drzew. Jego obszerne czarne futro z soboli poruszyło się, jakby ożyło na moment.

— Coś mi się tutaj nie podoba — mruknął Gared.

Młody rycerz posłał mu szyderczy uśmiech.

— Niby co?

— Nie czujesz? — spytał Gared. — Posłuchaj ciemności.

Will domyślał się, o co chodzi Garedowi. W ciągu czterech lat służby w Nocnej Straży nie bał się tak bardzo ani razu. Co to było?

— Wiatr. Szeleszczące liście. Wilk. Gared, czego boisz się najbardziej? — Nie doczekawszy się odpowiedzi, Royce zsunął się zgrabnie z siodła. Przywiązał mocno wierzchowca do gałęzi zwieszającego się konaru z dala od pozostałych koni i wyciągnął z pochwy długi miecz. Na rękojeści zalśniły klejnoty, a promienie księżycowego blasku ześliznęły się po jego ostrzu. Wspaniały miecz, wykuty w zamkowej kuźni, nowy, sądząc z wyglądu. Will podejrzewał, że jeszcze nigdy nikt nie zamachnął się nim w porywie gniewu.

— Drzewa rosną tutaj bardzo gęsto — ostrzegł go Will. — Twój miecz, panie, może się zaplątać. Lepszy będzie nóż.

— Jeśli będę potrzebował rady, zwrócę się do ciebie — odpowiedział młody lord. — Gared, zostań tutaj i pilnuj koni.

Gared zsiadając z konia, rzekł:

— Zajmę się ogniskiem.

— Jaki z ciebie stary głupiec! Jeśli w lesie czają się wrogowie, to ogień jest ostatnią rzeczą, jakiej nam trzeba.

— Istnieją wrogowie, których można odpędzić ogniem — powiedział Gared. — Niedźwiedzie, wilki i... inne istoty.

— Żadnego ognia. — Ser Waymar zacisnął usta.

Kaptur skrywał twarz Gareda, lecz mimo to Will dostrzegł błysk w jego oczach, kiedy ten spojrzał na rycerza. Przez moment obawiał się, że starzec sięgnie po broń. Był to krótki, brzydki miecz z rękojeścią zniszczoną od potu i ostrzem wyszczerbionym od licznych walk, lecz Will nie miał wątpliwości, co by się stało z paniątkiem, gdyby Gared wyciągnął go z pochwy.

— Żadnego ognia — mruknął Gared, wbijając wzrok w ziemię.

Royce przyjął to za wystarczający dowód uległości i odwrócił się do Willa.

— Prowadź.

Ruszyli przez zarośla, a potem w górę zbocza, aż dotarli na jego grzbiet, skąd wcześniej Will obserwował obcych, ukryty pod drzewem strażniczym. Ziemia pod cienką warstwą śniegu była wilgotna i śliska, pełna zdradliwych korzeni i kamieni. Will wspinał się bezszelestnie. Za to z tyłu dochodziło ciche pobrzękiwanie kolczugi młodego lorda, szelest liści i ściszone przekleństwa, kiedy gałęzie czepiały się jego miecza i futrzanego okrycia.

Bez trudu odnalazł ogromne drzewo strażnicze, którego gałęzie zwieszały się prawie do samej ziemi. Will podczołgał się na brzuchu po śniegu i błocie i spojrzał na pustą polanę.

Serce w jego piersi zamarło. Przez moment nie miał odwagi oddychać. Blask księżyca ukazywał wyraźnie całą scenę: popiół w palenisku, przykryty śniegiem szałas, ogromny głaz i mały, na wpół zamarznięty strumień. Nic się nie zmieniło.

Zniknęły tylko ciała. Wszystkie.

— Bogowie! — Usłyszał za sobą. Miecz przeciął gałąź, kiedy

ser Waymar Royce dotarł na grzbiet wzgórza. Stanął obok drzewa; z mieczem w dłoni oraz w spływającym z ramion i łopoczącym na wietrze futrze tworzył niezwykle malowniczą postać, doskonale widoczną na tle rozgwieżdżonego nieba.

— Na dół! — syknął Will. — Coś tu jest nie tak.

Royce nawet nie drgnął. Spojrzawszy na pustą polankę, roześmiał się.

— Will, zdaje się, że twoi zmarli zwinęli obóz.

Will chciał mu odpowiedzieć, ale nie mógł wydobyć z siebie głosu, nie potrafił znaleźć odpowiednich słów. To niemożliwe. Przesuwał wzrokiem po opuszczonym obozowisku i zatrzymał go na toporze. Ogromny berdysz o podwójnym ostrzu leżał dokładnie w tym samym miejscu, w którym go widział wcześniej. Bardzo cenna broń…

— Wstawaj, Will — rozkazał ser Waymar. — Tam nikogo nie ma. Przestań się chować po krzakach. — Will wykonał niechętnie rozkaz. Ser Waymar obrzucił go spojrzeniem pełnym dezaprobaty. — Nie mam zamiaru wracać do Czarnego Zamku z mojej pierwszej wyprawy jako pokonany. Znajdziemy tych ludzi. — Rozejrzał się dookoła. — Na drzewo. Szybko. Szukaj ognia.

Will odwrócił się bez słowa. Nie było sensu się sprzeciwiać. Wiatr wiał coraz mocniej. Czuł jego przenikliwe zimno. Podszedł do ogromnego, szarozielonego drzewa i zaczął się na nie wspinać. Niebawem ręce miał lepkie od żywicy. Zniknął wśród igieł. Strach wypełniał mu żołądek, niczym nie strawiony posiłek. Szeptem odmówił modlitwę do bezimiennych bogów lasu i wysunął z pochwy swój sztylet. Wspinał się, trzymając go w zębach. Smak zimnego żelaza w ustach dodał mu trochę otuchy.

Nagle z dołu dobiegło wołanie młodego rycerza.

— Kto tam? — Jego głos zabrzmiał niepewnie. Will zamarł w bezruchu, nasłuchując i wytężając wzrok.

Las odpowiedział szelestem liści, szumem lodowatej wody strumienia, pohukiwaniem sowy.

Inni nie wydali najmniejszego dźwięku.

Kątem oka Will dostrzegł jakiś ruch. Blade postacie przemykające przez las. Odwrócił głowę i zdążył zauważyć w ciemności biały cień. Tylko przez krótką chwilę. Gałęzie drzew poruszyły się łagodnie, drapiąc się nawzajem drewnianymi palcami. Will otworzył usta, by ostrzec młodego rycerza, lecz słowa jakby zamarły w jego gardle. Może się mylił. Może to był tylko ptak, odbicie na śniegu, gra księżycowego światła? Nie był pewien, co widział.

— Will, gdzie jesteś? — zawołał ser Waymar. — Widzisz coś? — Obracał się powoli, zaniepokojony, z mieczem w dłoni. Pewnie już ich wyczuł, podobnie jak Will. Nikogo jednak nie było widać. — Odpowiedz mi! Dlaczego zrobiło się tak zimno!

Rzeczywiście ogarnął ich straszny chłód. Will przycisnął twarz do pnia, drżąc. Czuł na policzku lepką i słodką żywicę.

Z ciemności lasu wyłonił się cień. Stanął naprzeciwko Royce'a. Wysoki, chudy i twardy jak stare kości, o skórze białej jak mleko. Kiedy się poruszał, wydawało się, że jego zbroja zmienia kolor; w jednej chwili była biała jak śnieg, w następnej ciemna jak cień, upstrzona cętkami szarozielonej barwy drzew, które migotały nieustannie niczym światło księżyca na wodzie.

Will usłyszał, jak ser Waymar Royce wypuszcza z sykiem powietrze.

— Nie zbliżaj się — rzucił ostrzegawczo młody rycerz. Jego głos załamał się, jak głos chłopca. Odrzucił do tyłu poły czarnego futra, by uwolnić ramię, i ujął miecz w obie dłonie. Wiatr zamarł. Panowało przenikliwe zimno.

Inny bezszelestnie zrobił krok do przodu. Will dostrzegł w jego ręku miecz, jakiego jeszcze nigdy nie widział. Z pewnością nie został wykuty ze stali znanej człowiekowi. Niemal przezroczyste ostrze ożywało w blasku księżyca; oglądany z boku, krystaliczny miecz pozostawał prawie niewidoczny. Wokół jego krawędzi igrało niebieskawe migotanie, upiorny blask. Will wyczuwał, że miecz jest ostrzejszy od brzytwy.

Ser Waymar stanął dzielnie do walki.

— A zatem zatańcz ze mną. — Uniósł broń nad głowę. Jego dłonie drżały, może pod ciężarem oręża, a może z zimna. W tej chwili Will pomyślał, że młody rycerz nie jest już chłopcem, lecz mężczyzną, jednym z Nocnej Straży.

Inny zatrzymał się. Will zobaczył jego oczy: niebieskie, lecz niebieskie taką głębią, jakiej nie znajdzie się w oczach ludzkiej istoty. Ich błękit płonął niczym lód. Oczy Innego spoczęły na uniesionym w górę drżącym mieczu, obserwowały ślizgające się po nim zimne światło księżyca. W Willa wstąpiła otucha, lecz tylko na krótką chwilę.

Wynurzali się z ciemności bezszelestnie. Najpierw dwóch, potem trzech... czterech... pięciu... Być może ser Waymar poczuł towarzyszący im chłód, lecz nie widział ich, nie słyszał. Will powinien ostrzec dowódcę. To było jego obowiązkiem. I jego wyrokiem, gdyby go spełnił. Zadrżał i przywarł mocniej do drzewa.

Blady miecz przeciął powietrze.

Stalowe ostrze ser Waymara wyszło mu naprzeciw. Spotkały się, lecz nie rozległ się dźwięk uderzenia metalu o metal; jedynie ledwie słyszalny, wysoki odgłos podobny do przepełnionego bólem krzyku zwierzęcia. Royce odparował cios, potem następny i odskoczył w tył. Kolejne cięcia i znowu musiał się wycofać. Postacie z tyłu stały nieruchomo i przyglądały się, pozbawione twarzy, milczące, a ich migocące zbroje sprawiały, że pozostawały prawie niewidoczne. Czekały.

Pojedynek toczył się nieprzerwanie i miecze nacierały na siebie co chwilę, Will zaś miał ochotę zatkać uszy za każdym razem, kiedy rozlegał się dziwny, zawodzący zgrzyt. Teraz ser Waymar dyszał ciężko, wyczerpany, a pot z jego czoła parował w blasku księżyca. Ostrze jego miecza pokrywał szron. Inny tańczył ze swoim jasnoniebieskim promieniem.

Wreszcie Royce zasłonił się o sekundę za późno. Blade ostrze przedarło się przez kolczugę pod jego ramieniem. Młody lord krzyknął z bólu. Spomiędzy pierścieni kolczugi wypłynęła krew. Parowała w zimnym powietrzu, a jej czerwone krople wydawały się czerwone jak ogień, kiedy dotykały śniegu. Ser Waymar potarł dłonią swój bok. Rękawica z kreciej skóry ociekała krwią.

Inny powiedział coś w obcym języku, nie znanym Willowi. Jego głos zabrzmiał jak trzask lodu na jeziorze; niewątpliwie była to jakaś drwina.

Ser Waymar poczuł przypływ wściekłości.

— Za Roberta! — zawołał i skoczył do przodu; uniósłszy pokryty szronem miecz, zadał cios z boku. Inny zasłonił się niedbałym ruchem.

Kiedy oba miecze spotkały się, stalowe ostrze pękło.

Nocną ciszę rozdarł przeraźliwy krzyk spotęgowany echem, a długi miecz rozsypał się na setki kawałków, które leciały niczym deszcz igieł. Krzycząc okropnie, Royce opadł na kolana i zakrył oczy. Krew tryskała spomiędzy jego palców.

Przyglądający się podeszli bliżej, jakby na dany znak. W śmiertelnej ciszy miecze wznosiły się i opadały. Zimna rzeź. Blade ostrza przechodziły przez kolczugę, jakby to był jedwab. Will zamknął oczy. Z dołu dochodziły głosy i śmiech ostry jak sople lodu.

Kiedy po długim czasie odważył się wreszcie otworzyć oczy, na polanie nie było nikogo.

Wciąż siedział na drzewie, bojąc się oddychać, a księżyc przemykał powoli po czarnym niebie. Wreszcie, zdrętwiały, zszedł na ziemię.

Ciało Royce'a spoczywało na śniegu, twarzą do ziemi, z jednym ramieniem odrzuconym w bok. Na jego grubym, czarnym futrze z soboli widniały liczne przecięcia. Kiedy tak leżał, widać było wyraźnie, jaki był młody. Zaledwie chłopiec.

Nieopodal znalazł to, co zostało z miecza: kawałek metalu rozerwany i skręcony niczym drzewo uderzone piorunem. Przyklęknął, rozglądając się ostrożnie, i podniósł metal. To będzie jego dowód. Gared wszystko zrozumie, a jeśli nie on, to ten Stary Niedźwiedź, Mormont, i maester Aemon. Czy Gared czeka jeszcze przy koniach? Musi się spieszyć.

Podniósł się. Nad nim stał ser Waymar Royce.

Z jego wspaniałej szaty pozostały strzępy, tak samo jak z twarzy. Odłamek miecza przebił mu lewe oko. Prawe było nadal otwarte. Jego źrenica płonęła niebieskim blaskiem. Oko patrzyło. Will wypuścił z dłoni okruch metalu. Zamknął oczy i zaczął się modlić.

Długie, zgrabne palce musnęły jego policzek i zacisnęły się na jego gardle. Schowane były w rękawicach z delikatnej kreciej skórki, lepkiej od krwi, lecz przeraźliwie zimnej.

BRAN

Ranek był pogodny, lecz zimny, co zwiastowało koniec lata. Wyruszyli o świcie, by zobaczyć egzekucję. Bran, ogromnie podniecony, był jednym z dwudziestu, którzy się na nią udawali. Po raz pierwszy uznano, że jest już na tyle dorosły, by pojechać z panem ojcem i braćmi i obserwować, jak wymierza się sprawiedliwość. Był to siódmy rok życia Brana, a dziewiąty rok lata.

Mężczyznę wyprowadzono już wcześniej przed ogrodzenie niewielkiego grodu wśród wzgórz. Robb sądził, że jest to dziki, zaprzysiężony Mance'owi Rayderowi, Królowi za Murem. Na samą myśl o tym Bran poczuł gęsią skórkę. Przypomniał sobie opowieści Starej Niani. Od niej dowiedział się, że dzicy są okrutni, kradną, mordują i handlują ludźmi. Zadawali się z olbrzymami i wampirami, nocą porywali dziewczynki i pili krew z wypolerowanych rogów. A ich kobiety w czasie Długiej Nocy sypiały z Innymi i rodziły na wpół ludzkie istoty.

Mężczyzna, którego ujrzeli, przywiązany mocno do muru w oczekiwaniu na egzekucję, okazał się jednak stary i wychudzony, niewiele wyższy od Robba. Stracił na mrozie uszy i palec, a ubrany był na czarno, podobnie jak bracia z Nocnej Straży, tyle tylko, że jego odzienie było brudne i postrzępione.

Para z ludzkich i końskich oddechów mieszała się w zimnym powietrzu poranka, kiedy pan ojciec rozkazał odwiązać mężczyznę i przywlec przed ich oblicza. Robb i Jon siedzieli nieruchomo na grzbietach swoich koni ustawionych po obu stronach kuca Brana, który starał się, by wyglądać na więcej niż siedem lat, i udawał, że taki widok nie jest mu obcy. Delikatny powiew wiatru poruszył bramą grodu. Nad ich głowami zatrzepotał proporzec rodu Starków z Winterfell: szary wilkor pędzący przez śnieżnobiałe pole.

Ojciec Brana siedział nieruchomo na koniu, a jego długie brązowe włosy powiewały na wietrze. Miał trzydzieści dwa lata, lecz postarzała go krótko przystrzyżona broda przetykana siwizną. Tego dnia w jego oczach czaiło się ponure spojrzenie, a on sam ani trochę nie przypominał człowieka, który opowiada wieczorem przy ogniu o Erze Herosów i dzieciach lasu. Jakby zdjął maskę ojca, pomyślał Bran, i założył maskę lorda Starka z Winterfell.

W chłodzie poranka zadawano pytania i padały odpowiedzi, lecz później Bran niewiele pamiętał z tego, co zostało powiedziane. Wreszcie pan ojciec wydał rozkaz i dwaj strażnicy przyciągnęli obdartego mężczyznę do pnia grabu na środku placu. Położyli mu głowę na twardym, czarnym pieńku. Lord Eddard Stark zsiadł z konia, a jego podopieczny, Theon Greyjoy, przyniósł jego miecz, Lód. Ów ostrze miał szerokie jak dłoń mężczyzny, a długością przewyższał nawet wzrost Robba. Wykute z valyriańskiej stali za pomocą magii, było ciemne jak dym i bez jakiejkolwiek szczerby.

Ojciec zdjął rękawiczki i podał je Jory'emu Casselowi, kapitanowi gwardii przybocznej. Ujął Lód w obie ręce i przemówił:

— W imieniu Roberta z Rodu Baratheonów, Pierwszego Tego Imienia, Króla Andalów, Rhoynarów oraz Pierwszych Ludzi, wyrokiem Eddarda z Rodu Starków, Lorda Winterfell i Namiestnika Północy skazuję cię na śmierć. — Po tych słowach uniósł miecz wysoko nad głowę.

Jon Snow, brat bękart Brana, przysunął się do niego.

— Trzymaj mocno kuca — szepnął. — I nie odwracaj się. Ojciec zauważy, jeśli się odwrócisz.

Bran trzymał mocno kuca i nie odwrócił się.

Ojciec pozbawił skazańca głowy jednym pewnym cięciem. Krew trysnęła na śnieg, czerwona jak letnie wino. Jeden z koni stanął dęba i trzeba było go mocno trzymać, by się nie spłoszył. Bran nie mógł oderwać oczu od krwi. Patrzył, jak śnieg wokół pnia pije ją łapczywie, zmieniając barwę.

Odcięta głowa odbiła się od korzenia i zatrzymała dopiero tuż przy nogach Greyjoya. Theon był chudym, ciemnowłosym młodzieńcem w wieku dziewiętnastu lat, którego wszystko śmieszyło. Teraz także roześmiał się i kopnął głowę.

— Błazen — mruknął Jon na tyle cicho, by nie usłyszał tego Greyjoy. Położył dłoń na ramieniu Brana, a ten spojrzał na przyrodniego brata. — Dobrze się spisałeś — przemówił Jon z powagą. Jon miał czternaście lat i już nieraz patrzył, jak wymierzano sprawiedliwość.

Kiedy wyruszyli w długą powrotnę drogę do Winterfell, jakby się ochłodziło, chociaż ustał wiatr, a słońce stało wyżej na niebie. Bran i jego bracia jechali daleko z przodu przed całą grupą; jego kuc z trudem nadążał za końmi.

— Dezerter umarł dzielnie — oznajmił Robb. Był rosłym młodzieńcem, który z każdym dniem stawał się większy. Z karnacji podobny do matki: jasna cera, rudawobrązowe włosy i niebieskie oczy Tullych z Riverrun. — Przynajmniej nie okazał się tchórzem.

— Nie — powiedział cicho Jon Snow. — To nie była odwaga. On był śmiertelnie przerażony. Widziałem to w jego oczach. — Oczy Jona były szare, prawie czarne, lecz były to oczy, przed którymi nic się nie ukryło. Jon miał tyle lat, co Robb. Wcale nie byli do siebie podobni. Jon był smukły i ciemnowłosy, Robb muskularny i jasnowłosy; Jon zwinny i pełen gracji, jego przyrodni brat zaś silny i szybki.

Robb nie wydawał się zdziwiony.

— Niech Inni wydrapią mu oczy — zaklął. — Umarł dzielnie. Ścigamy się do mostu?

— Zgoda — odparł Jon i ścisnął piętami boki konia. Robb zaklął i popędził za nim galopem, pokrzykiwał i śmiał się głośno, tymczasem Jon jechał w milczeniu, skupiony. Ich konie wyrzucały kopytami w górę tumany śnieżnego pyłu.

Bran nie próbował ich gonić. Jego kuc nie miał szans z końmi. Jechał wolno, nie przestając myśleć o oczach skazanego mężczyzny, które przedtem zobaczył. Niebawem śmiech Robba umilkł i las znowu pogrążył się w ciszy.

Zamyślony, nie usłyszał, kiedy ojciec i jego świta go dogonili.

— Dobrze się czujesz, Bran? — spytał ojciec, który nieoczekiwanie znalazł się u jego boku.

— Tak, ojcze — odpowiedział. Spojrzał w górę. Jego pan ojciec, owinięty w futra i skóry, patrzył na niego ze swojego ogromnego rumaka niczym olbrzym. — Robb twierdzi, że tamten człowiek umarł dzielnie, ale Jon uważa, że się bał.

— A co ty myślisz? — zainteresował się ojciec.

Bran zastanowił się.

— Czy można okazać dzielność, bojąc się jednocześnie?

— Tylko wtedy można być naprawdę dzielnym — oświadczył ojciec. — Czy rozumiesz, dlaczego to zrobiłem?

— To był dziki — stwierdził Bran. — A dzicy porywają kobiety i sprzedają je Innym.

Jego pan ojciec uśmiechnął się.

— Znowu słuchałeś opowieści Starej Niani. W rzeczywistości ten człowiek złamał przysięgę, zdezerterował z Nocnej Straży. Nie ma ludzi bardziej niebezpiecznych. Dezerter dobrze wie, że jego los jest przesądzony, jeśli da się złapać, dlatego nie cofnie się przed nawet najpodlejszą zbrodnią. Ale mnie nie o to chodziło. Nie pytałem cię, dlaczego on zginął, lecz dlaczego ja muszę robić to osobiście.

Bran nie potrafił odpowiedzieć na to pytanie.

— Król Robert ma kata — rzekł niepewnie.

— Tak — przyznał ojciec. — Podobnie jak jego poprzednicy, Targaryenowie. Lecz my postępujemy według starszych zwyczajów. W żyłach Starków wciąż płynie krew Pierwszych Ludzi. Wierzymy, że ten, kto wydaje wyrok, sam powinien go wykonać. Jeśli chcesz odebrać komuś życie, powinieneś spojrzeć mu w oczy i wysłuchać jego ostatnich słów. Jesteś mu to winien. Kiedy nie masz odwagi tego uczynić, skąd możesz wiedzieć, że ten człowiek zasługuje na śmierć?

Któregoś dnia ty, Bran, zostaniesz chorążym Robba, będziesz zasiadał we własnej twierdzy i sam wymierzał sprawiedliwość. Gdy nadejdzie ta chwila, musisz pamiętać, żeby nie stała się ona dla ciebie przyjemną, lecz też nie wolno ci odwracać wzroku. Władca, który chowa się za płatnym katem, szybko zapomina, czym jest śmierć.

W tym momencie na grzbiecie wzgórza pojawił się Jon. Machając ręką, krzyczał:

— Ojcze, Bran, chodźcie szybko, zobaczcie, co znalazł Robb! — W następnej chwili już zniknął za wzgórzem.

Podjechał do nich Jory.

— Jakieś kłopoty, panie?

— Bez wątpienia — odparł pan ojciec. — Zobaczmy, co tam znowu nabroili moi synowie. — Ruszył kłusem, a Jory, Bran i pozostali pojechali za nim.

Znaleźli Robba na północnym brzegu rzeki. Jon siedział jeszcze na koniu obok niego. Na koniec lata spadły obfite śniegi, dlatego Robb stał w zaspie po kolana z odrzuconym kapturem, tak że słońce odbijało się od jego jasnych włosów. Trzymał coś na rękach. Obaj rozmawiali podnieconymi i ściszonymi głosami.

Jeźdźcy zbliżali się do młodzieńców ostrożnie przez zaspy, starając się wybierać równą drogę na niepewnym gruncie. Pierwsi dotarli do nich Jory Cassel i Theon Greyjoy. Greyjoy jechał, śmiejąc się i żartując. Bran usłyszał, jak tamten wypuszcza z sykiem powietrze.

— Bogowie! — zawołał, próbując utrzymać równowagę na koniu, kiedy sięgnął po miecz.

Jory trzymał już swój w dłoni.

— Robb, odsuń się od tego! — zawołał, a jego koń stanął dęba.

Młodzieniec uśmiechnął się tylko i spojrzał sponad tego, co trzymał na rękach.

— Ona już nic ci nie zrobi, Jory — powiedział. — Zdechła.

Bran czuł rozpierającą go ciekawość. Chętnie pognałby do przodu na swoim kucu, lecz ojciec kazał im zsiąść z koni jeszcze przy moście i dalej pójść pieszo. Bran zeskoczył na ziemię i pognał do przodu. Teraz także Jon, Jory i Theon zdążyli już zsiąść z koni.

— Na siedem piekieł, co to jest? — odezwał się Greyjoy.

— Wilk — rzekł Robb.

— Odmieniec — odpowiedział Greyjoy. — Popatrz, jaki jest duży.

Bran czuł, jak mocno bije mu serce, kiedy przebrnął przez zaspę sięgającą mu do pasa i stanął u boku brata.

Ujrzał ogromną, ciemną postać, martwą i na wpół zagrzebaną w zakrwawionym śniegu. W szarej, kudłatej sierści lśnił lód, a nad zdechłym zwierzęciem unosił się słaby odór zepsucia. Bran dostrzegł robaki pełzające po oczach i pożółkłe zęby w pysku. Największe jednak wrażenie zrobiły na nim rozmiary zwierzęcia. Wilk był większy od jego kuca, dwukrotnie większy od największego ogara z psiarni jego ojca.

— To nie jest odmieniec — oznajmił Jon spokojnie. — To jest wilkor. One są większe od wilków.

— Nie widywano ich od dwustu lat na południe od Muru — wtrącił Theon Greyjoy.

— Teraz jednak widzę — odparł Jon.

Bran oderwał wzrok od potwora i wtedy dokładniej przyjrzał się temu, co Robb trzyma na rękach. Wydał okrzyk radości i podszedł bliżej. Szczenię przypominało kulkę z szaroczarnego futra. Oczy miało jeszcze zamknięte. Popiskując smutno, macało pyskiem ślepo po piersi Robba w poszukiwaniu mleka. Bran niepewnie wyciągnął rękę.

— Śmiało — zachęcił go Robb. — Możesz go dotknąć.

Bran pogłaskał szybko szczenię i odwrócił się do Jona, który powiedział:

— Trzymaj. — Jego przyrodni brat podał mu drugie szczenię. — Jest ich pięć. — Bran usiadł na ziemi i przytulił wilczka do twarzy. Poczuł miękkość i ciepło jego sierści.

— Wilkory w królestwie po tylu latach — mruknął Hullen, koniuszy. — To mi się nie podoba.

— To znak — stwierdził Jory.

Ich ojciec zachmurzył się.

— Jory, to tylko zdechłe zwierzę — powiedział, choć sam wydawał się zatroskany. Kiedy obchodził wilka, śnieg zaskrzypiał pod jego butami. — Czy wiadomo, co ją zabiło?

— Ma coś wbite w gardło — odezwał się Robb, dumny, że potrafi odpowiedzieć, zanim jeszcze spytał go ojciec. — Tam, pod samą szczęką.

Lord Eddard przyklęknął i wsunął dłoń pod łeb zwierzęcia. Potem szarpnął i podniósł rękę wysoko, tak by wszyscy zobaczyli. Trzymał w niej kawałek rogu, oderwaną rosochę umazaną krwią.

Stojący dookoła zamilkli. Patrzyli na rogi z niepokojem i żaden nie śmiał się odezwać. Nawet Bran wyczuwał ich strach, choć nie rozumiał, czego się boją.

Ojciec odrzucił róg i wytarł dłonie o śnieg.

— Dziwi mnie, że przeżyła na tyle długo, żeby się oszczenić — orzekł. Jego słowa przerwały krąg milczenia.

— Może nie przeżyła — powątpiewał Jory. — Słyszałem... może wilczyca zdechła, zanim urodziły się szczenięta.

— Zrodzone z martwych — wtrącił ktoś. — Jeszcze gorzej.

— Nieważne — rzucił Hullen. — One też niedługo zdechną.

Okrzyk rozpaczy zamarł w gardle Brana.

— Im szybciej, tym lepiej — wtrącił Theon Greyjoy, wyciągając miecz. — Bran, dawaj tutaj tę bestię.

Szczenię przytuliło się do niego, jakby rozumiało ludzkie słowa.

— Nie! — zawołał gwałtownie Bran. — On jest mój!

— Odłóż miecz, Greyjoy — rozkazał Robb. Przez moment wydawało się, że przemawia jak ojciec, jak lord, którym kiedyś miał zostać. — Zatrzymamy te szczeniaki.

— Chłopcze, nie możesz tego zrobić — rzekł Harwin, syn Hullena.

— Okażemy serce, zabijając je — dodał Hullen.

Bran spojrzał na pana ojca, spodziewając się pomocy, lecz napotkał tylko jego nachmurzone oblicze.

— Synu, Hullen ma rację. Lepiej zadać im szybką śmierć, niż pozwolić, by zdychały powoli z zimna i głodu.

— Nie! — Odwrócił głowę, czując napływające do oczu łzy. Nie chciał płakać w obecności ojca.

Robb także nie chciał ustąpić.

— W zeszłym tygodniu oszczeniła się ruda suka ser Rodrika —

powiedział. — Przeżyły tylko dwa szczeniaki, więc będzie miała dość mleka.

— Rozerwie je na strzępy, gdy tylko spróbują się przystawić.

— Lordzie Stark — odezwał się Jon. Ten oficjalny ton wywołał zdziwienie. Bran wpatrywał się w niego pełen nadziei. — Znaleźliśmy pięć szczeniaków — kontynuował Jon. — Trzy samce i dwie samice.

— I co z tego, Jonie?

— Ty masz pięcioro dzieci z prawego łoża. Trzech synów i dwie córki. Ta wilczyca jest jakby symbolem twojego Rodu. Los zesłał te szczenięta twoim dzieciom, panie.

Bran zauważył zmianę na twarzy ojca, dostrzegł też spojrzenia, jakie wymienili między sobą stojący dookoła mężczyźni. Poczuł ogromną miłość do Jona. Pomimo swoich siedmiu lat dobrze zrozumiał, czego dokonał jego brat. Liczba zwierząt i ludzi zgadzała się tylko dlatego, że Jon nie wymienił samego siebie. Wspomniał o dziewczynkach, nawet o małym Rickonie, lecz nie wymienił bękarta noszącego nazwisko Snow, nazwisko zwyczajowo nadawane ludziom na północy, którzy mieli pecha urodzić się bezimiennie.

Ojciec szybko zrozumiał.

— A zatem, Jonie, nie chcesz szczenięcia dla siebie? — spytał łagodnie.

— Wilkor widnieje na sztandarze rodu Starków — zauważył Jon. — Ja nie noszę ich nazwiska, ojcze.

Pan ojciec przyglądał mu się uważnie. Robb natychmiast wykorzystał chwilę milczenia.

— Ojcze, sam się zajmę szczeniakiem — wtrącił. — Namoczę ręcznik ciepłym mlekiem i dam mu do ssania.

— Ja też! — krzyknął Bran.

Lord długo mierzył uważnym spojrzeniem swoich synów.

— Łatwo powiedzieć, ale trudniej zrobić. Nie pozwolę, żebyście zawracali głowę służbie. Jeśli chcecie zatrzymać szczeniaki, sami musicie je karmić. Jasne? — Bran przytaknął mu gorliwie. Szczeniak poruszył się i polizał jego policzek ciepłym językiem. — Sami je też wytresujecie — dodał ojciec. — Wy i nikt inny. Obiecuję, że nikt z psiarni nie dotknie nawet palcem tych potworów. Niech was bogowie mają w opiece, jeśli zaniedbacie swoje zwierzęta, odniesiecie się do nich brutalnie albo źle je wytresujecie. To nie są jakieś tam kundle, które będą żebrać o jedzenie i uciekną przed kopniakiem. Wilkor urwie ci rękę z taką samą łatwością, z jaką pies rozrywa szczura. Czy wciąż chcecie je zatrzymać?

— Tak, ojcze — potwierdził Bran.

— Tak — powtórzył jak echo Robb.

— Szczeniaki mogą zdechnąć bez względu na to, jak bardzo będziecie się starali.

— Nie zdechną — zapewnił go Robb. — Nie pozwolimy im zdechnąć.

— A zatem zatrzymaj je, Jory. Desmond, zabierz pozostałe. Czas wracać do Winterfell.

Dopiero kiedy wsiedli na konie, Bran pozwolił sobie zakosztować słodkiego smaku zwycięstwa. Jechał ze szczeniakiem wciśniętym głęboko i bezpiecznie pod ubranie. Zastanawiał się, jak go nazwać.

Kiedy wjechali na most, Jon gwałtownie zatrzymał konia.

— O co chodzi, Jon? — spytał pan ojciec.

— Nie słyszycie?

Bran słyszał wycie wiatru w konarach drzew, stukot końskich kopyt na drewnianym moście i popiskiwania głodnego szczeniaka, lecz Jon nasłuchiwał czegoś jeszcze.

— Tam — powiedział Jon i pogalopował z powrotem przez most. Patrzyli, jak zsiada z konia w pobliżu zdechłej wilczycy i przyklęka. W następnej chwili wracał już do nich uśmiechnięty. — Pewnie odłączył się od pozostałych — uznał Jon.

— Albo został odpędzony — dodał Eddard Stark, spoglądając na szóstego szczeniaka. Ten był zupełnie biały, a oczy miał czerwone jak krew skazańca, który został stracony tego ranka. Bran zauważył zdziwiony, że tylko ten jeden szczeniak otwiera już oczy.

— Albinos — zauważył Theon Greyjoy z wymuszonym uśmiechem na ustach. — Zdechnie jeszcze przed tamtymi.

Jon Snow rzucił chłodne spojrzenie podopiecznemu ojca.

— Nie sądzę, Greyjoy — oznajmił. — On należy do mnie.

CATELYN

Catelyn nigdy nie lubiła tego bożego gaju.

Sama należała do rodu Tullych, który pochodził z Riverrun, położonego daleko na południu, nad Czerwonych Widłami. Tam bożym gajem był ogród, jasny i rozległy, gdzie strzeliste sekwoje rzucały cień na szemrzące strumyki, a w powietrzu przesyconym wonią kwiatów rozbrzmiewały nieustannie ptasie śpiewy.

Bogowie Winterfell mieli dla siebie inny obszar. Było to mroczne, pierwotne miejsce, trzy akry starego lasu, nie tkniętego od dziesięciu tysięcy lat, kiedy budowano wokół niego ponury zamek. Tutaj rosły uparte drzewa strażnicze, uzbrojone w szarozielone igły, potężne dęby oraz graby równie stare jak cała ta ziemia. Ogromne pnie wyrastały tuż obok siebie, a ich splątane konary tworzyły szczelny baldachim, w ziemi zaś wiły się skłębione korzenie. Było to miejsce pogrążone w cieniu i głębokiej ciszy, a zamieszkujący je bogowie nie posiadali imion.

Wiedziała, że tutaj znajdzie męża tego wieczoru. Zawsze kiedy wymierzał sprawiedliwość, potem szukał spokoju w bożym gaju.

Catelyn została namaszczona i otrzymała imię w blasku tęczy, której światło wypełniało Wielki Sept w Riverrun. Ona należała do Wiary, podobnie jak jej ojciec, dziad i pradziad. Jej bogowie posiadali imiona, znała ich twarze równie dobrze jak twarze swoich rodziców. Wielbili bogów wonią kadzidła, kolorami tęcz, które wysyłał siedmioboczny kryształ, i śpiewami. W domu Tullych, podobnie jak w innych wielkich domach, także mieli boży gaj, lecz stanowił on raczej miejsce spacerów, gdzie chodziło się poczytać lub odpocząć na słońcu. Miejscem modlitwy był sept.

Specjalnie dla niej Ned kazał wybudować mały sept, gdzie mogła śpiewać siedmiu twarzom boga. W żyłach Starków płynęła krew Pierwszych Ludzi, a jego bogami pozostali starzy, bezimienni bogowie o nieznanych twarzach, bogowie zielonych lasów, które zamieszkiwali wraz z zaginionymi dziećmi lasu.

Pośrodku gaju, nad małym stawem wypełnionym zimną i czarną wodą, rosło pradawne czardrzewo. Drzewo serce, jak nazwał je Ned. Korę miało białą jak kość, a jego ciemnoczerwone liście przypominały tysiące zakrwawionych dłoni. W pniu wyrzeźbiono twarz, twarz pociągłą i zamyśloną; głęboko wycięte oczy, czerwone od wyschniętych soków, sprawiały wrażenie czujnie obserwujących. Stare to były oczy, starsze od samego Winterfell. Podobno widziały, jak Brandon Budowniczy położył pierwszy kamień, a potem przyglądały się, jak rosły granitowe mury zamku. Podobno to dzieci lasu rzeźbiły twarze na drzewach w zamierzchłych czasach, jeszcze przed nadejściem Pierwszych Ludzi, którzy przybyli przez wąskie morze.

Na południu ostatnie czardrzewa zostały wycięte albo wypalone tysiąc lat temu, z wyjątkiem Wyspy Twarzy, na której zieloni ludzie czuwali w milczeniu. Tutaj wszystko było inne. Tutaj każdy zamek ma swój boży gaj, każdy boży gaj ma swoje drzewo serce, a każde drzewo serce ma swoją twarz.

Catelyn znalazła męża pod czardrzewem, na kamieniu porośniętym mchem. Ułożył miecz, Lód, na kolanach i obmywał jego głownię wodą czarną jak noc. Warstwy próchnicy nagromadzone przez tysiące lat tłumiły odgłos jej kroków, lecz czerwone oczy drzewa wydawały się pilnie ją śledzić.

— Ned — przemówiła cicho. Podniósł głowę i spojrzał na nią.

— Catelyn — powiedział. Mówił głosem jakby nieobecnym i bardzo oficjalnym. — Gdzie są dzieci?

Zawsze o nie pytał.

— W kuchni. Sprzeczają się o imiona swoich wilczych szczeniąt. — Rozłożyła płaszcz na ziemi i usiadła na brzegu stawu, opierając się plecami o drzewo. Czuła na sobie jego oczy, lecz starała się nie zwracać na to uwagi. — Arya już pokochała swojego, Sansa też jest oczarowana, za to Rickon jest niepewny.

— Boi się? — spytał Ned.

— Trochę — przyznała. — Ma dopiero trzy lata.

Ned zmarszczył brwi.

— Musi nauczyć się stawiać czoło obawom. Będzie coraz starszy. A poza tym nadchodzi zima.

— Tak — rzekła Catelyn. Na dźwięk tych słów poczuła dreszcz, jak zawsze kiedy je słyszała. Była to dewiza Starków. Wszystkie wielkie rody posiadały rodzinne zawołanie, swojego rodzaju modlitwę, w której wielbiono honor i chwałę, składano przysięgę lojalności, wiary i odwagi. Wszystkie, tylko nie ród Starków. Nadchodzi zima, tak brzmiała ich dewiza. Nie po raz pierwszy pomyślała, jak dziwni są mieszkańcy północy.

— Tamten człowiek umarł dzielnie, muszę mu to przyznać — oświadczył Ned. W dłoni trzymał kawałek skóry namoczonej oliwą. Przeciągnął nim wolno po ciemnym ostrzu, aż zalśniło. — Bran także spisał się dzielnie. Byłabyś z niego dumna.

— Zawsze jestem dumna z Brana — odparła Catelyn, patrząc, jak wyciera ostrze. Widziała niemal jego pulsujące wnętrze, które długo nabierało kształtu w kuźni. Catelyn nie lubiła mieczy, lecz musiała przyznać, że Lód stanowił przykład wyjątkowo pięknego oręża. Wykuto go w Valyrii, w czasach kiedy kowale kuli metal za pomocą młotów i zaklęć. Liczył już sobie czterysta lat, a pozostał tak samo ostry jak pierwszego dnia. Jego imię było jeszcze starsze, pochodziło z Ery Herosów, kiedy Starkowie byli królami północy.

— Już czwarty tego roku — oznajmił ponuro Ned. — Biedaczyna był na wpół szalony. Coś przepełniło go strachem tak bardzo, że moje słowa nie docierały do niego. — Westchnął. — Ben pisze, że w Nocnej Straży nie ma już nawet tysiąca ludzi. I to nie tylko z powodu dezercji. Tracą też ludzi w czasie wypadów.

— Przez dzikich? — spytała.

— Tylko przez nich? — Ned uniósł miecz i powiódł wzrokiem wzdłuż chłodnego ostrza. — Przyjdzie wreszcie taki dzień, kiedy nie będę miał wyboru. Będę zmuszony wznieść chorągwie i pojechać na północ, by zmierzyć się z Królem za Murem.

— Za Murem? — Catelyn zadrżała na myśl o tym.

Ned zauważył niepokój na jej twarzy.

— Mance Raydera raczej nie powinniśmy się obawiać.

— Za Murem mieszkają mroczne istoty. — Obejrzała się, zerkając na drzewo serce, na jego bladą korę i czerwone oczy; wydawało się, że drzewo, zadumane, obserwuje ich, słucha, i myśli.

Uśmiechnął się łagodnie.

— Słuchasz za dużo opowieści Starej Niani. Inni umarli tak samo jak dzieci lasu, nie ma ich tutaj już od ośmiu tysięcy lat. Maester Luwin twierdzi nawet, że nigdy ich nie było. Nikt z żyjących ich nie widział.

— Tak jak do dzisiejszego ranka nikt nie widział wilkora — zauważyła Catelyn.

— Powinienem już wiedzieć, że nie należy się sprzeczać z kimś z rodu Tullych — odpowiedział, uśmiechając się smutno. Wsunął Lód do pochwy. — Ale przecież nie przyszłaś tutaj, żeby opowiadać mi bajeczki. Wiem, że nie przepadasz za tym miejscem. O co chodzi, pani?

Catelyn wzięła męża za rękę.

— Mój panie, otrzymaliśmy smutne wieści. Nie chciałam cię smucić, zanim się nie oczyścisz. — Nie wiedziała, jak zrobić to delikatniej, więc przekazała mu wiadomość jednym tchem: — Tak mi przykro, kochany. Jon Arryn nie żyje.

Poszukał spojrzeniem jej oczu. Spodziewała się tego, a mimo to bardzo ją uderzyło, widząc, jak ciężko to przyjął. Jako chłopiec, Ned dostał się pod opiekę Rodu z Orlego Gniazda, a bezdzietny lord Arryn stał się jego drugim ojcem, jego, a także jego towarzysza, Roberta Baratheona. Kiedy szalony król Aerys II Targaryen zażądał ich głów, lord Orlego Gniazda wolał wznieść chorągiew z księżycem i sokołem, niż pozwolić, żeby skrzywdzono tych, których obiecał chronić.

Pewnego dnia, przed czternastoma laty, jego drugi ojciec został także bratem, kiedy razem stanęli w sepcie Riverrun, by poślubić dwie siostry, córki lorda Hostera Tully'ego.

— Jon... — Westchnął. — Czy to pewna wiadomość?

— Potwierdzona królewską pieczęcią. Robert napisał list własnoręcznie. Zatrzymałam go dla ciebie. Pisze, że lord Arryn odszedł szybko. Nawet maester Pycelle nie potrafił mu pomóc. Podał mu tylko makowe mleko, żeby Jon nie cierpiał długo.

— Niewielka to łaska — odparł. Widziała głęboki smutek na

jego twarzy, a mimo to pomyślał o niej. — A twoja siostra? — spytał. — I chłopak Jona? Co o nich pisze?

— Wiem tylko, że mają się dobrze i wrócili do Orlego Gniazda — powiedziała Catelyn. — Szkoda, że nie pojechali raczej do Riverrun. Orle Gniazdo leży wysoko i na odludziu, a poza tym to dom jej męża. Każdy kamień będzie Lysie go przypominał. Znam moją siostrę. Jej potrzeba pociechy rodziny i przyjaciół.

— Twój stryj czeka w Dolinie Arrynów, prawda? Słyszałem, że Król pasował go na Pierwszego Rycerza Bramy.

Catelyn przytaknęła mu.

— Brynden zrobi wszystko, co w jego mocy, by ją pocieszyć, ją i chłopca, lecz...

— Jedź do niej — odezwał się Ned. — Zabierz dzieci. Niech wypełnią ich dom śmiechem i hałasem. Jej chłopak potrzebuje towarzystwa innych dzieci. Lysa nie powinna pozostawać sama w cierpieniu.

— Gdybym tylko mogła to uczynić — oświadczyła Catelyn. — List zawiera też inne wieści. Król przyjeżdża do Winterfell, chce się spotkać z tobą.

Dopiero po dłuższej chwili dotarło do niego znaczenie jej słów, lecz wtedy jego oblicze wyraźnie się rozpromieniło.

— Robert przyjeżdża? — Kiedy skinęła głową, jego twarz rozjaśnił uśmiech.

Catelyn żałowała, że nie może podzielać radości męża, ale słyszała, o czym szeptano na dziedzińcach: martwy wilkor znaleziony w śniegu, złamany róg w jego gardle. Pomimo coraz większego strachu zmusiła się do uśmiechu, patrząc na mężczyznę, którego kochała, a który nie wierzył w znaki.

— Wiedziałam, że się ucieszysz — powiedziała. — Powinniśmy posłać wiadomość na Mur, do twojego brata.

— Oczywiście — odparł. — Ben z pewnością zechce nam towarzyszyć. Każę maesterowi Luwinowi posłać najszybszego ptaka. — Ned podniósł się i pomógł jej wstać. — A niech mnie, ile to lat minęło? I nic więcej w liście? Pisze przynajmniej, ilu ludzi z nim przyjedzie?

— Przypuszczam, że ze stu rycerzy, każdy ze swoją świtą, i co najmniej pięćdziesięciu wolnych. Będzie też z nimi Cersei wraz z dziećmi.

— Pewnie ze względu na nich Robert nie będzie się spieszył — zauważył. — I dobrze. Przynajmniej zdążymy się przygotować.

— Przyjeżdżają też bracia Królowej — dodała.

Ned skrzywił się. Catelyn wiedziała, że jej mąż nie darzy rodziny królewskiej wielką miłością. Ród Lannisterów z Casterly Rock przyłączył się do Roberta dość późno, właściwie kiedy jego zwycięstwo było już przesądzone. Król Robert nigdy im tego nie wybaczył.

— No cóż, jeśli ceną za towarzystwo Roberta ma być plaga Lannisterów, niech i tak będzie. A zatem zanosi się, że Robert przywiezie ze sobą połowę dworu.

— Tam, dokąd Król zdąża, podążają i jego poddani.

— Z radością zobaczę jego dzieci. Najmłodsze było jeszcze przy piersi, kiedy widziałem je po raz ostatni. Teraz chłopak ma chyba z pięć lat, prawda?

— Książę Tommen ma siedem lat — wyjaśniła. — Jest w wieku Brana. Proszę cię, Ned, trzymaj język za zębami. Kobieta Lannisterów jest naszą Królową, mówią też, że z każdym rokiem staje się coraz bardziej dumna.

Ned uścisnął jej dłoń.

— Ale nie obejdzie się bez uczty z muzyką. Robert z pewnością zechce zapolować. Wyślę Jory'ego na południe z gwardią honorową, aby przywitali go na królewskim trakcie i poprowadzili do nas. Bogowie, jak my ich wyżywimy? Powiadasz, że już są w drodze? A niech go, złoiłbym tę jego królewską skórę.

DAENERYS

Jej brat uniósł suknię wysoko, by mogła się jej przyjrzeć.

— Piękna. Dotknij tylko. Śmiało. Zobacz, jaki materiał. — Dany dotknęła tkaniny. Była tak miękka, że wydawało się, iż płynie między palcami jak woda. Nie pamiętała, żeby kiedykolwiek miała na sobie suknię z równie wspaniałej tkaniny. Fakt ten przerażał ją. Odsunęła dłoń.

— Naprawdę należy do mnie?

— Podarunek od magistra Illyria — rzekł Viserys, uśmiechając się. Tego wieczoru był w doskonałym nastroju. — Jej kolor podkreśli fiolet twoich oczu, do tego złote ozdoby, drogie kamienie. Tak obiecał Illyrio. Dzisiejszego wieczoru musisz wyglądać jak księżniczka.

Księżniczka, pomyślała Dany. Już zapomniała, co znaczy być księżniczką. A może nigdy nie wiedziała.

— Dlaczego jest dla nas taki hojny? — spytała. — Czego chce w zamian? — Od ponad pół roku mieszkali w domu magistra rozpieszczani przez jego służbę. Dany miała trzynaście lat. Była wystarczająco dorosła, żeby wiedzieć, że takie podarunki mają swoją cenę w wolnym mieście Pentos.

— Illyrio nie jest głupcem — odezwał się Viserys. Był chudym, dwudziestoletnim młodzieńcem, którego dłonie wciąż błądziły nerwowo, a w jego liliowych oczach migotały gorączkowe iskierki. — Magister dobrze wie, że nie zapomnę o przyjaciołach, kiedy zasiądę na tronie.

Dany nic nie odpowiedziała. Magister Illyrio zajmował się handlem przyprawami korzennymi, smoczą kością oraz innymi, mniej szlachetnymi towarami. Podobno miał przyjaciół we wszystkich Dziewięciu Wolnych Miastach, a nawet jeszcze dalej, w Vaes Dothrak czy w legendarnych krainach za Morzem Nefrytowym. Mówiono też, że nie ma dla niego przyjaciela, którego by nie sprzedał z uśmiechem na ustach za odpowiednią cenę. Dany uważnie słuchała, co mówią ludzie na ulicach, ale wiedziała, że nie należy wypytywać brata, który tka swoją sieć z marzeń. Dobrze znała jego gniew. Sam Viserys mawiał, że rozgniewać go, to jak obudzić smoka.

Jej brat powiesił suknię przy drzwiach.

— Illyrio przyśle niewolnice, pomogą ci w kąpieli. Tylko żebyś skutecznie usunęła smród stajni. *Khal* Drogo ma mnóstwo koni, lecz dzisiejszego wieczoru będzie się rozglądał za innego rodzaju wierzchowcem. — Przyjrzał się Dany uważnie. — Wciąż się garbisz. Stań prosto. — Odciągnął jej ramiona do tyłu. — Niech zobaczę twoją kobiecą sylwetkę. — Przesunął dłonią po jej kwitnących dopiero piersiach i uszczypnął ją lekko w sutkę. — Nie zawiedź mnie dzisiaj, bo pożałujesz. Chyba nie chcesz obudzić smoka, prawda? — Uszczypnął mocniej, tak że poczuła ból mimo grubej tuniki. — Prawda? — powtórzył.

— Nie — odparła potulnie.

Viserys uśmiechnął się.

— Dobrze. — Dotknął jej włosów, niemal czule. — Kiedy będą spisywać historię moich rządów, kochana siostro, napiszę, że wszystko zaczęło się dzisiejszej nocy.

Po jego wyjściu Dany podeszła do okna i popatrzyła tęsknie na wody zatoki. Widziała ciemne kontury przysadzistych ceglanych wież miasta Pentos na tle zachodzącego słońca. Słyszała śpiewy czerwonych kapłanów, którzy rozpalali nocne ognie, a także krzyki obszarpanych dzieci, bawiących się za murami posiadłości. Przez chwilę żałowała, że nie może być z nimi, biegać boso do utraty tchu, odziana w łachmany, bez przeszłości i przyszłości, bez perspektywy uczt w pałacu *khala* Drogo.

Gdzieś jeszcze za zachodzącym słońcem, za wąskim morzem, znajdowała się kraina zielonych wzgórz, kwiecistych łąk i rwących rzek, gdzie wśród błękitnoszarych gór wyrastały wieże z ciemnego kamienia i gdzie rycerze spod różnych chorągwi potykali się w turniejach. Dothrakowie nazywali tę krainę Rhaesh Andahli, ziemią Andalów. Mieszkańcy Wolnych Miast nazywali ich kraj Westeros albo Królestwem Zachodzącego Słońca. Jej brat zaś używał prostszej nazwy. „Nasza ziemia", mówił po prostu. W jego ustach słowa te brzmiały prawie jak modlitwa. Jakby wierzył, że bogowie usłyszą go, jeśli tylko będzie je powtarzał wystarczająco często. „Nasza", mawiał, „nasze dziedzictwo. Odebrana nam podstępem, lecz wciąż nasza, na zawsze nasza. Nie wolno kraść niczego smokowi, o nie. Smok nie zapomina".

Może smok pamiętał, ale nie Dany. Nigdy nie widziała ziemi za wąskim morzem, którą jej brat uważał za ich własność. Wszystkie miejsca, o których opowiadał, ich nazwy — Casterly Rock, Orle Gniazdo, Wysogród, Dolina Arrynów, Dorne, Wyspa Twarzy — były tylko słowami. Viserys miał osiem lat, kiedy opuścili Królewską Przystań, uciekając przez nadciągającymi wojskami Uzurpatora, lecz Daenerys była jeszcze wtedy w łonie matki.

Brat tak często opowiadał Dany o tamtej ziemi, że czasem potrafiła sobie wyobrazić pewne sceny. Widziała blask księżycowych promieni migocących na czarnych żaglach w czasie ucieczki nocą na Smoczą Skałę. Jej brat Rhaegar walczył z Uzurpatorem w krwawych wodach Tridentu i zginął za kobietę, którą kochał. Potem psy Uzurpatora, jak Viserys nazywał lorda Lannistera i Starka, splądrowały Królewską Przystań. Księżniczka Elia z Dorne błagała o litość, kiedy odebrano jej od piersi potomka Rhaegara i zabito go na jej oczach. Wypolerowane czaszki ostatnich smoków patrzyły pustymi oczyma w sali tronowej, jak Królobójca złotym mieczem otwiera gardło ich ojca.

Dany urodziła się na Smoczej Skale dziewięć księżyców po ich ucieczce, w czasie letniego sztormu, który niemal zburzył umieszczoną na wyspie twierdzę. Podobno była to straszna burza. Zmiotła targaryeńskie statki, ciskając w spienione wody wąskiego morza kamienne bloki, zerwane z przedmurzy. Jej matka umarła w czasie porodu, czego Viserys nigdy jej nie wybaczył.

Smoczej Skały także nie pamiętała. Uciekli, zanim brat Uzurpatora i jego ludzie wyruszyli na dopiero co zbudowanych statkach. Wtedy w posiadaniu rodziny Dany pozostała już tylko Smocza Skała — odwieczna siedziba rodu. Jednak nie na długo. Uknuto spisek, na mocy którego mieli zostać sprzedani Uzurpatorowi, lecz którejś nocy ser Willem Darry wraz z czterema wiernymi mu ludźmi wdarli się do pokoi dziecinnych i wykradli ich razem z niańką. Uciekli na statku pod osłoną nocy i schronili się bezpiecznie na wybrzeżu Braavos.

Jak przez mgłę pamiętała ser Willema: ogromny jak niedźwiedź, prawie ślepy i siwy, grzmiał, wydając polecenia ze swojego łóżka, w którym leżał złożony chorobą. Słudzy bali się go jak ognia, lecz on zawsze był miły dla Dany. Nazywał ją „małą księżniczką", czasem zwracał się do niej „moja pani". Dłonie miał miękkie, jakby pokryte starą skórą. Nigdy nie opuszczał łóżka, dlatego jego komnatę wypełniał nieustannie gorący, wilgotny i słodkawy smród choroby. Wtedy mieszkali w Braavos. Miała tam swój pokój, a przed jej oknem rosło drzewo cytrynowe. Po śmierci ser Willema służba rozkradła pieniądze, jakie im pozostały, i niedługo potem musieli opuścić ogromny dom. Dany płakała, kiedy zamknęły się za nimi na zawsze czerwone drzwi.

Od tamtej pory wciąż wędrowali, z Braavos do Myr, z Myr do Tyrosh i dalej do Qohoru, Volantis i Lys, nigdzie nie zatrzymywali się na długo. Jej brat nie pozwalał na to. Wciąż powtarzał, że zbiry Uzurpatora depczą im po piętach, chociaż Dany nigdy nie widziała żadnego.

Początkowo kupcy korzenni, archonci i magnaci handlowi chętnie widzieli pod swoim dachem ostatnich z rodu Targaryenów, lecz w miarę upływu lat — Uzurpator wciąż zasiadał na Żelaznym Tronie — coraz częściej zamykano przed nimi drzwi, a ich życie stawało się jeszcze bardziej podłe. Wreszcie zmuszeni byli sprzedać ostatnie majętności, a teraz pozbyli się nawet monety z korony ich matki. W ciemnych zakamarkach Pentos jej brata nazywano „żebraczym królem". Dany nie chciała wiedzieć, co mówiono o niej.

„Kochana siostrzyczko, kiedyś odzyskamy to wszystko — zwykł mawiać Viserys. Czasem jego ręce drżały, kiedy o tym mówił. — Klejnoty, jedwabie, Smoczą Skałę, Królewską Przystań i Siedem Królestw, odzyskamy wszystko, co nam zabrano". Viserys żył w oczekiwaniu na ten dzień. Daenerys zaś pragnęła jedynie ogromnego domu z czerwonymi drzwiami i drzewem cytrynowym za oknem oraz dzieciństwa, którego nie pamiętała.

Ktoś cicho zapukał do drzwi.

— Wejść — powiedziała Dany, odwracając się od okna. Weszły służące Illyria. Skłoniły się i zaczęły przygotowywać kąpiel. Były niewolnicami i stanowiły podarunek od jednego z licznych dothrackich przyjaciół kupca. W wolnym mieście Pentos nie istniało niewolnictwo, niemniej jednak służące były niewolnicami. Stara kobieta, drobna i siwa, nie odzywała się, za to jasnowłosa i niebieskooka szesnastoletnia dziewczyna nie przestawała mówić.

Napełniły balię gorącą wodą z kuchni i dodały do niej pachnących olejków. Dziewczyna ściągnęła z Dany tunikę z surowej bawełny i pomogła jej wejść do balii. Woda okazała się bardzo gorąca, lecz Daenerys nawet nie drgnęła. Było jej przyjemnie. Poczuła się czysta. Brat zawsze jej powtarzał, że dla kobiety z rodu Targaryenów woda nigdy nie jest za gorąca. „Nasz ród jest rodem smoka — mawiał. — Mamy ogień w żyłach".

Staruszka w milczeniu umyła jej długie, bladosrebrzyste włosy i rozczesała je delikatnie. Dziewczyna wyszorowała plecy i stopy Dany, powtarzając, jakie spotkało ją szczęście.

— Drogo jest tak bogaty, że nawet jego niewolnicy noszą złote obroże. W jego *khalasarze* jeździ sto tysięcy ludzi, a w jego pałacu w Vaes Dothrak znajduje się dwieście pokoi z drzwiami ze srebra. — Mówiła bez końca, jak przystojny jest sam *khal*, jaki wysoki i dziki, nieustraszony w bitwie, niezrównany jeździec i łucznik. Daenerys milczała przez cały czas. Dotąd sądziła, że kiedy osiągnie odpowiedni wiek, poślubi Viserysa. Od wieków, odkąd Aegon Zdobywca wziął sobie za żonę swoją siostrę Rhaenys, Targaryenowie poślubiali własne siostry. Viserys powtarzał jej wielokrotnie, że linia rodowa musi pozostać czysta, że w ich żyłach płynie królewska krew, złocista krew pradawnej Valyrii, smocza krew. Smoki nie łączyły się z dzikimi zwierzętami, a Targaryenowie nie mieszali swojej krwi z krwią pomniejszych rodów. Teraz jednak Viserys postanowił sprzedać ją obcemu, barbarzyńcy.

Kiedy służące już ją umyły, pomogły jej wyjść z balii i wytarły do sucha. Dziewczyna czesała włosy Dany, tak że zalśniły niczym strumień roztopionego srebra, podczas gdy staruszka natarła ją wonnymi perfumami z dothrackich równin: odrobinę na każdym nadgarstku, za uszami, sutki piersi i wreszcie między nogami. Podano jej skąpą bieliznę, którą przysłał Illyrio, a potem włożyła szatę z jedwabiu w kolorze ciemnej śliwy dla podkreślenia fioletu jej oczu. Dziewczyna wsunęła na stopy Daenerys pozłacane sandały, a staruszka wpięła jej we włosy tiarę i nałożyła na nadgarstki złote bransolety wysadzane ametystami. Wreszcie nałożono jej naszyjnik, cały ze złota, ciężki, ozdobiony glifami z czasów dawnej Valyrii.

— Teraz wyglądasz jak księżniczka — odezwała się młoda służąca, kiedy skończyły ją ubierać. Dany zerknęła na swoje odbicie w lustrze w srebrnej ramie, które przysłał roztropny Illyrio. Księżniczka, pomyślała, lecz zaraz przypomniała sobie, co powiedziała dziewczyna o bogactwie *khala* Drogo, że nawet jego służący nosili złote naszyjniki. Poczuła nagle dreszcz, a jej nagie ramiona pokryła gęsia skórka.

Brat czekał w chłodnym holu wejściowym. Siedział na brzegu basenu, wodząc palcami po powierzchni wody. Wstał, kiedy weszła, i przyjrzał się jej uważnie.

— Stań tam — zwrócił się do niej. — Odwróć się. Tak. Dobrze. Wyglądasz...

— Jak królowa — skończył za niego magister Illyrio, wchodząc przez sklepione wejście.

Jak na tak potężnego mężczyznę, poruszał się z zadziwiającą lekkością. Kiedy szedł, zwały tłuszczu na jego ciele podskakiwały pod luźną jedwabną szatą w kolorze płomieni. Na każdym jego palcu lśnił kamień szlachetny, a rozszczepioną, żółtawą brodę tak mocno miał naoliwioną, że lśniła, jakby była ze szczerego złota.

— Księżniczko Daenerys, niech Pan Światła obsypie cię swoimi łaskami w ten najszczęśliwszy dzień — powiedział kupiec, ujmując jej dłoń. Skłonił głowę i błysnął poprzez brodę krzywymi i pożółkłymi zębami. — Istne objawienie, tak bym ją nazwał, Wasza Miłość — zwrócił się do jej brata. — Drogo będzie zachwycony.

— Jest za chuda — uznał Viserys. Włosy, tak samo srebrzyste jak włosy siostry, nosił związane z tyłu i spięte broszą ze smoczej kości. Surowe spojrzenie oczu podkreślało twarde rysy jego szczupłej twarzy. Oparł dłoń na rękojeści miecza, który pożyczył mu Illyrio, i zapytał: — Jesteś pewien, że *khal* Drogo lubi takie młode kobiety?

— W niej płynie odpowiednia krew. Ona jest wystarczająco dorosła dla *khala* — powtórzył Illyrio to, co mówił mu już wielokrotnie. — Spójrz na nią. Te srebrzystozłote włosy, te fioletowe oczy... bez wątpienia ma w sobie krew Valyrian, a do tego ma szlachetne urodzenie, córka dawnego króla, siostra nowego, bez wątpienia zrobi wrażenie na Drogo. — Puścił jej dłoń, a Daenerys poczuła, że drży.

— Mam nadzieję — odpowiedział jej brat bez przekonania. — Dzikusy mają dziwne gusta. Chłopcy, konie, owce...

— Lepiej nie wspominaj o tym w obecności *khala* Drogo — doradził Illyrio.

W ciemnych oczach Viserysa błysnęły iskierki gniewu.

— Bierzesz mnie za głupca?

Kupiec skłonił się lekko.

— Biorę cię za króla. Królowie zapominają czasem o ostrożności zwykłych ludzi. Wybacz, jeśli poczułeś się urażony. — Odwrócił się i klaśnięciem dał znak służącym.

Jechali ciemnymi ulicami w misternie rzeźbionym palankinie Illyria. Drogę oświetlało im dwóch służących, którzy szli przed nimi z lampami oliwnymi z jasnoniebieskimi szybkami. Tuzin silnych mężczyzn dźwigało na ramionach lektykę. Dany czuła smród bladego ciała Illyria, który przebijał się przez silny zapach perfum.

Jej brat nic nie czuł, siedział rozwalony na poduszkach obok niej. Myślami był daleko, po drugiej stronie wąskiego morza.

— Nie będziemy potrzebowali całego *khalasaru* — stwierdził Viserys. Jego palce pląsały po rękojeści pożyczonego miecza. Dany wiedziała, że nigdy nie użył żadnego miecza. — Wystarczy dziesięć tysięcy. Tak, wystarczy mi dziesięć tysięcy dothrackich wyjców, żeby zmieść Siedem Królestw. Lud z pewnością powstanie i zechce wspomóc prawowitego Króla. Tyrell, Redwyne, Darry, Greyjoy, wszyscy oni darzą Uzurpatora takimi samymi uczuciami jak ja. Dornijczycy nie mogą się doczekać, kiedy pomszczą Elię i jej dzieci.

Lud też pójdzie za mną. Oni czekają na swojego Króla. — Spojrzał na Illyria pytającym wzrokiem. — Prawda?

— To są twoi ludzie i kochają cię — zapewnił go kupiec Illyrio. — W całym królestwie ludzie potajemnie wznoszą toasty za twoje zdrowie, a kobiety wyszywają chorągwie ze smokiem, i trzymają je na dzień twojego powrotu. — Wzruszył ogromnymi ramionami. — Tak przynajmniej mówią moi wysłannicy.

Dany nie miała swoich wysłanników ani żadnej innej możliwości dowiedzenia się, co myślą lub robią za wąskim morzem, lecz nie ufała słodkim zapewnieniom Illyria, tak samo jak nie wierzyła we wszystko, co o nim mówiono. Ale jej brat przytakiwał kupcowi gorliwie.

— Własnymi rękoma zabiję Uzurpatora — zapewniał ten, który nigdy nikogo nie zabił. — Tak samo jak on zabił mojego brata Rhaegara. Zabiję też Lannistera, Królobójcę, za to, co zrobił mojemu ojcu.

— Tak będzie najlepiej — przyznał Illyrio. Dany dostrzegła cień uśmiechu na jego ustach, którego jej brat oczywiście nie zauważył. Kiwając głową, Viserys odsunął zasłonę i utkwił wzrok w ciemności. Dany dobrze wiedziała, że po raz kolejny toczy bitwę nad Tridentem.

Dziewięć wież pałacu *khala* Drogo wznosiło się nad wodami zatoki, blady bluszcz spowijał grube, ceglane mury. Illyrio wyjaśnił im, że *khal* otrzymał go od kupców z Pentos. Wolne Miasta zawsze pozostawały hojne wobec panów końskich plemion.

— Nie boimy się tych barbarzyńców — opowiadał im Illyrio z uśmiechem na ustach. — Pan Światła zachowałby nasze miasta, nawet gdyby przyszło i milion Dothraków, tak przynajmniej utrzymują czerwoni kapłani... ale po co kusić los, kiedy ta przyjaźń niewiele kosztuje?

Ich palankin zatrzymał się przy bramie. Jeden ze strażników odsunął gwałtownie zasłonę. Skórę miał miedzianą, a oczy w kształcie migdałów, jak typowy Dothrak, lecz na jego twarzy nie było cienia zarostu, a na głowie miał hełm z brązu, noszony przez Nieskalanych. Obrzucił ich chłodnym spojrzeniem. Kupiec Illyrio warknął coś w jego ojczystym, chropowatym języku, a strażnik odpowiedział tak samo burkliwym tonem i dał znak, że mogą jechać.

Dany zauważyła, że dłoń brata spoczywa zaciśnięta na rękojeści pożyczonego miecza. Wyraz jego twarzy mówił jej, że on boi się tak samo jak ona.

— Grubiański eunuch — mruknął Viserys, kiedy niewolnicy podnieśli ich palankin i ruszyli do pałacu.

Kupiec Illyrio natychmiast pospieszył ze słodkim wyjaśnieniem.

— Na dzisiejszą ucztę przybywa wielu ważnych gości. Tacy ludzie mają wrogów. *Khal* musi chronić swoich gości, ciebie przede wszystkim, Wasza Miłość. Nie watpię, że Uzurpator dobrze by zapłacił za twoją głowę.

— O, tak — odparł ponuro Viserys. — Próbował ją dostać, zapewniam cię, Illyrio. Jego zbiry wciąż idą za nami. Jestem ostatnim smokiem i dopóki ja żyję, on nie będzie spał spokojnie.

Palankin zwolnił i zatrzymał się. Zasłony rozsunęły się i jeden z niewolników podał rękę Daenerys, by pomóc jej wysiąść. Zauważyła, że ma naszyjnik ze zwykłego brązu. Za nią wysiadł brat z dłonią wciąż zaciśniętą na rękojeści miecza. Dwóch silnych niewolników musiało pomóc kupcowi podnieść się.

Wnętrze pałacu wypełniała ciężka woń korzeni, słodkich cytryn i cynamonu. Poprowadzono ich przez salę wejściową, w której mozaika z kolorowego szkła przedstawiała Zagładę Valyrii. Na ścianach wisiały oliwne latarnie z żelaza. Eunuch stojący pod łukowatym wejściem obrośniętym kamiennym bluszczem ogłosił śpiewnym tonem ich przybycie.

— Viserys z Rodu Targaryenów, Trzeci Tego Imienia — zawołał wysokim, słodkim głosem — Król Andalów, Rhoynarów i Pierwszych Ludzi, Pan Siedmiu Królestw i Protektor Całego Państwa. Jego siostra, Daenerys Zrodzona w Burzy, Księżniczka ze Smoczej Skały. Jego szacowny gospodarz, Illyrio Mopatis, Magister z Wolnego Miasta Pentos.

Minęli eunucha i weszli na dziedziniec otoczony kolumnami także obrośniętymi bladym bluszczem. W blasku księżyca jego liście połyskiwały odcieniami kości i srebra. Wśród gości znajdowało się wielu Dothraków — ogromni mężczyźni o miedzianej skórze i opadających brodach ściągniętych metalowymi pierścieniami; długie, czarne włosy nacierali mocno oliwą i zaplatali w warkocze, które obwieszali dzwoneczkami. Ale byli też wśród nich najemni zbóje z Pentos, Myr i Tyrosh, czerwony kapłan grubszy nawet od Illyria, włochaci mieszkańcy Portu Ibben oraz dostojnicy z Wysp Letnich o skórze koloru hebanu. Daenerys przyglądała się im z zainteresowaniem, lecz z przerażeniem stwierdziła, że jest tu jedyną kobietą.

— Ci trzej to bracia krwi Drogo. — Usłyszała szept Illyria. — Obok kolumny stoi *khal* Moro z synem Rhogoro. Ten z zieloną brodą to brat Archonta z Tyrosh, a za nim ser Jorah Mormont.

Imię ostatniego przyciągnęło uwagę Daenerys.

— Rycerz?

— A jakże. — Poprzez brodę Illyria przecisnął się uśmiech. — Namaszczony siedmioma olejami przez samego Wielkiego Septona.

— Co on tutaj robi? — spytała.

— Uzurpator chciał jego głowy — wyjaśnił Illyrio. — Chodziło o jakiś drobny afront. Mormont sprzedał kłusowników handlarzowi niewolników z Tyrosh, zamiast oddać ich ludziom z Nocnej Straży. Co za absurdalne prawo. Człowiek powinien móc robić ze swoją własnością co mu się podoba.

— Chciałbym porozmawiać z ser Jorahem przed końcem wieczoru — powiedział jej brat. Dany przyglądała się rycerzowi zaciekawiona. Był łysiejącym mężczyzną, który z pewnością ukończył czterdzieści lat, lecz trzymał się dobrze. Jego strój wykonany był głównie z wełny i skóry, a nie z jedwabiu i bawełny, jak odzienia pozostałych. Miał na sobie ciemnozieloną bluzę, na której widniał czarny niedźwiedź stojący na tylnych łapach.

Wciąż przyglądała się dziwnemu przybyszowi z rodzinnych stron, których nigdy nie widziała, kiedy nagle poczuła na ramieniu wilgotną dłoń Illyria.

— Spójrz tam, słodka księżniczko — szepnął. — Oto *khal* we własnej osobie.

Dany miała ochotę odwrócić się i uciec, lecz jej brat nie spuszczał z niej oczu. Dobrze wiedziała, że obudzi smoka, jeśli go rozgniewa. Dlatego natychmiast odwróciła się i spojrzała na mężczyznę, który — jak wierzył Viserys — jeszcze tego wieczoru poprosi ją o rękę.

Pomyślała, że młoda niewolnica mówiła prawdę. *Khal* Drogo był o głowę wyższy od pozostałych mężczyzn, a mimo to poruszał się z gracją, jak pantera z menażerii Illyria. Okazał się młodszy, niż się spodziewała, nie mógł mieć więcej niż trzydzieści lat. Jego skóra błyszczała jak wypolerowana miedź, a spiżowe i złote obręcze spinały jego gęste wąsy.

— Muszę złożyć ukłony — powiedział kupiec. — Zaczekajcie tutaj. Przyprowadzę go do was.

Illyrio odszedł, kołysząc się na nogach, podczas gdy jej brat ujął ją za ramię, ściskając mocno palcami.

— Widzisz ten warkocz, słodka siostro? — Warkocz Drogo, czarny jak noc, ciężki od wonnych olejków. Obwieszony był dzwoneczkami, które podzwaniały delikatnie, kiedy się poruszał. Sięgał daleko poniżej pasa, nawet poniżej pośladków, a jego koniec ocierał mu się o tył ud. — Widzisz, jaki jest długi? — spytał Viserys. — Kiedy Dothrak zostaje pokonany w bitwie, obcina swój warkocz, co ma symbolizować jego hańbę, żeby dowiedział się o niej cały świat. Nikt dotąd nie pokonał *khala* Drogo. Jest jakby wcieleniem Aegona, Pana Smoków, a ty zostaniesz jego królową.

Dany spojrzała na *khala* Drogo. Twarz miał dziką i okrutną, oczy zimne i ciemne jak onyks. Jej brat ranił ją czasem, kiedy budziła smoka, lecz jego nie bała się tym samym strachem, jaki wzbudzał w niej człowiek, na którego teraz patrzyła.

— Nie chcę być jego królową. — Usłyszała swój własny, cienki głos. — Proszę, proszę, Viserysie. Nie chcę. Chcę wrócić do domu.

— Do domu! — Mówił ściszonym głosem, lecz i tak wyczuła w jego słowach wściekłość. Pociągnął ją w cień, wpijając jej mocno palce w ramię. — Jak mamy wrócić do domu? — spytał, a na myśli miał Królewską Przystań, Smoczą Skałę i całe utracone królestwo.

Dany miała na myśli pokoje w domu Illyria, a nie ich prawdziwy dom, lecz brat nie chciał jej słuchać. Nie tam był jego dom. I nawet nie ogromny dom z czerwonymi drzwiami. Palce Viserysa wpijały się coraz głębiej w jej ramię, domagając się odpowiedzi.

— Nie wiem... — przemówiła wreszcie załamującym się głosem. Łzy napłynęły jej do oczu.

— Ale ja wiem — rzucił gniewnie. — Wrócimy do domu z armią, słodka siostro. Z armią *khala* Drogo, tylko w ten sposób. A jeśli z tego powodu będziesz musiała go poślubić i pójść z nim do łóżka, to tak zrobisz. — Uśmiechnął się do niej. — Pozwoliłbym całemu jego *khalasarowi* przerżnąć cię, gdyby trzeba było, słodka siostro, pozwoliłbym na to czterdziestu tysiącom jego ludzi, a nawet ich koniom, gdybym za to miał otrzymać moją armię. Ciesz się, że masz tylko jednego Drogo. Z czasem może nawet go polubisz. A teraz otrzyj łzy. Idzie tutaj z Illyriem, a ty nie będziesz płakała.

Dany odwróciła się, żeby się przekonać, czy mówi prawdę. Rzeczywiście, Illyrio, uśmiechnięty i zgięty w pół, prowadził do nich *khala* Drogo. Starła dłonią łzy, które nie zdążyły jeszcze opaść.

— Uśmiechnij się — szepnął nerwowo Viserys, opuszczając dłoń na rękojeść miecza. — I wyprostuj się. Niech zobaczy, że masz piersi, chociaż tylko bogowie wiedzą, jakie marne.

Daenerys uśmiechnęła się i wyprostowała.

EDDARD

Goście płynęli przez zamkową bramę rzeką złota, srebra i wypolerowanej stali. Trzystu ludzi, kwiat rycerstwa, zaprzysiężone miecze, a także wolni. Nad ich głowami powiewał tuzin złocistych sztandarów, które łopotały na północnym wietrze, a na każdym widniał jeleń w koronie, herb rodu Baratheonów.

Ned znał wielu spośród rycerzy. Oto nadjechał ser Jaime Lannister o włosach jasnych jak kute złoto, a za nim Sandor Clegane z twarzą straszliwie poparzoną. Wysoki chłopiec obok niego musiał być następcą tronu, a pokurczony, mały człowieczek za nimi, to z pewnością Krasnal, Tyrion Lannister.

Ned rozpoznawał wielu, a mimo to ogromny mężczyzna, jadący na czele kolumny w towarzystwie dwóch rycerzy odzianych w śnieżnobiałe płaszcze Gwardii Królewskiej, wydawał mu się prawie obcy... dopóki nie zeskoczył raźno ze swojego rumaka i nie zagrzmiał znanym już głosem, obejmując Neda miażdżącym uściskiem.

— Bogowie, jak dobrze zobaczyć znowu tę twoją zmarzniętą twarz. — Król przyjrzał się uważnie Nedowi i roześmiał się. — Nie zmieniłeś się ani trochę.

Ned chciałby móc powiedzieć to samo o gościu. Minęło czternaście lat odkąd jechali razem, żeby zdobyć tron, a Lord Końca Burzy był wtedy gładko ogolonym, bystrookim i muskularnym mężczyzną. Mierzył sześć i pół stopy, górując nad większością mężczyzn, a kiedy jeszcze wdział zbroję i ogromny hełm z rogami, wyglądał jak olbrzym. Siłą także dorównywał olbrzymom, dlatego jego bronią stał się nabijany ćwiekami młot bojowy, który Ned z trudem podnosił. W tamtych czasach zapach skóry i krwi przenikał ciało przyszłego monarchy niczym woń perfum.

Teraz była to rzeczywiście woń perfum, a obwód jego talii dorównywał wzrostowi. Ned ostatni raz widział Króla siedem lat temu, w czasie rebelii Balona Greyjoya, kiedy to jeleń i wilkor połączyły się, by definitywnie ukrócić pretensje samozwańczego Króla z Wysp Żelaznych. Od tamtej nocy, kiedy stali obok siebie w podbitym grodzie Greyjoya, gdzie Robert przyjął kapitulację pokonanego lorda, a Ned przyjął jego syna, Theona, jako podopiecznego i zakładnika, Król przytył co najmniej o osiem kamieni. Sztywna i czarna broda zakrywała podwójny podbródek i obwisłe policzki, lecz nic nie mogło zakryć jego brzucha i podkrążonych oczu.

Teraz Robert nie tylko był przyjacielem Neda, ale i jego Królem, dlatego Lord Stark przywitał władcę krótko:

— Wasza Miłość. Winterfell jest twoje.

Pozostali goście także zsiadali już z koni, po które przychodzili stajenni. Królowa, Cersei Lannister, weszła z młodszymi dziećmi przez bramę pieszo. Dom na kołach, którym podróżowali —

ogromna, dębowa karoca o dwóch poziomach ciągnięta przez czterdzieści koni — okazał się zbyt szeroki i nie mógł przejechać przez zamkową bramę. Ned przyklęknął w śniegu, by ucałować pierścień Królowej, podczas gdy Robert uściskał serdecznie Catelyn. Potem obie strony przyprowadziły i przedstawiły dzieci.

Jeszcze dobrze nie skończyły się formalne powitania, kiedy Król zwrócił się do gospodarza:

— Zaprowadź mnie do krypty, Eddardzie. Złożę uszanowanie.

Ned bardzo się ucieszył, że Król wciąż ją pamiętał po tylu latach. Rozkazał przynieść latarnię. Nic więcej nie trzeba było mówić. Królowa próbowała protestować: jechali przez cały dzień, wszyscy byli zmęczeni i zziębnięci i z pewnością zechcą się najpierw odświeżyć, zmarli mogą poczekać. Wystarczyło jedno spojrzenie Roberta, żeby zamilkła. Jej brat bliźniak, Jaime, ujął ją pod ramię.

Razem zeszli do krypty, Ned i jego Król, którego ledwo rozpoznał. Kręte kamienne schody były bardzo wąskie, dlatego Ned szedł pierwszy z latarnią.

— Już zaczynałem się martwić, że nigdy nie dotrzemy do Winterfell — użalał się Robert, idąc w dół za Nedem. — Słuchając tego, co mówią o moich Siedmiu Królestwach na południu, człowiek zapomina, że twoja część jest tak duża jak pozostałe sześć.

— Ufam, że miałeś dobrą podróż, Wasza Miłość?

Robert prychnął.

— Bagna, pola i lasy, a do tego na północ od Przesmyku ani jednej godziwej karczmy. Jeszcze nie widziałem takiego pustkowia. Gdzie się podziali twoi ludzie?

— Może byli zbyt nieśmiali, żeby wyjść ci na spotkanie — zażartował Ned. Czuł chłód wiejący od dołu, zimny oddech z wnętrza ziemi. — Rzadki to widok oglądać Króla na północy.

Robert znowu prychnął.

— Raczej chowali się pod śniegiem. Śnieg, Ned! — Król opierał się ręką o ścianę, schodząc powoli.

— Śnieg późnym latem nie jest tutaj niczym niezwykłym — wyjaśnił Ned. — Mam nadzieję, że nie dał ci się bardzo we znaki. Zwykle nie ma go dużo o tej porze.

— Niech Inni porwą twój śnieg — zaklął Robert. — W takim razie jak tu wygląda zimą? Wolę nie myśleć.

— Zimy są ciężkie — przyznał Ned. — Ale Starkowie przetrwają. Zawsze dają sobie radę.

— Musisz przyjechać na południe — powiedział Robert. — Powinieneś zakosztować lata, zanim odejdzie. W Wysogrodzie mamy pola złocistych róż, które ciągną się aż po horyzont. Owoce są tak dojrzałe, że eksplodują w ustach, melony, brzoskwinie, śliwki, ach, nigdy nie zakosztowałeś podobnej słodyczy. Przywiozłem trochę owoców, więc sam się przekonasz. Nawet w Końcu Burzy, przy wietrze wiejącym od zatoki, dni są tak upalne, że ledwo się ruszasz. Powinieneś też zobaczyć miasta, Ned! Wszędzie kwiaty, targi pełne żywności, wino tak tanie i dobre, że można się tym wszystkim upić, wdychając tylko powietrze. Wszyscy są grubi, pijani i bogaci. — Roześmiał się i poklepał swój wydatny brzuch. — A dziewczyny, Ned! — dodał i otworzył szerzej oczy. — Mówię ci, w upale kobiety zapominają o skromności. Kąpią się nago w rzece, tuż pod oknami zamku. Nawet na ulicach jest za gorąco na futra czy wełniane ubrania, więc ubierają krótkie szatki, jedwabne, jeśli je stać, albo bawełniane, ale to nie ma znaczenia, kiedy się pocą i ubranie przylega do ich ciała. Wtedy wyglądają, jakby chodziły nago. — Król roześmiał się uradowany.

Robert Baratheon zawsze należał do ludzi o ogromnych apetytach, którzy wiedzą, jak korzystać z przyjemności. W tym względzie Eddard Stark stanowił jego przeciwieństwo, ale od razu zauważył, że Król płaci cenę za swoje przyjemności. Robert dyszał ciężko, a twarz miał czerwoną, kiedy dotarli wreszcie na sam dół i weszli w ciemność krypty.

— Wasza Miłość — przemówił Ned z szacunkiem. Zatoczył latarnią łuk. Cienie poruszyły się i zniknęły. Migocące światło ślizgało się po kamiennej podłodze i ocierało o granitowe kolumny, które, po dwie obok siebie, odchodziły w ciemność. Pomiędzy nimi, pod ścianą, siedzieli zmarli na kamiennych tronach, plecami zwróceni do grobowców, gdzie złożono ich śmiertelne szczątki. — Ona spoczywa na końcu, u boku ojca i Brandona.

Poszedł pierwszy między rzędami kolumn, a Robert ruszył za nim w milczeniu, drżąc w podziemnym chłodzie. Tutaj, w dole, zawsze panował chłód. Szli między grobami członków Rodu Starków, a ich kroki odbijały się echem od sklepienia. Przyglądali im się kolejni panowie Winterfell. Ich podobizny wyrzeźbiono w kamieniach, które zamykały ich grobowce. Siedzieli w rzędach, a kamienne oczy posągów patrzyły w wieczną ciemność. Każdemu towarzyszył wilkor, zwinięty wokół jego stóp. Przesuwające się cienie sprawiały, że kamienne postacie wydawały się poruszać, kiedy mijali je goście ze świata żywych.

Zgodnie z pradawnym zwyczajem na kolanach kolejnych panów Winterfell spoczywał miecz, który miał sprawić, że mściwe duchy pozostawały w swoich grobach. Najstarsze miecze dawno już zjadła rdza, tak że widniały zaledwie jako rudawe plamy w miejscach, gdzie metal dotykał kamienia. Ned zastanawiał się, czy to znaczy, że teraz duchy mogły swobodnie błądzić po zamku. Miał nadzieję, że nie. Pierwsi panowie Winterfell byli surowymi ludźmi, podobnie jak ich ziemia. Przez całe wieki, zanim przez morze przybyli Władcy Smoków, nazywali się Królami Północy i nigdy nie składali przysięgi posłuszeństwa wobec człowieka.

Wreszcie Ned zatrzymał się i uniósł latarnię. Krypta ciągnęła się jeszcze dalej w ciemność, lecz kolejne groby były puste i otwarte, czarne dziury, oczekujące na swoich zmarłych, na niego i jego dzieci. Ned nie lubił o tym myśleć.

— Tutaj — powiedział tylko.

Robert przyklęknął i pochylił głowę w milczeniu.

Miał przed sobą trzy grobowce. Lord Rickard Stark, ojciec Neda, był mężczyzną o pociągłej, surowej twarzy. Kamieniarz znał go bardzo dobrze. Siedział z prostotą i godnością, z dłonią zaciśniętą na rękojeści miecza, chociaż w życiu miecze go zawiodły. W mniejszych grobach po obu stronach spoczywały jego dzieci.

Brandon zmarł w wieku dwudziestu lat, uduszony z rozkazu szalonego króla Aerysa Targaryena, na kilka dni przed dniem, w którym miał poślubić Catelyn Tully z Riverrun. Ojciec musiał patrzeć, jak umiera syn. To Brandon urodził się, żeby wstąpić na tron, był najstarszy.

Lyanna miała zaledwie szesnaście lat, panna o niespotykanej urodzie. Ned kochał ją całym sercem. Robert uwielbiał ją jeszcze bardziej. Miała zostać jego żoną.

— Była piękniejsza — przemówił Król po długiej chwili milczenia. Błądził spojrzeniem po twarzy Lyanny, jakby wierzył, że siłą woli przywróci ją do życia. Wreszcie podniósł się niezgrabnie. — A niech to, Ned. Musiałeś ją pochować w takim miejscu? — Mówił głosem zdławionym smutkiem. — Zasłużyła na coś więcej niż ciemność...

— Należała do Starków z Winterfell — odpowiedział spokojnie Ned. — Tu jest jej miejsce.

— Powinna spoczywać gdzieś na wzgórzu, pod drzewem owocowym, gdzie świeci słońce, płyną chmury i pada deszcz, który ją obmywa.

— Byłem przy niej w chwili śmierci — przypomniał Ned Królowi. — Pragnęła wrócić do domu i spocząć obok Brandona i ojca. — Niekiedy wciąż jeszcze słyszał jej słowa. „Obiecaj mi — mówiła, płacząc w pokoju przesyconym zapachem krwi i róż. — Obiecaj mi, Ned". Gorączka pozbawiła ją sił, dlatego mówiła ledwo słyszalnym szeptem, lecz kiedy obiecał spełnić jej prośbę, strach z oczu jego siostry ustąpił. Ned pamiętał, jak się wtedy uśmiechnęła, jak mocno ścisnęła mu dłoń, zanim wypuściła nić życia — z dłoni Lyanny wysypały się płatki róży, czarne i martwe. Potem już nic nie pamiętał. Odnaleziono go uczepionego jej ciała, milczącego i pogrążonego w smutku. Howland Reed, mały wyspiarz, rozłączył ich dłonie, lecz tego Ned już nie pamiętał. — Przynoszę jej kwiaty, kiedy tylko mogę — powiedział. — Lyanna bardzo... bardzo je lubiła.

Król dotknął jej policzka, muskając palcami surowy kamień, jakby dotykał twarzy żywej kobiety.

— Ślubowałem, że zabiję Rhaegara za to, co jej zrobił.

— I tak się stało — przypomniał mu Ned.

— Tylko raz — odparł Robert z goryczą.

Przybyli do brodu rzeki Trident, kiedy wokół szalała bitwa. Robert ze swym ogromnym młotem, w hełmie z rogami, natomiast targaryeński książę w czarnej zbroi. Na jego napierśniku widniał rodowy herb, trzygłowy smok, ozdobiony rubinami, które w blasku słońca migotały jak płomyki ognia. Czerwone wody Tridentu kipiały wokół kopyt ich wierzchowców, kiedy objeżdżali się i zadawali ciosy raz po raz, aż wreszcie druzgocący młot Roberta dosięgnął smoka i piersi, którą skrywał. Kiedy Ned dotarł na miejsce walki, Rhaegar leżał martwy w wodzie, a żołnierze obu armii brodzili w kotłującej się wodzie w poszukiwaniu rubinów, które posypały się ze zbroi pokonanego.

— W snach zabijam go co noc — wyznał Robert. — I tysiąc śmierci byłoby za małą karą.

Ned nic nie odpowiedział. Dopiero po dłuższej chwili odezwał się:

— Wasza Miłość, powinniśmy wracać. Twoja żona czeka.

— Niech Inni porwą moją żonę — mruknął ponuro Robert, lecz odwrócił się i ruszył ciężko z powrotem. — A jak jeszcze raz usłyszę „Waszą Miłość", to każę twoją głowę nadziać na pal. Między nami jest coś więcej niż tylko to.

— Nie zapomniałem — rzekł spokojnie Ned. Kiedy Król nic nie odpowiedział, dodał: — Opowiedz mi o Jonie.

Robert pokręcił głową.

— Jeszcze nie widziałem, żeby ktoś pogrążył się w chorobie tak szybko. W dzień imienia mojego syna zorganizowaliśmy turniej. Gdybyś go wtedy widział, pomyślałbyś, że będzie żył wiecznie. A dwa tygodnie później już nie żył. Choroba strawiła mu wnętrzności niczym ogień. Wypaliła go. — Zatrzymał się przy jednym z filarów, przed grobem któregoś z dawno zmarłych Starków. — Kochałem staruszka.

— Obaj go kochaliśmy. — Ned zamilkł na moment. — Catelyn martwi się o siostrę. Jak Lysa znosi cierpienie?

Robert skrzywił się.

— Prawdę mówiąc, nie najlepiej — przyznał. — Wydaje mi się, że śmierć Jona zaćmiła jej umysł. Zabrała chłopaka do Orlego

Gniazda. Wbrew moim życzeniom. Zamierzałem oddać go pod opiekę Tywinowi Lannisterowi w Casterly Rock. Jon nie miał braci ani innych synów. Nie chciałem, żeby dzieciaka wychowywały kobiety.

Ned prędzej powierzyłby dziecko żmii niż lordowi Tywinowi, lecz nie powiedział tego głośno. Niektóre stare rany nigdy się do końca nie zabliźniają i krwawią przy najmniejszym nawet zadrapaniu.

— No cóż, żona utraciła męża — odezwał się ostrożnie. — Może jako matka obawiała się utracić syna. Chłopak jest jeszcze mały.

— Chorowity sześciolatek, Lord Orlego Gniazda, bogowie, miejcie litość — zaklął Król. — Lord Tywin nigdy przedtem nie brał wychowanka. Lysa powinna czuć się zaszczycona moją propozycją. Lannisterowie to wielki i wspaniały ród. Nie chciała o niczym słyszeć. Uciekła pod osłoną nocy, bez słowa, bez pytania. Cersei wściekła się. — Westchnął. — Chłopak jest moim imiennikiem, wiedziałeś o tym? Robert Arryn. Ślubowałem opiekować się nim. Ale jak mam to robić, kiedy matka go wykrada?

— Ja go wezmę pod opiekę, jeśli sobie tego życzysz — zaoferował Ned. — Lysa powinna na to przystać. Dawniej przyjaźniły się z Catelyn, tak więc będzie tu chyba mile widziana.

— Jesteś wspaniałomyślny, mój przyjacielu — odparł Król. — Ale za późno. Lord Tywin wyraził już zgodę. Uczynilibyśmy mu duży afront, oddając chłopaka komu innemu.

— Bardziej obchodzi mnie los siostrzeńca niż duma Lannistera — odpowiedział Ned.

— Dlatego że nie śpisz z kobietą z rodu Lannisterów. — Robert roześmiał się, a jego śmiech zagrzechotał na ścianach grobowców i uleciał pod sklepienie. Pośród gęstwiny jego długiej, czarnej brody błysnęły białe zęby. — Ach, Ned — rzekł. — Wciąż jesteś zbyt poważny. — Objął Neda masywnym ramieniem. — Miałem zamiar odłożyć tę rozmowę na później, ale widzę, że nie ma takiej potrzeby. Chodź. — Ruszyli między kolumnami. Wydawało się, że ślepe kamienne oczy śledzą ich nieustannie. Król wciąż obejmował Neda. — Pewnie zastanawiałeś się, dlaczego wreszcie po tak długim czasie zdecydowałem się przyjechać do Winterfell.

Ned snuł pewne domysły, lecz nie wspomniał o nich.

— Oczywiście, żeby nacieszyć się towarzystwem starego przyjaciela — rzucił wesoło. — Jest jeszcze Mur. Musisz go zobaczyć, Wasza Miłość, przejść się po jego blankach i porozmawiać z załogą. Dzisiejsza Nocna Straż to zaledwie cień tego, co było niegdyś. Benjen twierdzi...

— Zdążysz mi opowiedzieć, co mówi twój brat — przerwał mu Robert. — Mur stoi od... od ilu lat, ośmiu tysięcy? Może poczekać jeszcze kilka dni. Mam ważniejsze sprawy do załatwienia. Żyjemy w trudnych czasach. Potrzebuję dobrych ludzi. Takich jak Jon Arryn. Piastował godność Lorda Orlego Gniazda, Namiestnika Wschodu, a także Królewskiego Namiestnika. Niełatwo będzie go zastąpić.

— Jego syn... — zaczął Ned.

— Jego syn odziedziczy tytuł Lorda Orlego Gniazda — wtrącił Robert stanowczym głosem. — I nic poza tym.

Słowa te zaskoczyły Neda. Zatrzymał się i spojrzał na Króla.

— Arrynowie zawsze piastowali urząd Namiestnika Wschodu. Ten tytuł przynależy do ich domu — powiedział mimowolnie.

— Może kiedy dorośnie, przywróci mu się tę godność — odparł Robert. — Ja muszę myśleć o najbliższej przyszłości. Sześcioletni chłopiec nie może być przywódcą w wojnie, Ned.

— W czasie pokoju urząd ten jest sprawowany właściwie symbolicznie. Niech go zatrzyma. By uczcić jego ojca, jeśli nawet nie dla niego samego. Tyle chyba należy się Jonowi za jego służbę.

Król nie wyglądał na zadowolonego. Zdjął rękę z ramienia Neda.

— Jon swoją służbą wypełniał tylko obowiązek wobec władcy. Co nie znaczy, Ned, że nie jestem mu wdzięczny. Lecz syn to nie ojciec. Chłopiec nie potrafi utrzymać wschodu. — Po chwili dodał łagodniejszym tonem. — Skończmy już z tym. Mamy coś ważniejszego do omówienia i nie chcę się z tobą spierać. — Chwycił Neda za łokieć. — Ned, ja potrzebuję ciebie.

— Jestem na twoje rozkazy, Wasza Miłość. — Wiedział, że musi wypowiedzieć te słowa, i tak uczynił, ale domyślał się, co może jeszcze usłyszeć.

Robert jakby go nie słuchał.

— Wszystkie te lata, które spędziliśmy w Orlim Gnieździe... bogowie, to były dobre czasy. Ned, chcę, żebyś wrócił do mnie. Chcę, żebyś był w Królewskiej Przystani, a nie tutaj, na końcu świata, gdzie nie ma z ciebie żadnego pożytku. — Robert popatrzył w ciemność; jego zamyślone oblicze przez moment przypominało melancholijną twarz Starków. — Przysięgam ci, o wiele trudniej jest siedzieć na tronie, niż go zdobywać. Wydawanie praw to żmudna praca, podobnie jak liczenie miedziaków. Do tego jeszcze ludzie... tłumy ludzi. Siedzę na tym cholernym żelaznym tronie i wysłuchuję ich narzekań, aż mi drętwieje tyłek, i rozum także. Wszyscy czegoś chcą, pieniędzy, ziemi albo sprawiedliwości. A te ich kłamstwa... lordowie i damy z zamku nie są lepsi. Żyję wśród pochlebców i głupców. Mówię ci, Ned, można oszaleć. Połowa z nich nie ma odwagi powiedzieć prawdy, a druga w ogóle jej nie dostrzega. Czasem w nocy myślę sobie, że powinniśmy byli przegrać nad Tridentem. Ach, nie, niezupełnie, ale...

— Rozumiem — oznajmił Ned.

Robert spojrzał na niego.

— Myślę, że tak. I jesteś jedynym, mój przyjacielu. — Uśmiechnął się. — Lordzie Eddardzie Stark, mam zamiar mianować cię Królewskim Namiestnikiem.

Ned przyklęknął na jedno kolano. Nie czuł się zaskoczony propozycją. Czy mógł być inny powód, dla którego Robert odbył tak daleką podróż? Królewski Namiestnik był drugą co do ważności osobą w Siedmiu Królestwach. Przemawiał głosem Króla, dowodził jego wojskami i pisał królewskie prawa. Czasem też zasiadał na Żelaznym Tronie, z którego wymierzał sprawiedliwość w imię Króla, kiedy ten był nieobecny lub chory. Robert proponował mu odpowiedzialność tak wielką jak całe królestwo.

Była to ostatnia rzecz, jakiej pragnął.

— Wasza Miłość — rzekł. — Nie jestem godzien takiego zaszczytu.

Robert jęknął, udając zniecierpliwienie.

— Gdybym chciał obsypywać cię zaszczytami, pozwoliłbym ci

odejść na spoczynek. Mam zamiar zaprząc cię do kierowania królestwem i dowodzenia moimi wojskami w czasie wojen, kiedy ja będę powoli schodził do grobu zajęty jedzeniem, piciem i rozrywkami. — Pogładził swój brzuch zadowolony. — Znasz to powiedzenie o Królu i jego Namiestniku?

Ned znał je.

— Co Król wymarzy — powiedział — jego Namiestnik zbuduje.

— Kiedyś przygwoździłem do łóżka dziewuchę jakiegoś rybaka, a ona przedstawiła mi bardziej dosadną wersję tego powiedzenia, która krąży wśród biedoty. Oni mówią, że Król je, a Namiestnik zbiera gówno. — Robert ryknął śmiechem, odrzuciwszy w tył głowę. Echo popłynęło w ciemność, a zmarli z Winterfell wydawali się patrzeć wzrokiem zimnym i pełnym niechęci... Wreszcie śmiech ucichł. Ned wciąż klęczał ze wzrokiem wzniesionym do góry. — A niech cię, Ned — rzucił żałośnie Król. — Mógłbyś przynajmniej spróbować rozweselić mnie uśmiechem.

— Powiadają, że zimą jest tutaj tak zimno, iż śmiech zamarza ludziom w gardle i ich dusi — odparł Ned spokojnie. — Może dlatego Starkowie mają tak mało poczucia humoru.

— Jedź ze mną na południe, a przypomnę ci, jak się śmiać — obiecał Król. — Pomogłeś mi zdobyć ten cholerny tron, teraz pomóż mi go utrzymać. Naszym przeznaczeniem jest panować wspólnie. Bylibyśmy braćmi, gdyby żyła Lyanna, związani uczuciem i więzami krwi. Jeszcze nie jest za późno. Ja mam syna. Ty masz córkę. Mój Joff i twoja Sansa połączą nasze rody, tak jak mogła to kiedyś zrobić Lyanna.

Ta propozycja zaskoczyła Neda.

— Sansa ma dopiero jedenaście lat.

Robert machnął dłonią niecierpliwie.

— Wystarczająco dużo na zaręczyny. Z małżeństwem można poczekać kilka lat. — Król uśmiechnął się. — A teraz wstań i powiedz, że się zgadzasz.

— Nic nie sprawiłoby mi większej przyjemności, Wasza Miłość — odparł Ned. Zawahał się. — Takie niespodziewane zaszczyty. Czy mogę się zastanowić? Porozmawiać z żoną...

— Oczywiście, powiedz Catelyn, prześpij się z tym. — Król wyciągnął ramię i, chwyciwszy Neda za rękę, przyciągnął go mocno do siebie. — Tylko nie każ mi czekać zbyt długo. Nie należę do najcierpliwszych.

Przez chwilę Eddard Stark poczuł ogarniające go złe przeczucie. Tutaj było jego miejsce, tu, na północy. Spojrzał na otaczające ich kamienne postacie i wziął głęboki oddech w chłodnej ciszy krypty. Czuł spojrzenia zmarłych. Wiedział, że słuchają. I że nadchodzi zima.

JON

Bywały chwile — niezbyt często — kiedy Jon Snow cieszył się, że jest bękartem. Gdy po raz kolejny napełnił swój puchar winem, pomyślał, że to jest właśnie jeden z takich dni.

Usiadł wygodnie na ławie między młodymi giermkami i pociągnął łyk letniego wina. Uśmiechnął się, czując w ustach jego słodki, owocowy smak.

Wielką Komnatę Winterfell wypełniał dym i zapach pieczonego mięsa oraz świeżo upieczonego chleba. Chorągwie zasłaniały ściany z szarego kamienia. Białe, złociste, karmazynowe: wilkor Starków, jeleń z koroną Baratheonów i lew Lannisterów. Bard nucił balladę, lecz w tym końcu sali jego głos zagłuszał ryk ognia, brzęk naczyń i stłumione głosy rozmów podchmielonych biesiadników.

Mijała czwarta godzina uczty powitalnej wydanej na cześć Króla. Bracia i siostry Jona zostali posadzeni razem z królewskimi dziećmi, pod wzniesioną platformą, gdzie lord i lady Stark podejmowali Króla i Królową. W tak wyjątkowym dniu pan ojciec niewątpliwie pozwolił dzieciom wypić puchar wina, lecz nie więcej. Jon zaś na swoim miejscu mógł raczyć się nim bez umiaru.

I tak też czynił ku uciesze siedzących dookoła młodzieńców,

którzy ciągle go zachęcali, gdy tylko opróżniał swój kielich. Jon chciwie słuchał ich opowieści o bitwach, napotkanych dziewczynach i polowaniach. Bez wątpienia wolał ich towarzystwo niż wspólny posiłek z potomkami Króla. Swoją ciekawość zaspokoił już na samym początku uczty, kiedy wchodzili do sali. Cała procesja przechodziła tuż obok jego ławy, więc miał okazję dobrze im się przyjrzeć.

Pierwszy pojawił się jego pan ojciec, który prowadził Królową. Nic nie przesadzili ci, co wysławiali jej urodę. W długich, złocistych włosach lśniła wysadzana kamieniami tiara, a zdobiące ją szmaragdy idealnie współgrały z jej zielonymi oczami. Lord Eddard pomógł Królowej wejść po schodach na podwyższenie i poprowadził ją na miejsce, lecz ona nawet na niego nie spojrzała. Jon choć miał dopiero czternaście lat, nie dał się nabrać na jej uśmiech.

Za nimi kroczył sam król Robert, a na jego ramieniu wspierała się lady Stark. Król zupełnie rozczarował Jona. Wcześniej ojciec często o nim opowiadał: niezrównany Robert Baratheon, demon znad Tridentu, najzacieklejszy wojownik w całym królestwie, olbrzym wśród książąt. Tymczasem Jon ujrzał opasłego mężczyznę o czerwonej twarzy porośniętej brodą, mocno spoconego pod jedwabną szatą. Sprawiał wrażenie, jakby był nieco podchmielony.

Potem szły dzieci. Mały Rickon, pierwszy, starał się iść z godnością i dostojeństwem, na jakie stać było trzyletniego chłopca. Jon musiał go popchnąć, kiedy malec zatrzymał się i patrzył dookoła zaciekawiony. Tuż za nim paradował Robb w szarej, wełnianej szacie z białym lamowaniem — były to barwy Starków. Prowadził księżniczkę Myrcellę, niespełna ośmioletnią dziewczynkę o złocistych, kręconych włosach, które, upięte pod siatką zdobioną klejnotami, kaskadą opadały jej na ramiona. Jon zauważył, że zerknęła nieśmiało i uśmiechnęła się do Robba, kiedy szli między stołami. Stwierdził, że księżniczka wygląda głupio. Robb nawet tego nie zauważył, i uśmiechał się jak idiota.

Jego przyrodnie siostry prowadziły królewskich synów. Arya dostała za towarzysza młodego, pulchnego Tommena, który miał jasne, dłuższe od niej włosy. Starsza od niej Sansa wiodła następcę tronu, Joffreya Baratheona. Choć miał dopiero dwanaście lat i był młodszy od Jona czy Robba, okazał się od nich wyższy, co Jon zauważył ze zgrozą. Książę Joffrey miał jasne włosy jak siostry i ciemnozielone oczy po matce. Gęste, jasne loki opadały na jego złoty łańcuch i wysoki aksamitny kołnierz. Sansa szła rozpromieniona, najwyraźniej zadowolona z asysty, za to Joffrey, jak zauważył Jon, wydął usta, obrzucając znudzonym czy wręcz pogardliwym spojrzeniem Wielką Komnatę Winterfell.

Jon zwrócił baczniejszą uwagę na następną parę: byli to bracia Królowej, Lannisterowie z Casterly Rock. Lew i Krasnal, których nie sposób było pomylić. Ser Jaime Lannister był bratem bliźniakiem Królowej Cersei: wysoki o złocistych włosach, błyszczących, zielonych oczach i uśmiechu, który potrafił ciąć jak nóż. Ubrany był w karmazynowe jedwabie, wysokie, czarne buty i czarny płaszcz z satyny. Z przodu jego bluzy ryczał wyzywająco lew wyszywany złocistą nicią, herb jego rodu. Głośno mówiono o nim Lew Lennisterów, za plecami zaś nazywano go „Królobójcą".

Jon nie mógł oderwać od niego wzroku. Tak powinien wyglądać król, pomyślał, kiedy mijał go książę.

Dopiero po dłuższej chwili skierował wzrok na drugiego z braci: szedł kaczkowatym chodem, schowany częściowo za bratem. Tyrion Lannister, najmłodszy potomek lorda Tywina i jak dotąd najbrzydszy. Bogowie poskąpili mu wszystkiego, czym obdarowali Cersei i Jaime'a. Był karłem o połowę niższym od swojego brata. Przebierał szybko krótkimi nogami, starając się dotrzymać mu kroku. Głowę miał za dużą w stosunku do reszty ciała, wydatne brwi, a twarz płaską i surową. Spod grzywki rzadkich, niemal białych włosów, spoglądało jedno zielone i jedno czarne oko. Jon przyglądał mu się zafascynowany.

Ostatni wszedł stryj Jona, Benjen Stark z Nocnej Straży, a z nim podopieczny Eddarda Starka, młody Theon Greyjoy. Przechodząc, Benjen posłał Jonowi ciepły uśmiech, z kolei Theon zupełnie go zignorował, ale dla Jona nie było to nic nowego. Kiedy wszyscy zajęli swoje miejsca, wzniesiono toasty, złożono podziękowania i rozpoczęła się uczta.

Wtedy Jon zaczął pić i nie przestał aż do chwili obecnej.

Poczuł, że coś otarło się o jego nogę pod stołem. Jon ujrzał wpatrzone w siebie czerwone oczy.

— Znowu głodny? — spytał. Na środku stołu leżała jeszcze połowa kurczaka w miodzie. Jon wyciągnął rękę, żeby oderwać nogę, ale w ostatniej chwili nadział na nóż całą połowę i opuścił ją na podłogę. Duch rzucił się na mięso łapczywie, nie wydając najmniejszego odgłosu. Jego braciom i siostrom zabroniono przyprowadzać na ucztę swoje wilkory, lecz w tej części sali aż roiło się od kundli, tak więc nikt nie zwrócił uwagi na jego szczeniaka. Pomyślał, że i w tym względzie dopisało mu szczęście.

Jon przetarł mocno oczy, przeklinając dym. Pociągnął długi łyk wina i przyglądał się, jak wilkor pożera kurczaka.

Inne psy kluczyły między stołami, snując się za służącymi. Czarna suka o skośnych, żółtych oczach wyczuła kurczaka. Zatrzymała się i wpełzła pod ławkę, by podkraść część łupu szczeniaka. Jon obserwował oba psy. Suka warknęła cicho i przysunęła się jeszcze bliżej. Duch podniósł łeb w milczeniu i wbił w nią spojrzenie czerwonych oczu. Suka kłapnęła zębami wyzywająco. Była trzykrotnie większa od szczeniaka. Duch nie poruszył się. Stojąc nad swoją zdobyczą, otworzył pysk i wyszczerzył kły. Suka najeżyła się, ponownie szczeknęła, lecz nie podeszła bliżej. Odwróciła się i odeszła z opuszczonym ogonem. Odchodząc, kłapnęła jeszcze raz zębami, próbując ratować honor. Duch powrócił do swojego kurczaka.

Jon uśmiechnął się i sięgnął pod stół, żeby potarmosić jego białe, kudłate futro. Wilkor spojrzał na niego i chwycił delikatnie zębami za dłoń chłopca, po czym wrócił do jedzenia.

— Czy to jeden z tych wilkorów, o których tyle słyszałem? — rozległ się znajomy głos.

Jon podniósł wzrok, uradowany, i w tej samej chwili stryj Ben położył dłoń na jego głowie i potarmosił mu włosy, podobnie jak on przed chwilą poczochrał sierść swojego szczeniaka.

— Tak — odpowiedział. — Nazywa się Duch.

Jeden z giermków przerwał sprośną opowieść, i zrobił miejsce przy stole dla brata swojego pana. Benjen Stark siadł okrakiem na ławie i wyjął kielich z dłoni Jona.

— Letnie wino — powiedział, pociągnąwszy długi łyk. — Nie ma słodszego trunku. Jon, ile już wypiłeś? — Jon uśmiechnął się. Ben Stark zaśmiał się. — Tego się obawiałem. No cóż, ja byłem chyba jeszcze młodszy, kiedy pierwszy raz się upiłem. — Z półmiska na stole wziął pieczoną cebulę ociekającą gęstym sosem i ugryzł duży kęs. Rozległo się głośne chrupnięcie.

Stryj Jona miał twarz o ostrych, surowych rysach niczym górska turnia, lecz w jego niebieskoszarych oczach nieustannie czaiły się iskierki wesołości. Ubierał się na czarno, jak przystało na człowieka Nocnej Straży. Tego wieczoru był to bogaty, czarny aksamit, wysokie, skórzane buty i szeroki pas ze srebrną klamrą. Na jego piersi spoczywał ciężki srebrny łańcuch. Benjen przyglądał się Duchowi, jedząc z zadowoleniem cebulę.

— Bardzo spokojny wilkor — zauważył.

— Jest inny niż tamte — wyjaśnił Jon. — Nigdy się nie odzywa. Dlatego nazwałem go Duch. I jeszcze dlatego, że jest biały. Tamte są ciemne, szare albo czarne.

— Za Murem wciąż można spotkać wilkory. Słyszymy je w czasie wypadów. — Benjen Stark spojrzał uważniej na Jona. — Zwykle jadasz przy stole z braćmi, prawda?

— Przeważnie — odparł Jon obojętnym głosem. — Ale dzisiaj lady Stark uznała, że królewska rodzina mogłaby się obrazić, gdyby przy ich stole posadzono bękarta.

— Rozumiem. — Stryj zerknął przez ramię na stół ustawiony na podwyższeniu w drugim końcu sali. — Mój brat nie wydaje się dzisiaj w nastroju do zabawy.

Jon także to zauważył. Bękart musiał nauczyć się dostrzegać wiele rzeczy, rozpoznawać prawdę skrywaną za spojrzeniami. Jego ojciec zachowywał się po dworsku, lecz Jon dostrzegał napięcie w jego twarzy, jakiego dawno nie widział. Eddard Stark siedział, prawie się nie odzywając, z nieobecnym spojrzeniem utkwionym w dal. Król, oddalony od niego o dwa miejsca, pił dużo przez cały wieczór. Jego twarz, schowana częściowo za ogromną czarną brodą, płonęła rumieńcem. Wznosił coraz to nowe toasty, reagował głośnym śmiechem na każdy dowcip i rzucał się na kolejne potrawy, jakby umierał z głodu. Siedząca obok niego Królowa przypominała lodową rzeźbę.

— Królowa także nie jest w nastroju — zauważył Jon cichym głosem. — Po południu ojciec zabrał Króla do krypty, a ona nie chciała, żeby tam szedł.

Benjen spojrzał badawczo na Jona.

— Niewiele się przed tobą ukryje, co, Jon? Potrzeba nam takich na Murze.

Jon wyprostował się.

— Robb sprawnie posługuje się kopią, ale ja lepiej władam mieczem. A Hullen mówi, że doskonale trzymam się na koniu.

— Godne uwagi osiągnięcia.

— Zabierz mnie ze sobą, kiedy będziesz wracał na Mur — powiedział niepodziewanie Jon. — Ojciec pozwoli, jeśli go poprosisz.

Stryj Benjen przyglądał mu się uważnie.

— Jon, Mur to trudne miejsce dla chłopca.

— Jestem już prawie mężczyzną — zaprotestował Jon. — W następny dzień mojego imienia skończę piętnaście lat, a poza tym maester Luwin mówi, że bękarty dorastają szybciej.

— W to nie wątpię — odparł Benjen, tłumiąc uśmiech. Podniósł ze stołu kielich Jona, napełnił go winem i pociągnął długi łyk.

— Daeron Targaryen miał tylko czternaście lat, kiedy podbił Dorne — rzekł Jon. Młody Smok był jednym z jego ulubionych bohaterów.

— Ale batalia trwała całe lato — zauważył stryj. — Twój młody Król stracił pięć tysięcy ludzi, zanim podbił Dorne, i dodatkowe dwadzieścia tysięcy, próbując je utrzymać. Ktoś powinien był mu powiedzieć, że wojna to nie zabawa. — Benjen napił się wina. — A ponadto — dodał, ocierając usta — Daeron Targaryen miał zaledwie osiemnaście lat, kiedy umarł. Może zapomniałeś o tym?

— Niczego nie zapominam — odparł dumnie Jon. Wino dodawało mu śmiałości. Starał się siedzieć prosto, żeby wyglądać na jeszcze wyższego. — Stryju, chcę służyć w Nocnej Straży.

Długo się nad tym zastanawiał, leżąc nocami w łóżku, obok braci pogrążonych we śnie. Robb odziedziczy kiedyś Winterfell, stanie na czele wielkiej armii jako Namiestnik Północy. Bran i Rickon zostaną jego chorążymi i obejmą dowództwo twierdz w jego imieniu. Siostry, Arya i Sansa, poślubią potomków wielkich rodów i pojadą do zamków na południu. A na co mógł liczyć bękart?

— Jon, nie wiesz, o co prosisz. Nocna Straż to zaprzysiężeni ludzie. My nie mamy rodzin. Żaden z nas nigdy nie zostanie ojcem. Naszą żoną jest służba, a kochanką honor.

— Bękart także posiada honor — odparł Jon. — Jestem gotowy do złożenia waszej przysięgi.

— Masz dopiero czternaście lat — przypomniał mu Benjen. — Nie jesteś mężczyzną. Nie miałeś jeszcze kobiety i nie wiesz, czego musiałbyś się wyrzec.

— Nie dbam o to! — zaperzył się Jon.

— Może by i tak było, gdybyś wiedział, co masz do stracenia — rzekł Benjen. — Nie wyrywałbyś się wtedy tak ochoczo, synu.

Jon poczuł wzbierający w nim gniew.

— Nie jestem twoim synem!

Benjen Stark podniósł się.

— Tym większa szkoda. — Położył dłoń na ramieniu Jona. — Przyjdź do mnie, jak już spłodzisz kilka bękartów. Zobaczymy, co powiesz wtedy.

Jon zadrżał.

— Nigdy nie spłodzę bękarta — wycedził. — Nigdy! — Wyrzucił z siebie to słowo niczym żmija jad. Nagle uświadomił sobie, że siedzący przy stole umilkli i patrzą na niego. Czując napływające do oczu łzy, wstał ciężko. — Proszę mi wybaczyć — powiedział. Odwrócił się na pięcie i ruszył przed siebie, zanim ktokolwiek zauważył, że płacze. Okazało się, że wypił więcej wina, niż zdawał sobie z tego sprawę, ponieważ nogi mu się poplątały i runął w bok, wpadając na służącą, i wytrącił jej z rąk dzban z winem. Rozległy się śmiechy, a Jon poczuł na policzkach gorące łzy. Ktoś usiłował go podtrzymać, lecz on wyrwał się i poszedł w stronę drzwi. Duch nie odstępował go ani na krok i razem wyszli w ciemną noc.

Na pustym dziedzińcu panowała cisza. Wysoko, na blankach wewnętrznego muru, stał samotny strażnik owinięty szczelnie płaszczem. Wyglądał na zmarzniętego i znudzonego, lecz Jon chętnie by się z nim zamienił. Cały zamek tonął w ciemności i wydawał się opuszczony. Jon widział kiedyś opuszczony gród, przerażające miejsce, w którym poza wiatrem nic się nie poruszało, a kamienie milczały złowrogo, skrywając tajemnice ludzi, którzy tam kiedyś mieszkali. Tej nocy Winterfell przypominało mu tamto miejsce.

Przez otwarte okna za jego plecami sączyła się muzyka i śpiewy. Jon nie miał ochoty ich słuchać. Otarł łzy rękawem koszuli, zły, że pozwolił sobie na płacz, i ruszył przed siebie.

— Chłopcze. — Usłyszał czyjś głos. Jon odwrócił się. Tyrion Lannister niczym chimera siedział na kamiennej półce, nad drzwiami prowadzącymi do wielkiego holu. Karzeł przyglądał mu się uśmiechnięty. — Czy ten zwierzak to wilk?

— Wilkor — wyjaśnił Jon. — Nazywa się Duch. — Patrzył w górę na karła, zaciekawiony, zapominając o swojej udręce. — Co ty tam robisz? Dlaczego nie jesteś na przyjęciu?

— W środku jest za gorąco i za głośno, a poza tym wypiłem za dużo wina — odpowiedział karzeł. — Już dawno przekonałem się, że niegrzecznie jest rzygać na własnego brata. Czy mogę obejrzeć z bliska twojego wilka?

Jon zawahał się na moment, lecz po chwili skinął głową powoli.

— Sam zejdziesz czy mam przynieść drabinę?

— Daj spokój — odparł karzeł. Odepchnął się z półki i skoczył w dół. Jon otworzył usta i patrzył oniemiały, jak Tyrion Lannister opada zwinięty w kłębek, ląduje na rękach i odbija się do tyłu, by ostatecznie stanąć na nogach.

Duch cofnął się niepewnie.

Karzeł wybuchnął śmiechem i otrzepał z kurzu ubranie.

— Zdaje się, że przestraszyłem twojego wilka. Wybacz.

— On się nie przestraszył — zaprzeczył Jon. Przyklęknął i zawołał: — Chodź tutaj, Duchu. No, chodź. — Szczeniak przybliżył się i przysunął pysk do twarzy Jona, nie spuszczając wzroku z Tyriona Lannistera. Kiedy karzeł wyciągnął ramię, by go pogłaskać, wilk cofnął się i wyszczerzył kły.

— Nieśmiały, co? — zauważył Lannister.

— Siadaj, Duch — rozkazał Jon. — Dobrze, spokój. — Spojrzał w górę na karła. — Teraz możesz go pogłaskać. Nie ruszy się, dopóki mu nie powiem. Tak go nauczyłem.

— Widzę — orzekł Lannister. Potarmosił śnieżnobiałe futro między uszami Ducha i powiedział: — Dobry wilk.

— Gdyby mnie tu nie było, rozerwałby ci gardło — oznajmił Jon. Nie była to w pełni prawda, lecz wierzył, że tak będzie.

— W takim razie nie oddalaj się zbytnio — zażartował karzeł. Przechylił swoją za dużą głowę i popatrzył uważnie na Jona oczami o różnych kolorach. — Jestem Tyrion Lannister.

— Wiem — oświadczył Jon, wstając. Teraz był większy od karła, co wprawiło go w zakłopotanie.

— Ty jesteś bękartem Neda Starka, zgadza się? — Jon poczuł ogarniający go chłód. Zacisnął mocno usta i nic nie odpowiedział. — Czy cię obraziłem? — spytał Lannister. — Przepraszam. Nikt nie oczekuje uprzejmości od karłów. Dzięki całym pokoleniom brykających głupców ubranych w pstrokate ubrania nie muszę dbać o strój i mogę wygadywać, co mi się tylko spodoba. — Wyszczerzył zęby w uśmiechu. — A zatem jesteś tym bękartem.

— Lord Eddard Stark jest moim ojcem — odezwał się Jon dobitnym głosem.

Lannister przyglądał się jego twarzy.

— Tak — powiedział. — Bez wątpienia. Masz więcej rysów ludzi z północy niż twoi bracia.

— Przyrodni bracia — poprawił Jon. Ucieszyły go słowa karła, lecz nie chciał się z tym zdradzić.

— Pozwól, bękarcie, że dam ci pewną radę — mówił dalej Lannister. — Nigdy nie zapominaj o tym, kim jesteś, bo świat na pewno o tym nie zapomni. Uczyń z tego swoją siłę, a wtedy przestanie to być twoim słabym punktem. Zrób z tego swoją zbroję, a nikt nie użyje tego przeciwko tobie.

W tym momencie Jon nie miał ochoty wysłuchiwać niczyich rad.

— Co ty możesz wiedzieć o tym, jak to jest być bękartem?

— W oczach ojców wszystkie karły są bękartami.

— Przecież jesteś prawdziwym synem matki z Lannisterów.

— Czyżby? — odparł karzeł, uśmiechając się ponuro. — Powiedz to mojemu panu ojcu. Moja matka umarła, wydając mnie na świat, dlatego on nigdy nie miał pewności.

— Ja nawet nie znam swojej matki — wyznał Jon.

— Bez wątpienia była to kobieta. Przeważnie są to kobiety. — Uśmiechnął się smutno do Jona. — I zapamiętaj coś jeszcze, chłopcze. Wszystkie karły mogą być bękartami, lecz nie wszystkie bękarty muszą być karłami. — Po tych słowach odwrócił się i wrócił na ucztę, pogwizdując. Kiedy otwierał drzwi, jego długi cień padł na podłogę dziedzińca, a Tyrion Lannister, przez krótką chwilę, wydawał się ogromny jak król.

CATELYN

Ze wszystkich pokoi Wielkiej Wieży zamku Winterfell najcieplejsza była komnata sypialna Catelyn.

Zamek wzniesiono w miejscu, gdzie wybijały gorące źródła, dlatego ich gorące wody płynęły przez jego ściany niczym krew w ludzkim ciele, dzięki czemu ogrzewały kamienne hole, wypełniały wilgotnym ciepłem cieplarniane ogrody i nie pozwalały ziemi zamarznąć.

Kąpiel Catelyn była zawsze parująca i gorąca, a ściany jej komnaty ciepłe w dotyku. Ciepło przypominało jej Riverrun, słoneczne dni spędzone z Lysą i Edmurem, lecz Ned nigdy go nie polubił. Wciąż powtarzał, że Starkowie zostali stworzeni dla zimna, ona zaś śmiała się wtedy i odpowiadała, że w takim razie postawili swój zamek w niewłaściwym miejscu.

Tak więc, kiedy skończyli, Ned zsunął się z niej i wyszedł

z łóżka, jak miał w zwyczaju robić. Przeszedł przez pokój, odsunął ogromne, ciężkie zasłony i zaczął otwierać kolejno wysokie i wąskie okna, wpuszczając do komnaty nocne powietrze.

Wiatr zawirował wokół niego, gdy stał tak wpatrzony w ciemność, nagi, z pustymi rękoma. Catelyn naciągnęła futro aż po szyję i spoglądała na męża. Teraz wydawał jej się mniejszy, słabszy, jak młodzieniec, którego poślubiła w sepcie w Riverrun czternaście długich lat temu. W lędźwiach wciąż czuła jeszcze ból od jego natarczywych pchnięć, lecz był to przyjemny ból. Czuła w sobie nasienie i modliła się, żeby powstało z niego życie. Od urodzin Rickona minęły już trzy lata. Nie była za stara i mogła dać Nedowi jeszcze jednego syna.

— Odmówię mu — rzekł Ned, odwróciwszy się do niej. Patrzył nieprzytomnym spojrzeniem, a w jego głosie zabrzmiała niepewność.

Catelyn usiadła w łóżku.

— Nie możesz. Nie wolno ci.

— Mam dość obowiązków na północy i nie pragnę zostać Namiestnikiem Roberta.

— On tego nie zrozumie. Teraz jest Królem, a królowie to nie to samo, co zwykli ludzie. Jeśli nie zechcesz mu służyć, zacznie się zastanawiać dlaczego i prędzej czy później nabierze podejrzeń, że nie jesteś mu przychylny. Nie dostrzegasz niebezpieczeństwa, jakie mógłbyś na nas sprowadzić?

Ned potrząsnął głową niedowierzająco.

— Robert nigdy by nie skrzywdził ani mnie, ani nikogo z mojej rodziny. Byliśmy sobie bliżsi niż bracia. On darzy mnie miłością. Jeśli mu odmówię, wścieknie się i przeklnie mnie, lecz nie minie tydzień, a będziemy się śmiać z tego. Ja go znam!

— Znałeś innego człowieka — oświadczyła. — Król jest kimś innym. — Catelyn przypomniała sobie martwego wilkora znalezionego w śniegu z gardłem przebitym rogiem. Chciała mu to uzmysłowić. — Mój panie, dla Króla duma jest wszystkim. Robert przebył daleką drogę, by osobiście obdarzyć cię tym ogromnym zaszczytem, a tobie nie wolno rzucać mu go w twarz.

— Zaszczytem? — Ned roześmiał się gorzko.

— W jego mniemaniu — wyjaśniła.

— A w twoim?

— Także w moim — odparła, teraz już rozzłoszczona. Dlaczego tego nie widział? — Jak inaczej można to potraktować? Chce, żeby nasza córka poślubiła jego syna. Sansa może zostać kiedyś królową. Jej synowie może będę rządzili od Muru aż po góry Dorne. Co w tym złego?

— Bogowie, Catelyn, Sansa ma dopiero jedenaście lat — zaperzył się Ned. — A Joffrey... Joffrey jest...

— ...następcą tronu — skończyła za niego. — Ja miałam zaledwie dwanaście lat, kiedy mój ojciec obiecał mnie twojemu bratu, Brandonowi.

Ned skrzywił się.

— Brandon. Tak, Brandon wiedziałby, co zrobić. Zawsze wiedział. Wszystko to było przeznaczone dla niego. Ty, Winterfell, wszystko. On urodził się na Namiestnika i ojca przyszłych królowych. Ja nigdy nie prosiłem o ten puchar.

— Może i nie — powiedziała Catelyn — ale Brandon nie żyje, a ty otrzymałeś puchar i musisz z niego pić, czy chcesz tego czy nie.

Ned znowu odwrócił się do okna. Stał wpatrzony w ciemność, może patrzył na księżyc, może na gwiazdy albo na strażników strzegących murów.

Catelyn zamilkła, widząc jak cierpi. Eddard Stark poślubił ją w miejsce Brandona, zgodnie z tradycją, lecz cień jego zmarłego brata wciąż pozostawał między nimi, podobnie jak ten drugi, cień kobiety, której imienia nie chciał wyjawić, a która urodziła mu bękarta.

Miała już podejść do niego, kiedy rozległo się pukanie, głośne i nieoczekiwane. Ned odwrócił się, marszcząc czoło.

— Co tam?

Zza drzwi dobiegł głos Desmonda:

— Mój panie, przybył maester Luwin i prosi o pilne posłuchanie.

— Mówiłeś mu, że nie kazałem nikogo wpuszczać?

— Tak, panie, lecz on nalega.

— Dobrze. Wpuść go.

Ned podszedł do szafy i włożył ciężką szatę. Catelyn poczuła nagle przenikliwy chłód. Usiadła w łóżku i podciągnęła futro pod brodę.

— Może zamkniemy okna — zaproponowała.

Ned skinął głową zamyślony. W tej samej chwili pojawił się maester Luwin. Był drobnym mężczyzną o ziemistej cerze. Jego bystre, szare oczy potrafiły dużo zauważyć. Te włosy, które mu jeszcze zostały, pokryła siwizna. Ubrany był w szarą szatę z wełny, obszytą białym futrem, barwy Starków. Wnętrza obszernych rękawów skrywały kieszenie, do których Luwin wsadzał zawsze różne przedmioty, książki, wiadomości, zabawki dla dzieci i różne dziwne rzeczy. Catelyn dziwiła się często, że on w ogóle jest w stanie unieść ręce.

Maester czekał w milczeniu, dopóki nie zamknięto za nim drzwi.

— Mój panie — zwrócił się do Neda. — Wybacz, że zakłócam twój odpoczynek. Zostawiono u mnie wiadomość.

Ned spojrzał na niego rozzłoszczony.

— Zostawiono? Kto zostawił? Posłaniec? Nikt mnie nie informował.

— Nie było żadnego posłańca, mój panie. Jedynie rzeźbiona, drewniana szkatułka, pozostawiona na stole w obserwatorium w czasie, kiedy się zdrzemnąłem. Moi służący nie widzieli nikogo, lecz musiał to być ktoś z królewskiej świty. Nie mieliśmy innych gości z południa.

— Szkatułka, powiadasz? — powiedziała Catelyn.

— W jej wnętrzu znalazłem wspaniałą lupę do mojego obserwatorium. Można sądzić, że pochodzi z Myr. Nie ma lepszych nad mistrzów z Myr.

Ned zmarszczył brwi. Catelyn wiedziała, że nie interesują go podobne rzeczy.

— Lupa — powtórzył. — A co to ma wspólnego ze mną?

— I ja zadałem sobie podobne pytanie? — odparł maester Luwin. — Stwierdziłem, że musi tu chodzić o coś więcej.

Catelyn zadrżała pod grubym futrem.

— Lupa to instrument, który pomaga nam lepiej coś zobaczyć.

— Właśnie. — Luwin przesunął palcami po ciężkim kołnierzu szaty swojego zakonu; szyję starca oplatał ciężki łańcuch, każde jego ogniwo wykuto z innego metalu.

Po raz kolejny Catelyn poczuła dreszcz strachu.

— Cóż takiego mielibyśmy ujrzeć wyraźniej?

— Również się nad tym zastanawiałem. — Maester Luwin wyciągnął z rękawa ciasno zwinięty papier. — Prawdziwą wiadomość znalazłem ukrytą pod podwójnym dnem, kiedy rozłożyłem szkatułkę, lecz nie jest ona przeznaczona dla mnie.

— A zatem daj mi ją. — Ned wyciągnął rękę.

Luwin pozostał na miejscu.

— Wybacz, panie. Wybacz, ale wiadomość nie jest dla ciebie. Jest przeznaczona dla oczu lady Catelyn, i tylko dla niej. Czy wolno mi się zbliżyć?

Catelyn skinęła głową. Maester położył rulon na stole przy łóżku. Widniała na nim pieczęć z niebieskiego wosku. Luwin skłonił się i zaczął się wycofywać.

— Zostań — rozkazał Ned surowym tonem. Spojrzał na Catelyn. — O co chodzi? Moja pani, ty drżysz.

— Chyba tak — przyznała. Wyciągnęła ramię i drżącą dłonią podniosła ze stołu list. Futro opadło, odsłaniając jej nagie ciało. W niebieskim wosku wyciśnięto sokoła na tle księżyca w pełni. Pieczęć rodu Arrynów. — Od Lysy. — Catelyn spojrzała na męża. — Ta wiadomość nie ucieszy nas — powiedziała. — Niesie ze sobą smutek. Czuję to.

Ned zachmurzył się.

— Otwórz list.

Catelyn złamała pieczęć. Jej oczy przesuwały się po kolejnych słowach. Początkowo nic nie rozumiała. Dopiero po chwili przypomniała sobie.

— Lysa nie chciała ryzykować. W dzieciństwie posługiwałyśmy się nam tylko znanym, wymyślonym językiem.

— Potrafisz to odczytać?

— Tak.

— A zatem powiedz nam, co pisze.

— Może powinienem odejść — odezwał się maester Luwin.

— Nie — powstrzymała go Catelyn. — Będziemy potrzebowali twojej rady. — Odrzuciła futro i wyszła z łóżka. Idąc przez zimny pokój, miała wrażenie, że znalazła się w grobowcu.

Maester Luwin spuścił wzrok. Nawet Ned wyglądał na zaskoczonego.

— Co ty robisz? — spytał.

— Rozpalam ogień — odpowiedziała Catelyn. Założywszy szlafrok, przyklęknęła nad wygasłym paleniskiem.

— Może maester Luwin... — zaczął Ned.

— Maester Luwin odbierał wszystkie moje dzieci — oświadczyła Catelyn. — Nie czas teraz na fałszywą skromność. — Wsunęła papier pod drobniejsze drzazgi i położyła na nich większy kawałek drewna.

Ned podszedł do niej i postawił ją na nogi. Jej twarz znalazła się tuż przy jego.

— Moja pani, powiedz mi! Co to za wiadomość?

Czuł pod palcami napięte ciało Catelyn.

— Ostrzeżenie — powiedziała cicho. — Jeśli mamy na tyle rozumu, żeby go wysłuchać.

Nie spuszczał oczu z jej twarzy.

— Mów.

— Lysa pisze, że Jon Arryn został zamordowany.

Zaciskał mocno palce na ramionach Catelyn.

— Przez kogo?

— Przez Lannisterów — oznajmiła. — Przez Królową.

Ned zwolnił uścisk. Na jej skórze pozostały głębokie, czerwone ślady.

— Bogowie — wyszeptał ochrypłym głosem. — Twoja siostra jest przepełniona bólem. Nie wie, co mówi.

— Wie — odparła Catelyn. — Owszem, Lysa jest impulsywna, ale ta wiadomość została dobrze zaplanowana i sprytnie ukryta. Zdawała sobie sprawę, że zginie, gdyby ten list dostał się w niepowołane ręce. Musiała kierować się czymś więcej niż tylko podejrzeniem, skoro tak bardzo ryzykowała. — Catelyn spojrzała na męża. — Teraz nie mamy już wyboru. Musisz zostać Królewskim Namiestnikiem. Musisz pojechać z nim na południe i dowiedzieć się prawdy.

W tej samej chwili zorientowała się, że Ned pomyślał coś zupełnie innego.

— Jedyne prawdy, jakie znam, są tutaj. Południe to siedlisko żmij, do którego nie chcę wchodzić.

Luwin pociągnął za swój łańcuch w miejscu, w którym otarł mu delikatną skórę na szyi.

— Mój panie, Królewski Namiestnik posiada ogromną władzę. Władzę, dzięki której pozna prawdę o śmierci lorda Arryna i wymierzy sprawiedliwość jego zabójcom. Pozwoli mu ona także stanąć w obronie lady Arryn i jej syna, jeśli najgorsze okaże się prawdą.

Ned rozejrzał się bezradnie po komnacie. Catelyn była z nim całym sercem, lecz wiedziała, że w tej chwili nie wolno jej wziąć go w ramiona. Najpierw zwycięstwo, dla dobra dzieci.

— Twierdzisz, że kochasz Roberta jak brata. Zostawiłbyś brata otoczonego Lannisterami?

— Niech was porwą Inni — zaklął pod nosem. Odwrócił się i podszedł do okna. Catelyn milczała, podobnie jak i maester. Czekali cierpliwie, tymczasem Eddard Stark żegnał się w milczeniu z ukochanym domem. Kiedy ponownie zwrócił się do nich, mówił zmęczonym, smutnym głosem, a w kącikach jego oczu zalśniły wilgotne iskierki. — Mój ojciec pojechał raz na południe, wezwany przez Króla. Nigdy nie powrócił do domu.

— Inne czasy. Inny Król — wtrącił maester Luwin.

— Tak — powiedział Ned ponuro. Usiadł na krześle przy palenisku. — Catelyn, ty zostaniesz w Winterfell.

Jego słowa smagnęły ją niczym powiew zimnego wiatru.

— Nie — odpowiedziała zaniepokojona. Czy tak miała zostać ukarana? Nigdy już nie ujrzeć jego twarzy, nie poczuć jego uścisku?

— Tak — orzekł Ned stanowczo. — Będziesz w moim imieniu sprawować rządy na północy. W Winterfell zawsze pozostaje ktoś ze Starków. Robb ma czternaście lat. Niedługo będzie dorosłym mężczyzną. Musi nauczyć się rządzić, a mnie nie będzie, żeby mu wszystko pokazać. Niech uczestniczy w naradach. Niech będzie gotów, kiedy nadejdzie jego czas.

— Niebawem, jeśli bogowie pozwolą — mruknął maester Luwin.

— Maesterze Luwinie, ufam tobie jak bratu. Służ mojej żonie radą we wszystkich sprawach, dużych i małych. Naucz mojego syna wszystkiego, czego powinien się nauczyć. Nadchodzi zima.

Luwin skłonił głowę z powagą. Długą chwilę nikt się nie odzywał, aż dopiero Catelyn zebrała się na odwagę, by zadać pytanie, którego najbardziej się obawiała.

— A co z pozostałymi dziećmi?

Ned wysunął ramiona i przyciągnął ją ku sobie, tak że ich twarze znalazły się naprzeciw siebie.

— Rickon jest mały — oznajmił łagodnie. — Powinien zostać z tobą i Robbem. Pozostałe dzieci pojadą ze mną.

— Nie zniosę tego — oświadczyła, drżąc.

— Tak trzeba — stwierdził. — Sansa musi wyjść za Joffreya. Teraz nie mam co do tego wątpliwości, a więc nie wolno nam dawać im jakichkolwiek podejrzeń co do naszego oddania. Ponadto nadszedł czas, żeby Arya poznała dworskie życie południa. Za kilka lat będzie mogła szukać męża.

Sansa zabłyśnie na południu, pomyślała Catelyn, a Arya bez wątpienia potrzebuje ogłady. Z bólem w sercu pogodziła się z ich odejściem. Ale nie Bran, tylko nie on. Nigdy.

— Dobrze — powiedziała. — Ned, proszę jednak, ze względu na miłość, jaką mnie darzysz, niech Bran zostanie w Winterfell. On ma dopiero siedem lat.

— Ja miałem osiem lat, kiedy ojciec wysłał mnie pod opiekę do Orlego Gniazda — odparł Ned. — Ser Rodrik twierdzi, że książę Joffrey i Robb nie darzą się zbyt gorącym uczuciem. To nie jest zdrowe. Może Bran ułatwi ich pojednanie. Jest słodkim chłopcem, wesołym i da się lubić. Niech rośnie z królewskimi synami, niech zaprzyjaźni się z nimi, tak jak ja zaprzyjaźniłem się z Robertem. Zwiększy to tylko bezpieczeństwo naszego rodu.

Miał rację. Catelyn zdawała sobie z tego sprawę, lecz wcale przez to mniej nie cierpiała. Miała utracić całą czwórkę: Neda, obie dziewczynki i słodkiego, kochanego Brana. Pozostaną jej tylko Robb i Rickon. Już czuła się samotna. Winterfell było takie ogromne.

— Przynajmniej pilnuj, żeby trzymał się z daleka od murów — odezwała się odważnie. — Wiesz, jak Bran lubi się wspinać.

Ned scałował jej łzy, zanim zdążyły spłynąć po policzkach.

— Dziękuję ci, moja pani — rzekł szeptem. — Wiem, jak ci ciężko.

— A co z Jonem Snow, mój panie? — wtrącił maester Luwin.

Catelyn znieruchomiała na dźwięk tego imienia. Ned wyczuł jej gniew i odsunął się.

Wielu mężczyzn płodziło bękarty. Catelyn dojrzewała, posiadając już tę wiedzę. Nie zdziwiła się więc, kiedy w pierwszym roku ich małżeństwa dowiedziała się, że Ned spłodził syna z jakąś dziewczyną spotkaną przypadkowo w czasie jednej z wypraw. Rozumiała to, miał swoje potrzeby, cały rok spędzili oddaleni od siebie, on na wojnie, na południu, ona bezpieczna w zamku swojego ojca w Riverrun. Większą uwagę poświęcała Robbowi, którego wtedy nosiła jeszcze przy piersi, niż mężowi, którego ledwie znała. Rozumiała, że mężczyzna potrzebuje pociech między kolejnymi bitwami. Nie wątpiła też, że zajmie się dzieckiem, gdyby zdarzyło mu się je spłodzić.

On jednak posunął się dalej. Starkowie różnili się od innych. Ned zabrał swojego bękarta do domu i na oczach całej północy nazwał go „synem". Kiedy wojny wreszcie się skończyły i Catelyn zjechała do Winterfell, Jon i jego mamka zdążyli się już zadomowić.

Dla niej był to bolesny cios. Ned zaledwie wspomniał o matce dziecka, lecz w zamku nic się nie ukryło i niebawem Catelyn coraz częściej słyszała strzępy rozmów służących, które powtarzały opowieści swoich mężów, żołnierzy. Padło imię ser Arthura Dayne'a, zwanego Mieczem Poranka, najokrutniejszego z siedmiu rycerzy straży króla Aerysa. Opowiadano, że młody lord pokonał rycerza w pojedynku. Szeptano też, jak potem Ned zawiózł miecz ser Arthura do jego młodej i pięknej siostry, która czekała w zamku zwanym Starfall, położonym na brzegu Morza Letniego. Lady Ashara Dayne, wysoka i urodziwa, o przenikliwych fioletowych oczach. Dwa tygodnie Catelyn zbierała się na odwagę, aż wreszcie którejś nocy, kiedy leżeli w łóżku, spojrzała mężowi prosto w oczy i poprosiła, żeby wyznał jej prawdę.

Był to jeden jedyny raz, kiedy przestraszyła się Neda. „Nigdy nie pytaj mnie o Jona — odpowiedział jej wtedy lodowatym głosem. — Niech ci wystarczy, że w jego żyłach płynie moja krew. Dowiem się, od kogo usłyszałaś to imię, moja pani". Obiecała mu, że więcej nie będzie pytać. Od tamtego dnia plotki ustały i nikt więcej nie wymówił w Winterfell imienia Ashary Dayne.

Bez wątpienia kochał bardzo matkę chłopca, gdyż nie chciał słuchać próśb Catelyn, by go odesłać. Tej jednej rzeczy nigdy mu nie wybaczyła. Swojego męża pokochała całym sercem, ale nie potrafiła wzbudzić w sobie podobnego uczucia wobec Jona. Wybaczyłaby Nedowi i tuzin bękartów, gdyby tylko pozostawił ich gdzieś daleko. Jon był jednak z nimi, rósł i coraz bardziej przypominał Neda, bardziej niż którekolwiek z dzieci, które mu urodziła. Fakt ten pogłębiał jej ranę.

— Jon musi odejść — powiedziała teraz.

— On i Robb są sobie bliscy — odezwał się Ned. — Miałem nadzieję...

— On nie może zostać tutaj... — przerwała mu Catelyn. — Jest twoim synem, nie moim. Nie chcę go tutaj. — Wiedziała, jak ranią go jej słowa, choć są prawdziwe. Pozostawiony w Winterfell, chłopiec nie miałby lekkiego życia.

Ned spojrzał na nią pełnym udręki wzrokiem.

— Wiesz, że nie mogę go zabrać na południe. Nie ma dla niego miejsca na tamtejszym dworze. Chłopak z nazwiskiem bękarta... rozumiesz, jak by to wyglądało. Będą go unikać.

Catelyn postanowiła pozostać nieugięta wobec prośby męża, której głośno nie wypowiedział.

— Mówią, że twój przyjaciel Robert sam spłodził z tuzin bękartów.

— Lecz żadnego z nich nie widziano na dworze! — warknął Ned. — Kobieta Lannisterów zadbała o to. Catelyn, jak możesz być tak okrutna? To tylko chłopiec. On...

Czuł wzbierającą w nim złość. Zamierzał mówić dalej, lecz przerwał mu maester Luwin.

— Istnieje inne rozwiązanie — przemówił cicho. — Niedawno był u mnie twój brat, panie, Benjen. Przychodził w sprawie Jona. Zdaje się, że chłopiec myśli przywdziać czarny strój.

Ned spojrzał na niego zdumiony.

— Chce wstąpić do Nocnej Straży? — Catelyn milczała. Niech Ned przetrawi tę wiadomość. W tej chwili gotowa była ucałować maestera. Rozwiązanie wydało jej się idealne. Benjen Stark był Zaprzysiężonym Bratem. Traktowałby Jona jak syna, którego nigdy nie będzie miał. Kiedyś chłopiec także złoży przysięgę. Dzięki temu nie spłodzi synów, którzy mogliby konkurować o Winterfell z wnukami Catelyn.

— Mój panie, służba na Murze to wielki zaszczyt — powiedział maester Luwin.

— Tak, nawet bękart może zajść wysoko, służąc na Murze — zauważył Ned. Mówił udręczonym głosem. — Jon jest taki młody. Gdyby poprosił o to już jako mężczyzna... ale on ma dopiero czternaście lat...

— Ciężkie poświęcenie — przyznał maester Luwin. — Ale nastały ciężkie czasy. Twoja droga, panie, podobnie jak droga twojej pani, wcale nie wydaje się łatwiejsza.

Catelyn pomyślała o trójce dzieci, z którymi miała się rozstać. Niełatwo było jej zachować milczenie.

Ned odwrócił się do okna zamyślony. Wreszcie westchnął i zwrócił się do maestera Luwina.

— Dobrze. Tak chyba będzie najlepiej. Pomówię z Benem.

— Kiedy powiemy Jonowi? — spytał maester.

— W stosownej chwili. Najpierw trzeba poczynić przygotowania, a to zajmie nam przynajmniej dwa tygodnie. Niech Jon nacieszy się tymi ostatnimi dniami. Wkrótce skończy się lato, a z nim i jego dzieciństwo. Kiedy nadejdzie czas, sam mu to oznajmię.

ARYA

Arya spojrzała na swój ścieg — wciąż był krzywy.

Zmarszczyła czoło przygnębiona i spojrzała na swoją siostrę, Sansę, która siedziała z pozostałymi dziewczętami. Ścieg Sansy był zawsze idealny. Wszyscy tak twierdzili. „Robótki Sansy są równie śliczne jak ona sama — powiedziała kiedyś do jej matki septa Mordane. — Ma takie delikatne dłonie. — A kiedy lady Catelyn spytała o Aryę, septa prychnęła tylko. — Arya ma ręce kowala".

Arya zerknęła ukradkiem w drugi koniec pokoju w obawie, że septa Mordane może odgadnąć jej myśli, lecz tego dnia septa nie zwracała na nią większej uwagi. Siedziała z księżniczką Myrcellą rozanielona. Nieczęsto zdarzało się, żeby septa dostąpiła zaszczytu instruowania królewskiej córki w sprawach kobiecych robótek. Zdaniem Aryi ścieg Myrcelli także nie był idealnie prosty, lecz zachowanie septy całkowicie temu przeczyło.

Ponownie spojrzała na swoją robótkę, zastanawiając się, czy nie dałoby się jej jakoś naprawić, lecz westchnęła tylko i odłożyła igłę. Popatrzyła ponuro na siostrę. Sansa szyła, szczebiocząc wesoło. U jej stóp siedziała córka ser Rodrika. Beth Cassel łapczywie wsłuchiwała się w każde słowo Sansy, której Jeyne Poole szeptała coś do ucha.

— O czym rozmawiacie? — spytała Arya.

Jeyne rzuciła jej trochę przestraszone spojrzenie i zachichotała. Sansa wyglądała na speszoną. Beth zarumieniła się. Żadna nie odpowiedziała.

— Rozmawiałyśmy o księciu — powiedziała wreszcie Sansa słodkim głosikiem.

Arya wiedziała, którego księcia jej siostra ma na myśli. Oczywiście chodziło o Joffreya. Tego wysokiego i przystojnego. Sansa siedziała obok niego w czasie uczty. Aryę posadzono obok tego małego, grubego.

— Twoja siostra podoba się Joffreyowi — zdradziła szeptem Jeyne, dumna, jakby sama miała w tym jakiś udział. Była córką zarządcy z Winterfell oraz najlepszą przyjaciółką Sansy. — Wyznał jej, że jest bardzo piękna.

— On się z nią ożeni — oznajmiła mała Beth rozmarzonym głosem, kołysząc się. — Wtedy Sansa zostanie Królową całego Królestwa.

Sansa posiadała na tyle skromności, by się zarumienić, a rumieniła się ślicznie. Wszystko robiła ślicznie, pomyślała Arya przygnębiona.

— Beth, nie powinnaś zmyślać. — Sansa skarciła młodszą dziewczynkę, muskając dłonią jej włosy, by tym złagodzić surowy ton swojego głosu. Spojrzała na Aryę. — A ty, siostro, co myślisz o księciu Joffie? Jest bardzo szarmancki, nie sądzisz?

— Jon mówi, że on wygląda jak dziewczyna — prychnęła Arya.

Sansa westchnęła nad robótką.

— Biedny Jon — odezwała się. — Jest zazdrosny, ponieważ jest bękartem.

— Jest naszym bratem — odparła Arya zbyt głośno. Jej głos przeciął popołudniową ciszę komnaty.

Septa Mordane podniosła wzrok. Miała chudą twarz, przenikliwe oczy i wąskie, niemal pozbawione warg usta, jakby stworzone do grymasu, który właśnie na nich się pojawił.

— O czym rozmawiacie, dziewczynki?

— O naszym przyrodnim bracie — odrzekła tym razem Sansa; mówiła cicho, lecz dobitnie. — Uśmiechnęła się do septy. — Razem z Aryą mówiłyśmy właśnie, jak bardzo się cieszymy, że jest z nami dzisiaj Księżniczka — dodała.

Septa Mordane skinęła głową.

— Doprawdy, wielki to dla nas honor. — Księżniczka Myrcella uśmiechnęła się niepewnie. — Arya, czemu odłożyłaś igłę? — spytała septa. Wstała i ruszyła przez pokój, szeleszcząc sztywną suknią. — Pokaż mi swój ścieg.

Arya miała ochotę wrzasnąć.

— Proszę — powiedziała i pokazała swój materiał.

Septa popatrzyła uważnie.

— Arya, Arya. — W jej głosie wyczuwało się naganę. — To nie wystarczy, nie wystarczy. — Teraz wszyscy na nią patrzyli. Nie mogła tego znieść. Sansa była zbyt dobrze wychowana, żeby śmiać się w chwili zakłopotania siostry, lecz zrobiła to w jej imieniu Jeyne. Nawet księżniczka Myrcella spojrzała na nią z politowaniem. Arya poczuła napływające łzy. Zerwała się z krzesła i ruszyła szybko w stronę drzwi. — Arya, wracaj tutaj! — zawołała za nią septa Mordane. — Ani kroku dalej! Pani matka usłyszy o tym. I to w obecności Księżniczki! Wszystkim nam przynosisz wstyd!

Arya zatrzymała się przy drzwiach i odwróciła się, przygryzając wargę. Po jej policzkach płynęły łzy. Zdobyła się jeszcze na sztywny ukłon w kierunku Myrcelli.

— Za pozwoleniem, pani.

Myrcella zamrugała gwałtownie i spojrzała na pozostałych zdezorientowana. Za to septa Mordane nie miała wątpliwości, co powiedzieć.

— Arya, a dokąd to?

Arya rzuciła jej nienawistne spojrzenie.

— Muszę podkuć konia — odezwała się słodkim głosem i poczuła ogromną satysfakcję, widząc przerażoną twarz septy. Potem odwróciła się na pięcie i wybiegła pędem.

Czuła się pokrzywdzona. Sansa miała wszystko. Była o rok starsza od niej i Arya odnosiła wrażenie, że dla niej już nic nie zostało. Często tak właśnie się czuła. Sansa potrafiła wyszywać, śpiewać i tańczyć. Pisała wiersze. Znała się na strojach. Potrafiła grać na harfie i dzwonkach. I była piękna. Sansa odziedziczyła wysokie kości policzkowe po matce oraz gęste kasztanowe włosy Tullych. Arya zaś odziedziczyła urodę pana ojca. Włosy miała brązowe i matowe, twarz pociągłą, długą i poważną. Jeyne nazywała ją Arya o Końskim Pysku i rżała, kiedy ją mijała. Tylko w jeździe konnej Arya przewyższała swoją siostrę. No i jeszcze lepiej potrafiła zarządzać domem. Sansa nigdy nie miała głowy do liczb. Jeśli miała wyjść za Joffa, to będzie musiała postarać się o dobrego zarządcę, myślała Arya.

Nymeria czekała na nią w wartowni na dole, przy schodach. Przybiegła do Aryi, gdy tylko ją ujrzała. Arya uśmiechnęła się. Wiedziała, że jej szczeniak ją kocha, może tylko on jeden. Wszędzie z nim chodziła. Nymeria spała w jej pokoju, przy łóżku. Gdyby tylko matka pozwoliła, Arya chętnie zabrałaby wilczycę do komnaty, gdzie uczyły się wyszywać. Niechby wtedy septa Mordane spróbowała narzekać na jej ściegi.

Nymeria chwyciła delikatnie w zęby dłoń Aryi, kiedy ją odwiązywała. Wilczyca miała żółte oczy. W blasku słońca lśniły jak złote monety. Arya nazwała ją imieniem wojowniczej królowej z Rhoyne, która poprowadziła swój lud przez wąskie morze. Oczywiście, wywołało to wielki skandal. Sansa nazwała swojego szczeniaka Dama. Arya skrzywiła się i przytuliła swoją wilczycę. Zachichotała, kiedy Nymeria polizała ją w ucho.

Septa Mordane z pewnością zdążyła już zawiadomić panią matkę. Jeśli pójdzie do swojego pokoju, znajdą ją tam, a na to nie miała ochoty. Pomyślała o czymś przyjemniejszym. Chłopcy ćwiczyli na dziedzińcu. Chciała zobaczyć, jak Robb kładzie na plecy wytwornego księcia Joffreya.

— Chodź — powiedziała do Nymerii. Wstała i pobiegły razem. Na krytym moście, między zbrojownią a Wielką Wieżą, znajdowało się okno, z którego rozpościerał się widok na cały dziedziniec. Tam właśnie się udała.

Kiedy przybiegły zdyszane, Arya ujrzała Jona siedzącego na parapecie z jedną nogą podciągniętą pod brodę. Wydawał się ich nie zauważać, zaabsorbowany tym, co dzieje się na dziedzińcu, dopóki jego biały wilk nie poruszył się, żeby wyjść im na spotkanie. Nymeria zbliżyła się ostrożnie. Duch, już teraz większy od pozostałych szczeniaków, obwąchał ją, chwycił delikatnie zębami za ucho i usiadł.

Jon spojrzał na Aryę uważnie.

— Mała siostrzyczko, czy nie powinnaś teraz uczyć się prostego ściegu?

Arya skrzywiła się.

— Chciałam zobaczyć, jak walczą.

— No, to chodź. — Uśmiechnął się.

Arya wspięła się na parapet i usiadła obok niego. Z dołu dochodziły głuche uderzenia i postękiwania.

Ku swemu rozczarowaniu zobaczyła, że ćwiczą młodsi chłopcy. Bran był tak grubo ubrany, że wydawało się, iż owinięto go w pierzynę, książę Tommen zaś, pulchny nawet bez ubrania, stał się dosłownie okrągły. Sapiąc, zadawali sobie nawzajem ciosy drewnianymi mieczami pod czujnym okiem starego zbrojmistrza, ser Rodrika Cassela. Był to ogromny mężczyzna o imponujących bokobrodach. Stojący dookoła mężczyźni i chłopcy zachęcali walczących. Głos Robba wybijał się ponad głosy pozostałych. Dostrzegła obok niego Theona Greyjoya. Ubrany w czarny kubrak ozdobiony złocistym krakenem, godłem jego rodu, przyglądał się walce z wyrazem pogardy na twarzy. Obaj przeciwnicy chwiali się na nogach. Arya domyśliła się, że walczą już od dłuższego czasu.

— Trochę bardziej wyczerpujące niż robótki — zauważył Jon.

— Ale też bardziej zabawne niż robótki — odpowiedziała Arya. Zawsze byli ze sobą blisko. Oboje odziedziczyli rysy ojca. Tylko oni. Robb, Sansa, Bran, a nawet mały Rickon, mieli urodę Tullych — uśmiechnięte twarze i ogniste włosy. Jeszcze jako mała dziewczynka Arya obawiała się, że jej wygląd świadczy o tym, że i ona jest bękartem. Tylko Jonowi wyjawiła te obawy i właśnie on ją uspokoił.

— Dlaczego nie jesteś tam z nimi? — spytała.

Uśmiechnął się słabo.

— Bękartom nie wolno obijać młodych książąt — odpowiedział. — Wszelkie siniaki na ich ciele muszą zostać zadane mieczem prawowicie urodzonych.

— Och. — Arya zmieszała się. Powinna była się domyślić. Po raz kolejny tego dnia doszła do wniosku, że nie ma sprawiedliwości w życiu.

Przyglądała się, jak jej mały brat atakuje Tommena.

— Potrafiłabym się bić tak samo dobrze jak Bran — oświadczyła. — On ma dopiero siedem lat, a ja dziewięć.

Jon obrzucił ją spojrzeniem przepełnionym mądrością czternastolatka.

— Jesteś za chuda — orzekł. Pomacał jej mięsień ramienia i westchnął, kręcąc głową. — Pewnie nawet byś nie uniosła miecza, mała siostrzyczko. A gdybyś miała się nim zamachnąć... — Arya wyrwała ramię i rzuciła mu gniewne spojrzenie. Jon poczochrał jej włosy. Patrzyli, jak Bran i Tommen okrążają się nawzajem. — Widzisz księcia Joffreya? — spytał Jon.

Nie zauważyła go dotychczas, lecz kiedy rozejrzała się uważniej, zobaczyła, że stoi bardziej z tyłu, w cieniu wielkiego muru, otoczony ludźmi, których nie znała. Byli to młodzieńcy w strojach o barwach Lannisterów i Baratheonów. Wśród nich znajdowało się też kilku starszych mężczyzn, rycerzy zapewne, jak domyślała się Arya.

— Spójrz na herb na jego opończy — podpowiedział Jon. Arya przyjrzała się uważniej. Na książęcej opończy widniała wyszyta pięknie tarcza. Podzielono ją na pół i na jednej połowie umieszczono królewskiego jelenia w koronie, na drugiej zaś lwa Lannisterów.

— Lannisterowie są dumni — zauważył Jon. — Nie wystarcza im herb królewski. Stawia obok niego ród swojej matki, jakby były sobie równe.

— Kobieta też jest ważna! — zaprotestowała Arya.

Jon zachichotał.

— Może powinnaś zrobić to samo, mała siostrzyczko. Połącz Tullych i Starków na swoim herbie.

— Wilk z rybą w pysku? — Roześmiała się. — Głupio by to wyglądało. A poza tym, po co dziewczynie herb, jeśli nie potrafi walczyć?

Jon wzruszył ramionami.

— Dziewczyny dostają herby, lecz nie dostają mieczy. Bękartom daje się miecze, ale nie herby. Tak już jest, mała siostrzyczko, lecz nie ja wymyśliłem te zasady.

Na dziedzińcu rozległ się krzyk. Kiedy spojrzeli w dół, książę Tommen przebierał rękoma i nogami, próbując bezskutecznie się podnieść. Wyglądał jak przewrócony na plecy żółw. Bran stał nad nim z podniesionym mieczem, gotowy przyłożyć mu, gdy tylko się podniesie. Przyglądający się wybuchnęli śmiechem.

— Dość! — zawołał ser Rodrik. Podał Księciu rękę i pociągnął go do góry. — Dobra robota. Lew, Donnis, pomóżcie im się rozebrać. — Rozejrzał się. — Książę Joffreyu, Robb, jeszcze jedna runda?

Robb, spocony jeszcze po poprzedniej walce, ruszył ochoczo.

— Chętnie.

Joffrey wyszedł z cienia, posłuszny wezwaniu Rodrika. Jego włosy zalśniły niczym lite złoto. Wyglądał na znudzonego.

— Ser Rodriku, to dobre dla dzieci.

Theon Greyjoy zaśmiał się, co bardziej przypominało krótkie szczeknięcie.

— Przecież jesteście dziećmi — rzucił z przekąsem.

— Robb może tak — powiedział Joffrey. — Ale ja jestem Księciem i mam już dość okładania Starków mieczem zabawką.

— Jak dotąd dostałeś więcej razów, niż udało ci się zadać — powiedział Robb. — Boisz się?

Książę Joffrey spojrzał na niego.

— Och, drżę przerażony — odparł. — Jesteś o tyle ode mnie starszy. — Kilku spośród Lannisterów wybuchnęło śmiechem.

Jon zmarszczył brwi, przyglądając się całej scenie.

— Naprawdę, Joffrey to takie małe gówno — powiedział do Aryi.

Ser Rodrik skubał swoje siwe bokobrody zamyślony.

— Co sugerujesz? — zwrócił się do Księcia.

— Ostre miecze.

— Dobrze — odpowiedział natychmiast Robb. — Będziesz żałował!

Zbrojmistrz położył dłoń na ramieniu Robba, by go uspokoić.

— Ostre miecze są zbyt niebezpieczne, ale pozwolę wam pojedynkować się mieczami turniejowymi o przytępionych ostrzach.

Joffrey nic nie odpowiedział, lecz jeden z mężczyzn — nie znany Aryi rycerz o czarnych włosach i twarzy pokrytej bliznami po oparzeniach — wysunął się przed Joffreya.

— Mówisz do swojego Księcia. Kim ty jesteś, ser, by mu rozkazywać?

— Jestem zbrojmistrzem Winterfell, Clegane, i lepiej o tym nie zapominaj.

Mężczyzna z bliznami na twarzy spojrzał na Robba.

— Ile masz lat, chłopcze?

— Czternaście — odpowiedział Robb.

— Ja po raz pierwszy zabiłem człowieka w wieku dwunastu lat. Domyślasz się z pewnością, że nie zrobiłem tego tępym mieczem.

Arya zauważyła, jak Robb się najeżył. Jego duma została zraniona. Odwrócił się do ser Rodrika.

— Pozwól mi. Pokonam go.

— Pokonaj go mieczem turniejowym — odparł ser Rodrik.

Joffrey wzruszył ramionami.

— Stark, przyjdź do mnie, jak trochę dorośniesz. Tylko żebyś nie był za stary. — Lannisterowie wybuchnęli śmiechem.

Przekleństwa Robba odbiły się echem od ścian dziedzińca. Arya zakryła usta przerażona. Theon Greyjoy chwycił Robba za ramię, by go odciągnąć od Księcia. Ser Rodrik skubał wąsy zakłopotany.

Joffrey udał, że ziewa, i zwrócił się do młodszego brata.

— Chodź, Tommen — powiedział. — Koniec zabawy. Niech się dzieci dalej bawią same.

Lannisterowie znowu wybuchnęli śmiechem, a Robb cisnął kolejne przekleństwa. Twarz ser Rodrika poczerwieniała z wściekłości pod siwymi bokobrodami. Theon przytrzymywał Robba w żelaznym uścisku, dopóki Książę i jego ludzie nie odeszli na bezpieczną odległość.

Jon patrzył, jak odchodzą, a Arya przyglądała się Jonowi. Twarz miał nieruchomą jak staw w sercu bożego gaju. Wreszcie zeskoczył z parapetu.

— Koniec przedstawienia — powiedział. Pochylił się i podrapał Ducha za uchem. Biały wilk podniósł się i otarł łeb o jego nogę. — Lepiej biegnij do swojego pokoju, mała siostrzyczko. Septa Mordane pewnie cię już szuka. Im szybciej cię znajdzie, tym łagodniejszą dostaniesz karę. Będziesz szyła przez całą zimę. Kiedy nadejdą wiosenne roztopy, znajdą twoje ciało z igłą w zamarzniętej dłoni.

Żart Jona wcale nie wydał się jej śmieszny.

— Nienawidzę szycia! — wycedziła przez zęby. — To niesprawiedliwe!

— Nic nie jest sprawiedliwe — powiedział Jon. Poczochrał jej włosy i odszedł ze swoim wilkiem. Nymeria ruszyła za nimi, lecz po chwili zatrzymała się i zawróciła.

Poszła niechętnie w przeciwnym kierunku.

Sprawy przybrały gorszy obrót, niż przewidywał Jon. W jej pokoju czekała septa Mordane. Septa Mordane oraz jej matka.

BRAN

Polowanie rozpoczęło się o świcie. Król zażyczył sobie dzika na wieczorną ucztę. Książę Joffrey pojechał z ojcem, tak więc i Robb mógł dołączyć do myśliwych. Pojechał z nimi także stryj Benjen, Jory, Theon Greyjoy, ser Rodrik, a nawet zabawny, mały brat Królowej. W końcu było to ostatnie polowanie. Rankiem, następnego dnia mieli wyruszyć na południe.

Bran został z Jonem, dziewczynkami i Rickonem. Tylko że Rickon był jeszcze mały, dziewczynki były dziewczynkami, a Jon i jego wilk gdzieś zniknęli. Bran nie szukał go zbyt gorliwie. Wydawało mu się, że Jon jest na niego zły. Co więcej, w tych dniach Jon wydawał się zły na wszystkich dookoła. Bran nie wiedział dlaczego. Jon miał pojechać z wujem Benem na Mur i wstąpić do Nocnej Straży. Branowi wydawało się to prawie tak samo ciekawe, jak wyprawa na południe. A przecież to Robb miał zostać w zamku, a nie Jon.

Bran nie mógł się doczekać, kiedy wyjadą. Miał pojechać królewskim traktem na własnym koniu, na koniu, a nie na kucu. Jego ojciec zostanie Królewskim Namiestnikiem, a oni wszyscy zamieszkają w czerwonym zamku w Królewskiej Przystani, w zamku zbudowanym przez Władców Smoków. Stara Niania opowiadała, że są tam duchy, a także lochy, w których dokonywano okropnych rzeczy i w których wisiały na ścianach smocze głowy. Bran czuł dreszcz na samą myśl o podobnych rzeczach, lecz nie bał się. Dlaczego miałby się bać? Będzie z nim ojciec, a także jego rycerze.

Bran także miał zostać rycerzem, jednym z Gwardii Królewskiej. Stara Niania mówiła, że należą do niej najznakomitsze miecze w całym królestwie. Było ich tylko siedmiu, nosili białe zbroje, nie mieli żon ani dzieci i służyli tylko Królowi. Bran znał wszystkie opowieści o rycerzach z Gwardii Królewskiej. Ich imiona brzmiały dla niego równie słodko jak najpiękniejsza melodia. Serwyn od Zwierciadlanej Tarczy. Ser Ryam Redwyne. Książę Aemon, Smoczy Rycerz. Bracia bliźniacy, ser Erryk i ser Arryk, którzy pozabijali się nawzajem dawno temu, w czasie wojny zwanej Tańcem Smoków, gdy brat walczył przeciw siostrze. Biały Byk, Gerold Hightower. Ser Arthur Dayne, Miecz Poranka. Barristan Śmiały.

Dwóch spośród rycerzy Gwardii Królewskiej przybyło z królem Robertem. Bran przyglądał im się wtedy zafascynowany, lecz nigdy nie ośmielił się odezwać do nich. Ser Boros był łysym mężczyzną z obwisłą twarzą, ser Meryn zaś miał oczy schowane pod opadającymi powiekami i brodę koloru rdzy. Ser Jaime Lannister bardziej przypominał rycerzy z opowieści. On także należał do Gwardii Królewskiej, lecz Robb powiedział, że ser Jaime zabił wcześniej starego, szalonego Króla i nie powinien się już liczyć. Najznakomitszym spośród żyjących rycerzy pozostawał ser Barristan Selmy, zwany Barristanem Śmiałym, dowódca Gwardii Królewskiej. Ojciec obiecał, że spotkają się z ser Barristanem, kiedy przyjadą do Królewskiej Przystani. Tak więc Bran zaznaczał dni na murze, nie mogąc się doczekać, kiedy wyruszą. Miał zobaczyć świat, o którym dotąd mógł tylko marzyć, i rozpocząć życie, o jakim mu się nie śniło.

Tymczasem nadszedł ostatni dzień i Bran nieoczekiwanie poczuł się zagubiony. Dotąd Winterfell było jego jedynym domem. Ojciec polecił mu pożegnać się tego dnia, co próbował uczynić. Kiedy myśliwi wyjechali, ruszył przez zamek ze swoim wilkiem, by odwiedzić tych wszystkich, których miał tutaj zostawić: Starą Nianię, Gage'a, kucharza, Mikkena z kuźni, Hodora, chłopaka stajennego, który wciąż się uśmiechał, zajmował się jego kucem i nigdy nic nie mówił, poza jednym słowem „Hodor", człowieka ze szklanych ogrodów, który dał mu jeżyn...

Tylko że teraz wszystko wydawało się inne. Najpierw poszedł do stajni zobaczyć swojego kuca, lecz pomyślał, że to już nie jest jego kuc. Miał go zostawić w stajni i odjechać na prawdziwym koniu. Nieoczekiwanie zapragnął po prostu usiąść i się rozpłakać. Dlatego odwrócił się i wybiegł ze stajni, zanim Hodor i pozostali chłopcy zauważą jego łzy. Na tym skończyły się pożegnania. Resztę poranka Bran spędził w bożym gaju, próbując nauczyć swojego wilka przynoszenia patyków, lecz i to mu się nie udało. Młody wilk wydawał się mądrzejszy od wszystkich ogarów z psiarni ojca i Bran przysiągłby, że rozumie każde słowo, a mimo to nie wykazywał większych chęci do tej zabawy.

Bran wciąż nie mógł się zdecydować, jak nazwać swoje zwierzę. Robb nazwał swojego wilka Szary Wicher, ponieważ biegał bardzo szybko. Wilczyca Sansy otrzymała imię Dama, Arya dała swojemu szczeniakowi imię jakiejś królowej z ballad, a mały Rickon nazwał swojego wilka Kudłaczem, co Branowi wydało się głupie, biorąc pod uwagę, że imię to ma nosić wilkor. Biały wilk Jona otrzymał imię Duch. Bran żałował, że sam nie wpadł na to wcześniej, chociaż jego wilk nie był biały. W ciągu ostatnich dwóch tygodni wymyślał setki imion, lecz żadne nie wydało mu się odpowiednie.

Wreszcie znudziło mu się rzucanie patykami i postanowił powspinać się trochę. Dawno już nie był w zburzonej wieży, więc postanowił pójść tam po raz ostatni przed wyjazdem.

Popędził przez boży gaj dłuższą drogą, żeby nie przechodzić obok stawu, przy którym rośnie drzewo serce, ponieważ budziło w nim strach. Drzewo nie powinno mieć oczu, pomyślał, ani gałęzi, które wyglądają jak ręce. Wilk nie odstępował go ani na krok.

— Zostań tutaj — powiedział do zwierzęcia, kiedy znaleźli się pod drzewem strażniczym, w pobliżu ściany zbrojowni. — Leżeć. Tak. Zostań.

Wilk położył się posłusznie. Bran podrapał go po łbie, potem podskoczył, chwycił się najniższej gałęzi i wciągnął na nią. Wspinał się lekko, coraz wyżej, i był już w połowie drzewa, kiedy wilk podniósł się i zawył.

Bran spojrzał w dół. Wilk przestał wyć i wpatrywał się w niego wąskimi, żółtymi oczami. Bran poczuł dziwny dreszcz. Po chwili wspinał się dalej. Wilk znowu zawył.

— Cicho — krzyknął. — Siad. Zostań. Jesteś gorszy od matki. — Słyszał wycie przez cały czas, dopóki nie wspiął się na tyle wysoko, że mógł zeskoczyć na dach zbrojowni, i zniknął z pola widzenia.

Dachy Winterfell stały się jego drugim domem. Matka twierdziła, że umiał się wspinać, zanim jeszcze nauczył się chodzić. Bran nie pamiętał, kiedy nauczył się chodzić, lecz nie pamiętał także, od kiedy się wspina, więc przyjął, że pewnie jest tak, jak ona mówi.

Dla chłopca Winterfell stanowiło kamienny, szary labirynt murów, wież, dziedzińców i tuneli, które ciągnęły się we wszystkie strony. W starych częściach zamku korytarze prowadziły w dół lub w górę, tak że często trudno było powiedzieć, które to piętro. Zamek rósł przez wieki niczym monstrualne, kamienne drzewo, jak to kiedyś wyjaśnił mu maester Luwin, drzewo o powyginanych konarach i korzeniach wrośniętych głęboko w ziemię.

Z miejsca, w którym się znalazł, tak blisko nieba, Bran widział całe Winterfell. Lubił ten widok: nad jego głową kołowały tylko ptaki, w dole zaś toczyło się całe życie zamku. Bran mógł siedzieć całymi godzinami między zniszczonymi wiatrem i deszczem chimerami, które czaiły się nad Pierwszą Wieżą. Obserwował stamtąd mężczyzn ćwiczących szermierkę na dziedzińcu, kucharzy doglądających warzyw w szklanych ogrodach, psy biegające niespokojnie w psiarni, pogrążony w ciszy boży gaj, dziewczęta plotkujące przy studni do mycia. W takich chwilach czuł się jak pan zamku; wiedział, że nawet Robb nie zazna czegoś takiego.

Dzięki swoim wspinaczkom poznawał sekrety Winterfell. Jego budowniczowie nie zrównali ziemi, dlatego za murami zamku ciągnęły się wzgórza i doliny. Bran odkrył, że z trzeciego piętra wieży dzwonnej prowadzi kryty most do pierwszego piętra pomieszczeń rekrutów. Wiedział też, że można było dostać się do środka muru wewnętrznego południową furtą, wspiąć się na trzecie piętro, obejść całe Winterfell wąskim, kamiennym tunelem i wyjść na parter przy północnej bramie, u podnóża wznoszącej się na sto stóp ściany. O tym nie wiedział nawet maester Luwin.

Jego matka bardzo się bała, że któregoś dnia spadnie z muru i się zabije. Obiecał, że będzie uważał, lecz to jej nie przekonało. Kiedyś wymusiła na nim obietnicę, że nie będzie chodził po murach. Wytrzymał prawie miesiąc, a każdy kolejny dzień stanowił dla niego prawdziwą udrękę, aż wreszcie którejś nocy wyszedł oknem z sypialni, kiedy jego bracia zasnęli.

Następnego dnia przyznał się do winy. Wtedy lord Eddard rozkazał mu udać się do bożego gaju, żeby się oczyścił. Postawiono nawet strażników, którzy mieli pilnować, aby Bran całą noc spędził na rozmyślaniach o swojej winie. Kiedy nastał ranek, nikt nie mógł znaleźć Brana. Okazało się, że śpi w najlepsze w konarach jednego z najwyższych drzew strażniczych gaju.

Ojciec rozzłościł się, lecz nie potrafił powstrzymać śmiechu. „Ty nie jesteś moim synem — powiedział do Brana, kiedy ten zszedł na ziemię. — Ty jesteś wiewiórką. No dobrze. Skoro już nie możesz wytrzymać bez wspinania się, niech i tak będzie, staraj się tylko, żeby nie widziała tego matka".

I Bran starał się, choć zdawał sobie sprawę, że ona wie wszystko o jego wyczynach. Nie mogąc znaleźć sprzymierzeńca w jego ojcu, zwróciła się do innych. Stara Niania opowiedziała mu historię o niegrzecznym chłopcu, który wspiął się zbyt wysoko i został porażony piorunem, a potem przyleciały wrony i chciały wydziobać mu oczy. Bran nie przestraszył się zbytnio. Na szczycie zburzonej wieży pełno było wronich gniazd. Czasem zabierał ziarno do kieszeni i wspinał się na nią, a wrony jadły mu z ręki. Żadna nigdy nie próbowała wydziobywać mu oczu.

Kiedy indziej maester Luwin ulepił z gliny małą postać chłopca, ubrał ją w ubrania Brana i rzucił z muru na dziedziniec, chcąc zademonstrować Branowi, co by się z nim stało, gdyby spadł. To mu się nawet podobało, lecz po całym eksperymencie Bran spojrzał na Luwina i powiedział: „Tylko że ja nie jestem z gliny. A poza tym ja nigdy nie spadam".

Potem, przez jakiś czas, strażnicy gonili za nim, gdy tylko któryś zauważył go na dachu. Bardzo lubił te chwile. Przypominało mu to zabawę z braćmi, tyle tylko, że zawsze wygrywał. Żaden ze strażników nie potrafił wspinać się tak dobrze jak on, nawet Jory. Przeważnie jednak wcale go nie widzieli. Ludzie prawie nigdy nie patrzyli do góry. To jeszcze jedna rzecz, której nauczył się w czasie swoich wspinaczek. Wydawało mu się wtedy, że jest niewidzialny.

Lubił też uczucie podniecenia, kiedy zaciskał palce na kamieniach i wciskał stopy w szczeliny, wspinając się po murze. Często chodził po nich boso; czuł wtedy, że ma cztery dłonie, a nie dwie. Przyjemność sprawiał mu nawet słodki ból, który potem czuł w mięśniach. Lubił smak powietrza wysoko w górze, słodkiego i rześkiego niczym zimowa brzoskwinia. Lubił ptaki: wrony na szczycie zburzonej wieży, malutkie wróble w szczelinach między kamieniami, starą sowę drzemiącą na zakurzonym poddaszu nad starą zbrojownią. Bran znał je wszystkie.

Przede wszystkim lubił chodzić w miejsca, gdzie nikt nie chodził, skąd tylko on mógł podziwiać szare, rozległe Winterfell. Czuł wtedy, że cały zamek staje się jego kryjówką.

Ulubionym miejscem jego wypraw stała się zburzona wieża. Kiedyś pełniła funkcję strażnicy i była najwyższą wieżą w Winterfell. Dawno temu, sto lat przed urodzinami jego ojca, piorun uderzył w wieżę i wybuchł w niej pożar. Górna część wieży, jedna trzecia całości, zapadła się do środka. Później nikt nie próbował jej odbudować. Czasem ojciec posyłał do jej podziemi szczurołapów, żeby oczyścili gniazda, które szczury zakładały wśród gruzu i gnijącego drewna. Poza Branem i wronami nikt nie ośmielił się wspiąć na postrzępiony szczyt budowli.

Potrafił dostać się tam dwoma drogami. Można było wspinać się bezpośrednio po murze wieży, lecz jego kamienie obsuwały się, ponieważ wiążąca je zaprawa skruszała.

Najlepsza droga zaczynała się w bożym gaju. Bran wspinał się tam na wysokie drzewo strażnicze, potem, skacząc z dachu na dach, przechodził po zbrojowni — zawsze boso, żeby strażnicy go nie usłyszeli. Dzięki temu docierał do ślepej części Pierwszej Wieży. Ta przysadzista, okrągła forteca — najstarsza część zamku — była wyższa, niż się wydawało. Mieszkały tam tylko szczury i pająki, ale kamienne ściany wciąż znakomicie nadawały się do wspinaczki. Można było dostać się prosto na górę, gdzie siedziały chimery wpatrzone ślepymi oczyma w przestrzeń, a potem dalej na północną stronę, zwieszając się na rękach i przerzucając od jednej chimery do drugiej. Stamtąd, jeśli się dobrze wyciągnąć, pozostawał już tylko skok na zburzoną wieżę, która w tamtym miejscu pochylała się mocno. Potem jeszcze tylko z dziesięć stóp wspinaczki po poczerniałych kamieniach, a na samej górze czekały już wrony, żeby sprawdzić, czy nie przyniósł ziarna.

Bran przewieszał się właśnie wprawnie z chimery na chimerę, kiedy usłyszał jakieś głosy. Tak go to zaskoczyło, że niemal puścił kamienny występ. Nigdy dotąd nie spotkał nikogo w Pierwszej Wieży.

— Nie podoba mi się to. — Rozległ się kobiecy głos. Tuż pod nim ciągnął się rząd okien, a głos dochodził z ostatniego. — Ty powinieneś zostać Namiestnikiem.

— Niech bogowie bronią. — Usłyszał rozleniwiony głos należący do mężczyzny. — To nie dla mnie. Za dużo obowiązków.

— Nie możemy ufać Starkowi, jeśli otrzyma taką władzę. Będziemy mieli drugiego Jona Arryna. Och, dlaczego on się zgodził?

Bran wciął wisiał, nasłuchując i bojąc się wykonać jakikolwiek ruch. Bał się, że zobaczą jego stopy, kiedy będzie przerzucał ciało do kolejnej chimery.

— Powinnaś się cieszyć, że tak postąpił — powiedział mężczyzna. — Twój mąż równie dobrze mógł się zwrócić do jednego ze swoich braci albo do Littlefingera. Wolę raczej honorowego wroga niż ambitnego.

— Powinnam była nalegać, żeby ciebie mianował — stwierdziła kobieta. — Robert pewnie by mi uległ, gdybym bardziej naciskała. Byłam pewna, że Stark odmówi.

— Rada zje żywcem Neda Starka. Gdyby miał więcej rozumu, zostałby na północy. Tam jest jego miejsce.

Bran zdał sobie sprawę, że oni rozmawiają o jego ojcu. Chciał usłyszeć więcej. Jeszcze tylko kilka stóp... ale zauważą go, jeśli wychyli się przed okno.

— Trzeba go pilnie obserwować — powiedziała kobieta.

— Już ja wolę obserwować ciebie — odpowiedział mężczyzna. Mówił znudzonym głosem. — Wracaj tutaj.

— Starków nigdy nie obchodziło nic, co działo się na południe od Przesmyku — rzekła kobieta. — Nigdy. Dlatego moim zdaniem on prowadzi jakąś grę. Inaczej by się nie zgodził.

— Może uznał to za swój obowiązek wobec Króla. Może pragnie zapisać swoje nazwisko wielkimi literami w kronikach historycznych albo chce uciec od żony, a może jedno i drugie. Może mieć tysiące powodów. Moim zdaniem on po prostu raz w życiu chce się porządnie wygrzać.

— Robert kocha go jak brata. Czy nie dostrzegasz niebezpieczeństwa? Już dość kłopotów ze Stannisem i Renlym, ale Starka Robert z pewnością będzie słuchał. Jego żoną jest przecież siostra Lysy Arryn. Chyba nie wątpisz, że oni spiskują przeciwko nam? Dziwi mnie, że nie ma jej tutaj.

Bran spojrzał w dół. Pod oknem znajdowała się wąska półka, szeroka zaledwie na kilka cali. Spróbował opuścić się na nią. Nie dosięgnął. Za daleko.

— Bez względu na to, co ta kobieta Arrynów wie lub przypuszcza, nie ma żadnych dowodów — powiedział mężczyzna. — Zamilkł na moment. — A może jednak ma?

— Oczywiście, że nie — odpowiedziała kobieta. — Sądzisz, że to ją powstrzyma? Ma syna i z pewnością gotowa byłaby zrobić to samo dla niego, co ja dla mojego chłopca.

Mężczyzna roześmiał się. Był to śmiech przepełniony goryczą.

— Matki — powiedział. Słowo to zabrzmiało w jego ustach jak przekleństwo. — Czasem wydaje mi się, że po urodzeniu dziecka w waszych umysłach zachodzą jakieś zmiany. Wszystkie jesteście szalone.

Bran badał wzrokiem półkę. Mógłby spróbować puścić się. Półka była za wąska, by na nią zeskoczyć, lecz gdyby, opadając, złapał się jej krawędzi, a potem podciągnął... tylko że z pewnością by go usłyszeli i podeszli do okna. Nie do końca rozumiał to wszystko, co słyszał, lecz nie miał wątpliwości, że słowa te nie były przeznaczone dla jego uszu.

— Jesteś równie ślepy i uparty jak Robert — powiedziała kobieta.

— Jeśli chcesz przez to powiedzieć, że ja patrzę podobnie jak on, to zgadzam się z tobą — odparł mężczyzna. — Widzę mężczyznę, który prędzej by zginął, niż zdradził Króla.

— Jednego już zdradził, czyżbyś zapomniał? — powiedziała kobieta. — Mówię ci, widziałam wyraźnie we śnie. Wilk, wielki jak koń, który pożera padlinę gnijącego jelenia. Jak myślisz, co to znaczy?

— To znaczy, że powinnaś przywiązywać mniejszą wagę do snów — odpowiedział mężczyzna. Ziewnął głośno. — Jesteś pewna, że śnił ci się wilk, a nie lew? Mówię ci, Stark jest lojalny.

— Och, wcale temu nie przeczę, ale co się stanie, kiedy Robert umrze, a na tronie zasiądzie Joff? Im szybciej to nastąpi, tym bardziej będziemy bezpieczni. Z każdym dniem mój mąż staje się coraz bardziej niespokojny. A będzie jeszcze gorzej, jeśli Stark pozostanie u jego boku. On wciąż kocha jego siostrę, tę mdłą, dawno zmarłą szesnastolatkę. Ani się obejrzę, jak mnie odstawi dla jakiejś nowej Lyanny.

Bran poczuł nagle strach. Zapragnął wrócić tam, skąd przyszedł, odnaleźć braci. Tylko co im powie? Zdecydował, że musi podkraść się bliżej. Zobaczyć, kto rozmawia. Mężczyzna westchnął.

— Powinnaś mniej myśleć o przyszłości, a więcej o przyjemnościach chwili.

— Przestań! — powiedziała kobieta. Bran usłyszał uderzenie ciała o ciało, a potem rozległ się śmiech mężczyzny.

Bran podciągnął się, siadł na chimerze i wszedł na dach. To nie było trudne. Przeczołgał się po dachu do następnej chimery tuż nad oknem, z którego dochodziły głosy.

— Mam już dość tego całego gadania, siostro — powiedział mężczyzna. — Bądź już cicho i chodź tutaj.

Bran usiadł na chimerze, objął ją mocno nogami i zwiesił się głową w dół. Trzymając się mocno nogami, wyciągnął głowę w stronę okna. Świat, który widział, stał na głowie. Dziedziniec w dole pływał dziwnie; jego kamienie wciąż pozostawały wilgotne po roztopionym śniegu.

Zajrzał do środka.

W pokoju zmagało się ze sobą dwoje ludzi, mężczyzna i kobieta. Oboje byli nadzy. Bran nie potrafił powiedzieć, kim są. Mężczyzna, odwrócony do Brana tyłem, zasłaniał przed nim kobietę, przyciskając ją do ściany.

Bran usłyszał miękkie, wilgotne odgłosy. Zdał sobie sprawę, że mężczyzna i kobieta całują się. Patrzył szeroko otwartymi oczami, przerażony, ze ściśniętym gardłem. Mężczyzna trzymał dłoń między nogami kobiety i pewnie ją ranił, gdyż kobieta zaczęła pojękiwać chrapliwie.

— Przestań — prosiła. — Przestań, przestań. Och, proszę... — Mówiła to jednak bardzo cicho i nie odpychała go. Zanurzyła dłonie w czuprynie złocistych włosów mężczyzny i przyciągnęła jego twarz do swoich piersi.

Teraz Bran ujrzał jej twarz. Oczy miała zamknięte, usta rozchylone. Potrząsała złocistymi włosami, kołysząc głową z boku na bok. Bez trudu rozpoznał w niej Królową.

Musiał wydać z siebie jakiś dźwięk, gdyż kobieta otworzyła niespodziewanie oczy i znieruchomiała, wpatrzona w niego. Krzyknęła przeraźliwie.

Potem wszystko wydarzyło się w jednej chwili. Kobieta odepchnęła mężczyznę gwałtownie i pokazała ręką, nie przestając krzyczeć. Bran spróbował się podciągnąć, przybliżając tułów do chimery, lecz zrobił to za szybko. Jego dłonie musnęły tylko gładki kamień, a nogi zbyt wcześnie puściły chimerę. Spadał. Okno mignęło tuż obok, a on poczuł chwilowy zawrót głowy. Wyciągnął szybko ramię i chwycił krawędź kamiennej półki. Dłoń ześliznęła się, lecz złapał się drugą ręką. Wisiał tuż przy ścianie, z trudem łapiąc oddech.

W oknie nad nim pojawiły się twarze.

Królowa. Dopiero teraz Bran rozpoznał jej towarzysza. Byli do siebie tak podobni, jak odbicia w lustrze.

— Widział nas — powiedziała kobieta ostrym tonem.

— Rzeczywiście — odparł mężczyzna.

Dłoń Brana zaczęła się zsuwać po kamieniu. Chwycił półkę drugą ręką. Paznokcie jego palców wbijały się bezskutecznie w kamień. Mężczyzna wyciągnął ramię.

— Podaj mi rękę, zanim spadniesz — powiedział.

Bran chwycił jego rękę z całych sił. Mężczyzna podciągnął go na półkę.

— Co ty robisz? — spytała gniewnie kobieta.

Mężczyzna nie zwracał na nią uwagi. Był bardzo silny. Postawił Brana na kamiennym parapecie.

— Ile masz lat, chłopcze?

— Siedem — odparł Bran, oddychając z ulgą. Na ramieniu mężczyzny widniały głębokie zadrapania po paznokciach Brana. Puścił jego ramię.

Mężczyzna spojrzał na kobietę.

— Czego się nie robi z miłości — powiedział, wykrzywiając twarz, i popchnął Brana.

Bran wyleciał w powietrze, krzycząc przeraźliwie. Nie miał już się czego chwycić. Przed sobą miał cały dziedziniec.

W oddali wył wilk. Wrony kołowały nad wieżą, czekając na ziarno.

TYRION

Gdzieś wśród meandrów labiryntu Winterfell odezwał się wilk. Jego wycie zawisło nad zamkiem niczym żałobna chorągiew. Tyrion Lannister podniósł głowę znad książek i otrząsnął się, chociaż w bibliotece było ciepło i przytulnie. Słysząc podobne wycie, człowiek zapominał, gdzie się znajduje, i zaczynał wyobrażać sobie siebie uciekającego nago przed całą sforą.

Kiedy wilkor zawył ponownie, Tyrion zamknął księgę oprawioną w grubą skórę, dzieło napisane przez dawno zmarłego maestera i poświęcone zmianom pór roku. Ziewnął, zakrywając usta. Lampa, której używał do czytania, migotała coraz bardziej, oliwa już prawie się wypaliła. Do pokoju przez wysokie okna wdzierał sie świt. Czytał przez całą noc, ale to nic nowego. Tyrion Lannister nie był miłośnikiem snu.

Poczuł, że nogi ma sztywne, kiedy zsunął się z ławki. Rozmasował je trochę i pokuśtykał do stołu, przy którym pochrapywał septon z głową złożoną nad otwartą książką. Tyrion zerknął na tytuł: *Życie Wielkiego Maestera Aethelmure'a*. Nic dziwnego.

— Chayle — powiedział cicho. Młody mężczyzna poderwał głowę i zamrugał gwałtownie oszołomiony. Kryształ jego zakonu zakołysał się gwałtownie na srebrnym łańcuchu. — Idę coś zjeść. Pamiętaj, żeby odłożyć książki na półki. Uważaj na valyriańskie manuskrypty, pergamin jest bardzo kruchy. *Machiny wojenne* Ayrmidona to rzadkie dzieło, a twoja kopia jest jedyną kompletną, jaką znam. — Chayle wciąż patrzył na niego nieprzytomnym wzrokiem. Tyrion powtórzył cierpliwie swoje prośby, potem klepnął septona w ramię i zostawił go z książkami.

Znalazłszy się na zewnątrz, Tyrion zaczerpnął haust zimnego porannego powietrza i zaczął schodzić wolno krętymi, kamiennymi schodami, które prowadziły na dół wokół wieży biblioteki. Szedł powoli, gdyż schody były wąskie i wysokie, a jego nogi krótkie i krzywe. Poranne słońce nie rozjaśniło jeszcze murów Winterfell, lecz na dziedzińcu panował już duży ruch. Usłyszał dobiegający z dołu głos Sandora Clegane:

— Chłopak długo już kona. Najwyższy czas, żeby skończył.

Tyrion zerknął w dół i zobaczył Ogara i młodego Joffreya, stojących wśród młodych giermków.

— Przynajmniej umiera cicho — odparł Książę. — Za to wilk nie przestaje wyć. Prawie nie zmrużyłem oka w nocy.

Na ciężko ubitej ziemi położył się długi cień Clegane, któremu giermek włożył właśnie na głowę czarny hełm.

— Mógłbym uciszyć zwierzę, jeśli sobie życzysz — powiedział

Ogar przez otwartą zasłonę hełmu. Chłopiec podał mu miecz. Clegane przeciął nim powietrze, sprawdzając ciężar broni. Dźwięk metalu rozszedł się echem po dziedzińcu.

Myśl ta spodobała się Księciu.

— Wysłać psa, żeby zabił innego psa! — zawołał. — Po zamku wałęsa się tyle wilków, że Starkowie nawet by nie zauważyli, iż brakuje im jednego.

Tyrion zeskoczył z ostatniego stopnia.

— Ośmielam się mieć odmienne zdanie, siostrzeńcze — oznajmił. — Starkowie potrafią liczyć do sześciu. W przeciwieństwie do niektórych książąt, których imię mógłbym wymienić.

Joffrey zarumienił się.

— Głos znikąd — powiedział Sandor. Rozglądał się przez otwory w hełmie. — Jakieś duszki!

Książę roześmiał się, kiedy jego strażnik odgrywał swoją aktorską farsę. Tyrion przywykł już do podobnych żartów.

— Tutaj, na dole.

Wysoki Sandor spojrzał w dół, udając, że dopiero teraz go zauważył.

— Mały lord Tyrion — rzekł. — Wybacz, że cię nie zauważyłem.

— Dzisiaj nie mam nastroju do żartów. — Tyrion zwrócił się do swojego siostrzeńca. — Joffrey, najwyższy czas, abyś udał się do lorda Eddarda i jego żony z wyrazami współczucia.

Joffrey spojrzał na niego ze złością, jaką mógł okazać jedynie młody Książę.

— Co im po moich wyrazach współczucia?

— Nic — odparł Tyrion. — Ale powinieneś to uczynić. Twoja nieobecność została już zauważona.

— Nie obchodzi mnie ten mały Stark — powiedział Joffrey. — Nie cierpię wyjących kobiet.

Tyrion Lannister wyciągnął ramię i wymierzył policzek siostrzeńcowi. Na jego twarzy pojawiła się czerwona plama.

— Jeszcze jedno słowo — zagroził Tyrion — a uderzę po raz kolejny.

— Powiem mamie! — zawołał Joffrey.

Tyrion uderzył ponownie. Teraz oba policzki Księcia płonęły rumieńcem.

— Powiedz mamie — odparł Tyrion. — Ale najpierw pójdziesz do lorda i lady Stark, klękniesz przed nimi i powiesz, że jest ci przykro i że służysz im pomocą w tej godzinie smutku oraz że pamiętasz o nich w swojej modlitwie. Rozumiesz mnie? Rozumiesz?

Wydawało się, że chłopiec zaraz się rozpłacze, jednak pochylił tylko lekko głowę. Potem odwrócił się i wybiegł z dziedzińca z dłonią przyciśniętą do policzka. Tyrion popatrzył za nim.

Poczuł na twarzy cień. Odwrócił się i ujrzał stojącego tuż za nim Clegane'a. Wielki jak góra w swojej czarnej zbroi, całkowicie zasłaniał słońce. Zasłonę hełmu miał opuszczoną. Patrząc na nią, można było się przestraszyć, ponieważ została wykuta na podobieństwo szczerzącego kły czarnego ogara, lecz Tyrion zawsze uważał, że i tak stanowi ona milszy widok niż szkaradnie poparzona twarz Clegane'a.

— Książę nie zapomni o tym, mały lordzie — ostrzegł go Ogar. Jego śmiech zamienił się w głuche dudnienie we wnętrzu hełmu.

— Mam nadzieję — odparł Tyrion Lannister. — A jeśli nawet, to bądź jego dobrym psem i przypomnij mu. — Rozejrzał się po dziedzińcu. — Nie wiesz, gdzie mogę znaleźć mojego brata?

— Je śniadanie z Królową.

— Ach. For certes — odparł Tyrion. Skłonił niedbale głowę w kierunku Sandora Clegane'a i pogwizdując, odszedł tak szybko, jak pozwoliły mu jego karłowate nogi. Współczuł pierwszemu rycerzowi, który zmierzy się tego dnia z Ogarem. Ten człowiek miał charakter.

W jadalni Gościnnego Domu spożywano w ponurym nastroju zimny posiłek. Jaime siedział w towarzystwie Królowej i jej dzieci. Rozmawiali cicho.

— Czy Robert jeszcze śpi? — spytał Tyrion i zasiadł do stołu, chociaż nikt go nie zapraszał.

Jego siostra spojrzała na niego z lekkim niesmakiem; patrzyła tak na niego od chwili jego urodzin.

— Król w ogóle się nie kładł — odpowiedziała. — Jest z lordem Eddardem. Ich smutek wypełnia także i jego serce.

— Ach, nasz Robert. Ma ogromne serce — odezwał się Jaime, uśmiechając się leniwie. Niewiele istniało rzeczy, które Jaime traktował poważnie. Tyrion znał dobrze tę cechę brata i wybaczał mu to. Gotów był mu wybaczyć prawie wszystko, ponieważ w ciągu całego koszmarnego dzieciństwa tylko Jaime potrafił okazać mu trochę uczucia i szacunku.

Służący podszedł do stołu.

— Chleba — zwrócił się do niego Tyrion. — A także dwie małe rybki i tego dobrego ciemnego piwa, żebym miał czym popić. Ach, i jeszcze trochę bekonu. Podsmaż go dobrze, żeby był chrupiący. — Służący skinął głową i wycofał się. Tyrion odwrócił się do swojego rodzeństwa. Jego brat i siostra byli bliźniakami, a tego ranka tworzyli szczególnie zgraną parę. Oboje ubrali szaty koloru ciemnozielonego, który doskonale pasował do koloru ich oczu. Jasne loki opadały swobodnie, a na ich nadgarstkach, palcach i szyjach pobłyskiwały klejnoty.

Tyrion zastanawiał się, jak to jest, kiedy się ma bliźniaka, lecz zaraz doszedł do wniosku, że chyba nie chce wiedzieć. Wystarczy, że codziennie musi patrzeć w lustro. Myśl o bliźniaku wydała mu się zbyt okropna, by ją rozważać.

— Masz jakieś wieści o Branie, wuju? — odezwał się książę Tommen.

— Byłem w jego pokoju wczoraj wieczorem — oświadczył Tyrion. — Żadnych zmian. Maester uznał to za dobry znak.

— Nie chcę, żeby Bran umarł — powiedział Tommen lękliwie. Był bardzo słodkim dzieckiem, w przeciwieństwie do swojego brata. Ale przecież Jaime i Tyrion także bardzo się różnili.

— Lord Eddard też miał brata o imieniu Brandon — rzucił Jaime. — Był jednym z zakładników zamordowanych przez Targaryena. Zdaje się, że to imię przynosi pecha.

— Och, nie aż tak wielkiego, jak to wszystko — powiedział Tyrion. Kiedy służący przyniósł mu talerz, oderwał sobie kawał czarnego chleba.

Cersei spojrzała na niego uważnie.

— Co masz na myśli?

Tyrion uśmiechnął się.

— Tylko to, że życzenie Tommena może się spełnić. Maester uważa, że chłopiec ma szansę przeżyć. — Przerwał i upił łyk piwa.

Myrcella wciągnęła głęboko powietrze, uradowana, a Tommen uśmiechnął się nerwowo, lecz nie im przyglądał się Tyrion. Nie przegapił krótkiego spojrzenia, jakie wymienili między sobą Jaime i Cersei. Królowa natychmiast opuściła wzrok.

— Słaba to pociecha. Ci północni bogowie nie mają litości, pozwalając dziecku cierpieć w takim bólu.

— Co dokładnie powiedział maester? — spytał Jaime.

Bekon zachrupał, kiedy Tyrion ugryzł plaster. Żuł przez chwilę zamyślony, zanim wreszcie odpowiedział.

— Według niego gdyby chłopiec miał umrzeć, już by się to stało. Tymczasem od czterech dni nic się nie zmienia.

— Czy Bran wyzdrowieje, wuju? — spytała mała Myrcella. Swoją urodą dorównywała matce, lecz z pewnością nie miała jej charakteru.

— Widzisz, malutka, on ma złamany kręgosłup — wyjaśnił jej Tyrion. — Nogi także ma pogruchotane. Przy życiu trzyma go tylko miód i woda, inaczej umarłby z głodu. Może kiedy się obudzi, zje coś innego, lecz nigdy już nie będzie chodził.

— Jeśli się obudzi — powtórzyła Cersei. — Czy jest szansa?

— To wiedzą tylko bogowie — odpowiedział Tyrion. — Maester ma taką nadzieję. — Ugryzł chleba. — Przysiągłbym, że to ten jego wilk trzyma go przy życiu. Bestia siedzi pod jego oknem dzień i noc i wyje. Odganiają go, a on i tak wraca. Raz maester kazał zamknąć okno, żeby nie było słychać wycia, i Branowi zaraz jakby się pogorszyło. Jego serce znowu zabiło mocniej, kiedy otworzyli okno.

Królowa wzdrygnęła się.

— W tych zwierzętach jest coś nienaturalnego. Są niebezpieczne. Nie pozwolę, żeby zabrali je do nas, na południe.

— Trudno będzie ci ich powstrzymać, siostrzyczko — powiedział Jaime. — Ich dziewczynki nie rozstają się ze swoimi wilkami.

Tyrion zaczął jeść rybę.

— A zatem wyruszacie niebawem?

— Niestety, nie tak szybko, jak byśmy chcieli — powiedziała Cersei i zaraz zmarszczyła czoło. — Powiedziałeś wyruszacie? A ty? Bogowie, nie chcesz chyba powiedzieć, że zostajesz tutaj?

Tyrion wzruszył ramionami.

— Benjen Stark wraca do Nocnej Straży z bękartem swojego brata. Mam zamiar pojechać z nimi i zobaczyć ten Mur, o którym wszyscy tyle słyszeliśmy.

— Mam nadzieję, że nie zamierzasz przywdziać czarnych szat, braciszku?

Tyrion roześmiał się.

— Co, ja? Celibat? Zapłakałyby się wszystkie dziwki od Dorne do Casterly Rock. Nie, chcę tylko stanąć na krawędzi Muru i wysikać się z krawędzi świata.

Cersei wstała gwałtownie.

— Dzieci nie muszą wysłuchiwać podobnych plugastw. Tommen, Myrcella, idziemy. — Wyszła szybko z jadalni, ciągnąc za sobą tren sukni i dzieci. Jaime Lannister skierował na brata uważne spojrzenie swoich zimnych zielonych oczu.

— Stark nigdy nie zechce wyjechać z Winterfell, dopóki jego syn pozostanie w cieniu śmierci.

— Zechce, jeśli Robert mu każe — orzekł Tyrion. — A Robert z pewnością to uczyni. I tak lord Eddard w niczym nie może pomóc chłopcu.

— Mógłby zakończyć jego cierpienia — powiedział Jaime. — Ja bym tak zrobił, gdyby chodziło o mojego syna. Okazałbym mu litość.

— Radzę ci, żebyś nie podsuwał podobnych rad lordowi Eddardowi, słodki braciszku. Mógłby się rozgniewać.

— Chłopak zostanie kaleką, nawet jeśli przeżyje. Gorzej nawet niż kaleką. Karykaturą. Ja mam nadzieję na dobrą, spokojną śmierć.

W odpowiedzi Tyrion wzruszył tylko ramionami, co jeszcze bardziej podkreśliło jego pokurczoną postać.

— Jeśli już mowa o karykaturach, to ośmielam się mieć odmienne zdanie — oświadczył. — Śmierć jest tak przerażająco ostateczna, tymczasem życie obfituje w niezliczoną ilość możliwości.

Jaime uśmiechnął się.

— Jesteś perwersyjnym małym karłem, prawda?

— Och, tak — przyznał Tyrion. — Mam nadzieję, że chłopiec się obudzi. Ciekawe będzie usłyszeć, co ma do powiedzenia.

Uśmiech na ustach jego brata zwarzył się jak mleko.

— Tyrionie, mój słodki braciszku — rzucił ponuro. — Czasem zastanawiam się, po czyjej ty jesteś stronie.

Tyrion siedział z ustami pełnymi chleba i ryby. Napił się łyk mocnego ciemnego piwa i wyszczerzył zęby w szerokim uśmiechu.

— Jaime, bracie — odezwał się. — Ranisz mnie. Wiesz przecież, jak bardzo kocham naszą rodzinę.

JON

Jon wchodził po schodach wolno, starając się nie myśleć o tym, że być może wchodzi tam po raz ostatni. Duch szedł za nim bezszelestnie. Na zewnątrz wiatr dmuchał śniegiem przez zamkową bramę na dziedziniec wypełniony hałasem i krzątaniną, lecz tutaj, za grubymi murami zamku, było ciepło i cicho. Zbyt cicho.

Dotarł na górę i zatrzymał się. Stał długą chwilę niepewny. Duch trącił pyskiem jego dłoń. Jon, zachęcony, wyprostował się i wszedł do pokoju.

Lady Stark siedziała przy łóżku. Siedziała tam prawie od dwóch tygodni, dzień i noc. Ani na chwilę nie opuściła Brana. Jedzenie przynoszono jej na górę i wszystko, czego potrzebowała. Do pokoju wstawiono też małe, twarde łóżko, lecz mówiono, że i tak prawie nie śpi. Sama podawała Branowi wodę, miód i miksturę z ziół, które podtrzymywały go przy życiu. Ani razu nie wyszła z pokoju, dlatego Jon trzymał się z daleka.

Teraz jednak nie mógł już dłużej czekać. Zatrzymał się na chwilę w drzwiach. Bał się odezwać albo podejść bliżej. Przez otwarte okno słychać było wycie wilka. Duch usłyszał je i podniósł łeb.

Lady Stark podniosła wzrok. Przez moment wydawało się, że go nie poznaje. Wreszcie zamrugała szybciej.

— A ty co tu robisz? — spytała głosem dziwnie pozbawionym emocji.

— Przyszedłem zobaczyć się z Branem — rzekł Jon. — Chcę się z nim pożegnać.

Wyraz jej twarzy nie zmienił się. Długie kasztanowe włosy pozostawały w nieładzie. Wyglądała, jakby postarzała się o dwadzieścia lat.

— Już się pożegnałeś. Idź stąd.

Jakaś część jego jaźni pragnęła po prostu uciec, lecz wiedział, że jeśli tak postąpi, może już nigdy nie ujrzy Brana. Zrobił nieśmiało krok do przodu.

— Proszę — powiedział.

Jej oczy pozostały zimne.

— Kazałam ci już iść — oznajmiła. — Nie chcemy cię tutaj.

Kiedyś biegłby już na dół, może nawet by się rozpłakał. Teraz jednak poczuł złość. Niebawem miał zostać Zaprzysiężonym Bratem Nocnej Straży i będzie musiał stawić czoło większym niebezpieczeństwom niż Catelyn Tully Stark.

— On jest moim bratem — powiedział.

— Czy mam wezwać straż?

— Wezwij — rzucił zaczepnie. — Nie zabronisz mi zobaczyć się z nim. — Przeszedł przez pokój i stanął po drugiej stronie łóżka.

Trzymała dłoń Brana w swojej, jego ręka bardziej przypominała szpon. To nie był Bran, którego pamiętał. Prawie nie miał ciała, a skóra opinała ciasno kości niczym patyki. Jon nie mógł znieść widoku nóg nienaturalnie wygiętych pod kocem. Oczy jego brata zapadły się głęboko w ciemne dziury oczodołów. Miał je otwarte, choć nic nie widział. Upadek spowodował, że Bran w jakiś sposób się skurczył. Wyglądał jak nierozwinięty listek, który wiatr poniesie zaraz do grobu.

A jednak jego pierś podnosiła się i opadała pod klatką kruchych, połamanych żeber.

— Bran — powiedział Jon. — Przepraszam, że nie przyszedłem wcześniej. Bałem się. — Czuł płynące po jego policzkach łzy. Nic go to teraz nie obchodziło. — Nie umieraj, Bran, proszę. Wszyscy czekamy, aż się obudzisz. Ja i Robb i dziewczynki, wszyscy... — Lady Stark patrzyła na niego, lecz milczała. Jon uznał, że tym samym wyraża swoją zgodę. Za oknem znowu zawył wilkor. Wilk, któremu Bran nie zdążył nawet nadać imienia. — Muszę już iść — wyznał Jon. — Stryj Benjen czeka na mnie. Jadę na północ, na Mur. Wyruszamy jeszcze dzisiaj, żeby zdążyć przed śniegiem. — Pamiętał, jak bardzo Bran ekscytował się perspektywą tej podróży. Jon nie mógł znieść myśli, że zostawia go w takim stanie. Otarł łzy, pochylił się i ucałował brata w usta.

— Chciałam, żeby został tutaj ze mną — odezwała się cicho lady Stark. Jon spojrzał na nią. Chociaż mówiła do niego, to zachowywała się, jakby go tu wcale nie było. — Modliłam się o to — ciągnęła bezbarwnym głosem. — Był moim wyjątkowym dzieckiem. Poszłam do septu i modliłam się siedem razy do siedmiu twarzy boga, żeby Ned zmienił zdanie i zostawił go ze mną. Czasem modlitwy zostają wysłuchane.

Jon nie wiedział, co powiedzieć.

— To nie była twoja wina — wydusił wreszcie z siebie.

Odszukała go wzrokiem. Z jej oczu bił jad gniewu.

— Nie potrzebuję twojego rozgrzeszenia, bękarcie.

Jon opuścił oczy. Tuliła w dłoniach rękę Brana. Jon uścisnął jego drugą dłoń. Palce drobne jak kości ptaka.

— Żegnaj — powiedział.

Był już przy drzwiach, kiedy odezwała się do niego.

— Jon. — Czuł, że nie powinien się zatrzymywać, lecz nigdy dotąd nie zwróciła się do niego po imieniu. Odwrócił się i zobaczył, że patrzy na niego, jakby widziała go po raz pierwszy w życiu.

— Tak? — odpowiedział.

— Ty powinieneś być na jego miejscu — powiedziała i odwróciła się do Brana. Zaczęła cicho płakać, a całym jej ciałem wstrząsały dreszcze. Jon nigdy wcześniej nie widział jej płaczącej.

Długo schodził na dziedziniec.

Na zewnątrz panowało hałaśliwe zamieszanie. Ładowano wozy, ludzie pokrzykiwali, przyprowadzano ze stajni konie, zaprzęgano je i siodłano. Zaczął padać lekki śnieg, więc wszyscy pragnęli jak najszybciej wyruszyć.

Na środku dziedzińca stał Robb i wydawał głośno komendy. Sprawiał wrażenie, że wydoroślał w ciągu ostatnich kilku tygodni, jakby upadek Brana i załamanie się matki dodały mu sił. Towarzyszył mu Szary Wicher.

— Szuka cię stryj Benjen — zwrócił się do Jona. — Już godzinę temu chciał wyruszyć.

— Wiem — odpowiedział Jon. — Zaraz do niego pójdę. — Rozejrzał się dookoła. — Wyjazd okazał się trudniejszy, niż się spodziewałem.

— Dla mnie także — stwierdził Robb. W jego włosach topniały płatki śniegu. — Widziałeś go?

Jon skinął tylko głową, bojąc się odezwać w tej chwili.

— On nie umrze — powiedział Robb. — Ja to wiem.

— Was, Starków, trudno jest zabić — przyznał Jon. Mówił znużonym, zmęczonym głosem. Wizyta na górze pozbawiła go sił.

Robb wyczuwał, że coś było nie tak.

— Moja matka...

— Była... miła — dokończył za niego Jon.

Robb odetchnął z ulgą.

— To dobrze. — Uśmiechnął się. — Przy następnym naszym spotkaniu będziesz już chodził ubrany na czarno.

Jon zmusił się do uśmiechu.

— Zawsze lubiłem ten kolor. Jak myślisz, kiedy to nastąpi?

— Niedługo — obiecał Robb. Wyciągnął ramiona i uścisnął mocno Jona. — Żegnaj, Snow.

Jon także go uścisnął.

— Żegnaj, Stark. Opiekuj się Branem.

— Dobrze. — Rozluźnili uścisk i patrzyli na siebie niepewnie.

— Stryj Benjen powiedział, żebym cię przysłał do stajni, gdy tylko cię zobaczę — odezwał się wreszcie Robb.

— Muszę się jeszcze z kimś pożegnać — odparł Jon.

— A zatem nie widziałem cię — odpowiedział Robb. Jon zostawił go pośród śniegu, wozów, koni i wilków. Do zbrojowni było blisko. Zabrał swoje rzeczy i poszedł przez kryty most do wieży.

Znalazł Aryę w jej pokoju. Pakowała skrzynię z twardego drewna większą od niej samej, a pomagała jej Nymeria. Wystarczyło, że wskazała ręką, a wilczyca pędziła w drugi koniec komnaty, chwytała w zęby kawałek jedwabiu i biegła z nim z powrotem. Kiedy wyczuła Ducha, przysiadła i zaskomlała w ich kierunku.

Arya obejrzała się i wstała od kufra na widok Jona. Objęła go mocno chudymi ramionami.

— Bałam się, że już pojechałeś — powiedziała przez ściśnięte gardło. — Nie pozwolili mi wychodzić.

— Co zbroiłaś tym razem? — spytał Jon.

Arya puściła go i skrzywiła się.

— Nic. Pakowałam się tylko. — Wskazała na ogromną skrzynię wypełnioną w jednej trzeciej. Pozostałe ubrania leżały porozrzucane po całym pokoju. — Septa Mordane mówi, że muszę spakować wszystko jeszcze raz. Twierdzi, że nie poskładałam ubrań tak jak trzeba. Dama na południowym dworze nie wrzuca do kufra ubrań w taki sposób, jakby to były stare szmaty.

— A pakowałaś je jak szmaty, siostrzyczko?

— I tak się wszystko pogniecie — powiedziała. — A kto to zauważy, czy ubrania są poskładane?

— Septa Mordane — odpowiedział Jon. — Pewnie by się jej też nie spodobało, że Nymeria ci pomaga. — Wilczyca popatrzyła na niego swymi ciemnozłocistymi oczami. — Skoro już mowa o pakowaniu, to przyniosłem ci coś, co musisz bardzo starannie spakować.

Jej twarz natychmiast pojaśniała.

— Prezent?

— Można to i tak nazwać. Zamknij drzwi.

Znużona, lecz podekscytowana, Arya wyjrzała na korytarz.

— Nymeria, chodź tutaj i pilnuj. — Zostawiła wilczycę na straży i zamknęła drzwi. Tymczasem Jon rozwinął szmaty, w których przyniósł prezent. Pokazał go Aryi. Otworzyła szeroko oczy. A oczy miała ciemne, podobnie jak on. — Miecz — powiedziała cicho.

Pochwę wykonano z miękkiej, szarej skóry. Jon wyciągnął powoli miecz, żeby mogła przyjrzeć się, jak głęboki jest błękitny odcień stali.

— To już nie zabawka — rzekł. — Uważaj, żebyś się nie skaleczyła. Jest tak ostry, że można by się nim golić.

— Dziewczynki się nie golą — powiedziała Arya.

— Może powinny. Widziałaś nogi septy?

Zachichotała.

— Jest taki cienki.

— Podobnie jak i ty — odpowiedział. — Mikken zrobił go dla mnie. Takiej broni używają zbiry w Pentos, Myr i innych Wolnych Miastach. Głowy nim nie odetniesz, ale możesz komuś zrobić kilka dziur w brzuchu, jeśli będziesz dość szybka.

— Potrafię być szybka — odparła Arya.

— Musisz ćwiczyć codziennie. — Podał jej miecz, pokazał, jak go trzymać, i odsunął się. — I jak? Dobrze leży w dłoni?

— Chyba tak — odpowiedziała Arya.

— Pierwsza lekcja — rzekł Jon. — Zadajesz cios ostrym końcem.

Arya grzmotnęła go płaską częścią ostrza. Poczuł siłę uderzenia, a mimo to wyszczerzył zęby w uśmiechu.

— Wiem, jak się trzyma miecz — powiedziała Arya i zaraz posmutniała. — Septa Mordane zaraz mi go zabierze.

— Nie zabierze, jeśli się o nim nie dowie.

— Z kim będę ćwiczyła?

— Znajdziesz kogoś — zapewnił ją Jon. — Królewska Przystań to prawdziwe miasto, tysiąc razy większe od Winterfell. Dopóki nie znajdziesz jakiegoś nauczyciela, przyglądaj się pilnie, jak ćwiczą na dziedzińcu. Biegaj dużo i jeźdź na koniu, żebyś nabrała sił. I cokolwiek będziesz chciała zrobić…

Arya wiedziała, co chce powiedzieć. Dokończyli razem:

— …nie… mów o tym… Sansie!

Jon potarmosił jej włosy.

— Będzie mi ciebie brakowało, siostrzyczko.

Wydawało się, że Arya zaraz się rozpłacze.

— Szkoda, że nie jedziesz z nami.

— Kto wie? Czasem różne drogi prowadzą do tego samego zamku. — Teraz poczuł się lepiej. Nie chciał pozwolić, żeby ogarnął go smutek. — Pójdę już. Jeśli każę stryjowi Benowi czekać zbyt długo, to przez najbliższy rok będę opróżniał nocniki na Murze.

Arya podbiegła, by uścisnąć go po raz ostatni.

— Najpierw odłóż miecz — ostrzegł ją Jon, śmiejąc się. Odłożyła miecz jakby ze wstydem i obsypała go pocałunkami.

Kiedy znalazł się przy drzwiach, odwrócił się raz jeszcze. Znowu trzymała miecz.

— Zapomniałbym — powiedział. — Najlepsze miecze posiadają swoje imiona.

— Tak jak Lód — odpowiedziała. Spojrzała na swój miecz. — Czy on się jakoś nazywa? Powiedz mi, proszę.

— Nie potrafisz zgadnąć? — droczył się z nią Jon. — Twoje ulubione zajęcie.

Arya zastanawiała się przez moment, lecz w następnej chwili już wiedziała. Powiedzieli to razem.

— Igła!

Wspomnienie jej śmiechu towarzyszyło mu w czasie długiej zimnej podróży na północ.

DAENERYS

Daenerys Targaryean poślubiła *khala* Drogo przepełniona strachem i otoczona barbarzyńskim splendorem na polu, poza murami Pentos, ponieważ Dothrakowie wierzyli, że wszystko, co ważne dla człowieka, powinno mieć miejsce pod gołym niebem.

Drogo wezwał na uroczystość cały swój *khalasar,* tak więc przyjechało czterdzieści tysięcy dothrackich wojowników oraz ogromna liczba kobiet, dzieci i niewolników. Przybyłe hordy rozbiły obozy za murami miasta, wznosząc pałace z plecionej trawy, zjadając wszystko, co dało się zjeść, tak że niepokój poczciwych mieszkańców Pentos rósł z każdym dniem.

— Moi przyjaciele, magistrowie, podwoili miejskie straże — wyjaśnił im Illyrio, kiedy pewnej nocy siedzieli przy stole pełnym kaczek w miodzie i pomarańczowej papryki w rezydencji Drogo. *Khal* przyłączył się do swojego *khalasaru*, a posiadłość do czasu ślubu oddał do dyspozycji Daenerys i jej brata.

— Lepiej szybko wydajmy za mąż księżniczkę Daenerys, zanim połowa Pentos znajdzie się w rękach zabijaków i rzezimieszków — zażartował ser Jorah Mormont. Banita zaoferował swój miecz jej bratu tej samej nocy, kiedy Dany została sprzedana *khalowi* Drogo. Oczywiście, Viserys chętnie przyjął propozycję Mormonta i od tamtej chwili rycerz nie odstępował go ani na chwilę.

Magister Illyrio roześmiał się poprzez swoją rozwidloną brodę, lecz Viserys zachował powagę.

— Może ją mieć nawet i jutro, jeśli tylko zechce — odpowiedział. Zerknął na Dany, a ona spuściła oczy. — Niech tylko zapłaci.

Illyrio machnął leniwie dłonią; na jego tłustych palcach zalśniły pierścienie.

— Mówiłem ci, że wszystko jest ustalone. Zaufaj mi. *Khal* obiecał ci koronę i dostaniesz ją.

— Tylko kiedy?

— Kiedy *khal* uzna za stosowne — odparł Illyrio. — Najpierw dostanie dziewczynę, po ślubie musi przejść przez równiny, żeby przedstawić ją *dosh khaleen* w Vaes Dothrak. A potem, być może… jeśli wróżby wskażą na wojnę…

Viserys kipiał przepełniony niecierpliwością.

— Mam gdzieś ich wróżby. Na tronie mojego ojca siedzi Uzurpator. Jak długo mam jeszcze czekać?

Illyrio wzruszył masywnymi ramionami.

— Wielki królu, czekałeś prawie całe swoje życie. Cóż zatem znaczy kilka kolejnych miesięcy, kilka lat?

Ser Jorah, który w swych podróżach dotarł aż do Vaes Dothrak, skinął głową potakująco.

— Wasza Miłość, radzę zachować cierpliwość. Dothrakowie dotrzymują słowa, tyle tylko że żyją własnym czasem. Ktoś pomniejszy może błagać o przysługę *khala*, lecz biada mu, jeśli dopomina się o cokolwiek krzykiem.

Viserys najeżył się.

— Uważaj na to, co mówisz, Mormont, albo każę ci wyrwać język. Nie jestem byle kim, ale prawowitym Panem Siedmiu Królestw. Smok nigdy nie błaga.

Ser Jorah skłonił głowę. Illyrio uśmiechnął się tajemniczo i oderwał sobie skrzydło z kaczki. Miód i tłuszcz popłynęły po jego palcach i dalej na brodę. Nie ma już smoków, pomyślała Dany, wpatrując się w brata, lecz nie odważyła się powiedzieć tego głośno.

Tamtej nocy śniła o smoku. Viserys bił ją i ranił. Była naga, obezwładniona strachem. Zaczęła uciekać, jednakże jej ciało wydawało się grube i powolne. Znowu ją uderzył. Potknęła się i przewróciła. „Obudziłaś smoka — wrzeszczał, bijąc ją. — Obudziłaś smoka, obudziłaś smoka". Uda miała mokre od krwi. Zamknęła oczy i zapłakała cicho. W odpowiedzi rozległ się nieprzyjemny trzask, a potem jakby huk ognia. Kiedy podniosła głowę, Viserys zniknął, a dookoła wznosiły się ogromne płomienie, pośród których ujrzała smoka. Odwrócił powoli swoją głowę. Kiedy skierował na nią zamglone oczy, obudziła się drżąca i zlana potem. Nigdy dotąd tak się nie bała...

...aż do dnia ślubu.

Uroczystość zaczęła się o świcie i trwała do zmroku, nie kończący się dzień wypełniony piciem, jedzeniem i bijatyką. Wśród pałaców z trawy usypano podwyższenie z ziemi, na którym zasiadła Dany u boku *khala* Drogo — pod nimi kłębiło się morze Dothraków. Nigdy wcześniej nie widziała tylu ludzi zebranych w jednym miejscu, ludzi tak dziwnych i przerażających. Dothrakowie wdziewali bogate stroje i skrapiali się perfumami, kiedy odwiedzali Wolne Miasta, natomiast tutaj, pod gołym niebem, pozostawali bardziej naturalni. Zarówno kobiety, jak i mężczyźni odziani byli tylko w malowane skórzane kamizelki i getry z końskiego włosia ściągnięte pasami ozdobionymi medalionami z brązu. Wojownicy nacierali swoje długie włosy tłuszczem z dołów, w których go wytapiano. Obżerali się końskim mięsem upieczonym na miodzie z papryką i popijali sfermentowanym mlekiem klaczy oraz wybornymi winami dostarczonymi przez Illyria. Dany słyszała, jak pokrzykują do siebie ponad ogniskiem — ich głosy wydawały jej się chrapliwe i obce.

Viserys otrzymał miejsce pod nią, gdzie siedział w nowej bluzie z czarnej wełny ozdobionej na piersi szkarłatnym smokiem. Obok niego zasiadali Illyrio i ser Jorah. Mimo że siedzieli na honorowym miejscu, tuż pod braćmi krwi *khala,* Dany widziała wyraźnie gniew w liliowych oczach jej brata. Nie podobało mu się, że posadzono go niżej od niej, zżymał się też za każdym razem, kiedy służący podawali potrawy *khalowi* i jego narzeczonej, a dopiero potem on otrzymywał to, co zostało. Niestety, mógł tylko dusić w sobie gniew i urazę, pogrążając się z każdą godziną w coraz posępniejszym nastroju.

Dany siedziała w samym środku ogromnego tłumu, a mimo to nigdy nie czuła się bardziej samotna. Brat nakazał jej wcześniej uśmiechać się, co też czyniła, aż poczuła ból na twarzy i łzy w oczach. Ze wszystkich sił starała się je ukryć, ponieważ dobrze wiedziała, jak bardzo Viserys by się rozzłościł. Ponadto nie miała pewności, jak by zareagował *khal* Drogo. Przynoszono jej gorące udźce, grube, czarne kiełbasy, krwiste pasztety, przysmaki Dothraków, potem owoce, wywary ze słodkich traw i delikatne paszteciki z Pentos, lecz ona niczego nie tknęła. Nie była w stanie przełknąć ani kęsa.

Nie miała obok siebie nikogo, z kim mogłaby porozmawiać. *Khal* Drogo przez cały czas wydawał głośno komendy, żartował, śmiał się z żartów innych, lecz prawie nie zwracał na nią uwagi. Żadne z nich nie znało języka, w którym mogliby się porozumieć. Ona nie rozumiała języka Dothraków, *khal* zaś znał tylko kilka słów w języku valyriańskim, języku używanym przez mieszkańców Wolnych Miast. Natomiast zupełnie obcy był mu język powszechny, którym mówiono w Siedmiu Królestwach. Gotowa już była porozmawiać z Illyriem i bratem, lecz oni siedzieli zbyt daleko.

Siedziała więc w swoich jedwabiach z pucharem pełnym wina z miodem, bojąc się zjeść cokolwiek, i rozmawiała z samą sobą. W moich żyłach płynie krew smoków, powtarzała sobie. Jestem Daenerys, Zrodzona w Burzy, księżniczka Smoczej Skały, potomek Aegona Zdobywcy.

Słońce zdążyło wspiąć się na niebo dopiero w jednej czwartej, kiedy zobaczyła pierwszego zabitego. Kilka kobiet tańczyło dla *khala* w rytm bębnów. Drogo przyglądał się im obojętnie, lecz jego wzrok podążał za ruchem ich ciał i co pewien czas rzucał spiżowy medalion między kobiety, które natychmiast zaczynały walczyć o niego.

Wojownicy także je obserwowali. Wreszcie jeden z nich wszedł w krąg tańczących kobiet, chwycił za ramię jedną z nich, pchnął na ziemię i wszedł w nią tam na miejscu jak ogier pokrywa klacz. Illyrio uprzedził ją, że coś takiego może mieć miejsce. „Dothrakowie zachowują się się jak zwierzęta w stadzie. W *khalasarze* nie istnieje coś takiego jak odosobnienie, nie wiedzą też, co to grzech albo wstyd".

Dany, przestraszona, odwróciła wzrok od kopulujących i dopiero po chwili zdała sobie sprawę, co się dzieje. Teraz podszedł drugi wojownik i trzeci, a niebawem nie miała już możliwości odwrócenia wzroku. W pewnym momencie dwóch mężczyzn pochwyciło tę samą kobietę. Usłyszała krzyk, nastąpiła krótka szamotanina i błysnęły *arakhy,* długie i ostre jak brzytwy, skrzyżowanie miecza i kosy. Rozpoczął się taniec śmierci: wojownicy okrążali się, zadawali cięcia, przyskakiwali do siebie, wywijali mieczami nad głowami i wykrzykiwali obelgi. Nikt ich nie powstrzymywał.

Wszystko skończyło się równie szybko, jak się zaczęło. *Arakhy* śmignęły szybciej, niż Dany nadążała za nimi wzrokiem, potem jeden z walczących potknął się, a jego przeciwnik zatoczył lśniący łuk orężem. Stal przecięła ciało trochę powyżej pasa, wycinając w nim ogromną dziurę, z której wylały się wnętrzności Dothraka. Gdy tylko ten zmarł, zwycięzca chwycił jedną z kobiet — nawet nie tę, o którą walczył — i posiadł ją. Niewolnicy zabrali ciało i kobiety znowu rozpoczęły taniec.

O tym także opowiadał magister Illyrio. „Przyjęcie weselne u Dothraków bez przynajmniej trzech trupów uważane jest za nudne" — powiedział jej wcześniej. A zatem jej przyjęcie musiało stanowić wyjątkową atrakcję, ponieważ przed nocą zdążył umrzeć tuzin mężczyzn.

W miarę upływu czasu Dany czuła coraz większy strach, aż wreszcie całą sobą musiała się powstrzymywać, żeby nie zacząć krzyczeć. Bała się Dothraków, którzy wydawali jej się tak przerażający i obcy, jakby byli zwierzętami przebranymi w ludzkie skóry. Bała się swojego brata, tego, co może jej zrobić, jeśli go zawiedzie. Najbardziej jednak bała się nocy, która miała nadejść, a którą miała spędzić w towarzystwie pijącego obok niej olbrzyma o twarzy surowej i okrutnej, twarzy podobnej do spiżowej maski.

W moich żyłach płynie krew smoka, powtórzyła sobie po raz kolejny.

Kiedy wreszcie słońce zeszło nisko nad ziemię, *khal* Drogo klasnął w dłonie i umilkły wszelkie odgłosy. Drogo podniósł się i pociągnął ją, by także wstała. Nadszedł czas podarunków.

Potem, kiedy słońce zajdzie, przyjdzie czas na dopełnienie małżeństwa. Myśl o tym nieustannie do niej powracała, chociaż Dany starała się ją odrzucić. Splotła ręce na piersiach, powstrzymując drżenie.

Viserys podarował jej trzy służące. Dany wiedziała, że nic go nie kosztowały, ponieważ dostał je od Illyria. Irri i Jhiqui były miedzianoskórymi Dothraczkami o czarnych włosach i oczach w kształcie migdałów, Doreah zaś, lyseńska dziewczyna, miała jasne włosy i niebieskie oczy.

— To nie są zwykłe niewolnice, słodka siostrzyczko — zwrócił się do niej brat, kiedy przyprowadzono dziewczęta. — Wybrałem je dla ciebie razem z Illyriem. Irri nauczy cię jazdy konnej, dzięki Jhiqui poznasz język Dothraków, a Doreah udzieli ci wskazówek dotyczących sztuki kochania. — Uśmiechnął się. — Jest w tym doskonała. Ja i Illyrio ręczymy za to.

Ser Jorah Mormont przepraszał za swój podarunek.

— Nie stać na więcej biednego wygnańca — powiedział, kładąc przed nią niewielki stos starych ksiąg. Zobaczyła, że są to historie i pieśni opowiadające o Siedmiu Królestwach, a spisane w języku powszechnym. Podziękowała mu serdecznie.

Magister Illyrio dał znak i czterech krzepkich niewolników przyniosło ogromną cedrową skrzynię okutą brązem. Skrzynię wypełniały stroje z najwspanialszych adamaszków i aksamitów, jakie mogły wyprodukować Wolne Miasta. Na samym wierzchu, ułożone na miękkim jedwabiu, spoczywały trzy ogromne jaja. Dany wstrzymała oddech. Nie widziała czegoś równie pięknego. Każde inne, pokryte tak wspaniałymi kolorami, że w pierwszej chwili wydało jej się, iż są wysadzane drogimi kamieniami. Były tak duże, że musiała podnosić je w obu dłoniach. Uniosła jedno z nich delikatnie, spodziewając się, że jest wykonane z porcelany albo z wydmuchanego szkła, lecz okazało się o wiele cięższe, jakby zrobiono je z kamienia. Powierzchnię skorupy pokrywały drobne łuski. Kiedy obracała jajo między palcami, łuski migotały niczym kawałki wypolerowanego metalu wystawione na blask zachodzącego słońca. Jedno z jaj miało ciemnozielony odcień z plamkami wypolerowanego brązu, które pojawiały się i znikały, w zależności od tego, jak je trzymała. Drugie było jasnokremowe ze złotymi żyłkami. Trzecie zaś miało czarny kolor, niczym morze o północy, a jednak na jego powierzchni pulsowały szkarłatne wzory.

— Co to takiego? — spytała zdumiona.

— Smocze jaja. Z Krainy Cieni za Asshai — odpowiedział magister Illyrio. — Eony zamieniły je w kamień, lecz mimo to nic nie straciły ze swego piękna.

— Będę ich strzegła. — Dany słyszała opowieści o podobnych przedmiotach, ale nigdy ich nie widziała i nie spodziewała się, że kiedykolwiek zobaczy. Był to rzeczywiście okazały prezent, lecz ona dobrze wiedziała, że Illyrio mógł sobie pozwolić na taką hojność. Z pewnością zdobył fortunę w koniach i niewolnikach, pośrednicząc w sprzedaży Dany *khalowi* Drogo.

Bracia krwi *khala* ofiarowali jej tradycyjnie trzy rodzaje broni, wspaniałe okazy. Haggo podarował jej skórzany bicz ze srebrną rączką. Od Cohollа dostała przepiękny *arakh* zdobiony złotem, Qotho zaś dał jej rzeźbiony łuk ze smoczej kości, większy od niej. Wcześniej magister Illyrio i ser Jorah nauczyli ją, co należy powiedzieć po otrzymaniu prezentów, i uczyniła to teraz.

— Są to dary godne wielkiego wojownika, o, krwi z mojej krwi, a ja jestem tylko kobietą. Niech mój pan mąż przyjmie je w moim imieniu. — Tym sposobem jej dary zostały też podarowane khalowi Drogo.

Inni Dothrakowie także obsypali ją licznymi podarunkami: otrzymała pantofle, klejnoty i srebrne ozdoby do włosów, pasy medalionowe, malowane kamizelki, miękkie futra, jedwabie, słoje z wonnymi maściami, igły, pióra i malutkie buteleczki z purpurowego szkła oraz szatę uszytą ze skórek tysiąca myszy.

— Miły prezent, *khaleesi* — zwrócił się do niej Illyrio, kiedy otrzymała ostatni podarunek. — Szczęściara. — Góra podarunków rosła w nieskończoność. Było ich więcej, niż sobie wyobrażała, niż mogłaby zapragnąć.

Wreszcie przyszła kolej na samego *khala* Drogo i jego podarunek. Fala pełnych oczekiwania pomruków rozeszła się po obozie, kiedy *khal* opuścił swoją narzeczoną. Po chwili powrócił, tłum składających podarki rozstąpił się, a on przyprowadził do niej konia.

Była to źrebica, niezwykle okazała i ognista. Dany wiedziała o koniach wystarczająco dużo, żeby domyślić się, że nie jest to zwykły koń. Patrzyła na klacz z podziwem. Była siwa jak zimowe morze, a jej grzywa przypominała pióropusz srebrzystego dymu.

Wyciągnęła rękę niepewnie i dotknęła szyi konia, a potem pogładziła srebrzystą grzywę. *Khal* Drogo powiedział coś w swoim języku i magister Illyrio natychmiast to przetłumaczył.

— Srebro do srebra twoich włosów, mówi *khal*.

— Jest piękna — powiedziała szeptem Dany.

— To duma *khalasaru* — odparł Illyrio. — Według zwyczaju *khaleesi* ma jeździć u boku swojego *khala*.

Drogo podszedł do niej i ujął ją wpół. Uniósł ją lekko, jakby była dzieckiem, i posadził na cienkim dothrackim siodle, o wiele mniejszym od tego, do jakiego przywykła. Siedziała, niepewna, co będzie dalej. O tym nikt jej nie mówił.

— Co powinnam teraz zrobić? — zwróciła się do Illyria.

Odpowiedział jej ser Jorah Mormont.

— Chwyć wodze i przejedź się. Nie musisz jechać daleko.

Dany ujęła wodze w drżące dłonie i wsunęła stopy w krótkie strzemiona. Dotąd nie jeździła konno zbyt dużo. Częściej podróżowała statkiem, wozem lub palankinem. Modląc się, by nie spadła i nie przyniosła sobie wstydu, dotknęła źrebicy kolanami, najdelikatniej jak potrafiła.

Po raz pierwszy od wielu godzin zapomniała o strachu. A może po raz pierwszy w całym swoim życiu.

Srebrzystoszara źrebica szła gładko, a tłum rozstępował się przed nią, nie spuszczając z niej oka. Dany stwierdziła, że koń porusza się szybciej, niż zamierzała, lecz mimo to czuła raczej podniecenie niż strach. Kiedy klacz przeszła w kłus, Dany uśmiechnęła się. Dothrakowie uskakiwali jej z drogi. Źrebica reagowała na najmniejszy dotyk kolan, na najdelikatniejsze pociągnięcie wodzami. Teraz przeszła w galop, a Dothrakowie umykali przed nią, pokrzykując i śmiejąc się głośno. Kiedy skręciła, by zawrócić, na swojej drodze ujrzała ognisko. Z obu stron otaczał je ciasno tłum, tak że nie miała gdzie się zatrzymać. Czując przypływ odwagi, jakiej nigdy jeszcze nie doznała, pozwoliła, by koń jechał sam.

Srebrzysta źrebica przeskoczyła nad ogniem, jakby miała skrzydła.

Kiedy zatrzymała się przed Illyriem, odezwała się do niego:

— Powiedz *khalowi* Drogo, że dał mi wiatr. — Gruby Pentoshijczyk pogładził żółtą brodę i przetłumaczył jej słowa na język Dothraków. Dany po raz pierwszy ujrzała uśmiech na twarzy swojego męża.

W tej samej chwili ostatnie smugi słońca skryły się za wysokimi murami Pentos. Dany zupełnie straciła poczucie czasu.

Na znak *khala* Drogo bracia krwi przyprowadzili jego kasztanowego rumaka. Kiedy *khal* siodłał konia, Viserys podkradł się do Dany, która wciąż siedziała na źrebicy, i wbił jej mocno palce w udo.

— Spraw, żeby był zadowolony, słodka siostrzyczko, bo inaczej zobaczysz, jak budzi się smok — powiedział.

Powrócił strach. Znowu poczuła się jak dziecko, trzynastoletnie, opuszczone dziecko, jeszcze nie gotowe na to, co miało nastąpić.

Wyjechali, gdy na niebie ukazały się gwiazdy, pozostawiając za sobą *khalasar* i trawiaste pałace. *Khal* Drogo nie odezwał się do niej ani słowem i przez cały czas utrzymywał swojego konia w szybkim kłusie. Malutkie, srebrne dzwoneczki wplecione w jego warkocze pobrzękiwały delikatnie.

— W moich żyłach płynie krew smoka — powtarzała, starając się dodać sobie odwagi. — W moich żyłach płynie krew smoka. W moich żyłach płynie krew smoka. A smok nigdy się nie boi.

Nie potrafiła powiedzieć, jak długo jechali, lecz zapadła już całkowita ciemność, kiedy zatrzymali się na trawiastym brzegu małego strumienia. Drogo zeskoczył z konia i zsadził ją na ziemię. W jego rękach czuła się krucha jak szklane naczynie. Stała bezradna i drżąca w swoich jedwabiach, podczas gdy on przywiązywał konie. Kiedy odwrócił się i spojrzał na nią, nie potrafiła dłużej powstrzymać płaczu.

Khal Drogo patrzył na jej łzy z twarzą pozbawioną jakiegokolwiek wyrazu.

— Nie — powiedział. Podniósł rękę i szorstkim kciukiem otarł jej łzy.

— Ty mówisz językiem powszechnym — rzekła zdziwiona Dany.

— Nie — powtórzył.

Pomyślała, że może zna tylko to jedno słowo, ale i tak było to o jedno słowo więcej, niż przypuszczała, więc poczuła się trochę lepiej. Drogo dotknął jej włosów; przesuwał palcami po srebrzystych lokach, mrucząc coś w swoim języku. Dany nie rozumiała, co mówi, lecz jego głos brzmiał ciepło, wyczuwała w nim czułość, o jaką go nie podejrzewała.

Wsunął dłoń pod brodę Dany i odchylił w tył jej głowę, tak że teraz patrzyła w górę, prosto w jego oczy. Drogo był od niej o wiele wyższy, podobnie jak od wszystkich. Ująwszy ją delikatnie pod ramiona, podniósł do góry i posadził na okrągłym głazie nad strumieniem. Potem usiadł na ziemi naprzeciwko niej i skrzyżował nogi. Dopiero teraz ich twarze znalazły się na tej samej wysokości.

— Nie — powiedział.

— Znasz tylko to jedno słowo? — spytała.

Drogo nie odpowiedział. Jego długi, ciężki warkocz leżał zwinięty obok niego na ziemi. Przełożył go sobie nad prawym ramieniem i zaczął wyplatać z włosów dzwoneczki. Po chwili Dany pochyliła się i zaczęła mu pomagać. Kiedy skończyli, Drogo wykonał gest, który od razy zrozumiała. Zaczęła powoli rozplatać warkocz.

Trwało to długo, lecz on przez cały czas siedział spokojnie i przyglądał się jej. Wreszcie skończyła i wtedy potrząsnął głową. Jego włosy rozsypały się za nim niczym rzeka ciemności, naoliwiona, lśniąca. Nigdy nie widziała włosów równie długich, równie gęstych i czarnych.

Teraz przyszła jego kolej. Zaczął ją rozbierać.

Jego palce poruszały się zręcznie, lecz delikatnie. Zdejmował z niej kolejne jedwabie, a ona siedziała nieruchomo, milcząca, i patrzyła mu w oczy. Kiedy obnażył jej drobne piersi, nie wytrzymała: odwróciła twarz i zakryła ją dłońmi.

— Nie — rzekł Drogo. Odsunął jej ręce delikatnym, ale zdecydowanym ruchem i znowu uniósł jej głowę, by patrzyła na niego. — Nie — powiedział.

— Nie — powtórzyła za nim jak echo.

Następnie Dany wstała, a on przysunął ją do siebie, żeby zdjąć z niej ostatnie jedwabie. Poczuła na skórze chłód nocnego powietrza. Zadrżała i zaraz jej ręce i nogi pokryła gęsia skórka. Bardzo się bała tego, co miało nastąpić, lecz na razie nic się nie działo. *Khal* Drogo wciąż siedział ze skrzyżowanymi nogami, rozkoszując się widokiem jej ciała.

Po dłuższej chwili zaczął dotykać Dany. Początkowo delikatnie, potem coraz mocniej. Wyczuwała przerażającą siłę jego dłoni, lecz on ani razu nie zadał jej bólu. Ujął jej rękę i pocierał kolejno palce. Przesunął dłonią w dół jej nogi. Gładził twarz, muskał palcami łuki uszu, usta. Zanurzył dłonie w jej włosy i przeczesał je palcami. Odwrócił ją i zaczął masować ramiona, przesunął kciukiem wzdłuż jej kręgosłupa.

Wydawało się, że minęły godziny, zanim jego palce powędrowały wreszcie ku piersiom Dany. Zaczął je pieścić od spodu, aż poczuła mrowienie. Potem masował kciukami miejsca wokół sutków, szczypał je kciukiem i palcem wskazującym, następnie zaczął je pociągać, najpierw delikatnie, potem mocniej, aż boleśnie stwardniały. Wtedy przestał i posadził ją sobie na kolanach. Dany cała płonęła i z trudem łapała oddech, a jej serce biło szybko. Ujął jej twarz w swoje ogromne dłonie i spojrzał w oczy.

— Nie — powiedział, a ona domyśliła się, że było to pytanie.

Wzięła go za rękę i poprowadziła ją do wilgoci między swoimi udami.

— Tak — odpowiedziała szeptem, kiedy wsunął tam palec.

EDDARD

Wezwanie trąbki rozległo się na godzinę przed świtem, kiedy świat pogrążony był jeszcze w szarości i bezruchu.

Alyn potrząsnął nim mocno, wyrywając go ze snu. Kiedy Ned wyszedł niepewnym krokiem w chłód, zobaczył, że jego koń czeka osiodłany, a Król siedzi już na swoim wierzchowcu. Robert ubrał grube brązowe rękawice i podbity futrem płaszcz z kapturem, który zakrywał mu uszy. Przypominał niedźwiedzia na koniu.

— Wstawaj, Stark! — ryknął. — Wstawaj! Mamy kilka spraw do omówienia.

— Naturalnie — odparł Ned. — Wejdź, Wasza Miłość. — Alyn uniósł połę namiotu.

— Nie, nie — powiedział Robert. Każdemu jego słowu towarzyszył obłok pary. — Za dużo uszu w obozie. A poza tym chcę się przejechać i posmakować tego twojego kraju. — Za Królem czekali ser Boros i ser Meryn oraz tuzin strażników. Jedyne, co Ned mógł zrobić, to obudzić się do końca, ubrać i dosiąść konia.

Robert nadawał tempo, poganiając mocno swojego ogromnego, czarnego rumaka, tak że Ned musiał szybko galopować, żeby nie zostać z tyłu. Kiedy ruszyli, rzucił pytanie, lecz wiatr porwał jego słowa i Król ich nie usłyszał. Więcej już się nie odzywał. Wkrótce opuścili królewski trakt i jechali przez wzgórza zakryte jeszcze przez mgłę. Straż została w niewielkiej odległości za nimi, na tyle jednak daleko, że mogli już rozmawiać swobodnie, mimo to Robert nie zwalniał.

Nastał świt, kiedy znaleźli się na grzbiecie niewielkiego wzgórza i wtedy dopiero Król się zatrzymał. Świta pozostała daleko z tyłu. Ned zatrzymał konia obok Króla pełnego wigoru i podniecenia.

— Bogowie — zaklął monarcha i roześmiał się. — Wspaniale jest móc jechać tak, jak mężczyzna został do tego stworzony! Przysięgam ci, Ned, że niedługo zwariuję od ciągłego pełzania. — Robert Baratheon nigdy nie należał do cierpliwych ludzi. — Ach, ten cholerny dom na kołach, to jego skrzypienie i zawodzenie, kiedy wspina się na każde wzniesienie na drodze, jakby wjeżdżał na ogromną górę... Obiecuję ci, że jeśli to cholerstwo złamie jeszcze jedną ośkę, każę je spalić, a Cersei może sobie iść pieszo!

Ned roześmiał się.

— Z chęcią zapalę ci pochodnię.

— Dobry druh! — Król poklepał go po ramieniu. — Korci mnie, żeby zostawić ich i jechać dalej.

Ned uśmiechnął się.

— Wierzę, że mógłbyś to zrobić.

— O, tak — odparł Król. — Co ty na to, Ned? Tylko ty i ja, dwaj wędrowni rycerze na królewskim szlaku. U naszych boków miecze, a przed nami bogowie tylko wiedzą co, no i może jakaś wiejska dziewucha albo tawerniana dziwka, która by nam ogrzała łóżka.

— Żebyśmy tak mogli... — powiedział Ned. — Jednak, mój panie, mamy obowiązki... względem królestwa, względem naszych dzieci. Ja wobec mojej żony, a ty wobec Królowej. Nie jesteśmy już chłopcami.

— Ty nigdy nie byłeś chłopcem, za jakiego się uważałeś — mruknął Robert. — Żałuj. Chociaż tamten jeden raz... jak ona miała na imię? Ta twoja dziewucha? Becca? Nie, ta była moja, niech bogowie ją pokochają, te czarne włosy i słodkie ogromne oczy, w których można się było utopić. Twoja miała na imię... Aleena? Nie. Mówiłeś mi kiedyś. A może Merryl? Wiesz, o której mówię, o matce twojego bękarta.

— Miała na imię Wylla — odpowiedział Ned z chłodną uprzejmością. — Nie chciałbym o niej mówić.

— Tak. Wylla. — Król uśmiechnął się. — Musiała być wyjątkową dziewuchą, skoro udało jej się sprawić, że lord Eddard Stark zapomniał o swoim honorze, choćby i na godzinę. Nigdy mi nie mówiłeś, jak wyglądała...

Na ustach Neda pojawił się grymas gniewu.

— I nie powiem ci. Zostawmy to, Robercie, jeśli darzysz mnie miłością, jak twierdzisz. Zhańbiłem siebie i Catelyn w oczach bogów i ludzi.

— Bogowie, miejcie litość, wtedy prawie nie znałeś Catelyn.

— Ale była już moją żoną. Nosiła w łonie moje dziecko.

— Ned, jesteś zbyt surowy wobec siebie. Zawsze taki byłeś. A niech to, żadna kobieta nie chciałaby w swoim łóżku Błogosławionego Baelora. — Król uderzył dłonią w kolano. — No cóż, nie będę cię przyciskał, skoro tak się upierasz, chociaż kiedy się tak dąsasz, myślę sobie, że powinieneś mieć w herbie jeża.

Smugi światła wschodzącego słońca przebiły się wreszcie przez białą mgłę. Pod nimi rozciągała się rozległa równina, naga i brązowa, gdzieniegdzie tylko wybrzuszona łagodnymi pagórkami. Ned wskazał na nie ręką.

— Kurhany Pierwszych Ludzi.

Robert zmarszczył czoło.

— Wjechaliśmy na cmentarz?

— Wasza Miłość, podobnych kurhanów pełno jest na całej północy — odpowiedział Ned. — To stara ziemia.

— I zimna — burknął Robert, otulając się szczelniej płaszczem. Straż czekała u podnóża wzgórza. — No, ale nie przyjechałem tu z tobą, żeby rozmawiać o grobach albo kłócić się o twojego bękarta. W nocy przybył jeździec od lorda Varysa z Królewskiej Przystani. — Król wyjął zza pasa zwinięty papier i podał go Nedowi.

Varys, eunuch, był starszym nad szeptaczami Króla. Służył Robertowi tak samo jak wcześniej służył Aerysowi Targaryenowi. Ned rozwinął zwój drżącą dłonią — przypomniał sobie okropne oskarżenie Lysy — lecz wiadomość nie dotyczyła lady Arryn.

— Jakie jest źródło jego wiadomości?

— Pamiętasz ser Joraha Mormonta?

— A jakżeby inaczej, chociaż chciałbym go zapomnieć — rzucił szorstkim głosem Ned. Mormontowie z Wyspy Niedźwiedziej stanowili stary ród, dumny i poważany, lecz ziemie mieli ubogie i zimne. Ser Jorah próbował nabić rodzinne sakwy, sprzedając kłusowników handlarzowi niewolnikami z Tyrosh. Czyn ten okrył hańbą całą północ, ponieważ Mormontowie byli chorążymi Starków. Ned odbył daleką podróż na zachód, na Wyspę Niedźwiedzią, ale zanim tam przybył, Jorah uciekł statkiem za wąskie morze i znalazł się poza zasięgiem królewskiego miecza i jego sprawiedliwości. Od tamtej pory upłynęło pięć lat.

— Ser Jorah przebywa obecnie w Pentos i bardzo mu zależy na przebaczeniu Króla, dzięki któremu mógłby powrócić z wygnania — wyjaśnił Robert. — Lord Varys wykorzystuje go w umiejętny sposób.

— A zatem handlarz niewolnikami zamienił się w szpiega — orzekł Ned z niesmakiem. Oddał list. — Wolałbym, żeby zamienił się w trupa.

— Varys twierdzi, że szpiedzy są bardziej przydatni od trupów — powiedział Robert. — Nie mówmy już o Jorahu. Co sądzisz o tej wiadomości?

— Daenerys Targaryen poślubiła jakiegoś dothrackiego wodza. I co z tego? Mamy jej posłać ślubny prezent?

Król zmarszczył brwi.

— Może nóż. Bardzo ostry, a z nim kogoś odważnego, kto będzie umiał się nim posłużyć.

Ned nie ukrywał zdziwienia. Robert nienawidził Targaryenów do szaleństwa. Pamiętał, co obaj powiedzieli w porywie złości, kiedy Tywin Lannister w dowód lojalności złożył przed Robertem ciała żony i dzieci Rhaegara. Ned nazwał jego czyn morderstwem, Robert powiedział, że to wojna. Kiedy Ned próbował mu tłumaczyć, że książę i księżniczka byli jeszcze małymi dziećmi, świeżo koronowany król odparł: „Nie widzę tutaj żadnych dzieci, a jedynie smocze nasienie". Tej burzy nie potrafił uciszyć nawet Jon Arryn. Eddard Stark odjechał tamtego dnia ogarnięty wściekłością, żeby wziąć udział w ostatnich bitwach wojny na południu. Trzeba było jeszcze jednej śmierci, żeby się pogodzili, śmierci Lyanny — śmierci i smutku, który obaj dzielili, kiedy odeszła.

Tym razem Ned postanowił się pilnować.

— Wasza Miłość, ta dziewczyna to jeszcze dziecko. Przecież nie jesteś jakimś tam Tywinem Lannisterem, żeby mordować niewinne istoty. — Opowiadano o tym, jak córeczka Rhaegara płakała, kiedy wyciągali ją spod łóżka. Chłopiec był jeszcze prawie niemowlakiem, a mimo to żołnierze lorda Tywina wyrwali go z rąk matki i roztrzaskali mu głowę o ścianę.

— Jak długo ona pozostanie niewinna? — wycedził Robert. — Tylko patrzeć, jak to dziecko rozłoży nogi i zacznie rozsiewać kolejne smocze nasienie na moje utrapienie.

— Mimo to mordowanie dzieci... jest nikczemne... ohydne...

— Ohydne? — ryknął Król. — To, co Aerys uczynił twojemu bratu Brandonowi, było ohydne. I to, w jaki sposób zmarł twój pan ojciec. Jak myślisz, ile razy Rhaegar gwałcił twoją siostrę? Ile setek razy? — Mówił teraz tak głośno, że koń zarżał nerwowo pod nim. Król szarpnął mocno lejcami i skierował palec na Neda. — Zabiję każdego Targaryena, którego dostanę w swoje ręce, aż wszyscy z nich legną martwi tak jak ich smoki. A potem plunę na ich grób.

Ned dobrze wiedział, że nic nie wskóra wobec wściekłości Króla. Skoro czternaście lat nie ugasiło jego pragnienia zemsty, to nie uczynią tego żadne słowa.

— Ale tego nie możesz dostać w swoje ręce, prawda? — powiedział spokojnie.

Król skrzywił się.

— Nie, nie mogę. Niech bogowie będą przeklęci. Jakiś francowaty kupiec z Pentos zamknął ją i jej brata w swoim majątku pełnym eunuchów w spiczastych hełmach, a potem oddał Dothrakom. Powinienem był zabić to smocze nasienie już dawno, kiedy z łatwością mogłem je dostać. Niestety, Jon był takim samym głupcem jak ty. A ja, słuchając go, okazałem się jeszcze większym durniem.

— Jon Arryn był mądrym człowiekiem i dobrym Namiestnikiem.

Robert prychnął. Jego gniew topniał równie szybko jak się pojawił.

— Ten *khal* Drogo ma podobno w hordzie sto tysięcy ludzi. Co by na to powiedział Jon?

— Powiedziałby, że nawet milion Dothraków nie stanowi zagrożenia dla królestwa, dopóki pozostaną oni na drugim brzegu wąskiego morza — odparł spokojnie Ned. — Barbarzyńcy nie mają statków. Nienawidzą i boją się otwartego morza.

Król przesunął się w siodle.

— Możliwe, ale w Wolnych Miastach łatwo o statki. Mówię ci, Ned, nie podoba mi się to małżeństwo. W Siedmiu Królestwach wciąż znajdziesz takich, którzy nazywają mnie Uzurpatorem. Zapomniałeś już, ilu stanęło po stronie Targaryena w czasie wojny? Teraz siedzą cicho, ale gdyby tylko nadarzyła się okazja, natychmiast zadźgaliby mnie w łóżku, a ze mną moich synów. Jeśli ten żebraczy król przyciągnie tu ze sobą dothracką hordę, przyłączą się do niego wszyscy zdrajcy.

— Nie przepłynie przez morze — zapewnił Ned. — A nawet gdyby tak się zdarzyło, to odepchniemy go do morza. Jeśli wyznaczysz nowego Namiestnika Wschodu...

Król jęknął.

— Po raz ostatni ci mówię, że nie mianuję Namiestnikiem chłopaka Arrynów. Wiem, że jest twoim siostrzeńcem, lecz teraz, kiedy Targaryenowie poszli do łóżka z Dothrakami, musiałbym być szalony, żeby oddawać ćwierć mojego królestwa w ręce cherlawego chłopaka.

Ned spodziewał się podobnej odpowiedzi.

— Mimo wszystko trzeba mianować Namiestnika Wschodu. Jeśli nie odpowiada ci Robert Arryn, wyznacz któregoś ze swoich braci. Stannis sprawdził się w czasie oblężenia Końca Bramy. — Dał Królowi chwilę, żeby oswoił się z podsuniętym pomysłem. Robert zmarszczył tylko czoło i nic nie powiedział. Wydawał się zakłopotany. — To znaczy — skończył spokojnie Ned — jeśli nie obiecałeś już tego komuś innemu.

Na twarzy Roberta pojawił się na moment wyraz zaskoczenia, który zaraz zamienił się w grymas rozdrażnienia.

— A jeśli tak, to co?

— Jaime Lannister, czy tak?

Robert spiął konia i ruszył w dół zbocza kurhanu. Ned podążył za nim. Król jechał ze wzrokiem utkwionym w dal.

— Tak — wyrzucił wreszcie z siebie to jedno słowo, które definitywnie skończyło ich rozmowę.

— Królobójca — powiedział Ned. A zatem plotki się potwierdziły. Zdawał sobie sprawę, że kroczy po bardzo niebezpiecznym gruncie. — Bez wątpienia zdolny i odważny człowiek — odezwał się ostrożnie. — Lecz jego ojciec jest Namiestnikiem Zachodu, Robercie. Kiedyś urząd ten obejmie ser Jaime. Nikt nie powinien mieć możliwości sprawowania rządów nad wschodem i zachodem. — Nie powiedział głośno tego, co go najbardziej niepokoiło: taka decyzja spowoduje, że połowa armii Królestwa znajdzie się w rękach Lannisterów.

— Będę się o to martwił, kiedy zajdzie taka potrzeba — odpowiedział stanowczo Król. — Na razie lord Tywin nie zamierza umierać, tak więc nie sądzę, żeby Jaime mógł liczyć na cokolwiek w najbliższym czasie. Ned, nie mówmy już o tym, będzie tak, jak postanowiłem.

— Wasza Miłość, czy mogę mówić szczerze?

— A czy mógłbym cię przed tym powstrzymać? — mruknął Robert. Jechali przez wysoką brązową trawę.

— Czy możesz zaufać Jaime'owi Lannisterowi?

— Jest bliźniaczym bratem mojej żony, a także Zaprzysiężonym Rycerzem Gwardii Królewskiej. Związał ze mną całe swoje życie i fortunę.

— Podobnie jak poprzednio z Aerysem Targaryenem — zauważył Ned.

— Dlaczego miałbym mu nie ufać? Zawsze pozostawał posłuszny mojej woli. Swoim mieczem dopomógł mi zdobyć tron, na którym zasiadam.

Swoim mieczem pomógł splamić tron, na którym zasiadasz, pomyślał Ned, lecz nie ośmielił się wypowiedzieć tych słów głośno.

— Na mocy przysięgi miał swoim życiem bronić życia Króla. Tymczasem poderżnął mu gardło.

— Na siedem piekieł, ktoś musiał zgładzić Aerysa! — rzucił Robert i zatrzymał gwałtownie konia przed starym kurhanem. — Gdyby nie Jaime, musiałby to zrobić któryś z nas.

— My nie byliśmy Zaprzysiężonymi Braćmi Gwardii Królewskiej — zauważył Ned. Uznał, że nadszedł czas, aby Robert poznał całą prawdę. — Wasza Miłość, czy pamiętasz Trident?

— Bogowie! Jak mógłbym zapomnieć?

— Rhaegar zadał ci ranę — przypomniał mu Ned. — Tak więc kiedy wojska Targaryena zostały rozbite i zaczęły się wycofywać, mnie poleciłeś udać się w pościg za nimi. Resztki armii Rhaegara uciekły do Królewskiej Przystani. Ruszyliśmy za nimi. Aerys schronił się w Czerwonej Twierdzy z kilkunastoma tysiącami lojalistów. Spodziewałem się, że zastaniemy bramy zamknięte.

Robert pokręcił głową zniecierpliwiony.

— Ale okazało się, że nasi ludzie zdobyli już twierdzę. I co z tego?

— Nie nasi ludzie ją zdobyli — poprawił go cierpliwie Ned. — Zrobili to ludzie Lannistera. Wały ochronne przeskoczył lew Lannisterów, a nie jeleń. Zdobyli miasto podstępem.

Wojna ciągnęła się wtedy od ponad roku. Liczni lordowie, wielcy i mali, zebrali się pod sztandarami Roberta, inni pozostali lojalni wobec Targaryena. Potężni Lannisterowie z Casterly Rock, Namiestnicy Zachodu, nie przyłączyli się do żadnej ze stron konfliktu, ignorując wezwania zarówno rebeliantów, jak i rojalistów. Być może Aerys Targaryen pomyślał, że bogowie odpowiedzieli wreszcie na jego modlitwy, kiedy u bram Królewskiej Przystani stanął lord Tywin Lannister ze swoim najstarszym synem, a wraz z nimi dwanaście tysięcy ludzi. I tak szalony król wydał swój ostatni szalony rozkaz. Otworzył bramy przed lwem, spodziewając się jego lojalności.

— Podstęp nigdy nie był obcy Targaryenom — powiedział Robert. Znowu wzbierał w nim gniew. — Lannister odpłacił im podobną monetą. Zasłużyli na to. Nie martw się, ta sprawa nie zakłóci mojego snu.

— Nie było cię tam — odparł Ned, a w jego słowach zabrzmiała gorycz. On rzadko kiedy spał spokojnie. Już czternaście lat próbował przespać swoje kłamstwa, lecz wciąż nie dawały mu spokoju. — Nie było to honorowe zwycięstwo.

— Niech Inni wezmą twój honor! — zaklął Robert. — Czy którykolwiek z Targaryenów wiedział, co to honor? Zejdź do swojej krypty i spytaj Lyannę o honor smoka!

— Pomściłeś Lyannę nad Tridentem — odparł Ned, zatrzymując się przy Królu. „Obiecaj mi, Ned" — wyszeptała wtedy.

— Ale to nie przywróciło jej życia. — Robert odwrócił głowę i spojrzał w szarą dal.

— Nigdy ci nie mówiłem, co zastałem tamtego dnia w sali tronowej — powiedział Ned. — Aerys leżał martwy na podłodze w kałuży krwi. Ze ścian komnaty patrzyły smocze czaszki. Wszędzie pełno było ludzi Lannistera. Jaime miał na sobie narzucony na złocistą zbroję biały płaszcz Gwardii Królewskiej. Wciąż go widzę. Nawet jego miecz był pozłacany. Siedział wysoko, ponad innymi rycerzami, na Żelaznym Tronie w hełmie o kształcie lwiej głowy. Cały błyszczący!

— Nie mówisz mi nic nowego — mruknął Król.

— Nie zsiadłem jeszcze z konia. Przejechałem w ciszy przez całą salę między rzędami smoczych czaszek. Miałem wrażenie, że mnie obserwują. Zatrzymałem się przed tronem i spojrzałem na niego. Swój złocisty miecz położył sobie na kolanach, ostrze było jeszcze mokre od krwi zamordowanego króla. Moi szli za mną, a ludzie Lannistera cofnęli się. Nie odezwałem się ani słowem. Patrzyłem tylko na niego i czekałem. Wreszcie Jaime roześmiał się i wstał. Zdjął hełm i rzekł do mnie: „Nie obawiaj się, Stark. Zagrzewałem tylko miejsce dla naszego przyjaciela, Roberta. To chyba nie jest najwygodniejsze siedzenie".

Król odrzucił głowę i ryknął śmiechem. Spośród wysokiej trawy poderwały się przestraszone wrony. Wzniosły się w górę, bijąc mocno skrzydłami.

— Na siedmiu bogów, Ned! Uważasz, że nie powinienem ufać Lannisterowi tylko dlatego, że usiadł na chwilę na moim tronie? — Znowu się roześmiał. — Jaime miał wtedy siedemnaście lat. Był jeszcze chłopcem.

— Chłopiec czy nie, nie miał prawa do tronu.

— Może był zmęczony — zauważył Robert. — Zabijanie królów to męcząca robota. Bogowie jedni wiedzą, że w tej cholernej sali tronowej nie ma innego miejsca, gdzie by można posadzić tyłek. Poza tym on miał rację, to siedzenie rzeczywiście jest strasznie niewygodne. Dosłownie, i nie tylko. — Król pokręcił głową. — No cóż, teraz już poznałem grzech Jaime'a i możemy zapomnieć o całej sprawie. Mam dość tajemnic i sprzeczek dotyczących królestwa. Mówię ci, Ned, jest to równie nużące jak liczenie miedziaków. Chodź, przejedziemy się tak jak dawniej. Chcę znowu poczuć wiatr we włosach. — Spiął konia i ruszył galopem przez kurhan, zostawiając za sobą grudki ziemi.

Ned nie ruszył za nim od razu. Brakło mu słów. Poczuł przypływ ogromnej bezradności. Nie po raz pierwszy zaczął się zastanawiać, co tu robi i po co tu przyjechał. Nie był Jonem Arrynem, który potrafił zapanować nad nieokiełznanym Królem i nauczyć go mądrości. Robert, jak zawsze, robił to, na co miał ochotę, a Ned nie potrafił go powstrzymać. Jego miejsce było w Winterfell. U boku pogrążonej w smutku Catelyn i Brana.

A jednak nie zawsze można było zostać w miejscu, do którego człowiek przynależał. Zrezygnowany, Eddard Stark spiął konia i ruszył za Królem.

TYRION

Północ ciągnęła się w nieskończoność.

Tyrion Lannister znał mapy równie dobrze jak wszyscy inni, lecz po dwóch tygodniach spędzonych na królewskim trakcie doszedł do wniosku, że mapa to jedno, rzeczywiste miejsce zaś to coś zupełnie innego.

Opuścili Winterfell tego samego dnia, w którym wyjechał stamtąd Król, wśród ogólnego zamieszania pokrzykujących ludzi, rżących koni, turkotu wozów i jęku ogromnego domu na kołach Królowej. Padał wtedy lekki śnieg. Królewski trakt przebiegał tuż za zamkiem i miastem. Tam chorągwie, wozy i kolumny rycerzy oraz wolnych skręciły na południe, zabierając ze sobą cały zgiełk, Tyrion zaś w towarzystwie Benjena Starka i jego siostrzeńca skręcił na północ.

Od tamtej chwili zanurzali się w coraz większym chłodzie i ciszy.

Na zachód od traktu ciągnęły się skaliste wzgórza, szare i urwiste, a na ich wierzchołkach sterczały wysokie strażnice. Po wschodniej stronie teren opadał, rozciągając się jak okiem sięgnąć lekko pofałdowaną równiną. Kamienne mosty łączyły brzegi wartkich i wąskich rzek, a małe zagrody opasały kołem grody obwarowane murami z drewna i kamienia. Droga była wygodna, a na noc zatrzymywali się w prostych karczmach.

Jednak po trzech dniach pola skończyły się, a ich miejsce zastąpił gęsty las. Teraz królewski trakt opustoszał. Z każdą milą wzgórza stawały się coraz wyższe i coraz bardziej dzikie, aż wreszcie piątego dnia przeszły w góry: zimne, sinoszare olbrzymy o postrzępionych ramionach przykrytych śniegiem. Wiejący z północy wiatr zdmuchiwał z ich szczytów pióropusze zmrożonego śniegu i lodu podobne do chorągwi.

Droga, osłonięta od zachodu ścianą gór, wiła się na północ poprzez lasy porośnięte dębem, zimozieloną roślinnością i wrzoścem, który wydawał się Tyrionowi czarniejszy i starszy od wszystkiego, co kiedykolwiek widział. „Wilczy las". Tak nazwał las Benjen Stark i rzeczywiście nocą las ożywał wyciem wilków odzywających się z oddali, a czasem także gdzieś z bliska. Słysząc podobne odgłosy, biały wilkor Jona Snowa nastawiał uszy, lecz sam nigdy na nie nie odpowiedział. Tyrion czuł się nieswojo w obecności tego zwierzęcia.

Teraz, nie licząc wilka, było ich już ośmiu. Jak przystało na Lannistera, Tyrion podróżował w towarzystwie dwóch ludzi. Benjen Stark zabrał ze sobą tylko swojego bratanka bękarta oraz wierzchowce dla Nocnej Straży, lecz na skraju wilczego lasu spędzili noc za murami leśnego grodu, gdzie dołączył do nich jeszcze jeden czarny brat o imieniu Yoren. Był to przygarbiony mężczyzna o złowieszczym wyglądzie i twarzy niemal całkowicie ukrytej pod brodą równie czarną jak jego strój. Wydawał się twardy jak stary korzeń. Towarzyszyło mu dwóch obdartych wiejskich chłopców z Paluchów.

— Gwałciciele — powiedział Yoren, obrzucając chłopców zimnym spojrzeniem. Tyrion zrozumiał. Mówiono, że życie na Murze jest ciężkie, lecz bez wątpienia wydawało się lepsze od kastracji.

Pięciu mężczyzn, trzech chłopców, wilkor i kruki w klatce, które maester Luwin dał Benjenowi Starkowi — bez wątpienia stanowili dziwną kompanię. Tyrion zauważył, że Jon Snow obserwuje uważnie Yorena i jego ponurych towarzyszy z wyrazem konsternacji na twarzy. Yoren miał wykręcone ramię i strasznie od niego cuchnęło. W tłustych włosach i brodzie skakały mu wszy, a jego ubranie — stare i połatane — najwyraźniej dawno nie było prane. Dwaj rekruci cuchnęli jeszcze bardziej i wydawali się równie głupi, jak okazali się okrutni.

Chłopak przypuszczał pewnie, że w Nocnej Straży służą głównie ludzie podobni do jego stryja. Jeśli rzeczywiście tak myślał, to widok Yorena i jego towarzyszy był dla niego okrutnym przebudzeniem. Tyrion współczuł chłopcu. Wybrał twarde życie... czy raczej twarde życie wybrało jego.

Mniejszą sympatię czuł do stryja. Wydawało się, że Benjen Stark podziela chłodny stosunek swojego brata do Lannisterów, dlatego nie okazał zadowolenia, kiedy Tyrion obwieścił mu swoje zamiary.

— Ostrzegam cię, Lannister, na Murze nie znajdziesz żadnej karczmy — powiedział wtedy Benjen.

— Bez wątpienia znajdziesz dla mnie jakiś kąt — odpowiedział mu Tyrion. — Nie potrzebuję dużo miejsca, jak zapewne zauważyłeś.

Oczywiście, nie odmawia się bratu Królowej, więc sprawę uznano za załatwioną, lecz Stark nie wyglądał na szczęśliwego.

— Nie spodoba ci się ta podróż, zobaczysz — rzucił krótko i od tamtej pory dokładał starań, żeby tak się stało.

Nim minął pierwszy tydzień, Tyrion miał poobcierane i odrętwiałe nogi i nieustannie czuł się przemarznięty do kości. Mimo to nie narzekał. Ani przez chwilę nie chciał dać satysfakcji Benjenowi Starkowi.

Wszystkie niedogodności i przykrości osłodził sobie futrem, starą, postrzępioną i cuchnącą skórą niedźwiedzią, którą podarował mu wcześniej Stark w porywie rycerskiej galanterii, spodziewając się pewnie odmowy. Tyrion jednak przyjął futro z uśmiechem na ustach. Wyjeżdżając z Winterfell, zabrał swoje najcieplejsze ubrania, lecz szybko przekonał się, że ciągle marzł. Wciąż było zimno i coraz zimniej. Nocą przychodził mróz, a kiedy wiał wiatr, to Tyrion czuł się tak, jakby ktoś przecinał te najcieplejsze ubrania nożem. Teraz pewnie Stark żałował swojej hojności. Lannisterowie nigdy nie odmawiali. Zawsze brali to, co im oferowano.

W miarę jak posuwali się na północ, w mroki wilczego lasu, gospodarstwa i grody pojawiały się coraz rzadziej i były coraz mniejsze, aż wreszcie pozostali zdani na samych siebie.

Tyrion nigdy nie mógł być specjalnie pomocny przy rozbijaniu obozu. Mały, niezbyt ruchliwy, bardziej przeszkadzał, niż pomagał. Dlatego kiedy Stark, Yoren i pozostali mężczyźni budowali prowizoryczny schron, zajmowali się końmi i rozpalali ognisko, on zwykle chwytał swoje futro, bukłak z winem i szedł gdzieś poczytać.

Kiedy po raz osiemnasty w czasie ich podróży zapadł zmrok, zabrał wino, które sam przywiózł aż z Casterly Rock — rzadki trunek o barwie bursztynu — oraz książkę o historii i właściwościach smoków. Za pozwoleniem Eddarda Starka Tyrion zabrał ze sobą kilka rzadkich woluminów z biblioteki w Winterfell.

Znalazł wygodne miejsce z dala od obozowych odgłosów, nad brzegiem wartkiego strumienia o czystej i zimnej wodzie. Stary, powyginany groteskowo dąb dał mu schronienie przed przenikliwym wiatrem. Tyrion, owinięty w futro i oparty plecami o pień drzewa, pociągnął łyk wina i zaczął czytać o właściwościach smoczej kości. *Smocza kość ma czarną barwę z powodu dużej zawartości żelaza,* przeczytał. *Jest twarda jak stal, a mimo to lekka i bardzo elastyczna, a także zupełnie niewrażliwa na ogień. Dothrakowie niezwykle cenią sobie łuki ze smoczej kości i nic dziwnego. Łucznik wyposażony w taką broń przewyższa każdego innego.*

Już od dawna Tyrion wykazywał wręcz chorobliwe zainteresowanie smokami. Kiedy przybył do Królewskiej Przystani na ślub swojej siostry i Roberta Baratheona, postanowił odszukać smocze czaszki, które kiedyś wisiały na ścianach sali tronowej Targaryena. Król Robert zastąpił je chorągwiami i gobelinami, lecz Tyrion tak długo szukał, aż znalazł czaszki w zatęchłej piwnicy.

Spodziewał się, że zrobią na nim ogromne wrażenie, może nawet ich widok przestraszy go. Z pewnością nie przypuszczał, że wydadzą mu się piękne. A jednak tak się stało. Czarne jak onyks i nieskończenie gładkie, migotały w świetle jego pochodni. Wyczuwał, że lubią ogień. Kiedy wsadził koniec pochodni w pysk jednej z nich, cienie za nim zatańczyły na ścianie. Zęby miała długie i zakrzywione, niczym noże z czarnego diamentu. Płomienie pochodni były dla nich niczym wobec żaru ognia, w którym niegdyś się pławiły. Tyrion gotów był przysiąc, że kiedy wychodził, puste oczodoły patrzyły za nim.

Znajdowało się tam dziewiętnaście czaszek. Najstarsza pochodziła sprzed ponad trzech tysięcy lat, najmłodsza zaledwie sprzed półtora wieku. Dwie najmłodsze były jednocześnie najmniejsze, swoimi rozmiarami nie przekraczały wielkości czaszki doga — tylko tyle pozostało po ostatnich dwóch osobnikach smoczego pomiotu zrodzonego na Smoczej Skale. Były to ostatnie smoki Targaryenów, być może w ogóle ostatnie, i nie żyły długo.

Największe czaszki należały do potworów znanych z pieśni i opowieści, do smoków, które Aegon Targaryen i jego siostry wypuścili na Siedem Królestw. Bardowie nadali im imiona bogów: Balerion, Meraxes, Vhaghar. Tyrion stał oniemiały między ich ogromnymi paszczami. Można było wjechać do gardzieli Vhaghara, chociaż już by się stamtąd nie wyjechało. Meraxes wydawał się jeszcze większy. Najpotężniejszy zaś z nich, Balerion zwany Czarnym Strachem, mógłby połknąć całego żubra albo nawet włochatego mamuta, które ponoć przemierzały zimne pustkowie za Portem Ibben.

Tyrion długo stał w wilgotnej piwnicy, wpatrzony w puste oczodoły ogromnej czaszki Baleriona, próbując wyobrazić sobie jego rozmiary, kiedy smok rozkładał ogromne, czarne skrzydła i wzlatywał ku niebu, ziejąc ogniem.

Odległy przodek Tyriona, król Loren z Casterly Rock, próbował stawić czoło sile tego ognia, kiedy razem z królem Mernem z Reach usiłowali powstrzymać najazd Targaryena. Działo się to niemal trzy wieki temu, kiedy Siedem Królestw było rzeczywiście królestwami, a nie zaledwie prowincjami jednego państwa. Obaj królowie zgromadzili sześćset chorągwi, pięć tysięcy konnych rycerzy i dziesięć razy więcej wolnych i zbrojnych. Aegon Smoczy Pan dysponował może jedną piątą tej siły, jak mówią kroniki, a większość jego wojsk stanowili rekruci spośród ludzi ostatniego króla, którego zabił, więc nie można było polegać na nich do końca.

Armie spotkały się na rozległych równinach Reach porośniętych złocistym dojrzałym zbożem. Kiedy obaj królowie zaatakowali, siły Targaryenów załamały się i ruszyły do odwrotu. Przez kilka chwil, jak pisali kronikarze, najazd wydawał się powstrzymany... ale tylko przez kilka chwil, dopóki do walki nie włączyli się Aegon Targaryen i jego siostry.

Tylko ten jeden raz wypuszczono razem Vhaghara, Meraxesa i Baleriona. Pole, na którym walczono, zostało nazwane przez bardów Polem Ognia.

Tamtego dnia spaliły się prawie cztery tysiące ludzi, a wśród nich król Mern z Reach. Król Loren uciekł po to tylko, żeby potem poddać się, złożyć hołd Targaryenom i począć syna, za którego Tyrion był mu ogromnie wdzięczny.

— Dlaczego tyle czytasz?

Tyrion podniósł wzrok, usłyszawszy głos. Ujrzał stojącego nieopodal Jona Snow, który przyglądał mu się zaciekawiony. Zaznaczył palcem stronę i zamknął książkę.

— Spójrz na mnie i powiedz, co widzisz — przemówił.

Chłopiec obrzucił go podejrzliwym spojrzeniem.

— Czy to jakaś sztuczka? Widzę ciebie, Tyriona Lannistera.

Tyrion westchnął.

— Snow, jesteś niezwykle uprzejmym bękartem. To, co widzisz, to karzeł. Ile masz lat, dwanaście?

— Czternaście — poprawił go chłopiec.

— Czternaście, a jesteś tak wysoki, jak ja nigdy nie będę. Do tego mam krótkie, koślawe nogi i chodzę niezdarnie. Żeby nie spaść z konia, potrzebuję specjalnego siodła, które sam sobie zaprojektowałem. Miałem do wyboru albo to, albo jeździć na kucu. Ręce mam dość silne, ale także za krótkie. A zatem nie mogę władać mieczem. Gdybym się urodził wieśniakiem, może pozwoliliby mi umrzeć albo sprzedali do menażerii dziwolągów. Niestety, należę do rodu Lannisterów z Casterly Rock, i menażerie musiały obejść się smakiem. Tak więc muszę spełnić pewne oczekiwania. Mój ojciec był przez dwadzieścia lat Królewskim Namiestnikiem. Później mój brat zabił Króla, któremu służył ojciec. No cóż, życie pełne jest podobnych ironii. Moja siostra poślubiła nowego Króla, a mój odrażający siostrzeniec obejmie po nim tron. Muszę więc mieć udział w podtrzymywaniu honoru mojego rodu, zgodzisz się chyba ze mną? Tylko w jaki sposób? No cóż, może nogi mam za krótkie w stosunku do reszty ciała, za to głowę posiadam za dużą, chociaż ja ujmuję to inaczej i mówię, że jest na tyle duża, żeby pomieścić mój umysł. Jak widzisz, potrafię bardzo trzeźwo ocenić swoje silne i słabe strony. Moją bronią jest mój umysł. Brat ma swój miecz, król Robert ma młot, a ja mam umysł... umysł zaś potrzebuje książek, podobnie jak miecz potrzebuje kamienia do ostrzenia, jeśli, oczywiście, ma zachować ostrość. — Tyrion uderzył dłonią o skórzaną okładkę książki. — Dlatego właśnie czytam tak dużo, Jonie Snow.

Chłopiec słuchał w milczeniu. Chociaż nie nosił nazwiska Starków, bez wątpienia miał ich rysy: jego pociągła, poważna twarz nie zdradzała jakichkolwiek uczuć. Niewiele przekazała mu matka, kimkolwiek była.

— O czym czytasz? — spytał.

— O smokach — odparł Tyrion.

— Po co? Nie ma już smoków — odpowiedział z chłopięcą pewnością siebie.

— Tak mówią — powiedział Tyrion. — Smutne, prawda? Kiedy byłem w twoim wieku, marzyłem, żeby mieć własnego smoka.

— Naprawdę? — spytał chłopiec podejrzliwie. Może sądził, że Tyrion żartuje z niego.

— Tak. Nawet taki pokurczony i brzydki chłopiec może patrzeć w dół na świat z grzbietu smoka. — Tyrion odrzucił niedźwiedzią skórę i podniósł się. — W Casterly Rock wciąż rozpalałem ogniska i godzinami wpatrywałem się w płomienie, wyobrażając sobie, że to smoczy ogień. Czasem wyobrażałem sobie, że płonie w nim mój ojciec. Kiedy indziej widziałem w nim moją siostrę. — Jon Snow nie odrywał od niego wzroku, a jego spojrzenie wyrażało zarówno przerażenie, jak i fascynację. Tyrion zarechotał. — Nie patrz tak na mnie, bękarcie. Dobrze znam twoje sekrety. Miałeś podobne marzenia.

— Nie — zaprzeczył Jon Snow przerażony. — Ja nigdy bym nie…

— Nie? Nigdy? — Tyrion uniósł brwi. — Tak, bez wątpienia Starkowie okazali ci wielką dobroć. Jestem pewien, że lady Stark traktuje cię jak własnego syna. Twój brat, Robb, tak, on zawsze był dla ciebie miły, dlaczego by nie? Jemu przypadło Winterfell, tobie zaś Mur. A twój ojciec… pewnie miał powody, żeby cię wysłać do Nocnej Straży…

— Przestań — przerwał mu Jon Snow z twarzą pociemniałą od gniewu. — Nocna Straż to szlachetne powołanie!

Tyrion roześmiał się.

— Jesteś zbyt bystry, żeby w to uwierzyć. Nocna Straż to śmietnik, do którego wrzucają nieudaczników z całego królestwa. Widziałem, jak patrzysz na Yorena i jego chłopaków. Oto twoi nowi bracia, Jonie Snow. I jak ci się podobają? Gburowaci wieśniacy pogrążeni w długach, kłusownicy, gwałciciele, złodzieje i bękarty takie jak ty. Wszyscy oni kończą na Murze, z którego wypatrują grumkinów, snarków i tym podobnych potworów, o których opowiadają nianie. Dobra strona tego wszystkiego jest taka, że nie ma grumkinów ani snarków, tak więc nie jest to zbyt niebezpieczna praca. Złe jest to, że można tam sobie odmrozić jaja, ale nie ma to większego znaczenia, skoro i tak nie wolno wam płodzić potomstwa.

— Przestań! — krzyknął chłopiec bliski płaczu. Zacisnął pięści i zrobił krok do przodu.

Nagle Tyrion poczuł się winny. Także zbliżył się o krok. Chciał poklepać chłopca po ramieniu albo mruknąć jakieś przeprosiny.

Nawet przez chwilę nie widział wilka, ani przedtem, ani kiedy ten zaatakował. W jednej chwili szedł w kierunku Snowa, a w następnej leżał rozciągnięty na kamienistej ziemi z ustami pełnymi brudu, krwi i butwiejących liści; książka upadła nieopodal. Spróbował się podnieść, lecz poczuł przenikliwy ból w plecach. Musiał je nadwerężyć w czasie upadku. Zacisnąwszy zęby, chwycił za wystający korzeń, podciągnął się i usiadł.

— Pomóż mi — zwrócił się do chłopca, wyciągając ramię. W jednej chwili wilk znalazł się między nimi. Nawet nie warknął. Bestia nigdy nie wydawała z siebie żadnego dźwięku. Patrzył tylko na niego tymi swoimi jasnoczerwonymi ślepiami i szczerzył kły. Tyrion opadł na ziemię wyczerpany. — No dobrze, nie pomagaj mi. Posiedzę tutaj, dopóki nie odejdziesz.

Jon Snow uśmiechnął się, głaszcząc grube białe futro zwierzęcia.

— Poproś ładnie.

Tyrion Lannister poczuł wzbierający gniew, lecz stłumił go wysiłkiem woli. Nie po raz pierwszy doznał upokorzenia i pewnie nie po raz ostatni. Może nawet na nie zasłużył.

— Jon, byłbym ci ogromnie wdzięczny za twoją pomoc — powiedział spokojnym głosem.

— Siad, Duch — odezwał się chłopiec. Wilkor usiadł posłusznie, lecz ani na chwilę nie spuszczał wzroku z Tyriona. Jon podszedł do Tyriona z tyłu, wsunął mu ramiona pod pachy i dźwignął go swobodnie do góry. Potem podniósł książkę i podał mu ją.

— Dlaczego on mnie zaatakował? — spytał Tyrion, zerkając na wilkora. Wierzchem dłoni otarł z ust krew i brud.

— Może myślał, że jesteś grumkinem.

Tyrion spojrzał na niego szybko. Zaraz potem wybuchnął śmiechem. Było to parsknięcie, które wydał z siebie nosem wbrew swojej woli.

— Och, bogowie — powiedział, krztusząc się ze śmiechu i kręcąc głową. — Chyba lepiej, żebym wyglądał jak grumkin. A co on robi ze snarkami?

— Lepiej, żebyś nie wiedział. — Jon podniósł bukłak i podał go Tyrionowi.

Tyrion wyjął zatyczkę, przechylił głowę i wlał sobie do ust strumień wina. Chłodny ogień płynący przez gardło mile rozgrzewał jego ciało. Podał bukłak Jonowi.

— Chcesz?

Chłopiec przyjął bukłak i ostrożnie pociągnął łyk.

— To prawda, co powiedziałeś, tak? — zapytał. — To, co mówiłeś o Nocnej Straży.

Tyrion skinął głową.

Jon Snow zacisnął usta.

— Skoro tak jest, niech tak pozostanie.

Tyrion odpowiedział uśmiechem.

— Słusznie, bękarcie. Większość ludzi woli przeważnie zaprzeczać okrutnej prawdzie, niż spojrzeć jej w oczy.

— Większość ludzi, ale nie ty — odpowiedział chłopiec.

— Nie — przyznał Tyrion. — Nie ja. Ja już nawet o smokach prawie nie marzę. Nie ma smoków. — Podniósł z ziemi darowane mu futro. — Wracajmy lepiej, zanim twój stryj podniesie alarm.

Nie musieli iść długo, lecz teren był bardzo nierówny, kiedy więc dotarli do obozu, Tyrion czuł ból w nogach. Jon Snow chciał mu pomóc przejść przez plątaninę korzeni, ale Tyrion odtrącił jego dłoń. Chciał iść sam, swoją drogą, tak jak zawsze w swoim życiu. Mimo wszystko ucieszył się na widok obozu. Pod ścianą dawno już opuszczonego umocnienia postawiono schronienia, które miały ich osłonić przed wiatrem. Rozpalono ogień i nakarmiono konie. Yoren siedział na kamieniu i obdzierał ze skóry wiewiórkę.

Tyrion poczuł smakowity zapach gulaszu. Poszedł ciężkim krokiem w kierunku swojego służącego o imieniu Morrec, który mieszał w garnku. Morrec podał mu bez słowa chochlę.

— Dodaj pieprzu — polecił Tyrion.

Benjen Stark wynurzył się ze schronienia, które dzielił ze swoim bratankiem.

— Jesteś już, Jon. A niech cię, nie odchodź nigdy sam. Myślałem, że wpadłeś w ręce Innych.

— To były grumkiny — odpowiedział Tyrion wesoło. Jon Snow uśmiechnął się. Stark rzucił Yorenowi niespokojne spojrzenie. Starzec chrząknął, wzruszył ramionami i wrócił do swojej pracy.

Mięso wiewiórki zagęściło gulasz, który zjedli przy ognisku z czarnym chlebem i twardym serem. Tyrion dzielił się z innymi swoim bukłakiem, tak że nawet Yoren złagodniał. Jeden po drugim odchodzili do swoich schronień na spoczynek. Został tylko Jon Snow, który miał objąć pierwszą wartę.

Tyrion udał się na spoczynek, jak zawsze, ostatni. Zanim zniknął w swoim schronieniu, który postawili dla niego jego ludzie, odwrócił się i spojrzał na Jona Snow. Chłopiec stał blisko ogniska z kamienną twarzą, wpatrzony w płomienie.

Tyrion Lannister uśmiechnął się smutno i poszedł spać.

CATELYN

Minęło osiem dni od wyjazdu Neda i dziewczynek, kiedy maester Luwin przyszedł do niej, do pokoju Brana, z lampą do czytania i księgami rachunkowymi.

— Moja pani, najwyższy czas, żebyśmy przejrzeli księgi — rzekł. — Chcesz pewnie wiedzieć, ile kosztowała nas wizyta Króla.

Catelyn spojrzała na Brana i odgarnęła kosmyk włosów z jego czoła. Zauważyła, że bardzo urosły. Będzie musiała mu je obciąć.

— Nie muszę przeglądać żadnych ksiąg — odpowiedziała, nie spuszczając wzroku z Brana. — Wiem, ile kosztowała nas jego wizyta. Zabierz księgi.

— Moja pani, królewska świta miała ogromny apetyt. Musimy odnowić zapasy...

— Powiedziałam, żebyś zabrał księgi — przerwała. — Zarządca zajmie się wszystkim.

— Nie mamy zarządcy — przypomniał jej maester Luwin. Będzie mnie podchodził jak mały szczur, pomyślała. — Poole pojechał na południe, gdzie zajmie się domem lorda Eddarda w Królewskiej Przystani.

Catelyn pokiwała głową mechanicznie.

— Tak, pamiętam. — Bran wygląda tak blado. Zastanawiała się, czy nie mogliby przysunąć jego łóżka do okna, żeby poleżał trochę w porannym słońcu.

Maester Luwin postawił lampę w niszy przy drzwiach i poprawił jej knot.

— Moja pani, jest kilka spraw, którymi powinnaś się zająć. Oprócz zarządcy trzeba też wyznaczyć nowego dowódcę straży, a także nowego koniuszego...

Jej wzrok powędrował przez pokój i spoczął na nim.

— Koniuszego? — spytała głosem, który przypominał trzaśnięcie biczem.

— Tak, moja pani — wymamrotał maester. — Hullen pojechał na południe z lordem Eddardem. A zatem...

— Luwinie, mój syn leży tutaj złożony niemocą, umierający, a ty chcesz dyskutować ze mną o nowym koniuszym? Nic mnie nie obchodzą stajnie. Ani trochę. Jestem gotowa zaszlachtować wszystkie konie w Winterfell, gdyby to tylko wróciło zdrowie Branowi. Rozumiesz mnie?

Skłonił głowę.

— Tak, moja pani. Mimo to...

— Ja zajmę się nowymi ludźmi — odezwał się Robb.

Catelyn nie słyszała, kiedy wszedł do pokoju. Stał na progu i patrzył na nią. Nagle zdała sobie sprawę, że chwilę wcześniej podniosła głos, i oblała się rumieńcem wstydu. Co się z nią dzieje? Jest taka zmęczona i wciąż boli ją głowa.

Maester Luwin spoglądał to na Catelyn, to na jej syna.

— Przygotowałem listę osób, które można by rozważyć przy obsadzaniu wolnych urzędów — powiedział. Wyciągnął z rękawa papier i podał go Robbowi.

Jej syn przeczytał nazwiska. Wychodził z zamku, pomyślała Catelyn. Policzki miał zaróżowione od zimna, a włosy zmierzwione wiatrem.

— Dobry wybór — uznał Robb. — Jutro o nich pomówimy. — Oddał papier maesterowi.

— Dobrze, panie. — Rulon zniknął w rękawie Luwina.

— Zostaw nas teraz — powiedział Robb. Maester Luwin skłonił się i odszedł. Robb zamknął za nim drzwi i odwrócił się do niej. Zobaczyła, że nosi miecz. — Mamo, co ty robisz?

Catelyn zawsze sądziła, że Robb jest podobny do niej; miał kasztanowe włosy i niebieskie oczy, tak samo jak Bran, Rickon i Sansa. Teraz jednak dostrzegła, że jego twarz przypomina bardzo oblicze Eddarda Starka, jest równie surowa i ponura jak sama północ.

— Co ja robię? — powtórzyła za nim niczym echo. — Jak możesz pytać? A jak sądzisz? Opiekuję się twoim bratem. Branem.

— Tak to nazywasz? Nie opuściłaś jego pokoju od dnia wypadku Brana. Nie wyszłaś nawet do bramy, żeby pożegnać ojca i dziewczynki.

— Tutaj się z nimi pożegnałam i patrzyłam z okna, jak wyjeżdżali. — Błagała Neda, żeby został, żeby nie wyjeżdżał po tym, co się stało. Próbowała go przekonać, że wszystko się zmieniło. Czy on tego nie widział? Bezskutecznie. Odpowiedział, że nie ma wyboru, i odjechał. — Nie mogę zostawić Brana nawet na moment, każda chwila może być jego ostatnią. Muszę być z nim, nigdy nie wiadomo… — Położyła rękę na bezwładnej dłoni syna. Była taka krucha, pozbawiona siły, lecz mimo wszystko czuła życie pod jego skórą.

— Mamo, on nie umrze — powiedział Robb łagodniejszym głosem. — Maester Luwin twierdzi, że największe niebezpieczeństwo minęło.

— A jeśli on się myli? Jeśli Bran będzie mnie potrzebował, a mnie przy nim nie będzie?

— Rickon cię potrzebuje — odpowiedział stanowczo Robb. — On ma dopiero trzy lata i nic nie rozumie z tego, co się dzieje. Myśli, że wszyscy go opuścili, więc chodzi za mną przez cały dzień i płacze. Nie wiem, co z nim zrobić. — Zamilkł na chwilę, przygryzając dolną wargę, tak samo jak zwykł to robić, kiedy był mały. — Mamo, ja także cię potrzebuję. Staram się, ale… ale nie potrafię zająć się wszystkim. — Głos mu się załamał. Catelyn uświadomiła sobie, że on ma dopiero czternaście lat. Zapragnęła wstać i podejść do niego, lecz dłoń miała splecioną z ręką Brana, tak że nie mogła się ruszyć… Na zewnątrz rozległo się wycie wilka. Catelyn zadrżała. — To wilk Brana. — Robb otworzył okno, wpuszczając nocne powietrze do dusznego pokoju. Wilk zawył głośniej. Był to zimny i samotny głos przepełniony smutkiem i rozpaczą.

— Nie otwieraj — powiedziała. — Bran potrzebuje ciepła.

— On musi słyszeć ich pieśń — odpowiedział Robb. Gdzieś dalej w Winterfell rozległo się wycie drugiego wilka. A potem zaraz odezwał się trzeci. — Kudłacz i Szary Wicher — dodał Robb, kiedy głosy wilków ucichły. — Jak się dobrze wsłuchać, to można je rozróżnić.

Catelyn drżała. Drżała przepełniona smutkiem, chłodem i wyciem wilków. Każdej nocy to samo: wycie, chłód i szary, opustoszały zamek. Wiecznie to samo. I jej chłopiec złożony niemocą w łóżku, najsłodsze z jej dzieci, najłagodniejsze, Bran, który uwielbiał się śmiać i wspinać, który marzył, że zostanie rycerzem. Teraz wszystko przepadło, już nigdy nie usłyszy jego śmiechu. Zanosząc się płaczem, wyrwała rękę z dłoni Brana i zakryła uszy przed natrętnym wyciem.

— Niech przestaną! — zawołała. — Nie mogę tego znieść, niech przestaną, niech przestaną, zabij je, jeśli trzeba, niech tylko przestaną!

Nie pamiętała, kiedy upadła na podłogę, lecz zorientowała się, że leży na niej, a Robb podtrzymuje ją swoimi silnymi ramionami.

— Nie bój się, mamo! Nie zrobią mu krzywdy. — Podprowadził ją do wąskiego łóżka ustawionego w kącie pokoju. — Zamknij oczy — powiedział łagodnie. — Odpocznij. Maester Luwin mówi, że prawie się nie kładłaś od tamtego dnia.

— Nie mogę — wyznała przez łzy. — Bogowie, przebaczcie mi, Robb, nie mogę. A jeśli on umrze, kiedy będę spała, jeśli umrze... — Wilki nie przestawały wyć. Krzyknęła przeraźliwie i przycisnęła dłonie do uszu. — Och, bogowie, zamknij okno!

— Jeśli obiecasz mi, że się położysz. — Robb podszedł do okna, lecz kiedy położył dłoń na okiennicy, wraz z żałosnym wyciem rozległ się też inny odgłos. — Psy — stwierdził, nasłuchując. — Wszystkie psy ujadają. Nigdy tego nie robią... — Catelyn usłyszała, jak wciąga głośno powietrze. Kiedy podniosła wzrok, ujrzała w świetle lampy jego pobladłą twarz. — Pożar — powiedział szeptem.

Pożar, pomyślała, a potem zaraz: Bran!

— Pomóż mi — poleciła, wstając. — Pomóż mi wynieść Brana.

Robb wydawał się jej nie słyszeć.

— Płonie wieża z biblioteką — oznajmił.

Teraz Catelyn widziała przez otwarte okno skaczące płomienie. Usiadła z ulgą. Bran był bezpieczny. Biblioteka znajdowała się na drugim końcu muru obronnego, więc ogień nie mógł do nich dotrzeć.

— Dzięki bogom — wyszeptała.

Robb popatrzył na nią, jakby oszalała.

— Mamo, zostań tutaj. Wrócę, gdy tylko ugaszą ogień — powiedział i wybiegł. — Słyszała, jak woła do straży, jak zbiegają w pośpiechu po schodach.

— Pożar — rozległy się krzyki na zewnątrz. Słychać było tupot nóg, rżenie przestraszonych koni i ujadanie psów. Słuchając całej tej kakofonii, zdała sobie sprawę, że wycie wilków ucichło.

Odmawiając w duchu modlitwę dziękczynną do siedmiu twarzy boga, podeszła do okna. Na drugim końcu muru, z okien biblioteki, strzelały długie jęzory płomieni. Spojrzała na dym wznoszący się ku niebu i pomyślała ze smutkiem o wszystkich tych księgach, które Starkowie gromadzili od stuleci. Potem zamknęła okiennice.

Kiedy odwróciła się od okna, ujrzała w pokoju mężczyznę.

— Miało cię tu nie być — mruknął ponuro. — Nikogo miało tutaj nie być.

Był małym, brudnym mężczyzną w brudnym, brązowym ubraniu i czuć go było końmi. Catelyn znała wszystkich, którzy pracowali w stajni, lecz jego nie potrafiła rozpoznać. Chudy, cienkie jasne włosy oraz jasne, głęboko osadzone oczy, w dłoni trzymał sztylet.

Catelyn spojrzała na nóż, a potem na Brana.

— Nie — powiedziała. Słowo to ugrzęzło jej w gardle, dlatego wypowiedziała je ledwo dosłyszalnym szeptem.

Mimo to musiał je usłyszeć, ponieważ odparł:

— Wyświadczam mu łaskę. On i tak już nie żyje.

— Nie — powtórzyła Catelyn, tym razem głośniej. — Nie, nie możesz.

Odwróciła się do okna z zamiarem wezwania pomocy, lecz okazał się szybszy, niż się spodziewała. Jedną dłonią zakrył Catelyn usta i odchylił do tyłu jej głowę, drugą przyłożył sztylet do gardła. Dusił ją jego smród.

Uniosła dłonie i, chwyciwszy z całej siły za ostrze, odsunęła je od swojego gardła. Słyszała, jak zaklął tuż przy jej uchu. Czuła na palcach krew, lecz nie puszczała sztyletu. Nieznajomy coraz mocniej zaciskał dłoń na jej ustach, odcinając dopływ powietrza. Catelyn obróciła głowę w bok i udało jej się chwycić zębami jego rękę. Ugryzła mocno. Mężczyzna jęknął z bólu. Zacisnęła zęby jeszcze mocniej i szarpnęła. Po chwili puścił ją. Czuła w ustach smak jego krwi. Wzięła głęboki oddech i krzyknęła przeraźliwie, a on chwycił ją za włosy i odciągnął od siebie. Catelyn potknęła się i przewróciła, a on stanął nad nią, drżąc i oddychał ciężko. Prawą dłoń miał mokrą od krwi, lecz mimo to ściskał w niej sztylet.

— Miało cię tutaj nie być — powtórzył z uporem.

Catelyn dostrzegła cień wślizgujący się przez otwarte drzwi za nim. Rozległo się głuche warczenie, potem warknięcie, zaledwie szept ostrzeżenia, lecz zbir je usłyszał i odwrócił się. W tym samym momencie wilk skoczył. Opadli na podłogę razem, przygniatając częściowo Catelyn. Wilk chwycił go za gardło. Krzyk mężczyzny nie trwał nawet sekundy, kiedy wilk szarpnął pyskiem, wyrywając mu połowę gardła.

Poczuła jego krew na swojej twarzy niczym ciepły deszcz.

Wilk patrzył na nią. Szczęki miał czerwone i mokre, a jego oczy lśniły złociście w ciemnym pokoju. Zorientowała się, że to wilk Brana. Oczywiście, że tak.

— Dziękuję ci — powiedziała szeptem. Uniosła drżącą dłoń, czuła, że chce go dotknąć, że musi to zrobić. Wilk podszedł bliżej, powąchał jej palce i zlizał z nich krew mokrym, szorstkim jęzorem. Kiedy obmył całą krew, odwrócił się, po czym bezszelestnie wskoczył na łóżko Brana i położył się obok niego. Catelyn zaniosła się histerycznym śmiechem.

I tak ich znaleźli, Robb, maester Luwin, ser Rodrik i połowa straży Winterfell, kiedy wpadli do pokoju.

Kiedy wreszcie śmiech zamarł na jej ustach, zawinęli ją w ciepłe koce i zaprowadzili do jej komnaty w Wielkiej Wieży. Stara Niania rozebrała ją i pomogła wejść do kadzi z gorącą wodą, w której zmyła z niej krew.

Maester Luwin przyszedł opatrzyć jej rany. Palce miała głęboko przecięte, prawie do kości, w miejscu zaś, w którym chwycił ją za włosy i wyrwał ich garść, pozostała otarta do krwi skóra. Maester oznajmił jej, że rany będą bolały, i podał makowe mleko, żeby zasnęła.

Wreszcie zamknęła oczy.

Kiedy ponownie je otworzyła, powiedziano jej, że przespała cztery dni. Catelyn skinęła głową i usiadła w łóżku. Teraz wszystko wydawało się nocną marą, wszystko z wyjątkiem wypadku Brana; jakby przeżyła koszmarny sen pełen krwi i smutku, jednakże obolałe dłonie przypominały, że wszystko zdarzyło się naprawdę. Była osłabiona i kręciło jej się w głowie, lecz mimo to czuła się, jakby zdjęto z jej barków ogromny ciężar.

— Przynieście mi chleba i miodu — rozkazała służącym. — I dajcie znać maesterowi Luwinowi, że trzeba mi zmienić bandaże. — Spojrzeli na nią zdumieni i pobiegli wypełnić polecenia.

Catelyn przypomniała sobie swoje wcześniejsze zachowanie i poczuła wstyd. Zawiodła ich wszystkich, dzieci, męża, swój ród. To już się nie powtórzy. Pokaże tym z północy, jak silni potrafią być Tully'owie z Riverrun.

Robb zjawił się w jej pokoju, zanim przyniesiono jedzenie. Przyszedł z nim Rodrik Cassel, a także podopieczny jej męża, Theon Greyjoy, oraz Hallis Mollen, muskularny żołnierz o kwadratowej, kasztanowej brodzie. Robb przedstawił go jako nowego dowódcę straży. Jej syn ubrany był w skórzane ubranie i kolczugę, a u jego boku wisiał miecz.

— Kim on był? — spytała ich Catelyn.

— Nikt nie zna jego imienia — odpowiedział Hallis Mollen. — Obcy, chociaż niektórzy twierdzą, że widywali go ostatnio w pobliżu zamku.

— A zatem człowiek Króla — uznała. — Albo Lannisterów. Mógł zostać, kiedy pozostali wyjeżdżali.

— Być może — powiedział Hal. — Tylu obcych przybyło ostatnio do zamku, że nie sposób powiedzieć, czyim był człowiekiem.

— Ukrywał się w twoich stajniach — odezwał się Greyjoy. — Śmierdział końmi.

— Jak więc mógł pozostać nie zauważony? — spytała stanowczym głosem.

Hallis Mollen spuścił głowę.

— Stajnie w połowie opustoszały, ponieważ część koni zabrał

lord Stark na południe, a inne wysłaliśmy na północ, dla Nocnej Straży. Łatwo więc było się ukryć przed stajennymi. Może Hodor go widział, tylko że chłopak ostatnio zachowuje się dość dziwnie... — Hal pokręcił głową.

— Znaleźliśmy miejsce, w którym łotr spał — wtrącił Robb. — Miał dziewięćdziesiąt srebrnych jeleni w skórzanej sakiewce, którą schował w słomie.

— Dobrze wiedzieć, że przynajmniej życie mojego syna nie zostało sprzedane tanio — rzuciła Catelyn z goryczą.

Hallis Mollen spojrzał na nią zdumiony.

— Wybacz pani, czy chcesz powiedzieć, że on przyszedł zabić twojego chłopca?

— To szaleństwo — wtrącił Greyjoy z niedowierzaniem.

— Przyszedł po Brana — powiedziała Catelyn. — Wciąż mamrotał, że nie powinno mnie tam być. Podłożył ogień w bibliotece, sądząc, że popędzę ze strażą gasić pożar. I tak by się stało, gdyby nie otumaniło mnie cierpienie.

— Dlaczego ktoś chciałby zabić Brana? — spytał Robb. — Bogowie, to tylko mały chłopiec, bezradny, pogrążony we śnie...

Catelyn spojrzała wyzywająco na swojego pierworodnego syna.

— Jeśli masz zamiar władać północą, musisz przemyśleć wszystko i odpowiedzieć na własne pytania. Dlaczego ktoś chciałby zabić pogrążone we śnie dziecko?

Zanim zdołał cokolwiek odpowiedzieć, służący powrócili z kuchni z jedzeniem. Przynieśli więcej, niż prosiła: gorący chleb, masło i miód, konfiturę z jeżyn, plaster boczku, jajko na miękko, kawał żółtego sera i dzban miętowej herbaty. Na końcu przybył maester Luwin.

— Jak się czuje mój syn? — spytała go Catelyn. Spojrzawszy na jedzenie, stwierdziła, że nie ma apetytu.

— Bez zmian, moja pani. — Maester Luwin spuścił wzrok.

Nie spodziewała się niczego innego. W dłoniach czuła pulsujący ból, jakby ściskała ostrze noża. Odesłała służbę i zwróciła się do Robba:

— Masz już odpowiedź?

— Ktoś nie chce, żeby Bran się obudził — odparł Robb. — Boi się tego, co mógłby zrobić lub powiedzieć, tego, co Bran wie.

Catelyn była dumna z syna.

— Bardzo dobrze. — Spojrzała na nowego dowódcę straży. — Trzeba zapewnić bezpieczeństwo Branowi. Skoro mieliśmy jednego zabójcę, mogą zjawić się inni.

— Pani, ile chcesz straży? — spytał Hal.

— Do powrotu lorda Eddarda mój syn jest panem Winterfell — odpowiedziała mu.

Robb wyprostował się.

— Jeden człowiek w jego pokoju, dzień i noc. Drugi na zewnątrz i jeszcze dwóch na dole schodów. Nikt nie ma prawa tam wchodzić bez pozwolenia mojego albo mojej matki.

— Jak rozkażesz, panie.

— Już teraz wystawcie straże — wtrąciła Catelyn.

— I niech wilk zostanie w jego komnacie — dodał Robb.

— Tak — powiedziała Catelyn i zaraz powtórzyła: — Tak.

Hallis Mollen skłonił głowę i opuścił pokój.

— Lady Stark — odezwał się teraz ser Rodrik. — Czy zwróciłaś uwagę na sztylet, którym posługiwał się morderca?

— Okoliczności nie pozwoliły mi przyjrzeć mu się bliżej, ale mogę ręczyć za ostrość jego ostrza — odpowiedziała Catelyn i uśmiechnęła się. — Dlaczego pytasz?

— Znaleźliśmy nóż w dłoni przestępcy. Moim zdaniem jest to zbyt wyszukana broń, jak na takiego człowieka, więc przyjrzałem się dobrze sztyletowi. Ostrze z valyriańskiej stali, rękojeść ze smoczej kości. Ludzie jego pokroju nie noszą takiej broni. Ktoś musiał mu ją dać.

Catelyn przytaknęła zamyślona.

— Robb, zamknij drzwi. — Spojrzał na nią zdziwiony, lecz posłuchał. — To, co wam teraz powiem, nie może wyjść z tego pokoju — odezwała się. — Musicie mi przysiąc, że tak będzie. Jeśli choć część moich podejrzeń okaże się prawdziwa, to Ned i dziewczynki znajdują się w śmiertelnym niebezpieczeństwie i życie ich zależy od tego, czy ktokolwiek dowie się o tym, co chcę wam powiedzieć.

— Lord Eddard jest moim drugim ojcem — odparł Theon Greyjoy. — Przysięgam.

— Masz i moją przysięgę — dodał maester Luwin.

— Także i moją, pani — przemówił ser Rodrik.

Spojrzała na syna.

— A ty, Robb?

Skinął głową.

— Moja siostra, Lysa, uważa, że Lannisterowie zamordowali jej męża, lorda Arryna, Królewskiego Namiestnika — oświadczyła Catelyn. — Wydaje mi się, że Jaime Lannister nie brał udziału w polowaniu, które odbyło się w dzień wypadku Brana. Został na zamku. — W pokoju zapadła grobowa cisza. — Sądzę, że Bran nie spadł z wieży — przerwała ciszę. — Myślę, że ktoś go zrzucił.

Zebrani patrzyli na nią zdumieni.

— Moja pani, straszliwe przypuszczenie — przemówił Rodrik Cassel. — Nawet Królobójca chybaby się zawahał przed zamordowaniem niewinnego dziecka.

— Czyżby? — wtrącił Theon Greyjoy. — Nie sądzę.

— Nie ma granic dla dumy Lannisterów ani dla ich ambicji — powiedziała Catelyn.

— Chłopiec potrafił się wspinać jak nikt inny — zauważył maester Luwin. — Znał każdy kamień w Winterfell.

— Bogowie — zaklął Robb, a jego twarz pociemniała od gniewu. — Zapłaci za to, jeśli to prawda. — Wyciągnął miecz i zamachnął się w powietrzu. — Sam go zabiję!

— Odłóż to! — skarcił go ser Rodrik. — Lannisterowie znajdują się o setki mil stąd... Nigdy nie wyciągaj miecza, jeśli nie masz zamiaru go użyć. Ile razy mam ci powtarzać, głupcze?

Robb pokornie wsunął miecz do pochwy, znowu przemienił się w chłopca.

— Widzę, że mój syn nosi broń. — Catelyn zwróciła się do ser Rodrika.

— Uznałem, że już czas — odpowiedział stary zbrojmistrz.

Robb rzucił jej niespokojne spojrzenie.

— Najwyższy czas — powiedziała. — Winterfell może potrzebować wszystkich swoich mieczy i lepiej, żeby nie były to drewniane zabawki.

Theon Greyjoy położył dłoń na rękojeści swojego oręża i rzekł:

— Pani, mój dom ma dług do spłacenia wobec twojego rodu.

Maester Luwin pociągnął za obcierający mu szyję łańcuch.

— Wszystko, co wiemy, to jedynie przypuszczenia. Oskarżamy ukochanego brata Królowej. Nie będzie z tego zadowolona. Musimy zdobyć dowody albo siedzieć cicho.

— Sztylet jest dowodem — stwierdził ser Rodrik. — Tak wspaniała broń nie jest czymś powszednim.

Tylko w jednym miejscu można dowiedzieć się prawdy, zdała sobie sprawę Catelyn.

— Ktoś musi udać się do Królewskiej Przystani.

— Ja pojadę — powiedział Robb.

— Nie — odparła. — Twoje miejsce jest tutaj. W Winterfell zawsze musi być ktoś ze Starków. — Spojrzała na ser Rodrika z ogromnymi białymi bokobrodami, potem na maestera Luwina ubranego w szarą szatę i wreszcie jej wzrok spoczął na Greyjoyu, szczupłym, ponurym i porywczym młodzieńcu. Kogo wysłać? Komu zaufać? Minęła kolejna chwila i już wiedziała. Odrzuciła koce zabandażowanymi, sztywnymi palcami i wyszła z łóżka. — Sama muszę jechać.

— Moja pani — odezwał się maester Luwin. — Czy to rozsądne? Bez wątpienia Lannisterowie odniosą się do ciebie podejrzliwie, kiedy tam przybędziesz.

— A Bran? — spytał Robb. Biedny chłopiec wydawał się teraz całkowicie zdezorientowany. — Chyba nie chcesz go opuścić.

— Nie mogę już nic więcej dla niego zrobić — powiedziała, kładąc mu na ramieniu zranioną dłoń. — Jego życie pozostaje w rękach bogów i maestera Luwina. Muszę mieć na względzie także i pozostałe dzieci. Sam mi o tym przypominałeś, Robb.

— Pani, będzie ci potrzebna dobra eskorta — orzekł Theon.

— Wyślę Hala z oddziałem gwardzistów — dodał Robb.

— Nie — przerwała mu Catelyn. — Duża grupa zwraca na siebie uwagę. Nie chcę, żeby Lannisterowie dowiedzieli się o moim przyjeździe.

— Pani, pozwól, żebym chociaż ja z tobą pojechał — zaprotestował ser Rodrik. — Kobieta nie powinna podróżować samotnie królewskim traktem.

— Nie pojadę królewskim traktem — odpowiedziała Catelyn. — Zastanawiała się przez chwilę, po czym skinęła głową. — Dwóch jeźdźców może podróżować równie szybko jak jeden, a już na pewno o wiele szybciej niż długa kolumna wozów i powozów. Ser Rodriku, z radością przyjmę twoje towarzystwo. Udamy się wzdłuż rzeki Biały Nóż, aż do morza. W Białym Porcie wynajmiemy statek. Dzięki mocnym koniom i sprzyjającym wiatrom powinniśmy dotrzeć do Królewskiej Przystani przez Nedem i Lannisterami. — A potem, pomyślała, zobaczymy, co dalej.

SANSA

— Eddark Stark wyszedł jeszcze przed świtem. — Septa Mordane poinformowała Sansę przy śniadaniu. — Król posłał po niego. Chodzi pewnie o kolejne polowanie. Podobno w tych stronach są jeszcze dzikie żubry.

— Nigdy nie widziałam żubra — odpowiedziała Sansa i podsunęła plaster bekonu pod nos Damy pod stołem. Wilczyca przyjęła go z łagodnością godną królowej.

Septa Mordane prychnęła z niezadowoleniem.

— Dobrze urodzone damy nie karmią psów pod stołem — powiedziała i oderwała jeszcze jeden kawałek z plastra miodu. Miód spłynął na jej chleb.

— Ona nie jest psem. To wilkor — zauważyła Sansa, a tymczasem Dama oblizywała szorstkim jęzorem jej palce. — Ojciec pozwolił nam trzymać je przy sobie, jeśli chcemy.

Septa wciąż patrzyła na nią z niechęcią.

— Sanso, potrafisz być grzeczną dziewczynką, ale jeśli chodzi o to twoje stworzenie, jesteś równie uparta jak Arya. — Zmarszczyła czoło. — A gdzie jest Arya?

— Nie była głodna — odpowiedziała Sansa, chociaż domyślała się, że jej siostra już dawno pewnie zakradła się do kuchni i wyłudziła coś do jedzenia od któregoś z pomocników kucharza.

— Przypomnij jej, żeby ubrała się ładnie. Może w suknię z szarego aksamitu. Zostałyśmy zaproszone na przejażdżkę królewskim domem na kołach z Królową i księżniczką Myrcellą, musimy więc dobrze się zaprezentować.

Sansa już prezentowała się doskonale. Wyszczotkowała swoje długie kasztanowe włosy i włożyła swoją najpiękniejszą suknię z niebieskiego jedwabiu. Od ponad tygodnia wyczekiwała tego dnia. Wielkim zaszczytem było móc jechać z Królową, a ponadto spodziewała się spotkać księcia Joffreya, swojego narzeczonego. Chociaż mieli się pobrać dopiero za wiele lat, już teraz na samą myśl o nim czuła, jak szybciej bije jej serce. W rzeczywistości Sansa nie znała jeszcze Joffreya, lecz zdążyła się już w nim zakochać. Był dokładnie takim księciem o jakim marzyła: wysoki, przystojny i silny, i miał złociste włosy. Cieszyła się z każdej chwili, jaką mogła spędzić w jego towarzystwie, chociaż dotąd nie było ich wiele. Jedyne, czego obawiała się tego dnia, to Arya. Jej siostra potrafiła zepsuć wszystko. Nigdy nie dało się przewidzieć, co zrobi.

— Powiem jej — odpowiedziała Sansa niepewnie. — Chociaż pewnie ubierze się tak, jak będzie chciała. — Miała nadzieję, że tym razem Arya nie przyniesie jej wielkiego wstydu. — Czy mogę odejść?

— Możesz. — Septa Mordane wzięła jeszcze chleba i miodu, a Sansa zsunęła się z ławki. Dama ruszyła za nią, kiedy wybiegała z jadalni karczmy.

Wyszedłszy na zewnątrz, znalazła się w środku ogólnego zamieszania, skrzypienia drewnianych kół, krzyków i przekleństw ludzi, którzy ładowali duże i małe namioty na wozy, przygotowując się do dalszej drogi. Karczma znajdowała się w ogromnym dwupiętrowym budynku z jasnego kamienia. Sansa nie widziała dotąd większej, a mimo to ta pomieściła zaledwie jedną trzecią królewskiej świty, która rozrosła się do czterystu osób, kiedy dołączył do niej jej ojciec ze swymi ludźmi oraz grupą wolnych.

Znalazła Aryę nad brzegiem Tridentu; trzymała mocno Nymerię, próbując wyczesać z jej kudłów zaschnięte błoto. Wilczycy najwyraźniej się to nie podobało. Arya ubrana była w to samo skórzane ubranie, które nosiła poprzedniego dnia i jeszcze wcześniej.

— Lepiej włóż coś ładnego — powiedziała Sansa. — To polecenie septy Mordane. Dzisiaj będziemy jechać z Królową i księżniczką Myrcellą.

— Ja nie — odpowiedziała Arya, próbując rozczesać szczególnie skudlone miejsce na szarym grzbiecie Nymerii. — Jedziemy z Mycahem w górę rzeki do brodu, żeby poszukać rubinów.

— Rubinów — powtórzyła Sansa. — Jakich rubinów?

Arya spojrzała na nią, jakby Sansa była niespełna rozumu.

— Rubinów Rhaegara. Tutaj przecież król Robert zabił go i zdobył koronę.

Sansa patrzyła na swoją chudą siostrę z niedowierzaniem.

— Nie możesz jechać szukać rubinów. Oczekuje nas księżniczka. Królowa zaprosiła nas obie.

— Nic mnie to nie obchodzi — orzekła Arya. — W tym ich domu na kołach nie ma nawet okien i nic nie widać.

— A co ty byś chciała zobaczyć? — odparła Sansa zniecierpliwiona. Tak bardzo się ucieszyła z tego zaproszenia, a jej głupia siostra miała zamiar wszystko zepsuć, tak jak przypuszczała. — Ciągle tylko zagrody, pola i grody.

— Wcale nie — zaprzeczyła Arya. — Gdybyś pojechała czasem z nami, przekonałabyś się, że to nieprawda.

— Nienawidzę jeździć konno — wycedziła Sansa. — Można się tylko zakurzyć, ubłocić i na dodatek cała jesteś obolała.

Arya wzruszyła ramionami.

— Stój spokojnie — warknęła do Nymerii. — Przecież nie robię ci nic złego. — Po chwili zwróciła się do Sansy: — Kiedy przeprawialiśmy się przez Przesmyk, naliczyłam trzydzieści sześć kwiatów, jakich jeszcze nigdy wcześniej nie widziałam, a Mycah pokazał mi jaszczurolwa.

Sansa wzdrygnęła się. Przeprawa przez Przesmyk trwała dwanaście dni. Tłukli się po zniszczonej grobli, która ciągnęła się przez nie kończące się czarne bagna, a ona nienawidziła każdej chwili tam spędzonej. Powietrze było wilgotne i lepkie, a grobla tak wąska, że nie mogli nawet rozbić należycie obozu na noc i musieli nocować na trakcie. Ze wszystkich stron napierały na nich kępy na wpół zatopionych drzew, a z ich gałęzi zwisały długie włosy jasnych grzybów. W błocie zakwitały ogromne kwiaty, które unosiły się na stojącej wodzie, lecz gdyby znalazł się ktoś na tyle głupi, kto chciałby zejść z grobli i spróbować je zerwać, grząski grunt tylko czekał, żeby go wessać. Z gałęzi przyglądały się węże, a z wody wyglądały jaszczurolwy podobne do czarnych kłód z pyskami i oczami.

Oczywiście, Arya na nic nie zważała. Któregoś dnia wróciła, szczerząc zęby jak koń z potarganymi włosami i cała w błocie, a w dłoni trzymała bukiet fioletowych i zielonych kwiatów, które podarowała ojcu. Sansa miała nadzieję, że ojciec skarci Aryę i nakaże jej zachowywać się, jak przystało wysoko urodzonej damie, lecz on niczego takiego nie uczynił — uściskał ją tylko i podziękował za kwiaty. Potem zachowywała się jeszcze gorzej. Okazało się też, że fioletowe kwiaty noszą nazwę trujących pocałunków i Arya dostała od nich czerwonej wysypki na rękach. Sansa myślała, że jej siostra otrzymała wystarczającą nauczkę, lecz Arya roześmiała się tylko, a następnego dnia całe ramiona natarła błotem, jak jakaś głupia dziewucha z bagien. Zrobiła tak, ponieważ jej przyjaciel Mycah powiedział, że dzięki temu ustąpi swędzenie na rękach. Była też cała w siniakach. Kiedy rozbierały się do snu, Sansa widziała na jej rękach i barkach ciemne pręgi i żółtozielone plamy. Tylko bogowie wiedzieli, skąd je miała.

Arya opowiadała o tym, co widziała po drodze, nie przerywając rozczesywać sierści swojej wilczycy.

— W zeszłym tygodniu znaleźliśmy opuszczoną strażnicę, a dzień wcześniej goniliśmy stado dzikich koni. Szkoda, że nie widziałaś, jak uciekały, kiedy wyczuły Nymerię. — Wilczyca poruszyła się niespokojnie. — Siedź. Muszę skończyć drugi bok. Cała jesteś w błocie.

— Nie wolno ci odłączać się od kolumny — upomniała ją Sansa. — Tata nie pozwala.

Arya wzruszyła ramionami.

— Nie odchodziłam daleko. Przez cały czas była ze mną Nymeria. A poza tym nie zawsze gdzieś jadę. Czasem zabawnie jest zostać przy wozach i porozmawiać z ludźmi.

Sansa dobrze wiedziała, z jakimi to ludźmi Arya lubiła porozmawiać: miała na myśli giermków, stajennych, służące, starców i gołe dzieci albo grubiańskich jeźdźców niepewnego urodzenia. Arya gotowa była zaprzyjaźnić się z każdym. Najgorszy z nich był Mycah, dziki trzynastolatek, chłopak rzeźnika, spał w wozie z mięsem i cuchnął pieńkiem do szlachtowania zwierząt. Sansie robiło się niedobrze już od samego patrzenia na niego, natomiast Arya spełniała wrażenie, że woli jego towarzystwo od towarzystwa własnej siostry.

Sansa zaczynała tracić cierpliwość.

— Musisz pójść ze mną — przemówiła stanowczym głosem. — Nie można odrzucać zaproszenia Królowej. Septa Mordane będzie czekała na ciebie.

Arya nie zwracała uwagi na jej słowa. Pociągnęła mocniej szczotką, a Nymeria warknęła i odskoczyła urażona.

— Wracaj tutaj!

— Będą cytrynowe ciasteczka i herbata — ciągnęła Sansa z powagą. Dama otarła się o jej nogi. Sansa podrapała ją za uchem, tak jak lubiła, i wilczyca usiadła przy niej, przyglądając się, jak Arya goni Nymerię. — Dlaczego wolisz jeździć na śmierdzącym starym koniu, pocić się i męczyć, skoro możesz siedzieć na miękkich poduszkach i jeść ciasteczka w towarzystwie Królowej?

— Nie lubię Królowej — rzuciła obojętnie Arya. Sansa wstrzymała oddech, zdumiona, że jej siostra odważyła się powiedzieć coś takiego, tymczasem Arya mówiła dalej: — Nie pozwoli mi zabrać ze sobą Nymerii. — Wsunęła sobie za pas szczotkę i zaczęła się podkradać do wilczycy. Nymeria obserwowała ją uważnie.

— W królewskim powozie nie ma miejsca dla wilków — powiedziała Sansa. — A poza tym księżniczka Myrcella boi się ich, wiesz o tym.

— Myrcella to mały dzieciak. — Arya chwyciła Nymerię za szyję, lecz gdy tylko wyciągnęła szczotkę, wilczyca wyrwała się z jej uścisku i uciekła. Arya cisnęła szczotkę na ziemię, zrezygnowana. — Zły wilk! — krzyknęła. Sansa nie wytrzymała i uśmiechnęła się. Nadzorca psiarni powiedział jej kiedyś, że zwierzę upodabnia się charakterem do swojego pana. Uścisnęła lekko Damę, a wilczyca polizała ją po policzku. Sansa zachichotała. Arya usłyszała ją i odwróciła się. — Mów sobie, co chcesz — rzuciła gniewnie. — Ja jadę. — Na jej pociągłej twarzy pojawił się wyraz determinacji, który mówił, że ma zamiar zrobić to, co postanowiła.

— Bogowie, Arya, czasem to ty zachowujesz się jak dziecko — powiedziała Sansa. — Dobrze, pójdę zatem sama. Będzie jeszcze milej. Same z Damą zjemy wszystkie cytrynowe ciasteczka.

Odwróciła się i ruszyła przed siebie, kiedy Arya krzyknęła za nią:

— Nie pozwolą ci zabrać Damy ze sobą. — Zanim Sansa zdążyła jej odpowiedzieć, zniknęła na brzegu rzeki w pogoni za Nymerią.

Opuszczona i upokorzona, Sansa ruszyła w drogę powrotną do karczmy. Wiedziała, że czekała tam na nią septa Mordane. Dama posłusznie poszła za dziewczyną. Sansa miała ochotę się rozpłakać. Pragnęła tylko rzeczy ładnych i miłych, o jakich śpiewano w balladach. Dlaczego Arya nie mogła być słodka, miła i uprzejma, taka jak księżniczka Myrcella? Bardzo by lubiła taką siostrę.

Sansa nigdy nie mogła zrozumieć, jak dwie siostry, jedna starsza od drugiej tylko o dwa lata, mogły tak bardzo się różnić. Łatwiej by się z tym pogodziła, gdyby Arya była bękartem, jak ich brat przyrodni, Jon. Nawet była podobna do niego: miała pociągłą twarz, brązowe włosy Starków, ale ani odrobiny podobieństwa do pani matki. Kiedyś, kiedy Sansa była jeszcze mała, zapytała nawet matkę, czy nie został popełniony jakiś błąd. Może grumkiny porwały jej prawdziwą siostrę. Matka roześmiała się tylko i potwierdziła, że Arya jest jej córką i prawdziwą siostrą Sansy. A ponieważ nie widziała powodu, dla którego matka miałaby ją okłamywać, więcej już o to nie pytała.

Szybko zapomniała o swoim zmartwieniu, kiedy zbliżyła się do obozu. Na jego środku zebrał się tłum, który otoczył dom na kołach Królowej. Słychać było podniecone głosy, jakby przyleciał rój pszczół. Zobaczyła, że drzwi domu na kołach są otwarte, a Królowa stoi na najniższym stopniu i uśmiecha się do kogoś. Sansa usłyszała, jak mówi:

— To zaszczyt dla nas, panowie.

— Co się dzieje? — zapytała znajomego giermka.

— Rada wysłała jeźdźców z Królewskiej Przystani, żeby eskortowali nas przez resztę drogi — wyjaśnił. — Straż honorowa dla Króla.

Sansa, zaciekawiona, pozwoliła, by Dama szła pierwsza i utorowała jej drogę. Ludzie usuwali się szybko na widok wilkora. Zbliżywszy się, ujrzała dwóch rycerzy klęczących przed Królową. Obaj mieli na sobie zbroje tak lśniące, że aż zamrugała.

Pancerz jednego z nich zrobiono z białych emaliowanych łusek, które skrzyły się niczym świeży śnieg, a srebrzyste klamry i wzorzyste desenie błyszczały przeraźliwie w słońcu. Kiedy zdjął hełm, Sansa zobaczyła co prawda twarz starca, o włosach równie jasnych jak zbroja, ale wydawał się silny i pełen wdzięku. Z jego ramienia zwisał biały płaszcz Gwardii Królewskiej.

Drugi rycerz mógł mieć dwadzieścia lat, a jego zbroję wykonano z ciemnozielonej stali. Był najprzystojniejszym mężczyzną, jakiego kiedykolwiek widziała Sansa, wysoki i barczysty, o kruczoczarnych włosach, które opadały mu do ramion po obu stronach świeżo ogolonej twarzy; jego śmiejące się oczy współgrały zielenią ze zbroją. Pod pachą trzymał migocący złotem hełm zwieńczony rogami.

Wkrótce Sansa zauważyła trzeciego przybysza. Nie klęczał, tak jak pozostali. Stał z boku przy koniach. Szczupły, ponury mężczyzna przyglądał się tej scenie w milczeniu. Twarz miał ospowatą i pozbawioną zarostu, oczy głęboko osadzone i zapadnięte policzki. Choć nie był stary, zostało mu tylko trochę włosów, które wyrastały mu nad uszami i były długie jak u kobiety. Ubrany w szarą kolczugę nałożoną na skórzane ubranie, miał prostą i pozbawioną wszelkich ozdób zbroję. Widać też było, że jest stara i znoszona. Ponad jego prawym ramieniem sterczała skórzana rękojeść ogromnego miecza, który miał przytroczony na plecach, ponieważ był zbyt długi, aby nosić go u boku.

— Król przebywa teraz na polowaniu, ale jestem przekonana, że z radością was przyjmie, gdy tylko powróci — powiedziała Królowa do klęczących przed nią rycerzy. Sansa nie mogła oderwać oczu od trzeciego mężczyzny, a on jakby wyczuł siłę jej spojrzenia i powoli odwrócił głowę. Dama warknęła. Sansa Stark poczuła ogarniające ją przerażenie, jakiego nigdy dotąd nie doświadczyła. Cofnęła się mimowolnie, wpadając na kogoś.

Poczuła, że podtrzymują ją czyjeś silne dłonie. Przez moment pomyślała, że to jej ojciec, lecz kiedy się odwróciła, ujrzała poparzoną twarz Sandora Clegane'a, który spoglądał na nią z góry, wykrzywiając usta w okropnej imitacji uśmiechu.

— Drżysz, dziewczyno — przemówił chrapliwym głosem. — Aż tak bardzo cię przestraszyłem?

Przestraszył ją, podobnie jak wówczas kiedy po raz pierwszy ujrzała jego twarz zniszczoną przez ogień, chociaż teraz nie wydawał jej się nawet w połowie tak okropny jak wtedy. Sansa wyrwała się z jego objęć, a Ogar roześmiał się. Dama wsunęła się między nich, warcząc ostrzegawczo. Sansa przyklęknęła i objęła ją za szyję. Stojący dookoła ludzie przyglądali im się zaciekawieni, a tu i ówdzie słychać było strzępy komentarzy i śmiechu.

— Wilk — powiedział ktoś, a ktoś inny dodał:

— Na siedem piekieł, to wilkor.

— Co on robi w obozie? — spytał pierwszy z mężczyzn.

— Starkowie używają ich zamiast niań — odpowiedział Ogar.

Teraz Sansa zdała sobie sprawę, że klęczący dotąd rycerze przyglądają się jej z mieczami w dłoniach. Znowu poczuła strach i zawstydziła się. Łzy napłynęły jej do oczu.

Usłyszała głos Królowej:

— Idź do niej, Joffrey.

W następnej chwili Książę stał przy niej.

— Zostaw ją — powiedział Joffrey. Stanął nad nią, piękny, wystrojony w niebieską wełnę i czarną skórę, jego złociste loki lśniły w słońcu niczym korona. Podał jej dłoń i pomógł wstać. — O co chodzi, słodka pani? Czego się obawiasz? Nikt cię nie skrzywdzi. Odłóżcie miecze. To jej wilk. — Spojrzał na Sandora Clegane'a. — Odejdź, psie. Przestraszyłeś moją narzeczoną.

Ogar, posłuszny jak zawsze, skłonił głowę i wycofał się bez słowa. Sansa próbowała się uspokoić. Poczuła się głupio. Była damą z Rodu Starków z Winterfell i kiedyś miała zostać królową.

— Słodki Książę, to nie on mnie przestraszył — próbowała wyjaśnić. — To raczej ten drugi.

Obaj rycerze wymienili spojrzenia.

— Payne? — Młodszy rycerz w zielonej zbroi zachichotał.

Jego starszy towarzysz przemówił do Sansy łagodnie:

— Czasem ser Ilyn i mnie przeraża, dobra pani. Niesie ze sobą strach.

— I słusznie. — Królowa zeszła ze schodów domu na kołach, a zebrani rozstąpili się przed nią. — Jeśli niegodziwcy nie boją się tego, który wymierza sprawiedliwość w imieniu Króla, to znaczy, że wybraliście złego człowieka.

— A zatem, Wasza Miłość, wybrałaś właściwą osobę — wydusiła z siebie Sansa, a jej słowa skwitowano głośnym śmiechem.

— Dobrze powiedziane, dziecko — odezwał się rycerz w bieli. — Jak przystało na córkę Eddarda Starka. To zaszczyt dla mnie móc cię poznać, chociaż nastąpiło to w tak nienaturalnych okolicznościach. Jestem ser Barristan Selmy. Strażnik Króla. — Skłonił głowę.

Imię to nie było jej obce. Teraz przypomniała sobie szybko wszystkie uprzejmości, których od lat uczyła ją septa Mordane.

— Lord Dowódca Gwardii Królewskiej — powiedziała — a także doradca naszego Króla, a wcześniej Aerysa Targaryena. Zaszczyt to dla mnie, dobry rycerzu. Nawet na dalekiej północy opiewają w pieśniach czyny Barristana Śmiałego.

Rycerz w zielonej zbroi znowu się roześmiał.

— Chciałaś powiedzieć Barristana Starego. Nie pochlebiaj mu

zbytnio, dziecino, i tak już ma zbyt wysokie mniemanie o sobie. — Uśmiechnął się do niej. — A teraz, wilcza dziewczyno, jeśli podasz i moje imię, uznam, że jesteś córką godną Królewskiego Namiestnika.

Joffrey nachmurzył się, słysząc jego słowa.

— Zważaj na to, jak odnosisz się do mojej narzeczonej.

— Mogę to uczynić — odpowiedziała szybko Sansa, by ułagodzić gniew Księcia. — Twój hełm zdobi złote poroże, mój panie. Królewski Ród nosi w herbie jelenia. Król Robert ma dwóch braci. Będąc tak młodym, możesz być tylko Renlym Baratheonem, Lordem Końca Burzy i doradcą Króla, i tak też cię nazwę.

Teraz zachichotał ser Barristan.

— Będąc tak młodym, może być tylko zarozumiałym zuchwalcem, i tak też go nazwę.

Rozległ się gromki śmiech. Roześmiał się nawet sam lord Renly. Moment niezręcznego napięcia minął i Sansa czuła się coraz swobodniej... do chwili kiedy ser Ilyn Payne odsunął na bok stojących najbliżej niej mężczyzn i stanął przed nią z twarzą pozbawioną uśmiechu, milczący. Dama wyszczerzyła kły i zaczęła warczeć, lecz tym razem Sansa uspokoiła ją, kładąc dłoń na jej łbie.

— Ser Ilynie, wybacz, jeśli cię obraziłam — rzekła. Czekała na odpowiedź, lecz on milczał. Kiedy kat spojrzał na nią bezbarwnymi oczyma, poczuła się, jakby zdzierał z niej ubranie, a następnie skórę, obnażając jej duszę. Potem odwrócił się i odszedł bez słowa. Sansa czuła się zakłopotana. Spojrzała na Księcia. — Wasza Miłość, czy powiedziałam coś złego? Dlaczego nic do mnie nie powiedział?

— Ser Ilyn nie był zbyt rozmowny przez ostatnie czternaście lat — zauważył lord Renly, uśmiechając się przebiegle.

Joffrey rzucił stryjowi spojrzenie pełne obrzydzenia, a potem ujął dłonie Sansy.

— Aerys Targaryen kazał mu wyrwać język gorącymi szczypcami.

— O wiele lepiej wyraża się, operując swoim mieczem — wtrąciła Królowa. — Jest nam całkowicie oddany. — Uśmiechnęła się z wdziękiem i powiedziała: — Sanso, musimy porozmawiać z członkami rady, zanim Król i twój ojciec wrócą. Dlatego przełożymy twoje spotkanie z Myrcellą. Przeproś swoją słodką siostrę. Joffrey, może będziesz tak miły i dotrzymasz towarzystwa naszemu gościowi.

— Z przyjemnością, mamo — odpowiedział Joffrey oficjalnym tonem. Ujął Sansę pod ramię i odeszli razem. Sansa poczuła się wspaniale. Cały dzień spędzony w towarzystwie Księcia! Popatrzyła na Joffreya z uwielbieniem. Jest taki szarmancki, pomyślała. Sposób, w jaki uratował ją przed ser Ilynem i Ogarem... prawie jak w balladach, jak wtedy gdy Serwyn od Zwierciadlanej Tarczy uratował przed olbrzymami księżniczkę Daeryssę albo jak książę Aemon zwany Smoczym Rycerzem uratował honor królowej Naerys przed oszczerstwami złego ser Morgila.

Serce zabiło jej mocniej, kiedy poczuła dotyk dłoni Joffreya na swoim rękawie.

— Co byś chciała robić?

Być z tobą, pomyślała, ale powiedziała co innego.

— Cokolwiek zechcesz, mój Książę.

Joffrey zastanawiał się przez chwilę.

— Moglibyśmy przejechać się konno.

— Och, uwielbiam jazdę konną.

Joffrey zerknął do tyłu na Damę, która szła tuż za nimi.

— Twój wilk może przestraszyć konie, ty zaś boisz się chyba mojego psa. Zostawmy ich zatem i jedźmy sami. Co ty na to?

Sansa zawahała się.

— Jeśli tak chcesz — odezwała się niepewnym głosem. — Chyba mogę przywiązać Damę. — Nie była pewna, czy dobrze go zrozumiała. — Nie wiedziałam, że masz psa...

Joffrey roześmiał się.

— W rzeczywistości to pies mojej matki. Nakazała mu pilnować mnie, więc to robi.

— Masz na myśli Ogara — powiedziała. Miała ochotę ukarać samą siebie za to, że tak wolno myślała. Książę nigdy jej nie pokocha, jeśli okaże się głupia. — Czy może tu zostać?

Książę Joffrey skrzywił się na jej pytanie.

— Nie obawiaj się, moja pani. Jestem już prawie dorosłym mężczyzną i nie biję się drewnianym mieczem, tak jak twoi bracia. Nie potrzebuję Clegane'a. To mi wystarczy. — Wyciągnął z pochwy miecz. Był to długi miecz, proporcjonalnie zmniejszony, tak aby pasował do ręki dwunastolatka, miał ostrze z błękitnej stali wykutej na zamku, podwójne ostrze, skórzaną rękojeść ze złotą gałką w kształcie smoczej głowy. Sansa wydała okrzyk podziwu, co Joffrey przyjął z zadowoleniem. — Nazwałem go Lwim Kłem — oświadczył.

Zostawiwszy wilkora i straż przyboczną, pojechali na północ wzdłuż północnego brzegu rzeki Trident, mając za towarzysza jedynie Lwi Kieł.

Dzień zapowiadał się wspaniale, wręcz magicznie. Powietrze było ciepłe, przesycone zapachem kwiatów, a okoliczne lasy emanowały subtelnym pięknem, jakiego Sansa nie widziała nigdy na północy. Książę Joffrey dosiadł gniadego rumaka szybkiego jak wiatr, za którym klacz Sansy ledwo nadążała. Był to wymarzony dzień na przygody. Chodzili po pieczarach nad brzegiem rzeki i tropili cieniokota aż do jego legowiska, a kiedy poczuli się głodni, Joffrey wypatrzył wśród zabudowań dym. Gdy tam dotarli, kazał przynieść jedzenie i picie dla siebie i swojej damy. Posilili się świeżo złowionym pstrągiem, a Sansa wypiła więcej wina niż kiedykolwiek przedtem.

— Ojciec pozwala nam wypić tylko jeden puchar i tylko w czasie uczt — wyznała.

— Moja narzeczona może pić tyle wina, ile tylko zapragnie — odpowiedział Joffrey i napełnił jej puchar.

Dalej jechali już wolniej. Joffrey śpiewał dla niej głosem wysokim, słodkim i czystym. Sansa czuła, że kręci jej się trochę w głowie.

— Czy nie powinniśmy wracać? — spytała.

— Niebawem — odpowiedział. — Jesteśmy już niedaleko pola bitwy, to tam gdzie skręca rzeka. Tutaj mój ojciec zabił Rhaegara Targaryena. Trafił go w pierś, ciach, przez zbroję. — Joffrey wykonał ruch, jakby uderzał wojenną maczugą. — Potem wuj Jaime zabił starego Aerysa i ojciec został Królem. Co to za odgłosy?

Sansa także je usłyszała. Przez las płynęło jakby uderzanie drewna o drewno: klek, klek, klek.

— Nie wiem — odparła zaniepokojona. — Joffrey, wracajmy.

— Chcę sprawdzić, co to takiego. — Joffrey skierował konia w stronę, skąd dochodziły odgłosy. Sansa, nie mając wyboru, ruszyła za nim. W miarę jak się zbliżali, odgłosy stawały się coraz głośniejsze, wyraźnie słychać było uderzenie drewna o drewno, a kiedy podjechali jeszcze bliżej, usłyszeli też sapanie i sporadyczne stęknięcia.

— Ktoś tam jest — powiedziała Sansa. Pomyślała o Damie i zaczęła żałować, że nie zabrała wilkora.

— Przy mnie jesteś bezpieczna. — Joffrey wyciągnął z pochwy Lwi Kieł. Zadrżała, słysząc tarcie stali o skórę. — Tędy — wskazał i zaczął kluczyć między drzewami.

Wyjechawszy na polankę nad brzegiem rzeki, ujrzeli chłopca i dziewczynę bawiących się w rycerzy. Za miecze służyły im kije — na pierwszy rzut oka były to kije od szczotek — którymi walczyli zaciekle. Chłopiec wydawał się o wiele starszy, był też o głowę wyższy i silniejszy, dlatego głównie on atakował. Chuda dziewczyna w ubłoconym skórzanym ubraniu broniła się, robiąc uniki i blokując większość jego uderzeń, lecz nie wszystkie. Kiedy spróbowała zaatakować, chłopak zatrzymał swoim kijem uderzenie i odtrącił jej broń, uderzając ją po palcach. Krzyknęła z bólu i upuściła broń.

Książę Joffrey wybuchnął śmiechem. Chłopak odwrócił się, wybałuszając oczy, i upuścił kij w trawę. Sansa patrzyła przerażona na dziewczynę, która posłała im gniewne spojrzenie z dłonią przy ustach.

— Arya! — zawołała z niedowierzaniem.

— Idźcie stąd — krzyknęła Arya, a w jej oczach pojawiły się łzy złości. — Co tu robicie? Zostawcie nas.

Joffrey spoglądał to na Sansę, to na Aryę.

— Twoja siostra? — Sansa skinęła głową, rumieniąc się. Książę przyjrzał się chłopakowi; był to niezgrabny młodzieniec o surowej, piegowatej twarzy i gęstych rudych włosach. — A ty coś za jeden?

— spytał władczym tonem, nie zważając zupełnie na to, że obcy jest starszy od niego o kilka lat.

— Mycah, mój panie — wymamrotał chłopak. Rozpoznał Księcia i spuścił oczy.

— Chłopak rzeźnika — powiedziała Sansa.

— To mój przyjaciel — oświadczyła Arya stanowczym tonem. — Zostaw go.

— Chłopak rzeźnika, który chce zostać rycerzem, co? — Joffrey zeskoczył z konia z mieczem w dłoni. — Podnieś swój miecz, rzeźniczku — powiedział, a w jego oczach zamigotały iskierki rozbawienia. — Zobaczymy, jaki jesteś dobry.

Mycah, sparaliżowany strachem, nie ruszył się z miejsca.

Joffrey podszedł do niego.

— No, podnieś go. A może walczysz tylko z dziewczynami?

— Ona mnie o to prosiła, panie — rzekł Mycah. — Prosiła mnie.

Rumieniec na twarzy Aryi powiedział Sansie, że chłopiec nie kłamie, lecz Joffrey nie słuchał. Wypite wino dodawało mu wigoru.

— Podniesiesz kij czy nie?

Mycah potrząsnął głową.

— To tylko patyk, panie. To nie jest miecz, tylko patyk.

— A ty jesteś tylko chłopakiem rzeźnika, a nie żadnym rycerzem. — Joffrey uniósł Lwi Kieł i przyłożył czubek ostrza do policzka drżącego Mycaha, tuż pod okiem. — Czy wiesz, że uderzyłeś siostrę mojej pani? — W miejscu gdzie ostrze wbiło się w ciało Mycaha, pojawiła się czerwona kropla, a chwilę później po policzku chłopca popłynęła strużka krwi.

— Przestań! — krzyknęła Arya. Chwyciła z ziemi swój kij.

— Arya, trzymaj się od tego z daleka — odezwała się Sansa.

— Nie zranię go… zbyt mocno — powiedział książę Joffrey do Aryi, nie odrywając wzroku od Mycaha.

Arya zaatakowała.

Sansa zsunęła się z konia, lecz była zbyt powolna. Jej siostra zamierzyła się obydwoma rękoma. Rozległ się głośny trzask, kiedy kij złamał się, uderzając w tył głowy Księcia, a potem wszystko wydarzyło się nieomal w jednej chwili na oczach przerażonej Sansy.

Joffrey zachwiał się i odwrócił, wykrzykując przekleństwa. Mycah pobiegł między drzewa, najszybciej jak potrafił. Arya zamierzyła się na Księcia po raz drugi, lecz tym razem Joffrey powstrzymał uderzenie Lwim Kłem i wytrącił jej kij. Tył głowy miał zakrwawiony, a w oczach obłęd.

— Przestańcie — krzyczała Sansa — przestańcie oboje, zepsujecie wszystko. — Nikt jednak nie słuchał. Arya podniosła z ziemi kamień i cisnęła nim w głowę Joffreya. Nie trafiła i kamień uderzył w jego konia, który stanął dęba i popędził za Mycahem. — Przestańcie, przestańcie! — krzyczała Sansa. Joffrey zamierzył się na Aryę mieczem, wykrzykując przekleństwa, ohydne przekleństwa. Arya, teraz już naprawdę przestraszona, odskoczyła do tyłu, lecz Joffrey nacierał dalej, aż w końcu przyparł ją do drzewa. Sansa nie wiedziała, co robić. Patrzyła bezradnie poprzez łzy.

Potem dostrzegła śmigający tuż obok szary cień i zobaczyła Nymerię; wilczyca skoczyła, chwytając Księcia za ramię, w którym trzymał miecz. Joffrey upuścił miecz, kiedy wilk, warcząc, przewrócił go na ziemię.

— Zabierz go! Zabierz go! — krzyczał Książę.

Głos Aryi zabrzmiał jak trzaśnięcie biczem.

— Nymeria!

Wilkor puścił Joffreya i wrócił do nogi Aryi. Książę leżał w trawie skulony i płakał. Koszulę miał mokrą od krwi.

— Nie zraniła cię... zbyt mocno — powiedziała Arya. Podniosła z ziemi Lwi Kieł i stanęła nad Księciem z mieczem w dłoniach.

Spojrzawszy na nią przerażonym wzrokiem, Joffrey odezwał się płaczliwym głosem:

— Nie. Nie rób mi krzywdy. Powiem matce.

— Zostaw go! — wrzasnęła Sansa.

Arya zamachnęła się i wyrzuciła miecz wysoko w górę. Błękitna stal zamigotała w słońcu, kiedy miecz poszybował nad rzeką. Opadł z pluskiem w nurt i zniknął pod wodą. Joffrey jęknął. Arya pobiegła do swojego konia, a Nymeria ruszyła za nią.

Kiedy zniknęły, Sansa podeszła do Księcia. Oczy miał zamknięte z przerażenia i oddychał ciężko. Przyklęknęła przy nim.

— Joffrey — powiedziała przez łzy. — Och, spójrz, co oni zrobili, co oni zrobili. Mój biedny Książę. Nie obawiaj się. Wrócę się i sprowadzę pomoc. — Wyciągnęła rękę i pogładziła delikatnie jego miękkie, jasne włosy.

Otworzył oczy i popatrzył na nią, a w jego spojrzeniu nie było niczego poza nienawiścią i pogardą.

— A więc idź — wycedził przez zęby — i nie dotykaj mnie.

EDDARD

— Znaleźli ją, mój panie.

Ned wstał szybko.

— Nasi ludzie czy Lannistera?

— Jory — odpowiedział jego zarządca, Vayon Poole. — Nic jej się nie stało.

— Bogom niech będą dzięki — powiedział Ned. Jego ludzie szukali Aryi od czterech dni, podobnie jak ludzie Królowej. — Gdzie ona jest? Niech Jory zaraz ją do mnie przyprowadzi.

— Przykro mi, panie — powiedział Poole. — Przy bramie zatrzymała ich straż Lannisterów i natychmiast poinformowali Królową. Zabrali Aryę prosto do Króla...

— A niech to. Co za kobieta! — rzucił Ned i ruszył do drzwi. — Znajdź Sansę i przyprowadź ją do sali przyjęć. Może się nam przydać. — Schodził po schodach wieży czerwony z gniewu. Przez pierwsze trzy dni sam prowadził poszukiwania i prawie się nie kładł od czasu zniknięcia Aryi. Tego ranka czuł się tak przybity i wyczerpany, że ledwo trzymał się na nogach, teraz jednak wściekłość dodała mu sił.

Ktoś go zawołał, kiedy przechodził przez zamkowy dziedziniec, lecz on szedł szybko, nie zważając na żadne głosy. Pobiegłby, gdyby nie pamiętał, że wciąż jest Królewskim Namiestnikiem i musi zachować godność. Wyczuwał spojrzenia gapiów, słyszał przyciszone szepty, z których wyławiał pytania o to, co zrobi.

Zamek był skromną posiadłością oddaloną o pół dnia jazdy na południe od Tridentu. Król zjawił się tam w gościnę jako nie zapowiedziany gość, na czas poszukiwań Aryi i chłopaka rzeźnika, które prowadzono na obu brzegach rzeki. Nie byli tam mile widzianymi gośćmi. Ser Raymun żył wprawdzie pod płaszczem królewskiego panowania, lecz jego rodzina w bitwie nad Tridentem walczyła pod sztandarami smoka. Tam też polegli jego trzej starsi bracia, o czym nie zapomniał ani on, ani Robert. Dlatego też napięcie w zamku — zbyt małym, by pomieścić królewską świtę, ludzi Darry'ego, a także ludzi Lannisterów i Starków — stawało się coraz większe.

Król zajął salę audiencyjną ser Raymuna i tam też znalazł go Ned. Wpadł do komnaty pełnej ludzi. Za dużo ich, pomyślał. Gdyby zostali sami, mogliby załatwić sprawę polubownie.

Robert siedział z ponurą twarzą na wysokim tronie Darry'ego, w drugim końcu sali. Obok niego stała Cersei Lannister ze swoim synem. Królowa trzymała dłoń na ramieniu Joffreya. Wciąż nosił je owinięte jedwabnymi bandażami.

Oczy wszystkich zwrócone były na Aryę, która stała na środku komnaty tylko w towarzystwie Jory'ego Cassela.

— Arya! — zawołał. Poszedł w jej stronę, stukając głośno butami na kamiennej podłodze. Kiedy go ujrzała, krzyknęła i rozpłakała się.

Ned przyklęknął na jedno kolano i wziął ją w ramiona. Drżała.

— Przykro mi — mówiła, pochlipując. — Przykro mi, naprawdę.

— Wiem — powiedział. W jego ramionach wydawała się bardzo mała, po prostu chuda, mała dziewczynka. Trudno było uwierzyć, by mogła stać się przyczyną takiego zamieszania. — Nic ci nie jest?

— Nie. — Płynące łzy zostawiały różowe smugi na jej brudnych policzkach. — Jestem tylko głodna. Zjadłam trochę jagód, bo nic więcej tam nie było.

— Nakarmimy cię — zapewnił ją Ned. Wstał i zwrócił się do Króla. — Co to wszystko znaczy? — Powiódł wzrokiem po sali, wypatrując przyjaznych spojrzeń. Napotkał jedynie kilka twarzy swoich ludzi. Ser Raymun Darry pilnie strzegł swojego spojrzenia. Na ustach lorda Renly'ego widniał półuśmiech, który mógł znaczyć wszystko, natomiast oblicze starego ser Barristana pozostawało kamienne, jak zawsze. Spojrzenia pozostałych ziały wrogością — byli to ludzie Lannisterów. Wśród zebranych nie dostrzegł Jaime'a Lannistera i Sandora Clegane'a — jedyne pomyślne zrządzenie losu — którzy prowadzili poszukiwania na północ od Tridentu. — Dlaczego nie zawiadomiono mnie, że znaleziono moją córkę? — zapytał Ned donośnym głosem. — Dlaczego nie przyprowadzono jej do mnie?

Mówił do Roberta, ale odpowiedzi udzieliła mu Cersei Lannister.

— Jak śmiesz mówić takim tonem do Króla!

Król poruszył się i warknął:

— Spokój, kobieto. — Wyprostował się na tronie. — Wybacz, Ned. Nie chciałem przestraszyć dziewczyny. Sądziłem, że najlepiej będzie przyprowadzić ją od razu tutaj i załatwić całą sprawę.

— A co to za sprawa? — spytał Ned.

Królowa wysunęła się do przodu.

— Dobrze wiesz, Stark. Twoja dziewczyna napadła na mojego syna. Ona i ten jej chłopak rzeźnika. A jej zwierz próbował odgryźć ramię mojemu synowi.

— To nieprawda — przemówiła głośno Arya. — Tylko go trochę ugryzła. Bił Mycaha.

— Joff opowiedział nam, co się stało — odezwała się Królowa. — Razem z rzeźnikiem zbiliście go kijami, a ty poszczułaś go wilkiem.

— Wcale tak nie było — odpowiedziała Arya bliska płaczu. Ned położył dłoń na jej ramieniu.

— Właśnie że tak! — wtrącił książę Joffrey. — Napadli na mnie, a ona wrzuciła do rzeki Lwi Kieł! — Ned zauważył, że Książę, mówiąc, nawet nie zerknął na Aryę.

— Kłamca! — krzyknęła Arya.

— Zamknij się! — wrzasnął Książę.

— Dość! — ryknął Król poirytowany, podnosząc się ze swojego

miejsca. W sali zapadła cisza. Robert popatrzył na Aryę groźnym wzrokiem znad gęstej brody. — A teraz, dziecko, powiesz nam, co się wydarzyło. Powiesz całą prawdę. Popełniłabyś wielką zbrodnię, okłamując Króla. — Potem skierował spojrzenie na swojego syna. — Kiedy skończy, ty powiesz swoje, ale do tej chwili nie odzywaj się. — Kiedy Arya zaczęła opowiadać, Ned usłyszał skrzypnięcie drzwi. Zerknąwszy do tyłu, zobaczył Vayona Poole'a wchodzącego w towarzystwie Sansy. Stali cicho w tyle, tymczasem Arya mówiła nieprzerwanie. Kiedy zaczęła opowiadać o tym, jak wrzuciła do rzeki miecz Joffreya, Renly Baratheon roześmiał się. Król zmarszczył brwi. — Ser Barristanie, wyprowadź z sali mojego brata, zanim udusi się ze śmiechu.

Lord Renly powstrzymał śmiech.

— Mój brat jest zbyt uprzejmy. Sam znajdę drzwi. — Skłonił się Joffreyowi. — Może później opowiesz mi, jak to możliwe, że dziewięcioletnia dziewczyna rozmiarów mokrego szczura zdołała cię rozbroić kijem od szczotki i wyrzuciła twój miecz do rzeki. — Ned usłyszał jeszcze, jak mówi do siebie w drzwiach, tłumiąc śmiech: — Lwi Kieł.

Książę Joffrey, z twarzą bladą jak kreda, zaczął opowiadać swoją wersję wydarzeń. Kiedy skończył, jego ojciec podniósł się ciężko z tronu; sprawiał wrażenie, jakby chciał być zupełnie gdzie indziej.

— Na siedem piekieł, co mam z tym zrobić? On mówi co innego i ona co innego.

— Nie byli tam sami — wtrącił Ned. — Sansa, chodź tutaj. — Wcześniej, jeszcze tego samego dnia, kiedy zniknęła Arya, przekazała mu całą prawdę. — Opowiedz nam, co się wydarzyło.

Sansa podeszła niepewnym krokiem. Ubrana była w niebieską, aksamitną sukienkę, a na jej szyi wisiał srebrny łańcuch. Jej kasztanowe włosy, starannie wyczesane, lśniły. Spojrzała na siostrę, a potem na Księcia.

— Nie wiem — przemówiła załamującym się głosem. — Nie pamiętam. Wszystko wydarzyło się tak szybko. Nie widziałam...

— Ty żmijo! — wrzasnęła Arya. W jednej chwili znalazła się

przy siostrze. Powaliła ją na ziemię i zaczęła okładać pięściami. — Kłamiesz, kłamiesz, kłamiesz.

— Arya, przestań! — zawołał Ned. Jory odciągnął wierzgającą dziewczynkę od siostry. Ned postawił Sansę na nogi, która drżała i była cała blada. — Nic ci nie jest? — zapytał, lecz Sansa wpatrywała się w Aryę, jakby go nie słyszała.

— Ta dziewczyna jest tak samo dzika jak jej paskudny zwierz — oświadczyła Cersei Lannister. — Robercie, chcę, żeby została ukarana.

— Na siedem piekieł — zaklął Król. — Cersei, spójrz na nią. To jeszcze dziecko. Co chcesz, żebym jej zrobił? Przepędził ulicami, popędzając batem? A niech to, przecież dzieci się biją. To się zdarza. Nic strasznego się nie stało.

— Joff będzie nosił blizny do końca życia — powiedziała Królowa gniewnym głosem.

Robert Baratheon spojrzał na swojego najstarszego syna.

— Tak, ale może to go czegoś nauczy. Ned, naucz swoją córkę większej karności, a ja zajmę się moim synem.

— Tak uczynię, Wasza Miłość — odpowiedział Ned i odetchnął z ulgą.

Robert odwrócił się już w stronę wyjścia, kiedy usłyszał głos Królowej.

— A co z wilkorem? — zawołała za nim. — Co z bestią, która poraniła twojego syna?

Król zatrzymał się i zawrócił.

— Zapomniałem o tym cholernym wilku — rzekł, marszcząc czoło.

Ned zauważył, jak Arya znieruchomiała.

— Nigdzie go nie znaleźliśmy — odezwał się szybko Jory.

— No cóż, to trudno. — Król nie wydawał się specjalnie zmartwiony.

— Sto złotych smoków dla tego, który mi przyniesie jego skórę! — powiedziała Królowa donośnym głosem.

— Kosztowna skórka — mruknął Robert. — Nie chcę mieć z tym nic wspólnego, kobieto. Możesz kupować sobie futra za pieniądze Lannisterów.

Królowa obrzuciła go chłodnym spojrzeniem.

— Nie sądziłam, że okażesz się takim skąpcem. Myślałam, że wychodzę za Króla, który przykryje moje łóżko wilczą skórą jeszcze przed zachodem słońca.

Twarz Roberta pociemniała od gniewu.

— Byłby to niezły wyczyn, biorąc pod uwagę, że nie mamy wilka.

— Mamy wilka! — odpowiedziała Cersei Lannister spokojnym głosem, a w jej oczach zamigotały iskierki zwycięstwa.

Dopiero po chwili znaczenie jej słów w pełni dotarło do zebranych. Król wzruszył ramionami rozdrażniony.

— Jak chcesz. Niech ser Ilyn się tym zajmie.

— Robercie, chyba nie masz na myśli... — zaprotestował Ned.

Król nie miał już ochoty na dalsze dyskusje.

— Dość tego, Ned, dość. Wilkor to dzika bestia. Prędzej czy później zrobiłby krzywdę twojej dziewczynie, tak jak urządził mojego syna. Daj jej psa i będzie spokój.

Wreszcie i Sansa zrozumiała, co miała na myśli Królowa. Spojrzała na ojca przestraszona.

— On chyba nie mówi o Damie? — Upewnił ją wyraz jego twarzy. — Nie — powiedziała. — Tylko nie Dama. Dama nikogo nie ugryzła, ona jest dobra...

— Damy tam nie było! — krzyknęła Arya. — Zostawcie ją!

— Powstrzymaj ich — rzuciła błagalnym tonem Sansa. — Nie pozwól im tego zrobić. Proszę, to nie była Dama, tylko Nymeria. Arya, nie możesz... to nie była Dama, nie pozwól im skrzywdzić Damy. Będę jej pilnowała, obiecuję, obiecuję... — Zaczęła płakać.

Ned mógł tylko wziąć ją w ramiona i mocno przytulić. Spojrzał na Roberta poprzez salę. Jego dawny przyjaciel, bliższy mu niż brat.

— Robercie, proszę. W imię naszej miłości. W imię miłości, jaką darzyłeś moją siostrę.

Król patrzył na nich długą chwilę, a potem skierował wzrok na żonę.

— A niech cię, Cersei — rzucił głosem przepełnionym nienawiścią.

Ned delikatnie wyswobodził się z objęć Sansy. Znowu poczuł zmęczenie ostatnich czterech dni.

— A zatem sam to zrób, Robercie — rzekł głosem zimnym i ostrym jak stal. — Miej przynajmniej odwagę zrobić to własnymi rękoma.

Robert posłał mu obojętne spojrzenie i wyszedł bez słowa, powłócząc ciężko nogami. W sali zapadła cisza.

— Gdzie jest wilkor? — spytała Cersei Lannister. Stojący obok niej książę Joffrey uśmiechał się.

— Bestia jest przywiązana przed bramą, Wasza Miłość. — W głosie ser Barristana Selmy dało się odczuć niechęć.

— Poślijcie po Ilyna Payne'a.

— Nie — przemówił Ned. — Jory, zaprowadź dziewczynki do pokoju i przynieś mi Lód. — Z trudem wydusił z siebie te słowa, ale się nie zawahał. — Jeśli tak ma być, to sam to zrobię.

Cersei Lannister zerknęła na niego podejrzliwie.

— Ty, Stark? Czy to jakaś sztuczka? Dlaczego miałbyś to robić?

Wszyscy skierowali wzrok na niego, lecz zabolało go tylko spojrzenie Sansy.

— Ona jest z północy i zasługuje na coś lepszego niż rzeźnik.

Opuścił salę, rzucając na boki groźne spojrzenia, ścigany płaczem córki. Poszedł w miejsce, gdzie przywiązano łańcuchem młodego wilkora. Ned usiadł obok wilczycy.

— Damo — powiedział, wymawiając wolno jej imię. Nigdy dotąd nie zwracał uwagi na imiona, które jego dzieci nadały swoim zwierzętom, lecz teraz zobaczył, że Sansa wybrała właściwie imię. Dama była najmniejsza z całego miotu, najładniejsza, najłagodniejsza i najbardziej ufna. Popatrzyła na niego swoimi złocistymi ślepiami, a on zanurzył dłoń w jej gęstą szarą sierść.

Jory przyniósł miecz.

Eddard Stark nie pamiętał, by kiedykolwiek miał trudniejsze zadanie do wykonania.

Kiedy było już po wszystkim, powiedział:

— Wybierz czterech ludzi i wyślij ich z ciałem na północ. Niech ją pochowają w Winterfell.

— Mają jechać tak daleko? — spytał Jory z niedowierzaniem.

— Tak daleko — powtórzył Ned. — Kobieta Lannisterów nigdy nie dostanie jej skóry.

Wracał właśnie do wieży potwornie zmęczony, gdy nadjechał Sandor Clegane ze swoimi ludźmi.

Ned dostrzegł coś przerzuconego za nim przez grzbiet jego wierzchowca, coś ciężkiego, owiniętego w zakrwawiony płaszcz.

— Ani śladu po twojej córce, Namiestniku — oznajmił Ogar. — Ale dzień nie całkiem stracony. Mamy jej pupilka. — Odwrócił się i zrzucił ciężar pod nogi Neda.

Ned schylił się i odwinął płaszcz, przeżuwając słowa, które będzie musiał powiedzieć Aryi. Ale to nie była Nymeria. Ujrzał Mycaha, chłopaka rzeźnika. Całe jego ciało pokrywała zastygła krew. Cięcie, które otrzymał z góry, rozcięło go niemal na pół, od ramienia po pas.

— Dopadłeś go — powiedział Ned.

Wydawało się, że oczy Ogara migocą poprzez stal ohydnego hełmu w kształcie psiej głowy.

— Biegł. — Spojrzał na Neda i roześmiał się. — Ale nie dość szybko.

BRAN

Wydawało się, jakby spadał całą wieczność.

Leć — wyszeptał głos w ciemności, lecz Bran nie potrafił latać, więc spadał dalej.

Maester Luwin zrobił małego chłopca z gliny, wypiekł go, odział w ubranie Brana i zrzucił z dachu. Bran pamiętał, jak gliniana postać się roztrzaskała.

— Ale ja nigdy nie spadam — powiedział, opadając.

Ziemia znajdowała się tak daleko pod nim, że ledwie ją widział poprzez szarą mgłę, lecz wyczuwał, jak szybko spada, i wiedział, co go czeka na dole. Nawet we śnie nie można spadać w nieskończoność. Wiedział, że obudzi się na moment przed uderzeniem o ziemię. Człowiek zawsze się wtedy budzi.

A jeśli nie? — Usłyszał głos.

Ziemia przybliżyła się — chociaż wciąż znajdowała się daleko od niego, oddalona o tysiąc mil — lecz teraz była coraz bliżej. Tutaj, w ciemności, panował chłód. Nie było słońca ani gwiazd, jedynie ziemia w dole, przybliżająca się, żeby go roztrzaskać, i jeszcze szara mgła i szepcący głos. Miał ochotę płakać.

Nie płakać. Latać.

— Nie potrafię latać — odparł Bran. — Nie potrafię, nie potrafię...

Skąd wiesz? Próbowałeś kiedyś?

Głos brzmiał wysoko i cienko. Bran rozejrzał się, żeby zobaczyć, skąd pochodzi. Razem z nim kołowała w dół wrona, leciała tuż za nim.

— Pomóż mi — powiedział.

Próbuję — odpowiedziała wrona. — *A masz jakieś ziarno?*

Bran sięgnął do kieszeni, tymczasem ciemność wirowała wokół niego nieustannie. Kiedy wyciągnął rękę, spomiędzy jego palców wypadły złociste ziarenka i zaczęły spadać razem z nim.

Wrona usiadła na jego dłoni i zaczęła jeść.

— Czy naprawdę jesteś wroną? — spytał Bran.

A czy ty naprawdę spadasz? — odpowiedziała pytaniem wrona.

— To tylko sen — orzekł Bran.

Czyżby? — spytała wrona.

— Obudzę się, kiedy uderzę o ziemię — powiedział Bran do ptaka.

Umrzesz, kiedy uderzysz o ziemię — oświadczyła wrona. Znowu zaczęła dziobać ziarno.

Bran spojrzał w dół. Teraz widział góry, ich ośnieżone szczyty i srebrzyste nitki rzek w ciemnych lasach. Zamknął oczy i rozpłakał się.

To na nic — odezwała się wrona. — *Mówiłam ci, musisz latać, a nie płakać. Czy to trudne? Zobacz.* — Wzbiła się w powietrze i zatoczyła krąg wokół dłoni Brana.

— Ty masz skrzydła — zauważył Bran.

Może ty także je masz.

Bran pomacał się po ramionach, szukając piór.

Istnieją różne rodzaje skrzydeł — oświadczyła wrona.

Bran przyglądał się swoim ramionom i nogom. Był taki chudy, skóra i kości. Czy zawsze był taki chudy? Próbował sobie przypomnieć. Z szarej mgły wyłoniła się twarz, migocąca, złocista.

— Czego się nie robi z miłości — powiedziała. Bran krzyknął przeraźliwie.

Wrona zerwała się w powietrze, kracząc.

Nie to — wrzasnęła. — *Tego teraz nie potrzebujesz, zapomnij o tym, odłóż to.* — Usiadła na ramieniu Brana i dziobnęła go. W tym samym momencie jasna twarz zniknęła.

Bran spadał szybciej niż kiedykolwiek. Szara mgła wyła wokół niego, kiedy mknął ku ziemi.

— Co ty ze mną robisz? — spytał wrony.

Uczę cię latać.

— Ja nie potrafię latać!

Właśnie teraz lecisz.

— Ja spadam!

Każdy lot zaczyna się spadaniem — orzekła wrona. — *Spójrz w dół.*

— Boję się...

Spójrz w dół!

Bran popatrzył w dół i poczuł ucisk w żołądku. Ziemia pędziła ku niemu. Cały świat leżał pod nim, ogromny gobelin bieli, brązu i zieleni. Widział wszystko tak wyraźnie, że przez chwilę zapomniał o strachu. Widział całe Królestwo i wszystkich jego mieszkańców.

Zobaczył Winterfell tak samo, jak widzi je orzeł, wysokie wieże, trochę przysadziste, gdy oglądane z góry, mury — zaledwie nitki na ziemi. Zobaczył maestera Luwina, jak stoi na swoim balkonie i przygląda się niebu przez rurę z wypolerowanego brązu, a potem marszcząc czoło, zapisuje coś w księdze. Zobaczył swojego brata, Robba, wyższego i silniejszego niż go pamiętał, który ćwiczył szermierkę na dziedzińcu, posługując się prawdziwym mieczem. Zobaczył Hodora, olbrzyma ze stajni, który niósł kowadło do kuźni Mikkena swobodnie, jakby to był snopek słomy. W sercu bożego gaju ogromne białe drzewo dumało nad swoim odbiciem w czarnym stawie, szeleszcząc liściami w chłodnym wietrze. Uniosło oczy znad wody i popatrzyło na Brana ze zrozumieniem, kiedy poczuło, że i on patrzy na nie z góry.

Bran spojrzał na wschód i dostrzegł galerę mknącą przez przestwór Zimnej Wody. Ujrzał matkę, która siedziała sama w kabinie i wpatrywała się w splamiony krwią sztylet leżący przed nią na stole; w tym samym momencie wioślarze pracowali mocno wiosłami, ser Rodrik zaś pochylał się nad poręczą dręczony mdłościami. Przed nimi zbierała się burza, ogromna, ciemna, rycząca nawałnica przecinana błyskawicami, lecz oni jej nie widzieli.

Zerknął na południe i ujrzał błękitnozielony nurt rzeki Trident. Zobaczył, jak ojciec, zasmucony, prosi o coś Króla. Zobaczył Sansę płaczącą samotnie w nocy oraz Aryę, która spoglądała czujnie w milczeniu, skrywając swoje tajemnice głęboko w sercu. Wszędzie, dookoła wszystkich ludzi, widać było cienie. Jeden z nich był czarny jak popiół i miał straszną twarz ogara. Inny nosił złocistą niczym słońce zbroję. Nad obydwoma górował olbrzym w zbroi z kamienia, lecz kiedy uniósł zasłonę hełmu, wewnątrz nie widać było nic poza ciemnością i gęstą czarną krwią.

Bran podniósł oczy i z łatwością popatrzył ponad wodami wąskiego morza na Wolne Miasta, na zielone morze Dothraków, a potem sięgnął wzrokiem jeszcze dalej do Vaes Dothrak, baśniowej krainy Morza Nefrytowego, do Asshai w Cieniu, gdzie smoki zaczynały się poruszać w promieniach słońca.

Wreszcie spojrzał na północ. Zobaczył tam Mur lśniący jak niebieski kryształ, ujrzał przyrodniego brata, Jona, śpiącego samotnie w zimnym łóżku, jego skóra stawała się coraz bledsza i twardsza, w miarę jak zapominał o wszelkim cieple. Popatrzył też poza Mur, za nie kończące się lasy pokryte śniegiem, za zmarznięty brzeg i ogromne niebieskobiałe rzeki lodu i martwe równiny, na których nic nie rosło i nic nie żyło. I patrzył coraz dalej na północ, aż dotarł wzrokiem do zasłony światła na krańcu ziemi, a nawet jeszcze dalej. Popatrzył głęboko w samo serce zimy i krzyknął przerażony. Poczuł na policzkach piekące łzy.

Teraz już wiesz — wyszeptała wrona, siadając mu na ramieniu. — *Teraz już wiesz, dlaczego musisz żyć.*

— Dlaczego? — zapytał Bran, nie rozumiejąc i ciągle spadając.

Ponieważ nadchodzi zima.

Bran spojrzał na wronę siedzącą na jego ramieniu, a ona popatrzyła na niego. Miała troje oczu i to trzecie oko pełne było przerażającej wiedzy. Bran spojrzał w dół. Teraz widział pod sobą tylko śnieg, zimno i śmierć, zmarznięte pustkowie, z którego wznosiły się ostre, błękitnobiałe iglice. Pędziły ku niemu niczym dzidy. Ujrzał wbite na ich szpice kości tysięcy innych śniących. Przeraził się bardzo.

— Czy można okazać dzielność, bojąc się jednocześnie? — Usłyszał swój własny głos jakby z oddali.

Dotarł do niego głos ojca.

— Tylko wtedy można być naprawdę dzielnym.

No, Bran — ponaglała wrona. — *Wybieraj. Latasz albo umierasz.*

Śmierć wyciągnęła po niego ramiona, krzycząc przeraźliwie.

Bran rozpostarł ramiona i poleciał.

Niewidzialne skrzydła poddały się wiatrowi i pociągnęły go w górę. Przerażające lodowe iglice cofnęły się. Niebo otworzyło się nad nim. Bran unosił się coraz wyżej. To było lepsze od wspinaczki. Lepsze od wszystkiego innego. Świat w dole kurczył się coraz bardziej.

— Lecę! — krzyknął uradowany.

Widzę — odparła trójoka wrona. Wzbiła się w powietrze, uderzając skrzydłami w twarz Brana, zwalniając jego lot, oślepiając go. Zachwiał się w powietrzu, czując na policzkach ciosy skrzydeł. Wrona dziobała go boleśnie, aż poczuł nagle na środku czoła przenikliwy ból.

— Co robisz? — krzyknął.

Wrona otworzyła dziób i zakrakała przeraźliwie prosto w jego twarz, a potem szara mgła zadrżała, zawirowała wokół i opadła jak zerwana zasłona. Wtedy zobaczył, że wrona jest w rzeczywistości kobietą, służącą o długich, czarnych włosach, a on wiedział, że skądś ją zna. Z Winterfell, tak, teraz sobie przypomniał i zrozumiał, że jest w Winterfell, w łóżku, w chłodnym pokoju, wysoko w wieży, a czarnowłosa kobieta upuściła na podłogę miskę z wodą i pobiegła na dół po schodach, wołając:

— On się obudził! On się obudził! Obudził się!

Bran dotknął swojego czoła między oczami. Miejsce, gdzie dziobnęła go wrona, wciąż przenikał ból, lecz nie było tam żadnej rany ani śladów krwi. Czuł, że kręci mu się w głowie i że jest bardzo słaby. Spróbował podnieść się z łóżka, ale nic się nie zdarzyło.

I wtedy coś poruszyło się przy łóżku i spoczęło mu lekko na nogach. Poczuł ten ruch. Oczy Brana napotkały spojrzenie innych oczu, żółtych, świecących jak słońce. Okno było otwarte i w pokoju panował przenikliwy chłód, lecz ciepło wilka spowiło całe jego ciało niczym gorąca woda. Bran zdał sobie sprawę, że to jest jego szczeniak... Tylko że teraz był taki duży. Wyciągnął ramię, żeby go pogłaskać, dłoń drżała mu jak liść.

Kiedy jego brat, Robb, wpadł do pokoju zdyszany od biegu, wilkor lizał Brana po twarzy. Bran podniósł wzrok.

— On ma na imię Lato — powiedział.

CATELYN

— Dotrzemy do Królewskiej Przystani w ciągu godziny.

Catelyn odwróciła się od relingu i uśmiechnęła się, choć wcale nie miała na to ochoty.

— Kapitanie, twoi wioślarze dobrze się spisali. W dowód wdzięczności każdy otrzyma srebrnego jelenia.

Kapitan Moreo Tumitis skłonił lekko głowę.

— Lady Stark, jesteś zbyt wspaniałomyślna. Dla nich wystarczającą nagrodą jest to, że mogli gościć na statku tak wielką damę.

— Niemniej jednak dostaną pieniądze.

Moreo uśmiechnął się.

— Będzie, jak chcesz. — Mówił płynnie językiem powszechnym z odrobiną akcentu z Tyrosh. Zdradził jej, że przez trzydzieści lat pływał po wąskim morzu jako wioślarz, podoficer i wreszcie kapitan własnych galer handlowych. Burzowy Tancerz był jego czwartym i najszybszym statkiem, miał dwa maszty i sześćdziesięciu wioślarzy.

Bez wątpienia był to najszybszy statek dostępny w Białym Porcie, do którego przybyli Catelyn i ser Rodrik Cassel. Mieszkańcy Tyrosh znani byli ze swego skąpstwa, a ser Rodrik nalegał początkowo, aby wynajęli na Trzech Siostrach jednożaglowy statek rybacki, jednak Catelyn uparła się przy galerze. I miała rację. Przez większą część drogi morzem wiatry im nie sprzyjały i gdyby nie wioślarze, wciąż dryfowaliby gdzieś w okolicy Paluchów, tymczasem zbliżali się do końca swojej podróży.

Tak blisko, pomyślała. Pod bandażami na palcach wciąż czuła pulsujące bólem rany. Ból nie pozwalał jej zapomnieć. Nie mogła zgiąć dwóch ostatnich palców lewej dłoni, pozostałe zaś nigdy nie miały być już w pełni sprawne. A jednak zapłaciła niewielką cenę za życie Brana.

Ser Rodrik pojawił się na pokładzie.

— Dobry przyjacielu — powiedział Moreo przez swoją rozwidloną zieloną brodę. Mieszkańcy Tyrosh uwielbiali jaskrawe kolory, nawet jeśli dotyczyło to uwłosienia twarzy. — Miło widzieć cię w lepszym zdrowiu.

— Tak, czuję się lepiej — przyznał ser Rodrik. — Już od dwóch dni nie mam ochoty na umieranie. — Skłonił się w stronę Catelyn. — Pani.

Rzeczywiście wyglądał lepiej. Może nieco szczuplej niż w chwili, kiedy wyruszali z Białego Portu. Silne wiatry i wzburzone wody wąskiego morza nie wpłynęły korzystnie na jego samopoczucie. Raz niemal wypadł za burtę, kiedy nieoczekiwanie złapał ich sztorm w pobliżu Smoczej Skały. W ostatniej chwili zdołał chwycić się liny i wdrapać na pokład przy pomocy trzech żeglarzy, którzy zanieśli go potem do kajuty.

— Kapitan właśnie mnie poinformował, że zbliżamy się do końca naszej podróży — powiedziała.

Ser Rodrik zdołał wykrzywić usta w uśmiechu.

— Już? — Bez ogromnych, siwych bokobrodów wydawał się mniejszy, nie tak groźny i o dziesięć lat starszy. Kiedy po raz trzeci na początku podróży przechylał się nad burtą i wymiotował w kipiące wody, bezczeszcząc swoje wąsy, uznał, że rozsądnie będzie pozbyć się ich za pomocą marynarskiej brzytwy.

— Zostawię was, byście mogli pomówić o waszych sprawach — rzekł kapitan Moreo. Skłonił się i odszedł.

Galera mknęła po powierzchni wody niczym ważka popychana rytmicznym ruchem wioseł. Ser Rodrik złapał się poręczy i popatrzył na przesuwający się brzeg.

— Nie byłem najdzielniejszym obrońcą.

Catelyn dotknęła jego ramienia.

— Ser Rodriku, dotarliśmy bezpiecznie. Tylko to się naprawdę liczy. — Wsunęła dłoń pod płaszcz i pomacała sztywnymi palcami. Sztylet wciąż tam był. Dotykała go co pewien czas, chcąc się upewnić. — Teraz musimy odnaleźć królewskiego zbrojmistrza; oby tylko można było mu zaufać.

— Ser Aron jest próżnym, lecz uczciwym człowiekiem. — Ser Rodrik podniósł dłoń do twarzy, by pogładzić swoje wąsy, i po raz kolejny przypomniał sobie, że już ich nie ma. Nie wydawał się tym uradowany. — Może będzie mógł coś nam powiedzieć o tym sztylecie. Jednakże, pani, znajdziemy się w niebezpieczeństwie z chwilą, gdy tylko staniemy na brzegu. Na dworze jest wielu, którzy od razu cię rozpoznają, for certes.

Catelyn zacisnęła usta.

— Littlefinger — powiedziała. Natychmiast ujrzała twarz, twarz chłopca, chociaż on nie był już dzieckiem. Jego ojciec zmarł kilkanaście lat temu i on został lordem Baelish, chociaż wciąż nazywano go Littlefinger. Jej brat, Edmure, dał mu to przezwisko dawno temu w Riverrun. Niezbyt okazała posiadłość rodu Baelishów znajdowała się na najmniejszym z Paluchów, a Petyr zawsze był drobny i niski, jak na swój wiek.

Ser Rodrik chrząknął.

— Lord Baelish kiedyś... — Urwał, szukając najwłaściwszego słowa.

Catelyn nie miała ochoty na zabawę w uprzejmości.

— Był podopiecznym mojego ojca. Wychowywaliśmy się razem w Riverrun. Traktowałam go jak brata, lecz on żywił do mnie coś więcej... niż tylko braterską miłość. Kiedy ogłoszono, że mam poślubić Brandona Starka, Petyr wyzwał go na pojedynek, gotowy walczyć o moją rękę. Czyste szaleństwo. Brandon miał dwadzieścia lat, a Petyr zaledwie piętnaście. Musiałam błagać Brandona, żeby darował mu życie. Tak też się stało, zranił go tylko. Potem ojciec odesłał Petyra. Nie widziałam go od tamtej pory. Napisał do mnie do Riverrun po śmierci Brandona, lecz nie otworzyłam nawet jego listu. Wiedziałam już wtedy, że wyjdę za Neda.

Ser Rodrik po raz kolejny poszukał palcami nie istniejących wąsów.

— Littlefinger jest teraz kimś ważnym — powiedział.

— Wiedziałam, że zajdzie wysoko. Jednak co innego być bystrym, a co innego mądrym. Ciekawe, czy się zmienił z wiekiem. — Z góry dobiegło wołanie majtka. Na pokładzie pojawił się kapitan Moreo, który swoimi komendami ożywił cały pokład, jako że widać już było Królewską Przystań położoną na trzech wzgórzach.

Trzysta lat temu, jak wiedziała Catelyn, wzniesienia te porastały jeszcze lasy i tylko garstka rybaków mieszkała na północnym brzegu rzeki Czarny Nurt, w miejscu, w którym ta rwąca i głęboka rzeka wpadała do morza. Potem Aegon Zdobywca przypłynął ze Smoczej Skały. To właśnie tutaj jego armia wyszła na brzeg i na najwyższym ze wzgórz stanęła pierwsza reduta.

Teraz miasto jak okiem sięgnąć rozbudowało się wzdłuż brzegu; domy mieszkalne i altany, spichlerze, magazyny z cegły, drewniane gospody i kupieckie stragany, tawerny, cmentarze i burdele, wszystkie stłoczone ciasno jedne przy drugich. Nawet z tej odległości słyszała hałasy dochodzące z rybiego targu. Między budynkami ciągnęły się szerokie drogi wysadzane drzewami, kręte wyboiste ulice i alejki tak wąskie, że dwóch ludzi z trudem się w nich mijało. Na szczycie wzgórza Visenyi stał Wielki Sept Baelora z siedmioma kryształowymi wieżami. Po drugiej stronie miasta, na wzgórzu Rhaenys, widniały poczerniałe ściany Smoczej Jamy; ogromna kopuła budowli zapadała się coraz bardziej, a potężne, spiżowe wrota pozostawały zamknięte od wieków. Środkiem biegła ulica Sióstr, prosta jak strzała. W oddali majaczyły mury miasta, wysokie i mocne.

Linię nabrzeża znaczyły setki pomostów, a w porcie tłoczyły się liczne statki. Głębokowodne łodzie rybackie oraz mniejsze, pływające po rzekach przypływały i odpływały, przewoźnicy przemierzali rzekę w tę i z powrotem na swoich promach, dostarczając towary przywiezione z Braavos, Pentos i Lys. Catelyn dostrzegła okazałą barkę Królowej przycumowaną obok opasłego statku wielorybniczego z portu Ibben z kadłubem czarnym od smoły, dalej zaś zobaczyła tuzin smukłych, złocistych okrętów wojennych ze zwiniętymi żaglami, ich żelazne tarany obmywały leniwie fale.

Nad wszystkim zaś górowała Czerwona Twierdza zbudowana na wzgórzu Aegona: siedem ogromnych wież otoczonych żelaznymi wałami, ogromny barbakan, sklepione korytarze, kryte mosty, koszary, lochy i spichlerze, masywne mury obronne najeżone stanowiskami łuczników, wszystko to zbudowane z jasnoczerwonego kamienia. Wieże kazał zbudować Aegon Zdobywca. Budowę ukończył jego syn Maegor Okrutny. Kiedy prace dobiegły końca, nakazał obciąć głowy wszystkim robotnikom, którzy przyłożyli rękę do jej powstania. Postanowił, że tylko ród smoka będzie znał sekrety fortecy zbudowanej przez smoczych panów.

Teraz jednak na jej blankach powiewały złociste proporce, a nie czarne, miejsce zaś ziejącego ogniem trzygłowego smoka zajął dumny jeleń rodu Baratheonów.

Z portu wypływał właśnie podobny do łabędzia statek z Wysp Letnich. Załopotał ogromnymi żaglami, kiedy mijał Burzowego Tancerza.

— Pani — rzekł ser Rodrik. — Złożony niemocą myślałem o tym, jak mamy dalej postępować. Nie możesz udać się do zamku. Sam tam pójdę i sprowadzę ser Arona. Spotkacie się w jakimś bezpiecznym miejscu.

Spojrzała uważnie na starego rycerza, tymczasem galera zbliżała się do przystani. Moreo wykrzykiwał do załogi w wulgarnym języku valyriańskim powszechnie używanym w Wolnych Miastach.

— Dla ciebie będzie to równie niebezpieczna misja jak dla mnie.

Ser Rodrik uśmiechnął się.

— Nie sądzę. Wcześniej popatrzyłem na swoje odbicie w wodzie i z trudem rozpoznałem własną twarz. Ostatnią osobą, która widziała mnie bez wąsów, była moja matka, a ona nie żyje już od czterdziestu lat. Pani, myślę, że jestem bezpieczny.

Moreo zaryczał, wydając kolejną komendę. Sześćdziesiąt wioseł jak jedno wzniosło się nad wodę i opadło w przeciwnym kierunku. Galera zwolniła. Po kolejnej komendzie wiosła zniknęły we wnętrzu kadłuba. Kiedy uderzyli burtą o przystań, marynarze chwycili liny, by zacumować barkę. Moreo zbliżył się uśmiechnięty.

— Pani, oto Królewska Przystań, tak jak sobie życzyłaś. Żaden statek nie przebył tej drogi równie szybko i pewnie. Czy potrzebujesz pomocy, by przenieść bagaże na zamek?

— Nie udajemy się na zamek. Może mógłbyś nam polecić jakąś gospodę, w miarę czystą i wygodną, gdzieś niedaleko rzeki.

Moreo pociągnął za zieloną brodę.

— No cóż. Znam kilka miejsc, w których niczego by ci nie zabrakło. Najpierw jednak ośmielę się wspomnieć o drugiej połowie zapłaty, co do której się dogadaliśmy. No i oczywiście dodatkowe pieniądze, które byłaś łaskawa obiecać. Zdaje się, że mówiłaś o sześćdziesięciu jeleniach.

— Dla wioślarzy — przypomniała mu Catelyn.

— Naturalnie — rzekł Moreo. — Choć może lepiej by było, gdybym mógł je zatrzymać do naszego powrotu do Tyrosh. Dla dobra ich żon i dzieci. Pani, jeśli dasz im pieniądze tutaj, przegrają je w kości albo roztrwonią na nocne uciechy.

— Istnieją gorsze rzeczy, na które można wydać pieniądze — wtrącił ser Rodrik. — Nadchodzi zima.

— Człowiek musi sam wybierać — powiedziała Catelyn. — Zarobili swoje pieniądze i nie obchodzi mnie, na co je przeznaczą.

— Tak, pani — odparł Moreo i skłonił głowę, uśmiechając się.

Dla pewności Catelyn sama wypłaciła pieniądze wioślarzom, po srebrnej monecie dla każdego i po dodatkowym miedziaku dla dwóch, którzy pomogli jej zanieść bagaże do gospody na zboczu wzgórza Visenyi, której nazwę wymienił Moreo. Była to rozłożysta budowla w alei Węgorzy. Właścicielka — skrzywiona stara baba — przyjrzała im się uważnie, a potem spróbowała zębem monetę, którą dostała od Catelyn. Pokoje w gospodzie były bardzo przestronne, a Moreo zapewnił ich, że można tam zjeść najlepszą w całym Królestwie duszoną rybę. Na szczęście właścicielka nie interesowała się, kim są i skąd pochodzą.

— Myślę, że rozsądnie będzie, pani, jeśli nie będziesz schodziła do wspólnej jadalni — powiedział ser Rodrik, kiedy się trochę rozpakowali. — Nawet w takim miejscu nigdy nie wiadomo, kogo można spotkać. — Jego kolczugę, sztylet i miecz przykrywał czarny płaszcz z kapturem, którym zakrywał głowę. — Wrócę z ser Aronem, nim zapadnie noc — obiecał. — Odpoczywaj, pani.

Catelyn rzeczywiście potrzebowała odpoczynku. Podróż była długa i męcząca, a ona miała już swoje lata. Okna pokoju wychodziły na aleję, a dalej, za dachami domów, płynął Czarny Nurt. Patrzyła, jak ser Rodrik odchodzi ulicą szybkim krokiem. Kiedy zniknął w tłumie, postanowiła pójść za jego radą. W łóżku zamiast piór była słoma, lecz mimo to szybko zasnęła.

Obudziło ją walenie w drzwi.

Zerwała się i usiadła. Dachy za oknem tonęły w blasku zachodzącego słońca. Spała dłużej, niż zamierzała. Znowu ktoś uderzył pięścią w drzwi i usłyszała głos:

— W imieniu Króla, otworzyć.

— Chwileczkę — zawołała. Otuliła się płaszczem. Zanim otworzyła ciężkie, drewniane drzwi, chwyciła sztylet ze stolika przy łóżku.

Ludzie, którzy wtargnęli do pokoju, nosili czarne kolczugi i złote płaszcze Straży Miejskiej. Ich dowódca uśmiechnął się na widok sztyletu.

— Nie będzie potrzebny, pani. Zaprowadzimy cię do zamku.

— Z czyjego rozkazu? — zapytała. Pokazał jej wstążkę. Catelyn wstrzymała oddech. Ujrzała pieczęć, na której widniał przedrzeźniacz. — Petyr — powiedziała. Tak szybko. Pewnie coś się stało z ser Rodrikiem. Spojrzała na dowódcę żołnierzy. — Czy wiesz, kim jestem?

— Nie, pani — odpowiedział. — Mój pan, Littlefinger, polecił mi tylko, abym cię do niego przyprowadził i dopilnował, żeby okazano ci szacunek.

Catelyn skinęła głową.

— Możecie zaczekać na zewnątrz. Muszę się ubrać.

Umyła ręce w misce i wytarła je starannie. Z trudem zapięła stanik sztywnymi palcami, a potem zawiązała pod szyją ciemnobrązowy płaszcz. Skąd Littlefinger wie, że tu jestem? Ser Rodrik nigdy by mu nie powiedział. Może i jest stary, ale uparty i bezgranicznie oddany. Czyżby przybyli za późno, czyżby Lannisterowie dotarli do Królewskiej Przystani przed nimi? Nie. Gdyby tak było, Ned z pewnością przyszedłby do niej. Jak?...

I nagle przyszła jej do głowy pewna myśl. Moreo! Wiedział, kim są i gdzie się zatrzymali. Sądziła, że zapłaciła mu wystarczająco dużo.

Przyprowadzono jej konia. Kiedy wyruszali, na ulicach zapalano latarnie. Catelyn czuła oczy miasta zwrócone na nią, kiedy jechała otoczona strażnikami w złotych płaszczach. Wreszcie dotarli do Czerwonej Twierdzy. Krata w bramie została już opuszczona, a wrota zamknięto na noc, lecz w oknach zamku migotały światła. Żołnierze zostawili konie za murami i poprowadzili ją przez wąską furtę, a potem w górę po niezliczonych schodach, do wieży.

Był sam w pokoju, siedział przy masywnym, drewnianym stole, na którym stała lampa oliwna, i pisał. Kiedy wprowadzili ją do środka, odłożył pióro i podniósł wzrok.

— Cat — powiedział cicho.

— Dlaczego przyprowadzono mnie tutaj w ten sposób?

Wstał i dał znak strażnikom.

— Zostawcie nas. — Żołnierze wyszli z pokoju. — Mam nadzieję, że dobrze cię potraktowano — rzekł. — Dałem wyraźne rozkazy. — Wskazał na jej bandaże. — Twoje ręce...

Catelyn zignorowała jego uwagę.

— Nie przywykłam do tego, żeby po mnie posyłać, jak po jakąś dziewkę — rzuciła oschle. — Kiedyś wiedziałeś, co to grzeczność.

— Rozzłościłem cię, pani. Nie chciałem tego. — Wyglądał na skruszonego. Wyraz jego twarzy natychmiast przywiódł wspomnienia z przeszłości. Był przebiegłym dzieckiem, lecz po każdym przewinieniu potrafił przybrać minę skruszonego. Lata nie zmieniły go zbytnio. Będąc drobnym chłopcem, Petyr wyrósł na drobnego mężczyznę, o cal lub dwa niższego od Catelyn. Szczupły i zwinny, zachował ostre rysy twarzy oraz śmiejące się szarozielone oczy, które Catelyn dobrze pamiętała. Nosił teraz spiczastą bródkę, a w jego ciemnych włosach pojawiły się srebrzyste nitki siwizny, chociaż nie miał jeszcze trzydziestu lat. Pasowały do srebrnego przedrzeźniacza na klamrze, którą zapinał płaszcz. Zawsze, nawet jako dziecko, kochał srebro.

— Skąd wiedziałeś, że jestem w mieście? — spytała go.

— Lord Varys wie wszystko — odpowiedział Petyr, uśmiechając się przebiegle. — Spotkamy się z nim niebawem, ale najpierw chciałem zobaczyć tylko ciebie. Tyle czasu, Cat. Ile to lat?

Catelyn zignorowała jego poufałość, skupiając się na ważniejszych pytaniach.

— A więc to Królewski Pająk mnie znalazł.

Littlefinger zamrugał.

— Nie nazywaj go tak. Jest bardzo wrażliwy. Pewnie dlatego, że jest eunuchem. Varys wie o wszystkim, co się dzieje w tym mieście. Czasem wie o czymś, zanim się to wydarzy. Wszędzie ma swoich informatorów. Nazywa ich małymi ptaszkami. Jeden z nich usłyszał o twojej wizycie. Na szczęście Varys przyszedł najpierw do mnie.

— Dlaczego do ciebie?

Wzruszył ramionami.

— A dlaczego nie? Sprawuję pieczę nad pieniędzmi, jestem doradcą Króla. Selmy i lord Renly wyjechali naprzeciw Robertowi, a lord Stannis udał się na Smoczą Skałę. Tak więc zostałem tylko ja i maester Pycelle. Naturalnie, przyszedł do mnie. Varys wie, że byłem przyjacielem twojej siostry Lysy.

— Czy Varys wie o...

— Lord Varys wie wszystko... może tylko nie zna celu twojej wizyty. — Uniósł brwi. — A po co przyjechałaś?

— Żona ma prawo zatęsknić za mężem. Ponadto matka pragnie być blisko swoich córek. Czy ktoś może temu zaprzeczyć?

Littlefinger roześmiał się.

— Doskonale, moja pani. Nie każ mi tylko w to wierzyć. Znam cię za dobrze. Jak brzmi dewiza Tullych?

Czuła, że zaschło jej w gardle.

— Rodzina, obowiązek, honor — odpowiedziała. Rzeczywiście znał ją zbyt dobrze.

— Rodzina, obowiązek, honor — powtórzył za nią. — I to one kazały ci pozostać w Winterfell, kiedy nasz Namiestnik wyjechał stamtąd. Nie, moja pani, coś się wydarzyło. Twoja nieoczekiwana podróż musi mieć poważny powód. Pozwól, że ci pomogę. Starzy przyjaciele powinni sobie zaufać. — Rozległo się ciche pukanie do drzwi. — Wejść — zawołał Littlefinger.

Mężczyzna, który wszedł do pokoju, był pulchny, wyperfumowany, wypudrowany i łysy jak kolano. Na jego strój składała się kamizela wyszywana złotą nicią i narzucona na luźną szatę z fioletowego jedwabiu, na nogach miał pantofle z miękkiego aksamitu z zawiniętymi do góry czubkami.

— Lady Stark — powiedział, ujmując jej dłoń w swoje ręce. — To wielka radość dla mnie móc ujrzeć cię ponownie po tylu latach. — Dłoń miał miękką i wilgotną, a jego oddech pachniał bzem. — Ach, twoje biedne dłonie. Czy poparzyłaś je sobie, słodka pani? Palce są bardzo wrażliwe... Nasz dobry maester Pycelle przyrządza doskonałe maści. Czy mam posłać po jedną z nich?

Catelyn wysunęła dłoń z jego uścisku.

— Dziękuję ci, panie, ale mój maester opatrzył już te rany.

Varys skinął głową.

— Ze smutkiem przyjąłem wiadomość dotyczącą twojego syna. Jest jeszcze taki młody. Bogowie są okrutni.

— W tej kwestii zgadzam się z tobą, lordzie Varysie — odpowiedziała. Użyła tego tytułu tylko ze względu na fakt, iż był on członkiem rady królewskiej. W rzeczywistości nie był żadnym lordem, a jeśli, to tylko lordem pajęczych sieci, mistrzem szeptaczy.

Eunuch rozłożył pulchne ręce.

— Słodka pani, mniemam, że zgadzamy się nie tylko w tej kwestii. Darzę wielkim szacunkiem twojego męża, a naszego Namiestnika. Wiem też, że oboje kochamy króla Roberta.

— Tak. — Była zmuszona przyznać. — Bez wątpienia.

— Nie mieliśmy dotąd Króla bardziej umiłowanego niż nasz Robert — wtrącił wesoło Littlefinger. Uśmiechnął się chytrze. — Przynajmniej o tyle, o ile wie lord Varys.

— Dobra pani — odezwał się Varys słodkim głosem. — W Wolnych Miastach są ludzie, którzy posiadają ogromne moce uzdrawiające. Rzeknij tylko słowo, a poślę po jednego z nich dla twojego drogiego Brana.

— Maester Luwin zrobił wszystko, co można dla niego uczynić — odpowiedziała. Nie miała ochoty rozmawiać o Branie, nie w tym miejscu, nie z tymi ludźmi. Ufała odrobinę Littlefingerowi i ani trochę Varysowi. Nie chciała, by widzieli jej smutek. — Lord Baelish powiedział mi, że tobie powinnam podziękować za to, iż mnie tutaj sprowadzono.

Varys zachichotał jak mała dziewczynka.

— Ach, tak. Rzeczywiście, to ja zawiniłem. Mam nadzieję, że mi wybaczysz, miła pani. — Usiadł na krześle i złożył dłonie. — Zastanawiam się, czy moglibyśmy cię poprosić, abyś pokazała nam sztylet?

Catelyn Stark spojrzała na eunucha zdumiona. On rzeczywiście jest jak pająk, pomyślała, czarnoksiężnik albo jeszcze coś gorszego. Wiedział o rzeczach, o których nikt nie mógł wiedzieć, chyba że…

— Co zrobiliście ser Rodrikowi?

Littlefinger wydawał się zagubiony.

— Czuję się jak rycerz, który przybył na plac boju bez kopii. O jakim sztylecie mówimy? I kto to jest ser Rodrik?

— Ser Rodrik Cassel jest zbrojmistrzem Winterfell — poinformował go Varys. — Lady Stark, zapewniam cię, że nic się nie stało twojemu dobremu rycerzowi. Przybył tutaj dzisiejszego popołudnia. Odwiedził ser Arona Santagara w zbrojowni, gdzie rozmawiali o pewnym sztylecie. Mniej więcej o zachodzie słońca opuścili zamek i udali się do tej okropnej rudery, w której się zatrzymałaś. Wciąż tam przebywają. Czekają na twój powrót, popijając w jadalni. Ser Rodrik bardzo się zaniepokoił twoim wyjściem.

— Skąd wiesz o tym wszystkim?

— Słucham szczebiotania ptaszków — odpowiedział Varys, uśmiechając się. — Słodka pani, ja dużo wiem. Na tym polega moja praca. — Wzruszył ramionami. — Masz ten sztylet przy sobie, prawda?

Catelyn wyjęła sztylet spod płaszcza i rzuciła go na stół.

— Oto i on. Może twoje ptaszki podpowiedzą nam imię człowieka, do którego należy.

Varys podniósł sztylet i przesunął palcem po ostrzu. Ujrzawszy krew, zapiszczał cienko i cisnął nóż na stół.

— Ostrożnie — ostrzegła Catelyn. — Jest ostry.

— Nie ma lepszego ostrza niż to z valyriańskiej stali — odezwał się Littlefinger. Varys ssał palec, spoglądając na Catelyn z wyrzutem. Littlefinger wziął nóż. Potem podrzucił go w górę i złapał drugą ręką. — Dobrze wyważony. Chcesz znaleźć jego właściciela. Czy to jest powód twojej wizyty? Nie potrzebujesz ser Arona. Powinnaś była przyjść prosto do mnie.

— A gdybym przyszła, co byś mi powiedział?

— Powiedziałbym ci, że w całej Królewskiej Przystani istnieje tylko jeden taki sztylet. — Ujął nóż między kciuk i palec wskazujący, podniósł ramię i rzucił wprawnie sztyletem, który przeleciał przez pokój i wbił się głęboko w dębowe drzwi. — Należy do mnie.

— Do ciebie? — To nie miało sensu. Petyra nie było w Winterfell.

— A przynajmniej należał do turnieju w dzień imienia księcia Joffreya — odparł i podszedł do drzwi po nóż. — Podobnie jak połowa dworu postawiłem w turnieju na ser Jaime'a. — Petyr uśmiechnął się nieśmiało i znowu wyglądał jak mały chłopiec. — Kiedy Loras Tyrell zrzucił go z konia, wielu z nas nieco zbiedniało. Ser Jaime stracił sto złotych smoków, Królowa przegrała wisior ze szmaragdów, a ja straciłem sztylet. Jej Miłość odzyskała szmaragdy, lecz zwycięzca zatrzymał resztę.

— Kto? — zapytała gwałtownie Catelyn, czując, że wyschło jej w ustach ze strachu. W palcach rozchodził się pulsujący ból.

— Krasnal — powiedział Littlefinger, a Lord Varys nie spuszczał oczu z jej twarzy. — Tyrion Lannister.

JON

Dziedziniec rozbrzmiewał w rytm pieśni mieczy. Krople zimnego potu spływały po piersi Jona okrytej czarną wełną, wyprawioną skórą i kolczugą, lecz nie ustawał w ataku. Grenn potknął się i zatoczył do tyłu, broniąc się niezdarnie. Kiedy podniósł miecz, Jon zadał cios poniżej i trafił w tył nogi przeciwnika. Odpowiadając na cięcie z dołu Grenna, Jon uderzył znad głowy, wgniatając mu hełm. Kiedy Grenn spróbował zaatakować z boku, Jon odparował cięcie i grzmotnął go w pierś przedramieniem. Grenn stracił równowagę i usiadł w śniegu. Jon uderzył mieczem w nadgarstek przeciwnika, który krzyknął z bólu i wypuścił broń.

— Dość! — Głos ser Allisera Thorne'a był ostry jak valyriańska stal.

Grenn chwycił się za nadgarstek.

— Bękart złamał mi nadgarstek.

— Bękart podciął ci ścięgno, rozłupał czaszkę i odciął dłoń. A przynajmniej zrobiłby to, gdybyście walczyli ostrą bronią. Masz szczęście, że w Nocnej Straży oprócz łowców potrzeba też stajennych. — Ser Alliser dał znak Jerenowi i Ropusze. — Postawcie na nogi tego żubra, musi się zająć pogrzebem. — Jon zdjął hełm, tymczasem pozostali chłopcy pomagali Grennowi podnieść się. Poczuł na twarzy przyjemny chłód mroźnego porannego powietrza. Oparł się o miecz i wziął głęboki oddech, upajając się przez chwilę swoim zwycięstwem. — To jest miecz, a nie laska starucha — usłyszał głos ser Allisera. — Czy bolą cię nogi, lordzie Snow?

Jon nienawidził, kiedy ser Alliser zwracał się do niego w ten sposób, nie ukrywając ironii. Zrobił to już pierwszego dnia, a chłopcy szybko podchwycili ten nowy przydomek i teraz wszyscy go tak nazywali. Wsunął miecz do pochwy.

— Nie — odparł.

Thorne zbliżył się do niego. Kiedy szedł, jego skórzane ubranie skrzypiało lekko. Był pięćdziesięcioletnim mężczyzną, szczupłym i żylastym, o czarnych włosach przyprószonych siwizną i oczach podobnych do kawałków onyksu.

— Chcę usłyszeć prawdę — powiedział rozkazującym tonem.

— Jestem zmęczony — przyznał Jon. Bolało go ramię od trzymania długiego miecza, zaczynał też czuć piekący ból w miejscach uderzeń.

— Jesteś słaby.

— Wygrałem.

— Nie. To żubr przegrał.

Jeden z chłopców zachichotał. Jon pilnował się, żeby trzymać język za zębami. Pokonał wszystkich, których ser Alliser wystawił przeciwko niemu, a mimo to niczego nie zyskał. Wręcz przeciwnie, otrzymał tylko kolejną porcję drwin. Thorne nienawidził go, Jon zrozumiał to już wcześniej, a pozostałych nienawidził jeszcze bardziej.

— Wystarczy na dzisiaj — ogłosił Thorne. — Dość mam ślamazarstwa jak na jeden dzień. Jeśli kiedyś zaatakują nas Inni, to będę się modlił, żeby mieli łuczników, ponieważ nadajecie się tylko na tarcze.

Jon poszedł za pozostałymi do zbrojowni. Często chodził sam. Ćwiczył z dwudziestoma innymi chłopcami, ale żadnego z nich nie mógł nazwać przyjacielem. Większość była starsza od niego o dwa lub trzy lata, lecz żaden nie dorównywał mu w walce, chociaż miał dopiero czternaście lat. Dareon był szybki, ale bał się uderzeń. Pyp posługiwał się mieczem, jakby walczył sztyletem, Jeren był słaby jak dziewczyna, a Grenn niezdarny i powolny. Halder potrafił mocno uderzyć, lecz zawsze sam nadziewał się na miecz przeciwnika. Im dłużej Jon z nimi przebywał, tym bardziej nimi gardził.

Znalazłszy się w zbrojowni, Jon powiesił pochwę i miecz na haku wbitym w kamienną ścianę, nie zwracając uwagi na resztę rekrutów. Zaczął zdejmować z siebie kolejno kolczugę, skórę i mokre od potu wełniane ubranie. Dygotał z zimna, chociaż w obu końcach długiej sali płonęły węgle umieszczane w żelaznych koszach. Tutaj chłód nigdy go nie opuszczał. Jeszcze kilka lat i zapomni, co to ciepło.

Włożył ubranie z szorstkiej wełny, które nosił na co dzień i usiadł na ławce, znużony, manipulując palcami przy zapięciu płaszcza. Tak zimno, pomyślał i zaraz przypomniał sobie ciepłe komnaty Winterfell, gdzie przez ściany płynęła gorąca woda niczym krew w ciele człowieka. W Czarnym Zamku trudno było znaleźć ciepło, ściany tutaj były zimne, a ludzie jeszcze zimniejsi.

Nikt mu wcześniej nie powiedział, że życie w Nocnej Straży będzie tak wyglądało, nikt poza Tyrionem Lannisterem. Karzeł przedstawił mu prawdę w drodze na północ, lecz wtedy było już za późno. Jon zastanawiał się, czy jego ojciec wiedział, jak tu będzie. Pomyślał, że pewnie tak, i poczuł się jeszcze bardziej przygnębiony.

W tym lodowatym miejscu na końcu świata opuścił go nawet jego stryj. Gdy już tu dotarli, dobrotliwy Benjen Stark, którego znał Jon, zamienił się w zupełnie innego człowieka. Był Pierwszym Zwiadowcą, dlatego całe dnie i noce spędzał w towarzystwie Lorda Dowódcy Mormonta, maestera Aemona i innych wyższych oficerów, tymczasem Jon pozostawał pod niezbyt czułą opieką ser Allisera Thorne'a.

Trzeciego dnia po ich przybyciu na Mur Jon usłyszał, że Benjen Stark ma poprowadzić pół tuzina ludzi na wypad do nawiedzanego lasu. Tamtej nocy odszukał stryja w ogromnym pomieszczeniu z bali i poprosił, żeby go zabrał ze sobą. Benjen stanowczo odmówił.

— To nie jest Winterfell — odparł wtedy, tnąc mięso widelcem i sztyletem. — Na Murze dostajesz tylko tyle, na ile zasłużyłeś. Ty nie jesteś zwiadowcą, tylko żółtodziobem, który pachnie jeszcze latem.

Jon nie dawał za wygraną.

— W dzień moich imienin skończę piętnaście lat — upierał się. — Będę prawie dorosłym mężczyzną.

Benjen Stark nachmurzył się.

— Jesteś tylko chłopcem i pozostaniesz chłopcem, dopóki ser Alliser nie powie, że możesz zostać mężczyzną zdolnym do służby w Nocnej Straży. Myliłeś się, jeśli liczyłeś na względy tylko dlatego, że w twoich żyłach płynie krew Starków. Składając przysięgę, zapominamy o rodzinnych więzach. Twój ojciec zawsze pozostanie w moim sercu, jednak teraz oni są moimi braćmi. — Wskazał sztyletem na siedzących dookoła ludzi, zimnych i twardych mężczyzn ubranych na czarno.

Następnego dnia Jon wstał o świcie, ponieważ chciał być obecny przy wyjeździe stryja. Jeden z łowców, brzydki olbrzym, śpiewał sprośną piosenkę, siodłając konia; jego oddech ulatywał obłokami pary w zimnym powietrzu poranka. Ben Stark uśmiechnął się, patrząc na towarzysza, lecz spoważniał na widok bratanka.

— Jon, ile razy mam ci mówić, że nie? Porozmawiamy, kiedy wrócę.

Jon patrzył, jak stryj prowadzi swojego konia do tunelu.

Dobrze pamiętał, co mu opowiadał Tyrion Lannister na królewskim trakcie i oczyma wyobraźni widział stryja martwego, broczącego krwią w białym śniegu. Na myśl o tym zrobiło mu się niedobrze. Co się z nim działo? Potem wrócił do swojej celi i zanurzył twarz w gęstym futrze Ducha.

Skoro już musi być sam, to uczyni z samotności swoją tarczę. Na Czarnym Zamku nie było bożego gaju, mieli tam tylko mały sept i pijanego septona, lecz Jon nie potrafił wzbudzić w sobie chęci modlitwy do jakiegokolwiek boga, dawnego czy nowego. Jeśli istnieją naprawdę, pomyślał, to są równie nieugięci i okrutni jak zima.

Tęsknił za prawdziwymi braćmi, za małym Rickonem, któremu świeciły się oczy, kiedy prosił o coś słodkiego, za Robbem, swoim rywalem, najlepszym przyjacielem i nieodłącznym kompanem, oraz za Branem, upartym i ciekawskim, który zawsze chciał robić to samo co Jon i Robb. Tęsknił też za dziewczynkami, nawet za Sansą, która nazywała go przyrodnim bratem, od czasu gdy tylko zrozumiała znaczenie słowa bękart. Tęsknił za Aryą... może nawet bardziej niż za Robbem; była takim małym chudzielcem w podartym ubraniu, dzikim i upartym, z wiecznie pozdzieranymi kolanami i potarganymi włosami. Wydawało się, że nie pasowała do pozostałych, podobnie jak i on, a mimo to zawsze potrafiła go rozśmieszyć. Dałby wszystko, żeby być z nią teraz, móc poczochrać jej włosy, zobaczyć, jak się krzywi, i usłyszeć, jak kończy razem z nim zdanie.

— Pogruchotałeś mi nadgarstek, bękarcie.

Jon uniósł wzrok i ujrzał ponurą twarz Grenna. Stał, zginając nad nim swój byczy kark, czerwony na twarzy, a za nim czaiło się trzech spośród jego przyjaciół. Rozpoznał wśród nich Toddera, niskiego brzydkiego chłopca o nieprzyjemnym głosie. Wszyscy rekruci nazywali go Ropuchą. Pozostali dwaj to chłopcy, których przyprowadził ze sobą Yoren, gwałciciele. Jon zapomniał, jak się nazywają. Nie rozmawiał z nimi, jeśli nie musiał. Byli bandą brutalnych nieokrzesańców bez krzty honoru.

Jon wstał.

— I pogruchoczę ci drugi, jeśli mnie ładnie poprosisz. — Grenn miał szesnaście lat i przewyższał Jona o głowę. Pozostali także byli od niego więksi, nie bał się ich. Pokonał wszystkich na dziedzińcu.

— A może my zajmiemy się twoim nadgarstkiem — odezwał się jeden z gwałcicieli.

— Spróbujcie. — Jon sięgnął po miecz, lecz jeden z przeciwników chwycił go za ramię i wykręcił mu je.

— Przez ciebie źle wypadliśmy — skarżył się Ropucha.

— Źle wypadliście, jeszcze zanim was spotkałem — odpowiedział Jon. Chłopak trzymający jego ramię wykręcił mu je jeszcze mocniej. Jon poczuł przenikliwy ból, ale nie krzyknął.

Ropucha podszedł bliżej.

— Paniątko pyskuje — powiedział. Miał małe, lśniące świńskie oczka. — Czy to po mamie, bękarcie? Kim ona była, jakąś dziwką? Powiedz nam jej imię. Może kiedyś też ją miałem? — Roześmiał się.

Jon wywinął się jak piskorz i przygniótł butem stopę trzymającego go chłopaka. Rozległ się okrzyk bólu i w następnej chwili był już wolny. Skoczył na Ropuchę, pchnął, przewracając za ławkę, i wylądował mu na piersi. Chwycił przeciwnika dłońmi za gardło i zaczął walić jego głową o ubitą ziemię.

Dwaj towarzysze Ropuchy odciągnęli Jona i rzucili na klepisko. Grenn zaczął go kopać. Jon przeturlał się, ratując się ucieczką przed kopnięciami, kiedy usłyszał grzmiący głos:

— Przestańcie! Natychmiast! — Jon wstał. Donal Noye mierzył ich groźnym wzrokiem. — Dziedziniec jest do walki — powiedział. — Swoje kłótnie zostawiajcie poza zbrojownią, bo jeśli nie, to staną się też moimi kłótniami. A tego chyba byście nie chcieli.

Ropucha usiadł na podłodze, macając tył głowy. Palce miał czerwone od krwi.

— Próbował mnie zabić.

— Tak. Widziałem — wtrącił jeden z gwałcicieli.

— Pogruchotał mi nadgarstek — dodał Grenn i pokazał rękę Noye'owi.

Zbrojmistrz zaledwie na nią zerknął.

— Siniak. Może trochę naciągnięta. Maester Aemon da ci maść. Idź z nim, Todder, trzeba ci opatrzyć głowę. A reszta niech wraca do swoich cel. Ty zostań, Snow. — Jon usiadł ciężko na długiej drewnianej ławie. Pozostali wychodzili, a ich spojrzenia mówiły mu, że sprawa nie została zakończona. Czuł silny ból w ramieniu. — Straży przyda się każdy, kogo da się tutaj przywlec — odezwał się Donal Noye, kiedy zostali sami. — Nawet ktoś taki jak Ropucha. Nie zyskasz honorów, zabijając go.

Jon żachnął się.

— Powiedział, że moja matka jest...

— ...Dziwką. Słyszałem. I co z tego?

— Lord Eddard nie jest człowiekiem, który sypia z dziwkami — rzucił chłodno Jon. — Jego honor...

— ...Nie przeszkodził mu spłodzić bękarta. Czy nie tak?

Jon kipiał z wściekłości.

— Mogę odejść?

— Pójdziesz, kiedy ci pozwolę. — Jon patrzył ponuro w dym unoszący się z kosza, dopóki Noye nie ujął go pod brodę i nie obrócił jego głowy w swoją stronę. — Patrz na mnie, chłopcze, kiedy mówię do ciebie. — Jon spojrzał na niego. Zbrojmistrz miał pierś jak smok i nie mniejszy brzuch. Do tego płaski, szeroki nos na twarzy, która zawsze wydawała się nie ogolona. Lewy rękaw jego czarnej, wełnianej tuniki był przypięty do ramienia srebrną szpilą w kształcie miecza. — Słowa nie zrobią z twojej matki dziwki. Była tym, kim była, i Ropucha nic nie zmieni. Tutaj, na Murze, mamy ludzi, których matki były dziwkami.

Ale nie moja, pomyślał Jon. Nic nie wiedział o swojej matce. Eddard Stark nigdy o niej nie mówił. Snow często śnił o niej, a we śnie niemal widział jej twarz. Jawiła mu się jako piękna dama o łagodnym spojrzeniu.

— Myślisz, że miałeś ciężkie życie, ponieważ jesteś bękartem wysoko urodzonego lorda? — kontynuował zbrojmistrz. — Jeren jest bękartem septona, a matka Cottera Pyke'a jest dziwką z karczmy. Teraz on sprawuje dowództwo we Wschodniej Strażnicy.

— Oni nic mnie nie obchodzą — powiedział Jon. — Nie dbam o nich ani o ciebie, ani o Thorne'a czy Benjena Starka. Nienawidzę tego miejsca. Tutaj jest za... zimno.

— Tak. Zimno, ciężko i podle. Taki jest Mur i tacy są ludzie, którzy po nim chodzą. Wcale nie jest tu tak, jak opowiadała ci niańka. Możesz naszczać na jej opowieści i na nią samą. Tak już jest, a ty zostaniesz tutaj do końca życia, podobnie jak inni.

— Do końca życia — powtórzył z goryczą Jon. Zbrojmistrz mógł sobie mówić o życiu, skoro już swoje przeżył. Zaciągnął się do Nocnej Straży dopiero po tym, jak stracił ramię w czasie oblężenia Końca Burzy. Przedtem był kowalem u Stannisa Baratheona, brata Króla. Przemierzył Siedem Królestw wzdłuż i wszerz. Bawił się, sypiał z dziwkami i brał udział w setkach bitew. Podobno to on wykuł młot króla Roberta. Ten sam, którym Robert pozbawił życia Rhaegara nad Tridentem. Donal Noye przeżył wszystko, czego Jon nigdy nie zazna. I dopiero później, kiedy się postarzał, kiedy przekroczył już trzydziestkę i został lekko ranny toporem, lecz rana ropiała i trzeba było mu odciąć całe ramię, dopiero wtedy przybył na Mur, okaleczony, kiedy przeżył już swoje życie.

— Tak. Do końca życia — powiedział Noye. — Bez względu na to, czy będzie krótkie czy długie. Wszystko zależy od ciebie, Snow. Jeśli pójdziesz drogą, na którą wszedłeś, to jeden z twoich braci prędzej czy później poderżnie ci gardło.

— Oni nie są moimi braćmi — warknął Jon. — Nienawidzą mnie, bo jestem od nich lepszy.

— Nie. Nienawidzą cię dlatego, że zachowujesz się, jakbyś był od nich lepszy. Patrzą na ciebie i widzą wychowanego na zamku bękarta, któremu się wydaje, że jest paniątkiem. — Zbrojmistrz nachylił się nad nim. — A ty nie jesteś żadnym paniątkiem. Zapamiętaj to sobie. Ty jesteś Snow, a nie Stark. Jesteś bękartem i tyranem.

— Tyranem? — powtórzył Jon zdumiony. Uznał to oskarżenie za wyjątkowo niesprawiedliwe. — Przecież to oni mnie zaatakowali. Czterech na jednego.

— Czterech, których upokorzyłeś na dziedzińcu. Czterech, którzy pewnie boją się ciebie. Przyglądałem się, jak walczysz. W twoim przypadku to już nie jest nauka. Gdybyś walczył ostrym mieczem, zostałaby z nich kupa mięsa. Wiem to, podobnie jak i oni. Nie dałeś im żadnej szansy. Zawstydziłeś ich. Jesteś dumny z tego powodu?

Jon zawahał się. Owszem, czuł się dumny po zwycięstwie. Dlaczego nie? Teraz jednak zbrojmistrz pozbawiał go nawet i tego, sugerując, że to on źle postąpił.

— Są starsi ode mnie — próbował się bronić.

— Starsi, więksi i silniejsi, zgadza się. Pewnie w Winterfell nauczyli cię, jak walczyć z większymi od siebie. Kto to był, jakiś stary rycerz?

— Ser Rodrik Cassel — odpowiedział wolno Jon. Wyczuwał, że wpadł w pułapkę.

Donal Noye przysunął swoją twarz do twarzy Jona.

— A więc pomyśl o tym, chłopcze. Żaden z tamtych chłopaków nie miał nauczyciela, dopóki nie znalazł się tutaj. Ich ojcami byli wieśniacy, woźnice, kłusownicy, kowale, górnicy albo wioślarze na handlowych galerach. Szermierki nauczyli się na ulicach Starego Miasta i Lannisportu albo w przydrożnych burdelach i tawernach na królewskim trakcie. Może i pomachali trochę patykami, zanim tutaj przyjechali, ale zapewniam cię, że żaden nie miał dość pieniędzy, żeby sobie sprawić prawdziwy miecz. — Patrzył na Jona ponuro. — A zatem jak ci się podoba smak zwycięstwa, lordzie Snow?

— Nie nazywaj mnie tak! — rzucił gwałtownie Jon, lecz już bez przekonania. Nagle poczuł się zawstydzony i winny. — Ja nigdy... Ja nie myślałem...

— W takim razie lepiej pomyśl — ostrzegł go Noye. — Albo śpij ze sztyletem. A teraz idź już.

Było już prawie południe, kiedy Jon wyszedł ze zbrojowni. Słońce przebiło się przez chmury. Odwrócił się do niego plecami i spojrzał na Mur, oślepiająco niebieski w słonecznym blasku. Minęło już tyle tygodni, a widok Muru wciąż przyprawiał go o drżenie. Jego ściany oblepiał brud niesiony wiatrem kolejnych stuleci, dlatego często wydawał się jasnoszary, jak zachmurzone niebo, lecz kiedy w pogodny dzień padały na niego słoneczne promienie, Mur świecił, mienił się własnym blaskiem, niczym olbrzymi błękitnobiały klif, który zasłaniał połowę nieba.

„Największa konstrukcja zbudowana ręką człowieka", tak powiedział Benjen Stark, kiedy po raz pierwszy ujrzeli Mur jeszcze na królewskim trakcie. „I bez wątpienia najbardziej bezużyteczna" — dodał wtedy Tyrion Lannister z uśmiechem na ustach, ale nawet on zamilkł, kiedy podjechali bliżej. Mur pozostawał widoczny z bardzo daleka: jasnoniebieska linia ciągnąca się przez północny horyzont, od wschodu po zachód, ogromna, nieprzerwana. To jest koniec świata, wydawała się mówić.

Kiedy wreszcie ujrzeli Czarny Zamek, jego wieże z drewna i kamienia wydawały się zaledwie zabawkami rozrzuconymi na śniegu w porównaniu z lodowym murem. Pradawna warownia czarnych braci w niczym nie przypominała Winterfell, nie była nawet prawdziwym zamkiem. Pozbawiona murów, nie mogła być broniona ze wschodu, zachodu ani z południa, lecz Nocna Straż strzegła tylko północy, tam też wznosił się Mur. Wysoki prawie na siedemset stóp, trzykrotnie wyższy od najwyższej wieży w warowni, którą chronił. Stryj powiedział mu, że może po nim przejechać obok siebie tuzin uzbrojonych rycerzy. Na jego szczycie, niczym strażnicy, stały potężne katapulty i ogromne, drewniane dźwigi podobne do szkieletów wielkich ptaków, a między nimi chodzili mali jak mrówki, ubrani na czarno ludzie.

Patrząc teraz w górę sprzed zbrojowni, Jon czuł wciąż to samo zdumienie, jak w chwili, gdy ujrzał Mur po raz pierwszy. Tak już było. Czasem potrafił niemal o nim zapomnieć, tak jak zapomina się o istnieniu nieba czy ziemi pod stopami, lecz przychodziły chwile, w których wydawało się, że nic innego poza nim nie istnieje. Mur był starszy od Siedmiu Królestw i kiedy teraz Jon patrzył w górę, zakręciło mu się w głowie. Czuł nieomal ogromny ciężar lodowej masy napierającej w dół, jakby Mur miał się zawalić, a on wiedział, że gdyby tak się stało, świat runąłby razem z nim.

— Tak, człowiek zastanawia się, co jest za nim. — Usłyszał znajomy głos.

Jon obejrzał się.

— Lannister. Nie widziałem… to znaczy, myślałem, że jestem sam.

Tyrion Lannister owinął się szczelnie futrem, przez co przypominał małego niedźwiedzia.

— Bardzo pouczające jest patrzeć na ludzi nieświadomych tego, że ktoś ich obserwuje. Nigdy nie wiadomo, czego można się dowiedzieć.

— Ode mnie niczego się nie dowiesz — odpowiedział mu Jon. Od chwili ich przybycia na Mur rzadko widywał karła. Jako brat Królowej, Tyrion Lannister był gościem honorowym Nocnej Straży. Został zakwaterowany w pokojach Królewskiej Wieży — ciągle ją tak nazywano, chociaż już od stu lat nie mieszkał tam żaden król — a posiłki jadł w towarzystwie samego Mormonta. W ciągu dnia zwiedzał Mur, nocami zaś grywał w kości i pił z ser Alliserem, lordem Rykkenem i pozostałymi wyższymi oficerami.

— Och, gdziekolwiek pójdę, zawsze się czegoś uczę. — Karzeł wskazał na Mur sękatym czarnym kijem. — Jak to się dzieje, że gdy tylko ktoś zbuduje mur, ktoś inny zaraz chce wiedzieć, co jest po jego drugiej stronie? — Przechylił głowę i popatrzył na Jona różnobarwnymi oczyma. — Przecież chciałbyś wiedzieć, co jest po drugiej stronie, prawda?

— Nic wielkiego — powiedział Jon. Pragnął pojechać z Benjenem Starkiem na wypad, zagłębić się w tajemniczy nawiedzany las, chciał walczyć z dzikimi Mance'a Raydera i strzec Królestwa przed Innymi, ale uznał, że lepiej nie mówić o swoich pragnieniach. — Zwiadowcy twierdzą, że są tam tylko lasy, góry, zamarznięte jeziora, mnóstwo śniegu i lodu.

— A także grumkiny i snarki — dodał Tyrion. — Nie wolno nam o nich zapominać, lordzie Snow, bo inaczej, po co komu ten ogromny mur?

— Nie nazywaj mnie lordem Snow.

Karzeł uniósł brwi.

— Wolałbyś, żeby cię nazywali Krasnalem? Żeby widzieli, że mogą cię ranić swoimi słowami, a ty i tak nigdy nie uwolnisz się od ich drwin? Jeśli dostaniesz jakieś imię, przyjmij je, uczyń je swoim, a wtedy już nigdy cię nim nie zranią. — Znowu pokazał kijem. — Chodź, przejdziemy się. Niedługo podadzą jakąś podłą potrawkę, a mnie przyda się miska czegoś gorącego.

Jon także poczuł głód, więc ruszył z Lannisterem; szedł wolno, żeby nie wyprzedzać niezdarnie idącego karła. Wzmagał się wiatr i zewsząd rozlegało się skrzypienie drewnianych konstrukcji budynków, a gdzieś dalej łomotała okiennica. W pewnym momencie rozległo się głuche tąpnięcie, kiedy wiatr zrzucił z dachu ogromny płat śniegu.

— Nie widzę twojego wilka — powiedział Lannister.

— Przywiązuję go w starej stajni, kiedy idę ćwiczyć. Wszystkie konie trzymają we wschodniej stajni, więc nikomu nie przeszkadza. Potem jest już cały czas ze mną. Śpię w Wieży Hardina.

— To ta ze zniszczonymi blankami, prawda? Na dziedzińcu przed nią leży pełno gruzu, a obok stoi przybudówka, która przypomina naszego szlachetnego Roberta po długim pijaństwie. Myślałem, że wszystkie te zabudowania są opuszczone.

Jon wzruszył ramionami.

— Nikogo to nie obchodzi, gdzie śpisz. Większość starych wież jest pusta, więc możesz sobie wybrać jedną z cel.

Niegdyś w Czarnym Zamku mieszkało pięć tysięcy rycerzy wraz z końmi i służbą. Ostatnio było ich tam dziesięć razy mniej, więc wiele zabudowań uległo zniszczeniu.

Tyrion Lannister roześmiał się, wypuszczając w powietrze kłąb pary.

— Powiem twojemu ojcu, żeby aresztował więcej murarzy, zanim twoja wieża całkiem się zawali.

Jon wyczuł kpinę, lecz w gruncie rzeczy karzeł miał rację. Kiedyś zbudowano dziewiętnaście potężnych warowni wzdłuż Muru, z których tylko trzy pozostawały obsadzone: Wschodnia Strażnica na szarym brzegu morza, Wieża Cieni, postawiona w górach, na końcu Muru, i wreszcie stojący między nimi Czarny Zamek, przy którym kończył się królewski trakt. Pozostałe twierdze stały od dawna opuszczone, w ich wieżach hulał wiatr, a po murach chodziły duchy zmarłych.

— Lepiej będzie, jeśli zamieszkam sam — powiedział Jon. — Inni boją się Ducha.

— No i dobrze — odparł Lannister i zaraz zmienił temat. — Mówią, że twój stryj długo nie wraca.

Jon przypomniał sobie wizję, która nawiedziła go w chwili gniewu — wyobraził sobie wtedy Benjena Starka martwego w śniegu

— i odwrócił głowę. Karzeł miał doskonałą intuicję, a Jon nie chciał, żeby dostrzegł w jego oczach poczucie winy.

— Powiedział, że wróci do dnia mojego imienia — odparł. Dzień ten minął przez nikogo nie zauważony dwa tygodnie temu.

— Szukali ser Waymara Royce'a, którego ojciec jest chorążym lorda Arryna. Stryj Benjen powiedział, że będą szukać aż do Wieży Cieni. Do samych gór.

— Słyszałem, że wielu dobrych zwiadowców zniknęło ostatnimi czasy — rzekł Lannister, kiedy wchodzili po schodach do jadalni. Uśmiechnąwszy się, otworzył drzwi. — Może grumkiny są głodne w tym roku.

Hol jadalni był ogromny, pełen przeciągów i chłodu pomimo huczącego ognia w palenisku. Między krokwiami jego wysokiego sufitu zagnieździły się wrony. Jon słyszał ich krakanie w górze. Odebrał miskę z potrawką i piętkę czarnego chleba. Grenn, Ropucha i pozostali siedzieli na ławce przy samym palenisku i przekrzykiwali się, przeklinając ochrypłymi głosami. Jon przyglądał im się przez chwilę, po czym zajął miejsce w drugim końcu holu, z dala od innych.

Tyrion Lannister usiadł naprzeciw niego i powąchał niepewnie potrawę.

— Jęczmień, cebula, marchew — mruknął. — Ktoś chyba powinien powiedzieć kucharzom, że rzepa nie jest mięsem.

— To jest barani gulasz. — Jon ściągnął rękawice i rozłożył dłonie nad parą ulatującą z miski. Poczuł ślinę gromadzącą się w ustach.

— Snow. — Jon dobrze znał głos Allisera Thorne'a, dlatego od razu wyczuł w nim obcą nutę. Odwrócił się. — Lord Dowódca chce cię widzieć. Natychmiast.

Przez chwilę Jon bał się poruszyć. Dlaczego Lord Dowódca chce go widzieć? Pewnie mają wieści o Benjenie, pomyślał przerażony, nie żyje, jego wizja okazała się prawdą.

— Czy chodzi o mojego stryja? — wybąkał. — Czy powrócił bezpiecznie?

— Lord Dowódca nie ma zwyczaju czekać. — Usłyszał w odpowiedzi. — A ja nie przywykłem do powtarzania bękartom rozkazów.

Tyrion Lannister obrócił się i wstał.

— Daj spokój, Thorne. Przestraszyłeś chłopaka.

— Lannister, trzymaj się z daleka od nie swoich spraw. To nie twoje miejsce.

— Ale mam swoje miejsce na dworze — odparł karzeł, uśmiechając się. — Wystarczy szepnąć jedno słówko w odpowiednie ucho, a zmarniejesz jak kwaśne mleko, zanim dostaniesz następnego chłopaka pod opiekę. A teraz powiedz mu, dlaczego Stary Niedźwiedź go wzywa. Są jakieś wieści o jego stryju?

— Nie — powiedział ser Alliser. — Chodzi o coś innego. Rano przybył ptak z Winterfell z wiadomością o jego bracie. Przyrodnim bracie — poprawił się.

— Bran — wyszeptał Jon, wstając. — Coś mu się stało.

Tyrion Lannister położył mu rękę na ramieniu.

— Jon — powiedział — przykro mi, naprawdę.

Jon prawie go nie słyszał. Zdjął dłoń karła z ramienia i poszedł przez hol. Po kilkunastu krokach ruszył biegiem. Popędził do wieży dowódcy przez zaspy. Gdy tylko minął straże, puścił się w górę po dwa stopnie. Wbiegł do pokoju Lorda Dowódcy w przemoczonych butach, zdyszany.

— Bran — wydusił z siebie. — Co z Branem?

Jeor Mormont, Lord Dowódca Nocnej Straży był ponurym starcem o ogromnej, łysej głowie i gęstej, siwej brodzie. Na jego ramieniu siedział kruk, którego karmił ziarnem kukurydzy.

— Powiedziano mi, że potrafisz czytać. — Potrząsnął ramieniem i kruk pofrunął na parapet okna, gdzie usiadł i przyglądał się, jak Mormont wyciąga z pasa zwinięty papier i podaje go Jonowi.

— Ziarno — zakrakał ptak ochryple. — Ziarno, ziarno.

Jon przesunął palcami po konturach wilkora wyciśniętego w białym wosku złamanej pieczęci. Rozpoznał pismo Robba, lecz litery pozostawały dziwnie zamazane. Zdał sobie sprawę, że płacze. Wreszcie, pomimo łez, zrozumiał sens przeczytanych słów i podniósł głowę.

— Obudził się — rzekł. — Bogowie oddali go.

— Pozostał okaleczony — oznajmił Mormont. — Przykro mi, chłopcze. Przeczytaj list do końca.

Spojrzał na dalsze słowa, ale nie miały one większego znaczenia. Nic nie miało znaczenia. Bran będzie żył.

— Mój brat będzie żył — powiedział do Mormonta. Lord Dowódca pokręcił głową, zebrał w garść trochę ziarna i zagwizdał. Kruk sfrunął na jego ramię, krzycząc:

— Żył! Żył!

Jon biegł w dół po schodach z uśmiechem na twarzy i listem w dłoni.

— Mój brat będzie żył — zawołał do strażników. Wymienili między sobą spojrzenia. Pognał z powrotem do jadalni, gdzie Tyrion Lannister kończył właśnie swój gulasz. Chwycił karła pod pachy, podniósł do góry i zakręcił się z nim. — Bran będzie żył! — krzyknął radośnie. Lannister patrzył na niego, nic nie rozumiejąc. Jon posadził go na ławce i wcisnął mu w dłoń list. — Czytaj — przykazał.

Pozostali chłopcy zebrali się wokół nich i przyglądali się zaciekawieni. Jon zauważył Grenna. Pogruchotaną rękę owinięto mu grubą warstwą bandaża. Minę miał nietęgą, lecz wcale nie groźną. Jon ruszył w jego stronę. Grenn cofnął się natychmiast, wznosząc ręce.

— Nie zbliżaj się do mnie teraz, bękarcie.

Jon uśmiechnął się do niego.

— Przykro mi z powodu twojej ręki. Robb potraktował mnie kiedyś w podobny sposób, tyle tylko że drewnianym mieczem. Bolało jak diabli. Ciebie pewnie boli jeszcze bardziej. Jeśli chcesz, to ci pokażę, jak się obronić przed takim pchnięciem.

Alliser Thorne usłyszał jego słowa.

— Lord Snow chce zająć moje miejsce — rzucił kpiąco. — Szybciej nauczę wilka żonglerki niż ty tego żubra.

— Przyjmuję zakład, ser Alliser — powiedział Jon. — Chętnie zobaczę, jak mój Duch żongluje.

Jon usłyszał, jak Grenn wstrzymuje oddech, przerażony. Zapadła cisza. Po chwili rozległ się chichot Tyriona. Siedzący przy sąsiednim stole bracia przyłączyli się do niego. Fala śmiechu zataczała coraz szerszy krąg, docierając nawet do kucharzy. Spomiędzy krokwi dobiegło niespokojne skrzeczenie. Wreszcie roześmiał się i Grenn.

Ser Alliser nie spuszczał wzroku z Jona. Jego twarz pociemniała, a palce dłoni zacisnęły się w pięść.

— Popełniłeś duży błąd, lordzie Snow — odezwał się wreszcie cierpkim, złowrogim głosem.

EDDARD

Eddard Stark wjechał przez ogromne spiżowe wrota do Czerwonej Twierdzy obolały, zmęczony, zły i głodny. Marzył o gorącej kąpieli, pieczonej kaczce i miękkim łóżku. Nie zdążył jeszcze zsiąść z konia, kiedy królewski zarządca poinformował go, że Wielki Maester Pycelle zwołał pilne zebranie małej rady. Proszono, aby Namiestnik zaszczycił je swoją obecnością najszybciej jak to możliwe.

— Będzie to możliwe rano — warknął Ned, zsiadając z konia.

Zarządca skłonił nisko głowę.

— Przekażę radzie twoje słowa, panie.

— Stój. A niech to... — powstrzymał go Ned. — Pójdę do nich. Potrzebuję tylko kilku chwil na przebranie się.

— Tak, mój panie — odpowiedział zarządca. — Otrzymałeś komnaty w Wieży Namiestnika, wcześniej zajmował je lord Arryn. Jeśli cię to zadowala, każę tam zanieść twoje rzeczy.

— Dziękuję — odparł Ned. Ściągnął rękawice i wsunął je za pas. Reszta jego świty wjeżdżała właśnie przez bramę. Ned dostrzegł Vayona Poole, swego zarządcę, i zawołał do niego: — Zdaje się, że mam spotkanie z radą. Zaprowadź moje córki do ich sypialni i powiedz Jory'emy, żeby ich stamtąd nie wypuszczał. Niech Arya nie wybiera się na żadne poszukiwania. — Poole skłonił głowę. Ned odwrócił się do królewskiego zarządcy. — Moje wozy nie dojechały jeszcze. Potrzebny mi bardziej odpowiedni strój.

— Będzie to dla mnie zaszczyt — oświadczył zarządca.

I tak Ned — piekielnie zmęczony i wystrojony w pożyczone ubranie — wkroczył do sali narad, w której czekało już na niego czterech członków małej rady.

Była to bogato wyposażona komnata. Na podłodze zamiast sitowia leżały dywany z Myr, a w jednym kącie, na płaskorzeźbie przedstawiającej Wyspy Letnie, kotłowały się jaskrawo pomalowane bestie. Ściany zakrywały gobeliny z Norvos, Qohoru i Lys, a drzwi z obu stron strzegły dwa valyriańskie sfinksy z czarnego marmuru o oczach z wypolerowanych granatów.

Zaraz po jego wejściu do sali podszedł do niego Varys, eunuch, członek rady, którego Ned darzył najmniejszą sympatią.

— Lordzie Stark, ze smutkiem przyjąłem wiadomość o twoich kłopotach w czasie podróży traktem. Wszyscy paliliśmy świece za księcia Joffreya. Modlę się o jego zdrowie. — Dłoń Varysa pozostawiła grudki pudru na rękawie Neda, a sam pająk pachniał słodko i mdło jak kwiaty na grobie.

— Twoi bogowie wysłuchali cię — odpowiedział Ned chłodnym, lecz uprzejmym tonem. — Książę z każdym dniem nabiera sił. — Wyswobodziwszy się z uścisku eunucha, przeszedł pokój i zbliżył się do lorda Renly'ego, który rozmawiał przy płaskorzeźbie z niskim mężczyzną, Littlefingerem, jak domyślał się Ned. Kiedy Robert zasiadł na tronie, Renly miał zaledwie osiem lat, lecz wyrósł na krzepkiego mężczyznę, podobnie jak jego brat, co zawsze wprawiało Neda w pewne zakłopotanie. Ilekroć spotykał najmłodszego brata Króla, wydawało mu się, że czas zatrzymał się w miejscu i ma przed sobą Roberta, który wrócił właśnie ze zwycięskiej bitwy nad Tridentem.

— Widzę, że dotarłeś bezpiecznie, lordzie Stark — rzekł Renly.

— Tak jak i ty — odparł Ned. — Musisz mi wybaczyć, lecz czasem wydajesz mi się łudząco podobny do swojego brata, Roberta.

— Nędzna kopia — odpowiedział Renly, wzruszając ramionami.

— Za to o wiele lepiej ubrana — zażartował Littlefinger. — Lord Renly wydaje więcej na ubrania niż połowa dam na dworze.

Rzeczywiście tak było. Lord Renly miał na sobie ubranie z ciemnozielonego aksamitu, a na jego kubraku pędziło tuzin jeleni wyszytych złotą nicią. Z ramienia zwisała zarzucona niedbale półpeleryna ze złotogłowia spięta broszą ze szmaragdem.

— Znam gorsze zbrodnie — odparował Renly z uśmiechem. — Chociażby to, jak ty się ubierasz.

Littlefinger zignorował przytyk. Przyglądał się Nedowi z uśmiechem na ustach, który graniczył z bezczelnością.

— Lordzie Stark, już od jakiegoś czasu miałem nadzieję cię poznać. Teraz wiem, dlaczego lady Catelyn wspominała mi o tobie.

— Tak — odpowiedział chłodno Ned. — Rozumiem, że znałeś także mojego brata, Brandona.

Renly Baratheon roześmiał się, a Varys podszedł bliżej, żeby posłuchać ich rozmowy.

— I to zbyt dobrze — stwierdził Littlefinger. — Do dzisiaj noszę dowód jego uznania wobec mnie. Czy Brandon wspominał też i o mnie?

— Często, i to z pewnym ożywieniem — odparł Ned z nadzieją, że na tym skończą rozmowę. Nie miał cierpliwości do słownych potyczek.

— Powiedziałbym, że ożywienie nie pasuje do Starków — mówił dalej Littlefinger. — Tutaj, na południu, mówi się, że jesteście zrobieni z lodu i topicie się, gdy tylko wyjedziecie za Przesmyk.

— Nie planuję roztopienia się w najbliższym czasie, lordzie Baelish. Zapewniam cię. — Ned podszedł do stołu i powiedział: — Maester Pycelle, mniemam, że masz się dobrze.

Wielki Maester uśmiechnął się łagodnie z wysokiego krzesła.

— Wystarczająco dobrze, jak na moje lata, panie — odparł. — Chociaż łatwo się męczę. — Cienkie kosmyki siwych włosów okalały jego szerokie, łyse czoło nad łagodną twarzą. Na szyi nie nosił zwykłego metalowego łańcucha, jakiego używał Luwin. Jego szyję wielokrotnie owijał masywny naszyjnik, który zakrywał go od brody do piersi. Ogniwa wykute były ze wszystkich istniejących metali:

z czarnego żelaza i czerwonego złota, z jasnej miedzi i matowego ołowiu, a także ze stali, jasnego srebra, mosiądzu, brązu i platyny. Zdobiły go też granaty, ametysty, czarne perły i gdzieniegdzie szmaragdy i rubiny. — Może moglibyśmy zacząć — poprosił Wielki Maester, składając dłonie na pokaźnym brzuchu. — Obawiam się, że zasnę, jeśli będziemy dłużej czekać.

— Dobrze. — U szczytu stołu stało krzesło Króla, puste teraz; na poduszkach widniał jeleń Baratheonów wyhaftowany złotą nicią. Jako prawa ręka Króla, Ned zajął miejsce obok. — Panowie — powiedział chłodno. — Wybaczcie, że kazałem wam czekać.

— Jesteś Królewskim Namiestnikiem — oświadczył Varys. — Mamy obowiązek czekać na ciebie, lordzie Stark.

Kiedy pozostali zajmowali swoje miejsca, Eddard Stark doznał nieodpartego uczucia, że nie powinnien znajdować się w tym pokoju, wśród tych ludzi. Przypomniał sobie słowa Roberta wypowiedziane w krypcie w Winterfell: „Żyję wśród pochlebców i głupców". Ned spojrzał na zebranych i zaczął się zastanawiać, którzy z nich są pochlebcami, a którzy głupcami. Wydawało mu się, że już wie.

— Jest nas tylko pięciu — zauważył.

— Lord Stannis udał się na Smoczą Skałę niedługo po wyjeździe Króla na północ — poinformował go Varys. — Natomiast nasz dzielny ser Barristan bez wątpienia jedzie teraz ulicami miasta u boku Króla, jak przystało Lordowi Dowódcy Gwardii Królewskiej.

— Może więc zaczekamy na ser Barristana i Króla — zaproponował Ned.

Renly Baratheon roześmiał się głośno.

— Przyjdzie nam długo czekać, jeśli liczymy na to, że mój brat zaszczyci nas swoją obecnością.

— Wiele spraw zaprząta umysł naszego dobrego króla Roberta — wtrącił Varys. — Dlatego mniej ważne nam powierza, spodziewając się, że ulżymy mu nieco.

— Lord Varys chciał powiedzieć, że wszystko, co dotyczy pieniędzy, żywności i sprawiedliwości, nudzi mojego brata śmiertelnie, więc jarzmo rządów spada na nas. Od czasu do czasu przekazuje nam jakiś rozkaz — rzekł lord Renly. Wyciągnął z rękawa zwinięty papier i położył go na stole. — Dzisiejszego ranka rozkazał mi pojechać przodem i poprosić Wielkiego Maestera Pycelle, aby zebrał radę. Ma dla nas ważne zadanie.

Littlefinger uśmiechnął się i wręczył Nedowi rulon zalakowany królewską pieczęcią. Ned złamał pieczęć kciukiem i rozwinął papier, pragnąc zapoznać się z pilnym poleceniem Króla. Czytał z rosnącym niedowierzaniem. Czy szaleństwo Roberta nie znało granic? Szalę goryczy i niedowierzania przepełnił fakt, że Król robił to w jego imieniu.

— Dobrzy bogowie — jęknął.

— Lord Eddard chciał przez to powiedzieć, że Jego Miłość zleca nam zorganizować wielki turniej, który upamiętni mianowanie nowego Namiestnika — wyjaśnił lord Renly.

— Ile? — spytał spokojnie Littlefinger.

Ned przeczytał mu odpowiedź z listu.

— Czterdzieści tysięcy złotych smoków dla zwycięzcy. Dwadzieścia tysięcy dla drugiego, kolejne dwadzieścia dla zwycięzcy walki zbiorowej i dziesięć tysięcy dla najlepszego łucznika.

— Dziewięćdziesiąt tysięcy w złocie — westchnął Littlefinger. — Nie wolno nam zapominać o innych kosztach. Robert z pewnością spodziewa się hucznej uczty. A to oznacza dodatkowe pieniądze dla kucharzy, cieśli, służących, trubadurów, kuglarzy, błaznów...

— Tych u nas nie brakuje... — wtrącił lord Renly.

Wielki Maester Pycelle spojrzał na Littlefingera.

— Czy skarbiec podoła takim wydatkom?

— Jaki skarbiec? — odparł Littlefinger, krzywiąc się. — Darujmy sobie te niedorzeczności. Obaj dobrze wiemy, że skarbiec już od lat jest pusty. Będę musiał pożyczyć pieniądze. Bez wątpienia znajdziemy pomoc u Lannisterów. Jesteśmy winni lordowi Tywinowi jakieś trzy miliony smoków, więc sto tysięcy nie zrobi większej różnicy.

Ned słuchał z niedowierzaniem.

— Chcesz powiedzieć, że Korona jest zadłużona na trzy miliony w złocie?

— Korona jest zadłużona na ponad sześć milionów w złocie, lordzie Stark. Głównie u Lannisterów, ale pożyczaliśmy też od lorda Tyrella, z Żelaznego Banku z Braavos oraz od kilku kompanii handlowych z Tyr. Ostatnio musiałem nawet odwołać się do Wiary. Wielki Septon targuje się bardziej niż dornijski kupiec.

Ned nie wierzył własnym uszom.

— Przecież Aerys Targaryen pozostawił skarbiec pełen złota. Jak mogliście do tego dopuścić?

Littlefinger wzruszył ramionami.

— Starszy nad monetą zdobywa pieniądze, a Król i jego Namiestnik je wydają.

— Nie uwierzę, że Jon Arryn pozwolił Robertowi żebrać po całym Królestwie — przemówił gwałtownie Ned.

Wielki Maester Pycelle pokręcił głową, pobrzękując cicho łańcuchem.

— Lord Arryn był roztropnym człowiekiem. Obawiam się jednak, że Jego Miłość nie zawsze słucha mądrych rad.

— Mój panujący brat uwielbia turnieje i uczty — powiedział Renly Baratheon. — Nienawidzi zaś, jak on to mówi, liczenia miedziaków.

— Pomówię z Jego Miłością — odparł Ned. — Turniej jest ekstrawagancją, na którą nie stać Korony.

— Pomów, jeśli chcesz — oświadczył lord Renly. — Ale lepiej zabierzmy się do omówienia przygotowań.

— Kiedy indziej — odpowiedział Ned. Może trochę zbyt gwałtownie, sądząc po spojrzeniach, jakie posłali mu członkowie rady. Będzie musiał pamiętać, że już nie jest w Winterfell, gdzie miał nad sobą tylko Króla. Tutaj był zaledwie pierwszym spośród równych sobie. — Wybaczcie mi, lordowie — rzekł łagodniejszym tonem. — Jestem zmęczony. Skończmy na dzisiaj. Spotkamy się, kiedy wszyscy odpoczniemy. — Nie pytając ich o zgodę, wstał, skłonił lekko głowę i wyszedł.

Na zewnątrz rzeka wozów i jeźdźców wciąż wlewała się w zamkową bramę, a dziedziniec tonął w chaosie pełnym błota, koni i pokrzykujących ludzi. Poinformowano go, że Król jeszcze nie przybył.

Od dnia nieprzyjemnych wydarzeń nad Tridentem Stark i jego świta wyprzedzali znacznie główną kolumnę, żeby odłączyć się od Lannisterów i rozładować napięcie. Przez cały czas prawie nie widywano Roberta. Podobno jechał w wielkim domu na kołach i tęgo popijał. Jeśli tak, to pewnie nie przybędzie tak prędko, chociaż i tak za szybko, jeśli chodzi o Neda. Wystarczyło, że spojrzał na twarz Sansy, by znowu poczuć zżerające go od wewnątrz uczucie wściekłości. Ostatnie dwa tygodnie ich podróży upłynęły w bardzo podłym nastroju. Sansa obwiniała wciąż Aryę i powiedziała jej, że to Nymeria powinna zostać zabita. Arya pogrążyła się w smutku, kiedy dowiedziała się, co się stało z chłopakiem rzeźnika. I tak Sansa płakała, kładąc się wieczorem do snu, Arya milczała całymi dniami, a Eddard Stark śnił o zamarzniętym piekle zarezerwowanym dla Starków z Winterfell.

Przeszedł przez zewnętrzny dziedziniec, potem pod kratą i trafił na zewnętrzny mur, kierując się, jak mu się wydawało, do Wieży Namiestnika, kiedy na jego drodze stanął Littlefinger.

— Idziesz w złym kierunku, Stark. Chodź ze mną.

Zawahał się na moment, po czym ruszył. Littlefinger poprowadził go do wieży, potem schodami w dół. Następnie przeszli przez mały dziedziniec i wzdłuż pustego korytarza, gdzie pod ścianami stały na straży zbroje. Pochodziły jeszcze z czasów Targaryenów, zrobione z czarnej stali, ze smoczymi łuskami na hełmach, zakurzone i zapomniane.

— To nie jest droga do moich pokoi — powiedział Ned.

— Czy mówiłem, że tam idziemy? Prowadzę cię do lochów, gdzie mam zamiar poderżnąć ci gardło i zamurować twoje ciało w celi — rzucił sarkastycznie Littlefinger. — Stark, nie ma czasu na rozmowy. Twoja żona czeka.

— Littlefinger, co to za gra? Catelyn jest w Winterfell, setki mil stąd.

— Czyżby? — W szarozielonych oczach Littlefingera zaświeciły iskierki rozbawienia. — A zatem ktoś dokonał zdumiewającego przeistoczenia się. Nie ma czasu, chodź. Albo zostań, a ona będzie ze mną. — Zbiegł szybko schodami w dół.

Ned poszedł za nim ostrożnie, zastanawiając się, czy ten dzień kiedykolwiek się skończy. Nie miał ochoty na żadne intrygi, lecz zrozumiał, że są chlebem powszednim dla kogoś takiego jak Littlefinger.

Na końcu schodów napotkali ciężkie dębowe drzwi okute żelazem. Petyr Baelish uniósł zasuwę i skinął na Neda. Znaleźli się na skalistym urwisku skąpanym w rudawym blasku zmierzchu, wysoko nad rzeką.

— Wyszliśmy z zamku — powiedział Ned.

— Trudno cię oszukać, Stark — zauważył Littlefinger, uśmiechając się kpiąco. — Zorientowałeś się po słońcu czy po niebie? Idź za mną. W skale wykuto stopnie. Postaraj się nie spaść, Catelyn nigdy by tego nie zrozumiała — dodał i zniknął za krawędzią klifu. Schodził z szybkością małpy.

Ned przyglądał się skalistej ścianie przez chwilę, zanim ruszył wolno. Rzeczywiście były tam płytkie wycięcia, tak jak mówił Littlefinger. Rzeka majaczyła daleko w dole. Ned schodził z twarzą przyciśniętą mocno do skały, starając się nie patrzeć pod nogi bez potrzeby.

Wreszcie znalazł się na samym dole, na wąskiej, błotnistej ścieżce biegnącej wzdłuż brzegu rzeki. Littlefinger stał oparty leniwie o skałę i jadł jabłko.

— Starzejesz się i robisz się powolny, Stark — stwierdził i rzucił ogryzek do rzeki. — Nieważne, dalej pojedziemy. — Nieopodal czekały dwa konie. Ned dosiadł jednego z nich i ruszył w kierunku miasta.

Wreszcie Baelish zatrzymał swojego wierzchowca przed obskurnym, dwupiętrowym budynkiem z drewna; jego rozświetlone okna wyraźnie odcinały się od zapadającego zmroku. Z budynku dochodziły dźwięki muzyki i rubasznego śmiechu. Przy drzwiach kołysała się ozdobna lampa oliwna z kloszem z czerwonego szkła ołowiowego, zawieszona na ciężkim łańcuchu.

Ned Stark zsiadł z konia z wyrazem wściekłości na twarzy.

— Burdel — powiedział i chwycił Littlefingera za ramię, przyciągając go do siebie. — Kazałeś mi jechać taki kawał drogi po to tylko, żeby mnie zaprowadzić do burdelu?

— Twoja żona jest w środku — odparł Littlefinger.

To była ostateczna zniewaga.

— Brandon okazał ci zbyt wiele łaskawości — orzekł Ned. Przycisnąwszy małego Littlefingera do ściany, przyłożył mu sztylet do szyi.

— Panie, nie. — Rozległ się czyjś głos. — On mówi prawdę. — Chwilę później usłyszeli kroki.

Ned odwrócił się z nożem w dłoni i ujrzał zbliżającego się siwowłosego mężczyznę, który odziany był w brązowe ubranie z surowego sukna, a kiedy biegł, jego miękki podbródek podskakiwał.

— Nie mieszaj się, człowieku — odezwał się Ned, zanim rozpoznał nadbiegającego. — Opuścił sztylet, zdumiony. — Ser Rodrik?

Rodrik Cassel skinął głową.

— Twoja pani czeka na górze.

Ned nie wiedział, co o tym wszystkim myśleć.

— Naprawdę Catelyn jest tutaj? Littlefinger mnie nie nabierał? — Schował nóż.

— Chciałbym, żeby tak było, Stark — powiedział Littlefinger. — Idź za mną i postaraj się wyglądać trochę bardziej na lubieżnika, a trochę mniej na Królewskiego Namiestnika, nie przeholuj w żadną stronę. Nie byłoby dobrze, gdyby cię rozpoznano. Przechodząc, możesz popieścić jakąś pierś albo dwie.

Weszli do środka i znaleźli się w zatłoczonym dużym pokoju, w którym gruba kobieta śpiewała sprośne piosenki, tymczasem młode dziewczęta, ubrane w skąpe jedwabne stroje, przyciskały się do swoich kochanków albo kołysały na ich kolanach. Nikt nawet nie spojrzał na Neda. Ser Rodrik pozostał na dole, tymczasem Littlefinger poprowadził go na drugie piętro i dalej, korytarzem do pokoju, w którym czekała Catelyn.

Krzyknęła na jego widok i natychmiast podbiegła do niego.

— Moja pani — wyszeptał Ned, kiedy go objęła za szyję.

— Och, bardzo dobrze — powiedział Littlefinger, zamykając drzwi. — Poznałeś ją.

— Bałam się, że nigdy nie przyjdziesz, mój panie — wyszeptała z twarzą przytuloną do jego piersi. — Petyr informował mnie o wszystkim. Opowiedział mi o twoich kłopotach z Aryą i młodym Księciem. Co z dziewczynkami?

— Obie pogrążone w smutku i pełne złości — odparł. — Cat, nie rozumiem. Co robisz w Królewskiej Przystani? Co się stało? — spytał żonę. — Czy chodzi o Brana? Czy on... — Nie żyje, to słowo cisnęło mu się na usta, lecz nie potrafił go wypowiedzieć.

— Tak, chodzi o Brana, ale to nie to, o czym myślisz — oświadczyła Catelyn.

Ned czuł się całkowicie zagubiony.

— W takim razie, o co chodzi? Dlaczego przybyłaś tutaj, moja kochana? Co to za miejsce?

— Dokładnie takie na jakie wygląda — wtrącił Littlefinger, siadając na siedzeniu w oknie. — Burdel. Czy może istnieć mniej prawdopodobne miejsce, w którym by szukano Catelyn Tully? — Uśmiechnął się. — Tak się składa, że jestem właścicielem tej posiadłości, więc bez trudu mogłem wszystko tutaj zorganizować. Bardzo mi zależy, aby Lannisterowie nie dowiedzieli się, że Cat przybyła do Królewskiej Przystani.

— Dlaczego? — spytał Ned. Teraz dopiero dostrzegł jej dłonie, zdał sobie sprawę, w jak nienaturalny sposób go obejmuje. Zobaczył czerwone blizny, dwa ostatnie palce lewej dłoni były sztywne. — Jesteś ranna. — Wziął jej ręce w swoje i odwrócił je. — Bogowie, straszne głębokie rany... od miecza albo... moja pani, jak to się stało?

Catelyn wyjęła spod płaszcza sztylet i położyła mu go na dłoni.

— Nim właśnie zamierzano pozbawić życia Brana.

Ned podniósł gwałtownie głowę.

— Kto... dlaczego ktoś...

Przyłożyła palec do ust.

— Pozwól, kochany, że wszystko ci opowiem. Tak będzie szybciej. Posłuchaj.

Opowiedziała mu o wszystkim, a on wysłuchał całej historii od pożaru w bibliotece, aż do Varysa, strażników i Littlefingera. Kiedy skończyła mówić, Eddard Stark wciąż siedział milczący ze sztyletem w dłoni. Wilk Brana uratował mu życie, pomyślał. Co Jon powiedział, kiedy znaleźli szczeniaki w śniegu? „Los zesłał te szczenięta twoim dzieciom, panie". A on zabił wilka Sansy i dlaczego? Czy czuł się winny? A może bał się? Jeśli bogowie zesłali im te wilki, to czy nie popełnił ogromnego głupstwa?

Wysiłkiem woli odpędził podobne myśli i znowu spojrzał na sztylet.

— Sztylet Krasnala — powtórzył. Nie potrafił znaleźć większego sensu w tym, co usłyszał. Zacisnął dłoń na gładkiej rękojeści ze smoczej kości i wbił nóż w stół, czując, jak ostrze zagłębia się w drewno. Zakołysało się, szydząc z niego. — Dlaczego Tyrion Lannister miałby chcieć śmierci Brana? Chłopak nigdy nie zrobił mu nic złego.

— Czy wy, Starkowie, macie tylko śnieg między uszami? — wtrącił Littlefinger. — Krasnal z pewnością nie działał sam.

Ned wstał i zaczął chodzić po pokoju.

— Jeśli Królowa ma z tym coś wspólnego albo — bogowie niech bronią — sam Król... nie, nie wierzę. — W tej samej chwili przypomniał sobie chłodny ranek na pustkowiu i słowa Roberta, który mówił o wysłaniu mordercy do targaryeńskiej księżniczki. Przypomniał sobie maleńkiego synka Rhaegara i jego zmasakrowaną czaszkę oraz to, w jaki sposób Król odwrócił się wtedy, podobnie jak odwrócił się nie tak dawno w sali audiencyjnej Darry'ego. Wciąż słyszał błagalny głos Sansy; prosiła go tak samo jak kiedyś Lyanna.

— Prawdopodobnie Król o niczym nie wiedział — powiedział Littlefinger. — Nie pierwszy raz. Nasz dobry Robert nabrał wprawy w przymykaniu oczu na rzeczy, których wolałby nie oglądać.

Ned nie potrafił mu odpowiedzieć. Znowu ujrzał napuchniętą twarz chłopaka rzeźnika, jego ciało przecięte prawie na pół; po tym wydarzeniu Król nie odezwał się ani słowem. Ned czuł pulsujący ból w głowie.

Littlefinger podszedł wolno do stołu i wyrwał nóż.

— Kogokolwiek byś oskarżył, popełnisz zdradę. Oskarż Króla, a zatańczysz z Ilynem Payne'em, zanim skończysz mówić. Co do Królowej... gdybyś znalazł dowód i zdołał nakłonić Roberta, żeby cię wysłuchał, może wtedy...

— Mamy dowód — przerwał mu Ned. — Sztylet.

— To? — Littlefinger podrzucił niedbale nóż. — Ładny kawałek stali, mój panie, ale ma ostrza z obu stron. Bez wątpienia Krasnal przysięgnie, że skradziono mu sztylet w czasie wizyty w Winterfell. Kto udowodni, że kłamie, skoro jego zbir nie żyje? — Rzucił nóż Nedowi. — Oto, co ci radzę: rzuć nóż do rzeki i zapomnij o całej sprawie.

Ned posłał Petyrowi chłodne spojrzenie.

— Lordzie Baelish. Mówisz do Starka z Winterfell. Mój syn leży złożony niemocą, może umiera. Pewnie by już nie żył, a wraz z nim Catelyn, gdyby nie wilcze szczenię znalezione w śniegu. Jeśli rzeczywiście wierzysz, że mógłbym o tym zapomnieć, to jesteś równie wielkim głupcem, jakim byłeś, gdy podniosłeś miecz na mojego brata.

— Stark, może i jestem głupcem... ale wciąż żyję, tymczasem twój brat gnije w zimnym grobie już od jakichś czternastu lat. Jeśli chcesz się położyć obok niego, nie będę cię od tego odwodził, ale się do ciebie nie przyłączę, nie, dziękuję bardzo.

— Jesteś ostatnim, którego chciałbym przyłączyć do kogokolwiek, lordzie Baelish.

— Ranisz mnie głęboko. — Littlefinger położył dłoń na sercu. — Jeśli o mnie chodzi, to zawsze uważałem was, Starków, za dość męczącą bandę, ale Cat chyba przywiązała się do ciebie z powodów zupełnie dla mnie niezrozumiałych. Dlatego ze względu na nią pomogę ci pozostać przy życiu. Głupio postępuję, ale nie potrafię odmówić twojej żonie.

— Wyjawiłam Petyrowi moje podejrzenia co do śmierci Jona Arryna — wyjaśniła Catelyn. — Obiecał, że pomoże ci dotrzeć do prawdy.

Nie była to wiadomość, która by ucieszyła Eddarda Starka, lecz musiał przyznać, że potrzebowali pomocy, a Littlefinger był kiedyś dla Cat jak brat. Nie po raz pierwszy Ned został zmuszony układać się z człowiekiem, którym gardził.

— Dobrze — powiedział, wsuwając sztylet za pas. — Wspomniałeś o Varysie. Czy eunuch wie o wszystkim?

— Nie ode mnie — rzekła Catelyn. — Eddardzie Stark, twoja żona nie jest głupia. Jednak Varys ma swoje sposoby na zdobywanie informacji. Zapewniam cię, Ned, robi to za pomocą jakiejś mrocznej sztuki.

— Wszyscy wiedzą, że ma swoich szpiegów — odparł Ned zdawkowo.

— Nie tylko to — nie ustępowała Catelyn. — Ser Rodrik rozmawiał z ser Aronem Santagarem w tajemnicy, a mimo to Pająk dowiedział się o ich spotkaniu. Obawiam się tego człowieka.

Littlefinger uśmiechnął się.

— Słodka pani, lorda Varysa zostaw mnie. Jeśli wybaczysz mi wulgarne słowa — w końcu uchodzą w takim miejscu — trzymam go mocno za jaja. — Zacisnął dłoń, uśmiechając się. — W każdym razie zrobiłbym to, gdyby był mężczyzną albo choć miał jaja. Widzisz, wystarczy sypnąć okruchów i ptaki zaczynają śpiewać, a Varysowi by się to nie spodobało. Na twoim miejscu bardziej bym się martwił Lannisterami.

Ned sam dobrze o tym wiedział. Wrócił pamięcią do dnia, w którym odnaleziono Aryę; dostrzegł wtedy wyraz twarzy Królowej, która powiedziała cicho i spokojnie: „Mamy wilka!" Pomyślał o małym Mycahu, o nagłej śmierci Jona Arryna, o upadku Brana, o starym, szalonym Aerysie Targaryenie, który umierał na podłodze swojej sali tronowej, a jego krew wysychała na złotym ostrzu.

— Moja pani — rzekł, odwracając się do Catelyn. — Nic więcej już tutaj nie zdziałasz. Wracaj natychmiast do Winterfell. Skoro pojawił się jeden morderca, mogą być i następni. Ten, kto pragnął śmierci Brana, dowie się niebawem, że chłopiec wciąż żyje.

— Miałam nadzieję zobaczyć dziewczynki... — odparła Catelyn.

— Byłoby to bardzo nierozsądne — wtrącił Littlefinger. — W Czerwonej Twierdzy pełno jest ciekawskich oczu, a dzieci lubią dużo mówić.

— On ma rację, kochana — powiedział Ned. Przytulił ją do siebie. — Weź ser Rodrika i udajcie się do Winterfell. Ja zaopiekuję się dziewczynkami. Jedź do domu i czuwaj nad naszymi synami.

— Będzie tak, jak mówisz, mój panie.

Ned pocałował ją, kiedy uniosła twarz. Wpiła mocno okaleczone palce w jego plecy, jakby na zawsze pragnęła zapewnić mu bezpieczeństwo w swoich ramionach.

— Czy zechcecie skorzystać z sypialni? — spytał Littlefinger. — Muszę cię jednak ostrzec, Stark, że tutaj pobieramy za to opłaty.

— Chcemy zostać tylko na chwilę, nie proszę o więcej — wyszeptała Catelyn.

— Dobrze. — Littlefinger ruszył w stronę drzwi. — Tylko chwilę. Obaj powinniśmy wrócić do zamku, zanim zauważą naszą nieobecność.

Catelyn podeszła do niego i wzięła go za ręce.

— Petyr, nie zapomnę o tym, że mi pomogłeś. Kiedy twoi ludzie przyszli po mnie, nie wiedziałam, czy prowadzą mnie do przyjaciela czy do wroga. Okazałeś się kimś więcej niż przyjacielem. Odnalazłam brata, którego — jak sądziłam — utraciłam.

Petyr Baelish uśmiechnął się.

— Słodka pani, jestem ogromnie sentymentalny. Lepiej nie wspominaj o tym nikomu. Od lat staram się przekonać wszystkich na dworze o swojej niegodziwości i okrucieństwie i nie chciałbym, aby moje wysiłki zostały zaprzepaszczone.

Ned nie wierzył w ani jedno jego słowo, lecz odezwał się uprzejmie:

— Lordzie Baelish, ja także chcę wyrazić swoje podziękowanie.

— To już dla mnie prawdziwy skarb — odpowiedział Littlefinger, wychodząc.

Kiedy drzwi zamknęły się za nim, Ned odwrócił się do żony.

— Po powrocie do domu wyślij w moim imieniu wiadomość do Helmana Tallharta i Galbarta Glovera. Niech zbiorą po stu łuczników i obsadzą Fosę Cailin. Dwustu dobrych łuczników może utrzymać Przesmyk nawet przed napierającą armią. Niech lord Manderly sprawdzi i uzupełni umocnienia w Białym Porcie, żeby i tam nie brakowało ludzi. Chcę też, żeby dobrze zaopiekowano się Theonem Greyjoyem. Jeśli dojdzie do wojny, bardzo przyda nam się flota jego ojca.

— Do wojny? — powtórzyła Catelyn przestraszona.

— Nie dojdzie do tego — zapewnił Ned, modląc się w duchu, aby to była prawda. Objął ją i przytulił. — Lannisterowie stają się bezlitośni w obliczu słabości, o czym, niestety, przekonał się Aerys Targaryen, lecz nie ośmielą się zaatakować północy bez poparcia pozostałej części Królestwa, a takiej siły nie zdobędą. Muszę odgrywać moją maskaradę, jakby nic się nie stało. Pamiętaj, kochana, dlaczego tutaj przyjechałem. Jeśli znajdę dowód na potwierdzenie faktu, że Lannisterowie zabili Jona Arryna...

Czuł, że Catelyn drży. Zacisnęła poranione dłonie na jego ramionach.

— Co wtedy, kochany?

Ned wiedział, że jest to najtrudniejsza część całej sprawy.

— Cała sprawiedliwość płynie od Króla — powiedział. — Kiedy dowiem się prawdy, będę musiał wyjawić ją Robertowi. — Mam nadzieję, że okaże się mężczyzną, jakim jest w moim przekonaniu, a nie jakim jawi się w moich domysłach, pomyślał.

TYRION

— Jesteś pewien, że już chcesz wracać? — spytał go Lord Dowódca.

— Absolutnie, lordzie Mormont — odparł Tyrion. — Mój brat, Jaime, będzie się zastanawiał, co się ze mną stało. Mógłby jeszcze pomyśleć, że namówiłeś mnie, abym przebrał się na czarno.

— Zrobiłbym tak, gdybym potrafił. — Mormont wziął do ręki szczypce kraba i złamał je w dłoni. Pomimo podeszłego wieku zachował siłę niedźwiedzia. — Jesteś przebiegły. Potrzeba nam tutaj takich ludzi.

Tyrion uśmiechnął się.

— W takim razie przeczeszę Siedem Królestw w poszukiwaniu karłów i przyślę ich do ciebie, lordzie Mormont. — Roześmiali się, a on wyssał mięso z nogi kraba. Świeże kraby przywieziono ze Wschodniej Strażnicy w beczce wypełnionej śniegiem.

Ser Alliser Thorne był jedynym z siedzących przy stole, który się nie uśmiechnął.

— Lannister szydzi sobie z nas.

— Tylko z ciebie, ser Alliser — powiedział Tyrion. Pozostali znowu się roześmiali, lecz tym razem trochę nerwowo i niepewnie.

Thorne rzucił mu pełne nienawiści spojrzenie.

— Masz śmiały język, jak na kogoś, kto nawet w połowie nie jest mężczyzną. Może powinniśmy wyjść na dziedziniec?

— Po co? — odpowiedział pytaniem Tyrion. — Kraby są tutaj.

Jego odpowiedź wywołała kolejne salwy śmiechu. Ser Alliser wstał, zaciskając mocno usta.

— Wyjdźmy stąd. Zobaczymy, czy będziesz równie zabawny, kiedy poczujesz w dłoni stal oręża.

Tyrion spojrzał wymownie na swoją prawą rękę.

— Tak się składa, że akurat trzymam w dłoni stal, chociaż to tylko widelec. Czy będziemy się pojedynkować? — Wskoczył na swoje krzesło i zaczął dźgać widelcem pierś Thorne'a. Po sali przetoczyła się salwa śmiechu. Lord Dowódca zaczął się krztusić, plując kawałkami krabiego mięsa. Z okiennego parapetu rozległo się głośne krakanie jego kruka:

— Pojedynkować!

Ser Alliser wyszedł z sali sztywno, jakby ktoś wsadził mu sztylet w siedzenie.

Mormont wciąż próbował złapać oddech. Tyrion poklepał go mocno po plecach.

— Łupy dla zwycięzcy — krzyknął. — Biorę kraby Thorne'a.

Wreszcie Lord Dowódca doszedł do siebie.

— Ależ z ciebie nikczemnik; żeby prowokować ser Allisera? — powiedział.

Tyrion usiadł i napił się wina.

— Jeśli ktoś maluje sobie tarczę na własnej piersi, powinien się liczyć z tym, że prędzej czy później ktoś w nią wyceluje. Widziałem już trupy z większym poczuciem humoru niż wasz ser Alliser.

— Powoli — sprzeciwił się Lord Zarządca, Bowen Marsh, mężczyzna okrągły i czerwony jak owoc granatu. — Powinieneś posłuchać, jakie wyzwiska wynajduje dla chłopców, których ćwiczy.

Tyrion miał okazję usłyszeć kilka z nich.

— Założę się, że i oni mają kilka wyzwisk dla niego — odpowiedział. — Moi panowie, spójrzcie prawdzie w oczy. Ser Alliser Thorne powinien sprzątać w waszych stajniach, a nie ćwiczyć młodych wojowników.

— Na Murze nie brakuje stajennych — mruknął lord Mormont. — Można by sądzić, że przysyłają nam tylko stajennych. Stajennych, złodziejaszków i gwałcicieli. Ser Alliser jest pasowanym rycerzem, jednym z nielicznych, którzy wstąpili do Straży, zanim jeszcze zostałem Lordem Dowódcą. Walczył dzielnie w Królewskiej Przystani.

— Po niewłaściwej stronie — zauważył ser Jaremy Rykker. — Wiem, bo sam stałem obok niego na murach. Tywin Lannister zachował się niezwykle wspaniałomyślnie i dał nam do wyboru: przebierzemy się w czerń albo jeszcze przed zachodem słońca zobaczymy własne głowy zatknięte nad bramą. Bez obrazy, Tyrionie.

— Oczywiście, ser Jaremy. Mój ojciec czuje słabość do głów wbitych na pal, szczególnie jeśli są to głowy tych, którzy w jakiś sposób go zdenerwowali. No cóż, z taką szlachetną twarzą jak twoja... bez wątpienia pasowałaby mu do dekoracji Królewskiej Bramy. Myślę, że wyglądałbyś na niej bardzo dostojnie.

— Dziękuję ci — odparł ser Jaremy, uśmiechając się sardonicznie. Lord Dowódca Mormont chrząknął.

— Czasem wydaje mi się, że ser Alliser rzeczywiście cię przejrzał, Tyrionie. Ty drwisz sobie z nas i z naszej szlachetnej służby.

Tyrion wzruszył ramionami.

— Od czasu do czasu dobrze jest, żeby ktoś trochę z nas zadrwił, lordzie Mormont, inaczej zaczynamy traktować siebie zbyt poważnie. — Podniósł swój puchar.

Kiedy Rykker napełnił mu go, Bowen Marsh powiedział:

— Jak na tak małego mężczyznę, masz duże pragnienie.

— Och, myślę, że lord Tyrion nie jest wcale taki mały. — Z drugiego końca stołu rozległ się głos maestera Aemona. Mówił cicho, dlatego oficerowie umilkli natychmiast, żeby usłyszeć, co ma do powiedzenia wiekowy starzec. — Sądzę, że on jest olbrzymem wśród nas, tutaj, na końcu świata.

— Mój panie, różnie mnie już nazywano, ale chyba nigdy olbrzymem — odpowiedział uprzejmie Tyrion.

— Niemniej jednak uważam, że jest to prawda — oznajmił maester Aemon, zwracając w stronę Tyriona zasnute bielmem oczy.

Choć raz Tyrion Lannister nie wiedział, co powiedzieć. Skłonił tylko głowę uprzejmie i mruknął:

— Jesteś zbyt łaskawy, maester Aemonie.

Ślepiec uśmiechnął się. Przeżywszy sto lat, był bardzo drobny, łysy, pomarszczony i pokurczony, a jego łańcuch maestera o ogniwach wykutych z wielu metali zwisał mu luźno na szyi.

— Mój panie, różnie mnie już nazywano, ale chyba nigdy łaskawym. — Tym razem Tyrion roześmiał się głośno.

Później, po skończonym posiłku, kiedy większość biesiadników wyszła, Mormont podsunął Tyrionowi krzesło przy ogniu i podał mu puchar grzanego trunku tak mocnego, że w oczach Krasnala zalśniły łzy.

— W tej części królewskiego traktu droga może być niebezpieczna — powiedział Lord Dowódca.

— Mam Jycka i Morreca — odpowiedział Tyrion. — A poza tym Yoren wraca na południe.

— Yoren to tylko jeden człowiek. Dostaniesz eskortę straży aż do Winterfell — orzekł Mormont stanowczym głosem. — Trzech ludzi powinno wystarczyć.

— Jeśli nalegasz, panie — odparł Tyrion. — Mógłbyś posłać ze mną młodego Snowa. Pewnie chciałby zobaczyć swoich braci.

Mormont nachmurzył się znad swojej gęstej, siwej brody.

— Snowa? Ach, bękarta Starka. To nie jest dobry pomysł. Młodzi muszą zapomnieć o przeszłości, o swoich matkach i braciach. Wizyta w domu tylko by podsyciła uczucia, których powinien się wyzbyć. Wiem coś o tym. Moja własna rodzina... moja siostra Maege jest panią na Wyspie Niedźwiedziej od czasu, kiedy mój syn splamił honor rodu. Mam siostrzenice, których nigdy nie widziałem. — Napił się wina. — Poza tym Jon Snow to jeszcze chłopiec. A tak będziesz miał trzy mocne miecze do obrony.

— Doceniam twoją troskę, lordzie Mormont. — Tyrion czuł, że coraz bardziej kręci mu się w głowie od mocnego trunku, lecz nie aż tak bardzo, by nie zorientować się, że Stary Niedźwiedź chce czegoś od niego. — Mam nadzieję, że będę mógł się odwzajemnić za twoją uprzejmość.

— Będziesz mógł — odpowiedział otwarcie Mormont. — Twoja siostra zasiada u boku Króla. Twój brat jest wielkim rycerzem, ojciec zaś najpotężniejszym lordem w Siedmiu Królestwach. Wstaw się za nami u nich. Opowiedz o naszych potrzebach. Widziałeś wszystko. Nocna Straż umiera. Nie mamy nawet tysiąca ludzi. Tutaj jest zaledwie sześciuset, dwustu w Wieży Cieni, jeszcze mniej we Wschodniej Strażnicy. Z tego zaledwie jedna trzecia nadaje się do walki. A Mur ma trzysta mil długości. Pomyśl tylko. Gdyby nas zaatakowano, jeden człowiek broniłby trzech mil Muru.

— Jeden i jedna trzecia — poprawił Tyrion, ziewając.

Mormont wydawał się go nie słyszeć. Stary rycerz rozłożył dłonie nad ogniem.

— Twierdzisz, że ser Alliser nie nadaje się do tego, co robi. Kim jednak miałbym go zastąpić? Wysłałem Benjena Starka na poszukiwanie syna Yohna Royce'a, który zaginął z dwoma dobrymi ludźmi na swoim pierwszym wypadzie, teraz zaginął też i Benjen. Chłopak Royce'a był za młody, ale nalegał, żeby mu powierzyć honory dowodzenia; jako rycerz miał prawo. Nie chciałem obrazić jego ojca. — Lord Dowódca westchnął głęboko. — Jeśli Benjen nie wróci, kto mi zostanie? Za dwa lata skończę siedemdziesiąt lat. Będę za stary i zbyt zmęczony, aby dźwigać taki ciężar. A jeśli go zrzucę, kto go poniesie? Alliser Thorne? Bowen Marsh? Nie jestem ślepy, jak maester Aemon, i potrafię ocenić ich należycie. Nocna Straż zamieniła się w zbieraninę ponurych chłopaków i zmęczonych starców. Poza tymi, z którymi jedliśmy przy stole, mam jeszcze może dwudziestu, którzy potrafią czytać, a jeszcze mniej takich, co potrafią myśleć, planować czy dowodzić. Kiedyś z nastaniem lata Nocna Straż budowała Mur, tak aby każdy Lord Dowódca zostawił go wyższym, niż zastał. A my teraz możemy tylko trwać.

Tyrion zdał sobie sprawę, że starzec jest zdesperowany i zrobiło mu się go żal. Lord Mormont spędził na Murze znaczną część swojego życia i z pewnością pragnął bardzo, by wszystkie te lata nie okazały się pozbawione znaczenia.

— Obiecuję, że Król usłyszy o twoich potrzebach — rzekł z powagą. — Pomówię też z ojcem i bratem. — I tak będzie. Tyrion Lannister dotrzymywał słowa. Reszty już nie powiedział głośno. Nie dodał, że król Robert zignoruje go, lord Tywin zapyta, czy aby nie postradał zmysłów, a Jaime roześmieje się tylko.

Mormont wyciągnął rękę i uścisnął mocno dłoń Tyriona.

— Musisz ich przekonać, bo, powiem ci, mój panie, nadchodzi ciemność. W lasach pojawiają się dzikie istoty, wilkory, mamuty i śnieżne niedźwiedzie wielkości żubrów, a mroczne cienie nawiedzają sny maestera Aemona.

— Sny — powtórzył Tyrion i pomyślał, że bardzo chce się jeszcze napić mocnego trunku.

Mormont mówił dalej:

— Rybacy, którzy mieszkają w okolicy Wschodniej Strażnicy, widzieli na brzegu białych wędrowców.

Teraz już Tyrion nie potrafił się powstrzymać.

— Rybacy z Lannisportu widują często merlingi.

— Denys Mallister pisze, że ludzie z gór wycofują się na południe. Jeszcze nigdy dotąd nie widziano ich tylu w okolicy Wieży Cieni. Uciekają, mój panie... ale przed czym uciekają? — Lord Mormont podszedł do okna i spojrzał w ciemność nocy. — Moje kości są stare, lecz nigdy jeszcze nie czułem w nich takiego chłodu. Proszę, przekaż Królowi, co ci mówiłem. Naprawdę nadchodzi zima, a kiedy zapadnie Długa Noc, tylko Nocna Straż będzie stała między Królestwem a ciemnością, która napływa z północy. Niech bogowie mają nas w opiece, jeśli nie będziemy gotowi.

— Niech bogowie mają mnie w opiece, jeśli zaraz nie pójdę spać. Yoren chce wyruszyć o świcie. — Tyrion podniósł się, otępiały od wina i zmęczony rozmową o przyszłości. — Lordzie Mormont, dziękuję ci za twoją gościnę.

— Opowiedz im, Tyrionie. Opowiedz i przekonaj. Takiego potrzebuję podziękowania. — Stary Niedźwiedź zagwizdał na kruka, który natychmiast przyleciał i siadł mu na ramieniu. Wychodząc, Tyrion widział jeszcze, jak Mormont karmi ptaka ziarnem z ręki.

Na zewnątrz panowało przenikliwe zimno. Opatulony w futro, Tyrion Lannister naciągnął rękawice i skinął zmarzniętym strażnikom, którzy strzegli wejścia do Wieży Dowódcy. Ruszył przez dziedziniec do swojego pokoju, najszybciej jak pozwalały mu na to nogi. Zmarznięty śnieg chrzęścił pod butami, a nad jego głową unosił się proporzec pary z oddechu. Przycisnął ramiona do piersi i pomaszerował jeszcze szybciej. Miał nadzieję, że Morrec nie zapomniał ogrzać łóżka gorącymi cegłami z ognia.

Mur za Królewską Wieżą skrzył się w blasku księżyca, ogromny i tajemniczy. Tyrion zatrzymał się na chwilę, aby popatrzeć na niego. Czuł chłód i zmęczenie w nogach. Nagle bardzo zapragnął jeszcze raz spojrzeć poza krawędź świata. To ostatnia okazja, pomyślał. Jutro wyruszy na południe i pewnie już nigdy nie wróci na to zmarznięte pustkowie, bo i po co? Królewska Wieża kusiła swoim ciepłem i miękkim łóżkiem, a jednak minął ją i poszedł dalej, w kierunku bladej palisady Muru.

Drewniane schody pięły się zygzakami w górę po południowej stronie ściany, wsparte na ogromnych balach wbitych głęboko w zamarzniętą ziemię. Czarni bracia zapewniali go, że schody są mocniejsze, niż na to wyglądają, lecz Tyrion, zbyt zmęczony, nie miał ochoty na wspinaczkę. Zbliżył się więc do żelaznej klatki, wszedł do niej i pociągnął trzykrotnie za linę dzwonka.

Wydawało mu się, że czekał całą wieczność, odwrócony tyłem do Muru. W każdym razie wystarczająco długo, żeby zacząć się zastanawiać, po co to robi. Już miał zrezygnować, kiedy poczuł szarpnięcie i klatka ruszyła w górę.

Unosił się najpierw skokami, potem coraz łagodniej. Ziemia oddalała się coraz bardziej. Kiedy klatka zakołysała się, zacisnął dłonie na żelaznych prętach. Zimno metalu przenikało nawet rękawice. Zauważył, że Morrec nie zgasił jeszcze ognia w jego pokoju, lecz Wieża Dowódcy tonęła w ciemności. Pomyślał, że Stary Niedźwiedź ma więcej rozsądku od niego.

Wieże pozostały w dole, a on wciąż jechał w górę. Czarny Zamek majaczył w świetle księżyca. Z góry wydawał się pusty i potężny; pozbawione okien twierdze, kruszące się mury, zasypane gruzem dziedzińce. Dalej widać było Mole's Town, małą osadę położoną pół mili na południe przy królewskim trakcie. Tu i ówdzie iskrzyły się jaśniejsze smugi światła odbitego w strumieniach, które spływały z gór i toczyły wody dalej przez równiny. Reszta świata przypominała ponure pustkowie, smagane wiatrem wzgórza i kamieniste pola, upstrzone łachami śniegu.

Wreszcie usłyszał za sobą niski głos:

— Na siedem piekieł, to karzeł. — Klatka zatrzymała się gwałtownie i zawisła w miejscu, kołysząc się lekko. Przez moment słychać było tylko skrzypienie lin.

— A niech to, wypuść go. — Rozległo się głośne stęknięcie i zatrzeszczało drewno, kiedy przesunięto klatkę w bok. Tyrion znalazł się na szczycie Muru. Poczekał, aż klatka przestała się kołysać, zanim otworzył jej drzwi i wyskoczył na lód. Postać ubrana na czarno opierała się o kołowrót, druga zaś przytrzymywała klatkę dłonią w grubej rękawicy. Kolejne warstwy czarnej wełny zakrywały szczelnie postacie, tak że widać było tylko ich oczy.

— A czego ty chcesz o tej porze? — zapytał strażnik oparty o kołowrót.

— Spojrzeć po raz ostatni.

Strażnicy popatrzyli na siebie ponuro.

— A patrz sobie — odparł drugi z nich. — Tylko nie spadnij, karzełku. Stary Niedźwiedź obdarłby nas ze skóry.

Pod ogromnym dźwigiem stała niewielka szopa. Tyrion poczuł powiew ciepła i ujrzał blask żaru, kiedy strażnicy otworzyli drzwi i weszli do środka. Znowu został sam.

Tutaj, w górze, panował przenikliwy ziąb, a wiatr nieustannie szarpał ubranie Krasnala niczym natrętny kochanek. Szczyt Muru był szerszy niż królewski trakt na znacznej części długości, więc Tyrion nie obawiał się, że spadnie, chociaż grunt pod nogami okazał się bardziej śliski, niżby sobie tego życzył. Bracia wysypywali ścieżki pokruszonymi kamieniami, lecz ziemia pod nimi — wydeptana niezliczoną ilością stóp — topniała, połykając kamienie, i zamarzała, tak więc po pewnym czasie ścieżki znowu stawały się gładkie i śliskie.

Tyrion nie lękał się, że spadnie. Popatrzył na wschód, potem na zachód — szeroka, biała droga ciągnęła się w obie strony w nieskończoność. Nie potrafił powiedzieć, dlaczego zdecydował się pójść na zachód. Szedł wolno ścieżką tuż przy północnej krawędzi muru, gdzie kamienie wydawały się mniej oblodzone.

Na policzkach czuł palące rumieńce od mrozu, a nogi bolały go z każdym krokiem coraz bardziej, lecz nie zwracał na to uwagi. Wiatr tańczył wokół niego, żwir chrzęścił pod jego butami, tymczasem biała wstęga przed nim wiła się między wzgórzami, wznosząc się coraz wyżej i wyżej, zanim zginęła za zachodnim horyzontem. Minął katapultę wysokości przeciętnego miejskiego muru, której podstawę osadzono głęboko w Murze. Obok leżało jej ramię, zdjęte kiedyś do naprawy i zapomniane.

Gdzieś zza katapulty rozległ się stłumiony głos:

— Stój! Kto idzie?

Tyrion zatrzymał się.

— Jon, zamarznę, jeśli zostanę w tym samym miejscu zbyt długo — powiedział. Kudłaty jasny cień podkradł się do niego i powąchał okrywające go futro. — Cześć, Duchu!

Jon Snow podszedł bliżej. Ubrany w skórę i futro wydawał się cięższy i większy, twarz przesłaniał mu kaptur płaszcza.

— Lannister — rzekł, zsuwając szal z ust. — Ostatnie miejsce, gdzie bym się ciebie spodziewał. — Dzierżył ciężko włócznię z żelaznym grotem, a u jego boku spoczywał miecz schowany w skórzanej pochwie. Na piersi miał zawieszony czarny róg.

— Ostatnie miejsce, gdzie bym się spodziewał, że mnie ktoś spotka — odpowiedział Tyrion. — Naszedł mnie taki kaprys. Czy Duch odgryzie mi rękę, jeśli go pogłaszczę?

— Nie, jeśli ja tu będę — obiecał Jon.

Tyrion podrapał białego wilka za uchem. Zwierzę popatrzyło na niego obojętnie czerwonymi ślepiami. Wilkor sięgał mu już do piersi. Jeszcze rok, pomyślał Tyrion, a to on będzie musiał patrzeć w górę na wilka.

— Co ty tutaj robisz, poza tym że odmrażasz sobie męskość?...

— Mam nocną wartę — oświadczył Jon. — Jeszcze jedną. Dobry ser Alliser postarał się, żeby dowódca wart nie zapominał o mnie. Myśli chyba, że jak nie pozwolą mi zasnąć przez połowę nocy, to zdrzemnę się w czasie porannych ćwiczeń. Jak dotąd rozczarowałem go.

Tyrion uśmiechnął się.

— A czy Duch nauczył się już żonglować?

— Nie — odparł Jon z uśmiechem. — Ale dzisiaj rano Grenn nie dał się Halderowi, a Pyp nie gubi już miecza tak często jak przedtem.

— Pyp?

— Ma na imię Pypar. Ten mały chłopak z dużymi uszami. Widział, jak ćwiczę z Grennem, i poprosił mnie o pomoc. Thorne nigdy nie pokazał mu, jak dobrze trzymać miecz. — Odwrócił się i spojrzał na północ. — Pilnuję Muru na odcinku mili. Przejdziemy się?

— Jeśli będziesz szedł powoli — odparł Tyrion.

— Dowódca straży mówił, że mam chodzić, żeby nie zamarzła mi krew, nie powiedział tylko, jak szybko.

Ruszyli, a Duch trzymał się blisko Jona niczym biały cień.

— Wyjeżdżam jutro — odezwał się Tyrion.

— Wiem — wyznał Jon dziwnie smutnym głosem.

— Zatrzymam się w Winterfell. Gdybyś chciał coś przekazać...

— Powiedz Robbowi, że mam zamiar przejąć dowództwo nad Nocną Strażą i dopilnuję, żeby był bezpieczny. Wtedy on będzie mógł zająć się robótkami razem z dziewczętami, a Mikken przetopi jego miecz na podkowy.

— Twój brat jest większy ode mnie — odpowiedział Tyrion wesoło. — Nie podejmuję się przekazania jakiejkolwiek wiadomości, która mogłaby kosztować mnie życie.

— Rickon będzie pewnie pytał, kiedy wrócę do domu. Postaraj się mu wytłumaczyć, gdzie jestem. Powiedz mu, że może zatrzymać wszystkie moje rzeczy, dopóki nie wrócę.

Tyrion pomyślał, że to już kolejne prośby, z jakimi zwrócono się do niego tego dnia.

— Mógłbyś napisać to wszystko w liście.

— Tak, ale Rickon nie umie jeszcze czytać. Bran zaś... — Snow zamilkł. — Nie wiem, co chciałbym przekazać Branowi. Pomóż mu, Tyrionie.

— Jak mógłbym mu pomóc? Nie potrafię łagodzić bólu, tak jak maester. Nie znam żadnych zaklęć, dzięki którym mógłby odzyskać władzę w nogach.

— Pomogłeś mi, kiedy tego potrzebowałem — odrzekł Jon Snow.

— Nie dałem ci niczego poza słowami.

— A zatem pomóż i Branowi swoimi słowami.

— Prosisz kulawego, żeby nauczył kalekę tańczyć — powiedział Tyrion. — Nawet jeśli moja lekcja będzie szczera, to rezultat mógłby być co najwyżej groteskowy. Ale wiem, co to znaczy kochać brata, lordzie Snow. Pomogę Branowi, jeśli tylko uznam, że potrafię.

— Dziękuję ci, lordzie Lannister. — Jon zdjął rękawicę i wyciągnął rękę. — Przyjacielu.

Tyrion poczuł się dziwnie poruszony.

— Większość z moich krewnych to bękarty — oznajmił, uśmiechając się gorzko — ale jesteś moim pierwszym przyjacielem. — Ściągnął zębami rękawicę i uścisnął dłoń Snowa, dwie nagie dłonie. Uścisk chłopca był zdecydowany i silny.

Kiedy znowu włożył rękawicę, Jon Snow odwrócił się niespodziewanie i podszedł do niskiej, oblodzonej balustrady od północnej strony muru. Mur za nią opadał gwałtownie w dół; dalej rozpościerała się tylko dzika ciemność. Tyrion zbliżył się i stanął u jego boku, na krawędzi świata.

Nocna Straż pilnowała, aby las pozostawał w odległości pół mili od Muru. Rosnące niegdyś tuż przy nim dęby, graby i drzewa strażnicze wycięto setki lat temu, pozostawiając nagi pas ziemi, przez który nikt nie mógł przedostać się nie zauważony. Tyrion słyszał wcześniej, że w ciągu wieków w innych miejscach, między trzema fortecami, dziki las zdołał podkraść się bliżej Muru i szarozielone drzewa strażnicze oraz blade czardrzewa zapuściły korzenie w cieniu Muru. Jednak Czarny Zamek pożerał wiele opału, i dlatego siekiery czarnych braci skutecznie utrzymywały las w odpowiedniej odległości.

Jednakże nigdzie nie oddalał się zbytnio. Z miejsca, w którym stali, tuż za szerokim pasem ziemi majaczyły ciemne sylwetki drzew, jakby ktoś wybudował drugą, równoległą ścianę, ścianę nocy. W ciemności tego lasu rzadko rozlegały się odgłosy siekiery, tam nawet promienie księżyca nie potrafiły przebić się w głąb plątaniny korzeni i konarów. Tam drzewa rosły ogromne, zamyślone — jak twierdzili Zwiadowcy — obojętne na istnienie człowieka. Dlatego pewnie mówiono, że jest to nawiedzany las.

Kiedy tak stał wpatrzony w ciemność nie rozświetloną ani jednym ogniskiem, owiewany wiatrem i przenikliwym zimnem, Tyrion Lannister gotów był prawie uwierzyć w opowieści o Innych, nocnych wrogach. Jego żarty o grumkinach i snarkach nie wydawały mu się już takie śmieszne.

— Mój stryj jest gdzieś tam — powiedział cicho Jon Snow. Wpatrywał się w ciemność oparty o włócznię. — Pierwszej nocy, kiedy mnie tutaj przysłano, myślałem, że zobaczę, jak wraca stryj Benjen, i będę mógł zadąć w róg. Lecz on nie wrócił. Ani wtedy, ani teraz.

— Daj mu trochę czasu — powiedział Tyrion.

Gdzieś daleko na północy zawył wilk. Po chwili przyłączył się do niego inny, a potem jeszcze jeden. Duch przechylił łeb i słuchał.

— Jeśli nie wróci, Duch i ja pójdziemy go poszukać — oświadczył Jon Snow i położył dłoń na łbie wilkora.

— Wierzę ci — odparł Tyrion i pomyślał zaraz: A kto pójdzie szukać ciebie? Zadrżał.

ARYA

Ojciec znowu użerał się z radą. Arya potrafiła odczytać to z jego twarzy, kiedy przyszedł do stołu, spóźniony, jak to często miało miejsce. Zabrano już pierwsze danie, gęstą, słodką zupę z dynią, kiedy Ned Stark przybył do Małej Komnaty. Nazywali ją tak w odróżnieniu od Wielkiej Komnaty, w której Król, bywało, podejmował setki ludzi; w mniejszej pod wysokim sklepieniem mogło zasiąść dwieście osób.

— Mój panie — rzekł Jory, ujrzawszy jej ojca. Wstał, a za nim podniosła się reszta straży. Każdy z nich ubrany był w nowy płaszcz z grubej, szarej wełny, oblamowany atłasem. Fałdy tych okryć spinała srebrna klamra w kształcie dłoni — godło gwardii Namiestnika. Było ich tylko pięćdziesięciu, dlatego większość ławek przy stołach pozostawała pusta.

— Siadajcie — powiedział Eddard Stark. — Widzę, że zaczęliście beze mnie. Cieszę się, że są jeszcze w tym mieście ludzie z odrobiną rozsądku. — Dał znak do ponownego rozpoczęcia posiłku. Służący wnieśli tace pełne żeberek smażonych z czosnkiem i ziołami.

— Mówią, że będziemy mieli turniej, panie — odezwał się Jory, siadając na swoim miejscu. — Podobno przybędą rycerze z całego Królestwa, aby walczyć i ucztować z okazji mianowania cię Królewskim Namiestnikiem.

Arya widziała, że fakt ten wcale nie przysporzył radości jej ojcu.

— Czy mówią też, że jest to ostatnia rzecz, jakiej bym pragnął?

Sansa otworzyła szeroko oczy.

— Turniej — wyszeptała. Siedziała między septą Mordane a Jeyne Poole, możliwie najdalej od Aryi. — Ojcze, czy wolno nam będzie pójść?

— Sanso, wiesz, co o tym myślę. Muszę zorganizować pojedynki Roberta i udawać, że jestem tym wielce zaszczycony. Nie znaczy to jednak, że pozwolę moim córkom brać udział w podobnych bzdurach.

— Och, proszę — powiedziała Sansa. — Chcę to zobaczyć.

— Będzie tam księżniczka Myrcella — zabrała głos septa Mordane. — A ona jest młodsza od lady Sansy. Wszystkie damy z dworu wezmą udział w tym wielkim wydarzeniu. Byłoby to co najmniej dziwne, gdyby rodzina Namiestnika nie przybyła na turniej zorganizowany na jego cześć.

Ojciec westchnął zrezygnowany.

— Chyba tak. Dobrze, będziesz miała swoje miejsce, Sanso. — Spojrzał na Aryę i dodał: — Obie pójdziecie.

— Nie obchodzą mnie ich głupie turnieje — powiedziała Arya. Wiedziała, że spotka tam księcia Joffreya, którego nienawidziła.

Sansa podniosła głowę.

— To będzie wspaniałe wydarzenie. Nikt cię tam nie potrzebuje.

Grymas złości pojawił się na twarzy ojca.

— Przestań, Sanso, jeśli nie chcesz, żebym zmienił zdanie. Mam już dość tych waszych ciągłych wojen. Jesteście siostrami i macie się zachowywać jak siostry, zrozumiano?

Sansa przygryzła wargę i przytaknęła. Arya opuściła głowę i nie odrywała wzroku od talerza. Czuła piekącą wilgoć łez. Starła je gwałtownym ruchem, powstrzymując płacz.

Teraz słychać było tylko odgłosy noży i widelców.

— Wybaczcie — odezwał się jej ojciec. — Nie mam dzisiaj apetytu — powiedział i wyszedł.

Po jego wyjściu Sansa i Jeyne Poole zaczęły szeptać do siebie podekscytowane. Jory roześmiał się na drugim końcu stołu, usłyszawszy dowcip, który zaczął opowiadać Hullen.

— Twój rumak chyba nie będzie najlepszy na turniej. Oj, chyba nie. — Pozostali słyszeli już go wcześniej, dlatego Desmond, Jacks i Harwin, syn Hullena, zaczęli krzyczeć, żeby przestał opowiadać, a Porther zawołał na służących, żeby przynieśli wina.

Nikt nie odzywał się do Aryi, lecz ona się tym nie przejmowała. Gdyby tylko jej pozwolono, jadałaby posiłki sama w swojej sypialni. Czasem tak było, kiedy ojciec musiał towarzyszyć Królowi albo jakiemuś lordowi czy posłowi. Przeważnie jednak jedli w trójkę, on, Arya i Sansa. Wtedy najbardziej tęskniła za braćmi. Miała ochotę podrażnić się z Branem i pobawić z małym Rickonem albo pozwolić Robbowi, żeby pośmiał się z niej. Tęskniła do chwil, kiedy Jon tarmosił ją za włosy i nazywał „małą siostrzyczką", kiedy razem kończyli zdanie. Tutaj nie miała nikogo poza Sansą, a Sansa nie chciała z nią rozmawiać, jeśli nie zmusił jej do tego ojciec.

W Winterfell jedli często w dużym holu. Ojciec mawiał, że pan powinien jadać ze swoimi ludźmi, jeśli chce zyskać ich szacunek. „Musisz znać ludzi, którzy idą za tobą — usłyszała kiedyś, jak mówił do Robba — i pozwolić, żeby cię lepiej poznali. Nie każ im umierać za obcego". W Winterfell zawsze przy jego stole czekało wolne miejsce i każdego dnia zapraszał kogoś innego, aby je zająć. Raz mógł to być Vayon Poole i wtedy rozmawiano o pieniądzach, chlebie i służących. Kiedy indziej przy stole zasiadał Mikken. Wtedy ojciec słuchał o zbrojach, mieczach i o tym, jak najlepiej hartować stal. Innym razem słuchał nie kończących się opowieści Hullena o koniach albo septona Chayle'a z biblioteki, Jory'ego, ser Rodrika czy nawet Starej Niani.

Arya bardzo lubiła opowieści powtarzane przy jego stole. Lubiła też słuchać tego, co mówią ludzie z ławek: wolni, twardzi jak skóra, szlachetni rycerze i buńczuczni młodzi giermkowie czy wojownicy o siwych włosach. Rzucała w nich śnieżnymi kulkami i pomagała wykradać z kuchni ciasteczka. Od ich żon dostawała placuszki, ona zaś wymyślała imiona dla ich niemowląt i bawiła się z ich dziećmi w potwory i dziewice, w poszukiwanie skarbu albo przybądź do mojego zamku. Gruby Tom nazywał ją Wszędobylska, ponieważ twierdził, że zawsze wszyscy się na nią natykali. O wiele bardziej podobało jej się to przezwisko niż „Arya o Końskim Pysku".

Tylko że tamto działo się w Winterfell, na drugim końcu świata, a teraz wszystko uległo zmianie. Tego dnia po raz pierwszy od chwili przybycia do Królewskiej Przystani jedli kolację z mężczyznami. Arya nienawidziła tego. Nienawidziła ich głosów, sposobu, w jaki się śmiali, ich opowieści. Przedtem byli jej przyjaciółmi, czuła się wśród nich bezpieczna. Teraz czuła się przez nich oszukana. Pozwolili Królowej zabić Damę, już to było wystarczająco okropne. A potem jeszcze Ogar znalazł Mycaha. Od Jeyne Poole dowiedziała się, że został tak pocięty, iż oddali go rzeźnikowi w worku. Biedak myślał w pierwszej chwili, że przynieśli mu zaszlachtowaną świnię. I nikt nie zaprotestował, nie wyciągnął miecza, nie zrobił czegokolwiek, ani Harwin, zawsze tak odważny w słowach, ani Alyn, który ma być pasowany na rycerza, ani Jory, dowódca straży. Ani nawet jej ojciec.

— On był moim przyjacielem — wyszeptała Arya tak cicho, że nikt jej nie usłyszał. Przed nią na talerzu wciąż leżały żeberka, teraz już zimne, zanurzone częściowo w warstwie skrzepłego tłuszczu. Zrobiło jej się niedobrze, kiedy na nie spojrzała. Wstała i odsunęła się od stołu.

— A ty dokąd, młoda damo? — spytała septa Mordane.

— Nie jestem głodna. — Arya zmusiła się do zachowania pozorów grzeczności. — Czy wolno mi odejść? — wyrecytowała oficjalnym głosem.

— Nie wolno — odparła septa. — Prawie nie tknęłaś jedzenia. Usiądziesz i zjesz wszystko, co masz na talerzu.

— Sama sobie zjedz! — Arya pomknęła do drzwi, zanim ktokolwiek zdołał ją zatrzymać. Mężczyźni wybuchnęli śmiechem, tymczasem septa Mordane wołała coraz bardziej podniesionym głosem.

Gruby Tom stał na posterunku przy drzwiach do Wieży Namiestnika. Zamrugał, kiedy zobaczył rozpędzoną Aryę ściganą krzykami septy.

— Zatrzymaj się, mała — mruknął i wyciągnął rękę, lecz Arya przemknęła między jego nogami i pobiegła pędem na górę krętymi schodami, bębniąc stopami po kamiennych stopniach. Gruby Tom, zasapany, został daleko z tyłu.

W całej Królewskiej Przystani ze wszystkich pomieszczeń najbardziej lubiła swoją sypialnię, a szczególnie jej drzwi, masywne, z czarnego dębu, okute żelazem. Kiedy zamykała je za sobą i opuszczała ciężką zasuwę, nikt nie mógł wejść do pokoju, ani septa Mordane, ani Gruby Tom, Sansa ani nawet Ogar. Nikt! Zatrzasnęła drzwi za sobą.

Poczuła się bezpieczna dopiero gdy opuściła zasuwę. Rozpłakała się. Usiadła w oknie, pociągając nosem, przepełniona nienawiścią do wszystkich, a przede wszystkim do samej siebie. Wszystko przez nią, wszystko, co złe. Tak powiedziała Sansa, a także Jeyne.

Gruby Tom zapukał do drzwi.

— Arya, dziewczyno, co się stało! — zawołał. — Jesteś tam?

— Nie! — wrzasnęła. Pukanie ustało. Chwilę później usłyszała, jak odchodzi. Łatwo było oszukać Grubego Toma.

Arya podeszła do skrzyni ustawionej w nogach łóżka. Klęknąwszy, otworzyła ją i zaczęła wyrzucać z niej garściami ubrania, jedwabie, atłasy, aksamity i wełny. Znalazła go na samym dnie, tam gdzie go ukryła. Wyjęła miecz niemal z czułością i wysunęła z pochwy.

Igła.

Znowu pomyślała o Mycahu i w jej oczach pojawiły się łzy. To jej wina, jej wina. Gdyby go nie prosiła, żeby bawili się w pojedynek...

Ktoś zapukał do drzwi, głośniej niż poprzednio.

— Aryo Stark, w tej chwili otwórz drzwi, słyszysz mnie?

Arya odwróciła się na pięcie z Igłą w ręku.

— Lepiej nie wchodź tutaj! — ostrzegła. Zadała cios w powietrzu.

— Namiestnik dowie się o tym! — powiedziała rozwścieczona septa Mordane.

— Nic mnie to nie obchodzi — krzyknęła Arya. — Odejdź stąd.

— Pożałujesz swojego zachowania, młoda damo, obiecuję ci.

Nasłuchiwała, dopóki nie ucichły kroki septy.

Wróciła do okna z Igłą w ręku i spojrzała na dziedziniec. Gdyby tylko potrafiła się wspinać tak jak Bran, pomyślała, mogłaby wyjść przez okno na sam dół i uciec z tego okropnego miejsca, uciekłaby od septy Mordane, od księcia Joffreya, od nich wszystkich. Widziała siebie, jak zakrada się do kuchni po jedzenie, potem zabiera Igłę, dobre buty i ciepły płaszcz. W lesie za rzeką odnajduje Nymerię i razem wracają do Winterfell albo uciekają do Jona na Mur. Zatęskniła nagle za Jonem. Może wtedy nie czułaby się taka samotna.

Jej marzenia uleciały na dźwięk delikatnego pukania do drzwi.

— Arya. — Usłyszała głos ojca. — Otwórz. Musimy porozmawiać. — Podeszła do drzwi i podniosła zasuwę. Ojciec był sam.

Jego twarz wyrażała raczej smutek niż złość, co napełniło ją jeszcze większym przygnębieniem. — Czy mogę wejść? — Arya skinęła głową i spuściła oczy zawstydzona. Ojciec zamknął drzwi. — Czyj to miecz?

— Mój. — Zupełnie zapomniała, że trzyma Igłę w ręku.

— Daj mi go. — Usłuchała, choć niechętnie, nie wiedząc, czy jeszcze kiedykolwiek odzyska Igłę. Ojciec obracał miecz w świetle. Sprawdził czubek kciukiem. — Broń zbira — powiedział. — Zdaje się, że znam tę robotę. To dzieło Mikkena.

Arya nie potrafiła okłamywać ojca. Spuściła głowę.

Lord Eddard Stark westchnął.

— Moja dziewięcioletnia córka nosi oręż wykuty w mojej kuźni, a ja nic o tym nie wiem. Królewski Namiestnik ma sprawować rządy w Siedmiu Królestwach, tymczasem nie potrafi zapanować nad własnym domem. Skąd go masz? — Arya zacisnęła usta i milczała. Nie zdradzi Jona, nawet przed własnym ojcem. — To i tak nie ma chyba większego znaczenia — odezwał się lord Eddard po dłuższej chwili. Spojrzał ponuro na miecz. — To nie jest zabawka dla dzieci, a już na pewno nie dla dziewczynek. Co by powiedziała septa Mordane, gdyby zobaczyła, że bawisz się czymś takim?

— Ja się nim nie bawiłam — odparła Arya. — Nienawidzę septy Mordane.

— Dość — przerwał jej ojciec stanowczym głosem. — Septa wypełnia tylko swoje obowiązki, choć zajmować się tobą to prawdziwa mordęga dla biedaczki. Oboje z twoją matką powierzyliśmy jej niemożliwe do wykonania zadanie uczynienia z ciebie damy.

— Ja nie chcę być damą! — krzyknęła Arya.

— Powinienem złamać twoją zabawkę na kolanie i skończyć z tym wszystkim.

— Igły nie da się złamać — próbowała się bronić, lecz zdradziło ją drżenie głosu.

— A zatem ma nawet swoje imię! — Lord Eddard westchnął. — Ach, Aryo, dziecko. Jest w tobie jakaś dzikość. Wilcza krew, jak zwykł mawiać mój ojciec. Lyanna też miała to w sobie, a także mój brat, Brandon, i to w jeszcze większym stopniu. Dlatego zmarli w młodym wieku. — Arya usłyszała nutę smutku w jego głosie. Rzadko mówił o swoim ojcu, bracie i siostrze, którzy umarli, zanim jeszcze ona się urodziła. — Lyanna mogłaby nosić miecz, gdyby pozwolił na to mój pan ojciec. Czasem mi ją przypominasz. Jesteś nawet do niej podobna.

— Lyanna była piękna — powiedziała Arya zaskoczona. Wszyscy tak mówili. Nikt jednak nigdy nie rzekł tak o Aryi.

— Tak — przyznał Eddard Stark. — Piękna, uparta i... zbyt wcześnie zmarła. — Uniósł miecz i trzymał między nimi. — Aryo, co zamierzałaś zrobić z tym... z tą Igłą? Kogo chciałaś nią ukłuć? Swoją siostrę? Septę Mordane? Czy ty masz w ogóle choćby najmniejsze pojęcie o walce mieczem?

Jedyne, co przyszło Aryi do głowy, to lekcja, jakiej udzielił jej Jon.

— Trzeba ukłuć ostrym końcem — wyrzuciła.

Ojciec wybuchnął śmiechem.

— To chyba rzeczywiście jest najważniejsze.

Arya bardzo chciała mu wyjaśnić, żeby zrozumiał.

— Próbowałam się nauczyć, ale... — Znowu poczuła napływające do oczu łzy. — Poprosiłam Mycaha, żeby ćwiczył ze mną. — Ogarnął ją ogromny smutek. Odwróciła się, drżąc. — Ja go poprosiłam — łkała. — To była moja wina, moja...

Ojciec przyciągnął ją do siebie i przytulił ostrożnie, a ona odwróciła się i wtuliła twarz w jego pierś, nie przestając płakać.

— Nie, kochanie — powiedział cicho. — Dobrze, że smucisz się po utracie przyjaciela, ale nie wiń siebie. Nie ty zabiłaś chłopca rzeźnika. To morderstwo leży na sumieniu Ogara, jego i tej okrutnej kobiety, której służy.

— Nienawidzę ich — wyznała Arya, czerwona na twarzy. — Ogara, Królowej, Króla i księcia Joffreya. Nienawidzę ich wszystkich. Joffrey kłamał. Wcale nie było tak, jak mówił. Sansy też nienawidzę. Dobrze pamiętała, ale skłamała, żeby przypodobać się Joffreyowi.

— Wszyscy kłamiemy — rzekł jej ojciec. — Nie uwierzyłem w to, że Nymeria uciekła.

Arya zarumieniła się.

— Jory obiecał nic nie mówić.

— I dotrzymał słowa — odparł ojciec z uśmiechem. — Pewnych rzeczy nie trzeba mówić. Nawet głupiec by się domyślił, że wilk nie zostawiłby cię z własnej woli.

— Musieliśmy rzucać kamieniami — powiedziała smutno. — Mówiłam jej, żeby uciekała, że już jej nie chcę. W lesie słyszeliśmy inne wilki, z którymi by się zaprzyjaźniła. Jory mówił też, że nie zbraknie jej zwierzyny do upolowania. Ale ona wciąż szła za nami. Wreszcie musieliśmy rzucać w nią kamieniami. Dwa razy ją uderzyłam. Zaskomlała i spojrzała na mnie, a mnie się zrobiło wstyd, ale chyba dobrze zrobiłam, prawda? Królowa by ją zabiła.

— Tak — potwierdził lord Eddard. — Czasem nawet w kłamstwie można znaleźć ziarno honoru. — Kiedy obejmował Aryę, odłożył Igłę na bok. Teraz wziął miecz do ręki i podszedł do okna, skąd patrzył przez chwilę na dziedziniec. Wreszcie się odwrócił, z wyrazem zatroskania na twarzy. Usiadł na okiennym siedzeniu z mieczem na kolanach. — Usiądź, Aryo. Chciałbym spróbować wyjaśnić ci kilka rzeczy. — Przycupnęła na brzegu łóżka. — Jesteś jeszcze za młoda, żebym cię obciążał wszystkimi swoimi ciężarami — zaczął — ale należysz do Rodu Starków z Winterfell. Znasz naszą dewizę.

— Nadchodzi zima — wyszeptała Arya.

— Ciężkie, okrutne czasy — dodał ojciec. — Zasmakowaliśmy ich nad Tridentem i później, kiedy Bran spadł. Urodziłaś się w czasie długiego lata, słodziutka, i nie znasz niczego innego, lecz teraz rzeczywiście nadchodzi zima. Wiesz, jakie jest godło naszego rodu.

— Wilkor — powiedziała i zaraz pomyślała o Nymerii. Podciągnęła kolana do piersi, nagle przestraszona.

— Pozwól, dziecko, że powiem ci coś o wilkach. Kiedy spada śnieg i wieje biały wiatr, samotny wilk umiera, ale stado przeżyje. Latem jest pora na kłótnie. Zimą natomiast musimy chronić się nawzajem, ogrzewać, dzielić myślami. Dlatego jeśli już musisz nienawidzić, to nienawidź tych, którzy naprawdę mogą nas skrzywdzić.

Septa Mordane jest dobrą kobietą, a Sansa... Sansa jest twoją siostrą. Może i różnicie się bardzo, jak słońce i księżyc, lecz płynie w was ta sama krew. Potrzebujesz jej, a ona potrzebuje ciebie... ja zaś potrzebuję was obu, niech mi bogowie dopomogą.

Arya posmutniała, wyczuwając w jego słowach ogromne zmęczenie.

— Ja nie nienawidzę Sansy — rzekła. — Tak naprawdę to nie. — Niezupełnie mówiła prawdę.

— Nie chcę cię przestraszyć, ale nie będę też kłamał. Przybyliśmy w bardzo niebezpieczne i mroczne miejsce, moje dziecko. To nie jest Winterfell. Mamy tu wrogów, którzy źle nam życzą. Dlatego nie możemy walczyć między sobą. Twój upór, ucieczki, wyrazy złości, nieposłuszeństwo... w domu były to tylko letnie igraszki. Tu i zwłaszcza teraz, kiedy nadchodzi zima, mają inne znaczenie. Czas dorosnąć.

— Dobrze — obiecała Arya. Nigdy nie kochała go bardziej niż w tej chwili. — Potrafię być silna. Tak silna jak Robb.

Wyciągnął miecz rękojeścią w jej stronę.

— Proszę. — Spojrzała na Igłę z podziwem. Przez moment bała się jej dotknąć. Bała się, że kiedy wyciągnie rękę, ojciec zabierze jej miecz, lecz on powiedział: — Weź. Jest twój. — Dopiero wtedy zacisnęła dłoń na rękojeści.

— Mogę go zatrzymać? — spytała. — Naprawdę?

— Naprawdę. — Uśmiechnął się. — Gdybym ci go zabrał, za dwa tygodnie z pewnością znalazłbym u ciebie pod poduszką morgensztern. Postaraj się tylko nie ukłuć swojej siostry, bez względu na to, jak bardzo będzie cię prowokowała.

— Nie ukłuję. Obiecuję. — Arya przycisnęła Igłę do piersi, kiedy lord Eddard wychodził.

Następnego ranka po śniadaniu przeprosiła septę Mordane i poprosiła o przebaczenie. Septa przyglądała się jej podejrzliwie, ale ojciec skinął głową.

Trzy dni później w południe zarządca ojca, Vayon Poole, polecił jej udać się do Małej Komnaty. Rozstawione tam wcześniej stoły złożono, a ławki ustawiono pod ścianami. Wydawało jej się, że sala jest pusta, dopóki nie usłyszała obcego głosu:

— Spóźniasz się, chłopcze. — Z cienia wyszedł szczupły mężczyzna o łysej głowie i długim niczym dziób nosie. W rękach trzymał dwa drewniane miecze. — Masz być tutaj jutro w południe. — Mówił z lekkim akcentem któregoś z Wolnych Miast, może Braavos albo Myr.

— Kim jesteś? — spytała Arya.

— Jestem twoim nauczycielem tańca. — Rzucił jej jeden z mieczy. Nie zdołała go złapać i drewniany miecz zagrzechotał na kamiennej podłodze. — Jutro go złapiesz. A teraz podnieś go. — To nie był kij, lecz prawdziwy drewniany miecz z rękojeścią, osłoną i gałką. Arya podniosła go i ścisnęła niezdarnie w dłoniach przed sobą. Okazał się cięższy, niż przypuszczała, o wiele cięższy od Igły. Łysy mężczyzna cmoknął. — Nie tak, chłopcze. To nie jest wielki miecz, który trzeba trzymać w obu rękach. Weź w jedną.

— Jest za ciężki — powiedziała Arya.

— Taki ma być, żeby dobrze leżał w ręku i żeby twoja dłoń nabrała sił. W środku wypełniony jest ołowiem. Wystarczy jedna ręka. — Arya zdjęła prawą dłoń z rękojeści i wytarła ją o spodnie. Teraz trzymała miecz w lewej ręce. Mężczyzna popatrzył na nią zadowolony. — Lewa ręka. Dobrze. Wszystko będzie odwrotnie i trudniej dla przeciwnika. Źle stoisz. Bardziej bokiem, tak, dobrze. Wiesz, jesteś chudy jak drzewce włóczni. To dobrze. Stanowisz mniejszy cel. A teraz chwyt. Pokaż. — Podszedł bliżej i spojrzał na jej dłoń, po czym poprawił palce. — Tak. Nie ściskaj za mocno. Musisz to robić zręcznie, delikatnie.

— A jeśli go upuszczę? — spytała Arya.

— Miecz stanowi przedłużenie twojego ramienia — odparł mężczyzna. — Czy możesz upuścić ramię? Nie. Przez dziewięć lat w Braavos nie było lepszego od Syrio Forela. On zna się na rzeczy. Słuchaj go, chłopcze. — Już po raz trzeci nazwał ją chłopcem.

— Jestem dziewczyną — sprzeciwiła się.

— Chłopak, dziewczyna — żachnął się Syrio Forel. — Jesteś

mieczem i tylko to się liczy. — Ponownie cmoknął. — Tak, chwyt. To nie jest berdysz, trzymasz...

— Igłę — dokończyła za niego.

— Tak. A teraz zaczniemy taniec. Pamiętaj, dziecko, że to nie jest żelazny taniec Westeros, taniec rycerzy, walenie i młócenie. My uczymy się tańca zbójeckiego, tańca wody. Wszyscy ludzie są z wody, wiesz o tym? Kiedy ich przekłujesz, woda wycieka z nich i umierają. — Cofnął się o krok i uniósł swój miecz. — A teraz spróbuj mnie zaatakować.

Arya zadała cios. Próbowała jeszcze przez cztery godziny, aż poczuła, że bolą ją wszystkie mięśnie. Syrio Forel cmokał tylko i mówił, co ma robić.

Następnego dnia zaczęła się prawdziwa praca.

DAENERYS

— Morze Dothraków — oświadczył ser Jorah Mormont, kiedy zatrzymał konia obok niej na szczycie wzniesienia.

Ogromna, pusta równina ciągnęła się aż po horyzont, a nawet jeszcze dalej. To rzeczywiście jest morze, pomyślała Dany. Ani wzgórz, ani gór, żadnych drzew, miast czy dróg, jedynie bezkresne morze traw, których wysokie źdźbła kołysały się na wietrze niczym fale.

— Jest takie zielone — powiedziała.

— Teraz tak — przyznał ser Jorah. — Ale musisz je zobaczyć w porze kwitnienia. Wtedy całe pokryte jest czerwonym kwiatem, zupełnie jak morze krwi. Natomiast w porze suszy cały świat tutaj staje się brązowy. To jest tylko *hranna,* dziecko. Dalej rosną setki odmian trawy, niektóre żółte jak cytryna, ciemne jak indygo, są też niebieskie, pomarańczowe, a także trawy, których źdźbło przypomina tęczę. Podobno w Krainie Cieni za Asshai istnieją oceany zjawotraw, które są wyższe od jeźdźca na koniu i blade jak mleczne szkło. Zabijają one wszystkie inne trawy, a w ciemności świecą duszami przeklętych. Dothrakowie twierdzą, że kiedyś zjawotrawy zarosną cały świat i wtedy skończy się wszelkie życie.

Dany zadrżała.

— Nie chcę mówić o tym teraz — stwierdziła. — Nie chcę myśleć o tym, że wszystko mogłoby umrzeć. Tutaj jest tak pięknie.

— Dobrze, *khaleesi* — odpowiedział ser Jorah z szacunkiem.

Odwróciła się, słysząc głosy. Oboje z Mormontem wyjechali daleko do przodu i teraz pozostali wspinali się za nimi na szczyt wzniesienia. Jej służąca Irri i młodzi łucznicy z jej *khas* dawali sobie doskonale radę, natomiast Viserys nie mógł sobie poradzić z krótkimi strzemionami i płaskim siodłem. Jej brat nie nadawał się do takiej podróży. Powinien był zostać. Magister Illyrio namawiał go, by zaczekał w Pentos, w należącej do kupca rezydencji, lecz Viserys nie chciał o tym słyszeć. Nie chciał rozstawać się z Drogo, dopóki nie zostanie spłacony dług i nie otrzyma obiecanej korony. „A jeśli zechce mnie oszukać, przekona się, co to znaczy obudzić smoka" — oświadczył Viserys jeszcze przed wyjazdem, kładąc dłoń na pożyczonym mieczu. Illyrio zamrugał, usłyszawszy te słowa, i życzył mu powodzenia.

Dany nie miała ochoty wysłuchiwać narzekań brata. Dzień był zbyt wspaniały. Na ciemnoniebieskim niebie krążył polujący jastrząb. Morze traw falowało i wzdychało z każdym oddechem wiatru; czuła jego ciepłe podmuchy na twarzy, przepełniona spokojem. Nie chciała, żeby Viserys zepsuł jej nastrój.

— Zostań tutaj — zwróciła się do ser Joraha. — Każ im tutaj czekać. Powiedz, że to rozkaz.

Rycerz uśmiechnął się. Ser Jorah nie należał do przystojnych mężczyzn. Miał potężne bary i byczy kark, a jego pierś i ramiona porastały sztywne włosy, tak gęste, że nie starczyło ich już na głowę. Jednakże jego uśmiech dodawał otuchy Dany.

— Daenerys, szybko uczysz się mówić jak królowa.

— Nie królowa — powiedziała Dany. — *Khaleesi.* — Zawróciła konia i pogalopowała w dół.

Dany jechała odważnie w dół stromego i skalistego zbocza, a radość i niebezpieczeństwo były jak balsam dla jej serca. Przez całe życie Viserys powtarzał jej, że jest księżniczką, lecz dopiero gdy wsiadła na swojego srebrzystego rumaka, poczuła się nią naprawdę.

Początkowo nie było łatwo. Następnego dnia po weselu zwinięto obóz i wszyscy wyruszyli na wschód, w kierunku Vaes Dothrak. Już trzeciego dnia Dany miała wrażenie, że umiera. Uda i pośladki miała pościerane do krwi. Od ciągłego trzymania wodzy jej dłonie przypominały jeden wielki pęcherz, a mięśnie nóg i pleców tak ją bolały, że z trudem siedziała w siodle. Dlatego służące musiały pomagać jej zsiąść z konia.

Nawet noce nie przynosiły Dany wytchnienia. W ciągu dnia *khal* Drogo całkowicie ją ignorował, tak samo jak w czasie uroczystości zaślubin, wieczorami zaś pił w towarzystwie swoich wojowników i braci krwi, ścigał się z nimi na koniach albo przyglądał się tancerkom i umierającym w pojedynkach. W tych porach jego życia nie było miejsca dla Dany. Jadła więc sama albo w towarzystwie ser Joraha i swojego brata, potem zasypiała z twarzą mokrą od łez. Co noc jednak, przed świtem, Drogo przychodził do jej namiotu, budził ją w ciemności i ujeżdżał równie gwałtownie, jak jeździł na swoim wierzchowcu. Zawsze brał ją od tyłu, tak jak to robią wszyscy Dothrakowie, za co Dany była mu wdzięczna, ponieważ w ten sposób pan mąż nie widział łez na jej twarzy, a ona mogła zatkać usta poduszką, by stłumić okrzyki bólu. Kiedy kończył, zamykał zwykle oczy i zaczynał chrapać cicho. Dany leżała obok niego zbyt obolała, żeby zasnąć.

Mijały kolejne dni, kolejne noce, aż przyszła chwila, kiedy Dany pomyślała, że nie zniesie tego już ani chwili dłużej. Którejś nocy zdecydowała, że dłużej nie wytrzyma, raczej zabije się, niż…

Lecz kiedy zasnęła, znowu przyśnił jej się smok. Tym razem w jej śnie nie było Viserysa. Tylko ona i smok. Łuski miał czarne jak noc i mokre od krwi. Jej krwi. Dany czuła to. Jego oczy przypominały jeziora pełne roztopionej magmy, a kiedy otworzył pysk, popłynął z niego strumień ognia. Słyszała, jak śpiewa dla niej. Wyciągnęła ramiona ku ogniu i objęła go, pozwalając, by ją pochłonął, oczyścił i zahartował. Czuła, jak jej ciało spala się, czernieje, obłazi, jak jej krew gotuje się i zamienia w parę, lecz ani przez chwilę nie zaznała bólu. Zamiast niego wypełniła ją moc i dzikość.

Następnego dnia nie była już taka obolała. Jakby bogowie usłyszeli ją i zlitowali się. Nawet służące dostrzegły odmianę.

— *Khaleesi* — powiedziała Jhiqui. — Co się stało? Jesteś chora?

— Byłam — odpowiedziała. Stała nad smoczymi jajami, które otrzymała w prezencie ślubnym od Illyria. Przesunęła palcem po skorupie największego z nich. Czerń i purpura, pomyślała, jak smok z mojego snu. Kamień pod palcami wydał się jej dziwnie ciepły… a może wciąż śniła?

Odsunęła gwałtownie rękę.

Od tej chwili każdy następny dzień był lepszy od poprzedniego. Nogi miała coraz silniejsze, rany goiły się, pęcherze na dłoniach zrogowaciały; jej miękkie uda nabrały sprężystości i giętkości wyprawionej skóry.

Wprawdzie *khal* rozkazał Irri, żeby nauczyła Dany jeździć konno na sposób Dothraków, lecz prawdziwym nauczycielem okazała się jej źrebica. Dany miała wrażenie, że koń wyczuwa jej nastroje, jakby czytał w myślach. Z każdym dniem czuła się pewniej na jego grzbiecie. Dothrakowie byli ludem twardym, pozbawionym sentymentalnych uczuć i nie mieli w zwyczaju nadawać imion swoim zwierzętom, dlatego Dany nazywała w myślach klacz po prostu srebrzystą. Nigdy wcześniej nie kochała niczego tak bardzo.

Kiedy jazda konna przestała już być dla niej udręką, Dany zaczęła z większą uwagą rozglądać się i podziwiać piękno ziemi, przez którą wędrowali. Razem z Drogo i jego braćmi krwi jechała na przedzie *khalasaru*. Ogromna horda zostawiała za sobą przeoraną ziemię, zmącone rzeki i chmury pyłu, lecz pola przed nimi zawsze pozostawały cudownie zielone.

Minęli łagodne wzniesienia Norvos, małe wioski na zboczach, w których ludzie obserwowali ich z białych murów pokrytych stiukiem. Przeprawili się przez trzy szerokie i łagodne rzeki, a potem przez czwartą, wąską, rwącą i zdradliwą, rozbili obóz u stóp wielkiego, błękitnego wodospadu, przejechali skrajem rozległego, opuszczonego miasta, po którym podobno snują się duchy pośród poczerniałych marmurowych kolumn. Pędzili starymi valyriańskimi drogami, prostymi jak strzała. Przez pół księżyca przemierzali Qohorski Las; liście jego drzew tworzyły zwarty baldachim nad ich głowami, a pnie miały szerokość miejskich bram. Żyły tam ogromne łosie, cętkowane tygrysy i lemury o srebrzystych futrach i wielkich purpurowych oczach, lecz wszystkie umykały przed hordą, dlatego Dany nie udało się zobaczyć ani jednego.

Jej cierpienia pozostały daleko z tyłu. Wciąż czuła ból po całym dniu jazdy, lecz teraz niósł on ze sobą pewną słodycz, dlatego następnego ranka chętnie wskakiwała na konia, spragniona nowych cudownych widoków. Nawet noce niosły ze sobą ulgę, a jeśli zdarzyło jej się krzyknąć, kiedy Drogo ją ujeżdżał, to nie zawsze był to okrzyk bólu.

Dany zjechała ze wzniesienia i zanurzyła się w wysokiej, giętkiej trawie. Wjechała wolno na równinę, zanurzona w zielonej samotności. W *khalasarze* nigdy nie pozostawała sama. Wprawdzie khal Drogo przychodził do niej tylko po zachodzie słońca, ale służące karmiły ją, kąpały i spały za drzwiami namiotu, podobnie jak bracia krwi Drogo i ludzie z jej *khas.* Także jej brat nie odstępował jej na krok, niczym zły cień. Słyszała teraz, jak krzyczy rozwścieczony na ser Joraha na szczycie wzgórza. Niewzruszona, zanurzyła się w morze Dothraków.

Viserys spadł na nią jak grom z nieba, a jego koń stanął nieomal dęba, ściągnięty mocno cuglami.

— Jak śmiesz! — wrzasnął. — Jak śmiesz mi rozkazywać! Mnie! — Zeskoczył z konia niezgrabnie i potknął się. Wstał natychmiast z twarzą czerwoną z gniewu. Chwycił ją mocno i potrząsnął. — Czy zapomniałaś, kim jesteś? Spójrz na siebie! Spójrz na siebie! — Dany nie musiała patrzeć. Była boso, odziana w skórzany strój do jazdy Dothraków i kolorową kamizelkę, którą otrzymała w prezencie ślubnym, włosy miała natarte oliwą. Wyglądała jak mieszkaniec tych ziem. Viserys zaś miał na sobie ubrudzone jedwabne ubranie i kolczugę. Nie przestawał krzyczeć. — Nie waż się rozkazywać smokowi. Rozumiesz? Jestem Panem Siedmiu Królestw i nie pozwolę, żeby rozkazywała mi zdzira jakiegoś dzikusa, słyszysz? — Wsunął dłoń pod jej kamizelkę, wpijając palce boleśnie w pierś. — Słyszysz?

Dany odepchnęła go mocno.

W liliowych oczach Viserysa błysnęły iskierki niedowierzania. Nigdy dotąd nie sprzeciwiła mu się. Grymas wściekłości wykrzywił jego twarz. Wiedziała, że będzie chciał ją skrzywdzić.

Rozległ się świst bicza.

Zabrzmiał jak odgłos grzmotu. Bat owinął się wokół jego szyi i pociągnął go do tyłu. Viserys przewrócił się na ziemię, z trudem łapiąc oddech. Dothrakowie zaczęli pokrzykiwać wesoło, kiedy próbował wstać. Ten z biczem, młody Jhogo, zadał pytanie w swoim gardłowym języku, którego Dany nie rozumiała, lecz wkrótce znalazła się przy nich Irri, a także ser Jorah i pozostali ludzie z jej *khas*.

— Jhogo pyta, czy każesz go zabić, *khaleesi* — powiedziała Irri.

— Nie — odparła Dany. — Nie.

Jhogo zrozumiał jej odpowiedź. Jeden z jeźdźców coś powiedział i pozostali Dothrakowie wybuchnęli śmiechem.

— Quaro uważa, że powinnaś nauczyć go respektu i obciąć mu ucho — przetłumaczyła Irri.

Jej brat klęczał pochylony, szarpiąc skórzaną kolczugę i charcząc niezrozumiale. Bat owinął się ciasno wokół jego szyi.

— Powiedz im, że nie chcę, żeby ktoś go skrzywdził — odezwała się Dany.

Irri przetłumaczyła jej słowa na język Dothraków. Jhogo pociągnął za bat, obracając Viserysem, jakby był lalką na sznurku. Ten, uwolniony od skórzanego bata, znowu się przewrócił. Na jego szyi pojawiła się cienka krwawa linia.

— Pani, ostrzegałem go — powiedział ser Mormont. — Mówiłem, żeby został na górze, tak jak rozkazałaś.

— Wiem — odparła Dany, nie spuszczając wzroku z Viserysa. Wciąż leżał na ziemi, wciągając głośno powietrze, a po jego czerwonej twarzy płynęły łzy. Wyglądał żałośnie. Zawsze był taki żałosny. Dlaczego nie widziała tego wcześniej? Poczuła pustkę w miejscu, które przedtem wypełniał strach. — Zabierz jego konia — rozkazała ser Jorahowi. Viserys otworzył usta i patrzył na nią niedowierzająco. Sama Dany zdumiała się swoimi słowami. Mimo to je wypowiedziała. — Pozwólcie mojemu bratu wrócić pieszo do *khalasaru*. — U Dothraków mężczyzna, który nie jeździł konnno, nie był mężczyzną, traktowano go jako coś gorszego, pozbawionego dumy albo honoru. — Niech wszyscy zobaczą, jaki jest.

— Nie! — krzyknął Viserys. Odwrócił się do ser Joraha, błagając w języku powszechnym, nierozumiałym dla jeźdźców. — Uderz ją, Mormont. Uderz. Rozkazuje ci twój król. Zabij te dothrackie psy i daj jej nauczkę.

Rycerz spoglądał to na Dany, to na jej brata: ona, bosa, z brudnymi stopami i natłuszczonymi włosami, on, w jedwabiach i stalowej kolczudze. Dany wiedziała, że podjął decyzję.

— Pójdzie pieszo, *khaleesi* — powiedział. Zebrał cugle konia jej brata, a Dany wsiadła na swoją srebrzystą klacz.

Viserys otworzył szeroko oczy i usiadł na brudnej ziemi. Milcząc, siedział nieruchomo i patrzył wzrokiem pełnym nienawiści, jak odjeżdżają. Wkrótce zniknął wśród traw. Wtedy Dany zaniepokoiła się.

— Czy trafi z powrotem? — spytała ser Joraha.

— Nawet ktoś tak ślepy jak twój brat powinien odnaleźć nasze ślady — odparł rycerz.

— Jest dumny. Może będzie zbyt zawstydzony, żeby wrócić.

Jorah roześmiał się.

— Dokąd mógłby pójść? A poza tym, nawet jeśli nie znajdzie *khalasaru*, *khalasar* znajdzie jego. Trudno utonąć w dothrackim morzu.

Dany wiedziała, że rycerz mówi prawdę. *Khalasar* przypominał maszerujące miasto, lecz nie posuwało się ono zupełnie na ślepo. Zwiadowcy zawsze wyjeżdżali daleko przed główną kolumnę, szukając zwierzyny albo wroga, a także strzegli jej boków. Nigdy niczego nie przeoczyli, nie tutaj, w krainie, z której pochodzili. Te równiny były częścią ich samych, a teraz i częścią Dany.

— Uderzyłam go — powiedziała, wciąż zdumiona swoim czynem. Teraz kiedy było już po wszystkim, wydawało się, że przeżyła tylko dziwny sen. — Ser Jorahu, czy uważasz... będzie strasznie zły, kiedy wróci... — Zadrżała. — Obudziłam smoka, prawda?

Ser Jorah prychnął zniecierpliwiony.

— Dziewczyno, czy można wskrzesić zmarłego? To twój brat Rhaegar był ostatnim smokiem, a on zginął nad Tridentem. Viserys nie jest nawet cieniem żmii.

Zaskoczył ją swoją szczerością. Miała wrażenie, że wszystko, w co dotąd wierzyła, przestało być nagle takie oczywiste.

— Ty... ty przysięgałeś przed nim...

— Tak, dziewczyno — przyznał ser Jorah. — Lecz jeśli twój brat jest tylko cieniem żmii, to kim w takim razie są jego sługi? — Z słów Mormonta przebijała gorycz.

— Wciąż pozostaje prawdziwym królem. On...

Jorah zatrzymał swojego konia i spojrzał na nią.

— To prawda. Ale czy chciałabyś, żeby Viserys zasiadł na tronie?

Dany myślała o tym.

— Nie byłby dobrym królem, prawda?

— Byli i gorsi... chociaż niewielu. — Rycerz spiął konia ostrogami.

Dany ruszyła za nim.

— Lecz ludzie czekają na niego — powiedziała. — Magister Illyrio twierdzi, że wyszywają sztandary ze smokiem i modlą się o to, żeby Viserys przebył wąskie morze i ich uwolnił.

— Lud modli się o deszcz, zdrowe dzieci i lato, które nie ma końca — oświadczył ser Jorah. — Ich nie obchodzą gry o tron, jeśli tylko zostawi się ich w spokoju. — Wzruszył ramionami.

Dany jechała w milczeniu przez jakiś czas, zastanawiając się nad jego słowami. Usłyszała coś zupełnie innego — ludzi nie obchodzi, czy rządzi nimi prawdziwy król czy uzurpator. Viserys opowiadał coś innego, lecz im dłużej zastanawiała się nad słowami Joraha, tym bardziej wydawały się jej prawdziwe.

— A o co ty się modlisz, ser Jorahu? — spytała.

— O dom — rzekł głosem pełnym tęsknoty.

— Ja także modlę się o dom — powiedziała z przekonaniem.

Ser Jorah roześmiał się.

— A zatem rozejrzyj się, *khaleesi.*

Powiodła wzrokiem dookoła, lecz myślała o czymś innym. Widziała Królewską Przystań i potężną Czerwoną Twierdzę, którą zbudował Aegon Zdobywca. Widziała Smoczą Skałę, gdzie się urodziła. Oczyma wyobraźni ujrzała wszystko ogarnięte płomieniami. W jej myślach wszystkie drzwi były czerwone.

— Mój brat nigdy nie odzyska Siedmiu Królestw — stwierdziła Dany. Teraz dopiero zdała sobie sprawę, że dawno już to wiedziała. Przez całe życie. Tylko że wcześniej nie chciała nigdy powiedzieć tego głośno, ani nawet szeptem. Teraz zaś jej słowa usłyszał ser Jorah i cały świat.

Ser Jorah spojrzał na nią uważnie.

— A więc tak myślisz.

— Nie byłby w stanie poprowadzić armii, nawet gdyby dał mu ją mój pan mąż — powiedziała Dany. — Nie ma pieniędzy, a jego jedyny rycerz nazywa go kimś gorszym od żmii. Dothrakowie szydzą z jego słabości. On nigdy nie zabierze nas do domu.

— Mądre dziecko. — Rycerz uśmiechnął się.

— Nie jestem dzieckiem — zaprzeczyła gwałtownie. Wbiła pięty w boki konia i ruszyła galopem. Jechała coraz szybciej, zostawiając daleko z tyłu Joraha i Irri; na twarzy czuła blask zachodzącego słońca, a we włosach ciepły wiatr. Wróciła do *khalasaru* dopiero po zmierzchu i wiedziała już, co ma zrobić.

Niewolnicy rozbili jej namiot nad stawem pełnym wiosennej wody. Słyszała szorstkie głosy dochodzące z pałacu z plecionej trawy na wzgórzu. Wkrótce rozlegną się śmiechy, kiedy ludzie z jej *khas* opowiedzą pozostałym, co się wydarzyło tego dnia. Zanim Viserys powróci, powłócząc nogami, wszyscy w obozie będą już wiedzieć, że chodzi pieszo. W *khalasarze* nie było tajemnic.

Dany oddała służącym srebrzystą i weszła do swojego jedwabnego namiotu. Panował tam chłód i półmrok. Kiedy opuszczała za sobą zasłonę wejścia, ujrzała długą smugę światła, która dotarła aż do jej smoczych jaj. Przez chwilę przed jej oczyma wirowały tysiące ognistych iskierek. Zamrugała i zniknęły natychmiast.

Są z kamienia, pomyślała. Przecież są tylko z kamienia, sam Illyrio tak mówił, smoki nie żyją. Przyłożyła dłoń do skorupy. Kamień był ciepły. Niemal gorący.

— Słońce je nagrzało w czasie podróży — powiedziała szeptem.

Rozkazała służącym, żeby przygotowały kąpiel. Doreah rozpaliła ogień przed namiotem, a Irri i Jhiqui przyniosły ogromną, miedzianą wannę — jeszcze jeden prezent — i nanosiły wody ze stawu. Kiedy woda była dostatecznie ciepła, Irri pomogła Dany wejść do wanny i sama weszła za nią, żeby umyć jej plecy i włosy.

— Widziałyście kiedyś smoka? — zapytała Dany służące, gdy Irri szorowała jej plecy, a Jhiqui wypłukiwała piasek z włosów. Dany słyszała, że pierwsze smoki przybyły ze wschodu, z Krainy Cieni za Asshai i wysp na Morzu Nefrytowym, być może trochę ich jeszcze żyło w tych niezywkłych, dzikich królestwach.

— Smoków już nie ma, *khaleesi* — odparła Irri.

— Wymarły — zgodziła się Jhiqui. — Dawno, dawno temu.

Viserys opowiadał, że smoki Targaryenów zakończyły życie zaledwie półtora stulecia temu, za panowania Aegona III, zwanego Zgubą Smoków. Dany nie wydawało się to zbyt długim okresem.

— Wszędzie? — zapytała rozczarowana. — Nawet na wschodzie?

Na Zachodzie magia umarła, gdy na Valyrię i Krainy Długiego Lata spadła Zagłada, której nie mogła powstrzymać wykuta w czarodziejski sposób stal, pieśniarze burz ani smoki. Dany zawsze jednak słyszała, że na wschodzie sprawy mają się inaczej. Powiadano, że na wyspach Morza Nefrytowego żyły jeszcze mantykory, w dżunglach Yi Ti grasowały bazyliszki, natomiast w Asshai otwarcie praktykowali zaklinacze, czarnoksiężnicy i aeromanci, a ciemną nocą swe straszliwe czary uprawiali władcy cieni i magowie krwi. Czemu nie mogłoby tam być również smoków?

— Nie ma smoków — powtórzyła Irri. — Dzielni mężczyźni je zabić, bo smoki to okrutne, złe bestie. Wszyscy to wiedzą.

— Wszyscy to wiedzą — zgodziła się Jhiqui.

— Kupiec z Qarthu opowiadał mi kiedyś, że smoki pochodzą z księżyca — odezwała się jasnowłosa Doreah, która ogrzewała ręcznik nad ogniem.

Gdy zaciekawiona Dany odwróciła głowę, mokre, srebrne loki opadły jej na oczy.

— Z księżyca?

— Mówił, że księżyc jest jajem, *khaleesi* — wyjaśniła Lysenka. — Kiedyś na niebie świeciły dwa księżyce, ale jeden z nich zanadto się zbliżył do słońca i pękł od żaru. Wypadł z niego tysiąc tysięcy smoków, które wypiły słoneczny ogień. Dlatego właśnie smoki zioną ogniem. Pewnego dnia drugi księżyc również pocałuje słońce. Wtedy pęknie i smoki powrócą.

Obie Dothraczki zachichotały głośno.

— Jesteś głupią, jasnowłosą niewolnicą — oznajmiła Irri. — Księżyc nie jest jajem. Jest boginią, żoną słońca. Wszyscy to wiedzą.

— Wszyscy to wiedzą — potwierdziła Jhiqui.

Po kąpieli skóra Dany była rozgrzana i różowa. Położyła się, a Jhiqui natarła ją całą olejkiem i oczyściła pory z brudu. Kiedy Irri skrapiała ją kwiatorzeniem i cynamonem, Doreah wyczesała jej włosy, tak że lśniły jak roztopione srebro. Przez cały czas Dany przyglądała się smoczym jajom.

— Przynieś kosz do ognia — poleciła, czysta i pachnąca. — Chcę rozpalić ogień.

— *Khaleesi,* jest gorąco — powiedziała Jhiqui.

— Rób co ci każę. Przynieś go.

Kiedy rozpalono ogień, Dany odesłała służące i nakazała, żeby jej nie przeszkadzano. To jest szaleństwo, pomyślała. Pęknie i spali się, a jest takie piękne. Viserys wyzwie mnie od głupców, jeśli je zniszczę, a jednak...

Wzięła delikatnie w dłonie czarnoszkarłatne jajo i zaniosła do ognia. Położyła je między rozpalonymi węglami i usiadła na macie. Czarne łuski rozjarzyły się nieco, rozgrzewane coraz bardziej. Po chwili namysłu poszła po dwa pozostałe jaja i także umieściła je w ogniu.

Przyglądała się, dopóki z węgli nie został tylko popiół. Drobne iskierki unosiły się w górę i ulatywały dymnym otworem. Wokół jaj płynęły fale ciepła. I nic więcej.

„To twój brat Rhaegar był ostatnim smokiem", powiedział jej ser Jorah. Dany popatrzyła na jaja ze smutkiem. Czego się spodziewała? Tysiąc lat temu było w nich życie, lecz teraz zamieniły się w ładne kamienie. Nie mogły wydać z siebie smoka. Smok to powietrze i ogień. Żywe ciało, a nie martwy kamień.

Jej kolacja składała się z owoców, sera i smażonego chleba, a do popicia miała dzban miodowego wina.

— Doreah, zostań i zjedz ze mną — rozkazała, odsyłając pozostałe służące. Jhiqui i Irri były dothrackimi dziewczętami w wieku Dany. Drogo wziął je w niewolę, kiedy pokonał *khalasar* ich ojca. Znały tylko dothrackie życie. Doreah, starsza od nich, miała prawie dwadzieścia lat. Magister Illyrio znalazł ją w burdelu w Lys. Włosy miała koloru miodu, a oczy jak letnie niebo.

Opuściła je teraz, kiedy zostały same.

— To dla mnie zaszczyt, *khaleesi* — powiedziała, choć naprawdę nie był to dla niej żaden zaszczyt, a tylko służba. Księżyc ukazał się już na niebie, a one wciąż rozmawiały.

Tej nocy, kiedy *khal* Drogo przyszedł do jej namiotu, Dany czekała na niego. Zatrzymał się w wejściu i spojrzał na nią zdumiony. Wstała powoli i pozwoliła, by jej jedwabna szata opadła na ziemię.

— Dzisiaj musimy wyjść na zewnątrz, panie — oświadczyła. Dothrakowie wierzyli, że wszystkie rzeczy ważne w życiu człowieka powinny dokonywać się pod gołym niebem. *Khal* Drogo wyszedł za nią w blask księżyca, pobrzękując delikatnie dzwoneczkami we włosach. Dany poprowadziła go do dużej kępy miękkiej trawy oddalonej o kilka jardów od jej namiotu. Kiedy chciał ją odwrócić, położyła mu dłoń na piersi. — Nie — powiedziała. — Dzisiaj chcę patrzeć na ciebie.

W sercu *khalasaru* nie ma miejsca na intymną samotność. Dany wyczuwała spojrzenia innych, kiedy go rozbierała. Słyszała ściszone głosy, kiedy robiła to, czego nauczyła ją Doreah. Niczym się nie przejmowała. Czy nie była *khaleesi*? Liczyły się tylko spojrzenia Drogo, dlatego kiedy usiadła na nim, zobaczyła coś, czego nigdy dotąd nie widziała. Ujeżdżała go z taką samą namiętnością i gwałtownością, z jaką jeździła na swojej srebrzystej klaczy, a kiedy nadeszła chwila jego przyjemności, wymówił głośno jej imię.

Byli już na drugim końcu Morza Dothraków, kiedy Jhiqui musnęła dłonią miękką wypukłość brzucha Dany i powiedziała:

— *Khaleesi,* nosisz dziecko.

— Wiem — odpowiedziała jej Dany.

Był to czternasty dzień jej imienia.

BRAN

W dole na dziedzińcu Rickon ścigał się z wilkami.

Bran obserwował go z ławeczki w oknie. Gdziekolwiek by się chłopiec ruszył, Szary Wicher był tam pierwszy. Przecinał mu drogę, wtedy Rickon, pokrzykując radośnie, zawracał i gnał w inną stronę. Kudłacz biegał tuż przy nodze malca, kłapiąc zębami, gdy tylko pozostałe wilki podchodziły zbyt blisko. Futro mu ściemniało i teraz był cały czarny, a jego oczy miały kolor zielonego ognia. Na końcu biegł Lato. Sierść miał srebrzystoszarą, a oczy żółte, zawsze czujne. Był mniejszy od Szarego Wichru. Bran uważał, że jego wilk był najmądrzejszy z całej wilczej rodziny. Słyszał śmiech Rickona, który pędził po ubitej ziemi na swoich małych nóżkach.

Poczuł pieczenie w oczach. Pragnął być tam na dole, śmiać się i biegać. Rozzłoszczony tą myślą, Bran otarł dłonią łzy, zanim opadły. Ósmy dzień jego imienia przyszedł i odszedł. Był prawie za duży, żeby płakać.

— To było kłamstwo — powiedział, przypominając sobie swój sen. — Nie potrafię latać. Nie mogę nawet biegać.

— Wszystkie wrony kłamią — przyznała Stara Niania. Siedziała na krześle zajęta wyszywaniem. — Znam pewną opowieść o wronie.

— Nie chcę więcej opowieści — burknął Bran rozdrażniony. Kiedyś lubił Starą Nianię i jej opowieści. Kiedyś, ale teraz było inaczej. Kazali jej siedzieć tutaj przez cały dzień, żeby się nim opiekowała i żeby nie czuł się samotny, ale to tylko pogorszyło sprawę. — Nienawidzę twoich głupich historii.

Staruszka uśmiechnęła się, ukazując bezzębne usta.

— Moich historii? Nie, mały panie, nie moich. One po prostu są, przede mną i po mnie, także przed tobą.

Jest bardzo brzydką kobietą, pomyślał Bran przepełniony goryczą, pokurczoną i pomarszczoną, prawie ślepą, za słabą, żeby chodzić po schodach, z resztką siwych włosów ledwo przykrywających jej pokrytą plamkami i różową głowę. Nikt naprawdę nie wiedział, ile ma lat, ale jego ojciec powiedział, że nazywano ją Starą Nianią, jeszcze kiedy on sam był dzieckiem. Bez wątpienia była najstarszą osobą w Winterfell, może nawet najstarszą w Siedmiu Królestwach. Niania przybyła do zamku jako mamka Brandona Starka, którego matka umarła w czasie porodu. Ów Brandon był starszym bratem lorda Rickarda, dziadka Brana, a może jego młodszym bratem albo bratem ojca lorda Rickarda. Czasem Stara Niania mówiła tak, kiedy indziej inaczej, ale we wszystkich opowieściach mały chłopiec umarł w wieku trzech lat z powodu letnich dreszczy. Potem Niania została w zamku ze swoimi dziećmi. Obu synów straciła w wojnie, w której król Robert zdobył tron, wnuk zaś zginął na murach Pyke w czasie rebelii Balona Greyjoya. Córki dawno temu znalazły mężów, odeszły z zamku i umarły. Z jej potomków pozostał tylko Hodor, głupkowaty olbrzym, który pracował w stajni. A Stara Niania po prostu żyła, wyszywając i opowiadając swoje historie.

— Nie obchodzi mnie, czyje to są opowieści — powiedział Bran. — Nienawidzę ich. — Nie chciał opowieści i nie chciał Starej Niani. Pragnął ojca i mamy. Pragnął biegać z Latem. Wspinać się na opuszczone wieże i karmić wrony. Znowu chciał jeździć na swoim kucu. Chciał, żeby wszystko było jak dawniej.

— Znam opowieść o chłopcu, który nienawidził opowieści — odrzekła Stara Niania ze swoim głupawym uśmieszkiem na ustach, nie przestając stukać drutami, co doprowadzało Brana do szału.

Wiedział, że nigdy już nie będzie tak jak dawniej. Wrona nabrała go. Powiedziała, że będzie latał, tymczasem obudził się połamany i cały świat się zmienił. Wszyscy go opuścili, ojciec i mama, siostry, nawet przyrodni brat, Jon. Ojciec obiecał, że Bran pojedzie do Królewskiej Przystani na dużym koniu, ale pojechali bez niego. Maester Luwin wysłał ptaka z wiadomością do lorda Eddarda, potem też do mamy i do Jona na Mur, lecz nie otrzymali żadnej odpowiedzi.

— Widzisz, dziecko, ptaki często giną w drodze — tłumaczył maester. — Do Królewskiej Przystani jest daleko, a po drodze czyha wiele jastrzębi. Może nie otrzymali naszych wiadomości. — Lecz Branowi wydawało się, że wszyscy umarli, kiedy on spał... a może to on umarł, inni zaś zapomnieli o nim, odjechali. Jory, ser Rodrik, Vayon Poole, a także Hullen, Harwin, Gruby Tom i jedna czwarta straży.

Zostali tylko Robb i mały Rickon, tylko że Robb się zmienił. Teraz był lordem Robbem, a przynajmniej starał się nim być. Nosił prawdziwy miecz i nigdy się nie uśmiechał. Całymi dniami obserwował musztrę straży albo ćwiczył walkę mieczem. Bran słuchał tęsknie ze swojego okna dźwięku stali dochodzącego z dziedzińca. Wieczorami Robb zamykał się z maesterem Luwinem i przeglądali księgi rachunkowe. Czasem wyjeżdżał na długie dni z Hallisem Mollenem, żeby odwiedzić odległe grody. Zawsze kiedy nie było go dłużej niż dzień, Rickon zaczynał płakać i dopytywał się, czy Robb wróci. Ale nawet jeśli Robb pozostawał w Winterfell, wydawało się, że woli towarzystwo Hallisa Mollena i Theona Greyjoya niż swoich braci.

— Mogłabym opowiedzieć ci historię Brandona Budowniczego — zaproponowała Stara Niania. — Zawsze lubiłeś ją najbardziej.

— Wcale nie — zaprzeczył. — Najbardziej lubiłem te straszne. — Usłyszał jakieś odgłosy na zewnątrz i spojrzał w okno. Rickon biegł przez dziedziniec w kierunku bramy, a wilki za nim. Bran nie widział ze swojego miejsca, co się dzieje. Uderzył dłonią po udzie zrezygnowany.

— Ach, moje ty słodkie letnie dziecko — powiedziała Stara Niania. — Co ty wiesz o strachu? Strach przychodzi zimą, mój mały panie, kiedy spada śnieg na sto stóp głęboki, a z północy wyje lodowaty wiatr. Strach przychodzi długą nocą, kiedy słońce nie wychodzi całymi latami, a dzieci rodzą się, żyją i umierają w ciemności. Wilkory stają się coraz bardziej głodne, a po lasach chodzą biali.

— Masz na myśli Innych — burknął Bran.

— Tak, Innych — potwierdziła Niania. — Tysiące lat temu nadeszła zima, mroźna, sroga i tak długa, że żaden człowiek nie potrafił jej objąć pamięcią. Nadeszła noc długa jak jedno pokolenie. Królowie drżeli i umierali w swoich zamkach, podobnie jak trzody w zagrodach. Kobiety wolały udusić swoje dzieci niż patrzeć, jak umierają z głodu. A kiedy potem płakały, łzy zamarzały na ich policzkach. — Umilkła — ucichły też jej druty — i spojrzała na Brana prawie ślepymi oczyma. — Czy takie opowieści lubisz, dziecko? — spytała.

— No cóż — odparł Bran niepewnie. — Tak, tylko...

Stara Niania skinęła głową.

— W czasie tamtej ciemności Inni przyszli po raz pierwszy — opowiadała dalej, a wraz z nią odezwały się jej druty: klik, klik, klik. — Były to zimne istoty, martwe istoty, które nienawidziły żelaza, ognia i dotyku słońca, a nawet stworzeń, w których żyłach płynie gorąca krew. Jak fala przetoczyli się przez grody, miasta i królestwa, dziesiątkując całe armie, bohaterów; jechali na bladych, martwych koniach, prowadząc hordy zabitych. Nie mieli litości dla kobiet ani dla niemowląt, nie oparł im się żelazny miecz. Polowali na młode kobiety w skutych mrozem lasach i karmili swoje martwe sługi dziećmi ludzi. — Mówiła coraz bardziej ściszonym głosem, tak że Bran pochylał się coraz bardziej w jej stronę, żeby ją usłyszeć. — Działo się to jeszcze, zanim przyszli Andalowie, na długo przed tym, jak kobiety uciekły z miast Rhoyne przez wąskie morze, a setki ówczesnych królestw były królestwami Pierwszych Ludzi odebranymi dzieciom lasu. Tu i tam dzieci lasu żyły jeszcze w swoich drewnianych miastach, wydrążonych wzgórzach, a drzewa z twarzami stały na straży. I tak, kiedy zimno i śmierć zalały ziemię, ostatni z herosów postanowił odszukać dzieci w nadziei, że ich pradawna magia dokona tego, czego nie potrafiły dokonać ludzkie armie. Jego przyjaciele umierali jeden po drugim, padł mu koń, a potem i pies, nawet miecz w pochwie zamarzł. Inni wyczuli gorącą krew w jego żyłach i przyszli jego śladem; otoczyły go trupioblade pająki wielkości ogarów...

Drzwi otworzyły się z hukiem, a Bran podskoczył przestraszony, lecz okazało się, że to tylko maester Luwin w towarzystwie Hodora.

— Hodor! — ogłosił stajenny, jak miał w zwyczaju, uśmiechając się szeroko.

Maester Luwin nie podzielał jego wesołości.

— Mamy gości — oświadczył — i trzeba, żebyś się pojawił.

— Słucham opowieści — powiedział Bran niezadowolony.

— Opowieści mogą zaczekać, mały panie. Będą tutaj, kiedy wrócisz — odezwała się Stara Niania. — Za to goście nie są aż tak cierpliwi, a poza tym przybywają ze swoimi opowieściami.

— Kto to? — Bran zwrócił się do maestera Luwina.

— Tyrion Lannister i ludzie z Nocnej Straży. Przywożą wieści od twojego brata, Jona. Robb ich przyjął. Hodorze, pomożesz Branowi zejść na dół?

— Hodor! — zgodził się Hodor zadowolony. Schylił ogromną, kudłatą głowę i wszedł do pokoju. Miał prawie siedem stóp wzrostu. Trudno było uwierzyć, że jest potomkiem Starej Niani. Bran zastanawiał się, czy Hodor kiedyś skurczy się jak jego prababcia. Wydawało się to niemożliwe, nawet gdyby miał żyć i tysiąc lat.

Hodor podniósł Brana lekko, jakby podnosił belę siana, i przycisnął sobie do piersi. Zawsze pachniał trochę końmi, lecz był to miły zapach. Ramiona miał mocno umięśnione i porośnięte brązowymi włosami.

— Hodor — powiedział jeszcze raz. Theon Greyjoy zauważył kiedyś, że Hodor nie ma pojęcia o wielu rzeczach, lecz z pewnością zna swoje imię. Stara Niania zachichotała, kiedy Bran opowiedział jej o tym, i wyznała, że prawdziwe imię olbrzyma brzmi Walder. Nikt nie wie, skąd się wziął „Hodor", dodała, lecz kiedy on zaczął go używać, inni poszli w jego ślady. To było jedyne słowo, jakie znał.

Stara Niania została w pokoju sama ze swoimi drutami i wspomnieniami. Hodor mruczał coś pod nosem, niosąc Brana po schodach, a potem przez galerię. Maester Luwin musiał bardzo się śpieszyć, żeby zdążyć za stajennym.

Robb zasiadał na tronie ojca przywdziawszy kolczugę i skórzany strój, a także surową maskę Robba Lorda. Za nim stali Theon Greyjoy i Hallis Mollen. Wzdłuż ściany z szarego kamienia, pod wąskimi oknami, zajął pozycje tuzin strażników, na środku zaś Wielkiej Komnaty stał karzeł ze swoimi ludźmi oraz czterech obcych w strojach Nocnej Straży. Bran od razu wyczuł nerwową atmosferę.

— Każdy członek Nocnej Straży jest mile widziany w Winterfell i może tu gościć tak długo, jak zechce — przemawiał właśnie Robb głosem Robba Lorda. Na jego kolanach spoczywał miecz, obnażony, by widział go cały świat. Nawet Bran wiedział, co znaczy przywitać kogoś z nagim mieczem.

— Każdy z Nocnej Straży — powtórzył karzeł — lecz nie ja, czy dobrze cię zrozumiałem, chłopcze?

Robb wstał i wyciągnął miecz w kierunku karła.

— Lannister, jestem panem tego zamku na czas nieobecności ojca i matki. Nie jestem twoim chłopcem.

— Skoro jesteś lordem, to mógłbyś się nauczyć lordowskiej uprzejmości — odparł karzeł, nie zważając na czubek miecza tuż przy twarzy. — Zdaje się, że wszystko, co najlepsze, z ojca przeszło na twojego przyrodniego brata.

— Jona — powiedział Bran, wciąż pozostając w ramionach Hodora.

Karzeł odwrócił się w ich stronę.

— A więc to prawda, chłopiec żyje. Nie chciałem wierzyć. Ach, wy, Starkowie, trudno was zabić.

— Lepiej o tym pamiętajcie, Lannisterowie — oznajmił Robb i opuścił miecz. — Hodor, przynieś tutaj mojego brata.

— Hodor! — powtórzył posłusznie stajenny i z uśmiechem na twarzy posadził Brana na tronie Starków, na którym panowie Winterfell zasiadali od czasów, kiedy nazwali się Królami Północy. Tron zrobiony był z zimnego kamienia wygładzonego przez kolejnych władców, a na końcu jego poręczy szczerzyły zęby wilkory. Bran chwycił się ich głów, spuszczając bezużyteczne nogi w dół. Czuł się tutaj jak niemowlę.

Robb położył dłoń na jego ramieniu.

— Mówiłeś, że chcesz widzieć Brana. Proszę, jest tutaj.

Bran czuł się nieswojo, widząc, jak Tyrion Lannister patrzy na niego. Krasnal jedno oko miał czarne, drugie zaś zielone, lecz oba taksowały go z tą samą przenikliwością.

— Mówiono mi, Bran, że potrafiłeś się wspinać jak nikt inny — przemówił wreszcie karzeł. — Powiedz mi więc, jak to się stało, że wtedy spadłeś?

— Nigdy — odparł gwałtownie Bran. On nigdy nie spadł, nigdy, nigdy.

— Dzieciak nic nie pamięta z tamtego dnia — wtrącił cicho maester Luwin.

— Dziwne — powiedział Tyrion Lannister.

— Lannister, mój brat nie przyszedł tutaj, żeby odpowiadać na pytania — rzucił szorstko Robb. — Załatw sprawy i ruszaj w swoją stronę.

— Mam dla ciebie prezent. — Karzeł zwrócił się do Brana. — Lubisz jeździć konno, chłopcze?

Maester Luwin wystąpił do przodu.

— Mój panie, chłopiec nie włada nogami. Nie może dosiąść konia.

— Nonsens — odparł Lannister. — Mając odpowiedniego konia i odpowiednie siodło, nawet kaleka może jeździć.

Bran poczuł, jakby mu ktoś wbił nóż w serce. Poczuł napływające do oczu łzy.

— Nie jestem kaleką!

— W takim razie ja nie jestem karłem — odpowiedział karzeł z grymasem uśmiechu na ustach. — Mój ojciec ucieszy się, kiedy się o tym dowie. — Greyjoy roześmiał się.

— O jakim koniu i siodle mówisz? — spytał maester Luwin.

— O mądrym koniu — odparł Lannister. — Chłopiec nie może

używać nóg do wydawania zwierzęciu komendy, więc trzeba je tak ułożyć, żeby pasowało do jeźdźca; musi reagować na wodze i głos. Wybrałbym jakiegoś nie ujeżdżonego jeszcze roczniaka, żeby nie trzeba było go oduczać rzeczy, które już poznał. — Wyjął zza pasa zwinięty zwój. — Pokażcie to rymarzowi, a on zajmie się resztą.

Maester Luwin wziął papier od karła wyraźnie zaciekawiony. Rozwinął go i przyglądał się uważnie.

— Rozumiem. Dobrze rysujesz, mój panie. Tak, to może pomóc. Sam powinienem był pomyśleć o czymś takim.

— Mnie było łatwiej, ponieważ przypomina to moje siodło.

— Czy naprawdę będę mógł jeździć? — spytał Bran. Bardzo chciał, aby była to prawda, chociaż bał się im zawierzyć. Może to tylko jeszcze jedno kłamstwo. Wrona obiecała mu, że będzie latał.

— Będziesz jeździł — powiedział karzeł. — I wierz mi, chłopcze, na końskim grzbiecie będziesz tak samo wysoki jak wszyscy inni.

Robb Stark patrzył na niego podejrzliwie.

— Lannister, czy to jakiś podstęp? Co ty masz do Brana? Dlaczego miałbyś mu pomagać?

— Prosił mnie o to twój brat, Jon. A ja mam czułe serce dla kalek, bękartów i im podobnych. — Tyrion Lannister położył dłoń na sercu i uśmiechnął się.

Drzwi prowadzące na dziedziniec otworzyły się gwałtownie. Do Wielkiej Komnaty wpadł zdyszany Rickon, wpuszczając snop słonecznego blasku. Były z nim wilki. Chłopiec zatrzymał się zaskoczony, lecz wilki weszły dalej. Odnalazły wzrokiem Lannistera, a może go wyczuły. Lato pierwszy zaczął warczeć i zaraz dołączył do niego Szary Wicher. Zbliżyły się do karła i stanęły po jego obu stronach.

— Nie podoba im się twój zapach, Lannister — zauważył Theon Greyjoy.

— W takim razie chyba już pójdę — rzekł Tyrion. Zrobił krok w tył... i natychmiast usłyszał warczenie Kudłacza, który wyłonił się z cienia za jego plecami. Lannister cofnął się i w tej samej chwili Lato skoczył z drugiej strony. Krasnal obrócił się i zachwiał, a Szary Wicher chwycił go za rękaw, rozrywając materiał.

— Nie! — krzyknął Bran, widząc, że ludzie Lannistera sięgają po miecze. — Lato, do mnie!

Wilkor zerknął na Brana, a potem znowu na Lannistera. Wycofał się powoli i położył między zwisającymi nogami Brana.

Robb wypuścił długo wstrzymywane powietrze i zawołał:

— Szary Wicher. — Wilkor przyszedł do niego szybko i cicho jak cień. Pozostał jeszcze Kudłacz o ślepiach płonących jak zielony ogień, który wciąż warczał niebezpiecznie blisko.

— Rickon, zawołaj go — krzyknął Bran do małego brata. Rickon otrząsnął się z zaskoczenia i zawołał głośno:

— Do nogi, Kudłacz. — Czarny wilk jeszcze raz warknął na Lannistera i popędził do Rickona, który objął mocno jego kudłaty kark.

Tyrion Lannister poluźnił szal i otarł czoło.

— Bardzo ciekawe — powiedział cicho.

— Nic ci nie jest, panie? — spytał jeden z jego ludzi z mieczem w dłoni. Przez cały czas zerkał nerwowo na wilki.

— No cóż, mam podarty rękaw, podejrzanie mokre spodnie, ale nic więcej nie ucierpiało, poza moją godnością.

Nawet Robb wydawał się poruszony.

— Wilki... nie wiem, dlaczego...

— Pewnie wzięły mnie za swój obiad. — Lannister skłonił się sztywno w stronę Brana. — Dziękuję ci, młody panie, że je odwołałeś. Zapewniam, że nie byłbym łatwym kąskiem do strawienia. Teraz naprawdę już pójdę.

— Jeszcze chwilę, panie — przemówił maester Luwin. Podszedł do Robba i zaczęli coś szeptać do siebie. Bran starał się zrozumieć, co mają sobie do powiedzenia, ale mówili za cicho.

Robb Stark schował miecz do pochwy.

— Ja... być może zbyt pochopnie cię oceniłem. Okazałeś życzliwość Branowi i... — Widać było, że z trudem przychodzą mu te słowa. — Bądź gościem Winterfell, Lannister.

— Chłopcze, oszczędź mi nieszczerych uprzejmości. Nie lubisz mnie i nie chcesz mnie tutaj. Za murami, w zimowym mieście, widziałem karczmę. Tam przenocuję, dzięki czemu obaj będziemy spać spokojnie. Za kilka miedziaków znajdę nawet jakąś dziewkę, która mi ogrzeje łóżko. — Odwrócił się do jednego z czarnych braci o wykrzywionych plecach i potarganej brodzie. — Yoren, o świcie wyruszymy na południe. Dogonicie nas. — Po tych słowach ruszył przez salę niezdarnie na swoich krótkich nogach i minąwszy Rickona, wyszedł, a jego ludzie za nim.

Czterej bracia z Nocnej Straży pozostali.

— Pokoje są przygotowane i nie zbraknie wam gorącej wody, żeby zmyć kurz po podróży. Mam nadzieję, że zjecie z nami kolację — rzekł Robb niepewnie. Mówił tak nienaturalnym głosem, że nawet Bran zwrócił na to uwagę. Bez wątpienia były to słowa wyuczone, a nie płynące z serca, lecz czarni bracia skłonili głowy w geście podziękowania.

Lato poszedł na górę za Hodorem, który zaniósł Brana do łóżka. Stara Niania spała na swoim krześle. Stajenny powiedział:

— Hodor. — Po czym wyniósł pochrapującą cicho staruszkę. Bran leżał pogrążony w myślach. Robb obiecał, że będzie mógł jeść kolację w Wielkiej Komnacie razem z braćmi z Czarnej Straży. Przywołał Lato. Wilk wskoczył na łóżko. Chłopiec przytulił się do zwierzęcia i poczuł gorący oddech na swoim policzku.

— Będę mógł jeździć — powiedział szeptem do swojego przyjaciela. — Zobaczysz, niedługo pojedziemy zapolować do lasu. — Leżał jeszcze chwilę, zanim zasnął.

We śnie znowu się wspinał. Wdrapywał się na stare, pozbawione okien ściany, szukając stopami i palcami szczelin w poczerniałych kamieniach. Wchodził coraz wyżej, poprzez chmury, aż do nocnego nieba, a wieża wciąż wznosiła się ponad nim. Kiedy zatrzymał się i spojrzał w dół, poczuł, że kręci mu się w głowie, a palce ześlizgują się po ścianie. Krzyknął i przywarł do cennego życia. Ziemia znajdowała się tysiąc mil pod nim, a on nie potrafił latać. Nie potrafił latać. Poczekał, aż jego serce uspokoi się, i znowu rozpoczął wspinaczkę. Mógł iść tylko w górę. Wydawało mu się, że wysoko w górze, na tle bladego księżyca widzi sylwetki chimer. Bolały go już ramiona, ale nie miał wyboru. Musiał iść dalej. Chimery obserwowały, jak się zbliża. Ich oczy przypominały rozgrzane węgle. Może kiedyś były lwami, lecz teraz wyglądały groteskowo, takie poskręcane. Bran słyszał, jak szepcą do siebie kamiennymi głosami, od których dostawał gęsiej skórki. Wiedział, że nie wolno mu ich słuchać. Dopóki nie będzie ich słyszał, pozostanie bezpieczny. Zaraz potem pojął, że nie jest bezpieczny, gdyż chimery ruszyły w dół ścianą, po której się wspinał.

— Ja nie słyszałem, nic nie słyszałem — powtarzał płaczliwym głosem, one zaś schodziły coraz niżej. — Nie słuchałem.

Obudził się, z trudem łapiąc oddech, i ujrzał nad sobą ogromny cień.

— Nie słuchałem — powiedział drżącym ze strachu głosem.

Wtedy cień odezwał się:

— Hodor. — I zapalił świecę na stoliku przy łóżku. Bran odetchnął z ulgą.

Hodor obmył go z potu ciepłą, wilgotną szmatką i ubrał. Dłonie olbrzyma były delikatne i zręczne. Potem zniósł go do Wielkiej Komnaty, gdzie rozstawiono przy ogniu ogromny stół. Główne miejsce pozostawało puste, a Robb zasiadł po jego prawej stronie. Bran siedział naprzeciw brata. Tego wieczoru jedli prosię, pasztet z gołębia, rzepę w maśle, a kucharz obiecał jeszcze plastry miodu. Lato łapał resztki ze stołu, które rzucał mu Bran, Szary Wicher zaś i Kudłacz walczyły o kość w kącie. Teraz zamkowe psy obchodziły z daleka Wielką Komnatę. Początkowo dziwiło to Brana, lecz z czasem się przyzwyczaił.

Yoren był najstarszy rangą wśród czarnych braci, dlatego zarządca posadził go między Robbem i maesterem Luwinem. Rozrywał zębami mięso i łamał kości, by wyssać z nich szpik, a na wspomnienie imienia Jona Snow wzruszył ramionami.

— Zmora ser Allisera — mruknął, na co dwaj z jego towarzyszy roześmiali się, choć Bran nie wiedział dlaczego. Lecz kiedy Robb zapytał o stryja Benjena, czarni bracia natychmiast ucichli.

— O co chodzi? — spytał Bran.

Yoren otarł dłonie o kamizelkę.

— Złe wieści, mój panie. Nie takim słowem powinniśmy odpłacać za gościnę, ale skoro ktoś zadaje pytanie, powinien mieć tyle odwagi, by przyjąć odpowiedź. Stark nie wrócił.

— Stary Niedźwiedź wysłał go na poszukiwanie Waymara Royce'a i od tamtej pory słuch o nim zaginął — wtrącił inny z braci.

— Zbyt długo go nie ma — powiedział Yoren. — Pewnie nie żyje.

— Mój stryj żyje — przemówił Robb Stark gniewnym głosem. Podniósł się z dłonią na rękojeści miecza. — Słyszycie? Mój stryj żyje! — Jego głos odbił się echem od kamiennych ścian, aż Bran skurczył się ze strachu.

Cuchnący Yoren spojrzał na Robba niewzruszony.

— Jak chcesz, panie — orzekł i cmoknął, próbując wydobyć kawałek mięsa spomiędzy zębów.

Młodsi bracia poruszyli się niespokojnie na swoich miejscach.

— Nie ma drugiego na Murze, który by tak dobrze znał nawiedzany las. Benjen Stark wróci.

— Może tak, może nie — odparł Yoren. — Nie gorsi od niego jeździli do lasu i nigdy nie wrócili.

Bran przypomniał sobie opowieść Starej Niani o Innych i o ostatnim herosie, którego ścigali w białych lasach martwi ludzie i pająki wielkie jak psy. Poczuł ukłucie strachu, lecz zaraz przypomniał sobie zakończenie opowieści.

— Dzieci mu pomogą — wymamrotał. — Dzieci lasu!

Theon Greyjoy uśmiechnął się, a maester Luwin powiedział:

— Bran, dzieci lasu wymarły tysiące lat temu. Pozostały po nich tylko twarze na drzewach.

— Tutaj może i tak jest — odparł Yoren. — Lecz tam, za Murem, kto wie? Czasem trudno powiedzieć, co tam jest żywe, a co martwe.

Tamtego wieczoru, kiedy sprzątnięto ze stołu, Robb zaniósł Brana na górę. Szary Wicher szedł przodem, a Lato z tyłu. Jego brat był silny, jak na swój wiek, Bran zaś ważył bardzo mało. Jednak Robb dyszał ciężko, kiedy pokonali wreszcie pogrążone w ciemności strome schody.

Położył Brana na łóżku, przykrył go kocami i zgasił świecę. Siedzieli w mroku. Bran chciał porozmawiać, ale nie wiedział, co powiedzieć.

— Znajdziemy ci odpowiedniego konia. Obiecuję — odezwał się wreszcie cicho Robb.

— Czy oni kiedyś wrócą? — spytał Bran.

— Tak — powiedział Robb z nadzieją w głosie i Bran poczuł, że rozmawia z bratem, a nie z Robbem Lordem. — Mama wróci niebawem. Może wyjedziemy jej na spotkanie. Bardzo by się zdziwiła, co? — Pomimo ciemności Bran wyczuł, że jego brat się uśmiecha. — A potem pojedziemy na północ, na Mur. Nic nie powiemy Jonowi. Po prostu któregoś dnia odwiedzimy go. Prawdziwa przygoda.

— Przygoda — powtórzył Bran. Usłyszał płacz brata. Nie widział jego łez w ciemności, więc odszukał jego rękę. Ich dłonie uścisnęły się mocno.

EDDARD

— Śmierć lorda Arryna napełniła nas wszystkich ogromnym smutkiem, mój panie — rzekł Wielki Maester Pycelle. — Chciałbym móc powiedzieć ci więcej o tym, w jaki sposób odszedł. Siądź, proszę. Czy podać coś? Może daktyli? Mam też wyborne owoce hebanowca. Niestety, wino kłóci się z moim systemem trawiennym, ale mogę zaproponować zimne mleko osłodzone miodem. Nie ma lepszego napoju na takie upały.

Bez wątpienia panował upał. Ned czuł, że jedwabna bluza przykleja mu się do piersi. Gęste, wilgotne powietrze spowiło miasto niczym mokry, wełniany koc, dlatego zaroiło się nad rzeką, gdzie wyległa biedota, zajmując na nocleg każdą piędź wolnej ziemi, gdyż tylko tam można było jeszcze poczuć odrobinę wiatru.

— Byłbym wdzięczny — odparł Ned, siadając. Pycelle zadzwonił delikatnie malutkim srebrnym dzwoneczkiem. Natychmiast zjawiła się młoda, gibka służąca.

— Bądź tak miła, dziecko, i przynieś zimnego mleka dla Namiestnika i dla mnie. I niech będzie dobrze posłodzone. — Kiedy dziewczyna poszła wypełnić polecenia, Wielki Maester splótł dłonie i położył je sobie na brzuchu. — Prostaczkowie powiadają, że ostatni rok lata zawsze jest najgorętszy. Tak nie jest, ale często odnosi się takie wrażenie, nieprawdaż? W takie dni jak dziś zazdroszczę wam, ludziom z północy, waszych letnich śniegów. — Gdy starzec się poruszył, rozległ się brzęk, ciężkiego, ozdobionego klejnotami łańcucha, który miał na szyi. — Prawdę mówiąc, lato króla Maekara było bardziej upalne od tego i prawie tak samo długie. Znaleźli się tacy głupcy, nawet w Cytadeli, którzy wierzyli, że oznacza to, iż wreszcie nadeszło Wielkie Lato, lato, które nie ma końca, lecz w siódmym roku nagle się skończyło. Potem mieliśmy krótką jesień i długą, srogą zimę. No, ale upały były wtedy naprawdę okropne. W Starym Mieście żar lał się z nieba. W dzień miasto zamierało i życie wracało do niego dopiero nocą. Mogliśmy wtedy spacerować po nadrzecznych ogrodach i toczyć dysputy o bogach. Pamiętam jeszcze zapach tych nocy, panie. Wonności i pot, dojrzałe melony, brzoskwinie i granaty, wilcze jagody i księżycowe kwiecie. Byłem wówczas młody, dopiero wykuwałem swój łańcuch. Upał nie męczył mnie, tak jak teraz... — Powieki opadały mu mocno na oczy, przez co wyglądał, jakby zapadł w drzemkę. — Wybacz, lordzie Eddardzie. Nie przyszedłeś tu, by wysłuchiwać głupich wspominek o lecie, o którym zapomniano, nim jeszcze twój ojciec się narodził. Wybacz starcowi jego słabostki, jeśli łaska. Obawiam się, że umysły są jak miecze. Te stare rdzewieją... Ach, jest i nasze mleko. — Służąca postawiła tacę między nimi, a Pycelle uśmiechnął się do niej. — Dobre dziecko. — Podniósł puchar i spróbował napoju. — Dziękuję. Możesz odejść. — Dziewczyna wyszła szybko, a Pycelle zerknął na Neda wyblakłymi oczyma. — Hm, o czym to... Ach, wiem. Pytałeś o lorda Arryna...

— Tak. — Ned popijał cierpliwie mleko. Było przyjemnie zimne, ale za słodkie, jak na jego przyzwyczajenia.

— Szczerze mówiąc, Namiestnik nie był w dobrej dyspozycji już od pewnego czasu — powiedział Pycelle. — Przez wiele lat zasiadałem z nim w radzie i już wtedy dostrzegałem pewne znaki, sądziłem jednak, że powodem tego był ogromny ciężar, który dźwigał wiernie tak długo. Na jego szerokie bary spadały troski całego królestwa, a czasem i więcej. Syn był chorowity, a pani żona bardzo wrażliwa i prawie nie spuszczała go z oczu. Dość trosk i dla kogoś silnego, a przecież lord Jon nie był młody. Nic dziwnego, że pojawiły się oznaki zmęczenia i melancholii. Tak przynajmniej wtedy myślałem. Teraz nie jestem pewien. — Pokręcił wolno głową.

— Co możesz mi powiedzieć o jego chorobie?

Wielki Maester rozłożył ręce w geście przepełnionej smutkiem bezradności.

— Któregoś dnia przyszedł do mnie, prosząc o pewną księgę, w pełni sił i zdrowia, choć odniosłem wrażenie, że coś go trapi. Następnego ranka zwijał się z bólu i nie miał siły wstać z łóżka. Zdaniem maestera Colemona cierpiał na katar żołądka. Panowały wtedy upały, a Namiestnik pokrzepiał się bardzo zimnym winem, co może mieć wpływ na trawienie. Kiedy stan zdrowia lorda Jona wciąż się pogarszał, sam do niego poszedłem. Niestety, bogowie nie dali mi mocy uratowania go.

— Słyszałem, że odesłałeś maestera Colemona. — Wielki Maester skinął głową z determinacją i powolnością osuwającego się lodowca.

— Rzeczywiście. Obawiam się, że lady Lysa nigdy mi tego nie wybaczy. Może źle postąpiłem, ale wtedy byłem przekonany o słuszności swojej decyzji. Maestera Colemona traktuję jak syna i nie wątpię w jego umiejętności, lecz on jest młody, a młodzi często zapominają, jak kruche jest stare ciało. Podawał lordowi Arrynowi mikstury przeczyszczające i sok pieprzowy, co — moim zdaniem — mogło zabić Namiestnika.

— Czy lord Arryn powiedział ci coś w ostatnich godzinach swojego życia?

Pycelle zmarszczył czoło.

— Kiedy nadszedł ostatni etap gorączki, wołał kilkakrotnie Roberta, lecz nie potrafię powiedzieć, czy chodziło mu o syna czy o Króla. Lady Lysa nie pozwalała chłopcu wchodzić do pokoju chorego z obawy, że i on może zachorować. Ale Król przyszedł i długo siedział przy łożu Namiestnika. Mówił i żartował z dawnych czasów w nadziei, że rozweseli lorda Jona. Bardzo chciał okazać mu swoją miłość.

— Nic więcej? Żadnych ostatnich słów?

— Stwierdziwszy, że nie ma już nadziei, podałem lordowi Arrynowi makowe mleko, by oszczędzić mu cierpienia. Zanim po raz ostatni zamknął oczy, szepnął coś do Króla i żony, może przekazał błogosławieństwo dla syna. „Nasienie jest silne", tak powiedział. Reszta słów pozostała niezrozumiała. Śmierć zabrała go dopiero następnego ranka, lecz on czekał na nią w pokoju i milczeniu.

Ned napił się jeszcze mleka, choć było strasznie słodkie.

— Czy nie dostrzegłeś czegoś nienaturalnego w śmierci lorda Arryna?

— Nienaturalnego? — powtórzył sędziwy maester ledwo słyszalnym szeptem. — Nie, tego nie mógłbym powiedzieć. Raczej smutnego. W pewnym sensie śmierć jest czymś najbardziej naturalnym, lordzie Eddardzie. Teraz lord Arryn spoczywa w pokoju uwolniony od wszelkich ciężarów.

— A choroba, która go zmogła — wskazał Ned. — Czy spotkałeś się z czymś podobnym już wcześniej?

— Od prawie czterdziestu lat sprawuję urząd Wielkiego Maestera Siedmiu Królestw — odparł Pycelle. — Za rządów naszego dobrego Roberta i Aerysa Targaryena, i jeszcze wcześniej, za panowania jego ojca, Jaehaerysa Drugiego, a nawet przez kilka miesięcy panowania jego ojca, Aegona Szczęśliwego, Piątego Tego Imienia. Przez cały ten czas widziałem więcej chorób, niż potrafię spamiętać, mój panie. I jeszcze to ci powiem: każdy przypadek jest inny, a jednocześnie podobny. Śmierć lorda Jona nie różniła się od innych.

— Jego żona wyraziła odmienne zdanie.

Wielki Maester skinął głową.

— Teraz sobie przypominam, że wdowa jest siostrą twojej czcigodnej żony. Jeśli pozwolisz starcowi na chwilę szczerości, to powiem ci, że w smutku nawet najtęższy umysł tępieje, a przecież lady Lysa nie należała do takich. Od czasu swojego ostatniego poronienia wszędzie widziała wrogów, a śmierć jej lorda pana ostatecznie ją pogrążyła.

— A zatem jesteś pewien, że Jon Arryn zmarł z powodu nagłej choroby?

— Tak — odparł Pycelle z powagą. — Cóż innego mogłoby to być, dobry panie, jeśli nie choroba?

— Trucizna — odparł Ned ze spokojem.

Ociężałe powieki Pycelle'a drgnęły gwałtownie. Sędziwy maester poruszył się niespokojnie w fotelu.

— Niepokojąca myśl. Przecież nie mieszkamy w jednym z Wolnych Miast, w którym podobne rzeczy są czymś powszechnym. Wprawdzie Wielki Maester Aethelmure napisał, że wszyscy nosimy w sercu zbrodnię, lecz ludzie, którzy uciekają się do trucizny, nie zasługują nawet na pogardę. — Zamilkł na chwilę pogrążony w myślach. — Panie, możliwe jest to, co powiedziałeś, lecz mało prawdopodobne. Nawet najmarniejszy maester zna się na powszechnych truciznach, lecz u lorda Arryna nie znaleziono objawów działania żadnej z nich. Wszyscy kochali Namiestnika. Jaki potwór w ludzkim ciele ośmieliłby się zamordować tak szlachetną osobę?

— Podobno trucizna jest bronią kobiet.

Pycelle pogładził brodę w zamyśleniu.

— Podobno. Kobiet, tchórzy i... eunuchów. — Chrząknął i splunął flegmą na sitowie. Z góry dobiegło krakanie kruka. — Czy wiedziałeś, że lord Varys urodził się z niewolnicy w Lys? Nie wierz pająkom.

Tego nie trzeba było mu mówić. Varys miał w sobie coś, co sprawiało, że Ned czuł gęsią skórkę.

— Zapamiętam i dziękuję za pomoc. Dość już zająłem ci czasu. — Wstał.

Wielki Maester Pycelle podniósł się wolno i odprowadził Neda do drzwi.

— Mam nadzieję, że choć trochę cię uspokoiłem, panie. Jeśli mogę ci być pomocny w jakikolwiek sposób, pytaj.

— Jeszcze jedno — powiedział Ned. — Jestem ciekawy księgi, którą pożyczyłeś Jonowi na dzień przed jego śmiercią.

— Obawiam się, że niezbyt cię zainteresuje — odparł Pycelle. — Był to obszerny wolumin traktujący o pochodzeniu wielkich rodów, a napisany przez Wielkiego Maestera Malleona.

— Mimo wszystko chciałbym go obejrzeć.

Starzec otworzył drzwi.

— Jak sobie życzysz. Jest gdzieś tutaj. Każę ci przynieść księgę, gdy tylko ją znajdę.

— Jesteś ogromnie uprzejmy — orzekł Ned i dodał po chwili: — Już ostatnie pytanie, jeśli pozwolisz. Wspomniałeś, że Król towarzyszył lordowi Arrynowi w chwili śmierci. A Królowa, czy także tam była?

— No cóż, nie — odpowiedział Pycelle. — Razem z dziećmi i swoim ojcem wyruszyła do Casterly Rock. Lord Tywin sprowadził do miasta całą świtę na turniej w dzień imienia księcia Joffreya. Pewnie miał nadzieję ujrzeć swojego syna, Jaime'a, w koronie zwycięzcy. Niestety, w tym względzie doznał rozczarowania. Na mnie spadł obowiązek poinformowania Królowej o nagłej śmierci lorda Arryna. Nigdy z tak ciężkim sercem nie wysyłałem ptaka z wiadomością.

— Czarne skrzydła, czarne słowa — mruknął Ned. Było to przysłowie, którego nauczyła go w dzieciństwie Stara Niania.

— Jak mawiają przekupki — przyznał Wielki Maester Pycelle — choć wiemy, że nie zawsze musi tak być. Wiadomość o Branie, którą przyniósł ptak maestera Luwina, rozpogodziła wszystkie serca na zamku. Czyż nie tak?

— Masz rację.

— Bogowie są litościwi. — Pycelle skłonił głowę. — Lordzie Eddard, przychodź do mnie, kiedy tylko zechcesz. Jestem tutaj, aby służyć.

Tak, pomyślał Ned, kiedy drzwi zamknęły się za nim, tylko komu?

W drodze do swoich pokoi natknął się na Aryę, która machała ramionami, starając się utrzymać równowagę na jednej nodze na krętych schodach Wieży Namiestnika. Bose stopy miała poobcierane od surowego kamienia. Ned zatrzymał się.

— Arya, co ty robisz?

— Syrio mówi, że wodny tancerz potrafi bardzo długo stać na jednym palcu. — Zamachała ramionami.

— Na którym palcu? — spytał Ned, uśmiechając się podstępnie.

— Na którymkolwiek — odpowiedziała poirytowana. Przeskoczyła z prawej nogi na lewą. Przez moment chwiała się niebezpiecznie, lecz udało jej się odzyskać równowagę.

— Czy musisz to robić tutaj? — spytał. — Potłuczesz się, jeśli spadniesz z tych schodów.

— Syrio mówi, że wodny tancerz nigdy nie spada. — Opuściła nogę. — Ojcze, czy teraz Bran przyjedzie do nas?

— Jeszcze długo nie, kochanie — odparł. — Musi odzyskać siły.

Arya przygryzła wargę.

— Co Bran zrobi, jak dorośnie?

Ned klęknął obok niej.

— Ma jeszcze dużo czasu. Na razie wystarczy nam wiedzieć, że będzie żył. — Tamtego wieczoru, kiedy ptak przyniósł wiadomość z Winterfell, Eddard Stark zabrał dziewczynki do bożego gaju nad rzeką, porośniętego wiązami, olchami i topolami. Klęknęli pod drzewem sercem, olbrzymim dębem o rozłożystych konarach obrośniętych winem, by złożyć podziękowanie, jakby mieli przed sobą czardrzewo. Sansa zasnęła, gdy na niebie pokazał się księżyc, a Arya kilka godzin później; obie leżały skulone na trawie pod płaszczem Neda, który sam czuwał w ciemności. Z nastaniem świtu wokół dziewczynek ukazały się ciemnoczerwone kwiaty smoczego oddechu. „Śnił mi się Bran — powiedziała szeptem Sansa. — Widziałam, jak się uśmiecha".

— Miał zostać rycerzem — dodała Arya. — Rycerzem Gwardii Królewskiej. Czy on może jeszcze zostać rycerzem?

— Nie — powiedział Ned. Nie widział potrzeby okłamywania córki. — Ale może zostać panem jakiegoś dużego grodu i zasiąść w królewskiej radzie. Może budować wielkie zamki jak Brandon Budowniczy albo pożeglować przez Morze Zachodzącego Słońca czy też przyjąć Wiarę twojej mamy i zostać Wielkim Septonem. —

Ale nigdy już nie pobiegnie ze swoim wilkiem, przyszła mu do głowy myśl zbyt smutna, by wyrazić ją głośno, nie położy się z kobietą i nie utuli w ramionach swojego syna.

Arya przechyliła głowę na bok.

— A czy ja mogę zasiąść w królewskiej radzie albo budować zamki czy zostać Wielkim Septonem?

— Ty... — oznajmił Ned i pocałował ją w czoło. — Ty poślubisz króla i będziesz panią zamku, a twoi synowie zostaną rycerzami, książętami i lordami, a może nawet i Wielkimi Septonami.

Arya skrzywiła się.

— Nie — odparła. — To dobre dla Sansy. — Podkurczyła prawą nogę i rozłożyła ramiona. Ned westchnął i odszedł.

Znalazłszy się w swoim pokoju, zrzucił z siebie przepocony jedwabny strój i wylał sobie na głowę zimną wodę z naczynia przy łóżku. Kiedy wycierał twarz, do pokoju wszedł Alyn.

— Mój panie — przemówił. — Lord Baelish prosi o posłuchanie.

— Przyprowadź go do mnie na górę — powiedział Ned, sięgając po czystą bluzę, najcieńszą, jaką znalazł. — Zaraz go przyjmę.

Ned zastał Littlefingera na ławeczce w oknie wykuszowym; obserwował rycerzy Gwardii Królewskiej, którzy ćwiczyli na dziedzińcu.

— Gdyby tak umysł starego Selmy'ego zachował giętkość jego broni — zauważył Petyr — spotkania rady byłyby bardziej ożywione.

— Ser Barristan to mąż dzielny i szlachetny, drugiego takiego nie znajdziesz w Królewskiej Przystani. — Ned darzył szacunkiem siwowłosego Lorda Dowódcę Gwardii Królewskiej.

— I męczący — dodał Littlefinger. — Choć nie wątpię, że daleko zajdzie w turnieju. W zeszłym roku zrzucił z konia Ogara, a jeszcze cztery lata temu nie miał sobie równego.

Eddard Stark nie interesował się zbytnio, kto może wygrać turniej.

— Lordzie Petyrze, przyszedłeś w konkretnym celu czy może tylko po to, by podziwiać widok z mojego okna?

Littlefinger uśmiechnął się.

— Obiecałem Cat, że pomogę ci w poszukiwaniach, więc jestem.

Odpowiedź ta zaskoczyła Neda. Nie potrafił wzbudzić w sobie zaufania wobec lorda Baelisha, który wydawał mu się zbyt przebiegły.

— Czy masz coś dla mnie?

— Raczej kogoś — poprawił go Littlefinger. — Czterech, mówiąc ściślej. Czy myślałeś o tym, żeby wypytać służących Namiestnika?

Ned zmarszczył czoło.

— Zrobiłbym to, gdybym mógł. Niestety, lady Arryn zabrała wszystkich ze sobą do Orlego Gniazda. — W tym względzie Lysa pozbawiła go możliwości działania. Wszyscy z najbliższego otoczenia jej męża uciekli razem z nią: maester Jona, jego zarządca, kapitan straży, rycerze i cała czeladź.

— Prawie wszystkich — rzekł Littlefinger. — Kilkoro zostało. Ciężarna służąca z kuchni, którą szybko wydano za jednego ze stajennych lorda Renly'ego. Stajenny, który wstąpił do Miejskiej Straży, pomocnik z kuchni zwolniony za kradzież oraz giermek lorda Arryna.

— Jego giermek? — Wiadomość ta ucieszyła Neda. Giermkowie wiedzieli często bardzo dużo o życiu swoich panów.

— Ser Hugh z Doliny — wyjaśnił Littlefinger. — Król pasował go na rycerza po śmierci lorda Arryna.

— Poślę po niego — powiedział Ned. — A także po pozostałych.

Littlefinger zamrugał.

— Panie, podejdź tutaj do okna, proszę.

— Po co?

— Podejdź, pokażę ci. — Ned zbliżył się do okna. Petyr Baelish wskazał ręką. — Tam, po drugiej stronie dziedzińca, przy drzwiach zbrojowni. Widzisz chłopca, który klęknął przy schodach i ostrzy miecz?

— I co z tego?

— Szpieguje dla Varysa. Ten pająk bardzo się interesuje tobą i tym, co robisz. — Petyr poprawił się na swoim miejscu. — A teraz spójrz na mur. Bardziej na zachód, nad stajniami. Widzisz strażnika przechylonego przez parapet?

Ned dostrzegł go.

— Jeszcze jeden z szeptaczy eunucha?

— Nie. Ten należy do Królowej. Zauważ, że ze swojego miejsca ma doskonały widok na wejście do twojej wieży, dokładnie widzi, kto cię odwiedza. Z pewnością krąży wielu innych, o których nie wiem nawet ja. Pełno jest czujnych oczu w Czerwonej Twierdzy. Jak myślisz, dlaczego ukryłem Cat w burdelu?

Eddark Stark nie miał serca do podobnych intryg.

— Na siedem piekieł — zaklął. Rzeczywiście wydawało się, że mężczyzna na murze obserwuje go. Ned odsunął się od okna. — Czy w tym przeklętym mieście wszyscy są czyimiś informatorami?

— Prawie wszyscy — powiedział Littlefinger. Policzył palce swojej dłoni. — No cóż, ja, ty, Król... chociaż jak się nad tym zastanowić, to z pewnością Król mówi Królowej za dużo, a i ja nie wiem, czy powinienem ci całkowicie zawierzyć. — Wstał. — Czy masz wśród swoich poddanych kogoś, komu mógłbyś całkowicie zaufać?

— Tak — odpowiedział Ned.

— A ja mogę ci sprzedać wspaniały pałac w Valyrii — odparł Littlefinger, uśmiechając się szyderczo. — Mądrzej byłoby odpowiedzieć „nie", ale niech i tak będzie. Poślij ten swój ideał do ser Hugha i pozostałych. Nie ukryjesz swoich poczynań, ale nawet Varys Pająk nie jest w stanie śledzić wszystkich twoich służących przez cały dzień. — Ruszył do drzwi.

— Lordzie Petyrze — odezwał się do niego Ned. — Ja... jestem ci wdzięczny za pomoc. Może pomyliłem się, okazując ci nieufność.

Littlefinger musnął palcami swoją kozią bródkę.

— Wolno się uczysz, lordzie Eddardzie. Twoja nieufność wobec mnie jest najmądrzejszą rzeczą, jakiej dokonałeś od chwili przybycia tutaj. — Skłonił się i wyszedł.

JON

Jon pokazywał Dareonowi, jak najlepiej wykonać boczne cięcie, kiedy na ćwiczebny plac wszedł nowy rekrut.

— Musisz szerzej rozstawić nogi — pouczał Jon. — Inaczej stracisz równowagę. Tak, dobrze. Skręć ciało, kiedy się zamachniesz, tak żeby cały ciężar pozostał za mieczem.

Dareon opuścił miecz i podniósł zasłonę hełmu.

— Na siedmiu bogów — mruknął. — Popatrz, Jon.

Jon odwrócił się. Przez wizurę przyłbicy ujrzał w drzwiach zbrojowni najgrubszego chłopaka, jakiego kiedykolwiek spotkał. Futrzany kołnierz zdobionej opończy zakrywał mu tłusty podbródek. Przybysz przewracał nerwowo jasnymi oczyma osadzonymi w okrągłej jak księżyc twarzy i wycierał pulchne spocone palce o aksamitny kubrak.

— Powiedzieli... powiedzieli, żebym tu przyszedł na... na ćwiczenia — odezwał się. Nie mówił do nikogo w szczególności.

— Paniczyk — rzekł Pyp do Jona. — Pewnie z południa, może gdzieś niedaleko Wysogrodu. — Pyp przemierzył Siedem Królestw z trupą komediantów i chwalił się, że na podstawie głosu potrafi odgadnąć, skąd pochodzą inni.

Na lamowanej futrem opończy chłopca widniał stojący w rozkroku myśliwy wyszyty szkarłatną nicią. Jon nie znał tego herbu. Ser Alliser Thorne spojrzał na swojego nowego ucznia i powiedział:

— Zdaje się, że na południu nie mają już więcej kłusowników i złodziei. Teraz przysyłają nam do służby świnie. Lordzie Szynko, czy sądzisz, że futro i aksamit będą dla ciebie najlepszą zbroją?

Niebawem okazało się, że nowy rekrut posiada własną zbroję, kubrak z podszyciem, skórę, kolczugę, pancerz i hełm, a nawet ogromną tarczę z drewna i skóry z takim samym herbem jak na kubraku. Ponieważ jednak zbroja nie była czarna, ser Alliser wysłał go do zbrojowni, by go odpowiednio wyposażono, co zajęło prawie cały ranek. Chłopiec okazał się tak gruby, że Donal Noye musiał rozpruć drucianą kolczugę i wstawić na bokach skórzane pasy. Nowy mógł włożyć na głowę tylko hełm bez zasłony. Skórzane zapięcia opinały jego nogi i tułów tak ciasno, że z trudem się poruszał. Ubrany do walki chłopiec przypominał rozgotowaną kiełbasę, która za chwilę wyskoczy z flaka.

— Miejmy nadzieję, że nie jesteś taką niedorajdą, na jaką wyglądasz — oświadczył ser Alliser. — Halder, sprawdź, co potrafi ser Świnia.

Jon Snow skrzywił się. Halder urodził się w kamieniołomie i miał być kamieniarzem. Ten wysoki i muskularny szesnastolatek siłą uderzenia przewyższał wszystkich, których znał Jon.

— To będzie gorsze od dupy dziwki — mruknął Pyp, i miał rację.

Nie walczyli nawet minuty, kiedy grubas padł na ziemię, trzęsąc się; spod obtłuczonego hełmu i pomiędzy jego grubymi palcami płynęła krew.

— Poddaję się — wrzasnął. — Dosyć. Poddaję się, przestań. — Rast i niektórzy spośród chłopców roześmiali się głośno. Ser Alliser nie ogłosił jednak końca pojedynku.

— Na nogi, ser Świnio — zawołał. — Podnieś miecz. — Grubas wciąż leżał na ziemi. Thorne dał znak Halderowi. — Sięgnij go płazem, niech wstanie na nogi. — Halder uderzył przeciwnika niezbyt mocno. — Możesz uderzyć mocniej — powiedział Thorne. Halder ujął miecz w obie ręce i uderzył płazem tak mocno, że przeciął skórzaną ochronę. Rekrut krzyknął z bólu.

Jon Snow wysunął się do przodu. Pyp położył dłoń na jego ramieniu.

— Jon, nie — szepnął, zerkając na ser Allisera Thorne'a.

— Na nogi — powtórzył Thorne. — Gruby rekrut spróbował wstać, lecz pośliznął się i znowu upadł. — Widzę, że ser Świnia powoli zaczyna rozumieć — zauważył ser Alliser. — Jeszcze raz.

Halder zamierzył się mieczem.

— Odetnij nam kawał szynki! — zawołał Rast.

Jon odtrącił rękę Pypa.

— Halder, dość.

Halder spojrzał na ser Allisera.

— Bękart przemawia i drżą wieśniacy — powiedział Thorne przenikliwie zimnym głosem. — Lordzie Snow, przypominam ci, że ja tu dowodzę.

— Spójrz na niego, Halder — rzekł Jon, nie zwracając uwagi na Thorne'a. — To żaden honor bić leżącego. On się poddał — dodał i klęknął przy rekrucie.

— Poddał się — powtórzył Halder i opuścił miecz.

Ser Alliser patrzył na Jona swoimi czarnymi oczyma.

— Chyba nasz Bękart się zakochał — stwierdził, patrząc, jak Jon pomaga podnieść się grubemu rekrutowi. — Wstawaj.

Jon wyciągnął miecz. Wiedział, że może sprzeciwiać się ser Alliserowi tylko do pewnego momentu, który, jak się obawiał, przekroczył.

Thorne uśmiechnął się.

— Bękart chce bronić swoją gołąbeczkę, więc wykorzystamy to. Szczur, Pryszcz, pomóżcie Kamiennej Głowie. — Rast i Albett stanęli obok Haldera. — Trzech powinno wystarczyć. Niech lady Świnia popiszczy trochę. Musicie tylko przejść za Bękarta.

— Trzymaj się za mną — polecił Jon grubasowi. Dotąd ser Alliser nie posyłał przeciwko niemu więcej niż dwóch przeciwników. Wiedział, że tego wieczoru pójdzie spać mocno poobijany, ale był gotowy.

Nagle zobaczył obok siebie Pypa.

— Trzech na dwóch, będzie lepsza zabawa — rzucił wesoło mały chłopiec. Opuścił zasłonę hełmu i wyciągnął miecz. Zanim Jon zdołał zaprotestować, dołączył do nich Grenn.

Na placu zapadła śmiertelna cisza. Jon czuł na sobie spojrzenie Ser Allisera.

— Na co czekacie? — powiedział Jon do Rasta i pozostałych podstępnie nieśmiałym głosem i natychmiast zaatakował. Halder ledwo zdążył się zasłonić mieczem. Cofał się przed ciągle atakującym Jonem. „Poznaj swojego nieprzyjaciela", uczył ser Rodrik. Jon znał Haldera, wiedział, że jest brutalny i silny, lecz niecierpliwy i nie lubi się bronić. Jeśli go zaskoczy i pokrzyżuje mu plany, ten z pewnością się odsłoni.

Pozostali przyłączyli się do walki. Jon zablokował okrutne cięcie w głowę i poczuł bolesne mrowienie w ramieniu, kiedy miecze się spotkały. Sam zadał cięcie z boku, w żebra Haldera, i z zadowoleniem usłyszał stęknięcie. Halder natychmiast kontratakował i trafił Jona w ramię. Trzasnęła kolczuga, a bolesny prąd popłynął aż do jego szyi, lecz Halder stracił na moment równowagę. Jon podciął mu lewą nogę i Halder runął na ziemię, przeklinając.

Grenn bronił się dzielnie, tak jak nauczył go Jon, i nie odpuszczał Albettowi ani na chwilę, za to Pyp znalazł się w poważnych opałach. Rast miał nad nim przewagę dwóch lat i czterdziestu funtów. Jon stanął za nim i grzmotnął w hełm gwałciciela jak w dzwon. Kiedy Rast zgiął się z bólu, Pyp ominął jego obronę, przewrócił go i przyłożył mu miecz do gardła. Tymczasem Jon odwrócił się już do Albetta, który, widząc dwa miecze przeciwko sobie, zawołał:

— Poddaję się.

Ser Alliser przyglądał się całej scenie z obrzydzeniem.

— Wystarczy na dzisiaj tej farsy — rzucił i odszedł.

Dareon pomógł wstać Halderowi. Syn kamieniarza zerwał hełm z głowy i cisnął nim o ziemię.

— Snow, przez chwilę wydawało mi się, że cię dopadłem.

— Zgadza się, ale tylko przez chwilę — odparł Jon. Czuł pulsujący ból w ramieniu. Schował miecz do pochwy i spróbował zdjąć hełm, lecz kiedy podniósł ramię, zazgrzytał zębami z bólu.

— Pomogę ci. — Usłyszał czyjś głos. Tłuste palce odwiązały hełm od naszyjnika i zdjęły hełm z jego głowy. — Zranił cię?

— Już wcześniej oberwałem. — Jon dotknął swojego ramienia i zamrugał gwałtownie. Pozostali rozchodzili się.

Grubas miał włosy polepione krwią w miejscu, w którym Halder przebił mu hełm.

— Nazywam się Samwell Tarly z Horn... — Zamilkł na moment i oblizał wargi. — To znaczy moim domem było Horn Hill, zanim... zanim go opuściłem. Wstąpiłem do Straży. Moim ojcem jest lord Randyll, chorąży Tyrellów z Wysogrodu. Byłem jego następcą, lecz... — Urwał.

— Ja jestem Jon Snow, bękart Neda Starka z Winterfell.

Samwell Tarly skinął głową.

— Ja... jeśli chcesz, nazywaj mnie Sam. Matka tak mnie nazywa.

— A jego możesz nazywać lordem Snow — wtrącił Pyp, podchodząc do nich. — I nie pytaj, jak nazywa go matka.

— Ci dwaj to Grenn i Pypar — powiedział Jon.

— Grenn to ten brzydal — dodał Pyp.

Grenn nachmurzył się.

— Jesteś brzydszy ode mnie. Ja przynajmniej nie mam uszu jak nietoperz.

— Dziękuję wam wszystkim — rzekł gruby rekrut poważnym głosem.

— Dlaczego nie wstałeś i nie walczyłeś? — spytał Grenn.

— Próbowałem, naprawdę. Tylko... nie mogłem. Nie chciałem, żeby jeszcze mnie okładał. — Sam opuścił wzrok. — Obawiam się, że... że jestem tchórzem. Pan ojciec zawsze tak mówił.

Grenn, zdumiony otworzył szeroko oczy. Nawet Pyp nie wiedział, co na to odpowiedzieć, chociaż on na wszystko miał odpowiedź. Co to za człowiek, który sam siebie nazywa tchórzem?

Samwell Tarly domyślał się, co inni o nim sądzili. Napotkawszy spojrzenie Jona, natychmiast odwrócił wzrok jak przestraszone zwierzę.

— Ja... przepraszam — powiedział. — Nie... nie chciałem się tak zachować... — Ruszył ciężkim krokiem w stronę zbrojowni.

— Byłeś ranny — zawołał za nim Jon. — Jutro pójdzie ci lepiej.

Sam rzucił mu ponure spojrzenie przez ramię.

— Nie pójdzie — odparł, powstrzymując łzy. — Mnie nigdy nie idzie lepiej.

Grenn skrzywił się, kiedy rekrut wszedł do zbrojowni.

— Nikt nie lubi tchórzy — orzekł niepewnie. — Chyba niepotrzebnie mu pomagaliśmy. A jeśli inni pomyślą, że my też jesteśmy tchórzami?

— Ty jesteś za głupi, żeby być tchórzem — odpowiedział mu Pyp.

— Nie jestem — zaprotestował Grenn.

— Jesteś. Gdyby niedźwiedź zaatakował cię w lesie, nie miałbyś dość rozumu, żeby uciec.

— Miałbym — upierał się Grenn. — Uciekałbym szybciej od ciebie. — W następnej chwili zatrzymał się nagle, widząc uśmiech na twarzy Pypa; teraz dopiero zdał siebie sprawę z tego, co powiedział. Jego byczy kark zaczerwienił się mocno.

Jon zostawił ich kłócących się, a sam wrócił do zbrojowni. Powiesił miecz i zdjął z siebie pogiętą zbroję.

Życie w Czarnym Zamku toczyło się niezmiennym rytmem, rano ćwiczenia, popołudniami praca. Czarni bracia wyznaczali rekrutom różne zadania, dzięki którym mieli się nauczyć jak najwięcej. Jon lubił popołudnia, kiedy wysyłano go wraz z Duchem, by upolował dzikie ptactwo dla Lorda Dowódcy, lecz najczęściej chodził do zbrojowni, gdzie kręcił kamieniem, na którym jednoręki kowal ostrzył stępione siekiery albo dmuchał miechem, podczas gdy Noye wykuwał nowy miecz. Bywało, że wysyłano go z wiadomością, stawiano na straży, kazano wysprzątać stajnie. Kiedy indziej pomagał przy robieniu strzał, zajmował się ptakami maestera Aemona albo rachunkami Bowena Marsha.

Tego popołudnia dowódca straży posłał go do wciąganej klatki z czterema beczkami świeżo potłuczonego kamienia, który należało rozsypać po wyślizganych ścieżkach na szczycie Muru. Była to nudna praca, lecz dzisiaj Jon przyjął ją bez szemrania, choć za towarzystwo miał tylko Ducha. W pogodny dzień z Muru roztaczał się widok na połowę świata, a powietrze było tam zawsze zimne i orzeźwiające. Mógł spokojnie podumać i teraz stwierdził, że powrócił myślami do Samwella Tarly'ego i... dziwne, lecz pomyślał też o Tyrionie Lannisterze. Zastanawiał się, co by powiedział Tyrion, gdyby spotkał grubego rekruta. „Większość ludzi woli przeważnie zaprzeczać okrutnej prawdzie, niż spojrzeć jej w oczy", rzekł kiedyś karzeł. Świat roi się od tchórzy, którzy udają bohaterów. Potrzeba swojego rodzaju odwagi, żeby przyznać się do tchórzostwa, tak jak to zrobił Samwell Tarly.

Obolałe ramię przeszkadzało mu, więc pracował wolno. Skończył rozrzucać żwir dopiero późnym popołudniem. Mimo to został jeszcze na górze, by popatrzeć na zachodzące słońce, które zalewało swoim krwawym blaskiem niebo na zachodzie. Wreszcie zmierzch przyciemnił północ. Jon wtoczył do klatki puste beczki i dał znak strażnikowi na dole, żeby go opuścił.

Kiedy razem z Duchem przybyli do ogólnej jadalni, pozostali kończyli już posiłek. Grupa czarnych braci grała w kości, popijając grzane wino przy ogniu. Jego przyjaciele siedzieli na ławie przy zachodniej ścianie. Słyszał ich śmiech. Pyp opowiadał jakąś historię. Wielkouchy chłopak od komediantów był urodzonym kłamcą, który potrafił naśladować setki różnych głosów. Opowiadając swoje historie, odgrywał je jednocześnie, tak więc w jednej chwili był królem, a w następnej świniopasem. Kiedy przeistaczał się w dziewkę z karczmy albo w dziewiczą księżniczkę, mówił wysokim falsetem, który doprowadzał wszystkich do łez, jego eunuch zaś stanowił doskonałą karykaturę ser Allisera. Jon zwykle chętnie oglądał przedstawienia Pypa, podobnie jak inni, lecz tego wieczoru poszedł na drugi koniec ławy, gdzie siedział samotnie Samwell Tarly.

Samwell kończył właśnie kawałek wieprzowego pasztetu, który kucharz przyrządził na kolację tego dnia. Gruby rekrut otworzył szeroko oczy, ujrzawszy Ducha.

— Czy to wilk?

— Wilkor — powiedział Jon. — Nazywa się Duch. Ród mojego ojca ma w herbie wilkora.

— My mamy myśliwego — oświadczył Samwell Tarly.

— Lubisz polować?

Gruby rekrut wzdrygnął się.

— Nienawidzę. — Wyglądał, jakby miał się znowu rozpłakać.

— Co znowu? — spytał Jon. — Dlaczego jesteś ciągle taki przestraszony?

Sam wlepił wzrok w ostatni kawałek mięsa i pokręcił słabo głową, zbyt przerażony, żeby mówić. Chłopcy na drugim końcu ławy wybuchnęli śmiechem. Jon słyszał skrzeczący głos Pypa. Wstał.

— Wyjdźmy na zewnątrz.

Gruby rekrut spojrzał na niego podejrzliwie.

— Po co? Co tam będziemy robić?

— Porozmawiamy — powiedział Jon. — Widziałeś Mur?

— Jestem gruby, ale nie ślepy — odparł Samwell Tarly. — Pewnie, że tak. Ma siedemset stóp wysokości. — Wstał jednak, owinięty płaszczem podszytym futrem i poszedł za Jonem, rozglądając się czujnie. Duch ruszył za nimi. — Nie myślałem, że tak będzie — odezwał się Sam, kiedy wyszli na zewnątrz. Zaczął chuchać i dmuchać, jakby chciał zatrzymać w sobie ciepło. — Wszystkie zabudowania rozlatują się, a poza tym tutaj jest tak...

— Zimno? — Przenikliwy mróz zaciskał swoje szpony wokół zamku. Jon słyszał cichy chrzęst chwastów pod butami.

Sam przytaknął mu.

— Nienawidzę zimna — wyznał. — Wczoraj w nocy obudziłem się, kiedy ogień już wygasł, i myślałem, że zamarznę na śmierć przez resztę nocy.

— Pewnie tam, skąd pochodzisz, było cieplej.

— Dopiero w zeszłym miesiącu po raz pierwszy zobaczyłem śnieg. Razem z ludźmi, których ojciec wysłał ze mną na północ, przejeżdżaliśmy przez pustkowie, kiedy to coś białego zaczęło padać. Przypominało delikatny deszcz. Najpierw bardzo mi się to podobało, miękkie jak spadające z nieba piórka, lecz śnieg nie przestawał sypać i myślałem, że zamarznę na śmierć. Ludzie mieli na ramionach grubą warstwę i zupełnie białe brody, a śnieg wciąż padał. Myślałem, że to się nigdy nie skończy.

Jon uśmiechnął się.

Mur wznosił się nad nimi, połyskując blado w świetle półksiężyca. Gwiazdy świeciły jasno na niebie.

— Czy będę musiał chodzić tam na górę? — spytał Sam. Wyraz rozpaczy ściął jego oblicze, kiedy ujrzał ogromne drewniane schody. — Umrę, jeśli każą mi po nich wchodzić.

— Jest winda — rzekł Jon, wskazując na klatkę. — Mogę cię w niej wciągnąć na górę.

Samwell Tarly skrzywił się.

— Nie lubię wysokich miejsc.

Jon miał już dość.

— Czy ty się boisz wszystkiego? — spytał. Dlaczego tchórz chciał wstąpić do Nocnej Straży?

Samwell Tarly długo patrzył na niego i wydawało się, że jego twarz zapadnie się w sobie. Wreszcie usiadł na zmarzniętej ziemi i rozpłakał się. Zaniósł się tak gwałtownym płaczem, że cały się trząsł. Jon Snow nie wiedział, co robić, stał więc i patrzył.

Za to Duch wiedział. Wilkor, niczym jasny cień, podszedł bliżej i zaczął zlizywać ciepłe łzy z twarzy Samwella Tarly'ego. Rekrut krzyknął przestraszony, lecz chwilę później roześmiał się.

Jon także parsknął śmiechem. Później obaj usiedli na zmarzniętej ziemi, a Duch między nimi. Jon opowiedział, jak razem z Robbem znaleźli wilcze szczenięta w śniegach późnego lata. Wydawało mu się, że było to tysiąc lat temu. Potem zaczął opowiadać o Winterfell.

— Czasem śni mi się zamek — powiedział. — Chodzę po jego pustych korytarzach. Mój głos odbija się echem, ale nikt mi nie odpowiada, więc idę coraz szybciej, otwieram drzwi, wołam innych po imieniu, chociaż nie wiem nawet, kogo szukam. Przeważnie szukam ojca, ale czasem Robba albo małej siostrzyczki Aryi lub stryja. — Posmutniał na myśl o Benjenie Starku; stryj wciąż nie wracał. Stary Niedźwiedź wysłał zwiadowców na poszukiwania. Ser Jaremy Rykker sam prowadził dwie grupy, także Qhorin Półręki wyjeżdżał z Wieży Cieni, lecz nic nie znaleźli, jedynie kilka nacięć na drzewach, które stryj pozostawił dla oznaczenia drogi. Niestety, znaki urywały się wśród kamienistych wzgórz na północnym zachodzie.

— Czy znajdujesz kogoś z nich w swoich snach?

Jon pokręcił głową.

— Nikogo. Zamek jest zawsze pusty. — Nigdy dotąd nie mówił komukolwiek o swoich snach. Nie rozumiał też, dlaczego teraz opowiada o nich Samowi, lecz czuł się z tym dobrze. — Nawet kruki opuściły gniazda, a stajnie są pełne kości. Zawsze mnie to przeraża. Wtedy zaczynam biec, otwieram drzwi, biegnę na górę po kilka stopni i krzyczę, wołając ich. Później dochodzę do drzwi krypty. W środku jest ciemno, a ja widzę schody w dół. Czuję, że muszę tam zejść, choć nie chcę. Boję się tego, co mogę spotkać na dole. Spoczywają tam dawni Królowie Zimy, siedzą na kamiennych tronach, na kolanach mają żelazne miecze, u stóp warują im kamienne wilki, jednak nie ich się boję. Krzyczę głośno, że nie jestem ze Starków, że to nie jest moje miejsce... próżno. Muszę tam iść, więc ruszam w dół, trzymając się ściany, ponieważ nie mam światła. W miarę jak schodzę, robi się coraz ciemniej, aż mam ochotę krzyczeć. — Zamilkł, zawstydzony. — Wtedy się budzę. — Zlany potem siada zwykle rozdygotany w ciemności swojej celi. Duch wskakuje na jego łóżko, i ciepło zwierzęcia wydaje mu się równie zbawienne jak światło dnia. Zasypia z twarzą wtuloną w gęste futro wilkora. — A ty? Śni ci się czasem Horn Hill?

— Nie. — Sam zacisnął mocno usta. — Nienawidziłem tamtego miejsca. — Podrapał Ducha za uchem, zamyślony. Jon nie przerywał ciszy. Minęła długa chwila, zanim Samwell Tarly zaczął znowu mówić, a Jon Snow słuchał w milczeniu opowieści o tym, jak to się stało, że chłopak, który przyznał się do tchórzostwa, skończył na Murze.

Rodzina Tarlych była starym rodem, piastowali urząd chorążych u Mace'a Tyrella, Lorda Wysogrodu i Namiestnika Południa. Samwell, najstarszy syn lorda Randylla Tarly'ego, miał odziedziczyć bogate ziemie, mocną twierdzę i miecz Jad Serca wykuty z valyriańskiej stali, przekazywany z pokolenia na pokolenie od prawie pięciuset lat.

Duma ojca, którą ten czuł w dniu narodzin syna, topniała, w miarę jak Sam rósł i przybierał na wadze, tchórzliwy i niezgrabny. Sam bardzo lubił słuchać muzyki, układać piosenki, ubierać się w miękkie jedwabie i bawić się w kuchni, gdzie rozkoszował się wspaniałymi zapachami i skradzionymi ciasteczkami. Uwielbiał książki, koty i taniec, choć był taki niezgrabny. Za to niedobrze mu się robiło na widok krwi i płakał, nawet gdy zobaczył tylko zabitego kurczaka. Kolejni nauczyciele przychodzili i odchodzili z Horn Hill. Bezskutecznie próbowali zamienić Samwella w rycerza, tak jak pragnął tego jego ojciec. Ów przeklinał syna i ćwiczył rózgą, a kiedyś nawet kazał mu się przebrać w ubranie siostry i paradować po dziedzińcu, w nadziei że go zawstydzi. Sam rósł coraz grubszy i bardziej przestraszony, a lord Randyll nie potrafił już wzbudzić w sobie wobec niego innych uczuć poza złością i pogardą.

Wreszcie, po trzech córkach, lady Tarly urodziła mężowi drugiego syna. Od tamtego dnia lord Randyll zupełnie ignorował Sama i cały czas poświęcił młodszemu, krzepkiemu synowi. Samwell zaznał kilku lat spokoju, w czasie których mógł oddać się książkom i muzyce.

Aż do piętnastego dnia jego imienia, kiedy to obudzono Sama, a jego koń czekał już osiodłany. Trzej uzbrojeni jeźdźcy pojechali z nim do lasu, gdzie ojciec obdzierał ze skóry jelenia.

— Jesteś już prawie dorosły — zwrócił się do najstarszego syna lord Randyll i przyłożył długi nóż do skóry martwego zwierzęcia. — Wprawdzie nie mam powodu, dla którego mógłbym się ciebie wyprzeć, lecz nie mogę też pozwolić, byś odziedziczył ziemię i tytuł, one bowiem winny przejść na Dickona. Jad Serca powinien trafić w ręce kogoś, kto będzie miał siłę go podnieść, a ty nie jesteś godzien nawet dotknąć jego rękojeści. Tak więc postanowiłem, że dzisiaj ogłosisz, iż zamierzasz przywdziać czarny strój. Wyrzekniesz się wszystkiego, co mógłbyś odziedziczyć, i jeszcze przed zachodem słońca wyruszysz na północ. Jeśli nie, to jutro pojedziemy na polowanie i twój koń potknie się, a ty się zabijesz... tak przynajmniej powiem twojej matce. Ona ma miękkie serce i przejmuje się nawet tobą, a ja nie chcę sprawiać jej bólu. Nie wyobrażaj sobie tylko, że łatwo ci pójdzie, gdybyś zechciał mi się przeciwstawić. Chętnie zapoluję na taką świnię jak ty. — Mówiąc to, jego ojciec ręce miał po łokcie czerwone od krwi. — Tak więc wybór należy do ciebie. Nocna Straż... — Zanurzył dłoń i wyrwał jeleniowi serce. Trzymał je w dłoni ociekające krwią. — Albo to.

Sam opowiedział swoją historię spokojnym, obojętnym głosem, jakby opowieść dotyczyła kogoś innego. I, o dziwo, nie rozpłakał się, pomyślał Jon. Kiedy skończył, siedzieli w milczeniu, wsłuchani w wycie wiatru. Był to jedyny odgłos, który wypełniał teraz cały świat.

— Powinniśmy wracać — odezwał się wreszcie Jon.

— Dlaczego? — spytał Sam.

Jon wzruszył ramionami.

— Mają gorący jabłecznik albo grzane wino, jeśli wolisz. Czasem Dareon śpiewa dla nas. Kiedyś był śpiewakiem, no, niezupełnie, ale uczył się śpiewać.

— Jak trafił tutaj?

— Lord Rowan z Goldengrove przyłapał go w łóżku ze swoją córką. Dziewczyna była dwa lata starsza od niego i Dareon przysięga, że pomogła mu wejść przez okno. Jednak w oczach jej ojca był to gwałt, więc znalazł się tutaj. Kiedy maester Ameon usłyszał, jak Daeron śpiewa, powiedział, że jego głos jest niczym miód wylany na grzmot. — Jon uśmiechnął się. — Ropucha także czasem śpiewa, jeśli można to tak nazwać. Od ojca nauczył się różnych pijackich piosenek. Pyp mówi, że jego śpiew jest jak szczyny wylane na pierdnięcie. — Obaj się roześmiali.

— Chętnie bym ich posłuchał — rzekł Sam. — Ale nie będą mnie tam chcieli. — Nachmurzył się. — Jutro znowu każe mi walczyć, prawda?

— Tak — odparł Jon szczerze.

Sam podniósł się niezgrabnie.

— Lepiej pójdę już spać. — Owinął się płaszczem i odszedł ciężkim krokiem.

Jon powrócił do pozostałych chłopców tylko w towarzystwie Ducha.

— A ty gdzie się podziewałeś? — spytał go Pyp.

— Rozmawiałem z Samem — powiedział.

— On rzeczywiście jest tchórzem — uznał Grenn. — Kiedy przyszedł na kolację, były jeszcze miejsca na ławie, ale bał się usiąść z nami.

— Może lord Szynka uważa, że jest za dobry, żeby jeść z takimi jak my — zauważył Jeren.

— Widziałem, jak je mięso — odezwał się Ropucha z uśmieszkiem na twarzy. — Myślicie, że to był jego brat? — Zaczął chrząkać jak świnia.

— Przestań! — warknął Jon. Wszyscy ucichli zaskoczeni tym wybuchem. — Posłuchajcie — odezwał się Jon ściszonym głosem i wyjaśnił swój plan. Był przygotowany na to, że poprze go Pyp, ale ucieszył się, kiedy przemówił Halder. Grenn nie był zdecydowany, lecz Jon wiedział, jak go przekonać. Jednych przekonywał, innych chwalił lub zawstydzał albo groził, aż wreszcie wszyscy się zgodzili... wszyscy poza Rastem.

— Wy, dziewuchy, możecie sobie robić, co chcecie — orzekł Rast. — Ale jeśli Thorne mnie wystawi przeciwko lady Świni, to chętnie utnę sobie plaster słoniny. — Roześmiał się Jonowi w twarz i wyszedł.

Później, kiedy wszyscy w zamku zasnęli, trzech z nich złożyło wizytę w celi Rasta. Grenn złapał go za ręce, a Pyp usiadł mu na nogach. Jon słyszał szybki oddech Rasta, któremu Duch wskoczył na pierś. Wilkor błysnął ślepiami i chwycił delikatnie zębami za miękką skórę na gardle opornego rekruta, na tyle mocno, że popłynęła krew.

— Pamiętaj, wiemy, gdzie śpisz — powiedział cicho Jon.

Następnego ranka usłyszał, jak Rast wyjaśnia Albettowi i Ropusze, że zaciął się brzytwą przy goleniu.

Od tamtej pory ani Rast, ani nikt inny nie skrzywdził już Samwella Tarly'ego. Kiedy ser Alliser kazał im z nim walczyć, bronili się dzielnie, odpierając powolne i niezgrabne ataki. A kiedy Thorne krzykiem próbował zmusić ich do natarcia, doskakiwali do Sama i uderzali go lekko w pancerz na piersi, hełm albo w nogę. Ser Alliser pienił się, wyzywał ich od bab, tchórzy i jeszcze gorzej, lecz Sam wychodził z każdej walki cało. Kilka dni później Jon nakłonił Tarly'ego, aby przyłączył się do nich w czasie kolacji i posadził go obok Haldera. Potrzeba było kolejnych dwóch tygodni, zanim grubas ośmielił się wtrącić do rozmowy, lecz z czasem śmiał się w nos Pypowi i dokuczał Grennowi jak wszyscy inni.

Choć gruby i niezgrabny, Samwell Tarly z pewnością nie był głupcem. Któregoś wieczoru odwiedził Jona w jego celi.

— Nie mam pojęcia, co zrobiłeś — powiedział — ale wiem, że to dzięki temu. — Spojrzał w bok zawstydzony. — Nigdy dotąd nie miałem przyjaciela.

— Nie jesteśmy przyjaciółmi — odparł Jon, kładąc dłoń na ramieniu Sama. — Jesteśmy braćmi.

Kiedy Sam wyszedł, Jon pomyślał, że to prawda. Robb, Bran i Rickon byli synami jego ojca i wciąż ich kochał, jednak wiedział, że nigdy naprawdę nie był jednym z nich. Catelyn Stark zadbała o to. Wprawdzie szary zamek w Winterfell wciąż prześladował go w snach, jednak jego życie należało teraz do Czarnego Zamku, a jego braćmi byli Sam, Grenn, Halder, Pyp i inne wyrzutki, które przywdziały czarny strój Nocnej Straży.

— Stryj miał rację — rzekł szeptem do Ducha. Zastanawiał się, czy kiedykolwiek zobaczy jeszcze Benjena Starka, by mu to powiedzieć.

EDDARD

— Panowie, przyczyną wszystkich kłopotów jest turniej Namiestnika. — Dowódca Miejskiej Straży zwrócił się do członków rady królewskiej.

— Turniej Króla — poprawił go Ned. — Zapewniam was, że nie jest to pomysł Namiestnika.

— Cokolwiek byśmy mówili, z całego Królestwa przybywają rycerze i lordowie, a na każdego rycerza przypada dwóch wolnych, trzech rzemieślników, sześciu zbrojnych, tuzin handlarzy, dwa tuziny dziwek i nie wiadomo ilu złodziei. Już sam upał wystarczył, żeby w mieście się zagotowało, a teraz jeszcze wszyscy ci goście... Poprzedniej nocy mieliśmy topielca, burdę w karczmie, trzy rycerskie pojedynki, gwałt, dwa pożary, mnóstwo kradzieży i pijanego konia, który galopował po ulicy Sióstr. Jeszcze wcześniej w Wielkim Sepcie znaleziono głowę kobiety, która pływała w tęczowym stawie. Nikt nie wie, skąd się tam wzięła ani do kogo należy.

— Okropieństwo — powiedział Varys i wzdrygnął się.

Lord Renly Baratheon wydawał się mniej poruszony.

— Janos, jeśli nie potrafisz zapewnić miastu spokoju, to może komuś innemu należy oddać dowództwo Straży Miejskiej.

Tęgi Janos Slynt napuszył się jak indor, a jego łysina zaczerwieniła się mocno.

— Lordzie Renly, sam Aegon Smok nie utrzymałby porządku. Potrzebuję więcej ludzi.

— Ilu? — spytał Ned i pochylił się do przodu. Jak zwykle Robert nie zaszczycił rady swoją obecnością, więc Namiestnik musiał wystąpić w jego imieniu.

— Tylu, ilu się da, Lordzie Namiestniku.

— Najmijcie pięćdziesięciu nowych ludzi — polecił Ned. — Lord Baelish dopilnuje, żebyś dostał pieniądze.

— Tak? — powiedział Littlefinger.

— Tak. Skoro znalazłeś czterdzieści tysięcy złotych smoków dla zwycięzcy turnieju, z pewnością wyskrobiesz trochę miedziaków, dzięki którym zapanuje spokój. — Ned zwrócił się ponownie do Janosa Slynta. — Na czas turnieju oddam ci też dwudziestu dobrych ludzi z mojej straży.

— Mogę ci tylko podziękować, Lordzie Namiestniku. — Slynt skłonił głowę. — Zapewniam cię, że zrobię z nich dobry użytek.

Dowódca Straży wyszedł, a Ned zwrócił się do pozostałych członków rady.

— Im szybciej skończymy z tą błazenadą, tym lepiej. — Jakby kłopoty i wydatki związane z turniejem nie były wystarczającym utrapieniem dla Neda, to jeszcze wszyscy sprzysięgli się nazywać go „turniejem Namiestnika". Robert rzeczywiście wierzył, że Eddard Stark powinien czuć się zaszczycony!

— Mój panie, podobne wydarzenia przynoszą też korzyści — odezwał się Wielki Maester Pycelle. — Wielcy mają okazję okryć się chwałą, lud zaś może zapomnieć na chwilę o troskach.

— Przy okazji napełni się niejedna sakiewka — dodał Littlefinger. — Wszystkie karczmy w mieście pękają w szwach, a dziwki chodzą rozkraczone, podzwaniając przy każdym kroku.

Lord Renly parsknął śmiechem.

— Na szczęście nie ma wśród nas mojego brata Stannisa. Pamiętacie, kiedyś chciał zakazać prawem burdeli. Wtedy Król spytał, czy zamierza też zakazać jedzenia, wydalania i oddychania. Czasem się zastanawiam, jak Stannis dorobił się tej brzydkiej córki. Idzie do małżeńskiego łoża jak żołnierz na pole bitwy, z ponurym wzrokiem i pełen determinacji, żeby wykonać swój obowiązek.

Ned nie przyłączył się do ogólnego śmiechu.

— Ja także myślałem o twoim bracie. Zastanawiam się, kiedy Stannis zakończy wizytę na Smoczej Skale i ponownie zasiądzie w radzie.

— Pewnie gdy tylko wrzucimy do morza wszystkie dziwki — odparł Littlefinger. Jego słowa skwitowano kolejną salwą śmiechu.

— Dość już nasłuchałem się o dziwkach, jak na jeden dzień — powiedział Ned, wstając. — Zobaczymy się jutro.

Ned wrócił do Wieży Namiestnika. Wartę przy drzwiach pełnił Harwin.

— Niech przyjdzie do mnie Jory i powiedz ojcu, żeby osiodłał mojego konia — rozkazał Ned zbyt opryskliwym głosem.

— Jak każesz, panie.

Czerwona Twierdza i „turniej Namiestnika" spędzają mi sen z powiek, pomyślał Ned, wchodząc na górę. Pragnął znaleźć się w ramionach Catelyn, usłyszeć szczęk mieczy Robba i Jona, poczuć chłód dni i nocy północy.

Znalazłszy się w swojej komnacie, zdjął namiestnikowski strój i usiadł z książką, czekając na przybycie Jory'ego. Miał przed sobą *Dzieje wielkich rodów Siedmiu Królestw wraz z opisem wielu wysoko urodzonych lordów, szlachetnych dam oraz ich dzieci*, księgę napisaną przez Wielkiego Maestera Malleona. Pycelle miał rację, trudna to była lektura. A jednak o nią właśnie prosił Jon Arryn i z pewnością miał ku temu powody. Musiała zawierać jakąś prawdę ukrytą na pożółkłych stronicach. Gdyby tylko udało się ją odkryć. Ale co to za prawda? Księga liczyła sobie ponad sto lat. Nieliczni tylko spośród żyjących urodzili się już, kiedy Malleon układał listy zaślubin, narodzin i zgonów.

Jeszcze raz otworzył wolumin na części poświęconej rodowi Lannisterów i zaczął wertować powoli strony, łudząc się, że coś przyciągnie jego uwagę. Lannisterowie byli starym rodem, który wywodził się jeszcze z czasów Lanna Sprytnego, przechery z Ery Herosów, znanego z legend podobnie jak Bran Budowniczy, tyle że chętniej opiewanego w pieśniach i opowieściach. To on podobno pozbawił Casterlych ich siedziby w Casterly Rock, posługując się jedynie swoim umysłem, i ukradł słońcu złoto, by rozjaśnić swoje loki. Ned żałował, że nie ma tego lisa teraz w jego komnacie, żeby pomógł mu wyłuskać prawdę z księgi.

Energiczne pukanie do drzwi zapowiedziało nadejście Jory'ego Cassela. Ned zamknął tomiszcze Malleona i pozwolił mu wejść.

— Obiecałem Straży Miejskiej dwudziestu moich ludzi na czas turnieju — zwrócił się do niego. — Sam ich wybierz. Pozostaną pod dowództwem Alyna i niech pamiętają, że ich zadaniem jest powstrzymywanie, a nie wzniecanie burd. — Ned wstał i otworzył cedrową skrzynię, z której wyjął lnianą bluzę. — Znalazłeś stajennego?

— Raczej strażnika, mój panie — odparł Jory. — Przysięga, że nigdy już nie dotknie innego konia.

— Co miał do powiedzenia?

— Twierdzi, że dobrze znał lorda Arryna, że szybko się zaprzyjaźnili. — Jory prychnął. — Mówi, że Namiestnik zawsze dawał chłopakom miedziaka w dzień ich imienia. Łagodnie obchodził się z końmi. Nigdy ich nie zajeżdżał i przynosił im jabłka i marchewki, dlatego go lubiły.

— Jabłka i marchewki — powtórzył Ned. Podejrzewał, że z chłopaka będzie jeszcze mniej pożytku niż z pozostałych. A zatem to już ostatnia z czterech osób, które wymienił Littlefinger. Jory rozmawiał z każdą z nich. Ser Hugh okazał się opryskliwy i małomówny, do tego jeszcze tak arogancki, jak tylko może być świeżo pasowany rycerz. Oświadczył, że jeśli Namiestnik pragnie z nim rozmawiać, to powienien go przyjąć osobiście, gdyż on nie będzie odpowiadał na pytania zwykłego kapitana straży... nawet jeśli ten kapitan jest dziesięć lat starszy od niego i lepiej włada mieczem. Przynajmniej służąca okazała się miła. Wyznała, że lord Jon czytał za dużo, że smucił się bardzo chorowitym synem i był burkliwy wobec żony. Pomocnik kuchenny, teraz szewc, zamienił z lordem Jonem zaledwie kilka słów, za to znał wszystkie kuchenne plotki: lord Jon kłócił się z Królem, prawie nic nie jadł, miał wysłać swojego syna pod opiekę na Smoczą Skałę, bardzo interesował się hodowlą ogarów, odwiedził zbrojmistrza, żeby zlecić wykonanie nowej zbroi ze srebra z jaspisowym sokołem i perłowym księżycem na piersi. Sam brat Króla pomagał mu wybrać wzór. Nie lord Renly, ale lord Stannis.

— Czy nasz stróż przypomniał sobie jeszcze coś istotnego?

— Chłopak przysięga, że lord Jon miał krzepę męża w sile wieku. Twierdzi, że często jeździł konno z lordem Stannisem.

Znowu Stannis, pomyślał Ned. Dziwiło go to, gdyż obaj lordowie pozostawali w dobrych stosunkach, ale nie darzyli się przyjaźnią. Kiedy Robert pojechał na północ do Winterfell, Stannis udał się na Smoczą Skałę, fortecę Targaryenów, którą zdobył niegdyś w imieniu brata. Nikomu nie powiedział, kiedy zamierza powrócić.

— Dokąd oni jeździli? — spytał Ned.

— Chłopak twierdzi, że odwiedzali burdel.

— Burdel? — powtórzył Ned. — Lord Orlego Gniazda i Królewski Namiestnik w jednej osobie odwiedzał burdel w towarzystwie Stannisa Baratheona? — Pokręcił głową z niedowierzaniem, zastanawiając się, co by powiedział lord Renly na podobne rewelacje. Niezaspokojone żądze Roberta opiewano nawet w pijackich piosenkach, lecz Stannis był zupełnie innym typem człowieka. Wprawdzie tylko o rok od Króla młodszy, lecz zupełnie inny, poważny, pozbawiony poczucia humoru, surowy i bezwzględny, jeśli chodziło o wypełnianie obowiązków.

— Chłopiec zarzeka się, że mówi prawdę. Namiestnik zabrał ze sobą trzech strażników. Stajenny mówi, że słyszał jak żartowali, kiedy odbierał od nich konie.

— Do którego burdelu jeździli? — spytał Ned.

— Chłopak nie wie, ale strażnicy mogliby powiedzieć.

— Szkoda, że Lysa zabrała ich do Doliny — oznajmił Ned. — Bogowie nie ułatwiają nam życia. Lady Lysa, maester Colemon, lord Stannis... wszyscy, którzy by mogli powiedzieć, co naprawdę się wydarzyło, znajdują się tysiące mil stąd.

— Czy wezwiesz lorda Stannisa ze Smoczej Skały?

— Jeszcze nie — orzekł Ned. — Dopóki nie zorientuję się lepiej, o co tutaj chodzi i co on miał wspólnego z całą sprawą. — Sprawą, która nie dawała mu spokoju. Dlaczego Stannis wyjechał? Czy miał swój udział w zamordowaniu Jona Arryna? A może bał się? Ned nie bardzo potrafił sobie wyobrazić, co mogłoby przestraszyć Stannisa Baratheona, który kiedyś przez rok bronił Końca Burzy, żywiąc się szczurami i skórzanymi butami, podczas gdy oblegający go lord Tyrell i lord Redwyne ucztowali tuż pod jego murami. — Podaj mi kubrak. Ten szary z wilkorem. Chcę, żeby płatnerz wiedział, z kim ma do czynienia. Może będzie wtedy bardziej rozmowny.

Jory podszedł do szafy.

— Lord Renly jest bratem lorda Stannisa podobnie jak i Król — powiedział.

— A jednak jego nie zapraszano na przejażdżki. — Ned nie wiedział, co sądzić o Renlym, który odnosił się do niego w tak bezpośredni sposób i miło się uśmiechał. Kilka dni temu wziął Neda na bok i pokazał mu złoty medalion w kształcie róży. W środku nosił miniaturowy portret w stylu myrijskim, portret ślicznej dziewczyny o oczach łani i brązowych włosach, które opadały kaskadą na jej ramiona. Renly dopytywał się, czy dziewczyna przypomina kogoś Nedowi, i wydawał się rozczarowany, kiedy ten wzruszył tylko ramionami. Wyznał mu później, że ową dziewczyną jest Margaery, siostra Lorasa Tyrella, lecz byli też tacy, dodał, którzy twierdzili, że jest ona podobna do Lyanny. Ned zaprzeczył wtedy. Zastanawiał się, czy to możliwe, aby lord Renly — tak bardzo podobny do młodego Roberta — zapałał namiętnością do dziewczyny, która w jego wyobraźni miała być młodą Lyanną? Wydało mu się to niezwykle dziwne.

Jory podał mu kubrak i Ned wsunął ramiona w rękawy.

— Może lord Stannis wróci na turniej — rzekł, kiedy Jory sznurował mu kubrak z tyłu.

— Mielibyśmy szczęście — uznał Jory.

Ned zapiął pas z mieczem.

— Chcesz powiedzieć, że jest to mało prawdopodobne. — Uśmiechnął się ponuro.

Jory udrapował mu płaszcz na ramionach i spiął go klamrą.

— Płatnerz mieszka nad swoją pracownią. Jest to duży dom na końcu ulicy Żelaznej. Alyn zna drogę.

Ned skinął głową.

— Niech bogowie mają tego chłopaka w opiece, jeśli mnie zwodzi. — Niewiele mu to dawało, lecz Ned wiedział, że Jon Arryn, którego znał, nie wdziałby zdobionego srebrem i klejnotami pancerza. Stal jak stal, miała służyć obronie, a nie ozdobie. Oczywiście, mógł zmienić upodobania. Wielu patrzyło na świat inaczej po kilku latach spędzonych na dworze... mimo to taka odmiana dawała Nedowi do myślenia.

— Czy coś jeszcze?

— Zacznij odwiedzać burdele.

— Trudne zadanie, mój panie. — Jon uśmiechnął się. — Z pewnością znajdę ochotników. Porther już się zabrał do roboty.

Ulubiony koń Neda stał osiodłany na dziedzińcu. Obok czekali Varly i Jacks. Pewnie gotowali się w stalowych hełmach i kolczugach, lecz żaden nie pisnął ani słowa. Lord Eddard przejechał przez Królewską Bramę i znalazł się na śmierdzących ulicach miasta, powiewając biało-szarym płaszczem. Ponaglił konia, wyczuwając ścigające go ze wszystkich stron spojrzenia. Strażnicy ruszyli za nim.

Jechali zatłoczonymi ulicami, a on często oglądał się za siebie. Wcześniej wysłał do miasta Desmonda i Tomarda, którzy mieli uważać, czy nikt ich nie śledzi, lecz mimo to Ned czuł się niepewnie. Wciąż prześladował go cień królewskiego Pająka i jego ptaszków.

Ulica Żelazna zaczynała się na targu tuż przy Rzecznej Bramie, jak określono ją na mapie, czy raczej Błotnistej Bramie, jak ją powszechnie nazywano. Kuglarz na szczudłach kroczył wśród tłumu, ścigany przez gromadę krzyczących dzieci. Gdzie indziej dwaj obdarci chłopcy w wieku Brana walczyli na kije, zagrzewani przekleństwami zebranych gapiów. Pojedynek zakończyła kobieta, która wychyliła się z okna budynku i wylała na walczących wiadro pomyj. Pod ścianami, przy swoich wozach, stali wieśniacy.

— Jabłka, najlepsze jabłka, prawie za darmo — chwalili swoje produkty. — Czerwone melony, słodkie jak miód. Rzepa, cebula, przyprawy korzenne, do mnie, tylko do mnie.

Błotnista Brama była otwarta, a pod podniesioną kratą stali oparci o włócznie strażnicy w złotych płaszczach. Kiedy od zachodu nadjechała kolumna jeźdźców, skoczyli na nogi, roztrącając tłum na boki, by zrobić miejsce dla rycerza i jego świty. Kolumnę prowadził jeździec z czarnym proporcem, który powiewał na wietrze niczym żywa istota: wypełniało go czarne niebo przecięte zygzakiem błyskawicy.

— Droga dla Lorda Berica! — krzyczał jeździec. — Droga dla Lorda Berica! — Za nim na czarnym rumaku jechał sam młody lord o złocistorudych włosach, w płaszczu z czarnego aksamitu usianym gwiazdami.

— Przybywasz na turniej Namiestnika, panie? — zawołał strażnik.

— Przybywam wygrać turniej Namiestnika! — odpowiedział mu lord Beric, a tłum zawiwatował.

Ned opuścił plac i ruszył w górę zbocza ulicą Żelazną. Mijał kowali pracujących na zewnątrz swoich kuźni, wolnych, którzy targowali się o kolczugi, i handlarzy sprzedających z wozów stare miecze i brzytwy. Im dalej się posuwali, tym większe widzieli budynki. Dom, którego szukali — olbrzymia drewniana budowla wystająca górnymi piętrami nad wąską ulicę — znajdował się na szczycie wzgórza, na końcu ulicy. Jego podwójne drzwi zdobiła scena z polowania wyrzeźbiona w kości słoniowej i w grabowym drewnie. Wejścia strzegli kamienni rycerze w wymyślnych zbrojach z wypolerowanej czerwonej stali, dzięki którym przypominali gryfa i jednorożca. Ned zostawił konia Jacksowi i pchnął ramieniem drzwi.

Szczupła, młoda służąca zerknęła na herb Neda i pobiegła po swojego pana, który zjawił się natychmiast cały w uśmiechach i ukłonach.

— Wino dla Namiestnika — rozkazał dziewczynie i wskazał Nedowi kanapę. — Rozgość się, panie. Jestem Tobho Mott. — Ubrany był w gruby płaszcz z czarnego aksamitu, którego rękawy zdobiły młoty wyszywane srebrną nicią. Na jego szyi wisiał ciężki łańcuch ze srebra z szafirem wielkości gołębiego oka. — Jeśli potrzeba ci nowej zbroi na turniej, to dobrze trafiłeś. — Ned nie próbował wyprowadzać go z błędu. — Drogo cenię moją pracę, panie, przyznaję — powiedział, napełniwszy dwa srebrne puchary. — Ale w całych Siedmiu Królestwach nie znajdziesz tak dobrego płatnerza. Możesz odwiedzić wszystkie kuźnie w Królewskiej Przystani. Większość kowali potrafi coś tam wyklepać, lecz ja tworzę sztukę.

Ned nie przerywał mu i popijał wino w milczeniu. Rycerz Kwiatów zamówił u niego zbroję, przechwalał się Tobho, a także wielu dostojnych lordów, którzy znali się na dobrej stali, wśród nich lord Renly, brat Króla. Być może Namiestnik widział już nową zbroję lorda Renly'ego, zielony pancerz ze złocistym porożem? Żaden płatnerz w mieście nie potrafił uzyskać tak ciemnego odcienia zieleni, tylko on wie, jak nasycić stal. Malowanie i emaliowanie to robota dobra dla czeladników. A może Namiestnik szuka nowego miecza? Tobho poznał tajniki valyriańskiej stali jeszcze jako chłopiec w Qohorze. Tylko ktoś, kto zna zaklęcia, potrafi wyczarować nowe oręże ze starego miecza.

— W herbie Starków jest wilkor, prawda? Na twoim hełmie wyrzezam takiego wilkora, że dzieci będą przed tobą uciekać na ulicy.

Ned uśmiechnął się.

— Czy zrobiłeś hełm z sokołem dla lorda Arryna?

Tobho Mott odstawił puchar z winem i milczał przez długą chwilę.

— Owszem, Namiestnik złożył mi wizytę wraz z lordem Stannisem, królewskim bratem. Niestety, nie skorzystali z moich usług. — Ned słuchał, nie odzywając się. Nauczył się, że czasem milczenie przynosi więcej odpowiedzi niż kolejne pytania. Tak było i teraz. — Chcieli zobaczyć chłopaka — kontynuował płatnerz — więc zaprowadziłem ich do kuźni.

— Chłopaka — powtórzył Ned, choć nie miał pojęcia, o kogo chodzi. — Ja także chciałbym go zobaczyć.

Tobho rzucił mu chłodne, uważne spojrzenie.

— Jak sobie życzysz, panie — powiedział głosem całkowicie pozbawionym dotychczasowej uprzejmości. Poprowadził Neda przez tylne drzwi na wąskie podwórko, a stamtąd do ogromnej kamiennej stodoły, służącej mu zapewne za pracownię. Kiedy otworzył drzwi, z wnętrza buchnęło gorące powietrze i Ned poczuł się, jakby wchodził do paszczy smoka. W każdym kącie pomieszczenia płonęło palenisko, a całą kuźnię wypełniał smród siarki i dymu. Czeladnicy zerknęli znad szczypców i młotów, ocierając pot z czół, tymczasem młodzi pomocnicy o nagich torsach dmuchali miechami.

Płatnerz przywołał wysokiego, muskularnego młodzieńca mniej więcej w wieku Robba.

— To jest lord Stark, nasz nowy Namiestnik — zwrócił się do chłopca, który spojrzał na Neda niebieskimi oczyma i odgarnął z czoła mokre od potu włosy. Gęste, kudłate i czarne jak noc. Jego policzki zaciemnił cień pierwszego zarostu. — To jest Gendry. Silny, jak na swój wiek. Potrafi ciężko pracować… Chłopcze, pokaż Namiestnikowi hełm, który zrobiłeś. — Młodzieniec, jakby trochę zawstydzony, poprowadził ich do swojego stanowiska, gdzie leżał wykonany przez niego hełm w kształcie głowy byka zwieńczonej wielkimi rogami.

Ned obrócił hełm w dłoni. Wykonany był z surowej, nie wypolerowanej stali, lecz bardzo zręcznie uformowany.

— Dobra robota. Chętnie bym go kupił od ciebie.

Chłopiec wyrwał mu hełm z ręki.

— Nie jest na sprzedaż.

Tobho Mott popatrzył na niego przerażony.

— Chłopcze, to jest Królewski Namiestnik. Jeśli jego lordowska mość chce ten hełm, to mu go podaruj. Już jego prośba jest dla ciebie zaszczytem.

— Zrobiłem go dla siebie — odpowiedział chłopiec.

— Błagam o wybaczenie, mój panie — rzekł szybko płatnerz. — Chłopiec jest surowy, jak ta stal, i przyda mu się trochę batów, żeby go zahartować. Ten hełm, to zaledwie czeladnikowska robota. Wybacz mu, a ja zrobię ci hełm, jakiego jeszcze nie widziałeś.

— Nie mam mu co wybaczać. Gendry, o co pytał cię lord Arryn, kiedy przyszedł tutaj?

— Zadawał mi pytania, panie.

— Jakie pytania?

Chłopiec wzruszył ramionami.

— Jak się czuję, czy mnie dobrze traktują, czy mi się podoba ta praca i jeszcze pytał o matkę. Kim była i jak wyglądała.

— I co mu powiedziałeś? — spytał Ned.

Chłopiec znowu odrzucił z czoła pukiel czarnych włosów.

— Umarła, kiedy byłem mały. Miała złote włosy i czasem mi śpiewała, to pamiętam. Pracowała w piwiarni.

— Czy lord Stannis także cię wypytywał?

— Ten łysy? Nie. Nie odezwał się ani słowem, tylko patrzył na mnie groźnie, jakbym mu zgwałcił córkę.

— Uważaj na słowa — skarcił go płatnerz. — Rozmawiasz z samym Namiestnikiem Króla. — Chłopiec spuścił oczy. — Bystry chłopak, ale uparty. Ten hełm... inni mówią, że jest uparty jak wół, więc zrobił sobie taki hełm.

Ned dotknął głowy chłopca, czując pod palcami sztywne czarne włosy.

— Gendry, popatrz na mnie. — Uczeń podniósł głowę. Ned przyglądał się uważnie rysom jego twarzy, kształtowi szczęki, oczom błękitnym jak lód. Tak, pomyślał, teraz rozumiem. — Wracaj do pracy. Przepraszam, że ci przeszkodziłem. — Poszedł z powrotem do domu z płatnerzem. — Kto płaci za jego naukę? — spytał gospodarza.

Mott rzucił mu niespokojne spojrzenie.

— Widziałeś go, panie. Silny chłopak. Ma mocne ręce, jakby stworzone do młota. Wydawał się bardzo obiecującym uczniem, więc przyjąłem go bez zapłaty.

— Oczekuję prawdy — odparł Ned spokojnie. — Ulice pełne są silnych chłopaków. Prędzej zawali się Mur, niż przyjmiesz kogoś bez zapłaty. Kto za niego zapłacił?

— Jakiś lord — odrzekł płatnerz niechętnie. — Nie przedstawił się, a na płaszczu nie miał żadnego herbu. Zapłacił złotem, dwa razy więcej niż zwykle płacą, połowę za chłopca, powiedział, i połowę za moje milczenie.

— Opisz go.

— Krępy, barczysty, ale nie tak wysoki jak ty, panie. Kasztanowa broda, trochę ruda. Ubrany był w piękny płaszcz, dobrze pamiętam, gruby płaszcz z purpurowego aksamitu obszyty srebrną nicią, ale na głowie miał kaptur, więc nie widziałem dokładnie twarzy. — Rzemieślnik zamilkł na chwilę. — Panie, nie chcę kłopotów.

— Ja także ich nie chcę, lecz żyjemy w trudnych czasach, mistrzu Mott — oświadczył Ned. — Wiesz, kim jest chłopiec.

— Jestem tylko płatnerzem i robię, co do mnie należy.

— Wiesz, kim jest — powtórzył Ned cierpliwie. — Nie pytam cię o to.

— Jest moim uczniem — odparł płatnerz. Wytrzymał spojrzenie Neda. — Nie mój interes, kim był przedtem.

Ned przytaknął mu. Doszedł do wniosku, że polubił Tobho Motta, mistrza płatnerskiego.

— Gdy nadejdzie dzień, w którym Gendry będzie wolał miecz od młota, przyślij go do mnie. Ma wygląd wojownika. Tymczasem masz moje podziękowanie i moją obietnicę. Przyjdę prosto do ciebie, kiedy będę chciał przestraszyć dzieci na ulicy.

Strażnik czekał na zewnątrz z końmi.

— Dowiedziałeś się czegoś, panie? — zapytał Jacks, kiedy Ned dosiadał konia.

— Tak — odparł Ned zamyślony. Czego chciał Jon Arryn od królewskiego bękarta i dlaczego kosztowało go to życie?

CATELYN

— Pani, powinnaś okryć głowę — zwrócił się do niej ser Rodrik. Ich konie jechały wolno na północ. — Przeziębisz się.

— To tylko woda, ser Rodriku — odparła. Włosy miała mokre i ciężkie od deszczu, czuła kosmyk przylepiony do czoła i wyobrażała sobie, jak musi wyglądać, lecz nic jej to nie obchodziło. Południowy deszcz był delikatny i ciepły. Catelyn celowo wystawiała twarz na jego krople, czułe jak matczyne pocałunki. Myślami powróciła do swojego dzieciństwa, do długich szarych dni w Riverrun. Przypomniała sobie boży gaj, gałęzie drzew ciężkie od wilgoci, śmiech brata, który gonił ją po dywanie z mokrych liści. Przypomniała sobie ciasteczka z błota, które robiła z Lysą, brązowa maź przeciekała im między palcami. Poczęstowały nimi Littlefingera, chichocąc, a on zjadł tyle błota, że się pochorował. Byli wtedy tacy młodzi.

Catelyn prawie całkowicie zapomniała o tamtych czasach. Na północy padał zimny i gwałtowny deszcz, czasem w nocy zamieniał się w lód. Równie dobrze mógł nieść plonom życie jak i zgubę. Nawet dorośli uciekali przed nim pod najbliższy dach. Nie był to taki deszcz, podczas którego chciałyby się bawić małe dziewczynki.

— Zupełnie przemokłem — rzucił smętnie ser Rodrik. — Nawet moje kości są mokre. — Jechali przez gęsty las, dlatego nieustannie towarzyszyło im bębnienie deszczu o liście, a także ssące chlupotanie końskich kopyt w błocie. — Będziemy musieli się wysuszyć przy ogniu, pani. A i gorący posiłek dobrze by nam zrobił.

— Na skrzyżowaniu przed nami jest karczma — powiedziała Catelyn. Podróżując w młodości z ojcem, nocowała tam wielokrotnie. Lord Hoster Tully nie potrafił usiedzieć długo w jednym miejscu, dlatego wciąż gdzieś jeździł. Zapamiętała karczmarkę, grubą kobietę o imieniu Masha Heddle, która zawsze żuła kwaśny liść i zawsze miała dla dzieci ciepły uśmiech i kilka słodkich ciasteczek. Catelyn uwielbiała jej ciasteczka, mocno nasączone miodem, za to nienawidziła uśmiechu karczmarki, ponieważ ta uśmiechając się, odsłaniała ciemnoczerwone od liści zęby, co robiło makabryczne wrażenie.

— Karczma — powtórzył ser Rodrik. — Gdyby tylko... ale nie możemy ryzykować. Jeśli nie chcemy, żeby ktoś nas rozpoznał, powinniśmy raczej zatrzymać się w małym grodzie... — Urwał, gdyż usłyszeli na drodze jakieś odgłosy: plusk wody, dzwonienie kolczugi, rżenie konia. — Jeźdźcy — rzekł szeptem ser Rodrik, jakby sama się nie domyśliła. — Pani, lepiej naciągnij kaptur.

Catelyn nie posłuchała go. Otoczony rycerzami, nadjechał sam Jason Mallister w towarzystwie syna Patreka. Wiedziała, że zmierzają do Królewskiej Przystani, na turniej. W ciągu ostatniego tygodnia królewski trakt bardzo się zaludnił: wędrowali nim rycerze, wolni, minstrele z instrumentami, dziwki, a także kupcy z wozami obładowanymi chmielem, zbożem albo baryłkami z miodem — wszyscy zmierzali na południe.

Catelyn spojrzała śmiało na lorda Jasona. Ostatni raz widziała go na swoim ślubie, kiedy żartował z jej stryjem. Mallisterowie pełnili honory chorążych u Tullych, więc ich dary były znaczne. Zobaczyła, że siwizna przyprószyła mu brązowe włosy, a twarz wyciągnęła się, lecz czas ani trochę nie nadwerężył jego dumy. Sprawiał wrażenie kogoś, kto niczego się nie obawia. Nie mogła tego samego powiedzieć o sobie. Kiedy się mijali, lord Jason skinął głową, posyłając jej pozdrowienie, lecz był to tylko wyraz uprzejmości lorda wobec obcego. Harde spojrzenie upewniło ją w przekonaniu, że ich nie rozpoznał, natomiast jego syn nie pofatygował się nawet, by na nich spojrzeć.

— Nie poznał cię — odezwał się ser Rodrik po długiej chwili.

— Widział tylko dwóch ubłoconych i zmęczonych podróżnych na skraju drogi. Nie przyszło mu do głowy, że jednym z nich jest córka jego seniora. Ser Rodriku, myślę, że będziemy bezpieczni w karczmie.

Zapadł już zmierzch, kiedy dotarli do skrzyżowania na północ od rzeki Trident. Masha Heddle przytyła i posiwiała, lecz wciąż żuła kwaśny liść. Posłała im obojętne spojrzenie i tylko na moment błysnęła upiornie krwawym uśmiechem.

— Dwa pokoje na górze. Nic więcej nie mam — oświadczyła, nie przestając żuć. — Są pod samą dzwonnicą i niektórzy narzekają, że trochę tam głośno, ale przynajmniej nie spóźnicie się na posiłek. Nic na to nie poradzę. Bierzecie te albo jedziecie dalej. — Wzięli oba niskie i zakurzone pomieszczenia na poddaszu, do których wchodziło się po wąskich schodach. — Zostawcie buty na dole — powiedziała Masha, kiedy otrzymała zapłatę. — Chłopak je wyczyści, a poza tym nie chcę błota na schodach. Nie przegapcie dzwonu. Spóźnialscy nie jedzą. — Żadnych uśmiechów ani słodkich ciasteczek.

Donośne dzwonienie oznajmiło porę kolacji. Catelyn zdążyła się przebrać. Usiadła przy oknie i patrzyła na krople deszczu spływające po szybach, które były matowe i pełne baniek. Na zewnątrz zapadała mokra noc. Catelyn ledwo widziała miejsce, w którym krzyżowały się dwie główne drogi.

Zastanawiała się wpatrzona w skrzyżowanie. Jeśli skręcą tutaj na zachód, dojadą do Riverrun. Ojciec zawsze służył jej mądrą radą w potrzebie, a ona bardzo chciała z nim teraz porozmawiać, ostrzec przed nadciągającą burzą. Jeśli Winterfell przygotowywało się do wojny, to Riverrun znajdzie się w szczególnym niebezpieczeństwie, tak blisko Królewskiej Przystani i niemal w cieniu potęgi Casterly Rock. Gdyby jej ojciec był silniejszy, może by i zaryzykowała, lecz Hoster Tully cierpiał złożony niemocą od ponad dwóch lat i Catelyn nie chciała go niepokoić.

Droga na wschód była mniej uczęszczana i bardziej niebezpieczna. Wiodła przez skaliste wzgórza i gęste lasy aż do Gór Księżycowych i dalej między wysokimi przełęczami i głębokimi przepaściami do Doliny Arrynów i kamiennych Paluchów. Tam właśnie, nad Doliną, stało niedostępne Orle Gniazdo z wieżami wznoszącymi się ku niebu. Tam znajdzie swoją siostrę i... być może, niektóre z odpowiedzi, których szukał Ned. Z pewnością Lysa wiedziała więcej, niż odważyła się wyjawić w liście. Być może odkryje powód, dla którego Ned powinien pokonać Lannisterów, a gdyby doszło do wojny, będzie im potrzebne wsparcie Rodu Arrynów oraz jego wschodnich wasali.

Tylko że droga przez góry była bardzo niebezpieczna. Na przełęczach czyhali rabusie, kamienne lawiny nie należały tam do rzadkości, ludzie z górskich klanów nie mieli zaś żadnego respektu dla prawa, dlatego napadali na podróżnych i okradali ich albo zabijali, po czym znikali jak roztopiony śnieg, kiedy zbójów poczynali szukać rycerze z Doliny. Nawet Jon Arryn, największy z lordów w dziejach Orlego Gniazda, podróżował przez góry z silną eskortą. Catelyn zaś miała do obrony jednego starego rycerza, którego zbroją była jego lojalność.

Nie, pomyślała, Riverrun i Orle Gniazdo muszą poczekać. Trzeba jechać do Winterfell, gdzie czekają na nią synowie i obowiązki. Gdy tylko miną bezpiecznie Przesmyk, zawiadomi jednego z chorążych Neda i pchnie do przodu posłańców z rozkazami, żeby wystawiono straże na królewskim trakcie.

Deszcz zasłaniał pola za skrzyżowaniem dróg, lecz Catelyn widziała całą okolicę wystarczająco wyraźnie w swoich wspomnieniach. Niedaleko znajdował się targ, a milę dalej wioska, pięćdziesiąt białych domostw skupionych wokół kamiennego septu. Pomyślała, że lato było długie i spokojne, więc może teraz jest ich więcej. Od tego miejsca królewski trakt biegł na północ wzdłuż Zielonych Wideł Tridentu, przez żyzne doliny i zielone lasy, między tętniącymi życiem miastami, bogatymi grodami i zamkami lordów znad rzeki.

Catelyn znała ich wszystkich: Blackwoodowie i Brackenowie, wiecznie poróżnieni sporami, które musiał rozstrzygać jej ojciec; lady Whent, ostatnia z rodu, ponoć wraz z duchami snuła się po ogromnych kryptach swojego Harrenhal; choleryczny lord Frey, który przeżył siedem żon i zaludnił swoje bliźniacze zamki dziećmi, wnukami, prawnukami, bękartami i dziećmi bękartów. Wszyscy oni byli chorążymi Tullych związanymi z Riverrun przysięgą wierności. Catelyn zastanawiała się, czy takie więzy wystarczą, jeśli dojdzie do wojny. Nie było wierniejszego męża od jej ojca. Nie miała wątpliwości, że wezwałby swoich poddanych… tylko czy mógł liczyć, że poddani stawią się na jego wezwanie? Darry'owie, Rygerowie i Mootonowie także składali przysięgę wierności Riverrun, a jednak czternaście lat temu stanęli po stronie Króla, a nie bezpośredniego seniora, i walczyli u boku Rhaegara Targaryena nad Tridentem. Natomiast lord Frey pojawił się ze swoimi wojskami już po skończonej bitwie, pozostawiając pewne wątpliwości co do tego, którą armię miał zamiar wesprzeć (zwycięzców zapewnił, że spieszył do nich, lecz od tamtej pory jej ojciec nazywał go lordem

Freyem Spóźnialskim). Nie może dojść do wojny, pomyślała Catelyn. Nie wolno na to pozwolić.

Ser Rodrik przybył po nią w chwili, kiedy ucichł dzwon.

— Pośpieszmy się, pani, jeśli chcemy dzisiaj coś zjeść.

— Może lepiej zapomnijmy, że jesteśmy rycerzem i damą, dopóki nie przekroczymy Przesmyku — zwróciła się do niego. — Zwykli podróżni nie przyciągają uwagi. Przyjmijmy, że jesteśmy ojcem i córką, którzy wybrali się w podróż w interesach.

— Jak uważasz, pani — odparł ser Rodrik. Dopiero gdy się roześmiała, zdał sobie sprawę z tego, co powiedział. — Trudno wyzbyć się dworskiej etykiety, moja... córko. — Podniósł dłoń, by dotknąć swoich zgolonych wąsów, i westchnął zrezygnowany.

Catelyn ujęła go pod ramię.

— Chodź, ojcze — poprosiła. — Przekonasz się, że Masha Heddle daje dobrze zjeść, lecz nie chwal jej zbytnio. Mógłby ci się nie spodobać jej uśmiech.

W jednym końcu jadalni — czy raczej długiej i pełnej przeciągów sali — stał rząd ogromnych beczek, w drugim zaś znajdował się kominek. Pomocnik biegał tam i z powrotem z kawałami mięsa, Masha zaś toczyła z beczek piwo, nie przestając żuć swoich liści.

W miejscu tym, na skrzyżowaniu dróg, spotykali się najprzeróżniejsi podróżni. Obok siebie na ławach siedzieli farbiarze o dłoniach czarnych albo brunatnych, cuchnący rybami rybacy, potężny kowal wciśnięty obok pomarszczonego septona, twardzi najemnicy i pulchni kupcy — wszyscy oni wymieniali wiadomości jak najlepsi znajomi.

Catelyn z niepokojem zauważyła, że na sali znajduje się więcej zbrojnych, niż się tego spodziewała. Przy ogniu siedziało trzech mężczyzn z rumakiem Brackenów na płaszczach, a nieco dalej duża grupa w niebieskich kolczugach i srebrzystoszarych pelerynach. Na ich ramionach widniał znajomy znak bliźniaczych wież rodu Freyów. Przyjrzała się uważnie twarzom, lecz wszyscy wydali jej się zbyt młodzi, żeby ją znać. Najstarszy mógł być w wieku Brana, kiedy udawała się na północ.

Ser Rodrik znalazł dla nich wolne miejsce na ławie przy kuchni. Po drugiej stronie stołu siedział przystojny młodzieniec, który trącał palcami struny harfy.

— Bądźcie po siedmiokroć błogosławieni, dobrzy ludzie — zwrócił się do nich, kiedy usiedli. Na stole przed nim stał pusty kielich.

— I ty także, minstrelu — odpowiedziała Catelyn. Ser Rodrik poprosił o chleb, mięso i piwo; przemówił głosem kogoś, kto nie zna sprzeciwu. Minstrel, młodzieniec może osiemnastoletni, popatrzył na nich śmiało i wypytał, dokąd jadą, skąd przybywają i jakie wieści przywożą, a każde z pytań zadawał tuż po następnym, nie czekając na odpowiedź. — Wyjechaliśmy z Królewskiej Przystani dwa tygodnie temu. — Catelyn udzieliła najbezpieczniejszej odpowiedzi.

— A ja tam właśnie zmierzam — odparł młodzieniec. Tak jak się spodziewała, bardziej zależało mu na tym, by przedstawić swoją historię. Minstrel niczego nie kochał bardziej niż dźwięku własnego głosu. — Na turniej Namiestnika przybędą bogaci panowie z pełnymi sakiewkami. Poprzednim razem miałem więcej srebra, niż zdołałem unieść... no, miałbym tyle, gdybym nie postawił wszystkiego na Królobójcę.

— Bogowie nie patrzą zbyt przychylnym okiem na hazardzistów — zauważył surowym głosem ser Rodrik. Urodzony na północy, podzielał opinię Starków na temat turniejów.

— For certes, nie okazali mi zbytniej przychylności — uznał minstrel. — Załatwili mnie ci wasi okrutni bogowie, podobnie jak i Rycerz Kwiatów.

— Bez wątpienia dostałeś lekcję — rzekł ser Rodrik.

— Tak. Tym razem postawię na ser Lorasa.

Ser Rodrik podniósł dłoń do wąsów, których nie znalazł na miejscu, lecz zanim zdążył cokolwiek powiedzieć, zjawił się pomocnik karczmarki. Położył na stole wydrążone bochenki chleba, na które zsunął ze szpikulca kawałki ociekającego tłuszczem brunatnego mięsa. Na drugim szpikulcu trzymał nadziane cebule, grzyby i paprykę. Ser Rodrik zabrał się ochoczo do jedzenia, tymczasem chłopiec pobiegł szybko po piwo.

— Nazywam się Marillion — oznajmił minstrel i trącił palcem strunę swojej harfy. — Może słyszeliście mnie gdzieś?

Catelyn uśmiechnęła się, rozbawiona jego zachowaniem. Niewielu wędrownych minstreli dotarło aż do Winterfell, lecz ona pamiętała ich z dzieciństwa, które spędziła w Riverrun.

— Obawiam się, że nie — odpowiedziała.

Rozległ się żałosny dźwięk trąconej palcem struny.

— A zatem wiele straciliście — oświadczył minstrel. — Kto jest najlepszym śpiewakiem, jakiego słyszeliście?

— Alia z Braavos — odparł natychmiast ser Rodrik.

— Och, jestem o wiele lepszy od tej starej miotły — powiedział Marillion. — Chętnie wam to udowodnię, jeśli macie srebrnika.

— Może i mam w sakiewce kilka miedziaków, lecz prędzej wrzucę je do studni, niż zapłacę za twoje wycie — burknął ser Rodrik. Wszyscy znali jego opinię na temat artystów: uważał on, że muzyka jest czymś wspaniałym, ale dla dziewcząt, i nie mógł zrozumieć, dlaczego zdrowi chłopcy wolą brać do ręki harfę zamiast miecza.

— Twój dziadek jest w dość ponurym nastroju — rzekł Marillion do Catelyn. — Chciałem uczynić ci zaszczyt i wysławić twoje piękno. Śpiewałem już dla królów i wielkich panów.

— Och, nie wątpię — przyznała Catelyn. — Słyszałam, że lord Tully lubi pieśni. Pewnie śpiewałeś w Riverrun.

— Setki razy — odparł żywo minstrel. — Trzymają tam dla mnie pokój, a młody lord jest dla mnie jak brat.

Catelyn uśmiechnęła się. Spróbowała wyobrazić sobie, co by na to powiedział Edmure. Kiedyś jeden z minstreli poszedł do łóżka z dziewczyną, która bardzo mu się podobała, i od tamtej pory jej brat nienawidził minstreli i podobnych typów.

— A byłeś w Winterfell? — spytała. — Podróżowałeś na północ?

— Po co? — żachnął się Marillion. — Tam tylko śnieg i niedźwiedzie skóry. Starkowie nie znają innej muzyki poza wyciem wilków. — W tym samym momencie usłyszała odgłos otwieranych gwałtownie drzwi w drugim końcu sali.

— Karczmarko — rozległ się głos służącego. — Potrzebujemy

miejsca w stajni dla koni oraz pokoju i gorącej kąpieli dla lorda Lannistera.

— Bogowie — wyszeptał ser Rodrik, zanim Catelyn zdążyła go powstrzymać, zaciskając dłoń na jego ramieniu. Masha Heddle skłoniła się ze swoim upiornym uśmiechem na ustach.

— Przykro mi, panie, doprawdy, bardzo mi przykro, nie mamy miejsc.

Catelyn zauważyła, że jest ich czterech. Starzec w czarnym ubraniu Nocnej Straży, dwóch służących... i on, równie śmiały i pewny siebie jak mały.

— Moi ludzie prześpią się w stajni, a co do mnie... sama widzisz, że nie potrzebuję dużo miejsca. — Uśmiechnął się szyderczo. — Wystarczy mi trochę słomy bez pcheł przy ogniu.

Przybyliśmy za późno, pomyślała Catelyn z goryczą. Wymknął nam się. Chociaż...

Masha Heddle wychodziła z siebie.

— Mój panie, nie mam miejsca. To przez ten turniej, nic na to nie poradzę, och...

Tyrion Lannister wyjął z sakiewki monetę, podrzucił ją do góry, złapał i znowu podrzucił. Nawet ze swojego miejsca Catelyn dostrzegła błysk złota.

Jeden z wolnych, ubrany w wyblakły niebieski płaszcz, zerwał się na nogi.

— Panie, chętnie ugoszczę cię w moim pokoju.

— Ach, znalazł się ktoś rozsądny — powiedział Lannister i rzucił monetę przez pokój. — Wolny złapał ją w powietrzu. — I do tego jeszcze zręczny. — Karzeł znowu zwrócił się do Mashy Heddle. — Ale jedzenia chyba masz pod dostatkiem, co?

— Wszystko, co zechcesz, panie, co tylko zechcesz — odparła gorliwie karczmarka. I żeby się tym udławił, pomyślała Catelyn, choć oczyma wyobraźni ujrzała Brana, jak dusi się własną krwią. Lannister rozejrzał się po stołach.

— Moi ludzie zadowolą się tym, co podajesz innym. Podwójne porcje, bo mieliśmy daleką i ciężką drogę. Ja wezmę coś z drobiu, pieczony kurczak, kaczka albo gołąb, wszystko mi jedno. Do tego dzban twojego najlepszego wina. Yoren, zjesz ze mną?

— Tak, panie — odparł czarny brat.

Karzeł zaledwie zerknął w drugi koniec sali. Catelyn z wdzięcznością popatrzyła na dzielące ich zatłoczone ławy, lecz w tej samej chwili Marillion niespodziewanie zerwał się na nogi.

— Lordzie Lannister — zawołał. — Chętnie zabawię cię podczas posiłku. Pozwól mi zaśpiewać balladę, w której będę opiewał zwycięstwo twojego ojca w Królewskiej Przystani!

— Nic bardziej by mi nie zepsuło kolacji — odparł karzeł sucho. Już miał się odwrócić od minstrela, kiedy jego spojrzenie napotkało Catelyn. Przyglądał jej się przez chwilę zdziwiony. Próbowała schować twarz, lecz było za późno. Karzeł uśmiechnął się. — Lady Stark, co za nieoczekiwana przyjemność — powiedział. — Ze smutkiem przyjąłem twoją nieobecność w Winterfell.

Marillion otworzył usta zmieszany, patrząc, jak Catelyn wstaje powoli. Ser Rodrik zaklął pod nosem. Gdyby Tyrion Krasnal został dłużej na Murze, pomyślała. Gdyby zatrzymali go na północy, tak jak planował Ned, gdyby...

— Lady... Stark? — wymamrotała Masha Heddle zdumiona.

— Kiedy ostatni raz spałam tutaj, byłam jeszcze Catelyn Tully — rzekła do karczmarki. Słyszała szepty pozostałych gości, czuła na sobie ich spojrzenia. Catelyn powiodła wzrokiem po twarzach rycerzy i zaprzysiężonych jej rodowi ludzi i wciągnęła głęboko powietrze, by uspokoić gwałtowne bicie serca. Czy powinna zaryzykować? Nie było czasu na zastanawianie się. Potrzebowała tylko chwili i zaraz potem usłyszała własny głos. — Tam w kącie. Ser, czy dobrze widzę na twojej opończy czarnego nietoperza, herb Harrenhal?

— Zgadza się, pani — odpowiedział mężczyzna, wstając.

— A czy lady Whent pozostaje szczerym i oddanym sprzymierzeńcem mojego ojca, lorda Hostera Tully z Riverrun?

— Tak, pani — zapewnił ją mężczyzna.

Ser Rodrik podniósł się powoli i wysunął nieco miecz z pochwy. Karzeł patrzył na nich zdumiony, mrugając rożnobarwnymi oczyma.

— Rudy ogier był zawsze mile widziany w Riverrun — zwróciła się teraz Catelyn do trójki przy ogniu. — Mój ojciec uważa Jonosa Brackena za jednego z najstarszych i najwierniejszych chorążych.

Trzej mężczyźni popatrzyli na siebie niepewnie.

— Nasz pan szczyci się jego zaufaniem — odparł jeden z nich po chwili wahania.

— Zazdroszczę twemu ojcu tylu przyjaciół — zażartował Lannister. — Ale nie rozumiem, do czego zmierzasz, lady Stark.

Catelyn zignorowała go i zwróciła się do dużej grupy w niebieskoszarych strojach. Oni interesowali ją najbardziej, ponieważ było ich przynajmniej dwudziestu.

— Znam też i wasz herb, bliźniacze wieże Freyów. Jak się miewa wasz pan?

— Lord Walder ma się dobrze, pani — odpowiedział dowódca grupy, wstając. — Ma zamiar poślubić kolejną żonę w dziewięćdziesiąty dzień jego imienia. Prosił twojego pana ojca, aby zaszczycił swoją obecnością ceremonię zaślubin.

Tyrion Lannister zachichotał. W tym samym momencie Catelyn wiedziała już, że jest jej.

— Ten oto człowiek, goszcząc pod moim dachem, spiskował w celu zamordowania mojego syna, ośmioletniego chłopca — przemówiła głośno, wskazując palcem. Ser Rodrik stanął u jej boku z mieczem w dłoni. — W imieniu króla Roberta i panów, którym służycie, rozkazuję wam pojmać go i udzielić pomocy w dostarczeniu do Winterfell, gdzie będzie oczekiwał na królewski wyrok.

Nie potrafiła powiedzieć, co bardziej ją ucieszyło: dźwięk tuzina wyciąganych z pochew mieczy czy wyraz twarzy Tyriona Lannistera.

SANSA

Sansa pojechała na turniej Namiestnika w towarzystwie septy Mordane i Jeyne Poole powozem z żółtymi zasłonkami tak cienkimi, że można było przez nie patrzeć. Cały świat przybrał złociste barwy. Nad rzeką, za murami miasta, wzniesiono sto namiotów, a lud przybył licznie, by przyglądać się pojedynkom. Sansa rozglądała się dookoła z zapartym tchem: lśniące zbroje, ogromne rumaki przystrojone srebrem i złotem, okrzyki tłumu, trzepoczące na wietrze proporce i... rycerze, przede wszystkim rycerze.

— To jest lepsze od pieśni — powiedziała szeptem, kiedy zajęły miejsca wśród lordów i dam, tak jak obiecał im ojciec. Tego dnia ubrała prześliczną zieloną suknię, która podkreślała jej kasztanowe włosy. Siedziała świadoma, że inni spoglądają na nią i uśmiechają się.

Wszyscy patrzyli, jak bohaterowie niezliczonych ballad podjeżdżają do przodu, a każdy wydaje się piękniejszy od poprzedniego. Siedmiu rycerzy Gwardii Królewskiej zajęło swoje pozycje. Wszyscy, poza Jaimem'em Lannisterem, wystąpili w zbrojach z łusek koloru mleka i płaszczach białych jak świeży śnieg. Ser Jaime także ubrał biały płaszcz, lecz pod nim cały lśnił złotem; złoty był też jego miecz oraz hełm w kształcie lwiej głowy. Ser Gregor Clegane, Góra, Która Jeździ, przetoczył się przed nimi niczym lawina. Sansa pamiętała lorda Yohna Royce'a, który gościł w Winterfell dwa lata temu.

— Magiczne runy na jego starej zbroi z brązu mają go chronić w walce — szepnęła do Jeyne. Septa Mordane wskazała na lorda Jasona Mallistera w zbroi koloru indygo zdobionej srebrem, z orlimi skrzydłami na hełmie. Nad Tridentem pokonał trzech chorążych Rhaegara. Dziewczynki zachichotały na widok powiewających szat i ogolonej głowy kapłana wojownika, Thorosa z Myr, dopóki septa nie powiedziała im, że to on niegdyś wdarł się na mury Pyke z płonącym mieczem w dłoni.

Sansa nie znała kolejnych jeźdźców. Byli tam wędrowni rycerze z Paluchów, Wysogrodu i gór Dorne, nie opiewani w żadnych balladach zbrojni i dopiero co pasowani giermkowie, młodsi synowie wysoko urodzonych panów i potomkowie mniej znacznych rodów. Żaden nie zdążył jeszcze dokonać wielkich czynów, lecz Sansa i Jeyne zgodziły się, że kiedyś ich imiona okryją się chwałą w całych Siedmiu Królestwach. Ser Balon Swann. Lord Bryce Caron z Pogranicza. Potomek Spiżowego Yohna, ser Andar Royce, oraz jego młodszy brat, ser Robar, obaj w stalowych zbrojach pokrytych takimi samymi runami, jakie strzegły ich ojca. Bliźniacy, ser Horas i ser Hobber z kiściem winogron na tarczach, herbem Redwynów w kolorach błękitu i burgunda. Patrek Mallister, syn lorda Jasona. Sześciu Freyów z Przeprawy: ser Jared, ser Hosteen, ser Danwell, ser Emmon, ser Theo, ser Perwyn, synowie i wnukowie starego lorda Waldera Freya, a także jego bękart Martyn Rivers.

Jeyne Poole wyznała, że przestraszyła się na widok Jalabhara Xho, księcia banity z Wysp Letnich, o skórze czarnej jak noc, który nosił pelerynę z zielono-szkarłatnych piór, lecz gdy ujrzała młodego lorda Berica Dondarriona o włosach koloru słońca z czarną tarczą przeciętą błyskawicą, gotowa była wyjść za niego choćby tego samego dnia.

W szrankach stawił się też Ogar, jak również brat Króla, przystojny lord Renly z Końca Burzy.

— Na tle innych Jory wygląda jak żebrak — prychnęła septa Mordane na widok tegoż. Sansa musiała jej przyznać rację. Jory nosił niebieskoszary pancerz pozbawiony jakichkolwiek ozdób, a z jego ramienia zwisał cienki szary płaszcz podobny do brudnej szmaty. Sprawił się jednak dobrze, zrzucając z konia Horasa Redwyne'a w swoim pierwszym pojedynku i jednego z Freyów w drugim. W trzecim potykał się z wolnym o imieniu Lothor Brune, który wyglądał równie bezbarwnie jak i on. Po trzech starciach obaj pozostali w siodłach, lecz kopia Brune'a okazała się pewniejsza i lepiej trafiała do celu, dlatego Król jemu przyznał zwycięstwo. Alynowi i Harwinowi nie powiodło się tak dobrze; Harwin został zrzucony z konia przy pierwszym wypadzie kopią ser Meryna z Gwardii Królewskiej, Alyn zaś uległ ser Balonowi Swannowi.

Pojedynki trwały aż do zmierzchu, a teren szranków, zryty kopytami rumaków, przypominał pustkowie. Raz za razem Jeyne i Sansa krzyczały jednocześnie, gdy jeźdźcy nacierali na siebie, kiedy leciały drzazgi z kopii, a tłumy wyły przeraźliwie, dodając otuchy swoim faworytom. Po każdym upadku jeźdźca z konia Jeyne zakrywała oczy, jak mała, przestraszona dziewczyna, lecz Sansa ulepiona była z twardszej gliny. Wielka dama wiedziała, jak się zachować w czasie turnieju. Nawet septa Mordane doceniła jej opanowanie skinieniem głowy, które miało wyrażać aprobatę.

Królobójca spisywał się doskonale. Z dziecinną łatwością zrzucił z konia ser Andara Royce'a i lorda z kresów, Bryce'a Carona, a potem stoczył zacięty pojedynek z siwowłosym Barristanem Selmym, który wcześniej wygrał dwie potyczki z rycerzami młodszymi od niego o trzydzieści i czterdzieści lat.

Sandor Clegane i jego ogromny brat ser Gregor zwany Górą także pozostawali niezwyciężeni, pokonując kolejnych rywali w pięknym stylu. Najokrutniejszy moment dnia zdarzył się w czasie drugiego pojedynku ser Gregora, kiedy jego kopia uderzyła młodego rycerza z Doliny pod naszyjnik zbroi i przebiła mu gardło, zabijając go na miejscu. Młodzieniec spadł na ziemię zaledwie o kilka stóp od miejsca, gdzie siedziała Sansa. Widziała, jak krew tryska coraz słabiej z otworu po kopii ser Gregora. Zbroja nieszczęśnika lśniła nowością, a ognista smuga słonecznych promieni przecięła jego wyciągnięte ramię. W następnej chwili słońce zaszło za chmurę i smuga zniknęła. Płaszcz miał niebieski, błękitny jak bezchmurne niebo, ozdobiony na brzegach sierpami księżyców; przesiąknięty krwią, pociemniał, a księżyce kolejno przybierały czerwoną barwę.

Jeyne Poole zaniosła się histerycznym płaczem, tak że septa Mordane musiała ją zabrać, żeby się uspokoiła, natomiast Sansa siedziała z dłońmi na kolanach ogarnięta dziwną fascynacją. Nigdy wcześniej nie widziała umierającego człowieka. Może wypłakała już wszystkie swoje łzy nad Branem i Damą. Wmawiała sobie, że zachowałaby się inaczej, gdyby chodziło o Jory'ego, ser Rodrika albo jej ojca. Młody rycerz był dla niej obcym z Doliny, którego imienia nawet nie zapamiętała. Teraz, zdała sobie sprawę, świat także o nim zapomni, nikt nie będzie śpiewał o nim pieśni. Myśl ta napełniła ją smutkiem.

Kiedy wynieśli ciało, przybiegł chłopiec z łopatą i przysypał ziemią zakrwawione miejsce, gdzie upadł rycerz. Rozpoczęły się kolejne pojedynki.

Ser Balon Swann został pokonany przez Gregora, lord Renly zaś przez Ogara. Renly wypadł z siodła z taką siłą, że wydawało się, iż leci w tył z nogami w powietrzu. Upadając, uderzył głośno głową o ziemię, aż wszyscy jęknęli, lecz okazało się, że pękł jeden z jego złotych rogów. Ludzie wydali okrzyk radości, gdy tylko lord Renly, ich ulubieniec, wstał. Skłoniwszy się z wdziękiem, oddał zwycięzcy złamany róg. Ogar prychnął i cisnął zdobycz między kibicujących, którzy natychmiast rzucili się, by zebrać choć odrobinę złota, i uspokoili się, dopiero gdy wyszedł do nich sam lord Renly. Do tego czasu wróciła już septa Mordane. Wyjaśniła, że Jeyne nie czuje się dobrze i musiała ją odprowadzić na zamek. Sansa niemal zapomniała o Jeyne.

Później jeden z wędrownych rycerzy w płaszczu w szachownicę okrył się hańbą, zabijając konia Berica Dondarriona, przez co został uznany za pokonanego. Lord Beric osiodłał innego konia, z którego jednak zaraz zrzucił go Thoros z Myr. Ser Aron Santagar i Lothor Brune potykali się trzykrotnie i za każdym razem bez rezultatu. Później ser Aron uległ Jasonowi Mallisterowi, Bruno zaś został zwyciężony przez Robara, młodszego syna Yohna Royce'a.

Wreszcie pozostało już tylko czterech: Ogar i jego brat olbrzym, Gregor, Jaime Lannister Królobójca i ser Loras Tyrell, młody rycerz, którego nazwano Rycerzem Kwiatów.

Ser Loras był najmłodszym synem Mace'a Tyrella, Lorda Wysogrodu i Namiestnika Południa. Mając szesnaście lat, był też najmłodszym spośród wszystkich, którzy stanęli w szranki, a mimo to w swoich pierwszych trzech pojedynkach zrzucił z koni trzech rycerzy z Gwardii Królewskiej. Sansa nie widziała dotąd równie pięknego mężczyzny. Miał na sobie pancerz niezwykle misternie wyrobiony i ozdobiony na kształt tysięcy najprzeróżniejszych kwiatów, przez co wydawało się, że za zbroję posłużył mu bukiet; do tego jego śnieżnobiały rumak ginął pod kobiercem z biało-czerwonych róż. Po każdym zwycięskim pojedynku zdejmował hełm, objeżdżał wolno szranki i rzucał jedną białą różę którejś z panien z tłumu.

Do ostatniego pojedynku stanął naprzeciw młodszego Royce'a. Rodowe runy ser Robara okazały się marną ochroną, gdyż ser Loras rozłupał jego tarczę i wyrzucił go z siodła z ogromnym hukiem. Robar leżał na brudnej ziemi, jęcząc, tymczasem zwycięzca odbywał swoją kolejną rundę po szrankach. Wreszcie przyniesiono lektykę i odniesiono pokonanego zawodnika do namiotu, ogłuszonego i obolałego. Sansa nie mogła wyjść z podziwu. Nie odrywała wzroku od ser Lorasa, a kiedy jego rumak zatrzymał się przed nią, myślała, że serce wyskoczy jej z piersi.

Dotychczas rozdawał białe róże, lecz jej podarował czerwoną.

— Słodka pani — rzekł. — Żadne zwycięstwo nawet w połowie nie dorównuje twojej urodzie. — Sansa wzięła różę nieśmiało, sparaliżowana galanterią rycerza. Jego włosy wydały jej się gąszczem brązowych loków, a oczy płynnym złotem. Powąchała słodko pachnący kwiat i usiadła, ściskając go jeszcze długo po tym, jak odjechał.

Kiedy wreszcie podniosła wzrok, ujrzała przed sobą mężczyznę, który przyglądał jej się uważnie. Był niski, o spiczastej bródce i przetykanych siwizną włosach, prawie w wieku lorda Eddarda.

— Ty musisz być jedną z jej córek — zwrócił się do niej. — Jego szarozielone oczy nie uśmiechały się razem z ustami. — Masz urodę Tullych.

— Jestem Sansa Stark — powiedziała niepewnym głosem. Mężczyzna ubrany był w ciężki płaszcz z futrzanym kołnierzem zapiętym srebrnym klamrą w kształcie przedrzeźniacza i zachowywał się ze swobodą kogoś wysoko urodzonego, lecz ona go nie znała. — Panie, nie miałam przyjemności.

— Słodkie dziecko — wtrąciła natychmiast septa Mordane. — To jest lord Petyr Baelish, członek małej rady królewskiej.

— Kiedyś twoja matka była moją królową piękności — wyznał mężczyzna. Jego oddech pachniał miętą. — Masz jej włosy. — Musnął palcami jej policzek i dotknął jednego z kasztanowych loków. Potem odwrócił się niespodziewanie i odszedł.

Do tego czasu księżyc wspiął się już wysoko na niebie, a tłum ucichł zmęczony, więc Król ogłosił, że ostatnie trzy pojedynki odbędą się następnego ranka, przed walką zbiorową. Ludzie ruszyli wolno do domów, rozprawiając o tym, co widzieli i co jeszcze mieli zobaczyć, dworzanie zaś przenieśli się nad rzekę, by rozpocząć ucztę. Sześć ogromnych żubrów od dawna już kręciło się wolno na rożnach, a chłopcy z kuchni nacierali je masłem i ziołami, aż mięso puściło soki i zaczęło przyjemnie skwierczeć. Przed pawilonami ustawiono ławy i stoły, na których wyłożono świeżo upieczony chleb i truskawki.

Sansa i septa Mordane otrzymały honorowe miejsca z prawej strony podwyższenia, na którym zasiadali Król i Królowa. Kiedy książę Joffrey zasiadł po jej prawej ręce, Sansa poczuła ucisk w gardle. Nie odezwał się do niej ani słowem od chwili pamiętnego wydarzenia, a i ona nie śmiała przemówić do niego. Początkowo wydawało jej się, że nienawidzi go za to, co zrobili Damie, lecz wypłakawszy wszystkie łzy, powiedziała sobie, że Joffrey nie był niczemu winien. Zrobiła to Królowa i jej należało nienawidzić, jej i Aryi. Nic złego by się nie stało, gdyby nie Arya.

Tego wieczoru nie potrafiła nienawidzić Joffreya. Był zbyt piękny. Włożył ciemnoniebieski kubrak nabijany dwoma rzędami guzików w kształcie lwich głów, a na jego czole lśnił delikatny diadem ze złota i szafirów. Jego włosy miały połysk metalu. Sansa spojrzała na niego i zadrżała z obawy, że ją zignoruje albo, co gorsza, okaże jej swoją nienawiść i doprowadzi ją do płaczu.

Joffrey jednak uśmiechnął się i ucałował jej dłoń, przystojny i szarmancki jak książę z ballad.

— Słodka pani, ser Loras potrafi docenić prawdziwe piękno — przemówił.

— Był nader uprzejmy — odpowiedziała skromnie, starając się zachować spokój, choć czuła, jak jej serce bije gwałtownie.

— Ser Loras jest prawdziwym rycerzem. Myślisz, panie, że wygra jutro?

— Nie — odpowiedział Joffrey. — Mój pies poradzi sobie z nim, a może mój wuj, Jaime. Za kilka lat, kiedy już będę mógł wstąpić w szranki, pokonam ich wszystkich. — Dał znak służącemu, by przyniósł dzban z zimnym letnim winem, i napełnił jej puchar. Spojrzała niepewnie na septę Mordane, lecz on pochylił się i napełnił także puchar septy, która podziękowała mu uprzejmie i nie odezwała się już ani słowem.

Służący nosili wino przez całą noc, lecz Sansa nie pamiętała nawet jego smaku. Nie potrzebowała wina. Była pijana magią nocy, oczarowana splendorem, o jakim marzyła przez całe życie i jakiego nie spodziewała się zobaczyć. Przed królewskim namiotem minstrele wypełniali mrok nocy muzyką. Żongler budował coraz większą kaskadę z płonących maczug, którymi żonglował. Królewski błazen, głupek o twarzy płaskiej jak placek, zwany Księżycowym Chłopcem, tańczył na szczudłach ubrany w pstrokaty strój, szydząc ze wszystkich w sposób tak dowcipny i okrutny, że Sansa zastanawiała się, czy rzeczywiście jest taki głupi. Jego żartom nie oparła się nawet septa Mordane, która, usłyszawszy piosenkę o Wielkim Septonie, wybuchnęła śmiechem, oblewając się winem.

Joffrey rozpływał się w uprzejmościach. Rozmawiał z Sansą przez całą noc i obsypywał ją komplementami. Wciąż opowiadał dworskie plotki i wyjaśniał dowcipy królewskiego błazna. Jego obecność pochłonęła Sansę tak bardzo, że zupełnie zapomniała o dobrych obyczajach, ignorując septę Mordane.

Przez cały czas przynoszono kolejne dania. Gęstą zupę z dziczyzny z kaszą. Sałatki z tataraku, szpinaku i śliwek posypane kruszonymi orzechami. Ślimaki w czosnku i miodzie. Sansa nigdy wcześniej nie jadła ślimaków, dlatego Joffrey pokazał jej, jak wydobyć je ze skorup, i sam włożył jej do ust pierwszy słodki kąsek. Potem przyszła kolej na świeżego pstrąga z rzeki, upieczonego w glinie. Książę pomógł Sansie rozłupać twardą skorupę i dostać się do białego mięsa. Sam także ją obsłużył, kiedy podano mięso, odcinając z udźca ogromny kawał i kładąc go z uśmiechem na jej talerzu. Z trochę sztywnych ruchów zorientowała się, że prawe ramię wciąż mu jeszcze dokucza, lecz on nie powiedział ani słowa.

Później podano nerkówkę, pasztet z gołębia i pieczone jabłka pachnące cynamonem, a także cytrynowe ciasteczka posypane cukrem, lecz Sansa czuła się już tak najedzona, że zdołała tylko zjeść dwa ciasteczka, chociaż bardzo je lubiła. Zastanawiała się właśnie, czy nie dałaby rady zjeść trzeciego, kiedy usłyszała okrzyki Króla.

Król Robert zachowywał się coraz głośniej z każdym następnym daniem. Od czasu do czasu słyszała, jak wybucha gromkim śmiechem albo wydaje głośno komendę, próbując przekrzyczeć dźwięki muzyki i brzęk talerzy i sztućców, lecz siedziała zbyt daleko, by zrozumieć, co mówi.

Teraz wszyscy go usłyszeli.

— Nie — zagrzmiał. Sansa z przerażeniem zobaczyła, że Król, czerwony na twarzy, wstaje, zataczając się. Trzymał w dłoni puchar z winem, najwyraźniej mocno pijany. — Nie mów mi, co mam robić, kobieto — krzyczał do królowej Cersei. — Ja tu jestem Królem, rozumiesz? Ja tu rządzę i jeśli mówię, że będę jutro walczył, to znaczy, że tak będzie!

Wszyscy patrzyli na niego. Sansa widziała ser Barristana i królewskiego brata, Renly'ego, a także niskiego mężczyznę, który mówił tak dziwnie i dotykał jej włosów, lecz żaden z nich nie ruszył się z miejsca. Twarz Królowej przypominała maskę wyrzeźbioną ze śniegu. Cersei podniosła się powoli, zbierając fałdy sukni, i wyszła szybkim krokiem bez słowa, a za nią służba.

Jaime Lannister położył dłoń na ramieniu Króla, lecz on odtrącił jego rękę gwałtownym ruchem. Lannister potknął się i przewrócił. Król parsknął śmiechem.

— Wielki rycerzu. Wciąż potrafię cię powalić na ziemię. Pamiętaj o tym, Królobójco. — Uderzył się w pierś wysadzanym klejnotami pucharem, oblewając winem swoją atłasową bluzę. — Dajcie mi mój młot, a w całym królestwie nie znajdzie się nikt, kto by mnie pokonał.

Jaime Lannister wstał i otrzepał się z kurzu.

— Tak, Wasza Miłość — powiedział chłodno.

Lord Renly podszedł do nich z uśmiechem na ustach.

— Wylałeś wino, Robercie. Przyniosę ci inny kielich.

Sansa drgnęła, kiedy Joffrey położył jej dłoń na ramieniu.

— Robi się późno — rzekł Książę. Miał dziwny wyraz twarzy, jakby jej nie widział. — Czy potrzebujesz eskorty, żeby wrócić na zamek?

— Nie — odpowiedziała bez namysłu. Poszukała wzrokiem septy i ze zdumieniem zobaczyła, że septa Mordane pochrapuje cicho z głową opartą na stole. — To znaczy... tak, dziękuję, byłoby miło. Czuję się zmęczona, a zrobiło się tak ciemno.

— Psie! — zawołał Joffrey.

Sandor Clegane wyrósł jak spod ziemi. Teraz ubrany był w czerwoną wełnianą tunikę z psim pyskiem ze skóry przyszytym na piersi. Jego poparzona twarz połyskiwała czerwonym blaskiem w świetle pochodni.

— Tak, Wasza Wysokość?

— Dopilnuj, żeby moja ukochana wróciła bezpiecznie do zamku — rozkazał Książę i odszedł bez słowa.

Sansa czuła na sobie wzrok Ogara.

— Myślałaś, że Joff sam cię odprowadzi? — Roześmiał się, a śmiech ten przypominał warczenie psa. — Nie licz na to — dodał i postawił ją na nogi. — Chodź, nie tylko ty jesteś śpiąca. Wypiłem za dużo i boję się, że mógłbym zechcieć zabić mojego brata. — Znowu się roześmiał.

Sansa poczuła nagle strach. Rozejrzała się, lecz nie dostrzegła nikogo, kto mógłby jej pomóc. Król Robert wyszedł już wcześniej, zataczając się, i ławy wokół stołów opustoszały niespodziewanie. Uczta dobiegła końca, skończył się też piękny sen.

Ogar wziął pochodnię, by oświetlić drogę. Sansa szła tuż za nim. Ziemia, po której szli, była wyboista i nierówna, przez co w świetle płomieni wydawała się poruszać pod jej stopami. Szli między namiotami, przed którymi stały proporce i zbroje, a ona czuła, że cisza przygniata ją coraz bardziej. Nie mogła znieść jego widoku, tak bardzo się go bała, ale przecież nauczono ją, jak być uprzejmą.

— Ser Sandorze, twój brat spisał się dzisiaj bardzo dzielnie — wydusiła z siebie.

Sandor Clegane prychnął przez ramię.

— Oszczędź mi swoich pustych komplementów, dziewczyno, i daruj sobie te... tytuły. Nie jestem rycerzem. Pluję na nich i na ich przysięgi. Mój brat jest rycerzem. Widziałaś jego pojedynek?

— Tak — odparła drżącym szeptem. — Spisał się...

— Dzielnie? — dokończył za nią Ogar.

Zdała sobie sprawę, że drwi z niej.

— Nikt mu się nie oparł — wykrztusiła, dumna z siebie. Mówiła prawdę.

Sandor Clegane zatrzymał się niespodziewanie na środku pogrążonego w ciemności pustego pola. Zmuszona była stanąć tuż przy nim.

— Septa dobrze cię wyuczyła. Gadasz jak jeden z tych ptaszków z Wysp Letnich. Śliczny, gadający ptaszek, który powtarza śliczne słówka, jakich go nauczono.

— Nieładnie z twojej strony. — Sansa czuła tłukące się w jej piersi serce. — Boję się ciebie. Chcę już iść.

— Nikt mu się nie oparł — wycedził Ogar. — O, tak. Nikt nigdy mu się nie oparł. Ten chłopak dzisiaj dobrze sobie radził w drugim pojedynku. Widziałaś go, prawda? Głupiec, niepotrzebnie się tam pchał. Bez pieniędzy, bez giermka, nikogo do pomocy. Miał źle umocowany naszyjnik. Myślisz, że Gregor tego nie zauważył? Myślisz, że kopia ser Gregora ugodziła go w to miejsce przypadkiem? Gadająca dziewczynko, rzeczywiście masz główkę pustą jak ptaszek. Kopia Gregora wędruje zawsze tam, gdzie on chce, żeby się znalazła. Spójrz na mnie. Spójrz. — Sandor Clegane ujął brodę Sansy ogromną dłonią i uniósł jej twarz. Zniżył się i przysunął pochodnię. — No, śmiało. Przyjrzyj mi się dobrze. Przecież chcesz tego. Widziałem, jak ciągle odwracasz głowę. Nie przejmuj się. Popatrz sobie.

Jej szczęka pozostawała unieruchomiona w uścisku palców niczym pochwycona w żelazną pułapkę. Patrzył Sansie prosto w oczy. Było to spojrzenie pijanego mężczyzny, pełne ponurego gniewu. Nie mogła go uniknąć.

Widziała prawą stronę twarzy Ogara, wydatne kości policzkowe, szare oko pod gęstą brwią. Nos miał duży i zakrzywiony. Włosy cienkie i ciemne. Nosił je długie i zaczesywał na bok, żeby zakryć drugą stronę głowy.

Lewa strona twarzy była zupełnie zniszczona. Z ucha została tylko dziura. Oko nie ucierpiało, lecz dookoła oplatała je sieć blizn, śliskie, spalone ciało twarde jak skóra, poryte zagłębieniami i pęknięciami, które migotały wilgotną czerwienią, kiedy się poruszał. Niżej, przy szczęce, widać było niemal kość pod spalonym ciałem.

Sansa rozpłakała się. Puścił ją i zgasił pochodnię o ziemię.

— I co, nie powiesz mi nic miłego? Żadnych komplementów, których nauczyła cię septa? — Nie otrzymawszy żadnej odpowiedzi, mówił dalej: — Większość ludzi sądzi, że przydarzyło mi się to w czasie bitwy. Sugerują jakieś oblężenie albo płonącą wieżę. Jakiś głupiec pytał nawet, czy to nie od smoczego oddechu. — Teraz roześmiał się ciszej, choć równie gorzko. — Opowiem ci, jak to się stało — oznajmił. Stał się teraz zaledwie głosem dochodzącym z ciemności nocy, cieniem pochylonym nad nią tak blisko, że czuła jego oddech cuchnący przetrawionym winem. — Byłem młodszy od ciebie, miałem sześć, może siedem lat. Drzeworytnik założył warsztat we wsi pod twierdzą mojego ojca. Żeby zyskać nasze poparcie, przysłał nam podarunki. Starzec potrafił robić piękne zabawki. Nie pamiętam, co wtedy dostałem, ale bardziej spodobała mi się zabawka, którą dostał Gregor. Był to pięknie pomalowany drewniany rycerz o poszczególnych częściach ciała połączonych sznurkiem, tak że mógł walczyć. Gregor jest starszy ode mnie o pięć lat i zabawka nie miała dla niego żadnego znaczenia, był już wtedy giermkiem, silny, wysoki na sześć stóp chłopak. Tak więc zabrałem mu jego rycerza, ale nie miałem z tego większej radości. Bałem się przez cały czas, no i oczywiście w końcu mnie dorwał. W pokoju znajdował się kosz z żarem. Nie powiedział ani słowa. Po prostu podniósł mnie i przyłożył bok mojej twarzy do rozpalonych węgli. Trzymał mnie tak, a ja wrzeszczałem jak opętany. Widziałaś, jaki jest silny. Już wtedy trzeba było trzech mężczyzn, żeby go odciągnąć. Septon w modlitwie wspomina siedem piekieł. Co oni wiedzą? Tylko ktoś, kto przecierpiał podobne poparzenie, rozumie, co to jest prawdziwe piekło. Ojciec mówił wszystkim, że zapaliła się pościel w moim łóżku, a nasz maester dał mi maści. Maści! Gregor także został namaszczony. Cztery lata później namaszczono go siedmioma olejami, złożył śluby rycerskie, a Rhaegar Targaryen dotknął mieczem jego ramienia i powiedział: „Powstań, ser Gregorze".

Ochrypły głos zamilkł. Ogromna, niewidoczna prawie postać trwała przed nią nieruchoma, milcząca. Sansa słyszała tylko nierówny oddech. Zdała sobie sprawę, że współczuje mu. Jej strach zniknął.

Milczenie przedłużało się, aż strach znowu powrócił, lecz teraz bała się o niego. Wyciągnęła rękę i dotknęła muskularnego ramienia.

— Nie zachował się jak prawdziwy rycerz — wyszeptała.

Ogar odchylił głowę i wybuchnął śmiechem. Sansa zrobiła krok do tyłu, lecz złapał ją za rękę.

— Nie — warknął. — Nie, ptaszynko, nie zachował się jak prawdziwy rycerz.

Przez pozostałą część drogi Sandor Clegane nie odezwał się już. Zaprowadził ją do miejsca, gdzie czekały powozy, i kazał woźnicy zawieźć ich do Czerwonej Twierdzy. Przejechali w milczeniu przez Królewską Bramę, a potem ulicami miasta oświetlonymi pochodniami. Otworzył furtę w murze i wprowadził Sansę do zamku. Jego poparzona twarz drgała, a wzrok miał zamyślony, kiedy wchodził za nią po schodach. Odprowadził ją aż do drzwi jej sypialni, gdzie się zatrzymał.

— Dziękuję, mój panie — powiedziała zawstydzona.

Ogar ujął ją za ramię i nachylił się.

— Wszystko, co ci dzisiaj powiedziałem... — rzekł głosem jeszcze bardziej ochrypłym niż dotychczas. — Jeśli powiesz Joffreyowi... twojej siostrze, ojcu... komukolwiek...

— Nie powiem — odpowiedziała szeptem. — Obiecuję.

— Jeśli powiesz komukolwiek — ciągnął dalej, jakby nie usatysfakcjonowany jej obietnicą — to cię zabiję.

EDDARD

— Sam przy nim czuwałem — oświadczył ser Barristan Selmy. Popatrzyli na ciało złożone z tyłu wozu. — Nie miał nikogo. Tylko matkę gdzieś w Dolinie.

W bladym świetle poranka wydawało się, że młody rycerz śpi. Za życia nie był przystojny, lecz śmierć wygładziła grubo ciosane rysy, a milczące siostry ubrały go w jego najlepszą aksamitną tunikę z wysokim kołnierzem, który miał zakryć szyję przebitą kopią. Eddard Stark popatrzył na jego twarz, zastanawiając się, czy rycerz umarł dla niego. Zginął z ręki chorążego Lannisterów, zanim Ned zdążył z nim porozmawiać. Czy mógł to być tylko zbieg okoliczności? Pomyślał, że pewnie nigdy się nie dowie prawdy.

— Hugh był giermkiem Jona Arryna przez cztery lata — mówił dalej Selmy. — Król pasował go na rycerza na cześć Jona, zanim wyjechał na północ. Chłopak bardzo tego pragnął, ale chyba nie był jeszcze gotowy.

Ned źle spał poprzedniej nocy i teraz czuł się bardzo zmęczony.

— Nikt z nas nigdy nie jest gotowy — orzekł.

— Do tego, żeby być rycerzem?

— Nie, na śmierć. — Ned przykrył ostrożnie zmarłego płaszczem; był niebieski, poplamiony krwią, ozdobiony półksiężycami wzdłuż krawędzi. Kiedy jego matka zapyta, dlaczego jej syn nie żyje, pomyślał rozgoryczony, powiedzą, że walczył, by bronić honoru Królewskiego Namiestnika, Eddarda Starka. — To było niepotrzebne. Nie powinno się zamieniać wojny w grę. — Ned spojrzał na kobietę stojącą przy wozie, owiniętą w szarą szatę, tak że widać było tylko jej oczy. Milczące siostry przygotowywały ludzi na pochówek, ponieważ uważano, że nie należy patrzeć śmierci w twarz. — Odeślijcie zbroję do jego domu w Dolinie. Matka z pewnością będzie chciała ją mieć.

— Ma swoją wartość — powiedział ser Barristan. — Chłopak

zamówił ją specjalnie na turniej. Prosta, ale solidnie wykonana. Nie wiem nawet, czy zdążył zapłacić płatnerzowi.

— Zapłacił wczoraj, i to drogo — odparł Ned. Odwrócił się do milczącej siostry i dodał: — Wyślijcie zbroję matce. Sam porozmawiam z płatnerzem. — Odpowiedziała mu skinieniem głowy.

Potem obaj poszli do namiotu Króla. Obóz budził się do życia. Tłuste kiełbasy skwierczały już nad paleniskami, a w powietrzu unosił się zapach czosnku i pieprzu. Młodzi giermkowie spieszyli z pierwszymi poleceniami swoich panów, którzy budzili się, przeciągając, i ziewaniem witali dzień. Służący z gęsią pod pachą przyklęknął, kiedy go mijali.

— Panowie — wymamrotał, ścisnąwszy mocniej ptaka, który dziobnął go w rękę i zagęgał głośno.

Wystawione przed namioty tarcze z herbami obwieszczały, kto w nich przebywa: złoty orzeł Seagarda, pole pełne skowronków Bryce'a Carona, kiść winogron Redwyne'ów, cętkowany dzik, czerwony wół, płonące drzewo, biały baran, potrójna spirala, fioletowy jednorożec, tańcząca panna, ostrokrzew, bliźniacze wieże, sowa uszata i wreszcie śnieżnobiałe tarcze herbowe Gwardii Królewskiej.

— Król ma zamiar wziąć udział w turnieju — odezwał się ser Barristan, kiedy mijali tarczę ser Meryna z widocznym wgnieceniem w miejscu, gdzie kopia Lorasa Tyrella zdarła farbę, wyrzucając z siodła królewskiego gwardzistę.

— Tak — odparł Ned ponuro. Jory przyniósł mu tę wiadomość poprzedniego wieczoru. Nic dziwnego, że nie mógł zasnąć.

Ser Barristan wyglądał na zmartwionego.

— Mówią, że nocne piękności bledną o świcie, a ojciec wyrzeka się rano dzieci spłodzonych nocą po pijanemu.

— Może i tak — zgodził się Ned — ale nie w przypadku Roberta.

Inni może by próbowali zapomnieć o przechwałkach wypowiedzianych w chwili pijackiego uniesienia, ale Robert Baratheon nigdy ich nie zapominał, a to oznaczało, że nie cofał raz powziętych decyzji.

Królewski namiot postawiono blisko wody, dlatego poranne mgły znad rzeki owinęły go szarymi mackami. Cały ze złocistego jedwabiu, stanowił największą i najwspanialszą konstrukcję w obozie. Przed jego wejściem spoczywał ogromny młot Roberta, a obok niego żelazna tarcza z jeleniem z koroną rogów, herbem rodu Baratheonów.

Ned miał nadzieję, że Król będzie jeszcze w łóżku, zamroczony winem, lecz szczęście mu nie dopisało. Robert popijał piwo z wypolerowanego rogu i grzmiał niezadowolony na dwóch młodych giermków, którzy próbowali dopasować na nim zbroję.

— Wasza Miłość — mówił jeden z młodzieńców płaczliwym głosem — zrobili ją za małą, nie da się zapiąć. — Pociągnął mocniej i naszyjnik, który próbował zapiąć na szyi monarchy, spadł na ziemię.

— Na siedem piekieł! — zaklął Robert. — Czy sam mam to zrobić? Niech was piekło pochłonie. Podnieś to. Czemu stoisz i gapisz się, Lancel, podnieś to! — Chłopak podskoczył, a Król zauważył przybyłych. — Spójrz tylko na tych durni, Ned. Moja żona nalegała, żebym wziął ich na giermków, ale nie ma z nich żadnego pożytku. Nie potrafią nawet ubrać człowieka w zbroję. Giermkowie, też mi coś. Raczej świniopasy wystrojeni w jedwabie.

Ned zerknął tylko i od razu zorientował się, na czym polega problem.

— To nie ich wina, Robercie — zwrócił się do Króla. — Jesteś za gruby do swojej zbroi.

Robert Baratheon pociągnął długi łyk piwa, rzucił pusty róg na futra, pod którymi spał, otarł usta wierzchem dłoni i powiedział ponurym głosem:

— Gruby? Gruby! Co? Tak się mówi do Króla? — Jego gromki śmiech przypominał gwałtowną burzę. — A niech cię, Ned, dlaczego ty zawsze musisz mieć rację? — Obaj giermkowie uśmiechnęli się nerwowo, lecz Król natychmiast zgromił ich spojrzeniem. — Hej, wy tam. Tak, do was mówię. Słyszeliście, co powiedział Namiestnik. Król jest za gruby do swojej zbroi. Idźcie po ser Arona Santagara. Powiedzcie mu, że potrzebuję rozciągacza napierśnika. No, szybko! Na co czekacie?

Chłopcy wybiegli szybko z namiotu, potrącając się wzajemnie.

Robert siedział z poważną miną, dopóki nie wyszli, a potem rozbawiony opadł na oparcie krzesła.

Ser Barristan także zachichotał. Nawet Eddard Stark zdobył się na uśmiech, chociaż poważniejsze myśli zaprzątały jego umysł. Przyjrzał się uważnie giermkom: zgrabni, o jasnych włosach. Jeden z nich był w wieku Robba i miał długie, złociste, kręcone włosy. Drugi nie mógł mieć więcej niż piętnaście lat, włosy złociste, puszek pierwszych wąsów, oczy szmaragdowozielone, tak jak Królowa.

— Chciałbym widzieć twarz Santagara, kiedy ich zobaczy — rzekł Robert. — Mam nadzieję, że będzie miał na tyle rozumu, żeby posłać ich do kogoś innego. Nie wolno dać im ani chwili odpoczynku!

— To Lannisterowie?— spytał Ned. — Mam na myśli giermków.

Robert przytaknął mu, ocierając załzawione oczy.

— Kuzynowie. Synowie brata lorda Tywina. Już nie żyje. A może tak, nie pamiętam. Rodzina mojej żony jest bardzo duża.

Bardzo ambitna rodzina, pomyślał Ned. Nie miał nic przeciwko giermkom, ale niepokoił go fakt, że Robert pozostaje nieustannie w otoczeniu krewnych Królowej. Jeśli chodzi o zaszczyty i stanowiska, apetyt Lannisterów wydawał się nienasycony.

— Podobno poróżniłeś się wczoraj z Królową.

Uśmiech zniknął z twarzy Roberta.

— Ta kobieta próbowała zabronić mi walki w turnieju. A niech ją, teraz siedzi naburmuszona w zamku. Twoja siostra nigdy by mnie tak nie zawstydziła.

— Robercie, nie znałeś Lyanny tak jak ja — odpowiedział Ned. — Nie widziałeś jej żelaznego wnętrza, jedynie jej urodę. Ona by ci powiedziała, że nie tam twoje miejsce.

— Co, i ty też? — Król nachmurzył się. — Jesteś zgorzkniały, Stark. Za długo siedziałeś na północy i wszystkie soki w twoim ciele zamarzły. Moje płyną jeszcze żwawo. — Poklepał się po piersi na potwierdzenie swoich słów.

— Ty jesteś Królem — przypomniał mu Ned.

— Siedzę na tym cholernym tronie przez cały czas, ale to nie znaczy, że nie mam takich samych potrzeb jak inni. Czasem mam ochotę napić się wina, przycisnąć jakąś dziewczynę w łóżku, tak żeby zapiszczała, wskoczyć na konia. Na siedem piekieł, Ned, mam ochotę przyłożyć komuś.

— Wasza Miłość — odezwał się ser Barristan Selmy. — Nie przystoi Królowi stawać w szranki w turnieju. Nie byłaby to uczciwa walka. Kto by się ośmielił zadać ci cios?

Robert popatrzył na niego wyraźnie zaskoczony.

— Do licha, a to niby dlaczego? Przecież mogą. Na placu boju pozostanie...

— Król — dokończył za niego Ned. Zorientował się, że Selmy trafił w sedno sprawy. Niebezpieczeństwo pojedynku podsycało tylko apetyt Roberta, lecz ta uwaga uraziła dumę Króla. — Ser Barristan ma rację. W całych Siedmiu Królestwach nie znajdziesz człowieka, który by śmiał stać się przyczyną twojego niezadowolenia, zadając ci ranę.

Król zerwał się na nogi czerwony na twarzy.

— Sugerujesz, że te podłe tchórze pozwolą mi wygrać?

— Z pewnością — potwierdził Ned, a ser Barristan Selmy przytaknął mu skinieniem głowy.

Przez chwilę Robert, rozzłoszczony do ostateczności, nie potrafił wydobyć z siebie ani słowa. Przeszedł na drugą stronę namiotu, po czym zawrócił z twarzą czerwoną od gniewu. Rozwścieczony, chwycił z ziemi napierśnik i cisnął nim w Barristana Selmy'ego. Rycerz uchylił się.

— Wynoś się — rzucił monarcha. — Wynoś się, zanim cię zabiję. — Ser Barristan wyszedł szybko. Ned miał zamiar pójść za nim, lecz Król powstrzymał go. — Ty zostań, Ned. — Eddard Stark odwrócił się. Robert wziął swój róg, napełnił go piwem z beczki stojącej w kącie namiotu i podał Nedowi. — Pij — powiedział oschle.

— Nie czuję pragnienia...

— Pij. To rozkaz Króla.

Ned przyjął od niego róg i napił się. Piwo było bardzo ciemne, gęste i tak mocne, że poczuł kłucie w oczach.

Robert usiadł ponownie.

— Nedzie Stark, a niech cię. Obu was kochałem, ciebie i Jona Arryna. Co wyście mi zrobili? Któryś z was powinien zostać królem.

— Tobie się należał tron, Wasza Miłość.

— Kazałem ci pić, a nie sprzeczać się ze mną. To ty zrobiłeś mnie Królem, więc mógłbyś okazać choć na tyle uprzejmości, żeby mnie wysłuchać, kiedy do ciebie mówię. Ned, spójrz na mnie. Zobacz, jaki pożytek z tego mojego królowania. Bogowie, nie mieszczę się w zbroję, jak to się stało?

— Robercie...

— Pij i siedź cicho. Teraz mówi twój Król. Wierz mi, nigdy nie było we mnie tyle życia jak w chwili, kiedy zdobywałem tron. Nie byłem też bardziej zdechły niż teraz, kiedy go już zdobyłem. I jeszcze Cersei... To Jon Arryn nakłonił mnie, bym ją poślubił. Nie miałem zamiaru żenić się w ogóle po utracie Lyanny, ale Jon powiedział, że Królestwo potrzebuje dziedzica. Mówił też, że Cersei Lannister będzie dobrą partią, że dzięki temu małżeństwu będę miał po swojej stronie lorda Tywina, na wypadek gdyby Viserys Targaryen próbował odzyskać tron ojca. — Król pokręcił głową. — Przysięgam, że kochałem staruszka, choć teraz uważam, że był głupi. Och, Cersei jest piękną kobietą, miło na nią popatrzeć, ale jest... zimna. Mówię ci, pilnuje swojej cipy, jakby trzymała między nogami całe bogactwo Casterly Rock. Daj mi to piwo, jeśli już nie chcesz. — Wypił piwo jednym haustem, beknął i otarł usta ręką. — Ned, przykro mi z powodu twojej dziewczyny. Naprawdę. Mam na myśli wilka. Wiem, że mój syn kłamał. On... kochasz swoje dzieci, prawda?

— Całym sercem — odparł Ned.

— Wyjawię ci moją tajemnicę. Co pewien czas miewam sen o tym, żeby pozbyć się korony. Widzę siebie, jak płynę statkiem do Wolnych Miast, zabieram swój młot i konia, walczę i rżnę dziwki, bo do tego zostałem stworzony. Król zabijaka, minstrele by mnie uwielbiali. I wiesz, co mnie powstrzymuje? Myśl, że Joffrey zostałby na tronie, za którym stoi Cersei i szepce mu do ucha. Mój syn. Ned, jak mogłem spłodzić takiego syna?

— To jeszcze chłopak — odpowiedział Ned, czując się niezręcznie. Nie przepadał za księciem Joffreyem, lecz teraz wyczuł bolesną nutę w głosie Roberta. — Zapomniałeś już, jaki byłeś rozwydrzony w jego wieku?

— Ach, Ned. Nie przejmowałbym się, gdyby chłopak był tylko rozwydrzony. Nie znasz go tak dobrze jak ja. — Monarcha westchnął i pokręcił głową. — Może masz rację. Jon nieraz załamywał nade mną ręce, a jednak wyrosłem na dobrego króla. — Kiedy Ned nic nie odpowiedział, Robert spojrzał na niego z wyrzutem. — No, teraz mógłbyś mi przyznać rację.

— Wasza Miłość — zaczął Ned ostrożnie.

Robert poklepał go po plecach.

— Ach, powiedz, że jestem lepszym królem niż Aerys, i skończmy z tym. Nedzie Stark, ty nigdy nie potrafiłeś kłamać. Teraz wszystko się zmieni. Wciąż jestem młody, a ty znowu jesteś ze mną. Co tam Lannisterowie. Wszyscy zobaczą, jak razem porządzimy. Czuję boczek. Jak myślisz, kto dzisiaj wygra? Widziałeś chłopaka Mace'a Tyrella? Nazywają go Rycerzem Kwiatów. Każdy ojciec byłby dumny z takiego syna. W ostatnim turnieju zrzucił Królobójcę na jego złoty tyłek. Szkoda, że nie widziałeś twarzy Cersei. A ja pokładałem się ze śmiechu. Renly mówi, że siostrzyczka Lorasa... dziewuszka ma czternaście lat, śliczna jak poranek...

Do śniadania zasiedli przy drewnianym stole ustawionym na brzegu rzeki. Jedli ciemny chleb, gotowane gęsie jaja oraz rybę smażoną z cebulą i boczkiem. Zły nastrój Króla ulatywał stopniowo podobnie jak poranna mgła i niebawem Robert, jedząc pomarańczę, opowiadał już o pewnym poranku w Orlim Gnieździe, kiedy byli jeszcze chłopcami.

— ...dał Jonowi beczkę pomarańczy, pamiętasz? Ale one się zepsuły, więc rzuciłem swoją przez stół i trafiłem Dacksa prosto w nos. Pamiętasz tego dziobatego giermka Redforta? Rzucił we mnie i zanim Jon zdążył pierdnąć, po Wielkiej Komnacie latały pomarańcze. — Ryknął śmiechem, a Ned odpowiedział mu uśmiechem, przypominając sobie dawne czasy.

To jest chłopak, z którym się wychowywałem, pomyślał, to jest Robert Baratheon, którego znam i kocham. Teraz z pewnością by go wysłuchał, gdyby Ned potrafił udowodnić, że Lannisterowie nastawali na życie Brana, że zamordowali Jona Arryna. Wtedy Cersei zostałaby pokonana, a wraz z nią Królobójca. A gdyby lord Tywin próbował wzniecić powstanie na zachodzie, Robert zgniótłby go, tak jak zgniótł Rhaegara Targaryena nad Tridentem. Widział to wszystko wyraźnie.

Eddard Stark od dawna nie jadł z takim apetytem, a po śniadaniu uśmiechał się już swobodniej i częściej, aż nadszedł czas turnieju.

Ned poszedł na plac turniejowy razem z Królem. Obiecał Sansie, że razem obejrzą ostatnie pojedynki, ponieważ septa Mordane zachorowała, a jego córka nie chciała opuścić zakończenia turnieju. Odprowadzając Roberta na jego miejsce, zauważył, że Cersei Lannister nie pojawiła się u boku męża, miejsce obok Króla pozostało puste. Kolejny szczegół, który napawał go nadzieją.

Przepchnął się do swojej córki i usiadł obok w chwili, gdy zagrały rogi, dając znak do rozpoczęcia ostatniego dnia turnieju. Sansa wydawała się nie zauważać przybycia ojca, zajęta oglądaniem widowiska.

Pierwszy pojawił się Sandor Clegane. Na ciemnoszarą zbroję założył oliwkowozielony płaszcz. Razem z psim hełmem stanowił jedyną ozdobę jego stroju.

— Sto złotych smoków na Królobójcę — oświadczył głośno Littlefinger, kiedy Jaime Lannister wjechał między szranki na okazałym gniadym rumaku. Koń przykryty był pozłacaną kolczugą, a sam Jaime lśnił od stóp do głów. Nawet kopię miał wykonaną ze złocistego drewna z Wysp Letnich.

— Przyjmuję — odpowiedział głośno lord Renly. — Ogar wygląda dzisiaj na wygłodniałego.

— Nawet głodne psy wiedzą, że nie należy gryźć ręki pana, który go karmi — rzucił Littlefinger.

Sandor Clegane opuścił z trzaskiem zasłonę hełmu i zajął pozycję. Ser Jaime posłał pocałunek jakiejś kobiecie z widowni, również opuścił zasłonę hełmu i odjechał na koniec szranków. Obaj nastawili kopie.

Ned Stark nie miałby nic przeciwko temu, żeby żaden z walczących nie wygrał, za to Sansa z trudem potrafiła usiedzieć na swoim miejscu. Pospiesznie wzniesiona galeria zadrżała, kiedy konie przeszły w galop. Ogar pochylił się do przodu, a jego kopia ani drgnęła, lecz Jaime zmienił pozycję przed samym starciem. Złocisty lew na tarczy Lannistera bez problemu odbił koniec kopii Clegane'a, natomiast jego własna trafiła w sam środek tarczy przeciwnika. Posypały się drzazgi i Ogar zachwiał się mocno, próbując utrzymać się w siodle. Sansa wstrzymała oddech. Tłum zawołał radośnie.

— Zastanawiam się, jak wydać twoje pieniądze — zawołał Littlefinger do lorda Renly'ego.

Ogar zdołał utrzymać się w siodle. Zawrócił wierzchowca i pojechał na początek szranków. Jaime Lannister odrzucił złamaną kopię i wziął nową. Przez chwilę rozmawiał wesoło z giermkiem. Ogar ruszył galopem i Lannister wyjechał mu na spotkanie. Tym razem, kiedy Jaime przechylił się, Sandor Clegane zrobił to samo. Drzazgi z obu kopii wyleciały w powietrze. Zanim opadły, gniady rumak biegł swobodnie w poszukiwaniu trawy, ser Jaime Lannister zaś toczył się po ziemi w swojej złocistej, pogiętej zbroi.

— Wiedziałam, że Ogar wygra — powiedziała Sansa.

Littlefinger usłyszał jej słowa i zawołał:

— Jeśli wiesz, kto wygra w drugim pojedynku, to powiedz teraz, zanim lord Renly całkiem mnie oskubie.

Ned uśmiechnął się.

— Szkoda, że nie ma z nami Krasnala — rzekł Lord Renly. — Mógłbym wygrać dwa razy tyle.

Jaime Lannister podniósł się już na nogi, ale jego hełm w kształcie lwiej głowy pogiął się w czasie upadku i teraz rycerz nie mógł zdjąć go z głowy. Z niższych ławek dobiegały gwizdy i pokrzykiwania. Lordowie i damy próbowali nieudolnie zdusić chichoty, lecz nad wszystkimi odgłosami wznosił się gromki śmiech króla Roberta. Ostatecznie odprowadzono ślepego i kulawego Lwa Lannisterów do kowala.

Tymczasem w szrankach pojawił się ser Gregor Clegane. Był ogromnym mężczyzną, największym, jakiego widział Eddard Stark. Robert Baratheon i jego bracia byli potężni, podobnie jak i Ogar, a w Winterfell mieszkał głupkowaty stajenny o imieniu Hodor, jeszcze większy od nich wszystkich, lecz rycerz, którego zwali Górą, Która Jeździ przewyższał wzrostem nawet Hodora. Mierzył ponad siedem stóp wzrostu, prawie osiem, a jego bary i ramiona przypominały pnie małych drzew. Rumak Gregora wyglądał jak kucyk pomiędzy jego nogami, a kopia w rękach tego olbrzyma przypominała kij od miotły.

W przeciwieństwie do brata ser Gregor nie mieszkał na dworze. Był samotnikiem, który rzadko opuszczał swoje ziemie, przeważnie tylko wtedy, gdy udawał się na wojnę lub na turniej. Jako siedemnastoletni, świeżo pasowany rycerz walczył u boku lorda Tywina, kiedy padła Królewska Przystań. Już wtedy wyróżniał się wzrostem i ogromną zaciekłością. Niektórzy twierdzą, że to właśnie Gregor roztrzaskał główkę księcia Aegona Targaryena, który był wtedy niemowlęciem, a potem zgwałcił jego matkę, księżniczkę Elię z Dorne, zanim ją zabił. Naturalnie nikt nie ośmielił się powtórzyć tego w obecności Góry, Która Jeździ.

Ned Stark nie pamiętał, żeby kiedykolwiek z nim rozmawiał; chociaż Gregor walczył po ich stronie w czasie powstania Balona Greyboya, był wtedy tylko jednym z tysięcy rycerzy. Teraz patrzył na strasznego Clegane'a z niepokojem. Ned nigdy nie dawał wiary plotkom, ale to, co opowiadano o ser Gregorze, brzmiało bardziej niż strasznie. Niebawem miał się ożenić po raz trzeci. O śmierci dwóch poprzednich żon krążyły mroczne opowieści. Mówiono, że jego twierdza to bardzo ponure miejsce, w którym służba często znikała i gdzie nawet psy bały się wchodzić do głównej sali. Miał też siostrę, lecz i ona zmarła w młodym wieku. Jego brata okaleczył ogień, a ojciec zginął w wypadku podczas polowania. W dniu, w którym Gregor odziedziczył twierdzę, złoto i rodzinne posiadłości, jego młodszy brat wyjechał i zaciągnął się na służbę u Lannisterów. Podobno od tamtej pory ani razu nie odwiedził rodzinnego domu.

Tłum przywitał Rycerza Kwiatów falą pomruków, a Ned usłyszał szept podnieconej córki:

— Och, on jest taki piękny. — Ser Loras Tyrell, gibki jak trzcina, miał na sobie oślepiająco srebrzystą zbroję ozdobioną deseniem czarnej winorośli i drobniutkich niezapominajek. Wszyscy, podobnie jak Ned, natychmiast zorientowali się, że to szafiry tworzą ich główki, co przyjęli okrzykami podziwu i niedowierzania. Z ramienia młodzieńca zwisał ciężki płaszcz. Do grubej, wełnianej peleryny przyszyto setki prawdziwych niezapominajek.

Jego koń był równie gibki jak jeździec; siwa klacz stworzona do szybkości. Rumak ser Gregora zarżał, kiedy pochwycił jej zapach. Chłopak z Wysogrodu zrobił coś przy nogach klaczy i koń zatańczył zgrabnie, usuwając się w bok. Sansa chwyciła ojca za ramię.

— Ojcze, nie pozwól, żeby ser Gregor go zranił — powiedziała. Ned zauważył, że trzyma różę, którą poprzedniego dnia podarował jej ser Loras. Jory opowiedział mu o tym.

— Oni walczą kopiami turniejowymi — wyjaśnił córce — które łamią się przy uderzeniu, dlatego nikt nie jest ranny. — Zaraz jednak przypomniał sobie martwego chłopaka złożonego na wozie, przykrytego płaszczem ozdobionym półksiężycami.

Ser Gregor z trudem potrafił opanować swojego wierzchowca. Jego rumak potrząsał głową, grzebał kopytami i rżał nerwowo. Olbrzym kopnął mocno ciężkim butem w bok konia. Rumak stanął dęba i prawie go zrzucił.

Rycerz Kwiatów skłonił się przed Królem i odjechał na koniec szranków z gotową kopią. Ser Gregor ściągnął mocno cugle swojego konia, zatrzymując go w miejscu. I nagle zaczęło się. Rumak Góry, Która Jeździ ruszył pełnym galopem, klacz zaś jego przeciwnika popłynęła gładko niczym niesiony wiatrem jedwab. Ser Gregor poprawił tarczę i nastawił kopię, lecz przez cały czas z trudem utrzymywał krnąbrnego konia w linii prostej. Nieoczekiwanie Loras Tyrell znalazł się tuż przed nim i skierował kopię dokładnie tam, gdzie należało. W następnej chwili Góra, Która Jeździ spadał już w dół. Był tak wielki, że pociągnął za sobą swojego rumaka. Razem tworzyli ogromną masę splątanej stali i ciała.

Rozległy się okrzyki zdziwienia, gwizdy, wiwaty, lecz ponad wszystkim rozbrzmiewał ochrypły śmiech Ogara. Rycerz Kwiatów zatrzymał wierzchowca na końcu szranków. Jego kopia pozostała nienaruszona. Szafiry zamrugały w słońcu, kiedy podniósł przyłbicę, ukazując uśmiechniętą twarz. Lud szalał z radości.

Ser Gregor Clegane podniósł się z ziemi na środku pola. Zerwał z głowy hełm i cisnął go na ziemię. Twarz miał pociemniałą ze złości, a włosy opadły mu na oczy.

— Mój miecz — krzyczał gniewnie do giermka. Chłopiec podbiegł natychmiast. Rumak ser Gregora zdążył już dźwignąć się na nogi.

Gregor Clegane zabił konia jednym okrutnym cięciem, które przecięło szyję zwierzęcia na pół. W jednej chwili wiwaty przeszły w okrzyki przerażenia. Zdychający koń osunął się na kolana, rżąc przeraźliwie. Gregor ruszył na ser Lorasa Tyrella z zakrwawionym mieczem w dłoni.

— Powstrzymajcie go! — zawołał Ned, lecz jego słowa utonęły w morzu wrzasków. Wszyscy krzyczeli, a Sansa płakała.

Wszystko skończyło się bardzo szybko. Rycerz Kwiatów krzyczał, by podano mu miecz, lecz ser Gregor powalił jego giermka i chwycił za cugle jego konia. Klacz poczuła krew i stanęła dęba. Loras Tyrell z trudem utrzymywał się w siodle. Ser Gregor zamierzył się mieczem i potężnym uderzeniem w pierś zrzucił młodzieńca na ziemię. Kiedy jednak wzniósł ostrze, by zadać śmiertelny cios, rozległ się ostrzegawczy okrzyk:

— Zostaw go! — I dłoń w stalowej rękawicy odciągnęła Gregora.

Góra, Która Jeździ obrócił się rozwścieczony; gotowy do ataku wyprowadził półkoliste cięcie, lecz Ogar sparował je. Loras Tyrell został odprowadzony na bezpieczną odległość, tymczasem bracia nie ustawali w wymianie ciosów, co wydawało się trwać wieczność. Ned trzykrotnie widział, jak ser Gregor kieruje miecz na psi hełm, jednak Sandor w ogóle nie próbował trafić orężem w odsłoniętą twarz brata.

Trzeba było głosu Króla, żeby zakończyć tę walkę… głosu Króla i dwudziestu ludzi. Jon Arryn powtarzał, że dowódca musi mieć mocny głos, żeby go słyszano na polu bitwy, a Robert udowodnił nad Tridentem, że posiada taki głos.

— Dość tego szaleństwa — zagrzmiał. — Rozkazuję wam w imieniu Króla!

Ogar przyklęknął na jedno kolano. Miecz ser Gregora przeciął powietrze i dopiero wtedy rycerz opamiętał się. Opuścił klingę i posłał Robertowi groźne spojrzenie, otoczony przez królewskich gwardzistów i tuzin innych rycerzy. Odwrócił się bez słowa i odszedł, odepchnąwszy Barristana Selmy'ego.

— Puśćcie go — powiedział Robert, kończąc ostatecznie całą sprawę.

— Czy Ogar został zwycięzcą? — spytała Sansa.

— Nie — odpowiedział Ned. — Pozostał jeszcze jeden, ostatni, pojedynek między Ogarem i Rycerzem Kwiatów.

A jednak okazało się, że Sansa miała rację. Kilka chwil później na plac turniejowy wszedł ser Loras Tyrell odziany w noszony w zwykłe dni kubrak i przemówił do Sandora Clegane'a:

— Zawdzięczam ci życie. A zatem ty jesteś zwycięzcą, ser.

— Nie jestem żaden ser — odparł Ogar, lecz przyjął zwycięstwo oraz nagrodę za nie, a także — chyba po raz pierwszy w życiu — uwielbienie tłumu. Ludzie wiwatowali głośno, kiedy odchodził do swojego namiotu.

Kiedy Ned szedł z Sansą na miejsce zmagań łuczników, dołączył do nich Littlefinger i kilku innych.

— Tyrell z pewnością wiedział, że jego klacz grzała się. Daję głowę, że chłopak wszystko zaplanował. Gregor zawsze lubił ogromne, narowiste ogiery, które mają więcej energii niż zdrowego rozsądku. — Wydawało się, że lorda Baelish rozbawiły własne słowa.

Z pewnością nie rozbawiły ser Barristana Selmy'ego.

— Podstępne sztuczki nie przynoszą wielkiego zaszczytu — powiedział starzec poważnym tonem.

— Niewielki zaszczyt i dwadzieścia tysięcy w złocie. — Lord Renly uśmiechnął się.

Tego samego popołudnia młodzieniec o imieniu Anguy, nisko urodzony chłopak z Dornijskiego Pogranicza, wygrał konkurs łuczniczy, pokonując ser Balona Swanna i Jalabhara Xho na odległości stu kroków. Pozostali łucznicy odpadli na krótszych dystansach. Ned posłał Alyna, by go odszukał, i zaproponował mu służbę w szeregach straży Namiestnika, lecz chłopak odmówił, upojony winem, zwycięstwem i niespodziewanym bogactwem.

Walka zbiorowa trwała trzy godziny. Wzięło w niej udział prawie czterdziestu ludzi, głównie wolni, wędrowni rycerze, a także świeżo mianowani giermkowie pragnący, by o nich usłyszano. W wirze pełnym krwi i błota, posługując się przytępioną bronią, zmagały się niewielkie oddziały, których członkowie zwracali się później przeciwko sobie, w miarę jak tworzyły się i rozpadały kolejne koalicje, aż ostatecznie na polu bitwy pozostał tylko jeden człowiek. Zwycięzcą ogłoszono czerwonego kapłana, Thorosa z Myr. Był to szaleniec, który ogolił sobie głowę i walczył ognistym mieczem. Już wcześniej wygrywał podobne pojedynki, ponieważ konie innych jeźdźców bały się ognia, Thoros zaś nie bał się niczego. Tak więc ostatecznie mówiono o trzech złamanych kończynach, pogruchotanym obojczyku, kilkunastu złamanych palcach, było też mnóstwo siniaków i zadrapań. Ned bardzo się cieszył, że Robert nie stanął w szranki.

Tamtego wieczoru, w czasie uczty, Eddard Stark siedział pełen nadziei jak nigdy dotąd: Robert tryskał humorem, nigdzie nie było widać Lannisterów i nawet jego córki zachowywały się wyjątkowo poprawnie. Jory przyprowadził Aryę, a Sansa rozmawiała z nią bardzo uprzejmie.

— Turniej był wspaniały — westchnęła. — Szkoda, że nie przyszłaś popatrzeć. A jak minęły twoje tańce?

— Jestem cała obolała — odparła Arya zadowolona i pokazała z dumą ogromny siniak na nodze.

— Musisz być okropną tancerką — rzekła Sansa z powątpiewaniem.

Później, kiedy Sansa odeszła posłuchać trupy śpiewaków, którzy przedstawiali widowisko składające się głównie z ballad, a zatytułowane *Taniec smoków*, Ned dokładniej przyjrzał się posiniaczonej nodze drugiej córki.

— Mam nadzieję, że Forel nie ćwiczy cię zbyt ostro — powiedział.

Arya stanęła na jednej nodze. Robiła to coraz lepiej.

— Syrio twierdzi, że każdy siniak to nowa lekcja, a każda nowa lekcja czyni cię lepszym.

Ned zmarszczył brwi. Syrio Forel posiadał znakomitą reputację, a jego wyszukany styl walki z Braavos doskonale nadawał się do smukłego oręża Aryi, mimo to... Sam nie wiedział, co o tym myśleć. Kilka dni temu chodziła z oczyma zawiązanymi czarną, jedwabną przepaską. Później wyjaśniła mu, że Syrio uczył ją patrzeć uszami, nosem i skórą. Jeszcze wcześniej kazał jej robić obroty i salta w tył.

— Arya, jesteś pewna, że chcesz dalej ćwiczyć?

Skinęła głową.

— Jutro będziemy łapać koty.

— Koty — westchnął. — Może popełniłem błąd, zatrudniając tego mistrza z Braavos... Jeśli chcesz, to poproszę Jory'ego, żeby dalej cię uczył. Albo porozmawiam z ser Barristanem. W młodości był najlepszy w całych Siedmiu Królestwach.

— Nie chcę ich — zaperzyła się Arya. — Chcę Syria. — Ned przeczesał włosy palcami. Każdy przyzwoity rycerz mógłby nauczyć Aryę podstaw szermierki bez tych wszystkich nonsensownych przepasek, młynków i skakania na jednej nodze, lecz on dobrze wiedział, że jego córka jest uparta jak osioł i nie ma sensu z nią się sprzeczać.

— Jak chcesz — powiedział. Wierzył, że Arya zmieni zdanie prędzej czy później. — Tylko uważaj na siebie.

— Dobrze — zapewniła go z poważną miną i przeskoczyła z prawej nogi na lewą.

Późnym wieczorem, kiedy już odprowadził obie córki do ich sypialni i przypilnował, żeby położyły się do łóżek — Sansa ze swoimi marzeniami, Arya z siniakami — sam udał się do swoich komnat na górze Wieży Namiestnika. Po ciepłym dniu w pokoju panowała duchota. Ned podszedł do okna i otworzył ciężkie okiennice, żeby wpuścić do środka chłodne nocne powietrze. Spojrzawszy ponad Wielkim Dziedzińcem, dostrzegł światło świecy w oknie komnaty Littlefingera. Północ minęła już jakiś czas temu. Biesiadnicy znad rzeki wracali pomału do domów.

Wyjął sztylet i przyjrzał mu się uważnie. Broń Littlefingera, zdobyta przez Tyriona Lannistera jako wygrana w zakładzie, wysłana, by zabić nią Brana w czasie snu. Dlaczego? Dlaczego karzeł miałby pragnąć śmierci Brana? Dlaczego ktokolwiek miałby pragnąć jego śmierci?

Sztylet, upadek Brana, wszystko to ma jakiś związek z zamordowaniem Jona Arryna, czuł, że tak jest, lecz jak dotąd ani trochę nie udało mu się odsłonić prawdy o śmierci Jona. Lord Stannis nie powrócił do Królewskiej Przystani na turniej. Lysa Arryn milczała, schowana bezpiecznie za wysokimi murami Orlego Gniazda. Giermek nie żył, a Jory wciąż prowadził poszukiwania w burdelach. Jak dotąd nie znalazł niczego poza bękartem Roberta.

Ned nie miał wątpliwości, że ponury pomocnik płatnerza jest synem Króla. Jego twarz zbyt wyraźnie świadczyła o pokrewieństwie z Baratheonami: szczęka, oczy, ciemne włosy. Renly był zbyt młody, by mieć syna w tym wieku, Stannis nosił zbroję dumnego i zimnego honoru. Pozostał tylko Robert, Gendry był jego synem.

Tylko czy wiedza ta coś mu dawała? Król zostawił innych bękartów w Siedmiu Królestwach. Otwarcie uznał jednego z nich, chłopca w wieku Brana, którego matka była damą. Chłopak został oddany pod opiekę kasztelana lorda Renly'ego w Końcu Burzy.

Ned pamiętał pierwsze dziecko Roberta, dziewczynkę z Doliny; Robert sam był wtedy jeszcze prawie chłopcem. Słodkie dziecko, młody lord z Końca Burzy kochał ją do szaleństwa i odwiedzał często, żeby się z nią pobawić jeszcze długo po tym, jak przestał się interesować jej matką. Często ciągnął tam ze sobą Eddarda Starka dla towarzystwa. Dziewczyna miałaby teraz siedemnaście albo osiemnaście lat, zdał sobie sprawę Ned, starsza od Roberta, kiedy ją spłodził. Dziwna myśl.

Bękarty pana męża nie przysparzały radości Cersei, ale ostatecznie nie miało to znaczenia, czy spłodził jednego czy stu. Według kodeksów i zwyczaju dzieci z nieprawego łoża nie miały zbyt wielu praw. Gendry, dziewczynka w Dolinie, chłopak w Końcu Burzy, żadne z nich nie mogło zagrozić prawowitym dzieciom Roberta... Jego rozmyślania przerwało ciche pukanie do drzwi.

— Ktoś do ciebie, panie — zawołał Harwin. — Nie chciał podać swojego imienia.

— Wpuść go — powiedział Ned. Zastanawiał się, kto to może być. Do pokoju wszedł tęgi mężczyzna w popękanych, ubłoconych butach i grubej, brązowej szacie z surowego materiału; twarz schował pod kapturem, a dłonie w obszernych rękawach.

— Kim jesteś? — spytał Ned.

— Przyjacielem — odparł obcy dziwnie niskim głosem. — Lordzie Stark, musimy porozmawiać sam na sam.

Ciekawość wzięła górę nad ostrożnością.

— Harwin, zostaw nas samych — rozkazał. Gość zdjął kaptur dopiero wtedy, gdy strażnik zamknął za sobą drzwi. — Lord Varys? — spytał Ned zdumiony.

— Lordzie Stark — przemówił Varys uprzejmym głosem i usiadł. — Czy będzie to dla ciebie kłopotem, jeśli zaproponuję, żebyśmy się czegoś napili?

Ned napełnił letnim winem dwa puchary i podał jeden Varysowi.

— Mógłbym przejść tuż obok i bym cię nie poznał — rzekł z niedowierzaniem. Dotąd widywał eunucha ubranego tylko w najlepsze jedwabie, aksamity i adamaszki, natomiast ten człowiek pachniał potem, nie bzami.

— A zatem dobrze się spisałem — oświadczył Varys. — Nie chciałbym, żeby pewni ludzie dowiedzieli się, że rozmawialiśmy sam na sam. Królowa bacznie cię obserwuje. Wyborne wino. Dziękuję.

— Jak przedostałeś się przez moje straże? — spytał Ned. Na zewnątrz wejścia pilnowali Porther i Cayn, przy schodach zaś stał Alyn.

— W Czerwonej Twierdzy znajdują się przejścia znane tylko duchom i pająkom. — Varys uśmiechnął się przepraszająco. — Nie zajmę ci wiele czasu, mój panie. Są rzeczy, o których powinieneś wiedzieć. Jesteś Namiestnikiem Króla, a Król jest głupcem. —

Słodki ton eunucha zniknął w jednej chwili, a jego głos stał się cięty i ostry jak nóż. — Tak, wiem, jest twoim przyjacielem, niemniej jednak to głupiec... skazany na zatracenie, jeśli go nie uratujesz. To miało się stać dzisiaj. Chcieli go zabić w czasie walki zbiorowej.

Przez chwilę Ned siedział w milczeniu, zdumiony wiadomością.

— Kto?

Varys napił się wina.

— Jeśli naprawdę muszę ci mówić takie rzeczy, to znaczy, że jesteś jeszcze większym głupcem niż on, a ja znalazłem się po niewłaściwej stronie.

— Lannisterowie — powiedział Ned. — Królowa... nie, nie wierzę, nawet Cersei... Przecież prosiła go, żeby nie walczył!

— Zakazała mu walki! I to w obecności jego brata, rycerzy i połowy dworu. Powiedz mi, czy może być lepszy sposób, by nakłonić do czegoś Roberta?

Ned poczuł ucisk w żołądku. Eunuch dotknął jądra prawdy: wystarczyło powiedzieć Robertowi Baratheonowi, że nie może, nie wolno mu czegoś zrobić, a z pewnością to uczyni.

— Nawet gdyby walczył, czy ktoś by się ośmielił zadać cios Królowi?

Varys wzruszył ramionami.

— W ostatnim pojedynku brało udział czterdziestu jeźdźców. Lannisterowie mają wielu przyjaciół. W takim zamieszaniu... przewracające się konie, połamane kości i jeszcze Thoros z Myr wymachujący tym absurdalnym ognistym mieczem. Kto by to nazwał morderstwem, gdyby czyjś przypadkowy cios powalił Jego Miłość? — Podszedł do dzbana i nalał sobie jeszcze wina. — Z pewnością winowajca okazałby wielką skruchę. Już słyszę jego płacz. A łaskawa i pełna zrozumienia wdowa podnosi biedaka z kolan i udziela mu przebaczenia. Dobry król Joffrey musiałby go ułaskawić. — Eunuch przyłożył dłoń do policzka. — A może jednak Cersei pozwoliłaby ser Ilynowi ściąć mu głowę. Takie rozwiązanie stanowiłoby mniejsze ryzyko dla Lannisterów, za to byłoby nieprzyjemnym zaskoczeniem dla ich przyjaciela.

Ned poczuł wzbierający w nim gniew.

— Wiedziałeś o wszystkim i nic nie zrobiłeś.

— Ja mam pod sobą szpiegów, a nie wojowników.

— Mogłeś przyjść do mnie wcześniej.

— Tak, przyznaję. A ty byś od razu popędził do Króla, prawda? Ciekawe, co by zrobił Robert, gdyby się o wszystkim dowiedział?

Ned zastanowił się nad tym.

— Przeklątby ich wszystkich i zechciał pokazać, że się nie boi.

Varys rozłożył ręce.

— Wyznam ci coś jeszcze, lordzie Eddardzie. Zastanawiałem się także, jak ty byś postąpił. Mogłeś przyjść do mnie wcześniej, powiadasz, a ja ci odpowiem. Mogłem, lecz nie przyszedłem, ponieważ ci nie ufałem, mój panie.

— Ty mi nie ufałeś? — powtórzył Ned szczerze zdumiony.

— Lordzie Eddardzie, Czerwona Twierdza daje schronienie dwóm rodzajom ludzi — powiedział Varys. — Tym, którzy pozostają lojalni wobec królestwa, oraz tym, którzy okazują lojalność jedynie wobec siebie samych. Aż do dzisiejszego ranka nie wiedziałem, do których się zaliczasz… czekałem więc, żeby się przekonać, i teraz już wiem. — Pulchną twarz rozjaśnił krótki, napięty uśmiech i przez chwilę prawdziwe oblicze i publiczna maska starszego nad szeptaczami były jednym i tym samym. — Zaczynam rozumieć, dlaczego Królowa tak bardzo się ciebie obawia. O, tak, teraz rozumiem.

— To raczej ciebie powinna się obawiać — odparł Ned.

— Nie. Ja jestem tym, kim jestem. Owszem, Król korzysta z moich usług, lecz wstydzi się tego. Nasz Robert jest dzielnym wojownikiem, a ktoś taki nie lubi donosicieli, szpiegów i eunuchów. Kiedy nadejdzie dzień, w którym Cersei powie szeptem: „Zabij go", Ilyn Payne odrąbie mi głowę w mgnieniu oka i kto zapłacze nad biednym Varysem? Ani na północy ani na południu nie śpiewają ballad o pająkach. — Wyciągnął rękę i dotknął Neda pulchną dłonią. — Ale ty, lordzie Stark… myślę… nie, ja wiem, że on by cię nie zabił, nawet gdyby poprosiła o to Królowa. I może w tym nasz ratunek.

Ned czuł się zagubiony. Przez chwilę zapragnął móc powrócić

do Winterfell, na północ pełną prostoty, gdzie wrogiem była tylko zima i dzicy za Murem.

— Z pewnością Robert ma innych oddanych mu przyjaciół — zaprotestował. — Jego bracia, jego...

— Żona? — dokończył Varys, uśmiechając się zjadliwie. — Prawdą jest, że jego bracia nienawidzą Lannisterów, ale nienawidzić Królowej, a kochać Króla to jeszcze nie to samo, zgodzisz się ze mną? Ser Barristan kocha swój honor, Wielki Maester Pycelle kocha swój urząd, Littlefinger zaś kocha siebie samego.

— Gwardia Królewska...

— Papierowa tarcza — odparł eunuch. — Lordzie Stark, nie mów mi, że tak cię dziwią moje słowa. Sam Jaime Lannister jest Zaprzysiężonym Bratem Białych Mieczy, a wszyscy wiemy, ile jest warta jego przysięga. Minęły już dni, kiedy białe płaszcze przywdziewali tacy ludzie jak Ryam Redwyne czy książę Aemon zwany Smoczym Rycerzem. Z całej siódemki tylko ser Barristan Selmy zrobiony jest z prawdziwej stali, ale Selmy jest stary. Ser Boros i ser Meryn pozostają całkowicie oddani Królowej, co do innych także żywię poważne podejrzenia. Nie, mój panie. Kiedy przyjdzie wyciągnąć miecze, Robert Baratheon będzie miał tylko jednego prawdziwego przyjaciela w twojej osobie.

— Trzeba powiedzieć Robertowi — odezwał się Ned. — Jeśli to, co mówisz, jest prawdą, choćby tylko po części, Król sam musi zadbać o siebie.

— I jakie dowody mu przedstawimy? Moje słowa przeciwko ich słowom? Moje ptaszki przeciwko Królowej, Królobójcy, przeciwko braciom Króla i jego radzie, przeciwko Namiestnikom Wschodu i Zachodu, przeciwko całej potędze Casterly Rock? Lepiej od razu poślij po ser Ilyna. Przynajmniej zaoszczędzimy sobie czasu. Wiem, dokąd zaprowadzi nas ta droga.

— Ale jeśli twoje słowa są prawdziwe, oni będą czekać cierpliwie na kolejną okazję.

— Która nadarzy się raczej prędzej niż później — powiedział Varys. — To ty sprawiasz, że bardzo się niecierpliwią. Ale moje ptaszki będą uważnie słuchały i może uda nam się ich powstrzymać. — Wstał i zaciągnął kaptur na głowę. — Dziękuje za wino. Porozmawiamy jeszcze przy okazji zebrania rady. Nie wysilaj się i traktuj mnie z taką samą pogardą jak dotąd. Myślę, że przyjdzie ci to łatwo.

Był już przy drzwiach, kiedy Ned zawołał:

— Varys? — Eunuch odwrócił się. — Jak zginął Jon Arryn?

— Byłem ciekawy, kiedy o to zapytasz.

— Powiedz mi.

— Lyseńskie łzy, tak to nazywają. Rzadki i drogi płyn. Do tego przezroczysty i słodki jak woda i nie zostawia śladów. W tym samym pokoju błagałem lorda Arryna, żeby ktoś próbował wszystkiego przed nim, ale mnie nie posłuchał. Powiedział, że tylko ktoś, kto nie jest mężczyzną, może pomyśleć o czymś podobnym.

Ned musiał dowiedzieć się całej prawdy.

— Kto mu podsunął truciznę?

— Bez wątpienia któryś z jego słodkich przyjaciół, często zasiadający z nim przy stole. Tylko który? Wielu ich było. Lord Arryn był miłym i ufnym człowiekiem. — Eunuch westchnął. — Chociaż... pewien chłopak. Wszystko zawdzięczał Jonowi Arrynowi, lecz kiedy wdowa uciekła do Orlego Gniazda, on pozostał w Królewskiej Przystani i dobrze mu się powodziło. Moje serce zawsze się raduje na widok młodych, którzy się wybijają. — Jego słowa znowu przypominały uderzenia biczem. — Pewnie wspaniale się zaprezentował w czasie turnieju w swojej nowiutkiej zbroi i płaszczu ozdobionym półksiężycami. Szkoda, że umarł tak wcześnie, zanim zdążyłeś z nim porozmawiać...

Ned poczuł się, jakby sam zażył trucizny.

— Giermek — rzekł. — Ser Hugh. — Coraz bardziej kręciło mu się w głowie. — Ale dlaczego? Dlaczego teraz? Jon Arryn był Namiestnikiem przez czternaście lat. Co takiego zrobił, że trzeba było go zabić?

— Zadawał pytania — odparł Varys i zniknął za drzwiami.

TYRION

Tyrion Lannister stał w chłodzie budzącego się świtu i patrzył, jak Chiggen patroszy jego konia. W myślach zapisał jeszcze jeden dług, który musiał spłacić Starkom. Kiedy najemnik rozpruł brzuch zwierzęcia, z wnętrzności uleciała para. Zręcznie operował nożem, ponieważ należało to zrobić szybko, zanim zapach krwi ściągnie cieniokoty.

— Nikt z nas nie będzie dzisiaj głodny — oświadczył Bronn. Sam wyglądał jak cień: przeraźliwie chudy, o ciemnych oczach i włosach, z twarzą pokrytą ciemną szczeciną.

— Może nie wszyscy się najemy — odpowiedział mu Tyrion. — Nie przepadam za końskim mięsem. Szczególnie, że jest to mój koń.

— Mięso to mięso — oznajmił Bronn i wzruszył ramionami. — Dothrakowie wolą końskie mięso od wołowiny czy wieprzowiny.

— Bierzesz mnie za Dothraka? — spytał Tyrion ponurym głosem. To prawda, że Dothrakowie jedli konie; zostawiali też ułomne dzieci na pożarcie zdziczałym psom, które zawsze podążały za ich *khalasarem*. Dlatego niezbyt przypadły mu do gustu ich zwyczaje.

Chiggen odkroił i podniósł do góry pasek ociekającego krwią mięsa.

— Chcesz spróbować, karle?

— Dostałem tę klacz od mojego brata, Jaime'a, w dwudziesty trzeci dzień mojego imienia — powiedział Tyrion smętnym głosem.

— Podziękuj mu w naszym imieniu. Jeśli go jeszcze kiedyś zobaczysz. — Chiggen uśmiechnął się, ukazując pożółkłe zęby, i zjadł surowe mięso w dwóch kęsach. — Sądząc po smaku, to był nie byle jaki koń.

— Będzie jeszcze lepszy, jeśli zjesz z cebulą — wtrącił Bronn.

Tyrion odszedł bez słowa. Zimno przenikało jego ciało aż do kości, a nogi miał tak obolałe, że z trudem chodził. Pomyślał, że chyba jego klaczy bardziej się poszczęściło. On musiał jechać dalej, kilka kęsów strawy, krótki sen na twardej i zimnej ziemi, a potem kolejna noc i jeszcze jedna, i następna, a bogowie tylko wiedzieli, jak to wszystko się skończy.

— A niech ją — mruknął pod nosem, idąc w górę do swoich ciemiężycieli. — A z nią wszystkich Starków.

Wspomnienie wciąż pozostawało żywe. W jednej chwili zamawiał kolację, a w następnej stał otoczony zbrojnymi ludźmi i patrzył, jak Jyck sięga po miecz. Tymczasem gruba karczmarka wrzeszczała:

— Żadnych mieczy! Nie tutaj, proszę!

Tyrion zdążył wykręcić rękę Jyckowi, dzięki czemu wciąż jeszcze żyli.

— Jyck, gdzie twoje maniery? Słuchaj naszej gospodyni. Prosiła, żeby tu nie walczyć. — Zmusił się wtedy do uśmiechu, który chyba dokładnie oddawał jego nastrój. — Lady Stark, popełniasz poważny błąd. Nie mam nic wspólnego z atakiem na twojego syna. Mój honor...

— Honor Lannisterów. — Nic więcej nie powiedziała. Podniosła ręce do góry, tak by wszyscy widzieli. — Jego sztylet pozostawił te oto blizny. Dał go zbirowi, który miał uśmiercić mojego syna.

Tyrion czuł, że widok jej dłoni podsyca gniew zebranych.

— Zabić go — syknął jakiś obszarpaniec z tyłu sali, a inni podjęli to wezwanie szybciej, niż się spodziewał. Przed chwilą jeszcze tak serdeczni, teraz domagali się jego krwi jak psy, które wywęszyły ranną zwierzynę.

Tyrion przemówił głośno, starając się opanować drżenie głosu.

— Skoro lady Stark wierzy, że popełniłem zbrodnię, to pojadę z nią, by odpowiedzieć na jej zarzuty.

Tylko w ten sposób mógł się uratować. Jakiekolwiek próby gwałtownej reakcji mogły zaprowadzić ich tylko do grobu. Na wezwanie kobiety Starków odpowiedziało przynajmniej tuzin mieczy: Harrenhal, trzej Brackenowie, dwóch najemników, których twarze mówiły mu, że gotowi są zadźgać go w każdej chwili, a także kilku głupich wieśniaków nieświadomych tego, co się dzieje. A siły Tyriona? Sztylet za pasem i dwóch ludzi. Jyck dobrze sobie radził z mieczem, czego nie można było powiedzieć o Morrecu. Był kucharzem, stajennym, służącym, lecz najmniej żołnierzem. Yoren zaś, bez względu na swoje uczucia, jako czarny brat nie mógł brać udziału w jakichkolwiek zatargach w całym królestwie.

I rzeczywiście, czarny brat usunął się na bok bez słowa, gdy stary rycerz u boku lady Stark powiedział:

— Weźcie ich broń. — Wtedy Bronn zabrał miecz Jycka i odebrał im sztylety. — Dobrze — orzekł rycerz. Niemal dosłownie dało się wyczuć opadające napięcie w sali. — Wspaniale — dodał. Tyrion rozpoznał niski głos zbrojmistrza Winterfell, który teraz pozbył się swojej brody.

Szkarłatne drobinki śliny pryskały z ust karczmarki, kiedy błagała Catelyn Stark:

— Nie zabijajcie go tutaj!

— Nigdzie go nie zabijajcie — przemówił Tyrion.

— Zabierzcie go gdzie indziej. Nie chcę tu żadnej krwi, żadnych kłótni możnych panów.

— Zabierzemy go z powrotem do Winterfell — odparła wtedy lady Stark, a Tyrion pomyślał, no cóż, może... Rozejrzawszy się po sali, szybko ocenił sytuację. To, co zobaczył, napełniło go pewnym optymizmem. Bez wątpienia kobieta Starków zachowała się bardzo roztropnie. Sprowokowała część zbrojnych, by publicznie dali dowód lojalności wobec jej ojca, któremu służyli ich lordowie, po czym wezwała ich do czynnej pomocy, o, tak, sprytne, jak na kobietę. A jednak nie odniosła aż tak wielkiego sukcesu, jakiego z pewnością oczekiwała. Nie liczył dokładnie, ale w sali karczmy znajdowało się prawie pięćdziesięciu ludzi. Na wezwanie Catelyn Stark odpowiedziało zaledwie dwunastu, pozostali wyglądali na przestraszonych albo zdezorientowanych. Tylko dwóch z Freyów zaoferowało pomoc, zauważył wcześniej Tyrion, lecz szybko się wycofali, kiedy zobaczyli, że ich kapitan pozostał na swoim miejscu. Miał ochotę się uśmiechnąć, lecz wolał nie prowokować losu.

— A zatem do Winterfell — powiedział wtedy. Jechał już tamtędy, ale w przeciwnym kierunku i wiedział, że czeka ich długa droga. Wiele mogło się jeszcze wydarzyć. — Mój ojciec będzie się zastanawiał, co się ze mną stało — dodał. Mówiąc to, pochwycił spojrzenie człowieka, który wcześniej zaoferował mu swój pokój. — Z pewnością dobrze zapłaci każdemu, kto przyniesie mu wieść o dzisiejszych wydarzeniach. — Tyrion wiedział, że lord Tywin niczego takiego by nie zrobił, ale on sam gotów był wypłacić nagrodę, gdyby tylko udało mu się uwolnić.

Ser Rodrik zerknął na lady Stark zaniepokojony, i słusznie.

— Jego ludzie pójdą z nim — oświadczył stary rycerz. — Pozostałym będziemy wdzięczni, jeśli zachowają milczenie na temat dzisiejszych zdarzeń.

Tyrion z trudem powstrzymał śmiech. Milczenie? Stary głupiec. Musiałby zająć całą karczmę, inaczej słowo rozniesie się, gdy tylko wyjadą. Wystarczy włożyć złotą monetę do kieszeni wolnego, a popędzi do Casterly Rock jak strzała. A jeśli nie on, to ktoś inny. Yoren zaniesie wieści na południe. Głupi minstrel ułoży balladę. Freyowie opowiedzą o wszystkim swojemu lordowi i bogowie tylko wiedzą, co on zrobi. Wprawdzie lord Walder Frey składał przysięgę Riverrun, lecz należał do ostrożnych ludzi i zawsze starał się pozostać po stronie zwycięzców. Jeśli nie odważy się na nic więcej, to przynajmniej wyśle ptaki z wiadomością do Królewskiej Przystani.

Catelyn Stark nie marnowała czasu.

— Wyruszamy natychmiast. Potrzebujemy koni i prowiantu. A wy wiedzcie, żeście zyskali dozgonną wdzięczność Rodu Starków. Jeśli któryś z was zgodzi się być strażnikiem naszych więźniów i pomoże nam dostarczyć ich bezpiecznie do Winterfell, zostanie sowicie wynagrodzony. — To wystarczyło. Głupcy pchali się jeden przez drugiego. Tyrion starał się zapamiętać twarze. O, tak, otrzymają nagrodę, obiecał sobie w duchu, może niezupełnie taką, jakiej oczekiwali.

Potem wyprowadzili ich na zewnątrz, osiodłali konie w deszczu i związali ręce więźniów surowym sznurem, lecz Tyrion Lannister nie czuł wielkiego strachu. Wierzył, że nie uda im się dowieźć go do Winterfell. Ptaki poniosą wieści i nie minie dzień, kiedy dogoni ich pościg; z pewnością jeden z lordów znad rzeki zechce przypochlebić się jego ojcu. Tyrion w myślach pogratulował sobie sprytu, tymczasem ktoś zarzucił mu kaptur na oczy i posadził na konia.

Jechali szybko w deszczu, tak że niebawem nogi mu zdrętwiały, a w siedzeniu czuł pulsujący ból. Potem, kiedy zostawili za sobą karczmę w bezpiecznej odległości, Catelyn Stark zwolniła. Jadąc po nierównym terenie z zasłoniętymi oczyma, przez cały czas musiał się bardzo pilnować, żeby nie spaść z konia. Kaptur tłumił wszelkie odgłosy, tak więc nie słyszał, co mówiono dookoła, ponadto oddychał z coraz większym trudem, tkanina kaptura przemokła bowiem i przywarła do jego twarzy. Sznur wrzynał mu się w nadgarstki. Siedziałbym teraz przy ogniu i zajadał pieczyste, gdyby ten przeklęty minstrel nie otworzył gęby, pomyślał rozżalony. Przeklęty minstrel pojechał z nimi. „Opowiem o tym wydarzeniu w pięknej balladzie, którą ułożę" — powiedział do lady Stark, oznajmiwszy wcześniej zamiar udania się z nimi, by zobaczyć, jak zakończy się ta „wspaniała przygoda". Tyrion zastanawiał się, czy chłopak dalej będzie taki zadowolony, kiedy dopadną ich jeźdźcy Lannisterów.

Deszcz przestał padać, a przez mokry kaptur zaczęło się przebijać blade światło świtu, kiedy Catelyn Stark zarządziła postój. Czyjeś dłonie ściągnęły go z konia, rozwiązały pęta i zdjęły mu kaptur z głowy. Ujrzawszy wąską, kamienistą drogę, podnóże dzikich gór, których ośnieżone szczyty widniały w oddali, stracił wszelką nadzieję.

— To jest górna droga — rzucił, posyłając lady Stark spojrzenie pełne oskarżenia. — Ona prowadzi na wschód. Powiedziałaś, że jedziemy do Winterfell!

W odpowiedzi Catelyn Stark obdarzyła go cieniem uśmiechu.

— O, tak, ogłosiłam to wystarczająco głośno — przyznała. — Nie wątpię, że twoi przyjaciele tam właśnie poprowadzą pościg. Życzę im powodzenia.

Jeszcze teraz, choć upłynęło już kilka dni, czuł gorycz wściekłości na wspomnienie tamtej chwili. Przez całe życie Tyrion szczycił się przebiegłością — jedynym darem, jakim zechcieli obdarzyć go bogowie — tymczasem został przechytrzony przez tę przeklętą po siedmiokroć wilczycę. Mierziła go bardziej sama myśl o tym niż napaść na niego.

Wyruszyli dalej, gdy tylko nakarmili i napoili konie. Tym razem nie założyli mu już kaptura. Po drugiej nocy nie związali mu rąk, a kiedy wjechali wyżej, prawie przestali go pilnować. Jakby wcale się nie obawiali, że może uciec. I słusznie. Jechali ledwo widocznym kamienistym szlakiem przez dziką krainę. Gdyby nawet spróbował uciec, nie zaszedłby daleko, sam, bez żywności. Miałby do wyboru: zginąć w pazurach cieniokotów albo z rąk ludzi z któregoś z górskich klanów; byli to zbóje i mordercy, dla których miecz stanowił jedyne prawo.

A mimo to kobieta Starków nie dawała im wytchnienia. Wiedział, dokąd zmierzają. Wiedział to od chwili, gdy zdjęli mu kaptur. W tych górach panował Ród Arrynów, a wdowa po zmarłym Namiestniku, siostra Catelyn Stark, była z Tullych... i nie należała do przyjaciół Lannisterów. Tyrion miał okazję poznać lady Lysę w czasie jej pobytu w Królewskiej Przystani i nie pałał chęcią do odnowienia znajomości.

Zatrzymali się przy strumieniu niedaleko drogi. Konie napiły się lodowatej wody i teraz skubały kępy brązowej trawy, która wyrastała ze szczelin między kamieniami. Jyck i Morrec siedzieli blisko siebie, posępni, zmęczeni. Pilnował ich Mohor oparty o włócznię; w żelaznym, okrągłym hełmie wyglądał, jakby nosił na głowie miskę. Nie opodal siedział Marillion i nacierając struny oliwą, narzekał na wilgoć, która zniszczy jego instrument.

— Pani, musimy odpocząć. — Tyrion usłyszał słowa ser Willisa Wode'a, kiedy zbliżył się do nich. Rycerz ów był mężem lady Whent; powściągliwy i surowy, pierwszy stanął przy Catelyn Stark w karczmie.

— Ser Willis ma rację, moja pani — dodał ser Rodrik. — Straciliśmy już trzeciego konia...

— Stracimy nie tylko konie, jeśli dogonią nas Lannisterowie. — Usłyszeli w odpowiedzi. Twarz miała smagłą od wiatru i zmęczoną, lecz wyraz determinacji wciąż pozostawał na jej obliczu.

— Mała szansa — wtrącił Tyrion.

— Karle, lady Stark nie pytała cię o zdanie — warknął Kurleket, tłusty olbrzym o krótko obciętych włosach i świńskiej twarzy. Był jednym z Brackenów, na służbie u lorda Jonosa. Tyrion bardzo starał się zapamiętać ich imiona, żeby mógł im później odpowiednio odpłacić za to, jak się z nim obchodzili. Lannisterowie zawsze spłacali swoje długi. Kurleket przekona się o tym, podobnie jak jego przyjaciele, Lharys i Mohor, a także poczciwy ser Willis oraz najemnicy, Bronn i Chiggen. Tyrion obiecał sobie, że szczególne podziękowania złoży Marillionowi, który, za pomocą lutni i słodziutkiego tenoru, usilnie próbował połączyć rymem w nowej balladzie słowo karzeł z marzył.

— Niech mówi — rozkazała lady Stark.

Tyrion Lannister usiadł na skale.

— Pościg, zmylony twoim kłamstwem, z pewnością mknie teraz królewskim traktem... zakładając, że w ogóle ktokolwiek nas ściga, co nie jest wcale takie pewne. Och, nie wątpię, że wieści dotarły do mojego ojca, lecz on nie darzy mnie zbyt gorącą miłością, więc nie jestem pewien, czy zechce cokolwiek uczynić. — Mówił tylko częściową prawdę. Rzeczywiście, lord Tywin Lannister ani trochę nie przejmował się losem swojego karłowatego syna, lecz nie znosił, kiedy cierpiał honor jego Rodu. — Lady Stark, jedziemy przez dziką krainę. Nie możesz liczyć na żadną pomoc, dopóki nie dotrzemy do Doliny. Tracąc kolejne konie, obciążamy pozostałe. Ponadto ryzykujesz utratę mnie. Jestem mały i niezbyt silny, jaki pożytek z mojej śmierci? — Teraz mówił prawdę. Dobrze wiedział, ile potrafi znieść.

— A czemu nie miałbyś umrzeć, Lannister — odparła Catelyn Stark.

— Gdybyś chciała mnie zabić, wystarczyłoby jedno słowo, a któryś z twoich wiernych przyjaciół z chęcią by mi poderżnął gardło. — Spojrzał na Kurleketa, lecz ten był za głupi, żeby dostrzec jego szyderstwo.

— Starkowie nie mordują ludzi w ich łóżkach.

— Ani ja — powiedział. — Powtarzam jeszcze raz: nie mam nic wspólnego z próbą zabicia twojego syna.

— Zabójca miał twój sztylet.

Tyrion czuł wzbierający w nim gniew.

— To nie był mój sztylet — warknął. — Ile razy mam ci przysięgać, lady Stark? Możesz mi wierzyć albo nie, ale nie jestem głupi. Tylko głupiec oddałby swoją broń pospolitemu rzezimieszkowi.

Przez moment wydawało mu się, że dostrzegł błysk zwątpienia w jej spojrzeniu, lecz ona zapytała:

— Dlaczego Petyr miałby kłamać?

— A dlaczego niedźwiedź sra w lesie? — odpowiedział pytaniem. — Ponieważ taka jest jego natura. Dla Littlefingera kłamstwo i oddychanie to jedno i to samo. Powinnaś o tym wiedzieć, szczególnie ty.

Zbliżyła się do niego z twarzą pociemniałą od gniewu.

— Co masz na myśli, Lannister?

Tyrion przechylił głowę.

— Jak to co? Cały dwór słyszał jego opowieści o tym, jak to odebrał ci dziewictwo, moja pani.

— Kłamstwo! — powiedziała Catelyn Stark.

— Niegodziwy karzeł — odezwał się Marillion zdumiony.

Kurleket dobył sztyletu; okrutnej broni z czarnego żelaza.

— Powiedz tylko słowo, pani, a rzucę ci pod nogi jego kłamliwy jęzor. — W świńskich oczkach grubasa pojawił się błysk ożywienia.

Tyrion nigdy dotąd nie oglądał równie zimnego oblicza Catelyn Stark.

— Petyr Baelish kochał mnie niegdyś. Wtedy był tylko chłopcem. Jego namiętność smuciła nas wszystkich, lecz była uczuciem prawdziwym i czystym i nie dawała powodów do szyderstw. Chciał mojej ręki. Lannister, doprawdy, jesteś niegodziwym człowiekiem.

— Ty zaś, lady Stark, doprawdy jesteś głupia. Littlefinger nigdy nie kochał nikogo innego poza samym sobą. Zaręczam ci, że on nie opowiadał o twojej ręce, ale o bujnych piersiach, słodkich ustach i żarze między twoimi nogami.

Kurleket chwycił go za włosy i gwałtownie odchylił mu głowę, odsłaniając gardło. Tyrion poczuł na gardle zimny pocałunek stali.

— Czy mam mu puścić krew?

— Jeśli mnie zabijesz, prawda umrze razem ze mną — wykrztusił z trudem Tyrion.

— Niech mówi — rozkazała Catelyn Stark. Kurleket niechętnie puścił włosy Tyriona, który wziął głęboki oddech.

— Co powiedział ci Littlefinger o sztylecie? Odpowiedz na moje pytanie.

— Wygrałeś go w zakładzie w czasie turnieju w dniu imienia księcia Joffreya.

— Kiedy Rycerz Kwiatów zrzucił z konia mojego brata, Jaime'ego, czy tak?

— Zgadza się — przyznała. Zmarszczyła czoło.

— Jeźdźcy!

Krzyk dobiegł ze skalnego występu wysoko nad nimi. Ser Rodrik posłał tam Lharysa, żeby obserwował drogę w czasie ich postoju.

Przez długą chwilę nikt się nie ruszał. Pierwsza zerwała się Catelyn Stark.

— Ser Rodrik, ser Willis, na koń — zawołała. — Pozostałe wierzchowce do tyłu. Mohor, pilnuj więźniów…

— Daj nam broń! — Tyrion skoczył na nogi i chwycił ją za ramię. — Przyda się każdy miecz.

Widział, że w duchu przyznaje mu rację. Ludzie z górskich klanów nie przejmowali się waśniami wielkich rodów i z równą ochotą gotowi byli zabić zarówno Starka, jak i Lannistera, podobnie jak wyrzynali siebie nawzajem. Może oszczędziliby Catelyn, była jeszcze na tyle młoda, by rodzić synów. A jednak wahała się.

— Słyszę ich! — krzyknął ser Rodrik. Tyrion odwrócił głowę: Tętent kopyt, tuzin koni, może więcej. Zbliżali się. Dopiero teraz cały obóz ożył. Wszyscy sięgali po broń, biegli do swoich wierzchowców.

Z góry posypała się lawina kamyków zrzuconych przez Lharysa, który szybko schodził na dół. Zeskoczył zdyszany tuż przed Catelyn Stark; niezgrabny, z kępkami rudych włosów wystających spod spiczastego, metalowego hełmu.

— Dwudziestu ludzi, może dwudziestu pięciu — wyrzucił,

dysząc ciężko. — Mleczne Węże albo Księżycowi Bracia. Pewnie mają ukrytych zwiadowców i wiedzą, że tu jesteśmy.

Ser Rodrik Cassel siedział już na koniu z mieczem w dłoni. Mohor przykucnął za głazem. Dłonie zacisnął na drzewcu włóczni zakończonej żelaznym grotem, a w zębach trzymał sztylet.

— Ty, śpiewaku — zawołał ser Willis. — Pomóż mi z tym napierśnikiem. — Marillion siedział nieruchomo z harfą przyciśniętą do piersi, blady jak ściana, lecz Morrec, człowiek Tyriona, skoczył na nogi, by pomóc rycerzowi.

Tyrion nie puszczał ramienia Catelyn Stark.

— Nie masz wyboru — ponaglił. — Trzech więźniów i czwarty strażnik... czterech dodatkowych ludzi może przybliżyć nas bardziej do życia niż śmierci.

— Daj słowo, że oddacie broń po skończonej walce.

— Moje słowo? — Odgłos kopyt stawał się coraz wyraźniejszy. Tyrion uśmiechnął się podstępnie. — Och, to możesz mieć, moja pani... na honor Lannisterów.

Przez chwilę myślał, że splunie mu w twarz, lecz ona rzuciła tylko:

— Uzbroić ich. — I już jej nie było. Ser Rodrik rzucił Jyckowi jego miecz i pochwę i obrócił się w stronę zbliżającego się wroga. Morrec przyklęknął na skraju drogi z łukiem, z którym lepiej sobie radził niż z mieczem. Bronn podjechał do Tyriona i podał mu obusieczny topór.

— Nigdy nie walczyłem czymś takim. — Krasnal czuł się niezręcznie z podobnym orężem w dłoni. Topór miał krótki trzonek, ciężkie ostrze i paskudny szpic na górze.

— Udawaj, że rąbiesz drewno — podpowiedział Bronn, wyciągając długi miecz z pochwy na plecach. Splunąwszy, dołączył do Chiggena i ser Rodrika. Ser Willis dosiadł swojego wierzchowca i poprawił hełm podobny do metalowego naczynia z otworami na oczy i długim pióropuszem z czarnego jedwabiu.

— Drewno nie krwawi — mruknął Tyrion pod nosem. Czuł się nagi bez zbroi. Rozejrzał się za jakimś głazem i podbiegł do miejsca, gdzie schował się Marillion. — Posuń się.

— Odejdź stąd! — wrzasnął chłopak. — Jestem śpiewakiem, nie chcę żadnej walki!

— Co, straciłeś już zapał do przygód? — Tyrion wymierzył minstrelowi kopniaka, zmuszając go do jakiegokolwiek ruchu. Chwilę później nastąpił atak.

Nie było żadnych heroldów, chorągwi, nie zagrały rogi ani bębny. Rozległo się tylko brzęczenie cięciw, kiedy Morrec i Lharys wypuścili strzały. Jeźdźcy wynurzyli się niespodziewanie z mroku świtu jak zjawy, wychudzeni, ciemnowłosi, odziani w skóry i części różnych zbroi. Twarze mieli schowane za osłonami półhełmów. W dłoniach chronionych przez rękawice dzierżyli wszelkiego rodzaju broń: długie miecze, włócznie, kosy, nabijane kolcami maczugi, sztylety i ciężkie żelazne młoty. Prowadził ich olbrzym w pasiastym cieniokocim futrze, uzbrojony w dwuręczny miecz.

Ser Rodrik zawołał:

— Winterfell! — I wyjechał im na spotkanie. Towarzyszący mu Chiggen i Bronn wykrzykiwali jakieś niezrozumiałe wojenne okrzyki. Za nimi podążał ser Willis, który wymachiwał nad głową kolczastą maczugą.

— Harrenhal! Harrenhal! — krzyczał.

Tyrion poczuł nagle ogromną chęć, by wyskoczyć zza skały, zamachnąć się toporem i wrzasnąć: „Casterly Rock!", lecz niedorzeczne pragnienie szybko minęło i wcisnął się głębiej za kamienną osłonę.

Słyszał rżenie przestraszonych koni i szczęk metalu uderzającego o metal. Miecz Chiggena rozorał odsłoniętą twarz mężczyzny w kolczudze, a Bronn ciął wrogów na prawo i lewo. Ser Rodrik wziął na siebie olbrzyma w cieniokocim futrze; ich konie tańczyły wokół siebie, tymczasem jeźdźcy nie ustawali w atakach. Jyck wskoczył na konia i pognał na oklep w wir walki. Tyrion zobaczył, że z gardła mężczyzny w cieniokocim futrze wystaje grot strzały. Olbrzym otworzył usta do krzyku, lecz popłynęła z nich tylko krew. Zanim spadł na ziemię, ser Rodrik walczył już z kimś innym.

Nagle Marillion wrzasnął przeraźliwie i zakrył głowę harfą na widok konia przeskakującego nad osłaniajacą ich skałą. Tyrion wstał niezdarnie, tymczasem jeździec zawrócił ku nim; w dłoni dzierżył nabity gwoździami młot. Tyrion zamachnął się toporem. Ostrze ugodziło konia w szyję. Rozległo się głuche plaśnięcie rozcinanego mięsa i rżenie tak przeraźliwe, że Tyrion niemal wypuścił broń z ręki. W ostatniej chwili zdążył wyszarpnąć topór i uskoczył niezdarnie przed padającym zwierzęciem. Marillion nie miał tyle szczęścia. Jeździec i koń zwalili się wprost na niego. Tyrion wykorzystał moment, kiedy zbój nie mógł wyciągnąć spod konia jednej nogi i zatopił ostrze topora w jego szyi, tuż nad karkiem.

Spróbował wyszarpnąć ostrze broni z trupa, a chwilę później usłyszał jęki Marilliona dochodzące spod splątanych ciał.

— Niech ktoś mi pomoże — wyjęczał śpiewak. — Bogowie litościwi, ja krwawię.

— To pewnie krew konia — powiedział Tyrion. Spod martwego zwierzęcia wysunęła się dłoń minstrela, pełzła po ziemi niczym pięcionogi pająk. Tyrion przyłożył obcas do szukających palców i z zadowoleniem usłyszał chrzęst kości. — Zamknij oczy i udawaj, że nie żyjesz — poradził śpiewakowi, zanim się odwrócił.

Potem wydarzenia potoczyły się bardzo szybko. Krzyki i wrzaski wypełniły świt, a w powietrzu unosił się ciężki zapach krwi. Świat pogrążył się w chaosie. Strzały przelatywały ze świstem nad jego głową i odbijały się od skał. Zobaczył Bronna, bez konia, jak walczył z mieczami w obu dłoniach. Tyrion trzymał się z boku, przemykając od głazu do głazu. Od czasu do czasu wyskakiwał z cienia, by razić nogi biegnących koni. Napotkawszy rannego zbója, dobił go i zabrał jego półhełm. Okazał się trochę za ciasny, ale Tyrion uznał, że lepszy taki niż żaden. Jyck otrzymał cios z tyłu, kiedy siekał innego przeciwnika. Zaraz potem Tyrion potknął się o ciało Kurleketa. Maczuga zmiażdżyła jego świńską twarz, lecz Tyrion rozpoznał sztylet, kiedy wyjmował go z ręki zmarłego. Wsuwając go za pas, usłyszał kobiecy krzyk.

Pod kamienną ścianą stała Catelyn Stark otoczona przez trzech ludzi, jeden z nich siedział na koniu. Ze sztyletem w poranionych dłoniach, przywarła mocno plecami do skały. Niech biorą sukę, pomyślał, dobrze jej tak. Mimo to ruszył do przodu. Zanim zorientowali się, że nadchodzi, uderzył pierwszego z napastników w tył kolana. Ostrze przecięło ciało i kość, jakby rozłupało kawał spróchniałego drewna. Krwawiące kłody, pomyślał, tymczasem drugi z napastników odwrócił się w jego stronę. Tyrion uchylił się przed mieczem i sam zadał cios toporem. Mężczyzna zatoczył się do tyłu... a wtedy Catelyn Stark stanęła za nim i poderżnęła mu gardło. Jeździec przypomniał sobie, że ma coś jeszcze do załatwienia, i odjechał szybko.

Tyrion rozejrzał się. Wrogowie uciekli lub polegli. Walka została zakończona. Dookoła leżały zdychające konie i ranni ludzie, słychać było głośne jęki i rżenie. Tyrion ze zdumieniem stwierdził, że nie jest jednym z nich. Wypuścił topór z ręki i pozwolił mu opaść na ziemię. Palce miał lepkie od krwi. Przysiągłby, że walczyli przez pół dnia, lecz słońce stało prawie w tym samym miejscu.

— Twoja pierwsza bitwa? — spytał go później Bronn, pochylony nad ciałem Jycka, któremu ściągał buty. Dobre buty, jak przystało na człowieka lorda Tywina, wykonane z grubej, dobrze wyprawionej skóry, o wiele lepsze od tych, które nosił Bronn.

Tyrion skinął głową.

— Mój ojciec będzie bardzo dumny — powiedział. Nogi miał tak obolałe, że ledwo stał. Dziwne, ale nie czuł bólu w czasie bitwy.

— Teraz potrzeba ci kobiety — oświadczył Bronn, błyskając czarnymi oczyma. Włożył buty do torby przy siodle. — Nic tak nie leczy ran jak kobieta, uwierz mi.

Chiggen przerwał przeszukiwanie zabitych i prychnął, oblizując wargi. Tyrion zerknął na lady Stark zajętą opatrywaniem ran ser Rodrika.

— Nie mówię nie, skoro tak twierdzisz. — Wolni wybuchnęli śmiechem. Tyrion także się uśmiechnął. Dobry początek, pomyślał.

Potem przyklęknął nad strumieniem i zmył krew z twarzy w lodowatej wodzie. W drodze znad strumienia jeszcze raz popatrzył na zabitych. Chudzi, obdarci, ich konie małe i zagłodzone. Broń wrogów także nie robiła większego wrażenia: młoty, maczugi, kosa... Przypomniał sobie olbrzyma w cieniokocim futrze, który walczył z ser Rodrikiem dwuręcznym mieczem, lecz kiedy go odnalazł, mężczyzna nie wydawał się już taki ogromny, futro zniknęło, a miecz okazał się mocno wyszczerbiony i zardzewiały w wielu miejscach.

Sami stracili tylko trzech ludzi, dwóch ludzi lorda Brackena — Kurleketa i Mohora — oraz jego człowieka, Jycka, który tak dzielnie rzucił się w wir walki na oślep. Ostatecznie wyszedł na głupca, pomyślał Tyrion.

— Lady Stark, nalegam na pośpiech — oznajmił ser Willis Wode, spoglądając przez wizurę hełmu wzdłuż grzbietów pasma wysokich wzgórz. — Uwolniliśmy się od nich tylko na krótki czas. Z pewnością nie odjechali daleko.

— Ser Willisie, musimy pochować naszych zmarłych — rzekła. — Okazali dzielność. Nie zostawię ich na pastwę kruków i cieniokotów.

— Ziemia tutaj jest zbyt kamienista na kopanie — powiedział ser Willis. — Nazbieramy kamieni na kopce.

— Zbierajcie sobie ile chcecie, ale beze mnie i bez Chiggena — odezwał się Bronn. — Mam lepsze rzeczy do roboty niż rzucanie kamieni na zmarłych... chciałbym jeszcze pooddychać. — Rozejrzał się po pozostałych. — Jeśli ktoś chce dożyć dzisiejszej nocy, niech jedzie z nami.

— Pani, obawiam się, że on ma rację — wyznał ser Rodrik znużonym głosem. Stary rycerz otrzymał głęboką ranę na lewym ramieniu, ponadto rzucona włócznia drasnęła go w szyję i teraz wyglądał już na swój wiek. — Z pewnością nas zaatakują, jeśli zostaniemy tutaj dłużej, a drugi atak będzie jeszcze bardziej niebezpieczny.

Tyrion dostrzegł grymas gniewu na twarzy Catelyn, ale nie miała wyboru.

— Niech bogowie nam wybaczą. Ruszamy.

Już nie brakowało im koni. Tyrion przełożył swoje siodło na pstrokatego gniadosza Jycka, który wydawał się na tyle silny, żeby przetrwać jeszcze kilka dni. Miał go dosiąść, kiedy podszedł do niego Lharys.

— Wezmę twój sztylet, karle — zażądał.

— Niech go zatrzyma. — Catelyn Stark spojrzała na niego z siodła. — I dajcie mu też topór. Przyda się, jeśli nas ponownie zaatakują.

— Masz moje podziękowania, pani — powiedział Tyrion, dosiadając swojego wierzchowca.

— Oszczędź ich sobie — odparła oschle. — Nie ufam ci więcej niż przedtem — dodała i odjechała, zanim zdążył odpowiedzieć.

Tyrion poprawił zdobyty hełm i wziął topór od Bronna. Przypomniał sobie, jak rozpoczął tę podróż, ze związanymi rękoma i kapturem na oczach, i uznał, że jego sytuacja stopniowo się poprawia. Niech lady Stark zatrzyma sobie swoje zaufanie; dopóki będzie miał topór, sam zatroszczy się o siebie w tej grze.

Ser Willis Wode ruszył przodem. Bronn został z tyłu, pomiędzy nimi jechała lady Stark, ser Rodrik zaś tuż obok niego, jak cień. Marillion wciąż zerkał ponuro na Tyriona. Śpiewak miał połamane żebra, cztery palce dłoni, której używał do grania, i zniszczoną harfę. A jednak dzień nie przyniósł mu tylko strat. W jakiś sposób wszedł w posiadanie wspaniałego cieniokociego futra, grubego i czarnego, poprzecinanego białymi pręgami. Skulił się w jego fałdach, milczący jak nigdy dotąd.

Nie przebyli nawet pół mili, kiedy z tyłu rozległy się głuche pomruki cieniokotów, a potem wściekłe warczenie bestii walczących o mięso zabitych. Marillion wyraźnie zbladł. Tyrion podjechał do niego.

— Tchórzliwy — rzekł — rymuje się pięknie z nieżywy. — Ponaglił piętami konia i zbliżył się do ser Rodrika i Catelyn Stark, pozostawiając śpiewaka samego. Lady Stark spojrzała na Tyriona; usta miała mocno zaciśnięte. — Wracając do rozmowy, którą w tak niegrzeczny sposób nam przerwano — zaczął Krasnal. — W bajce Littlefingera istnieje poważny błąd. Otóż, bez względu na to, co o mnie myślisz, lady Stark, nigdy nie zakładam się przeciwko mojej rodzinie.

ARYA

Jednouchy kocur wygiął grzbiet w pałąk i zasyczał.

Arya szła wolno, stawiając ostrożnie bose stopy; oddychała miarowo i spokojnie, wsłuchana w bicie własnego serca. Cicha jak cień, powtarzała w myślach, lekka jak piórko. Kocur obserwował ją uważnie.

Łapanie kotów nie należało do łatwych zadań. Na jej dłoniach wciąż widniały nie zagojone rany po zadrapaniach, także kolana miała pościerane od licznych upadków. Początkowo nawet gruby kot kucharki potrafił przed nią uciec. Jednak Syrio nie dawał jej wytchnienia. Kiedy przychodziła do niego z krwawiącymi rękoma, on mówił tylko: „Tak wolno? Musisz być szybsza, dziewczyno. Wróg poczęstuje cię czymś więcej niż tylko kilkoma zadrapaniami". Rany Aryi smarował ogniem z Myr; paliło tak bardzo, że musiała mocno zaciskać zęby, żeby nie krzyczeć z bólu. A potem wysyłał ją po następnego kota.

Nie brakowało ich w Czerwonej Twierdzy: były tam leniwe, stare kocury wygrzewające się na słońcu, zimnookie, machające ogonami potwory, pogromcy myszy, wypieszczone i ufne koty z komnat dam, a także wychudzone cienie przeszukujące śmietniki. Arya łapała je kolejno i dumna przynosiła do Syria Forela... wszystkie z wyjątkiem tego jednego, jednouchego czarnego diabła. „Oto prawdziwy król tego zamku — powiedział jej kiedyś jeden ze złotych płaszczy. — Stary jak grzech i jeszcze bardziej przebiegły. Kiedyś Król podejmował ucztą ojca Królowej, a ten czarny diabeł wskoczył na stół i porwał pieczoną przepiórkę wprost z rąk lorda Tywina. Robert pękał ze śmiechu. Trzymaj się od niego z daleka, dziecko".

Arya goniła jednouchego kocura przez pół zamku, dwukrotnie wokół Wieży Namiestnika, na drugą stronę muru wewnętrznego, przez stajnie, w dół krętych schodów, obok kuchni, wybiegu dla świń i pomieszczeń złotych płaszczy, wzdłuż nadrzecznego muru, w górę po schodach, tam i z powrotem po alei Zdrajcy, a potem znowu w dół, przez furtę, wokół studni i przez jakieś dziwne budynki, tak że ostatecznie nie miała pojęcia, gdzie się znajduje.

Wreszcie go dopadła. Po obu stronach wznosiły się wysokie ściany, a z tyłu masa kamieni. Cicha jak cień, powtórzyła, posuwając się do przodu, lekka jak piórko.

Kiedy znalazła się o trzy kroki od niego, kocur rzucił się do ucieczki. Najpierw w lewo, potem w prawo. Arya także skoczyła w lewo i w prawo, odcinając mu drogę. Syknął i spróbował czmychnąć między jej nogami. Zwinna jak wąż, pomyślała. Chwyciła mocno. Przytuliła go do piersi, śmiejąc się głośno, kiedy drapał pazurami po skórzanym kaftanie. Pocałowała kota między oczy i szybko odsunęła głowę, zanim dosięgnął jej łapą. Kocur syczał i prychał.

— Co on wyprawia z tym kotem?

Arya, zaskoczona, wypuściła zwierzę i odwróciła się na pięcie. Kot pomknął przed siebie. Na końcu ścieżki stała dziewczynka o złocistych, kręconych włosach, ubrana jak lalka w błękitne atłasy. Towarzyszył jej pulchny jasnowłosy chłopiec w kubraku z wyszytym perłami pędzącym jeleniem na piersi, przy boku miał malutki miecz. Księżniczka Myrcella i książę Tommen, pomyślała Arya. Za dziećmi stała ogromna jak juczny koń septa, a pochód zamykało dwóch potężnych mężczyzn w szkarłatnych płaszczach straży domowej Lannisterów.

— Co robiłeś z tym kotem, chłopcze? — spytała ponownie surowym głosem Myrcella. Teraz zwróciła się do swojego brata i dodała, chichocząc: — Popatrz tylko jaki obdartus.

— Tak, śmierdzący brudasek — przyznał Tommen.

Nie poznali mnie, pomyślała Arya. Nie wiedzą nawet, że jestem dziewczyną. I nic dziwnego: bosa, obdarta, z włosami potarganymi od biegania po zamku, w kaftanie poszarpanym kocimi pazurami i brązowych spodniach z surowego sukna, odciętych nad pokaleczonymi kolanami. Ale przecież nie można ubierać się w jedwabie do łapania kotów. Opuściła szybko głowę i przyklęknęła na jedno kolano. Może jej nie rozpoznają. W przeciwnym razie septa Mordane bardzo by się rozgniewała, a Sansa ze wstydu nie chciałaby z nią rozmawiać.

Stara, gruba septa podeszła bliżej.

— Jak się tu dostałeś, chłopcze? Nie masz czego szukać w tej części zamku.

— Nie sposób ich upilnować — odezwał się jeden z mężczyzn. — Są jak szczury.

— U kogo służysz, chłopcze? — dopytywała się septa. — Odpowiadaj. Cóż to, mowę ci odjęło?

Głos ugrzązł w gardle Aryi. Wiedziała, że jeśli odpowie, Tommen i Myrcella z pewnością ją rozpoznają.

— Godwyn, przyprowadź go tutaj — powiedziała septa. Wyższy ze strażników ruszył w jej stronę.

Poczuła ucisk strachu na gardle, jakby ktoś chwycił ją ogromną dłonią. Nie potrafiłaby wydobyć z siebie ani słowa, nawet gdyby zależało od tego jej życie. Spokojna jak stojąca woda, powtórzyła w myślach.

Skoczyła, kiedy Godwyn wyciągnął ramiona. Zwinna jak wąż. Odchyliła się w lewo i okręciła wokół strażnika, tak że jego dłoń musnęła zaledwie jej ramię. Gładka jak letni jedwab. Zanim obrócił się całkiem, pędziła już w dół alejki. Szybka jak jeleń. Septa skrzeczała przeraźliwie. Arya prześliznęła się między nogami białymi i grubymi jak marmurowe kolumny, podniosła się, pchnęła księcia Tommena i przeskoczyła nad nim, kiedy usiadł ciężko na ziemi.

— Uf — wysapał tylko. Potem ominęła drugiego strażnika i pobiegła naprzód.

Słyszała krzyki i dudnienie zbliżających się kroków. Opadła na ziemię i przeturlała się. Strażnik, potykając się, przeskoczył nad nią. Zerwała się na nogi. Zobaczyła nad sobą okno, wysokie i wąskie. Podskoczyła, chwyciła się parapetu i podciągnęła do góry. Wstrzymując oddech, wcisnęła się w szczelinę. Śliska jak węgorz. Zeskoczywszy na podłogę tuż przed nosem zdumionej służącej, otrzepała się z sitowia i pomknęła dalej, za drzwi, długim korytarzem, w dół po schodach, przez ukryty dziedziniec, za róg, przez niski mur, przez niskie i wąskie okno do ciemnej piwnicy. Odgłosy pogoni stawały się coraz mniej wyraźne.

Arya zatrzymała się zdyszana i całkowicie zagubiona. Mogła mieć kłopoty, jeśli ją rozpoznali, chociaż nie wydawało jej się to prawdopodobne. Biegła bardzo szybko. Szybka jak jeleń.

Przywarła do wilgotnej kamiennej ściany, skulona w ciemności, nasłuchując odgłosów pościgu, lecz usłyszała tylko bicie własnego serca i dobiegające z oddali kapanie wody. Cicha jak cień, pomyślała. Zastanawiała się, gdzie się znalazła. Na początku ich pobytu w Królewskiej Przystani dręczyły ją złe sny o tym, że zgubiła się w zamku. Ojciec twierdził, że Czerwona Twierdza jest mniejsza od Winterfell, lecz w snach zamek był ogromny, jawił jej się niczym kamienny labirynt o zmieniających się ścianach. Wędrowała po jego mrocznych korytarzach, mijając wyblakłe arrasy, schodziła po krętych schodach albo przemykała po dziedzińcach lub mostach, a echo jej krzyków pozostawało bez odpowiedzi. Aryi wydawało się, że w niektórych komnatach ściany z czerwonego kamienia ociekają krwią, a w żadnej nie było okien. Czasem słyszała głos ojca, lecz zawsze dobiegał z oddali, coraz słabszy i słabszy, aż całkiem zamierał, ona zaś pozostawała sama w ciemności.

Teraz też było bardzo ciemno, zdała sobie sprawę. Objęła rękoma kolana i zadrżała. Poczeka spokojnie i policzy do dziesięciu tysięcy. Później, bezpieczna już, będzie mogła poszukać drogi do domu.

Kiedy doliczyła do osiemdziesięciu siedmiu, w pomieszczeniu rozjaśniło się trochę, ponieważ jej oczy przyzwyczaiły się do ciemności. Powoli postacie wokół niej stawały się coraz bardziej widoczne. Z mroku wyzierały ogromne puste oczodoły, nierówne cienie długich zębów. Zapomniała o liczeniu. Zamknęła oczy i zacisnęła zęby, próbując odpędzić strach. Powtarzała w myślach, że potwory znikną. Nigdy ich tam nie było. Wyobraziła sobie, że jest z nią Syrio, który szepce jej do ucha. Spokojna jak stojąca woda, powtórzyła. Silna jak niedźwiedź. Dzika jak rosomak. Otworzyła oczy.

Bestie wciąż tam były, ale strach minął.

Arya podniosła się i ruszyła ostrożnie. Głowy otaczały ją ze wszystkich stron. Zaciekawiona, dotknęła jednej, żeby się przekonać, czy jest prawdziwa. Jej palce musnęły ogromną szczękę. Wydawało się, że tak. Wyczuła pod dłonią gładką kość, zimną i twardą w dotyku. Przesunęła palcem po czarnym i ostrym zębie; przypominał sztylet wytoczony z ciemności. Zadrżała.

— Jest martwa — powiedziała głośno. — To tylko czaszka, nie może zrobić mi krzywdy. — A jednak miała wrażenie, że bestia jest świadoma jej obecności. Czuła spojrzenie pustych oczu, które patrzyły na nią z mroku. Także w samej komnacie, ogromnej i mrocznej, wyczuwała coś wrogiego. Odsunęła się od czaszki i trafiła na inną, jeszcze większą. Przez chwilę czuła na ramieniu dotyk zębów, jakby ta druga chciała ją ugryźć. Arya obróciła się szybko i usłyszała trzask rozrywanej skóry, kiedy jej kaftan zaczepił o ogromny kieł. Popędziła przed siebie. Przed nią wyrosła kolejna czaszka, jeszcze większa, lecz Arya nie zwolniła. Przeskoczyła nad rzędem czarnych zębów wielkości mieczy, przebiegła przez żarłoczną szczękę i rzuciła się na drzwi.

Wymacała dłońmi ciężki, żelazny pierścień i pociągnęła mocno. Drzwi opierały się przez moment, lecz potem otworzyły się do wewnątrz. Rozległo się tak głośne skrzypienie, że Arya była pewna, iż usłyszano je w całym mieście. Otworzyła drzwi na tyle szeroko, by przez nie się przecisnąć, i wyszła na korytarz.

Jeśli w komnacie z bestiami panowała ciemność, to korytarz na zewnątrz przypominał najciemniejszy dół siedmiu piekieł. Spokojna jak stojąca woda, powtarzała sobie. Oczy przyzwyczaiły się do nowego miejsca po kilku chwilach, mimo to nie widziała niczego poza słabym konturem drzwi, z których wyszła. Przesunęła dłonią przed oczyma; poczuła lekki powiew powietrza, lecz niczego nie zobaczyła. Była ślepa. Wodny tancerz patrzy wszystkimi zmysłami, upomniała samą siebie. Zamknęła oczy, uspokoiła oddech i rozłożyła ręce.

Palce lewej dłoni musnęły surowy kamień. Macając, ruszyła wolno wzdłuż ściany. Każdy korytarz dokądś prowadzi. Skoro jest wejście, musi być i wyjście. Strach tnie głębiej niż miecze. Nie będzie się bała. Wydawało jej się, że idzie bez końca, gdy nagle ściana zniknęła nieoczekiwanie, a Arya poczuła na policzku powiew zimnego powietrza. Zadrżała.

Gdzieś w dole usłyszała niewyraźne dźwięki. Stąpanie, ledwo słyszalne głosy. Migocące światło musnęło ścianę i Arya zobaczyła, że stoi u szczytu ogromnej, czarnej studni szerokiej na dwadzieścia stóp i prowadzącej w głąb ziemi. W okrągłych ścianach umieszczono potężne kamienie, które miały służyć jako stopnie, a które schodziły coraz niżej niczym stopnie do piekła, o jakim słyszała w opowieściach Starej Niani. Spojrzawszy w dół, zobaczyła, że coś wynurza się z ciemności, z wnętrza ziemi...

Kiedy przechyliła się nad krawędzią studni, poczuła na twarzy czarny, zimny oddech. Daleko w dole dojrzała pochodnię; z odległości przypominała zaledwie płomień świecy. Zobaczyła dwóch mężczyzn. Ich cienie, wielkości olbrzymów, tańczyły na ścianach, a echa głosów leciały w górę szybu.

— ...znalazł jednego bękarta — powiedział jeden. — Niebawem dowie się reszty. Dzień, dwa, może dwa tygodnie.

— I co zrobi, kiedy dowie się prawdy? — spytał drugi ze śpiewnym akcentem Wolnych Miast.

— Tylko bogowie wiedzą. — Usłyszała pierwszy z głosów. Arya widziała, jak smużka dymu z pochodni wije się w górę niczym wąż. — Głupcy próbowali zabić jego syna, a co gorsza, zrobili z tego farsę. On nie zapomina o takich rzeczach. Ostrzegam cię, czy chcemy tego czy nie, niebawem wilk i lew skoczą sobie do gardeł.

— Za szybko, za szybko — odpowiedział ten drugi, który mówił z akcentem. — Jaki pożytek byłby teraz z wojny? Nie jesteśmy jeszcze gotowi. Trzeba to odwlec.

— Równie dobrze możesz mi kazać zatrzymać czas. Myślisz, że jestem czarnoksiężnikiem?

Drugi z rozmówców zachichotał.

— A jakże. — Płomienie liznęły zimne powietrze. Wysokie cienie były tuż-tuż. Chwilę później ze studni wynurzył się mężczyzna z pochodnią, a zaraz potem jego towarzysz. Arya cofnęła się i przyciśnięta do ściany legła na brzuchu. Wstrzymała oddech, kiedy mężczyźni stanęli na szczycie schodów.

— Co chcesz, żebym zrobił — spytał mężczyzna z pochodnią, krępy, w skórzanej półpelerynie. Jego lekki stalowy hełm zakrywał częściowo twarz naznaczoną blizną i ciemną szczeciną brody. Na skórzany kaftan nałożoną miał kolczugę, a u pasa nosił sztylet i krótki miecz. Wydał się Aryi dziwnie znajomy.

— Skoro umarł jeden Namiestnik, dlaczego nie może drugi? — odparł mężczyzna z żółtą rozwidloną brodą, ten, który mówił z akcentem. — Robiłeś już podobne rzeczy, mój przyjacielu. — Arya była pewna, że nigdy wcześniej go nie widziała. Pomimo swej tuszy stąpał swobodnie, stawiając stopy z lekkością wodnego tancerza. Jego pierścienie migotały w blasku pochodni, czerwone złoto i blade srebro inkrustowane rubinami, szafirami i żółtymi szparkami tygrysich oczu. Miał je na każdym palcu, a na niektórych nawet dwa.

— Przedtem było inaczej niż teraz, a obecny Namiestnik to nie to samo co poprzedni — oświadczył mężczyzna z blizną, kiedy wyszli na korytarz. Nieruchoma jak kamień, pomyślała Arya, cicha jak cień. Oślepieni blaskiem własnej pochodni, nie zauważyli jej przyciśniętej do ściany zaledwie kilka stóp od nich.

— Być może — orzekł jego rozmówca z brodą i zatrzymał się, by złapać oddech po długiej wspinaczce. — Mimo wszystko potrzebujemy czasu. Księżniczka nosi w łonie dziecko. *Khal* nie ruszy się, dopóki nie urodzi się mu syn. Znasz tych dzikusów.

Mężczyzna z pochodnią popchnął coś i rozległo się głuche dudnienie. Z sufitu wysunął się ogromny kamień i z hukiem opadł na wejście do studni, całkowicie je zakrywając. Arya o mało co nie krzyknęła, przerażona hałasem. Teraz na miejscu wejścia stała jednolita ściana.

— Jeśli się niebawem nie ruszy, może być za późno — powiedział mężczyzna w stalowym hełmie. — To już nie jest gra dla dwóch graczy. Jeśli w ogóle kiedykolwiek tak było. Stannis Baratheon i Lysa Arryn wymknęli się poza zasięg mojego ramienia. Podobno zbierają siły. Rycerz Kwiatów nakłania ojca, aby przysłał jego siostrę na dwór. Dziewczyna ma czternaście lat, jest słodziutka, piękna i uległa. Lord Renly i ser Loras uważają, że Robert powinien wziąć ją do łóżka, poślubić i uczynić nową Królową. A Littlefinger... bogowie tylko wiedzą, co knuje Littlefinger. Ale to przede wszystkim lord Stark spędza mi sen z powiek. Ma bękarta, ma księgę i wkrótce będzie znał prawdę. Do tego jeszcze jego żona uprowadziła Tyriona Lannistera i to przez Littlefingera. Lord Tywin uzna to za gwałt, a Jaime odczuwa dziwną słabość wobec Krasnala. Jeśli Lannisterowie wyruszą na północ, pójdą też i Tully'owie. Ty mówisz odwlec, a ja ci odpowiem śpiesz się. Nawet najlepszy żongler nie potrafi żonglować zbyt długo wieloma piłkami.

— Stary przyjacielu, jesteś czymś więcej niż żonglerem. Ty jesteś prawdziwym czarnoksiężnikiem. Proszę cię tylko, żebyś poczarował jeszcze trochę dłużej. — Poszli korytarzem w kierunku, z którego przyszła Arya, obok pokoju z bestiami.

— Zrobię, co w mojej mocy — odparł cicho mężczyzna z pochodnią. — Potrzebuję złota i kolejnych pięćdziesięciu ptaszków.

Arya poczekała, aż się trochę oddalą, po czym ruszyła ostrożnie za nimi. Cicha jak cień.

— Aż tylu? — Głosy słabły, w miarę jak światło oddalało się od niej. — Trudno znaleźć takich, jakich ci potrzeba... żeby umieli pisać w tak młodym wieku... może starszych... nie umieraliby tak łatwo...

— Nie. Młodsi są bezpieczniejsi... traktuj ich łagodnie...

— ...gdyby zostawić im języki...

— ...zbyt ryzykowne...

Głosy całkiem ucichły, lecz Arya długo jeszcze widziała światło pochodni niczym dymiącą gwiazdę, za którą podążała. Dwukrotnie wydawało się, że już ją zgubiła, lecz zawsze kierowała się na wprost i za każdym razem trafiała na strome schody, i znowu widziała w dole migocący płomień. Szła szybko za nim, cały czas wyczuwając spadek korytarza. Raz potknęła się o kamień i zatoczyła na ścianę. Pod dłonią wyczuła ścianę ziemi podpartą drewnianymi balami.

Miała wrażenie, że szła za głosami długie mile. Wreszcie zniknęły zupełnie, lecz ona mogła iść tylko przed siebie. Odnalazła ścianę i ruszyła powoli, ślepa i zagubiona. Wyobrażała sobie, że w ciemności idzie obok niej Nymeria. Na końcu przejścia musiała brnąć przez śmierdzącą wodę, która sięgała kolan. Marzyła, by móc tańczyć na jej powierzchni, tak jak być może potrafił Syrio, i zastanawiała się, czy jeszcze kiedyś ujrzy światło. Kiedy wreszcie wyszła na zewnątrz, zapadła już noc.

Zorientowała się, że stoi u wylotu kanału ścieków, które wypływały do rzeki. Cuchnęła tak bardzo, że zdecydowała się rozebrać, i porzuciwszy brudne ubranie na brzegu, wskoczyła do głębokiej, ciemnej wody. Pływała długo, dopóki nie poczuła się czysta, i dopiero wtedy wyszła na brzeg, drżąc z chłodu. Wzdłuż rzeki jechali jacyś jeźdźcy, lecz nie zwrócili uwagi na chudą, nagą dziewczynę zajętą praniem ubrania przy blasku księżyca, jeśli w ogóle ją zauważyli.

Znalazła się o całe mile od zamku, lecz w Królewskiej Przystani nie można było zgubić drogi. Wystarczyło spojrzeć w górę, by zobaczyć Czerwoną Twierdzę stojącą wysoko na Wzgórzu Aegona. Kiedy dotarła do bram twierdzy, jej ubranie prawie wyschło. Zamknięto już bramę i opuszczono kratę, dlatego skierowała się do bocznej furty. Żołnierze w złotych płaszczach roześmiali się tylko, kiedy ich poprosiła, żeby ją wpuścili.

— Zmykaj stąd — rozkazał jeden. — Zabrali już odpadki z kuchni, a w nocy nie ma żadnego żebrania.

— Nie jestem żebrakiem — odpowiedziała. — Ja tu mieszkam.

— Powiedziałem: zmykaj. Chcesz pstryka w nos, żebyś lepiej słyszała?

— Chcę widzieć się z moim ojcem.

Strażnicy spojrzeli po sobie.

— A ja chcę pieprzyć Królową, i co z tego — powiedział młodszy ze strażników.

Jego starszy kolega zmarszczył czoło.

— A kim jest ten twój ojciec, szczurołapem z miasta?

— Królewskim Namiestnikiem.

Obaj strażnicy roześmiali się, a chwilę później starszy z żołnierzy zamachnął się, jakby chciał odegnać psa. Arya zorientowała się, zanim jeszcze żołnierz zadał cios. Odskoczyła zwinnie, unikając uderzenia.

— Nie jestem chłopakiem — oświadczyła. — Jestem Arya Stark z Winterfell i jeśli któryś z was mnie dotknie, mój pan ojciec nabije wasze głowy na włócznie. Jeśli mi nie wierzycie, poślijcie po Jory'ego Cassela albo Vayona Poole'a z Wieży Namiestnika. — Położyła dłonie na biodrach. — No co, otworzycie bramę, czy potrzebujecie pstryka w ucho, żeby lepiej słyszeć?

Harwin i Gruby Tom zaprowadzili ją do samotni jej ojca. Siedział przy lampie oliwnej pochylony nad największą księgą, jaką Arya kiedykolwiek widziała. Było to opasłe tomisko o pożółkłych i połamanych stronicach zapisanych niewyraźnym pismem, oprawione w wypłowiałą skórę. Zamknął księgę, słuchając raportu Harwina. Potem z surową twarzą podziękował strażnikom i odprawił ich.

— Zdajesz sobie sprawę, że szuka cię połowa moich ludzi? — powiedział Eddard Stark, kiedy zostali sami. — Septa Mordane odchodzi od zmysłów. Modli się teraz w sepcie za twój szczęśliwy powrót. Wiesz przecież, że nie wolno ci wychodzić poza bramy zamku bez mojego pozwolenia.

— Nie wychodziłam za bramy — bąknęła. — A przynajmniej nie chciałam. Zeszłam do lochów i znalazłam się w tym tunelu. Było ciemno, a ja nie miałam świecy ani pochodni, dlatego musiałam iść dalej. Bałam się potworów, dlatego nie mogłam wrócić tą samą drogą, którą przyszłam. Ojcze, oni rozmawiali o tym, żeby cię zabić! Nie potwory... ci dwaj mężczyźni. Nie widzieli mnie. Byłam nieruchoma jak kamień i cicha jak cień, więc dobrze ich słyszałam. Mówili, że masz księgę i bękarta i skoro umarł jeden Namiestnik, to dlaczego nie miałby i drugi? Czy to ta księga? A bękart? Założę się, że chodzi o Jona.

— Jona? Aryo, o czym ty mówisz? Kto to mówił?

— Oni — odparła. — Jeden był gruby, miał pierścienie na palcach i pożółkłą, rozwidloną brodę, a drugi miał kolczugę i stalowy hełm i ten gruby powiedział, że trzeba poczekać, a ten drugi odpowiedział, że nie może ciągle żonglować i że wilk i lew pożrą się nawzajem, i że to była farsa. — Próbowała przypomnieć sobie całą resztę. Wcześniej nie zrozumiała dokładnie tego, co usłyszała, i teraz wszystko jej się pomieszało. — Gruby powiedział, że księżniczka nosi dziecko. A ten w hełmie, który trzymał pochodnię, powiedział, że muszą się śpieszyć. On chyba był czarnoksiężnikiem.

— Czarnoksiężnikiem — powtórzył Ned z poważną miną. — Czy miał długą siwą brodę i spiczasty kapelusz z namalowanymi gwiazdami?

— Nie! To nie było jak w opowieściach Starej Niani. On wcale nie wyglądał jak czarnoksiężnik, ale ten gruby powiedział, że nim jest.

— Ostrzegam cię, Aryo, jeśli zmyśliłaś to wszystko...

— Nie! Mówiłam ci. To się działo w lochach, koło miejsca z ukrytą ścianą. Łapałam koty i wtedy... — Zacisnęła usta. Jeśli przyzna się, że przewróciła księcia Tommena, ojciec naprawdę się rozzłości. — ...I wtedy przeszłam przez takie okno i znalazłam te bestie.

— Potwory i czarnoksiężnicy — powiedział jej ojciec. — Zdaje się, że przeżyłaś niezłą przygodę. A ci mężczyźni, których słyszałaś, mówili o żonglowaniu i farsie?

— Tak — przyznała. — Tylko...

— Aryo, to byli komedianci — przerwał jej ojciec. — W czasie turnieju do Królewskiej Przystani zjechało pewnie z tuzin trup aktorskich, które chcą zarobić trochę pieniędzy. Nie wiem, co ci dwaj robili na zamku, ale może Król chciał obejrzeć przedstawienie.

— Nie. — Pokręciła głową z uporem. — Oni nie byli...

— W każdym razie nie powinnaś szpiegować ludzi. Nie podoba mi się też, że moja córka chodzi po jakichś oknach za kotami. Popatrz na siebie, kochanie. Całe ręce masz podrapane. To już trwa za długo. Przekaż Syrio Forelowi, że chcę z nim porozmawiać...

Przerwało mu krótkie, gwałtowne pukanie do drzwi.

— Wybacz, lordzie Eddardzie — zawołał Desmond, uchylając nieco drzwi — ale jest tutaj czarny brat, który prosi o wysłuchanie. Mówi, że sprawa jest pilna. Pomyślałem, że zechcesz z nim pomówić.

— Moje drzwi są zawsze otwarte dla Nocnej Straży — odparł jej ojciec. Desmond wprowadził przybysza. Ów był przygarbiony i brzydki, z potarganą brodą i w brudnym ubraniu, lecz ojciec miło go przywitał i spytał o imię.

— Yoren, panie. Wybacz porę. — Gość skłonił się w kierunku Aryi. — A to pewnie jest twój syn. Podobny.

— Jestem dziewczyną — powiedziała Arya oburzona. Jeśli starzec przybywał z Muru, to musiał przejeżdżać przez Winterfell. — Znasz moich braci? — spytała podniecona. — Robba i Brana, są w Winterfell. A Jon jest na Murze. Jon Snow, także służy w Nocnej Straży. Musisz go znać, ma wilkora, białego z czerwonymi oczyma. Czy Jon jest już zwiadowcą? Ja jestem Arya Stark. — Starzec w cuchnącym czarnym ubraniu patrzył na nią dziwnie, lecz Arya nie przestawała mówić. — Czy weźmiesz list dla Jona, kiedy będziesz wracał na Mur? — Zapragnęła nagle, żeby Jon był tu z nią teraz. On by uwierzył w jej opowiadanie o lochach, o grubasie z brodą i czarnoksiężniku w hełmie.

— Moja córka zapomina często o dobrym wychowaniu — rzekł Eddard Stark z uśmiechem na ustach, który łagodził jego słowa. — Proszę o wybaczenie, Yoren. Czy przysłał cię mój brat, Benjen?

— Nikt mnie nie przysłał, panie, poza starym Mormontem. Przyjechałem tutaj, żeby znaleźć ludzi do służby, i gdy tylko uda mi się stanąć przed Królem, klęknę przed nim i opowiem o naszych kłopotach. Może on i jego Namiestnik mają w lochach trochę mętów, których chcieliby się pozbyć. Można by powiedzieć, że rozmawiamy przez wzgląd na Benjena Starka. I w nim płynie czarna krew, dzięki czemu stał się tak samo moim bratem jak jest i twoim. Przybyłem tu także i dla jego dobra. Nie dawałem koniowi wytchnienia, tak że zostawiłem ich z tyłu.

— Ich?

Yoren splunął.

— Najemników, wolnych i cały ten motłoch. Pełno ich było w karczmie. Widziałem, że zwietrzyli trop. Wyczuli zapach krwi, a może zapach złota, ostatecznie nie ma różnicy. Nie wszyscy wyruszyli do Królewskiej Przystani. Niektórzy pognali do Casterly

Rock, które leży bliżej. Możesz być pewien, że lord Tywin otrzymał już wiadomość.

Eddard Stark nachmurzył się.

— Jaką wiadomość?

Yoren zerknął na Aryę.

— O tym wolałbym pomówić na osobności, jeśli mi wybaczysz, panie.

— Dobrze. Desmond, zaprowadź moją córkę do jej sypialni. — Ojciec pocałował ją w czoło i dodał: — Jutro dokończymy naszą rozmowę.

Arya nie ruszyła się z miejsca.

— Czy Jonowi coś się stało? — spytała Yorena. — A stryj Benjen?

— No cóż, nic nie mogę powiedzieć o Starku, ale Snow miał się dobrze, kiedy wyjeżdżałem. Ale nie o nich chciałem mówić.

Desmond wziął ją za rękę.

— Chodźmy, panienko. Słyszałaś, co mówił pan ojciec.

Arya nie miała wyboru, poszła więc za nim. Żałowała tylko, że nie jest to Gruby Tom. Z nim mogłaby zmarudzić jeszcze trochę przy drzwiach i posłuchać, co mówi Yoren. Desmond był zbyt prostolinijny i trudniej go było oszukać.

— Ilu strażników ma mój ojciec? — spytała, kiedy szli na górę do jej sypialni.

— Tutaj, w Królewskiej Przystani? Pięćdziesięciu.

— Ty byś nie pozwolił, żeby go ktoś zabił, prawda? — spytała.

Desmond roześmiał się.

— Nie obawiaj się, panienko. Pilnujemy lorda Eddarda w dzień i w nocy. Jest bezpieczny.

— Lannisterowie mają więcej niż pięćdziesięciu ludzi — zauważyła Arya.

— Możliwe, ale jeden żołnierz z północy wart jest dziesięciu mieczy z południa, więc możesz spać bezpiecznie.

— A gdyby przysłali czarnoksiężnika, żeby go zabił?

— Czarnoksiężnika, powiadasz — odparł Desmond, wyciągając z pochwy długi miecz. — No cóż, kiedy mu się obetnie głowę, to czarnoksiężnik umiera tak samo jak każdy inny.

EDDARD

— Robercie, błagam cię — prosił Ned. — Zastanów się nad tym, co mówisz. Chcesz zamordować dziecko.

— Ta dziwka jest w ciąży! — Pięść Króla opadła na stół z hukiem grzmotu. — Ostrzegałem cię, że tak się stanie, Ned, ostrzegałem, ale ty nie chciałeś mnie słuchać. Teraz musisz! Oboje mają zginąć, matka i dziecko, a także ten głupiec, Viserys. Czy to jasne? Oboje mają zginąć.

Pozostali członkowie rady królewskiej udawali, że ich tu nie ma. Bez wątpienia okazali większą mądrość od niego. Była to jedna z tych chwil, kiedy Eddard Stark czuł się bardzo osamotniony.

— Postępując tak, splamisz swój honor. Posłuchaj mnie.

— Posłucham, kiedy zaczniesz mówić z sensem. — Król rozejrzał się po zebranych. — A reszta pomarła czy tylko odjęło im mowę? Czy ktoś może przemówić do rozsądku temu głupcowi z głową pełną lodu, zanim go uduszę?

Varys natychmiast podjął zaproszenie.

— Drogi Namiestniku — odezwał się eunuch, posyłając Nedowi tłusty uśmieszek. — Jego Miłość mówi prawdę. A co do zamordowania dziecka... No cóż, to dziecko nosi w łonie dziecko, a zatem czy jest jeszcze dzieckiem?

Wielki Maester Pycelle pochylił się do przodu, pobrzękując swoim łańcuchem.

— Decyzje podejmuje Król. Członkowie rady mogą tylko doradzać. — Odchrząknął, co zajęło mu dość długą chwilę. — Kiedyś oferowałem swoje rady królowi Aerysowi z takim samym oddaniem, z jakim teraz służę królowi Robertowi. W moim zakonie uczy się nas służby państwu, a nie rządzącemu. Pytam więc, jeśli dojdzie do wojny, ile kobiet zginie? Ile miast spłonie? Ile dzieci wyrwanych z ramion matek zostanie nabitych na włócznie? — Pogładził okazałą siwą brodę, nieskończenie smutny, i nieskończenie znużony. — Czy Król nie okaże większej mądrości, a nawet łaskawości, kiedy uśmierci Daenerys Targaryen, by uratować tysiące innych, którzy mogliby zginąć?

— Rzeczywiście — powiedział Varys. — Łaskawość, nie pomyślałem o tym, przyjacielu. Pięknie to ująłeś. — Eunuch położył miękką dłoń na rękawie Neda. — Wierz mi, lordzie Stark, rozumiem twoje skrupuły. Rzecz, którą rozważamy, jest bardzo smutna, wręcz ohydna. Lecz czy my, sprawujący rządy, nie musimy uciekać się do podobnych posunięć dla dobra królestwa? Jeśli bogowie obdarzą Daenerys Targaryen męskim potomkiem, chłopiec będzie rościł sobie prawo do Żelaznego Tronu.

Ich słowa jeszcze bardziej rozzłościły Neda.

— Lordzie Varysie, dziecko może być dziewczynką. Obaj doskonale wiemy, że Dothrakowie nie pójdą za kobietą.

— A jeśli to będzie chłopiec? — nalegał Robert. — Smocza krew i syn jakiegoś przeklętego władcy koni, a za nim hordy Dothraków!

— Dzieli nas wąskie morze — zauważył Ned. — Zacznę się bać Dothraków, kiedy nauczą swoje konie biegać po wodzie.

Littlefinger posłał mu wyzywający uśmiech, zanim zapytał:

— A zatem, panie, nie widzisz żadnego zagrożenia dla nas?

— Jeśli w ogóle, to zaledwie jego słaby cień długi na dwadzieścia lat — odparł Ned.

— A zatem radzisz czekać, aż smocze nasienie wyjdzie na nasz brzeg ze swoimi wojskami? — dopytywał się Król.

— To „smocze nasienie" jest jeszcze w brzuchu matki. Nawet Aegon niczego nie podbił, dopóki nie odstawiono go od piersi. — Ned nie próbował ukryć nuty przygany w swoim głosie. — Nie obawiałeś się Rhaegara Targaryena za jego życia. Czyżbyś z wiekiem stał się tak strachliwy, że trzęsiesz się przed cieniem nie narodzonego dziecka?

Złość nie pozwalała Robertowi wydobyć z siebie ani słowa, lecz wyręczył go brat, przystojny lord Renly.

— Powinniśmy byli zabić Viserysa i jego siostrę dziesięć lat temu, niestety, mój brat popełnił poważny błąd i posłuchał Jona Arryna.

— Nie jest błędem okazać komuś łaskę, lordzie Renly — oznajmił Ned. — Nad Tridentem obecny tutaj ser Barristan położył tuzin dobrych ludzi, zarówno moich, jak i twojego brata. Pamiętam, kiedy go do nas przynieśli, był bliski śmierci. Roose Bolton nalegał, żeby dobić rannego, lecz twój brat, Robert, powiedział wtedy: „Nie zabiję go za to, że okazał dzielność i był lojalny", i posłał swojego maestera, żeby opatrzył rany ser Barristana. — Rzucił Królowi długie, chłodne spojrzenie. — Szkoda, że nie ma z nami tamtego Roberta.

Król miał na tyle wstydu, żeby się zarumienić.

— To nie to samo — odparł. — Ser Barristan był rycerzem Gwardii Królewskiej.

— A Daenerys jest czternastoletnią dziewczynką — odpowiedział szybko Ned.

Ser Barristan Selmy popatrzył ponad stołem swoimi jasnoniebieskimi oczyma i powiedział:

— Stanąć twarzą w twarz z wrogiem na polu bitwy to honor, ale nie ma nic honorowego w tym, że zabije się go w łonie matki. — Zwrócił się do Króla. — Wasza Miłość, lord Eddard wyraził także i moje myśli. Jesteśmy rycerzami, a nie mordercami. Nasze śluby...

— Dość! — ryknął Robert. — Ani słowa więcej. Czyście wszyscy zapomnieli, kto tu jest Królem?

— Nie. A ty? — Ned zdawał sobie sprawę, że przekroczył już granicę rozsądku, lecz nie potrafił się powstrzymać. — Pytam cię, Robercie, dlaczego stanęliśmy naprzeciw Aerysa Targaryena? Czy nie dlatego, żeby skończyć z zabijaniem dzieci?

— Żeby skończyć z Targaryenami! — warknął Król. — Dość już gadania. Co radzicie?

— Trzeba to zrobić — oświadczył lord Renly.

— Nie mamy wyboru — mruknął Varys. — Smutne...

Wielki Maester Pycelle złożył dłonie i skinął głową.

— Kiedy już się pójdzie do łóżka z brzydką kobietą, najlepiej zamknąć oczy i zrobić to szybko — przemówił Litllefinger. — Nie ma co czekać, ona przez to nie stanie się ładniejsza. Trzeba ją pocałować i skończyć z tym.

— Pocałować? — powtórzył ser Barristan zdumiony.

— Mam na myśli pocałunek miecza — powiedział Littlefinger.

Robert zwrócił się do swojego Namiestnika.

— A zatem Ned, zostałeś sam z Selmym. Kto ją zabije?

— Mormont bardzo pragnie królewskiego przebaczenia — przypomniał bratu lord Renly.

— Rzeczywiście, bardzo — prychnął Varys — ale jeszcze bardziej pragnie zachować życie. Księżniczka przebywa teraz w Vaes Dothrak, a tam dobycie miecza graniczy z samobójstwem. Wolałbym wam nie opowiadać, co Dothrakowie zrobiliby z biedakiem, który by się ośmielił podnieść rękę na *khaleesi*. — Musnął dłonią upudrowany policzek. — A zatem pozostaje trucizna... powiedzmy lyseńskie łzy. *Khal* Drogo nie musi się dowiedzieć, że nie była to śmierć naturalna.

Wielki Maester Pycelle uniósł opadające powieki i popatrzył podejrzliwie na eunucha.

— Trucizna to broń tchórzy — rzekł Król.

Ned miał już dość.

— Wysyłasz zbirów z nożami, żeby zabili czternastoletnią dziewczynę, a wciąż przejmujesz się honorem? — Odsunął swoje krzesło i wstał. — Sam to zrób, Robercie. Ten, kto wydaje wyrok, powinien go także wykonać. I spójrz jej w oczy, zanim ją zabijesz. Popatrz na jej łzy i wysłuchaj ostatnich słów. Tyle przynajmniej jesteś jej winien.

— Bogowie — zaklął Król, wyrzucając z siebie to jedno słowo, jakby nie potrafił dłużej powstrzymać wściekłości. — A niech cię, ty naprawdę tak myślisz. — Sięgnął po dzban z winem, a kiedy przekonał się, że naczynie jest puste, cisnął nim o ścianę. — Skończyło się wino i skończyła się też moja cierpliwość. Dość. Po prostu zajmij się tym.

— Nie wezmę udziału w tym morderstwie, Robercie. Ty rób, jak chcesz, lecz nie proś mnie, bym przykładał do tego swoją pieczęć.

Przez chwilę wydawało się, że Robert nie zrozumiał, co Ned powiedział. Nie dane mu było zbyt często smakować owocu nieposłuszeństwa. Wyraz twarzy Króla zmieniał się, w miarę jak docierały do niego słowa Namiestnika. Zmrużył oczy, a jego szyja zaczerwieniła się aż ponad aksamitny kołnierz. Wskazał palcem na Neda.

— Lordzie Stark, jesteś Królewskim Namiestnikiem. Wykonasz moje polecenia, albo znajdę innego Namiestnika, który to zrobi.

— Życzę mu powodzenia. — Ned odpiął ciężką klamrę od płaszcza, ozdobną srebrną dłoń, znak jego urzędu. Położył ją na stole przed Królem i ze smutkiem pomyślał o człowieku, który mu ją przypiął, o przyjacielu, którego kochał. — Miałem cię za kogoś lepszego, Robercie. Sądziłem, że wybraliśmy szlachetniejszego Króla.

Twarz Roberta nabiegła krwią.

— Wynoś się — wycharczał, dusząc się własną wściekłością. — Mam cię dość. Na co czekasz? Idź, wracaj do swojego Winterfell i dopilnuj, żebym nie musiał więcej oglądać twojej twarzy, bo, przysięgam, zetnę ci głowę!

Ned skłonił się i odwrócił bez słowa. Czuł na plecach wzrok Roberta. Zebrani powrócili do rozmowy, gdy tylko opuścił salę narad.

— W Braavos istnieje pewne stowarzyszenie o nazwie Ludzie Bez Twarzy — odezwał się Wielki Maester Pycelle.

— Czy wiesz, ile by trzeba im zapłacić? — zapytał Littlefinger. — Za połowę ceny dostaniesz armię zwykłych najemników, a mam na myśli cenę za kupca. Wolę się nie zastanawiać, ile by zażądali za księżniczkę.

Głosy umilkły, kiedy zamknął za sobą drzwi. Przed wejściem straż pełnił ser Boros Blount w długim, białym płaszczu i zbroi Gwardii Królewskiej. Zerknął na Neda zaciekawiony, lecz nic nie powiedział.

Wracając do Wieży Namiestnika, Ned zauważył, że zbiera się na deszcz. Nie miałby nic przeciwko temu. Może wtedy poczułby się trochę mniej zbrukany. Powróciwszy do swojej samotni, wezwał Vayona Poole'a, który zjawił się natychmiast

— Wzywałeś mnie, Namiestniku?

— Już nie Namiestniku — odpowiedział mu Ned. — Pokłóciłem się z Królem. Wracamy do Winterfell.

— Zajmę się przygotowaniami, panie. Zejdzie ze dwa tygodnie, zanim będziemy gotowi do podróży.

— Nie wiem, czy mamy tyle czasu. Może i dzień będzie za długo. Król wspomniał coś o ścięciu mojej głowy. — Ned zmarszczył czoło. W rzeczywistości nie wierzył, by Król go skrzywdził, nie Robert. Owszem, wściekł się, ale przejdzie mu, jak zawsze, kiedy już Ned usunął się sprzed jego oczu.

Jak zawsze? Nagle przypomniał sobie Rhaegara Targaryena. Nie żyje od piętnastu lat, a Robert wciąż nienawidzi umarłego z taką samą siłą. Eddarda Starka zaniepokoiła ta myśl... do tego jeszcze Catelyn i karzeł. Wkrótce wszystko wyjdzie na jaw, a Król tak się wściekł... Pewnie Roberta wcale nie obchodzi los Tyriona Lannistera, lecz ucierpi jego duma, a ponadto nie wiadomo, co zrobi Królowa.

— Chyba bezpieczniej będzie, jeśli pojadę przodem — rzekł do Poole'a. — Zabiorę córki i kilku strażników. Wy wyruszycie, kiedy już będziecie gotowi. Daj znać Jory'emu, ale nie mów nikomu innemu i nie rób nic, dopóki nie wyjadę z dziewczynkami. W zamku ściany mają uszy, a ja nie chciałbym, żeby ktoś dowiedział się o moich planach.

— Jak każesz, panie.

Po wyjściu zarządcy Eddard Stark usiadł przy oknie zamyślony. Robert nie dał mu wyboru. Właściwie powinien Królowi za to podziękować. Dobrze będzie wrócić do Winterfell. Niepotrzebnie wyjeżdżał. Tam czekają synowie. Może po powrocie oboje z Catelyn postarają się o jeszcze jednego syna, nie są tacy starzy. Ostatnio coraz częściej śnił mu się śnieg, śnił o ciszy, która wypełnia nocą wilczy las.

Z drugiej strony poczuł złość na myśl o wyjeździe. Tyle jeszcze pozostało do zrobienia. Robert i jego rada złożona z tchórzy i pochlebców doprowadzą królestwo do ruiny, jeśli nikt ich nie będzie kontrolował, albo — co gorsza — sprzedadzą je Lannisterom, spłacając długi. Wciąż też nie poznał prawdy o śmierci Jona Arryna. Och, dowiedział się kilku szczegółów, które potwierdziły jego przypuszczenia co do tego, że Jon został zamordowany, ale to jeszcze za mało, to dopiero trop zwierza, którego jak dotąd nie udało mu się zobaczyć. Wyczuł go zaledwie, jak się czai, podstępny, zdradliwy.

Nagle przyszło mu do głowy, że mógłby wrócić do Winterfell morzem. Nie był żeglarzem i wolałby pojechać królewskim traktem, lecz płynąc statkiem, mógłby zatrzymać się na Smoczej Skale i porozmawiać ze Stannisem Baratheonem. Wcześniej polecił Pycelle'owi, aby posłał kruka z listem, w którym Ned prosił lorda Stannisa o powrót. Jak dotąd nie otrzymał odpowiedzi, lecz milczenie tylko utwierdziło go w podejrzeniach. Ned był przekonany, że lord Stannis zna tajemnicę, która Jona Arryna kosztowała życie. Być może prawda, której poszukiwał, czekała na niego w starej fortecy Targaryenów na wyspie.

A kiedy już ją znajdę, co dalej?, zastanawiał się. Bezpieczniej jest, jeśli pewne tajemnice pozostaną w ukryciu. Są one zbyt groźne, by się nimi dzielić nawet z tymi, których kochamy i którym ufamy. Ned wyciągnął z pochwy sztylet przywieziony przez Catelyn. Nóż Krasnala. Dlaczego Tyrion miałby chcieć zabić Brana? Oczywiście, żeby mu zamknąć usta. Jeszcze jedna tajemnica, a może tylko inna nić tej samej pajęczyny?

Czy i Robert może być w to zamieszany? Wcześniej Ned by zaprzeczył, ale wcześniej nie wierzył też, że Robert rozkaże mordować kobiety i dzieci. Catelyn próbowała go ostrzec. „Ty znałeś innego człowieka, powiedziała kiedyś. Nie znasz tego, który jest Królem". Im szybciej wyniesie się z Królewskiej Przystani, tym lepiej. Jeśli tylko następnego ranka jakiś statek będzie odpływał na północ...

Wezwał Jory'ego Cassela i posłał go do doków, żeby rozejrzał się dyskretnie.

— Znajdź mi szybki statek z dobrym kapitanem — rozkazał. — Nie musi mieć żadnych wygód, wystarczy, że będzie szybki i bezpieczny. Chcę odpłynąć jak najszybciej.

Zapadł zmierzch, a Ned wciąż czekał na powrót Jory'ego, kiedy Tomard zapowiedział gościa.

— Panie, lord Baelish do ciebie.

W pierwszej chwili Ned miał zamiar go odprawić, lecz powstrzymał się. Uznał, że musi grać w tej grze do końca, dopóki nie będzie całkiem wolny.

— Wprowadź go, Tom.

Lord Petyr wkroczył do komnaty swobodnym krokiem, jakby nic się nie wydarzyło. Tego wieczoru nosił kremowosrebrzysty aksamitny kubrak z wycięciem i srebrzystoszary płaszcz lamowany futrem z czarnego lisa, nie zapomniał też o kpiącym uśmieszku, który niezmiennie nosił na ustach.

Ned przywitał go chłodno.

— Czy wolno mi zapytać o powód twej wizyty, lordzie Baelish?

— Nie zajmę ci dużo czasu. Udaję się na kolację z lady Tandą i wstąpiłem po drodze. Będzie pasztet z minoga i pieczone prosię. Przyszło jej do głowy, że mogłaby wydać za mnie swoją młodszą córkę, więc stół zwykle ugina się od potraw, kiedy przychodzę. Szczerze mówiąc, prędzej bym się ożenił z tym prosiakiem, ale nie mów jej tego. Za to uwielbiam pasztet z minoga.

— A zatem nie pozwól, żebym kazał ci czekać na twoje przysmaki — odparł Ned chłodnym, ironicznym tonem. — Szczerze mówiąc, nie wiem, czy jest inna osoba, której towarzystwa mniej bym pragnął w tej chwili.

— Och, jestem pewien, że gdybyś się dobrze zastanowił, przypomniałbyś sobie kilka imion. Powiedzmy Varysa, Cersei albo Roberta. Jego Miłość wściekł się. Wyrzekał na ciebie jeszcze przez jakiś czas po twoim wyjściu. Nie raz padły słowa takie jak zuchwalstwo i niewdzięczność. — Ned nie raczył nawet odpowiedzieć. Nie poprosił też gościa, by usiadł, więc Littlefinger sam się rozgościł. — Po twoim burzliwym wyjściu na mnie spadł obowiązek przekonania ich, żeby nie wynajmować tych Ludzi Bez Twarzy — mówił dalej swobodnym tonem. — Tak więc Varys ma rozgłosić po cichu, że ten, kto załatwi dziewczynę Targaryenów, otrzyma tytuł lorda.

— A zatem teraz obdarzamy honorami morderców. — Ned był oburzony.

Littlefinger wzruszył ramionami.

— Honory są tanie, a Ludzie Bez Twarzy dużo kosztują. Ale tak między nami, to ja bardziej się przysłużyłem dziewczynie Targaryenów niż ty tym swoim gadaniem o honorze. Pozwólmy spróbować ją zabić jakiemuś pijanemu najemnikowi, któremu marzy się tytuł lorda. Prawdopodobnie nic mu z tego nie wyjdzie, a Dothrakowie będą się mieli na baczności. Dziewczyna z pewnością by zginęła, gdybyśmy wysłali któregoś z Ludzi Bez Twarzy.

Ned zmarszczył czoło.

— W sali narad rozprawiasz o brzydkich kobietach i żelaznych pocałunkach i chcesz, żebym teraz uwierzył ci, że próbowałeś ją chronić? Ty mnie chyba masz za wielkiego głupca.

— Rzeczywiście, dość wielkiego — odparł Littlefinger, uśmiechając się.

— Lordzie Baelish, czy morderstwo zawsze tak cię bawi?

— To nie morderstwo tak mnie bawi, lecz ty, lordzie Stark. Twoje rządy przypominają taniec na kruchym lodzie. Myślę, że wpadniesz z hukiem do wody. Dzisiejszego ranka usłyszałem trzask pierwszego pęknięcia.

— Pierwszego i ostatniego — orzekł Ned. — Skończyłem z tym.

— Kiedy zamierzasz wrócić do Winterfell?

— Najszybciej jak to możliwe. Czemu cię to tak bardzo obchodzi?

— Nie aż tak bardzo, lecz gdybyś przypadkiem był tutaj jeszcze jutrzejszego ranka, chętnie zabiorę cię do tego burdelu, który Jory przeszukiwał bez powodzenia. — Littlefinger uśmiechnął się. — I nic nie powiem lady Catelyn.

CATELYN

— Pani, powinnaś była nas uprzedzić o swoim przyjeździe — zwrócił się do niej ser Donnel Waynwood, kiedy wjeżdżali na przełęcz. — Wysłalibyśmy eskortę. Ta droga nie jest już tak bezpieczna jak kiedyś, szczególnie dla małych grup.

— Niestety, mieliśmy okazję przekonać się o tym — odparła Catelyn. Miała wrażenie, że jej serce zamieniło się w kamień; sześciu dzielnych ludzi zginęło, aby mogła tutaj dojechać, a ona nawet nie zapłakała po ich śmierci. Ich imiona odchodziły w zapomnienie.

— Ludzie z klanów nie odstępowali nas ani na chwilę, w dzień i w nocy. Straciliśmy trzech ludzi w pierwszym ataku i dwóch w następnym. Człowiek Lannistera zmarł z gorączki, gdy zajątrzyły się jego rany. Kiedy usłyszałam twoich ludzi, pomyślałam, że już po nas. — Przypomniała sobie tamtą chwilę: przywarli plecami do skały z bronią w dłoniach. Krasnal ostrzył topór, opowiadając jeden ze swoich licznych wisielczych dowcipów, kiedy Bronn zauważył błękitno-biały proporzec Rodu Arrynów z księżycem i sokołem. Jeszcze nigdy żaden widok tak jej nie ucieszył.

— Od czasu śmierci lorda Jona klany stają się coraz śmielsze — stwierdził ser Donnel. Był to dwudziestoletni młodzieniec, krępy, o miłym usposobieniu, z szerokim nosem i gęstymi, brązowymi włosami. — Gdyby to ode mnie zależało, pojechałbym w góry z setką ludzi, wykurzył zbirów z ich kryjówek i dał im porządną lekcję. Niestety, twoja siostra nie pozwala. Nie pozwoliła nawet rycerzom walczyć w turnieju Namiestnika. Chce mieć wszystkie miecze przy sobie dla obrony Doliny przed... nie wiadomo przed czym. Przed cieniami, jak mówią niektórzy. — Popatrzył na nią z niepokojem, jakby sobie coś przypomniał. — Wybacz, pani, jeśli powiedziałem coś niestosownego. Nie chciałem cię obrazić.

— Szczere słowa nie są dla mnie obrazą, ser Donnelu. — Catelyn dobrze wiedziała, czego obawia się jej siostra. Boi się Lannisterów, a nie cieni, pomyślała i zerknęła do tyłu na Krasnala, który jechał obok Bronna. Od chwili śmierci Chiggena obaj trzymali się razem. Niepokoiła ją przebiegłość karła. Kiedy wjeżdżali w góry, był jej więźniem, bezradny, związany. A teraz? Wprawdzie wciąż pozostawał więźniem, ale jechał swobodnie ze sztyletem za pasem i toporem przytroczonym przy siodle, ubrany w futro, które wygrał w kości od śpiewaka, i kolczugę, którą zdjął z martwego Chiggena. Eskortowało ich dwa tuziny ludzi, rycerzy i zbrojnych, którzy służyli jej siostrze, Lysie, oraz młodemu synowi Jona Arryna, a mimo to

Tyrion nie zdradzał wcale oznak strachu. Czyżbym się myliła?, pomyślała Catelyn nie po raz pierwszy. Czy to możliwe, że on nie ma nic wspólnego z Branem, Jonem Arrynem i wszystkim innym? Jeśli tak, to w jakim świetle ona wypadła? Zginęło sześciu ludzi, żeby go tutaj przywieźć.

Stanowczo odepchnęła podobne myśli.

— Kiedy już znajdziemy się w twojej twierdzy, będę cię prosiła, abyś niezwłocznie posłał po maestera Colemona. Ser Rodrik gorączkuje na skutek otrzymanych ran. — Były chwile, kiedy obawiała się, że stary rycerz nie przeżyje podróży. Pod koniec z trudem siedział na koniu. Bronn namawiał ją, żeby go zostawić, lecz Catelyn nie chciała o tym słyszeć. Przywiązali rannego do siodła i rozkazała Marillionowi, żeby go pilnował.

Zawahał się przez chwilę, zanim jej odpowiedział.

— Lady Lysa poleciła maesterowi, aby pozostał w Orlim Gnieździe i opiekował się lordem Robertem — rzekł. — Mamy jednak septona, który opiekuje się naszymi rannymi. Zajmie się też i waszymi.

Catelyn bardziej ufała wiedzy maestera niż modlitwom septona. Miała już to powiedzieć, lecz ujrzała blanki murów wbudowanych w stare góry, z długimi parapetami po obu stronach. Kiedy droga na przełęczy zwęziła się tak bardzo, że z trudem mogło nią przejechać obok siebie czterech ludzi, ze skalistych zboczy wyrosły bliźniacze wieże połączone krytym mostem z szarego zwietrzałego kamienia. Ze strzelniczych otworów w wieżach, na blankach i na moście obserwowały ich milczące twarze. Kiedy dotarli już prawie na szczyt, wyjechał im na spotkanie rycerz. Na siwym koniu, w szarej zbroi, w płaszczu, który mienił się bielą i błękitem Riverrun, a na tym tle widniała lśniąca czarna ryba wyrobiona w złocie i obsydianie.

— Kto chce przejechać przez Krwawą Bramę? — zawołał.

— Ser Donnel Waynwood oraz lady Catelyn Stark i jej towarzysze — odpowiedział młody rycerz.

Dowódca straży podniósł zasłonę hełmu. Dama wydała mu się znajoma.

— Odjechałaś daleko od domu, mała Cat.

— Podobnie jak i ty, stryju — oznajmiła, uśmiechając się pomimo przebytych trudów. Dźwięk jego chrapliwego, niskiego głosu przeniósł ją w jednej chwili dwadzieścia lat wcześniej do jej dzieciństwa.

— Mój dom znajduje się za moimi plecami — odparł krótko.

— Twój dom jest w moim sercu — powiedziała. — Zdejmij hełm. Chcę zobaczyć twoją twarz.

— Obawiam się, że minione lata nie dodały jej blasku — oświadczył Brynden Tully, lecz kiedy odsłonił głowę, przekonała się, że nie mówi prawdy. Wprawdzie twarz miał pobrużdżoną i czas wypalił całkowicie kasztanowy odcień jego włosów, pokrywając je siwizną, lecz uśmiech Bryndena pozostał nie zmieniony, brwi wciąż krzaczaste i te same niebieskie, śmiejące się oczy. — Czy Lysa spodziewa się twojej wizyty?

— Nie miałam czasu jej zawiadomić — odpowiedziała mu. Wróg deptał im po piętach. — Obawiam się stryju, że za nami nadciąga burza.

— Czy wolno nam wjechać do Doliny? — spytał ser Donnel. Waynwoodowie pozostawali wierni ceremoniom.

— W imieniu Roberta Arryna, Lorda Orlego Gniazda, Obrońcy Doliny, Prawdziwego Namiestnika Wschodu, wjeżdżajcie wolno i zachowajcie pokój tego miejsca — odparł ser Brynden. — Chodź.

Ruszyła za nim w cieniu Krwawej Bramy, pod którą padały kolejne armie w Erze Herosów. Po drugiej stronie oczom patrzącego ukazywał się widok zapierający dech w piersi: rozległe, zielone pola, błękitne niebo i ośnieżone szczyty gór. Cała Dolina pławiła się w blasku poranka.

Jak okiem sięgnąć aż po zamglony wschód ciągnęła się spokojna kraina żyznych pól, szerokich, leniwych rzek i setek małych jezior, które lśniły w blasku słońca otoczone szczytami. Pszenica, kukurydza i jęczmień wyrastały wysoko, a ogromne dynie i słodkie owoce nie miały sobie równych nawet w Wysogrodzie. Stali teraz po zachodniej stronie doliny, gdzie gościniec prowadził w dół z ostatniej z przełęczy, schodząc na dno doliny dwie mile poniżej. W tym miejscu Dolina była bardzo wąska — można by ją przemierzyć w poprzek w pół dnia — a południowa część gór wydawała się Catelyn tak bliska, że miała ochotę wyciągnąć rękę , żeby ich dotknąć. Wysoko nad nimi wznosił się poszarpany szczyt zwany Lancą Olbrzyma, który spoglądał spośród lodowatych mgieł w dół, na dno doliny trzy i pół mili poniżej. Nad jego masywnym zachodnim ramieniem przelewały się złowieszcze strumienie Łez Alyssy. Nawet z tej odległości Catelyn widziała wyraźnie na tle ciemnej skały srebrzystą nić wodospadu. Stryj podjechał do niej, widząc, że się zatrzymała.

— Jest tam, przy Łzach Alyssy. Stąd widać tylko białe błyski, i to tylko wtedy, gdy słońce pada wprost na ściany.

„Siedem wież, powiedział jej kiedyś Ned, niczym siedem sztyletów wbitych w brzuch nieba. Są tak wysokie, że stojąc na parapecie, możesz spojrzeć w dół na chmury".

— Jak długo jeszcze? — spytała.

— O zmierzchu będziemy u podnóża góry — wyjaśnił stryj Brynden — ale potrzebujemy całego dnia, żeby znaleźć się na miejscu.

— Pani — rozległ się z tyłu głos ser Rodrika Cassela. — Obawiam się, że nie dam rady jechać dalej. — Na jego twarzy z odrastającymi bokobrodami widać było ogromne zmęczenie. Patrząc na niego, Catelyn bała się, że zbrojmistrz Winterfell zaraz spadnie z konia.

— Nie ma takiej potrzeby — odpowiedziała mu. — I tak zrobiłeś więcej, niż mogłeś. Stryj będzie mi towarzyszył przez resztę podróży do Orlego Gniazda. Lannister musi pojechać, lecz ty i pozostali powinniście tutaj odpocząć.

— Honorem będzie dla nas móc ich gościć — przemówił ser Donnel z pełną powagi młodzieńczą uprzejmością. Nie licząc ser Rodrika, z grupy, która wyjechała z nią z karczmy nad Tridentem, pozostali tylko Bronn, ser Willis Wode i Marillion.

— Pani — powiedział minstrel, wysuwając się do przodu. — Błagam, pozwól mi pojechać z tobą do Orlego Gniazda. Skoro widziałem początek opowieści, chciałbym też ujrzeć jej zakończenie. — Chłopak wyglądał na zmęczonego, lecz z jego rozgorączkowanego spojrzenia przebijała dziwna determinacja.

Catelyn nie prosiła go, żeby z nimi jechał, sam podjął decyzję. Teraz nie mogła zrozumieć, jak to się stało, że przeżył, chociaż tylu dzielniejszych od niego poległo. A jednak był z nią, młodzieniec z meszkiem brody, dzięki której wydawał się prawie mężczyzną. Może była mu coś winna za to, że tak daleko z nią dojechał.

— Dobrze — zgodziła się.

— Ja też pojadę — odezwał się Bronn.

Ta propozycja mniej jej się spodobała. Zdawała sobie sprawę, że bez Bronna nigdy by nie dotarła do Doliny; najemnik okazał się zaciekłym wojownikiem i jego miecz pomógł im przebić się przez najtrudniejsze chwile, a mimo to Catelyn nie darzyła go sympatią. Posiadał siłę, odwagę, lecz za grosz uprzejmości i tylko odrobinę lojalności. Ponadto zbyt często widziała go w towarzystwie Lannistera, jak szeptali cicho albo śmiali się z dowcipów, które dzielili tylko między sobą. Wolałaby oddzielić najemnika od karła, jednakże udzieliwszy wcześniej pozwolenia Marillionowi, nie widziała, jak w uprzejmy sposób zabronić tego samego Bronnowi.

— Jak chcesz — powiedziała przyzwalająco, chociaż wiedziała, że w rzeczywistości wcale nie pytał jej o pozwolenie.

Ser Willis Wode pozostał z ser Rodrikiem, którym natychmiast zajął się septon o łagodnym głosie. Zostawili też umęczone konie. Ser Donnel obiecał wysłać ptaka do Orlego Gniazda i do Księżycowej Bramy z wiadomością o ich przybyciu. Ze stajni przyprowadzono świeże wierzchowce, włochate górskie konie o pewnych nogach, i po godzinie wyruszyli dalej, w dół. Catelyn jechała obok stryja. Za nimi Bronn, Tyrion Lannister, Marillion i sześciu ludzi Bryndena.

Dopiero kiedy wysunęli się daleko przed pozostałych, Brynden Tully spojrzał na nią i poprosił:

— A teraz, dziecko, opowiedz mi o tej burzy.

— Już od lat nikt mnie tak nie nazywał, stryju — oświadczyła Catelyn i opowiedziała mu o wszystkim. Zajęło to więcej czasu, niż się spodziewała — list od Lysy, upadek Brana, sztylet mordercy, Littlefinger i przypadkowe spotkanie z Tyrionem Lannisterem w przydrożnej karczmie.

Stryj słuchał w milczeniu i tylko jego krzaczaste brwi coraz bardziej zacieniały mu oczy. Brynden Tully zawsze potrafił słuchać innych... z wyjątkiem jej ojca. Był młodszym o pięć lat bratem lorda Hostera, z którym pozostawał w stanie wojny od tak dawna jak tylko Catelyn mogła sięgnąć pamięcią. W czasie jednego z ich głośniejszych sporów — Catelyn miała wtedy osiem lat — lord Hoster nazwał Bryndena „czarną owcą w stadzie Tullych". Wtedy Brynden roześmiał się i zauważył, że godłem ich rodu jest skaczący pstrąg, więc brat powinien go raczej nazwać czarną rybą, a nie czarną owcą. Tamtego dnia stryj obrał czarną rybę za swój znak herbowy.

Spór między braćmi trwał aż do ślubu Lysy. Wtedy to Brynden oświadczył bratu, że opuszcza Riverrun i udaje się na służbę do Lysy i jej nowego męża, Lorda Orlego Gniazda. Od tamtego dnia lord Hoster nie wymówił imienia swojego brata, o czym Catelyn dowiedziała się z rzadkich listów od Edmure'a.

Catelyn pamiętała z dzieciństwa, że dzieci lorda Hostera zawsze biegły do Bryndena Blackfisha, herbu Czarna Ryba, żeby się wypłakać albo wygadać, kiedy ojciec był zbyt zajęty, a matka chora. Catelyn, Lysa, Edmure... a nawet Petyr Baelish, podopieczny ich ojca. Brynden słuchał wszystkich z taką samą uwagą, z jaką słuchał jej teraz, ze śmiechem przyjmował ich zwycięstwa i wiedział, jak pocieszyć w chwilach porażek.

Skończyła swoją opowieść, lecz stryj długo jeszcze milczał, pozwalając, by jego koń jechał własnym tempem po stromej drodze.

— Trzeba powiadomić twojego ojca — odezwał się wreszcie. — Gdyby Lannisterowie się ruszyli... Winterfell jest daleko, Dolina schowana za górami, natomiast Riverrun leży na ich drodze.

— Pomyślałam o tym samym — przyznała Catelyn. — Gdy tylko przyjedziemy do Orlego Gniazda, poproszę maestera Colemona, żeby wysłał ptaka. — Miała też do przekazania inne wiadomości, rozkazy Neda dla chorążych, by przygotowali obronę północy. — Jakie panują nastroje w Dolinie? — spytała.

— Ludzie są rozgniewani — odparł Brynden Tully. — Darzyli miłością lorda Jona, dlatego uznali za zniewagę fakt, że Król oddał w ręce Jaime'a Lannistera urząd, który Arrynowie piastowali od prawie trzystu lat. Lysa każe nazywać swojego syna Prawdziwym Namiestnikiem Wschodu, ale ludzie nie dają się oszukać. Ponadto nie tylko twoja siostra zastanawia się nad przyczyną śmierci Królewskiego Namiestnika. Nikt otwarcie nie ośmieli się powiedzieć, że Jon został zamordowany, lecz podejrzenia rzucają długie cienie. — Zacisnął usta i spojrzał na Catelyn. — No i ten chłopak.

— Jaki chłopak? — Schyliła głowę pod skalnym występem, pod którym musieli przejechać.

Stryj mówił głosem przepełnionym troską.

— Lord Robert — westchnął. — Ma sześć lat, jest chorowity i beczy, gdy tylko ktoś mu zabierze lalkę. Jest prawowitym spadkobiercą Jona Arryna, lecz niektórzy twierdzą, że nie nadaje się na miejsce ojca. Nestor Royce piastował urząd Lorda Zarządcy przez ostatnie czternaście lat, kiedy lord Jon służył w Królewskiej Przystani i zdaniem wielu to on powinien sprawować rządy, dopóki chłopiec nie dorośnie. Inni są zdania, że Lysa powinna szybko wyjść ponownie za mąż. Kandydaci zlatują się już jak wrony do ziarna. Pełno ich w Orlim Gnieździe.

— Mogłam się tego spodziewać — oznajmiła Catelyn. Nic dziwnego. Lysa była jeszcze młoda, a królestwo Gór i Doliny stanowiło okazały prezent ślubny. — Czy Lysa wyjdzie za mąż?

— Twierdzi, że tak, jeśli spotka mężczyznę, który będzie jej odpowiadał — rzekł Brynden Tully. — Jednakże jak dotąd odrzuciła Lorda Nestora i tuzin innych. Zarzeka się, że tym razem sama wybierze sobie pana męża.

— Przynajmniej ty nie powinieneś się jej dziwić.

Ser Brynden żachnął się.

— I nie dziwię, lecz... sądzę, że Lysa prowadzi grę. Bawi ją to, lecz moim zdaniem twoja siostra zamierza sama sprawować rządy, dopóki jej syn nie będzie mógł zostać Lordem Orlego Gniazda nie tylko z tytułu.

— Kobieta może rządzić równie dobrze jak mężczyzna — powiedziała Catelyn.

— Właściwa kobieta — dodał jej stryj, odwracając wzrok. — Pamiętaj o tym, Cat. Lysa nie jest tobą. — Zawahał się na moment.

— Szczerze mówiąc, obawiam się, że twoja siostra może cię rozczarować...

Spojrzała na niego zdziwiona.

— Co masz na myśli?

— Lysa, która powróciła z Królewskiej Przystani, nie jest tą samą dziewczyną, która wyjechała na południe, kiedy jej mąż został mianowany Namiestnikiem. Nie miała lekkiego życia przez wszystkie te lata. Musisz wiedzieć, że lord Arryn okazał się dobrym mężem, ale ich małżeństwo było wynikiem zabiegów politycznych, a nie namiętności.

— Podobnie jak i moje.

— Oba zaczęły się podobnie, lecz twoje okazało się szczęśliwsze. Dwoje martwo urodzonych dzieci, kilka poronień, śmierć lorda Arryna... Bogowie obdarzyli ją tylko jednym dzieckiem, dlatego na nim skupiła wszystkie swoje uczucia; tylko dla niego żyje, biedactwo. Nic dziwnego, że wolała raczej uciec, niż pozwolić, żeby oddali chłopca pod opiekę Lannisterów. Twoja siostra bardzo się boi, a najbardziej obawia się Lannisterów. Wymknęła się z Czerwonej Twierdzy nocą jak złodziej, a wszystko po to, by wyrwać syna z paszczy lwa... tymczasem ty sprowadzasz lwa na próg jej domu.

— Jest spętany — powiedziała Catelyn. Z prawej strony pojawiła się ziejąca ciemnością rozpadlina. Mocniej ścisnęła wodze konia i jechała bardzo ostrożnie.

— Czyżby? — Stryj Brynden odwrócił się i spojrzał na podążającego z tyłu Tyriona Lannistera. — Widzę topór przy siodle i sztylet u pasa. Najemnik nie odstępuje go ani na krok niczym cień. Powiedz mi, kochanie, gdzie są łańcuchy Krasnala?

Catelyn poruszyła się w siodle.

— Krasnal nie przybył tutaj z własnej woli. Spętany czy nie, jest moim więźniem. Lysa, podobnie jak ja, będzie chciała, żeby odpowiedział za swoje zbrodnie. Przecież to jej pana męża zamordowali Lannisterowie, a w liście ostrzegła nas przed nimi.

Brynden posłał jej znużony uśmiech.

— Mam nadzieję, że się nie mylisz, dziecko — odparł i westchnął nie przekonany.

Słońce dotarło już na zachód, kiedy zbocze pod kopytami ich koni złagodniało. Teraz droga była szersza i mniej kręta. Catelyn po raz pierwszy dostrzegła dzikie kwiaty i trawy. Dotarłszy na dno doliny, mogli jechać szybciej. Ruszyli galopem przez zielone lasy, sioła, między sadami i polami pszenicy, przez roziskrzone słońcem strumienie. Stryj wysłał przodem człowieka dzierżącego podwójny proporzec, na którym widniał księżyc i sokół domu Arrynów u góry, poniżej zaś czarna ryba Bryndena. Jeźdźcy, wozy kupców i chłopów ustępowały im z drogi.

Mimo to dopiero po zmroku dotarli do przysadzistego zamku położonego u stóp Lancy Olbrzyma. Na wałach migotały pochodnie, na ciemnych wodach fosy tańczył rogaty księżyc. Zwodzony most był już podniesiony, a kratę opuszczono, lecz Catelyn dostrzegła światła w wartowni, a także w oknach kwadratowych wież zamku.

— Księżycowa Brama — oznajmił stryj, kiedy podjechali bliżej. Jego chorąży przystanął na skraju fosy, by przywołać straż z wartowni. — Siedziba Lorda Nestora. Powinien nas oczekiwać. Spójrz w górę.

Catelyn uniosła głowę; jej wzrok wędrował coraz wyżej i wyżej. Początkowo widziała tylko skały i drzewa, masyw góry spowity nocą, czarny jak bezgwiezdne niebo. Potem wysoko w górze dostrzegła blask ogni wieży zbudowanej na stromym zboczu, której światła, niczym pomarańczowe oczy, spoglądały w dół. Nad nią znajdowała się inna, a potem jeszcze wyżej trzecia, niczym migocąca iskra na tle nieba. I wreszcie wysoko, gdzie szybowały sokoły, błysk bieli w blasku księżyca. Poczuła, że kręci jej się w głowie.

— Orle Gniazdo. — Usłyszała szept zdumionego Marilliona. Zaraz potem rozległ się głos Tyriona Lannistera.

— Zdaje się, że Arrynowie nie przepadają za towarzystwem. Jeśli zamierzacie kazać nam wspinać się na tę górę po ciemku, to lepiej od razu mnie zabijcie.

— Noc spędzimy tutaj i wyruszymy rano — odpowiedział mu Brynden.

— Nie mogę się doczekać — odparł karzeł. — A jak tam wejdziemy. Nie potrafię jeździć na kozicach.

— Na mułach — poprawił go Brynden, uśmiechając się.

— W zboczu góry wycięto schody — wyjaśniła Catelyn. Ned opisywał jej wszystko, kiedy opowiadał o swojej młodości spędzonej tam razem z Robertem Baratheonem i Jonem Arrynem.

Stryj przytaknął.

— Nie widać ich teraz w ciemności, ale rzeczywiście tam są. Za strome i za wąskie dla koni, ale chodzą po nich muły, przynajmniej na znacznej części drogi. Twierdzy strzegą trzy zamki strażnicze, Kamień, Śnieg i Niebo. Muły zawiozą nas tylko do Nieba.

Tyrion Lannister zerknął w górę bez przekonania.

— A dalej?

Brynden uśmiechnął się.

— Dalej ścieżka jest zbyt stroma nawet dla mułów. Resztę drogi przejdziemy pieszo. Chyba że zechcesz pojechać w koszu. Orle Gniazdo jest przylepione do skały dokładnie nad Niebem. W jego podziemiach znajduje się sześć ogromnych kołowrotów wyposażonych w długie łańcuchy, którymi wciąga się prowiant z dołu. Jeśli sobie życzysz, mości Lannister, możesz pojechać na górę razem z chlebem, piwem i jabłkami.

Śmiech Krasnala przypominał krótkie szczeknięcie.

— Może gdybym był dynią — powiedział. — Mój pan ojciec z pewnością bardzo by się zasmucił, gdyby jego syn skończył jak kupa rzepy. Skoro wy pójdziecie pieszo, obawiam się, że będę musiał wam towarzyszyć. My, Lannisterowie, mamy swoją dumę.

— Dumę? — prychnęła Catelyn. Jego kpiący ton i swobodne zachowanie rozzłościły ją. — Nazwałabym to raczej arogancją. Arogancja, skąpstwo i żądza władzy.

— Bez wątpienia o moim bracie można powiedzieć, że jest arogancki — odparł Tyrion Lannister. — Mój ojciec jest uosobieniem skąpstwa, a moja słodka siostra jest pełna żądzy władzy. Ale ja? Ja jestem niewinny jak baranek. Czy mam zabeczeć dla ciebie? — Wyszczerzył zęby w uśmiechu.

Zanim zdążyła mu odpowiedzieć, rozległo się skrzypienie

opuszczanego mostu. Kilku żołnierzy wyszło z pochodniami, by oświetlić im przejście przez fosę. Na dziedzińcu w otoczeniu innych rycerzy czekał na nich Lord Nestor Royce, Lord Zarządca Doliny oraz Rycerz Księżycowej Bramy.

— Lady Stark — rzekł i skłonił się niezgrabnie, ponieważ był ogromnym i potężnym mężczyzną.

Catelyn zsiadła z konia i stanęła przed nim.

— Lordzie Nestorze — odpowiedziała. Znała go tylko ze słyszenia; był kuzynem Spiżowego Yohna z pomniejszej gałęzi Rodu Royce'ów, ale wystarczająco potężnym. — Mamy za sobą długą i męczącą podróż, dlatego proszę, byś udzielił nam gościny na dzisiejszą noc.

— Odstąpiłbym ci swoją komnatę — odparł krótko — jednak twoja siostra, Lysa, przysłała wiadomość z Orlego Gniazda. Pragnie widzieć cię natychmiast. Pozostali przenocują tutaj i wyprawimy ich jutro o świcie.

Stryj skierował ku nim konia.

— Co to za szaleństwo? — rzucił. Brynden Tully znany był z tego, że nie przebierał w słowach. — Nocą na samą górę, kiedy nie ma nawet pełni? Nawet Lysa powinna zdawać sobie sprawę, że to kuszenie losu.

— Ser Bryndenie, muły znają drogę. — U boku Lorda Nestora pojawiła się chuda dziewczyna, siedemnasto-, może osiemnastoletnia. Ciemne włosy nosiła przycięte krótko wokół głowy, odziana była w skórzany strój do jazdy konnej i lekką kolczugę. Skłoniła się przed Catelyn wdzięczniej niż jej pan. — Obiecuję, pani, że nikomu nie stanie się krzywda. To dla mnie zaszczyt móc zawieźć cię na górę. Już wiele razy jeździłam w ciemności. Mychel mówi, że moim ojcem musiał być kozioł.

Catelyn uśmiechnęła się.

— Jak masz na imię, dziecko?

— Mya Stone, pani — odpowiedziała dziewczyna.

Usłyszawszy to, Catelyn utrzymała uśmiech na twarzy, choć uczyniła to z pewnym wysiłkiem. Stone było nazwiskiem, które nadawano w Dolinie bękartom, podobnie jak Snow na północy czy

Flowers w Wysogrodzie. W każdej części Siedmiu Królestw istniało miano nadawane zwyczajowo dzieciom, które nie odziedziczyły nazwiska po ojcu. Catelyn nie miała nic przeciwko dziewczynie, lecz w tej chwili nie mogła powstrzymać myśli o bękarcie Neda, który służył na Murze. Poczuła jednocześnie złość i poczucie winy. Szukała słów, by odpowiedzieć.

Niezręczną ciszę przerwał Lord Nestor.

— Mya jest bystrą dziewczyną. Skoro twierdzi, że zawiezie cię bezpiecznie do lady Lysy, to ja jej wierzę. Jak dotąd ani razu mnie nie zawiodła.

— A zatem, Myo Stone, oddaje się w twoje ręce — rzekła Catelyn. — Lordzie Nestorze, polecam ci pilnie strzec mojego więźnia.

— A ja polecam ci przynieść mu puchar wina i dobrze zarumienionego kapłona, zanim umrze z głodu — wtrącił się Lannister. — Może jeszcze jakaś dziewczyna... ale to już chyba za dużo. — Bronn roześmiał się głośno.

Lord Nestor zignorował słowa Lannistera.

— Będzie tak jak mówisz, pani. — Dopiero wtedy spojrzał na karła. — Zaprowadźcie lorda Lannistera do celi w wieży i przynieście mu mięsa i miodu.

Kiedy odprowadzono Tyriona Lannistera, Catelyn pożegnała się ze stryjem i pozostałymi, po czym ruszyła za dziewczyną. Dwa osiodłane muły czekały na górnym zewnętrznym murze. Mya pomogła jej dosiąść jednego, tymczasem strażnik w błękitnym płaszczu otworzył wąską furtę. Zaraz za nią wznosiła się góra czarna jak ściana, porośnięta sosnami i świerkami. Wycięte w skale stopnie pięły się ku niebu.

— Niektórzy wolą mieć zamknięte oczy — oświadczyła Mya, wyprowadzając muły do lasu. — Czasem, przestraszeni albo kiedy kręci im się w głowie, za mocno ściskają muła. Zwierzęta tego nie lubią.

— Urodziłam się w rodzinie Tullych i dopiero później poślubiłam Starka — odparła Catelyn. — Nie tak łatwo mnie przestraszyć. Zapalisz pochodnię? — Stopnie ginęły w ciemności.

Dziewczyna skrzywiła się.

— Pochodnia oślepia. W pogodną noc, taką jak ta, wystarczy światło gwiazd i księżyca. Mychel mówi, że mam oczy jak sowa. — Dosiadła swojego muła i skierowała go na pierwsze stopnie. Muł Catelyn ruszył sam.

— Już wcześniej wymieniłaś imię Mychela — powiedziała Catelyn. Z zadowoleniem zobaczyła, że muły szły spokojnym, wolnym krokiem.

— To mój ukochany — wyjaśniła Mya. — Nazywa się Mychel Redfort. Jest giermkiem ser Lyna Corbraya. Pobierzemy się, gdy tylko zostanie pasowany na rycerza. W przyszłym roku albo za dwa lata.

Tak bardzo przypominała Sansę, szczęśliwa, niewinna, pełna marzeń. Catelyn uśmiechnęła się, lecz na jej uśmiech padł cień smutku. Ród Redfortów należał do starych rodzin w Dolinie, w ich żyłach płynęła krew Pierwszych Ludzi. Może i on ją kochał, ale żaden Redfort nigdy nie poślubi bękarta. Jego rodzina znajdzie mu bardziej odpowiednią pannę, kogoś z Corbrayów, Waynwoodów albo Royce'ów. Gdyby Mychel Redfort miał pójść z tą dziewczyną do łóżka, to nie wyjdzie im to na dobre.

Wspinaczka okazała się łatwiejsza, niż się spodziewała. Drzewa rosły ciasno, tworząc nad ścieżką zielony dach zasłaniający księżyc, przez co wydawało się, że jadą długim ciemnym tunelem. Muły szły pewnie równym krokiem, a Mya rzeczywiście widziała jak sowa. Pięły się wciąż w górę krętymi schodami. Muły poruszały się prawie bezgłośnie, ponieważ ścieżkę przykryła gruba warstwa opadłego igliwia. Catelyn poddała się łagodnemu kołysaniu zwierzęcia i nastrojowi ciszy i niebawem poczuła, że ogarnia ją sen.

Być może nawet zdrzemnęła się na moment, ponieważ nieoczekiwanie ujrzała przed sobą masywną, żelazną bramę.

— Kamień — oznajmiła Mya radośnie, zeskakując na ziemię.

Catelyn ujrzała szczyty potężnych murów najeżone żelaznymi szpicami, a nad całą twierdzą górowały dwie przysadziste, okrągłe wieże. Mya zawołała i po chwili brama otworzyła się. Przywitał ich dostojny rycerz. Dowódca strażnicy poczęstował je świeżo pieczonym mięsem z cebulą z rożna. Dopiero teraz Catelyn zdała sobie sprawę, jaka jest głodna. Jadła na stojąco, nie zważając na tłuszcz, który ściekał jej po brodzie. Tymczasem stajenni osiodłali nowe muły.

Potem znowu wyruszyły w rozgwieżdżoną noc. Druga część podróży wydała się lady Stark trudniejsza. Ścieżka była bardziej stroma, a schody bardziej wytarte, tu i ówdzie przysypane kamieniami. Mya zsiadała kilkakrotnie, by je usunąć.

— Nie chciałabym, żeby muł złamał tutaj nogę — powiedziała. Catelyn przyznała jej rację. Czuła, że znajdują się teraz bardzo wysoko. Drzewa nie rosły już tak gęsto, a wiatr stawał się coraz bardziej porywisty, szarpał ubranie i przysłaniał włosami oczy. Co pewien czas schody zawracały, tak że widziała w dole Kamień, a jeszcze niżej Księżycową Bramę; palące się tam pochodnie przypominały świeczki.

Śnieg okazał się mniejszy od Kamienia. Składał się jedynie z ufortyfikowanej wieży i stajni schowanych za niskim murem z surowego kamienia. Mimo to położenie umożliwiało mu kontrolę nad częścią schodów powyżej pierwszego zamku. Wróg, który chciałby się wedrzeć do Orlego Gniazda, musiałby pokonać schody prowadzące z Kamienia, zasypywany gradem kamieni i strzał wypuszczanych ze Śniegu. Dowódca zamku, młody, gorliwy rycerz o dziobatej twarzy, poczęstował je chlebem i serem, a także zaprosił do ognia, lecz Mya odmówiła.

— Musimy jechać dalej, pani, za pozwoleniem. — Catelyn skinęła głową. Przyprowadzono nowe muły. Catelyn otrzymała białego. Mya uśmiechnęła się na jego widok. — Bieluch jest dobry. Ma pewny krok nawet na lodzie, ale trzeba przy nim uważać. Wierzga, jeśli kogo nie polubi. — Na szczęście obyło się bez kopania, co oznaczało, że muł polubił Catelyn. Nie było też lodu na drodze, za co także dziękowała bogom. — Matka mówi, że setki lat temu tutaj zaczynał się śnieg — wyjaśniła Mya. — Powyżej zawsze było biało i lód nigdy nie topniał. — Wzruszyła ramionami. — Ja nigdy nie widziałam tutaj śniegu, ale może kiedyś tak było.

Taka młoda, pomyślała Catelyn. Próbowała sobie przypomnieć, czy była kiedyś podobna do tej dziewczyny, która połowę swojego życia przeżyła w czasie lata, bo tylko tę porę znała. Nadchodzi zima, dziecko, miała ochotę powiedzieć. Słowa same cisnęły się jej do ust, niemal je wymówiła. Może wreszcie stała się jedną ze Starków.

Nad Śniegiem wiatr przypominał żywą istotę; wył jak wilk na pustkowiu, potem milkł nagle, jakby chciał zwabić wędrowców w pułapkę. Tutaj gwiazdy wydawały się jaśniejsze i bliższe; można było pomyśleć, że wystarczy wyciągnąć rękę, żeby ich dotknąć. I jeszcze księżyc, taki ogromny na tle czystego czarnego nieba. Teraz stopnie były popękane, zniszczone wiekami mrozu i roztopów oraz kopytami niezliczonych mułów. Catelyn czuła strach, chociaż nie widziała niczego wyraźnie w ciemności. Kiedy wjechała między dwie spiczaste skały, Mya zsiadła z muła.

— Bezpieczniej będzie je poprowadzić — powiedziała. — Wiatr tutaj może być trochę niebezpieczny.

Catelyn wysunęła się z cienia na sztywnych nogach i spojrzała na odcinek ścieżki, który miały pokonać: długi na dwadzieścia stóp, szeroki na trzy, z przepaścią po obu stronach. Wiatr wył przeraźliwie. Mya wyszła zza skały, a jej muł ruszył za nią spokojnie, jakby szli po zamkowym murze. Teraz kolej na Catelyn. Zrobiła pierwszy krok i natychmiast poczuła, że strach pochwycił ją w swoje szpony. Dosłownie czuła pustkę czarnej otchłani po obu stronach przejścia. Zatrzymała się drżąca, niezdolna do wykonania następnego kroku. Wiatr smagał jej twarz, szarpał za ubranie, próbując ściągnąć ją w dół. Spróbowała cofnąć się ostrożnie, lecz muł stał tuż za nią. Zginę tutaj, pomyślała. Poczuła na plecach kropelki zimnego potu.

— Lady Stark — zawołała Mya z drugiej strony przepaści. Wydawało się, że woła z bardzo daleka. — Wszystko w porządku?

Catelyn Tully Stark przełknęła resztki dumy.

— Ja… ja tego nie zrobię, moje dziecko — krzyknęła.

— Zrobisz, pani — odpowiedziała dziewczyna. — Zobacz, jaka szeroka jest ścieżka.

— Nie chcę patrzeć. — Catelyn miała wrażenie, że wszystko dookoła — góra, niebo, muły — wiruje, niczym ogromny bąk. Zamknęła oczy i spróbowała uspokoić oddech.

— Wrócę po ciebie, pani — obiecała Mya. — Nie ruszaj się.

To była ostatnia rzecz, na jaką miałaby ochotę Catelyn. Słuchała zawodzenia wiatru i skrzypienia skóry na kamieniu. Nagle Mya znalazła się tuż obok niej i ujęła ją pod ramię.

— Zamknij oczy, jeśli chcesz. Puść muła, da sobie radę. Dobrze, pani. Poprowadzę cię. Zobaczysz, to łatwe. Postaw tu nogę, zrób krok. Po prostu przesuń stopę. Widzisz, jakie to łatwe. Mogłabyś przebiec. A teraz jeszcze jeden. Tak, dobrze. — W ten sposób dziewczyna przeprowadziła ją kroczek po kroczku, drżącą, z zamkniętymi oczyma, a biały muł szedł spokojnie za nimi.

Zamek zwany Niebem był właściwie wysokim murem z surowego kamienia w kształcie półksiężyca, który wzniesiono na zboczu góry, a mimo to jego widok ucieszył oczy Catelyn bardziej niż widok odkrytych wież z Valyrii. Tutaj wreszcie zaczynała się śnieżna korona. Szron pokrywał zwietrzałe kamienie Nieba, a ze zboczy zwisały długie lodowe włócznie.

Świt rozjaśnił już wschód, kiedy Mya wezwała strażników, by otworzyli bramę. Za murami znajdowały się tylko pochylnie i ogromna liczba głazów i mniejszych kamieni. Bez wątpienia z tego miejsca łatwo było zacząć lawinę. W zboczu góry przed nimi widniał ogromny otwór.

— Tam są stajnie i koszary — wyjaśniła Mya. — Ostatnia część szlaku schowana jest we wnętrzu góry. Może trochę ciemno, ale za to nie wieje. Muły już dalej nie pójdą. Wygląda trochę jak komin, a stopnie bardziej przypominają szczeble drabiny niż schody, ale nie jest tak źle. Za godzinę będziemy na miejscu.

Catelyn spojrzała w górę. Dokładnie nad jej głową w bladym świetle poranka majaczyły fundamenty Orlego Gniazda. Dzieliło ją od zamku nie więcej niż sześćset stóp. Z dołu wyglądał jak mały, biały plaster miodu. Przypomniała sobie koszyk i kołowroty, o których wspominał stryj.

— Może i Lannisterowie są dumni — zwróciła się do Myi — za to Tully'owie mają więcej rozumu. Każ opuścić kosz. Pojadę z rzepą.

Słońce stało już wysoko nad górami, kiedy Catelyn Stark dotarła wreszcie do Orlego Gniazda. Ser Vardis Egen, kapitan straży domowej Jona Arryna, pomógł jej wysiąść z kosza. Był to krzepki mężczyzna o siwych włosach, w błękitnym płaszczu, z księżycem i sokołem wykutym na napierśniku. Obok niego stał maester Colemon, chudy i nerwowy mężczyzna o zbyt grubej szyi i nadmiernie łysej głowie

— Lady Stark — przemówił ser Vardis. — Radość nasza jest równie ogromna co nieoczekiwana. — Maester Colemon przytaknął mu nerwowo.

— O, tak, pani, bez wątpienia. Zawiadomiłem twoją siostrę. Kazała się obudzić, gdy tylko przybędziesz.

— Mam nadzieję, że spała dobrze — powiedziała Catelyn dobitnym głosem, co jednak pozostało nie zauważone.

Poprowadzili ją krętymi schodami do góry. Orle Gniazdo było raczej małym zamkiem w porównaniu z siedzibami wielkich rodów. Jego siedem smukłych wież wznosiło się ciasno obok siebie niczym siedem strzał w kołczanie zawieszonym na ramieniu ogromnej góry. Nie potrzebowało stajni, kuźni czy psiarni, lecz Ned powiedział jej, że tutejszy spichlerz nie ustępuje rozmiarami spichlerzowi w Winterfell, a wieże zamku mogą pomieścić pięciuset ludzi. Teraz jednak, kiedy szła pustymi korytarzami o ścianach z jasnego kamienia, wydało się Catelyn dziwnie opustoszałe.

Lysa czekała na nią w swojej samotni; nie zdążyła się jeszcze przebrać. Długie kasztanowe włosy opadały jej luźno na odkryte ramiona i dalej na plecy. Służąca próbowała je rozczesać. Na widok Catelyn jej siostra wstała, uśmiechając się.

— Cat — rzekła. — Och, Cat, jak się cieszę, że cię widzę. Moja słodka siostrzyczko. — Przebiegła przez pokój i objęła siostrę. — Ile to czasu minęło — dodała szeptem. — Ile czasu...

W rzeczywistości minęło pięć lat, pięć okrutnych lat... dla Lysy. Bez wątpienia zebrały swoje żniwo. Siostra była młodsza od lady Stark o dwa lata, ale teraz wyglądała starzej od niej. Niższa od Catelyn, przytyła, przez co twarz miała bladą i nalaną. Oczy Lysy — niebieskie, jak u wszystkich Tullych — były jaśniejsze, bardziej wyblakłe i wciąż rozbiegane, a małe usta przybrały wyraz rozdrażnienia. Obejmując ją, Catelyn przypomniała sobie smukłą dziewczynę o jędrnym biuście, która czekała u jej boku tamtego dnia w sepcie w Riverrun. Była wtedy taka śliczna i pełna nadziei. Jedyne, co pozostało z urody jej siostry, to kaskada kasztanowych włosów spływających na plecy.

— Dobrze wyglądasz — skłamała Catelyn. — Chociaż... wydajesz się zmęczona.

Lysa Arryn wypuściła ją z ramion.

— Zmęczona. O, tak, tak. — Rozejrzała się, jakby dopiero teraz dostrzegła pozostałych, pokojówkę, maestera Colemona i ser Vardisa. — Zostawcie nas — zwróciła się do nich. — Chcę porozmawiać z siostrą. — Patrzyła, jak wychodzą, i nie puszczała dłoni Catelyn... Ale uczyniła to, gdy tylko wyszli. Catelyn natychmiast zauważyła zmianę na jej twarzy. Jakby słońce zaszło za chmurę. — Czyś ty zupełnie postradała zmysły? — warknęła Lysa. — Żeby tu go przywozić, bez pytania o zgodę, bez słowa ostrzeżenia. Wciągasz nas w swoje kłótnie z Lannisterami...

— Moje kłótnie? — Catelyn nie wierzyła własnym uszom. W kominku płonął wielki ogień, ale w głosie Lysy nie zabrzmiała ani jedna ciepła nuta. — Wszystko zaczęło się od twoich kłótni, siostro. To ty przysłałaś mi ten przeklęty list, w którym napisałaś, że Lannisterowie zamordowali twojego męża.

— Chciałam cię ostrzec, żebyś trzymała się od nich z daleka! Nie miałaś z nimi walczyć! Bogowie, Cat, czy zdajesz sobie sprawę, co zrobiłaś?

— Mamo? — Rozległ się dziecięcy głos. Lysa obróciła się gwałtownie, powiewając szatą. W drzwiach stał Robert Arryn, Lord Orlego Gniazda. Przyglądał im się szeroko otwartymi oczyma z porwaną szmacianą lalką w dłoniach. Jako chorowite dziecko, był przeraźliwie chudy i mały, jak na swój wiek, co pewien czas jego ciałem wstrząsał dreszcz. Padaczka, jak mówił maester. — Słyszałem głosy.

Nic dziwnego, pomyślała Catelyn. Lysa mówiła podniesionym głosem, niemal krzyczała, a teraz przeszywała ją spojrzeniem.

— To jest twoja ciotka Catelyn, dziecinko. Moja siostra, lady Stark. Pamiętasz?

Chłopiec popatrzył na nią nieprzytomnym wzrokiem.

— Chyba tak — odpowiedział i zamrugał szybko. Nie miał roku, kiedy Catelyn widziała go ostatni raz.

Lysa usiadła przy ogniu i zwróciła się do syna:

— Chodź do mamy, kochanie. — Poprawiła na nim ubranie i przejechała dłonią po jego bujnych brązowych włosach. — Czyż nie jest piękny? I silny. Nie wierz w to, co mówią. Jon wiedział. „Nasienie jest silne", powiedział mi. To były jego ostatnie słowa. Wciąż powtarzał imię Roberta i tak mocno ściskał mi ramię, że zostawił ślady. „Powiedz im, że nasienie jest silne". Jego nasienie. Chciał, żeby wszyscy wiedzieli, jakim silnym i dobrym chłopcem będzie moje dziecko.

— Lyso — poprosiła Catelyn. — Jeśli twoje przypuszczenia co do Lannisterów są słuszne, tym bardziej powinniśmy działać szybko. My...

— Nie przy dziecku — oświadczyła Lysa. — Jest bardzo wrażliwy, prawda, kochanie?

— Chłopiec jest Lordem Orlego Gniazda i Obrońcą Doliny — przypomniała Catelyn siostrze — i nie ma czasu na czułostki. Ned uważa, że może dojść do wojny.

— Przestań! — przerwała jej Lysa. — Przestraszysz chłopca. — Mały Robert zerknął na Catelyn przez ramię i zaczął drżeć. Przytulił się mocniej do matki, wypuszczając z rąk lalkę, która upadła na podłogę wyłożoną sitowiem. — Nie bój się, dziecinko — wyszeptała Lysa. — Mamusia jest tutaj, nic ci się nie stanie. — Odchyliła szatę i wysunęła ciężką, białą pierś. Chłopiec przywarł do matki jeszcze mocniej i zaczął ssać. Lysa pogładziła go po włosach.

Catelyn nie wiedziała, co począć. Syn Jona Arryna, pomyślała z niedowierzaniem. Przypomniała sobie swoje najmłodsze dziecko; Rickon miał dopiero trzy lata i był bardzo żywotny. Teraz rozumiała, dlaczego lordowie z Doliny niepokoili się. Rozumiała, dlaczego Król próbował zabrać dziecko matce i dać je na wychowanie Lannisterom...

— Tutaj jesteśmy bezpieczni — powiedziała Lysa. Catelyn nie była pewna, czy mówiła do niej, czy do swojego syna.

— Nie bądź głupia — warknęła Catelyn. Czuła wzbierający w niej gniew. — Nikt nie jest bezpieczny. Mylisz się, jeśli sądzisz, że Lannisterowie zapomną o tobie tylko dlatego, że się tutaj schowałaś.

Lysa zakryła dłońmi uszy chłopca.

— Nawet gdyby udało im się przeprowadzić armie przez góry, a potem przez Krwawą Bramę, Orle Gniazdo i tak pozostanie niezdobyte. Sama widziałaś. Żaden wróg nie wedrze się tutaj.

Catelyn miała ochotę uderzyć siostrę. Stryj Brynden próbował ją ostrzec, zrozumiała dopiero teraz.

— Każdy zamek jest do zdobycia.

— Nie ten — upierała się Lysa. — Wszyscy tak twierdzą. Nie wiem tylko, co mam zrobić z tym karłem, którego mi przywiozłaś?

— Czy on jest złym człowiekiem? — spytał Lord Orlego Gniazda, wypuszczając z ust czerwony i wilgotny sutek.

— Bardzo złym — potwierdziła Lysa i zakryła pierś. — Ale mamusia nie pozwoli, żeby cię skrzywdził.

— Każ mu fruwać — rzucił Robert ożywionym głosem.

Lysa pogładziła go po głowie.

— Może tak zrobimy — powiedziała cicho. — Może właśnie tak zrobimy.

EDDARD

Znalazł Littlefingera we wspólnym pokoju burdelu; gawędził wesoło z wysoką, elegancką kobietą o skórze czarnej jak atrament, odzianą w strój z piór. Przy kominku Heward grał na fanty z hożą dziewką. Jak dotąd stracił pas, płaszcz, kolczugę i prawy but, dziewczyna zaś musiała rozpiąć koszulę do pasa. Przy oknie mokrym od deszczu stał Jory Cassel i przyglądał im się uśmiechnięty.

Ned zatrzymał się na dole schodów i wciągnął rękawice.

— Czas na nas. Załatwiłem już swoje sprawy.

Heward zerwał się na nogi i zaczął zbierać szybko swoje rzeczy.

— Jak każesz, panie — powiedział Jory. — Pomogę Wylowi przyprowadzić konie. — Ruszył do drzwi.

Tymczasem Littlefinger pożegnał się z kobietą. Pocałował ją w policzek, szepnął do ucha jakiś żart, który ją rozśmieszył i podszedł do Neda.

— Twoje sprawy — zapytał — czy raczej sprawy Roberta? Mówią, że Namiestnik śni snami Króla, przemawia jego głosem i rządzi jego mieczem. Czy także pieprzy jego…

— Lordzie Baelish — przerwał mu Ned. — Wyciągasz pochopne wnioski. Wdzięczny ci jestem za pomoc. Bez ciebie nie wiadomo kiedy byśmy znaleźli ten burdel. Nie znaczy to jednak, że będę znosił twoje kpiny. A poza tym nie jestem już Namiestnikiem.

— Domyślam się, że wilkor to jurna bestia — rzucił Littlefinger, a jego usta wykrzywił uśmieszek.

Szli do stajni w ciepłym deszczu, który wylewał się z szarego nieba z jednostajnym bębnieniem. Ned naciągnął na głowę kaptur płaszcza, a Jory wyprowadził jego konia. Za nim szedł młody Wyl; jedną ręką trzymał wodze kobyły Littlefingera, drugą zaś zapinał pas i spodnie. Zza drzwi stajni wyjrzała bosonoga, rozchichotana dziwka.

— Wracamy do zamku, panie? — spytał Jory. Ned skinął głową i wskoczył na konia. Pozostali poszli w jego ślady.

— Chataya prowadzi doskonały interes — uznał Littlefinger, kiedy ruszyli. — Zastanawiam się, czy go nie kupić. Doszedłem do wniosku, że burdele stanowią lepszą inwestycję niż statki. Dziwki rzadko toną, a kiedy już przyjmują na pokład piratów, ci płacą równie dobrze jak wszyscy inni. — Lord Petyr zachichotał, rozbawiony własnym dowcipem. Ned nie przerywał mu. Niebawem Littlefinger wygadał się i dalej jechali w milczeniu. Deszcz wygnał wszystkich pod dachy i ulice Królewskiej Przystani opustoszały. Padał nieustannie na głowę Neda, ciepły jak krew i natarczywy jak stare grzechy. Po jego twarzy spływały grube krople.

„Robert nigdy nie wytrzyma w jednym łóżku — Lyanna powiedziała mu to pewnej nocy w Winterfell, dawno temu, kiedy ich ojciec obiecał jej rękę młodemu Lordowi z Końca Burzy. — Podobno ma już dziecko z jakąś dziewczyną z Doliny". Ned trzymał w ramionach Myę, więc nie mógł zaprzeczyć, nie potrafił kłamać przed siostrą. Ale zapewnił ją, że nie liczyły się czyny Roberta przed zaręczynami, że jest on dobrym człowiekiem i że będzie ją kochał całym sercem. Wtedy Lyanna uśmiechnęła się tylko. „Miłość jest słodka, najdroższy Nedzie, ale nie potrafi zmienić natury człowieka".

Ta dziewczyna była tak młoda, że Ned nie śmiał zapytać jej o wiek. Z pewnością była wtedy dziewicą; lepsze burdele potrafiły znaleźć dziewice, wystarczyło tylko odpowiednio zapłacić. Miała jasnorude włosy i lekkie piegi u nasady nosa, a kiedy wysunęła pierś, by nakarmić dziecko, zobaczył, że piegi pokrywają całe jej ciało.

— Nazwałam ją Barra — oznajmiła, spoglądając na dziecko. — Jest bardzo podobna do niego, prawda, panie? Ma jego nos i włosy...

— Tak. — Eddark Stark dotknął wtedy delikatnych, ciemnych włosów dziecka. Przesypały się między jego palcami niczym czarny jedwab. Pierwsze dziecko Roberta miało takie same włosy, przypomniał sobie.

— Kiedy go zobaczysz, powiedz mu, panie... powiedz mu, co chcesz. Powiedz mu, jaka jest piękna.

— Powiem — obiecał Ned. To było jego przekleństwo. Robert potrafił obiecać dozgonną miłość, a wieczorem już niczego nie pamiętał, lecz Ned Stark dotrzymywał obietnic. Przypomniał sobie te, które złożył Lyannie, zanim umarła, i cenę, jaką zapłacił za ich dotrzymanie.

— Powiedz mu też, że od tamtej pory nie byłam z żadnym innym. Przysięgam na starych i nowych bogów. Ze względu na dziecko Chataya dała mi sześć miesięcy wolnego. I żebym mogła spokojnie na niego czekać. Powiesz mu, że czekam? Nie chcę klejnotów, niczego, tylko jego. Zawsze był dla mnie dobry.

Dobry dla ciebie, pomyślał Ned.

— Powiem mu, dziecko. I obiecuję ci, że twojej córce niczego nie zabraknie. — Uśmiechnęła się wtedy uśmiechem tak wdzięcznym i nieśmiałym, że aż zadrżał.

Ned jechał teraz z obliczem Jona Snow przed oczyma, była to twarz bardzo podobna do jego twarzy, tyle że młodsza. Skoro bogowie spoglądają na bękarty nieprzychylnym okiem, pomyślał ze smutkiem, dlaczego obdarzają mężczyzn taką żądzą?

— Lordzie Baelish, co wiesz na temat bękartów Roberta?

— No cóż, przede wszystkim ma ich więcej od ciebie.

— Ilu?

Littlefinger wzruszył ramionami. Deszcz spływał po płaszczu na jego plecach krętymi strużkami.

— Czy to ważne? Sypiając z różnymi kobietami, trzeba się liczyć, że niektóre z nich obdarzą cię prezentem, a Jego Miłość nigdy sobie nie żałował. Wiem, że uznał tego chłopaka z Końca Burzy, którego spłodził w noc zaślubin lorda Stannisa. Nie mogło być inaczej. Matka była z Florentów — to siostrzenica lady Selyse, jedna z jej pokojówek. Renly twierdzi, że Robert zaniósł dziewczynę do pokoju na piętrze podczas uczty weselnej i posiadł ją na łożu weselnym, kiedy Stannis i jego panna jeszcze tańczyli. Podobno lord Stannis uznał to za zniewagę rodu swojej żony, dlatego kiedy chłopak się urodził, wysłał go do Renly'ego. — Littlefinger zerknął na Neda. — Mówią też, że Robert spłodził bliźniaki z jakąś służącą w Casterly Rock trzy lata temu, kiedy pojechał na zachód na turniej lorda Tywina. Cersei kazała zabić dzieci, a matkę sprzedała handlarzowi niewolników. Zrobił to za blisko domu Królowej i duma Lannisterów została urażona.

Ned Stark skrzywił się. Podobne historie opowiadano o wszystkich znacznych lordach z Królestwa. Nie wątpił, że Cersei zdolna była do podobnych czynów, ale czy Król by jej pozwolił?

Z pewnością nie Robert, którego znał niegdyś. Tamten Robert nie potrafił jeszcze przymykać oczu na rzeczy, których nie chciał widzieć.

— Dlaczego Jon Arryn nagle zainteresował się bękartami Króla?

Littlefinger wzruszył przemokniętymi ramionami.

— Był jego Namiestnikiem. Pewnie Robert poprosił, żeby się upewnił, czy niczego im nie brakuje.

Ned przemókł całkiem, nawet jego dusza oziębła.

— Musiało chodzić o coś więcej, inaczej by go nie zabili?

Littlefinger strząsnął deszcz z włosów i roześmiał się.

— Teraz rozumiem. Lord Arryn dowiedział się, że Jego Miłość zrobił brzuchy kilku dziwkom i żonom rybaków, więc trzeba było uciszyć wściubinosa. Pewnie. Wystarczy pozwolić takiemu pożyć, a następnego dnia wygada, że słońce wschodzi.

W odpowiedzi Ned zmarszczył tylko czoło. Po raz pierwszy od lat pomyślał o Rhaegarze Targaryenie. Zastanawiał się, czy Rhaegar odwiedzał burdele; nie wiadomo dlaczego, ale uznał, że nie.

Deszcz zacinał coraz bardziej, siekł w oczy, bębniąc o ziemię. W dół zbocza spływały brązowe strumienie. Nagle rozległ się krzyk Jory'ego:

— Panie! — A chwilę później ulica zapełniła się żołnierzami.

Ned dostrzegł błyski kolczug, nagolenniki, rękawice i stalowe hełmy przyozdobione złotym lwem. Szkarłatne płaszcze przylegały, przemoczone, do pleców żołnierzy. Nie miał czasu na liczenie, ale było ich co najmniej dziesięciu. Stanęli obok siebie, blokując ulicę, uzbrojeni w długie miecze i włócznie z żelaznymi grotami.

— Z tyłu! — Usłyszał ostrzeżenie Wyla i kiedy się odwrócił, zobaczył kolejnych żołnierzy, którzy odcięli im odwrót. Zadźwięczał miecz Jory'ego wyciągany z pochwy.

— Z drogi albo śmierć!

— Wilki wyją — rzekł dowódca czerwonych płaszczy do swoich ludzi; deszcz spływał mu po twarzy — chociaż to takie małe stado.

Littlefinger wysunął się ostrożnie do przodu.

— Co to ma znaczyć? To jest Królewski Namiestnik.

— To był Królewski Namiestnik. — Błoto tłumiło odgłosy kopyt jego gniadego rumaka. Żołnierze rozstąpili się przed nim. Na jego napierśniku ryczał lew Lannisterów. — A teraz, szczerze mówiąc, nie wiem, kim on jest.

— Lannister, to szaleństwo — stwierdził Littlefinger. — Przepuść nas. Oczekują nas na zamku. Co ty wyrabiasz?

— On wie, co robi — powiedział Ned spokojnie.

Jaime Lannister uśmiechnął się. Nawet w tak deszczowy i pochmurny dzień jego włosy pozostawały jasne jak słońce.

— Masz rację. Szukam mojego brata. Pamiętasz go, prawda, lordzie Stark? Był z nami w Winterfell. Jasnowłosy, o różnobarwnych oczach i ciętym języku. Niski.

— Dobrze go pamiętam — odparł Ned.

— Zdaje się, że ma jakieś kłopoty w drodze do domu. Mój pan ojciec bardzo się rozzłościł. Nie wiesz przypadkiem, kto mógłby źle życzyć mojemu bratu?

— Twój brat został pojmany na mój rozkaz. Ma odpowiedzieć za swoje zbrodnie — wyjaśnił Ned Stark.

Littlefinger jęknął zrezygnowany.

— Dajcie spokój...

Ser Jaime wysunął miecz z pochwy i podjechał bliżej.

— Dobądź broni, lordzie Stark. Jeśli będę musiał, to posiekam cię jak Aerysa, ale chcę, żebyś umarł z mieczem w dłoni. — Rzucił Littlefingerowi chłodne, pełne pogardy spojrzenie. — Lordzie Baelish. Odjedź stąd jak najszybciej, zanim ktoś pochlapie krwią twój kosztowny płaszcz.

Littlefinger nie potrzebował dalszej zachęty.

— Sprowadzę Straż Miejską — zwrócił się do Neda. Ludzie Lannistera przepuścili go i zaraz ponownie zamknęli szereg. Littlefinger ponaglił piętami swoją kobyłę i zniknął za rogiem.

Żołnierze Neda wyciągnęli miecze, lecz było ich trzech przeciwko dwudziestu. Z okien i drzwi pobliskich domów zerkali gapie, lecz nikt nie próbował się wtrącać. Jego ludzie byli konno, żołnierze Lannistera, poza nim samym, pieszo. Może by im się udało przebić szybką szarżą, jednak Eddard Stark wybrał pewniejszą taktykę.

— Zabij mnie — rzucił ostrzegawczo do Królobójcy — a Catelyn z pewnością zabije Tyriona.

Jaime Lannister przyłożył do piersi Neda koniec pozłacanego miecza, na którym kiedyś lśniła krew ostatniego ze smoczych królów.

— Czyżby? Szlachetna Catelyn Tully z Riverrun miałaby zamordować zakładnika? Nie sądzę. — Westchnął. — Jednakże nie chcę ryzykować życia mojego brata, polegając na honorze kobiety. — Jaime wsunął miecz do pochwy. — Tak więc pozwolę ci chyba pobiec z powrotem do Roberta, byś mógł się poskarżyć, jak cię przestraszyłem. Ciekawe, czy zechce z tobą rozmawiać. — Jaime odgarnął z czoła mokre włosy i zawrócił konia. Wyjechawszy już poza linię swoich żołnierzy, spojrzał przez ramię na ich kapitana. — Tregar, dopilnuj, żeby lord Stark wrócił bezpiecznie.

— Jak każesz, panie.

— Jednak... nie możemy pozwolić, żeby stąd odjechał, nie otrzymawszy żadnej nauczki, dlatego — nawet w deszczu uśmiech ser Jaime'a wydawał się promienny — zabijcie jego ludzi.

— Nie! — krzyknął Ned Stark, chwytając za miecz. Jaime odjeżdżał już w dół ulicy, kiedy rozległ się krzyk Wyla. Czerwone płaszcze pojawiły się ze wszystkich stron. Ned rozjechał jednego z nich i natarł mieczem na inne czerwone zjawy, które usuwały się przed nim. Jory Cassel spiął swojego konia i zaatakował. Rozległ się chrzęst druzgotanych kości, kiedy kopyto wierzchowca uderzyło w twarz żołnierza Lannisterów. Drugi zatoczył się do tyłu i przez chwilę Jory był wolny. Wyl zaklął, kiedy ściągnęli go ze zdychającego konia. Ned pogalopował w jego stronę i uderzył mieczem w hełm Tregara. Zacisnął zęby, czując siłę uderzenia. Tregar osunął się na kolana; lew na jego głowie rozpadł się na pół, a po twarzy popłynęła krew. Heward ciął mieczem po rękach, które trzymały uzdę jego konia, kiedy włócznia przebiła mu brzuch. Nagle Jory znowu znalazł się wśród nich, tryskając czerwonym deszczem. — Nie! — krzyknął Ned. — Jory, uciekaj! — Koń Neda pośliznął się i runął na ziemię. Nastąpił moment oślepiającego bólu i poczuł smak krwi.

Widział, jak podcinają nogi konia Jory'ego i ściągają Casella na ziemię; dostrzegł wznoszące się i opadające miecze, kiedy go otoczyli. Kiedy wreszcie wierzchowiec Neda podniósł się, on także spróbował wstać, lecz zaraz upadł, zachłystując się własnym krzykiem. Spojrzał na swoją nogę i zobaczył wystającą kość. Więcej już nic nie widział. Deszcz wciąż padał.

Kiedy lord Eddard Stark ponownie otworzył oczy, w pobliżu leżały już tylko zwłoki towarzyszącej mu świty. Jego koń najpierw podszedł bliżej, lecz wyczuwszy zapach krwi, uciekł szybko. Ned zacisnął zęby i zaczął się czołgać przez błoto. Wydawało mu się, że trwa to wieczność. Ludzie patrzyli przez mokre od deszczu okna, inni wychodzili na progi i zza rogów, lecz nikt nie kwapił się z pomocą.

Littlefinger i Straż Miejska znaleźli go tam na ulicy; w objęciach trzymał ciało Jory'ego Cassela.

Przyniesiono nosze, lecz mimo to podróż do zamku była nie do zniesienia i Ned ponownie stracił przytomność. Pamiętał, że dostrzegł jeszcze majaczącą Czerwoną Twierdzę. Jej ściany z jasnoróżowego kamienia pociemniały w deszczu i teraz przybrały kolor krwi.

A potem zobaczył nad sobą twarz Wielkiego Maestera Pycelle'a. Starzec, z pucharem w dłoni, wyszeptał:

— Wypij, panie. Makowe mleko na uśmierzenie bólu. — Przełknął, a Pycelle polecił, żeby zagotowali wina i przynieśli mu czysty jedwab. Tylko tyle pamiętał.

DAENERYS

Łuk Końskiej Bramy Vaes Dothrak tworzyły dwa ogromne rumaki z brązu; oba stały dęba, a ich kopyta stykały się sto stóp nad ziemią.

Dany nie potrafiłaby powiedzieć, po co brama w mieście, w którym nie ma murów... ani nawet widocznych budynków. A jednak była tam, potężna i piękna, obejmując sobą widoczne w oddali fioletowe góry. Spiżowe rumaki rzucały długie cienie na falujące trawy, kiedy *khal* Drogo, w otoczeniu swoich braci krwi, poprowadził *khalasar* świętą drogą.

Dany jechała na srebrzystej, a wraz z nią ser Jorah Mormont i jej brat, Viserys, znowu na koniu. Od tamtego dnia, kiedy zmuszony był wrócić pieszo do *khalasaru*, zyskał sobie żartobliwy przydomek *khal Rhae Mhar*, Kuśtykający Król. Następnego dnia *khal* Drogo zaproponował mu miejsce na wozie, a Viserys przyjął zaproszenie. W swej bezmyślnej ignorancji nie domyślił się nawet, że został okpiony, ponieważ na wozach jeździli eunuchowie, kalecy, ciężarne kobiety, najmłodsi i najstarsi. Dzięki temu obdarzono go jeszcze innym tytułem, *khal Rhaggat*, Wózkowy Król. On sam sądził, że w ten sposób *khal* chciał przeprosić za zachowanie Dany. Ona zaś błagała ser Joraha, żeby nie wyjawiał Viserysowi prawdy, bo to by go bardzo zawstydziło. Rycerz odparł, że królowi przydałaby się szczypta wstydu... ostatecznie jednak przystał na to. Potrzebowała wielu próśb i miłosnych zabiegów, których nauczyła ją Doreah, zanim udało jej się przekonać Drogo, by pozwolił Viserysowi dołączyć do nich na czele kolumny.

— Gdzie jest miasto? — spytała, kiedy przejechali pod spiżowym łukiem. Nie widziała żadnych budynków, żadnych ludzi, jedynie trawy i drogę, wzdłuż której ustawiono stare rzeźby z różnych stron świata, skradzione przez Dothraków w ciągu stuleci.

— Przed nami — odpowiedział ser Jorah. — Pod górą.

Za końską bramą po obu stronach drogi stali zawłaszczeni bogowie i bohaterowie. Dany mijała stopy zapomnianych bóstw wymarłych miast, które ciskały piorunami w niebo. Ze swoich tronów spoglądali na nią kamienni królowie o twarzach poplamionych i pokancerowanych; nawet ich imiona zaginęły w odmętach czasu. Na marmurowych cokołach stały gibkie, odziane tylko w kwiaty dziewczęta, które tańczyły albo rozsiewały wonności z rozbitych dzbanów. W trawie czaiły się potwory; czarne smoki z żelaza o diamentowych oczach, ryczące gryfy, mantykory o uniesionych groźnie jadowitych ogonach i wiele innych, których nie potrafiła nazwać. Niektóre z posągów przyciągały swoją pięknością wzrok Dany, na inne zaś ledwo zerknęła, przerażona ich brzydotą. Te, jak wyjaśnił ser Jorah, pochodziły prawdopodobnie z Krainy Cieni za Asshai.

— Tyle ich tu jest, i z tak wielu krajów — powiedziała zdumiona, niesiona wolno przez srebrzystą.

Viserys nie podzielał jej zachwytu.

— Śmieci z wymarłych miast — rzucił lekceważąco. Dla pewności mówił w języku powszechnym, nie znanym większości Dothraków. Mimo to Dany zerknęła do tyłu na ludzi z jej *khas*. Chciała mieć pewność, że nie usłyszeli jego słów. Jej brat mówił dalej swobodnie. — Te dzikusy potrafią tylko kraść rzeczy zrobione przez lepszych od nich... no i zabijać. — Roześmiał się. — Wiedzą, jak zabijać, for certes. Inaczej bym ich nie potrzebował.

— Ja jestem teraz jedną z nich — oznajmiła Dany — więc nie powinieneś nazywać ich dzikusami, bracie.

— Smok mówi to, co chce — odparł Viserys... w języku powszechnym. — Spojrzał przez ramię na Agga i Rakhara, jadących nie opodal, i posłał im szyderczy uśmiech. — Widzisz, te dzikusy nie mają nawet na tyle rozumu, żeby zrozumieć język cywilizowanych ludzi. — Przy drodze wyrósł zjedzony przez mech kamienny monolit wysoki na pięćdziesiąt stóp. — Jak długo jeszcze będziemy błądzić wśród tych ruin, zanim Drogo da mi swoją armię? Mam już dość czekania.

— Księżniczka musi zostać przedstawiona *dosh khaleen*...

— Tak, staruchom — przerwał jej brat. — I pokażą nam przedstawienie z przepowiednią o szczeniaku w jej brzuchu, tak jak mówiłaś. Tylko po co mi to wszystko? Mam dość końskiego mięsa i smrodu tych dzikusów. — Przyłożył nos do szerokiego rękawa bluzy, gdzie zwykle trzymał saszetkę z perfumami, lecz teraz jego ubranie cuchnęło. Wszystkie jedwabie i wełniane szaty, które Viserys przywiózł z Pentos, były brudne i przepocone.

— Na Zachodnim Targu znajdziesz potrawy, które bardziej przypadną ci do gustu, Wasza Miłość — stwierdził ser Jorah Mormont. — Przyjeżdżają tam kupcy z Wolnych Miast. *Khal* dotrzyma obietnicy w swoim czasie.

— Lepiej, żeby to zrobił — mruknął Viserys. — Mam zamiar

sięgnąć po koronę, którą mi obiecano. Nie wolno kpić ze smoka. — Na widok nagiej postaci kobiety o sześciu piersiach i głowie fretki, podjechał bliżej, żeby się przyjrzeć kamiennemu posągowi.

Dany odetchnęła nieco, lecz nie pozbyła się swojego niepokoju.

— Modlę się, żeby mój słońce i gwiazdy nie kazał mu czekać zbyt długo — powiedziała do ser Joraha, kiedy jej brat odjechał na bezpieczną odległość.

Rycerz popatrzył za Viserysem z powątpiewaniem.

— Twój brat powinien był zostać w Pentos. Nie ma dla niego miejsca w *khalasarze*. Illyrio ostrzegał go.

— Odjedzie, gdy tylko dostanie swoje dziesięć tysięcy wojowników. Mój pan mąż obiecał mu złotą koronę.

Ser Jorah chrząknął.

— Tak, *khaleesi*, tylko... Dothrakowie patrzą na pewne sprawy inaczej niż my, ludzie zachodu. Mówiłem twojemu bratu to samo, co Illyrio, lecz on nie słucha. Władcy koni to nie handlarze. Viserysowi wydaje się, że cię sprzedał, i teraz oczekuje zapłaty. Natomiast *khal* Drogo traktuje cię jako prezent. Odwdzięczy się Viserysowi podarunkiem, lecz... w swoim czasie. Nie można domagać się prezentu, nie od *khala*. Od niego niczego nie można się domagać.

— Ale to nie w porządku, że musi czekać. — Dany nie wiedziała, dlaczego broni brata. — Viserys mógłby zmieść całe Siedem Królestw, gdyby miał dziesięć tysięcy dothrackich wyjców.

Ser Jorah prychnął.

— Viserys nie zamiótłby stajni, nawet gdyby miał dziesięć tysięcy mioteł.

Dany zauważyła nutę pogardy w jego głosie.

— A... a gdyby to nie był Viserys? — spytała. — Gdyby poprowadził ich ktoś inny? Ktoś silniejszy? Czy rzeczywiście Dothrakowie potrafiliby podbić Siedem Królestw?

Ser Jorah zamyślił się i przez długą chwilę jechali w milczeniu.

— Udając się na wygnanie, widziałem w Dothrakach jedynie półnagich barabarzyńców. Gdybyś mnie wtedy zapytała, powiedziałbym ci, że tysiąc rycerzy przepędzi sto razy więcej Dothraków.

— A dzisiaj?

— Dzisiaj nie jestem już taki pewien — odpowiedział Mormont. — Na koniu jeżdżą lepiej od najlepszego rycerza, są nieustraszeni i lepiej strzelają z łuku. W Siedmiu Królestwach łucznicy walczą przeważnie z ziemi, schowani za ścianą z tarcz albo włóczni. Dothrakowie natomiast strzelają z konia bez względu na to, czy atakują, czy się wycofują, zawsze są niebezpieczni i... i jest ich tak dużo. Sam twój pan mąż ma czterdzieści tysięcy wojowników w swoim *khalasarze*.

— Naprawdę?

— Twój brat, Rhaegar, przyprowadził ze sobą tyle samo ludzi nad Trident — mówił dalej ser Jorah — lecz zaledwie jedną dziesiątą stanowili rycerze. Pozostali to łucznicy, wolni i piesi uzbrojeni we włócznie i piki. Kiedy zginął Rhaegar, wielu porzuciło broń i uciekło. Czy taka hołota może długo wytrzymać przed atakiem czterdziestu tysięcy wyjców spragnionych krwi? Czy skórzane kaftany i kolczugi ochronią ich przed deszczem strzał?

— Nie na długo — uznała.

Przytaknął jej.

— Jednakże jeśli lordowie z Siedmiu Królestw posiadają choć odrobinę rozsądku, to nigdy do tego nie dojdzie. Jeźdźcy nie przepadają za wojną oblężniczą. Nie umieliby zdobyć nawet najsłabszego zamku w Siedmiu Królestwach, gdyby jednak Robert Baratheon okazał się głupcem i przyjął ich w polu...

— A jest — spytała Dany — głupcem?

Ser Jorah milczał przez chwilę.

— Robert powinien był się urodzić Dothrakiem — odezwał się wreszcie. — Twój *khal* powie ci, że tylko tchórz chowa się za kamiennym murem, zamiast stawić czoło przeciwnikowi z bronią w ręku. Uzurpator przyznałby mu rację. Jest silny, odważny... i wystarczająco porywczy, żeby stanąć przed Dothrakami na otwartym polu. Za to otaczający go ludzie... to co innego. Jego brat, Stannis, lord Tywin Lannister, Eddard Stark... — Splunął.

— Nienawidzisz tego Starka — powiedziała Dany.

— Zabrał mi wszystko, co kochałem, z powodu kilku zawszonych kłusowników i jego jakże cennego honoru — oświadczył ser

Jorah z goryczą. Z tonu jego głosu wywnioskowała, że wciąż boleje nad stratą. Szybko zmienił temat. — Spójrz! — Wskazał ręką. — Vaes Dothrak. Miasto władców koni.

Khal Drogo wraz ze swoimi braćmi krwi poprowadził ich przez ogromny bazar Zachodniego Targu i dalej, szerokimi ulicami. Dany trzymała się blisko świty pana męża i rozglądała się zaciekawiona. Vaes Dothrak było jednocześnie największym i najmniejszym miastem, jakie kiedykolwiek widziała. Wydało jej się dziesięć razy większe od Pentos, bezmiar pozbawiony murów czy jakichkolwiek granic, z szerokimi, omiatanymi wiatrem ulicami, pokrytymi trawą, błotem i kwiatami. W Wolnych Miastach wieże, domy, mosty, sklepy i duże budowle stoją ciasno przy sobie, natomiast Vaes Dothrak rozciągało się leniwie w słońcu, pradawne, aroganckie i puste.

Nawet budynki wydawały się dziwne. Widziała pawilony z rzeźbionego kamienia, budowle z plecionej trawy wielkie jak zamki, rozchwiane drewniane wieże, piramidy z marmurowymi schodami czy długie budynki z bali pozbawione dachów. Tu i tam ściany zastępowały ciernistе żywopłoty.

— Wszystkie są inne — powiedziała.

— Twój brat częściowo miał rację — przyznał ser Jorah. — Dothrakowie nie budują. Tysiąc lat temu, kiedy potrzebowali domu, kopali w ziemi dziurę i przykrywali ją dachem z plecionej trawy. Wszystko, co widzisz tutaj, zostało stworzone przez niewolników sprowadzonych z podbitych ziem; niewolnicy budowali na modłę swoich krajów.

Większość budowli, nawet te największe, sprawiała wrażenie opuszczonych.

— Gdzie są ludzie, którzy tutaj mieszkają? — spytała Dany. Bazar pełen był biegających dzieci i krzyczących mężczyzn, lecz poza jego granicami tylko tu i ówdzie dało się zauważyć kilku eunuchów.

— W świętym mieście na stałe mieszkają tylko staruchy *dosh khaleen* wraz z niewolnikami i służącymi — odparł ser Jorah — chociaż w Vaes Dothrak jest dość miejsca, by pomieścić *khalasary* wszystkich *khalów*, nawet gdyby powrócili jednocześnie do swojej Matki. Staruchy przepowiedziały, że kiedyś nadejdzie taki dzień, dlatego Vaes Dothrak musi być gotowe na przyjęcie wszystkich dzieci.

Wreszcie *khal* Drogo nakazał postój w pobliżu Wschodniego Targu, gdzie rozłożyły się karawany kupców z Yi Ti, Asshai i Krainy Cieni. Nad ich głowami wznosiła się Matka Gór. Dany uśmiechnęła się na wspomnienie opowiadań niewolnicy Illyria o pałacu ze srebrnymi drzwiami i dwustoma pokojami. Ten „pałac" okazał się ogromną drewnianą salą biesiadną. Jej ściany z grubo ciosanych bali wznosiły się na czterdzieści stóp, sufit zaś stanowiły zszyte razem ogromne jedwabne płachty, które rozkładano w deszczowe dni albo zwijano, by odsłonić bezkresne niebo. Wokół holu znajdowały się porośnięte trawą ogrodzone wybiegi dla koni, paleniska i setki usypanych z ziemi okrągłych domów, które wznosiły się z ziemi niczym miniaturowe trawiaste pagórki.

Na przyjęcie *khala* Drogo i jego świty czekała mała armia służących. Kiedy kolejni jeźdźcy zsiadali z koni, na każdego czekał służący, by odebrać od niego *arakh* oraz wszelką inną broń. Dotyczyło to nawet *khala* Drogo. Ser Jorah wyjaśnił jej wcześniej, że w Vaes Dothrak nie wolno nosić broni, ani rozlewać krwi wolnego człowieka. Wojujące ze sobą *khalasary* odkładały broń i zasiadały do wspólnej uczty, zawsze gdy znalazły się w zasięgu wzroku Matki Gór. W tym miejscu — jak obwieściły staruchy *dosh khaleen* — w żyłach Dothraków płynęła ta sama krew, wszyscy byli jednym *khalasarem*, jedną trzodą.

Cohollo podszedł do Dany, kiedy Irri i Jhiqui pomagały jej zsiąść z konia. Był najstarszym z trzech braci krwi Drogo; krępy i łysy, z orlim nosem, kiedy otwierał usta, widać było ubytki po zębach, które wybito mu maczugą dwadzieścia lat temu. Uratował wtedy młodego *khalakkę* z rąk najemników, którzy chcieli go sprzedać wrogom ojca. Jego życie zostało związane z życiem Drogo od dnia urodzin jej pana męża.

Każdy *khal* miał swoich braci krwi. Początkowo Dany sądziła, że składają przysięgę swojemu panu i pełnią rolę Gwardii Królewskiej, lecz chodziło o coś więcej. Jhiqui wyjaśniła jej, że bracia krwi są cieniami *khala*, jego najlepszymi przyjaciółmi. „Krew mojej krwi", nazywał ich Drogo i rzeczywiście tak było, żyli jednym życiem. Zgodnie z pradawną tradycją, kiedy *khal* umierał, bracia krwi umierali razem z nim, żeby towarzyszyć mu w krainie nocy. Jeśli *khal* zginął z rąk nieprzyjaciela, bracia krwi żyli, dopóki go nie pomścili, a potem z radością podążali za nim do grobu. W niektórych *khalasarach*, jak powiedziała Jhiqui, bracia krwi dzielili z *khalem* wino, namiot, a nawet jego żony, lecz nigdy konia. Wierzchowiec pozostawał wyłączną własnością mężczyzny.

Daenerys ucieszyła się, że *khal* Drogo nie hołduje wszystkim dawnym tradycjom. Nie chciała, aby dzielił się nią z kimkolwiek. Wprawdzie stary Cohollo odnosił się do niej łagodnie, lecz pozostali przerażali ją: Haggo, ogromny i milczący, często patrzył na nią groźnie, jakby nie pamiętał, kim ona jest; był też Qotho o okrutnym spojrzeniu i dłoniach skorych do zadawania bólu. Zawsze kiedy dotykał Doreah, zostawiał sińce na jej mlecznobiałej skórze, czasem też nocą słychać było płacz Irri. Bały się go nawet jego konie.

Jednakże Daenerys musiała ich zaakceptować, ponieważ obaj związani byli z Drogo na śmierć i życie. Czasem żałowała, że jej ojciec nie miał podobnych obrońców. W pieśniach wysławiano białych rycerzy Gwardii Królewskiej, szlachetnych, dzielnych i prawdomównych, a jednak król Aerys zginął z ręki jednego z nich, przystojnego młodzieńca, którego teraz nazywają Królobójcą, a inny, ser Barristan Śmiały, przeszedł na stronę Uzurpatora. Zastanawiała się, czy wszyscy w Siedmiu Królestwach są równie fałszywi. Kiedy jej syn zasiądzie na tronie, dopilnuje, żeby miał swoich braci krwi, którzy ustrzegą go przed zdradą.

— *Khaleesi* — zwrócił się do niej Cohollo w języku Dothraków. — Drogo, krew mojej krwi, kazał ci przekazać, że dzisiejszej nocy musi wejść na Matkę Gór, gdzie złoży bogom ofiarę za szczęśliwy powrót.

Dany wiedziała, że tylko mężczyźni mogą wchodzić na tę górę. Bracia krwi *khala* pójdą z nim i wrócą o świcie.

— Powiedz mojemu słońcu i gwiazdom, że pozostanie w mych snach, a ja będę czekała na jego powrót — odpowiedziała i odetchnęła z ulgą. W miarę jak dziecko rosło w jej brzuchu, Dany męczyła się coraz bardziej, dlatego ucieszyła się, że tej nocy będzie mogła odpocząć. Wydawało się, że jej ciąża rozpaliła jeszcze mocniej żądze Drogo, dlatego ostatnio nie dawał jej wytchnienia.

Doreah poprowadziła ją do wydrążonego pagórka, który przygotowano dla niej i dla *khala*. Przypominał namiot usypany z ziemi, chłodny i mroczny w środku.

— Jhiqui, kąpiel, proszę — rozkazała Dany. Musiała zmyć z siebie brud podróży i dobrze się wymoczyć. Z zadowoleniem przyjęła perspektywę krótkiego postoju i to, że rano nie będzie musiała znowu wsiadać na konia.

Woda była gorąca, taką lubiła.

— Dzisiejszej nocy podaruję bratu moje prezenty — postanowiła, kiedy Jhiqui myła jej włosy. — W świętym mieście powinien wyglądać jak król... Doreah, odnajdź go i zaproś na kolację. — Viserys odnosił się do Lysenki milej niż do dothrackich służących, może dlatego że magister Illyrio pozwolił mu wziąć ją do łóżka jeszcze w Pentos. — Irri, idź na bazar. Kup mięsa i owoców. Wszystko, tylko nie koninę.

— Koń jest najlepszy — stwierdziła Irri. — Daje siłę mężczyźnie.

— Viserys nienawidzi końskiego mięsa.

— Dobrze, *khaleesi*.

Irri przyniosła barani udziec i kosz pełen warzyw i owoców. Jhiqui upiekła mięso z ziołami i słodką trawą, nacierając je miodem. Przygotowano też melony, granaty, śliwki oraz dziwne owoce ze wschodu. Kiedy służące przygotowywały posiłek, Dany wyjęła ubranie, które kazała zrobić dla brata: bluzę i getry ze sztywnego białego płótna, skórzane sandały wiązane pod kolanami, pas medalionowy z brązu i skórzaną kamizelkę z wymalowanymi na niej smokami ziejącymi ogniem. Miała nadzieję, że tak odziany, Viserys odzyska trochę szacunku Dothraków i zapomni o swoim upokorzeniu. W końcu wciąż pozostawał jej królem, a także bratem. W ich żyłach płynęła smocza krew.

Kiedy wyjmowała ostatni z podarunków — jedwabny płaszcz koloru trawy z jasnozielonym oblamowaniem, które miało podkreślać srebro jego włosów — zjawił się Viserys, ciągnąc za sobą Doreah. Lysenka jedno oko miała czerwone od uderzenia.

— Jak śmiesz przysyłać tę dziwkę, żeby mi rozkazywała — syknął. Przewrócił brutalnie dziewczynę na dywan.

Jego gniew zaskoczył Dany.

— Chciałam tylko... Doreah, co powiedziałaś?

— *Khaleesi*, wybacz. Poszłam do niego, tak jak kazałaś, i powiedziałam, że ma zjeść z tobą kolację.

— Nikt nie może rozkazywać smokowi — warknął Viserys. — Ja jestem twoim królem! Powinienem odesłać ci jej głowę!

Dziewczyna skuliła się, lecz Dany uspokoiła ją dotknięciem ręki.

— Nie bój się, on cię nie skrzywdzi... Drogi bracie, wybacz jej, proszę. Źle się wyraziła. Miała cię poprosić, abyś zjadł ze mną kolację, jeśli zechcesz, Wasza Miłość. — Wzięła go za rękę i poprowadziła przez pokój. — Spójrz. To dla ciebie.

Viserys popatrzył na nią podejrzliwie.

— Co to takiego?

— Nowy strój. Kazałam go uszyć specjalnie dla ciebie. — Uśmiechnęła się wstydliwie.

— Barbarzyńskie szmaty — orzekł. — Chcesz mnie w to ubrać?

— Proszę... będzie ci chłodniej i wygodniej. Myślałam też, że... jeśli ubierzesz się tak jak oni, Dothrakowie... — Dany nie wiedziała, jak to powiedzieć, żeby nie obudzić smoka.

— Następnym razem zechcesz, żebym zaplótł sobie warkocze.

— Ja nigdy... — Dlaczego on zawsze był taki okrutny? Chciała mu tylko pomóc. — Nie odniosłeś jeszcze żadnego zwycięstwa, więc nie masz prawa do warkocza.

Nie powinna była tego mówić. Jego liliowe oczy rozbłysły iskierkami wściekłości, lecz nie odważył się jej uderzyć, nie w obecności służących, na zewnątrz zaś stali wojownicy z jej *khas*. Viserys podniósł płaszcz i powąchał go.

— Śmierdzi gnojem. Może mógłbym nim przykrywać konia.

— Doreah uszyła go na moje polecenie specjalnie dla ciebie — oznajmiła urażona Dany. — Jest to strój godny *khala*.

— Jestem panem Siedmiu Królestw, a nie utytłanym trawą dzikusem z dzwoneczkami we włosach — rzucił Viserys i chwycił ją za ramię. — Zapominasz się, dziwko. Myślisz, że twój wielki brzuch pomoże ci, kiedy obudzisz smoka?

Zaciskał boleśnie palce na jej ramieniu i przez chwilę Dany znowu poczuła się jak dawniej, jak dziewczynka drżąca w obliczu jego gniewu. Wyciągnęła drugą rękę i chwyciła pierwszą rzecz, której dosięgnęła, pas przeznaczony dla niego, ciężki łańcuch z medalionów z brązu. Zamachnęła się z całej siły.

Uderzyła go prosto w twarz i Viserys puścił ją natychmiast. Z policzka jej brata popłynęła krew w miejscu, w którym jeden z medalionów rozerwał skórę.

— To ty się zapominasz — oświadczyła Dany. — Czy niczego się nie nauczyłeś tamtego dnia? Zostaw mnie teraz, zanim każę cię stąd wyciągnąć. I módl się, żeby nie dowiedział się o tym *khal* Drogo, bo cię wybebeszy i każe ci zjeść własne flaki.

Viserys podniósł się na nogi.

— Pożałujesz tego dnia, dziwko, gdy tylko wrócę do mojego królestwa. — Wyszedł z dłonią przyciśniętą do twarzy.

Na jedwabnym płaszczu widniały krople jego krwi. Dany przycisnęła miękką tkaninę do twarzy i usiadła na macie, na której sypiała.

— Kolacja gotowa, *khaleesi* — powiedziała Jhiqui.

— Nie jestem głodna — odparła Dany ze smutkiem. Poczuła nagle ogromne zmęczenie. — Sami zjedzcie i poślij jedzenie ser Jorahowi. — Po chwili dodała: — Proszę, przynieś mi jedno ze smoczych jaj.

Irri przyniosła jajo o ciemnozielonej skorupie; kiedy Dany poruszała dłonią, między łuskami migotały plamki brązu. Położyła się, skulona, na boku, przykryta jedwabnym płaszczem i wsunęła jajo w zagłębienie między swoim wydatnym brzuchem i drobnymi piersiami. Lubiła go dotykać. Było takie piękne, a czasem czuła, że dodaje jej sił, odwagi, jakby czerpała energię z kamiennych smoków uwięzionych w skorupach.

Kiedy tak leżała, tuląc jajo, poczuła, że dziecko poruszyło się... jakby wyciągało rękę, brat do brata, krew do krwi.

— Ty jesteś smokiem — wyszeptała — prawdziwym smokiem. Wiem to. Wiem. — Zasnęła z uśmiechem na twarzy i pogrążyła się we śnie o domu.

BRAN

Padał drobny śnieg. Bran czuł na twarzy płatki, które topniały w zetknięciu z jego skórą niczym drobniutki deszcz. Siedział wyprostowany na koniu i czekał, aż podniosą żelazną kratę. Starał się zachować spokój, lecz czuł, jak szybko bije mu serce.

— Gotowy? — spytał Robb.

Bran skinął głową, ukrywając strach. Nie opuszczał Winterfell od dnia upadku, lecz teraz miał wyjechać na koniu jak rycerz.

— A zatem w drogę. — Robb ścisnął piętami boki swojego szarobiałego wałacha i koń przeszedł pod kratą.

— Jedź — szepnął Bran do swojego wierzchowca. Dotknął lekko szyi źrebicy i mała kasztanka ruszyła. Bran nazwał ją Tancerką. Miała dwa lata, a Joseth powiedział, że nie spotkał mądrzejszego konia. Nauczyli ją reagować na wodze, głos i dotyk. Dotąd Bran jeździł na niej tylko po dziedzińcu. Początkowo prowadził ją Joseth albo Hodor, a Bran siedział przywiązany rzemieniami w specjalnym siodle, które zaprojektował dla niego Krasnal. Jednak od dwóch tygodni jeździł sam i robił to coraz lepiej.

Przejechali pod strażnicą, przez most i znaleźli się poza murami. Towarzyszyły im Lato i Szary Wicher; wilkory skakały wesoło, węsząc pod wiatr. Z tyłu podążał Theon Greyjoy uzbrojony w długi łuk i strzały z trójkątnymi grotami; miał zamiar upolować jelenia, jak oznajmił wcześniej. Za nim jechało czterech strażników w kolczugach i lekkich hełmach z osłoną na kark oraz Joseth, chudy jak szczapa stajenny, którego Robb mianował koniuszym pod nieobecność Hullena. Pochód zamykał maester Luwin na ośle. Bran miał ochotę pojechać tylko z Robbem, lecz Hal Mollen nie chciał o tym słyszeć, a maester Luwin go poparł. Maester chciał być w pobliżu, na wypadek gdyby Bran spadł z konia.

Drewniane stragany na jarmarcznym placu za murami zamku świeciły teraz pustkami. Ruszyli przez wioskę błotnistymi ulicami, mijając małe, schludne domy z bali i surowego kamienia. Może tylko w co piątym z komina unosiła się strużka dymu. Pozostałe zostaną zamieszkane w miarę nastawania coraz większych chłodów. Stara Niania opowiadała, że gdy nadchodził śnieg i mroźny wiatr z północy, rolnicy pozostawiali swoje zamarznięte pola i zabudowania, ładowali wozy i przenosili się do zimowego miasta. Bran nigdy tego nie widział, ale maester Luwin zapewnił go, że tak się stanie. Zbliżał się koniec lata. Nadchodziła zima.

Kiedy mijali wieśniaków, niektórzy z nich zerkali nerwowo na wilkory, a jeden upuścił drewno, które niósł, i cofnął się przerażony, lecz większość zdążyła się już przyzwyczaić do widoku zwierząt. Zobaczywszy chłopców, przyklękali na kolano, a Robb odpowiadał im dostojnym skinieniem głowy.

Początkowo Bran czuł się niepewnie, kołysany ruchem konia, nie mogąc ścisnąć go udami, lecz szybko przekonał się, że jest bezpieczny w ogromnym siodle z powiększonym łękiem i podwyższoną tylną częścią, przypięty doń rzemieniami oplecionymi wokół piersi i ud. Po pewnym czasie ruch wydał mu się prawie naturalny i na jego twarzy pojawił się drżący uśmiech.

Przed wejściem do miejscowej piwiarni Pod Płonącą Kłodą stały dwie służące. Kiedy Theon Greyjoy zawołał do jednej z nich, spłonęła rumieńcem i zakryła twarz dłonią. Theon podjechał do Robba.

— Słodka Kyra — powiedział ze śmiechem. — W łóżku wije się jak łasica, a jak zagadnąć do niej na ulicy, czerwieni się jak panna. Czy opowiadałem ci o tamtej nocy, kiedy ona i Bessa...

— Nie przy bracie — powstrzymał go Robb, zerkając na Brana.

Bran odwrócił głowę, udając, że nic nie słyszy, lecz czuł na sobie spojrzenie Greyjoya. Ów pewnie się uśmiechał. Często to robił, jakby świat był dowcipem, który tylko on rozumie. Robb chyba lubił

Theona i chętnie przebywał w jego towarzystwie, lecz Bran nie przepadał za podopiecznym ojca.

Robb podjechał bliżej.

— Dobrze ci idzie, Bran.

— Chcę jechać szybciej — odpowiedział Bran.

Robb uśmiechnął się.

— Dobrze — odparł. Jego wałach ruszył kłusem, a wilkory pobiegły za nim. Bran szarpnął wodze i Tancerka przyśpieszyła. Usłyszał krzyk Theona Greyjoya i tętent kopyt pozostałych jeźdźców.

Płaszcz Brana załopotał na wietrze, a śnieg mocniej uderzył go w twarz. Robb wysforował się do przodu i tylko od czasu do czasu oglądał się przez ramię, by sprawdzić, czy jadą za nim. Bran ponownie szarpnął za wodze. Tancerka przeszła gładko w galop. Dogonił Robba na skraju wilczego lasu, dwie mile za zimowym miastem. Inni zostali daleko z tyłu.

— Mogę jeździć! — krzyknął Bran i wyszczerzył zęby w uśmiechu. Czuł się prawie tak, jakby latał.

— Chętnie bym się pościgał z tobą, ale boję się, że przegram — rzucił Robb żartobliwie, lecz Bran w jego głosie wyczuł troskę.

— Nie chcę się ścigać. — Bran rozejrzał się za wilkorami. — Słyszałeś, jak Lato wył w nocy?

— Szary Wicher też był niespokojny — rzekł Robb. Włosy miał potargane, a jego szczękę pokrywał rudawy zarost, przez co wyglądał na więcej niż piętnaście lat. — Czasem wydaje mi się, że one wiedzą o pewnych rzeczach, wyczuwają je... — Westchnął. — Wiesz, Bran, nigdy nie jestem pewien, ile mogę ci powiedzieć. Szkoda, że nie jesteś starszy.

— Mam już osiem lat! — oburzył się Bran. — To tylko trochę mniej od twoich piętnastu, a ponadto jestem dziedzicem Winterfell, zaraz po tobie.

— Tak. — Robb sprawiał wrażenie smutnego, a nawet przestraszonego. — Bran, muszę ci coś powiedzieć. W nocy przyleciał ptak z Królewskiej Przystani. Maester Luwin obudził mnie.

Bran poczuł nagły strach. Czarne skrzydła, czarne słowa, powtarzała zawsze Stara Niania, a ostatnio wieści przynoszone przez kruki potwierdzały to powiedzenie. Kiedy Robb napisał do Lorda Dowódcy Nocnej Straży, ptak dostarczył wiadomość, że stryj Benjen jeszcze nie wrócił. Także i ptak z Orlego Gniazda, od matki, nie przyniósł niczego dobrego. Nie zdradziła, kiedy wraca. Informowała tylko, że uwięziła Krasnala. Bran w pewnym sensie polubił go nawet, ale na sam dźwięk nazwiska Lannister czuł dreszcz na plecach. Wiedział, że istnieje coś, o czym powinien pamiętać, co dotyczyło tego rodu, lecz kiedy próbował się skupić, kręciło mu się w głowie i czuł ucisk w żołądku.

Większość czasu Robb spędzał zamknięty w pokoju w towarzystwie maestera Luwina, Theona Greyjoya i Hallisa Mollena. Potem jeźdźcy mknęli szybko z jego rozkazami. Bran słyszał, że mówiono o Fosie Cailin. Była to stara warownia zbudowana jeszcze przez Pierwszych Ludzi na samym końcu Przesmyku. Nikt mu nie powiedział, o co chodzi, ale on wyczuwał, że nie jest to nic dobrego.

A teraz jeszcze jeden kruk, jeszcze jedna wiadomość. Łudził się, że może tym razem...

— Czy to ptak od matki? Wraca do domu?

— Wiadomość przysłał Alyn z Królewskiej Przystani. Jorry Cassel nie żyje. A także Wyl i Heward. Zamordował ich Królobójca. — Robb wystawił twarz na padający śnieg, pozwalając, by płatki topniały mu na policzkach. — Niech bogowie dadzą im odpoczynek.

Bran nie wiedział, co powiedzieć. Czuł się, jakby otrzymał cios. Jory był kapitanem straży w Winterfell, jeszcze zanim Bran się urodził.

— Zabili Jory'ego? — Pamiętał, jak wielokrotnie Jory gonił go po dachach. Jak kroczył przez dziedziniec w zbroi albo siedział na swoim ulubionym miejscu w Wielkiej Komnacie i żartował w czasie posiłków. — Dlaczego ktoś miałby to zrobić?

Robb pokręcił głową ze wzrokiem przepełnionym bólem.

— Nie wiem, Bran. Widzisz, to jeszcze nie wszystko. W czasie walki koń przygniótł ojca. Alyn pisze, że ojciec ma pogruchotaną nogę i... maester Pycelle dał mu makowego mleka, ale nie są pewni, kiedy... kiedy on... — Spojrzał na drogę, gdzie rozległ się tętent kopyt. Nadjeżdżali Theon i pozostali. — ...kiedy się obudzi —

dokończył Robb. Położył dłoń na rękojeści miecza i mówił dalej uroczystym tonem Robba Pana Winterfell. — Obiecuję ci, Bran, że nie puszczę tego płazem.

Ton jego głosu jeszcze bardziej przestraszył Brana.

— Co zrobisz? — zapytał w chwili, kiedy dołączył do nich Theon Greyjoy.

— Theon uważa, że powinienem zwołać chorągwie — rzekł Robb.

— Krew za krew. — Tym razem Greyjoy się nie uśmiechnął. Czarne włosy opadły mu na oczy, a na ciemnej, chudej twarzy czaił się wyraz głodu.

— Tylko lord może zwołać chorągwie — oświadczył Bran poprzez padający śnieg.

— Jeśli twój ojciec umrze, Robb zostanie panem Winterfell — stwierdził Theon.

— On nie umrze! — krzyknął Bran.

Robb wziął go za rękę.

— Nie umrze, nie ojciec — zapewnił cicho. — Ale... honor północy spoczywa teraz w moich rękach. Odjeżdżając, pan ojciec powiedział, żebym był silny za ciebie i za Ricka. Jestem już prawie dorosły, Bran.

Bran zadrżał.

— Chciałbym, żeby mama wróciła — powiedział smutnym głosem. — Rozejrzał się za maesterem Luwinem; jego osioł schodził dopiero z pobliskiego wzgórza. — Czy maester Luwin także radzi zwołać chorągwie?

— Maester jest bojaźliwy jak stara baba — oznajmił Theon.

— Ojciec zawsze słuchał jego rady — zauważył Bran. — Mama też.

— Ja go słucham — odparł Robb. — Słucham każdej rady.

Radość Brana z podróży stopniała jak śnieg na jego twarzy. Jeszcze nie tak dawno byłby ogromnie podniecony na wieść o tym, że Robb zwołuje chorągwie, teraz zaś czuł tylko strach.

— Możemy wracać? — spytał. — Zmarzłem.

Robb rozejrzał się.

— Trzeba znaleźć wilki. Wytrzymasz jeszcze trochę?

— Pewnie. — Wcześniej maester Luwin upominał go, żeby nie jeździł zbyt długo i nie odparzył sobie ciała od siodła, ale Bran nie chciał okazać słabości przed bratem. Miał już dość tego, że wszyscy użalają się nad nim i pytają, jak się czuje.

— W takim razie zapolujmy na naszych myśliwych — zaproponował Robb. Zjechali z traktu i zanurzyli się w wilczy las. Theon trzymał się z tyłu, razem z żołnierzami.

Bran z przyjemnością jechał pod drzewami. Ściągnął lekko cugle Tancerki, tak że szła wolno, a on rozglądał się dookoła. Dobrze znał ten las, lecz po tak długim czasie spędzonym za murami Winterfell wydawało mu się, że widzi go po raz pierwszy. Wciągał głęboko powietrze, wdychając świeży zapach sosnowych igieł, woń gnijących liści, zwierzęcego piżma i dymu z odległych domów. Raz dostrzegł między ośnieżonymi gałęziami dębu czarną wiewiórkę, a potem zatrzymał się, żeby popatrzeć na srebrzystą sieć pająka.

Theon i jego towarzysze zostali daleko z tyłu. Bran nie słyszał już nawet ich głosów. Gdzieś przed nim szumiała cicho woda. Z jego oczu popłynęły łzy.

— Bran? — spytał Robb. — Co się stało?

Bran potrząsnął głową.

— Coś sobie przypomniałem — wyznał. — Kiedyś Jory przyprowadził nas tutaj na ryby. Byliśmy razem, ty, ja i Jon. Pamiętasz?

— Tak — odparł Robb ze smutkiem.

— Nic wtedy nie złapałem — kontynuował Bran — ale w drodze powrotnej Jon dał mi swoją rybę. Czy jeszcze kiedyś zobaczymy Jona?

— Spotkaliśmy się z stryjem Benjenem przy okazji wizyty Króla — zauważył Robb. — Jon też nas odwiedzi, zobaczysz.

Koryto strumienia było głębokie, a prąd wartki. Robb zsiadł z konia i przeprowadził go przez bród. W najgłębszym miejscu woda sięgała mu do połowy uda. Przywiązał wałacha do drzewa na drugim brzegu i wrócił po Brana.

Woda rozpryskiwała się o kamienie i korzenie, ochlapując twarz

Brana. Uśmiechnął się. Przez chwilę poczuł się zdrowy i silny. Spojrzał w górę na drzewa i zapragnął móc wspiąć się na któreś z nich, na sam czubek, tak żeby cały las został pod nim.

Byli już na drugim brzegu, kiedy usłyszeli wycie, długie, coraz wyższe, które płynęło przez las niczym zimny wiatr. Bran odwrócił głowę.

— Lato — orzekł.

Chwilę później do pierwszego głosu dołączył drugi.

— Upolowały coś — odezwał się Robb i ponownie dosiadł konia. — Pojadę po nie. Ty zaczekaj tutaj. Theon i pozostali zaraz tu będą.

— Chcę jechać z tobą — powiedział Bran.

— Sam szybciej je odszukam. — Robb ścisnął ostrogami swojego wałacha i zniknął między drzewami.

Gdy tylko odjechał, las wokół Brana jakby się zamknął.

Śnieg padał coraz mocniej. Topniał od razu, tam gdzie dotykał bezpośrednio ziemi, lecz kamienie, korzenie i gałęzie przykryła warstwa białego puchu. Bran czuł coraz większe zmęczenie. Jego nogi zwisały bezużytecznie w strzemionach, rzemień wokół piersi uciskał go niewygodnie, a topniejący śnieg przemoczył mu rękawice. Zastanawiał się, gdzie są Theon, maester Luwin, Joseth i pozostali.

Usłyszawszy szelest, zawrócił Tancerkę, spodziewając się zobaczyć przyjaciół, lecz na brzegu strumienia ukazali się obdarci, obcy ludzie.

— Życzę dobrego dnia — rzucił Bran nerwowo. Od razu zorientował się, że obcy nie są drwalami ani wieśniakami. Nagle zdał sobie sprawę z tego, jak bogato jest ubrany. Miał na sobie nową opończę z ciemnoszarej wełny ze srebrnymi guzikami, a oblamowany futrem płaszcz przytrzymywała na ramieniu srebrna szpila. Jego buty i rękawice także obszyte były futrem.

— Tak zupełnie sam? — odezwał się największy z obcych, łysy mężczyzna o ogorzałej twarzy. — Chłopaczek zgubił się w lesie, co?

— Wcale się nie zgubiłem — odparł Bran. Nie podobał mu się

sposób, w jaki obcy patrzą na niego. Najpierw naliczył czterech, ale kiedy się odwrócił, dostrzegł jeszcze dwóch. — Mój brat odjechał przed chwilą, a zaraz będzie tutaj moja straż.

— Twoja straż? — Do rozmowy włączył się drugi z obcych. Jego twarz zakrywała szczecina siwej brody. — A czego oni mieliby strzec, paniczyku? Czy ja widzę srebrną szpilę na twoim płaszczu?

— Ładna — rozległ się kobiecy głos. Mówiąca bardziej przypominała mężczyznę, wysoka i chuda, ogorzała na twarzy jak pozostali, z włosami ukrytymi pod półhełmem. W dłoni trzymała długą na osiem stóp włócznię z czarnego dębu z zardzewiałym grotem.

— Przyjrzyjmy się — warknął łysy mężczyzna.

Bran patrzył na niego z niepokojem. Obcy ubranie miał brudne i podarte, upstrzone brązowymi, niebieskimi albo zielonymi łatami, spłowiałe do szarości, chociaż płaszcz kiedyś mógł być czarny. Jego towarzysz ze szczeciną siwego zarostu także nosił czarne ubranie. W jednej chwili Bran przypomniał sobie dzień, w którym znaleźli wilcze szczenięta i kiedy jego ojciec obciął głowę zdrajcy; tamten człowiek także odziany był na czarno. Ojciec powiedział, że to dezerter z Nocnej Straży. „Nie ma ludzi bardziej niebezpiecznych, przypomniał sobie słowa lorda Eddarda. — Dezerter dobrze wie, że jego los jest przesądzony, jeśli da się złapać, dlatego nie cofnie się przed nawet najpodlejszą zbrodnią".

— Szpila, chłopcze — rozkazał ogromny mężczyzna i wyciągnął rękę.

— Weźmiemy też konia — odezwał się inny głos; była to druga kobieta, niższa od Robba, o szerokiej, płaskiej twarzy i prostych, żółtych włosach. — Zsiadaj, i to szybko. — W jej dłoni błysnął nóż mocno wyszczerbiony, przez co bardziej przypominał ostrze piły.

— Nie — wybąkał Bran. — Ja nie mogę...

Ogromny mężczyzna chwycił wodze Tancerki, zanim Bran zdążył zrobić cokolwiek.

— Możesz, paniczu... i zrobisz to, jeśli jesteś w stanie ocenić, co dla ciebie dobre.

— Stiv, popatrz, jak jest przywiązany rzemieniem. — Wysoka kobieta wskazała włócznią. — Może mówi prawdę.

— Rzemieniem? — powtórzył Stiv. Z pochwy przy pasie wyciągnął sztylet. — Poradzimy sobie z rzemieniem.

— Jesteś kaleką?

Bran żachnął się.

— Jestem Brandon Stark z Winterfell. Lepiej puść mojego konia, bo przypłacisz to życiem.

Chudy mężczyzna o zarośniętej twarzy roześmiał się.

— To musi być Stark, for certes. Tylko Stark byłby na tyle głupi, żeby grozić, zamiast okazać trochę rozumu i błagać o litość.

— Utnij mu jego małego ptaszka i wsadź do gęby — rzuciła niższa z kobiet. — Przynajmniej będzie siedział cicho.

— Hali, jesteś równie głupia jak brzydka — powiedziała wysoka kobieta. — Co nam po martwym chłopaku. Za to żywy... bogowie niech będą przeklęci, pomyśl tylko, ile by dał Mance za zakładnika, w którego żyłach płynie krew Benjena Starka!

— Co tam Mance — warknął olbrzym. — Chcesz tam wrócić, Osha? Ależ ty jesteś głupia. Myślisz, że białe cienie obchodzi, czy masz jakiegoś zakładnika? — Odwrócił się znowu do Brana i przeciął rzemień opasający jego udo. Wydawało się, że rozerwana skóra westchnęła.

Ostrze weszło głęboko i Bran, spojrzawszy w dół, zobaczył blade ciało w miejscu przecięcia wełnianej nogawki. Popłynęła krew. Patrzył, jak czerwona plama rozszerza się. Zakręciło mu się lekko w głowie, ale w ogóle nie poczuł bólu. Mężczyzna chrząknął zdziwiony.

— Odłóż broń, a obiecam ci szybką i bezbolesną śmierć. — Rozległ się głos Robba.

Bran podniósł wzrok z nadzieją. Głos brata załamał się trochę i to osłabiło nieco siłę słów. Robb siedział na koniu z mieczem w dłoni; zakrwawione ciało łosia zwisało przerzucone przez grzbiet wałacha.

— Jest i brat — rzekł mężczyzna z twarzą zarośniętą siwą szczeciną.

— Groźny brat — zakpiła niska kobieta, którą nazywali Hali. — Chcesz z nami walczyć, chłopczyku?

— Nie bądź głupi, chłopcze. Nas jest sześcioro, a ty sam. — Wysoka kobieta o imieniu Osha opuściła włócznię. — Z konia i rzuć miecz. Pięknie podziękujemy za konia i mięso i będziecie mogli odejść.

Robb zagwizdał. Usłyszeli szelest miękkich łap na mokrych liściach zarośli. Z najniższych gałęzi spadł śnieg i z krzewów wynurzyły się Szary Wicher i Lato. Lato uniósł łeb i zawarczał.

— Wilki — wyszeptała Hali zdumiona.

— Wilkory — poprawił ją Bran. Choć nie były jeszcze w pełni dorosłe, wzrostem dorównywały największym wilkom, jakie Bran kiedykolwiek widział. Łatwo dało się zauważyć różnicę, trzeba było tylko wiedzieć, na co zwracać uwagę. Wszystkiego dowiedział się od maestera Luwina i Farlena, który zajmował się psiarnią. Wilkor miał większy łeb i dłuższe nogi w stosunku do reszty ciała, pysk zaś i szczękę węższe i bardziej wydatne. Było w nich coś ponurego i przerażającego, kiedy tak stały pośród opadającego powoli śniegu. Na pysku Szarego Wichru lśniła świeża krew.

— Psy — rzucił pogardliwie łysy olbrzym. — Chociaż mówią, że nic tak nie grzeje w nocy jak wilcza skóra. — Dał znak ręką. — Bierzcie ich.

— Winterfell — krzyknął Robb i piętami ubódł konia. Wałach skoczył do przodu na spotkanie obcych. Mężczyzna z siekierą zabiegł mu drogę z krzykiem na ustach. Miecz Robba trafił go prosto w twarz; rozległ się nieprzyjemny chrzęst i chlusnęła krew. Jego towarzysz ze szczeciniastą brodą chwycił za wodze, ale tylko na moment, ponieważ chwilę później dopadł go Szary Wicher i pociągnął w dół. Rabuś runął do strumienia i zaczął machać desperacko rękoma, kiedy jego głowa znalazła się pod wodą. Wilkor skoczył za nim i biała woda zaczerwieniła się w miejscu, w którym obaj zniknęli.

Robb i Osha starli się na środku strumienia. Jej długa włócznia przypominała węża o żelaznej głowie, który śmigał szybko, próbując dostać się do jego piersi. Raz, dwa, trzy... lecz Robb odbijał koniec włóczni długim mieczem. Wreszcie kobieta za mocno wychyliła się do przodu i straciła na moment równowagę. Robb wykorzystał to i najechał na nią koniem.

Tuż obok Lato zaatakował Hali. Nóż zahaczył o bok zwierzęcia. Lato uskoczył, warcząc, i zaatakował raz jeszcze. Zacisnął szczęki na kostce nogi kobiety. Ta uniosła nóż w obu dłoniach, lecz wilkor jakby wyczuł niebezpieczeństwo i puścił ją na moment — z jego pyska zwisały strzępy skóry, ubrania i ociekającego krwią ciała. Kiedy Hali zachwiała się i opadła na ziemię, przewrócił ją na plecy i wpił zęby w jej brzuch.

Szósty z obcych rzucił się do ucieczki... lecz nie uszedł daleko. Wdrapywał się na brzeg po drugiej stronie strumienia, kiedy Szary Wicher wyszedł z wody. Otrząsnął się i skoczył za uciekającym. Rozerwał mu ścięgna pod kolanem jednym kłapnięciem zębów i poszukał gardła, kiedy mężczyzna ponownie osunął się do wody.

Teraz został już tylko olbrzym o imieniu Stiv. Mężczyzna przeciął rzemień na piersi Brana i pociągnął go mocno za ramię. Bran poczuł, że spada. Nogi poplątały się pod nim, kiedy runął na ziemię, a jedna stopa znalazła się w strumieniu. Zupełnie nie czuł lodowatej wody, za to poczuł chłód stali, kiedy Stiv przyłożył mu sztylet do gardła.

— Do tyłu — warknął ostrzegawczo ocalały rabuś — albo poderżnę chłopakowi gardło, przysięgam.

Robb ściągnął cugle, dysząc ciężko. Opuścił ramię z mieczem, a jego spojrzenie złagodniało.

Teraz Bran ogarnął wzrokiem całą scenę. Lato wyciągał z brzucha Hali lśniące, niebieskie węże wnętrzności. Oczy miała szeroko otwarte, lecz Bran nie potrafił powiedzieć, czy kobieta jeszcze żyje. Mężczyzna ze szczeciną siwej brody i jego towarzysz z siekierą leżeli nieruchomo, natomiast Osha posuwała się na kolanach w kierunku swojej włóczni. Szary Wicher ruszył w jej stronę.

— Zawołaj go! — krzyknął olbrzym. — Zawołaj oba albo zabiję kalekę!

— Szary Wicher, Lato, do mnie — powiedział Robb.

Wilkory zatrzymały się i obróciły głowy. Szary Wicher podbiegł do Robba, lecz Lato pozostał na miejscu wpatrzony w Brana i stojącego tuż za nim obcego. Zawarczał. Jego ślepia płonęły, a pysk ociekał krwią.

Osha podparła się na końcu włóczni i wstała. Krew ciekła z rany na jej ramieniu, w miejscu gdzie dosięgnął ją miecz Robba. Bran widział kropelki potu ściekające po twarzy ogromnego mężczyzny. Zrozumiał, że Stiv boi się tak samo jak on.

— Starkowie — mruknął mężczyzna — cholerni Starkowie. — Osha — odezwał się głośniej. — Zabij wilki i weź jego miecz.

— Sam je zabij — odparła. — Ja się nie zbliżę do tych potworów.

Bran poczuł drżenie ręki Stiva — przez moment olbrzym nie wiedział, co robić. W miejscu, gdzie nóż dotknął szyi chłopca, popłynęła strużka krwi. Jego nozdrza wypełniał odór mężczyzny, odór strachu.

— Ty. — Stiv zawołał do Robba. — Jak się nazywasz?

— Jestem Robb Stark, dziedzic Winterfell.

— To twój brat?

— Tak.

— Jeśli chcesz, żeby przeżył, to rób, co ci każę. Z konia. — Robb zawahał się na moment. Potem zsiadł powoli z konia i stanął z mieczem w dłoni. — A teraz zabij wilki. — Robb nie poruszył się. — Zabij je. Wilki albo chłopak.

— Nie! — krzyknął Bran. Wiedział, że Stiv i tak ich zabije, nawet jeśli Robb spełni jego polecenie.

Mężczyzna chwycił wolną ręką za włosy Brana i pociągnął brutalnie, aż chłopiec zapłakał z bólu.

— Zamknij się, kaleko, słyszysz? — Pociągnął jeszcze mocniej. — Słyszysz?

W lesie za nimi rozległ się cichy furkot. Z gardła Stiva wydobyło się zduszone charczenie, a z jego piersi wysunęło się pół stopy strzały z trójkątnym, ostrym jak brzytwa grotem — jasnoczerwonym, jakby go ktoś pomalował krwią. Sztylet odsunął się od gardła Brana. Mężczyzna zachwiał się i runął twarzą do strumienia. Strzała złamała się pod ciężarem jego ciała. Bran patrzył, jak życie wycieka z niego wraz z płynącą wodą.

Kiedy żołnierze ojca wynurzyli się zza drzew, Osha rzuciła swoją włócznię.

— Litości, panie — zawołała do Robba.

Żołnierze, potwornie bladzi, rozglądali się po scenie rzezi. Zerkali niepewnie na wilki, a kiedy Lato powrócił do Hali, by dalej raczyć się jej wnętrznościami, Joseth upuścił nóż i krztusząc się, wycofał się w krzaki. Nawet maester Luwin wydawał się przerażony, kiedy wyszedł zza drzewa. Trwało to jednak tylko chwilę. Zaraz potem potrząsnął głową i przeszedł przez strumień do Brana.

— Jesteś ranny?

— Skaleczył mnie w nogę — odparł Bran — ale nic nie czułem.

Maester przyklęknął, żeby obejrzeć jego ranę, Bran zaś spojrzał do tyłu. Pod drzewem strażniczym stał Theon Greyjoy z łukiem w ręku. Uśmiechał się, jak zawsze. Kilka strzał drżało wbitych w miękką ziemię przy jego nogach, ale jemu wystarczyła tylko jedna.

— Martwy wróg to piękna rzecz — przemówił.

— Greyjoy, Jon zawsze mówił, że jesteś osioł — powiedział głośno Robb. — Powinienem przywiązać cię na dziedzińcu i pozwolić, żeby Bran poćwiczył strzelanie z łuku na tobie.

— Powinieneś raczej podziękować mi za to, że uratowałem życie twojemu bratu.

— A gdybyś nie trafił? — spytał Robb. — Albo gdyby drgnęła mu ręka? Mogłeś zranić Brana. Widziałeś tylko plecy tamtego, mógł nosić napierśnik. Co by się wtedy stało z moim bratem? Czy pomyślałeś o tym, Greyjoy?

Theon przestał się uśmiechać. Wzruszył tylko ramionami i zajął się zbieraniem strzał.

Robb spojrzał groźnie na strażników.

— A wy gdzie się podziewaliście? — zapytał rozgniewany. — Byłem pewien, że jedziecie blisko za nami.

Żołnierze spojrzeli po sobie zakłopotani.

— Jechaliśmy, panie — odpowiedział Quent, najmłodszy z nich, z delikatnym puszkiem brązowej brody. — Tylko że najpierw czekaliśmy na maestera Luwina i jego osła, za przeproszeniem, a potem, no... — Zerknął na Theona i szybko odwrócił głowę zawstydzony.

— Wytropiłem indyka — dokończył Theon poirytowany pytaniem Robba. — Skąd miałem wiedzieć, że zostawisz chłopca samego?

Robb jeszcze raz popatrzył na Theona — Bran nigdy dotąd nie widział go tak rozzłoszczonego — lecz nic nie powiedział. Zaraz potem przyklęknął obok maestera Luwina i zapytał:

— Jak poważna jest rana mojego brata?

— Tylko zadraśnięcie — odparł maester. Zamoczył w strumieniu kawałek materiału, by obmyć ranę. — Dwóch z nich nosi czarne ubrania — zwrócił się do Robba.

Robb zerknął na miejsce, w którym Stiv leżał rozciągnięty w strumieniu; pędzący nurt szarpał za poły jego czarnego płaszcza.

— Dezerterzy z Nocnej Straży — oznajmił ponurym głosem. — Co za głupcy, żeby podchodzić tak blisko do Winterfell.

— Często trudno odróżnić głupotę od desperacji — powiedział maester Luwin.

— Pochowamy ich, panie? — spytał Quent.

— Oni by się nami nie przejmowali — odparł Robb. — Odciąć im głowy, odeślemy je na Mur. Ciała zostawcie wronom.

— A co z nią? — Quent pokazał kciukiem na Oshę.

Robb podszedł do kobiety. Była o głowę wyższa od niego. Opadła na kolana, kiedy się zbliżył.

— Daruj mi życie, lordzie Stark, a będę twoja.

— Moja? Nie potrzebuję zdrajców.

— Ja nie złamałam przysięgi. To Stiv i Wallen sfrunęli z Muru, nie ja. Wśród czarnych wron nie ma miejsca dla kobiet.

Theon Greyjoy podszedł bliżej.

— Daj ją wilkom — podpowiedział. Kobieta skierowała wzrok na miejsce, gdzie leżały resztki ciała Hali, i szybko odwróciła oczy. Zadrżała. Nawet żołnierze mieli niepewne miny.

— Jest kobietą — powiedział Robb.

— Dzika — odezwał się Bran. — Chciała, żeby zatrzymali mnie żywego i zabrali do Mance'a Raydera.

— Masz jakieś imię? — spytał Robb.

— Osha, panie — wymamrotała.

Maester Luwin podniósł się na nogi.

— Możemy ją przesłuchać.

Bran dostrzegł wyraz ulgi na twarzy brata.

— Niech tak będzie. Wayn, zwiąż jej ręce. Wróci z nami do Winterfell i... będzie żyła albo umrze w zależności od tego, co nam powie.

TYRION

— Chcesz coś zjeść? — spytał Mord, posyłając mu groźne spojrzenie. W grubej dłoni trzymał talerz z gotowaną fasolą.

Tyrion Lannister umierał z głodu, ale nie chciał dać satysfakcji temu brutalowi.

— Może jakiś udziec jagnięcy — odezwał się z kąta celi zarzuconego brudną słomą. — Do tego groszek z cebulą, świeżo upieczony chleb z masłem i dzban wina zaprawionego korzeniami. Albo piwa. Przyznasz, że nie jestem specjalnie wybredny.

— Jest fasola — rzekł Mord. — Masz. — Wyciągnął rękę z talerzem.

Tyrion westchnął. Dozorca był prostakiem o ciemnych, zepsutych zębach i małych, czarnych oczkach. Lewą stronę jego twarzy pokrywała blizna po uderzeniu topora, które odciąło mu ucho i część policzka. Stan umysłu tego indywiduum dorównywał jego urodzie. Ponieważ Tyrion był głodny, nie miało to w tej chwili znaczenia, więc wyciągnął rękę po talerz.

Mord cofnął się i wyszczerzył zęby w uśmiechu.

— Tutaj — powiedział, trzymając talerz poza zasięgiem ramienia Tyriona.

Krasnal dźwignął się na nogi niezgrabnie.

— Czy musimy się w to bawić przy każdym posiłku? — Ponownie spróbował dosięgnąć naczynia.

Mord odsunął się uśmiechnięty.

— Tutaj, karzełku. — Teraz trzymał talerz w ręce wyciągniętej nad krawędzią, gdzie kończyła się cela i zaczynało niebo. — Nie chce jeść? No, weź sobie.

Tyrion miał za krótkie ramiona, by dosięgnąć talerza, a nie chciał podchodzić bliżej krawędzi. Wystarczyłoby szybkie pchnięcie ogromnego, białego brzucha Morda, żeby zamienił się w czerwoną plamę rozbryzganą na kamieniach Nieba, podobnie jak wielu więźniów Orlego Gniazda przez wieki.

— Chyba już mi się nie chce jeść — oświadczył i wrócił do swojego kąta.

Mord chrząknął i otworzył dłoń. Wiatr natychmiast porwał talerz, przewracając go do góry nogami. Część fasoli bryznęła na nich z powrotem, a pozostała część odleciała. Dozorca roześmiał się, potrząsając ogromnym brzuchem, jakby to była miska z puddingiem.

Tyrion poczuł falę gniewu.

— Ty pieprzony pomiocie francowatego osła — wycedził przez zęby. — Mam nadzieje, że zdechniesz na sraczkę. — W odpowiedzi Mord wymierzył mu solidnego kopniaka w żebra butem z metalowym czubkiem. — Zapamiętam to sobie! — jęknął Krasnal zwinięty na słomie. — Osobiście cię zabiję, przysięgam! — Ciężkie, żelazne drzwi zatrzasnęły się z hukiem. Tyrion usłyszał zgrzyt przekręcanego klucza.

Przyznał w myślach, że jak na tak małego człowieka, posiada niebezpiecznie dużą gębę, po czym wpełzł w kąt tego, co Arrynowie nazywali lochami. Skulił się pod cienkim kocem i popatrzył na puste błękitne niebo i odległe góry, które wydawały się nie mieć końca; żałował, że nie ma cieniokociego futra, które wygrał w kości od Marilliona, po tym jak śpiewak ściągnął to okrycie z martwego zbója. Wprawdzie futro cuchnęło stęchlizną i krwią, lecz za to było grube i ciepłe. Mord zabrał mu je.

Podmuchy wiatru, niczym ostre szpony, szarpały za jego koc. Otrzymał celę przeraźliwie małą, nawet jak dla karła. Zaledwie pięć stóp od niego, w miejscu gdzie powinna być ściana, gdzie w normalnym lochu byłaby ściana, kończyła się podłoga i zaczynało niebo. Nie brakowało mu świeżego powietrza, słońca, światła księżyca i gwiazd, lecz Tyrion z chęcią by się zamienił na najciemniejszą, najbardziej ponurą dziurę we wnętrzu Casterly Rock.

„Polecisz — obiecał mu wcześniej Mord, wpychając go do celi. — Dwadzieścia dni, trzydzieści, może pięćdziesiąt, i polecisz".

Arrynowie posiadali jedyne lochy w całym królestwie, z których pozwalano więźniom uciekać. Pierwszego dnia Tyrion przełamał strach po długich godzinach wahań i rozpłaszczony podpełzł do krawędzi podłogi, po czym wystawił głowę. Niebo znajdowało się sześćset stóp poniżej, wcześniej była tylko ziejąca pustką dziura. Gdyby wystawił głowę jeszcze dalej, mógłby zobaczyć inne cele po lewej i prawej stronie. Był niczym pszczoła w kamiennym plastrze miodu, pszczoła, której ktoś wyrwał skrzydła.

W celi panował przenikliwy chłód, wiatr wył bez przerwy, a najgorsze było to, że podłoga opadała. Wprawdzie nieznacznie, ale wystarczyło. Bał się zamknąć oczy, bał się, że zacznie się staczać i obudzi w trakcie lotu ku skałom w dole. Nic dziwnego, że więźniowie z podniebnych cel wariowali.

„Bogowie, miejcie mnie w opiece, napisał poprzedni mieszkaniec na ścianie czymś, co mogło być krwią, błękit mnie wzywa". Początkowo Tyrion zastanawiał się, kim był tamten człowiek i co się z nim stało, lecz z czasem jego ciekawość osłabła.

Gdyby tylko siedział cicho...

Wszystko przez tego przeklętego chłopaka, który gapił się na niego z tronu wyrzeźbionego w twardym drewnie grabu i ustawionego pod chorągwiami z księżycem i sokołem, herbem rodu Arrynów. Tyrion Lannister przywykł do tego, że patrzyli na niego z góry różni ludzie, ale rzadko były to sześciolatki o kaprawych oczach, które musiały podkładać pod siedzenia grube poduszki, żeby znaleźć się na poziomie dorosłych.

— Czy on jest tym złym człowiekiem? — spytał wtedy chłopiec, ściskając lalkę.

— Tak — odpowiedziała lady Lysa ze swojego miejsca na mniejszym tronie obok. Odziana była na niebiesko, upudrowana i wyperfumowana dla licznych konkurentów.

— Jest taki mały — orzekł Lord Orlego Gniazda i zachichotał.

— To jest Tyrion Krasnal z rodu Lannisterów, który zamordował twojego ojca. — Podniosła głos, który odbił się echem od śnieżnobiałych ścian i smukłych kolumn. — On zabił Królewskiego Namiestnika!

— Och, jego też zabiłem? — zapytał wtedy jak głupiec Tyrion. A powinien był trzymać język za zębami i pochylić głowę. Teraz widział to wyraźnie... na siedem piekieł, wówczas też o tym wiedział. Wielka Komnata Arrynów była długa i surowa, o zimnych ścianach z białego marmuru, lecz twarze zebranych tam wydawały się jeszcze zimniejsze. Casterly Rock znajdowało się bardzo daleko, a w całej Dolinie nie znalazłby ani jednego sprzymierzeńca Lannisterów. Jego najlepszą obroną powinna być uległość i milczenie.

Jednakże paskudny nastrój przyćmił zdrowy rozsądek Tyriona. Jeszcze wcześniej ze wstydem musiał przyznać, że opuściły go siły i ostatni odcinek wspinaczki pokonał na plecach Bronna. Tak więc upokorzenie dolało oliwy do ognia jego gniewu.

— Wygląda na to, że jestem bardzo zapracowanym człowieczkiem — rzucił sarkastycznie. — Nie wiem, czy miałbym dość czasu na wszystkie te morderstwa.

Powinien był pamiętać, z kim ma do czynienia. Na królewskim dworze Lysa Arryn i jej osesek znani byli z niechęci do dowcipów, szczególnie kiedy były skierowane w ich stronę.

— Krasnalu — powiedziała Lysa chłodno — albo powstrzymasz swój cięty język i będziesz zwracał się do mojego syna z większą uprzejmością, albo pożałujesz. Nie zapominaj, gdzie jesteś. To jest Orle Gniazdo, a dookoła siedzą rycerze z Doliny, którzy kochali Jona Arryna. Każdy z nich gotów jest oddać życie za mnie.

— Z pewnością je oddadzą, lady Arryn. Zajmie się tym mój brat Jaime, jeśli coś mi się stanie. — Tyrion zrozumiał, że popełnił głupstwo, zanim jeszcze skończył mówić.

— Czy potrafisz latać, lordzie Lannister? — spytała lady Lysa. — Czy karły mają skrzydła? Jeśli nie, to lepiej przełknij następną groźbę, która przyjdzie ci do głowy.

— To nie była groźba — odparł Tyrion. — Raczej obietnica.

Mały lord Robert skoczył na nogi tak gwałtownie, że upuścił swoją lalkę.

— Nic nam nie zrobisz — wrzasnął. — Nikt nas tutaj nie skrzywdzi. Powiedz mu, mamo, powiedz, że nie może nas skrzywdzić. — Chłopiec zaczął drżeć.

— Orle Gniazdo jest nie do zdobycia — oświadczyła chłodno Lysa Arryn. Przygarnęła syna, otaczając go białymi, pulchnymi ramionami. — Krasnal próbuje nas przestraszyć, kochanie. Wszyscy Lannisterowie to kłamcy. Nikt nie skrzywdzi mojego kochanego chłopczyka.

Niestety, pomyślał wtedy, że ona miała rację. Sam pokonał całą drogę na górę i wyobrażał sobie, co by to oznaczało dla rycerza w zbroi, na którego sypie się z góry lawina strzał i kamieni. Koszmar to zbyt łagodne określenie na to, co by go czekało. Nic dziwnego, że nigdy dotąd nie zdobyto jeszcze Orlego Gniazda.

A jednak Tyrion wciąż nie potrafił poskromić swojego języka.

— Powiedziałbym raczej, że tylko niewygodny do zdobycia.

Młody Robert wyciągnął przed siebie drżącą rękę.

— Jesteś kłamcą... Mamo, chcę zobaczyć, jak on fruwa. — Dwaj strażnicy w błękitnych płaszczach chwycili Tyriona za ramiona i podnieśli do góry.

Bogowie tylko wiedzą, co mogło się wtedy stać, gdyby nie Catelyn Stark.

— Siostro — zawołała ze swojego miejsca poniżej tronów. — Pragnę ci przypomnieć, że ten człowiek jest moim więźniem. Nie pozwolę go skrzywdzić.

Lysa Arryn obrzuciła ją chłodnym spojrzeniem, po czym wstała i zeszła szybko do niego, ciągnąc za sobą długą suknię. Przez chwilę bał się, że go uderzy, lecz ona rozkazała żołnierzom, żeby go puścili. Kiedy postawili go niespodziewanie, nogi ugięły się pod nim i Tyrion przewrócił się.

Musiał wyglądać komicznie, kiedy próbował się podnieść, a jeszcze śmieszniej, gdy pod wpływem gwałtownego skurczu w prawej nodze runął ponownie. Śmiech odbił się echem od ścian Wielkiej Komnaty.

— Mały gość mojej siostry jest zbyt zmęczony, by stanąć o własnych siłach — stwierdziła lady Lysa. — Ser Vardisie, zabierz go do lochu. Dobrze mu zrobi odpoczynek w jednej z naszych podniebnych cel.

Strażnicy podnieśli go brutalnie. Tyrion Lannister zawisł między nimi, przebierając nogami, z twarzą czerwoną ze wstydu.

— Zapamiętam to sobie — obiecał, kiedy go wynosili.

I zapamiętał, chociaż na razie niewielki miał z tego pożytek.

Najpierw pocieszał się, że jego pobyt w celi nie potrwa długo. Tłumaczył sobie, że Lysa Arryn chciała go tylko upokorzyć i niebawem pośle po niego. A jeśli nie ona, to Catelyn Stark zechce go przesłuchać. Teraz będzie trzymał język za zębami. Nie ośmielą się zabić go tak po prostu; wciąż pozostawał Lannisterem z Casterly Rock, którego śmierć oznaczałaby wojnę. Tak przynajmniej sądził do tej pory.

Teraz jednak nie był już taki pewien.

Może jego przeciwnicy chcieli tylko, żeby gnił w lochu, ale on bał się, że nie starczy mu siły, by wytrzymać tu długo. Z każdym dniem Tyrion czuł się coraz gorzej i zaczynał się obawiać, że nadchodzi chwila, kiedy kopniaki i ciosy Morda odniosą oczekiwany skutek, o ile wcześniej dozorca nie zagłodzi go na śmierć. Jeszcze kilka głodnych i zimnych nocy, i jak inni usłyszy zew błękitu.

Nie przestawał myśleć o tym, co dzieje się za ścianami — jeśli można je było tak nazwać — jego celi. Lord Tywin, kiedy się dowiedział, z pewnością wysłał ludzi. Może Jaime prowadzi już wojska przez Góry Księżycowe... chyba że pojechał na północ przeciwko Winterfell. Czy w ogóle ktoś poza granicami Doliny podejrzewał chociaż, dokąd zabrała go Catelyn Stark? Zastanawiał się też, co zrobi Cersei, kiedy się dowie o wszystkim. Król mógłby rozkazać go uwolnić, tylko czy posłucha Królowej, czy też raczej swojego Namiestnika? Tyrion nie miał złudzeń co do uczuć, jakie Robert żywił do jego siostry.

Jeśli Cersei zachowa przytomność umysłu, będzie nalegała, żeby sam Król osądził Tyriona. Takiemu rozwiązaniu nie ośmieliłby się przeciwstawić nawet Ned Stark, jeśli nie chciał narazić się Królowi. Tyrion nie pragnął niczego więcej. Bez względu na to, jakie przypisywano mu zbrodnie, zorientował się, że jak dotąd Starkowie nie mają przeciwko niemu żadnych dowodów. Niech przedstawią sprawę przed Żelaznym Tronem i lordami. To będzie ich koniec. Gdyby tylko Cersei miała na tyle rozumu, żeby się zorientować...

Tyrion Lannister westchnął. Jego siostra potrafiła okazać przebiegłość, lecz często zaślepiała ją własna duma. Może potraktować takie rozwiązanie jako zniewagę, a nie sprzyjającą okoliczność. Jaime był jeszcze gorszy, zawzięty i porywczy. Nigdy nie zadawał sobie trudu rozwiązania węzła, jeśli mógł go przeciąć mieczem.

Zastanawiał się, które z nich wysłało zabójcę, żeby uciszył chłopaka Starków, i czy rzeczywiście przyczynili się do śmierci lorda Arryna. Było to niezwykle subtelne i delikatne morderstwo, jeśli naprawdę poprzedni Namiestnik został zamordowany. Ludzie w jego wieku często umierali niespodziewanie. Natomiast pomysł wysłania do Brandona Starka jakiegoś durnia z ukradzionym nożem wydał mu się ogromnie nieporadnym posunięciem. Jednakże gdy się nad tym zastanowić...

Tyrion zadrżał. Ta myśl bardzo mu się nie spodobała. A może w lesie oprócz wilka i lwa grasowała jeszcze inna bestia. Jeśli tak, to ktoś wykorzystał go jako parawan dla swoich poczynań, a Tyrion nienawidził być wykorzystywany.

Musi się stąd wydostać, i to szybko. Nie miał szans pokonać brutalnego Morda, nie spodziewał się też, że ktoś przyniesie mu linę długą na sześćset stóp, aby mógł spuścić się na dół i przekonać wszystkich, żeby go wypuścili. Uznał, że skoro znalazł się tu przez swój język, to musi on pomóc mu się z tych lochów wydostać.

Tyrion dźwignął się na nogi. Starał się nie zwracać uwagi na pochyłość podłogi. Uderzył pięścią w drzwi.

— Mord! — krzyknął. — Dozorca! Mord, chodź tutaj! — Musiał powtórzyć wezwanie z dziesięć razy, zanim usłyszał kroki. Zrobił krok do tyłu na chwilę przed tym, jak drzwi otworzyły się z hukiem.

— Hałasuje — warknął Mord; z jego spojrzenia wyzierała żądza krwi. W ogromnej dłoni trzymał skórzany pas, szeroki i gruby, zawinięty wokół palców. Nie daj im poznać, że się boisz, powtarzał w myśli Tyrion.

— Jak bardzo chciałbyś być bogaty? — spytał.

Mord uderzył go. Zamachnął się leniwym ruchem na odlew, lecz pas dosięgnął ramienia Tyriona, który zachwiał się i zacisnął zęby z bólu.

— Karzeł siedzi cicho — ostrzegł go Mord.

— Złoto — kusił Tyrion i zmusił się do uśmiechu. — Casterly Rock jest pełne złota... ach... — Tym razem Mord włożył w uderzenie tyle siły, że pas aż trzasnął i podskoczył. Tyrion, uderzony w żebra, opadł na kolana z jękiem. Zmusił się, by unieść głowę i spojrzeć na dozorcę. — Tak bogaty, jak Lannisterowie... — wyrzucił przez zaciśnięte zęby. — Tak mówią, Mord...

Mord chrząknął. Pas świsnął w powietrzu i uderzył Tyriona w twarz. Ból był tak przenikliwy, że ten nie pamiętał, kiedy się przewrócił. Kiedy znowu otworzył oczy, leżał na podłodze. W ustach miał pełno krwi i dzwoniło mu w uchu. Wyciągnął rękę, żeby się podeprzeć, i jego palce trafiły na... pustkę. Cofnął szybko dłoń, jakby ją oparzył, i spróbował opanować oddech. Musiał upaść na samą krawędź i teraz znajdował się zaledwie o kilka cali od błękitu.

— Jeszcze mówi? — Mord rozciągnął gwałtownie trzymany w obu dłoniach pas. Tyrion podskoczył, a dozorca roześmiał się.

Nie zepchnie mnie, wmawiał sobie Tyrion, odsuwając się od krawędzi podłogi. Nie ośmieli się mnie zabić. Catelyn Stark chce mnie żywego. Wierzchem dłoni otarł krew z ust, uśmiechnął się i powiedział:

— Dałeś mi w kość, Mord. — Dozorca zmrużył oczy; zastanawiał się, czy Tyrion kpi z niego. — Ja bym wiedział, jaki zrobić użytek z takiego siłacza. — Rozległ się świst pasa, ale tym razem Tyrion zdołał się odsunąć. Tylko lekkie uderzenie w ramię. — Złoto — powtórzył, cofając się do tyłu jak rak. — Więcej złota niż zobaczysz tutaj przez całe swoje życie. Dość, żeby kupić ziemię, kobiety, konie... byłbyś lordem. Lord Mord. — Tyrion odchrząknął flegmę z krwią i splunął w niebo.

— Nie ma złota — orzekł Mord.

Słucha mnie!, pomyślał Tyrion.

— Zabrali mi sakiewkę, kiedy mnie złapali, ale złoto wciąż jest moje. Catelyn Stark może kogoś uwięzić, ale nie poniży się do tego, żeby go obrabować. To niehonorowe. Pomóż mi, a całe złoto będzie twoje. — Skórzany jęzor wysunął się ponownie, lecz było to leniwe, pogardliwe mlaśnięcie. Tyrion wyciągnął rękę i chwycił za koniec pasa. — Niczym nie ryzykujesz. Musisz tylko przekazać wiadomość.

Dozorca wyszarpnął pas z dłoni Tyriona.

— Wiadomość — powtórzył, jakby nigdy wcześniej nie słyszał tego słowa. Na jego czole pojawiły się głębokie zmarszczki.

— Słyszałeś, lordzie. Masz tylko zanieść wiadomość do swojej pani. Powiedz jej... — Co może zmiękczyć Lysę Arryn?, zastanawiał się Krasnal i nagle przyszło mu coś do głowy. — ...powiedz jej, że chcę wyznać swe zbrodnie.

Mord uniósł ramię, a Tyrion przygotował się na kolejne uderzenie, lecz dozorca zawahał się. W jego oczach zmagały się podejrzliwość i chciwość. Pragnął złota, ale bał się podstępu; jego spojrzenie mówiło, że często stawał się ich ofiarą.

— Kłamstwo — wymamrotał wreszcie. — Karzeł oszukuje.

— Mogę poświadczyć na piśmie — obiecał Tyrion.

Niektórzy analfabeci gardzili słowem pisanym, inni zaś odnosili się do niego z ogromną czcią, jakby było swojego rodzaju magią. Na szczęście Mord należał do tych drugich. Dozorca opuścił pas.

— Napisz dużo złota. Dużo.

— Och, tak, dużo złota — zapewnił go Tyrion. — Sakiewka będzie tylko na zachętę. Mój brat nosi zbroję ze szczerego złota. — W rzeczywistości zbroja Jaime'a była tylko pozłacana, ale ten dureń i tak nigdy by się nie poznał.

Przez chwilę Mord przesuwał palcami po pasie zamyślony, lecz w końcu odwrócił się i poszedł po papier i atrament. Kiedy Tyrion skończył pisać, dozorca popatrzył na list podejrzliwie.

— A teraz zanieś wiadomość — ponaglił Tyrion.

Spał wstrząsany dreszczem, kiedy przyszli po niego późną nocą. Mord otworzył drzwi, ale się nie odezwał. Ser Vardis Egen obudził Tyriona szturchnięciem czubkiem buta.

— Wstawaj, karle. Moja pani chce cię widzieć.

Tyrion przetarł oczy i udał, że się krzywi.

— Nie wątpię, ale skąd wiesz, że ja chcę się z nią widzieć?

Ser Vardis zmarszczył brwi. Tyrion dobrze go pamiętał z czasów, kiedy ser Vardis przebywał w Królewskiej Przystani jako kapitan straży domowej Namiestnika. Prosta twarz, siwe włosy, dobrze zbudowany i ani odrobiny poczucia humoru.

— Nie obchodzą mnie twoje życzenia. Na nogi albo każę cię zanieść.

Tyrion dźwignął się niezgrabnie.

— Zimna noc — rzucił od niechcenia — a w Wielkiej Komnacie panują przeciągi. Nie chciałbym się przeziębić. Mord, bądź tak dobry i przynieś moje futro.

Dozorca patrzył na niego podejrzliwie.

— Moje futro — powtórzył Tyrion. — To z cieniokota, które wziąłeś ode mnie na przechowanie. Pamiętasz.

— Przynieś mu to cholerne futro — rozkazał ser Vardis.

Mord nie odważył się odezwać ani słowem. Posłał Tyrionowi groźne spojrzenie, ale poszedł po futro. Tyrion uśmiechnął się, kiedy dozorca przykrył mu ramiona.

— Dziękuję ci. Pomyślę o tobie zawsze, kiedy będę je nosił. — Zarzucił połę futra na ramię i po raz pierwszy od dłuższego czasu poczuł ciepło. — Prowadź, ser Vardisie.

Wielką Komnatę Arrynów oświetlało pięćdziesiąt pochodni umieszczonych na ścianach. Lady Lysa włożyła suknię z czarnego jedwabiu ozdobioną na piersi księżycem i sokołem wyszytymi perłami. Wiedząc, że kobiety nie mogą wstępować do Nocnej Straży, Tyrion domyślił się, że taki strój uznała za najbardziej odpowiedni do przyjęcia jego wyznań. Z jej lewego ramienia spływał warkocz pieczołowicie upleciony z kasztanowych włosów. Wyższy tron obok niej był pusty; niewątpliwie mały Lord Orlego Gniazda trząsł się pogrążony we śnie. Tyrion uznał, że przynajmniej w tym względzie dopisało mu szczęście.

Skłonił się nisko, wykorzystując okazję, aby się rozejrzeć. Lady Arryn zebrała swoich rycerzy i dostojników, w obecności których miała wysłuchać wyznań więźnia — taką przynajmniej żywił nadzieję. Dostrzegł surowe oblicze ser Bryndena Tully'ego i pogodną twarz Lorda Nestora Royce'a. U jego boku stał młodszy mężczyzna z zabójczymi czarnymi bokobrodami. Tyrion domyślił się, że jest to następca Lorda Nestora, ser Albar. Przybyli reprezentanci wszystkich ważniejszych rodów z Doliny. Tyrion zauważył ser Lyna Corbraya, prostego jak miecz, i lorda Huntera o cherlawych nogach, a także owdowiałą lady Waynwood w towarzystwie synów. Pozostałych godeł — złamanej lancy, zielonej żmii, płonącej wieży, skrzydlatego kielicha — nie kojarzył.

Tyrion wśród zebranych rozpoznał towarzyszy podróży: ser Rodrik Cassel, blady od nie wyleczonych jeszcze ran, stał w towarzystwie ser Willisa. Marrillion znalazł nową harfę. Tyrion uśmiechnął się na jego widok. Bez względu na to, co miało się wydarzyć tego wieczoru, powinno to mieć miejsce na oczach świadków, a nikt lepiej nie rozgłosi opowieści jak minstrel.

Z tyłu sali, pod filarem, przechadzał się Bronn. Wolny nie spuszczał oczu z Tyriona, a jego dłoń spoczywała na rękojeści miecza. Tyrion posłał mu długie spojrzenie, zastanawiając się...

Pierwsza przemówiła Catelyn Stark.

— Powiedziano nam, że pragniesz przyznać się do popełnionych zbrodni.

— Tak, pani — odparł Tyrion.

Lysa Arryn uśmiechnęła się do swojej siostry.

— W podniebnej celi wszyscy się łamią. Tam widzą ich bogowie i nie ma ciemności, w której mogliby się schować.

— Moim zdaniem on nie wygląda na złamanego — uznała lady Catelyn.

Lady Lysa zdawała się nie zwracać na nią uwagi.

— Mów zatem — zwróciła się do Tyriona.

Nie mam wyboru, pomyślał i zerknął na Bronna.

— Od czego tu zacząć? Jestem małym, podłym człowieczkiem, przyznaję. Moje zbrodnie i grzechy są niezliczone. Nie wiem, ile razy szedłem do łóżka z dziwkami. Mojemu panu ojcu życzyłem śmierci, podobnie jak i mojej siostrze, naszej łaskawej Królowej. — Ktoś z tyłu zachichotał. — Nie zawsze traktowałem należycie służbę. Uprawiałem hazard, a nawet oszukiwałem, do czego przyznaję się ze wstydem. Wypowiedziałem wiele okrutnych i podłych słów pod adresem szlachetnych lordów i dam dworu. — Teraz już rozległy się gromkie salwy śmiechu. — Raz nawet...

— Cisza! — Okrągła i blada twarz Lysy Arryn zapłonęła rumieńcem. — Krasnalu, co ty wyprawiasz?

Tyrion przechylił głowę na bok.

— No cóż, wyznaję swoje zbrodnie, pani.

Catelyn Stark zrobiła krok do przodu.

— Jesteś oskarżony o to, że wynająłeś zbira, żeby zabił mojego syna w jego łóżku, a także spiskowałeś i przyczyniłeś się do śmierci lorda Jona Arryna, Królewskiego Namiestnika.

Tyrion wzruszył ramionami niewinnie.

— Obawiam się, że do tych zbrodni nie mogę się przyznać. Nic nie wiem na temat tych morderstw.

Lady Lysa wstała ze swojego tronu.

— Nie pozwolę, żeby ze mnie kpiono. Odegrałeś swoje przedstawienie, Krasnalu. Mam nadzieję, że dobrze się bawiłeś... Ser Vardisie, zabierz go z powrotem do wieży... ale tym razem znajdź mu mniejszą celę z bardziej pochyłą podłogą.

— Czy w taki sposób wymierza się sprawiedliwość w Dolinie? — ryknął Tyrion tak głośno, że nawet ser Vardis zastygł na moment. — Czy honor zatrzymuje się przed Krwawą Bramą? Jestem oskarżony o zbrodnie, do popełnienia których nie chcę się przyznać, a więc wrzucacie mnie do celi i dręczycie chłodem i głodem. — Uniósł głowę, by wszyscy zobaczyli siniaki, które zostawił na jego twarzy Mord. — A gdzie królewska sprawiedliwość? Czy Orle Gniazdo nie jest częścią Siedmiu Królestw? Skoro mnie oskarżacie, to domagam się rozprawy. Pozwólcie mi mówić i niech moja prawda albo moje kłamstwo zostanie osądzone otwarcie w obliczu bogów i ludzi.

Po Wielkiej Komnacie przetoczyła się fala pomruków. Dopadł

ją, wiedział o tym. Był synem najpotężniejszego lorda w całym królestwie, bratem Królowej. Nie mogli mu odmówić sądu. Żołnierze w błękitnych płaszczach ruszyli w jego stronę, lecz ser Vardis powstrzymał ich i spojrzał na lady Lysę.

Jej małe usta wykrzywił uśmiech rozdrażnienia.

— Jeśli zostaniesz osądzony i uznany za winnego zbrodni, o które zostałeś oskarżony, zapłacisz życiem, zgodnie z królewskim prawem. Nie mamy tutaj kata, lordzie Lannister. Otwórzcie Księżycowe Drzwi.

Zebrani rozstąpili się. Tyrion ujrzał nieduże drzwi umieszczone między dwoma smukłymi kolumnami z księżycem wyrytym w białym czardrewnie. Stojący najbliżej cofnęli się, kiedy do drzwi podeszło dwóch strażników. Jeden z nich odsunął żelazną sztabę, a drugi otworzył drzwi do wewnątrz. Gwałtowny podmuch wiatru załopotał połami ich błękitnych płaszczy. Za drzwiami rozciągała się pustka nocnego nieba usianego zimnymi, obojętnymi gwiazdami.

— Oto królewska sprawiedliwość — oświadczyła Lysa Arryn. Płomienie pochodni na ścianach załopotały jak proporce, a niektóre z nich zwinęły się i zgasły.

— Lyso, to chyba nie jest rozsądne — odezwała się Catelyn Stark, kiedy nocny wiatr omiótł całą salę.

Jej siostra nie zwracała na nią uwagi.

— Chcesz być sądzony, lordzie Lannister, zatem tak się stanie. Mój syn wysłucha wszystkiego, co masz do powiedzenia, a ty wysłuchasz jego wyroku. Potem wyjdziesz stąd... nie wiem tylko, którymi drzwiami.

Wydawała się bardzo zadowolona z siebie. Nic dziwnego, pomyślał Tyrion. Była pewna wyniku rozprawy, skoro sędzią miał być jej słabowity syn. Tyrion zerknął na Księżycowe Drzwi. „Mamo, chcę zobaczyć, jak on fruwa!", zażądał wcześniej chłopiec. Tyrion zastanawiał się, ilu już ludzi smarkacz wysłał przez te drzwi.

— Doceniam twoją łaskawość, moja pani, ale nie widzę potrzeby, żeby niepokoić lorda Roberta — odpowiedział Tyrion uprzejmie. — Bogowie wiedzą, że jestem niewinny. Wolę zdać się na ich osąd, dlatego domagam się próby walki.

Przez Wielką Komnatę Arrynów przetoczyła się salwa gromkiego śmiechu. Nestor Royce prychnął rozbawiony, ser Willis zachichotał, ser Lyn Corbray parsknął rubasznym śmiechem, a pozostali zanosili się gromkim śmiechem aż do łez. Marillion trącił niezgrabnie strunę nowej harfy palcem połamanej ręki. Nawet wiatr wciskający się przez Księżycowe Drzwi jakby zawirował wesoło.

Tyrion dostrzegł niepewność w spojrzeniu jasnoniebieskich oczu Lysy Arryn. Na coś podobnego nie była przygotowana.

— Naturalnie, masz do tego prawo.

Do przodu wysunął się młody rycerz z zieloną żmiją wyhaftowaną na opończy i przyklęknął na kolano.

— Pani, udziel mi zaszczytu wystąpienia w twojej sprawie.

— Mnie powinien przypaść ten honor — powiedział stary lord Hunter. — Przez miłość, jaką darzyłem twojego pana męża, pozwól mi pomścić jego śmierć.

— Mój ojciec służył wiernie lordowi Jonowi — zabrzmiał gromki głos ser Albara Royce'a. — Niech i jego syn przyda się na coś.

— Bogowie sprzyjają człowiekowi, który broni słusznej sprawy — oznajmił ser Lyn Corbray — często jednak musi to być ktoś, kto najpewniej włada mieczem. Wszyscy wiemy, kogo mam na myśli. — Uśmiechnął się skromnie.

Kilkanaście innych głosów także zaproponowało swoje miecze. Widok tylu obcych chętnych do pozbawienia go życia nie napawał Tyriona zbytnim optymizmem. Może jednak się przeliczył.

Lady Lysa uciszyła wszystkich uniesieniem dłoni.

— Dziękuję wam. Mój syn uczyniłby podobnie, gdyby teraz był z nami. Nie ma ludzi dzielniejszych i bardziej oddanych niż rycerze z Doliny. Jednak możemy wybrać tylko jednego. — Wyciągnęła rękę. — Ser Vardisie Egen. Zawsze stałeś u boku mojego pana męża. Ty wystąpisz w naszej sprawie.

Przez cały czas ser Vardis pozostawał dziwnie milczący.

— Pani — przemówił z powagą i przykląkł na kolano — proszę, abyś złożyła ten ciężar na barki kogo innego. Ten człowiek nie jest wojownikiem. Spójrz na niego. Karzeł, o połowę mniejszy ode mnie, koślawy. Wstyd będzie zabić kogoś takiego i nazwać to sprawiedliwością.

Och, doskonale, pomyślał Tyrion i rzekł:

— Zgadzam się.

Lysa rzuciła mu gniewne spojrzenie.

— Domagałeś się próby walki.

— A teraz domagam się swojego przedstawiciela. Ty już masz swojego. Mój brat, Jaime, chętnie wystąpi w moim imieniu.

— Twój drogi Królobójca jest o setki mil stąd — rzuciła Lysa Arryn.

— Wyślijcie po niego ptaka. Poczekam.

— Zmierzysz się z ser Vardisem rano.

— Minstrelu — zwrócił się Tyrion do Marilliona — kiedy będziesz układał balladę, nie omieszkaj wspomnieć, jak to lady Arryn odmówiła Krasnalowi prawa do przedstawiciela i wysłała go, kulawego i poobijanego, do walki ze swoim najlepszym rycerzem.

— Niczego ci nie odmawiam! — odparła lady Lysa coraz bardziej rozdrażniona. — Wskaż swojego człowieka, karle... jeśli uważasz, że znajdziesz kogoś, kto by zechciał umrzeć za ciebie.

— Jeśli nie zrobi ci to różnicy, wolałbym znaleźć kogoś, kto będzie gotowy zabić dla mnie. — Tyrion rozejrzał się po długiej sali. Nikt nie drgnął. Przez długą chwilę zastanawiał się, czy nie popełnił poważnej pomyłki.

A potem w końcu sali nastąpiło jakieś poruszenie.

— Ja wystąpię w imieniu karła — odezwał się Bronn.

EDDARD

Powrócił dawny sen. Znowu śnił o trzech rycerzach w białych płaszczach, o dawno zburzonej wieży i Lyannie w łożu zalanym krwią.

We śnie jechali z nim przyjaciele, tak jak w życiu. Dumny Martyn Cassel, ojciec Jorry'ego, wierny Theo Wull, Ethan Glover, który był przedtem giermkiem Brandona, ser Mark Ryswell, mąż o łagodnym sercu i subtelny w słowie, Howland Reed, wyspiarz, lord Dustin na swoim ogromnym rudym ogierze. Ned znał ich twarze tak dobrze jak własne oblicze, lecz lata zaciemniają ludzkie wspomnienia, nawet te, których obiecywał nie zapomnieć. We śnie ukazali mu się niczym cienie, szare widma na koniach z mgły.

Siedmiu przeciwko trzem. Tak jak było naprawdę. Ale nie była to zwykła trójka. Czekali przed okrągłą wieżą, ich białe płaszcze powiewały na wietrze, a czerwone góry Dorne rozpościerały się za nimi. Nie wyglądali jak cienie. Twarze pozostały wyraźne, nawet teraz. Ser Arthur Dayne, Miecz Poranka, uśmiechał się smutno. Rękojeść długiego miecza zwanego Świtem wystawała ponad jego prawe ramię. Ser Oswell Whent przyklęknął, zajęty ostrzeniem miecza. Na jego lśniącym hełmie rozłożył skrzydła czarny nietoperz, herb jego rodu. Między nimi stary ser Gerold Hightower o srogiej twarzy, Biały Byk, Lord Dowódca Gwardii Królewskiej.

— Szukałem was nad Tridentem — powiedział do nich Ned.

— Nie było nas tam — odpowiedział mu ser Gerold.

— Biada Uzurpatorowi, gdybyśmy tam byli — wtrącił ser Oswell.

— Kiedy upadła Królewska Przystań, ser Jaime zabił waszego Króla złotym mieczem. Zastanawiałem się, gdzie wtedy byliście.

— Daleko — odparł ser Gerold. — Inaczej Aerys siedziałby jeszcze na Żelaznym Tronie, a nasz brat, zdrajca, płonął w siedmiu piekłach.

— Przybyłem do Końca Burzy, żeby zakończyć oblężenie — oznajmił Ned. — Lordowie Tyrell, Redwyne oraz wszyscy ich rycerze zgięli kolana i oddali nam hołd. Byłem pewien, że ujrzę was wśród nich.

— Nasze kolana nie zginają się tak łatwo — rzekł ser Arthur Dayne.

— Ser Willem Darry uciekł na Smoczą Skałę z waszą Królową i księciem Viserysem. Sądziłem, że może popłynęliście z nim.

— Ser Willem to dobry i prawy człowiek — powiedział ser Oswell.

— Ale nie służy w Gwardii Królewskiej — zauważył ser Gerold. — Gwardziści nie uciekają.

— Ani wtedy, ani teraz — dodał ser Arthur. Nałożył hełm.

— Składaliśmy przysięgę — wyjaśnił stary ser Gerold.

Cienie Neda poruszyły się, potrząsając mieczami w dłoniach. Siedmiu przeciwko trzem.

— Zaraz się zacznie — oświadczył ser Arthur Dayne, Miecz Poranka. Ujął w obie dłonie swój Świt. Ostrze, blade jak mleczne szkło, tańczyło, odbijając światło.

— Nie — odpowiedział Ned smutnym głosem. — Zaraz się skończy. — Kiedy opadli go ze szczękiem stali, usłyszał przeraźliwy krzyk Lyanny.

— Eddard! — krzyczała. Po krwawym niebie przeleciał deszcz różanych płatków, błękitnych jak oczy śmierci.

— Lordzie Eddardzie — zawołała powtórnie Lyanna.

— Obiecuję — wyszeptał. — Lya, obiecuję...

— Lordzie Eddardzie — powtórzył głos z ciemności.

Eddard Stark jęknął i otworzył oczy. Przez wysokie okna Wieży Namiestnika wlewało się światło księżyca.

— Lordzie Eddardzie? — Nad jego łóżkiem stał cień.

— Jak... jak długo? — Prześcieradła miał splątane, nogę umocowaną na szynie i owiniętą bandażami. Aż w boku czuł strumień tępego bólu.

— Sześć dni i siedem nocy. — Głos należał do Vayona Poole'a. Zarządca podsunął mu do ust puchar. — Wypij, panie.

— Co?...

— To tylko woda. Maester Pycelle powiedział, że będziesz odczuwał pragnienie.

Ned napił się. Usta miał spieczone i popękane. Woda była słodka jak miód.

— Król zostawił rozkazy — powiedział Vayon Poole, zabierając pusty puchar. — Będzie chciał z tobą rozmawiać, panie.

— Rano — odparł Ned. — Kiedy nabiorę sił. — Potrzebował trochę czasu, ponieważ po długim śnie czuł się słaby jak kot.

— Panie — naciskał Poole. — Król nakazał, abyś przybył do

niego, gdy tylko otworzysz oczy. — Zarządca zajął się zapalaniem świecy przy łóżku.

Ned zaklął pod nosem. Robert nigdy nie był cierpliwy.

— Przekaż mu, że jestem zbyt słaby, by pójść do niego. Jeśli ma życzenie rozmawiać ze mną, chętnie przyjmę go tutaj. Mam nadzieję, że obudzisz go z głębokiego snu. I przyślij… — Chciał już powiedzieć: „Jory'ego", ale zaraz sobie przypomniał. — Przyślij kapitana straży.

Alyn wszedł do sypialni kilka chwil po wyjściu zarządcy.

— Panie.

— Poole mówi, że leżę tu od sześciu dni — oznajmił Ned. — Powiedz mi, co sie dzieje.

— Królobójca uciekł z miasta — odparł Alyn. — Podobno wrócił do Casterly Rock, żeby przyłączyć się do swojego ojca. Wszyscy mówią o tym, jak lady Catelyn uwięziła Krasnala. Wystawiłem dodatkowe straże.

— Dobrze zrobiłeś — pochwalił go Ned. — A moje córki?

— Były z tobą przez cały czas, panie. Sansa modli się w ciszy, ale Arya… — Zawahał się. — Nie odezwała się ani słowem od dnia, kiedy cię tutaj przynieśli. Jest taka zawzięta. Nie widziałem podobnego gniewu u dziewczynki.

— Bez względu na wszystko — polecił Ned — macie strzec moich córek. Obawiam się, że to dopiero początek.

— Będą bezpieczne, lordzie Stark — przyrzekł Alyn. — Gwarantuję życiem.

— Jory i pozostali…

— Powierzyłem ich ciała milczącym siostrom. Zostaną wysłane na północ, do Winterfell. Jory z pewnością chciałby spocząć u boku swojego dziadka.

Dziadka, ponieważ ojciec Jory'ego leżał pochowany daleko na południu. Martyn Cassel zginął razem z innymi. Później Ned zburzył wieżę, a z jej skrwawionych kamieni kazał usypać osiem kopców. Podobno wcześniej Rhaegar nazywał tamto miejsce Wieżą Radości, lecz dla Neda stanowiła ona gorzkie wspomnienie. Walczyli siedmiu przeciwko trzem, lecz tylko dwóm udało się przebić: był to

Eddard Stark i mały wyspiarz, Howland Reed. Ned uznał, że powrót snu po tylu latach nie wróży nic dobrego.

— Dobrze się spisałeś, Alynie — mówił Ned, kiedy wrócił Vayon Poole. Zarządca skłonił się nisko.

— Jego Miłość w towarzystwie Królowej.

Ned podciągnął się wyżej i zamrugał gwałtownie, czując ból w nodze. Nie spodziewał się Cersei. Jej przybycie zaniepokoiło go.

— Wprowadź ich i zostaw nas samych. Nie chcę, by cokolwiek z naszej rozmowy wyszło poza ściany tego pokoju. — Poole wycofał się.

Robert odział się starannie. Na czarny, aksamitny kubrak z wyszytym na piersi złotą nicią jeleniem Baratheonów nałożył złocistą opończę z płaszczem w czarno-złote kwadraty. W dłoni trzymał dzban z winem, którego dużo już wypił, o czym świadczył wyraźny rumieniec. Za nim weszła Cersei Lannister; we włosach miała tiarę z brylantami.

— Wasza Miłość — rzekł Ned. — Wybacz, że nie mogę wstać.

— Nieważne — mruknął Król. — Chcesz wina? Z Arbor. Dobre.

— Trochę — powiedział Ned. — Głowę mam jeszcze ciężką od makowego mleka.

— Inny na twoim miejscu cieszyłby się, że ma ją jeszcze na karku — wtrąciła Królowa.

— Zamilknij, kobieto — warknął Robert. Podał Nedowi puchar z winem. — Noga jeszcze cię boli?

— Owszem — odparł Ned. W głowie mu się kręciło, ale nie chciał przyznać się do słabości w obecności Królowej.

— Pycelle zapewnia, że rana się zagoi. — Robert zmarszczył brwi. — Zakładam, że wiesz, co zrobiła Catelyn.

— Wiem. — Ned upił trochę wina. — Moja pani żona nie jest niczemu winna. Wszystko, co uczyniła, zrobiła na moje polecenie.

— Wcale mi się to nie podoba, Ned — mruknął Robert.

— Jakim prawem ośmielasz się nastawać na moją rodzinę? — zapytała Cersei gniewnym głosem. — Za kogo ty się uważasz?

— Jestem Królewskim Namiestnikiem — odpowiedział Ned z chłodną uprzejmością. — Otrzymałem ten urząd z rąk twojego męża, by utrzymywać królewski pokój i wymierzać jego sprawiedliwość.

— Ty byłeś Namiestnikiem, teraz zaś... — zaczęła Cersei.

— Cicho! — ryknął Król. — Zadałaś mu pytanie, a on na nie odpowiedział. — Cersei umilkła, blada z wściekłości, a Robert odwrócił się znowu do Neda. — Utrzymywać królewski pokój, mówisz. Zginęło siedmiu ludzi...

— Ośmiu — poprawiła go Królowa. — Tregar zmarł rano od rany, którą zadał mu lord Stark.

— Uprowadzenie na królewskim trakcie i pijacka burda na ulicy — stwierdził Król. — Ned, nie będę tego tolerował...

— Catelyn miała powody, żeby zatrzymać Krasnala...

— Powiedziałem, że nie będę tego tolerował! Do diabła z powodami. Każesz jej natychmiast uwolnić Krasnala i pogodzisz się z Jaime'em.

— Na moich oczach zaszlachtowali trzech z moich ludzi tylko dlatego, że Jaime zapragnął mnie ukarać. I miałbym o tym zapomnieć?

— To nie mój brat stał się przyczyną tego sporu — rzekła Cersei do Króla. — Lord Stark wracał pijany z burdelu. Jego ludzie zaatakowali Jaime'a oraz żołnierzy, tymczasem jego żona napadła na Tyriona.

— Znasz mnie dobrze, Robercie — powiedział Ned. — Jeśli wątpisz w moje słowa, zapytaj lorda Baelisha. Był tam ze mną.

— Rozmawiałem z Littlefingerem — odparł Robert. — Twierdzi, że pojechał po Straż Miejską, zanim jeszcze zaczęła się walka. Jednakże przyznaje, że wracaliście z jakiegoś burdelu.

— Z jakiegoś burdelu? A niech cię, Robercie. Pojechałem tam zobaczyć twoją córkę! Matka nazwała ją Barra. Mała jest bardzo podobna do pierwszego dziecka, które spłodziłeś, kiedy jeszcze byliśmy chłopcami w Dolinie. — Mówiąc to, Ned nie spuszczał wzroku z Królowej, lecz jej twarz pozostała blada i niewzruszona, ukryta za maską obojętności.

Za to Robert mocno się zaczerwienił.

— Barra — mruknął. — I co, mam się z tego cieszyć? A niech ją. Myślałem, że ma więcej rozumu.

— Ona jest dziwką i pewnie nie ma więcej niż piętnaście lat, a ty oczekiwałeś od niej rozsądku? — oświadczył Ned tonem niedowierzania. Ból dokuczał mu bardzo, dlatego czuł, że traci panowanie nad sobą. — Ten głupi dzieciak zakochał się w tobie, Robercie.

Król zerknął na Królową.

— To nie jest temat do rozmowy w obecności Królowej.

— Jej Miłość z niechęcią słucha wszystkiego, co mam do powiedzenia — odparł Ned. — Podobno Królobójca uciekł z miasta. Pozwól mi sprowadzić go tutaj.

Król zakołysał winem w pucharze zamyślony, a potem napił się łyk.

— Nie — odpowiedział. — Dość już. Jaime zabił trzech twoich ludzi, ty pięciu jego. Wystarczy.

— Czy takie masz wyobrażenie o sprawiedliwości? — wybuchnął Ned. — Jeśli tak, to cieszę się, że nie jestem już twoim Namiestnikiem.

Królowa spojrzała na męża.

— Gdyby ktokolwiek ośmielił się przemawiać do Targaryena, tak jak on mówi do ciebie...

— Bierzesz mnie za Aerysa? — przerwał jej Robert.

— Brałam cię za Króla. Na mocy małżeńskiego prawa i łączących nas więzi Jaime i Tyrion są także twoimi braćmi. Starkowie przepędzili jednego z nich, a drugiego uwięzili. Ten człowiek znieważa cię każdym swoim oddechem, a ty stoisz tu pokornie i pytasz, czy boli go noga, czy może chce wina.

Twarz Roberta pociemniała z gniewu.

— Kobieto, ile razy mam powtarzać, żebyś powściągnęła swój język?

Twarz Cersei nie ukrywała pogardy.

— Bogowie zażartowali sobie, stawiając nas obok siebie — powiedziała. — To ty powinieneś nosić suknię, a ja kolczugę.

Purpurowy z gniewu, Król zamachnął się i uderzył ją. Zatoczyła się mocno na stół i upadła, lecz nie krzyknęła, nie Cersei Lannister. Smukłymi palcami musnęła policzek w miejscu, gdzie jej blada skóra ciemniała coraz bardziej. Do rana pojawi się tam siniak.

— Będę to nosiła jako oznakę honoru — oświadczyła dumnie.

— Tylko noś ją w milczeniu albo znowu cię odznaczę — rzucił Robert. Chwilę później zawołał straż. Do pokoju wszedł ser Meryn Trant, wysoki i poważny, w białej zbroi. — Królowa jest zmęczona. Odprowadź ją do jej sypialni. — Rycerz pomógł wstać Cersei i wyprowadził ją bez słowa.

Robert sięgnął po dzban z winem i ponownie napełnił puchar.

— Widzisz, do czego mnie doprowadza. — Król usiadł i ujął w obie dłonie kielich. — Moja kochająca żona. Matka moich dzieci. — Przeszła mu już złość i Ned dostrzegł w jego oczach coś smutnego i świętego. — Źle zrobiłem, że ją uderzyłem. To nie przystoi... Królowi. — Monarcha wpatrywał się w swoje dłonie, jakby nie był pewien, na co patrzy. — Zawsze byłem silny... nikt nie mógł stawić mi czoła, nikt. Ale jak walczyć z kimś, kogo nie możesz uderzyć? — Król pokręcił głową zawstydzony. — Rhaegar... Rhaegar wygrał, a niech go. Zabiłem go, Ned, przebiłem jego czarną zbroję i jego czarne serce, umarł u mych stóp. Opiewali to w pieśniach. A jednak w jakimś sensie wygrał. Teraz on ma Lyannę, a ja ją. — Wypił wino.

— Wasza Miłość — poprosił Ned Stark. — Musimy porozmawiać...

Robert przycisnął dłonie do skroni.

— Mam dość gadania. Rano jadę na polowanie. Cokolwiek masz mi do powiedzenia, musi zaczekać do mojego powrotu.

— Wtedy już mnie tu nie będzie, jeśli bogowie okażą mi życzliwość. Nakazałeś mi wrócić do Winterfell, pamiętasz?

Robert wstał, chwytając się słupka baldachimu dla zachowania równowagi.

— Bogowie rzadko kiedy okazują życzliwość, Ned. Masz, to należy do ciebie. — Wyjął z kieszeni ciężką srebrną klamrę w kształcie dłoni i rzucił ją na łóżko. — Podoba ci się to czy nie, ale dalej jesteś moim Namiestnikiem. Zakazuję ci wyjeżdżać.

— Nie chcę tego urzędu — odpowiedział Ned.

— Wolisz, żebym mianował kogoś z Lannisterów? Przyrzekam ci, że następnym razem, kiedy rzucisz mi ją w twarz, przypnę ją Jaime'owi.

Ned podniósł klamrę. Wydawało się, że nie ma wyboru. Jego noga pulsowała bólem, a on czuł się jak bezradne dziecko.

— Dziewczyna Targaryenów...

Król jęknął.

— Na siedem piekieł, nie zaczynaj od nowa. To już postanowione. Ani słowa więcej.

— Dlaczego chcesz, żebym był twoim Namiestnikiem, skoro ignorujesz moje rady?

— Dlaczego? — Robert roześmiał się. — A dlaczego nie? Ktoś musi rządzić tym przeklętym królestwem. Wolałbyś, żeby robiła to ona?

CATELYN

Wschodnie niebo pokryło się złocistoróżaną powłoką, kiedy słońce wzeszło nad Doliną. Catelyn Stark patrzyła na rozlewające się światło, oparta dłońmi o rzeźbioną, delikatną balustradę balkonu. W miarę jak świt wpełzał coraz dalej na pola i lasy, świat poniżej przechodził z czerni w indygo i zieleń. Białe mgły unosiły się znad Łez Alyssy, gdzie upiorne wody skakały nad skalistym ramieniem góry i toczyły się zboczem Lancy Olbrzyma. Catelyn czuła na twarzy delikatny dotyk mgiełki.

Alyssa Arryn widziała, jak mordowano jej męża, braci i dzieci, a jednak za życia nie uroniła ani jednej łzy. Bogowie zapewne uznali, że nie zazna spokoju, dopóki jej łzy nie zroszą czarnej ziemi Doliny, gdzie pochowano tych, których kochała. Alyssa nie żyła już od sześciu tysięcy lat, lecz jak dotąd ani jedna kropla wodospadu nie spadła na dno doliny. Catelyn zastanawiała się, jak ogromny byłby wodospad z jej łez, gdyby umarła.

— Opowiedz mi wszystko — zażądała.

— Królobójca zbiera siły w Casterly Rock — składał relację

z pokoju ser Rodrik Cassel. — Twój brat pisze, że wysłał posłańca do Casterly Rock, z zapytaniem o zamiary lorda Tywina, lecz nie otrzymał jeszcze odpowiedzi. Edmure kazał lordowi Vance'owi i lordowi Piperowi strzec przełęczy pod Złotym Zębem. Obiecał, że stopa Tullych stanie tam w kałuży krwi Lannisterów.

Catelyn odwróciła się. Piękno wschodzącego słońca nie poprawiło jej nastroju; to raczej okrutne, że dzień, który miał zakończyć się tak ponuro, budzi się tak pięknie.

— Edmure wysłał posłańców i złożył obietnice — stwierdziła — lecz Edmure nie jest Lordem Riverrun. A mój pan ojciec?

— W liście nie ma ani słowa o lordzie Hosterze. — Ser Rodrik pociągnął za bokobrody. Znowu odrosły, białe jak śnieg i sztywne niczym cierniste krzewy.

— Ojciec musi być bardzo chory, inaczej by nie powierzył Edmure'owi obrony Riverrun — oświadczyła zmartwiona. — Dlaczego nie obudziliście mnie zaraz po otrzymaniu wiadomości?

— Twoja siostra uznała, że powinnaś odpocząć, tak powiedział mi maester Coleman.

— Należało mnie obudzić — dodała z naciskiem.

— Maester twierdzi, że twoja siostra ma zamiar porozmawiać z tobą po walce — odparł ser Rodrik.

— A zatem przedstawienie nie zostało odwołane? — Catelyn skrzywiła się. — Krasnal zagrał na niej jak na fujarce, a ona jest głucha jak pień i nic nie słyszy. Czas nam wyruszyć, bez względu na to, co się stanie dzisiejszego ranka. Nasze miejsce jest w Winterfell u boku moich synów. Jeśli odzyskałeś już siły, poproszę siostrę o eskortę do Gulltown. Stamtąd popłyniemy statkiem.

— Znowu statek? — Ser Rodrik zbladł nieco, lecz powstrzymał drżenie ramion. — Dobrze, pani.

Stary rycerz czekał za drzwiami, tymczasem Catelyn wezwała służące, które oddała do jej dyspozycji Lysa. Jeśli porozmawia z siostrą przed pojedynkiem, może zdoła ją przekonać, pomyślała, ubierając się. Polityka Lysy zależała od jej nastrojów, a te często się zmieniały. Ze wstydliwej dziewczyny, którą lady Stark pamiętała z Riverrun, wyrosła kobieta na przemian dumna, strachliwa, okrutna, rozmarzona, zmienna, nieśmiała, uparta, próżna, a przede wszystkim niestała.

Kiedy przyszedł do nich ten jej rozpłaszczony ohydny dozorca z wiadomością od Tyriona Lannistera, Catelyn namawiała Lysę, żeby porozmawiały z karłem na osobności, ale ona musiała koniecznie urządzić przedstawienie dla połowy Doliny. A teraz...

— Lannister jest moim więźniem — powiedziała do ser Rodrika, kiedy opuścili wieżę i szli zimnym, białym korytarzem. Catelyn ubrała prosty strój z szarej wełny ozdobiony tylko srebrnym pasem. — Trzeba przypomnieć o tym mojej siostrze.

Kiedy dotarli do komnat Lysy, z drzwi wypadł jej stryj.

— Idziecie obejrzeć tę błazenadę? — warknął ser Brynden. — Może bym cię poprosił, żebyś wbiła trochę rozumu do głowy swojej siostrze, ale chyba szkoda ręki.

— Przybył ptak z Riverrun — zaczęła Catelyn. — List od Edmure'a...

— Wiem, dziecko. — Klamra w kształcie czarnej ryby stanowiła jedyną ozdobę jego stroju. — Maester Colemon powiadomił mnie o wszystkim. Prosiłem twoją siostrę, żeby dała mi tysiąc doświadczonych ludzi i pozwoliła pojechać jak najszybciej do Riverrun. I wiesz, co ona na to? Dolina nie może oddać tysiąca mieczy, nie odda nawet jednego, stryju. Jesteś Rycerzem Bramy i twoje miejsce jest tutaj. — Z otwartych drzwi za jego plecami dobiegł dziecięcy śmiech. Stryj zerknął ponuro przez ramię. — Wtedy ja odpowiedziałem jej, że może sobie poszukać innego Rycerza Bramy. Czarna Ryba czy nie, wciąż jestem Tullym. Wyruszam do Riverrun jeszcze dzisiaj.

Catelyn nie potrafiła ukryć zdziwienia.

— Sam? Dobrze wiesz, że to zbyt niebezpieczne. Oboje z ser Rodrikiem wracamy do Winterfell. Pojedź z nami, wuju. Dam ci tysiąc twoich ludzi. Riverrun nie będzie walczyło osamotnione.

Brynden zastanawiał się przez chwilę, po czym skinął głową.

— Dobrze. Daleka droga przez nami, ale niech tak będzie. Zaczekam na was na zewnątrz. — Odszedł długimi krokami, powiewając płaszczem.

Catelyn i ser Rodrik spojrzeli po sobie. Kiedy przekroczyli próg komnaty, powitał ich wysoki, nerwowy chichot dziecka.

Pokoje Lysy wychodziły na mały ogród, niewielki kawałek ubitej ziemi porośnięty trawą i niebieskimi kwiatami i otoczony wysokimi, białymi wieżami. Budowniczowie zamierzali umieścić tam boży gaj, lecz Orle Gniazdo stało na skalistym podłożu, dlatego czardrzewa nie chciały się zakorzenić bez względu na to, ile zwożono ziemi. Tak więc Lordowie Orlego Gniazda posiali tam trawę i ustawili rzeźby pośród niskich krzewów. W tym właśnie miejscu mieli się spotkać walczący, by powierzyć w ręce bogów życie Tyriona Lannistera, a także swoje.

Lysa, odświeżona i wystrojona w kremowe aksamity, ze sznurem szafirów i księżycowych kamieni na mlecznobiałej szyi, siedziała na tarasie w otoczeniu dostojników, lordów i swojej świty. Większość z nich wciąż miała nadzieję, że któremuś uda się ją poślubić, zaciągnąć do łóżka, a potem rozpocząć panowanie nad Doliną u jej boku. Jednakże z tego, co Catelyn widziała w czasie pobytu w Orlim Gnieździe, próżne były ich nadzieje.

Wcześniej zbudowano drewnianą platformę, by podwyższyć tron Roberta. Lord Orlego Gniazda siedział na nim teraz i klaskał w dłonie rozchichotany, przyglądając się zaciętej walce rycerzy kukiełek poruszanych przez garbatego kuglarza w biało-niebieskim stroju. Na stołach wystawiono dzbany pełne gęstej śmietany oraz kosze z jagodami, a goście popijali z rzeźbionych srebrnych pucharów pachnące pomarańczą słodkie wino. „Błazenada", powiedział wcześniej Brynden, i miał rację.

Z drugiej strony tarasu dobiegł wesoły śmiech Lysy, rozbawionej jakimś dowcipem lorda Huntera, który podsunął jej sztylet z nadzianą na czubek jeżyną. Oto jeden z konkurentów, którzy cieszyli się największymi względami lady Arryn... przynajmniej tego dnia. W opinii Catelyn trudno byłoby znaleźć mniej odpowiedniego konkurenta. Eon Hunter był starszy od Jona Arryna, cierpiał na podagrę i miał trzech ogromnie kłótliwych i chciwych synów. Ser Lyn stanowił przykład innego rodzaju fantazji Lysy; chudy, przystojny, potomek starego, choć zubożałego rodu, lecz próżny, lekkomyślny i porywczy oraz — jak mówiono — pozbawiony jakiegokolwiek zainteresowania sekretnymi wdziękami kobiet.

Lysa przywitała Catelyn siostrzanym uściskiem i wilgotnym pocałunkiem w policzek.

— Czyż to nie piękny ranek? Bogowie obdarzyli nas swoim uśmiechem. Spróbuj wina, kochana siostro. Lord Hunter był tak dobry i sprowadził je ze swoich piwnic.

— Nie, Lyso, dziękuję. Przyszłam porozmawiać.

— Później — odparła krótko jej siostra i się zaczęła odwracać.

— Teraz. — Catelyn powiedziała to głośniej, niż zamierzała. Siedzący dookoła odwrócili się w jej stronę. — Lyso, musisz przerwać to szaleństwo. Krasnal przyda nam się tylko żywy. Z martwego ucieszą się jedynie wrony. A jeśli jego człowiek wygra dzisiaj...

— Ja bym na to nie liczył, pani — odezwał się lord Hunter, dotykając jej ramienia pokrytą plamkami dłonią. — Ser Vardis to dzielny wojak. Szybko rozprawi się z najemnikiem.

— Doprawdy, mój panie? — odparła chłodno Catelyn. — Nie jestem pewna. — Widziała, jak Bronn potrafi walczyć. Z pewnością nie przypadkiem i on przeżył ich podróż. Poruszał się jak pantera, a jego brzydki miecz wydawał się przedłużeniem ramienia.

Kolejni konkurenci zbierali się wokół Lysy niczym pszczoły wokół kwiatu.

— Kobiety niezbyt dobrze rozumieją podobne rzeczy — stwierdził ser Morton Waynwood. — Ser Vardis jest rycerzem, słodka pani. Ten drugi zaś, no cóż, ludzie jemu podobni pozostają tchórzami w głębi serca. Owszem, przydatni w bitwie, kiedy jest ich tysiąc, ale w samotnej walce męstwo szybko ich opuszcza.

— Być może — odparła Catelyn tonem najbardziej uprzejmym, na jaki potrafiła się zdobyć. — Jednakże co nam da śmierć karła? Przecież Jaime'a nie będzie obchodziło, że osądziliśmy jego brata, zanim go zrzuciliśmy z góry.

— Ściąć go — żachnął się ser Lyn Corbray. — Kiedy Królobójca dostanie głowę Krasnala, będzie to dla niego ostrzeżenie.

Lysa potrząsnęła długimi włosami w geście zniecierpliwienia.

— Lord Robert chce, żeby Krasnal pofrunął — oznajmiła tonem

nie znoszącym sprzeciwu. — Lannister sam jest sobie winien. To on domagał się próby walki.

— Chcąc zachować honor, lady Lysa nie mogła mu odmówić, nawet gdyby tego chciała — wtrącił ponurym głosem lord Hunter.

Catelyn skupiła całą swoją uwagę na Lysie.

— Przypominam ci, że Tyrion Lannister jest moim więźniem.

— A ja przypominam tobie, że Krasnal zamordował mojego męża! — Mówiła Lysa coraz bardziej podniesionym tonem. — Otruł Królewskiego Namiestnika i osierocił moje maleństwo, dlatego teraz musi zapłacić za wszystko! — Obróciła się na pięcie, aż suknia wokół niej zawirowała, i odeszła sztywnym krokiem w drugi koniec tarasu. Ser Lyn, ser Morton i pozostali konkurenci skinęli chłodno głowami i podążyli jej śladem.

— Myślisz, że to zrobił? — spytał cicho ser Rodrik, kiedy zostali sami. — To znaczy, czy zabił lorda Jona? Wprawdzie zaprzecza, ale...

— Wierzę, że lorda Arryna zamordowali Lannisterowie — odparła Catelyn — jednak nie potrafię powiedzieć, czy zrobił to Tyrion, ser Jaime, Królowa, czy może wszyscy razem. — W swoim liście, który wysłała do Winterfell, Lysa wskazała na Cersei, teraz zaś wydawała się przekonana co do winy Tyriona... może dlatego, że karzeł znajdował się na miejscu, tymczasem Królowa siedziała bezpiecznie za murami Czerwonej Twierdzy oddalonej o tysiące mil. Catelyn omal nie żałowała, że nie spaliła listu, zanim go przeczytała.

Ser Rodrik pociągnął za wąsy.

— Trucizna? Może karzeł byłby do tego zdolny. Albo Cersei. Mówią, że trucizna jest kobiecą bronią, wybacz, pani, że to mówię. Co do Królobójcy... no cóż, nie darzę go zbyt wielką sympatią, lecz to człowiek innego pokroju. Za bardzo lubi oglądać krew na tym swoim złoconym mieczu. Czy rzeczywiście posłużono się trucizną?

Catelyn zmarszczyła brwi niepewna.

— W jaki inny sposób można by upozorować naturalną śmierć? — Z tyłu rozległy się piski uradowanego lorda Roberta, który patrzył, jak jeden z kukiełkowych rycerzy rozpłatał drugiego na pół, a na podłogę tarasu posypały się czerwone trociny. Zerknęła na siostrzeńca i westchnęła. — Ani trochę dyscypliny. Nigdy nie okrzepnie na tyle, by sprawować rządy, jeśli nie zabiorą go na jakiś czas od matki.

— Jego pan ojciec podzielał twoje zdanie. — Usłyszała głos z boku. Odwróciwszy się, zobaczyła maestera Colemona z pucharem pełnym wina w dłoni. — Miał zamiar wysłać chłopca na Smoczą Skałę, och, ale wtrącam się nie pytany. — Grdyka przesunęła się gwałtownie pod luźnym łańcuchem maestera. — Zdaje się, że wypiłem za dużo wina lorda Huntera. To dlatego, że tracę panowanie na samą myśl o rozlanej krwi.

— Mylisz się — oświadczyła Catelyn. — Chodziło o Casterly Rock, a nie o Smoczą Skałę. Ponadto postanowiono o tym już po śmierci Namiestnika bez zgody mojej siostry.

Głowa maestera podskoczyła tak gwałtownie na końcu jego absurdalnie długiej szyi, że w tym momencie sam przypominał kukłę.

— Nie, pani. Za pozwoleniem, to lord Jon...

W dole rozległ się dźwięk dzwonu. Zarówno wielcy lordowie, jak i cała służba podeszli do balustrady. Poniżej dwóch żołnierzy w błękitnych płaszczach przyprowadziło Tyriona Lannistera. Pulchny septon podszedł z nim do posągu ustawionego na środku ogrodu. Przedstawiał on płaczącą kobietę wyrzeźbioną w białym marmurze — bez wątpienia miała to być podobizna Alyssy.

— Zły człowieczek — powiedział lord Robert i zachichotał. — Mamo, czy mogę kazać mu pofrunąć? Chcę, żeby pofrunął.

— Później, kochanie — obiecała Lysa.

— Najpierw sąd — wtrącił ser Lyn Cobray — a potem egzekucja.

Chwilę później w przeciwnych stronach ogrodu pojawili się obaj przeciwnicy. Rycerzowi towarzyszyło dwóch giermków, najemnik zaś przyszedł w towarzystwie zbrojmistrza Orlego Gniazda.

Ser Vardis na grubą opończę i kolczugę nałożył ciężką zbroję, która zakrywała go od stóp do głów. Kremowo-niebieskie krążki ozdobione księżycem i sokołem, godłem Rodu Arrynów, chroniły odkryte miejsca łączeń ramienia z napierśnikiem. Od pasa do połowy ud zasłaniał go metalowy fartuch, a szyję osłaniał solidny naszyjnik. Z boków jego hełmu rozpościerały się skrzydła sokoła, zasłona zaś przypominała metalowy dziób wyposażony jedynie w wąską wizurę.

Bronn w porównaniu z rycerzem wydawał się prawie nagi. Na skórzany kaftan nałożył tylko czarną kolczugę, a na głowę okrągły, stalowy półhełm z ochroną na szyję i nos. Stalowe osłony na golenie wysokich butów chroniły mu nogi, a dłonie osłaniały dodatkowo krążki z czarnego żelaza naszyte na palce jego rękawic. Catelyn zauważyła, że najemnik jest o połowę głowy wyższy od swojego przeciwnika i ma dłuższe ramiona... a poza tym Bronn był młodszy przynajmniej o piętnaście lat, o ile potrafiła się zorientować.

Klęknęli naprzeciwko siebie pod posągiem płaczącej kobiety, tak że rozdzielał ich tylko Lannister. Septon wyjął z woreczka zawieszonego u pasa kryształową kulę. Kiedy wzniósł ją wysoko nad głowę, światło załamało się. Na twarzy Krasnala zatańczyły drobne tęcze. Septon zaintonował modlitwę do bogów, w której prosił, aby spojrzeli w dół i wydali sąd, by znaleźli prawdę w sercu tego człowieka i obdarzyli go wolnością, jeśli nie znajdą w nim winy, albo ukarali śmiercią, jeśli uznają go winnym. Jego głos odbił się echem od otaczających ogród wież.

Kiedy echo ucichło, septon opuścił kulę i oddalił się szybko. Tyrion pochylił się i szepnął coś do ucha Bronna, zanim strażnik go odprowadził. Najemnik roześmiał się i wstał, otrzepując z kolana źdźbło trawy.

Robert Arryn, Lord Orlego Gniazda i Obrońca Doliny, wiercił się na swoim podwyższonym krześle zniecierpliwiony.

— Kiedy w końcu zaczną walczyć? — spytał płaczliwym głosem. Jeden z giermków ser Vardisa pomógł rycerzowi wstać.

Drugi przyniósł trójkątną tarczę wysoką prawie na cztery stopy; zrobiona była z dębu, nabijana żelaznymi gwoździami. Przypięli tarczę do lewego przedramienia rycerza. Zbrojmistrz Lysy zaoferował podobną tarczę Bronnowi, lecz ten splunął tylko i dał znak, by ją odniesiono. Podbródek i policzki najemnika zakrył trzydniowy zarost ciemnej brody. Bronn nie golił się nie dlatego, że nie miał brzytwy: niebezpieczny błysk krawędzi głowni jego miecza świadczył o tym, że właściciel pieścił go długo i czule.

Ser Vardis uniósł dłoń w rękawicy i giermek wsunął mu w nią długi, obusieczny miecz. Na ostrzu płynęły delikatnie rzeźbione srebrzyste obłoki górskiego nieba, gałka rękojeści przedstawiała głowę sokoła, a poprzeczna osłona miała kształt skrzydeł.

— Kazałam zrobić ten miecz dla Jona w Królewskiej Przystani — oświadczyła dumnie Lysa, patrząc, jak ser Vardis wykonuje cięcie dla rozgrzewki. — Nosił go zawsze, gdy zasiadał na Żelaznym Tronie, pod nieobecność króla Roberta. Czyż nie jest wspaniały? Pomyślałam, że dobrze się stanie, jeśli nim właśnie nasz rycerz pomści Jona.

Rzeźbiony srebrny miecz bez wątpienia był piękny, lecz Catelyn pomyślała, że ser Vardis czułby się swobodniej, mogąc walczyć własnym orężem. Zachowała jednak tę refleksję dla siebie, znużona bezowocnymi dysputami z siostrą.

— Niech już walczą! — zawołał lord Robert. Ser Vardis stanął twarzą do Lorda Orlego Gniazda i przemówił z uniesionym mieczem.

— Za Orle Gniazdo i Dolinę!

Tyrion Lannister otrzymał miejsce na balkonie, po drugiej stronie ogrodu, gdzie towarzyszyło mu dwóch strażników. Bronn odwrócił się do niego i zasalutował krótko mieczem.

— Czekają na twój rozkaz. — Lady Lysa zwróciła się do syna.

— Walczcie! — krzyknął chłopiec i zacisnął rozdygotane dłonie na poręczach tronu.

Ser Vardis obrócił się, unosząc ciężką tarczę. Bronn stanął na wprost niego. Rozległ się dźwięk skrzyżowanych mieczy, jeden, drugi. Najemnik odskoczył krok do tyłu. Rycerz podążył za nim z wysoko uniesioną tarczą. Zadał cios, lecz Bronn uchylił się minimalnie, tak że srebrne ostrze przecięło tylko powietrze. Bronn przesunął się po łuku w prawą stronę. Ser Vardis ruszył za nim z tarczą przed sobą. Nie odstępował najemnika ani na krok, stawiając ostrożnie stopy na nierównej ziemi. Bronn cofał się, a na jego ustach igrał ledwo dostrzegalny uśmiech. Ser Vardis wykonał cięcie, lecz Bronn przeskoczył lekko nad niewielkim kamieniem porośniętym mchem. Teraz najemnik przesuwał się w lewą stronę, w kierunku nie osłoniętego tarczą boku rycerza. Ser Vardis spróbował cięcia w nogę, lecz nie dosięgnął przeciwnika. Bronn dalej przesuwał się na lewo. Ser Vardis obrócił się w miejscu.

— On się boi — powiedział lord Hunter.

— Stań i walcz, tchórzu. — Dało się słyszeć inne głosy.

Catelyn spojrzała na ser Rodrika. Zbrojmistrz pokręcił głową.

— Prowokuje ser Vardisa. Chce, żeby go gonił. Nawet najsilniejszy człowiek zmęczy się w zbroi i z tarczą.

Prawie przez całe życie przyglądała się mężczyznom, którzy ćwiczyli szermierkę, obejrzała kilkaset turniejów, lecz ten taniec był inny, bardziej niebezpieczny, ponieważ najmniejsze potknięcie oznaczało śmierć. Kiedy patrzyła na walczących, w jej umyśle pojawiło się wspomnienie innego pojedynku w innym czasie, wspomnienie tak żywe, jakby dopiero się wydarzyło.

Spotkali się wtedy przy niższym murze Riverrun. Kiedy Brandon zobaczył, że Petyr ma na sobie tylko hełm, napierśnik i kolczugę, zdjął z siebie część zbroi. Petyr błagał o jej kokardę, lecz ona odmówiła. Pan ojciec obiecał już jej rękę Brandonowi Starkowi, dlatego jemu ofiarowała jasnoniebieską chustę z wyhaftowanym skaczącym pstrągiem Riverrun. Podała mu ją, prosząc: „To jeszcze głupi chłopak, ale kocham go jak brata. Nie chciałabym widzieć, jak umiera". Narzeczony spojrzał na nią chłodnymi, szarymi oczyma Starków i obiecał, że oszczędzi chłopca, który ją kocha.

Walka skończyła się prawie tak szybko, jak się zaczęła. Doświadczony Brandon przepędził Littlefingera przez cały mur aż do schodów prowadzących do rzeki, nie dając mu wytchnienia ani na chwilę. Chłopak chwiał się, krwawiąc od licznych ran. „Poddaj się!", zawołał wtedy Brandon, lecz Petyr potrząsnął tylko głową i walczył dalej. Kiedy stanęli już po kostki w wodzie, Brandon uznał, że czas zakończyć pojedynek. Okrutnym cięciem na odlew przebił się przez kolczugę i skórę Petyra poniżej żeber; rana wydawała się tak głęboka, że Catelyn spodziewała się najgorszego. Upadając, młody Baelish zdążył wyszeptać tylko: „Cat". Krew popłynęła mu spomiędzy palców. Lady Stark wydawało się, że zapomniała o wszystkim.

Wtedy po raz ostatni widziała jego twarz... aż do dnia, gdy stanęła przed nim w Królewskiej Przystani.

Upłynęły dwa tygodnie, zanim Littlefinger nabrał tyle sił, by mógł opuścić Riverrun, lecz ojciec zabronił jej odwiedzać go w wieży, gdzie leżał. Lysa pomagała maesterowi opiekować się nim; wtedy była łagodniejsza i bardziej nieśmiała. Odwiedził go także Edmure, lecz został odprawiony przez Petyra. Jej brat wystąpił w pojedynku w roli giermka Brandona, czego Littlefinger nie potrafił mu wybaczyć. Gdy tylko Petyr Baelish wyzdrowiał, lord Hoster Tully wysłał go w zamkniętej lektyce na skaliste Paluchy, gdzie Petyr się urodził.

Dźwięk stali sprowadził Catelyn na powrót do teraźniejszości. Ser Vardis napierał mocno na Bronna, atakując mieczem i tarczą. Najemnik zadawał wyważone cięcia, odskakiwał zwinnie do tyłu nad kamieniami i korzeniami i ani na moment nie spuszczał wzroku z przeciwnika. Catelyn zauważyła, że jest szybszy; srebrny miecz rycerza jak dotąd ani razu go nie drasnął, za to jego brzydki czarny miecz zostawił już ślad na naramienniku ser Vardisa.

Gwałtowna wymiana cięć zakończyła się niespodziewanie, kiedy Bronn uskoczył w bok i schował się za posągiem płaczącej kobiety. Ser Vardis natarł w miejsce, w którym przed chwilą stał jeszcze jego przeciwnik; z marmurowego uda posypały się iskry.

— Oni źle walczą, mamo — jęknął Lord Eyrie. — Chcę, żeby naprawdę walczyli.

— Będą walczyli, kochanie — uspokajała go matka. — Najemnik nie może uciekać przez cały dzień.

Niektórzy spośród lordów siedzących na tarasie Lysy zaczęli żartować, dolewali sobie wina, za to Tyrion Lannister ze swojego miejsca po drugiej stronie ogrodu obserwował taniec walczących, w taki sposób, jakby nie widział niczego innego na świecie.

Bronn wyskoczył zza posągu i wciąż przesuwając się w lewo, od razu zadał cios oburącz w odsłonięty prawy bok rycerza. Ser Vardis odparował uderzenie, lecz uczynił to niezręcznie, przez co miecz najemnika prześliznął się w górę ku głowie przedstawiciela Arrynów. Zadźwięczał metal i jedno ze skrzydeł sokoła opadło ze zgrzytem. Ser Vardis zrobił pół kroku do tyłu, by odzyskać równowagę, i uniósł wyżej tarczę. Miecz Bronna wgryzł się w drewnianą zasłonę, wyrzucając w górę dębowe kawałki. Najemnik znowu przesunął się na lewo, na przeciwną stronę, gdzie nie sięgała tarcza i wykonał cięcie w poprzek brzucha Ser Vardisa, pozostawiając jasną smugę wgięcia na pancerzu rycerza.

Ser Vardis, wychylony do przodu, zadał okrutne uderzenie po łuku. Bronn odparował cios i uskoczył w bok. Rycerz runął na kamienną kobietę, aż zakołysała się na postumencie. Zatoczywszy się, zrobił krok do tyłu; jego głowa przesuwała się w prawo i w lewo w poszukiwaniu przeciwnika. Wąska wizura znacznie ograniczała pole widzenia.

— Z tyłu, ser! — zawołał lord Hunter, lecz za późno. Miecz Bronna, niesiony siłą obu ramion, zdążył już opaść na łokieć ręki ser Vardisa, w której rycerz trzymał broń. Rozległ się chrzęst cienkiego metalu chroniącego staw. Rycerz stęknął, zanim się odwrócił i wzniósł miecz do ataku. Tym razem Bronn stawił mu czoło. Dźwięczna pieśń krzyżującego się oręża wypełniła ogród, a jej echo odbiło się od ścian białych wież Orlego Gniazda.

— Ser Vardis jest ranny — zauważył ser Rodrik ponurym głosem.

Nie musiał tego mówić Catelyn. Sama zauważyła cienką strużkę krwi na przedramieniu rycerza. Teraz każde jego kolejne odparowanie było trochę wolniejsze i niższe. Ser Vardis odwrócił się bokiem do przeciwnika, próbując zasłonić się tarczą, lecz Bronn, zwinny jak kot, znalazł się natychmiast z drugiej strony. Najemnik jakby nabierał sił. Jego kolejne cięcia zostawiały głębokie, lśniące wgłębienia na całej zbroi rycerza, na prawym udzie, na dziobie przyłbicy, na napierśniku, a także długą rysę wzdłuż naszyjnika. Osłona z księżycem i sokołem na prawym ramieniu ser Vardisa została przecięta na pół i wisiała tylko na rzemieniu. Z otworów ozdobnej przyłbicy wydobywał się ciężki grzechoczący oddech.

Lordowie i rycerze — oślepieni dotąd swoją arogancją — rozumieli teraz doskonale, co się dzieje pod ich balkonem, wszyscy poza jej siostrą.

— Dość, ser Vardisie! — zawołała lady Lysa. — Wykończ go, mój chłopiec jest znudzony.

Trzeba przyznać ser Vardisowi Egenowi, że do końca pozostał posłuszny jej rozkazom. W jednej chwili cofał się skulony za wyszczerbioną tarczą, w następnej atakował. Jego nagły zryw zaskoczył Bronna. Ser Vardis natarł na niego tarczą, uderzając jej krawędzią w twarz najemnika, który prawie stracił równowagę... Zaczepiwszy nogą o kamień zatoczył się do tyłu, lecz płacząca kobieta pomogła mu odzyskać właściwą postawę. Tymczasem ser Vardis odrzucił tarczę i skoczył do przodu z mieczem wzniesionym oburącz nad głową. Prawe ramię od łokcia po palce miał całe we krwi, mimo to jego ostatnie, pełne desperacji cięcie z pewnością by rozpłatało Bronna na pół... gdyby tylko najemnik pozostał na miejscu.

Jednak Bronn szarpnął się do tyłu. Pięknie rzeźbiony miecz Jona Arryna odbił się od marmurowego łokcia mniej więcej na jednej trzeciej swojej długości. Bronn przyłożył ramię do pleców płaczącej kobiety. Zniszczona podobizna Alyssy Arryn zachwiała się i runęła z hukiem, przygniatając ser Vardisa.

Bronn znalazł się przy nim w ułamku chwili. Kopnięciem odrzucił oderwaną osłonę, by odkryć miejsce między ramieniem i napierśnikiem rycerza. Ser Vardis leżał na boku, przyciśnięty tułowiem potłuczonego posągu. Catelyn słyszała, jak jęknął, gdy najemnik podniósł miecz w obu rękach i wbił go z całej siły pod ramię, między żebra rycerza. Ser Vardis Egen zadrżał i znieruchomiał.

— Czy to już koniec? — spytał Lord Orlego Gniazda.

Nie, chciała powiedzieć Catelyn, to dopiero początek.

— Tak — odparła Lysa głosem zimnym i grobowym, jakby mówił to kapitan jej straży.

— Czy teraz mogę kazać pofrunąć temu człowieczkowi?

Tyrion Lannister podniósł się.

— Nie temu człowieczkowi — odezwał się. — Ten człowieczek pojedzie na dół w koszu. Dziękuję bardzo.

— Zakładasz... — zaczęła Lysa.

— Zakładam, że Ród Arrynów dotrzymuje słowa — oświadczył karzeł. — Wysoko jak Honor.

— Obiecałaś, że on pofrunie — wrzasnął do matki Lord Orlego Gniazda i zaczął się trząść.

Twarz lady Lysy pokryła się purpurą wściekłości.

— Moje dziecko, bogowie uznali go niewinnym. Nie mamy wyboru, musimy go uwolnić... Straże! — zawołała głośno. — Zabierzcie sprzed moich oczu lorda Lannistera i jego... stworzenie. Dajcie im eskortę do Krwawej Bramy, a potem uwolnijcie. Dopilnujcie, żeby dostali konie i prowiant na drogę. Zwróćcie też broń i wszystko, co zostało im odebrane. Przyda im się na górskiej drodze.

— Na górskiej drodze — powtórzył Tyrion Lannister. Na ustach Lysy pojawił się lekki uśmiech zadowolenia. Catelyn zdała sobie sprawę, że przejazd tamtędy był tylko innego rodzaju wyrokiem. Tyrion Lannister musiał o tym wiedzieć. Nawet jeśli zdawał sobie z tego sprawę, jedyną jego reakcją był kpiący ukłon w kierunku lady Arryn. — Jak każesz, pani — powiedział. — Znamy drogę.

JON

— Jesteście tak samo beznadziejni jak wszyscy inni, których dotąd ćwiczyłem — oświadczył ser Alliser Thorne, kiedy zebrali się na dziedzińcu. — Macie ręce stworzone do przerzucania gnoju, a nie do miecza, i gdyby to ode mnie zależało, raczej bym was zapędził do pasania świń. Jednak wczoraj dowiedziałem się, że Gueren przyprowadzi pięciu nowych chłopaków. Z jednego albo dwóch może coś będzie. Muszę zrobić dla nich miejsce, dlatego zdecydowałem, że przekażę ośmiu z was do dyspozycji Lorda Dowódcy. — Wymienił kolejno wybranych kandydatów. — Ropucha, Kamienna Głowa, Żubr, Kochaś, Pryszcz, Małpa, ser Nur. — Przerwał na chwilę i spojrzał na Jona. — I Bękart. — Pyp wrzasnął uradowany i wyrzucił w górę miecz. Ser Alliser zgromił go spojrzeniem. — Odtąd będą was nazywać ludźmi z Nocnej Straży, chociaż jesteście głupsi od małpy kuglarza na jarmarku. Żółtodzioby, cuchniecie latem, dlatego gdy nadejdzie zima, pozdychacie jak muchy. — Po tych słowach ser Alliser Thorne odwrócił się i zostawił ich samych.

Pozostali chłopcy zebrali się wokół wybrańców. Śmiali się, przeklinali i składali gratulacje. Halder uderzył Ropuchę mieczem w siedzenie na odlew i zawołał:

— Ropucha, człowiek z Nocnej Straży! — Z kolei Pyp ogłosił, że czarny brat potrzebuje konia, po czym wskoczył na plecy Grenna. Obaj upadli na ziemię, gdzie zaczęli się tarzać, wymierzając sobie kuksańce i pokrzykując. Dareon popędził do zbrojowni i wrócił z bukłakiem czerwonego, kwaśnego wina. Podawali go sobie z ręki do ręki, szczerząc zęby jak głupcy. W pewnym momencie Jon zauważył Samwella Tarly'ego, który stał samotnie pod uschłym drzewem w kącie dziedzińca. Podsunął mu bukłak.

— Łyczek wina?

Sam potrząsnął głową.

— Nie, dziękuję, Jon.

— Dobrze się czujesz?

— Tak, nic mi nie jest — skłamał grubas. — Cieszę się, że was wybrali. — Jego okrągła twarz zatrzęsła się, kiedy spróbował się uśmiechnąć. — Kiedyś będziesz Pierwszym Zwiadowcą. Takim, jakim był twój stryj.

— Jakim jest mój stryj — poprawił go Jon. Nie chciał pogodzić się z myślą, że stryj nie żyje. Zamierzał coś jeszcze powiedzieć, ale przeszkodził mu Halder.

— Sami chcecie wszystko wypić? — Pyp z kolei wyrwał mu z ręki bukłak i odsunął się roześmiany, jednak Grenn chwycił go za ramię, a wtedy Pyp ścisnął bukłak i cienka czerwona strużka chlusnęła w twarz Jona. Halder zawył, widząc, jak wino się marnuje. Jon splunął i chwycił Pypa za ręce. Matthar i Jeren weszli na mur i zaczęli bombardować pozostałych śnieżnymi kulami.

Kiedy Snow wreszcie uwolnił się z włosami obsypanymi śniegiem i pochlapaną opończą, zobaczył, że Samwell Tarly zniknął.

Tego wieczoru Trzypalcy Hobb przyrządził chłopcom specjalny posiłek. Gdy Jon przybył do wspólnej sali, sam Lord Zarządca poprowadził go do ławki przy ogniu. Zanim odszedł, starzec poklepał go po ramieniu. Ósemka wybrańców zajadała zanurzone w maśle jagnięce żeberka upieczone z czosnkiem i ziołami z dodatkiem mięty i rzepy.

— Prosto ze stołu Lorda Dowódcy — powiedział im Bowen Marsh. Były też sałatki z ciecierzycy, szpinaku i liści rzepy. A na koniec mrożone borówki ze śmietaną.

— Myślicie, że pozwolą nam zostać razem? — zastanawiał się Pyp, kiedy już się najedli.

Ropucha skrzywił się.

— Mam nadzieję, że nie. Już nie mogę patrzeć na te twoje uszy.

— Widzieliście go — żachnął się Pyp. — Przyganiała wrona krukowi. Z pewnością zostaniesz zwiadowcą i wyślą cię jak najdalej od zamku. Kiedy zaatakuje Mance Rayder, wystarczy, że podniesiesz zasłonę hełmu i pokażesz swoją twarz, a ucieknie z wrzaskiem.

Roześmiali się wszyscy poza Grennem.

— Mam nadzieję, że zostanę zwiadowcą.

— Zostaniesz, tak jak inni — orzekł Matthar.

Wszyscy, którzy przywdziewali czarny strój, wchodzili na Mur i strzegli go z bronią w ręku, lecz prawdziwymi wojownikami zostawali zwiadowcy. To oni mieli odwagę wyjechać poza Mur i, przemierzając nawiedzany las i skute lodem góry na zachód od Wieży Cieni, walczyli z dzikimi, olbrzymami i ogromnymi śnieżnymi niedźwiedziami.

— Nie wszyscy — oznajmił Halder. — Ja pójdę do budowniczych. Co nam po zwiadowcach, jeśli Mur runie?

Zakon budowniczych dostarczał murarzy i cieśli, którzy mieli naprawiać wieże i mury, górników potrzebnych do kopania tuneli i kruszenia kamienia na drogi i ścieżki, a także drwali usuwających drzewa, gdy las zbytnio napierał na Mur. Opowiadano, że kiedyś wycinano ogromne lodowe bloki z zamarzniętych jezior w głębi lasu i przywożono je na saniach, by podwyższyć nimi Mur. Jednak od tamtych czasów minęły całe wieki i teraz bracia z zakonu budowniczych jeździli tylko wzdłuż Muru od Wschodniej Strażnicy do Wieży Cieni, by znaleźć pęknięcia i topniejące miejsca, które należało naprawić.

— Stary Niedźwiedź nie jest głupi — zauważył Dareon. — Na pewno zostaniesz budowniczym, a Jon zwiadowcą. Najlepiej z nas wszystkich włada mieczem i jeździ konno, a jego stryj był Pierwszym Zwiadowcą, zanim... — Nie skończył.

— Benjen Stark wciąż jest Pierwszym Zwiadowcą — stwierdził Jon Snow, obracając w dłoniach miskę z borówkami. Wszyscy pozostali pewnie stracili już nadzieję na powrót jego stryja, lecz nie on. Odsunął od siebie nietknięte borówki i wstał.

— Nie będziesz ich jadł? — spytał Ropucha.

— Możesz zjeść. — Jon prawie nie spróbował przysmaków Hobba. — Mam już dość. — Zdjął płaszcz z haka na ścianie i ruszył do drzwi.

Pyp poszedł za nim.

— O co chodzi, Jon?

— O Sama — odpowiedział. — Nie przyszedł na kolację.

— To do niego niepodobne — zauważył Pyp zamyślony. — Myślisz, że się rozchorował?

— Boi się, ponieważ zostawiamy go samego. — Snow przypomniał sobie dzień, w którym opuścił Winterfell: smutne pożegnania, Bran w łóżku, Robb z głową przyprószoną śniegiem, Arya zasypująca go pocałunkami, kiedy podarował jej Igłę. — Po złożeniu przysięgi rozejdziemy się do swoich obowiązków. Niektórych pewnie gdzieś wyślą, może do Wschodniej Strażnicy albo do Wieży Cieni. Sam zostanie na dalsze ćwiczenia z takimi jak Rast, Cuger i tymi nowymi, którzy mają przyjechać. Bogowie tylko wiedzą, co to za jedni, ale pewne jest, że ser Alliser poszczuje ich przeciwko niemu.

Pyp skrzywił się.

— Zrobiłeś, co mogłeś.

Kiedy Jon wracał do Wieży Hardina po Ducha, poczuł niepokój. Wilkor poszedł za nim posłusznie do stajni. Bardziej płochliwe konie strzygły uszami i kopały nerwowo w boksach, kiedy je mijali. Jon osiodłał swoją klacz i wyjechał z Czarnego Zamku. Udał się na południe w rozświetloną księżycowym blaskiem noc. Puścił swobodnie wilkora, który pomknął do przodu i zniknął w mgnieniu oka. Wilk musi polować.

Jechał przed siebie bez celu. Przez jakiś czas podążał wzdłuż strumienia, wsłuchany w bulgotanie lodowatej wody na kamieniach, a potem przejechał przez pole i znalazł się na królewskim trakcie. Ciągnął się przed nim: wąski, kamienisty, upstrzony chwastami; droga, która nie napawała żadną obietnicą, a mimo to Jon Snow poczuł ogromną tęsknotę. Gdzieś tam daleko znajdowało się Winterfell, a jeszcze dalej Riverrun, Królewska Przystań, Orle Gniazdo i wiele innych miejsc; Casterly Rock, Wyspa Twarzy, czerwone góry Dorne, setka wysp Braavos, dymiące ruiny starej Valyrii. Miejsca, których Jon nigdy nie zobaczy. Cały świat znajdował się tam, na końcu drogi... a on był tutaj.

Kiedy złoży przysięgę, Mur stanie się jego domem aż do końca, aż będzie tak stary jak maester Aemon.

— Jeszcze nie złożyłem przysięgi — rzekł do siebie. Nie był przestępcą, który miał do wyboru wstąpić do Nocnej Straży albo odpowiedzieć za popełnione zbrodnie. Przybył tu z własnej woli i mógł odjechać... dopóki nie złoży przysięgi. Wystarczyło ruszyć przed siebie, a przed kolejną pełnią księżyca będzie w Winterfell ze swoimi braćmi.

Z przyrodnimi braćmi, upomniał samego siebie. I z lady Stark, która nie ucieszy się na mój widok. Nie było dla niego miejsca w Winterfell ani w Królewskiej Przystani. Nawet jego własna matka nie miała dla niego miejsca. Posmutniał na myśl o niej. Zastanawiał się, kim była, jak wyglądała, dlaczego nie poślubiła jego ojca. Była pewnie dziwką albo cudzołożnicą. Wiązała się z nią jakaś mroczna albo haniebna tajemnica, bo z jakiego innego powodu lord Eddard nie chciał o niej mówić?

Jon Snow odwrócił się i spojrzał za siebie. Wzgórze zasłaniało światła Czarnego Zamku, lecz Mur pozostał widoczny, upiornie blady, ogromny i zimny, ciągnął się przez cały horyzont.

Zawrócił konia i ruszył z powrotem do domu.

Duch pojawił się, kiedy dotarł na szczyt wzniesienia, skąd dostrzegł blask lampy na Wieży Lorda Dowódcy. Wilkor biegł obok konia z pyskiem umazanym krwią. Jon znowu rozmyślał nad losem Samwella Tarly'ego. Zanim dojechał do stajni, wiedział już, co ma zrobić.

Pokoje maestera Aemona znajdowały się w przysadzistej, drewnianej wieży poniżej pomieszczeń rekrutów. Wiekowy starzec dzielił je z dwoma młodymi zarządcami, którzy mu usługiwali i pomagali. Czarni bracia żartowali, że przydzielono mu dwóch najbrzydszych ludzi, jacy służyli w Nocnej Straży, ponieważ jako prawie ślepy nie musiał na nich patrzeć. Clydas był niski, łysy i pozbawiony podbródka, o różowych krecich oczkach. Chett miał na szyi narośl wielkości gołębiego jaja i czerwoną twarz upstrzoną czyrakami i pryszczami. Może dlatego sprawiał wrażenie rozgniewanego.

To właśnie Chett otworzył Jonowi drzwi.

— Muszę porozmawiać z maesterem Aemonem — oznajmił Jon.

— Maester jest już w łóżku, jak zawsze o tej porze. Przyjdź rano, może cię przyjmie — odparł zarządca i zaczął zamykać drzwi.

Jon przytrzymał je butem.

— Muszę porozmawiać z nim teraz. Rano będzie za późno.

Chett zmarszczył czoło.

— Maester nie przywykł do tego, żeby go budzić w nocy. Czy ty wiesz, ile on ma lat?

— Wystarczająco dużo, żeby przyjmować gości z większą wyrozumiałością niż ty — powiedział Jon. — Przeproś go w moim imieniu. Nie zawracałbym mu głowy, gdyby sprawa nie była ważna.

— A jeśli odmówię?

Jon wsunął nogę dalej między drzwi.

— Jeśli będę musiał, to postoję tutaj całą noc.

Czarny brat prychnął niezadowolony, lecz otworzył drzwi, by go wpuścić.

— Zaczekaj w bibliotece. Rozpal ogień. Znajdziesz tam drewno. Nie pozwolę, żeby maester przeziębił się przez ciebie.

Zanim Chett przyprowadził maestera Aemona, Jon zdążył dołożyć do paleniska większy kawał drewna, tak że ogień trzaskał wesoło. Starzec przygotowany był już do snu, chociaż na szyi miał łańcuch swojego zakonu. Nie zdejmował go nawet na noc.

— Usiądę na krześle przy kominku — przemówił, gdy tylko poczuł na twarzy ciepło ognia. Kiedy usadowił się wygodnie, Chett przykrył mu nogi futrem i stanął przy drzwiach.

— Niech maester mi wybaczy, że go budziłem — rzekł Jon Snow.

— Nie obudziłeś mnie — odparł maester Aemon. — Z wiekiem potrzebuję coraz mniej snu, a jestem już dość stary. Często połowę nocy spędzam w towarzystwie duchów, wspominając wydarzenia sprzed pięćdziesięciu lat, jakby zdarzyły się wczoraj. Niespodziewany gość o północy może okazać się miłą odmianą. A zatem powiedz mi, Jonie Snow, czemu przychodzisz o tak dziwnej porze?

— Chciałem prosić, żeby Samwell Tarly został także przyjęty do służby w Nocnej Straży.

— To nie jest sprawa dla maestera — wtrącił Chett.

— Z rozkazu Lorda Dowódcy rekruci pozostają pod komendą ser Allisera Thorne'a — odpowiedział spokojnie maester. — Dobrze wiesz, że tylko on decyduje, kiedy chłopak jest gotowy do złożenia przysięgi. Dlaczego więc przychodzisz z tym do mnie?

— Lord Dowódca słucha twoich rad — stwierdził Jon. — A poza tym chorzy i ranni pozostają pod twoją opieką.

— A czy twój przyjaciel, Samwell, jest chory albo ranny?

— Będzie, jeśli mu nie pomożesz — oświadczył Jon. Potem opowiedział wszystko, nawet to, że napuścił Ducha na Rasta. Maester Aemon słuchał w milczeniu; jego ślepe oczy pozostawały nieruchome, wpatrzone w ogień. W zamian twarz Chetta ciemniała z każdym słowem Jona. — Jeśli go nie obronimy, Sam nie ma szans — skończył Jon. — Do miecza się nie nadaje. Moja siostra Arya nie ma jeszcze dziesięciu lat, lecz zrobiłaby z niego sieczkę. Jeśli zostanie u ser Allisera, prędzej czy później ktoś go zrani albo zabije.

— Widziałem tego grubasa we wspólnej sali — nie wytrzymał Chett. — Przypomina świnię i jest beznadziejnym tchórzem, jeśli to, co mówisz, jest prawdą.

— Może i tak jest — odparł maester Aemon. — Powiedz mi, Chett, co byś nam poradził?

— Zostawić go tam, gdzie jest — orzekł Chett. — Na Murze nie ma miejsca dla słabych. Ser Alliser zrobi z niego mężczyznę albo go zabije, bogowie jedynie wiedzą.

— To głupie — oświadczył Jon. Wziął głęboki oddech, żeby zebrać myśli. — Pamiętam, jak kiedyś zapytałem maestera Luwina, dlaczego zdecydował się nosić łańcuch.

Maester Aemon dotknął własnego kołnierza; jego kruche palce pogładziły lekko ciężkie metalowe ogniwa.

— Mów dalej.

— Odpowiedział, że jego łańcuch przypomina mu, że ślubował służyć — mówił dalej Jon. — Zapytałem też, dlaczego każde ogniwo zrobione jest z innego metalu. Do szarej szaty bardziej by pasował srebrny łańcuch. Maester Luwin roześmiał się wtedy. Odparł, że maester wykuwa swój łańcuch studiami. Każdy metal przedstawia inny rodzaj wiedzy: złoto reprezentuje wiedzę o pieniądzach i rachunkach, srebro przedstawia zdolności lecznicze, żelazo sztukę wojenną. Wspomniał też o pozostałych znaczeniach łańcucha. Mówił, że ma on przypominać maesterowi o królestwie, któremu służy. Lordowie to złoto, rycerze stal, lecz z dwóch ogniw nie powstanie łańcuch. Potrzeba srebra, żelaza, ołowiu, miedzi, cyny, brązu i innych metali, które symbolizują wieśniaków, kowali, kupców i tak dalej. Do zrobienia łańcucha potrzeba różnych metali, podobnie i królestwo potrzebuje różnych ludzi.

Maester Aemon uśmiechnął się.

— Tak?

— Nocna Straż także potrzebuje różnych ludzi. Przecież mamy zwiadowców, zarządców i budowniczych, prawda? Lord Randyll nie potrafił zrobić z Sama wojownika i ser Alliserowi także się to nie uda. Nie można przekuć cyny w żelazo, żeby nie wiem jak bić młotem, ale nie znaczy to jeszcze, że cyna jest bezużyteczna. Dlaczego Sam nie miałby zostać zarządcą?

Chett skrzywił się.

— Ja jestem zarządcą. Myślisz, że to łatwa praca, dobra dla takich tchórzy? Nasz zakon trzyma przy życiu całą Straż. Polujemy i uprawiamy ziemię, doglądamy koni, doimy krowy, zbieramy drewno na opał, gotujemy. A jak sądzisz, kto zajmuje się waszymi ubraniami albo dostawami z południa? Zarządcy.

Maester Aemon był łagodniejszy w swoich dociekaniach.

— Czy twój przyjaciel poluje?

— Nienawidzi polowania — przyznał Jon.

— Czy potrafi zaorać pole? — spytał maester. — Powozić albo pływać łodzią? Dałby radę zaszlachtować krowę?

— Nie.

Chett roześmiał się złośliwie.

— Widziałem, co się dzieje z takimi rozmazanymi paniątkami, kiedy ich zagonić do roboty. Wystarczy kazać im powyrabiać trochę masła, a zaraz mają całe ręce w pęcherzach. Każ im narąbać drewna, a obetną sobie stopę.

— Wiem, co Sam potrafi robić lepiej od wszystkich innych.

— Tak? — spytał maester.

Jon zerknął ostrożnie na Chetta, który wciąż stał przy drzwiach z twarzą czerwoną od pryszczy i gniewu.

— Mógłby tutaj pomagać — rzekł szybko. — Dobrze rachuje, potrafi też czytać i pisać. Wiem, że Chett nie umie czytać, a Clydas ma słaby wzrok. Sam przeczytał wszystkie książki z biblioteki swojego ojca. Dałby sobie też radę z krukami. Zwierzęta go lubią. Duch podszedł do niego od razu. Jest wiele rzeczy, które mógłby robić, zamiast się bić. W Nocnej Straży przyda się każdy człowiek. Po co kogoś zabijać? Lepiej go wykorzystać.

Aemon zamknął oczy i przez krótką chwilę Jon sądził, że starzec zasnął. Wreszcie maester przemówił:

— Jonie Snow, maester Luwin dobrze cię nauczył. Twój umysł jest równie szybki jak twój miecz.

— Czy to znaczy...?

— To znaczy, że zastanowię się nad tym, co powiedziałeś — odparł maester zdecydowanie. — A teraz pójdę już spać. Chett, odprowadź naszego młodego brata.

TYRION

Schronili się w niewielkim lasku osiny, niedaleko górskiej drogi. Tyrion zbierał drewno, tymczasem konie piły wodę ze strumienia. Schylił się, by podnieść złamaną gałąź i przyjrzał jej się uważnie.

— Taka będzie dobra? Nie mam wprawy w rozpalaniu ogniska. Morrec zawsze się tym zajmował.

— Masz zamiar rozpalić ognisko? — spytał Bronn i splunął. — Tak bardzo chcesz umrzeć, karle? Postradałeś zmysły? Ogień sprowadzi ludzi ze wszystkich klanów z okolicy. Lannister, ja chcę przeżyć tę podróż.

— Niby jak chcesz tego dokonać? — odparł Tyrion. Wsadził gałąź pod pachę i rozejrzał się za następną. Bolały go plecy od ciągłego schylania się, a ponadto byli w drodze od świtu, kiedy to ser Lyn Corbray z kamienną twarzą pozwolił im przejechać przez Krwawą Bramę i rozkazał nigdy tam nie wracać.

— Nie mamy szans na przebicie się z powrotem — powiedział Bronn — ale dwóch zwraca na siebie mniejszą uwagę niż dziesięciu. Im szybciej przekroczymy góry, tym prędzej dotrzemy nad rzekę. Dlatego nie wolno nam zwlekać. Trzeba podróżować nocą, a w ciągu dnia przyczaić się gdzieś, w miarę możliwości unikać drogi, robić jak najmniej hałasu i nie rozpalać ognia.

Tyrion Lannister westchnął.

— Wspaniały plan, Bronn. Spróbuj, może ci się uda... ale wybacz, jeśli nie będę marnował czasu na grzebanie cię.

— To ty, karle, masz nadzieję mnie przeżyć? — Najemnik wyszczerzył zęby w uśmiechu. W miejscu, w którym tarcza ser Vardisa Egena złamała mu ząb, widniała ciemna dziura.

Tyrion wzruszył ramionami.

— Znasz lepszy sposób na to, żeby spaść z góry i skręcić kark niż długa i szybka jazda? Ja wolę podróżować spokojniej. Bronn, wiem, że lubisz koninę, ale jeśli zajeździmy nasze wierzchowce i te zdechną, osiodłamy chyba cieniokoty. Poza tym ludzie z klanów i tak nas znajdą, żebyśmy nie wiem co robili. Wszędzie mają zwiadowców. — Zatoczył łuk dłonią w rękawicy, wskazując otaczające ich strome turnie.

Bronn skrzywił się.

— A zatem już nie żyjemy, Lannister.

— Jeśli tak, to wolę umrzeć wygodnie — oświadczył Tyrion. — Musimy rozpalić ognisko. Noce są tutaj bardzo zimne, dlatego ciepła strawa rozgrzeje nas i poprawi nam humory. Myślisz, że można tu coś upolować? Wprawdzie lady Lysa uraczyła nas wspaniałomyślnie soloną wołowiną, twardym serem i czerstwym chlebem, ale nie chciałbym złamać sobie zęba, pozostając tak daleko od najbliższego maestera.

— Znajdę coś do jedzenia. — Bronn przyglądał się podejrzliwie Tyrionowi spod grzywy ciemnych włosów, które opadły mu na oczy. — Powinienem zostawić cię tutaj razem z twoim głupim ogniskiem. Dwa konie zwiększyłyby moją szansę przeżycia. I co byś wtedy zrobił, karle?

— Pewnie bym umarł. — Tyrion schylił się po następny patyk.

— Nie wierzysz, że mógłbym to zrobić, co?

— Nawet byś się nie zawahał, gdyby chodziło o twoje życie. Szybko uciszyłeś swojego przyjaciela, Chiggena, kiedy dostał strzałę w brzuch. — Bronn złapał wtedy Chiggena za włosy i wbił mu sztych sztyletu poniżej ucha, po czym oznajmił Catelyn Stark, że najemnik umarł z powodu rany.

— I tak prawie nie żył — powiedział Bronn. — Ludzie z klanów znaleźli nas przez jego jęki. Chiggen zrobiłby tak samo… a poza tym on nie był moim przyjacielem. Podróżowaliśmy razem, to wszystko. Nie zapominaj o tym, karle. Walczyłem za ciebie, ale cię nie kocham.

— Potrzebowałem twojego miecza, a nie twojej miłości — wyznał Tyrion i rzucił na ziemię naręcze drewna.

Bronn uśmiechnął się.

— Dzielny jesteś, muszę ci to przyznać. Skąd wiedziałeś, że stanę po twojej stronie?

— Wiedziałem? — Tyrion przykucnął niezgrabnie na swoich

krótkich nogach, żeby przygotować ognisko. — Raczej rzucałem kośćmi. W karczmie obaj z Chiggenem pomogliście mnie ująć. Nie rozumiem dlaczego? Pozostali uznali to za swój obowiązek, zrobili to dla honoru lordów, którym służyli. Wy nie mieliście za sobą żadnego lorda, żadnego obowiązku ani cennego honoru, po co więc się mieszać? — Wyjął nóż i nastrugał trochę wiórów na rozpałkę. — Dlaczego w ogóle najemnik bierze się za cokolwiek? Dla złota. Sądziłeś, że lady Catelyn nagrodzi cię za pomoc, może nawet przyjmie na służbę? No, wystarczy. Masz krzemień? — Bronn wsunął dwa palce do sakiewki zawieszonej u pasa i rzucił mu krzemień. Tyrion chwycił kamień w powietrzu. — Dziękuję — rzekł. — Tylko że ty nie znasz Starków. Lord Eddard jest dumny, a jego żona jeszcze bardziej. Och, niewątpliwie już po wszystkim dostałbyś od niej kilka monet. Wcisnęłaby ci je do ręki i powiedziała kilka miłych słów ze skrzywioną miną, ale nic więcej. Starkowie potrzebują ludzi lojalnych, odważnych i nie pozbawionych honoru, ty zaś i Chiggen, szczerze mówiąc, jesteście nisko urodzoną szumowiną. — Tyrion uderzył krzemieniem o ostrze sztyletu, próbując wykrzesać iskrę, lecz bezskutecznie.

Bronn prychnął.

— Śmiało mielesz ozorem, człowieczku. Któregoś dnia ktoś ci go obetnie i każe zjeść.

— Wszyscy mi to powtarzają. — Tyrion zerknął na najemnika. — Obraziłem cię? Wybacz, ale... ty jesteś szumowiną, Bronn. Nie zapominaj o tym. Obowiązek, honor, przyjaźń, czy one mają dla ciebie jakiekolwiek znaczenie? Nie kłopocz się, obaj znamy odpowiedź. Nie jesteś jednak głupi. Kiedy już dotarliśmy do Doliny, lady Stark nie potrzebowała cię już więcej... natomiast ja tak, a jedyną rzeczą, na której nigdy nie zbywało Lannisterom, jest złoto. Postanowiłem więc rzucić kości i liczyłem na to, że okażesz się na tyle bystry, żeby wiedzieć, co dla ciebie będzie najlepsze. Na szczęście dla mnie, wiedziałeś. — Jeszcze raz uderzył krzemieniem o stal. Bezskutecznie.

— Daj — zażądał Bronn, kucając. — Ja to zrobię. Wziął od Tyriona nóż i krzesiwo i wykrzesał iskry za pierwszą próbą. Wiórek z kory zajął się płomieniem.

— Doskonale — stwierdził Tyrion. — Może i jesteś szumowiną, ale bardzo przydatną, a z mieczem radzisz sobie prawie tak samo dobrze jak mój brat, Jaime. Czego chcesz, Bronn? Złota? Ziemi? Kobiet? Pomóż mi przeżyć, a będziesz je miał.

Bronn dmuchnął ostrożnie w ogień i płomienie skoczyły wyżej.

— A jeśli zginiesz?

— No cóż, wtedy przynajmniej jeden człowiek będzie mnie szczerze opłakiwał — odparł Tyrion z uśmiechem na ustach. — Nie będzie mnie, nie będzie złota.

Teraz ogień trzaskał wesoło. Bronn wstał, schował krzesiwo do sakiewki i rzucił Krasnalowi jego sztylet.

— Uczciwie stawiasz sprawę — powiedział. — Mój miecz jest twój, ale... nie spodziewaj się, że będę ci się kłaniał i nadskakiwał za każdym razem, kiedy pójdziesz się wysrać. Nie będę niczyim sługusem.

— Ani niczyim przyjacielem — dodał Tyrion. — Wiem, że byś mnie zdradził równie szybko, jak zdradziłeś lady Stark, gdybyś tylko zwietrzył jakiś interes. Jeśli nadejdzie taki dzień, w którym by ci przyszła ochota mnie sprzedać, pamiętaj, Bronn, że potrafię podbić cenę. Ja bardzo lubię żyć. A teraz może byś spróbował znaleźć coś na kolację?

— Popilnuj koni — polecił Bronn. Wyjął z pochwy u pasa długi sztylet i zniknął między drzewami.

Godzinę później konie były wytarte i nakarmione, ogień trzaskał wesoło, a nad płomieniami obracał się, ociekając tłuszczem, udziec młodego kozła.

— Brakuje nam tylko dobrego wina, żeby przepłukać gardło po naszym koźlątku — oznajmił Tyrion.

— Do tego jeszcze kobieta i tuzin mieczy — wtrącił Bronn. Siedział przed ogniem ze skrzyżowanymi nogami, ostrząc osełką swój długi miecz. Dźwięk, jaki przy tym wydobywał, wydawał się dodawać mu odwagi. — Niedługo całkiem się ściemni — zauważył najemnik. — Obejmę pierwszą wartę... jeśli w ogóle na coś się to zda. Może lepiej pozwolić im zabić nas podczas snu.

— Och, myślę, że zjawią się tutaj, zanim zdążymy zasnąć. — Tyrion wciągnął w nozdrza zapach pieczonego mięsa i oblizał się.

Bronn przyglądał się Krasnalowi ponad ogniskiem.

— Masz jakiś plan? — spytał, nie przestając pocierać osełką o miecz.

— Ja bym to nazwał nadzieją — odparł Tyrion. — Jeszcze jeden rzut kośćmi.

— A stawką jest nasze życie?

Tyrion wzruszył ramionami.

— Nie mamy wyboru. — Pochylił się i odciął sobie z udźca cienki plaster mięsa. — Ach — westchnął zadowolony, przeżuwając. Po jego brodzie popłynął tłuszcz. — Trochę za twarde jak na mój gust, i za mało doprawione, ale nie będę narzekał zbyt głośno. W Orlim Gnieździe mógłbym liczyć tylko na talerz fasoli.

— A jednak dałeś dozorcy sakiewkę ze złotem — powiedział Bronn.

— Lannister zawsze płaci swoje długi.

Nawet Mord nie wierzył własnym oczom, kiedy Tyrion rzucił mu skórzaną sakiewkę. Oczy dozorcy stały się wielkie jak gotowane jaja, gdy rozwiązał rzemień i ujrzał blask złota.

— Zatrzymałem srebro — rzekł do niego Tyrion, uśmiechając się podstępnie — ale tobie obiecałem złoto. Oto ono. — Było tego więcej niż ktoś taki jak Mord mógł zarobić w czasie całego życia wypełnionego znęcaniem się nad więźniami. — I pamiętaj o tym, co ci mówiłem, to tylko namiastka. Jeśli kiedyś znudzi ci się służba u lady Arryn, pokaż się w Casterly Rock, a spłacę pozostałą część mojego długu wobec ciebie. — Z dłońmi pełnymi złotych smoków Mord padł wtedy na kolana i obiecał, że tak zrobi.

Bronn wyciągnął sztylet i wyjął mięso z ognia. Zaczął odkrawać grube kawałki osmolonego mięsa, tymczasem Tyrion wydrążył dwie piętki czerstwego chleba, które miały im posłużyć za talerze.

— Jeśli nawet uda nam się dotrzeć nad rzekę, co dalej? — spytał najemnik.

— Najpierw wygodne łóżko, dziwka i dzban wina. — Tyrion podstawił swoją piętkę i Bronn napełnił ją mięsem. — Potem chyba do Casterly Rock albo do Królewskiej Przystani. Nie dają mi spokoju pytania dotyczące pewnego sztyletu, na które chciałbym uzyskać odpowiedź.

Najemnik przeżuł kawałek mięsa i połknął go.

— A zatem mówiłeś prawdę? To nie był twój nóż?

Tyrion uśmiechnął się.

— Czy ja wyglądam na kłamcę?

Zanim najedli się do syta, na niebie ukazały się gwiazdy i sierp księżyca. Tyrion rozłożył na ziemi cieniokocie futro i wyciągnął się na nim z siodłem pod głową.

— Nasi przyjaciele pewnie gotują się do drogi.

— Pewnie spodziewają się pułapki — odparł Bronn. — Czy można podejrzewać coś innego, skoro nie próbujemy nawet się ukryć?

Tyrion zachichotał.

— Może powinniśmy zacząć śpiewać, wtedy by uciekli w popłochu. — Zagwizdał jakąś melodię.

— Jesteś szalony, karle — uznał najemnik, zajęty wydłubywaniem brudu spod paznokci czubkiem sztyletu.

— Bronn, gdzie twoje zamiłowanie do muzyki?

— Skoro tak bardzo pragniesz muzyki, dlaczego nie chciałeś, żeby śpiewak walczył w twoim imieniu?

Tyrion uśmiechnął się.

— To by było zabawne. Już go widzę, jak odparowuje cięcia ser Vardisa drewnianą harfą. — Znowu zaczął gwizdać. — Znasz tę piosenkę? — spytał.

— Można ją usłyszeć w karczmach i burdelach.

— To piosenka z Myr. *Pory mojej miłości*. Słodka i smutna, jeśli zrozumie się jej słowa. Śpiewała ją pierwsza dziewczyna, jaką wziąłem do łóżka, i od tamtej pory wciąż ją pamiętam. — Tyrion spojrzał w niebo. Noc była zimna i pogodna, a światło gwiazd rozlewało się na góry jasno i bezlitośnie niczym światło prawdy. — Spotkałem tę dziewczynę w taką noc jak dzisiejsza. — Usłyszał własny głos. — Razem z Jaime'em wracaliśmy z Lannisportu, kiedy rozległy się jakieś krzyki. Potem ona wybiegła na drogę, ścigana przez dwóch zbirów. Mój brat dobył miecza i ruszył za nimi, a ja zsiadłem z konia, żeby zaopiekować się dziewczyną. Była zaledwie rok starsza ode mnie, ciemnowłosa, smukła, o twarzy tak słodkiej, że mogłaby złamać czyjeś serce. Moje z pewnością złamała. Była nisko urodzona, wygłodzona, brudna... a mimo to cudowna. Podarli na niej łachmany, w które była ubrana, dlatego okryłem ją moim płaszczem.

Jaime popędził w las za mężczyznami. Zanim wrócił, udało mi się wydobyć z niej, jak ma na imię i co jej się przydarzyło. Była córką zagrodnika, który zmarł z gorączki. Ona była w drodze do... właściwie donikąd. Jaime wściekł się wtedy i postanowił nie darować zbirom. Nieczęsto zdarzało się, że banici napadali na podróżnych tak blisko Casterly Rock. Uznał to za osobistą zniewagę. Dziewczyna była zbyt przestraszona, żeby puścić ją samą w dalszą drogę, tak więc zaproponowałem, że zabiorę ją do najbliższej karczmy i tam nakarmię. Mój brat wrócił do Casterly Rock po pomoc.

Dziewczyna miała wilczy apetyt. Rozmawiając, wypiliśmy dzban wina, zjedliśmy dwa całe kurczaki i napoczęliśmy trzeciego. Miałem wtedy trzynaście lat i zdaje się, że wino uderzyło mi do głowy. Zanim się zorientowałem, leżeliśmy oboje w łóżku. Ona była nieśmiała, ale ja jeszcze bardziej. Sam nie wiem, skąd wziąłem tyle odwagi. Płakała, kiedy pozbawiłem ją dziewictwa, ale potem pocałowała mnie i zaśpiewała swoją piosenkę. Rano byłem już w niej zakochany.

— Ty? — spytał Bronn rozbawiony.

— Trudno uwierzyć, co? — Tyrion znowu zaczął gwizdać. — Ożeniłem się z nią — dodał po chwili.

— Lannister z Casterly Rock poślubił córkę zagrodnika — powiedział Bronn. — Jak tego dokonałeś?

— Och, nawet nie wiesz, czego potrafi dokonać chłopak za pomocą kilku kłamstw, pięćdziesięciu srebrnych monet i pijanego septona. Nie ośmieliłem się przyprowadzić dziewczyny do Casterly

Rock, dlatego umieściłem ją w darowanym jej domku i przez dwa tygodnie bawiliśmy się w męża i żonę. A potem septon wytrzeźwiał i wyznał wszystko mojemu ojcu. — Tyrion ze zdziwieniem zauważył, jak wielkim smutkiem napełniły go jego własne słowa, gdy o tym opowiadał, nawet po tylu latach. Może to z powodu zmęczenia. — I tak skończyło się moje małżeństwo. — Usiadł i utkwił wzrok w gasnącym ogniu.

— Odesłał dziewczynę?

— Zrobił coś więcej — odparł Tyrion. — Najpierw nakłonił mojego brata, żeby wyznał mi całą prawdę. Widzisz, dziewczyna była dziwką. Jaime zaplanował całe to zdarzenie na drodze — zbirów i wszystko inne. Uznał, że nadszedł czas na moją pierwszą kobietę. Wiedząc, że będzie to dla mnie pierwszy raz, zapłacił podwójnie za dziewicę.

Po wyznaniach Jaime'a, lord Tywin postanowił dokończyć moją edukację w domu, dlatego sprowadził moją żonę i oddał ją strażnikom. Dobrze jej zapłacili. Od każdego dostała srebrnika. Ile dziwek może zażądać równie wysokiej ceny? Mnie posadził w kącie i kazał się przyglądać. W końcu miała tyle srebra, że monety przesypywały jej się przez palce i spadały na podłogę. Ona... — Dym gryzł go w oczy. Tyrion chrząknął i odwrócił głowę, patrząc w ciemność. — Lord Tywin posłał mnie do niej jako ostatniego — dokończył cicho. — Dał mi złotą monetę, żebym jej zapłacił, ponieważ jako Lannister byłem więcej wart.

Znowu usłyszał zgrzyt kamienia trącego o ostrze miecza Bronna.

— Dwóch czy dwudziestu, zabiłbym tego, który mi to uczynił.

Tyrion odwrócił się i spojrzał na niego.

— Może kiedyś będzie okazja. Pamiętaj o tym, co ci powiedziałem. Lannister zawsze płaci swoje długi. — Ziewnął. — Chyba spróbuję się przespać. Obudź mnie, gdybyśmy mieli umrzeć.

Owinął się futrem i zamknął oczy. Ziemia była zimna i twarda, lecz niebawem udało mu się zasnąć. Śniła mu się podniebna cela. Tym razem to on jej pilnował; był ogromny i bił pasem swojego ojca, spychając go coraz bliżej przepaści...

— Tyrion. — Bronn mówił głosem niskim i pełnym napięcia.

Tyrion obudził się w jednej chwili. Z ogniska został już tylko żar. Ze wszystkich stron podchodziły cienie. Bronn podniósł się na jedno kolano; w jednej ręce trzymał miecz, w drugiej sztylet. Tyrion uniósł dłoń, jakby chciał oznajmić: spokojnie, ale tak naprawdę powiedział:

— Chodźcie do ognia, noc jest zimna. — Po chwili dodał głośno: — Obawiam się, że nie poczęstujemy was winem, ale mięsa z kozła starczy dla wszystkich.

Cienie zatrzymały się. Tyrion dostrzegł błysk księżycowego światła odbitego od metalu.

— Nasza góra, nasz kozioł — odparł ktoś spomiędzy drzew, niski i nieprzyjazny.

— Wasz kozioł — zgodził się Tyrion. — A kim jesteście?

— Kiedy spotkacie się z waszymi bogami — rzekł ktoś inny — powiedzcie im, że przysłał was do nich Gunthor, syn Gurna z klanu Kamiennych Wron. — Wchodząc w krąg światła, mężczyzna nastąpił na patyk, który trzasnął głośno. Był chudy, uzbrojony w długi nóż, a na głowie miał rogaty hełm.

— I Shagga, syn Dolfa — przemówił pierwszy głosem niskim i grobowym. Po lewej stronie poruszył się głaz, zatrzymał się i zamienił w człowieka. Wydawał się powolny, silny i ogromny, cały ubrany w skóry, z maczugą w jednej ręce i siekierą w drugiej. Uderzył nimi o siebie, podchodząc bliżej.

Pozostali podali swoje imiona: Conn, Torrek, Jaggot i inne, które zapomniał, gdy tylko je usłyszał. Było ich przynajmniej dziesięciu. Niektórzy mieli miecze i noże, inni trzymali widły, kosy i drewniane dzidy. Zaczekał, aż wszyscy się przedstawią.

— Ja jestem Tyrion, syn Tywina, z klanu Lannisterów, Lwów z Casterly Rock. Chętnie zapłacimy za kozła, którego zjedliśmy.

— A czym możesz zapłacić, Tyrionie, synu Tywina? — zapytał ten, który przedstawił się jako Gunthor. Był chyba przywódcą.

— Mam srebro w sakiewce — orzekł Krasnal. — Moja kolczuga jest na mnie za duża, ale będzie pasowała na Conna, a w potężnej łapie Shaggi ten berdysz lepiej będzie leżał niż jego siekiera do drewna.

— Półmężczyzna chce zapłacić naszymi pieniędzmi — powiedział Conn.

— Conn ma rację — wtrącił Gunthor. — Twoje srebro należy do nas. Podobnie jak koń, kolczuga, berdysz, nóż i pas. Nie macie niczego do oddania poza waszym życiem. Jak chciałbyś umrzeć, Tyrionie, synu Tywina?

— W wieku osiemdziesięciu lat, we własnym łóżku, z brzuchem pełnym wina i kutasem w ustach dziwki — odparł.

Olbrzym o imieniu Shagga roześmiał się pierwszy i najgłośniej. Pozostali nie wyglądali na równie mocno rozbawionych.

— Conn, zabierz ich konie — rozkazał Gunthor. — Zabij tego drugiego, a półmężczyznę zwiąż. Będzie doił krowy i zabawiał matki.

Bronn skoczył na nogi.

— Który chce umrzeć pierwszy?

— Nie! — rzucił stanowczo Tyrion. — Gunthorze, synu Gurna, wysłuchaj mnie. Mój ród jest bogaty i potężny. Jeśli Kamienne Wrony przeprowadzą nas bezpiecznie przez góry, mój pan ojciec obsypie was złotem.

— Złoto lorda z nizin jest równie bezwartościowe jak obietnice półmężczyzny — stwierdził Gunthor.

— Może i jestem półmężczyzną, ale mam odwagę stanąć twarzą w twarz z wrogiem. A co robią Kamienne Wrony? Chowają się za skałami i trzęsą ze strachu na widok rycerzy z Doliny. — Shagga wydał gniewny okrzyk i uderzył maczugą o siekierę. Jaggot zaś przystawił do twarzy Krasnala zahartowany w ogniu koniec długiej, drewnianej włóczni. Tyrion zrobił wszystko, żeby nie drgnąć. — Nie możecie ukraść lepszej broni? — spytał. — Czymś takim można zabijać owce... i to tylko te spokojne. Kowale mojego ojca srają lepszą stalą.

— Mały człowieczku — ryknął Shagga. — Czy dalej będziesz szydził z mojej siekiery, kiedy obetnę ci męskość i rzucę ją kozicom? — Gunthor uciszył go podniesioną dłonią.

— Nie. Niech mówi. Matki są głodne. Mając stal, nakarmimy więcej gęb niż złotem. Co mógłbyś nam dać w zamian za wasze życie, Tyrionie, synu Tywina? Miecze? Włócznie? Kolczugi?

— To wszystko i jeszcze więcej, Gunthorze, synu Gurna — odparł Tyrion Lannister, uśmiechając się. — Dostaniecie Dolinę Arrynów.

EDDARD

Przez wysokie, wąskie okna ogromnej sali tronowej Czerwonej Twierdzy wlewał się blask zachodzącego słońca, kładąc ciemnoczerwone smugi na ścianach, gdzie kiedyś wisiały smocze głowy. Teraz mury zakrywały gobeliny pełne wielobarwnych scen z polowań, a mimo to Ned Stark i tak miał wrażenie, że jedynym kolorem widocznym w całej sali jest kolor krwi.

Siedział wysoko na ogromnym, starym tronie Aegona Zdobywcy: zrobionym z żelaza, pełnym nierównych krawędzi i groteskowo powyginanych kawałków metalu. Było to — tak jak ostrzegał go Robert — piekielnie niewygodne siedzenie, szczególnie teraz, kiedy coraz bardziej odczuwał pulsujący ból w pogruchotanej nodze. Z godziny na godzinę metal, na którym siedział, wydawał mu się coraz twardszy, a wystające z tyły nierówności, niczym kły, nie pozwalały mu się oprzeć wygodnie. „Król nie powinien siedzieć wygodnie", oznajmił Aegon Zdobywca, kiedy kazał wykuć ogromny tron z mieczy złożonych przez wrogów.

Niech będzie przeklęty Aegon i jego arogancja, pomyślał ponuro Ned. Niech będzie też przeklęty Robert i jego polowania.

— Jesteście pewni, że nie byli to tylko zwykli zbóje? — spytał Varys zza stołu ustawionego poniżej tronu. Siedzący obok Wielki Maester Pycelle poruszył się niespokojnie, Littlefinger zaś nie przestawał obracać w dłoni pióra. Byli jedynymi członkami rady, którzy przybyli na jej zebranie. W królewskim lesie wytropiono białego jelenia, w związku z czym lord Renly i ser Barristan pojechali na polowanie z Królem, a z nimi książę Joffrey, Sandor Clegane, Balon

Swann i połowa dworu. Tak więc Ned zmuszony był zasiąść na Żelaznym Tronie pod nieobecność Króla. Przynajmniej on mógł usiąść. Wszyscy obecni w komnacie, poza członkami rady, musieli stać albo klęczeć. Petenci przy wysokich drzwiach, rycerze, lordowie i damy pod ścianą zakrytą gobelinem, pospólstwo na galerii, strażnicy w szarych albo złotych płaszczach — wszyscy stali.

Wieśniacy klęczeli: mężczyźni, kobiety i dzieci w podartych ubraniach, zakrwawieni, z wyrazem strachu na twarzach. Za nimi stali trzej rycerze, którzy przyprowadzili ich w charakterze świadków.

— Zbóje, lordzie Varysie? — W głosie ser Raymuna Darry'ego zabrzmiała nuta drwiny. — O, tak, to byli zbóje, for certes. Zbóje Lannisterów.

Ned wyczuwał atmosferę coraz większego niepokoju; wszyscy, zarówno słudzy, jak i lordowie, wyciągali szyje i słuchali uważnie. Nawet nie próbował udawać zdziwionego. Od czasu kiedy Catelyn pojmała Tyriona Lannistera, na całym zachodzie wrzało. Zarówno w Riverrun, jak i w Casterly Rock podnoszono chorągwie, a na przełęczy pod Złotym Zębem gromadziły się wojska. Prędzej czy później krew musiała popłynąć. Chodziło tylko o to, żeby jak najlepiej opatrzyć ranę.

Ser Karyl Vance o smutnych oczach, którego można by uznać za przystojnego, gdyby nie przyrodzone znamię podobne do plamy z wina, szpecące jego twarz, wskazał na klęczących.

— Tylko tylu ocalało z grodu Sherrer, lordzie Eddardzie. Pozostali nie żyją, podobnie jak ludność Wendish Town i Brodu Komedianta.

— Powstańcie — polecił Ned wieśniakom. Nigdy nie ufał słowom, które ludzie wypowiadali, klęcząc. — Wszyscy, wstańcie.

Mieszkańcy Sherrer podnieśli się pojedynczo lub dwójkami. Jeden z nich, starzec, nie potrafił dźwignąć się o własnych siłach, a młoda dziewczyna w zakrwawionej sukience nadal klęczała z nieobecnym spojrzeniem utkwionym w ser Arysa Oakhearta, który stał u stóp tronu w białej zbroi Gwardii Królewskiej gotowy do obrony Króla albo... jego Namiestnika, jak sądził Ned.

— Joss. — Ser Raymun Darry zwrócił się do pulchnego, łysiejącego mężczyzny w fartuchu piwowara. — Opowiedz Namiestnikowi o tym, co się stało w Sherrer.

Joss skinął głową.

— Jak Wasza Miłość każe...

— Jego Miłość jest na polowaniu za Czarnym Nurtem — żachnął się Ned. Zastanawiał się, jak to możliwe, że ktoś mieszka zaledwie kilka dni drogi od Czerwonej Twierdzy i nie wie, jak wygląda jego Król. Ned ubrany był w kubrak z białego płótna z wilkorem Starków wyszytym na piersi. Srebrna ręka, symbol jego władzy, spinała kołnierz wełnianego, czarnego płaszcza. Czarne, białe i szare, odcienie prawdy. — Ja jestem lord Eddark Stark, Królewski Namiestnik. Kim jesteś i co możesz powiedzieć o jeźdźcach?

— Mam... miałem piwiarnię, panie, w Sherrer, przy kamiennym moście. Najlepsze piwo na południe od Przesmyku, wszyscy tak mówili, za pozwoleniem. Teraz nic z niej nie zostało, zniszczona, tak jak wszystko inne. Przyjechali, napili się do syta, a resztę wylali, zanim podpalili mi dach. Pewnie bym zginął, gdyby mnie złapali, panie.

— Spalili nas — odezwał się stojący z boku wieśniak. — Przyjechali w nocy, z południa, podpalili domy i pola, zabili tych, którzy próbowali ich powstrzymać. To nie byli zwykli zbóje, panie. Nie zależało im na tym, żeby rabować, kraść. Moją mleczną krowę zabili tam, gdzie stała, i zostawili ją wronom.

— Dopadli mojego czeladnika — rzekł krępy mężczyzna o mięśniach kowala z zabandażowaną głową. Wybierając się na dwór, włożył swoje najlepsze ubranie, lecz jego spodnie były połatane, a płaszcz poplamiony i zakurzony. — Gonili go przez pola, śmiejąc się i dźgając kopiami jak jakiegoś zwierza, a chłopak krzyczał i przewracał się, aż wreszcie ten wielki przebił go na wylot.

Klęcząca dziewczyna podniosła głowę i spojrzała na Neda, który siedział wysoko ponad nią.

— Moją matkę też zabili, Wasza Miłość. I jeszcze... — Urwała, jakby zapomniała, co chciała powiedzieć. Rozpłakała się.

Ser Raymun Darry kontynuował ich opowieść.

— W Wendish Town ludzie schronili się w grodzie, lecz tam ściany są drewniane. Najeźdźcy podłożyli słomę i palili ich żywcem. Kiedy ludzie otworzyli wrota, próbując uciec przed ogniem, strzelali do nich z łuków, nawet do kobiet z dziećmi przy piersi.

— Co za okrucieństwo — wyszeptał Varys. — Jak okrutni potrafią być ludzie.

— Nas też by nie oszczędzili, gdyby nie to, że gród w Sherrer ma kamienne mury — dodał Joss. — Próbowali wykurzyć nas dymem, lecz ten wielkolud powiedział, że w górze rzeki zbiorą lepszy owoc i pojechali do Brodu Komedianta.

Pochylony do przodu, Ned poczuł pod palcami zimną stal. Pomiędzy każdym z nich znajdowało się ostrze miecza; zawinięte niczym szpony tworzyły poręcze tronu. Minęły już trzy wieki, a niektóre z nich pozostały wciąż na tyle ostre, by skaleczyć dłoń. Żelazny Tron pełen był podobnych pułapek dla kogoś nieostrożnego. Pieśń mówiła, że na zrobienie go zużyto tysiąc mieczy rozgrzanych do białości w paszczy ogromnego smoka Baleriona, zwanego Czarnym Strachem. Na wykucie całego tronu potrzeba było pięćdziesięciu pięciu dni. I tak powstała ta garbata, czarna bestia pełna ostrych krawędzi, wąsów i zawijasów z ostrego metalu; tron, który mógł zabić człowieka, co także się zdarzyło, jeśli wierzyć opowieściom.

Eddard Stark nie potrafił do końca powiedzieć, co on robi na tym miejscu, lecz siedział tam, a ludzie patrzyli na niego, oczekując sprawiedliwości.

— Jakie macie dowody na to, że byli to Lannisterowie? — spytał, starając się opanować wzbierającą w nim wściekłość. — Czy nosili szkarłatne płaszcze albo mieli chorągiew z lwem?

— Nawet Lannisterowie nie są aż tak głupi — odparł ser Marq Piper. Był to porywczy młodzieniec, zbyt młody i gwałtowny, jak na gust Neda, lecz bliski przyjaciel brata Catelyn, Edmure'a Tully'ego.

— Wszyscy byli konno i w kolczugach, panie — oświadczył ser Karyl. — Mieli kopie z żelaznymi szpicami, długie miecze i berdysze przydatne do szlachtowania ludzi. — Spojrzał na jednego z wieśniaków w podartym ubraniu. — Ty. Tak, ty, nie bój się, nikt cię nie skrzywdzi. Opowiedz Namiestnikowi to samo, coś mnie powiedział.

Starzec skinął głową.

— Co do ich koni — zaczął. — Wszyscy jechali na bojowych rumakach. Potrafię je rozpoznać, bo przez wiele lat pracowałem w stajni starego ser Willuma. Żaden z nich nigdy nie ciągnął pługa, niech bogowie zaświadczą, jeśli się mylę.

— Dobrze przygotowani zbóje — zauważył Littlefinger. — Może ukradli konie tam, gdzie przedtem plądrowali.

— Ilu ich było? — spytał Ned.

— Co najmniej ze stu — odpowiedział Joss w tym samym momencie, w którym odezwał się kowal z zabandażowaną głową:

— Pięćdziesięciu.

Stara kobieta za jego plecami powiedziała:

— Setki, panie, cała armia.

— Pewnie masz rację, dobra kobieto — oznajmił lord Eddard. — Mówicie, że nie mieli żadnych chorągwi. A zbroje? Czy ktoś z was zauważył jakieś ozdoby, szczegóły na hełmie albo na tarczy?

Piwowar, Joss, pokręcił głową.

— Niestety, panie, mieli na sobie proste zbroje, ale... ten, który ich prowadził, ubrany był jak pozostali, lecz bez wątpienia to był on. Chodzi o jego wzrost, panie. Przecież olbrzymy już wyginęły, nie ma drugiego takiego. Wielki jak wół, a jego głos dudni niczym pękająca skała.

— Góra! — przemówił głośno ser Marq. — Czy można jeszcze wątpić? To robota ser Gregora Clegane'a.

Spod okna i z końca sali popłynęła fala nerwowych szeptów. Słychać je było nawet na galerii. Możni lordowie i pospólstwo, wszyscy dobrze wiedzieli, co to znaczy, jeśli ser Marq się nie mylił. Ser Gregor Clegane był chorążym lorda Tywina Lannistera.

Ned przesuwał wzrokiem po przestraszonych twarzach wieśniaków. Nic dziwnego, że tak się bali: idąc tu, sądzili, że prowadzą ich przed tron, aby przyznali, że lord Tywin okazał się rzeźnikiem o zakrwawionych dłoniach. Mieli to wyznać w obliczu Króla, który na mocy prawa małżeńskiego jest jego synem. Zastanawiał się, czy rycerze dali wieśniakom możliwość wyboru.

Wielki Maester Pycelle podniósł się z godnością, pobrzękując łańcuchem.

— Ser Marq, z całym szacunkiem, ale nie możesz stwierdzić na pewno, że zbójem tym był ser Gregor. W królestwie znajdziesz wielu potężnych mężczyzn.

— Równie potężnych jak Góra, Która Jeździ? — spytał ser Karyl. — Nie spotkałem jeszcze takiego.

— Ani nikt z nas — dodał ser Raymund. — Nawet jego brat wygląda przy nim jak osesek. Otwórzcie oczy. Czy musicie zobaczyć jego pieczęć na trupach? To był Gregor.

— Dlaczego ser Gregor miałby zamieniać się w zbója? — dociekał Pycelle. — Z łaski swojego seniora mieszka w okazałej twierdzy, ma ziemie. Jest rycerzem.

— Fałszywym rycerzem! — powiedział ser Marq. — To wściekły pies lorda Tywina.

— Lordzie Namiestniku — przemówił Pycelle dobitnym głosem — nalegam, abyś przypomniał temu oto dobremu rycerzowi, że lord Tywin Lannister jest ojcem łaskawej Królowej.

— Dziękuję ci, Wielki Maesterze Pycelle — odparł Ned. — Moglibyśmy o tym zapomnieć, gdyby nie ty.

Ze swojego miejsca na tronie widział osoby wymykające się drzwiami w drugim końcu sali. Wypłoszone zające, pomyślał... albo szczury, które biegną po okruchy ze stołu Królowej. Ned zauważył na galerii septę Mordane z Sansą u boku. Poczuł złość; to nie było właściwe miejsce dla dziesięcioletniej dziewczynki. Z drugiej strony septa nie mogła przewidzieć, że tego dnia w czasie audiencji będą zajmować się czymś innym niż zwykłymi sporami dotyczącymi kłótni sąsiadujących ze sobą grodów czy ustalaniem granic.

Siedzący za stołem rady Petyr Baelish stracił zainteresowanie swoim piórem i pochylił się do przodu.

— Ser Marq, ser Karyl, ser Raymun, czy mogę was o coś zapytać? Te grody pozostają pod waszą opieką. Gdzie byliście, kiedy dokonywano tych potwornych podpaleń i rzezi?

Odpowiedział mu ser Karyl Vance.

— Przebywałem u mojego pana ojca na przełęczy pod Złotym Zębem, podobnie jak i ser Marq. Kiedy wieść o zbrodni dotarła do ser Edmure'a Tully'ego, wysłał do nas posłańca z rozkazem, byśmy zebrali niewielki oddział i sprowadzili na dwór tych, którzy przeżyli. — Zaraz po nim przemówił ser Raymun Darry.

— Ser Edmure wezwał mnie ze wszystkimi zbrojnymi do Riverrun. W oczekiwaniu na rozkazy obozowałem po drugiej stronie rzeki i tam doszły mnie wieści o wydarzeniach. Zanim wróciłem na moje ziemie, Clegane i jego szarańcza odjechali przez Czerwone Widły ku ziemiom Lannisterów.

Littlefinger pogładził koniec swojej brody zamyślony.

— A jeśli oni wrócą?

— Jeśli wrócą, to ich krwią podlejemy pola, które spalili — oświadczył ser Marq Piper.

— Ser Edmure wysłał ludzi do wszystkich wiosek i grodów w odległości dnia jazdy od granicy — wyjaśnił ser Karyl. — Następnym nie ujdzie tak na sucho.

Może właśnie o to chodzi lordowi Tywinowi, pomyślał Ned. Żeby Riverrun rozproszyło swoje siły. Brat jego żony był młody, bardziej szarmancki niż roztropny. Będzie próbował bronić każdej piędzi swojej ziemi, każdego poddanego, każdej kobiety i dziecka, wszystkich którzy nazwali go lordem, natomiast Tywin Lannister jest wystarczająco przebiegły, by zdawać sobie z tego sprawę.

— Skoro wasze pola i grody są bezpieczne — mówił dalej lord Petyr — czego chcecie od Króla?

— Lordowie znad Tridentu zachowują Królewski Pokój — rzekł ser Raymun Darry. — Lannisterowie złamali go. Prosimy o pozwolenie, abyśmy mogli im odpowiedzieć, oko za oko. Chcemy sprawiedliwości dla ludu Sherrer, Wendish Town i Bród Komedianta.

— Edmure zgadza się, że powinniśmy odpłacić Gregorowi Clegane'owi jego własną monetą — dodał ser Marq — lecz stary lord Hoster rozkazał nam udać się tutaj i prosić o królewskie pozwolenie, zanim uderzymy.

Bogom dziękować za starego Hostera. Tywin Lannister był w równym stopniu lisem co lwem. Jeśli rzeczywiście kazał ser Gregorowi palić i plądrować — a co do tego Ned nie miał wątpliwości — z pewnością dopilnował, żeby ten zrobił to nocą w przebraniu zwykłych zbójów. Gdyby Riverrun odpowiedziało siłą, Cersei i jej ojciec z pewnością by oznajmili, że to Tully'owie złamali Królewski Pokój, a nie Lannisterowie. Bogowie tylko wiedzą, w co mógłby uwierzyć Robert. Jeszcze raz podniósł się Wielki Maester Pycelle.

— Lordzie Namiestniku, jeśli ci dobrzy ludzie wierzą, że ser Gregor zapomniał o swoich ślubach, na mocy których powinien powstrzymać się przed gwałtem i grabieżą, niech udadzą się do jego seniora i tam złożą skargę. Te zbrodnie nie są sprawą tronu. Niech szukają sprawiedliwości u lorda Tywina.

— Królewska sprawiedliwość panuje wszędzie — oświadczył Ned. — Cokolwiek robimy na wschodzie, zachodzie, północy czy południu, czynimy to w imieniu Roberta.

— Królewska sprawiedliwość, rzekłeś — powiedział Wielki Maester Pycelle. — A zatem powinniśmy odłożyć sprawę do czasu powrotu Króla...

— Król poluje na drugim brzegu rzeki i nie wiadomo, kiedy wróci — odparł lord Eddard. — Robert nakazał mi zająć jego miejsce, słuchać jego uszami i przemawiać jego głosem. I tak też czynię... chociaż przyznaję, że należy go powiadomić.

Dostrzegł znajomą twarz pod gobelinem.

— Ser Robar.

Ser Robar Royce wystąpił do przodu i skłonił głowę.

— Panie.

— Twój ojciec towarzyszy Królowi na polowaniu — stwierdził Ned. — Czy przekażesz im wszystko, co tutaj usłyszałeś?

— Natychmiast, panie.

— Czy zatem mamy twoje pozwolenie, by zemścić się na ser Gregorze? — spytał Marq Piper.

— Zemścić się? — powtórzył Ned. — Myślałem, że rozmawiamy o wymierzeniu sprawiedliwości. Palenie ziem Clegane'a i zabijanie jego ludzie nie przywróci pokoju, a jedynie zaspokoi waszą urażoną dumę. — Odwrócił wzrok, zanim młody rycerz zdążył dać wyraz swojemu oburzeniu. — Mieszkańcy Sherrer — zwrócił się do wieśniaków. — Nie mogę oddać wam domów ni zbiorów ani też przywrócić do życia waszych zmarłych. Ale może będę w stanie dać wam niewielką przyjemność zasmakowania sprawiedliwości w imię naszego króla Roberta. — Wszyscy zebrani zwrócili oczy na niego. Ned dźwignął się powoli na rękach, ignorując przenikliwy ból w nodze. W takiej chwili nie mógł pozwolić sobie na okazanie słabości. — Pierwsi Ludzie uważali, że sędzia, który wydaje wyrok śmierci, sam powinien go wykonać, i my przestrzegamy tej zasady na północy. Z niechęcią zmuszony jestem wysłać kogoś innego... lecz chyba nie mam wyboru. — Wskazał na złamaną nogę.

— Lordzie Eddardzie! — Głos dobiegł z zachodniej części sali i należał do przystojnego wyrostka, który śmiało wystąpił do przodu. Bez zbroi ser Loras Tyrell nie wyglądał nawet na swoje szesnaście lat. Ubrany był w jasnoniebieskie jedwabie, przepasany łańcuchem ze złotych róż, herbem jego rodu. — Błagam, bym mógł działać w twoim imieniu. Przysięgam, że cię nie zawiodę.

Littlefinger zachichotał.

— Ser Lorasie. Jeśli poślemy cię samego, ser Gregor odeśle nam twoją głowę ze śliwką w tych twoich ładnych ustach. Góra nie należy do ludzi, którzy by chylili czoło przed ramieniem sprawiedliwości, bez względu na to, kto je uosabia.

— Nie boję się Gregora Clegane'a — zaperzył się ser Loras.

Ned usiadł powoli na poskręcany, żelazny tron Aegona. Powiódł wzrokiem po twarzach ludzi stojących pod ścianą.

— Lord Beric — zawołał. — Thoros z Myr. Ser Gladden. Lord Lothar. — Wymienieni rycerze występowali kolejno. — Każdy z was zbierze dwudziestu ludzi i udacie się do twierdzy Gregora z wiadomością ode mnie. Zabierzecie też ze sobą dwudziestu moich żołnierzy. Lordzie Bericu Dondarrion, obejmiesz dowództwo, jako że jesteś najwyższy rangą.

Młody lord o złocistorudych włosach skłonił głowę.

— Jak rozkażesz, lordzie Eddardzie.

Ned mówił podniesionym głosem, tak by słyszano go w całej sali.

— W imieniu Roberta z Rodu Baratheonów, Pierwszego Tego Imienia, Króla Andalów i Rhoynarów, Pana Siedmiu Królestw i Obrońcy Królestwa, słowem Eddarda z Rodu Starków, jego Namiestnika, rozkazuję wam udać się niezwłocznie na zachód, przekroczyć Czerwone Widły pod królewskim sztandarem i wymierzyć sprawiedliwość fałszywemu rycerzowi o imieniu Gregor Clegane, a także wszystkim, którzy przyłożyli ręki do jego zbrodni. Odbieram mu wszelkie tytuły i honory, pozbawiam ziemi i dobytku i wreszcie skazuję na śmierć. Niech bogowie zlitują się nad jego duszą.

Kiedy opadło echo tych słów, odezwał się Rycerz Kwiatów wyraźnie zmieszany.

— A co ze mną, lordzie Eddardzie?

Ned spojrzał na niego. Z jego miejsca na górze Loras Tyrell wydawał się równie młody jak Robb.

— Ser Lorasie, nikt nie wątpi w twoje męstwo, lecz my mamy wymierzyć sprawiedliwość, ty zaś szukasz zemsty. — Ponownie zwrócił się do Lorda Berica. — Ruszajcie o świcie. Trzeba z tym szybko się rozprawić. — Podniósł rękę. — Audiencja na dzisiaj skończona.

Alyn i Porther wspięli się po stromych żelaznych stopniach, by pomóc mu zejść. Ned czuł na sobie ponure spojrzenie Lorasa Tyrella, lecz młodzieniec odszedł, nim Namiestnik stanął na podłodze sali tronowej.

U podnóża Żelaznego Tronu Varys zbierał papiery ze stołu rady. Littlefinger i Wielki Maester Pycelle zdążyli już wyjść.

— Jesteś odważniejszy ode mnie, panie — powiedział cicho eunuch.

— Jak to, lordzie Varysie? — spytał Ned oschłym tonem. Ból w nodze nie dawał mu spokoju, dlatego nie miał nastroju do rozwiązywania zagadek.

— Będąc na twoim miejscu, posłałbym ser Lorasa. Tak bardzo pragnął pojechać... a poza tym człowiek, który ma Lannisterów za wrogów, byłby dobry na przyjaciela Tyrellów.

— Ser Loras jest młody — stwierdził Ned. — Pogodzi się z rozczarowaniem.

— A ser Ilyn? — Eunuch pogładził swój pulchny, upudrowany policzek. — Do niego należy wymierzanie królewskiej sprawiedliwości. Wysyłając innego, aby wykonał jego robotę... no cóż, niektórzy poczytaliby to za zniewagę.

— Nie taki był mój zamiar. — W rzeczywistości Ned nie ufał milczącemu rycerzowi, może tylko dlatego, że nie lubił katów. — Przypominam ci, że Payne'owie są chorążymi Lannisterów. Uważałem za stosowne wybrać ludzi, którzy nie są lennikami lorda Tywina.

— Bardzo rozważnie, doprawdy — uznał Varys. — Mimo wszystko widziałem ser Ilyna z tyłu sali. Wpatrywał się w nas tymi jasnymi oczyma i nie wyglądał na zadowolonego, choć z nim nigdy nie wiadomo. Mam nadzieję, że i on pogodzi się z rozczarowaniem. Tak bardzo kocha swoją pracę...

SANSA

— Gdyby nie noga — powiedziała Sansa do Jeyne Poole, kiedy jadły zimną kolację przy lampie — na pewno by wysłał ser Lorasa.

Lord Eddard zjadł kolację wcześniej w swojej komnacie w towarzystwie Alyna, Harwina i Vayona Poole'a, septa Mordane zaś narzekała na stopy po całym dniu wystawania na galerii. Arya miała zjeść z nimi, lecz wróciła za późno z lekcji tańca.

— Z powodu nogi? — zapytała niepewnie Jeyne. Była ładną, ciemnowłosą dziewczynką w wieku Sansy. — Czy ser Loras zranił się w nogę?

— Nie chodzi o jego nogę — odparła Sansa, skubiąc delikatnie nogę kurczaka. — To ojciec ma chorą nogę. Bardzo go boli i dlatego się złości. Inaczej na pewno by posłał ser Lorasa. — Wciąż zastanawiała się nad decyzją lorda Eddarda. Kiedy Rycerz Kwiatów zgłosił się, była przekonana, że jedna z opowieści Starej Niani nabierze realnych kształtów. Ser Gregor, potwór, i ser Loras, prawdziwy bohater, który miał go zabić. Nawet wyglądał na prawdziwego bohatera: przystojny i piękny, z pasem ze złotych róż wokół smukłej talii i grzywą gęstych, brązowych włosów opadających na oczy. Ale ojciec mu odmówił! Bardzo ją to zasmuciło. Kiedy schodziły z galerii, podzieliła się swoimi myślami z septą Mordane, lecz ona odpowiedziała jej tylko, że nie należy kwestionować decyzji pana ojca.

Na to lord Baelish wtrącił:

— Och, nie wiem, septo. Można by podyskutować o niektórych decyzjach jej pana ojca. Mądrość tej młodej damy idzie w parze z jej urodą. — Po tych słowach skłonił się przed Sansą tak nisko, że nie była pewna, czy powiedział komplement, czy też drwił. Septa Mordane była bardzo niezadowolona z faktu, że lord Baelish usłyszał ich rozmowę.

— Dziewczynka tak sobie tylko mówiła, mój panie — żachnęła się. — Nie miała niczego konkretnego na myśli.

Lord Baelish pogładził spiczastą bródkę i dociekał dalej:

— Niczego? Powiedz mi, dziecko, dlaczego byś posłała ser Lorasa? — Sansa nie miała wyboru, musiała napomknąć o bohaterach i potworach. Doradca królewski uśmiechnął się. — No cóż, ja miałem na myśli trochę inne powody, ale… — Dotknął kciukiem jej policzka. — Życie nie jest pieśnią, kochanie. Będziesz rozczarowana, gdy któregoś dnia przekonasz się o tym.

Sansa nie chciała opowiadać o wszystkim Jeyne; czuła się nieswojo nawet na samo wspomnienie tamtych chwil.

— Królewskim katem jest ser Ilyn, a nie ser Loras — stwierdziła Jeyne. — Jego powinien posłać lord Eddard.

Sansa wzdrygnęła się. Zawsze to robiła, kiedy patrzyła na ser Ilyna Payne'a. Gdy był w pobliżu, miała wrażenie, że coś martwego dotyka jej skóry.

— Ser Ilyn sam prawie wygląda jak potwór. Dobrze, że ojciec go nie wybrał.

— Lord Beric też jest bohaterem. Zawsze dzielny i rycerski.

— Pewnie tak — przyznała Sansa bez przekonania. Owszem,

Beric Dondarrion był przystojny, lecz przy tym potwornie stary, miał prawie dwadzieścia dwa lata. Rycerz Kwiatów byłby o wiele lepszy. Oczywiście, Jeyne darzyła lorda Berica miłością od chwili, gdy go ujrzała po raz pierwszy w szrankach. Sansa uznała to za głupie: w końcu Jeyne była tylko córką zarządcy i żeby nie wiem jak bardzo wodziła oczyma za nim, lord Beric i tak nie spojrzy na kogoś równie nisko urodzonego, nawet gdyby Jeyne była młodsza od niego o połowę.

Jednak Sansa nie chciała być nieuprzejma, dlatego napiła się mleka i zmieniła temat.

— Śniło mi się, że Joffrey dopadnie białego jelenia — zdradziła. W rzeczywistości było to bardziej jej marzeniem, ale uznała, że zabrzmi lepiej, jeśli nazwie to snem. Wszyscy wiedzieli, że sny mówią o przyszłości. Białe jelenie były bardzo rzadkie i podobno posiadały czarodziejską moc. W głębi serca żywiła przekonanie, że jej rycerski książę jest więcej wart od swojego zapijaczonego ojca.

— Miałaś sen? Naprawdę? Czy książę Joffrey po prostu go dogonił i dotknął ręką? Nie zrobił mu krzywdy?

— Nie — odparła Sansa. — Zabił go złotą strzałą i przywiózł do mnie. — W pieśniach rycerze nigdy nie uśmiercali magicznych zwierząt. Po prostu doganiali je i dotykali, nie czyniąc im krzywdy, lecz ona wiedziała, że Joffrey lubi polowanie, szczególnie jego końcową część, zabijanie, ale zabijał tylko zwierzęta. Sansa wierzyła, że jej Książę nie miał nic wspólnego z zamordowaniem Jory'ego i innych ludzi ojca. Wszystkiemu jest winien jego podły wuj, Królobójca. Wiedziała, że ojciec wciąż złości się z tego powodu, ale nie powinien oskarżać o to Joffa. Równie dobrze mógłby obwiniać ją za coś, co zrobiła Arya.

— Widziałam dzisiaj twoją siostrę — bąknęła Jeyne, jakby czytała w myślach Sansy. — Goniła w stajni rudego kota lady Tandy. Dlaczego ona robi takie rzeczy?

— Nie mam pojęcia, dlaczego ona robi cokolwiek. — Sansa nienawidziła stajni i podobnych miejsc, które cuchnęły nawozem. Nawet kiedy miała jechać konno, wolała, żeby stajenny przyprowadził jej konia już osiodłanego. — Chcesz, żebym ci opowiedziała o tym, co się działo na dworze, czy nie?

— Chcę — orzekła Jeyne.

— Przybył czarny brat — mówiła dalej Sansa — i błagał o ludzi na Mur. Był stary i cuchnący. — Wcale jej się nie spodobał, kiedy go zobaczyła. W jej wyobrażeniach ludzie z Nocnej Straży wyglądali jak stryj Benjen. W piosenkach nazywano ich czarnymi rycerzami Muru. Ten zaś był przygarbiony i brzydki, a ponadto chyba miał wszy. Jeśli taka naprawdę była Nocna Straż, to współczuła swojemu przyrodniemu bratu, Jonowi. — Ojciec pytał, czy któryś z rycerzy na sali nie chciałby przysporzyć splendoru swojemu rodowi i przywdziać czerni, lecz nikt się nie zgodził. Wtedy pozwolił temu Yorenowi wybrać ludzi z królewskich lochów i wysłał go w drogę. A później pojawili się dwaj bracia, wolni, z Dornijskiego Pogranicza i zgłosili się na służbę do Króla. Złożyli przysięgę przed ojcem...

Jeyne ziewnęła.

— Zostały jeszcze cytrynowe ciasteczka?

Sansa nie lubiła, kiedy jej przerywano, lecz nie mogła zaprzeczyć, że cytrynowe ciasteczka wydawały się ciekawsze od tego, co działo się w sali tronowej.

— Zobaczymy — powiedziała.

W kuchni nie było śladu po ciasteczkach, ale znalazły połowę truskawkowego ciasta, równie dobrego. Zjadły je na schodach wieży, chichocąc, plotkując i opowiadając o swoich tajemnicach. Wreszcie Sansa poszła do siebie. Kiedy tego wieczoru kładła się spać, czuła się prawie tak samo niegodziwa jak Arya.

Następnego ranka wstała jeszcze przed świtem i podkradła się do okna, by zobaczyć jak lord Beric wyjeżdża ze swoimi ludźmi. Wyruszyli o brzasku. Na czele oddziału powiewały trzy chorągwie: na najwyższym drzewcu łopotał królewski jeleń w koronie rogów, na dwóch niższych wilkor Starków i błyskawica lorda Berica. Był to bardzo podniecający widok, żywcem wyjęty z ballady: brzęk stali, płonące pochodnie, proporce, promienie wschodzącego słońca przeciskające się przez otwory podnoszonej kraty. Szczególnie atrakcyjnie prezentowali się ludzie z Winterfell w swoich srebrzystych kolczugach i długich szarych płaszczach.

Alyn dzierżył sztandar Starków. Kiedy zatrzymał się na chwilę obok lorda Berica, by coś mu powiedzieć, Sansa poczuła ogromną dumę. Alyn był przystojniejszy od Jory'ego i kiedyś miał zostać rycerzem.

Po ich wyjeździe Wieża Namiestnika wydawała się tak pusta, że Sansa ucieszyła się na widok Aryi, kiedy zeszła na śniadanie.

— Gdzie są wszyscy? — spytała jej siostra, obierając malinową pomarańczę. — Czy ojciec wysłał ich, żeby złapali Jaime'a Lannistera?

Sansa westchnęła.

— Pojechali z lordem Berikiem, żeby ściąć ser Gregora Clegane'a. — Odwróciła się do septy Mordane, która jadła owsiankę drewnianą łyżką. — Septo, czy lord Beric nabije głowę ser Gregora nad bramą jego zamku, czy przywiezie ją Królowi? — Kłóciła się o to z Jeyne Poole przez cały poprzedni wieczór.

Septa spojrzała na nią oburzona.

— Dama nie rozmawia o podobnych rzeczach przy jedzeniu... Sanso, gdzie twoja ogłada? Daję słowo, że ostatnio stałaś się niemal równie nieznośna jak twoja siostra.

— A co zrobił ser Gregor? — spytała Arya.

— Spalił gród i wymordował wielu ludzi, w tym kobiety i dzieci.

Arya skrzywiła się.

— Jaime Lannister zamordował Jory'ego, Hewarda i Wyla, a Ogar zabił Mycaha. Ktoś powinien ich ściąć.

— To nie to samo — orzekła Sansa. — Ogar składał przysięgę, że będzie bronił Joffreya, a ten twój chłopak rzeźnika napadł na Księcia.

— Kłamiesz — powiedziała Arya. Ścisnęła pomarańczę tak mocno, że między jej palcami popłynęła strużka soku.

— Proszę bardzo, możesz mnie nazywać, jak chcesz — rzuciła oschle Sansa. — Nie będziesz już taka odważna, kiedy wyjdę za Joffreya. Każą ci się kłaniać przede mną i mówić do mnie Wasza Miłość. — Wrzasnęła na widok rzuconej przez Aryę pomarańczy. Miękki owoc uderzył ją w sam środek czoła i opadł na jej suknię.

— Wasza Miłość, masz sok na twarzy — zadrwiła Arya.

Sansa zamrugała od soku płynącego po oczach i nosie. Wytarła twarz serwetką. Ujrzawszy plamy na swojej pięknej jedwabnej sukni, wrzasnęła ponownie.

— Jesteś okropna — krzyknęła do siostry. — Ciebie powinni zabić zamiast Damy.

Septa Mordane podniosła się gwałtownie.

— Wasz pan ojciec dowie się o wszystkim! Idźcie do swoich pokoi. Natychmiast!

— Ja też? — W oczach Sansy zalśniły łzy. — To niesprawiedliwe.

— Koniec dyskusji. Do pokoi!

Sansa wyszła z wysoko podniesioną głową. Miała zostać królową, a królowa nie płacze. Przynajmniej nie w obecności innych. Kiedy znalazła się w swojej sypialni, zamknęła drzwi i zdjęła suknię. Malinowa pomarańcza zostawiła na jedwabiu czerwoną plamę.

— Nienawidzę jej! — krzyknęła. Zwinęła suknię i cisnęła ją do kominka pełnego popiołu z poprzedniego dnia. Kiedy zobaczyła, że owoc poplamił także jej halkę, nie potrafiła dłużej powstrzymać łez. Zerwała z siebie resztę ubrania i rzuciła się na łóżko. Zasnęła, płacząc.

Nastało już południe, kiedy septa Mordane zapukała do drzwi.

— Sanso, pan ojciec chce z tobą mówić.

Sansa usiadła na łóżku.

— Dama — powiedziała szeptem. Przez chwilę wydawało jej się, że wilkor jest w pokoju i patrzy na nią złotymi oczyma, w których dostrzegała smutek i zrozumienie. Zdała sobie sprawę, że śniła. We śnie biegła z Damą i... już nic więcej nie pamiętała. Sen odpłynął całkowicie i Dama znowu nie żyła.

— Sanso. — Pukanie powtórzyło się. — Słyszysz mnie?

— Tak, septo — zawołała. — Pozwól mi się ubrać, dobrze? — Oczy miała czerwone od płaczu, ale postarała się, by wyglądać jak najlepiej.

Kiedy septa Mordane wprowadziła ją do samotni, lord Eddard siedział pochylony nad ogromną księgą oprawioną w skórę z nogą zabandażowaną sztywno i schowaną pod stołem.

— Chodź tutaj, Sanso — przemówił spokojnym głosem, kiedy septa poszła po jej siostrę. — Usiądź obok mnie. — Zamknął księgę. Septa Mordane wróciła, ciągnąc za sobą Aryę. Sansa włożyła śliczną jasnozieloną suknię z adamaszku, a na jej twarzy gościł wyraz skruchy, natomiast jej siostra miała na sobie skórzany kaftan i zgrzebny kubrak, te same, które nosiła w czasie śniadania.

— Jest i druga — oświadczyła septa.

— Dziękuję, septo Mordane. Jeśli pozwolisz, sam porozmawiam z dziewczynkami. — Septa skłoniła głowę i wyszła.

— To Arya zaczęła — odezwała się szybko Sansa. — Powiedziała, że kłamię, i rzuciła we mnie pomarańczą. Zniszczyła mi suknię, tę z jedwabiu w kolorze kości słoniowej, którą dostałam od Cersei na zaręczyny z księciem Joffreyem. Ona nie lubi mnie za to, że wyjdę za Księcia. Próbuje wszystko zepsuć, ojcze. Nie lubi niczego, co jest piękne i wspaniałe.

— Dość, Sanso — przerwał jej lord Eddard zniecierpliwiony.

Arya podniosła głowę.

— Przepraszam, ojcze. Źle zrobiłam i proszę moją słodką siostrę o wybaczenie.

Sansa wydawała się tak zdziwiona, że przez chwilę nie potrafiła wydobyć z siebie ani słowa. Wreszcie jednak odzyskała głos.

— A moja suknia?

— Może... mogłabym ją wyprać — rzekła Arya bez przekonania.

— Pranie nic tu nie pomoże — odparła Sansa. — Nawet gdybyś czyściła cały dzień. Jedwab jest zniszczony.

— No to może... uszyję nową — powiedziała Arya.

Sansa odrzuciła głowę w geście pogardy.

— Ty? Uszyta przez ciebie suknia nie byłaby dość dobra do sprzątania chlewu.

Ojciec westchnął.

— Nie wezwałem was tutaj, żebyśmy rozmawiali o sukniach. Mam zamiar odesłać was z powrotem do Winterfell.

Po raz kolejny Sansie brakło słów. Poczuła, że oczy ma wilgotne.

— Nie możesz — powiedziała Arya.

— Proszę, ojcze — wydusiła Sansa. — Nie rób tego.

Eddard Stark uśmiechnął się zmęczony.

— Wreszcie w czymś się zgadzacie.

— Nie zrobiłam niczego złego — broniła się Sansa. — Nie chcę wracać. — Uwielbiała Królewską Przystań, przepych dworu, obecność wielkich lordów i dam wystrojonych w jedwabie i klejnoty, atmosferę wielkiego miasta pełnego ludzi. Turniej rycerski był najwspanialszą chwilą w całym jej życiu, a jeszcze tyle pozostało do poznania: żniwne zabawy, bale maskowe i przedstawienia marionetek. Nie mogła znieść myśli, że mogłaby to wszystko utracić. — Odeślij Aryę, to ona zaczęła, ojcze, przysięgam. Będę grzeczna, zobaczysz. Pozwól mi tylko zostać, a będę grzeczna, uprzejma i szlachetna, jak sama Królowa.

Ojciec wykrzywił usta w dziwnym grymasie.

— Sanso, nie wysyłam was z powodu waszych kłótni, chociaż bogowie tylko wiedzą, jak bardzo mam dosyć waszego handryczenia się. Dla waszego dobra chcę, żebyście wróciły do Winterfell. Trzech z moich ludzi zadźgano jak psy niedaleko od miejsca, w którym siedzimy, a Robert jedzie na polowanie.

Arya przygryzała wargę nieładnie, jak to miała w zwyczaju.

— Czy możemy zabrać ze sobą Syria?

— A kogo obchodzi twój nauczyciel tańca? — warknęła Sansa. — Ojcze, właśnie sobie przypomniałam. Ja przecież nie mogę wyjechać. Mam poślubić księcia Joffreya. — Wysiliła się na uśmiech. — Kocham go, ojcze, naprawdę. Tak samo mocno jak królowa Naerys kochała księcia Aemona Smoczego Rycerza, jak Jonquil kochała ser Floriana. Chcę być jego królową i urodzić mu dzieci.

— Posłuchaj, kochanie — odparł lord Eddard łagodnie. — Kiedy dorośniesz, znajdę ci kandydata na męża, który będzie ciebie wart, który będzie odważny, delikatny i silny. Zaręczyny z Lannisterem to fatalna pomyłka. Uwierz mi, Joffrey to nie książę Aemon.

— Właśnie, że tak! — upierała się Sansa. — Nie chcę nikogo odważnego i łagodnego, chcę Joffreya. Będziemy szczęśliwi, tak jak w balladach, zobaczysz. Dam mu syna o złocistych włosach, który kiedyś zostanie królem, największym, jaki kiedykolwiek żył. Będzie dzielny jak wilk i dumny jak lew.

Arya skrzywiła się.

— Z pewnością nie, jeśli będzie miał Joffreya za ojca — orzekła. — On jest kłamcą i tchórzem, a poza tym ma w herbie jelenia, a nie lwa.

Sansa poczuła napływające do oczu łzy.

— Wcale nie! Wcale nie jest taki jak ten stary, zapijaczony Król — krzyknęła do siostry, zapominając się w gniewie.

Ojciec popatrzył na nią dziwnie.

— Bogowie — zaklął cicho — z ust niewiniątek... — Zawołał septę Mordane, a do córek powiedział: — Szukam szybkiej galery handlowej, która zabierze was do domu. Teraz morze jest bezpieczniejsze niż królewski trakt. Wyruszycie, gdy tylko znajdę odpowiedni statek. Razem z septą Mordane i strażą... tak, z Syriem Forelem, jeśli on się zgodzi. Ale nie mówcie nikomu. Lepiej żeby nikt nie wiedział o naszych planach. Porozmawiamy jutro.

Sansa rozpłakała się, kiedy septa Mordane prowadziła je po schodach. Miała stracić wszystko: turnieje, dwór, swojego Księcia i wrócić z powrotem do ponurego i szarego Winterfell, gdzie zostanie na zawsze. Jej życie skończyło się, zanim się jeszcze zaczęło.

— Przestań się mazać, dziecko — rzuciła septa Mordane stanowczo. — Jestem pewna, że twój pan ojciec wie, co dla was najlepsze.

— Nie będzie tak źle, Sanso — pocieszała ją Arya. — Popłyniemy galerą. Niezła przygoda, a potem spotkamy się z Branem i Robbem, a także ze Starą Nianią i Hodorem. — Dotknęła ramienia siostry.

— Z Hodorem! — jęknęła Sansa. — Powinnaś się z nim ożenić. Jesteś tak samo głupia, kudłata i brzydka! — Odtrąciwszy rękę Aryi, wpadła do swojego pokoju i zamknęła za sobą drzwi.

EDDARD

— Ból jest darem bogów, lordzie Eddardzie — oznajmił Wielki Maester Pycelle. — Skoro boli, to znaczy, że kość się zrasta, a ciało się goi. Powinieneś być wdzięczny.

— Będę wdzięczny, kiedy noga przestanie mnie boleć.

Pycelle postawił na stole przy łóżku zamkniętą flaszę.

— Makowe mleko na wypadek, gdyby ból zbyt mocno doskwierał.

— I tak już śpię za dużo.

— Sen leczy najlepiej.

— Myślałem, że ty.

Pycelle uśmiechnął się niewyraźnie.

— Dobrze widzieć, jak tryskasz humorem, panie. — Nachylił się i dodał ściszonym głosem: — Dziś rano przyleciał kruk z listem do Królowej od jej ojca. Pomyślałem, że powinieneś o tym wiedzieć.

— Czarne skrzydła, czarne słowa — rzekł ponuro Ned. — I co?

— Lord Tywin wyraża swój gniew z powodu tego, że wysłałeś ludzi po głowę ser Gregora — wyznał maester. — Tak jak się spodziewałem. Pamiętasz, mówiłem o tym w czasie rady.

— Niech wyraża swój gniew — odparł Ned. Z każdą falą bólu w nodze powracał doń widok martwego Jory'ego w jego ramionach, a potem uśmiechniętego Jaime'a Lannistera. — Niech sobie pisze do Królowej, ile chce. Królewski sztandar chroni lorda Berica. Jeśli lord Tywin przeszkodzi w wykonaniu królewskiego wyroku, będzie musiał odpowiedzieć przed Robertem. Jedyną rzeczą, jaką Jego Miłość przedkłada nad polowania, jest rozprawianie się z krnąbrnymi lordami.

Pycelle odsunął się, pobrzękując łańcuchem.

— Tak, a zatem odwiedzę cię znowu rano. — Starzec pozbierał szybko swoje rzeczy i wyszedł. Ned nie wątpił, że idzie prosto do komnat królewskich, by szepnąć do ucha Królowej: „Pomyślałem, że powinnaś o tym wiedzieć...", rzeczywiście, przecież to z pewnością Cersei kazała mu przyjść i przekazać wiadomość o liście od jej ojca. Miał nadzieję, że jej śliczne ząbki zazgrzytały, gdy usłyszała odpowiedź. Wprawdzie Ned nie miał pewności, jak zachowa się Robert, lecz uznał, że Cersei nie musi o tym wiedzieć.

Po wyjściu Pycelle'a poprosił, by przyniesiono mu puchar wina z miodem. Ono także zaćmiewało mu umysł, lecz niezbyt mocno. Musiał skupić myśli. Po raz tysięczny zadał sobie pytanie, jak postąpiłby Jon Arryn, gdyby pożył wystarczająco długo, by podjąć jakieś kroki. A może je podjął, i dlatego umarł. Ned przypuszczał, że nigdy się tego nie dowie. Jon Arryn nie żył i spoczywał w grobowcu, a wiedza, która go zabiła, stała się własnością Neda.

Ona zabije też Roberta, pomyślał. Może będzie to powolniejsza śmierć, lecz równie pewna. Rany na nogach goją się z czasem, lecz zdrada ropieje i zatruwa duszę.

W godzinę po wyjściu Wielkiego Maestera zjawił się Littlefinger, wystrojony w kubrak koloru śliwkowego z przedrzeźniaczem wyszytym na piersi czarną nicią i płaszczu w biało-czarne pasy.

— Nie mogę zostać długo, panie — oświadczył. — Lady Tanda oczekuje mnie na lunchu. Z pewnością upiecze tłuste cielę. Jeśli będzie równie tłuste jak jej córka, to chyba pęknę. Jak twoja noga?

— Wciąż rozogniona i boli, a do tego strasznie swędzi.

Littlefinger uniósł brew.

— Na przyszłość uważaj, żeby jakiś koń znowu się na nią nie przewrócił. Ja bym ci radził szybko wyzdrowieć. W królestwie szerzy się niepokój. Varys podsłuchał niepokojące wieści z zachodu. Wolni i najemnicy zbierają się w Casterly Rock, z pewnością nie po to, żeby sobie porozmawiać z lordem Tywinem.

— Są jakieś wiadomości od Króla? — spytał Ned. — Jak długo Robert zamierza polować?

— Biorąc pod uwagę jego nawyki, najchętniej zostałby w lesie, dopóki oboje z Królową nie umrzecie ze starości — odparł lord Petyr, uśmiechając się. — Jednak chyba nie może na to liczyć, więc wróci pewnie, gdy tylko coś upoluje. Podobno Król nie jest w najlepszym humorze. Znaleźli białego jelenia, a raczej to, co z niego zostało. Wcześniej dopadły go wilki i zostawiły Jego Miłości niewiele więcej ponad kopyta i rogi. Król wściekł się, lecz szybko dowiedział się o ogromnym dziku żerującym dalej w głębi lasu, i oczywiście postanowił zapolować na niego. Dziś rano wrócił książę Joffrey, a także Royce'owie, ser Balon Swann i dwudziestu innych. Reszta została z Królem.

— A Ogar? — spytał Ned, marszcząc czoło. Teraz, kiedy ser Jaime uciekł do ojca, z całej grupy Lannisterów najbardziej interesował go Sandor Clegane.

— Och, wrócił z Joffreyem i udał się prosto do Królowej. — Littlefinger uśmiechnął się. — Dałbym sto srebrnych jeleni, żeby móc zobaczyć go w chwili, gdy się dowiedział, że wysłano lorda Berica po głowę jego brata.

— Nawet ślepy by dostrzegł, że Ogar nienawidzi swojego brata.

— Owszem, ale co innego jego osobista nienawiść do Gregora, a co innego twój rozkaz zabicia go. Kiedy Dondarrion zetnie wierzchołek naszej Góry, ziemie Clegane'a przejdą w ręce Sandora, jednak nie licz na wdzięczność Ogara. A teraz musisz mi wybaczyć. Czeka na mnie lady Tanda i jej tłuste cielę. — W drodze do drzwi lord Petyr zatrzymał się przy ogromnej księdze Wielkiego Maestera Malleona i otworzył jej okładkę. — *Dzieje wielkich Rodów Siedmiu Królestw wraz z opisem wielu wysoko urodzonych lordów, szlachetnych dam oraz ich dzieci* — głośno wyrecytował tytuł. — Ogromne tomisko do przeczytania. Twoje środki nasenne, panie?

Przez moment Ned zastanawiał się, czy nie powiedzieć lordowi Baelish o wszystkim, lecz powstrzymał się. Littlefinger wydawał się za sprytny, drwiący uśmiech prawie nie schodził z jego ust.

— Jon Arryn zajęty był studiowaniem tego dzieła, kiedy zapadł na zdrowiu — odrzekł Ned ostrożnie, by przekonać się, jaką otrzyma odpowiedź.

Littlefinger odpowiedział, tak jak zwykle to czynił, posługując się dowcipem.

— A zatem śmierć musiała być dla niego oczekiwaną ulgą — zadrwił lord Petyr Baelish, po czym skłonił się i wyszedł.

Eddard Stark zaklął pod nosem. Poza ludźmi z jego świty nie

było nikogo w całym mieście, komu mógłby zaufać. Littlefinger ukrył Catelyn i pomógł mu w poszukiwaniach, lecz Ned wciąż pamiętał, jak szybko Petyr ratował swoją skórę, kiedy na ich drodze stanął Jaime ze swoimi ludźmi. Varys był jeszcze gorszy. Pomimo zapewnień o lojalności, eunuch wiedział zbyt dużo, a za mało robił. Wielki Maester Pycelle z każdym dniem stawał się w coraz większym stopniu człowiekiem Cersei, ser Barristan zaś był stary i mało elastyczny. Z pewnością by poradził, żeby Ned robił to, co do niego należy.

A czas biegł nieubłaganie. Król miał wrócić niebawem i Ned powinien zapoznać go z całą sytuacją. Vayon Poole poczynił przygotowania do podróży Sansy i Aryi: miały wypłynąć za trzy dni na pokładzie Wichrowej Wiedźmy, statku z Braavos. Jeszcze przed żniwami będą w Winterfell. Ned nie mógł dłużej tłumaczyć się przed samym sobą troską o bezpieczeństwo córek.

Poprzedniej nocy śniły mu się dzieci Rhaegara. Lord Tywin złożył wtedy ich ciała u stóp Żelaznego Tronu owinięte w szkarłatne płaszcze jego straży. Bardzo roztropnie, na czerwonym suknie krew nie rzucała się w oczy tak wyraźnie. Mała księżniczka leżała bosa, jeszcze w nocnej koszuli, a chłopiec... chłopiec...

Ned nie mógł pozwolić, by coś podobnego się powtórzyło. Królestwo nie zniosłoby jeszcze jednego szalonego Króla, jeszcze jednego szalonego tańca krwi i zemsty. Musi znaleźć sposób na uratowanie dzieci. Robert może by się i zdobył na litość. Ser Barristan był jednym z niewielu, których oszczędzono. Wielki Maester Pycelle, Varys Pająk, lord Balon Greyjoy, każdy z nich był kiedyś wrogiem Roberta i każdy powrócił do jego łask w zamian za przysięgę wierności. Dopóki ktoś pozostawał dzielny i uczciwy, Robert traktował go z honorem i szacunkiem, jakie okazywano odważnym wrogom.

Tu chodziło o coś innego: trucizna podana w ciemności, nóż, który ugodził duszę. Król tego nigdy nie zapomni, tak jak nigdy nie przebaczył Rhaegarowi. Wszystkich ich zabije, pomyślał Ned. A jednak wiedział, że nie wolno mu milczeć. Było to jego obowiązkiem wobec Roberta, wobec Królestwa, wobec cienia Jona Arryna... a także wobec Brana, który także otarł się o kawałek tej prawdy. Bo dlaczego by próbowali go zabić?

Wcześniej tego popołudnia wezwał Tomarda, tęgiego strażnika o rudych bokobrodach, którego dzieci nazywały Grubym Tomem. Po śmierci Jory'ego i odjeździe Alyna Gruby Tom przejął komendę nad jego Strażą Domową, co zbytnio Neda nie cieszyło. Tomard był solidnym człowiekiem, łagodnym i oddanym, zaradnym do pewnego stopnia, lecz miał już prawie pięćdziesiąt lat i nigdy, nawet w młodości, nie tryskał energią. Ned zastanawiał się, czy nie postąpił zbyt pochopnie, wysyłając do domu połowę ze swoich najlepszych ludzi.

— Będziesz mi potrzebny. — Ned zwrócił się do Tomarda, który stał przed nim trochę onieśmielony, jak zawsze kiedy go wzywano do jego pana. — Zaprowadź mnie do bożego gaju.

— Czy to roztropne, lordzie Eddardzie? Przecież twoja noga...

— Może i nie, ale konieczne.

Tomard przywołał Varly'ego. Wspierając się na ich ramionach, Ned zszedł po stromych schodach wieży i pokuśtykał przez mur.

— Macie podwoić straże — powiedział do Grubego Toma. — Nikt nie może wejść ani wyjść z Wieży Namiestnika bez mojego zezwolenia.

Tom zamrugał.

— Panie, bez Alyna i innych, i tak już ledwo...

— Tylko na jakiś czas. Wydłuż warty.

— Jak każesz, panie — odparł Tom. — Czy mogę zapytać...

— Lepiej nie — przerwał mu Ned.

W bożym gaju nie było nikogo, jak zawsze w tej cytadeli południowych bogów. Ned czuł rozrywający nogę ból, kiedy sadzali go pod drzewem sercem.

— Dziękuję. — Wyciągnął z rękawa zwinięty rulon zalakowany pieczęcią jego Rodu. — Dostarczcie to natychmiast.

Tomard spojrzał na imię wypisane na papierze i oblizał usta niespokojnie.

— Panie...

— Rób, co ci każę — rozkazał Ned. Nie potrafił określić, jak długo czekał w ciszy bożego gaju. Wypełniał go błogi spokój. Grube mury zatrzymywały odgłosy z zamku, tak że słyszał tylko śpiew ptaków, cykanie świerszczy i szelest kołysanych wiatrem liści. Drzewo serce było dębem, brązowym i bez twarzy, a mimo to Ned Stark wyczuwał obecność swoich bogów. Ból w nodze zelżał nieco.

Przyszła o zachodzie słońca, którego blask zaróżowił chmury nad murami i wieżami. Przybyła sama, tak jak prosił. Choć raz miała na sobie proste ubranie, zielony strój do polowania i skórzane buty. Kiedy zdjęła kaptur brązowego płaszcza, dostrzegł sine miejsce, gdzie uderzył ją Król. Fioletowa plama zżółkła, a opuchlizna zeszła, lecz nikt nie mógł mieć wątpliwości co do przyczyny obrzęku.

— Dlaczego tutaj? — spytała Cersei Lannister, stając nad nim.

— Żeby bogowie mogli zobaczyć.

Usiadła obok niego na trawie. Poruszała się z wdziękiem. Wiatr trącał jej kręcone włosy, oczy miała zielone jak letnie liście. Minęło wiele czasu, odkąd Ned mógł podziwiać jej urodę z bliska, lecz teraz ujrzał ją w pełnej krasie.

— Znam prawdę, za którą umarł Jon Arryn — oświadczył.

— Rzeczywiście? — Królowa przyglądała się jego twarzy uważnie jak kot. — Czy dlatego mnie tu wezwałeś, lordzie Stark? By zadawać mi zagadki? Czy może twoim zamiarem było pochwycić mnie, tak jak twoja żona pochwyciła mojego brata?

— Nie przyszłabyś tutaj, gdybyś w to wierzyła. — Ned dotknął jej policzka. — Czy on postępował już tak wcześniej?

— Raz albo dwa. — Odsunęła się od jego ręki. — Ale nigdy przedtem nie uderzył mnie w twarz. Jaime by go zabił, nawet gdyby miało go to kosztować życie. — Cersei spojrzała na Namiestnika wyzywająco. — Mój brat jest wart o wiele więcej niż twój przyjaciel.

— Twój brat? — spytał Ned. — Czy twój kochanek?

— Obaj w jednej osobie. — Jej twarz nawet nie drgnęła, kiedy potwierdziła jego słowa. — Już od dzieciństwa. Dlaczego nie? Rodzeństwa Targaryenów żeniły się od trzech stuleci, by utrzymać czystą krew. A Jaime i ja jesteśmy czymś więcej niż tylko bratem i siostrą. Stanowimy jedną osobę w dwóch ciałach. Wyszliśmy z tego samego łona. Nasz stary maester mówił, że Jaime urodził się, trzymając moją stopę. Kiedy on jest we mnie, czuję... że stanowimy całość. — Po jej ustach przemknął cień uśmiechu.

— Mój syn Bran...

Cersei nie odwróciła głowy.

— Widział nas. Kochasz swoje dzieci, prawda?

Robert zadał mu to samo pytanie tamtego ranka, przed ostatnimi pojedynkami turnieju.

— Z całego serca.

— Podobnie jak ja moje.

Gdyby chodziło o życie jakiegoś dziecka, którego nie znałem, pomyślał Ned, a na drugiej szali znaleźliby się Robb, Sansa, Arya, Bran i Rickon, co bym wtedy zrobił? Co by zrobiła Catelyn, gdyby chodziło o życie Jona przeciwko życiu dzieci, które ona urodziła? Nie wiedział i nigdy nie chciał się dowiedzieć.

— Ojcem całej trójki jest Jaime — powiedział. Było to stwierdzenie, a nie pytanie.

„Nasienie jest silne", krzyczał na łożu śmierci Jon Arryn, i rzeczywiście tak było. Wszystkie bękarty miały włosy czarne jak noc. Wielki Maester Malleon opisał ostatni przypadek, kiedy jeleń połączył się z lwem jakieś dziewięćdziesiąt lat temu, kiedy to Tya Lannister poślubiła Gowena Baratheona, trzeciego syna lorda Końca Burzy. Jedynym owocem ich związku był bezimienny chłopiec, którego Malleon opisał jako krzepkiego, silnego niemowlaka z czupryną czarnych włosów, który umarł w wieku niemowlęcym. Trzydzieści lat wcześniej męski potomek Lannisterów wziął za żonę pannę z Baratheonów. Dała mu trzy córki i jednego syna, a wszystkie dzieci były czarnowłose. Bez względu na to, jak daleko wstecz Ned przewracał pożółkłe strony księgi, zawsze złoto ustępowało przed węglem.

— Dwanaście lat — rzekł Ned. — Jak to możliwe, że Król nie spłodził z tobą żadnego dziecka?

Podniosła wyniośle głowę.

— Zaszłam kiedyś w ciążę z twoim Robertem — odparła z wyraźną pogardą. — Mój brat znalazł kobietę, która mnie oczyściła. On nigdy się nie dowiedział. Szczerze mówiąc, nie cierpię, kiedy mnie choćby dotyka. Nie dopuszczam go do siebie już od lat. Znam inne sposoby, żeby go zadowolić, kiedy przychodzi od swoich dziwek. Król jest zwykle zbyt pijany i rano nie pamięta już, co robiliśmy w nocy.

Jak to możliwe, że wszyscy byli tak ślepi? Prawda istniała tuż przed ich oczyma przez cały czas, wypisana na twarzach dzieci. Ned poczuł, że robi mu się niedobrze.

— Pamiętam Roberta, który wstępował na tron, Król w każdym calu — wyznał cicho. — Istnieje tysiąc innych kobiet, które by go pokochały całym sercem. Co on uczynił, że tak bardzo go nienawidzisz?

Oczy Cersei zapłonęły — zielony ogień o zmierzchu — niczym oczy lwicy z jej herbu.

— W noc poślubną, kiedy po raz pierwszy dzieliliśmy łoże, nazwał mnie imieniem twojej siostry. Leżał na mnie, był we mnie, cuchnący winem, i powtarzał szeptem imię Lyanny.

Ned Stark pomyślał o jasnoniebieskich różach i przez chwilę miał ochotę zapłakać.

— Nie wiem, kogo bardziej mi żal.

Królowa wydawała się rozbawiona tymi słowami.

— Zachowaj swój żal dla siebie, lordzie Stark. Ja go nie potrzebuję.

— Wiesz, co muszę zrobić.

— Musisz? — Położyła dłoń na jego zdrowej nodze, trochę ponad kolanem. — Prawdziwy mężczyzna robi to, co chce zrobić, a nie to, co musi. — Musnęła delikatnie jego udo — cień obietnicy. — Królestwu potrzeba silnego Namiestnika. Joff jest jeszcze mały. Nikt nie chce znowu wojny, a już na pewno nie ja. — Teraz dotykała jego twarzy, włosów. — Skoro przyjaciele mogą zamienić się we wrogów, wrogowie mogą stać się przyjaciółmi. Twoja żona znajduje się o tysiące mil stąd, a mój brat uciekł. Bądź dla mnie miły, Ned, a przysięgam, że nie pożałujesz.

— Czy podobną propozycję złożyłaś także Jonowi Arrynowi?

Uderzyła go w twarz.

— Będę to nosił jako oznakę honoru — oświadczył.

— Honoru — wycedziła przez zęby. — Jak śmiesz odgrywać przede mną szlachetnego męża? Za kogo mnie bierzesz? Sam masz bękarta, widziałam. Ciekawe, kim była jego matka? Pewnie jakaś dornijska wieśniaczka, którą gwałciłeś, kiedy płonął jej dom. A może dziwka? Albo pogrążona w smutku siostra, lady Ashara? Podobno rzuciła się do morza. Dlaczego? Z powodu brata, którego zabiłeś, czy może dziecka, które skradłeś? Powiedz mi, mój szlachetny lordzie Eddardzie, czym różnisz się od Roberta, ode mnie czy od Jaime'a?

— Przede wszystkim — oznajmił Ned — nie zabijam dzieci. Radzę ci, moja pani, żebyś mnie dobrze słuchała. Powiem to tylko raz. Kiedy Król powróci z polowania, przedstawię mu całą prawdę. Do tego czasu już cię tu nie będzie. Ani ciebie, ani dzieci. Na waszym miejscu nie jechałbym do Casterly Rock. Raczej do Wolnych Miast albo jeszcze dalej, na Wyspy Letnie lub do Portu Ibben. Jak najdalej.

— Wygnanie — stwierdziła. — Częstujesz mnie cierpkim winem.

— Nie tak cierpkim jak to, którym twój ojciec poczęstował dzieci Rhaegara — odpowiedział. — Poza tym oferuję ci większą łaskę, niż zasługujesz. Twój ojciec i bracia powinni udać się z tobą. Złoto lorda Tywina zapewni ci wygodę i bezpieczeństwo. Może ci się przydać. Zapewniam cię, że bez względu na to, gdzie uciekniesz, będzie cię ścigał gniew Roberta, być może aż po krańce tego, co jest za światem.

Królowa podniosła się.

— A mój gniew, lordzie Stark? — spytała cicho. Wodziła uważnie wzrokiem po jego twarzy. — Sam powinieneś był zawładnąć królestwem. Było do wzięcia. Jaime opowiedział mi, jak zastałeś go na Żelaznym Tronie w dzień upadku Królewskiej Przystani i jak kazałeś mu z niego zejść. To była twoja chwila. Wystarczyło wejść tylko po stopniach i zasiąść na tronie. Popełniłeś błąd.

— Popełniłem ich więcej, niż potrafisz sobie wyobrazić — orzekł Ned — lecz z pewnością nie wtedy.

— Ależ tak — upierała się Cersei. — W grze o tron zwycięża się albo umiera. Nie ma ziemi niczyjej.

Schowała opuchniętą twarz pod kapturem i zostawiła go pod dębem, w ciemności wypełnionej ciszą bożego gaju, pod granatowym niebem, na którym zaświeciły pierwsze gwiazdy.

DAENERYS

Serce parowało w chłodnym powietrzu wieczoru, kiedy *khal* Drogo położył je przed nią, surowe, ociekające krwią. Ramiona miał czerwone aż po łokcie. Za nim klęczeli jego bracia krwi pochyleni nad ciałem dzikiego rumaka, każdy z nich trzymał w dłoni kamienny nóż.

Dany dotknęła swojego delikatnie nabrzmiałego brzucha. Kropelki potu lśniły na całym jej ciele i spływały po czole. Czuła na sobie wzrok starych kobiet, wiekowych staruch z Vaes Dothrak, o oczach ciemnych i lśniących jak krzesiwo, osadzonych w pomarszczonych twarzach. Nie wolno jej drgnąć ani okazać strachu. Płynie we mnie smocza krew, powtarzała w myślach, biorąc w ręce końskie serce. Potem podniosła serce do ust i zanurzyła zęby w twardym, surowym mięsie.

Ciepła krew wypełniła jej usta i spłynęła po brodzie. Przez chwilę miała wrażenie, że się zadławi, lecz pogryzła mięso i przełknęła. Serce rumaka miało uczynić jej syna silnym, szybkim i nieustraszonym, tak przynajmniej uważali Dothrakowie, lecz tylko wtedy, gdy zje je matka. Gdyby zakrztusiła się krwią albo zwróciła mięso, byłby to zły znak; mogłaby poronić albo urodzić dziecko słabe, kalekie lub płci żeńskiej.

Służące pomogły jej przygotować się do ceremonii. Delikatny żołądek matki i tak dokuczał jej już przez ostatnie dwa księżyce, lecz mimo to Dany zmuszała się do jedzenia na wpół skrzepłej krwi, żeby przyzwyczaić się do tego smaku, a Irri podsuwała jej kawałki suszonego mięsa, które miała żuć aż do bólu. Przez cały dzień i noc poprzedzające ceremonię nic nie jadła w nadziei, że głód pomoże jej uporać się z surowym mięsem.

Serce dzikiego ogiera było jednym wielkim mięśniem, dlatego Dany musiała rozrywać je zębami i długo przeżuwać każdy kęs. W całym Vaes Dothrak, które traktowano jako święte miejsce, nie wolno było nosić stalowej broni, dlatego musiała posługiwać się tylko swoimi zębami i paznokciami. Czuła, jak wszystko jej się przewraca w żołądku, lecz nie ustawała; z twarzą umazaną krwią wgryzała się w serce, które — jak sądziła — wybuchnie w jej ustach.

Khal Drogo stał nad nią przez cały czas z twarzą nieruchomą niczym spiżowy posąg. Jego długi, czarny warkocz lśnił natłuszczony. W wąsy wplecione miał złote pierścienie, złote dzwonki w warkoczu, biodra zaś okrywał mu pas z ciężkich medalionów z litego złota. Pierś miał gołą. Dany spoglądała na niego za każdym razem, kiedy czuła, że traci siły; patrzyła na niego, przeżuwała i połykała, przeżuwała i połykała. Kiedy zjadła już prawie całe serce, wydało jej się, że dostrzegła błysk dumy w ciemnych oczach o kształcie migdałów, lecz nie była pewna. Oblicze *khala* rzadko zdradzało jego myśli.

Wreszcie skończyła. Policzki i palce lepiły jej się od krwi, kiedy wkładała do ust ostatni kawałek. Dopiero wtedy spojrzała na staruchy *dosh khaleen*.

— *Khalakka dothrae mr'anha!* — powiedziała głośno w języku Dothraków, najlepiej jak potrafiła. Książę jedzie we mnie! Przez wiele dni uczyła się tego zdania z pomocą Jhiqui.

Najstarsza z wieszczek, zgarbiona i wysuszona starucha z tylko jednym, czarnym okiem uniosła ręce w górę.

— *Khalakka dothrae!* — wrzasnęła. Książę jedzie!

— Jedzie! — odpowiedziały pozostałe kobiety. — *Rakh! Rakh! Rakh haj!* — zawołały. Chłopiec, chłopiec, silny chłopiec.

Rozległo się dzwonienie dzwoneczków niczym szczebiot spiżowych ptaków, a zaraz potem długi, niski dźwięk wojennego rogu.

Staruchy zaczęły nucić. Ich wysuszone piersi, ukryte pod skórzanymi, malowanymi kaftanami, kołysały się w przód i w tył, lśniące od potu i oliwy. Usługujący im eunuchowie rzucili do ogromnego spiżowego paleniska wiązki wysuszonej trawy. Po chwili chmury wonnego dymu uniosły się w górę, do księżyca i gwiazd. Dothrakowie wierzyli, że gwiazdy to ogniste rumaki, które galopują ogromnym stadem po nocnym niebie.

Kiedy dym uniósł się bardzo wysoko, zawodzenie ucichło, a jednooka starucha zamknęła oko, żeby lepiej zobaczyć przyszłość. Dany słyszała dobiegające z oddali wołanie nocnych ptaków, syk pochodni i łagodny plusk wody w jeziorze. Dothrakowie wpatrywali się w nią swoimi oczami czarnymi jak noc i czekali. *Khal* Drogo położył dłoń na ramieniu Dany. Czuła napięcie w jego palcach. Nawet tak potężny *khal* jak Drogo mógł poczuć strach, kiedy *dosh khaleen* zaglądała w dymy przyszłości. Służące Dany poruszyły się niespokojnie.

Wreszcie starucha otworzyła oko i uniosła ramiona.

— Widziałam jego twarz i słyszałam dudnienie końskich kopyt — oświadczyła cienkim, drżącym głosem.

— Dudnienie końskich kopyt! — powtórzyły chórem pozostałe kobiety.

— Mknie szybko jak wiatr, a za nim *khalasar* rozlewa się na całą ziemię, niezliczona ilość ludzi, w ich dłoniach lśnią *arakhy* niczym źdźbła mieczowej trawy. Książę będzie gwałtowny jak burza. Jego wrogowie zadrżą przed nim, a ich żony zapłaczą krwawymi łzami i ze smutku będą rozdzierać własne ciała. Pieśń dzwonków w jego włosach oznajmi jego nadejście, a bladzi ludzie z kamiennych domów zadrżą przed jego imieniem. — Starucha zadrżała i spojrzała na Dany, jakby przestraszona. — Nadjeżdża książę. To on będzie rumakiem, który przemierzy świat.

— Który przemierzy świat! — powtórzyli zebrani, a ich głosy odbiły się echem.

Jednooka starucha łypnęła okiem na Dany.

— Jakie imię będzie nosił rumak, który przemierzy świat?

Dany wstała, by jej odpowiedzieć.

— Będzie nosił imię Rhaego — odpowiedziała słowami, których nauczyła ją Jhiqui. Położyła dłonie na brzuchu, jakby chciała go ochronić przed przeraźliwym okrzykiem Dothraków.

— Rhaego! — wrzasnęli. — Rhaego, Rhaego, Rhaego!

W jej uszach wciąż jeszcze rozbrzmiewało to imię, kiedy *khal* Drogo wyprowadził ją z dołu. Za nimi podążali jego bracia krwi. Razem z pozostałymi wyszli na drogę bogów, szeroką trawiastą drogę, która biegła przez serce Vaes Dothrak od końskiej bramy aż do Matki Gór. Na przedzie procesji kroczyły staruchy z towarzyszącymi im eunuchami i sługami. Niektóre podpierały się długimi, rzeźbionymi kosturami, drepcząc na trzęsących się nogach, inne szły dumnie jak władcy koni. Każda z nich była kiedyś *khaleesi*. Kiedy ich mężowie umierali i na czele hordy stawał nowy *khal* z nową *khaleesi* u boku, one odchodziły z *khalasaru* i osiadały tutaj, aby rządzić ogromnym narodem Dothraków. Nawet najpotężniejsi spośród *khalów* chylili czoła przed mądrością i autorytetem *dosh khaleen*. Dany zadrżała na myśl, że pewnego dnia może zostać odesłana do nich, czy jej się to będzie podobać czy nie.

Za staruchami podążali pozostali, *khal* Ogo z synem, *khalakka* Fogo, *khal* Jommo z żonami, dowódcy z *khalasaru* Drogo, służące Dany, słudzy i niewolnicy *khala* i inni. Szli drogą przy rytmicznych dźwiękach bębnów i dzwonków. W ciemności na skraju drogi majaczyły posągi skradzionych herosów i bogów podbitych narodów. Dalej, przez trawę, biegli służący z pochodniami, dlatego ogromne posągi wydawały się poruszać w migocących płomieniach.

— Co znaczy imię Rhaego? — spytał *khal* Drogo w języku powszechnym Siedmiu Królestw, kiedy szli. Dany nauczyła go kilku słów w swoim języku. Drogo potrafił być pojętnym uczniem, jeśli się nad czymś skupił, chociaż mówił z tak silnym akcentem, że ani ser Jorah, ani Viserys nie rozumieli go ani trochę.

— Powiem ci, moje słońce i gwiazdy. Mój brat, Rhaegar, był zaciekłym wojownikiem — odpowiedziała. — Zginął, zanim się urodziłam. Ser Jorah twierdzi, że był on ostatnim ze smoków.

Khal Drogo spojrzał na nią. Choć jego twarz przypominała miedzianą maskę, to wydało jej się, że pod długimi, czarnymi wąsami dostrzegła cień uśmiechu.

— Dobre imię, Dan Ares, żono, księżycu mojego życia — orzekł.

Pojechali nad jezioro otoczone wieńcem trzcin, które Dothrakowie nazywali Macicą Świata. Tysiąc tysięcy lat temu, jak powiedziała jej Jhiqui, z jego głębi wynurzył się pierwszy człowiek, który jechał na grzbiecie pierwszego konia.

Procesja czekała na trawiastym brzegu, tymczasem Dany zrzuciła z siebie brudne ubranie.

Naga weszła ostrożnie do wody. Irri twierdziła, że jezioro nie ma dna, lecz Dany poczuła pod stopami miękkie błoto, kiedy ruszyła przez wysokie trzciny. Na czarnej wodzie księżyc rozsypywał się i ponownie formował, unoszony falami, które wzbudziła. Zimna woda objęła jej uda i miejsce między nimi, wzbudzając dreszcz na bladej skórze. Końska krew zdążyła już zaschnąć na jej rękach i ustach. Dany nabrała świętej wody w złożone dłonie i wylała ją sobie na głowę, obmywając siebie i dziecko w swoim łonie. *Khal* i wszyscy wokół przyglądali się. Słysząc szepty mruczących do siebie nawzajem staruch, zastanawiała się, co mówią.

Kiedy wynurzyła się z jeziora, drżąc i ociekając wodą, podeszła jej służąca, Doreah, z jedwabną, malowaną szatą, lecz *khal* Drogo powstrzymał ją ruchem dłoni. Patrzył z uznaniem na nabrzmiałe piersi i wypukły brzuch żony. Dany widziała, jak jego męskość napierała coraz mocniej na skórzane spodnie pod ciężkim medalionem. Podeszła do niego i pomogła mu je rozpiąć. Wtedy ogromny *khal* objął ją wokół bioder i podniósł w górę bez najmniejszego wysiłku. Dzwonki w jego włosach zadzwoniły cicho.

Kiedy wszedł w nią, Dany przylgnęła do niego i przycisnęła twarz do jego szyi. Trzy szybkie pchnięcia i było po wszystkim.

— Rumak, który przemierzy świat — wyszeptał ochrypłym głosem Drogo. Jego dłonie wciąż pachniały końską krwią. W chwili największej przyjemności ugryzł ją mocno w szyję, a potem podniósł jeszcze wyżej i wypełnił nasieniem, którego resztki popłynęły po jej udach. Dopiero teraz podano jej pachnące jedwabie i miękkie pantofle.

Khal Drogo zawiązał pas i wydał komendę. Na brzeg jeziora przyprowadzono konie. Cohollo dostąpił zaszczytu podsadzenia *khaleesi* na jej srebrzystą. Drogo ścisnął boki swojego konia i ruszyli drogą bogów skąpaną w blasku gwiazd i księżyca. Dany nadążała za nim bez trudu.

Jedwabny dach ogromnej komnaty *khala* Drogo został zwinięty na tę noc, dlatego jej wnętrze wypełniał też blask księżyca. Z ogromnych, otoczonych kamieniami palenisk buchały płomienie wysokie na dziesięć stóp. W powietrzu unosił się przenikliwy zapach pieczonego mięsa i sfermentowanego kobylego mleka. Wjechali do ogromnego pomieszczenia, gdzie zebrali się już ci, którym nie wolno było wziąć udziału w ceremonii. Oczy wszystkich spoczęły na Dany, kiedy przejechała pod łukiem wejścia i posuwała się środkiem ogromnej sali. Krzycząc głośno, Dothrakowie podziwiali jej brzuch i piersi i sławili nowe życie w jej łonie. Nie rozumiała większości z ich słów, lecz doskonale rozpoznawała powtarzające się zdanie:

— Rumak, który przemierzy świat.

Dźwięki bębnów i rogów płynęły wysoko w ciemność nocy. Na wpół rozebrane kobiety tańczyły na niskich stołach pośród udźców i tac pełnych śliw, daktyli i granatów. Wielu z mężczyzn zdążyło się już zamroczyć kobylim mlekiem, lecz Dany wiedziała, że tej nocy nie zabłysną *arakhy*, nie w świętym mieście, gdzie zakazano rozlewu krwi.

Khal Drogo zeskoczył z konia i zasiadł na wysokiej ławie. Zaszczytne miejsce po jego prawej i lewej stronie zajęli *khal* Jommo i *khal* Ogo, którzy przebywali w Vaes Dothrak wraz ze swymi *khalasarami*, kiedy Dany i *khal* Drogo tam przyjechali. Dalej siedzieli bracia krwi trzech *khalów* oraz cztery żony *khala* Jommo.

Dany zsiadła z klaczy i oddała cugle jednemu z niewolników. Kiedy Doreah i Irri układały dla niej poduszki, rozejrzała się, szukając wzrokiem swojego brata. Nawet w tak ogromnej sali powinna z łatwością dostrzec jego bladą skórę, srebrzyste włosy i żebracze ubranie. Popatrzyła nawet na mężczyzn siedzących przy niskich stołach na wytartych dywanach i płaskich poduszkach, których warkocze były krótsze od ich męskości, lecz wszyscy mieli czarne oczy i miedziane twarze. Na środku sali, niedaleko środkowego paleniska, dostrzegła ser Joraha Mormonta. Dothrakowie doceniali jego umiejętność władania mieczem, dlatego posadzili go na nie uwłaczającym honorowi gościa miejscu. Dany posłała po niego Jhiqui. Mormont natychmiast zjawił się przy jej stole i przyklęknął na jedno kolano.

— *Khaleesi* — powiedział. — Jestem na twoje rozkazy.

Poklepała wypchaną poduszkę z końskiej skóry.

— Usiądź i porozmawiaj ze mną.

— To dla mnie zaszczyt. — Rycerz usiadł na poduszce ze skrzyżowanymi nogami. Natychmiast klęknął przed nim niewolnik z drewnianą tacą pełną dojrzałych fig. Ser Jorah wziął jedną i odgryzł połowę.

— Gdzie jest mój brat? — spytała Dany. — Powinien już przyjść na ucztę.

— Widziałem Jego Miłość rano — odpowiedział. — Mówił, że udaje się na Zachodni Targ po wino.

— Po wino? — powtórzyła Dany bez przekonania. Viserys nie znosił smaku sfermentowanego kobylego mleka, jakim zwykle raczyli się Dothrakowie, dlatego ostatnimi czasy często chodził na bazar, gdzie pił z kupcami, których ogromne karawany przyjeżdżały ze wschodu i zachodu. Miała wrażenie, że ich towarzystwo bardziej mu odpowiada niż siostrzane.

— Po wino — potwierdził ser Jorah. — Zamierzał też zaciągnąć do swojej armii najemników, którzy strzegą karawan. — Służąca położyła przed nim krwistą pieczeń, do której natychmiast dobrał się oboma rękoma.

— Czy to roztropne? — spytała. — Przecież nie ma złota na zapłatę dla żołnierzy. A jeśli go zdradzą? — Strażnicy karawan nie przejmowali się zbytnio honorem, a Uzurpator w Królewskiej Przystani z pewnością dobrze by zapłacił za głowę jej brata. — Powinieneś był pójść tam z nim, i strzec go. Jesteś mu zaprzysiężony.

— Przypominam ci, że znajdujemy się w Vaes Dothrak — odparł. — Tutaj nikomu nie wolno nosić broni ani przelewać krwi.

— A jednak ludzie giną — oświadczyła. — Wiem to od Jhogo. Niektórzy z handlarzy mają eunuchów. Te olbrzymy potrafią udusić złodzieja jedwabną wstążką. W ten sposób nikt nie przelewa krwi i bogowie są zadowoleni.

— A zatem miejmy nadzieję, że twój brat nie będzie próbował niczego ukraść. — Ser Jorah otarł usta wierzchem dłoni i pochylił się nad stołem. — Miał zamiar wziąć twoje jaja, ale ostrzegłem go, że będę musiał odciąć mu rękę, jeśli ich dotknie. — Wiadomość ta tak ją zaskoczyła, że przez moment Dany nie wiedziała, co odpowiedzieć.

— Moje jaja... przecież należą do mnie. Magister Illyrio podarował mi je jako ślubny prezent. Dlaczego Viserys miałby... to tylko kamienie...

— To samo można by rzec o rubinach, diamentach czy opalach, księżniczko, a smocze jaja są jeszcze rzadsze. Kupcy, z którymi pije twój brat, zgodziliby się oddać swoją męskość choćby za jeden z takich kamieni. Mając trzy, Viserys mógłby kupić tylu najemników, ilu by tylko zapragnął.

Dany nie pomyślała o tym.

— W takim razie... powinien je dostać. Nie musi ich kraść. Mógł mnie poprosić. Jest moim bratem... moim prawdziwym Królem.

— Jest twoim bratem — przyznał ser Jorah.

— Nie rozumiesz mnie — odparła. — Matka umarła, wydając mnie na świat, a mój ojciec i brat, Rhaegar, umarli jeszcze wcześniej. Gdyby nie Viserys, nie wiem, czy bym znała chociaż ich imiona. Tylko on mi został. Jest wszystkim, co mam.

— Już nie — powiedział ser Jorah. — Już nie, *khaleesi*. Teraz jesteś jedną z Dothraków. W twoim łonie jedzie rumak, który przemierzy świat. — Wyciągnął rękę z pucharem i niewolnica natychmiast napełniła go sfermentowanym kobylim mlekiem, kwaśnym w zapachu i gęstym od grudek.

Dany dała jej znak, by odeszła. Już od samego zapachu mleka robiło jej się niedobrze, a przecież nie chciała ryzykować zwrócenia końskiego serca, które wmusiła w siebie.

— Co to znaczy? — spytała. — O co chodzi z tym rumakiem? Wszyscy o nim krzyczeli, ale ja nie wiem, o co chodzi.

— Mają na myśli *khala* nad *khalami*, o którego nadejściu wspominają już pradawne przepowiednie. Ma zjednoczyć Dothraków w jeden *khalasar*, który podbije wszystkie narody i dotrze aż na krańce ziemi.

— Och — westchnęła cicho Dany. Odruchowo przesunęła dłonią po brzuchu. — Dałam mu imię Rhaego.

— Imię, na dźwięk którego zadrży Uzurpator.

Nagle Dany poczuła, że Doreah ciągnie ją za rękaw.

— Pani — szepnęła służąca podnieconym głosem — twój brat...

Dany popatrzyła w drugi koniec długiej sali i zobaczyła go. Szedł w jej stronę chwiejnym krokiem, tak że od razu domyśliła się, iż znalazł wino, a także... pewnego rodzaju odwagę.

Ubrany był w jedwabną, szkarłatną szatę, brudną i poplamioną. Jego czarny płaszcz i rękawice wypłowiały od słońca. Buty miał popękane, a srebrzystoblond włosy zmierzwione. Do pasa przypiął długi miecz w skórzanej pochwie. Dothrakowie spoglądali na tę broń, kiedy ich mijał. Dany słyszała wyraźnie gniewne przekleństwa i groźby, które rozchodziły się falą po całej sali.

Muzyka cichła stopniowo, aż wreszcie zamilkła nerwowym dudnieniem bębnów.

Dany poczuła ucisk przerażenia wokół serca.

— Idź do niego — poprosiła ser Joraha. — Powstrzymaj go. Przyprowadź do mnie. Powiedz mu, że może sobie wziąć smocze jaja, jeśli tak bardzo mu na nich zależy. — Rycerz szybko podniósł się na nogi.

— Gdzie jest moja siostra? — zawołał Viserys głosem ciężkim od wina. — Przyszedłem na jej ucztę. Jak śmiecie rozpoczynać beze mnie? Nikt nie zaczyna jeść przed Królem. Gdzie ona jest? Dziwka nie schowa się przed smokiem.

Zatrzymał się na wysokości największego z trzech palenisk, wodząc wzrokiem po twarzach Dothraków. Tylko garstka z pięciu tysięcy ludzi siedzących w sali znała język powszechny, lecz nawet jeśli słowa były niezrozumiałe, wystarczyło spojrzeć na niego, żeby wiedzieć, iż jest pijany.

Ser Jorah podszedł do Viserysa, szepnął mu coś do ucha i ujął go pod ramię, lecz Viserys wyszarpnął rękę.

— Trzymaj ręce z daleka! Nikomu nie wolno dotykać smoka!

Dany zerknęła nerwowo na wysoko umieszczoną ławę. *Khal* Drogo mówił coś do pozostałych *khalów*. *Khal* Jommo wyszczerzył zęby w uśmiechu, a *khal* Ogo roześmiał się głośno.

Viserys uniósł wzrok.

— *Khalu* Drogo — rzucił zaczepnie. — Przyszedłem na ucztę. — Ruszył chwiejnym krokiem w stronę trzech *khalów*.

Khal Drogo wstał i wypowiedział kilka słów w swoim języku — zbyt szybko, by Dany mogła je zrozumieć — i wyciągnął rękę.

— *Khal* Drogo mówi, nie ma dla ciebie miejsca na wysokiej ławie — przetłumaczył ser Jorah. — *Khal* Drogo mówi, że twoje miejsce jest tam.

Viserys spojrzał w stronę, gdzie wskazywał *khal*. W przeciwległym końcu długiej sali, w kącie pod ścianą, w cieniu, żeby inni, lepsi, nie musieli na nich patrzeć, siedzieli najniżsi z najniższych, chłopcy bez pochodzenia, pokurczeni starcy o zamglonych spojrzeniach, kalecy i niedorozwinięci. Siedzieli daleko od mięsa, daleko od zaszczytów.

— To nie jest miejsce dla Króla — oświadczył jej brat.

— To jest miejsce — odparł *khal* Drogo w języku powszechnym, którego uczyła go Dany — dla Kuśtykającego Króla. — Klasnął w dłonie. — Wóz! Przyprowadźcie wóz dla *khala Rhaggata*!

Pięć tysięcy Dothraków wybuchnęło śmiechem. Ser Jorah podszedł do Viserysa i krzyczał mu coś do ucha, lecz wrzaski zebranych zagłuszyły jego słowa. Brat Dany odkrzyknął coś i obaj zaczęli się szarpać, aż Mormont przewrócił Viserysa na ziemię.

Viserys wyciągnął miecz.

Stal błysnęła złowieszczym czerwonym płomieniem w blasku paleniska.

— Trzymaj się ode mnie z daleka! — syknął Viserys. Ser Jorah cofnął się o krok, a jej brat dźwignął się niezdarnie. Zamachnął się mieczem nad głową; był to ten sam miecz, który pożyczył mu magister Illyrio, by wyglądał bardziej dostojnie. Ze wszystkich stron rozlegały się przekleństwa Dothraków.

Okrzyk przerażenia zamarł na ustach Dany. Wiedziała, co oznacza obnażony w tym miejscu miecz.

Na dźwięk jej głosu Viserys odwrócił głowę i zobaczył ją wreszcie.

— Tam jest — powiedział, uśmiechając się. Ruszył w jej stronę na sztywnych nogach; idąc, zadawał cięcia przed sobą, jakby wycinał ścieżkę przez ścianę wrogów, chociaż nikt nie próbował go powstrzymać.

— Miecz... nie wolno ci... — mówiła błagalnym głosem. — Proszę, Viserysie. Tutaj nie wolno nosić broni. Odłóż go i usiądź ze mną. Mamy mnóstwo jedzenia i napitków... chodzi ci o smocze jaja? Możesz je wziąć, tylko odłóż miecz.

— Rób, jak ci radzi, głupcze — krzyknął ser Jorah — zanim wszyscy zginiemy przez ciebie.

Viserys roześmiał się.

— Oni nie mogą nas zabić. Im nie wolno rozlewać krwi w świętym mieście... ale mnie tak. — Dotknął końcem miecza miejsca między piersiami Daenerys i przesunął go w dół nad wybrzuszenie jej brzucha. — Chcę tego, po co tutaj przybyłem — rzekł. — Chcę korony, którą mi obiecał. Kupił ciebie, ale nie zapłacił. Powiedz mu, że chcę zapłaty albo cię zabiorę. Ciebie i jaja. Może zatrzymać swojego rumaka. Wytnę go i zostawię mu. — Żelazne ostrze wcisnęło się w jedwabie Dany i ukłuło jej pępek. Widziała, że Viserys płacze; ten mężczyzna, który kiedyś był jej bratem, płakał i śmiał się jednocześnie.

Dany słyszała jakby z oddali prośby płaczącej Jhiqui, która ze strachem w głosie błagała, by nie zmuszać jej do przekazania słów Viserysa, *khal* bowiem na pewno zwiąże tłumaczkę i zaciągnie za koniem aż na Matkę Gór. Dany objęła ramieniem dziewczynę.

— Nie bój się — uspokoiła ją. — Ja mu powiem.

Nie miała pewności, czy dość jasno się wyraziła, lecz kiedy skończyła, *khal* Drogo rzucił kilka słów w języku Dothraków i od razu zorientowała się, że ją zrozumiał. Słońce jej życia zszedł ze swojego podwyższonego miejsca.

— Co on powiedział? — spytał ją mężczyzna, który kiedyś był jej bratem, i drgnął.

W sali zrobiło się tak cicho, że słyszała delikatne dzwonienie dzwoneczków we włosach idącego *khala* Drogo. Jego bracia krwi szli za nim niczym cienie. Daenerys poczuła strach.

— Mówi, że otrzymasz wspaniałą złotą koronę, na widok której ludzie zadrżą.

Viserys uśmiechnął się i opuścił miecz. Był to najsmutniejszy widok, który zawsze później rozdzierał jej serce.

— Tylko tego chciałem — oświadczył. — Dostać to, co mi obiecano.

Kiedy słońce jej życia stanął obok niej, Dany objęła go w pasie. *Khal* wypowiedział słowo i jego bracia krwi skoczyli do przodu. Qotho chwycił za ramiona człowieka, który kiedyś był jej bratem. Haggo unieruchomił mu nadgarstek jednym skrętem ogromnych dłoni. Cohollo wyciągnął miecz z omdlałej ręki. Viserys nie rozumiał jeszcze.

— Nie — krzyknął. — Nie wolno wam mnie dotykać. Jestem smokiem, smokiem, i dostanę koronę!

Khal Drogo rozpiął swój pas. Medaliony zrobione były z czystego złota, ciężkie, zdobione, każdy wielkości męskiej dłoni. Wydał okrzykiem komendę. Kucharze odsunęli z paleniska ogromny, żelazny gar z potrawą, wylali ją na ziemię i z powrotem postawili naczynie na ogniu. Drogo wrzucił do niego pas i przyglądał się z kamienną twarzą, jak medaliony rozgrzewają się coraz bardziej, tracąc kształt. Dany widziała w jego czarnych jak onyks oczach tańczące płomienie. Niewolnik podał mu grube rękawice z końskiej skóry, które nałożył; ani razu nie spojrzał na schwytanego.

Viserys wydał z siebie przeraźliwy skowyt tchórza, który stanął w obliczu śmierci. Rzucał się i kopał, skamlał jak pies, kwilił jak niemowlę, lecz Dothrakowie trzymali go mocno. Ser Jorah położył dłoń na ramieniu Dany.

— Odwróć się, księżniczko. Proszę.

— Nie. — Złożyła dłonie na swoim nabrzmiałym brzuchu w obronnym geście.

Wreszcie Viserys zwrócił wzrok na nią.

— Siostro, proszę... Dany, powiedz im, powiedz... siostrzyczko... — Kiedy złoto zaczęło już płynąć, Drogo chwycił naczynie i ściągnął je z ognia.

— Korona! — krzyknął. — Oto korona dla Wózkowego Króla! — Odwrócił gar do góry nogami nad głową tego, który był jej bratem.

Odgłos, jaki wydał Viserys Targaryen, gdy straszliwy hełm zakrył mu twarz, nie przypominał głosu człowieka. Jego stopy uderzyły spazmatycznie o ziemię, potem jeszcze raz wolniej i znieruchomiały. Sople roztopionego złota spłynęły na jego pierś, pozostawiając w jedwabiu dymiące dziury... ale nie polała się ani kropla krwi.

On nie był żadnym smokiem, pomyślała Dany dziwnie spokojna. Ogień nie zabija smoka.

EDDARD

Szedł przez podziemną kryptę w Winterfell, tak jak robił to setki razy przedtem. Królowie Zimy przyglądali mu się lodowymi oczyma, a wilkory u ich stóp obracały ogromne kamienne głowy i warczały. Wreszcie dotarł do miejsca, gdzie spał jego ojciec. A obok niego Brandon i Lyanna. „Obiecaj mi, Ned", wyszeptała kamienna postać Lyanny. Z wieńcem jasnoniebieskich róż płakała krwawymi łzami.

Eddard Stark usiadł, serce waliło mu mocno, a koce, którymi się okrył, były splątane. W pokoju panowała absolutna ciemność. Ktoś pukał do drzwi.

— Lordzie Eddardzie! — Usłyszał czyjś głos.

— Chwileczkę. — Nagi i zaspany, pokuśtykał przez ciemną komnatę. Kiedy otworzył drzwi, ujrzał na zewnątrz Tomarda i Cayna z pochodnią. Między nimi stał zarządca Króla.

— Jego Miłość chce cię widzieć. Natychmiast — powiedział zarządca z kamienną twarzą.

A zatem Robert powrócił z polowania. Najwyższy czas.

— Potrzebuję chwili. Muszę się ubrać. — Ned zostawił wysłannika Króla za drzwiami. Cayn pomógł mu założyć ubranie; białą płócienną tunikę i szary płaszcz, spodnie z nogawką rozciętą na zabandażowanej nodze, klamrę w kształcie dłoni — znak jego władzy, i wreszcie ciężki srebrny pas, do którego przypiął pochwę z valyriańskim sztyletem.

Cayn i Tomard poszli z nim przez wewnętrzny mur pogrążonej w ciemności Czerwonej Twierdzy. Nad blankami wisiał nisko księżyc prawie w pełni. Po wale przechadzał się strażnik w złotym płaszczu.

Król rezydował w Warowni Maegora, masywnej budowli umieszczonej w sercu Czerwonej Twierdzy i schowanej za murami grubymi na dwanaście stóp i suchą fosą najeżoną żelaznymi szpicami. Właściwie była to twierdza w twierdzy. Ser Boros Blount strzegł przeciwległego końca mostu; zbroja z jasnej stali odbijała upiornie światło księżyca. Już wewnątrz Ned minął dwóch innych rycerzy Gwardii Królewskiej: ser Preston Greenfield stał u podnóża schodów, ser Barristan Selmy zaś czekał przed drzwiami królewskiej sypialni. Trzech ludzi w białych płaszczach, przypomniał sobie Eddard Stark i poczuł dziwny dreszcz. Twarz ser Barristana była tak samo blada jak jego zbroja. Spojrzawszy na nią, Ned od razu zorientował się, że coś się stało. Królewski zarządca otworzył drzwi.

— Lord Eddard Stark, Królewski Namiestnik — oznajmił.

— Wprowadź go. — Usłyszał głos Roberta, dziwnie ochrypły.

W obu kominkach królewskiej komnaty rozpalono ogień, przez co cały pokój pogrążył się w czerwonym blasku. Było tam bardzo ciepło. Robert spoczywał na łożu z baldachimem. Pod ścianą stał Wielki Maester Pycelle, a lord Renly chodził niespokojnie przed zamkniętym oknem. Służący dokładali do ognia kolejne kłody i gotowali wino. U boku męża siedziała Cersei Lannister. Włosy miała potargane, jakby dopiero co się zbudziła, lecz jej oczy mówiły coś innego. Uważnie obserwowała Neda, który przemierzał pokój z pomocą Tomarda i Cayna. Namiestnik poruszał się bardzo wolno, jakby we śnie.

Król leżał w butach. Ned dostrzegł zaschnięte błoto i źdźbła trawy przylepione do ich skóry w miejscu, w którym wystawały spod koca. Na podłodze porzucono niedbale zielony kubrak, rozcięty i pobrudzony rdzawymi plamami. W pokoju unosił się zapach dymu, krwi i śmierci.

— Ned — przemówił szeptem Król na widok przyjaciela. Twarz miał białą jak mleko. — Podejdź... bliżej.

Jego ludzie podprowadzili go bliżej. Ned oparł się o słupek baldachimu. Wystarczyło jedno spojrzenie, by zorientować się, jak źle jest z Robertem.

— Co?... — zaczął, lecz słowa uwięzły mu w gardle.

— Dzik. — Lord Renly miał jeszcze na sobie zielony strój do polowania, na jego płaszczu widniały plamy krwi.

— Diabeł — powiedział ochryple Król. — Moja wina. Za dużo wina, a niech to. Chybiłem.

— Gdzie wy byliście? — spytał Ned, zwracając się do lorda Renly'ego. — Gdzie był ser Barristan i Gwardia Królewska?

Renly skrzywił się.

— Brat kazał nam się odsunąć. Chciał sam wziąć dzika.

Eddard Stark podniósł koc, którym przykryto Roberta Baratheona.

Widać było, że próbowano zamknąć ranę, lecz nie na wiele się to zdało. Dzik musiał być ogromny. Rozpruł Króla kłami od pachwiny aż po pierś. Namoczone w winie bandaże, którymi Wielki Maester Pycelle owinął ranę, zdążyły już sczernieć od krwi; z rany unosił się ohydny odór.

Ned przełknął ślinę i opuścił koc.

— Śmierdzi — orzekł Robert. — To smród śmierci. Nie myśl, że go nie czuję. Nieźle mnie urządził, co? Ale... nie pozostałem mu dłużny. — Uśmiech Króla był równie przerażający, jak jego rana, ponieważ zęby miał czerwone od krwi. — Wsadziłem mu nóż prosto w oko. Zapytaj ich, czy nie tak było. Zapytaj.

— Rzeczywiście — potwierdził lord Renly. — Przywieźliśmy zwierza, tak jak rozkazał mój brat.

— Na ucztę — wyszeptał Robert. — A teraz zostawcie nas. Wszyscy. Muszę pomówić z Nedem.

— Robercie, mój słodki panie… — odezwała się Cersei.

— Powiedziałem, żebyście nas zostawili — wycedził przez zęby Robert. — Nie rozumiesz, co mówię, kobieto?

Cersei zebrała fałdy sukni i resztki swojej godności i ruszyła w stronę drzwi. Lord Renly i reszta podążyli za nią. Przy łóżku pozostał tylko Wielki Maester Pycelle, który drżącą dłonią podsunął Królowi puchar z gęstym, białym płynem.

— Makowe mleko, Wasza Miłość — rzekł. — Wypij. Uśmierzy ból.

Robert odtrącił kielich grzbietem dłoni.

— Zabierz to, stary głupcze. Niedługo zasnę. Wynoś się.

Wielki Maester Pycelle posłał Nedowi urażone spojrzenie i odszedł wolno.

— A niech cię, Robercie — odezwał się Ned, kiedy zostali sami. Noga bolała go tak bardzo, że aż ciemniało mu w oczach. A może to żal i smutek. Usiadł na brzegu łóżka, u boku przyjaciela. — Dlaczego ty zawsze musisz być taki uparty?

— Pierdolę cię, Ned — rzucił ochryple Król. — Przecież zabiłem sukinsyna, nie? — Kiedy uniósł wzrok, pukiel czarnych wilgotnych włosów opadł mu na oczy. — I ciebie też powinienem. Nie dadzą człowiekowi spokojnie zapolować. Ser Robar znalazł mnie. Głowa Gregora. Paskudnie. I ani słowa Ogarowi. Niech Cersei go zaskoczy. — Śmiech monarchy przeszedł w charkot, kiedy jego ciałem wstrząsnął spazm bólu. — Litościwi bogowie — jęknął. — Dziewczyna. Daenerys. Tylko dziecko, miałeś rację, to dlatego, dziewczyna… bogowie zesłali dzika… żeby mnie ukarać… — Król zakasłał, plując krwią. — Nie… nie miałem racji… dziewczyna… Varys, Littlefinger, nawet mój brat… na nic… nikt… nikt się nie sprzeciwił... tylko ty... — Uniósł drżącą dłoń. — Papier i atrament. Tam, na stole. Pisz, co podyktuję.

Ned wygładził arkusz na kolanie i wziął do ręki pióro.

— Jak każesz, Wasza Miłość.

— Oto ostatnie słowo Roberta z Rodu Baratheonów, Pierwszego Tego Imienia, Króla Andalów i tak dalej... wstaw wszystkie te cholerne tytuły, wiesz, jak to ma być. Niniejszym rozkazuję, aby po... po mojej śmierci Eddard z Rodu Starków, Lord Winterfell i Królewski Namiestnik, objął rządy jako Lord Regent i Obrońca Królestwa. Będzie on sprawował władzę, dopóki mój syn Joffrey nie osiągnie pełnoletności...

— Robercie... — „Joffrey nie jest twoim synem", chciał rzec, lecz słowa uwięzły mu w gardle. Śmierć tak wyraźnie naznaczyła swoim piętnem twarz Roberta, że nie chciał ranić go jeszcze bardziej. Dlatego pochylił tylko głowę i pisał, lecz w miejscu, gdzie Król powiedział „mój syn", on napisał „mój spadkobierca". Czuł się zbrukany tym oszustwem. Kłamstwa, które wypowiadamy z miłości, pomyślał. Niech bogowie mi wybaczą. — Co jeszcze mam uwzględnić?

— Dodaj... dodaj, co trzeba. Bronić i strzec, ach, bogowie dawni i nowi, znasz to wszystko. Pisz, a ja podpiszę. Oddasz list radzie po mojej śmierci.

— Robercie. — Ned mówił przez ściśnięte smutkiem gardło. — Nie wolno ci tego zrobić. Nie zrzucaj wszystkiego na mnie swoją śmiercią. Królestwo cię potrzebuje.

Robert zacisnął mocno palce na jego dłoni.

— Ty... nie umiesz kłamać, Nedzie Stark — wyrzucił z siebie, krzywiąc się z bólu. — Królestwo... wie... byłem paskudnym władcą. Równie złym jak Aerys, niech bogowie mnie oszczędzą.

— Nie — pocieszył Ned umierającego przyjaciela. — Wcale nie tak złym jak Aerys, Wasza Miłość, wcale nie.

Robert uśmiechnął się słabo.

— Może przynajmniej powiedzą, że na koniec... dobrze postąpiłem. Ty mnie nie zawiedziesz. Przejmiesz rządy. Będziesz tego nienawidził bardziej niż ja... ale dobrze się sprawisz. Skończyłeś pisaninę?

— Tak, Wasza Miłość. — Ned podał papier Robertowi. Król podpisał się niezdarnie, pozostawiając na papierze krwawą plamę. — Pieczęć powinna zostać poświadczona — dodał Namiestnik.

— Podajcie dzika na stypie — wycharczał Robert. — Niech skóra będzie dobrze przypieczona, jabłko w pysku. Zjedzcie sukinsyna. Nie będę się przejmował, jeśli się nim zadławisz. Obiecaj mi, Ned.

— Obiecuję. — „Obiecaj mi, Ned", usłyszał w myślach, niczym echo, słowa Lyanny.

— Ta dziewczyna — mówił dalej Król. — Daenerys. Daruj jej życie. Jeśli nie jest za późno... pomów z nimi... z Varysem, Littlefingerem... nie pozwól im jej zabić. Pomóż też mojemu synowi. Niech będzie... lepszy ode mnie. — Skrzywił się. — Bogowie zlitujcie się.

— Zlitują się, przyjacielu — oznajmił Ned. — Zlitują się.

Król zamknął oczy, jakby rozluźniony.

— Wykończony przez świnię — mruknął pod nosem. — Powinienem się roześmiać, tylko że to za bardzo boli.

Ned nie miał ochoty śmiać się.

— Czy mam ich zawołać?

Robert skinął lekko głową.

— Niech będzie. Bogowie, dlaczego tu tak zimno?

Służący weszli szybko do komnaty i zabrali się do podsycania ognia. Królowa nie pojawiła się, co Ned przyjął z pewną ulgą. Jeśli Cersei ma choć trochę rozsądku, pomyślał, powinna zabrać dzieci i zniknąć jeszcze przed końcem dnia. I tak już zbyt długo zwlekała.

Król Robert nie sprawiał wrażenia stęsknionego za żoną. Wezwał swojego brata, Renly'ego, i Wielkiego Maestera Pycelle'a, by zaświadczyli, kiedy wyciskał swoją pieczęć w miękkim, żółtym laku, który Ned nakapał na list.

— A teraz dajcie mi coś przeciwko bólowi i pozwólcie umrzeć. — Wielki Maester Pycelle pośpiesznie podsunął mu kielich z makowym mlekiem. Tym razem Król wypił wszystko. Kiedy odrzucił puchar, na jego czarnej brodzie zalśniły białe kropelki. — Czy będę miał sny?

— Tak, panie — odpowiedział mu Ned.

— To dobrze — odparł Król i uśmiechnął się. — Ned, przekażę Lyannie pozdrowienia od ciebie. Opiekuj się moimi dziećmi.

Słowa te dźgnęły Eddarda Starka niczym pchnięcie nożem. Przez chwilę czuł się zagubiony. Czuł, że nie potrafi zmusić się do kłamstwa, ale zaraz przypomniał sobie bękarty: mała Barra u piersi matki, Mya w Dolinie, Gendry w kuźni i inne dzieci.

— Będę... będę ich strzegł jak własnych — powiedział wolno.

Robert skinął głową i zamknął oczy. Ned patrzył, jak jego stary przyjaciel zagłębia się coraz bardziej w poduszkę, w miarę jak makowe mleko zmywało cierpienie z jego twarzy. Zapadał w sen.

Ciężki łańcuch zadzwonił cicho, kiedy Wielki Maester Pycelle podszedł do Neda.

— Zrobię, co w mojej mocy, panie, ale wywiązała się już gangrena. Potrzebowali aż dwóch dni, żeby go tutaj przywieźć. Kiedy zobaczyłem Króla, było za późno. Mogę ulżyć jego cierpieniom, lecz tylko bogowie potrafią go wyleczyć.

— Jak długo? — spytał Ned.

— Już powinien nie żyć. Nie widziałem jeszcze, żeby ktoś tak mocno uczepił się życia.

— Mój brat zawsze był silny — rzekł lord Renly. — Może niezbyt mądry, ale silny. — Jego czoło lśniło od potu. Mógłby być duchem Roberta, kiedy stał tak, młody, ciemnowłosy, przystojny. — Zabił dzika. Wnętrzności wylewały mu się z brzucha, a mimo to udało mu się zabić dzika — mówił zdumiony.

— Robert nie zwykł opuszczać pola walki, dopóki przeciwnik trzymał się na nogach — odpowiedział Ned.

Za drzwiami ser Barristan Selmy wciąż strzegł schodów prowadzących do wieży.

— Maester Pycelle podał Robertowi makowe mleko — poinformował go Ned. — Dopilnuj, żeby nikt mu nie przeszkadzał bez mojego pozwolenia.

— Tak będzie, panie. — Ser Barristan wyglądał teraz na bardzo starego. — Nie dotrzymałem świętej przysięgi.

— Nawet najlepszy rycerz nie może strzec Króla wbrew jego woli — oznajmił Ned. — Robert uwielbiał polować na dziki. Widziałem, jak zabił ich setki. — Stał zwykle mocno na nogach, niewzruszony, z włócznią w dłoni, często przeklinając szarżujące zwierzę, i czekał prawie do ostatniej chwili, by zadać wreszcie to jedno jedyne, okrutne i pewne pchnięcie. — Nikt nie mógł wiedzieć, że ten przyniesie mu śmierć.

— Miło z twojej strony, że tak mówisz, lordzie Eddardzie.

— Król powiedział to samo. Wyznał, że wszystko przez wino.

Siwowłosy rycerz skinął głową powoli.

— Jego Miłość chwiał się już w siodle, kiedy wypłoszyliśmy zwierza z legowiska, a mimo to kazał nam się usunąć.

— Zastanawiam się, ser Barristanie — dociekał cicho Varys — kto dał wino Królowi?

Ned nie zauważył nadejścia eunucha, dlatego zdziwił się, usłyszawszy jego głos. Varys ubrany był w długą, czarną, aksamitną szatę.

— Król pił ze swojego bukłaka — odparł ser Barristan.

— Tylko jeden bukłak? Polowanie to bardzo wyczerpujące zajęcie.

— Nie liczyłem. Z pewnością było więcej niż jeden. Giermek kilkakrotnie przynosił mu wino.

— Bardzo obowiązkowy chłopak — przyznał Varys. — Dbał, żeby Jego Miłość mógł się należycie pokrzepić.

Ned poczuł gorycz w ustach. Przypomniał sobie dwóch jasnowłosych chłopców, których Robert wysłał kiedyś po naciągacz napierśników. Król, rozbawiony, opowiadał później w czasie uczty o całym wydarzeniu.

— Który to giermek?

— Ten starszy — powiedział ser Barristan. — Lancel.

— Znam go dobrze — wtrącił Varys. — Krzepki chłopak. Syn ser Kevana Lannistera, bratanek lorda Tywina i kuzyn Królowej. Może powinienem z nim pomówić. Mam nadzieję, że słodziutki młodzieniec nie wini siebie za cokolwiek. Dzieci są takie wrażliwe i niewinne.

Bez wątpienia Varys był kiedyś młody, natomiast Ned wątpił, czy kiedykolwiek był niewinny.

— A skoro już mówimy o dzieciach, to Robert zmienił zdanie co do Daenerys Targaryen. Chcę, żebyś odwołał wszystkie polecenia, które dotąd wydałeś. Natychmiast.

— Niestety — odrzekł Varys. — Może być za późno. Obawiam się, że ptaki już poleciały, ale zrobię, co w mojej mocy. Za pozwoleniem. — Skłonił się i zniknął na krętych schodach; słychać było tylko szelest jego miękkich pantofli na kamiennych stopniach. Z Warowni Maegora wyłonił się Renly.

— Lordzie Eddardzie — zawołał za Nedem. — Jedną chwilę, jeśli pozwolisz.

Ned zatrzymał się.

— Jak sobie życzysz.

Renly podszedł bliżej.

— Odpraw swoich ludzi. — Spotkali się na środku mostu; poniżej ciągnęła się sucha fosa obrzeżona migotaniem grotów włóczni.

Ned dał znak Tomardowi i Caynowi. Obaj skłonili głowy i odeszli na bok. Lord Renly zerknął ostrożnie na ser Borosa, który stał na końcu mostu i na ser Prestona przy drzwiach za nimi.

— Ten list. — Nachylił się jeszcze bliżej Neda. — Czy chodzi o regencję? Czy mój brat mianował cię Obrońcą? — Nie czekał nawet na odpowiedź. — Panie, mam trzydziestu ludzi w osobistej straży, oprócz tego przyjaciół, to lordowie i rycerze. Daj mi godzinę, a będziesz miał sto mieczy.

— I co miałbym uczynić z setką mieczy, panie?

— Uderzyć! Teraz, kiedy w zamku wszyscy śpią. — Renly ponownie zerknął na ser Borosa i zaczął mówić jeszcze ciszej: — Musimy wydostać Joffreya od matki i mieć go w ręku. Obrońca czy nie, królestwem włada ten, kto ma Króla. Powinniśmy też pochwycić Myrcellę i Tommena. Kiedy będziemy mieli dzieci, Cersei nie odważy się nam sprzeciwić. Rada zatwierdzi cię jako Lorda Protektora i odda Joffreya pod twoją opiekę.

Ned patrzył na niego chłodno.

— Robert jeszcze nie umarł. Może bogowie go oszczędzą. Dopiero po jego śmierci zwołam radę, aby wysłuchała jego ostatnich słów i rozważyła sprawę sukcesji. Nie będę jednak bezcześcił ostatnich godzin jego życia, rozlewając krew i wyciągając z łóżek przestraszone dzieci.

Lord Renly cofnął się o krok, wyprężony jak struna.

— Każda chwila twojej zwłoki daje Cersei więcej czasu na przygotowanie się. Kiedy umrze Robert, może już być za późno... dla nas obu.

— A zatem powinniśmy się modlić, żeby nie umarł.

— Niewielka szansa — odparł Renly.

— Czasem bogowie okazują litość.

— Ale nie Lannisterowie. — Lord Renly odwrócił się i odszedł na drugą stronę fosy, do wieży, w której leżał jego brat.

Wróciwszy do swojej komnaty, Ned poczuł ogromne znużenie i przygnębienie, lecz o śnie nie było mowy, nie teraz. „W grze o tron zwycięża się albo umiera", powiedziała w bożym gaju Cersei Lannister. Zaczął się zastanawiać, czy słusznie postąpił, odrzucając propozycję lorda Renly'ego. Tak bardzo nie lubił wszystkich tych intryg, straszenie dzieci wydawało mu się ohydne, a jednak... Cersei wybrała raczej walkę niż ucieczkę i może okazać się, że będzie potrzebował stu mieczy Renly'ego, albo i więcej.

— Chcę rozmawiać z Littlefingerem — rzekł do Cayna. — Jeśli nie ma go w jego pokojach, weź ludzi i przeszukaj wszystkie szynki i burdele. Przyprowadź go do mnie jeszcze przed świtem. — Cayn skłonił się i odszedł, Ned zaś zwrócił się do Tomarda. — Wichrowa Wiedźma wypływa z wieczornym odpływem. Wybrałeś eskortę?

— Dziesięciu ludzi pod dowództwem Porthera.

— Weź dwudziestu i sam obejmiesz dowództwo — powiedział Ned. Porther był dzielny, ale porywczy. Ned potrzebował kogoś bardziej rozważnego do opieki nad córkami.

— Jak każesz, panie — odparł Tom. — Nie powiem, żebym się smucił moim wyjazdem. Stęskniłem się za żoną.

— Kiedy skręcicie na północ, będziecie niedaleko Smoczej Skały. Dostarczysz list ode mnie.

Tom spojrzał na niego niepewnie.

— Smocza Skała, panie? Ta wyspiarska forteca Targaryenów cieszy się złą reputacją.

— Przekaż kapitanowi Qos, żeby wywiesił mój sztandar, gdy tylko ujrzycie wyspę. Mogą się tam obawiać nieoczekiwanych gości. Gdyby kapitan miał jakieś wątpliwości, daj mu to, czego zażąda. List masz dostarczyć lordowi Stannisowi Baratheonowi. Nikomu innemu. Żadnemu zarządcy, kapitanowi straży czy żonie, tylko lordowi Stannisowi.

— Jak każesz, panie.

Po wyjściu Tomarda lord Eddard Stark siedział wpatrzony w płomień świecy ustawionej na stole. Przez chwilę żal przygniótł go całkowicie. Pragnął jedynie móc pójść do bożego gaju, klęknąć przed drzewem sercem i modlić się o życie Roberta Baratheona, który dla niego był kimś więcej niż bratem. Ludzie będą mówić, że Eddard Stark zdradził Króla i wydziedziczył jego syna. Miał tylko nadzieję, że bogowie wiedzą lepiej i że Robert pozna prawdę w krainie za grobem.

Ned wyjął ostatni list Króla. Sztywny biały zwój, zalakowany złotą pieczęcią, kilka krótkich słów i krwawa plama. Jak niewielka istnieje różnica między zwycięstwem i porażką, między życiem i śmiercią. Wyjął świeży arkusz i zamoczył pióro w inkauście. *Do Jego Miłości Stannisa z Rodu Baratheonów*, napisał. *Zanim list mój dotrze do ciebie, twój brat, Robert, nasz władca od piętnastu lat, będzie już martwy. Raniony okrutnie przez dzika w czasie polowania...*

Wydawało mu się, że litery wiją się na papierze, kiedy zatrzymał dłoń. Lord Tywin i ser Jaime nie należeli do ludzi, którzy by potrafili przyjąć zniewagę z pokorą; będą raczej walczyć niż uciekną. Bez wątpienia lord Stannis miał się na baczności po zamordowaniu Jona Arryna, lecz bezwzględnie powinien przybyć do Królewskiej Przystani z wszystkimi swoimi siłami, zanim nadejdą Lannisterowie.

Ned starannie dobierał słowa. Skończywszy, podpisał list: „Eddard Stark, Lord Winterfell, Królewski Namiestnik, Protektor Królestwa", wysuszył go bibułą, złożył dwukrotnie i roztopił nad świecą lak na pieczęć.

Regencja będzie krótka, pomyślał, czekając na lak. Nowy król wybierze swojego Namiestnika i Ned będzie mógł wrócić do domu. Uśmiechnął się na myśl o Winterfell. Zapragnął usłyszeć śmiech Brana, pojechać z Robbem na polowanie z sokołem, popatrzeć, jak bawi się Rickon. Zapragnął zanurzyć się w głęboki sen we własnym łóżku, przytulony mocno do Catelyn, swojej pani.

Kiedy przykładał pieczęć z wilkorem do miękkiego, białego laku, wrócił Cayn w towarzystwie Desmonda. Między nimi stał Littlefinger. Ned podziękował strażnikom i odesłał ich.

Lord Petyr ubrany był w błękitną aksamitną bluzę o bufiastych rękawach i srebrzystą pelerynę z wyszytymi na niej przedrzeźniaczami.

— Pewnie powinienem już złożyć gratulacje — oznajmił, siadając.

Ned zmarszczył brwi.

— Król leży ranny, bliski śmierci.

— Wiem — odpowiedział Littlefinger. — Wiem też, że Robert mianował cię Protektorem Królestwa.

Ned zerknął na zapieczętowany list Króla na stole.

— A jak to się stało, że wiesz o tym, mój panie?

— Varys wspomniał o tym — powiedział Littlefinger — a ty właśnie potwierdziłeś.

Grymas gniewu wykrzywił usta Neda.

— Przeklęty Varys i jego ptaszki. Catelyn miała rację. Ten człowiek potrafi czarować. Nie ufam mu.

— Wspaniale. Uczysz się. — Littlefinger pochylił się do przodu. — Ale chyba nie ściągałeś mnie tutaj w środku nocy, żeby rozmawiać o eunuchu.

— Nie — przyznał Ned. — Poznałem tajemnicę, przed wyjawieniem której Jona Arryna powstrzymała śmierć. Robert nie zostawi po sobie żadnego prawowitego syna. Joffrey i Tommen są bękartami Jaime'a Lannistera zrodzonymi z jego kazirodczego związku z Królową.

Littlefinger uniósł brwi.

— Szokujące wieści — oświadczył tonem, który wcale nie sugerował zdziwienia. — Dziewczyna także? Bez wątpienia. A zatem po śmierci Króla...

— Prawo do tronu przejdzie na lorda Stannisa, starszego z dwóch braci Roberta.

Lord Petyr pogładził spiczastą bródkę, zamyślony.

— Tak by się zdawało. Chyba że...

— Chyba że... mój panie? Stannis jest spadkobiercą i nic nie może tego zmienić.

— Stannis nie może wstąpić na tron bez twojej pomocy. Jeśli jesteś mądry, dopilnujesz, żeby Joffrey otrzymał koronę.

Ned zgromił go kamiennym spojrzeniem.

— Czy ty nie masz ani odrobiny honoru?

— Odrobinę... chyba tak — odparł Littlefinger nie zrażony. — Wysłuchaj mnie. Stannis nie jest ani twoim przyjacielem, ani moim. Nawet jego bracia ledwo go trawią. Ten człowiek jest jak z żelaza, nieugięty. O, tak, z pewnością wybierze nowego Namiestnika i nową radę. Bez wątpienia podziękuje ci za przekazanie mu korony, ale nie pokocha cię za to. Jego koronacja oznacza wojnę. Stannis nie będzie miał ani chwili spokoju, dopóki żyją Cersei i jej bękarty. Myślisz, że lord Tywin będzie patrzył spokojnie, jak przymierzają się do obcięcia głowy jego córce? Casterly Rock zbuntuje się, i nie tylko oni. Robert okazał łaskę wobec tych, którzy służyli królowi Aerysowi, jeśli tylko zgodzili się zostać jego lennikami. Stannis nie będzie taki wspaniałomyślny. Nie zapomni o oblężeniu Końca Burzy. Każdy, kto walczył pod sztandarem smoka albo brał udział w powstaniu Balona Greyjoya, zyska powody do obaw. Zapewniam cię, że poleje się krew, jeśli posadzisz Stannisa na Żelaznym Tronie. A teraz, mój panie, spójrz na drugą stronę tej monety. Joffrey nie ma jeszcze dwunastu lat, a Robert tobie przekazał regencję. Jesteś Królewskim Namiestnikiem i Protektorem całego Królestwa. Masz władzę na wyciągnięcie ręki, lordzie Stark. Musisz tylko po nią sięgnąć. Zawrzyj pokój z Lannisterami. Uwolnij Krasnala. Ożeń Joffreya z twoją Sansą. Wydaj młodszą córkę za księcia Tommena, a swojego spadkobiercę za Myrcellę. Joffrey osiągnie pełnoletność dopiero za cztery lata. Wtedy będzie cię traktował jak drugiego ojca, a nawet jeśli nie, no cóż... cztery lata to kawał czasu. Wystarczająco długi, żeby pozbyć się lorda Stannisa. A gdyby Joffrey sprawiał jakieś kłopoty, uchylamy rąbka tajemnicy i posadzimy na tronie lorda Renly'ego.

— My? — powtórzył Ned.

Littlefinger wzruszył ramionami.

— Będziesz potrzebował kogoś, kto by ci pomógł dźwigać brzemię. Zapewniam cię, moja cena nie będzie wygórowana.

— Twoja cena. — Ned mówił lodowatym głosem. — Lordzie Baelish, to, co proponujesz, to zdrada.

— Tylko kiedy przegramy.

— Zapomniałeś o czymś — syknął Ned. — Zapomniałeś o Jonie Arrynie, o Jorrym Casselu. Zapomniałeś też o tym. — Wyciągnął sztylet i położył go na stole między nimi; nóż sporządzony ze smoczej kości i valyriańskiej stali, ostry jak różnica między dobrem i złem, między prawdą i fałszem, między życiem i śmiercią. — Przysłali człowieka, żeby poderżnął gardło mojemu synowi, lordzie Baelish.

Littlefinger westchnął.

— Obawiam się, że zapomniałem o tym, mój panie. Wybacz mi. Przez moment zapomniałem, że rozmawiam ze Starkiem. — Skrzywił się. — A zatem Stannis... i wojna?

— To nie jest wybór między jednym a drugim. Stannis jest spadkobiercą.

— Nie mnie sprzeczać się z Lordem Protektorem. Tak więc czego chcesz ode mnie? Bo przecież nie mojej mądrości, prawda?

— Postaram się zapomnieć o twojej... mądrości — rzucił Ned oschle. — Wezwałem cię do siebie, aby prosić o pomoc, którą obiecałeś Catelyn. Dla nas wszystkich nadeszła trudna godzina. Owszem, Robert wyznaczył mnie Protektorem, jednakże w oczach świata Joffrey wciąż pozostaje jego synem i spadkobiercą. Królowa ma tuzin rycerzy i stu zbrojnych, którzy wykonają każde jej polecenie... wystarczy, by pokonać tych, którzy pozostali z mojej straży. Ponadto bardzo możliwe, że w tej chwili Jaime jedzie do Królewskiej Przystani, a za nim cała wataha Lannisterów.

— A ty nie masz armii. — Littlefinger obracał powoli w dłoniach sztylet. — Niewiele uczuć pozostało między lordem Renlym a Lannisterami. Spiżowy Yohn Royce, ser Balon Swann, ser Loras, lady Tanda, bliźniaki Redwyne'ów... każde z nich ma na dworze garstkę rycerzy i oddanych im zbrojnych.

— Renly ma trzydziestu w osobistej straży, pozostali mniej. Za mało, nawet gdybym przyjął, że wszyscy oni mnie poprą. Muszę mieć złote płaszcze. Straż Miejska liczy dwa tysiące ludzi, którzy przysięgali bronić zamku, miasta i królewskiego pokoju.

— Ach, lecz kiedy Królowa wybierze jednego Króla, a Namiestnik innego, czyjego pokoju będą strzec? — Lord Petyr trącił palcem sztylet, który zaczął wirować w miejscu. Kiedy wreszcie się zatrzymał, ostrze wskazało Littlefingera. — Oto twoja odpowiedź — oświadczył, uśmiechając się. — Pójdą za tym, który im zapłaci. — Odchylił się do tyłu i spojrzał prosto w twarz Neda; w jego szarozielonych oczach błyskały iskierki szyderstwa. — Stark, nosisz swój honor niczym zbroję. Wydaje ci się, że cię chroni, ona tymczasem ciąży ci tylko i utrudnia ruchy. Spójrz na siebie. Wiesz, po co mnie tu wezwałeś. Dobrze wiesz, co chcesz, żebym zrobił. Zdajesz sobie sprawę, że trzeba to zrobić... ale to nie jest uczciwe, więc słowa nie chcą ci przejść przez gardło. — Ned napiął kark do granic wytrzymałości. Przez chwilę odczuwał tak gwałtowną złość, że wolał się nie odzywać. Littlefinger roześmiał się. — Powinienem zmusić cię do tego, żebyś je wypowiedział, lecz byłoby to z mojej strony okrucieństwem. Nie obawiaj się zatem, panie. Przez miłość, jaką darzę Catelyn, natychmiast udam się do Janosa Slynta i dopilnuję, żebyś otrzymał wsparcie Straży Miejskiej. Powinno wystarczyć sześć tysięcy sztuk złota. Jedna trzecia dla Dowódcy, jedna trzecia dla oficerów i jedna trzecia dla pozostałych. Możliwe, że dałoby się ich kupić za połowę tej sumy, lecz wolę nie ryzykować. — Z uśmiechem na twarzy podniósł sztylet i podał go Nedowi, rękojeścią do przodu.

JON

Jon zajadał placki z jabłkami i krwawą kiszkę, kiedy tuż obok niego opadł na ławkę Samwell Tarly.

— Wzywają mnie do septu — wyznał Sam podekscytowanym szeptem. — Zabierają mnie. Będę bratem, tak jak wy wszyscy. Dasz wiarę?

— Naprawdę?

— Tak. Mam pomagać maesterowi Aemonowi w bibliotece i przy ptakach. Potrzebuje kogoś, kto potrafi czytać i pisać.

— Dasz sobie radę — oznajmił uśmiechnięty Jon.

Sam rozejrzał się niespokojnie.

— Czy nie trzeba już iść? Nie mogę się spóźnić, jeszcze by się rozmyślili. —Ruszyli razem, Tarly szedł, podskakując, przez dziedziniec porośnięty chwastami. Dzień był ciepły i słoneczny. Po ścianach Muru spływały strużki wody, tak że lód skrzył się i mienił.

Ogromny kryształ we wnętrzu septu odbijał światło poranka wpływające przez południowe okno i rozlewał je po ołtarzu wachlarzem tęczy. Pyp rozdziawił szeroko usta na widok Sama, a Ropucha trącił Grenna łokciem w żebra, lecz nikt nie powiedział ani słowa. Septon Celladar kołysał kadzidłem, wypełniając powietrze wonnościami, których zapach przypomniał Jonowi mały sept lady Stark w Winterfell. Przynajmniej raz septon wyglądał na trzeźwego.

Wyżsi rangą oficerowie przybyli całą grupą: maester Aemon wsparty na ramieniu Clydasa, ser Alliser o surowej twarzy i zimnym spojrzeniu, Lord Dowódca Mormont w okazałym kubraku z czarnej wełny ze srebrnymi klamrami w kształcie niedźwiedzich łap. Za nimi przyszli starsi członkowie trzech zakonów: Bowen Marsh o czerwonej twarzy pełniący obowiązki Lorda Zarządcy, Pierwszy Budowniczy Othell Yarwyck oraz ser Jaremy Rykker, który dowodził zwiadowcami pod nieobecność Benjena Starka.

Mormont stanął przed ołtarzem; tęcza zaświeciła jasno na jego szerokim, odkrytym czole.

— Przybyliście do nas jako banici — zaczął. — Kłusownicy, gwałciciele, dłużnicy, zabójcy i złodzieje. Dotarliście do nas jako dzieci. Przyszliście do nas samotni, w łańcuchach, pozbawieni przyjaciół i honoru. Przyszliście do nas bogaci, przyszliście biedni. Niektórzy z was noszą nazwiska znamienitych rodów, inni nazwiska bękartów albo w ogóle ich nie mają. Ale to nie ma znaczenia. Wszystko jest już przeszłością. Na Murze stanowimy jeden ród.

O zmierzchu, kiedy zajdzie słońce i ujrzymy nadchodzącą noc, złożycie śluby. Od tej chwili będziecie Zaprzysiężonymi Braćmi Nocnej Straży. Wasze zbrodnie zostaną wam darowane, długi anulowane. Wy sami musicie zapomnieć o waszych wcześniejszych zobowiązaniach, niesnaskach, o starych grzechach i miłościach. Tutaj zaczniecie wszystko od nowa.

Wasze życie tutaj to życie dla Królestwa. Nie dla Króla, lorda czy honoru jakiegoś rodu, nie dla złota, zaszczytów czy kobiecej miłości. Odtąd będziecie żyli tylko dla Królestwa i mieszkających w nim ludzi. Człowiek z Nocnej Straży nie ma żony, ojca ani syna. Naszą żoną jest obowiązek. Honor naszą kochanką. A wy jesteście jedynymi synami, jakich znamy.

Znacie słowa ślubowania. Dobrze się zastanówcie, zanim je wypowiecie, bo kiedy już przywdziejecie czarny strój, nie będzie odwrotu. Karą za dezercję jest śmierć. — Stary Niedźwiedź zamilkł na chwilę, zanim zapytał: — Czy są wśród was tacy, którzy chcieliby stąd odejść? Jeśli tak, niech to zrobią i nikt nie weźmie im tego za złe. — Żaden się nie poruszył. — Dobrze — orzekł Mormont. — O zmierzchu możecie złożyć śluby przed septonem Celladarem i pierwszym z waszego zakonu. Czy któryś z was modli się do dawnych bogów?

Wstał Jon.

— Ja, panie. — Nie miał nic wspólnego z bogami z septu. W żyłach Starków płynęła krew Pierwszych Ludzi.

Usłyszał z tyłu szept Grenna.

— Tutaj nie ma bożego gaju. Nigdzie go nie widziałem.

— Ty byś nie zauważył stada żubrów, dopóki by cię nie stratowało — odpowiedział mu szeptem Pyp.

— Wcale nie — upierał się Grenn. — Zauważyłbym je z daleka.
— Sam Mormont potwierdził wątpliwości Grenna.

— Nie potrzeba bożego gaju w Czarnym Zamku. Za Murem rośnie nawiedzany las, stoi tam od Ery Świtu, był tam już, zanim Andalowie przeprowadzili Siedmiu przez wąskie morze. Jakieś pół mili stąd znajdziesz zagajnik czardrzew, a może także i swoich bogów.

— Panie. — Jon obejrzał się zdumiony, rozpoznawszy głos. Samwell Tarly podniósł się. Grubas otarł o bluzę spocone dłonie. — Czy i ja... czy i ja mogę pojechać? Żeby pomodlić się przed drzewem sercem?

— Czy Tarly'owie modlą się do starych bogów? — spytał Mormont.

— Nie, panie — odparł Sam cienkim, nerwowym głosem. Jon wiedział, że grubas boi się starszych oficerów, a w szczególności Starego Niedźwiedzia. — Nadano mi imię w blasku Siedmiu w sepcie w Horn Hill, tak samo jak mojemu ojcu i jego ojcu, i wszystkim Tarlym od tysiąca lat.

— Dlaczego więc miałbyś porzucić bogów twojego ojca i domu? — dociekał ser Jaremy Rykker.

— Teraz moim domem jest Nocna Straż — oświadczył Sam. — Siedmiu nigdy nie odpowiedziało na moje modlitwy. Może dawni bogowie to uczynią.

— Jak chcesz, chłopcze — odrzekł Mormont. Sam ponownie zajął swoje miejsce, podobnie jak Jon. — Umieściliśmy was w różnych zakonach zgodnie z naszymi potrzebami i waszymi umiejętnościami. — Bowen Marsh wysunął się do przodu i podał mu papier. Lord Dowódca rozwinął go i zaczął czytać. — Halder do budowniczych. — Halder skłonił sztywno głowę. — Grenn do zwiadowców. Albett do budowniczych. Pypar do zwiadowców. — Pyp zerknął na Jona i poruszył uszami. — Samwell do zarządców. — Sam wypuścił powietrze z ulgą i otarł czoło kawałkiem jedwabiu. — Matthar do zwiadowców. Dareon do zarządców. Todder do zwiadowców. Jon do zarządców.

Do zarządców? Przez chwilę Jon nie wierzył w to, co usłyszał.

Mormont musiał się pomylić. Już się podnosił, żeby zapytać, powiedzieć im, że zaszła pomyłka... i wtedy dostrzegł ser Allisera, który obserwował go uważnie; jego oczy lśniły niczym dwa płatki obsydianu. Zrozumiał... Stary Niedźwiedź zwinął papier. — Przełożeni przedstawią wam nowe obowiązki. Niech wszyscy bogowie mają was w opiece, bracia. — Lord Dowódca zaszczycił ich lekkim skłonieniem głowy i odszedł, a z nim ser Alliser z ledwo widocznym uśmieszkiem na ustach. Jon nigdy dotąd nie widział go w równie dobrym humorze.

— Zwiadowcy ze mną — zawołał ser Jaremy Rykker. Pyp podniósł się wolno wpatrzony w Jona, uszy miał czerwone. Grenn szczerzył zęby w uśmiechu, nie zdając sobie sprawy, że coś jest nie w porządku. Matt i Ropucha dołączyli do nich i razem poszli do septu za ser Jaremym.

— Budowniczowie — przemówił Othell Yarwyck, mężczyzna o zapadłych policzkach. Halder i Albett ruszyli za nim.

Jon rozglądał się z niedowierzaniem. Niewidzące oczy maestera Aemona patrzyły w kierunku światła, którego i tak nie mogły zobaczyć. Septon układał kryształy na ołtarzu. Na ławkach zostali tylko Sam i Dareon, grubas, śpiewak i... i on.

Lord Zarządca Bowen Marsh zatarł pulchne dłonie.

— Samwellu, będziesz pomagał maesterowi Aemonowi przy ptakach i w bibliotece. Chett pójdzie do psiarni. Zajmiesz jego celę, żebyś był blisko maestera w dzień i w nocy. Mniemam, że dobrze wypełnisz swoje obowiązki. Maester jest bardzo stary, ale bardzo nam drogi... Daeronie, słyszałem, że śpiewałeś przy stole niejednego dostojnego lorda, posilając się ich miodem i mięsiwem. Wysyłamy cię do Wschodniej Strażnicy. Może twój głos okaże się przydatny dla Cottera Pyke'a, kiedy będzie gościł kupieckie galery. Za dużo płacimy za soloną wołowinę i wędzone ryby, a oliwa z oliwek, którą dostajemy, jest okropna. Po przybyciu przedstaw się Borcasowi. Da ci zawsze coś do roboty między wizytami statków. — Marsh zwrócił się uśmiechnięty do Jona. — Jon, Lord Dowódca Mormont prosił o osobistego zarządcę. Będziesz spał w celi pod jego pokojami, w wieży Lorda Dowódcy.

— I co tam będę robił? — spytał Jon oschle. — Mam usługiwać Lordowi Dowódcy w czasie posiłków, pomagać mu się ubierać i przynosić gorącą wodę na kąpiel?

— Certes. — Marsh zmarszczył czoło, niezadowolony z tonu odpowiedzi Jona. — Będziesz też przekazywał jego wiadomości, pilnował ognia w jego pokojach, zmieniał koce i pościel i robił wszystko to, czego zażąda od ciebie Lord Dowódca.

— Macie mnie za służącego?

— Nie — wtrącił się maester Aemon z tyłu septu. Clydas pomógł mu wstać. — Mieliśmy cię za brata z Nocnej Straży... ale może się pomyliliśmy.

Jon miał ochotę wyjść bez słowa. Czy do końca życia będzie ubijał masło i cerował kubraki, jak jakaś dziewucha?

— Mogę odejść? — spytał.

— Możesz — odparł Bowen Marsh.

Wyszedł, a za nim Dareon i Sam. Zeszli na dziedziniec w milczeniu. Jon spojrzał w górę na Mur roziskrzony w słońcu; po jego ścianie pełzły cienkie strużki, niczym ogromna dłoń o setkach palców. Czuł rozpierającą go wściekłość. Gotów był niszczyć wszystko dookoła.

— Jon — powiedział Samwell Tarly podnieconym głosem. — Zaczekaj. Czy nie widzisz, co oni robią?

Jon odwrócił się do niego rozwścieczony.

— Widzę tylko, że w tym wszystkim maczał swoje cholerne palce ser Alliser. Chciał mnie upokorzyć i udało mu się.

Dareon popatrzył na niego wyniośle.

— Widzisz, Sam, służba zarządcy jest dobra dla takich jak my, ale nie dla lorda Snowa.

— Walczę i jeżdżę konno lepiej niż którykolwiek z was — odparł zaczepnie Jon. — To niesprawiedliwe!

— Sprawiedliwe? — Dareon roześmiał się. — Dziewczyna już czekała na mnie, cała golutka jak nowo narodzona. Wciągnęła mnie przez okno. I ty mi mówisz o sprawiedliwości? — Odwrócił się i odszedł.

— Nie ma się czego wstydzić, jeśli się jest zarządcą — rzekł Sam.

— Myślisz, że chcę spędzić resztę życia na praniu gaci starca?

— Ten starzec to Lord Dowódca Nocnej Straży — przypomniał mu Sam. — Będziesz przy nim w dzień i w nocy. Tak, będziesz mu nalewał wina i dbał, żeby zawsze miał czystą pościel, ale będziesz też dostarczał jego listy, towarzyszył mu w czasie spotkań i na polu bitwy. Zawsze bardzo blisko niego, jak cień. O wszystkim będziesz wiedział, staniesz się częścią jego życia... a poza tym Lord Zarządca powiedział, że Mormont osobiście prosił o ciebie! Kiedy byłem mały, ojciec wciąż nalegał, żebym zawsze towarzyszył mu w czasie audiencji. Zabrał mnie ze sobą, kiedy udał się do Wysogrodu, gdzie składał hołd lordowi Tyrellowi. Jednakże później zaczął zabierać ze sobą Dickona, a mnie zostawiał w domu. Nie obchodziło go już, czy jestem w sali audiencyjnej, jeśli był tam Dickon. Rozumiesz, on chciał mieć przy sobie swojego następcę. Żeby przyglądał się i uczył od niego. Założę się, że dlatego właśnie lord Mormont chce mieć ciebie przy sobie. Zamierza cię uczynić dowódcą!

Jon spojrzał na niego zdumiony. Rzeczywiście, w Winterfell lord Eddard często zabierał Robba na narady. Czy rzeczywiście Sam ma rację? Nawet bękart może zajść wysoko w Nocnej Straży, tak mówią.

— Ja o to nie prosiłem — upierał się.

— Żaden z nas o nic nie prosił — przypomniał mu Sam.

I nagle Jon Snow poczuł się zawstydzony.

Tchórzliwy czy nie, Samwell Tarly okazał na tyle odwagi, by przyjąć swój los jak mężczyzna. „Na Murze dostajesz tylko tyle, na ile zasłużyłeś", oświadczył kiedyś Benjen Stark. Wtedy po raz ostatni Jon widział go żywego. „Ty nie jesteś zwiadowcą, Jon, a tylko żółtodziobem, który pachnie jeszcze latem". Mówiono, że bękarty dojrzewają prędzej od innych dzieci; na Murze człowiek dojrzewał albo umierał.

Jon westchnął głęboko.

— Masz rację. Zachowałem się jak dzieciak.

— A zatem zostaniesz i złożysz śluby razem ze mną?

— Dawni bogowie oczekują nas. — Uśmiechnął się Jon.

Wyruszyli późno tamtego popołudnia. W Murze nie było żadnej porządnej bramy, ani w Czarnym Zamku, ani na pozostałym odcinku trzystu mil. Poprowadzili konie długim, krętym tunelem wyciętym w lodzie. Trzykrotnie musieli się zatrzymać przed żelaznymi kratami. Za każdym razem Bowen Marsh wyjmował klucze i odpinał ciężkie łańcuchy. Jon czuł ogromny ciężar, kiedy czekał na Lorda Zarządcę. Powietrze w tunelu było bardziej nieruchome i zimne niż w grobowcu. Poczuł dziwną ulgę, gdy tylko wynurzyli się znowu w popołudniowe światło na północnej stronie Muru.

Sam zamrugał oślepiony i rozejrzał się lękliwie.

— Dzicy... chyba... chyba by się nie ośmielili podejść tak blisko Muru, co?

— Nie. — Jon wskoczył na konia. Kiedy Bowen Marsh i eskorta zwiadowców dosiedli swoich wierzchowców, Jon przyłożył dwa palce do ust i zagwizdał. Duch wybiegł z tunelu długimi susami.

Na widok wilkora koń Lorda Zarządcy cofnął się zaniepokojony.

— Chcesz zabrać ze sobą tę bestię?

— Tak, panie — powiedział Jon. Duch podniósł łeb, jakby węchem badał powietrze. W następnej chwili pomknął przez zarośnięte chwastami pole i zniknął między drzewami.

Wjechawszy do lasu, znaleźli się w innym świecie. Jon często wyprawiał się na polowanie z ojcem, Jorym i bratem, Robbem, i dobrze znał wilczy las w okolicach Winterfell. Nawiedzany las wyglądał bardzo podobnie, a jednak czuło się, że jest inny.

Może to z powodu tego, co o nim mówiono. Wyjechali poza krawędź świata i może świadomość tego wszystko zmieniała. Każdy cień wydawał się ciemniejszy, każdy odgłos bardziej złowieszczy. Drzewa rosły tu gęsto i zasłaniały światło zachodzącego słońca. Kopyta końskie chrzęściły na cienkiej warstwie śniegu, co przypominało odgłos łamania kości, a kiedy wiatr zaszeleścił liśćmi, to jakby zimna dłoń sunęła po grzbiecie Jona. Za ich plecami znajdował się Mur, natomiast przed nimi... tylko bogowie wiedzieli co.

Słońce zeszło już poniżej drzew, gdy dotarli na małą polanę, na której rosło w kole około dziewięciu czardrzew. Jon wstrzymał oddech. Zobaczył, że Sam Tarly otwiera szerzej oczy. Nawet w wilczym lesie można było znaleźć najwyżej dwa lub trzy białe drzewa rosnące obok siebie, natomiast zagajnik z dziewięciu był czymś niespotykanym. Ziemię między nimi przykrywał dywan z opadłych liści, krwistoczerwonych na wierzchu i zgniłoczarnych pod spodem. Ogromne, gładkie pnie miały kolor kości, a wyrzeźbione na nich twarze patrzyły do środka kręgu. Zastygły w ich oczach sok był czerwony i twardy jak rubin. Bowen Marsh rozkazał im zostawić konie poza kołem.

— Nie będziemy kalać świętego miejsca.

Kiedy weszli do gaju, Samwell Tarly obrócił się powoli, przyglądając się kolejno twarzom. Każda była inna.

— Patrzą na nas — wyszeptał. — Dawni bogowie.

— Tak. — Jon klęknął, a Sam poszedł w jego ślady. Kiedy odmawiali słowa modlitwy, na zachodzie zgasły ostatnie promienie i szary dzień zamienił się w czarną noc.

— Wysłuchajcie mych słów i bądźcie świadkami mojej przysięgi — mówili jednocześnie, a dźwięk ich głosów popłynął przez krąg. — Nadchodzi noc i zaczyna się moja warta. Zakończy ją tylko śmierć. Nie wezmę sobie żony, nie będę miał ziemi i nie spłodzę dzieci. Nie założę korony i zapomnę o zaszczytach. Będę żył i umrę na posterunku. Jestem mieczem w ciemności. Jestem strażnikiem na murach. Jestem ogniem, który odpędza zimno, światłem, które przynosi świt, rogiem, który budzi śpiących, tarczą, która osłania krainę człowieka. Moje życie i mój honor należą teraz do Nocnej Straży na tę noc i na wszystkie pozostałe.

Zapadła cisza.

— Klękaliście jako chłopcy — przemówił uroczystym głosem Bowen Marsh. — Powstańcie jako bracia Nocnej Straży.

Jon wyciągnął rękę i pomógł wstać Samowi. Zwiadowcy otoczyli ich i uśmiechnięci składali gratulacje. Wszyscy poza starym leśnikiem Dywenem.

— Wracajmy już, panie — powiedział starzec do Bowena Marsha. — Zapada ciemność, a poza tym nie podoba mi się zapach, który czuję.

Spomiędzy białych drzew wynurzył się nagle Duch. Szedł miękko, bezgłośnie. Biała sierść i czerwone oczy, pomyślał Jon. Jak drzewa...

Wilk niósł coś w pysku. Coś czarnego.

— Co on tam ma? — spytał Bowen Marsh.

— Do mnie, Duch. — Jon przyklęknął. — Przynieś.

Wilkor podszedł do niego posłusznie. Jon usłyszał, jak Sam Tarly wciąga gwałtownie powietrze.

— Dobrzy bogowie — mruknął Dywen. — To ręka.

EDDARD

Przez okno jego komnaty wlewało się już szare światło poranka, kiedy dudnienie kopyt obudziło Eddarda Starka z krótkiego, niespokojnego snu. Podniósł głowę ze stołu i spojrzał przez okno. W dole ludzie w skórach, kolczugach i szkarłatnych płaszczach gotowali się do ataku na wypchanych słomą przeciwników. Ned przyglądał się, jak Sandor Clegane galopuje po ubitej ziemi i wbija żelazny koniec kopii w głowę kukły. Na widok sypiącej się słomy posypały się żarty i przekleństwa lannisterskich strażników.

Czy to pokaz na moją cześć?, zastanawiał się. Jeśli tak, to Cersei okazała się głupsza, niż sobie wyobrażał. Dlaczego nie uciekła? Dałem jej szansę...

Dzień wstał szary i ponury. Ned zjadł śniadanie w towarzystwie córek i septy Mordane. Sansa, wciąż niepocieszona, siedziała ze spuszczoną głową i nie chciała wziąć niczego do ust, za to Arya zjadała wszystko, co przed nią postawiono.

— Syrio mówi, że mamy jeszcze czas na jedną lekcję, zanim statek odpłynie — rzekła. — Mogę, ojcze? Wszystko już mam spakowane.

— Dobrze, ale nie za długo, żebyś zdążyła się wykąpać i przebrać. Masz być gotowa na południe, zrozumiano?

— Na południe — przytaknęła Arya.

Sansa spojrzała znad swojego talerza.

— Skoro ona może mieć swoją lekcję tańca, dlaczego mnie nie pozwalasz pożegnać się z księciem Joffreyem?

— Chętnie z nią pójdę, lordzie Eddardzie — zaproponowała septa Mordane. — Dopilnuję, żeby się nie spóźniła na statek.

— Sanso, nie byłoby rozsądne, gdybyś teraz poszła do Joffreya. Przykro mi.

W oczach Sansy pojawiły się łzy.

— Ale dlaczego?

— Sanso, pan ojciec wie najlepiej — odezwała się septa Mordane. — Nie wolno ci wątpić w słuszność jego słów.

— To niesprawiedliwe! — Sansa odsunęła gwałtownie krzesło, tak że przewróciło się na podłogę, i wybiegła z płaczem.

Kiedy septa Mordane podniosła się, Ned powstrzymał ją podniesioną dłonią.

— Niech idzie, septo. Spróbuję jej to wytłumaczyć, kiedy wszyscy znajdziemy się bezpieczni w Winterfell. — Septa skłoniła głowę i usiadła z powrotem, by skończyć śniadanie.

Godzinę później do samotni Eddarda Starka przyszedł Wielki Maester Pycelle. Stanął mocno zgarbiony, jakby zbytnio ciążył mu ogromny łańcuch na szyi.

— Panie — oznajmił. — Król Robert odszedł. Niech bogowie dadzą mu odpoczynek.

— Nie — odparł Ned. — Nienawidził odpoczywać. Niech bogowie obdarzą go raczej radością i miłością, radością sprawiedliwej bitwy. — Czuł się dziwnie pusty. Spodziewał się tej wizyty, a mimo to, usłyszawszy słowa maestera, poczuł, że wraz z nimi coś w nim umarło. Gotów był oddać wszystkie zaszczyty za wolność, by móc swobodnie zapłakać, ale nie mógł... przecież był Namiestnikiem Roberta. Nadeszła godzina, przed którą się wzdragał. — Bądź tak dobry i wezwij członków rady do mojej samotni — zwrócił się do Pycelle'a. W Wieży Namiestnika razem z Tomardem potrafią zadbać o bezpieczeństwo, nie miał jednak takiej pewności co do sali narad.

— Słucham? — Pycelle zamrugał gwałtownie. — Z pewnością sprawy Królestwa mogą zaczekać do jutra, kiedy nasz żal nie będzie tak dotkliwy.

— Obawiam się, że musimy się spotkać natychmiast — odpowiedział Ned głosem spokojnym, lecz stanowczym.

— Jak każesz, Namiestniku. — Pycelle wezwał służących i wysłał ich z poleceniami. Potem z wdzięcznością przyjął od Neda krzesło i puchar słodkiego piwa.

Pierwszy przybył ser Barristan Selmy w lśniącej zbroi i nieskazitelnie białym płaszczu.

— Lordowie — oświadczył. — Teraz moje miejsce jest przy młodym Królu. Proszę, bym mógł się do niego udać.

— Twoje miejsce jest tutaj, ser Barristanie — odparł Ned.

Następny zjawił się Littlefinger; ubrany w błękitny aksamit i srebrzystą pelerynę w przedrzeźniacze, tak jak poprzedniego wieczoru, buty miał zakurzone od konnej jazdy.

— Moi panowie — przywitał ich, uśmiechając się bez szczególnego powodu, po czym zwrócił się do Neda: — Królestwo roni łzy. Czy zaczniemy?

— Poczekamy na lorda Renly'ego — powiedział Ned.

Varys posłał mu smutne spojrzenie.

— Obawiam się, że lord Renly wyjechał z miasta.

— Wyjechał z miasta? — Ned liczył na poparcie Renly'ego.

— Godzinę przed świtem wyjechał przez boczną furtę w towarzystwie ser Lorasa Tyrella i około pięćdziesięciu ludzi — wyjaśnił Varys. — Widziano ich galopujących na południe. Pewnie zmierzali do Końca Burzy albo do Wysogrodu.

To tyle, jeśli chodzi o Renly'ego i jego sto mieczy. Nedowi nie podobało się wcale to, co usłyszał, ale nic nie mógł poradzić. Wyjął list Roberta.

— Wczorajszej nocy Król wezwał mnie do siebie i kazał mi zapisać jego ostatnią wolę. Lord Renly i Wielki Maester Pycelle zaświadczyli pieczęć Roberta. Zgodnie z życzeniem Króla list miał zostać otworzony przez radę po jego śmierci. Ser Barristanie, czy będziesz tak miły?

Lord Dowódca Gwardii Królewskiej obejrzał papier.

— Pieczęć Króla Roberta. Nie naruszona. — Otworzył list i przeczytał go. — Niniejszym oznajmiam, że lord Eddard Stark otrzymuje godność Protektora Królestwa i będzie sprawował rządy aż do chwili uzyskania pełnoletności przez mojego spadkobiercę.

Tak się składa, że spadkobierca jest pełnoletni — pomyślał Ned, nie powiedział jednak tego na głos. Nie ufał Pycelle'owi ani Varysowi, a ser Barristanowi honor nakazywał bronić chłopca, którego uważał za swego nowego króla. Stary rycerz nie będzie chciał opuścić Joffreya. Konieczne kłamstwo zostawiło w jego ustach smak goryczy, Ned wiedział jednak, że musi być ostrożny, dopóki nie przejmie władzy regenta. Czas na rozstrzygnięcie sprawy sukcesji nadejdzie, gdy Arya i Sansa będą bezpieczne w Winterfell, a lord Stannis wróci do Królewskiej Przystani z całą swą potęgą.

— Chcę, by rada zatwierdziła mnie jako Lorda Protektora, zgodnie z życzeniem Roberta — oznajmił Ned. Obserwował pilnie ich twarze, zastanawiając się, jakie myśli kryją się za opadającymi powiekami Pycelle'a, leniwym uśmieszkiem Littlefingera i nerwowymi poruszeniami palców Varysa.

Do komnaty wszedł gruby Tom.

— Proszę o wybaczenie, ale zarządca Króla nalega...

Do sali wszedł sam zarządca. Skłonił się.

— Szacowni lordowie, Król nakazuje małej radzie zebrać się niezwłocznie w sali tronowej.

Ned spodziewał się szybkiego uderzenia Cersei, dlatego wezwanie nie zdziwiło go.

— Król nie żyje — rzekł — ale pójdziemy z tobą. Tom, zbierz eskortę.

Littlefinger zaoferował Nedowi swoje ramię, kiedy schodzili po schodach. Varys, Pycelle i ser Barristan szli tuż za nimi. Na zewnątrz czekała podwójna kolumna ośmiu żołnierzy w kolczugach i stalowych hełmach. Szare płaszcze powiewały na wietrze, kiedy strażnicy prowadzili ich przez dziedziniec. Ned nie dostrzegł nigdzie ludzi Lannisterów. Uspokoił się na widok złotych płaszczy na murach i przy bramie.

Przy drzwiach do sali tronowej przywitał ich Janos Slynt w zdobionej, czarno-złotej zbroi z wysokim hełmem pod pachą. Dowódca Straży Miejskiej skłonił się sztywno. Jego ludzie otworzyli ogromne dębowe drzwi, wysokie na dwadzieścia stóp i okute brązem.

Królewski Zarządca wprowadził ich do sali.

— Powitajcie Jego Miłość, Joffreya z Rodów Baratheonów i Lannisterów, Pierwszego Tego Imienia, Króla Andalów, Rhoynarów i Pierwszych Ludzi, Pana Siedmiu Królestw i Protektora Królestwa — oznajmił donośnym głosem.

Przeszli przez całą salę, zanim stanęli przed Żelaznym Tronem, na którym siedział Joffrey. Kuśtykając wolno, wsparty na ramieniu Littlefingera, Ned zbliżył się do chłopca, który obwołał się Królem. Pozostali podążali za nim. Kiedy po raz pierwszy stanął przed tym tronem, siedział na koniu z mieczem w dłoni, a smoki Targaryenów patrzyły ze ścian, jak zmuszał Jaime'a Lannistera, by opuścił tron. Teraz zastanawiał się, czy Joffrey odda go równie łatwo.

Pięciu rycerzy Gwardii Królewskiej — wszyscy poza ser Jaime'em i ser Barristanem — utworzyło półkole wokół podstawy tronu. Byli uzbrojeni od stóp do głów, z ich ramion zwisały długie jasne płaszcze, a do lewej ręki przypasali białe tarcze. Cersei Lannister z dwójką młodszych dzieci stała za ser Borosem i ser Merynem. Królowa ubrana była w jedwabną suknię, w kolorze morskiej zieleni obszytą myrską koronką, białą jak morska piana. Na jej palcu lśnił pierścień ze szmaragdem wielkości gołębiego jaja, a na głowie tiara.

Książę Joffrey siedział nad nimi w złotym kubraku i czerwonej atłasowej pelerynie. U stóp wąskich i stromych schodów prowadzących do tronu zajął pozycję Sandor Clegane w ciemnoszarej zbroi i w hełmie w kształcie psiego pyska.

Za tronem czekało dwudziestu żołnierzy Lannisterów z długimi mieczami w pochwach u boku. Ich ramiona okrywały szkarłatne płaszcze, a hełmy zdobiły grzebienie w kształcie lwów. Littlefinger dotrzymał obietnicy. Pod ścianami, przed gobelinami Roberta pełnymi scen myśliwskich, stali żołnierze Straży Miejskiej w złotych płaszczach; każdy zaciskał dłonie na drzewcu włóczni długiej na osiem stóp i zakończonej czarnym, żelaznym grotem. Przypadało ich pięciu na jednego Lannistera.

Kiedy Ned wreszcie zatrzymał się, jego nogę rozrywał przenikliwy ból. Wciąż opierał się na ramieniu Litllefingera.

Joffrey wstał. Na jednej stronie jego szkarłatnej, atłasowej peleryny widniało pięćdziesiąt ryczących lwów wyszytych złotą nicią, z drugiej strony pięćdziesiąt pędzących jeleni.

— Nakazuję radzie poczynić przygotowania niezbędne do mojej koronacji — oświadczył chłopiec. — Ma ona nastąpić w ciągu dwóch tygodni. Dzisiaj przyjmę hołd lenny moich wiernych doradców.

Ned wyjął list Roberta.

— Lordzie Varysie, bądź tak dobry i pokaż ten list lady Lannister.

Eunuch podał zwój Cersei. Królowa zerknęła na treść.

— Protektor Królestwa — przeczytała. — Czy to ma być twoja tarcza, panie? Kawałek papieru? — Przedarła list na pół, a połowy na ćwiartki, po czym rzuciła go na podłogę.

— To były słowa Króla — przemówił ser Barristan drżącym głosem.

— Teraz mamy nowego Króla — odparła Cersei Lannister.

— Wasze Miłości, Namiestnik knuje zdradę! — zawołał Pycelle. Jego ciężki łańcuch zadzwonił, kiedy starzec opadł na kolana.

Królowa zignorowała go.

— Podczas naszego ostatniego spotkania udzieliłeś mi pewnej rady, lordzie Stark. Pozwól, że ci się odwzajemnię. Zegnij kolano, panie. Klęknij i złóż hołd mojemu synowi, a pozwolimy ci złożyć urząd Namiestnika i przeżyć resztę życia na szarym pustkowiu, które nazywasz domem.

— Gdybym tylko mógł — powiedział Ned. — Niestety, twój syn nie ma prawa do tronu, na którym zasiada. Prawowitym spadkobiercą jest lord Stannis.

— Kłamca! — krzyknął czerwony na twarzy Joffrey.

— Matko, o czym on mówi? — spytała księżniczka Myrcella płaczliwym głosem. — Czy Joff nie jest teraz Królem?

— Lordzie Stark, pogrążasz się własnymi słowami — stwierdziła Cersei Lannister. — Ser Barristanie, pochwyćcie zdrajcę.

Lord Dowódca Gwardii Królewskiej zawahał się. W następnej chwili otoczyli go ludzie Starka z mieczami w dłoniach.

— Teraz to już nie tylko słowa, lecz rzeczywista zdrada — odezwała się Cersei. — Sądzisz, panie, że ser Barristan jest sam? — Rozległ się złowieszczy szczęk miecza wysuwanego z pochwy; był to miecz Ogara. Za jego przykładem poszli rycerze Gwardii Królewskiej i dwudziestu strażników Lannisterów.

— Zabijcie go! — wrzeszczał z tronu Król. — Rozkazuję wam zabić ich wszystkich!

— Nie zostawiasz mi wyboru — powiedział Ned do Cersei Lannister. — Dowódco — zwrócił się do Janosa Slynta — zatrzymać Królową i jej dzieci. Nie czyńcie im krzywdy, lecz odprowadźcie pod eskortą do królewskich komnat, gdzie mają pozostać pod strażą.

— Straż! — zawołał Janos Slynt, wkładając hełm. Stu żołnierzy w złocistych płaszczach opuściło włócznie.

— Nie chcę rozlewu krwi — zwrócił się Ned do Królowej. — Każ swoim ludziom odłożyć miecze, a nie trzeba będzie...

Stojący najbliżej Tomarda żołnierz Straży Miejskiej ugodził go włócznią w plecy. Gruby Tom wypuścił broń ze zmartwiałych palców, czerwony czubek grotu wynurzył się spomiędzy żeber, przebijając kubrak z twardej skóry i kolczugę. Tom już nie żył, zanim jego miecz uderzył o posadzkę.

Okrzyk Neda był spóźniony. Janos Slynt sam poderżnął gardło Varly'emu. Cayn odwrócił się na pięcie i szybkimi cięciami obronił się przed napierającym na niego włócznikiem. Przez chwilę wydawało się, że wydostanie się na wolność, lecz w następnej chwili zaatakował go Ogar. Pierwszym cięciem Sandor Clegane odciął Caynowi dłoń, w której ten trzymał miecz, drugim rzucił go na kolana, trzecim zaś przeciął od barku po obojczyk.

Kiedy ludzie Neda kolejno ginęli, Littlefinger wyciągnął sztylet z pochwy Namiestnika i przyłożył mu klingę do gardła. Uśmiechnął się przepraszająco.

— Ostrzegałem cię, żebyś mi nie ufał.

ARYA

— Góra — krzyknął Syrio Forel, zadając cięcie w głowę. Rozległ się trzask uderzenia kija o kij, kiedy Arya odparowała cios.

— Lewa — zawołał i uderzył. Jej kij natychmiast wyszedł mu na spotkanie. Zacisnął zęby na dźwięk uderzenia.

— Prawa — powiedział, a potem zaraz: — Dół, lewa, lewa — i jeszcze raz i jeszcze szybciej. Arya cofała się przed nim, odparowując kolejne uderzenia.

— Pchnięcie — rzucił ostrzegawczo i zadał cios. Ona zaś uskoczyła w bok, odepchnęła jego kij i zadała cięcie w ramię. Prawie go dotknęła, prawie, była tak blisko, że uśmiechnęła się zadowolona. Kosmyk mokrych włosów opadł jej na oczy. Odsunęła go grzbietem dłoni.

— Lewa — zawołał Syrio. — Dół. — Jego miecz śmigał z ogromną szybkością, a w Małej Komnacie rozległo się echo drewnianych uderzeń. — Lewa. Lewa. Góra. Lewa. Prawa. Lewa. Dół. Lewa!

Drewniane ostrze uderzyło ją wysoko w pierś; przenikliwy ból, który nadszedł ze złej strony.

— Au — krzyknęła. Do wieczora, kiedy już znajdą się na morzu, będzie miała nowego siniaka. Każdy siniak to kolejna lekcja, powtarzała sobie, a każda lekcja czyni nas lepszymi.

Syrio cofnął się.

— Już nie żyjesz.

Arya skrzywiła się.

— Oszukałeś — odparła. — Powiedziałeś lewa, a uderzyłeś z prawej.

— Tak. I już nie żyjesz.

— Ale oszukałeś!

— Tylko w słowach. Moje oczy i moje ramię wykrzykiwały prawdę, lecz ty nie widziałaś.

— Wcale nie — zaprzeczyła. — Patrzyłam przez cały czas!

— Patrzeć to jedno, a zobaczyć to co innego, martwa dziewczyno. Wodny tancerz widzi wszystko. Chodź, odłóż miecz, czas na słuchanie.

Poszła za nim i usiadła na ławce.

— Syrio Forel był pierwszym mieczem u Morskiego Lorda z Braavos, a wiesz dlaczego?

— Byłeś najlepszym szermierzem w mieście.

— Właśnie, ale dlaczego? Inni byli silniejsi, szybsi, młodsi. A zatem dlaczego Syrio był najlepszy? Powiem ci. — Dotknął końcem palca swojej powieki. — Sztuka patrzenia, oto największa tajemnica. Posłuchaj mnie. Statki z Braavos żeglują tak daleko, jak daleko wieje wiatr, docierają do pięknych i dziwnych lądów, a kiedy wracają, przywożą niezwykłe zwierzęta do menażerii Morskiego Lorda. Na pewno takich jeszcze nie widziałaś: konie w paski, ogromne cętkowane stworzenia o szyjach długich jak tyki, włochate myszo-świnie o rozmiarach krowy, jadowite mantykory, tygrysy, które noszą małe w torbach na brzuchu, dwunogie ogromne jaszczury o pazurach ostrych jak sztylety. Syrio Forel widział je wszystkie. W dniu, który mam na myśli, poległ pierwszy miecz i Morski Lord posłał po mnie. Wielu śmiałków do niego przychodziło i wszyscy musieli odejść, a żaden nie wiedział dlaczego. Kiedy stanąłem przed nim, siedział, a na jego kolanach spoczywał gruby, żółty kot. Powiedział mi, że jeden z kapitanów przywiózł mu go z wyspy położonej dalej niż wschodzi słońce. Zapytał mnie, czy widziałem kiedyś podobną bestię.

A ja mu odpowiedziałem, że każdej nocy spotykam setki podobnych na uliczkach Braavos. Wtedy Lord roześmiał się i jeszcze tego samego dnia zostałem pierwszym mieczem.

Arya skrzywiła się.

— Nie rozumiem.

Syrio cmoknął.

— Kot na jego kolanach był zwykłym kocurem. Inni spodziewali się ujrzeć jakiegoś bajecznego stwora i takim go widzieli. Dziwili się, że taki ogromny, chociaż w rzeczywistości nie był większy od normalnego kota, jedynie bardzo gruby, a to z lenistwa, ponieważ jego pan karmił go jedzeniem ze swojego stołu. Jakie dziwne, małe uszy, mówili. Uszy miał poogryzane w walkach w kuchni. Ponadto był to kocur, lecz kiedy lord nazwał go kotką, oni widzieli kotkę. Słuchasz mnie?

Arya zastanawiała się przez chwilę.

— Ty widziałeś, jaki był naprawdę.

— Właśnie. Potrzeba tylko otworzyć oczy. Serce kłamie, a głowa nas zwodzi. Jedynie oczy widzą prawdę. Patrz oczyma. Słuchaj uszami. Wąchaj nosem i czuj przez skórę. Potem dopiero myśl. W ten sposób poznasz prawdę.

— Rozumiem — oświadczyła uśmiechnięta Arya.

Syrio Forel także się uśmiechnął.

— Myślę, że kiedy dotrzemy już do tego twojego Winterfell, weźmiesz do ręki swoją Igłę.

— Och, tak! — ucieszyła się Arya. — Zobaczysz, kiedy pokażę Jonowi...

Ogromne, dębowe drzwi Małej Komnaty otworzyły się z hukiem. Arya odwróciła się szybko.

Pod łukiem wejścia stał rycerz Gwardii Królewskiej, a za nim pięciu żołnierzy Lannisterów. Miał na sobie pełną zbroję, zasłonę hełmu zostawił podniesioną. Arya rozpoznała rudawe bokobrody i opadające w kącikach oczy; znała je, ponieważ ser Meryn Trant towarzyszył Królowi w czasie jego wizyty w Winterfell. Żołnierze ubrani byli w kolczugi i stalowe hełmy z lwami.

— Aryo Stark — przemówił rycerz. — Chodź z nami, dziecko.

Arya przygryzła wargę, niepewna, co robić.

— Czego chcesz?

— Ojciec chce cię widzieć.

Arya zrobiła krok do przodu, lecz Syrio Forel chwycił ją za ramię.

— Ciekawe, dlaczego lord Stark wysyła po córkę człowieka Lannisterów, zamiast któregoś ze swoich ludzi?

— Trzymaj język za zębami, nauczycielu tańca — rozkazał ser Meryn. — Nie wtrącaj się.

— Mój ojciec z pewnością by nie wysłał ciebie — powiedziała Arya i chwyciła drewniany miecz. Lannisterowie roześmiali się.

— Odłóż to, dziewczyno — polecił ser Meryn. — Jestem Zaprzysiężonym Bratem Gwardii Królewskiej, Białych Mieczy.

— Tak samo jak Królobójca, kiedy zabijał starego króla — odparła Arya. — Nie muszę iść z tobą, jeśli nie zechcę.

Ser Meryn Trant stracił cierpliwość.

— Brać ją — zwrócił się do swoich ludzi i opuścił zasłonę hełmu. Trzech spośród żołnierzy ruszyło do przodu, pobrzękując cicho kolczugami. Arya poczuła strach. Strach tnie głębiej niż miecze, powtarzała w duchu, by dodać sobie odwagi. Syrio Forel stanął przed nią, uderzając drewnianym mieczem o but.

— Stójcie. Jesteście mężczyznami czy psami, że straszycie dzieci?

— Z drogi, starcze — odezwał się jeden z żołnierzy.

Drewniany miecz Syria świsnął i zadźwięczał na stalowym hełmie.

— Rozmawiasz z Syriem Forelem, któremu należy się więcej szacunku.

— Łysy sukinsyn. — Żołnierz wyciągnął miecz. Kij śmignął powtórnie. Arya usłyszała grzechot żelaznego miecza, który uderzył o podłogę. — Moja ręka — jęknął mężczyzna, dotykając złamanych palców.

— Jesteś szybki, jak na nauczyciela tańca — powiedział ser Meryn.

— A ty wolny, jak na rycerza — odparł Syrio.

— Zabijcie go i przyprowadźcie do mnie dziewczynę — rozkazał rycerz w białej zbroi.

Czterech spośród żołnierzy Lannisterów obnażyło miecze. Piąty, ten ze złamanymi palcami, splunął i wyciągnął lewą ręką sztylet.

Syrio Forel cmoknął i ustawił się w pozycji wodnego tancerza, bokiem do przeciwnika.

— Arya, dziecko — zawołał, nie spuszczając oka z żołnierzy Lannisterów. — Dość nauki na dzisiaj. Teraz idź już lepiej. Biegnij do ojca.

Arya nie miała ochoty zostawiać go samego, lecz Syrio nauczył ją stosować się do jego poleceń.

— Szybka jak jeleń — rzekła szeptem.

— Właśnie — odparł Syrio Forel.

Żołnierze podeszli bliżej. Arya cofnęła się i zacisnęła mocno dłoń na rękojeści drewnianego miecza. Patrząc na Syria, zrozumiała, że wszystko, co jej dotąd pokazywał, było tylko zabawą. Czerwone płaszcze zaatakowały go jednocześnie z trzech stron. Ich ramiona i piersi okrywały kolczugi, metalowe ochrony wszyte w spodnie chroniły krocza, jedynie na nogach nosili tylko skórzane osłony. Dłonie mieli gołe, a na głowach hełmy z osłonami na nos, bez zasłony.

Syrio nie czekał, aż się zbytnio zbliżą, i obrócił się w lewą stronę. Arya nie widziała jeszcze, żeby ktoś się poruszał tak szybko. Odparował cios jednego miecza i uskoczył przed drugim napastnikiem, który stracił równowagę i wpadł na pierwszego z żołnierzy. Syrio kopnął go w plecy i obaj runęli na ziemię. Trzeci z napastników zaatakował głowę wodnego tancerza. Syrio przykucnął i zadał pchnięcie. Żołnierz runął, krzycząc głośno; z czerwonej dziury, gdzie przedtem było jego lewe oko, trysnęła krew.

Pozostali dwaj podnosili się z podłogi. Syrio kopnął jednego z nich w twarz, a drugiemu zerwał z głowy stalowy hełm. Strażnik ze sztyletem zadał cios. Syrio zablokował pchnięcie hełmem i roztrzaskał mu kolano drewnianym mieczem. Ostatni z czerwonych płaszczy zaklął głośno i zaatakował, siekąc mieczem, który trzymał w obu dłoniach. Syrio uskoczył w bok i okrutne cięcie dosięgło mężczyznę bez hełmu między szyją i barkiem. Miecz przeciął kolczugę, skórzany kaftan i wbił się w ciało rannego. Ten krzyknął przeraźliwie. Atakujący nie zdążył wyrwać ostrza, ponieważ Syrio uderzył go w gardło. Żołnierz wydał zduszony okrzyk i podniósł ręce do szyi. Twarz mu poczerniała.

Zanim Arya dotarła do tylnych drzwi prowadzących do kuchni, pięciu ludzi leżało na ziemi, martwych albo umierających. Usłyszała, jak ser Meryn Trant przeklina.

— Cholerne durnie — warknął, wyciągając długi miecz.

Syrio Forel cmoknął i jeszcze raz przyjął postawę wodnego tancerza.

— Aryo, dziecko — zawołał — idź już.

„Patrz oczyma", tak mówił. Spojrzała: rycerz w zbroi od stóp do głów, nogi, gardło, ręce, wszystko schowane za pancerzem, oczy chronione hełmem, w ręku miecz. Naprzeciw niego Syrio w skórzanej kamizelce z drewnianym mieczem w dłoni.

— Syrio, uciekaj — krzyknęła.

— Pierwszy miecz Braavos nie ucieka — odpowiedział jej w chwili, gdy ser Meryn wykonał cięcie. Syrio uskoczył i świsnął mieczem. Zadawał kolejne uderzenia w skroń, łokieć, szyję rycerza, lecz drewniany miecz odbijał się od metalowego hełmu, rękawicy i osłony. Arya stała nieruchomo. Ser Meryn napierał, Syrio cofał się. Odparował następny cios, uskoczył przed kolejnym i zablokował jeszcze jeden.

Czwarte cięcie rycerza przepołowiło miecz wodnego tancerza, rozłupało drewno i rozerwało ołowiany środek.

Arya odwróciła się i pobiegła przed siebie ze łzami w oczach.

Pomknęła na oślep przez kuchnię i spiżarnię, lawirując między kucharzami i pomocnikami. Na jej drodze znalazła się pomocnica piekarza z tacą w rękach. Arya przewróciła kobietę. Po podłodze potoczyły się bochenki świeżo upieczonego chleba. Niepomna na ścigające ją okrzyki, ominęła ogromnego rzeźnika z toporem w dłoni i rękoma czerwonymi po łokcie.

Przypominała sobie wszystko, czego nauczył ją Syrio Forel. Szybka jak jeleń. Cicha jak cień. Strach tnie głębiej niż miecze. Zwinna jak wąż. Spokojna jak stojąca woda. Strach tnie głębiej niż miecze. Silna jak niedźwiedź. Dzika jak rosomak. Strach tnie głębiej niż miecze. Ten, kto boi się przegrać, już przegrał. Strach tnie głębiej niż miecze. Rękojeść jej drewnianego miecza była mokra od potu, a Arya oddychała ciężko, kiedy dotarła do schodów prowadzących na wieżyczkę. Zamarła na moment. W górę czy w dół? Schody w górę poprowadzą ją do krytego mostu, którym można przejść nad niewielkim dziedzińcem do Wieży Namiestnika, ale tego się pewnie spodziewali. „Nigdy nie rób tego, czego się spodziewają", mówił Syrio. Arya ruszyła w dół po krętych schodach, skacząc po dwa albo trzy stopnie. Znalazła się w ogromnej, sklepionej piwnicy pełnej beczek z piwem ustawionych jedne na drugich pod ścianami. Jej mroki rozjaśniało tylko światło wpadające przez wąskie okienka pod sufitem.

Z piwnicy nie było już wyjścia. Jedynie to samo, którym tam weszła. Bała się wracać po schodach, lecz tu też nie mogła zostać. Musiała odnaleźć ojca i opowiedzieć mu, co się stało. Ojciec ją obroni.

Arya wsunęła miecz za pas i zaczęła wchodzić po beczkach, skacząc z jednej na drugą, aż dotarła do okna. Sięgnęła dłońmi kamiennego występu i podciągnęła się. Mur był gruby na trzy stopy i piął się ukośnie w górę. Podpełzła w kierunku światła. Kiedy dotarła do końca, wyjrzała ponad murem wewnętrznym w kierunku Wieży Namiestnika.

Jej masywne drzwi wisiały na zawiasach, jakby roztrzaskane siekierami. Na schodach leżał martwy żołnierz twarzą do ziemi, w płaszczu splątanym pod nim, kolczuga na jego plecach przesiąkła krwią. Zobaczyła przerażona, że płaszcz jest szary, oblamowany białym atłasem. Nie potrafiła rozpoznać, czyje to ciało.

— Nie — powiedziała szeptem. Co się działo? Gdzie był jej ojciec? Co chciały od niej czerwone płaszcze? Przypomniała sobie słowa mężczyzny z żółtawą brodą, którego podsłuchała w dzień, kiedy znalazła bestie. „Skoro umarł jeden Namiestnik, dlaczego nie może drugi?" Arya poczuła napływające do oczu łzy. Wstrzymała oddech i wytężyła słuch. Usłyszała odgłosy walki, krzyki, brzęk zbroi; wszystkie dochodziły z Wieży Namiestnika.

Nie mogła wrócić. Jej ojciec...

Zamknęła oczy. Przez chwilę była zbyt przestraszona, żeby się poruszyć. Zabili Jory'ego, Wyla, Hewarda i tego strażnika na schodach. Mogli też zabić jej ojca, a także ją, jeśli wpadnie w ich ręce.

— Strach tnie głębiej niż miecze — powiedziała głośno, lecz teraz nie było sensu udawać wodnego tancerza. Syrio był tancerzem, a biały rycerz pewnie go zabił. Przecież ona jest tylko małą dziewczynką z drewnianym kijem, samotną i przestraszoną.

Wydostała się na zewnątrz i zeskoczyła na dziedziniec; wstając, rozejrzała się ostrożnie. Zamek wyglądał jak opuszczony. A przecież Czerwona Twierdza nigdy nie była opuszczona. Pewnie wszyscy schowali się w środku i pozamykali drzwi. Arya zerknęła tęsknie na okno swojej komnaty i ruszyła w kierunku przeciwnym do Wieży Namiestnika. Szła pod ścianą, trzymając się w cieniu. Wyobrażała sobie, że poluje na koty... tylko że teraz ona była kotem, który zostanie zabity, jeśli go złapią.

Przemykając między budynkami, ponad murami, zawsze przyciśnięta do ściany, tak aby nikt jej nie zaskoczył, dotarła do stajni. Kiedy szła przez wewnętrzny mur, ujrzała tuzin złotych płaszczy w kolczugach, którzy przebiegli szybko. Jednak nie mając pewności, po czyjej są stronie, przycupnęła w cieniu i poczekała, aż się oddalą.

Na ziemi, przy drzwiach stajni, leżał Hullen; był koniuszym w Winterfell od kiedy Arya pamiętała. Otrzymał tyle ran, że jego tunika przypominała materiał w szkarłatne kwiaty. Arya była przekonana, że starzec nie żyje, lecz kiedy podpełzła bliżej, otworzył oczy.

— Arya Wszędobylska — wyszeptał. — Musisz... ostrzec... pana ojca... — Na jego ustach pojawiła się czerwona piana. Zamknął oczy i nic już nie powiedział.

Wewnątrz stajni znalazła ciała kolejnych zabitych: stajenny, z którym się bawiła, i trzech strażników ojca. Przy drzwiach stał wóz wyładowany skrzyniami i kuframi. Zabici zostali pewnie zaatakowani w czasie przygotowań do wyjazdu. Arya podeszła bliżej. W jednym z poległych rozpoznała Desmonda, który pokazał jej swój długi miecz i obiecał strzec jej ojca. Leżał na plecach z oczyma wpatrzonymi ślepo w sufit, po jego twarzy chodziły muchy. Obok zobaczyła martwego żołnierza w czerwonym płaszczu i hełmie z lwem Lannisterów. Tylko jeden. „Każdy żołnierz z północy wart jest dziesięciu mieczy z południa", powiedział jej kiedyś Desmond.

— Ty kłamco! — syknęła i kopnęła jego ciało, rozwścieczona.

Konie wierzgały i parskały niespokojnie, czując zapach krwi. Arya zamierzała osiodłać jednego z nich i uciec z zamku i z miasta. Wystarczyło trzymać się królewskiego traktu, który z pewnością zaprowadzi ją do Winterfell. Zdjęła ze ściany uprząż.

Kiedy przeszła na tył wozu, jej uwagę zwróciła skrzynia na ziemi. Musiała spaść w czasie walki. Drewniane wieko oderwało się i zawartość wysypała się na ziemię. Arya rozpoznała jedwabne, atłasowe i aksamitne suknie, których nigdy nie nosiła. Pomyślała, że w czasie podróży może potrzebować jakichś ciepłych ubrań, a poza tym…

Klęknęła między ubraniami. Wybrała gruby, wełniany płaszcz, jedwabną bluzę, trochę bielizny, suknię ozdobioną dla niej przez matkę i bransoletkę, którą mogła sprzedać. Odrzuciwszy oderwane wieko, zanurzyła dłonie głębiej we wnętrzu skrzyni w poszukiwaniu Igły. Schowała ją na samym dnie, ale teraz trudno ją było znaleźć. Panował tam okropny bałagan. Przez chwilę sądziła, że ktoś znalazł miecz i zabrał go, lecz w tym samym momencie jej palce wyczuły metal owinięty w jedwab.

— Jest tutaj — rozległ się głos z tyłu.

Arya odwróciła się błyskawicznie. Zobaczyła chłopaka ze stajni. Stał z uśmieszkiem na twarzy, z widłami w dłoniach. Buty miał brudne od gnoju, a spod jego brudnego kaftana wystawała jeszcze brudniejsza biała koszula.

— Kim jesteś? — spytała.

— Ona mnie nie zna — odpowiedział — ale ja ją znam. Dziewczyna od wilków.

— Pomóż mi osiodłać konia — zażądała Arya, sięgając do skrzyni. — Mój ojciec jest Królewskim Namiestnikiem. Dostaniesz nagrodę.

— Ojciec nie żyje — powiedział chłopiec. Zrobił krok do przodu. — Królowa da nagrodę. Chodź ze mną, dziewczyna.

— Nie podchodź! — Zacisnęła dłoń na rękojeści Igły.

— Mówię, chodź. — Chwycił Aryę mocno za ramię.

W jednej chwili zapomniała wszystko, czego uczył ją Syrio Forel. Przerażona, potrafiła jedynie przypomnieć sobie lekcję, jakiej udzielił jej Jon Snow, pierwszą lekcję.

Ukłuła go ostrym końcem, pchając ostrze w górę z całej siły.

Igła przebiła skórzany kaftan i białe ciało brzucha. Wyszła między łopatkami. Chłopak upuścił widły, a z jego ust wydobyło się coś między cichym stęknięciem a westchnieniem.

— Och, bogowie — jęknął. Plama na jego koszuli powiększała się. — Wyciągnij go.

Kiedy wyciągnęła miecz, umarł.

Konie rżały przestraszone. Arya stała nad ciałem, nieruchoma, obezwładniona strachem w obliczu śmierci. Kiedy chłopak osunął się na ziemię, z jego ust chlusnęła krew, z rany na brzuchu płynęła druga strużka. Dłonie miał poprzecinane, gdyż upadając, chwycił za ostrze miecza. Arya cofnęła się z Igłą czerwoną od krwi. Musi uciec, uciec gdzieś daleko, gdzieś w bezpieczne miejsce, gdzie będzie mogła się schować przed oskarżającym spojrzeniem stajennego.

Chwyciła uprząż i podbiegła do swojej kobyły, lecz gdy zarzuciła siodło na jej grzbiet, zdała sobie nagle sprawę, że bramy będą zamknięte. Z pewnością pilnują też bocznej furty. Może strażnicy jej nie rozpoznają. Gdyby wzięli ją za chłopaka... nie, na pewno otrzymali rozkaz, żeby nikogo nie wypuszczać, dlatego nie ma znaczenia, czy ją rozpoznają czy nie.

Przypomniała sobie o innym wyjściu z zamku...

Puściła siodło, które opadło na ziemię z głuchym dudnieniem, wzbijając obłok kurzu. Czy uda jej się odnaleźć komnatę z potworami? Nie miała pewności, ale wiedziała, że musi spróbować.

Odnalazła ubrania, które wcześniej przygotowała, i wdziała płaszcz. Schowała Igłę pod jego fałdami. Z pozostałych rzeczy zrobiła niewielkie zawiniątko. Wsunąwszy je pod pachę, podpełzła w drugi koniec stajni. Uchyliła tylne drzwi i ostrożnie wyjrzała. Usłyszała gdzieś daleko szczęk broni i agonalny krzyk konającego. Będzie musiała zejść w dół krętymi schodami, obok małej kuchni i chlewika, tą drogą szła poprzednim razem, kiedy goniła kota... tylko że trzeba było przejść obok koszar złotych płaszczy. Nie może pójść tamtędy. Zastanawiała się nad inną drogą. Gdyby dotarła na drugą stronę zamku, mogłaby się przekraść pod murem od strony rzeki, przez boży gaj... lecz najpierw musiałaby przedostać się przez dziedziniec, gdzie zobaczą ją strażnicy pełniący wartę na murach.

Nigdy dotąd nie widziała ich tylu na górze. Wszyscy nosili złote płaszcze, większość była uzbrojona w piki. Niektórzy z nich znali ją z widzenia. Co by zrobili, gdyby zauważyli ją biegnącą przez dziedziniec? Czy byliby w stanie ją rozpoznać z takiej odległości, czy w ogóle by zwrócili na nią uwagę?

Wmawiała sobie, że już musi iść, lecz strach paraliżował jej ruchy.

Spokojna jak stojąca woda, usłyszała cichy głos. Zdumiona, upuściła zawiniątko. Rozejrzała się przestraszona, lecz w stajni nie było nikogo poza nią, końmi i ciałami zabitych.

Cicha jak cień, usłyszała. Czy to jej własny głos, czy głos Syria? Nie potrafiła powiedzieć, lecz głos pomógł jej opanować strach.

Wyszła ze stajni.

Nigdy jeszcze tak bardzo się nie bała. Miała ochotę puścić się biegiem i ukryć, lecz wiedziała, że musi iść przez dziedziniec, powoli, krok za krokiem, udawać, że nigdzie się nie śpieszy. Wydawało jej się, że czuje na sobie ich spojrzenia, niczym robaki pełzające po jej skórze. Ani na chwilę nie uniosła oczu. Wiedziała, że straciłaby resztki odwagi, gdyby zobaczyła, że patrzą na nią; wyobrażała sobie, jak rzuca swoje zawiniątko i ucieka z płaczem, a wtedy by ją złapali. Szła ze wzrokiem wbitym w ziemię. Kiedy wreszcie stanęła w cieniu królewskiego septu po drugiej stronie dziedzińca, była mokra od zimnego potu, lecz nikt nie podniósł alarmu.

Drzwi do septu zastała otwarte, w środku nie było nikogo. Cisza wypełniona wonią pięćdziesięciu płonących świec. Arya pomyślała, że bogom nie zrobi różnicy, jeśli weźmie sobie dwie. Wsunęła świece do rękawów i opuściła sept przez tylne okno. Z łatwością odnalazła zaułek, do którego kiedyś zapędziła jednouchego kocura, lecz nie wiedziała, co począć dalej. Wchodziła i wychodziła przez kolejne okna, przeskakiwała mury i przekradała się przez ciemne piwnice, cicha jak cień. Raz usłyszała płacz kobiety. Minęła godzina, zanim odnalazła niskie i wąskie okno lochu, w którym czekały potwory.

Przecisnęła przez otwór zawiniątko i skuliła się, żeby zapalić świecę. Nie było to łatwe; z ognia, który przedtem widziała, został już tylko żar. Kiedy dmuchała na węgle, usłyszała głosy. Wyszła przez okno, zasłaniając płomień świecy, kiedy wchodzili przez drzwi; nie potrafiła powiedzieć, kim byli.

Tym razem nie bała się potworów. Patrzyła na nie jak na starych znajomych. Uniosła świecę wysoko nad głowę. Kiedy szła wolno, cienie poruszały się na ścianach, jakby odwracały się, patrząc za nią.

— Smoki — wyszeptała.

Wyjęła Igłę spod płaszcza. Choć smukły miecz wydawał jej się tak mały, a smoki tak duże, poczuła się pewniej z bronią w ręku.

Pozbawiona okien długa sala, do której teraz weszła, była tak samo ciemna jak ostatnim razem. Zacisnęła lewą dłoń na rękojeści Igły — tą ręką walczyła — w prawej trzymała świecę. Poczuła na kostkach gorący wosk. Pamiętała, że wejście do studni znajduje się po lewej stronie, więc skręciła na prawo. Miała ochotę biec, ale bała się, iż wtedy podmuch powietrza może zgasić świecę. Słyszała popiskiwania szczurów i raz dostrzegła świecące oczka, lecz nie bała się ich. W przeciwieństwie do innych istot. Bardzo łatwo można było się tu ukryć; sama schowała się wcześniej przed czarnoksiężnikiem i mężczyzną z rozwidloną brodą. Wydawało jej się, że widzi chłopca ze stajni, jak stoi pod ścianą, z palcami wysuniętymi niczym szpony, ociekającymi krwią z ran od ostrza Igły. Może czekał, żeby ją złapać. Z pewnością zauważy jej świecę. Może powinna ją zgasić...

Strach tnie głębiej niż miecze, wyszeptał jej do ucha głos w głowie. Nagle Arya przypomniała sobie kryptę z Winterfell. *Była bardziej przerażająca niż ta*, powtarzała w myślach. Poszła do niej jeszcze jako mała dziewczynka. Zabrał ją tam Robb razem z Sansą i małym Branem, który wtedy nie był większy, niż teraz Rickon. Mieli ze sobą tylko jedną świecę. Oczy Brana przypominały spodki, kiedy wpatrywał się w kamienne twarze Królów Zimy; u ich stóp spoczywały wilki, a na kolanach leżały żelazne miecze.

Robb zaprowadził rodzeństwo do samego końca krypty, jeszcze za grobowce dziadka, Brandona i Lyanny, żeby pokazać im ich własne groby. Sansa wciąż spoglądała na ich ogarek, bojąc się, że zaraz się skończy. Stara Niania opowiadała im, że tam w dole mieszkały pająki i szczury wielkie jak psy. Robb uśmiechnął się, kiedy Sansa wspomniała o tym. „Tu są gorsze rzeczy od pająków i szczurów — powiedział wtedy. — Tutaj chodzą zmarli". I wtedy właśnie usłyszeli ten odgłos, niski, głuchy, przyprawiający o dreszcz. Mały Bran ścisnął mocniej dłoń Aryi.

Kiedy z otwartego grobowca wyłonił się duch, biały i domagający się jękiem krwi, Sansa z wrzaskiem popędziła w stronę schodów, a Bran, płacząc, uczepił się nogi Robba. Arya została na swoim miejscu i wymierzyła duchowi cios. Był nim Jon cały obsypany mąką. „Głupi — rzekła wtedy do niego. — Przestraszyłeś malucha". Jon i Robb roześmiali się tylko, a po chwili dołączyła do nich Arya i Bran.

Arya uśmiechnęła się na wspomnienie tamtego wydarzenia i teraz ciemność nie wydawała jej się już taka straszna. Chłopak ze stajni nie żył, sama go zabiła. Jeśli wyskoczy na nią, zabije go jeszcze raz. Przecież ona idzie do domu. Wszystko będzie dobrze, kiedy tam dotrze; skryje się bezpiecznie za szarymi murami Winterfell.

Arya zanurzyła się głębiej w ciemność, poprzedzana cichym echem własnych kroków.

SANSA

Przyszli po nią trzeciego dnia.

Sansa założyła prostą suknię z ciemnoszarej wełny, prostą w kroju, lecz bogato zdobioną u góry i na rękawach. Jej palce ślizgały się niezgrabnie na srebrnych zapinkach, które próbowała zapiąć bez pomocy służącej. Przydzielono jej Jeyne Poole, lecz Jeyne była bezużyteczna. Z twarzą opuchniętą od płaczu nie przestawała mówić o swoim ojcu.

— Jestem pewna, że nic mu się nie stało — powiedziała do niej Sansa, kiedy wreszcie uporała się z suknią. — Poproszę Królową, żeby pozwoliła ci się z nim zobaczyć. — Sądziła, że podobna obietnica podniesie na duchu Jeyne, lecz ta spojrzała tylko na nią czerwonymi oczyma i rozpłakała się jeszcze głośniej. Jaki z niej dzieciak, pomyślała Sansa.

Ona także płakała pierwszego dnia. Kiedy doszło do walki, trudno było się nie bać nawet za zamkniętymi drzwiami Warowni Maegora. Przywykła do szczęku oręża na dziedzińcu, gdyż niemal codziennie słyszała krzyżujące się miecze, lecz teraz wszystko było inne, ponieważ działo się to naprawdę. Słyszała wszystko inaczej niż dotąd, a nawet więcej: jęki bólu, gniewne okrzyki, wołanie o pomoc, rzężenie konających. W balladach rycerze nigdy nie krzyczeli i nie błagali o litość.

Zapłakana błagała przez drzwi, aby powiedzieli jej, co się dzieje; wołała ojca, septę Mordane, Króla i swojego wspaniałego Księcia. Jeśli nawet strzegący jej ludzie słyszeli ją, nie reagowali. Tylko raz otworzyli drzwi, późnym wieczorem, i wepchnęli do pokoju Jeyne Poole, drżącą i posiniaczoną. „Zabijają wszystkich", wyrzuciła z siebie z krzykiem córka zarządcy. Powtarzała to bez końca. Opowiedziała, że Ogar wyważył toporem jej drzwi. Na schodach do Wieży Namiestnika leżały ciała, a stopnie były czerwone od krwi. Sansa otarła własne łzy, próbując pocieszyć przyjaciółkę. Położyły się w jednym łóżku, przytulone do siebie jak siostry.

Następny dzień okazał się jeszcze gorszy. Pokój, w którym zamknięto Sansę, znajdował się na szczycie najwyższej wieży Warowni Maegora. Ze swojego okna widziała, że opuszczono ciężką, żelazną kratę w bramie i podniesiono zwodzony most nad suchą fosą, która oddzielała twierdzę od otaczającego ją właściwego zamku. Murów strzegli strażnicy Lannisterów uzbrojeni w kusze i piki. Walka dobiegła końca i na Czerwoną Twierdzę opadła grobowa cisza. Sansa słyszała tylko nieustające pochlipywania Jeyne Poole.

Przynoszono im jedzenie — twardy ser, świeży chleb i mleko na śniadanie, pieczony kurczak z warzywami w południe, a wieczorem potrawka z kaszy i wołowiny — lecz służący, którzy przynosili im posiłki, nie odpowiadali na pytania Sansy. Tamtego wieczoru jakieś kobiety przyniosły jej ubrania z Wieży Namiestnika, a także trochę rzeczy Jeyne. Kiedy spróbowała z nimi porozmawiać, uciekły, jakby bały się, że zarazi je szarą zarazą. Strażnicy przed drzwiami wciąż nie pozwalali im opuszczać pokoju.

— Proszę, muszę porozmawiać z Królową — błagała ich Sansa, podobnie jak wszystkich, których widziała. — Ona z pewnością zechce ze mną pomówić. Powiedzcie jej, proszę, że chcę się z nią zobaczyć. A jeśli nie z nią, to z księciem Joffreyem. Mamy się pobrać, kiedy dorośniemy.

Drugiego dnia, o zachodzie słońca, rozległ się dźwięk wielkiego dzwonu. Jego powolne, głębokie dzwonienie przyprawiało Sansę o drżenie. Wielki dzwon nie ustawał i wkrótce dołączyły do niego inne, umieszczone w Wielkim Sepcie Baelora na Wzgórzu Visenyi. Ich dźwięki płynęły nad miastem niczym grzmoty zwiastujące nadejście burzy.

— Co to? — spytała Jeyne, zatykając uszy. — Dlaczego dzwonią dzwony?

— Król zmarł. — Sansa nie potrafiła powiedzieć, skąd o tym wie, a jednak nie miała wątpliwości. Powolne dzwonienie wypełniło ich pokój, żałosne jak pieśń pogrzebowa. Czy wróg zaatakował zamek i zamordował króla Roberta? Czy to w wyniku walk, które widziały?

Położyła się do łóżka niespokojna, z głową pełną myśli. Czy teraz Królem został jej piękny Joffrey? A może jego także zabili? Bała się o niego i o swojego ojca. Gdyby wreszcie jej powiedzieli, co się dzieje...

Tamtej nocy Sansa śniła o Joffreyu. Zasiadał na tronie, ona zaś siedziała u jego boku w sukni wyszywanej złotą nicią. Na głowie miała koronę, a wszyscy, których znała, przychodzili, by się pokłonić.

Następnego ranka, trzeciego dnia, przyszedł po nią ser Boros Blount z Gwardii Królewskiej, by zaprowadzić ją do Królowej.

Ser Boros był brzydkim mężczyzną o szerokiej piersi i krótkich, pałąkowatych nogach. Nos miał płaski, policzki obwisłe, włosy szare i nastroszone. Tego dnia miał na sobie strój z białego aksamitu, a jego śnieżnobiały płaszcz przytrzymywała brosza w kształcie lwa. Bestia pobłyskiwała łagodnym blaskiem złota, a w jej oczach tkwiły rubiny.

— Ser Borosie, wyglądasz dzisiaj niezwykle przystojnie i pięknie — powiedziała do niego Sansa. Dama zawsze wiedziała, jak się zachować, a ona postanowiła, że pozostanie nią bez względu na wszystko.

— Ty również, pani — odparł ser Boros apatycznym głosem. — Chodź ze mną. Jej Miłość czeka.

Drzwi strzegli strażnicy Lannisterów w szkarłatnych płaszczach i hełmach zdobionych lwami. Sansa posłała im uprzejmy uśmiech i życzyła miłego dnia. Po raz pierwszy od dwóch dni pozwolono jej opuścić pokój, do którego przyprowadził ją ser Arys Oakheart. „Dla twojego bezpieczeństwa, kochanie — powiedziała jej wtedy królowa Cersei. — Joffrey nigdy by mi nie wybaczył, gdyby coś się stało jego ukochanej".

Sansa spodziewała się, że ser Boros zaprowadzi ją do komnat królewskich, on jednak wyprowadził ją z Warowni Maegora. Most znowu opuszczono. Kilku robotników spuszczało jakiegoś mężczyznę na linach do suchej fosy. Kiedy Sansa spojrzała w dół, zobaczyła ciało nabite na ogromne szpice. Szybko odwróciła wzrok. Bała się pytać, nie chciała patrzeć zbyt długo, ponieważ mogło się okazać, że jest to ktoś, kogo znała.

Królową znaleźli w sali narad. Siedziała na końcu stołu pełnego papierów, świec i bloków wosku na pieczęć. Komnata prezentowała się równie wspaniale jak wszystkie, które Sansa dotąd oglądała na zamku. Patrzyła z podziwem na rzeźbioną, drewnianą tęczę i ustawione po obu stronach drzwi sfinksy.

— Wasza Miłość — odezwał się ser Boros, kiedy zostali wprowadzeni przez ser Mandona, innego rycerza Gwardii Królewskiej o dziwnie martwej twarzy. — Przyprowadziłem dziewczynkę.

Sansa miała nadzieję zobaczyć też Joffreya. Jednakże zamiast swojego pięknego Księcia ujrzała tam trzech doradców królewskich. Po lewej ręce Królowej siedział lord Petyr Baelish. Wielki Maester Pycelle zajął miejsce na końcu stołu, między nimi zaś lord Varys rozsiewał swoje kwiatowe wonie. Sansa zauważyła przerażona, że wszyscy ubrani są na czarno. Żałobne stroje.

Królowa miała na sobie suknię z czarnego jedwabiu z szerokim stanikiem, w który wszyto sto ciemnoczerwonych rubinów. Wycięto je w kształcie łez, jakby Królowa płakała krwawymi łzami. Cersei uśmiechnęła się na widok Sansy, a ona pomyślała, że był to najsłodszy i najsmutniejszy uśmiech, jaki kiedykolwiek widziała.

— Sanso, moje słodkie dziecko — powiedziała. — Wiem, że chciałaś ze mną mówić. Przykro mi, że nie mogłam posłać po ciebie wcześniej. Ostatnio dużo się działo i byłam bardzo zajęta. Ufam, że moi ludzie troszczyli się o ciebie należycie?

— Wszyscy byli dla mnie dobrzy, Wasza Miłość. Dziękuję, że pytasz — odpowiedziała uprzejmie Sansa. — Tylko... nikt nie chce nam powiedzieć, co się stało...

— Nam? — spytała Cersei zdziwiona.

— Daliśmy jej dziewczynę zarządcy — powiedział ser Boros. — Nie wiedzieliśmy, co z nią zrobić.

Królowa zmarszczyła brwi.

— Następnym razem mnie zapytajcie — odparła stanowczym tonem. — Bogowie tylko wiedzą, co ona tam naopowiadała Sansie.

— Jeyne jest bardzo przestraszona — powiedziała Sansa. — Wciąż tylko płacze. Obiecałam, że zapytam, czy może zobaczyć swojego ojca. — Wielki Maester Pycelle spuścił oczy. — Bo przecież jej ojcu nic się nie stało, prawda? — dopytywała się Sansa. Wiedziała, że doszło do walk, ale nikt by nie podniósł ręki na zarządcę. Vayon Poole nie nosił nawet miecza. Królowa Cersei popatrzyła kolejno na doradców.

— Nie chcę, żeby ktokolwiek niepokoił Sansę. Co zrobimy z jej małą przyjaciółką, moi panowie?

Lord Petyr pochylił się do przodu.

— Znajdę dla niej jakieś miejsce.

— Ale poza murami miasta — powiedziała Królowa.

— Masz mnie za głupca?

Królowa zignorowała jego ostatnie zdanie.

— Ser Borosie, odprowadź dziewczynkę do komnat lorda Petyra i niech zostanie tam, dopóki on sam nie przyjdzie po nią. Powiedz, że Littlefinger zaprowadzi ją do ojca. To powinno uspokoić dziewczynę. Chcę, żeby już jej nie było, kiedy Sansa wróci do swojej komnaty.

— Jak każesz, Wasza Miłość — powiedział ser Boros. Skłonił nisko głowę i odszedł, powiewając długim, białym płaszczem.

Sansa patrzyła za nim zdezorientowana.

— Nie rozumiem — powiedziała. — Gdzie jest ojciec Jeyne? Dlaczego lord Petyr musi ją zaprowadzić do niego, a nie ser Boros? — Zanim tu przyszła, obiecała sobie, że zachowa się jak dama, będzie łagodna jak Królowa i silna jak matka, lady Catelyn, lecz teraz znowu poczuła strach. Przez moment musiała się powstrzymywać, żeby nie wybuchnąć płaczem. — Dokąd ją wysyłacie? Ona nie zrobiła niczego złego, to dobra dziewczyna.

— Niepotrzebnie cię niepokoi — odpowiedziała łagodnie Królowa. — Nie możemy na to pozwolić. Dość dyskusji. Lord Baelish dobrze zaopiekuje się Jeyne, obiecuję ci. — Wskazała dłonią na krzesło obok siebie. — Usiądź, Sanso. Chcę z tobą pomówić.

Sansa zajęła miejsce u boku Królowej. Cersei uśmiechnęła się do niej, co jednak wcale jej nie uspokoiło. Varys splótł razem swoje pulchne dłonie, a Wielki Maester Pycelle nie spuszczał oczu z leżących przed nim papierów, tylko Littlefinger przyglądał jej się uważnie. W jego spojrzeniu było coś, co sprawiało, że Sansa czuła się naga. Zadrżała.

— Słodka Sanso — zaczęła Królowa, kładąc miękką dłoń na jej nadgarstku. —Jakie z ciebie śliczne dziecko. Wiesz chyba, jak oboje z Joffreyem bardzo cię kochamy.

— Naprawdę? — spytała Sansa, wstrzymując oddech na moment. W jednej chwili zapomniała o Littlefingerze. Jej Książę kocha ją. Nic innego się nie liczyło.

Królowa uśmiechnęła się.

— Traktuję cię niemal jak własne dziecko. Wiem też, jakim uczuciem darzysz Joffreya. — Potrząsnęła lekko głową w geście zaniepokojenia. — Niestety, mam dla ciebie przykre wiadomości dotyczące twojego pana ojca. Musisz okazać dzielność, dziecko.

Sansa poczuła zimny dreszcz na dźwięk jej spokojnych słów.

— Co się stało?

— Twój ojciec okazał się zdrajcą, kochanie — powiedział lord Varys.

Wielki Maester Pycelle podniósł starą głowę.

— Sam byłem świadkiem, kiedy lord Eddard przysięgał naszemu ukochanemu królowi Robertowi, że będzie troszczył się o młodych książąt jak o własnych synów. A jednak gdy tylko zmarł Król, zwołał małą radę, by pozbawić księcia Joffreya należnego mu tronu.

— Nie — wyrzuciła z siebie Sansa. — On by tego nie zrobił. Nie zrobiłby czegoś podobnego.

Królowa wzięła do ręki list. Papier był podarty i sztywny od zaschniętej na nim krwi, a pieczęć bez wątpienia należała do jej ojca: wilkor odciśnięty w jasnoszarym wosku.

— Znaleźliśmy to u kapitana waszej straży, Sanso. W liście tym skierowanym do Stannisa, brata mojego zmarłego męża, twój ojciec nakłania go do przejęcia korony.

— Wasza Miłość, nastąpiło jakieś nieporozumienie. — Ogarnięta nagłym strachem, poczuła, że kręci jej się w głowie. — Poślij, proszę, po mojego ojca. On ci wszystko wyjaśni. Nigdy by nie napisał podobnego listu, Król był jego przyjacielem.

— Robert też tak uważał — odparła Królowa. — Ta zdrada by mu złamała serce. Bogowie są litościwi, że nie pozwolili mu dożyć tej chwili. — Królowa westchnęła. — Sanso, kochanie, rozumiesz chyba, w jakim okropnym położeniu nas to postawiło. Ty nie jesteś niczemu winna, wiemy o tym dobrze, a jednak pozostajesz córką zdrajcy. Jak więc mogę pozwolić, abyś poślubiła mego syna?

— Ale ja go kocham — jęknęła Sansa, przestraszona i zdezorientowana. Co oni zamierzali z nią zrobić? Co zrobili jej ojcu? Wszystko miało być inaczej. Ona musi poślubić Joffreya, są zaręczeni, obiecali, śniła nawet o tym. To niesprawiedliwe, żeby go jej zabierać z powodu czegoś, co zrobił jej ojciec.

— Dobrze wiem, o czym mówisz, moje dziecko — powiedziała Cersei głosem łagodnym i słodkim. — Z pewnością wiedziona miłością przyszłaś do mnie, by opowiedzieć o zamiarze ojca wysłania was do domu?

— Ja naprawdę zrobiłam to z miłości — odparła szybko Sansa. — Ojciec nigdy by mi nie pozwolił się pożegnać. — Była dobrą i posłuszną dziewczynką, lecz tamtego ranka czuła się równie niegodziwa jak Arya; nie posłuchała ojca i schowała się przed septą Mordane. Nigdy wcześniej nie zrobiła niczego z taką rozmyślnością i z pewnością by tak nie postąpiła, gdyby nie kochała tak bardzo Joffreya. — Chciał mnie zabrać do domu i wydać za jakiegoś rycerza, chociaż ja chciałam Joffa. Mówiłam mu, ale mnie nie słuchał. — Król był jej ostatnią nadzieją. Król mógł kazać ojcu zostawić ją w Królewskiej Przystani i pozwolić wyjść za księcia Joffreya. Sansa wiedziała, że Król mógł to zrobić, ale ona zawsze się go bała. Zachowywał się tak głośno i często był pijany. Nawet gdyby ją przyjął, poszedłby z nią pewnie do lorda Eddarda. Dlatego udała się do Królowej i przed nią otworzyła serce, a Cersei wysłuchała jej i podziękowała... tylko że potem ser Arys zaprowadził ją do pokoju w wieży Warowni Maegora strzeżonego przez strażników, a kilka godzin później zaczęła się walka. — Proszę — mówiła dalej — musisz pozwolić mi poślubić Joffreya, zobaczysz, będę dobrą żoną dla niego. Będę taką samą królową jak ty, obiecuję.

Królowa Cersei spojrzała na pozostałych.

— Lordowie doradcy, co wy na tę prośbę?

— Biedne dziecko — mruknął Varys. — Miłość tak prawdziwa i niewinna, Wasza Miłość, okrucieństwem byłoby ją zniszczyć... a jednak, co możemy zrobić? Jej ojciec został skazany.

— Dziecko poczęte z nasienia zdrajcy także będzie się żywiło zdradą — powiedział Wielki Maester Pycelle. — Dzisiaj jest słodką dziewczynką, ale za dziesięć lat... nie wiadomo, ile zepsutych jaj wysiedzi.

— Nie — zaprzeczyła Sansa, przerażona. — Wcale nie... ja bym nie zdradziła Joffreya. Kocham go, przysięgam.

— Jakże wzruszająca — powiedział Varys. — Ale z drugiej strony prawdziwe jest powiedzenie, że krew jest silniejsza niż przysięgi.

— Ona przypomina mi bardziej jej matkę niż ojca — wtrącił

lord Baelish. — Spójrzcie na nią. Te włosy, oczy. Cat wyglądała tak samo w jej wieku.

Królowa spojrzała na nią z wyrazem zakłopotania na twarzy, lecz Sansa wciąż widziała uprzejmość w jej przejrzystych zielonych oczach.

— Dziecko — powiedziała. — Gdybym mogła mieć pewność, że nie jesteś jak twój ojciec, nic bardziej by mnie nie ucieszyło niż twoje zaślubiny z Joffreyem. Wiem, że on kocha cię całym sercem. — Westchnęła. — Niestety, obawiam się, że lord Varys i Wielki Maester mają rację. Krew rządzi się swoimi prawami. Pamiętam, jak twoja siostra poszczuła wilkiem mojego syna.

— Ja nie jestem taka jak Arya — wyszeptała Sansa. — Krew zdrajcy płynie w jej żyłach, nie w moich. Ja jestem dobra. Zapytajcie septę Mordane, ona wam powie. Ja tylko chcę być lojalną i kochającą żoną Joffreya.

Czuła na sobie moc spojrzenia Cersei, która studiowała jej twarz uważnie.

— Wierzę w twoje intencje, dziecko. Może... — Odwróciła się do pozostałych. — Zgodzicie się ze mną? Uważam, że moglibyśmy zapomnieć o naszych troskach, gdyby pozostali członkowie jej rodziny okazali lojalność w tych trudnych chwilach.

Wielki Maester Pycelle pogładził swoją długą, puszystą brodę i zmarszczył szerokie czoło, zamyślony.

— Lord Eddard ma trzech synów.

— To jeszcze dzieci — odparł lord Petyr, wzruszając ramionami. — Bardziej mnie niepokoi lady Catelyn i jej krewni z Tullych.

Królowa ujęła w obie dłonie rękę Sansy.

— Potrafisz pisać, dziecko?

Sansa skinęła głową nerwowo. Czytała i pisała lepiej od swoich braci, chociaż w rachunkach była beznadziejna.

— To dobrze. Może jest jeszcze nadzieja dla ciebie i Joffreya...

— Co mam zrobić?

— Musisz napisać do twojej pani matki, twojego brata, tego najstarszego... jak mu na imię?

— Robb — odpowiedziała Sansa.

— Wieści o zdradzie twojego pana ojca i tak niebawem dotrą do nich. Lepiej będzie, jeśli otrzymają je od ciebie. Musisz opowiedzieć im, w jaki sposób lord Eddard zdradził Króla.

Wprawdzie Sansa bardzo chciała wyjść za Joffreya, lecz nie była w stanie zrobić tego, o co prosiła ją Królowa.

— Ale on wcale nie... Ja... Wasza Miłość, nie wiedziałabym, co napisać...

Królowa pogładziła jej dłoń.

— Podpowiemy ci, moje dziecko. Najważniejsze, żebyś nakłoniła lady Catelyn i swojego brata do zachowania królewskiego pokoju.

— Niedobrze się stanie, jeśli tego nie uczynią — powiedział Wielki Maester Pycelle. — Ze względu na miłość, jaką ich darzysz, musisz ich nakłonić, by poszli drogą mądrości.

— Twoja pani matka z pewnością będzie się bardzo niepokoiła o ciebie — powiedziała Królowa. — Musisz jej powiedzieć, że czujesz się dobrze, pozostając pod naszą opieką, i że niczego ci nie brakuje. Namów ich, aby przybyli do Królewskiej Przystani i złożyli hołd Joffreyowi, kiedy zasiądzie na tronie. Jeśli tak uczynią... no cóż, wtedy uzyskamy pewność, że w twoich żyłach płynie czysta krew, a kiedy nadejdzie odpowiednia chwila, poślubisz Króla w Wielkim Sepcie Baelora w obliczu bogów i ludzi.

...poślubisz Króla... Słowa te sprawiły, że Sansa wstrzymała na chwilę oddech, lecz nie potrafiła pozbyć się wątpliwości.

— Może... gdybym mogła spotkać się z ojcem, porozmawiać z nim o...

— O zdradzie? — zauważył lord Varys.

— Rozczarowałaś nas, Sanso — powiedziała Królowa; teraz jej oczy przypominały zimne kamienie. — Wyjawiliśmy ci zbrodnie twojego ojca. Jeśli naprawdę jesteś tak lojalna, jak nas zapewniasz, po co miałabyś się z nim spotykać?

— Ja... ja tylko myślałam... — Sansa miała łzy w oczach. — On nie jest... proszę, jemu nic się chyba...

— Jest cały i zdrowy — odpowiedziała Królowa.
— Ale... co się z nim stanie?
— O tym zadecyduje Król — oznajmił z namaszczeniem Wielki Maester Pycelle.
Król! Sansa powstrzymała łzy. Teraz Królem jest Joffrey, pomyślała. Jej wspaniały Książę nigdy by nie skrzywdził ojca swojej ukochanej. Bez względu na jego czyny. Z pewnością jej wysłucha, jeśli pójdzie do niego i go poprosi. Musi jej wysłuchać. Przecież ją kocha, sama Królowa to przyznała. Joff będzie musiał ukarać jej ojca, może mógłby odesłać go z powrotem do Winterfell albo skazać na wygnanie w jednym z Wolnych Miast po drugiej stronie wąskiego morza. Może tylko na kilka lat. Do tego czasu ona zdąży wyjść za Joffreya. Kiedy już zostanie Królową, namówi Joffa, żeby ułaskawił ojca.
Ale... wszystko na nic, jeśli jej matka albo Robb dopuszczą się zdrady, zbiorą wojska, odmówią złożenia hołdu... Jej Joffrey był dobry i miły, mówiło to jej serce, lecz Król ma obowiązek zachować stanowczość wobec buntowników. Musi ich przekonać, musi!
— Ja... napiszę listy — powiedziała głośno.
Cersei Lannister nachyliła się i pocałowała ją w policzek, z uśmiechem ciepłym jak wschód słońca.
— Wiedziałam, że to uczynisz. Joffrey będzie z ciebie dumny, kiedy mu opowiem, jaka okazałaś się dzisiaj odważna i rozsądna.
Ostatecznie napisała cztery listy. Do swojej matki, lady Catelyn Stark, do braci w Winterfell, a także do ciotki i dziadka, lady Lysy Arryn z Orlego Gniazda i lorda Hostera Tully'ego z Riverrun. Kiedy skończyła pisać, palce miała zesztywniałe i poplamione atramentem. Varys przyniósł pieczęć jej ojca. Rozgrzała nad świecą jasny lak i rozlała go ostrożnie. Potem patrzyła, jak eunuch przykłada na każdym z listów pieczęć wilkora, godło rodu Starków. Kiedy ser Mandon Moore odprowadził ją z powrotem do pokoju w wieży w Warowni Maegora, nie zastała już tam Jeyne Poole ani jej rzeczy. Dość płaczów, pomyślała z ulgą. Rozpaliła ogień, ale mimo to komnata bez Jeyne wydała jej się zimniejsza. Przysunęła krzesło do kominka i usiadła na nim ze swoją ulubioną książką. Czytała opowieści o Florianie i Jonquil, o lady Shelli i Tęczowym Rycerzu, o dziel-

nym księciu Aemonie i jego nieszczęśliwej miłości do królowej jego brata.

Dopiero kiedy zasypiała późną nocą, Sansa przypomniała sobie, że nie zapytała o swoją siostrę.

JON

— Othor — powiedział ser Jaremy Rykker — nie ma wątpliwości. A ten to Jafer Flowers. — Odwrócił ciało nogą i martwa, biała twarz patrzyła teraz niebieskimi oczyma prosto w zachmurzone niebo. — Ludzie Bena Starka.

Ludzie mojego stryja, pomyślał Jon. Przypomniał sobie, jak bardzo prosił, żeby go wtedy zabrali ze sobą. Bogowie, byłem jeszcze strasznym żółtodziobem. Gdyby mnie zabrał, to ja mógłbym tu leżeć...

Duch poszarpał w nadgarstku prawe ramię Jafera. Jego prawa dłoń pływała w słoju z octem w wieży maestera Aemona. Lewa zaś była czarna jak jego płaszcz.

— Bogowie litościwi — mruknął Stary Niedźwiedź. Zsiadł z konia i oddał cugle Jonowi. Ranek był nienaturalnie ciepły; krople potu lśniły na szerokim czole Lorda Dowódcy niczym rosa na powierzchni melona. Jego koń przewracał nerwowo oczyma i próbował odsunąć się od ciał możliwie najdalej. Jon odprowadził go do tyłu, trzymając mocno, by nie stanął dęba. Najwyraźniej konie nie czuły się bezpiecznie w tym miejscu. Podobnie jak i Jon.

Psy wydawały się jeszcze bardziej przestraszone. Przyprowadził je tam Duch; sfora ogarów okazała się bezużyteczna. Kiedy Bass, opiekun psiarni, próbował posłać je tropem odgryzionej ręki, zupełnie oszalały: rzucały się i wyły, próbując uciec. Nawet teraz warczały i skamlały na przemian, ciągnąc mocno za smycze, które Chett trzymał z całej siły, przeklinając je.

To tylko las, wmawiał sobie Jon, i ciała zmarłych. Już wcześniej widział trupy...

Poprzedniej nocy znowu miał sen o Winterfell. Chodził po pustym zamku i szukał ojca. Tak jak wcześniej zszedł do krypty, lecz tym razem poszedł dalej. W ciemności usłyszał zgrzyt kamienia o kamień. Odwróciwszy się, zobaczył, że grobowce się otwierają. Kiedy martwi królowie wyszli ze swoich zimnych i ciemnych grobów na chwiejnych nogach, Jon obudził się. Siedział w ciemności z bijącym mocno sercem. Wciąż czuł dreszcz przerażenia, chociaż Duch wskoczył na łóżko i dotknął pyskiem jego twarzy. Potem bał się zasnąć. Ubrał się i poszedł na Mur, gdzie chodził niespokojnie aż do świtu. To był tylko sen. Jestem bratem z Nocnej Straży, a nie przestraszonym chłopcem.

Samwell Tarly skulił się pod drzewem, zasłonięty częściowo przez konie. Jego pucołowata twarz przybrała kolor zsiadłego mleka. Nie pobiegł do lasu wymiotować tylko dlatego, że zaledwie zerknął na ciała.

— Nie mogę na nich patrzeć — powtarzał cicho.

— Musisz — zwrócił się do niego Jon; mówił cicho, żeby nie usłyszeli ich pozostali. — Masz być oczyma maestera Aemona, czy nie tak? Co komu po oczach, które są zamknięte?

— Tak, ale... ja jestem takim tchórzem.

Jon położył dłoń na ramieniu Sama.

— Jest z nami tuzin zwiadowców, mamy też psy i Ducha. Nic nam się nie stanie. Idź i popatrz. Najgorsza jest pierwsza chwila.

Sam skinął drżącą głową; widać było, że zbiera się na odwagę. Powoli odwrócił głowę. Otworzył szeroko oczy, lecz Jon przytrzymał jego ramię i nie pozwolił mu się odwrócić.

— Ser Jaremy — powiedział Stary Niedźwiedź ponurym głosem. — Ben Stark miał ze sobą sześciu ludzi. Gdzie są pozostali? — Ser Jaremy pokręcił głową.

— Chciałbym wiedzieć.

Mormont nie wydawał się zadowolony z odpowiedzi.

— Dwóch z naszych braci zabitych niemal pod samym Murem, a mimo to twoi zwiadowcy niczego nie słyszeli, niczego nie widzieli. Czy już tylko tyle potrafi Nocna Straż? Czy dalej przeczesujemy lasy?

— Tak, panie...

— Czy wciąż wystawiamy warty?

— Tak, ale...

— Ten człowiek ma róg łowczego. — Mormont wskazał na Othora. — Czy mam sądzić, że on zmarł i nie zdążył go nawet użyć? A może twoi zwiadowcy zupełnie już ogłuchli i oślepli?

Ser Jaremy najeżył się, a jego twarz pociemniała od gniewu.

— Nie zadął żaden róg, inaczej moi zwiadowcy by go usłyszeli. Nie mam dość ludzi, żeby wysyłać tyle patroli, ile bym chciał; od czasu zaginięcia Benjena trzymamy się bliżej Muru, zgodnie z twoim rozkazem.

Stary Niedźwiedź chrząknął.

— No tak. — Machnął ręką zniecierpliwiony. — Powiedz mi, jak oni zginęli.

Kucnąwszy obok zmarłego o imieniu Jafer Flowers, ser Jaremy chwycił go za włosy. Garść z nich została mu w dłoni. W szyi zmarłego otworzyła się szeroka rana pokryta skorupą zaschniętej krwi.

— Rana od topora.

— Tak — mruknął Dywen, stary leśnik. — Może być od topora, który miał Othor.

Jon czuł, jak śniadanie przewraca mu się w żołądku. Mimo to zacisnął usta i spojrzał na drugie ciało. Othor jeszcze za życia był brzydkim olbrzymem, a teraz stał się ogromnym obrzydliwym trupem. Nigdzie nie było widać topora. Jon pamiętał Othora; to on wyśpiewywał głośno sprośne piosenki, kiedy wyjeżdżali. Skończyły się dni jego śpiewów. Jego ciało przybrało kolor mleka. Całe poza dłońmi. Ręce Othora były tak samo czarne jak ręce Jafera. Pąki zakrzepłej krwi zdobiły jak wysypka śmiertelne rany widoczne na całym jego ciele. Lecz oczy wciąż miał otwarte. Niebieskie jak szafiry oczy wpatrzone były w niebo.

Ser Jaremy wstał.

— Dzicy też mają topory.

— Uważasz więc, że to robota Mance'a Raydera? — powiedział Mormont najwyraźniej niezadowolony z wyjaśnienia. — Tak blisko Muru?

— A kogo by innego?

Jon mógłby im powiedzieć. On wiedział, podobnie jak pozostali, lecz nikt nie chciał wymówić tego głośno. Inni żyją tylko w opowieściach, którymi straszy się dzieci. Jeśli w ogóle żyli kiedykolwiek, to odeszli osiem tysięcy lat temu. Na samą myśl o tym poczuł się głupio. Teraz jest już dorosłym mężczyzną, czarnym bratem z Nocnej Straży, a nie małym chłopcem, który razem z Branem, Robbem i Aryą siadywał u stóp Starej Niani.

Lord Dowódca prychnął tylko.

— Gdyby dzicy zaatakowali Bena Starka o pół dnia drogi od Czarnego Zamku, wróciłby po posiłki, potem by pojechał za mordercami i gonił ich aż do siedmiu piekieł, żeby przywieźć mi ich głowy.

— Chyba że sam zginął. — Ser Jaremy nie ustępował.

Słowa te bardzo bolały, nawet teraz. Minęło już tyle czasu, że trudno było żywić jeszcze jakąkolwiek nadzieję na powrót Benjena Starka, lecz Jon Snow potrafił być uparty.

— Od czasu wyjazdu Benjena minęło już prawie pół roku — mówił dalej ser Jaremy. — Las jest ogromny. Dzicy mogli go napaść wszędzie. Założę się, że tylko ci dwaj przeżyli i wracali... lecz wróg dopadł ich, zanim zdołali schronić się za Murem. Ciała są jeszcze świeże. Zginęli nie dalej jak dzień temu... może nawet...

— Nie — krzyknął cienkim głosem Samwell Tarly.

Jon spojrzał na niego zdumiony. Nerwowy wysoki głos Sama był ostatnią rzeczą, jakiej mógł się spodziewać. Samwell bał się oficerów, a poza tym ser Jaremy nie grzeszył cierpliwością.

— Nikt cię nie pytał o zdanie, chłopcze — powiedział chłodno Rykker.

— Niech mówi, ser — wymamrotał Jon.

Mormont spojrzał na Sama, a potem na Jona.

— Jeśli chłopak ma coś do powiedzenia, niech mówi. Podejdź bliżej. Nie chowaj się za końmi.

Sam minął Jona i podszedł ostrożnie do przodu. Twarz miał spoconą.

— Panie, nie dzień... czy... spójrz... krew...

— Tak? — warknął Mormont zniecierpliwiony. — Krew? I co z tego?

— Robi w majtki na widok krwi — zawołał Chett i pozostali zwiadowcy wybuchnęli śmiechem.

Sam otarł pot z czoła.

— Widać, gdzie... gdzie Duch... wilkor Jona, widać, gdzie odgryzł mu rękę, a mimo to miejsce to... nie krwawi, zobaczcie... — Machnął ręką. — Mój ojciec, l-lord Ran-dyll, czasem kazał mi patrzeć, jak oporządzał zwierzęta, kiedy... po... — Sam pokręcił głową; broda trzęsła mu się wyraźnie. Teraz, kiedy już zmusił się do spojrzenia na martwe ciała, nie mógł oderwać od nich wzroku. — U świeżo zabitej zwierzyny... krew jeszcze by płynęła. Później... później krzepnie, robi się, jak... jak galareta, gęsta... a... — Wydawało się, że za chwilę zwymiotuje. — Ten człowiek... popatrzcie na jego nadgarstek, jest zeskorupiały... suchy... jak...

Jon od razu zrozumiał, co Sam ma na myśli. Dostrzegł porozrywane żyły wystające z nadgarstka zmarłego, niczym żelazne robaki. Jego krew przypominała czarną ziemię. Jaremy Rykker nie wyglądał na całkowicie przekonanego.

— Gdyby nie żyli dłużej niż dzień, powinni już gnić, a przecież nawet nie cuchną.

Dywen, stary, pokurczony leśnik, który chełpił się, że potrafi wyczuć nadchodzący śnieg, przysunął się do trupów i pociągnął nosem.

— Może nie pachną jak kwiatki, ale... masz rację, panie. Nie czuć trupiego odoru.

— Ciała są nienaruszone — powiedział cicho Jon. — Duch też się zachowuje inaczej. Psy i konie nie chcą podejść.

Zwiadowcy spojrzeli po sobie, przekonani co do słuszności słów Jona. Mormont zmarszczył brwi, zerkając to na ciała, to na psy.

— Chett, przyprowadź psy bliżej.

Chett zaklął i pociągnął za smycze. Jednemu z ogarów wymierzył nawet solidnego kopniaka. Większość z psów zaparła się, skamląc. Spróbował pociągnąć jednego. Suka warczała i wiła się, jakby próbowała się wyzwolić z obroży. Wreszcie skoczyła na starca. Chett wypuścił smycz i zatoczył się do tyłu. Pies skoczył nad nim i pomknął między drzewa.

— I nie tylko to — mówił dalej Sam Tarly. — Krew... na ich ubraniach widać plamy krwi... i na ciele, są wyschnięte, ale... nie ma żadnych plam na ziemi... nigdzie. A przecież te... — Sam przełknął ślinę i wciągnął głęboko powietrze. — Te rany... straszne rany... powinny mocno krwawić. Prawda?

Dywen cmoknął.

— Nie wiadomo, gdzie umarli. Może ktoś ich tutaj przyniósł i zostawił dla nas. Żeby nas ostrzec. — Stary leśnik spojrzał na ciała. — Może gadam jak głupi, ale nie widziałem, żeby Othor miał przedtem niebieskie oczy.

Ser Jaremy popatrzył na niego uważnie.

— Flowers też nie — wymamrotał i przeniósł wzrok na trupy.

Zapadła cisza. Przez chwilę słychać było ciężki oddech Sama i cmokanie Dywena. Jon przykucnął obok Ducha.

— Spalić ich — powiedział szeptem któryś ze zwiadowców, chociaż Jon nie rozpoznał głosu.

— Tak, spalić ich — zawtórował mu ktoś inny.

Stary Niedźwiedź pokręcił głową.

— Jeszcze nie. Chcę, żeby obejrzał to maester Aemon. Zabierzemy ich na Mur.

Niektóre komendy czasem łatwiej jest wydać, niż się do nich zastosować. Zawinęli ciała w płaszcze, lecz gdy Hake i Dywen spróbowali przywiązać je na grzbiecie jednego z koni, zwierzę zupełnie oszalało; koń wierzgał i rżał przeraźliwie, próbując nawet gryźć, kiedy Ketter podbiegł na pomoc. Podobnie zachowały się pozostałe konie, nawet te najłagodniejsze nie chciały wziąć na grzbiet takiego ciężaru. W rezultacie zmuszeni byli naciąć gałęzi i zrobić z nich prowizoryczne nosze, na których umieścili zmarłych. Minęło już południe, zanim wyruszyli w drogę powrotną.

— Każę przeszukać tę część lasu. — Mormont zwrócił się do ser Jaremy'ego. — Każde drzewo, każdy kamień czy krzak w promieniu dziesięciu mil od tego miejsca. Weź wszystkich ludzi, jakich masz, a jeśli będzie za mało, dobierz spośród zarządców. Jeśli Ben i jego ludzie są gdzieś tutaj, żywi czy martwi, to ich znajdę. I dowiem się, czy ktoś jeszcze przebywa w tym lesie. Macie ich wytropić i pojmać, żywych, jeśli to możliwe. Zrozumiano?

— Tak — odparł ser Jaremy. — Tak będzie.

Potem Mormont już się nie odzywał. Jon jechał tuż za nim, bo tam było miejsce zarządcy Lorda Dowódcy. Dzień był ponury, wilgotny i szary, jeden z tych, kiedy wszyscy oczekują deszczu. Nawet najlżejszy powiew wiatru nie poruszył konarami drzew. Jechali w ciężkim i wilgotnym powietrzu, a Jon czuł, jak ubranie przykleja mu się do ciała. Było ciepło. Zbyt ciepło. Mur płakał już od wielu dni i czasem Jon wyobrażał sobie nawet, że się kurczy.

Starzy ludzie nazywali podobną pogodę latem duchów i twierdzili, że świadczy ona o tym, iż kończy się pora roku. Ostrzegali, że potem nadejdą chłody; długie lato zawsze oznaczało długą zimę. To lato trwało dziesięć lat. Jon był małym dzieckiem, kiedy się zaczęło.

Duch biegł z nimi przez jakiś czas, a potem zniknął między drzewami. Bez niego Jon czuł się nagi. Zerkał niespokojnie na każdy cień. Mimowolnie przypomniał sobie opowieści, które opowiadała im Stara Niania w Winterfell. Wydawało mu się, że znowu słyszy jej głos i stukot drutów. Inni przybywali nocą, opowiadała coraz bardziej ściszonym głosem. Byli zimni i martwi i nienawidzili żelaza, ognia i dotyku słońca, a także wszelkich żywych istot, w żyłach których płynęła ciepła krew. Grody, miasta, całe królestwa zamieszkane przez ludzi padały ich ofiarą, a oni sunęli na południe na trupiobladych koniach, pędząc ze sobą hordy zabitych. Swoich martwych służących karmili mięsem dzieci...

Jon odetchnął z ulgą, kiedy zobaczył Mur, jeszcze ledwo widoczny nad koronami pradawnych dębów. Mormont zatrzymał konia niespodziewanie i odwrócił się w siodle.

— Tarly — rzucił krótko. — Do mnie.

Jon dostrzegł strach na twarzy Sama, kiedy podjeżdżał na swojej kobyle; bez wątpienia spodziewał się kłopotów.

— Owszem, jesteś gruby, chłopcze, ale nie głupi — burknął Stary Niedźwiedź. — Dobrze się spisałeś. Ty też, Snow.

Sam oblał się silnym rumieńcem i spróbował wykrztusić z siebie jakieś podziękowanie, lecz język zupełnie mu się poplątał. Jon uśmiechnął się.

Kiedy wyjechali spod drzew, Mormont ruszył do przodu kłusem. Z lasu wyłonił się Duch z pyskiem czerwonym od krwi ofiary. Wartownicy z Muru zauważyli już zbliżającą się kolumnę. Jon usłyszał głuchy, gardłowy dźwięk wielkiego rogu, którego wołanie niosło się przez mile; pojedyncze długie dmuchnięcie, które przetoczyło się z hukiem między drzewami i odbiło echem od lodu.

UUUUUooooooooooooooooooooooooo.

Dźwięk opadał powoli. Oznaczał on powrót zwiadowców. Przynajmniej przez jeden dzień byłem zwiadowcą, pomyślał Jon. Tego nikt mi już nie odbierze.

Przy pierwszej bramie za lodowym tunelem czekał na nich Bowen Marsh. Na twarzy Lorda Zarządcy widniał rumieniec podniecenia.

— Panie — bąknął do Mormonta, otwierając żelazną furtę. — Przyleciał ptak, musisz przyjść natychmiast.

— O co chodzi, człowieku? — burknął Mormont.

Zanim odpowiedział, Marsh zerknął na Jona.

— Maester Aemon ma list. Oczekuje cię w twojej samotni.

— Dobrze. Jon zajmij się końmi i niech ser Jaremy złoży ciała w magazynie, gdzie obejrzy je maester. — Mormont odszedł, mrucząc pod nosem.

Kiedy prowadzili konie do stajni, Jon poczuł się nieswojo, widząc, że inni się mu przyglądają. Na dziedzińcu ser Alliser Thorne musztrował chłopców, lecz i on przerwał walkę i patrzył na Jona z ledwo dostrzegalnym uśmieszkiem na twarzy. W drzwiach zbrojowni stał jednoręki Donal Noye.

— Niech bogowie zostaną z tobą, Snow — zawołał.

Coś się stało, pomyślał Jon. Coś złego.

Ciała odniesiono do jednego z magazynów u podnóża Muru;

były to ciemne, lodowe cele, w których trzymano mięso i zboże, a czasem i piwo. Jon dopilnował, żeby nakarmiono i napojono konia Mormonta i dopiero potem zajął się swoim wierzchowcem. Później poszedł poszukać przyjaciół. Grenn i Ropucha mieli wartę, ale Pyp siedział w wspólnej sali.

— Co się stało? — spytał go.

— Król nie żyje — odpowiedział Pyp ściszonym głosem.

Jon popatrzył na niego zdumiony. Robert Baratheon wyglądał na starego i grubego w czasie wizyty w Winterfell, ale był w dobrym zdrowiu, a poza tym nie mówiono wcześniej o żadnej chorobie Króla.

— Skąd wiesz?

— Jeden ze strażników podsłuchał, jak Clydas czytał list maesterowi Aemonowi. — Pyp nachylił się do przodu. — Przykro mi, Jon. Był przyjacielem twojego ojca, prawda?

— Kiedyś byli dla siebie jak bracia. — Jon zastanawiał się, czy Joffrey zechce, aby jego ojciec pozostał nadal Namiestnikiem. Nie wydawało mu się to prawdopodobne. Wtedy lord Eddard mógłby wrócić do Winterfell, a także jego siostry. Może lord Mormont pozwoli mu ich odwiedzić. Dobrze byłoby znowu zobaczyć uśmiech Aryi i porozmawiać z ojcem. Zapytam go o moją matkę, postanowił. Jestem już mężczyzną i nadszedł czas, żeby mi powiedział. Chcę wiedzieć, kim była, nawet jeśli okaże się, że dziwką. Muszę wiedzieć.

— Hake mówił, że ci zmarli to ludzie twojego stryja — powiedział Pyp.

— Tak — odparł Jon. — Dwaj z sześciu, których zabrał ze sobą. Nie żyli już od dawna, ale ciała… są dziwne.

— Dziwne? — spytał Pyp podekscytowany. — Co to znaczy?

— Sam ci opowie. — Jon nie miał ochoty o tym rozmawiać. — Pójdę zobaczyć, czy Stary Niedźwiedź mnie nie szuka.

Poszedł sam do Wieży Lorda Dowódcy przepełniony dziwnym lękiem. Pełniący straż bracia popatrzyli na niego z powagą.

— Stary Niedźwiedź jest w samotni — poinformował go jeden z nich. — Pytał o ciebie.

Jon skinął głową. Powinien był przyjść prosto ze stajni. Ruszył szybko po schodach. Pewnie chce wina albo żeby rozpalić ogień, powtarzał w myślach.

Kiedy wszedł do samotni Mormonta, przywitało go krakanie kruka.

— Ziarno! — zaskrzeczał ptak. — Ziarno! Ziarno! Ziarno!

— Nie wierz mu, dopiero co go nakarmiłem — burknął Stary Niedźwiedź. Siedział przy oknie i czytał list. — Przynieś mi wina i sobie też nalej.

— Sobie?

Mormont podniósł wzrok znak papieru. Jon wyczuł w jego spojrzeniu współczucie.

— Słyszałeś przecież. —Jon nalewał z przesadną ostrożnością, świadomy tego, że specjalnie robi to powoli. Wiedział, że gdy skończy napełniać kielichy, będzie musiał stawić czoło wieściom przyniesionym przez kruka. W końcu skończył nalewać. — Usiądź, chłopcze — rozkazał mu Mormont. — Napij się.

Jon wciąż stał.

— Chodzi o mojego ojca, prawda?

Stary Niedźwiedź trącił list palcem.

— O twojego ojca i Króla — burknął. — Nie będę cię okłamywał, są to smutne wieści. Nigdy nie sądziłem, że zobaczę innego Króla, nie w moim wieku. Robert był młodszy ode mnie o połowę i silny jak tur. — Napił się wina. — Mówią, że Król uwielbiał polowania. Zawsze tak się dzieje, chłopcze, że niszczy nas to, co kochamy. Zapamiętaj. Mój syn kochał tę swoją młodą żonę. Próżna kobieta. Gdyby nie ona, nigdy by mu nie przyszło do głowy, żeby sprzedawać tych kłusowników.

Jon nie rozumiał, o czym mówi.

— Chyba nie rozumiem, panie. Co z moim ojcem?

— Mówiłem, żebyś usiadł — burknął Mormont.

— Usiadł — zaskrzeczał kruk.

— I napij się. To rozkaz, Snow.

Jon usiadł i napił się łyk wina.

— Lord Eddard został uwięziony. Oskarżono go o zdradę. Podobno spiskował z braćmi Króla, by odebrać tron księciu Joffreyowi.

— To niemożliwe — zaprzeczył gwałtownie Jon. — Ojciec nigdy by nie zdradził Króla.

— Może nie — powiedział Mormont. — Nie mnie sądzić. Ani tobie.

— Ale to kłamstwo — upierał się Jon. Jak mogli myśleć w ten sposób o jego ojcu, czy oni wszyscy zwariowali? Lord Eddard nigdy by się nie zhańbił zdradą... nigdy?

Spłodził bękarta, podpowiedział mu cichy głos w jego głowie. Gdzie wtedy był jego honor? A twoja matka? Nie chce nawet wymienić jej imienia.

— Co z nim będzie? Zabiją go?

— Nie potrafię ci powiedzieć, chłopcze. Mam zamiar wysłać list. W młodości znałem niektórych z doradców królewskich. Starego Pycelle'a, lorda Stannisa, ser Barristana... Barristan Selmy jest najzacniejszym spośród rycerzy całego Królestwa. Kiedy byłem chłopcem, nazywano go Barristanem Śmiałym. Może on ich przekona. Bez względu na to, czy twój ojciec coś zrobił czy nie, pozostaje wielkim lordem. Muszą mu pozwolić przywdziać czarny strój i dołączyć do nas. Bogowie tylko wiedzą, jak bardzo potrzeba nam ludzi tak zdolnych jak lord Eddard.

Jon wiedział, że w przypadku innych pozwalano im odkupić winy służbą na Murze. Dlaczego mieliby odmówić tego prawa lordowi Eddardowi? Jego ojciec tutaj. Na myśl o tym poczuł się trochę nieswojo. Byłaby to ogromna niesprawiedliwość, gdyby zabrali mu Winterfell i zmusili do wstąpienia do Nocnej Straży, jednakże z drugiej strony, jeśli dzięki temu miałby ocalić życie...

Tylko czy Joffrey pozwoli na to? Pamiętał Księcia z wizyty w Winterfell. To on szydził z Robba i ser Rodrika, kiedy ćwiczyli na dziedzińcu. Na Jona prawie nie zwracał uwagi, nie zniżał się do poziomu bękartów nawet w swoich szyderstwach.

— Czy Król go wysłucha?

Stary Niedźwiedź wzruszył ramionami.

— Król to jeszcze chłopiec... pewnie będzie słuchał rad matki. Szkoda, że nie ma z nimi karła. Jest wujem chłopaka i wydawało się, że rozumiał nasze potrzeby, kiedy nas odwiedzał. Źle się stało, że twoja pani matka uwięziła go...

— Lady Stark nie jest moją matką — odparł Jon stanowczym tonem. Tyrion Lannister okazał mu przyjazne uczucia. Gdyby lord Eddard miał umrzeć, ona byłaby tak samo winna jak Królowa. — A co z moim siostrami? Arya i Sansa wyjechały razem z ojcem, czy one...

— Pycelle nic o nich nie pisze, ale z pewnością są bezpieczne. Zapytam o nie w moim liście. — Mormont pokręcił głową. — Że też wszystko to wydarzyło się w tak niedobrym czasie. Nigdy bardziej nie potrzebowaliśmy silnego Króla... nadciągają mroczne dni i zimne noce, czuję to w kościach... — Spojrzał uważnie na Jona. — Mam nadzieję, chłopcze, że nie zrobisz niczego głupiego.

„On jest moim ojcem", chciał powiedzieć Jon, lecz wiedział, że Mormont nie zechce tego słuchać. Wyschło mu w gardle, więc napił się jeszcze wina.

— Tutaj jest twoje miejsce — przypomniał mu Lord Dowódca. — Twoje stare życie skończyło się z chwilą, gdy przywdziałeś czarny strój.

Kruk zawtórował ochryple Staremu Niedźwiedziowi:

— Czarny.

Mormont nie zwracał na niego uwagi.

— Nic nam do tego, co robią w Królewskiej Przystani. — Kiedy Jon nie odpowiadał, starzec dopił swoje wino i powiedział: — Możesz iść. Nie będę cię już dzisiaj potrzebował. Rano pomożesz mi napisać list.

Jon nie pamiętał chwili, kiedy opuszczał komnatę Starego Niedźwiedzia. Oprzytomniał dopiero, gdy schodził już po schodach. On jest moim ojcem, powtarzał w myślach, to są moje siostry, więc jak to możliwe, że nic nam do tego?

Kiedy wyszedł na zewnątrz, jeden ze strażników spojrzał na niego i powiedział:

— Bądź silny, chłopcze. Bogowie bywają okrutni.

Wszyscy już wiedzą, zdał sobie sprawę.

— Mój ojciec nie jest zdrajcą — wycedził. Słowa niemal ugrzęzły mu w gardle, jakby miał się nimi zadławić.

Wiatr wzmagał się i teraz Jon miał wrażenie, że jest zimniej, niż kiedy wchodził do wieży. Może duch lata odchodził. Reszta popołudnia przeminęła jak we śnie. Jon nie potrafił powiedzieć, dokąd chodził, co robił i z kim rozmawiał. Wiedział przynajmniej, że Duch był z nim przez cały czas. Jego milcząca obecność dodawała Jonowi otuchy. Dziewczęta nie mają nawet tego, pomyślał. Byłyby bezpieczne przy swoich wilkach, ale Dama nie żyje, a Nymeria zaginęła, zostały same.

Zanim zaszło słońce, zaczął wiać północny wiatr. Idąc do głównej sali, na wieczorny posiłek, Jon słyszał, jak wiatr zawodzi w szczelinach Muru i na oblodzonych blankach. Hobb ugotował potrawkę z dziczyzny z dużą ilością kaszy, cebuli i marchwi. Nakładając na talerz Jona, dał mu dodatkową porcję, a także chrupiącą piętkę. Jon zrozumiał. On wie. Rozejrzał się po sali: dostrzegł szybko odwracające się głowy, spuszczone oczy. Wszyscy wiedzą.

Jego przyjaciele zebrali się wokół niego.

— Poprosiliśmy septona, żeby zapalił świecę w intencji twojego ojca — powiedział mu Matthar.

— To kłamstwo, wszyscy wiemy, że to kłamstwo, nawet Grenn tak uważa — zapiszczał Pyp. Grenn przytaknął mu, a Sam ścisnął dłoń Jona.

— Teraz jesteś moim bratem, a więc on jest moim ojcem — powiedział grubas. — Jeśli chciałbyś pomodlić się do starych bogów w bożym gaju, to pójdę z tobą.

Zagajnik czardrzew znajdował się za Murem, lecz Jon wiedział, że Sam rzeczywiście gotów był pójść tam z nim. Teraz oni są moimi braćmi, pomyślał. Tak samo jak Robb, Bran i Rickon...

I wtedy usłyszał śmiech, ostry i okrutny jak uderzenie biczem, śmiech ser Allisera Thorne'a.

— Nie dość, że bękart, to jeszcze bękart zdrajcy — mówił do siedzących dookoła niego mężczyzn.

W jednej chwili Jon wskoczył na stół z nożem w dłoni. Pyp próbował go zatrzymać, lecz wyszarpnął nogę i pobiegł wzdłuż stołu. Jednym kopnięciem wytrącił miskę z dłoni ser Allisera. Potrawka bryznęła na innych. Thorne odsunął się. Bracia zaczęli krzyczeć, lecz Jon Snow ich nie słyszał. Pochylił się do przodu i zamachnął sztyletem, mierząc w zimne, czarne jak onyks oczy, lecz Sam rzucił się między nich, a Pyp wskoczył Jonowi na plecy jak małpa. Kiedy Grenn przytrzymał mu ramię, Ropucha wyrwał nóż z ręki Jona.

Długo po tym, jak odprowadzili go do jego celi, w której spał, przyszedł do niego Mormont z krukiem na ramieniu.

— Mówiłem ci, chłopcze, żebyś nie robił niczego głupiego — powiedział Stary Niedźwiedź.

— Chłopcze — zakrakał ptak.

Mormont pokręcił głową z dezaprobatą.

— I pomyśleć, że pokładałem w tobie duże nadzieje.

Pozbawiony sztyletu i miecza miał czekać w swojej celi, aż wyżsi oficerowi zdecydują, co z nim zrobić. Postawiono też przed jego drzwiami strażnika. Nikt nie miał prawa go odwiedzać. Stary Niedźwiedź uczynił tylko wyjątek dla Ducha, żeby Jon nie czuł się tak całkiem opuszczony.

— Mój ojciec nie jest zdrajcą — powiedział do wilka, kiedy pozostał sam. Duch popatrzył na niego w milczeniu. Jon siedział oparty o ścianę z rękoma wokół kolan i wzrokiem utkwionym w świecy płonącej na stole obok wąskiego łóżka. Płomień zakołysał się, cienie dookoła niego poruszyły się; wydawało się, że pokój wypełnia coraz zimniejsza ciemność. Nie zasnę dzisiaj, pomyślał Jon. Ale chyba musiał się zdrzemnąć. Kiedy się obudził, czuł, że nogi mu zdrętwiały; świeca dawno się już wypaliła. Duch stał oparty o drzwi przednimi łapami i drapał w nie. Jon zdziwił się, widząc, że jest już taki duży. — O co chodzi, Duch? — spytał cicho. Wilkor odwrócił łeb i obnażył kły. Co mu się stało?, zastanawiał się Jon. — To ja — powiedział cicho, starając się opanować drżenie głosu. Mimo to czuł dreszcz na całym ciele. Dlaczego zrobiło się tak zimno? Duch cofnął się od drzwi. W miejscach, w których drapał pazurami, pozostały głębokie rysy. Jon obserwował go z coraz większym niepokojem. — Ktoś jest na zewnątrz, tak? — zapytał szeptem. Duch cofnął się i przywarł do ziemi, jeżąc sierść. To pewnie strażnik, pomyślał. Przecież zostawili go, żeby mnie pilnował. Duch wyczuwa go przez drzwi, uspokajał samego siebie.

Jon podniósł się powoli. Żałował, że nie ma miecza. Nie potrafił opanować drżenia. Potrzebował trzech szybkich kroków, żeby znaleźć się przy drzwiach. Położył dłoń na klamce i otworzył drzwi. Niemal podskoczył na dźwięk skrzypiących zawiasów.

W poprzek wąskich schodów leżał strażnik; jego oczy wpatrzone były wprost na Jona. Skierowane do góry, chociaż strażnik leżał na brzuchu. Głowę miał całkowicie odwróconą w drugą stronę.

Jak to się stało?, pytał samego siebie. Jesteśmy w Wieży Lorda Dowódcy strzeżonej w dzień i w nocy. Ja chyba śnię, to jakiś koszmar.

Duch przecisnął się obok niego na korytarz, po czym ruszył w górę po schodach. Potem zatrzymał się i spojrzał do tyłu. Jon usłyszał ciche skrzypienie buta na kamiennej posadzce, odgłos przekręcanej klamki. Dźwięki dochodziły z góry. Z komnat Lorda Dowódcy.

Może i koszmar, ale nie we śnie.

Jon dostrzegł miecz strażnika w jego pochwie. Przyklęknął i wyciągnął go. Z mieczem w dłoni poczuł się pewniej. Ruszył do góry schodami, Duch obok niego. Za każdym zakrętem czaiły się cienie. Jon posuwał się ostrożnie, sprawdzając mieczem każdy zaciemniony kąt.

Nagle usłyszał skrzeczenie kruka Mormonta.

— Ziarno — krzyczał ptak. — Ziarno, ziarno, ziarno, ziarno, ziarno, ziarno. — Duch pomknął do przodu, a Jon za nim. Drzwi do samotni Mormonta były otwarte na oścież. Wilkor wpadł do pokoju. Jon zatrzymał się na progu, by przyzwyczaić wzrok do ciemności. Okna w komnacie były szczelnie zasłonięte.

— Kto tam? — zawołał.

I wtedy to zobaczył: cień pośród cieni sunący do drzwi, które prowadziły do sypialni Mormonta. Postać w czerni, postać okryta szczelnie płaszczem. Pod kapturem widać było tylko oczy, oczy płonące lodowatym, błękitnym blaskiem...

Duch skoczył. Mężczyzna i wilk potoczyli się po ziemi; nie wydając żadnego odgłosu, przewrócili krzesło i stół pełen papierów. Pod sufitem latał kruk Mormonta i krzyczał:

— Ziarno, ziarno, ziarno, ziarno. — Jon czuł się równie ślepy jak maester Aemon. Z plecami przyciśniętymi do ściany przesunął się do okna i zerwał zasłonę. Blask księżyca rozlał się po pokoju. Jon dostrzegł czarne dłonie zanurzone w białej sierści, nabrzmiałe palce zaciskały się na gardle wilkora. Duch rzucał się i kłapał zębami, przebierając łapami w powietrzu, lecz nie potrafił wyzwolić się z uścisku.

Jon musiał zapomnieć o strachu. Pochylił się do przodu i z całej siły zamachnął się mieczem. Żelazne ostrze przecięło rękaw, skórę i kość, lecz odgłos wydał mu się nienaturalny. Wokół poczuł, dziwną i zimną, duszącą woń. Zobaczył na podłodze ramię, czarne palce niczym wijące się robaki widoczne w kałuży księżycowego blasku. Duch uwolnił się z uścisku drugiej ręki i wycofał się z wywieszonym jęzorem.

Zakapturzona postać uniosła głowę, odsłaniając trupiobladą twarz. Jon zadał cios bez chwili wahania. Miecz rozciął twarz napastnika aż do kości, odciął mu nos i zostawił otwór od policzka do policzka pod oczyma, oczyma podobnymi do płonących gwiazd. Jon znał tę twarz. Othor, pomyślał, cofając się. Bogowie, przecież on nie żyje, nie żyje. Widziałem go martwego.

Poczuł coś na nodze. Czarne palce zacisnęły się na jego kostce. Ramię wspinało się po jego nodze, rozrywając materiał ubrania i ciało. Krzyknąwszy z obrzydzeniem, Jon strącił palce z nogi i odrzucił ramię mieczem. Upadło na podłogę, wijąc się; palce dłoni zamykały się i otwierały.

Martwe ciało rzuciło się do przodu. Nigdzie nie było krwi. Jednoręka postać z rozciętą na pół twarzą wydawała się nic nie czuć. Jon zasłonił się mieczem.

— Nie zbliżaj się! — krzyknął przez ściśnięte gardło.

— Ziarno — zakrakał ptak — ziarno, ziarno. — Odcięte ramię

wysuwało się ze swojego rękawa niczym blada żmija o czarnej pięciopalczastej głowie. Duch skoczył i chwycił je w zęby. Rozległ się chrzęst kości. Jon zamierzył się w szyję napastnika i poczuł, że ostrze jego miecza wchodzi głęboko w ciało.

Ciało Othora rzuciło się na niego, zwalając go z nóg.

Jon zatoczył się na przewrócony stół, tracąc na moment oddech. Miecz, gdzie jest miecz? Zgubił ten przeklęty miecz! Kiedy otworzył usta do krzyku, upiór wpakował mu palce do ust. Krztusząc się, spróbował odepchnąć rękę, lecz ciało było zbyt ciężkie. Ręka wpychała się coraz głębiej do gardła Jona, zimna jak lód, dusiła go coraz bardziej. Jon nie widział niczego poza upiorną twarzą przyciśniętą do jego twarzy. Roziskrzone, błękitne oczy upiora pokrywał szron. Jon drapał jego zimne ciało paznokciami i kopał go. Próbował gryźć, zadawać ciosy, próbował oddychać...

I nagle napór ustąpił, palce puściły jego gardło. Jon opadł na kolana i drżąc, zaczął wymiotować. Duch znowu zaatakował. Patrzył, jak wilkor zanurzył kły w brzuchu istoty i wyrywa jej wnętrzności. Patrzył długą chwilę półprzytomny, zanim przypomniał sobie o mieczu...

...i wtedy zobaczył lorda Mormonta, który pojawił się w drzwiach z lampą oliwną w dłoniach, nagi, zaspany. Okaleczona, pozbawiona palców ręka zaczęła pełznąć w jego stronę. Jon chciał krzyknąć, lecz nie mógł wydobyć z siebie głosu. Dźwignąwszy się z trudem na nogi, kopnął ramię i wyrwał lampę z ręki Starego Niedźwiedzia. Płomień załamał się i niemal zgasł.

— Spalić! — zakrakał kruk. — Spalić, spalić, spalić!

Jon dostrzegł zasłonę, którą wcześniej zerwał z okna. Rzucił lampę między jej fałdy. Zachrzęścił metal, pękło szkło, popłynął olej, a chwilę później rozległ się syk ogromnego płomienia, który objął zasłonę. Jon poczuł jego ciepło na twarzy, które teraz wydało mu się słodsze niż najsłodszy pocałunek.

— Duch! — zawołał.

Wilkor przybiegł do niego, tymczasem upiór próbował dźwignąć się na nogi — z jego ogromnej rany na brzuchu zwisały ciemne żmije wnętrzności. Jon chwycił płonącą zasłonę, oderwał kawał materiału i cisnął ognistym pociskiem w martwe ciało. Niech się spali, modlił się, patrząc, jak płomienie liżą martwe ciało, bogowie, błagam, niech się spali.

BRAN

Karstarkowie przybyli w zimny, wietrzny poranek, a wraz z nimi trzystu jeźdźców i prawie dwa tysiące pieszych z ich zamku w Karhold. Stalowe groty ich włóczni połyskiwały w słabym blasku wschodzącego słońca. Przed kolumną szedł mężczyzna, który wybijał rytm marszu na bębnie większym od niego: bum, bum, bum.

Bran przyglądał im się z wieżyczki strażniczej na zewnętrznym murze. Usadowiony na ramionach Hodora, patrzył przez lunetę z brązu, która należała do maestera Luwina. Prowadził ich sam lord Rickard. U jego boków jechali jego synowie, Harrion, Eddard i Torrhen, jechali pod czarnymi jak noc sztandarami ozdobionymi rozpromienionym słońcem, godłem ich rodu. Stara Niania opowiadała kiedyś, że w ich żyłach płynie krew Starków, choć patrząc na nich teraz, Bran uznał, że nie są do nich podobni. Byli to ogromni mężczyźni o zaciekłych, zarośniętych twarzach i długich włosach rozpuszczonych luźno na ramionach. Nosili futra niedźwiedzie, focze albo wilcze.

To już ostatni. Pozostali lordowie i ich wojska przybyli wcześniej. Bran bardzo chciał wyjechać do nich, zobaczyć zimowe miasto pełne ludzi, tłumy przewalające się po targu każdego ranka, ulice stratowane końskimi kopytami i kołami wozów. Jednakże Robb zabronił mu opuszczać zamek.

— Nie mamy tylu ludzi, żeby cię pilnowali — wyjaśnił mu brat.

— Wezmę ze sobą Lato — upierał się Bran.

— Bran, nie sprzeczaj się ze mną — odparł mu wtedy Robb. — Dobrze wiesz, o co chodzi. Zaledwie dwa dni temu jeden z ludzi

Lorda Boltona zadźgał nożem człowieka od lorda Cerwyna pod Płonącą Kłodą. Pani matka chyba by mnie obdarła ze skóry, gdybyś znalazł się w niebezpieczeństwie. — Powiedział to tonem Robba Lorda, co oznaczało, że nie należało z nim więcej dyskutować.

Bran wiedział, że to z powodu wydarzenia w wilczym lesie. Od tamtego czasu wciąż jeszcze dręczyły go złe sny. Okazał się wtedy bezradny jak niemowlę, tak samo bezradny jak Rickon. A nawet jeszcze bardziej... bo Rickon mógłby przynajmniej ich kopnąć. Czuł wstyd na wspomnienie tamtej chwili. Od Robba dzieliło go zaledwie kilka lat. Skoro jego brat był prawie dorosły, to i on także. Powinien umieć się obronić.

Rok temu, przedtem, poszedłby do miasta, nawet gdyby musiał przejść przez mur. Wtedy potrafił biegać po schodach, wsiadać i zsiadać ze swojego kuca i posługiwać się drewnianym mieczem na tyle dobrze, by powalić księcia Tommena. Teraz mógł tylko siedzieć i przyglądać się przez rurę z soczewkami należącą do maestera Luwina. Maester nauczył go rozpoznawać wszystkie sztandary: srebrna pięść w rękawicy na fioletowym tle, herb Gloverów, Czarny Niedźwiedź lady Mormont, okropny, wychłostany mężczyzna niesiony na czele oddziału Roose'a Boltona z Dreadfort, łoś Hornwoodów, berdysz Cerwynów, trzy drzewa strażnicze Tallhartów i straszny, ryczący olbrzym w porwanych łańcuchach Rodu Umberów.

Szybko nauczył się rozpoznawać twarze poszczególnych lordów, ich synów i rycerzy, którzy przybywali do Winterfell. Wszyscy naraz nie zmieściliby się nawet w Wielkiej Komnacie, dlatego Robb gościł osobno kolejne rody. Bran zawsze zasiadał na honorowym miejscu po prawej ręce brata. Niektórzy spośród gości przeszywali go twardymi spojrzeniami, jakby zastanawiali się, co robi na tym wysokim miejscu taki żółtodziób, i w dodatku jeszcze kaleka.

— Ilu? — Bran spytał maestera Luwina, kiedy lord Karstark i jego synowie przejechali przez bramę.

— Dwanaście tysięcy ludzi albo niewiele mniej.

— Ilu rycerzy?

— Dość — odparł maester, a w jego głosie zabrzmiała nuta

zniecierpliwienia. — Żeby zostać rycerzem, trzeba odbyć wartę w sepcie, a potem zostać namaszczonym siedmioma olejami i złożyć śluby. Na północy tylko nieliczne spośród rodów wyznają Siedmiu. Reszta wierzy w dawnych bogów, nie pasują wojowników na rycerzy... lecz lordowie ci, a także ich synowie i zaprzysiężeni im wojownicy w niczym nie ustępują rycerzom, są tak samo dzielni, lojalni i szlachetni. Miarą człowieka nie jest tytuł przed jego imieniem. Powtarzałem ci to setki razy.

— Ilu rycerzy? — spytał ponownie Bran.

Maester Luwin westchnął.

— Trzystu, może czterystu, do tego trzy tysiące zbrojnych, którzy nie są rycerzami.

— Lord Karstark to już ostatni — powiedział Bran zamyślony. — Robb przyjmie go dzisiaj.

— Bez wątpienia.

— Kiedy... kiedy wyruszą?

— Musi iść niebawem albo w ogóle zrezygnować — odpowiedział maester Luwin. — Zimowe miasto pęka w szwach, a armia pozbawi okoliczną ludność resztek żywności, jeśli zostaną tutaj dłużej. Pozostali dołączą do niego po drodze, rycerze ze wzgórz, wyspiarze oraz lordowie Manderly i Flint. Nad rzeką toczą się już walki, a twój brat ma do przebycia wiele mil.

— Wiem — odparł Bran przybitym tonem. Zresztą podobnie się czuł. Oddając maesterowi lunetę, zauważył czerwony plac na czubku głowy starca, który przeświecał między włosami. Poczuł się dziwnie, gdy tak patrzył na niego z góry — dotąd widział go zawsze z dołu — lecz z pleców Hodora wszystko wyglądało inaczej. — Mam już dość patrzenia. Hodor, zanieś mnie do twierdzy.

— Hodor — powiedział Hodor.

Maester Luwin wsunął lunetę do rękawa.

— Bran, twój pan brat nie ma teraz czasu dla ciebie. Musi przywitać się z lordem Karstarkiem i jego synami.

Wycięte w granicie uchwyty tworzyły rodzaj drabiny w ścianie wewnętrznego muru wieży. Hodor nucił pod nosem, schodząc powoli, a Bran podskakiwał w swoim wiklinowym siedzeniu, które wymyślił dla niego maester Luwin. Luwin zaprojektował go na wzór koszów, w których kobiety nosiły na plecach drewno na opał. Trzeba było tylko wyciąć otwory na nogi i umocować więcej pasków, żeby odpowiednio rozłożyć ciężar ciała Brana. Oczywiście, to nie to samo, co jazda na grzbiecie Tancerki, lecz nie wszędzie dało się na niej pojechać, dlatego Bran nie czuł się zawstydzony, kiedy Hodor nosił go na rękach jak dziecko. Wydawało mu się, że Hodor lubi to robić, choć nie miał pewności. Niebezpieczne było tylko przejście przez drzwi. Czasem Hodor zapominał, że niesie Brana na plecach, co mogło okazać się bolesne.

Od prawie dwóch tygodni tylu ludzi przyjeżdżało i wyjeżdżało z zamku, że na rozkaz Robba trzymano kraty w obu bramach podniesione, a most opuszczony, nawet w nocy. Kiedy Bran znalazł się przed wieżą, ujrzał długą kolumnę uzbrojonych kopijników przechodzących nad fosą między murami; byli to ludzie Karstarka, którzy przybywali właśnie do zamku za swoim lordem. Ubrani byli w czarne żelazne półhełmy i czarne wełniane płaszcze z białym słońcem. Hodor szedł obok nich, uśmiechając się do samego siebie i dudniąc butami na drewnianym moście. Jeźdźcy zerkali na nich zaciekawieni, a jeden z nich parsknął śmiechem. Bran nie zwracał na nich uwagi. „Ludzie będą się na ciebie gapili — ostrzegł go maester Luwin, kiedy po raz pierwszy założyli kosz Hodorowi. — Będą się gapić, będą gadać, a nawet kpić z ciebie". Niech sobie kpią, pomyślał Bran. W sypialni nikt z niego nie szydził, ale przecież nie mógł spędzić reszty życia w łóżku.

Kiedy przechodzili pod opuszczaną kratą, Bran przyłożył dwa palce do ust i zagwizdał. Lato przybiegł z drugiego końca dziedzińca. Wśród Karstarków nastąpiło zamieszanie; ich konie przewracały oczyma i wierzgały gwałtownie. Jeden stanął dęba, niemal zrzucając jeźdźca. Zapach wilkora wywoływał u nich panikę.

— Do bożego gaju. — Bran przypomniał Hodorowi.

Ścisk panował nawet w samym Winterfell. Dziedziniec rozbrzmiewał szczękiem mieczy i toporów, dudnieniem wozów i szczekaniem psów. Przez otwarte drzwi zbrojowni Bran dostrzegł Mikkena w jego kuźni; bił młotem, a z jego nagiej piersi kapały krople potu. Bran nigdy dotąd nie widział jeszcze tylu obcych, nawet w czasie wizyty króla Roberta.

Starał się nie kurczyć, kiedy Hodor przechodził przez niskie drzwi. Szli długim, mrocznym korytarzem. Wilk podążał za nimi cicho. Od czasu do czasu podnosił łeb, a wtedy jego ślepia błyskały jak roztopione złoto. Bran miał ochotę go pogłaskać, lecz siedział za wysoko.

Boży gaj był wyspą spokoju pośród morza chaosu, które zalało Winterfell. Hodor szedł między gęsto rosnącymi dębami, grabami i drzewami strażniczymi, kierując się w stronę stawu przy drzewie sercu. Wciąż nucąc pod nosem, zatrzymał się pod rozłożystymi konarami czardrzewa. Bran chwycił się gałęzi i wysunął z kosza. Przez chwilę wisiał z twarzą przyciśniętą do ciemnoczerwonych liści. Potem Hodor zdjął go i posadził na gładkim kamieniu tuż nad wodą.

— Chcę zostać sam — powiedział. — Idź się wymoczyć.

— Hodor. — Hodor odszedł, powłócząc nogami, i zniknął między drzewami. Po drugiej stronie bożego gaju, pod oknami komnat gościnnych, podziemne gorące źródło utworzyło trzy małe stawy. W dzień i w nocy unosiła się tam para, a ścianę pokrywała gruba warstwa mchu. Hodor nienawidził zimnej wody, a na widok mydła uciekał niczym kot na drzewo, za to chętnie wchodził do najgorętszych nawet źródeł, gdzie potrafił przesiadywać godzinami, naśladując beknięciami odgłos bąbelków, które wydobywały się z zielonej głębi.

Lato napił się wody i położył u boku Brana. Chłopiec podrapał wilka po szyi i przez chwilę obaj pogrążyli się w błogim spokoju. Bran zawsze lubił przychodzić do bożego gaju, także i przedtem, lecz ostatnio zachodził tu coraz częściej. Już nawet nie bał się, tak jak dawniej, drzewa serca. Ciemnoczerwone oczy wycięte na jasnym pniu wciąż na niego patrzyły, lecz teraz w jakiś sposób przynosiło mu to ulgę. Tłumaczył sobie, że to bogowie patrzą na niego, dawni bogowie, bogowie Starków, Pierwszych Ludzi i dzieci lasu, bogowie jego przodków. Czuł się bezpieczny w ich obecności, a głęboka cisza pośród drzew pozwalała mu skupić myśli. Bran dużo myślał od czasu swojego upadku, myślał, marzył i rozmawiał z bogami.

— Proszę, sprawcie, żeby Robb nie wyjechał — modlił się cicho. Musnął dłonią powierzchnię wody, wysyłając drobne fale. — Proszę, sprawcie, żeby został. A jeśli już musi pojechać, to niech wróci bezpiecznie z mamą, ojcem i dziewczynkami. I żeby Rickon... żeby Rickon zrozumiał.

Jego mały braciszek stał się nieznośny jak zimowy wiatr; od chwili, kiedy dowiedział się, że Robb odjeżdża na wojnę, na przemian to płakał, to się złościł. Nie chciał jeść, krzyczał po nocach, a nawet uderzył Starą Nianię, która chciała zaśpiewać mu do snu, następnego zaś dnia przepadł. Szukało go pół zamku. Kiedy wreszcie znaleziono go w krypcie, Rickon zaczął bronić się zardzewiałym mieczem, który zabrał z kolan jednemu z królów, a z ciemności warczał groźnie i błyskał zielonymi ślepiami Kudłacz. Wilk okazał się równie rozzłoszczony jak Rickon i ugryzł w ramię Gage'a, a potem Mikkena w udo. Robb potrzebował pomocy Szarego Wichra, by nad nim zapanować. Od tamtej pory Farlen trzymał czarnego wilka na łańcuchu w psiarni, co jeszcze bardziej zasmuciło Rickona.

Maester Luwin doradzał Robbowi — w czym bardzo popierał go Bran — aby został w Winterfell dla własnego dobra, a także dla dobra Rickona, lecz jego brat kręcił niezmiennie głową i powtarzał:

— Ja nie chcę jechać. Ja muszę jechać.

Tylko w połowie było to kłamstwo. Bran rozumiał, że ktoś powinien jechać, żeby utrzymać Przesmyk i pomóc Tullym w walce przeciwko Lannisterom, ale nie musiał to być Robb. Jego brat mógł przekazać komendę Halowi Mollenowi albo Theonowi Greyjoyowi, czy też któremuś innemu spośród lordów. To właśnie doradzał mu maester Luwin, lecz Robb nie ustępował.

— Pan ojciec nie posyłał ludzi na śmierć, a sam ukrywał się jak tchórz za murami Winterfell — odpowiedział tonem Robba Lorda.

Dla Brana Robb stał się teraz obcy, przemieniony, był teraz jak prawdziwy pan, chociaż nie nadszedł jeszcze czternasty dzień jego imienia i dopiero za dwa lata będzie mógł nazwać siebie mężczyzną. Wydawało się, że wyczuwali to nawet przybyli lordowie. Próbowali sprawdzić go na różne sposoby. Roose Bolton i Robert Glover domagali się zaszczytu dowodzenia w bitwie; pierwszy z nich wyraził się bardzo obcesowo, drugi, z uśmiechem na ustach, niby żartem. Krzepka, siwowłosa Maege Mormont, ubrana w kolczugę jak mężczyzna, oświadczyła bez ogródek, że Robb mógłby być jej wnukiem i nie będzie wydawał jej rozkazów... ale tak się składa, iż ma wnuczkę, która chętnie poślubi Robba. Lord Cerwyn, mąż o łagodnym usposobieniu, po prostu przyjechał ze swoją córką, pulchną trzydziestoletnią panną, która siedziała u boku ojca i ani na chwilę nie podniosła wzroku znad swojego talerza. Jowialny lord Hornwood nie miał córek, za to przyjeżdżał z prezentami; jednego dnia był to koń, następnego udziec jeleni, kiedy indziej posrebrzany róg myśliwski. I nie chciał nic w zamian... nic poza pewnym majątkiem, który kiedyś odebrano jego dziadowi, oraz prawa do polowań na północ od pewnej granicy i wybudowania tamy na Białym Nożu.

Podobnie jak ojciec by to uczynił, tak i Robb każdemu z nich okazał chłodną uprzejmość, naginając ich do swojej woli.

Kiedy lord Umber, zwany przez swoich ludzi Greatjonem, ponieważ był wysoki jak Hodor i jeszcze szerszy w barach, zagroził, że zabierze swoje siły do domu, jeśli otrzyma miejsce w kolumnie za Hornwoodami albo Cerwynami, Robb spokojnie odpowiedział mu, by tak uczynił.

— A gdy już się rozprawimy z Lannisterami — dodał, drapiąc wilkora za uchem — wrócimy na północ, wyciągniemy cię z twojej twierdzy i powiesimy jako wiarołomcę. — Złorzecząc Robbowi, Greatjon cisnął w ogień dzban z piwem i ryknął, że Robb jest tak zielony, iż pewnie sika na zielono. Kiedy Hallis Mollen próbował go uspokoić, Greatjon przewrócił go na podłogę, wywrócił stół kopniakiem i wyciągnął z pochwy największy i najbrzydszy miecz, jaki Bran widział kiedykolwiek. Siedzący dookoła jego synowie, bracia i zbrojni skoczyli na nogi, sięgając po broń.

Wtedy Robb tylko coś cicho powiedział i w mgnieniu oka lord Umber leżał na plecach, jego miecz trzy stopy dalej, a z jego dłoni, tam gdzie Szary Wicher odgryzł dwa palce, płynęła krew.

— Pan ojciec uczył mnie zawsze, że należy karać śmiercią tego, kto wyciągnie miecz przeciw swojemu lordowi — powiedział Robb

— ale ja myślę, że ty chciałeś tylko pokroić moje mięso. — Bran o mało nie zwymiotował, patrząc na Greatjona, który próbował się podnieść, ssąc okaleczoną dłoń... lecz olbrzym zupełnie niespodziewanie roześmiał się.

— Twoje mięso — ryknął — jest cholernie twarde.

Po tym wydarzeniu Greatjon został prawą ręką Robba i jego najzagorzalszym orędownikiem. Przekonywał wszystkich głośno, że chłopak jest z krwi i kości Starkiem i lepiej niech zegną przed nim kolana, jeśli nie chcą, żeby im coś je odgryzło.

Później, tego samego wieczoru, brat Brana przyszedł do jego sypialni blady i poruszony.

— Myślałem, że mnie zabije — wyznał Robb. — Widziałeś, jak rzucił Halem, jakby to był Rickon? Bogowie, a przecież on nie jest najgorszy, tylko krzyczy najgłośniej. Lord Roose nie odzywa się ani słowem i tylko patrzy na mnie, a mnie wtedy przychodzi na myśl ten ich pokój w Dreadfort, gdzie Boltonowie wieszają skóry swoich ofiar.

— Takie tam opowieści Starej Niani — odparł Bran bez przekonania. — Prawda?

— Nie wiem. — Pokiwał głową. — Lord Cerwyn ma zamiar zabrać ze sobą na południe swoją córkę. Żeby mu gotowała, jak twierdzi. Zdaniem Theona którejś nocy córka wyląduje w moim łóżku. Szkoda... szkoda, że nie ma tutaj ojca...

W tym jednym punkcie wszyscy się zgadzali: zarówno Bran, jak i Rickon i Robb Lord pragnęli, by ojciec był z nimi. Lord Eddard znajdował się jednak tysiące mil od domu, może przykuty łańcuchami w jakimś lochu, może walczący o swoje życie albo już martwy. Nikt nie wiedział na pewno, kolejni przybysze opowiadali co innego, a każda opowieść była straszniejsza od poprzedniej. Głowy gwardzistów ojca gniły wbite na pale na murach Czerwonej Twierdzy. Król Robert zmarł na rękach ojca. Baratheonowie oblegali Królewską Przystań. Lord Eddard uciekł na południe z Renlym, niegodziwym bratem Króla. Arya i Sansa zostały zamordowane przez Ogara. Matka zabiła Tyriona i wywiesiła jego ciało na murach Riverrun. Lord Tywin Lannister maszerował na Orle Gniazdo, paląc i mordując po drodze. Pewien zamroczony winem podróżnik utrzymywał nawet, że Rhaegar powstał z martwych i zbierał ogromny zastęp dawnych bohaterów na Smoczej Skale, by odzyskać tron ojca.

Kiedy wreszcie przybył kruk z listem napisanym ręką Sansy i zapieczętowany pieczęcią ojca, jego treść okazała sie równie niewiarygodna jak krążące dotąd opowieści. Bran wciąż pamiętał wyraz twarzy Robba, który wpatrywał się w list z niedowierzaniem.

— Ona pisze, że ojciec spiskował z braćmi Króla — przeczytał. — Król Robert nie żyje, a ja i matka mamy się stawić w Czerwonej Twierdzy, żeby złożyć hołd Joffreyowi. Pisze, że musimy okazać mu lojalność, a kiedy ona poślubi Joffreya, będzie go błagać, by darował życie panu ojcu. — Robb zacisnął wtedy pięść, zgniatając list. — Ani słowa o Aryi, ani słowa. A niech to! Co się z nią stało?

Bran poczuł zimną kulę w żołądku.

— Straciła swojego wilka — odparł wtedy; przypomniał sobie dzień, w którym ludzie ojca powrócili z południa z kośćmi Damy. Lato, Szary Wicher i Kudłacz zaczęły wyć smutno, zanim żołnierze przeszli przez most. W cieniu murów Pierwszej Twierdzy znajdował się bardzo stary cmentarz pełen kamiennych nagrobków porośniętych bladymi porostami, gdzie Królowie Winterfell chowali swoje wierne sługi. Kiedy grzebano tam Damę, jej bracia snuli się między grobami jak niespokojne cienie. Wyruszyła na południe, a powróciły tylko jej kości.

W tamte strony podążył niegdyś także ich dziadek, stary lord Rickard, ze swoim synem Brandonem, bratem ojca, oraz dwustoma najlepszymi ludźmi. Żaden z nich nigdy nie wrócił. Potem ojciec odjechał na południe, a z nim Arya, Sansa, Jory, Hullen, Gruby Tom i pozostali, a potem też matka i ser Rodrik. Oni także nie wrócili. A teraz miał tam ruszyć Robb. Ale nie do Królewskiej Przystani, by złożyć przysięgę poddaństwa, lecz do Riverrun, żeby walczyć. Jeśli ich ojciec rzeczywiście został uwięziony, oznaczało to jego śmierć. Na myśl o tym Bran odczuwał ogromny strach.

— Strzeżcie go, skoro już musi tam jechać — modlił się Bran do dawnych bogów, którzy patrzyli na niego czerwonymi oczyma drzewa — i strzeżcie też jego ludzi, Hala, Quenta i pozostałych, a także lorda Umbera, lady Mormont i innych lordów. Oraz Theona. Strzeżcie ich i miejcie w opiece, jeśli taka wasza wola. Pomóżcie im pokonać Lannisterów, uratujcie ojca i sprowadźcie go do domu.

Wiatr westchnął w konarach drzew, a czerwone liście poruszyły się, szepcąc. Lato obnażył kły.

— Słyszysz ich, chłopcze? — spytał ktoś.

Bran podniósł głowę. Na drugim brzegu stawu, pod starym dębem, stała wysoka kobieta, Osha, z twarzą ocienioną liśćmi. Dzika poruszała się cicho jak kot. Lato obszedł wodę i powąchał ją. Drgnęła.

— Lato, do mnie — zawołał Bran. Wilkor jeszcze raz wciągnął powietrze, odwrócił się i pobiegł z powrotem. Bran objął go ramionami. — Co ty tu robisz? — Nie widział jej od dnia jej uwięzienia, chociaż wiedział, że została przydzielona do pracy w kuchni.

— Są także moimi bogami — powiedziała Osha. — Za Murem nie ma innych bogów. — Włosy zdążyły jej trochę odrosnąć, brązowe, zmierzwione. Dzięki nim wyglądała bardziej kobieco. Kobiecości przydawała jej też prosta sukni z brązowej, surowej tkaniny, w którą ją ubrano, kiedy zdjęła z siebie skórzane ubranie i kolczugę. — Gage pozwala mi czasem pomodlić się, kiedy czuję potrzebę, a ja pozwalam mu robić, co zechce, pod moją sukienką, kiedy on czuje potrzebę. Dla mnie to nic. Lubię zapach mąki na jego rękach. Jest mniej gwałtowny niż Stiv. — Skłoniła się niezgrabnie. — Pójdę już. Garnki czekają na zmywanie.

— Nie, zostań — rozkazał jej Bran. — Powiedz, co miałaś na myśli, pytając, czy słyszę bogów?

Osha przyglądała mu się uważnie.

— Pytasz ich, a oni ci odpowiadają. Otwórz uszy, słuchaj, a usłyszysz.

Bran wytężył słuch.

— Słyszę tylko wiatr — powiedział po chwili. — Liście szeleszczą.

— A jak myślisz, kto mógłby wysyłać wiatr, jeśli nie bogowie? — Usiadła po drugiej stronie stawu, pobrzękując cicho. Mikken założył jej na nogi żelazne kajdany połączone ciężkim łańcuchem. Mogła chodzić, ale tylko drobnymi krokami, lecz nie było mowy o bieganiu, wspinaniu się czy jeździe konnej. — Oni cię widzą, chłopcze. Słyszą, jak do nich przemawiasz, i odpowiadają szelestem liści.

— Co mówią?

— Są smutni. Twój brat nie otrzyma od nich pomocy, nie tam, dokąd się udaje. Moc dawnych bogów nie sięga na południe. Tam lasy czardrzew wycięto już tysiące lat temu. Jak by go mogli strzec, skoro nie mają oczu?

Bran nie pomyślał o tym. Poczuł strach. Na co może liczyć jego brat, skoro nawet bogowie nie potrafili mu pomóc? Może Osha źle ich zrozumiała. Przechylił głowę i jeszcze raz posłuchał. Wydało mu się, że tym razem usłyszał smutek, lecz nic więcej.

Szelest wzmógł się. Bran usłyszał stłumione kroki i ciche nucenie. Spomiędzy drzew wynurzył się Hodor, nagi i uśmiechnięty.

— Hodor!

— Pewnie usłyszał nasze głosy — powiedział Bran. — Hodor, zapomniałeś ubrania.

— Hodor — zgodził się Hodor. Jego mokre ciało parowało w chłodnym powietrzu. Porastały je brązowe włosy, gęste jak owcza skóra. Między nogami Hodora zwisała jego męskość, długa i ciężka.

Osha przyglądała mu się z kwaśnym uśmiechem na ustach.

— Ogromny z niego mężczyzna — powiedziała. — Płynie w nim krew olbrzymów albo jestem królową.

— Maester Luwin twierdzi, że nie ma już olbrzymów. Mówi, że wszystkie wymarły, jak dzieci lasu. Zostały po nich tylko kości, które ludzie wygrzebują czasem z ziemi pługiem.

— Niech maester Luwin wyjedzie za Mur — odparła Osha. — Wtedy znajdzie olbrzymy albo one znajdą jego. Są wielkie na dwanaście lub trzynaście stóp. Zaciekłe stwory, włochate, z zębami, a ich żony mają brody tak jak mężowie, dlatego nie można ich rozróżnić. Ich kobiety biorą sobie na kochanków mężczyzn z ludzi i potem rodzą się mieszańce. Gorzej jest z kobietami, które łapią.

Ich mężczyźni są tak duzi, że rozrywają kobiety, zanim je zapłodnią. — Uśmiechnęła się. — Pewnie nie wiesz, o czym mówię, co, chłopcze?

— Wiem — zaperzył się Bran. Rozumiał, na czym polega płodzenie; widział psy na dziedzińcu, a także ogiera, który pokrywał klacz. Jednak czuł się zawstydzony, gdy ktoś o tym mówił. Spojrzał na Hodora. — Przynieś swoje ubranie, Hodor — powiedział. — Ubierz się.

— Hodor. — Hodor wrócił tą samą drogą, którą przyszedł; szedł schylony pod nisko zwieszającymi się gałęziami.

Rzeczywiście jest ogromny, pomyślał Bran, patrząc za nim.

— Naprawdę za Murem żyją olbrzymy? — spytał Oshę.

— Olbrzymy i nie tylko, panie. Próbowałam to powiedzieć twojemu bratu, kiedy mnie wypytywał, jemu, a także waszemu maesterowi i temu śmieszkowi, Greyjoyowi. Zimne wiatry wieją coraz mocniej, a ludzie odchodzą od swoich ognisk i nigdy nie wracają... a jeśli nawet, to nie są już ludźmi, lecz upiorami o niebieskich oczach i zimnych czarnych dłoniach. Jak myślisz, dlaczego szłam na południe ze Stivem, Hali i resztą tych głupców? Mance twierdzi, że będzie walczył. Dzielny, słodki i uparty chłopaczek, jakby biali byli zwykłymi zwiadowcami, ale co on wie? Niech tam siebie nazywa Królem za Murem, ale to tylko jeszcze jedna stara, czarna wrona, która sfrunęła z Wieży Cieni. On nigdy nie zasmakował zimy. A ja, dziecko, tam się urodziłam, podobnie jak moja matka i matka mojej matki, wszystkie zrodzone z Wolnych Ludzi. My pamiętamy. — Osha wstała, pobrzękując łańcuchem. — Nie dalej jak wczoraj na dziedzińcu próbowałam powiedzieć coś twojemu braciszkowi. „Lordzie Stark", zwróciłam się do niego z szacunkiem, ale on potraktował mnie jak cień, a ten gbur Umber odepchnął mnie na bok. No, to będę dalej nosiła swoje łańcuchy i trzymała język za zębami. Ten, kto nie słucha, niczego nie usłyszy.

— Mnie powiedz. Robb mnie wysłucha, na pewno.

— Wysłucha? Zobaczymy. W takim razie powiedz mu, panie, powiedz mu, że wybiera się w złą stronę. Powinien poprowadzić swoich ludzi na północ. Na północ, a nie na południe. Słyszysz?

Bran skinął głową.

— Powiem mu.

Tego wieczoru, kiedy ucztowali w Wielkiej Komnacie, Robba nie było z nimi. Jadł posiłek w swojej samotni w towarzystwie Lorda Rickarda, Greatjona i innych lordów, z którymi omawiał ostateczne szczegóły dotyczące wymarszu. Jego miejsce u góry stołu zajął Bran i to on pełnił rolę gospodarza uczty na cześć synów lorda Karstarka i przyjaciół. Wszyscy siedzieli już przy stole, kiedy Hodor wniósł Brana i przyklęknął przed podniesionym miejscem. Dwóch służących pomogło mu wydostać się z kosza. Bran czuł na sobie spojrzenia zebranych. Zapadła cisza.

— Moi lordowie — przemówił Hallis Mollen. — Brandon Stark z Winterfell.

— Witam was przy naszym ogniu — odezwał się Bran oficjalnym tonem — i na dowód przyjaźni pragnę was poczęstować mięsem i miodem.

Harrion Karstark, najstarszy z synów lorda Rickarda, skłonił głowę, a za nim uczynili to samo jego bracia. Jednakże kiedy z powrotem zajmowali swoje miejsca, Bran usłyszał rozmowę dwóch najmłodszych, którzy mówili do siebie ściszonymi głosami:

— Wolałbym umrzeć, niż tak żyć — powiedział jeden z nich, imiennik jego ojca, Eddard, a jego brat, Torrhen, odparł, że może chłopiec jest połamany także w środku i boi się odebrać sobie życie.

Połamany, pomyślał z goryczą Bran, biorąc do ręki nóż. Czy tak go teraz nazywają? Bran Połamany?

— Nie chcę być połamany — powiedział szeptem do maestera Luwina, który zasiadał po jego prawej ręce. — Chcę być rycerzem.

— Niektórzy nazywają mój zakon zakonem rycerzy umysłu — odparł Luwin. — Jeśli chcesz, potrafisz być bardzo bystrym chłopcem, Bran. Zastanawiałeś się kiedyś nad tym, że mógłbyś nosić łańcuch maestera? Nie ma granic dla nauki.

— Ja chcę się nauczyć magii — powiedział Bran. — Wrona obiecała, że będę latał.

Maester Luwin westchnął.

— Mogę cię nauczyć historii, uzdrawiania, ziołolecznictwa. Mogę też nauczyć cię języka kruków, budowy zamków i sterowania statkami według gwiazd. Mogę cię nauczyć mierzyć dni, oznaczać pory roku, a w Cytadeli Starego Miasta uczą o wiele więcej. Jednakże nikt nie nauczy cię magii.

— Dzieci by mnie nauczyły — powiedział Bran. — Dzieci lasu. — Przypomniał sobie, co obiecał Oshy w bożym gaju, więc teraz przekazał Luwinowi jej słowa.

Maester słuchał go uprzejmie.

— Sądzę, że kobieta dzikich mogłaby udzielić Starej Niani lekcji opowiadania — rzekł, kiedy Bran skończył. — Jeśli chcesz, to pomówię z nią, ale lepiej byłoby, gdybyś nie zawracał głowy bratu podobnymi błahostkami. Ma już dość na głowie i bez olbrzymów i chodzących trupów w lasach. To Lannisterowie uwięzili twojego pana ojca, a nie dzieci lasu. — Położył dłoń na ramieniu Brana. — Pomyśl o tym, co ci powiedziałem, dziecko.

Dwa dni później, kiedy niebo owiane zimnym wiatrem zaczerwieniło się, Bran siedział przy bramie przywiązany bezpiecznie na grzbiecie Tancerki, gdzie żegnał brata.

— Teraz ty jesteś panem Winterfell — powiedział do niego Robb. Dosiadał włochatego, siwego rumaka. Z boku siodła zwisała tarcza, drewniana, wzmocniona żelazem, biało-szara, a na niej głowa szczerzącego kły wilkora. Na skórzany strój założył szarą kolczugę, u pasa miał sztylet i miecz, a na ramieniu płaszcz lamowany futrem. — Dopóki nie wrócimy, musisz zająć moje miejsce, tak jak ja zająłem miejsce ojca.

— Wiem — odparł Bran słabym głosem. Nigdy wcześniej nie czuł się taki mały, samotny i przestraszony. Nie wiedział, jak być lordem.

— Słuchaj rad maestera Luwina i opiekuj się Rickonem. Powiedz mu, że wrócę, gdy tylko skończy się wojna.

Rickon nie chciał zejść na dziedziniec. Siedział w swoim pokoju zapłakany.

— Nie! — krzyknął, kiedy Bran zapytał go, czy nie chce pożegnać się z Robbem. — Nie będę się żegnał!

— Mówiłem mu — powiedział Bran. — Twierdzi, że nikt nie wraca.

— Nie będzie dzieckiem wiecznie. Jest Starkiem i ma już prawie cztery lata. — Robb westchnął. — No cóż, mama wróci niebawem. A ja sprowadzę ojca, obiecuję.

Zawrócił rumaka i odjechał wolno. Obok konia biegł długimi susami Szary Wicher. Przed nimi jechał Hallis Mollen z powiewającym białym sztandarem Starków na wysokim szarym drzewcu. Theon Greyjoy i Greatjon ustawili się po obu stronach Robba. Z tyłu rycerze tworzyli podwójną kolumnę; stalowe groty ich kopii pobłyskiwały w słońcu.

Bran przypomniał sobie słowa Oshy i poczuł się nieswojo. Wybiera się w złą stronę, pomyślał. Przez moment chciał pogalopować za nim i ostrzec go, lecz Robb zniknął już za bramą.

W tej samej chwili za murami rozległa się wrzawa. Piechurzy i ludzie z miasta wiwatowali na cześć Robba, na cześć lorda Starka, Lorda Winterfell, który jechał na swoim rumaku, powiewając płaszczem, a u jego boku pędził Szary Wicher. Nigdy nie będą tak wiwatować na moją cześć, pomyślał Bran ze smutkiem. Może i był panem Winterfell pod nieobecność brata i ojca, lecz wciąż pozostawał Branem Połamanym. Nie potrafił nawet zsiąść ze swojego konia, jeśli nie chciał się przewrócić.

Kiedy wiwaty ucichły wreszcie, a dziedziniec całkiem opustoszał, Winterfell przypominał wymarłe i opuszczone miejsce. Bran rozejrzał się po twarzach tych, którzy pozostali: kobiety, dzieci, starcy... i Hodor. Ogromny stajenny wydawał się zagubiony i przestraszony.

— Hodor? — powiedział smutno.

— Hodor — przyznał Bran, zastanawiając się, co to może znaczyć.

DAENERYS

Zaspokoiwszy swoje żądze, *khal* Drogo wstał z maty i stanął nad nią. W rdzawym blasku ognia jego ciało lśniło niczym spiżowy posąg z piersią porysowaną liniami dawnych blizn. Jego kruczoczarne włosy opadały swobodnie na plecy i ramiona, spływając jeszcze poniżej pasa. Jego męskość lśniła od wilgoci. Usta *khala* poruszyły się pod długimi wąsami.

— Rumak, który przemierzy świat, nie potrzebuje żelaznych tronów.

Dany oparła się na łokciu i spojrzała na niego. Taki ogromny, dostojny, szczególnie podobały jej się jego włosy. Jeszcze nigdy ich nie obcinał, niepokonany.

— Przepowiednia mówi, że rumak pojedzie na krańce ziemi — powiedziała.

— Ziemia kończy się tam, gdzie jest czarne, słone morze — odpowiedział jej Drogo. Zanurzył kawałek materiału w misce z ciepłą wodą, by zetrzeć ze skóry oliwę i pot. — Żaden koń nie przejdzie przez trującą wodę.

— W Wolnych Miastach mają tysiące statków — odpowiedziała Dany tak samo, jak mówiła mu już poprzednio. — Drewniane konie o stu nogach, które lecą przez morze na skrzydłach wypełnionych wiatrem.

Khal Drogo nie chciał o tym słyszeć.

— Nie będziemy więcej rozmawiać o drewnianych koniach i żelaznych tronach. — Rzucił szmatkę i zaczął się ubierać. — Dzisiaj wyjadę między trawy na polowanie, kobieto żono — oświadczył, kiedy włożył malowaną kamizelkę i zapiął szeroki pas z ciężkimi medalionami zrobionymi ze srebra, złota i brązu.

— Dobrze, moje słońce i gwiazdy — odparła Dany. Wiedziała, że Drogo i jego bracia krwi wyruszą na poszukiwanie *hrakkara*, wielkiego białego lwa równin. Jeśli im się powiedzie, jej mąż wróci zadowolony i może wtedy zechce jej wysłuchać.

Niestraszne były mu dzikie bestie ani ludzie, lecz morze to co innego. Dothrakowie uważali za nieczystą wodę, której nie mógł się napić koń; widok falujących szarozielonych równin napawał ich przesądnym obrzydzeniem. Drogo przewyższał wszystkich innych władców koni pod wieloma względami, poza tym jednym. Gdyby tylko udało się jej namówić go, żeby wszedł na statek...

Kiedy *khal* wraz z braćmi krwi odjechał z łukami, Dany wezwała służące. Przedtem czuła się nieswojo, bo wciąż uwijały się wokół niej albo chciały w czymś pomagać, teraz jednak, ciężka i niezgrabna, chętnie korzystała z ich pomocy. Wymyły ją starannie i ubrały w jedwabną, powiewną szatę. Kiedy Doreah rozczesywała jej włosy, posłała Jhiqui po ser Joraha Mormonta.

Rycerz zjawił się natychmiast. Ubrany był w getry z końskiego włosia i malowaną kamizelę, na podobieństwo Dothraków. Jego pierś i muskularne ramiona pokrywały ciemne włosy.

— Księżniczko, jestem na twoje usługi.

— Musisz porozmawiać z moim panem mężem — powiedziała Dany. — Drogo mówi, że rumak, który przemierzy świat, będzie panował nad całą ziemią i nie potrzebuje przechodzić przez trującą wodę. Twierdzi, że kiedy urodzi się Rhaego, poprowadzi swój *khalasar* na wschód, żeby splądrować ziemie wokół Morza Nefrytowego.

Rycerz zamyślił się na chwilę.

— *Khal* nigdy nie widział Siedmiu Królestw — powiedział. — Nic dla niego nie znaczą. Jeśli już w ogóle myśli o nich, to pewnie wydaje mu się, że chodzi o kilka wysp i miast przyklejonych do skały oblanej wzburzonym morzem, na podobieństwo Lorath albo Lys. Bardziej kuszą go bogactwa wschodu.

— Ale on musi udać się na zachód — odparła Dany głosem pełnym desperacji. — Proszę, pomóż mi go przekonać. — Ona także nigdy nie widziała Siedmiu Królestw, lecz miała wrażenie, że zna je dobrze z opowieści brata. Viserys obiecywał jej tysiące razy, że pewnego dnia zabierze ją tam, ale on już nie żył, a jego obietnice umarły razem z nim.

— Dothrakowie żyją własnym rytmem i według własnych przekonań — odpowiedział rycerz. — Bądź cierpliwa, księżniczko. Obiecuję ci, że pojedziemy do domu.

Dom? Posmutniała na dźwięk tego słowa. Ser Jorah miał swoją Wyspę Niedźwiedzią, lecz gdzie był jej dom? Kilka opowieści, nazwy wymawiane z czcią, jakby to były słowa modlitwy, coraz słabsze wspomnienie czerwonych drzwi... czy Vaes Dothrak miał pozostać jej domem na zawsze? Czy widziała swoją przyszłość, patrząc na staruchy z *dosh khaleen*?

Ser Jorah dostrzegł smutek na jej twarzy.

— Wczoraj przybyła ogromna karawana, *khaleesi*. Czterysta koni, przyjechali z Pentos przez Norvos i Qohor, przewodzi im kupiec, kapitan Byan Votyris. Może Illyrio przysłał list? Nie chciałabyś pójść na Zachodni Targ?

Dany poruszyła się.

— Tak — powiedziała. — Chętnie. — Targi zwykle ożywiały się po przybyciu karawany. Kupcy przywozili różne, czasem bardzo niezwykłe skarby, a poza tym dobrze było posłuchać valyriańskiego języka, którym mówiono w Wolnych Miastach. — Irri, niech przygotują lektykę.

— Powiem ludziom z twojego *khas* — odparła służąca i odeszła szybko.

Gdyby był z nią *khal* Drogo, Dany musiałaby pojechać na srebrzystej, ponieważ dothrackie matki nie zsiadały z konia niemal do momentu porodu, a ona nie chciała wypaść gorzej w oczach swojego męża. Lecz korzystając z okazji, że jej *khal* odjechał na polowanie, mogła wyciągnąć się wygodnie na miękkich poduszkach i pozwolić ponieść przez Vaes Dothrak pod osłoną czerwonego jedwabiu. Teraz mogła pozwolić sobie na tę przyjemność. Towarzyszył jej ser Jorah na koniu oraz jej służące i czterech młodzieńców z jej *khas*.

Dzień był ciepły i bezchmurny, niebo błękitne. Powiewy wiatru niosły ze sobą przenikliwy zapach ziemi i trawy. Jej lektyka przesuwała się z jednej kałuży cienia do drugiej, kiedy mijali skradzione posągi. Kołysana łagodnie, Dany przyglądała się twarzom zmarłych bohaterów i zapomnianych królów. Zastanawiała się, czy bogowie spalonych miast odpowiadali jeszcze na modlitwy.

Gdyby w moich żyłach nie płynęła krew smoków, pomyślała, mógłby to być mój dom. Została *khaleesi,* miała silnego mężczyznę i rączego konia, służące, wojowników, którzy jej strzegli, honorowe miejsce w *dosh khaleen*, kiedy się zestarzeje... a w jej łonie rósł syn, który kiedyś miał podbić świat. Po śmierci Viserysa została tylko Daenerys, ostatnia. Była potomkiem królów i zdobywców, tak jak jej dziecko. Nie może o tym zapominać.

Zachodni Targ znajdował się na ogromnym kwadratowym placu ubitej ziemi, na którego obrzeżu było mnóstwo niewielkich zagród wydzielonych murkami z suszonej na słońcu cegły; spełniały one funkcję zagród dla zwierząt albo pijalni. Niezliczone stragany umieszczono we wnętrzu licznych pagórków, które przypominały grzbiety podnoszących się podziemnych bestii; prowadzące do chłodnego wnętrza wejścia ocieniały zasłony z plecionej trawy.

Setka kupców i handlarzy rozładowywała swoje towary i zajmowała kolejne stragany, lecz nawet przy takiej liczbie wielki plac wydawał się opustoszały w porównaniu z tętniącymi życiem bazarami, które Dany pamiętała z Pentos i innych Wolnych Miast. Ser Jorah wyjaśnił jej, że kupcy przybywali do Vaes Dothrak nie po to, by handlować z Dothrakami, lecz raczej między sobą. Dothrakowie tolerowali ich tam tak długo, jak długo przybysze zachowywali pokój świętego miasta, nie profanowali Matki Gór czy Macicy Świata i okazywali szacunek staruchom z *dosh khaleen*, obdarzając je tradycyjnymi podarkami z soli, srebra i nasion. Sami Dothrakowie nigdy w pełni nie pojęli istoty handlu, kupowania i sprzedawania.

Dany lubiła atmosferę Wschodniego Targu z jego dziwnymi widokami, dźwiękami i zapachami. Chodziła tam często rankiem, by spróbować drzewnych jaj, pasztetu z szarańczy czy zielonych klusek albo posłuchać monotonnych głosów zaklinaczy czy popatrzeć na mantykory w srebrnych klatkach, ogromne, szare słonie i pasiaste konie z Jogos Nhai. Lubiła też przyglądać się ludziom.

Z zaciekawieniem patrzyła na ciemnoskórych Asshai'i o poważnych twarzach, wysokich i bladych Qartheńczyków, jasnookich mieszkańców Yi Ti, którzy nosili sznurkowe kapelusze, kobiety wojowniczki z Bayasabhadu, Shamyrianay i Kayakayanaya z żelaznymi kółkami w pępkach i rubinami w policzkach, a także na strasznych Ludzi z Cienia, którzy pokrywali tatuażami swoje nogi, ramiona i piersi, a twarze chowali za maskami. Wschodni Targ jawił się Dany jako miejsce cudów i magii.

Ale Zachodni Targ pachniał domem.

Kiedy Irri i Jhiqui pomogły jej wysiąść z lektyki, wciągnęła głęboko powietrze. Natychmiast poczuła ostry zapach czosnku i papryki. Uśmiechnęła się na wspomnienie dawnych dni, które spędziła w Tyrosh i Myr. Poczuła też intensywnie słodką woń perfum z Lys. Niewolnicy nosili bele niezwykłych koronek z Myr oraz zwoje wełny w najprzeróżniejszych kolorach. Między straganami przechadzali się strażnicy karawan w miedzianych hełmach i żółtych bawełnianych tunikach do kolan; przy plecionych pasach ze skóry mieli puste pochwy. Na jednym ze straganów płatnerz rozłożył metalowe napierśniki zdobione złotem i srebrem oraz hełmy wyrobione w kształtach wymyślnych bestii. Obok niego młoda kobieta sprzedawała wyroby złotnicze z Lannisportu, pierścienie, brosze, naszyjniki i misternie wykute medaliony szczególnie nadające się do pasów. Jej straganu pilnował ogromny eunuch, łysy i niemy; ubrany w poplamione potem ubranie z aksamitu, obserwował uważnie wszystkich przechodzących. Po drugiej stronie przejścia gruby handlarz tkanin z Yi Ti targował się z kupcem z Pentos o cenę jakiegoś zielonego barwnika; sznureczki jego kapelusza kołysały się z boku na bok, kiedy energicznie kręcił głową.

— Kiedy byłam mała, uwielbiałam bawić się na bazarze — powiedziała Dany do ser Joraha, kiedy szli ocienionym przejściem między straganami. — Był tak... pełen życia; mnóstwo ludzi, wszyscy krzyczeli, śmiali się, tyle rzeczy do oglądania, chociaż rzadko mieliśmy pieniądze, żeby coś kupić, czasem tylko kawałek kiełbasy albo miodowego paluszka. Czy w Siedmiu Królestwach też mają miodowe paluszki, takie, jakie pieką w Tyrosh?

— Masz na myśli ciasteczka? Nie potrafię powiedzieć, księżniczko. — Rycerz skłonił głowę. — Jeśli pozwolisz, to pójdę poszukać kapitana. Sprawdzę, czy nie ma dla nas jakichś listów.

— Dobrze. Będę w pobliżu.

— Nie kłopocz się. — Ser Jorah zniecierpliwiony odwrócił wzrok. — Ciesz się i odpoczywaj. Sam cię odszukam.

Dziwne, pomyślała Dany, patrząc, jak rycerz znika w tłumie. Nie widziała powodu, dla którego nie miałaby pójść z nim. Może po wizycie u kapitana ser Jorah miał zamiar spotkać się z jakąś kobietą. Z karawanami często podróżowały dziwki, a niektórzy mężczyźni ze wstydem mówili o swoich potrzebach. Wzruszyła ramionami.

— Idziemy — powiedziała do służących. Ruszyła wolno przez targ, a jej świta za nią. — Och, patrzcie — krzyknęła do Doreah — o takich kiełbaskach mówiłam. Wskazała na stragan, gdzie mała, pomarszczona kobieta przypiekała na ruszcie kiełbasę z cebulą. — Smażą je z dużą ilością cebuli i ostrej papryki. — Uradowana swoim odkryciem, Dany nalegała, aby inni także skosztowali kiełbasy. Służące pochłonęły swoje porcje w mgnieniu oka, chichocąc, za to wojownicy z *khas* wąchali kiełbasy podejrzliwie. — Smakują inaczej, niż pamiętam — uznała Dany po kilku kęsach.

— W Pentos dodaję jeszcze wieprzowiny — odezwała się starucha — lecz wszystkie moje świnie wyzdychały w czasie podróży przez Morze Dothraków. Te są zrobione z końskiego mięsa, ale przyprawiam je tak samo.

— Och — westchnęła Dany rozczarowana, natomiast Quaro zjadł jedną i sięgnął po następną. Rakharo nie chciał okazać się od niego gorszy i pochłonął trzy, bekając głośno. Dany zachichotała.

— Nie śmiałaś się od czasu, kiedy twój brat *khal Rhaggat* został koronowany przez Drogo — powiedziała Irri. — Miło znowu widzieć cię wesołą, *khaleesi*.

Na ustach Dany pojawił się nieśmiały uśmiech. Rzeczywiście, tak dobrze było się śmiać. Poczuła się jak mała dziewczynka.

Spacerowali przez połowę ranka. Na jednym ze straganów znalazła piękny płaszcz z piór z Wysp Letnich i wzięła go na prezent. W zamian dała handlarzowi srebrny medalion ze swojego pasa. Na tym polegał handel z Dothrakami. Sprzedawca ptaków nauczył czerwono-zieloną papugę wymawiać jej imię. Dany roześmiała się uradowana, ale nie chciała jej wziąć. Po co jej czerwono-zielona papuga w *khalasarze*? Za to nabyła tuzin flaszek z aromatycznymi olejami, których zapachy przywoływały jej dzieciństwo: wystarczyło zamknąć oczy i powąchać je, a natychmiast widziała ogromny dom z czerwonymi drzwiami. Kiedy Dany zobaczyła, że Doreah spogląda tęsknie na amulet płodności na straganie magika, wzięła go i podarowała służącej; zaraz też pomyślała, że musi znaleźć coś dla Irri i Jhiqui.

Za rogiem napotkały stragan kupca winnego, który częstował przechodniów swoimi produktami z pucharów wielkości naparstków.

— Słodkie, czerwone — wykrzykiwał w języku Dothraków. — Słodkie czerwone z Lys, Volantis i Arbor. Białe z Lys, Tyrosh, gruszkowa brandy, ogniste wino, paprykowe wino, jasnozielone nektary z Myr, wino z dymojagód, cierpkie andalskie, mam je wszystkie. — Był małym mężczyzną, szczupłym i przystojnym, jasne włosy nosił ufryzowane w loki na modłę Lys. Skłonił się nisko, kiedy Dany zatrzymała się przed jego straganem. — Zechcesz skosztować, *khaleesi*? Mam słodkie czerwone z Dorne. Niesie ze sobą śpiew śliw, wiśni i ciemnych dębów. Beczułkę, puchar, łyk? Kiedy go skosztujesz, zechcesz nazwać swoje dziecko moim imieniem?

Dany uśmiechnęła się.

— Mój syn ma już imię, ale spróbuję twojego letniego wina — odpowiedziała w języku Valyrian, języku Wolnych Miast. Tak dawno go nie używała, że poczuła się dziwnie, jakby skosztowała od dawna nie próbowanej potrawy. — Tylko odrobinę, jeśli pozwolisz.

Kupiec wziął ją chyba za kobietę Dothraków — jej ubranie, naoliwione włosy, opalone ciało — otworzył bowiem usta zdumiony, kiedy przemówiła do niego.

— Jesteś... z Tyrosh, pani? Czy to możliwe?

— Mówię językiem z Tyrosh, noszę strój Dothraków, ale pochodzę z Westeros, z Siedmiu Królestw — odpowiedziała mu Dany.

Doreah stanęła u jej boku.

— Masz zaszczyt mówić do Daenerys z Rodu Targaryenów, Daenerys Zrodzonej w Burzy, *khaleesi* jeźdźców i księżniczki Siedmiu Królestw.

Kupiec klęknął na jedno kolano.

— Księżniczko — powiedział i skłonił nisko głowę.

— Powstań — rozkazała mu Dany. — Chciałabym skosztować tego wina, o którym mówiłeś.

Mężczyzna zerwał się na nogi.

— Tego? Dornijska lura. Nie jest warte podniebienia księżniczki. Ale mam czerwone wytrawne z Arbor, wyborne. Pozwól, że podaruję ci beczułkę.

Khal Drogo często odwiedzał Wolne Miasta; wizyty te sprawiły, iż zasmakował w wybornych winach. Dany dobrze wiedziała, że sprezentowany jej godny trunek wymaga podziękowań.

— Zaszczycasz mnie, panie — odparła słodkim tonem.

— Nie, to dla mnie zaszczyt. — Kupiec zniknął na chwilę z tyłu swojego straganu i po chwili wrócił z niewielkim antałkiem z dębowego drewna, na którym wypalono kiść winogron. — Herb Redwyne'ów — zauważył znacząco. — Herb Arbor. Nie ma lepszego trunku.

— Skosztujemy go razem z *khalem* Drogo. Aggo, bądź tak dobry i zanieść beczułkę do mojej lektyki. — Kupiec wyszczerzył zęby w uśmiechu, widząc, że Dothrak zabiera wino.

— Nie. — Usłyszała stanowczy protest ser Joraha. Nie zauważyła, kiedy wrócił. Zdziwiła ją obcesowość rycerza. — Postaw beczułkę, Aggo.

Aggo spojrzał na Dany. Skinęła głową niepewnie.

— Czy coś się stało, ser Jorahu?

— Odczuwam pragnienie. Otwórz beczułkę, kupcze.

Kupiec zmarszczył brwi.

— Wino jest przeznaczone dla *khaleesi*, nie dla takich jak ty, ser.

Ser Jorah podszedł bliżej.

— Jeśli jej nie otworzysz, wybiję w niej dziurę twoją głową. — Jedyną bronią rycerza w świętym mieście były jego ręce, lecz w zupełności wystarczyły: ogromne, twarde, niebezpieczne, porośnięte ciemnym włosem. Kupiec wahał się tylko przez chwilę, potem wziął młot i wybił szpunt.

— Nalej — rozkazał ser Jorah. Młodzi wojownicy z *khas* Dany ustawili się za nim i przyglądali się wszystkiemu czujnie swoimi ciemnymi oczyma w kształcie migdałów.

— To zbrodnia pić tak wspaniałe wino, nie pozwoliwszy mu wcześniej pooddychać. — Kupiec nie wypuszczał z ręki młota. Jhogo sięgnął po bat, który nosił zwinięty za pasem, lecz Dany powstrzymała go dotknięciem ramienia.

— Rób, co każe ser Jorah — powiedziała. Z tyłu zbierało się coraz więcej przechodniów.

Kupiec posłał jej ponure spojrzenie.

— Jak każesz, księżniczko. — Żeby podnieść beczułkę, musiał odłożyć młot. Napełnił winem dwa malutkie puchary. Nie uronił ani kropli.

Ser Jorah wziął do ręki jeden z nich i powąchał, marszcząc czoło.

— Słodkie, prawda? — powiedział kupiec z uśmiechem na ustach. — Perfumy Arbor. Skosztuj, panie, a sam przyznasz, że jest to najlepszy trunek, jaki kiedykolwiek zaszczycił twoje podniebienie.

Ser Jorah podał mu puchar.

— Pij pierwszy.

— Ja? — Kupiec roześmiał się. — Ja nie jestem godzien takiego trunku, panie. Biedny kupiec nie wypija napojów, którymi handluje. — Wciąż uśmiechał się pogodnie, choć Dany dostrzegła kropelki potu na jego czole.

— Pij — przemówiła zimnym głosem. — Opróżnij puchar albo oni cię przytrzymają, a ser Jorah wleje ci cały antałek do gardła.

Kupiec wzruszył ramionami i sięgnął po puchar... lecz zamiast niego chwycił beczułkę i cisnął nią w Dany. Ser Jorah zdążył ją odepchnąć na bok. Beczułka odbiła się od jego ramienia i upadła na ziemię, roztrzaskując się. Dany zatoczyła się i straciła równowagę.

— Nie! — krzyknęła i wyciągnęła przed siebie ramiona... Doreah zdążyła chwycić ją za rękę i pociągnąć do tyłu, tak że Dany upadła na nogi, zamiast na brzuch.

Kupiec przeskoczył stragan i pomknął między Aggo i Rakharo. Quaro sięgnął po swój *arakh,* lecz go tam nie znalazł, tymczasem kupiec odepchnął go na bok i pomknął przejściem. Dany usłyszała trzask bicza Jhogo, zobaczyła, jak wysuwa się jego jęzor i owija wokół nogi kupca. Mężczyzna runął na ziemię.

Nadbiegło kilkunastu strażników karawanowych, a za nimi sam kapitan Byan Votyris. Był to drobny mężczyzna z Norvosh o cerze jak stara skóra i niebieskich wąsach, które, zakręcone, sięgały aż do jego uszu. Wydawało się, że wiedział, co się stało, zanim ktokolwiek się odezwał.

— Zabierzcie go, niech czeka, aż *khal* wyrazi swoje życzenie — rozkazał, wskazując na leżącego. Dwaj strażnicy postawili kupca na nogi. — Tobie podaruję jego dobra, księżniczko — mówił dalej kapitan. — Niech będą skromną rekompensatą za to, co uczynił jeden z moich.

Doreah i Jhiqui pomogły Dany wstać. Zatrute wino wypływało z rozbitej beczułki i wsiąkało w ziemię.

— Skąd wiedziałeś? — spytała ser Joraha drżącym głosem. — Skąd?

— Nie wiedziałem, *khaleesi*, aż do chwili, kiedy odmówił spróbowania. Jednakże nabrałem obaw, przeczytawszy wcześniej list od Illyria. — Przesunął wzrokiem po twarzach zebranych. — Chodźmy. Nie jest bezpiecznie rozmawiać w takim miejscu.

Dany miała łzy w oczach, kiedy nieśli ją z powrotem. Nigdy dotąd nie czuła w ustach podobnego smaku: smaku strachu. Przez lata żyła w strachu przed Viserysem, w obawie, by nie obudzić smoka. Uczucie, którego doświadczyła teraz, było jeszcze gorsze, ponieważ nie bała się o siebie, lecz o swoje dziecko. Dany pogładziła delikatnie swój brzuch; tak bardzo pragnęła go dotknąć, uspokoić.

— W twoich żyłach płynie krew smoków, malutki — powiedziała szeptem, kołysana ruchem lektyki, schowana za szczelnie zasuniętymi oknami. — W twoich żyłach płynie krew smoków, a smok niczego się nie boi.

Jej domem w Vaes Dothrak było wnętrze pagórka. Dany odprawiła wszystkich poza ser Jorahem.

— Powiedz mi — odezwała się stanowczym głosem wyciągnięta wygodnie na poduszkach. — Czy to Uzurpator?

— Tak. — Rycerz wyciągnął zwinięty papier. — Magister Illyrio pisze do Viserysa. Robert Baratheon oferuje ziemie i tytuł lorda za śmierć twoją lub twego brata.

— Mojego brata? — Uśmiechnęła się przez łzy. — Jeszcze o niczym nie wie, prawda? W takim razie Uzurpator jest winien Drogo tytuł lorda. — Teraz nie potrafiła już powstrzymać łez. Objęła dłońmi swój brzuch. — Za mnie, powiedziałeś, tylko za mnie?

— Za ciebie i dziecko — odpowiedział ser Jorah ponurym głosem.

— Nie. Nie dostanie mojego syna. — Nie będzie więcej płakała, postanowiła. Nie będzie trzęsła się ze strachu. Uzurpator obudził smoka i przekona się, co to znaczy.

Khal Drogo wrócił, kiedy na niebie pokazały się pierwsze gwiazdy. Cohollo, który jechał za nim, prowadził jucznego konia. Na jego grzbiecie spoczywało ciało ogromnego, białego lwa. *Khal* zeskoczył z konia uśmiechnięty i pokazał jej rany na nogach, w miejscach, gdzie *hrakkar* dosięgnął go pazurami przez getry.

— Będziesz miała płaszcz z jego skóry, księżycu mojego życia — powiedział.

Jednakże śmiech szybko zniknął z jego twarzy, a on sam zamilkł, kiedy Dany opowiedziała mu o wszystkim.

— Kupiec to dopiero początek — ostrzegł go ser Jorah Mormont. — Po nim przyjdą następni. Wielu zechce zaryzykować w zamian za tytuł.

Drogo długo milczał. Wreszcie przemówił:

— Ten kupiec uciekał od księżyca mojego życia. Lepiej niech biegnie za nią. I tak będzie. Jhogo, Jorahu, oto, co wam powiem: wybierzcie sobie, jakiego zechcecie, konia z moich stad, poza moim kasztanem i srebrzystą, którą podarowałem księżycowi mojego życia. Oto mój podarunek za to, co zrobiliście. Obiecuję też podarunek dla Rhaego, syna Drogo, rumaka, który przemierzy świat. Jemu dam ten żelazny tron, na którym siedział ojciec jego matki. Dam mu Siedem Królestw. Tak mówię ja, Drogo, *khal* — mówił coraz bardziej podniesionym głosem z pięścią wzniesioną ku niebu. — Poprowadzę mój *khalasar* na zachód, tam, gdzie kończy się świat, i będę pierwszym *khalem*, który pojedzie na drewnianych koniach przez słoną czarną wodę. Zabiję ludzi w żelaznych ubraniach i rozbiję ich kamienne domy. Zgwałcę ich kobiety, ich dzieci wezmę w niewolę, a ich potłuczonych bogów przywiozę do Vaes Dothrak, żeby się pokłonili Matce Gór. Tak będzie, tak przysięga Drogo, syn Bharbo. Przysięgam przed Matką Gór, a świadkiem są gwiazdy, które patrzą z góry.

Jego *khalasar* wyruszył dwa dni później, udając się najpierw na południe, a potem na zachód przez równiny. *Khal* Drogo poprowadził ich na ogromnym gniadym rumaku. U jego boku jechała Daenerys na swoim srebrzystym koniu. Za nimi podążał kupiec, biegł boso, z łańcuchami na szyi i rękach, a ich końce przywiązane były do kantaru srebrzystej klaczy Dany. Biegł za nią, potykając się, bosy. Nie mogło mu się stać nic złego... tak długo, jak długo potrafił nadążyć za nią.

CATELYN

Znajdowali się jeszcze zbyt daleko, żeby dokładnie rozpoznać chorągwie, lecz pomimo mgły nie miała wątpliwości, że są białe z ciemniejszą plamą na środku; mógł to być tylko szary wilkor Starków na śnieżnym polu. Na ten widok Catelyn Stark zatrzymała konia i skłoniła głowę w podzięce. Bogowie okazali swoją dobroć. Nie spóźniła się.

— Czekają na nasze przybycie, pani — odezwał się ser Wylis Manderly — tak jak przyrzekł mój pan ojciec.

— Nie każmy im czekać na siebie. — Ser Brynden Tully spiął konia ostrogami i pojechał szybko w kierunku chorągwi. Catelyn jechała tuż obok.

Za nimi ruszyli jej brat i ser Wendel ze swoimi wojskami, prawie tysiąc pięćset ludzi: ponad dwudziestu rycerzy z giermkami, dwustu kopijników, wojownicy i wolni, reszta — głównie piechurzy — uzbrojeni byli w piki, włócznie i trójzęby. Lord Wyman został z tyłu, żeby sprawdzić umocnienia obronne Białego Portu. Ten prawie sześćdziesięcioletni mężczyzna wydawał się zbyt ogromny, by dosiadać konia.

— Gdybym wiedział, że dożyję jeszcze jednej wojny, jadłbym mniej węgorzy — powiedział do lady Catelyn, kiedy zeszła ze statku. Klepał się przy tym po ogromnym brzuchu. Jego palce przypominały tłuste kiełbasy. — Moi chłopcy dopilnują, żebyś bezpiecznie dotarła do swojego syna, nie obawiaj się, pani.

Jego „chłopcy" byli starsi od Catelyn, która w duchu żałowała, że obaj synowie tak bardzo są podobni do ojca. Ser Wylisowi brakowało jeszcze tylko kilku węgorzy do zjedzenia, by osiągnąć stan, w którym nie da się wsiąść na konia; współczuła biednemu zwierzęciu. Ser Wendel, młodszy z chłopców, mógłby uchodzić za najgrubszego mężczyznę, jakiego w życiu spotkała, gdyby wcześniej nie widziała jego ojca i brata. Wylis okazywał sztywny spokój, za to Wendel należał do typów głośnych i chełpliwych; obaj mieli sumiaste wąsy i głowy łyse jak pupa niemowlęcia, a każdą część ich ubrań znaczyły plamy po jedzeniu. Mimo to darzyła ich sympatią. Pomogli jej dostać się do Robba, tak jak obiecał ich ojciec, a tylko to się liczyło.

Ucieszyła się, widząc, że jej syn wysłał zwiadowców także i na wschód. Lannisterowie przybędą z południa, jeśli w ogóle wyruszą, mimo to z aprobatą przyjęła ostrożność Robba. Mój syn prowadzi wojska na wojnę, pomyślała z niedowierzaniem. Owszem, bała się bardzo o niego i o Winterfell, lecz z drugiej strony czuła dumę. Jeszcze rok temu był chłopcem. Kim jest teraz, zastanawiała się.

Zwiadowcy powitali ich ciepło, rozpoznawszy herb Manderlych — biały tryton z trójzębem w ręku, który wynurza się z morskiej toni. Potem poprowadzili ich na wzniesienie na tyle suche, że dało się rozbić na nim obóz. Ser Wylis ogłosił postój i został z tyłu ze swoimi ludźmi, by dopilnować ognisk i koni, tymczasem jego brat,

Wendel, pojechał z Catelyn i jej wujem złożyć wyrazy uszanowania ich suwerenowi.

Jechali miękkim zboczem rozdeptanym przez końskie kopyta. Mijali dymiące ogniska, ustawione w rzędach konie i wozy pełne twardego chleba i solonej wołowiny. Na kawałku kamienistej ziemi wyniesionej ponad otaczającą okolicę ustawiono namiot lorda ze ścianami z grubego płótna żeglarskiego. Catelyn rozpoznała łosia Hornwoodów, brązowego na ciemnopomarańczowym polu.

Za namiotem z mgły wynurzały się mury i wieże Fosy Cailin... czy raczej ruiny Fosy Cailin. Ogromne bloki czarnego bazaltu, każdy wielkości domu zagrodnika, leżały porozrzucane niczym drewniane klocki, częściowo schowane w błotnistej ziemi. Tylko tyle pozostało z muru obronnego, który kiedyś dorównywał wielkością samemu Winterfell. Drewniany donżon dawno już zgnił, rozpadł się tysiąc lat temu i teraz tylko kilka kłód wskazywało jeszcze na miejsce, w którym niegdyś stał. Z całej ogromnej twierdzy Pierwszych Ludzi zostały tylko trzy wieże... trzy spośród dwudziestu, jeśli wierzyć opowieściom.

Wieża Wartownicza wydawała się dość mocna; podobno nawet miała jeszcze kilka stóp stojącej ściany z obu stron. Wieża Pijaka, wysunięta dalej w głąb bagien, gdzie spotykały się ściana wschodnia z zachodnią, pochylała się niczym mężczyzna, który chciałby pozbyć się nadmiaru wina z brzucha. I trzecia, Dziecięca Wieża, smukła, pozbawiona połowy korony, gdzie, jak głosi legenda, dzieci lasu wezwały niegdyś swoich bezimiennych bogów, by puścić wodny młot. Wyglądała tak, jakby jakiś ogromny potwór odgryzł jej górę i wypluł gruz, rozrzucając go po bagnach. Zielony mech porastał wszystkie trzy wieże. Spomiędzy kamieni na północnej stronie Wieży Wartowniczej wyrastało drzewo; długie pasma widmowych porostów zdobiły jego sękate konary.

— Litościwi bogowie — wykrzyknął ser Brynden na widok tego, co ujrzał przed sobą. — To ma być Fosa Cailin? — Toż to zaledwie...

— ...niebezpieczne ruiny — dokończyła za niego Catelyn. —

Wiem, stryju, co masz na myśli. To samo pomyślałam, kiedy przybyłam tutaj po raz pierwszy, lecz Ned zapewnił mnie, że te ruiny są bardziej niebezpieczne, niż się wydaje. Trzy istniejące jeszcze wieże pozwalają kontrolować groblę ze wszystkich stron; każdy wróg musi przejechać między nimi. Bagna pozostają nieprzejezdne, pełne ruchomych piasków, wciągających miejsc i żmij. Żeby zaatakować którąkolwiek z wież, armia musiałaby podejść w błocie po pas, potem przebyć fosę pełną jaszczurolwów i wreszcie wspiąć się na mury śliskie od mchu; przez cały czas pozostając wystawiona na strzały łuczników z innych wież. — Uśmiechnęła się ponuro. — Mówią też, że nocą przychodzą tu duchy, zimne mściwe dusze z północy spragnione krwi południowców.

Ser Brynden zachichotał.

— Przypomnij mi, żebym nie zatrzymywał się tutaj na dłużej. Jeszcze niedawno sam wyglądałem jak południowiec.

Na wszystkich trzech wieżach wywieszono chorągwie. Na Wieży Pijaka powiewało słońce Karstarków, a pod nim wilkor, na Dziecięcej Wieży widniał spętany zerwanymi łańcuchami olbrzym Greatjona, natomiast na Wieży Wartowniczej wisiała tylko chorągiew Starków. Tam zamieszkał Robb. Catelyn, a za nią ser Brynden i ser Wendel, jechali wolno w tamtą stronę drewnianą drogą, którą poprowadzono przez zielonoczarne błotniste pola.

Zastała syna w otoczeniu chorążych jego pana ojca; zebrali się w zimnej sali ogrzewanej ogniem z torfu, który płonął w czarnym kominku. Siedział przy ogromnym, kamiennym stole pełnym map i papierów, zajęty rozmową z Roose'em Boltonem i Greatjonem. Pierwszy zauważył ją wilk. Ogromna, szara bestia spoczywała przy ogniu, lecz kiedy Catelyn weszła, wilkor podniósł łeb i spojrzała w jego złociste ślepia. Robb podniósł głowę, zdziwiony ciszą, która zapadła w sali.

— Mama? — przemówił głosem drżącym ze wzruszenia.

Catelyn miała ochotę podbiec do niego, ucałować w czoło, przytulić mocno i trzymać w objęciach, tak by nikt nigdy go nie skrzywdził... lecz nie ośmieliła się wobec zebranych. Jej syn odgrywał teraz rolę mężczyzny i nie mogła mu tego zepsuć. Została więc na miejscu, po drugiej stronie ogromnej, bazaltowej płyty, która służyła im za stół. Wilkor podniósł się i podszedł do niej. Wydawał się większy, niż powinien być wilk.

— Zapuściłeś brodę — powiedziała do Robba, tymczasem Szary Wicher obwąchiwał jej dłoń.

Potarł szczecinę na brodzie niezdarnie.

— Tak. — Jego broda była jeszcze bardziej ruda niż jej włosy.

— Podoba mi się. — Catelyn pogłaskała wilka po głowie. — Teraz jesteś podobny do mojego brata, Edmure'a. — Szary Wicher ujął delikatnie w zęby palce jej dłoni, po czym wrócił na swoje miejsce przy ogniu.

Pierwszy w ślady wilka poszedł ser Helman Tallheart; przeszedłszy przez pokój, klęknął przed Catelyn i przycisnął czoło do jej ręki.

— Lady Catelyn — powiedział — piękna jak zawsze. Jakże miły widok w tych trudnych chwilach. — Po nim podchodzili kolejno pozostali: Gloverowie, Galbart i Robett, Greatjon i inni. Ostatni podszedł Greyjoy.

— Pani, nie spodziewałem się ujrzeć cię tutaj — powiedział, klękając.

— I ja nie wiedziałam, że tu przybędę — odpowiedziała Catelyn — aż do chwili, kiedy zeszłam na brzeg w Białym Porcie, gdzie lord Wyman poinformował mnie, że Robb zwołał pospolite ruszenie. Znasz jego syna, ser Wendela. — Wendel Manderly wysunął się do przodu i skłonił tak nisko, jak pozwolił mu brzuch. — Jest tu też mój stryj, ser Brynden Tully, który opuścił tymczasowo służbę u mojej siostry, by nam pomóc.

— Blackfish — powiedział Robb. — Dziękujemy ci, ser, że dołączyłeś do nas. Potrzebni nam ludzie twojej odwagi. Ser Wendel, także i twoje przybycie bardzo mnie cieszy. Matko, czy jest też z tobą ser Rodrik? Bardzo mi go brakuje.

— Ser Rodrik wyruszył na północ z Białego Portu. Mianowałam go kasztelanem i powierzyłam dowództwo nad Winterfell aż do naszego powrotu. Maester Luwin jest mądrym doradcą, lecz nie ma doświadczenia w sprawach wojny.

— Nie obawiaj się, pani — zagrzmiał Greatjon. — Winterfell jest bezpieczne. Wkrótce, za przeproszeniem, wsadzimy miecz w tyłek Tywinowi Lannisterowi, a potem szybko do Czerwonej Twierdzy i uwolnimy Neda.

— Jedno pytanie, moja pani, jeśli pozwolisz. — Roose Bolton, Lord Dreadfort, mówił cichym głosem, lecz kiedy się odezwał, więksi od niego zamilkli. Oczy miał dziwnie blade, niemal bezbarwne, a spojrzenie niepokojące. — Podobno uwięziłaś karła, syna lorda Tywina. Czy on jest tutaj z tobą? Będziemy wiedzieli, jak wykorzystać takiego zakładnika.

— Owszem, więziłam Tyriona Lannistera, lecz teraz jest już na wolności — wyznała. W odpowiedzi rozległy się okrzyki konsternacji. — Moje niezadowolenie było równie wielkie jak wasze, panowie. Bogowie, z pomocą mojej głupiej siostry, uznali za słuszne uwolnić go. — Może nie powinna tak otwarcie okazywać swojego niezadowolenia, lecz jej wyjazd z Orlego Gniazda nie należał do przyjemnych. Zaproponowała, że weźmie lorda Roberta do Winterfell, gdzie mógłby mieszkać pod ich opieką przez kilka lat. Ośmieliła się zauważyć, że dobrze by mu zrobiło towarzystwo innych chłopców. Wściekłość Lysy wydawała się nie mieć granic. „Siostra czy nie — Catelyn usłyszała w odpowiedzi — jeśli spróbujesz wykraść mi syna, wyjdziesz stąd Księżycowymi Drzwiami". Po takiej reakcji nie miała już nic do powiedzenia.

Lordowie zasypywali ją kolejnymi pytaniami, lecz ona powstrzymała ich uniesioną dłonią.

— Z pewnością będzie czas na dłuższą rozmowę, lecz podróż bardzo mnie zmęczyła. Chciałabym zostać sama z synem. Wiem, że mi wybaczycie, panowie. — Nie zostawiła im wyboru; skłoniwszy się, wyszli prowadzeni przez zawsze posłusznego lorda Hornwooda. — Ty także, Theonie — dodała, widząc, że Greyjoy się ociąga. Uśmiechnął się i podążył za pozostałymi.

Na stole stał dzban z piwem i leżał ser. Catelyn napełniła sobie róg, usiadła i popijając, przyglądała się synowi. Wydawało jej się, że urósł od czasu, kiedy widziała go po raz ostatni, a puszek zarostu postarzał go.

— Edmure miał szesnaście lat, gdy po raz pierwszy zapuścił brodę.

— I ja niedługo skończę szesnaście lat — powiedział Robb.

— Ale teraz masz piętnaście. Piętnaście i już prowadzisz wojsko na wojnę. Czy rozumiesz, dlaczego się niepokoję?

Spojrzał na nią hardo.

— Nie było nikogo innego.

— Nikogo? — powtórzyła. — A kim są mężczyźni, których przed chwilą widziałam? Roose Bolton, Rickard Karstark, Galbart i Robett Gloverowie, Greatjon, Helman Tallheart... Każdemu z nich mogłeś powierzyć komendę. Nawet Theonowi, chociaż sama bym go nie wybrała.

— Oni nie są z rodu Starków — powiedział.

— Ale są mężczyznami, mężczyznami zaprawionymi w boju. Ty jeszcze niedawno walczyłeś drewnianym mieczem.

W jego spojrzeniu zatliła się iskra gniewu, lecz zaraz zgasła i znowu był chłopcem.

— Wiem — odparł zmieszany. — Czy... czy odeślesz mnie do Winterfell?

Catelyn westchnęła.

— Powinnam tak uczynić. Ty zaś nie powinieneś był stamtąd wyjeżdżać. Jednak nie ośmielę się teraz tego zrobić. Sprawy zaszły za daleko. Któregoś dnia zostaniesz suwerenem tych lordów. Jeśli dzisiaj odeślę cię, tak jak odsyła się chłopca do łóżka bez kolacji, oni to zapamiętają i kiedyś będą się z ciebie śmiali. Tymczasem będzie ci potrzebny ich respekt, może nawet odrobina strachu przed tobą. Śmiech jest trucizną, której należy się bać. Tego ci nie zrobię, choć bardzo się o ciebie boję.

— Masz moją wdzięczność, mamo — odpowiedział z wyraźną ulgą, która przebijała spod warstwy formalnej uprzejmości.

Wyciągnęła ramię nad stołem i dotknęła jego włosów.

— Robb, jesteś moim pierwszym dzieckiem. Wystarczy mi jedno spojrzenie na ciebie, żeby przypomnieć sobie dzień, w którym przyszedłeś na świat, czerwony na twarzy, kwilący.

Wstał, zaskoczony jej zachowaniem, i podszedł do kominka. Szary Wicher potarł łbem o jego nogę.

— Wiesz już o... o ojcu?

— Tak. — Doniesienia o nagłej śmierci Roberta i upadku Neda przestraszyły ją bardziej, niż potrafiła to wyrazić, lecz nie chciała pokazać synowi, jak bardzo się boi. — Lord Manderly opowiedział mi o wszystkim, gdy tylko przypłynęłam do Białego Portu. Czy masz jakieś wieści o siostrach?

— Jest list — odpowiedział Robb, drapiąc wilkora pod brodą. — Był też drugi do ciebie, przyszły razem do Winterfell. — Podszedł do stołu i wyszukał wśród papierów pognieciony arkusz. — Oto, co do mnie napisała. Nie przyszło mi do głowy, żeby zabrać też i twój.

Wyczuła w jego głosie coś, co ją zaniepokoiło. Wygładziła papier i przeczytała list. Wyraz troski na jej twarzy przeszedł w niedowierzanie, potem w gniew i strach.

— To jest list od Cersei, a nie od twojej siostry — powiedziała. — Prawdziwej wiadomości należy szukać między wierszami. Całe to pisanie o tym, jak dobrze traktują ją Lannisterowie... wyczuwam tutaj wypowiedzianą szeptem groźbę. Trzymają Sansę jako zakładnika i nie wypuszczą jej.

— Ani słowa o Aryi — zauważył Robb ponurym głosem.

— Tak. — Catelyn nie chciała nawet myśleć, co to mogło oznaczać, przynajmniej nie w tej chwili, nie w tym miejscu.

— Miałem nadzieję, że... jeśli masz jeszcze Krasnala, można by... wymienić zakładników... — Wziął do ręki list od Sansy i zgniótł go w dłoni; domyśliła się, że nie robi tego po raz pierwszy. — Jakieś wieści z Orlego Gniazda? Napisałem do ciotki Lysy i poprosiłem o pomoc. Czy zebrała chorągwie lorda Arryna? Dołączą do nas rycerze z Doliny?

— Tylko jeden — odpowiedziała — najlepszy z nich, mój stryj... lecz Brynden Blackfish wywodzi się z Tullych. Moja siostra nie ma zamiaru wystawiać nosa poza Krwawą Bramę.

Robb patrzył na nią bardzo rozczarowany.

— Co zrobimy, mamo? Zebrałem całą tę armię, osiemnaście tysięcy ludzi, ale nie wiem... nie jestem pewien... — Jego oczy lśniły. W jednej chwili dumny młody lord stopniał i znowu przemienił się w dziecko, w piętnastoletniego chłopca, który liczy na podpowiedź matki.

— Czego się boisz, Robb? — spytała łagodnie.

— Ja... — Odwrócił głowę, by ukryć łzy. — Jeśli wyruszymy... nawet jeśli wygramy... Lannisterowie mają ojca i Sansę. Zabiją ich, prawda?

— Pragną, żebyśmy tak myśleli.

— Chcesz powiedzieć, że oni kłamią?

— Nie wiem, Robb. Natomiast wiem, że nie masz wyboru. Jeśli pojedziesz do Królewskiej Przystani i złożysz hołd, nigdy cię stamtąd nie wypuszczą. Jeśli stchórzysz i wrócisz do Winterfell, stracisz szacunek swoich poddanych. Niektórzy może nawet przejdą na stronę Lannisterów. Wtedy Królowa nie będzie miała się czego obawiać i zrobi z więźniami, co jej się spodoba. Naszą nadzieją, jedyną prawdziwą nadzieją jest twoje zwycięstwo na polu bitwy. Gdyby udało ci się pojmać lorda Tywina albo Królobójcę, wtedy byłaby możliwa zamiana, lecz nie to jest najważniejsze. Dopóki dysponujesz siłą, z którą muszą się liczyć, Ned i twoja siostra są bezpieczni. Cersei jest na tyle mądra, żeby wiedzieć, iż mogą jej się przydać do utrzymania pokoju, gdyby sprawy przybrały niepomyślny dla niej obrót.

— A jeśli tak się nie stanie? — spytał Robb. — Jeśli sprawy przybiorą niepomyślny obrót dla nas?

Catelyn wzięła go za rękę.

— Robb, nie mam zamiaru cię pocieszać. Jeśli przegrasz, nie ma dla nas nadziei. Mówią, że serce Casterly Rock jest twarde jak głaz. Znasz los dzieci Rhaegara.

Strach błysnął w jego młodych oczach, ale dostrzegła w nich także siłę.

— W takim razie nie przegram — oświadczył.

— Powiedz mi coś o walkach w dorzeczu — poprosiła. Musiała się dowiedzieć, czy rzeczywiście był gotów.

— Niecałe dwa tygodnie temu walczyli na wzgórzach poniżej Złotego Zęba — powiedział Robb. — Wuj Edmure wysłał lorda Vance'a i lorda Pipera, żeby strzegli przełęczy, lecz zaatakował ich Królobójca i zmusił do walki. Lord Vance zginął. W ostatnich wiadomościach, jakie otrzymaliśmy, donosili, że lord Piper cofa się z zamiarem przyłączenia do twojego brata i jego ludzi w Riverrun. Jaime Lannister podążał za nimi. Ale to jeszcze nie wszystko. Kiedy toczyła się bitwa na przełęczy, lord Tywin prowadził z południa drugą armię Lannisterów. Podobno jest jeszcze większa niż ta, którą zebrał Jaime. Ojciec przewidział to chyba, ponieważ wysłał przeciwko nim ludzi pod królewskim sztandarem. Dowodził nimi jakiś południowy młodzik, lord Erik albo Derik czy jakoś tak. Towarzyszył im też ser Raymun Darry, który opowiadał, że byli tam inni rycerze, a także gwardziści ojca. Jednakże cała wyprawa okazała się pułapką. Na nic się zdał królewski sztandar, ponieważ gdy tylko przekroczyli Czerwone Widły, zaatakowali ich Lannisterowie, a kiedy próbowali się wycofać przez Bród Komedianta, Gregor Clegane zaszedł ich od tyłu. Możliwe, że ten lord Derik i kilku innych zdołało uciec, nie ma pewności, lecz ser Raymun zginął, podobnie jak większość ludzi z Winterfell. Lord Tywin odciął królewski trakt i idzie na Harrenhal, paląc wszystko po drodze.

Jedne wieści gorsze od drugich, pomyślała Catelyn. Było gorzej, niż się spodziewała.

— Tam chcesz stawić im czoło? — spytała.

— Jeśli dojdzie aż tak daleko, choć nikt w to nie wierzy — powiedział Robb. — Posłałem wiadomość do Howlanda Reeda, starego przyjaciela ojca z Strażnicy nad Szarą Wodą. Jeśli Lannisterowie dotrą do Przesmyku, wyspiarze będą ich nękać, lecz Galbart Glover twierdzi, że lord Tywin jest za sprytny, żeby dać się złapać. Roose Bolton przyznaje mu rację. Uważają, że Lannister pójdzie wzdłuż Tridentu i będzie chciał zajmować kolejne zamki, aż zostanie samo Riverrun. Musimy wyjść mu na spotkanie.

Catelyn zadrżała na samą myśl o tym. Jaką szansę może mieć piętnastoletni chłopak w bitwie przeciwko doświadczonym dowódcom, takim jak Jaime czy Tywin Lannister?

— Czy to rozsądne? Tutaj masz silne oparcie. Podobno dawni Królowie Północy potrafili stawić czoło przy Fosie Cailin siłom dziesięciokrotnie większym od ich własnych.

— To prawda, ale nasze zapasy żywności kurczą się, a na tej ziemi trudno będzie je uzupełnić. Czekaliśmy jeszcze na lorda Manderly'ego, ale teraz, kiedy jego synowie już dołączyli do nas, możemy ruszać.

Nagle zdała sobie sprawę, że ustami jej syna przemawiają ich lordowie. Od lat gościła ich w Winterfell, podejmowała razem z Nedem przy stole. Dlatego dobrze ich znała, każdego z nich. Zastanawiała się, jak dalece zna ich Robb.

To, co mówili, brzmiało rozsądnie. Siły zebrane przez jej syna z pewnością nie przypominały armii, na jaką mogły pozwolić sobie Wolne Miasta, czy choćby sił złożonych z opłacanych gwardzistów. Stanowili ją w większej części prostaczkowie, zagrodnicy, robotnicy ze wsi, rybacy, pasterze, synowie szynkarzy, kupców i garbarzy przemieszani z najemnikami i wolnymi, spragnionymi łupu. Owszem, przybyli na wezwanie swoich lordów, ale z pewnością nie na zawsze.

— To dobrze, że chcesz wyruszać — zwróciła się do syna — ale dokąd i w jakim celu? Co zamierzasz?

Robb wahał się przez chwilę.

— Greatjon uważa, że powinniśmy podjąć walkę z lordem Tywinem, co by ich zaskoczyło — powiedział — natomiast Gloverowie i Karstarkowie radzą obejść jego pozycje, połączyć się z ser Edmure'em i wspólnie uderzyć na Królobójcę. — Przeczesał palcami czuprynę rudych włosów z wyrazem niepewności na twarzy. — Chociaż... zanim dotrzemy do Riverrun... nie jestem pewien...

— Musisz być pewien — odparła Catelyn — albo od razu wracaj do domu i weź do ręki drewniany miecz. Nie możesz sobie pozwolić na chwile niepewności w obecności takich ludzi jak Roose Bolton czy Rickard Karstark. Pamiętaj, Robb, że oni są twoimi chorążymi, a nie przyjaciółmi. Skoro objąłeś dowództwo, ty wydajesz rozkazy.

Robb spojrzał na matkę zaskoczony, jakby nie wierzył temu, co usłyszał.

— Będzie tak, jak mówisz, matko.

— Zapytam cię jeszcze raz. Co zamierzasz?

Przysunął mapę: postrzępiony kawałek skóry z ledwo widocznymi liniami. Zawinięty koniec przycisnął swoim sztyletem.

— Oba plany mają pewne zalety, jednakże… spójrz. Jeśli spróbujemy obejść lorda Tywina, możemy dostać się między jego siły a wojska Królobójcy, natomiast jeśli go zaatakujemy… według raportów ma więcej ludzi od nas i więcej rycerzy. Greatjon uważa, że to bez znaczenia, jeśli zaskoczymy go ze spuszczonymi portkami, ale mnie się wydaje, że nie będzie łatwo zaskoczyć kogoś tak doświadczonego jak Tywin Lannister.

— Zgadza się — przyznała. Przyglądając się synowi wpatrzonemu w mapę, słyszała echo głosu Neda. — Mów dalej.

— Ja proponuję zostawić niewielką siłę w Fosie Cailin, głównie łuczników, a resztę poprowadzić groblą — powiedział. — Poniżej Przesmyku rozdzielę moje wojska. Piechota pójdzie dalej królewskim traktem, podczas gdy konnica mogłaby przejść przez Zielone Widły w Bliźniakach. — Pokazał palcem na mapie. — Kiedy lord Tywin dowie się, że poszliśmy na południe, pomaszeruje na północ, żeby zaatakować nasze główne siły. Dzięki temu nasi jeźdźcy swobodnie pojadą szybko do Riverrun wzdłuż zachodniego brzegu. — Robb odchylił się do tyłu; nie miał odwagi się uśmiechnąć, ale wyraz jego twarzy wyrażał zadowolenie i domagał się pochwały.

Catelyn zmarszczyła czoło pochylona nad mapą.

— Rzeka rozdzieli twoją armię.

— A także Jaime'a i lorda Tywina — dodał szybko. Wreszcie odważył się na uśmiech. — Nie da się przejść przez Zielone Widły za rubinowym brodem, tam gdzie Robert zdobył koronę. Trzeba jechać aż do mostu w Bliźniakach, który kontroluje lord Frey. On jest chorążym twojego ojca, prawda?

Lord Frey, pomyślała Catelyn.

— Rzeczywiście — przyznała — ale mój ojciec nigdy mu nie ufał. Ty też nie powinieneś.

— Dobrze — obiecał Robb. — I co o tym sądzisz?

Musiała przyznać, że zrobił na niej wrażenie. Jest podobny do Tullych, pomyślała, ale mimo wszystko to syn ojca. Ned dobrze go uczył. — Nad jakim oddziałem chciałbyś objąć dowództwo?

— Nad konnicą — odpowiedział bez chwili wahania. Zupełnie jak jego ojciec: Ned zawsze brał na siebie trudniejsze zadania.

— A kto poprowadzi pozostałą częścią wojska?

— Greatjon wciąż powtarza, że powinniśmy zgnieść lorda Tywina, więc pozwoliłbym mu to zrobić.

Wreszcie pierwszy błąd, ale jak mu to powiedzieć, nie raniąc jego rodzącej się pewności siebie?

— Twój ojciec powiedział mi kiedyś, że nie zna nikogo bardziej nieustraszonego od Greatjona.

Robb uśmiechnął się.

— Szary Wicher odgryzł mu dwa palce, a on się tylko roześmiał. A zatem zgadzasz się ze mną?

— Twój ojciec nie jest nieustraszony — zauważyła Catelyn. — Jest dzielny, a to duża różnica.

Jej syn zastanawiał się przez chwilę.

— Między lordem Tywinem a Winterfell staną tylko oddziały ze wschodniego brzegu, nie licząc łuczników z Fosy. A zatem nie potrzebuję nieustraszonego dowódcy, czy tak?

— Nie. Tam bardziej będzie ci potrzebny ktoś zimny i przebiegły niż odważny.

— Roose Bolton — podpowiedział natychmiast Robb. — Ten człowiek przeraża mnie.

— Módlmy się więc, żeby przestraszył też Tywina Lannistera.

Robb skinął głową i zwinął mapę.

— Wydam rozkazy i zbiorę eskortę, z którą wrócisz bezpiecznie do domu. — Dotąd przez cały czas Catelyn pilnowała się, żeby zapanować nad sobą, dla dobra Neda i dla dobra tego upartego, dzielnego syna. Wydawało jej się, że pozbyła się rozpaczy i strachu, jakby to były ubrania, których nie potrzebowała… teraz jednak zrozumiała, że mimo wszystko była w nie odziana.

— Nie wracam do Winterfell. — Usłyszała swój własny głos, zaskoczona łzami, które zmąciły jej widok. — Być może mój ojciec umiera za murami Riverrun, a brat został otoczony przez wroga. Muszę jechać do nich.

TYRION

Chella, córka Cheyka z klanu Czarnych Uszu wyjechała na zwiady, i to ona wróciła z wieścią o armii na rozdrożu.

— Sądząc po ogniskach, jest ich około dwudziestu tysięcy — powiedziała. — Czerwone chorągwie ze złotym lwem.

— Twój ojciec? — spytał Bronn.

— Albo mój brat, Jaime — powiedział Tyrion. — Wkrótce się przekonamy. — Spojrzał na swoich obszarpanych wojowników: prawie trzystu ludzi z Kamiennych Wron, Księżycowych Braci, Czarnych Uszu i Spalonych, główny trzon armii, którą miał nadzieję zebrać. Gunthor, syn Gurna, zbierał pozostałe klany. Tyrion zastanawiał się, co powie jego ojciec na widok zbieraniny ubranej w skóry i uzbrojonej w zdobyczną broń. Szczerze mówiąc, sam nie wiedział, co o nich myśleć. Czy był ich dowódcą czy więźniem? Miał wrażenie, że po trosze jednym i drugim. — Najlepiej będzie, jak sam pojadę — zasugerował.

— Tak będzie najlepiej dla Tyriona, syna Tywina — powiedział Ulf, który przemawiał w imieniu Księżycowych Braci.

Shagga skrzywił się, a w takich chwilach widok jego twarzy nie należał do najprzyjemniejszych.

— Shagga, syn Dolfa, tak nie myśli. Shagga pojedzie z chłopcem-mężczyzną i jeśli chłopiec-mężczyzna skłamie, Shagga odrąbie mu męskość...

— ...I nakarmi nią kozice. Wiem, wiem... — skończył Tyrion znużonym głosem. — Shagga, daję ci słowo Lannisterów, że wrócę.

— Dlaczego mielibyśmy wierzyć w twoje słowo? — Chella była

małą szczupłą kobietą, płaską jak chłopiec, ale twardą i bystrą. — Wcześniej lordowie z nizin okłamywali klany.

— Chella, twoje słowa ranią mnie — odparł Tyrion. — Sądziłem, że się zaprzyjaźniliśmy. Jedź ze mną, razem z Shaggą i Connem z Kamiennych Wron. Niech jadą też Ulf z Księżycowych Braci i Timett, syn Timetta, ze Spalonych. — Wymienieni spojrzeli po sobie niepewnie. — Reszta niech czeka, dopóki po was nie poślę. Spróbujcie się nie pozabijać nawzajem.

Spiął konia i odjechał wolno, nie zostawiając im wyboru. Jemu było obojętne, co zrobią, byleby tylko nie usiedli i nie zaczęli rozprawiać cały dzień i noc. Problem z klanami polegał na tym, że według ich zwyczajów należało wysłuchać wszystkich głosów, a potem prowadzili rozmowy bez końca. W obradach brały udział nawet ich kobiety. Nic dziwnego, że przez ostatnie stulecia zdecydowali się zaledwie na kilka niegroźnych ataków na Dolinę. Tyrion miał zamiar to zmienić.

Bronn pojechał z nim. Z tyłu podążało pięciu członków klanów na swoich cherlawych konikach, które przypominały kuce, ale wspinały się po skalistych zboczach jak kozice.

Kamienne Wrony jechały razem, podobnie jak Chella i Ulf, ponieważ silne więzy łączyły Księżycowych Braci i Czarne Uszy. Timett, syn Timetta, jechał sam. Klany z Księżycowych Gór bały się Spalonych, którzy przypalali sobie ciała w dowód odwagi, a także — jak mówiono — w czasie uczt jedli pieczone niemowlęta. Natomiast wśród Spalonych postrach siał Timett, który wydłubał sobie lewe oko nożem rozgrzanym do białości. Tyrion zorientował się, że tradycyjnie chłopcy przypalali sobie pępek, palec albo — w przypadkach szczególnej odwagi albo szczególnego szaleństwa — ucho. Timett tak przeraził ziomków swoim uczynkiem, że szybko nazwali go Czerwoną Ręką, co mniej więcej oznaczało mianowanie kogoś wodzem.

— Ciekawe, co musi sobie upalić ich król — powiedział Tyrion do Bronna, kiedy usłyszał tę historię. Najemnik wyszczerzył tylko zęby i podrapał się po kroczu… nawet on trzymał język za zębami w towarzystwie Timetta. Skoro ktoś był na tyle szalony, żeby wydłubać sobie oko, nie należało oczekiwać, że okaże się łagodniejszy wobec wroga.

Obserwatorzy na wieżach z surowego kamienia przyglądali się uważnie, jak zjeżdżają ze zbocza. Tyrion dostrzegł wzbijającego się w górę kruka. Pierwsze umocnienie znajdowało się w miejscu, gdzie droga skręcała gwałtownie między dwoma skalistymi pagórkami. Wysoki na cztery stopy mur z ziemi zamykał przejazd, a na szczytach pagórków czekał tuzin łuczników. Tyrion zostawił swoich towarzyszy z tyłu i sam podjechał do muru.

— Kto tu dowodzi? — zapytał.

Kapitan szybko się pojawił, a jeszcze szybciej dał im eskortę, kiedy rozpoznał syna swojego lorda. Jechali kłusem przez wypalone pola i zgliszcza domostw w dół, do Zielonych Wideł, dopływu Tridentu. Tyrion nie dostrzegł nigdzie ciał, ale w powietrzu krążyło pełno kruków, co oznaczało, że niedawno odbyła się tu bitwa.

Pół mili od skrzyżowania dróg wzniesiono zaporę z zaostrzonych kołków, za którymi stali pikinierzy i łucznicy. Za nią rozciągał się obóz. Cienkie smugi dymu wznosiły się z setek ognisk, wokół których siedzieli ludzie w kolczugach zajęci ostrzeniem mieczy; z zatkniętych w błotnistą ziemię drzewców powiewały znajome chorągwie.

Kiedy zbliżyli się do zapory, na ich spotkanie wyjechała grupa konnych. Prowadził ich rycerz w srebrzystej zbroi wykładanej ametystami i w płaszczu w fioletowo-srebrne pasy. Na jego tarczy widniał herb z jednorożcem, a z hełmu w kształcie końskiego łba wyrastał kręty róg długi na dwie stopy. Tyrion zatrzymał konia, by go powitać.

— Ser Flement.

Ser Flement Brax podniósł zasłonę hełmu.

— Tyrion — powiedział zdumiony. — Panie, myśleliśmy, że nie żyjesz albo… — Popatrzył na ludzi z klanów niepewnie. — Ci… twoi towarzysze…

— Przyjaciele i lojalni słudzy — odparł Tyrion. — Gdzie znajdę mojego pana ojca?

— Zajął karczmę na rozdrożu.

Tyrion roześmiał się. Karczmę na rozdrożu! Może jednak bogowie istnieli!

— Udam się do niego niezwłocznie.

— Dobrze, panie. — Ser Flement zawrócił swojego rumaka i wydał komendę. Wyciągnięto z ziemi trzy rzędy kołków, by umożliwić przybyłym przejazd. Tyrion poprowadził towarzyszy przez otwór.

Obóz lorda Tywina ciągnął się całymi milami. Chella z pewnością się nie pomyliła, oceniając jego liczebność. Pospólstwo obozowało pod gołym niebem, lecz rycerze rozbili swoje namioty, a wysoko urodzeni lordowie postawili pawilony wielkości domów. Tyrion dostrzegł czerwonego wołu Presterów, cętkowanego dzika lorda Crakehalla, płonące drzewo Marbranda i borsuka Lyddena. Rycerze wołali do niego, kiedy przejeżdżał, a pozostali gapili się z rozdziawionymi ustami na jego towarzyszy.

Shagga patrzył na nich również zdumiony; nigdy dotąd nie widział jednocześnie tylu koni, ludzi i broni. Pozostali zbóje skrywali swoje odczucia, lecz Tyrion nie wątpił, że i ich wypełnia strach. Bardzo go to cieszyło. Wiedział, że im większe wrażenie zrobi na nich siła Lannisterów, tym łatwiej będzie nimi kierować.

Karczma i stajnie wyglądały tak, jak je pamiętał, za to z reszty wioski pozostało trochę gruzu i poczerniałe fundamenty domów. Kruki obsiadły gęsto ciało zwisające z szubienicy, którą postawiono na podwórzu. Kiedy Tyrion podjechał bliżej, wzbiły się w górę, kracząc głośno i trzepocząc czarnymi skrzydłami. Zsiadł z konia i zerknął na to, co zostało z ciała. Ptaki wydziobały wargi i oczy, a także znaczną część policzków, przez co wydawało się, że kobieta szczerzy czerwone zęby w upiornym uśmiechu.

— Pokój, strawa i dzban wina, tylko tyle chciałem — przypomniał sobie, wzdychając. Ze stajni wyszli niechętnie stajenni, żeby zająć się ich końmi. Shagga nie chciał oddać swojego wierzchowca.

— Nie ukradnie ci twojej kobyły — uspokoił go Tyrion. — Da jej tylko owsa i wody i wyczesze ją. — Płaszcz Shaggi także nadawał się do wyczesania, lecz Krasnal nie chciał być nietaktowny. — Daję ci słowo, że nic się jej nie stanie.

Shagga puścił wreszcie lejce, patrząc groźnie na stajennego.

— To jest koń Shaggi, syna Dolfa — ryknął.

— Jeśli ci nie odda konia, możesz odrąbać mu męskość i nakarmić nią kozice — powiedział Tyrion. — Pod warunkiem, że jakieś tu znajdziesz. — Po obu stronach drzwi, pod szyldem karczmy stało dwóch żołnierzy w szkarłatnych płaszczach i hełmach zdobionych lwami. Tyrion rozpoznał kapitana. — Gdzie jest mój ojciec?

— We wspólnej sali, panie.

— Trzeba nakarmić moich ludzi — powiedział Tyrion. — Dopilnuj, żeby im niczego nie brakowało. — Wszedł do środka i od razu dostrzegł ojca.

Tywin Lannister, Lord Casterly Rock i Namiestnik Zachodu, między pięćdziesiątką a sześćdziesiątką, a wciąż twardy jak dwudziestolatek. Nawet siedząc, był wysoki, miał długie nogi, szerokie bary i płaski brzuch. Jego smukłe ramiona oplatały węzły mięśni. Kiedy jego złociste włosy przerzedziły się nieco, kazał sobie ogolić głowę. Lord Tywin nie wierzył w półśrodki; zaczął też golić podbródek i górną wargę, lecz zostawił bokobrody, które zakrywały mu policzki gęstym złocistym włosem. W jego jasnozielonych oczach migotały złociste plamki. Jakiś głupiec zażartował kiedyś, że nawet kał lorda Tywina świeci, upstrzony złotymi plamkami.

Kiedy Tyrion wszedł do karczmy, lord Tywin raczył się właśnie piwem w towarzystwie ser Kevana Lannistera, jedynego żyjącego jeszcze spośród jego braci. Stryj, korpulentny i łysiejący, z żółtawą przyciętą brodą, która podkreślała linię jego masywnej szczęki, pierwszy zobaczył bratanka.

— Tyrion — powiedział zdumiony.

— Stryju — odparł Krasnal i skłonił głowę. — Panie ojcze. Ogromna to przyjemność spotkać was tutaj.

Lord Tywin nie ruszył się ze swojego miejsca, lecz zaszczycił syna długim i przenikliwym spojrzeniem.

— Widzę, że wiadomości o twojej śmierci były plotką.

— Przykro mi, że cię rozczarowałem — odparł Tyrion. — Nie zrywaj się, żeby mnie uściskać. — Przeszedł przez salę aż do ich stołu; idąc, przez cały czas świadomy był swojego niezgrabnego, kaczkowatego chodu. Spojrzenie ojca zawsze sprawiało, że bardziej odczuwał swoją ułomność. — Miło, że poszedłeś na wojnę z mojego powodu — powiedział, po czym wspiął się na krzesło i poczęstował się piwem ojca.

— Na moją głowę, przecież wszystko zaczęło się od ciebie — odparł lord Tywin. — Twój brat, Jaime, nie dałby się tak potulnie złapać kobietom.

— Tym się właśnie różnimy. Ponadto jest też ode mnie wyższy, jak może zauważyłeś.

Ojciec zignorował jego ripostę.

— Chodziło o honor naszego domu. Nie miałem wyboru. Nikt nie rozlewa bezkarnie krwi Lannisterów.

— Słuchajcie Mojego Ryku — powiedział Tyrion, szczerząc zęby w uśmiechu. Tak brzmiała dewiza Lannisterów. — Prawdę mówiąc, nie polała się ani kropla mojej krwi, chociaż raz czy dwa niemal do tego doszło. Morrec i Jyck zginęli.

— Pewnie potrzebujesz nowych ludzi.

— Nie kłopocz się, ojcze, znalazłem sobie kilku. — Napił się łyk piwa. Było brązowe, mocno drożdżowe i tak gęste, że można je było niemal przeżuwać. Wyborne. Szkoda, że ojciec powiesił karczmarkę. — Jaki obrót przybrała wojna?

Jego stryj rzekł.

— Na razie korzystny dla nas. Ser Edmure rozstawił swoich ludzi wzdłuż granicy, żeby nas powstrzymać, ale razem z twoim ojcem rozprawiliśmy się z nimi stopniowo, zanim zdążyli się przegrupować.

— Twój brat okrył się chwałą — powiedział ojciec. — Rozgromił lorda Vance'a i Pipera przy Złotym Zębie, a także starł się z ogromną siłą Tullych pod murami Riverrun. Lordowie znad Tridentu ponieśli sromotną porażkę. Wzięliśmy do niewoli ser Edmure'a Tully'ego oraz wielu jego rycerzy i zbrojnych. Lord Blackwood odprowadził z powrotem do Riverrun garstkę tych, którzy przeżyli, reszta uciekła do swoich majątków.

— Obaj z ojcem przemy do przodu — powiedział ser Kevan. — Bez lorda Blackwooda Raventree padło od razu, a lady Whent poddała Harrenhal z powodu braku ludzi do obrony. Ser Gregor spalił Piperów i Brackenów...

— Nie stawiają żadnego oporu?

— Niezupełnie — odparł ser Kevan. — Mallisterowie wciąż trzymają Seagard, a Walder Frey zbiera siły pod Bliźniakami.

— To bez znaczenia — wtrącił lord Tywin. — Frey wyrusza w pole, tylko gdy wyczuwa zapach zwycięstwa, a teraz może jedynie wywąchać porażkę. Natomiast Jason Mallister nie ma tyle siły, żeby walczyć w pojedynkę. Szybko pokłonią głowy, gdy Jaime zdobędzie Riverrun. Można przyjąć, że wygraliśmy wojnę, jeśli nie wmieszają się Starkowie i Arrynowie.

— Ja bym się nie przejmował Arrynami — powiedział Tyrion — natomiast co do Starków... lord Stark...

— ...Jest naszym zakładnikiem — przerwał mu ojciec. — Nie poprowadzi swojej armii, ponieważ gnije w lochach Czerwonej Twierdzy.

— To prawda — przyznał ser Kevan — lecz jego syn zebrał siły i usadowił się w Fosie Cailin.

— Miecz nabiera mocy, dopiero kiedy się go zahartuje — oświadczył lord Tywin. — Chłopak Starków to jeszcze dzieciak. Z pewnością ekscytują go dźwięki rogu i łopot sztandarów, ale walka sprowadza się przede wszystkim do zabijania. Wątpię, żeby mu się to spodobało.

Sprawy rzeczywiście przybrały ciekawy obrót w czasie mojej nieobecności, pomyślał Tyrion.

— A co porabia nasz nieustraszony monarcha, kiedy my zajmujemy się zabijaniem? — spytał. — W jaki sposób moja śliczna i bystra siostrzyczka namówiła Roberta, żeby pozwolił uwięzić swojego drogiego przyjaciela, Neda?

— Robert Baratheon nie żyje — odpowiedział mu ojciec. — Twój siostrzeniec objął rządy w Królewskiej Przystani.

Ta wiadomość zaskoczyła Tyriona.

— Chciałeś powiedzieć, że moja siostra objęła rządy. — Pociągnął łyk piwa. — Królestwo będzie wyglądało zupełnie inaczej pod panowaniem Cersei.

— Jeśli chcesz się na coś przydać, to miałbym dla ciebie zadanie — powiedział ojciec. — Marq Piper i Karyl Vance pętają się na naszych tyłach i panoszą po drugiej stronie Czerwonych Wideł.

Tyrion cmoknął.

— Mają tupet. W innej sytuacji bym się ucieszył z możliwości ukarania ich, ojcze, lecz teraz mam coś innego do załatwienia.

— Doprawdy? — Lord Tywin nie wyglądał na szczególnie zaskoczonego. — Musimy też rozprawić się z kilkoma szaleńcami Neda Starka, którzy nie dają spokoju naszym furażerom. Jest wśród nich Beric Dondarrion, młodzik, któremu się wydaje, że jest bardzo dzielny. Towarzyszy mu ten żałosny grubas, kapłan, który lubi wywijać płonącym mieczem. Myślisz, że dałbyś sobie z nimi radę, zanim czmychniesz? Nie spartaczysz roboty?

Tyrion otarł usta wierzchem dłoni i uśmiechnął się.

— Ojcze, jestem wzruszony, słysząc, że byłbyś gotów powierzyć mi... ilu? Dwudziestu ludzi? Może pięćdziesięciu? Jesteś pewien, że obejdziesz się bez nich? Ach, nieważne. Z pewnością, jeśli natknę się na lorda Berica poczęstuję go solidnym kopniakiem. — Zsunął się z krzesła i podszedł niezgrabnie do kredensu, gdzie leżał ogromny kawał białego sera obłożonego owocami. — Przede wszystkim jednak muszę wypełnić obietnice — mówił dalej, odcinając plaster sera. — Będę potrzebował trzy tysiące hełmów, tyle samo kolczug, do tego miecze, piki, stalowe groty do włóczni, maczugi, berdysze, rękawice, nagolenniki, napierśniki i wozy, którymi mógłbym to wszystko przewieźć... — Drzwi za nim otworzyły się z takim impetem, że Tyrion o mało co nie upuścił sera. Ser Kevan zaklął i zerwał się na nogi, widząc, jak kapitan straży leci przez pokój i ląduje przy samym kominku. Kiedy ostatecznie opadł w popiół z hełmem na oczach, Shagga złamał jego miecz na kolanie grubym jak pień drzewa, odrzucił stalowe kawałki i wkroczył do karczmy. Przed nim płynęła fala jego smrodu, silniejszego niż zapach sera, całkowicie wypełniając pokój.

— Czerwony płaszczyku — warknął — jeśli jeszcze raz wyciągniesz miecz na Shaggę, syna Dolfa, odrąbię ci męskość i upiekę na ogniu.

— A nie nakarmisz kozic? — spytał Tyrion, pogryzając ser.

Do pokoju wchodzili pozostali ludzie z klanów, wśród nich także i Bronn. Najemnik spojrzał na Tyriona i wzruszył ramionami.

— A kimże wy jesteście? — spytał lord Tywin lodowatym głosem.

— Przyjechali ze mną, ojcze — wyjaśnił Tyrion. — Czy mogę ich zatrzymać? Nie jedzą dużo.

Nikt nie odpowiedział uśmiechem na jego żart.

— Jakim prawem te dzikusy przerywają naszą naradę?

— Dzikusy, mówisz, człowieczku z nizin? — Conn mógłby nawet uchodzić za przystojnego, gdyby go umyć. — Jesteśmy wolnymi ludźmi i jako wolni mamy prawo zasiadać we wszystkich naradach wojennych.

— Który to jest lwi lord? — spytała Chella.

— Obaj starzy — odezwał się Timett, syn Timetta, który nie miał jeszcze dwudziestu lat.

Ser Kevan przesunął dłoń na rękojeść swojego miecza, lecz jego brat powstrzymał go kładąc dwa palce na przegubie jego ręki. Lord Tywin wydawał się niewzruszony.

— Tyrionie, gdzie twoje maniery? Bądź tak dobry i przedstaw nas naszym... zacnym gościom.

Tyrion oblizał palce.

— Z przyjemnością... Ta oto dziewica, to Chella, córka Cheyka z Czarnych Uszu.

— Żadna ze mnie dziewica — żachnęła się Chella. — Moi synowie przypiekli już pięćdziesiąt uszu.

— Oby przypiekli drugie tyle. — Tyrion wyliczał dalej. — To jest Conn, syn Coratta. Jest tu też Shagga, syn Dolfa. To ten, który wygląda jak Casterly Rock z włosami. Obaj należą do Kamiennych Wron. Tutaj stoi Ulf, syn Umara, z Księżycowych Braci, oraz Timett, syn Timetta, Czerwona Ręka z klanu Spalonych. A to jest Bronn, najemnik, który nie służy nikomu w szczególności. W czasie naszej krótkiej znajomości zmieniał strony dwukrotnie. Sądzę, ojcze, że doskonale się zrozumiecie. — Po tych słowach zwrócił się do Bronna i członków klanów. — Pozwólcie, że przedstawię wam mojego pana ojca: Tywin, syn Tytosa z domu Lannisterów, Lord Casterly Rock, Namiestnik Zachodu, Tarcza Lannisportu i przyszły Królewski Namiestnik.

Lord Tywin podniósł się powoli.

— O męstwie klanów z Gór Księżycowych głośno jest nawet na zachodzie. Co was do nas sprowadza, panowie?

— Konie — powiedział Shagga.

— Obietnica jedwabiu i stali — powiedział Timett, syn Timetta.

Tyrion miał zamiar opowiedzieć ojcu o swoim planie zrównania z ziemią Doliny Arrynów, lecz nie zdążył. Drzwi ponownie otworzyły się z hukiem. Posłaniec zerknął podejrzliwie na towarzyszy Tyriona, zanim klęknął na kolano przed lordem Tywinem.

— Panie — powiedział. — Ser Addam polecił przekazać ci, że wojska Starków maszerują drogą na grobli.

Twarz Tywina Lannistera pozostała niewzruszona. Lord Tywin nigdy się nie uśmiechał, mimo to Tyrion dostrzegł na niej wyraz zadowolenia.

— A zatem wilczek wyszedł z nory, żeby pobawić się z lwami — wycedził wolno głosem przepełnionym satysfakcją.

— Wspaniale. Wracaj do ser Addama i każ mu się cofnąć. Niech czeka do naszego przybycia. Wystarczy, żeby trochę poskubał ich flanki i pozwolił iść dalej na południe.

— Wedle rozkazu. — Posłaniec wyszedł.

— Mamy tutaj dobrą pozycję — zauważył ser Kevan. — Blisko brodu, otoczeni dołami z zaporami z pali. Skoro posuwają się na południe, pozwólmy im przyjść, niech tutaj połamią sobie na nas zęby.

— Chłopak może się ociągać albo się przestraszy, kiedy zobaczy, ilu nas jest — odparł lord Tywin. — Im szybciej złamiemy Starków, tym szybciej będę mógł się rozprawić ze Stannisem Baratheonem. Niech dobosze bębnią na zbiórkę. Zawiadom też Jaime'a, że ruszam naprzeciw Robba Starka.

— Dobrze — powiedział ser Kevan.

Tyrion patrzył z ponurym podziwem, jak jego pan ojciec zwraca się do półdzikich członków klanów.

— Podobno ludzie z gór to nieustraszeni wojownicy.

— To prawda — odparł Conn z Kamiennych Wron.

— Ich kobiety są tak samo odważne — dodała Chella.

— Przyłączcie się do mnie, a zostaną spełnione wszystkie obietnice mojego syna — powiedział lord Tywin.

— Zapłacisz nam tak, jak chcemy? — spytał Ulf, syn Umara. — Czy potrzebna nam obietnica ojca, skoro mamy obietnicę syna?

— Nie mówiłem nic o potrzebach — odpowiedział mu lord Tywin. — Moje słowa stanowiły jedynie wyraz uprzejmości. Nie musicie jechać z nami. Wojownicy z zimowej krainy to ludzie z żelaza i lodu, boją się ich nawet najdzielniejsi z moich rycerzy.

Sprytnie, pomyślał Tyrion, uśmiechając się pod nosem.

— Spaleni nie boją się nikogo. Timett, syn Timetta, pojedzie z lwami.

— Kamienne Wrony są zawsze pierwsze tam, gdzie zjawiają się Spaleni — oświadczył dumnie Conn. — My też jedziemy.

— Shagga, syn Dolfa, odrąbie im męskość i nakarmi nią wrony.

— Pojedziemy z tobą, lwi lordzie — powiedziała Chella, córka Cheyka — pod warunkiem że pojedzie z nami twój syn, półmężczyzna. Kupił życie swoimi obietnicami. Należy ono do nas tak długo, dopóki nie otrzymamy obiecanej broni.

Lord Tywin zwrócił na syna swoje cętkowane oczy.

— Radujmy się — powiedział Tyrion tonem rezygnacji.

SANSA

Ściany sali tronowej ziały pustką, gobeliny bowiem, przedstawiające sceny z polowań, które tak bardzo lubił król Robert, leżały rzucone niedbale w kąt.

Ser Mandon Moore zajął swoje miejsce poniżej tronu, obok dwóch innych rycerzy z Gwardii Królewskiej. Sansa przycupnęła przy drzwiach, przynajmniej raz przez nikogo nie pilnowana. Wprawdzie Królowa pozwoliła jej poruszać się swobodnie po zamku, lecz i tak wszędzie ktoś za nią chodził. Królowa nazywała jej stróżów strażą honorową, lecz Sansa wcale nie czuła się uhonorowana.

„Wolność w granicach zamku" oznaczała, że wolno jej było pójść, gdziekolwiek zechciała w obrębie Czerwonej Twierdzy, jeśli obieca, że nie wyjdzie poza mury, na co Sansa chętnie przystała. I tak nie miała szans. Bramy strzeżone były w dzień i w nocy przez złote płaszcze Janosa Slynta, a ponadto wszędzie kręciły się szkarłatne płaszcze Lannisterów. Poza tym, nawet gdyby udało jej się opuścić zamek, dokąd by poszła? Cieszyła się, że w ogóle wolno jej spacerować po dziedzińcu, zbierać kwiaty w ogrodzie Myrcelli i chodzić do septu, gdzie modliła się za ojca. Czasem modliła się też w bożym gaju, ponieważ Starkowie wierzyli w dawnych bogów.

Sansa rozglądała się nerwowo; była to pierwsza audiencja Joffreya jako Króla. Pod oknami zachodniej ściany stali w rzędzie żołnierze Lannisterów, pod wschodnią ścianą ustawiono Straż Miejską. Nie widziała nigdzie pospólstwa, ale pod galerią przechadzali się nerwowo lordowie. Nie więcej niż dwudziestu, podczas gdy na króla Roberta czekało zwykle stu.

Sansa przemykała między nimi, bąkając pod nosem powitania, i kierowała się do przodu. Rozpoznała czarnoskórego Jalabhara Xho, ponurego ser Arona Santagara, bliźniaków Redwyne'ów, zwanych Horrorem i Boberem... za to tylko jeden z nich ją rozpoznał. Chorowity lord Gyles zakrył twarz, kiedy się zbliżyła, udając kaszel, a gdy wiecznie podchmielony ser Dontos podniósł rękę, by ją powitać, ser Balon Swann szepnął mu coś do ucha i pijaczyna szybko się odwrócił.

Gdzie się podziali inni, zastanawiała się Sansa. Na próżno szukała znajomych twarzy. Wszyscy odwracali wzrok. Jakby była duchem, jakby umarła jeszcze za życia.

Przy stole rady siedział samotnie Wielki Maester Pycelle, drzemał z głową wspartą na dłoniach. Zobaczyła, że do sali wchodzi pośpiesznie i bezgłośnie lord Varys. Chwilę później przybył lord Baelish; wszedł tylnymi drzwiami uśmiechnięty. W drodze do stołu zamienił kilka słów z ser Balonem i ser Dontosem. Sansa poczuła ucisk w żołądku. Nie powinnam się bać, powtarzała w duchu. Nie mam się czego bać, wszystko będzie dobrze. Joff mnie kocha, Królowa też, tak przecież powiedziała.

— Powitajcie Jego Miłość, Joffreya z Domu Baratheonów i Lannisterów, Pierwszego Tego Imienia, Króla Andalów, Rhoynarów i Pierwszych Ludzi, Pana Siedmiu Królestw. Powitajcie jego panią matkę Cersei z Rodu Lannisterów, Królową Regentkę, Światło Zachodu i Protektorkę Królestwa — rozległ się głos herolda.

Prowadził ich ser Barristan Selmy w swojej nieskazitelnie białej zbroi. Królowej towarzyszył ser Arys Oakheart, ser Boros Blount zaś szedł obok Joffreya, tak więc w sali było teraz sześciu rycerzy z Gwardii Królewskiej, wszyscy poza Jaime'em Lannisterem. Jej Książę — nie, teraz już jej Król! — wszedł po schodach, na Żelazny Tron, idąc po dwa stopnie, natomiast jego matka zasiadła przy stole razem z członkami rady. Joff ubrany był w strój z czarnego aksamitu z purpurowymi dodatkami, na który nałożył pelerynę ze złotogłowia z wysokim kołnierzem, na jego głowie lśniła złota korona wysadzana rubinami i czarnymi diamentami.

Rozejrzawszy się po sali, dostrzegł Sansę. Uśmiechnął się, usiadł i zabrał głos:

— Obowiązkiem Króla jest ukarać zdrajców i nagrodzić tych, którzy okazali wierność. Wielki Maester Pycelle przeczyta moje dekrety.

Pycelle dźwignął się na nogi. Tego dnia ubrał się w okazałą szatę z grubego czerwonego aksamitu z kołnierzem z gronostaja i złotymi zapięciami. Wysunął z rękawa zwój zdobiony złotą wolutą i zaczął odczytywać długą listę osób, które wzywał w imieniu Króla i jego rady, by stawiły się przed tronem i złożyły przysięgę wierności Joffreyowi. Gdyby odmówili, uznano by ich za zdrajców i odebrano ziemie oraz tytuły.

Sansa wstrzymała oddech, słysząc wyczytywane nazwiska. Lord Stannis Baratheon wraz z żoną i córką. Lord Renly Baratheon. Obaj Royce'owie z synami. Ser Loras Tyrell. Lord Mace Tyrell, jego bracia, wujowie i synowie. Czerwony kapłan, Thoros z Myr. Lord Beric Dondarrion. Lady Lysa Arryn wraz z synem, małym lordem Robertem. Lord Hoster Tully, jego brat ser Brynden oraz jego syn ser Edmure. Lord Jason Mallister. Lord Bryce Caron z Pogranicza. Lord Tytos Blackwood. Lord Jonos Bracken. Lady Shella Whent. Doran Martell, Książę Dorne z synami. Tyle imion, pomyślała. Tymczasem Pycelle czytał dalej. Potrzeba będzie całego stada kruków, żeby zawiadomić wszystkich.

Wreszcie, prawie na samym końcu, Sansa usłyszała to, przed usłyszeniem czego już wcześniej odczuwała lęk. Lady Catelyn Stark. Robb Stark. Brandon Stark, Rickon Stark, Arya Stark. Sansa otworzyła usta. Arya. Domagali się, aby Arya stanęła przed nimi i złożyła przysięgę... to znaczy, że jej siostra zdołała uciec galerą i jest bezpieczna w Winterfell...

Wielki Maester Pycelle zwinął papier, wsunął rulon do lewego rękawa i wyciągnął inny z prawego. Chrząknął i zaczął czytać:

— Z woli Jego Miłości w miejsce zdrajcy Eddarda Starka urząd Królewskiego Namiestnika obejmie Tywin Lannister, Lord Casterly Rock i Namiestnik Zachodu. Jako Namiestnik będzie on głosem Króla, dowódcą jego armii i wykonawcą jego woli. Tak postanowił Król, a mała rada poparła go.

Wolą monarchy jest też, aby miejsce zdrajcy Stannisa Baratheona w małej radzie zajęła jego pani matka, Królowa Regentka Cersei Lannister, która zawsze była podporą dla Jego Miłości, dlatego teraz też będzie mu służyła mądrą radą. Tak postanowił Król, a mała rada go poparła. — Sansa usłyszała ciche szepty zebranych wokół niej lordów, które jednak szybko ucichły. Pycelle czytał dalej: — Ponadto z woli Króla Janos Slynt, Dowódca Straży Miejskiej w Królewskiej Przystani, został podniesiony do rangi lorda oraz otrzymał starą siedzibę Harrenhal wraz z przylegającymi ziemiami i należnymi dochodami, a jego synowie i wnukowie zostaną tam do końca czasu. Król nakazuje także, aby tenże lord Slynt zasiadł natychmiast w jego małej radzie i swoim słowem przyczyniał się do pomyślności królestwa. Tak postanowił Król, a mała rada go poparła.

Kątem oka Sansa dostrzegła wchodzącego Janosa Slynta. Tym razem niezadowolenie zebranych było bardziej wyraźne. Dumni lordowie, którzy od stuleci piastowali swoje dziedzictwo, z niechęcią robili przejście dla łysiejącego plebejusza o twarzy ropuchy. Na jego czarnym kubraku lśniły i pobrzękiwały cicho świeżo przyszyte złote wagi. Miał na sobie czarno-złoty płaszcz z atłasu. Prowadziło go dwóch chłopców, których brzydota wskazywała na to, że muszą być jego synami. Obaj uginali się pod ciężarem ciężkiej, metalowej tarczy. Jako godło Janos obrał sobie zakrwawioną złotą włócznię na czarnym tle. Na jej widok Sansa poczuła na ciele gęsią skórkę.

Kiedy Lord Slynt zajął swoje miejsce, Pycelle zaczął czytać dalej:

— W czasach pełnych zdrady i niepokojów, kiedy nie przestaliśmy jeszcze opłakiwać śmierci ukochanego Roberta, rada zgodnie przyznała, że życie i bezpieczeństwo króla Joffreya powinno zostać otoczone szczególną troską... — Wielki Maester spojrzał na Królową.

Cersei wstała.

— Ser Barristanie Selmy. Podejdź.

Ser Barristan Selmy stał u stóp Żelaznego Tronu, nieruchomy jak posąg, klęknął tylko na jedno kolano i skłonił głowę.

— Wasza Miłość, jestem na twoje rozkazy.

— Powstań, ser Barristanie — powiedziała Cersei Lannister. — Możesz zdjąć hełm.

— Pani? — Stary rycerz wstał i zdjął hełm, chociaż najwyraźniej nie rozumiał, co się dzieje.

— Długo i wiernie służyłeś Królestwu, za co wszyscy wyrażamy ci nasze podziękowania. Obawiam się jednak, że twoja służba dobiegła końca. Z woli Króla i jego rady możesz złożyć swój ciężar.

— Mój... ciężar? Ja chyba... nie...

Głos zabrał dopiero co przyjęty do rady Janos Slynt; mówił głośno i bez ogródek.

— Jej Miłość usiłuje ci powiedzieć, że masz oddać tytuł Lorda Dowódcy Gwardii Królewskiej.

Wydawało się, że wysoki siwowłosy rycerz skurczył się w jednej chwili.

— Wasza Miłość — odezwał się. — Gwardia Królewska stanowi Bractwo Zaprzysiężonych. Śluby, które składaliśmy, obowiązują do końca życia. Jedynie śmierć może zwolnić Lorda Dowódcę z obowiązku.

— Czyja śmierć, ser Barristanie? — Królowa mówiła głosem miękkim jak jedwab, a mimo to słychać ją było w całej sali. — Twoja czy Króla?

— Pozwoliłeś, żeby mój ojciec umarł — przemówił Joffrey oskarżycielskim tonem. — Jesteś już za stary, aby chronić kogokolwiek.

Stary rycerz podniósł wzrok i spojrzał na nowego Króla. Sansa nigdy wcześniej nie zastanawiała się nad wiekiem ser Barristana, lecz teraz była pewna, że wygląda on na swoje lata.

— Wasza Miłość — powiedział. — Zostałem wybrany do Białych Mieczy w dwudziestym trzecim roku mojego życia. Spełniło się wtedy moje największe marzenie. Wyrzekłem się mojego dziedzictwa. Dziewczyna, która miała zostać moją żoną, wyszła za kuzyna. Nie potrzebowałem już ziemi ani synów, od tamtej chwili miałem służyć tylko Królestwu. Przysięgałem przed ser Geroldem Hightowerem... przysięgałem strzec Króla swoim życiem... walczyłem u boku Białego Byka i księcia Lewyna Dorne'a... u boku ser Arthura Dayne'a, nazywanego Mieczem Poranka. Zanim rozpocząłem służbę u twojego ojca, strzegłem króla Aerysa, a przedtem jego ojca, Jaehaerysa... trzech królów...

— I wszyscy z nich nie żyją — zauważył Littlefinger.

— Twój czas się skończył — oświadczyła Cersei Lannister. — Joffrey potrzebuje wokół siebie młodych i silnych. Rada postanowiła, że miejsce Lorda Dowódcy Zaprzysiężonych Braci Białych Mieczy zajmie ser Jaime Lannister.

— Królobójca — powiedział ser Barristan z wyraźną pogardą. — Fałszywy rycerz. Splugawił swój miecz krwią Króla, którego miał bronić.

Teraz głos zabrał lord Varys.

— Ser, nie zapomnieliśmy o twoich zasługach — mówił głosem łagodniejszym od pozostałych. — Lord Tywin Lannister wspaniałomyślnie podarował ci ziemie na północ od Lannisportu, nad morzem, a także dość złota, służby i ludzi, abyś mógł wybudować okazałą twierdzę.

Ser Barristan potrząsnął głową.

— Miejsce, żebym miał gdzie umrzeć, i ludzi, którzy by mnie pochowali. Nie, dziękuję wam, moi lordowie... pluję na wasze współczucie. — Podniósł rękę i odpiął klamry swojego płaszcza, który zsunął się z jego ramion i opadł na podłogę. Chwilę później jego hełm zagrzechotał na podłodze. — Jestem rycerzem — powiedział. Rozpiął srebrne klamry napierśnika i także pozwolił mu opaść. — Umrę jak rycerz.

— I to nagi rycerz — zażartował Littlefinger.

Śmiali się wszyscy: Joffrey na tronie, zebrani lordowie, Janos Slynt, królowa Cersei, Sandor Clegane, a nawet rycerze z Gwardii Królewskiej, jeszcze nie tak dawno jego bracia. To pewnie zabolało go najbardziej, pomyślała Sansa. Całym sercem była teraz ze starym rycerzem, który stał przed nimi z czerwoną twarzą, zawstydzony, milczący. Wreszcie wyciągnął miecz.

Sansa usłyszała stłumione okrzyki. Ser Boros i ser Meryn natychmiast wysunęli się do przodu, lecz ser Barristan powstrzymał ich pełnym pogardy spojrzeniem.

— Nie obawiajcie się, wasz Król jest bezpieczny... chociaż nie wam powinien za to dziękować. Nawet teraz mógłbym przejść przez was równie gładko jak nóż przez ser. Skoro chcecie służyć pod Królobójcą, nie jesteście godni białego płaszcza. — Cisnął miecz u stóp Żelaznego Tronu. — Masz, chłopcze. Stop go razem z innymi. Może bardziej ci się przyda niż pięć innych w ich rękach. Lord Stannis zasiądzie na nim, kiedy wstąpi na tron.

Odwrócił się i ruszył do wyjścia. Echo jego głośnych kroków odbijało się od nagich ścian. Lordowie i damy rozstępowali się, by zrobić mu przejście. Nikt się nie odezwał, dopóki paziowie nie zamknęli za nim ciężkich dębowych drzwi. Potem Sansa usłyszała ciche rozmowy, niespokojne szurania butami, szelest papierów na stole rady.

— Nazwał mnie chłopcem — zapiszczał Joffrey poirytowany,

przez co wydawał się jeszcze młodszy. — I mówił też o moim stryju Stannisie.

— Czcze gadanie — odezwał się Varys, eunuch. — Nie ma znaczenia...

— Kto wie, czy nie spiskuje z moimi stryjami. Macie go pojmać i przesłuchać. — Nikt się nie poruszył. — Powiedziałem, żeby go zatrzymać — powtórzył głośniej.

Wstał Janos Slynt.

— Dopilnuję, aby tak się stało, Wasza Miłość.

— Dobrze — odparł król Joffrey. Lord Slynt opuścił salę, a wraz z nim jego synowie, którzy dreptali szybko za nim, ugięci pod ciężarem tarczy z herbem Rodu Slyntów.

— Wasza Miłość — zwrócił się do Króla Littlefinger. — Kontynuujmy, jeśli pozwolisz. Z siedmiu zostało tylko sześciu. W Gwardii Królewskiej brakuje jednego miecza.

Joffrey uśmiechnął się.

— Powiedz im, matko.

— Król wraz z radą uznał, że w całych Siedmiu Królestwach nie ma nikogo, kto by lepiej chronił i strzegł Jego Miłości niż jego zaprzysiężona tarcza, Sandor Clegane.

— Co ty na to, psie? — spytał król Joffrey.

Trudno było odczytać cokolwiek z pokrytej bliznami twarzy Ogara.

— Czemu nie? Nie mam ziemi ani żony, które musiałbym zostawić. Nikt by po mnie nie płakał, gdybym zginął. — Jego usta na poparzonej części twarzy wykrzywił grymas. — Ale ostrzegam was, nie będę składał żadnych rycerskich ślubów.

— Zaprzysiężeni Braci Gwardii Królewskiej zawsze wywodzili się spośród rycerzy — przemówił ser Boros stanowczym głosem.

— Tak było aż do dzisiaj — odpowiedział krótko Ogar. Ser Boros nie odezwał się więcej.

Kiedy królewski herold wystąpił do przodu, Sansa pomyślała, że nadeszła stosowna chwila. Wygładziła fałdy sukni drżącą dłonią. W dowód szacunku dla zmarłego Króla ubrała strój żałobny. Bardzo się starała, żeby pięknie wyglądać. Tego dnia włożyła jedwabną suknię koloru kości słoniowej, tę, którą podarowała jej Królowa, a którą zniszczyła jej Arya, lecz po ufarbowaniu na czarno, plamy były niewidoczne. Długo nie mogła wybrać biżuterii, ostatecznie zdecydowała się na skromny srebrny łańcuch.

Rozległ się donośny głos herolda.

— Jeśli ktokolwiek z zebranych miałby jeszcze sprawę do przedstawienia przed Jego Miłością, niech uczyni to teraz. Inaczej możecie odejść i pozostawić Jego Miłość w spokoju.

Teraz, powtarzała w duchu Sansa, muszę to zrobić teraz. Niech bogowie dodadzą mi odwagi. Zrobiła krok do przodu, potem jeszcze jeden. Lordowie i damy usuwali się, robiąc jej przejście. Czuła na sobie ich spojrzenia. Muszę być silna jak moja pani matka.

— Wasza Miłość — odezwała się drżącym głosem.

Ze swojego miejsca na Żelaznym Tronie Joffrey obejmował spojrzeniem całą salę i to on pierwszy ją dostrzegł.

— Podejdź, pani — powiedział pogodnym głosem.

Jego uśmiech spłynął na nią całą i sprawił, że poczuła się silna i piękna. On naprawdę mnie kocha, naprawdę. Sansa podniosła głowę i podeszła bliżej, niezbyt szybko, ale zdecydowanie. Nie chciała pokazać, jak bardzo jest zdenerwowana.

— Lady Sansa z Rodu Starków — obwieścił herold.

Zatrzymała się u stóp tronu, tuż obok płaszcza, hełmu i napierśnika ser Barristana.

— Co chcesz powiedzieć przed Królem i jego radą? — spytała Królowa.

Klęknęła na płaszczu, żeby nie zniszczyć sukni, i spojrzała na swojego Księcia, który siedział na przepastnym czarnym tronie.

— Jeśli wolno mi, Wasza Miłość, przyszłam prosić o łaskę dla mojego ojca, lorda Eddarda Starka, byłego Królewskiego Namiestnika. — Wcześniej powtarzała te słowa setki razy.

Królowa westchnęła.

— Sanso, jestem tobą rozczarowana. Nie pamiętasz, co ci mówiłam o krwi zdrajcy?

— Pani, twój ojciec dopuścił się straszliwych zbrodni — powiedział Wielki Maester Pycelle.

— Biedactwo — westchnął Varys. — To jeszcze dziecko, moi lordowie, nie wie, o co prosi.

Sansa nie odrywała wzroku od Joffreya. Musi mnie wysłuchać, musi, pomyślała. Król poruszył się na swoim miejscu.

— Dopuśćcie ją do głosu — rozkazał. — Chcę usłyszeć, co ma do powiedzenia.

— Dziękuję, Wasza Miłość. — Sansa uśmiechnęła się; nieśmiały, ledwo dostrzegalny uśmiech przeznaczony był tylko dla niego. Słuchał jej. Wiedziała, że tak będzie.

— Zdrada to trudny do wyplewienia chwast — oświadczył Pycelle. — Trzeba go podkopać bardzo głęboko i wyrwać cały, z korzeniem i nasieniem, żeby nawet z najmniejszej odnogi nie wyrośli nowi zdrajcy.

— Czy zaprzeczasz zbrodniom ojca? — spytał lord Baelish.

— Nie. — Sansa nie miała złudzeń. — Wiem, że musi zostać ukarany. Ja proszę tylko o litość. Rozumiem, że mój pan ojciec musi okazać skruchę za to, co uczynił. Był przyjacielem króla Roberta i kochał go. Wiecie, że tak było. Nie pragnął zostać Namiestnikiem, lecz Król go o to prosił. Z pewnością ktoś go okłamał. Może lord Renly albo lord Stannis albo... ktoś inny. Ktoś musiał go okłamać, inaczej...

Król Joffrey pochylił się do przodu, zaciskając dłonie na poręczach tronu. Pod jego palcami wiły się stępione ostrza mieczy.

— Powiedział, że nie jestem Królem. Dlaczego?

— Miał złamaną nogę — odpowiedziała szybko Sansa. — Bardzo mu dokuczała, a maester Pycelle podawał mu makowe mleko. Mówią, że makowe mleko zaciemnia umysł. Inaczej nigdy by tego nie powiedział.

— Dziecięca wiara — odezwał się Varys — słodka niewinność... chociaż ponoć mądrość często wychodzi z ust niewiniątek.

Jofrey poruszył się niespokojnie na tronie.

— Matko?

Cersei Lannister przyglądała się Sansie uważnie.

— Uznamy, że lord Eddard żałuje swoich czynów, jeśli przyzna się do winy — odpowiedziała wreszcie.

Joffrey wstał. Proszę, powtarzała w myślach Sansa, proszę, bądź Królem takim, jak sobie wyobrażam, dobrym, łagodnym i szlachetnym, proszę.

— Czy chcesz coś jeszcze powiedzieć? — spytał ją.

— Tylko... jeśli mnie kochasz, uczyń mi tę łaskę, mój Książę — powiedziała Sansa.

Król Joffrey zmierzył ją wzrokiem od stóp do głów.

— Wzruszyły mnie twoje słodkie słowa — odpowiedział uprzejmie i skinął głową, jakby chciał jej przekazać, że wszystko będzie dobrze. — Uczynię, o co prosisz, ale... najpierw twój ojciec musi przyznać się do winy. Musi też potwierdzić, że jestem Królem, inaczej nie będzie dla niego litości.

— Przyzna się — powiedziała uradowana. — Przyzna się.

EDDARD

Słoma na podłodze cuchnęła moczem. W celi nie było okna ani łóżka, ani nawet kubła. Pamiętał ściany z jasnoczerwonego kamienia upstrzone plamami z saletry, szare drewniane drzwi, grube na cztery cale, wzmocnione żelaznymi sztabami. Widział je tylko przez chwilę, zanim wepchnęli go do środka. Kiedy drzwi zamknęły się za nim, utonął w absolutnej ciemności. Jakby nagle oślepł.

Albo umarł. Złożony w grobie razem z jego Królem.

— Ach, Robercie — wyszeptał, przesuwając dłonią po zimnej, kamiennej ścianie. Przy najmniejszym nawet ruchu przez jego nogę przelewała się fala przenikliwego bólu. Przypomniał sobie żart, który Robert opowiedział, kiedy razem stali w krypcie w Winterfell, gdzie patrzyli na nich kamiennym wzrokiem Królowie Zimy. „Król je, powiedział wtedy Robert, a Namiestnik zbiera gówno". Śmiał się wtedy. Nie tak należało powiedzieć. Umiera Król, pomyślał Ned Stark, a grzebie się Namiestnika.

Lochy znajdowały się głęboko pod Czerwoną Twierdzą, głębiej niż potrafił sobie wyobrazić. Wciąż pamiętał opowieści o Maegorze Okrutnym, który kazał wymordować wszystkich budowniczych zamku, żeby nigdy nie zdradzili jego tajemnic.

Przeklinał wszystkich: Littlefingera, Janosa Slynta i jego złote płaszcze, Królową, Królobójcę, Pycelle'a, Varysa i ser Barristana, a nawet lorda Renly'ego, brata Roberta, który uciekł, kiedy najbardziej był potrzebny. Na końcu przeklął samego siebie.

— Głupiec — krzyczał w ciemności — po trzykroć przeklęty ślepy głupiec.

Wydawało mu się, że w ciemności przed nim unosi się twarz Cersei Lannister. Jej włosy oblane słonecznym blaskiem, na ustach szyderczy uśmiech.

—— W grze o tron zwycięża się albo umiera — szeptała. Ned zagrał i przegrał, a jego ludzie zapłacili życiem za jego głupotę.

Na myśl o córkach gotów był zapłakać, lecz łzy nie napływały do oczu. Nawet teraz pozostał Starkiem z Winterfell; smutek i wściekłość zastygły w jego wnętrzu.

Noga nie dokuczała mu tak bardzo, kiedy leżał spokojnie, dlatego starał się pozostać w tej samej pozycji. Nie potrafił powiedzieć jak długo. Nie widział słońca ani księżyca. Nie widział ścian, żeby zaznaczyć na nich cokolwiek. Nie było różnicy, czy miał oczy otwarte czy zamknięte. Zasypiał, budził się i znowu zasypiał. Nie wiedział, co było bardziej bolesne — budzenie się czy zasypianie. Kiedy zasypiał, śnił: były to mroczne, niespokojne sny pełne krwi i nie spełnionych obietnic. Kiedy się budził, nie miał nic innego do roboty poza myśleniem, lecz myśli na jawie wydawały się gorsze od sennych koszmarów. Myśli o Cat były równie bolesne jak najeżone kolcami łóżko. Wciąż się zastanawiał, gdzie ona może być i co robi. Czy jeszcze ją kiedyś zobaczy.

Godziny wydłużały się w dni, tak mu się przynajmniej wydawało. W chorej nodze czuł tępy ból, mrowienie pod bandażami. Kiedy dotykał palcami uda, czuł rozognione ciało. Jedynym dźwiękiem, jaki słyszał, był jego własny oddech. Po pewnym czasie zaczął mówić głośno, żeby po prostu usłyszeć czyjś głos. Snuł plany, by zachować przytomność umysłu, budował zamki z nadziei w ciemności. Bracia Roberta znajdowali się gdzieś na zewnątrz, zbierali armie na Smoczej Skale i w Końcu Burzy. Alyn i Harwin powrócą do Królewskiej Przystani z resztą jego przybocznej straży, gdy tylko rozprawią się z ser Gregorem. Catelyn zbierze siły z północy, gdy tylko dotrą do niej wieści, z pewnością dołączą też do niej rycerze znad rzeki, z gór i Doliny.

Zorientował się, że coraz więcej myśli o Robercie. Widział go w kwiecie wieku, kiedy Król był wysoki i przystojny, siedział na ogromnym rumaku w hełmie z ogromnymi rogami, niczym bóg. Słyszał w ciemności jego śmiech, widział jego oczy, niebieskie i czyste jak górskie jezioro.

— Spójrz na nas — powiedział Robert. — Bogowie, jak to się stało, żeśmy tak skończyli? Ty tutaj, a ja zabity przez świnię. Razem zdobyliśmy tron...

Zawiodłem cię, Robercie, pomyślał Ned. Nie potrafił wydusić tego z siebie. Okłamałem cię, ukryłem prawdę. Pozwoliłem, żeby cię zabili.

Król usłyszał go.

— Ty uparty głupcze — mruknął. — Jesteś zbyt dumny, żeby posłuchać innych. Czy możesz najeść się dumą? Czy obronisz dzieci honorem? — Jego twarz pokryła się pęknięciami, a on sam podniósł rękę i zdarł maskę. To wcale nie był Robert, lecz Littlefinger, który drwił z niego uśmiechnięty. Kiedy otworzył usta, żeby przemówić, jego kłamstwa zamieniły się w blade ćmy i odleciały.

Ned leżał w półśnie, gdy w korytarzu rozległy się kroki. Początkowo sądził, że to tylko jego wyobraźnia; od tak dawna słyszał tylko swój głos. Jego ciałem wstrząsały dreszcze, noga zdrętwiała mu z bólu, usta wyschły i popękały. Kiedy ciężkie drzwi otworzyły się ze skrzypieniem, snop światła poraził boleśnie jego oczy.

Strażnik podsunął mu dzban. Chłodny, wilgotny z zewnątrz. Ned chwycił go w obie dłonie i zaczął pić łapczywie. Woda spływała mu po brodzie. Pił, aż poczuł, że zaraz zrobi mu się niedobrze.

— Jak długo...? — zapytał słabym głosem.

Strażnik przypominał stracha na wróble o szczurzej twarzy w kolczudze i skórzanej półpelerynie.

— Żadnego gadania — powiedział i wyrwał dzban z rąk Neda.

— Proszę — wyszeptał Ned — moje córki... — Drzwi zamknęły się z hukiem. Kiedy światło zgasło, zamrugał, spuścił głowę na pierś i skulił się na słomie. Nie cuchnęła już moczem i odchodami. W ogóle nie czuł już zapachów.

Nie rozróżniał snu od jawy. Wspomnienia podkradały się w ciemności tak samo żywe jak sny. Był to rok fałszywej wiosny, a on znowu miał osiemnaście lat i przybył z Orlego Gniazda do Harrenhal na turniej. Widział zielone trawy i czuł ich zapach niesiony wiatrem. Ciepłe dni i chłodne noce, słodki smak wina. Pamiętał śmiech Brandona i brawurową odwagę Roberta w walce zbiorowej, jego śmiech, kiedy zrzucał z koni kolejnych przeciwników. Przypomniał sobie Jaime'a Lannistera, złocistowłosego młodzieńca w zbroi pokrytej białymi łuskami, który klęczał przed królewskim pawilonem i przysięgał bronić króla Aerysa. Potem ser Oswell Whent pomógł wstać Jaime'owi, a sam Biały Byk, Lord Dowódca ser Gerold Hightower zapiął mu na ramieniu śnieżnobiały płaszcz Gwardii Królewskiej. Zebrali się tam wszyscy Biali Rycerze, by powitać nowego brata.

Jednakże pozostała część dnia należała bezsprzecznie do Rhaegara Targaryena. Następca tronu wdział wtedy zbroję, w której miał umrzeć: lśniąco czarny pancerz z trójgłowym smokiem jego rodu z rubinów na piersi. Kiedy jechał, powiewał za nim srebrzysty pióropusz. Wydawało się, że nikt nie jest w stanie mu się oprzeć. Pokonał Brandona, potem Spiżowego Yohna Royce'a, a nawet wspaniałego ser Arthura Dayne'a zwanego Mieczem Poranka.

Robert żartował właśnie z Jonem Arrynem i starym lordem Hunterem, kiedy Książę okrążał pole turniejowe po ostatnim pojedynku, w którym pokonał ser Barristana. Ned pamiętał tamtą chwilę. Wszyscy zamarli w bezruchu, widząc, że książę Rhaegar Targaryen mija żonę, dornijską księżniczkę Elię Martell, i składa wieniec na kolanach Lyanny, najpiękniejszej wybranki. Wciąż go widział: wieniec upleciony z zimowych róż o płatkach błękitnych jak mróz.

Ned Stark wyciągnął rękę, by chwycić kwiaty, lecz pod jasnoniebieskimi płatkami czekały ukryte kolce. Poczuł, jak wpijają się w jego dłoń, dostrzegł strużkę krwi, która spływała po jego palcach, i obudził się drżący w ciemności.

„Obiecaj mi, Ned", wyszeptała jego siostra na łożu śmierci. Kochała zapach zimowych róż.

— Bogowie, pomóżcie — płakał Ned. — Zaczynam wariować.

Bogowie nie raczyli odpowiedzieć.

Po każdej wizycie dozorcy powtarzał sobie, że minął kolejny dzień. Na początku błagał o najmniejszą choćby wiadomość dotyczącą jego córek czy tego, co się dzieje na zewnątrz. W odpowiedzi otrzymywał tylko kopniaki i pomruki. Później, kiedy coraz bardziej dokuczał mu żołądek, błagał tylko o jedzenie. Tego też nie otrzymał. Może Lannisterowie chcieli zagłodzić go na śmierć.

— To niemożliwe — powiedział do siebie. Gdyby Cersei pragnęła jego śmierci, zabiliby go razem z jego ludźmi jeszcze w sali tronowej. Chciała mieć go żywego. Osłabionego, zrezygnowanego, ale żywego. Catelyn miała jej brata, dlatego Cersei nie ośmieliła się go zabić.

Gdzieś na zewnątrz zagrzechotały łańcuchy. Kiedy drzwi uchyliły się nieco, Ned oparł się o wilgotną ścianę i podciągnął w stronę światła. Zamrugał, oślepiony blaskiem pochodni.

— Jeść — wyrzucił przez ściśnięte gardło.

— Wino — odpowiedział ktoś. Nie był to strażnik o szczurzej twarzy; przybysz był tęższy, niższy, chociaż miał na sobie tę samą półpelerynę i spiczasty hełm. — Pij, lordzie Eddardzie. — Wsunął do ręki Neda bukłak z winem.

Głos wydał mu się dziwnie znajomy, lecz rozpoznał go dopiero po dłuższej chwili.

— Varys? — wymamrotał i dotknął jego twarzy. — Ja... to nie jest sen. Ty jesteś tutaj. — Ciemna szczecina brody zakryła pulchne policzki eunucha. Ned przesunął palcami po zaroście. Varys zamienił się w zarośniętego dozorcę, cuchnącego potem i winem. — Jak... czy ty jesteś czarnoksiężnikiem?

— I to spragnionym — powiedział Varys. — Pij, mój panie.

Ned pomacał dłonią.

— Czy taką samą truciznę podali Robertowi?

— Źle mnie oceniasz — odpowiedział Varys z wyrzutem. — Cóż, nikt nie kocha eunucha. Daj mi bukłak. — Napił się; strużka czerwonego wina popłynęła z kącika jego pulchnych ust. — Nie tak dobre jak to, którym częstowałeś mnie w dniu turnieju, ale też nie bardziej trujące od przeciętnego — ocenił, wycierając usta. — Proszę.

Ned spróbował łyk.

— Mętne. — Wydawało mu się, że za chwilę zwymiotuje.

— Wszyscy pijemy kwaśne ze słodkim. Zarówno wysoko urodzony lord, jak i eunuch. Nadeszła i twoja godzina.

— Moje córki...

— Młodsza wymknęła się ser Merynowi i uciekła — odpowiedział Varys. — Nie udało mu się jej odszukać. Lannisterowie też jej nie znaleźli. To dobrze, bo nowy Król chyba za nią nie przepada. Twoja starsza dziewczyna wciąż jest zaręczona z Joffreyem. Cersei trzyma ją przy sobie. Kilka dni temu przyszła na dwór, żeby wstawić się za tobą. Szkoda, że jej nie widziałeś, byłbyś wzruszony. — Pochylił się do przodu. — Lordzie Eddardzie, chyba zdajesz sobie sprawę, że już jesteś martwy?

— Królowa mnie nie zabije — powiedział Ned. W głowie mu się kręciło, nie jadł od dawna, a wino było mocne. — Cat... Cat ma jej brata...

— Ale nie tego brata, co trzeba — westchnął Varys. — A poza tym zgubiła go, pozwoliła mu się wymknąć. Pewnie zginął gdzieś w Górach Księżycowych.

— Jeśli jest tak, jak mówisz, lepiej poderżnij mi gardło i skończmy z tym. — Czuł się zamroczony winem, zmęczony i zdruzgotany.

— Twoje życie jest ostatnią rzeczą, jakiej bym pragnął.

Ned zmarszczył brwi.

— Kiedy wyrzynali moich ludzi, stałeś obok Królowej i przyglądałeś się spokojnie.

— I przyglądałbym się jeszcze raz. O ile pamiętam, byłem nieuzbrojony i otoczony zgrają Lanisterów. — Eunuch przechylił głowę i przyglądał mu się z zaciekawieniem. — Jako chłopiec, jeszcze zanim mnie wykastrowali, podróżowałem z grupą wędrownych komediantów, którzy jeździli po Wolnych Miastach. Nauczyli mnie, że każdy ma do odegrania jakąś rolę, zarówno w życiu, jak i w teatrze. Podobnie jest na dworze. Królewski kat musi siać postrach, skarbnik powinien być oszczędny, Lord Dowódca Gwardii Królewskiej dzielny, starszy nad szeptaczami zaś ma być przebiegły, służalczy i pozbawiony skrupułów. Odważny donosiciel byłby równie bezwartościowy jak tchórzliwy rycerz. — Wziął od Neda bukłak i napił się.

Ned przyglądał się twarzy eunucha, szukając prawdy pod sztuczną brodą i sztucznymi bliznami. Spróbował jeszcze wina. Teraz przełknął je swobodniej.

— Czy możesz mnie uwolnić?

— Mógłbym, tylko... czy zrobię to? Nie. Zaczęto by zadawać pytania, a odpowiedzi mogłyby zaprowadzić do mnie.

Ned nie oczekiwał niczego więcej.

— Jesteś szczery.

— Eunuch jest pozbawiony honoru, a donosiciel nie może sobie pozwolić na luksus skrupułów.

— Może chociaż zgodzisz się zanieść ode mnie wiadomość?

— To będzie zależało od wiadomości. Chętnie dostarczę ci papier i atrament. Kiedy napiszesz swój list, ja go wezmę, przeczytam i dostarczę albo nie, w zależności od tego, czy będzie to z korzyścią dla mnie.

— Z korzyścią dla ciebie. Jaka to korzyść, lordzie Varysie?

— Pokój — odparł Varys bez chwili wahania. — Jeśli w całych Siedmiu Królestwach istniała choć jedna dusza, której zależało na życiu Roberta Baratheona, tą duszą byłem właśnie ja. — Westchnął. — Przez dwanaście lat chroniłem go przed wrogami, ale nie mogłem go ustrzec przed przyjaciółmi. Co za szaleństwo mówić Królowej, że dowiedziałeś się prawdy o ojcu Joffreya?

— Szaleństwo miłosierdzia — przyznał Ned.

— Ach — powiedział Varys. — Z pewnością... Lordzie Eddardzie, jesteś uczciwym i szlachetnym mężem. Często o tym zapominam. Niewielu podobnych tobie spotkałem w życiu. — Rozejrzał się po celi. — I wiem dlaczego, widząc, co ci przyszło z honoru i uczciwości.

Ned Stark oparł głowę o wilgotną ścianę i zamknął oczy. Ból rozrywał mu nogę.

— Wino, które pił Król… czy przesłuchałeś Lancela?

— Och, tak. Cersei dała bukłak i powiedziała, że to ulubiony trunek Roberta. — Eunuch wzruszył ramionami. — Życie myśliwego pozostaje wciąż w niebezpieczeństwie. Zamiast dzika mógł to być upadek z konia, żmija, przypadkowa strzała… las to istna rzeźnia bogów. Nie wino zabiło Króla, ale twoje miłosierdzie.

Ned zastanawiał się już nad tym.

— Niech mi bogowie wybaczą.

— Jeśli istnieją — odparł Varys. — Pewnie ci wybaczą — dodał. — Tak czy inaczej, Królowa nie czekałaby dłużej. Robert stawał się coraz bardziej niesforny, więc musiała się go pozbyć, żeby móc się rozprawić z jego braćmi. Dobrana z nich para. Żelazna rękawica i jedwabna rękawiczka. — Otarł usta grzbietem dłoni. — Głupio postąpiłeś, mój panie. Powinieneś był posłuchać Littlefingera, kiedy nakłaniał cię do uznania sukcesji Joffreya.

— Skąd… skąd o tym wiesz?

Varys uśmiechnął się.

— Wiem o wszystkim, co dotyczy ciebie. Wiem też, że rano odwiedzi cię Królowa.

Ned podniósł wolno wzrok.

— Dlaczego?

— Cersei boi się ciebie… chociaż ma wrogów, których obawia się jeszcze bardziej. W tej chwili jej ukochany Jaime walczy z lordami z dorzecza. Lysa Arryn okopała się w Orlim Gnieździe, schowana za tarczami i kamiennym murem — nie żywią do siebie zbyt przyjaznych uczuć. W Dorne Martellowie wciąż rozpamiętują śmierć księżniczki Elii i jej dzieci. Do tego jeszcze twój syn nadciąga z siłami z północy.

— Robb to jeszcze chłopiec — powiedział Ned przerażony.

— Chłopiec z armią — odparł Varys. — Ale chłopiec, tak jak

powiedziałeś. Jednak najbardziej niepokoją Cersei bracia Króla... a w szczególności lord Stannis. Ma prawo do tronu, dał się poznać jako wyśmienity dowódca w czasie bitwy i potrafi być bezlitosny. Nie znajdziesz w świecie bardziej niebezpiecznej istoty od prawdziwie sprawiedliwego męża. Nikt nie wie, co Stannis robi na Smoczej Skale, ale założę się, że zebrał więcej mieczy niż muszli. Oto, co spędza sen z powiek Cersei: jej ojciec i brat wyczerpują swoje siły w walkach ze Starkami i Tully'ami, tymczasem lord Stannis przybędzie na ląd, ogłosi siebie Królem i obetnie złote loczki razem z głową jej synka... a może też i jej głowę, chociaż jestem przekonany, że Królowa bardziej troszczy się o niego niż o siebie.

— Prawdziwym spadkobiercą Roberta jest Stannis Baratheon — powiedział Ned. — Jemu należy się tron. Chętnie zobaczę, jak na nim zasiada.

Varys cmoknął.

— Cersei nie będzie chciała o tym słyszeć, uwierz mi. Stannis może zdobyć tron, ale jeśli nie będziesz trzymał języka za zębami, to ucieszy się jedynie twoja zgniła głowa. Sansa prosiła tak ładnie, wstyd byłoby to zaprzepaścić. Darują ci życie, jeśli je przyjmiesz. Cersei nie jest głupia. Dobrze wie, że oswojony wilk jest więcej wart niż martwy.

— Chcesz, żebym służył kobiecie, która zamordowała mojego Króla, wyrżnęła moich ludzi i okaleczyła mojego syna? — spytał Ned głosem ochrypłym z niedowierzania.

— Chcę, żebyś służył Królestwu — odparł Varys. — Powiedz Królowej, że przyznasz się do zdrady, każesz synowi złożyć broń i uznasz Joffreya za prawowitego następcę tronu. Obiecaj też, że potraktujesz Stannisa i Renly'ego jak zdradzieckich uzurpatorów. Nasza zielonooka lwica wie, że jesteś człowiekiem honoru. Jeśli zapewnisz jej spokój umysłu, jakiego potrzebuje, żeby się rozprawić ze Stannisem, i obiecasz, że zabierzesz jej tajemnicę do grobu, z pewnością pozwoli ci przywdziać czarny strój i dożyć starości na Murze, razem z bratem i tym twoim synem z nieprawego łoża.

Na wspomnienie Jona Ned poczuł ukłucie wstydu, a także ogromny smutek. Gdyby tylko mógł jeszcze raz zobaczyć chłopca, usiąść i porozmawiać z nim… strumień bólu przelał się przez jego nogę oblepioną brudnym, szarym gipsem. Zamrugał, zaciskając i rozwierając bezradnie pięść.

— Sam obmyśliłeś ten plan — wycedził — czy też razem z Littlefingerem?

Eunuch wyglądał na rozbawionego.

— Prędzej bym poślubił Czarnego Kozła z Qohoru. Littlefinger jest prawie niezrównany w swojej przebiegłości. Och, powtarzam mu czasem najciekawsze szepty, tak żeby myślał, że jestem jego… podobnie sądzi Cersei.

— Ja również tak myślałem. Powiedz mi, Lordzie Varysie, komu ty naprawdę służysz?

Varys uśmiechnął się słabo.

— Królestwu, mój panie. Jak mogłeś wątpić? Przysięgam na moją utraconą męskość. Służę Królestwu, a Królestwo potrzebuje pokoju. — Wypił do końca wino i odrzucił na bok bukłak. — A zatem, jaka jest twoja odpowiedź, lordzie Eddardzie? Daj słowo, że powiesz Królowej wszystko, czego zażąda, kiedy cię odwiedzi.

— Nawet gdybym to uczynił, moje słowo byłoby puste jak pusta zbroja. Życie nie jest mi aż tak drogie.

— Szkoda. — Eunuch wstał. — A życie twojej córki? Jak bardzo jest ci drogie?

Chłód zmroził serce Neda.

— Moja córka…

— Chyba nie sądzisz, że zapomniałem o twoim słodkim maleństwie. Królowa z pewnością nie zapomniała.

— Nie — jęknął Ned. — Varys, zrób ze mną, co chcesz, ale zostaw moją córkę w spokoju. Sansa to jeszcze dziecko.

— Rhaenys też była dzieckiem. Córka księcia Rhaegara. Maleństwo, młodsza od twoich córek. Miała malutkiego czarnego kotka, Baleriona, wiedziałeś? Zawsze się zastanawiałem, co się z nim stało. Rhaenys lubiła udawać, że to jest prawdziwy Balerion, Czarny Strach z dawnych czasów. Lannisterowie szybko pokazali jej, jaka jest różnica między kotkiem a smokiem, gdy tylko wyłamali drzwi jej domu. — Varys wydał z siebie długie westchnienie, westchnienie człowieka, który niósł na swoich barkach smutki całego świata.

— Wielki Septon powiedział mi kiedyś, że tak cierpimy, jak grzeszymy. Jeśli ma rację, lordzie Eddardzie, to powiedz mi... dlaczego niewinni cierpią najbardziej, kiedy wy, wielcy panowie, zaczynacie swoje gry o trony? Zastanów się nad tym, czekając na Królową. I pomyśl też o czymś jeszcze: następny, który cię tutaj odwiedzi, może ci przynieść chleba z serem i makowego mleka na uśmierzenie bólu... albo głowę twojej Sansy. Wybór należy całkowicie do ciebie, drogi lordzie Eddardzie.

CATELYN

W miarę jak wojska wychodziły drogą na grobli, która prowadziła przez Przesmyk, i rozlewały się na nizinie dorzecza, Catelyn zaczynała odczuwać coraz większy strach. Dobrze chowała swoje obawy pod maską spokoju i rozwagi, lecz one były tam przez cały czas, coraz większe z każdą przebytą przez nich milą. Nie znajdowała spokoju ani w dzień, ani w nocy, zaciskała zęby na widok każdego kruka.

Niepokoiła się o los pana ojca, nie wiedziała, co znaczy jego milczenie. Bała się o brata, Edmure'a, i modliła do bogów, żeby go strzegli, jeśli będzie musiał zmierzyć się w bitwie z Królobójcą. Martwiła się o Neda i dziewczynki, a także o kochanych synów, których zostawiła w Winterfell. Niestety, nie potrafiła im pomóc w żaden sposób, dlatego postanowiła o nich nie myśleć. Musisz zachować wszystkie siły dla Robba, powiedziała sobie. Tylko jemu możesz pomóc. Catelyn Tully, musisz okazać zaciekłość i surowość północy. Teraz musisz być jak Starkowie, jak twój syn.

Robb jechał na czele kolumny, nad jego głową powiewał biały sztandar Winterfell. Każdego dnia prosił jednego z lordów, by mu towarzyszył. Rozmawiał w czasie jazdy z każdym bez wyjątku, bez specjalnych względów; słuchał tak, jak słuchał ich jego pan ojciec, rozważając ich słowa. Tak dużo nauczył się od Neda, pomyślała, patrząc na niego, tylko czy wystarczająco dużo?

Blackfish wziął stu najlepszych ludzi i sto szybkich koni i pojechał do przodu na zwiady. Raporty od ser Bryndena niespecjalnie ją ucieszyły. Lord Tywin wciąż znajdował się o wiele dni na południe od nich... ale Walder Frey, Lord Przeprawy, zebrał cztery tysiące ludzi wokół swoich zamków przy Zielonych Widłach.

— Znowu za późno — powiedziała do siebie, kiedy usłyszała wieści. To samo co pod Tridentem, a niech go! Jej brat, Edmure, zwołał wojska i Lord Frey powinien był przyłączyć się do Tullych w Riverrun, a mimo to siedział w Bliźniakach.

— Cztery tysiące ludzi — powtórzył Robb, bardziej zdziwiony niż zły. — Chyba nie zamierza walczyć z Lannisterami w pojedynkę. Na pewno przyłączy się do nas.

— Jesteś pewny? — spytała Catelyn. Ruszyła szybciej, by przyłączyć się do Robba i Robetta Glovera, który mu towarzyszył tego dnia. Straż przednia przypominała kołyszący się powoli las włóczni, chorągwi i kopii. — Nie byłabym taka pewna. Lepiej na nic nie liczyć od Waldera Freya.

— Jest chorążym twojego ojca.

— Jedni traktują swoją przysięgę poważniej, inni mniej poważnie. Zdaniem mojego ojca lord Walder zawsze pozostawał w zbyt zażyłych stosunkach z Casterly Rock. Jeden z jego synów ożenił się z siostrą Tywina Lannistera. Niby nie ma to większego znaczenia, lord Walder spłodził bowiem dużo dzieci przez wszystkie te lata, więc potrzebują współmałżonków, a jednak...

— Czy uważasz, pani, że on przejdzie na stronę Lannisterów? — spytał z powagą Robett Glover.

Catelyn westchnęła.

— Szczerze mówiąc, wątpię, czy sam lord Frey wie, co chce zrobić. Posiada ostrożność starca i ambicję młodzieńca, a do tego nigdy nie zbywało mu na przebiegłości.

— Matko, musimy mieć Bliźniaki — powiedział Robb. — Nie da się inaczej przejść rzeki. Wiesz o tym.

— Tak. Podobnie jak Walder Frey, możesz być pewien.

Tej nocy rozłożyli obóz na południowym skraju bagien, w połowie drogi między królewskim traktem a rzeką. Tam też Theon Greyjoy przywiózł im kolejne wieści od stryja.

— Ser Brynden polecił przekazać, że starł się z Lannisterami. Tuzin zwiadowców nie zaniesie już wiadomości lordowi Tywinowi. — Theon uśmiechnął się. — Na czele ich zwiadowców stoi ser Addam Marbrand. Idzie na południe, paląc wszystko po drodze. Zna naszą pozycję, mniej więcej, ale Blackfish przysięga, że nie będzie wiedział, kiedy się rozdzielimy.

— Jeśli nie powie mu lord Frey — wtrąciła Catelyn. — Theonie, kiedy wrócisz do mojego stryja, powiedz mu, żeby rozstawił wokół Bliźniaków najlepszych łuczników, mają pilnować w dzień i w nocy i zestrzelić każdego kruka, który by wyfrunął z murów. Nie chcę, żeby jakakolwiek wiadomość o poczynaniach mojego syna przedostała się do lorda Tywina.

— Pani, ser Brynden już się tym zajął — odparł Theon, uśmiechając się dumnie. — Jeszcze kilka ptaków i będziemy mogli upiec pasztet. Pióra zatrzymam na kapelusz dla ciebie.

Nie zdziwiła się. Brynden Blackfish był doświadczonym rycerzem.

— Co robili Freyowie, kiedy Lannisterowie palili ich pola i plądrowali posiadłości?

— Doszło do walk między ser Addamem a lordem Walderem — odpowiedział Theon. — Niecały dzień drogi stąd znaleźliśmy dwóch zwiadowców Lannisterów, którymi karmiły się wrony. Dosięgły ich tam strzały Freyów. Jednak główne siły lorda Waldera pozostają w Bliźniakach.

Oto cały Walder Frey, pomyślała z goryczą Catelyn, zawsze przyczajony z tyłu, wyczekujący, żadnego ryzyka bez potrzeby.

— Skoro starł się z Lannisterami, to może ma zamiar dochować wierności — powiedział Robb.

Catelyn wydawała się bardziej powściągliwa w swoich przypuszczeniach.

— Bronić swoich ziem to jedno, co innego jednak wypowiedzieć otwartą wojnę lordowi Tywinowi.

Robb odwrócił się do Theona Greyjoya.

— Czy Blackfish znalazł inne przejście przez rzekę?

Theon potrząsnął głową.

— Poziom wody jest zbyt wysoki i prąd za szybki. Ser Brynden twierdzi, że nie znajdziemy innego brodu.

— Muszę mieć ten bród! — wycedził Robb. — Konie pewnie by dały radę przepłynąć przez rzekę, ale nie z rycerzami. Trzeba by zbudować tratwy do przewiezienia mieczy, kopii, hełmów i kolczug, ale nie mamy tyle drewna. Ani czasu. Lord Tywin maszeruje na północ... — Zacisnął dłoń w pięść.

— Lord Frey byłby głupcem, gdyby spróbował nam przeszkodzić — powiedział Theon Greyjoy z charakterystyczną dla niego pewnością siebie. — Nasze siły przewyższają jego pięciokrotnie. Jeśli zechcesz, Robb, możesz mieć Bliźniaki.

— Nie będzie to takie łatwe — ostrzegła go Catelyn — z powodu braku czasu. Rozpoczniesz oblężenie, tymczasem lord Tywin nadciągnie ze swoim wojskiem i zaatakuje cię od tyłu.

Robb zerkał to na nią, to na Greyjoya, szukając odpowiedzi, lecz jej nie otrzymał. Przez chwilę wyglądał na młodszego niż jest, pomimo kolczugi, miecza i zarostu na twarzy.

— Jak by postąpił mój pan ojciec? — spytał.

— On by próbował znaleźć przejście przez rzekę — odpowiedziała. — Za wszelką cenę.

Następnego ranka przyjechał sam ser Brynden Tully. Ciężką zbroję i hełm, które nosił jako Rycerz Bramy, zamienił na skórzany strój i kolczugę zwiadowcy, jego płaszcz spinała obsydianowa ryba.

Kiedy zsiadł z konia, Catelyn zobaczyła bardzo poważne oblicze stryja.

— Pod murami Riverrun doszło do bitwy — przemówił ponurym głosem. — Dowiedzieliśmy się o tym od zwiadowcy Lannisterów, którego wzięliśmy do niewoli. Królobójca pokonał siły Edmure'a i rozpędził lordów z dorzecza.

Catelyn poczuła, jakby zimna dłoń ścisnęła ją za gardło.

— A mój brat?

— Ranny, w niewoli — odpowiedział ser Brynden. — Wojska Jaime'a oblegają Riverrun, którego broni lord Blackwood z garstką ludzi.

Robb zmarszczył brwi zdesperowany.

— Musimy przejść przez tę przeklętą rzekę, jeśli w ogóle chcemy im pomóc.

— Nie będzie to łatwe — ostrzegł go stryj. — Lord Frey wycofał wszystkie swoje siły za mury zamków i mocno pozamykał bramy.

— A niech go — warknął Robb. — Jeśli ten stary głupiec nie pozwoli mi przejść, będę zmuszony wedrzeć się siłą. Nie zostawię kamienia na kamieniu w Bliźniakach. Zobaczymy, jak mu się to spodoba.

— Robb, teraz mówisz jak obrażony chłopiec — wtrąciła ostro Catelyn. — Chłopiec na widok przeszkody próbuje ją obejść albo zburzyć. Lord wie, że czasem słowa posiadają większą moc niż miecz.

Robb zaczerwienił się, skarcony.

— Co masz na myśli, matko? — spytał łagodnym tonem.

— Freyowie trzymają bród od sześciuset lat i od sześciuset lat zawsze potrafili ściągnąć należne im myto.

— Jakie myto? Czego on chce?

Catelyn uśmiechnęła się.

— Tego musimy się dowiedzieć.

— A jeśli nie zechcę zapłacić ceny, jakiej zażąda?

— W takim razie lepiej od razu wycofaj się do Fosy Cailin i przygotuj się na spotkanie z lordem Tywinem albo... zapuść skrzydła. — Catelyn ścisnęła boki konia i odjechała, zostawiając syna, by rozważył jej słowa. Nie chciała, żeby pomyślał, iż matka chce zająć jego miejsce. Ned, czy nauczyłeś go zarówno mądrości, jak i odwagi?, pomyślała. Czy nauczyłeś go klękać? Na cmentarzach Siedmiu Królestw spoczywało wielu odważnych, którzy nie nauczyli się tej lekcji.

Około południa ich przednia straż ujrzała Bliźniaki, siedzibę Lordów Przeprawy. Nurt Zielonych Wideł był tutaj szybki i głęboki, lecz Freyowie połączyli oba brzegi wieki temu i wzbogacili się na opłatach, które wnoszono im za przeprawę. Brzegi rzeki łączył masywny łuk mostu z szarego gładkiego kamienia na tyle szeroki, by mogły przejechać po nim obok siebie dwa wozy. Na jego środku wznosiła się Wodna Wieża; jej otwory strzelnicze, machikuły i opuszczane kraty pozwalały kontrolować zarówno drogę, jak i rzekę. Most budowały trzy pokolenia Freyów, a kiedy go wreszcie ukończono, na obu brzegach wzniesiono solidne drewniane umocnienia, tak by nikt nie mógł go przekroczyć bez ich pozwolenia.

Później drewniany budulec zastąpiono kamieniem. Bliźniaki — przysadziste, brzydkie, straszliwe, bliźniacze zamki postawione na obu końcach mostu — strzegły przeprawy od wieków. Wysokie mury obronne, głębokie fosy oraz ciężkie bramy z żelaza i dębu, podstawy mostów wznoszące się z masywnych warowni wewnętrznych, do tego barbakan, opuszczane kraty i Wodna Wieża.

Jedno spojrzenie wystarczyło, żeby Catelyn zrozumiała, że nie wezmą zamku szturmem. Blanki błyskały kolcami włóczni i mieczy, w każdym otworze strzelniczym czaił się łucznik, zwodzony most był podniesiony, krata opuszczona, bramy zamknięte.

Greatjon zaklął na widok zamku. Lord Rickard Karstark patrzył złowrogo w milczeniu.

— Nie ma mowy o szturmie, moi panowie — oświadczył Roose Bolton.

— Oblężenie też na nic się nie zda, jeśli nie mamy wojska na drugim brzegu, aby otoczyć drugi zamek — dodał Helman Tallheart ponurym głosem. Zachodni bliźniak trwał nieruchomo po drugiej stronie głębokiej, zielonej wody, niczym odbicie swojego wschodniego brata. — Nawet gdybyśmy mieli dość czasu, którego, oczywiście, nie mamy.

Kiedy lordowie z północy wpatrywali się w zamek, brama wypadowa otworzyła się i na fosę opadł drewniany mostek, po którym przejechał tuzin rycerzy. Jechali im naprzeciw, prowadzeni przez czterech spośród licznych synów lorda Waldera. Na ich proporcu widniały bliźniacze wieże, ciemnoniebieskie na srebrzystoszarym polu. Przemawiał ser Stevron Frey, spadkobierca lorda Waldera. Wszyscy Freyowie przypominali łasice. Ser Stevron, ponad sześćdziesięcioletni mąż, który już miał wnuki, przypominał szczególnie starą i zmęczoną łasicę, lecz w słowach okazał się uprzejmy.

— Pan ojciec wysłał mnie, bym was powitał i spytał, kto prowadzi tak znaczną siłę.

— Ja. — Robb podjechał do przodu. Miał na sobie zbroję z tarczą z wilkorem przypiętą do siodła; u jego boku szedł Szary Wicher.

Stary rycerz spojrzał na jej syna, a w jego szarych, rozmytych oczach błysnęły iskierki rozbawienia, chociaż jego wałach odsunął się od wilkora.

— Pan ojciec będzie zaszczycony, jeśli przyjmiesz jego poczęstunek i wyjaśnisz cel przybycia.

Jego słowa raziły stojących z tyłu lordów niczym rzucony z katapulty kamień. Zaczęli przeklinać, kłócić się i krzyczeć, ani jeden nie okazał zadowolenia z tego, co usłyszał.

— Nie wolno ci tego uczynić, panie — zwrócił się do Robba Galbart Glover. — Nie należy ufać lordowi Walderowi.

Roose Bolton przytaknął mu.

— Jeśli pójdziesz tam sam, zatrzyma cię. Sprzeda Lannisterom, wsadzi do lochów albo poderżnie gardło.

— Skoro chce z nami rozmawiać, niech otworzy bramy i wszyscy podzielimy się mięsem i miodem — oświadczył ser Wendel Manderly.

— Albo niech wyjdzie i tutaj rozmawia z Robbem — zaproponował jego brat, ser Wylis.

Catelyn Stark podzielała ich obawy, lecz spojrzawszy na ser Stevrona, od razu się zorientowała, że nie przyjął z zadowoleniem słów, które usłyszał. Jeszcze kilka słów i stracą szansę. Musiała działać, i to szybko.

— Ja pójdę — oświadczyła głośno.

— Ty, pani? — Greatjon zmarszczył brwi.

— Jesteś pewna, matko? — spytał Robb.

— Najzupełniej — skłamała gładko Catelyn. — Lord Walder jest chorążym mojego pana ojca. Znam go od dzieciństwa. On by mnie nie skrzywdził. — Chyba że miałby w tym swój interes, dodała w myślach, ponieważ wiedziała, że pewne prawdy muszą pozostać niewypowiedziane, tak jak trzeba niekiedy kłamać.

— Z pewnością pan ojciec z radością przyjmie lady Catelyn — powiedział ser Stevron. — W dowód naszych przyjaznych intencji, mój brat, ser Perwyn, zostanie tutaj do jej powrotu.

— Przyjmiemy go z honorami — odparł Robb. Ser Perwyn, najmłodszy z czterech przybyłych Freyów, zsiadł z konia i oddał wodze jednemu z braci. — Ser Stevronie, oczekuję powrotu matki przed zmierzchem — mówił dalej Robb. — Nie zamierzałem pozostawać tutaj dłużej.

Ser Stevron skinął uprzejmie głową.

— Tak będzie, panie. — Catelyn spięła konia, nie oglądając się za siebie. Synowie i wysłańcy lorda Waldera pojechali za nią.

Kiedyś jej ojciec powiedział o Walderze Freyu, że jest to jedyny lord w całych Siedmiu Królestwach, który mógłby wystawić armię z własnych lędźwi. Zrozumiała, co ojciec miał na myśli, gdy tylko ujrzała lorda Przeprawy, który powitał ją w Wielkiej Komnacie wschodniego zamku w otoczeniu dwudziestu żyjących synów (nie licząc ser Perwyna, który byłby dwudziesty pierwszy), trzydziestu sześciu wnuków, dziewiętnastu prawnuków oraz licznych córek, prawnuczek, bękartów i prabękartów.

Dziewięćdziesięcioletni lord Walder przypominał zasuszoną różową łasicę o łysej, cętkowanej głowie, zbyt starą, by stanąć o własnych siłach. Jego obecna żona, blada, szesnastoletnia dziewoja, chodziła obok lektyki, w której go noszono. Była już ósmą lady Frey.

— To ogromna przyjemność móc znowu cię ujrzeć, mój panie, po tylu latach — powiedziała Catelyn.

Starzec zmrużył oczy i spojrzał na nią podejrzliwie.

— Czyżby? Lady Catelyn, oszczędź mi swoich słodkich słówek, jestem na to za stary. Dlaczego tu przyszłaś? Czy twój chłopak jest zbyt dumny, by samemu stanąć przede mną? Dlaczego miałbym rozmawiać z tobą?

W czasie swojej ostatniej wizyty w Bliźniakach Catelyn była dziewczynką, ale już wtedy lord Walder znany był z ciętego języka, drażliwości i bezpośredniości. Wydawało się, że z wiekiem cechy te jeszcze się u niego pogłębiły. Będzie musiała bardzo uważać na słowa.

— Ojcze — przemówił Ser Stevron z nutą przygany w głosie — zapominasz się. Lady Stark przybyła tutaj na twoje zaproszenie.

— Czy cię o coś pytałem? Czy wyglądam na nieboszczyka? Nie jesteś jeszcze lordem Freyem, więc nie pouczaj mnie.

— Ojcze, nie godzi się przemawiać w ten sposób w obecności naszego dostojnego gościa — odezwał się jeden z jego młodszych synów.

— A teraz bękarty będą mnie uczyły manier — jęknął lord Walder. — A niech was, będę mówił, jak mi się podoba. W swoim życiu gościłem już tutaj trzech Króli i Królowe. Myślisz, Roger, że potrzebuję lekcji od takich jak ty? Twoja matka doiła kozy, kiedy pierwszy raz napompowałem ją swoim nasieniem. — Pstryknięciem palców odesłał czerwonego na twarzy młodzieńca i dał znak dwóm innym spośród swoich synów. — Danwell, Whalen, pomóżcie mi usiąść na krześle. — Dźwignęli lorda Waldera z jego lektyki i zanieśli na tron Freyów, wysokie krzesło z czarnego dębu, którego oparcie wyrzeźbiono w kształcie dwóch wież połączonych mostem. Jego młoda żona podeszła nieśmiało i przykryła mu nogi kocem. Usadowiwszy się wygodnie, starzec skinął na Catelyn, by podeszła bliżej, i złożył suchy jak papier pocałunek na jej dłoni. — No — powiedział. — Skoro już dopełniłem formalności, może moi synowie wyświadczą mi przysługę i zamkną się wreszcie. Po co przyjechałaś?

— Prosić cię, abyś otworzył bramy, panie — odpowiedziała mu uprzejmie Catelyn. — Mój syn i jego lordowie pragną jak najszybciej przejść przez rzekę i udać się w dalszą drogę.

— Do Riverrun? — zapytał, uśmiechając się zjadliwie. — Och, nie musisz mi odpowiadać. Nie jestem ślepy. Co prawda stary, ale potrafię jeszcze czytać mapę.

— Do Riverrun — przyznała Catelyn. Nie widziała powodu, dla którego miałaby zaprzeczać. — Myślę, że także tam będziesz. Wciąż jesteś chorążym mojego ojca, czyż nie tak?

— He! — Usłyszała w odpowiedzi. Było to coś pośredniego

między śmiechem a chrząknięciem. — Zebrałem siły, i owszem, widziałaś je na murach. Miałem zamiar pomaszerować, gdy tylko zbiorę całe wojsko, to znaczy wysłać moich synów, sam już bowiem nie dam rady, jak widzisz, lady Catelyn. — Rozejrzał się, jakby szukał potwierdzenia swoich słów, po czym wskazał na wysokiego, przygarbionego mężczyznę w wieku co najmniej pięćdziesięciu lat. — Powiedz jej, Jared. Powiedz, jakie miałem zamiary.

— Zaiste, pani — odparł ser Jared Frey, jeden z jego synów z drugiej żony. — Na mój honor.

— Czy to moja wina, że twój głupi brat przegrał bitwę, zanim zdążyliśmy wyruszyć? — Rozparł się wygodnie na poduszkach i patrzył na nią zaczepnie spod brwi, gotowy na krytykę jego wersji biegu wydarzeń. — Podobno Królobójca poradził sobie z nim, jakby przecinał kawał dojrzałego sera. Dlaczego moi chłopcy mieliby pędzić na południe na pewną śmierć? Wszyscy, którzy tam poszli, szybko uciekają na północ.

Catelyn miała ochotę napluć na tego gderliwego starca i upiec go na rożnie, ale pamiętała, że musi otworzyć most przed zmrokiem.

— Tym bardziej musimy dotrzeć szybko do Riverrun — odpowiedziała ze spokojem. — Gdzie możemy porozmawiać, panie?

— Rozmawiamy przecież — burknął lord Frey. Obrócił cętkowaną, różową głowę. — Na co się gapicie? — krzyknął. — Wynoście się. Lady Stark chce porozmawiać ze mną na osobności. Niewykluczone, że chce wypróbować moją lojalność, he. No, idźcie, wszyscy. Znajdźcie sobie coś do roboty. Ty też, kobieto. Już, już. — Patrząc, jak wszyscy jego synowie, córki, bękarty, bratankowie, bratanice i prawnuki opuszczają salę długim sznurem, pochylił się do Catelyn i powiedział cicho: — Czekają, aż umrę. Stevron czeka już czterdzieści lat, a ja wciąż go rozczarowuję. He. No, pytam, mam umrzeć tylko dlatego, żeby on mógł zostać lordem? Nie zrobię tego.

— Żywię nadzieję, że dożyjesz stu lat.

— Byliby bardzo niezadowoleni. Ale coś chciałaś powiedzieć.

— Chcemy przejść — powiedziała Catelyn.

— Och, doprawdy? Jesteś szczera. Dlaczego miałbym cię przepuścić?

Milczała przez chwilę, by opanować falę wściekłości.

— Lordzie Frey, gdybyś miał na tyle siły, żeby wejść na swoje blanki, zobaczyłbyś, że za murami stoi dwadzieścia tysięcy ludzi mojego syna.

— No to będzie dwadzieścia tysięcy świeżych trupów, kiedy przybędzie tutaj lord Tywin — odparł starzec. — Nie próbuj mnie straszyć, moja pani. Twój mąż gnije w celi zdrajcy, gdzieś w lochach Czerwonej Twierdzy, ojciec jest chory, może umierający, a brat siedzi w łańcuchach u Jaime'a Lannistera. Czy masz coś, czego musiałbym się obawiać? Może twoich synów? W konfrontacji syn przeciwko synowi i tak zostanie mi jeszcze osiemnastu, kiedy twoi wszyscy umrą.

— Składałeś przed moim ojcem przysięgę wierności — przypomniała mu Catelyn.

Przekrzywił głowę na bok i uśmiechnął się.

— Och, tak, powiedziałem kilka słów, ale koronie także przysięgałem. Teraz Królem jest Joffrey, co sprawia, że ty, ten twój chłopak i wszyscy ci głupcy za murami jesteście buntownikami. Gdybym miał choć tyle rozumu, ile bogowie dali rybie, pomógłbym Lannisterom usmażyć was na ogniu.

— Dlaczego tego nie uczynisz?

Lord Walder prychnął z pogardą.

— Lord Tywin, dumny i wspaniały, Namiestnik Zachodu, Królewski Namiestnik, och, wielki mąż, on i jego złote to i złote tamto, lwy tu i lwy tam. Założę się, że je za dużo fasoli i puszcza bąki tak samo jak ja, ale nigdy się do tego nie przyzna, nie on. A kim on jest, żeby się tak puszyć? Tylko dwóch synów, w dodatku jeden niemiłosiernie pokręcony. W konfrontacji syn przeciwko synowi i tak zostanie mi dziewiętnastu i pół, kiedy jego już umrą! — Zachichotał. — Jeśli lord Tywin chce mojej pomocy, może poprosić o nią.

To właśnie chciała usłyszeć Catelyn.

— Ja proszę o twoją pomoc, panie — powiedziała pokornie. — A moimi ustami przemawiają też mój ojciec, mój pan mąż i moi synowie.

Lord Walder przystawił chudy palec do jej twarzy.

— Oszczędź mi słodkich słówek, pani. Słodkie słówka dostaję od żony. Widziałaś ją? Mały kwiatuszek, szesnaście lat i cały jej miodek jest tylko dla mnie. Myślę, że za rok o tej porze da mi syna. Może jego uczynię spadkobiercą? To by ich dobiło, prawda?

— Z pewnością da ci wielu synów.

Pokiwał głową.

— Twój pan ojciec nie raczył przybyć na ślub. W moich oczach to zniewaga. Nawet jeśli jest umierający. Na poprzednim ślubie też nie był. Wiesz, jak mnie nazywa, lordem Freyem Spoźnialskim. Czy on myśli, że czas już, żebym umarł? Zapewniam cię, że jeszcze żyję. Przeżyję go, tak jak przeżyłem jego ojca. Twoja rodzina nigdy mnie nie szanowała, nie zaprzeczaj, nie kłam, dobrze wiesz, że to prawda. Dawno temu poszedłem do twojego ojca i zaproponowałem związek jego syna z moją córką. Dlaczego nie? To była słodka dziewczyna, tylko kilka lat starsza od Edmure'a, ale twój brat nie miał na na nią ochoty. Miałem też inne, młode, stare, dziewice, wdowy, do wyboru. Lord Hoster nie chciał o tym słyszeć. Częstował mnie słodkimi słówkami, dawał mi wymówki, kiedy ja chciałem pozbyć się córki. Twoja siostra też okazała się głupia. Kiedy to było, och, rok temu, nie więcej. Jon Arryn był jeszcze Królewskim Namiestnikiem, a ja udałem się do miasta, by zobaczyć, jak moi synowie radzą sobie w turnieju. Stevron i Jared są za starzy i nie stają już w szranki, ale pojechali Danwell, Hosteen i Perwyn, a kilku spośród moich bękartów spróbowało swoich sił w walce zbiorowej. Gdybym wiedział, jak marnie się spiszą, nigdy bym się tam nie wybrał. Czy musiałem jechać taki kawał drogi, żeby zobaczyć, jak szczeniak Tyrellów strąca z konia Hosteena? Czy musiałem? A Danwella zrzucił z siodła wędrowny rycerz! Czasem zastanawiam się, czy oni aby na pewno są moimi synami. Moją trzecią żoną była kobieta z Crakehallów, a wszystkie kobiety Crakehallów to kocmołuchy. Ach, nieważne, co cię to może obchodzić. Umarła, zanim się urodziłaś. Mówiłem o twojej siostrze. Zaproponowałem, żeby lord i lady Arrynowie wzięli na dwór pod swoją opiekę dwóch z moich wnuków, ja zaś mógłbym przyjąć tutaj ich syna. Czy moi wnukowie nie są godni królewskiego dworu? To słodkie chłopaki;

są spokojni i dobrze ułożeni. Walder jest synem Merretta, nazwali go moim imieniem, a drugi... he, nie pamiętam... może też dali mu Walder, wszystkim dają moje imię, żebym ich faworyzował, ale jego ojcem... kto to jest jego ojcem? — Starzec zmarszczył twarz. — Nieważne, lord Arryn i tak go nie chciał, ani jego, ani tego drugiego, przez twoją siostrę. To ona się napuszyła, jakbym chciał sprzedać jej syna trupie komediantów albo zrobić z niego eunucha, a kiedy lord Arryn oświadczył, że dzieciak pojedzie na Smoczą Skałę do lorda Stannisa, wypadła z sali bez słowa, tak że Namiestnik musiał za nią przepraszać. Tylko co komu po przeprosinach?

Catelyn zmarszczyła czoło.

— Sądziłam, że chłopiec Lysy miał zostać oddany pod opiekę Lorda Tywina w Casterly Rock.

— Nie, do lorda Stannisa — zaprzeczył Walder Frey poirytowany. — Myślisz, że nie potrafię odróżnić lorda Stannisa od lorda Tywina? Obaj to dupki, którzy uważają, że są zbyt dostojni, żeby srać gównem, ale nieważne, potrafię ich rozróżnić. A może myślisz, że jestem za stary i nie pamiętam? Mam dziewięćdziesiąt lat i ciągle dobrą pamięć. Nie zapomniałem też, co się robi z kobietą. Zobaczysz, za rok o tej porze, moja żona da mi syna. Albo córkę. Co za różnica, chłopak czy dziewczyna, i tak będzie czerwone, pomarszczone, wrzaskliwe i z pewnością będzie chciało nosić imię Walder albo Walda.

Catelyn nie interesowało to, jakim imieniem zechce nazwać swoje dziecko lady Frey.

— Czy jesteś pewien, że Jon Arryn zamierzał oddać syna pod opiekę lorda Stannisa?

— Tak, tak — odparł starzec. — Tylko że umarł, więc co za różnica? Mówisz, że chcesz przejść na drugi brzeg?

— Zgadza się.

— Ale nie możesz! — odparł lord Walder rozpromieniony. — Dopóki ci nie pozwolę. A dlaczego miałbym to uczynić? Ani Tully'owie, ani Starkowie nigdy nie należeli do moich przyjaciół. — Odchylił się do tyłu na krześle i skrzyżowawszy ramiona, przyglądał się jej, uśmiechnięty, oczekując odpowiedzi.

Pozostałą część rozmowy spędzili na dobijaniu interesu.

Czerwona tarcza słońca zawisła nisko na zachodnimi wzgórzami, kiedy bramy zamku otworzyły się ponownie. Zwodzony most zaskrzypiał opuszczany, a krata podniosła się do góry. Lady Catelyn Stark wyjechała na spotkanie syna i jego lordów. Towarzyszyli jej ser Jared Frey, ser Hosteen Frey, ser Danwell Frey oraz Ronel Rivers, bękart lorda Waldera, który prowadził długą kolumnę pikinierów w kolczugach z niebieskiej stali i w srebrzystoniebieskich płaszczach. Robb podjechał szybko, a wraz z nim przybiegł Szary Wicher.

— Załatwione — powiedziała. — Lord Walder pozwoli ci przejechać. Możesz też dysponować jego wojskami, poza czterystoma ludźmi, którzy zostaną dla obrony Bliźniaków. Uważam, że powinieneś zostawić czterystu swoich. Trudno mu będzie odmówić propozycji wspomożenia jego garnizonu... tylko zostaw ich pod dowództwem kogoś zaufanego. Może trzeba będzie pomóc lordowi Walderowi w dotrzymaniu słowa.

— Dobrze, matko — odparł Robb, nie odrywając wzroku od kolumny maszerujących pikinierów. — Co powiesz na ser Helmana Tallhearta?

— Dobry wybór.

— A... czego chciał w zamian?

— Będę potrzebowała kilku z twoich ludzi, którzy dopilnują, aby dwóch spośród wnuków lorda Freya dotarło bezpiecznie do Winterfell — odpowiedziała. — Zgodziłam się wziąć ich pod opiekę. To jeszcze dzieci, osiem i siedem lat. Możliwe, że obaj noszą to samo imię, Walder. Sądzę, że twój brat, Bran, ucieszy się z towarzystwa chłopców mniej więcej w tym samym wieku, co on.

— Certes — powiedział Robb. — To wszystko? Dwóch wychowanków? Niska cena jak na...

— Syn lorda Freya, Olyvar, pojedzie z nami — mówiła dalej. — Będzie ci służył jako giermek. Jego ojciec chciałby, żeby w swoim czasie został pasowany na rycerza.

— Giermek. — Wzruszył ramionami. — Dobrze, jeśli...

— Ponadto, jeśli twoja siostra, Arya, powróci do nas bezpiecznie, poślubi najmłodszego z synów lorda Waldera, Elmara, kiedy oboje osiągną odpowiedni wiek.

Robb popatrzył na nią zakłopotany.

— To jej się nie spodoba.

— Ty zaś, kiedy skończą się walki, poślubisz jedną z jego córek — skończyła. — Jego lordowska mość pozwolił łaskawie, abyś sam wybrał przyszłą żonę. Uważa, że będziesz miał w czym wybierać.

Z uznaniem zobaczyła, że Robb nawet nie drgnął.

— Rozumiem.

— Wyrażasz zgodę?

— A mogę odmówić?

— Nie, jeśli chcesz przejść na drugi brzeg.

— Zgadzam się — oświadczył Robb poważnym tonem. Nigdy wcześniej nie widziała go bardziej dorosłym i poważnym. Chłopcy mogą sobie walczyć drewnianymi mieczami, ale trzeba lorda, by zawrzeć pakt małżeński, wiedząc, co on oznacza.

Weszli na drugi brzeg, kiedy zapadła noc i na wodzie zakołysał się księżycowy róg. Podwójna kolumna sunęła przez bramę wschodniego zamku niczym stalowy wąż, potem, pełzając przez dziedziniec i przez most, wynurzyła się z drugiego zamku, na zachodnim brzegu.

Catelyn jechała na czele, razem z synem, jej stryjem ser Bryndenem i ser Stevronem Freyem. Za nimi podążało dziewięć dziesiątych ich koni, rycerzy, kopijników, wolnych i konnych łuczników. Catelyn słyszała nie kończący się stukot końskich kopyt na deskach zwodzonego mostu. Widziała lorda Waldera Freya, jak patrzył za nimi ze swojej lektyki, a także błyski oczu z machikuł w suficie, które obserwowały ich w czasie przejazdu przez Wodną Wieżę.

Większa część północnych sił — pikinierzy, łucznicy i ogromna liczba zbrojnych piechurów — pozostała na wschodnim brzegu pod komendą Roose'a Boltona. Robb polecił mu kontynuować marsz na południe i stawić czoło ogromnej armii Lannisterów, którą prowadził na północ lord Tywin.

Jej syn rzucił kości, na dobre albo na złe.

JON

— Snow, dobrze się czujesz? — spytał lord Mormont, marszcząc brwi.

— Dobrze — zakrakał jego kruk. — Dobrze.

— Tak — odpowiedział Jon głośno, jakby chciał lepiej ukryć prawdę. — A ty, panie?

Mormont skrzywił się.

— Próbował mnie zabić trup. Jak mam się czuć dobrze? — Podrapał się po podbródku. Ogień strawił znaczną część jego gęstej siwej brody, resztę sam obciął. Blada szczecina świeżego zarostu sprawiała, że wyglądał jak stary i zaniedbany człowiek. — Nie wyglądasz dobrze. Jak tam twoja ręka?

— Goi się. — Na poparcie swoich słów Jon zgiął zabandażowane palce. Rzucając palącą się zasłonę, poparzył się bardziej, niż początkowo sądził, dlatego prawą rękę miał zawiniętą aż do łokcia. Najpierw niewiele czuł, dopiero potem przyszedł piekielny ból. Z popękanej, zaognionej skóry ciekła wydzielina, a między palcami jego dłoni wyrosły obrzydliwe przekrwione pęcherze. — Maester mówi, że zostaną blizny, ale poza tym wszystko będzie dobrze.

— Blizny na ręku to nic strasznego. Na Murze i tak przeważnie nosi się rękawice.

— Tak, panie. — To nie blizny nie dawały spokoju Jonowi, a cała reszta. Maester Aemon dał mu wcześniej makowego mleka, a mimo to ból wydawał się nie do zniesienia. Początkowo miał wrażenie, że ręka wciąż płonie. Ulgę przynosiły mu tylko chwile, kiedy zanurzał ją do miski pełnej śniegu i kruszonego lodu. Jon dziękował bogom, że nikt poza Duchem nie widział, jak wije się na swoim łóżku i płacze z bólu. Kiedy wreszcie udawało mu się zasnąć, zapadał w sen, który okazywał się jeszcze gorszy. We śnie trup, z którym walczył, miał niebieskie oczy, czarne dłonie i twarz jego ojca, o tym jednak nie odważył się opowiedzieć Mormontowi.

— Wczorajszej nocy wrócili Dywen i Hake — powiedział Stary Niedźwiedź. — Ani śladu po twoim stryju, innych też nie znaleźli.

— Wiem. — Wcześniej Jon powlókł się do wspólnej sali, żeby zjeść kolację razem z innymi; wszyscy mówili tylko o niepowodzeniu misji zwiadowców.

— Wiesz — mruknął Mormont. — Jak to się dzieje, że wszyscy wiedzą o wszystkim dookoła? — spytał, lecz wydawało się, że nie spodziewa się odpowiedzi na swoje pytanie. — Należy sądzić, że były tylko dwie takie... istoty. Czymkolwiek one są, nie nazwę ich ludźmi. Dzięki bogom, że tylko dwie. Gdyby było ich więcej... aż nie chce się myśleć. Ale przyjdą inne, czuję to w moich starych kościach, a maester Aemon przyznaje mi rację. Wzmaga się zimny wiatr. Kończy się lato i nadchodzi zima, jakiej jeszcze nie widział ten świat.

Nadchodzi zima. Dewiza Starków nigdy dotąd nie wydawała się Jonowi równie ponura i złowieszcza.

— Panie — odezwał się z wahaniem — podobno wczoraj w nocy przyleciał ptak...

— Tak. I co z tego?

— Myślałem, że może przyniósł jakieś wieści o moim ojcu.

— Ojcu — przedrzeźniał go stary kruk, który przesuwał się na ramieniu Mormonta z przekrzywioną głową. — Ojcu.

Lord Dowódca wyciągnął rękę, żeby palcami zamknąć ptakowi dziób, lecz kruk wskoczył mu na głowę, po czym wzbił się w powietrze i poleciał w drugi koniec komnaty, gdzie usiadł nad oknem.

— Smutek i hałas — mruknął Mormont. — Tylko tyle możesz oczekiwać od kruka. Sam nie wiem, dlaczego toleruję to obrzydliwe ptaszysko... Sądzisz, że nie posłałbym po ciebie, gdybym otrzymał jakieś wiadomości o lordzie Eddardzie? Bękart czy nie, w twoich żyłach płynie jego krew. Wiadomość dotyczyła ser Barristana Selmy'ego. Zdaje się, że usunięto go z Gwardii Królewskiej. Jego miejsce otrzymał ten czarny pies, Clegane, a Selmy jest ścigany za zdradę. Głupcy wysłali za nim ludzi, żeby go schwytali. Zabił dwóch i uciekł. — Mormont prychnął. Jednoznacznie dał do zrozumienia, co myśli o tych, którzy wysłali złote płaszcze przeciwko tak znamienitemu rycerzowi jak ser Barristan Śmiały. — Mamy białe cienie w lasach, żywe trupy pod naszym dachem, do tego jeszcze chłopiec zasiada na Żelaznym Tronie — powiedział skrzywiony.

Kruk zaskrzeczał ochryple.

— Chłopiec, chłopiec, chłopiec.

Jon pamiętał, że Stary Niedźwiedź bardzo liczył na ser Barristana. Jeśli go zabraknie, czy ktoś w ogóle przeczyta list Mormonta? Zacisnął dłoń w pięść. Strumienie bólu popłynęły przez jego poparzone palce.

— A moje siostry?

— W liście nie było ani słowa na temat lorda Eddarda ani dziewczynek... Może nie otrzymali mojego listu. Aemon wysłał dwa najlepsze ptaki z dwiema kopiami, ale kto wie? Bardzo prawdopodobne, że Pycelle nie raczył odpowiedzieć. Nie pierwszy i pewnie nie ostatni raz. Obawiam się, że w Królewskiej Przystani nikogo nie obchodzi nasz los. Mówią nam tylko tyle, ile chcą, czyli niewiele.

Ty mówisz mi tyle, ile chcesz mi powiedzieć, a to jest jeszcze mniej, pomyślał Jon z niechęcią. Jego brat, Robb, zebrał siły i jechał na południe na wojnę, ale on nie otrzymał ani słowa... poza informacją od Samwella Tarly'ego, który przeczytał list do maestera Aemona i streścił go Jonowi po cichu, przez cały czas powtarzając, że nie powinien tego robić. Pewnie wszyscy uważali, że wojna jego brata to nie jego sprawa. On jednak nie potrafił przestać o tym myśleć, chociaż wciąż powtarzał sobie, że teraz jego miejsce jest tutaj, z jego braćmi na Murze — mimo to obawy go nie opuszczały.

— Ziarno — krzyczał kruk. — Ziarno, ziarno.

— Och, bądźże cicho — powiedział do ptaka Stary Niedźwiedź. — Snow, czy maester powiedział, kiedy będziesz miał sprawną rękę?

— Wkrótce — odparł Jon.

— Dobrze. — Lord Mormont położył na stole między nimi ogromny miecz w czarnej metalowej pochwie ze srebrnymi ozdobami. — W takim razie będziesz mógł go używać.

Kruk sfrunął na stół i podszedł do miecza, przekrzywiając na bok głowę. Jon zawahał się. Nie miał pojęcia, o co chodzi.

— Panie?

— Ogień stopił srebro z rękojeści i spalił osłonę. No, ale czego można się było spodziewać, skoro skóra i drewno są stare. Za to ostrze... och, trzeba by o wiele gorętszego ognia, żeby je zniszczyć. — Mormont popchnął pochwę po surowych deskach blatu stołu. — Kazałem odnowić. Weź.

— Weź — powtórzył kruk jak echo. — Weź, weź.

Jon podniósł miecz niezgrabnie lewą ręką, ponieważ prawą wciąż miał zabandażowaną. Wysunął go ostrożnie z pochwy i podniósł na wysokość oczu.

Gałkę rękojeści zrobiono z jasnego kamienia i obciążono ołowiem dla zrównoważenia długiego ostrza. Wyrzeźbiono ją na podobieństwo głowy szczerzącego kły wilka z kawałkami granatów osadzonych w oczach. Samą rękojeść wykonano z nowiutkiej skóry, miękkiej i czarnej, nie poplamionej jeszcze potem ani krwią. Ostrze miecza było przynajmniej o stopę dłuższe od tych, do których przyzwyczaił się Jon, ścięte tak, by można było nim zadawać zarówno pchnięcia, jak i cięcia, z trzema głębokimi wyżłobieniami wzdłuż całej długości. Lód był prawdziwym obusiecznym mieczem, tymczasem ten był tak zwanym półtorakiem albo, jak mówili niektórzy, „bastardowym mieczem". A jednak wilczy miecz wydawał mu się lżejszy od wszystkich, które dotąd trzymał w ręku. Kiedy Jon odwrócił nieco klingę, dostrzegł migotanie czarnej stali w miejscach, gdzie zwijano ją wielokrotnie.

— To valyriańska stal, panie — powiedział z podziwem. Ojciec często pozwalał mu trzymać swój Lód, dlatego dobrze pamiętał jego wygląd.

— Tak — odparł stary Niedźwiedź. — Należał do mojego ojca i do jego ojca. Mormontowie nosili go od pięciu stuleci. Swego czasu ja go nosiłem, a odchodząc na Mur, przekazałem synowi.

Daje mi miecz swojego syna. Jon nie wierzył własnym uszom. Miecz wydawał się doskonale wyważony. Jego ostrza migotały delikatnie, kiedy dotykały wargami światła.

— Twój syn…

— Mój syn zhańbił Ród Mormontów, jednakże miał na tyle przyzwoitości, żeby go zostawić, zanim uciekł. Oddała mi go moja siostra, lecz sam jego widok przypominał mi o postępku syna, dlatego schowałem go głęboko i długo nie dotykałem, aż do chwili gdy znalazłem go w popiołach w mojej sypialni. Oryginalna kula, ze srebra, miała kształt niedźwiedziej głowy, lecz starła się do gładkości. Uznałem, że dla ciebie lepszy będzie biały wilk. Jeden z naszych budowniczych potrafi rzeźbić w kamieniu.

Będąc w wieku Brana, Jon, podobnie jak większość chłopców, marzył o wielkich czynach. Za każdym razem szczegóły były inne, ale często wyobrażał sobie, że ratuje życie ojcu. Potem słyszał, jak lord Eddard ogłasza, że Jon okazał się godny prawdziwego Starka i daje mu Lód do ręki. Nawet wtedy wiedział, że były to tylko dziecięce mrzonki, ponieważ żaden bękart nie może dzierżyć ojcowskiego miecza. Czuł wstyd na samo wspomnienie podobnych marzeń. Czy godzi się odbierać własnemu bratu prawo pierworództwa? Nie mam takiego prawa, pomyślał, nie dla mnie Lód. Poruszył poparzonymi palcami i poczuł przepływającą przez nie falę bólu.

— Panie, czuję się zaszczycony, ale…

— Oszczędź mi swoich ale, chłopcze — przerwał mu lord Mormont. — Nie siedziałbym tutaj teraz, gdyby nie ty i twoja bestia. Dzielnie walczyłeś i… co ważniejsze, jeszcze szybciej myślałeś. Ogień! A niech to. Powinniśmy byli wiedzieć. Powinniśmy byli pamiętać. Przecież Długa Noc była już wcześniej. Och, pewnie że osiem tysięcy lat to kawał czasu, ale jeśli Nocna Straż nie pamięta, to kto?

— Kto — powtórzył rozmowny kruk. — Kto.

Tamtej nocy bogowie naprawdę wysłuchali modlitwy Jona; ogień szybko objął ubranie martwej istoty, trawiąc ją całą, jakby ciało miała z wosku, a kości z suchych patyków. Wystarczyło, żeby Jon zamknął oczy, a natychmiast widział znowu postać, która zataczała się, opędzając przed płomieniami. Wspomnienie tamtej twarzy nie dawało mu spokoju: cała w ogniu, włosy płonące jak słoma, martwe ciało topiące się jak wosk, spod którego ukazywały się białe kości czaszki.

Płomienie wypędziły demoniczną moc — cokolwiek to było — która weszła w posiadanie ciała Othora. To, co znaleźli w popiele, było tylko kupką usmażonego mięsa i wypalonych kości. Jon wciąż jednak spotykał tę postać w koszmarach, tyle tylko, że teraz płonący trup przypominał lorda Eddarda. Skóra jego ojca pękała i czerniała, oczy topiły się i płynęły po policzkach niczym galaretowate łzy. Jon nie rozumiał, dlaczego tak się dzieje ani co to może znaczyć, ale czuł ogromny strach.

— Miecz to niewielka zapłata za czyjeś życie — powiedział Mormont. — Weź go i nie mówmy już o tym, zrozumiano?

— Tak, panie. — Miękka skóra uginała się lekko pod palcami Jona, jakby miecz dopasowywał się do jego dłoni. Wiedział, że powinien czuć się zaszczycony, i tak było, a jednak...

On nie jest moim ojcem. Jon nie potrafił powstrzymać myśli. Moim ojcem jest lord Eddard. Nie zapomnę go, żeby nie wiem ile mieczy mi dali. Jednakże nie potrafił powiedzieć lordowi Mormontowi, że śnił o innym mieczu...

— I żadnych uprzejmości — dodał Mormont. — Żadnych słów wdzięczności. Okaż ją czynami, a nie słowem.

Jon skinął głową.

— Czy on ma swoje imię?

— Kiedyś miał. Długi Pazur.

— Pazur — zawołał kruk. — Pazur.

Mormont skrzywił się.

— Tak nazywał się kiedyś. Ze starego miecza została tylko głownia. Może nowy miecz zasługuje na nowe imię.

— Pazur — powtórzył kruk.

— Długi Pazur to dobre imię. — Jon zamachnął się mieczem. Zrobił to nieporadnie, lewą ręką, a mimo to wydawało mu się, że miecz płynie w powietrzu, jakby niesiony własną siłą. — Wilki też mają pazury, podobnie jak niedźwiedzie.

Stary Niedźwiedź wydawał się zadowolony z jego uwagi.

— Chyba tak. Będziesz musiał nosić swój miecz zawieszony na

ramieniu. Jest za długi na biodro, przynajmniej dopóki nie urośniesz jeszcze kilka cali. Będziesz też musiał popracować trochę nad oburęcznym cięciem. Kiedy wygoi ci się ręka, ser Endrew udzieli ci kilku lekcji.

— Ser Endrew? — Jon nie znał tego imienia.

— Ser Endrew Tarth, dobry mąż. Jest już w drodze z Wieży Cieni. Przejmie obowiązki zbrojmistrza. Ser Alliser Thorne wyruszył wczoraj rano do Wschodniej Strażnicy nad Morzem.

Jon opuścił miecz.

— Dlaczego? — spytał bezmyślnie.

Mormont prychnął.

— Ponieważ ja go wysłałem. Zabrał ze sobą rękę, którą twój Duch odgryzł z ciała Jareda Flowersa. Kazałem mu udać się statkiem do Królewskiej Przystani i pokazać ją naszemu małemu Królowi. Myślę, że to zwróci uwagę młodego Joffreya. A poza tym ser Alliser jest rycerzem, wysoko urodzonym, ma przyjaciół na dworze, trudniej będzie go zignorować niż tymczasowo awansowaną wronę.

— Wronę. — Jon odniósł wrażenie, że tym razem usłyszał nutę urazy w głosie kruka.

— Co więcej — mówił dalej Lord Dowódca, nie zważając na protesty ptaka — na jakiś czas pozostaniecie obaj z dala od siebie. — Przystawił palce do twarzy Jona. — Nie znaczy to jednak, że pochwalam wybryki, które miały miejsce we wspólnej sali. Odwaga może w dużej mierze zakryć czyjąś głupotę, ale ty nie jesteś już chłopcem, bez względu na to, ile lat dopiero przeżyłeś. To jest miecz dla mężczyzny i tylko mężczyzna może go nosić. Dlatego mam nadzieję, że okażesz się godnym tego oręża.

— Tak, panie. — Jon wsunął miecz z powrotem do srebrzysto-czarnej pochwy. Bez wątpienia był to szlachetny podarunek, nawet jeśli nie ten wymarzony, a jeszcze szlachetniejszy wydał mu się czyn Starego Niedźwiedzia, który uwolnił go od złośliwości Allisera Thorne'a.

Stary Niedźwiedź podrapał się po podbródku.

— Zapomniałem już, jak swędzi odrastająca broda… No cóż,

nic na to nie poradzę. Czy masz na tyle sprawną rękę, żeby podjąć swoje obowiązki?

— Tak, panie.

— Dobrze. Noc będzie zimna. Przyda mi się gorące korzenne wino. Znajdź mi flaszę czerwonego, żeby nie było zbyt kwaśne, i nie żałuj korzeni. Powiedz Hobbowi, że jeśli znowu poczęstuje mnie gotowaną baraniną, to ja jego ugotuję. Ten ostatni udziec był stary. Nawet ptak nie chciał go spróbować. — Pogładził kciukiem głowę kruka, a ptak zaskrzeczał zadowolony. — No, idź już. Mam robotę.

Strażnicy ustawieni w swoich niszach uśmiechnęli się do niego, kiedy schodził po krętych schodach z wieżyczki z mieczem w ręku.

— Piękna stal — powiedział jeden z nich.

— Zasłużyłeś na niego — dodał drugi. Jon zmusił się do uśmiechu, lecz sercem był gdzie indziej. Wiedział, że powinien czuć się zadowolony, a jednak... Ręka wciąż go bolała, w ustach czuł gorycz złości, chociaż nie potrafił powiedzieć, na kogo mógłby być zły i dlaczego.

Kiedy wyszedł z Królewskiej Wieży, w której obecnie rezydował Lord Dowódca Mormont, czekali już na niego przyjaciele. Powiesili tarczę na drzwiach zbrojowni, udając, że ćwiczą strzelanie z łuku, lecz on od razu zrozumiał, że nie po to tam przyszli. Gdy tylko się pojawił, Pyp zawołał:

— Chodźcie, obejrzymy.

— Co? — spytał Jon.

Ropucha podszedł bliżej. — Twój różowy tyłeczek, a co innego?

— Miecz — rzucił Grenn. — Chcemy zobaczyć miecz.

Jon obrzucił ich pełnym wyrzutu spojrzeniem. — Wiedzieliście.

— Certes — powiedział Pyp. — Nie jesteśmy takie tępaki jak Grenn.

— To ty jesteś tępak — odciął się Grenn. — Wielki tępak.

Halder wzruszył ramionami w geście przeprosin.

— Pomogłem Pate'owi wyrzeźbić kulę z kamienia — powiedział budowniczy — a twój przyjaciel, Sam, kupił granaty w Mole's Town.

— Wiedzieliśmy wcześniej — dodał Grenn. — Rudge pomaga Donalowi Noye w kuźni. Był tam, kiedy Stary Niedźwiedź przyniósł spalony miecz.

— Miecz! — dopominał się Matt, a pozostali mu zawtórowali. — Miecz, miecz, miecz.

Jon wysunął z pochwy Długi Pazur i pokazał im go, obracając na wszystkie strony. Bastardowy miecz migotał w słabym blasku słońca, ciemny, złowieszczy.

— Valyriańska stal — powiedział z powagą. Chciał, żeby uwierzyli, że jest dumny i zadowolony.

— Słyszałem o człowieku, który miał brzytwę z podobnej stali — wyznał Ropucha. — Obciął sobie głowę, kiedy chciał się ogolić.

Pyp uśmiechnął się.

— Nocna Straż liczy sobie tysiące lat — powiedział — ale założę się, że lord Snow jest pierwszym, którego uhonorowano za spalenie Wieży Lorda Dowódcy.

Pozostali wybuchnęli śmiechem, nawet Jon się uśmiechnął. Ogień, który wzniecił, w rzeczywistości nie spalił doszczętnie kamiennej wieży, ale zniszczył wnętrza dwóch najwyższych pięter, gdzie znajdowały się pokoje Starego Niedźwiedzia. Nikt się tym specjalnie nie przejął, ponieważ dzięki temu udało się pokonać morderczego trupa Othora.

Drugi upiór, ten jednoręki, który ongiś był zwiadowcą zwanym Jaferem Flowersem, także został zniszczony, pocięty przez tuzin mieczy, wcześniej jednak zdążył uśmiercić ser Jaremy'ego Rykkera i czterech innych ludzi. Ser Jaremy odrąbał mu głowę, co nie uchroniło go jednak przed śmiercią, gdyż bezgłowe ciało wyciągnęło swój sztylet i zadało cios. Nie na wiele zdawały się siła i odwaga w obliczu wroga, który i tak już nie żył, miecz i zbroja także okazały się niezbyt pomocne.

Jon nie potrafił odpędzić ponurych myśli.

— Muszę przekazać Hobbowi rozkazy Starego Niedźwiedzia dotyczące kolacji — oświadczył i wsunął Długi Pazur do pochwy. Jego przyjaciele mieli dobre intencje, ale go nie rozumieli. Nie winił ich za to. To nie oni musieli stanąć twarzą w twarz z Othorem, to nie oni widzieli jasny blask tych martwych, niebieskich oczu, nie czuli zimna czarnych, martwych palców. Nie wiedzieli też nic o walkach w dorzeczu. Czy mogli coś zrozumieć? Odwrócił się szybko i odszedł. Pyp wołał za nim, ale Jon nie odpowiedział.

Po pożarze przenieśli go do starej celi w zniszczonej Wieży Hardina, dokąd teraz się udał. Duch spał zwinięty przy drzwiach, lecz podniósł łeb na dźwięk jego kroków. Czerwone oczy wilkora były ciemniejsze od granatów i mądrzejsze od ludzkich oczu. Jon przyklęknął, podrapał go za uchem i pokazał kulę rękojeści miecza.

— Popatrz, to ty. — Duch powąchał kamień i spróbował go polizać. Jon uśmiechnął się. — To ty zasłużyłeś na honory — powiedział do wilka... i w jednej chwili przypomniał sobie dzień, w którym go znalazł, dzień późnego lata pełen śniegu. Odjeżdżali już z pozostałymi szczeniakami, kiedy usłyszał skomlenie. Odwrócił się i zobaczył białą futrzaną kulkę, niemal niewidoczną na tle śnieżnych zasp. Był sam, pomyślał, oddzielony od pozostałych. Był inny, więc go odpędziły.

— Jon? — Podniósł wzrok. Zobaczył Samwella Tarly'ego, który przestępował nerwowo z nogi na nogę. Z rumieńcem na twarzy, owinięty szczelnie w grube futro, wydawał się gotowy do snu zimowego.

— Sam. — Jon wstał. — O co chodzi? Chcesz zobaczyć miecz? — Skoro inni się dowiedzieli, Sam pewnie też.

Grubas potrząsnął głową.

— Kiedyś byłem spadkobiercą miecza mojego ojca — powiedział ze smutkiem. — Jad Serca. Lord Randyll pozwolił mi go potrzymać kilka razy, ale ja bałem się brać go do ręki. Valyriańska stal, piękna, jednak tak ostra, że obawiałem się skaleczyć którąś z sióstr. Teraz dostanie go Dickon. — Wytarł spocone dłonie o płaszcz. — Ja... Maester Aemon chce cię widzieć.

Jon wiedział, że jeszcze nie czas na zmianę bandaży. Popatrzył na Sama podejrzliwie.

— Dlaczego? — spytał. Sam spuścił wzrok. Jon domyślił się od razu. — Powiedziałeś mu, prawda? Powiedziałeś mu, że wiem — dodał ze złością.

— Ja... on... Jon, ja nie chciałem... on pytał... to znaczy myślę, że on i tak wiedział. On potrafi zobaczyć rzeczy, których inni nie widzą...

— On jest ślepy — zauważył Jon rozgniewany. — Znam drogę. — Zostawił Sama z rozdziawionymi ustami, drżącego.

Maester Aemon był w ptaszarni, gdzie karmił kruki. Chodził od klatki do klatki razem z Clydasem, który trzymał wiadro pełne posiekanego mięsa.

— Sam mówił, że chciałeś mnie widzieć.

Maester skinął głową.

— Rzeczywiście. Clydas, daj Jonowi wiadro. Może będzie tak dobry i mi pomoże. — Przygarbiony brat o zaczerwienionych oczach oddał Jonowi wiadro i zszedł szybko po drabinie. — Wrzucaj mięso do klatek — pouczył go Aemon. — Resztą zajmą się ptaki.

Jon przełożył kubeł do prawej ręki, lewą zaś zanurzył w krwawy stos. Kruki zaskrzeczały głośno i podfrunęły do prętów, mocno bijąc o nie czarnymi skrzydłami. Mięso pocięto na drobne kawałki wielkości opuszka palca. Wziął garść surowych kawałków i cisnął je do klatki, wywołując jeszcze większe poruszenie. Poleciały pióra, kiedy dwa z największych ptaków zaczęły się kłócić o szczególnie smakowity kąsek. Jon szybko zanurzył dłoń w mięso i rzucił je do klatki.

— Kruk lorda Mormonta lubi owoce i ziarno.

— To rzadki okaz — powiedział maester. — Większość kruków je ziarno, ale wolą mięso. Daje im siły, poza tym wydaje mi się, że one lubią smak krwi. W tym względzie są podobne do ludzi... i tak jak ludzie różnią się między sobą.

Jon nic nie odpowiedział. Rzucał mięso, zastanawiając się, po co go tam wezwano. Nie wątpił, że starzec zacznie wtedy mówić, kiedy uzna, że nadeszła stosowna chwila. Maester Aemon nie należał do ludzi, których można by poganiać.

— Gołębie i gołębice także można nauczyć dostarczać wiadomości — mówił dalej maester — chociaż kruk jest większy, silniejszy, odważniejszy, o wiele mądrzejszy, potrafi się lepiej obronić przed jastrzębiem, ale jest czarny i żywi się padliną, dlatego niektórzy bogobojni ludzie brzydzą się nim. Wiedziałeś o tym, że Baelor Błogosławiony próbował zastąpić kruki gołębicami? — Maester skierował na Jona swoje białe oczy ślepca i uśmiechnął się. — Nocna Straż woli kruki.

Jon trzymał zakrwawioną dłoń w wiadrze.

— Dywen mówi, że dzicy nazywają nas wronami — odezwał się nieśmiało.

— Wronę uważa się za biedną kuzynkę kruka. I jedno, i drugie jest żebrakiem w czerni, nienawidzonym, nie rozumianym.

Jon zastanawiał się, o czym oni tak naprawdę rozmawiają i dlaczego. Co go obchodzą kruki i gołębice? Skoro starzec ma mu coś do powiedzenia, dlaczego po prostu mu tego nie powie.

— Jon, czy zastanawiałeś się kiedyś, dlaczego bracia z Nocnej Straży nie mają żon ani dzieci? — spytał maester Aemon.

Jon wzruszył ramionami.

— Nie. — Rzucił kolejną garść mięsa. Palce lewej dłoni miał śliskie od krwi, lewa zaś drżała od ciężaru wiadra.

— Żeby nie kochali — odparł starzec. — Ponieważ miłość jest trucizną dla honoru, jest śmiercią dla obowiązku.

Jon nie podzielał jego zdania, ale nic nie odpowiedział. Nie godziło się sprzeczać ze stuletnim mężem i wysokim rangą bratem Nocnej Straży.

Starzec jakby wyczuł jego wątpliwości.

— Powiedz mi, Jon, gdyby nadszedł taki dzień, w którym twój pan ojciec musiałby wybrać między honorem a tymi, których kocha, co by zrobił?

Jon zawahał się. Chciał powiedzieć, że lord Eddard nigdy by się nie zhańbił, nawet dla miłości, a jednak jakiś podstępny głos szeptał mu do ucha: A gdzie był jego honor, kiedy płodził bękarta? A twoja matka, poczucie obowiązku wobec niej; nawet nie wyjawił jej imienia.

— Zrobiłby to, co jest słuszne — powiedział głośno, jakby chciał zagłuszyć swoje wahanie. — Bez względu na to, cokolwiek by to było.

— A jednak mąż taki jak lord Eddard zdarza się jeden na dziesięć tysięcy. Większość z nas nie ma tyle siły. Czym jest honor wobec miłości do kobiety? Czym jest obowiązek wobec radości, jaką się czuje, kiedy trzyma się w ramionach nowo narodzonego syna... albo wspomnienia uśmiechu brata? Wiatr i słowa. Słowa i wiatr. Jesteśmy tylko ludźmi, których bogowie uformowali do miłości. Oto istota naszej chwały i naszej tragedii... Ludzie, którzy tworzyli Nocną Straż, wiedzieli, że tylko ich odwaga chroni Królestwo przed ciemnością północy. Wiedzieli, że podzielona wierność osłabi ich stanowczość, dlatego ślubowali nigdy nie brać żony i nie płodzić dzieci. A jednak mieli braci i siostry. Także matki, które je urodziły, ojców, którzy nadali im imiona. Przybywali z najróżniejszych zwaśnionych królestw, wiedząc, że czasy się zmieniają, ale nie ludzie. Ślubowali też, że nie będą się mieszać do kłótni o strzeżone przez siebie terytoria. I dotrzymali ślubów. Kiedy Aegon zabił Czarnego Harrena i wstąpił na tron, Lordem Dowódcą na Murze był brat Harrena; miał do dyspozycji dziesięć tysięcy mieczy. Mimo to nie poszedł. W czasach kiedy Siedem Królestw rzeczywiście było siedmioma Królestwami, wciąż któreś prowadziły między sobą wojnę. Straż nigdy nie brała w nich udziału. Kiedy Andalowie przebyli wąskie morze i zmietli królestwa Pierwszych Ludzi, synowie pokonanych królów dotrzymali przysięgi i pozostali na Murze. I tak jest od wieków. Oto cena honoru... Kiedy nie ma się czego bać, tchórz może być tak samo odważny jak każdy inny. A my wszyscy wypełniamy nasze obowiązki, gdy nie trzeba za to płacić. Jak łatwo wtedy iść ścieżką honoru. Jednak prędzej czy później w życiu każdego człowieka przychodzi taka chwila, kiedy już nie jest tak łatwo, bo musi dokonać wyboru.

Niektóre z kruków wciąż jadły, z ich dziobów zwisały długie strzępy mięsa. Jon miał wrażenie, że pozostałe mu się przyglądają. Czuł niemal ciężar spojrzeń ich malutkich czarnych oczu.

— Nadszedł mój dzień... to mi chciałeś powiedzieć?

Maester Aemon odwrócił głowę i spojrzał na niego swoimi niewidzącymi oczyma. Jakby zaglądał w jego serce. Jon poczuł się nagi i bezbronny. Wziął wiadro w obie ręce i wyrzucił za kraty resztki pokarmu. Strzępy zakrwawionego mięsa rozsypały się po całej klatce. Kruki wzbiły się w powietrze, skrzecząc głośno. Te najszybsze zdołały pochwycić kawałki w powietrzu i szybko je połknęły. Jon postawił pusty kubeł na podłodze.

Starzec położył mu na ramieniu pomarszczoną i pokrytą plamami dłoń.

— To boli, chłopcze — powiedział cicho. — Och, tak... wybór zawsze jest bolesny. I zawsze będzie. Ja to wiem.

— Nie wiesz — odparł Jon z goryczą. — Nikt nie wie. To co, że jestem jego bękartem. On wciąż jest moim ojcem...

Maester Aemon westchnął.

— Jon, nic nie zrozumiałeś z tego, co ci mówiłem? Myślisz, że jesteś pierwszy? — Pokręcił starą głową, wyrażając swoje wiekowe znużenie. — Po trzykroć bogowie zechcieli wystawić na próbę moje śluby. Raz, kiedy byłem jeszcze chłopcem, potem w kwiecie mojego wieku, i jeszcze raz, gdy byłem już stary. Wtedy straciłem już siły, wzrok, a mimo to ostatni wybór był równie bolesny jak poprzednie. Moje kruki przyniosły wieści z południa, wieści ciemniejsze od ich skrzydeł, z których dowiedziałem się o upadku mojego domu, o śmierci krewnych, opuszczeniu i hańbie. Co mogłem zrobić, stary, ślepy i słaby? Byłem bezradny jak niemowlę, a mimo to bolało, kiedy siedziałem tutaj w zapomnieniu, podczas gdy mordowano biednego wnuka mojego brata, a także jego syna, a nawet malutkie dzieci...

Jon ze zdumieniem dostrzegł łzę w oku starca.

— Kim ty jesteś? — zapytał cicho, niemal przerażony.

Bezzębne usta starca rozciągnęły się w uśmiech.

— Tylko maesterem z Cytadeli, który służy w Nocnej Straży. W moim zakonie pozbywamy się rodowych imion, kiedy składamy śluby i zakładamy łańcuch. — Starzec dotknął swojego łańcucha, który wisiał luźno na jego cienkiej, wychudzonej szyi. — Moim ojcem był Maekar, Pierwszy Tego Imienia, a mój brat, Aegon, objął po nim rządy, zamiast mnie. Dziadek dał mi imię po księciu Aemonie zwanym Smoczym Rycerzem, który był jego stryjem... albo ojcem, w zależności od tego, w którą opowieść wierzysz. Tak, dał mi imię Aemona...

— Aemon... Targaryen? — powtórzył z niedowierzaniem Jon.

— Kiedyś — powiedział starzec. — Tak było kiedyś. A zatem widzisz, Jon, ja rozumiem, dlatego nie powiem ci, zostań albo jedź. Sam musisz dokonać wyboru, a potem musisz żyć z tym do końca swoich dni. Tak jak ja. Tak jak ja — powtórzył szeptem.

DAENERYS

Po skończonej bitwie Dany pojechała na srebrzystej przez pola usiane ciałami zabitych. Za nią jechały służące i ludzie z jej *khas*; żartowali między sobą, śmiejąc się.

Kopyta dothrackich koni zryły ziemię i stratowały żyto i soczewicę, *arakhy* zaś i strzały zebrały straszliwe plony, które podlano krwią. Zdychające konie podnosiły łby i rżały przeraźliwie, kiedy przejeżdżała. Ranni jęczeli i zawodzili. Pomiędzy nimi krążyli *Jaqqa rhan*, mężowie miłosierdzia, którzy zbierali głowy zarówno zabitych, jak i rannych. Biegnące z nimi małe dziewczynki wyrywały strzały z ciał i wkładały je do koszyków. Na końcu przychodziły psy, wychudzone i wygłodniałe; zdziczałe stado nigdy nie pozostawało daleko za *khalasarem*.

Owce padły pierwsze. Wydawało się, że leżą ich tam tysiące, czarne od much, najeżone strzałami. Dany wiedziała, że zabili je ludzie Oga. Jeźdźcy Droga nie traciliby strzał na owce, kiedy został przy życiu choć jeden pasterz.

Z płonącego miasta wznosiły się kłęby czarnego dymu. Pod zburzonym murem z gliny uwijali się jeźdźcy, którzy długimi batami wypędzali jeńców spośród zgliszczy. Kobiety i dzieci z *khalasaru* Oga szły z wyrazem zawziętej dumy na twarzach, nie złamała ich ani klęska, ani niewola. Inaczej rzecz się miała z ludźmi z miasta. Dany współczuła im; dobrze pamiętała smak przerażenia. Matki szły, potykając się, z nieobecnym wzrokiem utkwionym gdzieś w dal; prowadziły za rękę płaczące dzieci. Niewielu było między nimi mężczyzn, tylko kalecy, tchórze i starcy.

Ser Jorah powiedział, że lud tego kraju nazywał się Lhazareńczykami, lecz Dothrakowie mówili na nich *haesh rakhi*, Owczarze. Kiedyś Dany mogłaby ich wziąć za Dothraków — mieli bowiem miedzianą skórę i oczy o kształcie migdałów — teraz jednak wydawali jej się zupełnie obcy, krępi, o płaskich twarzach i czarnych włosach przyciętych nienaturalnie krótko. Hodowali owce i jedli warzywa, a *khal* Drogo mówił, że ich miejsce było na południe od zakrętu rzeki. Trawy dothrackiego morza nie były przeznaczone dla owiec.

Dany zobaczyła, jak jakiś chłopiec zaczął uciekać w stronę rzeki. Jeden z jeźdźców odciął mu drogę i zawrócił, a pozostali otoczyli z innych stron, trzaskając batami. Jeden z nich podjechał z tyłu i zaczął go chłostać po pośladkach, aż spłynęły krwią. Inny złapał go końcem bata za nogę i przewrócił na ziemię. Kiedy chłopak był już tak zmęczony, że mógł tylko pełzać, znudzili się i na koniec ugodzili go strzałą w plecy.

Ser Jorah czekał na nią przy roztrzaskanej bramie. Na kolczugę nałożył ciemnozieloną opończę. Jego rękawice, nagolenniki i hełm zrobione były z ciemnozielonej stali. Kiedy wdział zbroję, Dothrakowie zaczęli z niego szydzić, nazywając go tchórzem. Rycerz cisnął im w twarz ich własne obelgi, emocje wzięły górę, długi miecz skrzyżował się z *arakhem* i najgłośniejszy spośród szyderców pozostał z tyłu, by wykrwawić się na śmierć.

Podjeżdżając, ser Jorah uniósł przyłbicę swojego płaskiego hełmu.

— Twój pan mąż oczekuje cię w mieście.

— Nie jest ranny?

— Kilka draśnięć — odparł ser Jorah — ale nic groźnego. Zabił dzisiaj dwóch *khalów*. Najpierw *khala* Ogo, a potem jego syna, Fogo, który został *khalem* po śmierci Ogo. Jego bracia krwi odcięli dzwonki ze swoich włosów i teraz *khal* Drogo z każdym krokiem dzwoni coraz głośniej.

Ogo i jego syn zasiadali na wysokim miejscu razem z jej panem mężem w czasie uczty, kiedy ukoronowano Viserysa, lecz to było w Vaes Dothrak, w cieniu Matki Gór, kiedy wszyscy pozostawali braćmi i gdzie zapominano o waśniach. Tutaj, na stepach, było inaczej. *Khalasar* Oga atakował miasto, kiedy dopadł go *khal* Drogo. Zastanawiała się, co pomyśleli Owczarze, gdy ujrzeli ich konie wyłaniające się zza walącego się glinianego muru. Może niektórzy, ci młodsi i głupsi, którzy uwierzyli, że bogowie wysłuchali ich modlitw, uznali to za znak wyzwolenia.

Po drugiej stronie drogi dziewczyna w wieku Dany płakała głośno, rzucona na stos trupów twarzą do ziemi i gwałcona przez jednego z jeźdźców. Inni zsiadali z koni, czekając na swoją kolej. Takie wyzwolenie przynieśli Owczarzom Dothrakowie.

W moich żyłach płynie krew smoków, powtarzała w myśli Daenerys Targaryen, odwróciwszy głowę. Zacisnęła usta i pojechała do bramy.

— Większość z jeźdźców Oga uciekła — mówił ser Jorah. — Ale i tak będzie z dziesięć tysięcy jeńców.

Niewolników, pomyślała Dany. *Khal* Drogo zapędzi ich w dół rzeki do jednego z miast w Zatoce Niewolniczej. Miała ochotę się rozpłakać, ale powtarzała sobie, że musi być silna. To jest wojna, tak jest na wojnie. Oto cena za Żelazny Tron.

— Mówiłem *khalowi*, że powinien udać się do Meereen — powiedział ser Jorah. — Dostałby tam za nich lepszą cenę niż od jakiegoś handlarza. Illyrio pisze, że mieli zarazę w zeszłym roku i burdele płacą podwójną cenę za zdrowe dziewczyny, a potrójną za chłopców poniżej dziesiątego roku życia. Jeśli wystarczająco dużo dzieci przeżyje podróż, wystarczy złota na wynajem statków i ludzi.

Z tyłu dobiegało przeciągłe zawodzenie gwałconej dziewczyny. Dany ścisnęła mocno wodze i zawróciła konia.

— Każ im przestać — zwróciła się do ser Joraha.

— *Khaleesi*... — zaczął rycerz niepewnie.

— Słyszałeś, co powiedziałam — odparła. — Każ im przestać. — Jhogo, Quaro — zwróciła się w gardłowym języku Dothraków do swojego *khas*. — Pomóżcie ser Jorahowi. Nie chcę żadnych gwałtów.

Wojownicy wymienili między sobą spojrzenia. Jorah Mormont podjechał bliżej.

— Księżniczko — odezwał się. — Masz dobre serce, ale nie rozumiesz. Zawsze tak postępowali. Ci ludzie przelewają krew za swojego *khala* i teraz oczekują należnej im nagrody.

Dziewczyna wciąż zawodziła głośno; jej śpiewny język wydawał się Dany dziwny. Pierwszy z wojowników skończył już i drugi zajął jego miejsce.

— To dziewczyna Owczarzy — odpowiedział Quaro w swoim języku. — Nie jest nic warta, *khaleesi*. To dla niej zaszczyt. Owczarze robią to z owcami. Wszyscy to wiedzą.

— Wszyscy to wiedzą — powtórzyła jak echo Irri.

— Wszyscy to wiedzą — odezwał się Jhogo z grzbietu wysokiego siwka, którego podarował mu Drogo. — Jeśli rażą cię jęki, *khaleesi*, Jhogo przyniesie ci jej język. — Wyciągnął swój *arakh*.

— Nie pozwolę jej skrzywdzić — powiedziała Dany. — Jest moja. Rób, co ci każę, albo dowie się o tym *khal* Drogo.

— *Ai, khaleesi* — odparł Jhogo i ścisnął piętami boki konia. Quaro i pozostali ruszyli za nim, pobrzękując dzwoneczkami.

— Jedź z nimi — rozkazała ser Jorahowi.

— Jak każesz. — Rycerz spojrzał na nią uważnie. — Doprawdy, wykapany brat.

— Viserys? — Nie zrozumiała go.

— Nie — odparł. — Rhaegar — dodał i odjechał.

Dany usłyszała krzyk Jhogo. Gwałciciele roześmiali się. Jeden z nich odkrzyknął coś. Błysnął *arakh* Jhogo i głowa tamtego potoczyła się w trawę. Śmiech przeszedł w przekleństwa i jeźdźcy sięgnęli po broń, lecz w jednej chwili znaleźli się przy nich Quaro, Aggo i Rakharo. Widziała, jak Aggo pokazuje na nią. Jeźdźcy zmierzyli ją zimnym wzrokiem. Jeden z nich splunął, a pozostali odeszli do swych koni, pomstując pod nosem.

Drugi z gwałcicieli wydawał się całkowicie nieświadomy tego, co się dookoła dzieje, ponieważ wciąż wchodził w dziewczynę z wyrazem ogromnego zadowolenia na twarzy. Ser Jorah zsiadł z konia i oderwał go od ofiary jednym szarpnięciem. Dothrak upadł w błoto, zerwał się na nogi z nożem w ręku i po chwili padł z szyją przebitą strzałą Aggo. Mormont ściągnął dziewczynę ze stosu trupów i przykrył ją swoim płaszczem poplamionym krwią. Przeprowadził ją przez drogę do Dany.

— Co z nią zrobić?

Dziewczyna drżała, oczy miała szeroko otwarte, rozbiegane, włosy poplamione krwią.

— Doreah, opatrz jej rany. Nie wyglądasz jak jeździec, więc może nie będzie się bała ciebie. Reszta za mną. — Skierowała srebrzystą do zniszczonej drewnianej bramy.

W mieście było jeszcze gorzej. Wiele domów płonęło, *jaqqa rhan* uwijali się przy swojej robocie. Wąskie i kręte alejki wypełniały stosy trupów pozbawionych głów. Mijali kolejne gwałcone kobiety. Za każdym razem Dany zatrzymywała się i wysyłała swoich *khas,* żeby powstrzymali jeźdźców, zabierając ofiarę jako niewolnicę. Jedna z nich, krępa, czterdziestoletnia kobieta o płaskim nosie, w podzięce wymamrotała w języku powszechnym błogosławieństwo dla Dany, lecz pozostałe patrzyły tylko na nią czarnymi oczyma. Dany zrozumiała, że nie ufają jej, obawiają się, że chce zgotować im jeszcze gorszy los.

— Nie możesz mieć ich wszystkich, dziecko — powiedział ser Jorah, kiedy zatrzymali się po raz czwarty, a jej *khas* zapędzali z tyłu jej nowe niewolnice.

— Jestem *khaleesi*, spadkobierczyni Siedmiu Królestw, w moich żyłach płynie krew smoków — przypomniała mu Dany. — Nie będziesz mi mówił, co mogę, a czego nie. — W drugiej części miasta runął płonący budynek, a chwilę później rozległy się krzyki przestraszonych dzieci.

Khal Drogo siedział przed kwadratową, pozbawioną okien świątynią o grubych ścianach z błota, z kopułą w kształcie cebuli. Stos głów rzuconych tuż obok przewyższał go. Z jego ramienia wystawała krótka strzała Owczarzy, a na lewej piersi widniała plama krwi podobna do rozchlapanej farby. Towarzyszyło mu trzech braci krwi.

Jhiqui pomogła Dany zsiąść z konia, stawała się bowiem coraz bardziej ociężała, w miarę jak rósł jej brzuch. Klęknęła przed *khalem*.

— Moje słońce i gwiazdy jest ranny. — Rana zadana *arakhem* wydawała się rozległa, lecz płytka, lewy sutek miał odcięty, a z jego piersi zwisał płat ciała i skóry.

— Tylko zadrapanie, księżycu mojego życia, od *arakha* jednego z braci krwi *khala* Ogo — powiedział *khal* Drogo w języku powszechnym. — Zabiłem go za to i Ogo też. — Potrząsnął głową i dzwoneczki w jego włosach zadźwięczały. — Słyszysz Ogo, a także Fogo jego *khalakka*, który był jego *khalem*, kiedy go zabiłem.

— Nikt nie sprzeciwia się słońcu mojego życia — powiedziała Dany — ojcu rumaka, który przemierzy świat.

Podjechał jeden z wojowników i zeskoczył na ziemię. Zaczął coś mówić do Haggo; Dany nie zrozumiała potoku gniewnych słów wypowiedzianych w języku Dothraków. Ogromny brat krwi posłał jej gniewne spojrzenie, zanim zwrócił się do swojego *khala*.

— Ten oto jest Mago, który jeździ w *khas* Ko Jhaqo. Mówi, że *khaleesi* odebrała mu łup, owczą córkę, którą miał sobie wziąć.

Twarz *khala* Drogo pozostała kamienna i niewzruszona, lecz w jego oczach czaiło się zaciekawienie.

— Powiedz mi prawdę, księżycu mojego życia — zwrócił się do niej w swoim języku.

Używając prostych słów, Dany opowiedziała mu, co zrobiła, w jego języku, żeby *khal* lepiej ją zrozumiał.

Drogo zmarszczył brwi, kiedy skończyła.

— Takie jest prawo wojny. Te kobiety są naszymi niewolnicami i możemy z nimi zrobić, co nam się podoba.

— A mnie się podoba je zatrzymać — odparła Dany. Zastanawiała się, czy tym razem nie przesadziła. — Jeśli wojownicy chcą posiąść te kobiety, niech zrobią to łagodnie i niech zatrzymają je jako żony. Daj im miejsce w *khalasarze* i niech rodzą wam synów.

Qotho, najokrutniejszy z braci krwi, roześmiał się.

— Czy konie parzą się z owcami?

Coś w tonie jego głosu przypomniało jej Viserysa. Dany zgromiła go spojrzeniem.

— A smok żywi się zarówno baraniną, jak i koniną.

Khal Drogo uśmiechnął się.

— Widzicie, jaka się robi zacięta? — powiedział. — To mój syn w jej brzuchu, rumak, który przemierzy świat, napełnia ją takim ogniem. Jedź powoli, Qotho... jeśli matka nie spali cię tu na miejscu, jej syn wdepcze cię w błoto. A ty, Mago, pilnuj języka i znajdź sobie inną owieczkę. Te należą do mojej *khaleesi*. — Wyciągnął ramię, żeby dotknąć jej ręki, lecz zaraz skrzywił się z bólu i odwrócił szybko głowę.

Dany wyobrażała sobie, jak bardzo cierpi. Rany dokuczały mu bardziej, niż powiedział jej ser Jorah.

— Gdzie są uzdrowiciele? — spytała. *Khalasar* miał dwa rodzaje uzdrowicieli: niepłodne kobiety i eunuchów niewolników. Zielarki używały zaklęć i mikstur, eunuchowie posługiwali się nożem, igłą i ogniem. — Dlaczego nie zajmą się *khalem*?

— *Khal* odesłał ludzi bez włosów, *khaleesi* — zapewnił ją stary Cohollo. Dany zobaczyła, że brat krwi także jest ranny, na jego lewym ramieniu widniała głęboka rana.

— Wielu jeźdźców jest rannych — powiedział *khal* Drogo. — Niech najpierw ich wyleczą. Ta strzała to jak ugryzienie muchy, a cięcie... Cóż, będzie co pokazywać synowi.

Dany dostrzegła mięśnie na jego piersi pod przeciętą skórą. Spod grotu strzały tkwiącej w jego ramieniu wyciekały krople krwi.

— *Khal* Drogo nie może czekać — oświadczyła. — Jhogo, odszukaj tych eunuchów i sprowadź ich tutaj natychmiast.

— Srebrna Damo — odezwał się kobiecy głos. — Ja mogę opatrzyć rany Wielkiego Jeźdźca.

Dany odwróciła głowę. Kobieta, która się odezwała, była jedną z jej nowych niewolnic, ta krępa, z płaskim nosem, która ją pobłogosławiła.

— *Khal* nie potrzebuje pomocy kobiet, które śpią z baranami — warknął Qotho. — Aggo, obetnij jej język.

Dany uniosła dłoń.

— Nie. Ona jest moja. Niech mówi.

Aggo spojrzał najpierw na nią, potem na Qotho i opuścił nóż.

— Odważni jeźdźcy, nie miałam na myśli niczego złego. — Kobieta dobrze mówiła w języku Dothraków. Suknia, którą miała na sobie, była kiedyś wspaniałym strojem z delikatnej, bogato zdobionej wełny, lecz teraz przypominała ubłocony, zakrwawiony i podarty łachman. Położyła dłoń na ciężkiej piersi widocznej pod podartym materiałem. — Potrafię trochę leczyć.

— Kim jesteś? — spytała ją Dany.

— Nazywają mnie Mirri Maz Duur. Jestem kapłanką tej świątyni.

— *Maegi* — mruknął Haggo i przesunął dłoń na rękojeść swojego *arakha*. Dany przypomniała sobie straszliwe historie, które opowiadała jej kiedyś przy ognisku Jhiqui. Mówiono, że *maegi* sypiają z demonami i znają najmroczniejsze z zaklęć; są to złe, pozbawione dusz istoty, które przychodzą do ludzi w ciemności nocy i wysysają z nich życiowe siły.

— Jestem uzdrowicielką — powiedziała Mirri Maz Duur.

— Uzdrowicielką owiec — rzucił Qotho z pogardą. — Krew mojej krwi, zabijmy *maegi* i zaczekajmy na ludzi bez włosów.

Dany zignorowała jego słowa. Ta stara, dość pulchna kobieta o przyjaznej twarzy nie przypominała jej *maegi*.

— Gdzie nauczyłaś się uzdrawiać, Mirri Maz Duur?

— Przede mną moja matka była kapłanką. Nauczyła mnie wszystkich pieśni i zaklęć, które najbardziej podobają się Wielkiemu Pasterzowi. Nauczyła mnie też tajemnicy świętych dymów i robienia maści z liści, korzeni i jagód. Kiedy byłam młodsza i ładniejsza, jeździłam z karawaną do Asshai przy Cieniu, gdzie uczyłam się od ich magów. Przybywają tam statki z różnych krain, dlatego potrafię leczyć sposobami różnych ludów. Księżycowy śpiewak ludu Jogos Nhai podarował mi swoje pieśni na narodziny, wasza kobieta nauczyła mnie wiele o trawie, zbożu i koniach, maester z Krainy Zachodzącego Słońca otworzył dla mnie ciało zmarłego i pokazał mi jego tajemnice.

— Maester? — spytał ser Jorah.

— Nazywał się Marwyn — odparła kobieta w języku powszechnym. — Pochodził zza morza. Mieszkał w Siedmiu Krainach, jak powiedział. Krainach Zachodzącego Słońca, gdzie można spotkać ludzi z żelaza i gdzie rządzą smoki. Nauczył mnie też tej mowy.

— Maester w Asshai — powiedział ser Jorah zamyślony. — Powiedz mi, kapłanko, co ten Marwyn nosił na szyi?

— Łańcuch tak ciasny, że prawie się dusił, Żelazny Panie. Łańcuch z różnych ogniw.

Rycerz spojrzał na Dany.

— Taki łańcuch nosi tylko ktoś, kto uczył się w Cytadeli Starego Miasta — powiedział — a oni dużo wiedzą o leczeniu.

— Dlaczego chcesz pomagać mojemu *khalowi*?

— Uczono mnie, że wszyscy ludzie są jednym stadem — odpowiedziała Mirri Maz Duur. — Wielki Pasterz posłał mnie na ziemię, żebym leczyła owieczki, gdziekolwiek je znajdę.

Qotho uderzył ją otwartą dłonią.

— My nie jesteśmy owcami, *maegi*.

— Przestań — skarciła go Dany. — Ona jest moja. Nie wolno jej skrzywdzić.

Khal Drogo chrząknął.

— Trzeba wyjąć strzałę, Qotho.

— Tak, Wielki Jeźdźcu — odpowiedziała Mirri Maz Duur, dotykając posiniaczonej twarzy. — Trzeba też obmyć i zaszyć ranę na piersi, zanim się zaogni.

— Zrób to — rozkazał jej *khal* Drogo.

— Wielki Jeźdźcu — odparła kobieta — moje narzędzia i mieszanki lecznicze zostały w bożym domu, gdzie moc uzdrawiania jest największa.

— Zaniosę cię, krwi mojej krwi — zaproponował Haggo.

Khal Drogo machnął rękę.

— Żaden mężczyzna nie będzie mi pomagał — odparł dumnym i zawziętym głosem. Podniósł się sam. Z miejsca, w którym *arakh* Oga odciął mu sutek, popłynęła strużka świeżej krwi. Dany podeszła szybko do niego.

— Ja nie jestem mężczyzną — powiedziała szeptem — możesz się oprzeć o mnie. — Drogo położył ogromną dłoń na jej ramieniu. Podtrzymywała go, kiedy szli w stronę ogromnej świątyni z błota.

Trzej bracia krwi udali się za nimi. Dany rozkazała ser Jorahowi i wojownikom z jej *khas*, żeby strzegli wejścia i dopilnowali, aby nikt nie podpalił budynku.

Przeszli przez kolejne przedsionki, aż znaleźli się w głównym pomieszczeniu pod kopułą w kształcie cebuli. Na ścianach paliło się kilka pochodni. Na podłodze leżały rozrzucone owcze skóry.

— Tam — powiedziała Mirri Maz Duur, wskazując na ołtarz, ogromny kamień pokryty siecią niebieskich żyłek, w którym wyrzeźbiono podobizny pasterzy doglądających stada. *Khal* Drogo położył się na ołtarzu. Kobieta dorzuciła do kosza z ogniem garść suchych liści i pomieszczenie wypełnił wonny dym. — Lepiej zaczekajcie na zewnątrz — zwróciła się do pozostałych.

— Jesteśmy krwią jego krwi — powiedział Cohollo. — Tutaj zaczekamy.

Qotho przysunął się do Mirri Maz Duur.

— Pamiętaj, żono Owczego Boga. Skrzywdzisz *khala*, spotka cię to samo. — Wyciągnął z pochwy nóż i pokazał jej ostrze.

— Nie skrzywdzi go. — Dany czuła, że może zaufać tej starej kobiecie o poczciwej twarzy, w końcu to ona wyrwała ją z rąk gwałcicieli.

— Skoro musicie zostać, to pomóżcie. — Mirri zwróciła się do braci krwi. — Wielki Jeździec jest dla mnie za silny. Przytrzymajcie go, kiedy będę wyjmowała strzałę. — Pochyliła się nad rzeźbioną skrzynią pełną pudełek, buteleczek, noży i igieł; podarta suknia opadła jej do pasa. Po wstępnych przygotowaniach złamała drzewce strzały i wyciągnęła grot. Przez cały czas nuciła w śpiewnym języku Lhazareńczyków. Potem polała ranę winem, które wcześniej zagotowała nad ogniem. *Khal* Drogo przeklinał ją, ale nawet nie drgnął. Obłożyła ranę mokrymi liśćmi i zajęła się rozcięciem na piersi. Zanim zakryła je wiszącą luźno skórą, posmarowała ranę jasnozieloną maścią. *Khal* zacisnął zęby, powstrzymując krzyk. Kapłanka wyjęła srebrną igłę i szpulę jedwabnej nici. Zaszyła ranę, po czym posmarowała ją czerwoną maścią, zakryła liśćmi i obwiązała pierś Drogo postrzępionym kawałkiem jagnięcej skóry. — Przez dziesięć dni i dziesięć nocy musisz odmawiać modlitwę, której cię nauczę, i nie wolno ci zdejmować skóry — powiedziała. — Będzie paliło i swędziło, a kiedy się zagoi, zostanie duża blizna.

Rozległ się dźwięk dzwoneczków, kiedy *khal* Drogo usiadł.

— Śpiewam o moich bliznach, Owczarko. — Naprężył ramię i skrzywił się.

— Nie pij wina ani makowego mleka — mówiła dalej. — Będzie bolało, ale twoje ciało musi zachować siły, żeby zwalczyć ducha trucizny.

— Jestem *khalem* — odparł Drogo. — Pluję na ból i piję, co mi się podoba. Cohollo, przynieś moją kamizelkę. — Starzec wyszedł szybko.

— Słyszałam, jak mówiłaś coś o pieśniach narodzin. — Dany zwróciła się do brzydkiej Lhazarenki.

— Srebrna Pani, znam wszystkie tajemnice zakrwawionego łoża. Nigdy dotąd nie straciłam dziecka — odpowiedziała Mirri Maz Duur.

— Zbliża się mój czas — powiedziała Dany. — Jeśli zechcesz, możesz mi pomóc.

Khal Drogo roześmiał się.

— Księżycu mojego życia, nie musisz prosić niewolnicy, możesz jej rozkazywać. Zrobi, co każesz. — Zeskoczył z ołtarza. — Chodźmy. Konie czekają. Tutaj jest już tylko popiół. Czas jechać.

Haggo wyszedł od razu za *khalem* ze świątyni, lecz Qotho zatrzymał się jeszcze na chwilę. Spojrzał na Mirri Maz Duur i powiedział:

— Pamiętaj, *maegi*, twój los zależy od losu *khala*.

— Dobrze, jeźdźcu — odpowiedziała, zbierając słoiczki i butelki. — Wielki Pasterz prowadzi stado.

TYRION

Pod wiązem, na wzgórzu, z boku królewskiego traktu ustawiono długi stół polowy z surowych sosnowych desek i przykryto go złotym obrusem. Tam też, tuż obok swojego namiotu, lord Tywin spożywał swój wieczorny posiłek w towarzystwie najznakomitszych rycerzy i chorążych. Na wysokim drzewcu łopotała jego szkarłatno-złocista chorągiew.

Tyrion spóźnił się; ponury i obolały wchodził powoli zboczem wzgórza, w pełni świadomy tego, jak śmiesznie musi wyglądać. Całodzienny marsz był długi i wyczerpujący. Miał ochotę upić się tego wieczoru. Zapadał zmierzch i w powietrzu unosiły się świetliki. Kucharze podawali już mięso: pięć prosiąt, skóra chrupiąca, mocno przypieczona, w każdym pysku inny owoc. Poczuł, że ślina napływa mu do ust.

— Przepraszam — bąknął, zajmując swoje miejsce obok stryja.

— Tyrionie, może powinienem ci powierzyć zadanie grzebania naszych zmarłych — powiedział lord Tywin. — Jeśli zjawisz się na polu walki tak samo późno jak na kolacji, to bitwa zakończy się, zanim jeszcze przyjdziesz.

— Och, ojcze, z pewnością możesz mi odłożyć jakiegoś bażanta albo ze dwa — odparł Tyrion. — Wystarczy. Nie chciałbym okazać się obżartuchem. — Nalał sobie wina do pucharu i patrzył, jak służący zabiera się do krojenia prosiaka. Spieczona skóra zachrupała pod nożem, a z wnętrza mięsa popłynęła strużka soku. Tyrion dawno już nie oglądał równie miłego widoku.

— Zwiadowcy ser Addama mówią, że siły Starków poszły na południe od Bliźniaków — poinformował go ojciec, podczas gdy służący nakładał mu plastry wieprzowiny. — Przyłączyli się do nich ludzie lorda Freya. Prawdopodobnie znajdują się o jakiś dzień marszu od nas.

— Proszę, ojcze — powiedział Tyrion. — Mam zamiar zabrać się do jedzenia.

— Czyżbyś miał stracha przed spotkaniem z chłopakiem Starków, Tyrionie? Twój brat, Jaime, chętnie się z nim zmierzy.

— Ja na razie chcę się zmierzyć z tym prosiakiem. Robb Stark nie jest nawet w połowie tak delikatny i nigdy nie pachniał tak smakowicie.

Lord Lefford, ponury mężczyzna, który zajmował się ich prowiantem, pochylił się do przodu.

— Mam nadzieję, panie, że twoje dzikusy nie podzielają twojej niechęci, bo to by znaczyło, że zmarnowaliśmy dużo stali.

— Moje dzikusy zrobią doskonały użytek z twojej stali — odparł Tyrion. Kiedy poinformował Lefforda, że chce uzbroić trzystu ludzi, których Ulf przyprowadził z podgórza, ten zareagował tak, jakby Tyrion prosił go o oddanie swoich córek dziewic dzikusom.

Lord Lefford zmarszczył brwi.

— Któregoś dnia rozmawiałem z tym kudłaczem, tym, który upierał się, że musi mieć dwa topory, i to z czarnej stali, z podwójnym ostrzem w kształcie półksiężyca.

— Shagga lubi zabijać obiema rękami — powiedział Tyrion, zerkając na tacę pełną parującego mięsa, którą przed nim postawiono.

— Na plecach miał jeszcze swoją siekierę.

— Shagga uważa, że trzy topory są lepsze niż dwa. — Tyrion nabrał palcami soli z solniczki i posypał nią swoje mięso.

Ser Kevan pochylił się do przodu.

— Pomyśleliśmy, że ty i twoje dzikusy moglibyście pojechać w przedniej straży, jeśli dojdzie do bitwy.

Ser Kevan rzadko kiedy „myślał" coś, czego przedtem nie pomyślał lord Tywin. Chwilę wcześniej Tyrion nadział na czubek noża kawałek mięsa i podniósł go do ust, ale zawahał się.

— Do przedniej straży? — powtórzył bez przekonania. Albo jego pan ojciec nabrał szacunku do jego zdolności albo postanowił pozbyć się go raz na zawsze; Tyrion zastanawiał się, co jest bardziej prawdopodobne.

— Sprawiają wrażenie okrutnych wojowników — powiedział ser Kevin.

— Okrutnych? — Tyrion zdał sobie sprawę, że powtarza po stryju jak wyuczony ptak. Ojciec obserwował go, ważył każde jego słowo. — Powiem wam, jak są okrutni. Wczorajszej nocy jeden z Księżycowych Braci zasztyletował Kamienną Wronę. Poszło o kiełbasę. Za to dzisiaj, kiedy rozbiliśmy obóz, trzy Kamienne Wrony złapały go i otworzyły mu gardło. Może mieli nadzieję odzyskać kiełbasę, nie wiem. Na szczęście Bronn powstrzymał Shaggę przed obcięciem zabitemu kutasa, ale Ulf i tak domaga się odszkodowania, którego Conn i Shagga nie chcą zapłacić.

— Jeśli wśród żołnierzy brakuje dyscypliny, winę ponosi ich dowódca — powiedział jego ojciec.

Jego brat, Jaime, zawsze potrafił pociągnąć za sobą ludzi i nakłonić ich, żeby umierali za niego. Tyrion nie posiadał podobnego talentu. On płacił złotem za lojalność i wymuszał posłuszeństwo swoim nazwiskiem.

— Innymi słowy, chcesz powiedzieć, że ktoś większy znalazłby u nich większy posłuch?

Lord Tywin zwrócił się do swojego brata:

— Skoro ludzie mojego syna nie słuchają go, to może przednia straż nie jest dla nich najlepszym miejscem. Z pewnością lepiej by się czuł na tyłach, pilnując naszych wozów.

— Jesteś zbyt łaskawy, ojcze — odparł ze złością. — Jeśli nie masz dla mnie innego miejsca, poprowadzę twoją straż przednią.

Lord Tywin wpatrywał się w twarz syna.

— Nie mówiłem nic o dowodzeniu. Straż poprowadzi ser Gregor.

Tyrion włożył do ust kęs mięsa, pogryzł go trochę i wypluł ze złością.

— Chyba już nie jestem głodny — powiedział, wstając z ławki. — Wybaczcie, panowie.

Lord Tywin skinął głową z przyzwoleniem. Tyrion odwrócił się i ruszył niezgrabnie w dół zbocza. Zdawał sobie sprawę, że patrzą za nim. Usłyszał salwę śmiechu, lecz się nie odwrócił. Życzył im w myślach, żeby się udławili swoimi prosiakami.

Zmierzch zaczernił wszystkie chorągwie. Obóz Lannisterów

ciągnął się całymi milami między rzeką a traktem. Łatwo było się zgubić wśród drzew, ludzi i koni. I tak też się stało. Tyrion kluczył między setkami ognisk, mijając kolejne namioty. Między namiotami unosiły się świetliki podobne do latających gwiazd. Wyczuł zapach kiełbasy z czosnkiem, mocno przyprawionej, tak smakowitej, że poczuł burczenie w brzuchu. Gdzieś w oddali usłyszał sprośne śpiewy. Minęła go rozchichotana kobieta, naga pod płaszczem; tuż za nią podążał jej podchmielony towarzysz, potykając się o korzenie. Dalej dwóch włóczników ustawionych po obu stronach cieniutkiej stróżki strumienia ćwiczyło się w walce; ich nagie torsy lśniły od potu w zapadającym zmierzchu.

Nikt nie patrzył na niego. Nikt się do niego nie odzywał. Nikt nie zwracał uwagi. Wokół otaczali go ludzie zaprzysiężeni Rodowi Lannisterów, dwudziestotysięczna armia, a mimo to czuł się samotny.

Usłyszawszy grzmiący śmiech Shaggi, poszedł w kierunku tego zaułka nocy, który zajmowały Kamienne Wrony. Conn, syn Coratta, podniósł do góry cynowy kufel pełen piwa.

— Tyrion Półmężczyzna! Chodź do nas, siadaj przy ognisku i poczęstuj się mięsem Kamiennych Wron. Mamy wołu.

— Widzę, Connie, synu Coratta. — Nad huczącym ogniem wisiało ogromne cielsko nabite na rożen wielkości małego drzewa. Bez wątpienia było to małe drzewo. Tłuszcz i krew zaskwierczały w ogniu, kiedy dwóch ludzi obróciło wołu. — Dziękuję. Dajcie znać, kiedy się upiecze. — Z tego, co widział, mogło to nastąpić jeszcze przed bitwą. Poszedł dalej.

Każdy klan rozpalił swoje ognisko. Czarne Uszy nie jadły z Kamiennymi Wronami, Kamienne Wrony nie jadły z Księżycowymi Braćmi, a poza tym nikt nie jadł ze Spalonymi. Skromny namiot, który wyłudził od lorda Lefforda, ustawiono między czterema ogniskami. Kiedy nadszedł Tyrion, Bronn raczył się winem z nowymi sługami. Lord Tywin przysłał mu parobka i służącego; nalegał nawet, aby przyjął giermka. Wszyscy siedzieli wokół żaru niewielkiego ogniska. Towarzyszyła im dziewczyna: szczupła, ciemnowłosa, sądząc z wyglądu, nie miała więcej niż osiemnaście lat.

Tyrion przyglądał się jej twarzy przez chwilę, zanim dostrzegł w ogniu ości.

— Co jedliście?

— Pstrąga, panie — odpowiedział parobek. — Bronn złapał.

Pstrąg, pomyślał. Prosię. Cholerny ojciec. Popatrzył żałośnie na ości i znowu usłyszał burczenie w brzuchu.

Jego giermek, chłopak o dość nieszczęśliwym imieniu, Podrick Payne, przełknął ślinę, połykając to, co chciał powiedzieć. Był dalekim kuzynem ser Ilyna Payne'a, królewskiego kata... był tak samo milczący, choć nie z powodu braku języka. Tyrion kazał mu nawet kiedyś go pokazać, tak dla pewności. „To jest język, jestem tego pewien — powiedział wtedy. — Kiedyś musisz się nauczyć go używać".

W tej chwili nie miał ochoty wyciągać jakiejś sensownej myśli z chłopaka, którego — jak sądził — przydzielono mu dla żartu. Jeszcze raz spojrzał na dziewczynę.

— To ona? — spytał Bronna.

Dziewczyna podniosła się i spojrzała na niego z wysokości pięciu stóp albo i więcej.

— Tak, panie. I będzie mówić sama za siebie, jeśli pozwolisz, panie.

Przechylił głowę na bok.

— Jestem Tyrion z Rodu Lannisterów. Nazywają mnie Krasnalem.

— Matka dała mi imię Shae. Ale ludzie często nazywają mnie...

Bronn roześmiał się. Tyrion także się uśmiechnął.

— Chodźmy do namiotu, Shae, jeśli jesteś tak dobra. — Uniósł klapę wejścia i przytrzymał ją dla niej. Wszedłszy do środka, przyklęknął, by zapalić świecę.

Życie żołnierza miało swoje dobre strony. Za każdym obozem podążały markietanki. Kiedy dzień miał się ku schyłkowi, Tyrion wysłał Bronna, żeby znalazł mu jakąś odpowiednią dziwkę.

— Tylko niech będzie w miarę młoda i ładna — poinstruował go. — Wybierz taką, która myła się już w tym roku. Jeśli nie, to ją umyj. I żeby wiedziała, do kogo idzie i jak wyglądam. — Jyck nie zawsze o tym pamiętał. Potem Tyrion często widział to spojrzenie w oczach dziewczyn, które miały go zadowolić… spojrzenie, którego Tyrion Lannister nie chciał więcej oglądać.

Podniósł świecę i przyjrzał się dziewczynie. Bronn dobrze się spisał: szczupła, o łagodnym spojrzeniu, małych jędrnych piersiach i uśmiechu, w którym na przemian zapalały się iskierki wstydu, buty i przewrotności. Spodobał mu się ten uśmiech.

— Czy mam się rozebrać, panie? — spytała.

— W swoim czasie. Jesteś dziewicą, Shae?

— Jeśli tak ma być — odparła skromnie.

— Chcę prawdy.

— Ach, to będzie cię kosztowało dwa razy tyle.

Tyrion uznał, że pasują do siebie.

— Jestem Lannisterem. Złota u nas nie brak i nie pożałuję go… ale oczekuję więcej niż to, co masz między nogami, choć tym też nie pogardzę. Będziesz mieszkała ze mną tutaj, usługiwała przy stole, śmiała się z moich dowcipów, masowała mi nogi wieczorem… i nie pójdziesz do łóżka z żadnym innym tak długo, jak będziesz u mnie, bez względu na to, czy zostaniesz tutaj na dzień czy na rok.

— Zgoda. — Opuściła ramiona i jednym ruchem ściągnęła przez głowę swoją suknię z surowego materiału. Pod nią była tylko Shae. — Jeśli nie odstawisz tej świecy, panie, poparzysz sobie palce.

Tyrion odstawił świecę, ujął dziewczynę za rękę i przyciągnął do siebie. Pochyliła się, żeby go pocałować. Jej usta pachniały miodem i goździkami, a wprawne palce szybko znalazły zapięcia jego ubrania.

Kiedy wszedł w nią, przyjęła go szeptem zachęty i drżeniem rozkoszy. Tyrion podejrzewał, że udawała, ale robiła to tak dobrze, że przestał o tym myśleć. Nie spodziewał się aż takiej prawdy.

Potem, kiedy leżała cicho w jego ramionach, zdał sobie sprawę, że potrzebował jej. Jej albo kogoś takiego jak ona. Już prawie rok nie spał w łóżku z kobietą, od czasu kiedy wyruszył w podróż do Winterfell, towarzysząc swojemu bratu i królowi Robertowi. Mógł zginąć następnego ranka czy trochę później, a gdyby tak się miało stać, wolał raczej pójść do grobu, myśląc o Shae niż o swoim panu ojcu, o Lysie Arryn czy o lady Catelyn Stark.

Czuł miękkość jej piersi przyciśniętych do jego ramienia. Jakże miłe uczucie. Usłyszał w myślach piosenkę. Zaczął gwizdać cicho.

— Co to, panie? — spytała szeptem.

— Nic — odparł. — Piosenka, której się nauczyłem, gdy byłem chłopcem. Śpij, słodziutka.

Kiedy zamknęła oczy, a jej oddech stał się głęboki i regularny, Tyrion wysunął się spod niej ostrożnie, żeby jej nie obudzić. Nagi, wypełzł na zewnątrz, przeszedł nad giermkiem i okrążył namiot, udając się za potrzebą.

Bronn siedział pod kasztanowcem, niedaleko miejsca, w którym zostawili konie. Ostrzył swój miecz. Wydawało się, że najemnik potrzebował o wiele mniej snu niż inni.

— Gdzie ją znalazłeś? — spytał go Tyrion, oddając mocz.

— Zabrałem ją jakiemuś rycerzowi. Początkowo nie palił się, żeby ją oddać, ale dźwięk twojego nazwiska przekonał go. No i jeszcze mój sztylet na jego gardle.

— Wybornie — odparł Tyrion, strząsając ostatnie krople. — O ile pamiętam, to kazałem ci znaleźć mi dziwkę, a nie nowego wroga.

— Te ładne zawsze do kogoś należą — powiedział Bronn. — Mogę ją oddać, jeśli wolisz jakiegoś szczerbatego kocmołucha.

Tyrion przykuśtykał bliżej pod drzewo.

— Mój pan ojciec uznałby takie słowa za zniewagę i wysłał cię do kopalni.

— W takim razie moje szczęście, że nie jesteś swoim ojcem — odparł Bronn. — Widziałem taką jedną, całą w pryszczach, może masz na nią ochotę?

— Miałbym ci złamać serce? — odciął się Tyrion. — Zatrzymam Shae. Może zapamiętałeś imię rycerza, któremu ją zabrałeś? Nie chciałbym znaleźć się zbyt blisko niego w czasie bitwy.

Bronn podniósł się ze zwinnością kota i obrócił miecz w dłoni.

— Ja będę blisko ciebie w czasie bitwy, karle.

Tyrion skinął głową. Czuł na skórze ciepłe nocne powietrze.

— Dopilnuj, żebym przeżył bitwę, a dostaniesz wszystko, czego zażądasz.

Bronn przerzucił długi miecz z prawej ręki do lewej i zamachnął się.

— Kto by chciał zabijać takich jak ty?

— Przede wszystkim mój ojciec. Dał mnie do straży przedniej.

— Zrobiłbym to samo. Mały człowieczek z dużą tarczą. Doprowadzisz łuczników do szału.

— Dziwne, ale potrafisz podtrzymać mnie na duchu — powiedział Tyrion. — Ja chyba zwariowałem.

Bronn wsunął miecz do pochwy.

— Z pewnością.

Kiedy Tyrion wrócił do namiotu, Shae podniosła się na łokciu i odezwała zaspanym głosem:

— Obudziłam się, a tu mojego pana nie ma.

— Twój pan wrócił. — Położył się obok niej.

Jej dłoń powędrowała między jego pałąkowate nogi i napotkała twardość.

— Tak, wrócił — wyszeptała, pieszcząc go. Kiedy zapytał ją o człowieka, od którego zabrał ją Bronn, wymieniła kogoś ze świty jednego z mniej ważnych lordów. — Nie musisz się obawiać takich jak on, panie — powiedziała dziewczyna, nie przestając go pieścić. — To ktoś mały.

— A ja to niby kto? — spytał. — Olbrzym?

— Och, tak — mruknęła. — Mój lannisterski olbrzym. — Weszła na niego i przez jakiś czas był skłonny uwierzyć jej słowom. Tyrion zasnął z uśmiechem na ustach...

...i otworzył oczy w ciemności, obudzony dźwiękiem trąbek. Shae potrząsała jego ramieniem.

— Panie — szeptała. — Obudź się, panie. Boję się.

Zaspany, usiadł i odrzucił koc. Z ciemności dochodziło natarczywe wołanie rogów. Śpieszcie się, śpieszcie się, zdawały się mówić. Usłyszał krzyki, szczęk włóczni i rżenie koni, lecz nie było to cokolwiek, co by bezpośrednio wskazywało na walkę.

— Rogi mojego ojca — powiedział. — Wzywają do bitwy. Myśłałem, że Stark jest o dzień drogi od nas. — Shae potrząsnęła głową przestraszona. Błysnęła białkami szeroko otwartych oczu. Postękując, Tyrion dźwignął się na nogi, i wyszedł na zewnątrz, po czym przywołał giermka. Znad rzeki napływały długie białe palce mgły. Ludzie i konie poruszały się po omacku w chłodzie przedświtu; zaciągano popręgi, ładowano wozy, gaszono ogniska. Znowu zagrały trąbki: pośpiesz się, pośpiesz się, pośpiesz. Rycerze dosiadali parskających rumaków, a zbrojni zapinali pasy z pochwami. Tyrion znalazł Poda pogrążonego w głębokim śnie. Obudził go kopniakiem w żebra. — Moja zbroja — powiedział — i to szybko. — Z ciemności wyłonił się Bronn, ubrany już i na koniu w swoim powyginanym półhełmie. — Wiesz, co się stało? — spytał go Tyrion.

— Chłopak Starków zbliżył się niespodziewanie — wyjaśnił Bronn. — Podszedł nocą traktem i znalazł się o niecałą milę na północ od nas. Formuje szyk bojowy.

Pośpiesz się, wołały trąbki, pośpiesz się, pośpiesz.

— Niech klany będą gotowe do drogi. — Tyrion wszedł z powrotem do namiotu. — Gdzie moje ubranie? — warknął do Shae. — Nie to, skórzane, a niech to! Przynieś buty.

Zanim skończył się ubierać, giermek czekał już ze zbroją, taką, jaką miał do dyspozycji. Tyrion posiadał wspaniałą zbroję, doskonale dopasowaną do jego zniekształconego ciała, lecz, niestety, spoczywała ona bezpiecznie w Casterly Rock, czego nie można było powiedzieć o nim. Musiał zadowolić się tym, co znalazł u lorda Lefforda: otrzymał od niego kolczugę, naszyjnik po zabitym rycerzu, nagolenniki, rękawice i stalowe buty ze szpicami. Niektóre części były zdobione, inne proste, nic nie pasowało do siebie, nic nie pasowało na niego. Napierśnik przeznaczony był dla kogoś większego, za to na jego za dużą głowę znaleziono ogromny hełm w kształcie kubła zakończony u góry długim na stopę trójkątnym szpicem.

Shae pomagała Podowi zapiąć wszystkie klamry i sprzączki.

— Opłakuj mnie, jeśli zginę — powiedział Tyrion do dziwki.

— Skąd będziesz wiedział, że płaczę? Będziesz martwy.

— Będę wiedział.

— Pewnie tak. — Shae opuściła ogromny hełm na jego głowę, a Pod połączył go zapięciem z naszyjnikiem. Tyrion zapiął pas obciążony mocno krótkim mieczem i sztyletem. Stajenny zdążył już przyprowadzić jego wierzchowca, strasznego brązowego rumaka opancerzonego równie mocno jak Tyrion. Potrzebował pomocy, by go dosiąść. Miał wrażenie, że waży tysiąc kamieni. Pod podał mu tarczę, solidny kawał drewna grabu wzmocniony stalą. Na końcu podano mu berdysz. Shae odsunęła się do tyłu i przyjrzała mu się. — Mój pan wygląda groźnie.

— Twój pan wygląda jak karzeł w niedopasowanej zbroi — zauważył kwaśno Tyrion — ale dziękuję za dobre słowo. Podrick, gdyby wynik bitwy nie okazał się dla nas pomyślny, odwieź damę bezpiecznie do domu. — Zasalutował jej toporem, obrócił konia i odjechał. W żołądku czuł bolesny ucisk. Słyszał dochodzące z tyłu odgłosy służących, którzy pośpiesznie zwijali jego namiot. Bladoszkarłatne palce mgły dotarły na wschód, kiedy nad horyzontem pojawiły się pierwsze promienie słońca. Na ciemnym zachodnim niebie świeciły jeszcze gwiazdy. Tyrion zastanawiał się, czy jest to ostatni wschód słońca, który ogląda... a także czy takie myślenie jest oznaką tchórzostwa. Czy jego brat, Jaime, rozmyślał kiedykolwiek o śmierci przed bitwą?

W oddali odezwał się wojenny róg. Tyrion poczuł dreszcz, słysząc ten niski, żałosny dźwięk. Ludzie z klanów dosiadali swoich chudych górskich koników, przeklinając i dowcipkując. Niektórzy nie wytrzeźwieli jeszcze. Tyrion poprowadził ich przez ulatujące szybko smugi mgły. Resztki trawy, której nie rozdeptały konie, lśniły od rosy, jakby jakiś przechodzący tamtędy bóg rozrzucił po ziemi diamenty. Przybysze z gór ustawiali się za nim, każdy z klanów formował szyk za swoim przywódcą.

W świetle poranka armia lorda Tywina rozwijała się niczym żelazna róża o lśniących kolcach.

Jego stryj miał poprowadzić główne siły. Ser Kevan wzniósł sztandar nad traktem. Piesi łucznicy utworzyli trzy długie szeregi na wschód i na zachód od drogi i czekali spokojnie z napiętymi łukami. Pikinierzy uformowali między nimi kwadraty, za którymi stały rzędy zbrojnych wyposażonych w włócznie, miecze i topory. Trzystu uzbrojonych jeźdźców otoczyło ser Kevana i chorążych Lefforda, Lyddena i Serretta wraz z ich zaprzysiężonymi rycerzami.

Prawe skrzydło tworzyła jazda, cztery tysiące ludzi w zbrojach. Znajdowało się tam ponad trzy czwarte rycerzy skupionych blisko siebie niczym ogromna żelazna pięść. Dowodził nimi ser Addam Marbrand. Tyrion widział, jak żołnierz rozwija jego chorągiew: płonące drzewo, pomarańczowa dymna smuga powiewająca na wietrze. Za nim ukazał się fioletowy jednorożec ser Flementa, potem cętkowany dzik Crakehalla, karłowaty kogut Swyfta i inne godła.

Jego pan ojciec zajął pozycję na wzgórzu, gdzie nocował. Tam też zebrały się posiłki; pięć tysięcy ludzi, konnych i piechurów. Lord Tywin prawie zawsze dowodził posiłkami. Zwykle zajmował pozycję na wzgórzu. Stamtąd śledził przebieg bitwy i wysyłał ludzi tam, gdzie uznał za stosowne.

Stanowił on imponującą postać również z odległości. Bojowa zbroja Tywina Lannistera przyćmiewała nawet pozłacaną zbroję Jaime'a. Płaszcz, uszyty z niezliczonych warstw złotogłowiu, był tak ciężki, że prawie nie poruszał się na wietrze, i tak obszerny, że zakrywał prawie cały zad rumaka, którego dosiadał rycerz. Zwykła klamra nie utrzymałaby takiego ciężaru, dlatego przytrzymywała go para lwów, które przycupnęły na jego ramionach gotowe do skoku. Ich towarzysz, samiec o bujnej grzywie, spoczywał na hełmie lorda Tywina, gdzie rycząc, drapał łapą ziemię. Wszystkie trzy lwy o rubinowych oczach wykuto ze złota. Zbroję wykonano z grubej stali emaliowanej ciemną purpurą, a rękawice i nagolenniki ozdobiono złotą wolutą. Zdobiły ją także dwa rozpalone słońca i pozłacane klamry, a stal tak lśniła, że w blasku wschodzącego słońca wydawała się płonąć własnym ogniem.

Tyrion słyszał już bębny wroga.

Przypomniał sobie Robba Starka takiego, jakim widział go po raz ostatni, kiedy zasiadał na miejscu ojca w Wielkiej Komnacie w Winterfell z nagim mieczem w dłoniach. Tyrion przypomniał sobie, jak napadły go wilkory Starków; w jednej chwili wydało mu się, że znowu widzi ich kły tuż przy swojej twarzy. Czy Robb zabrał je ze sobą na wojnę? Na myśl o tym poczuł się nieswojo.

Wróg powinien być zmęczony po długim marszu i bezsennej nocy. Tyrion zastanawiał się, co myśli tamten chłopak. Czy spodziewał się zaskoczyć ich w czasie snu? Niewielka szansa, Tywin Lannister nie był głupcem, cokolwiek by o nim mówić. Przednia straż gromadziła się na lewej stronie. Najpierw zobaczył chorągiew, potem trzy czarne psy na żółtym polu. Pod nią siedział ser Gregor; dosiadał największego rumaka, jakiego Tyrion kiedykolwiek widział. Bronn spojrzał na niego i powiedział:

— Zawsze jedź do bitwy za kimś dużym.

Tyrion zmierzył go surowym spojrzeniem.

— Dlaczegóż to?

— Stanowią doskonały cel. Ktoś taki jak on przyciągnie uwagę wszystkich łuczników przeciwnika.

Tyrion roześmiał się i spojrzał na Górę, jakby zobaczył go po raz pierwszy.

— Muszę przyznać, że nigdy nie rozważałem tego w podobnym świetle.

Clegane nie miał zwyczaju pysznić się strojem; miał na sobie szarą zbroję poznaczoną rysami licznych uderzeń bez ozdób i herbu. Swoim dwuręcznym mieczem wskazywał ludziom pozycje, które mają zająć; machał nim, jakby to był sztylet.

— Każdego, kto zacznie uciekać, posiekam na kawałki — ryczał. — Krasnalu! — krzyknął, ujrzawszy Tyriona. — Ustaw się z lewej strony. Trzymaj rzekę. Jeśli możesz.

Lewa strona lewego skrzydła. Żeby przełamać ich flankę, Starkowie musieliby dysponować końmi, które potrafią biegać po wodzie. Tyrion poprowadził swoich ludzi w kierunku brzegu rzeki.

— Patrzcie — zawołał, wskazując toporem. — Rzeka. — Nad ciemnozieloną powierzchnią wody wciąż wisiała zasłona bladej mgły. Błotniste płycizny porastała trzcina. — Rzeka jest nasza. Bez względu na wszystko trzymajcie się blisko wody. Nie wolno stracić jej z oczu. Nie możemy pozwolić, żeby wróg dostał się między rzekę a naszych ludzi. Jeśli zmącą nam wodę, poobcinać im kutasy i nakarmić nimi ryby.

Shagga trzymał topory w obu dłoniach. Uderzył głośno jednym o drugi.

— Półmężczyzna! — zawołał. Pozostali członkowie Kamiennych Wron zawtórowali mu i zaraz przyłączyli się do nich Księżycowi Bracia i Czarne Uszy. Spaleni nie krzyczeli, ale potrząsnęli mieczami i włóczniami. — Półmężczyzna! Półmężczyzna! Półmężczyzna!

Tyrion obrócił swojego rumaka, żeby spojrzeć na pole. Teren był tutaj pagórkowaty i nierówny, miękki i błotnisty od strony rzeki, wznosił się łagodnie w kierunku traktu, dalej na wschód, nadal nierówny i kamienisty. Na zboczach pagórków sterczały pojedyncze drzewa, lecz teren był raczej odkryty. Czuł, jak jego serce bije w rytm bębnów, a czoło, schowane pod warstwą skóry i stali, ma mokre od potu. Patrzył, jak ser Gregor jeździ wzdłuż linii i wydaje komendy, gestykulując. To skrzydło także tworzyła w znacznym stopniu jazda, lecz w przeciwieństwie do prawej flanki, głównej siły złożonej z kwiatu rycerstwa i zbrojnych kopijników, przednia straż stanowiła zbieraninę resztek z zachodu: byli tam konni łucznicy w skórzanych kaftanach, ogromna masa niezdyscyplinowanych wolnych i najemników, wieśniacy, którzy przybyli tam na swoich pociągowych koniach uzbrojeni w kosy i zardzewiałe miecze ich ojców, niedoświadczeni chłopcy prosto z burdeli Lannisportu... a także Tyrion i jego górskie klany.

— Padlina — mruknął Bronn. Wyraził głośno obawy Tyriona, który mógł tylko przytaknąć. Czy jego ojciec postradał zmysły? Żadnych pikinierów, za mało łuczników, garstka rycerzy, reszta słabo albo w ogóle nie uzbrojona, a wszyscy pod dowództwem bezmyślnego osiłka, który, powodowany wściekłością... czy jego ojciec spodziewał się utrzymać lewą flankę przy pomocy takiej zbieraniny?

Nie miał czasu na dłuższe rozmyślania. Bębny grały już tak blisko, że czuł ich bicie pod skórą, a jego dłonie zaczęły drgać miarowo. Bronn wyciągnął długi miecz i nagle ujrzeli wroga: niczym kipiąca woda przelewał się przez grzbiety wzgórz, spływając miarowym krokiem, schowany za ścianą tarcz i pik.

Przeklęci bogowie, patrzcie na nich, pomyślał Tyrion, chociaż pamiętał, ilu ludzi ma w polu jego ojciec. Dowódcy wroga prowadzili swoje oddziały na zakutych w pancerze rumakach, każdy oddział poprzedzany powiewającym sztandarem. Dostrzegł łosia Hornwoodów, słoneczną tarczę Karstarków, berdysz lorda Cerwyna i pięść w rękawicy Gloverów... a także bliźniacze wieże Freyów, błękitne na szarym polu. To tyle, jeśli chodzi o przekonanie jego ojca, że lord Walder nie ruszy się z miejsca. Wszędzie pełno było sztandarów Starków; ich szare wilkory wydawały się biec, kiedy proporce łopotały na wietrze. Gdzie jest chłopak?, pomyślał Tyrion.

Zagrał róg. Haruuuuuuuuuuuuuuuuuuuuuuu, wołał niskim i zimnym głosem niczym północny wiatr. Natychmiast odpowiedziały mu trąbki Lannisterów, da-DA da-DA da-DAAAAAAAAA, wołały dźwięcznie i wojowniczo, lecz — jak uznał Tyrion — jakby mniej ochoczo. Poczuł nieprzyjemne bulgotanie w żołądku i uznał, że nie chciałby umierać dręczony nudnościami.

Gdy tylko ucichły rogi, rozległ się głośny syk i z jego prawej strony poleciały strzały wypuszczone przez łuczników ustawionych przy drodze. Przybysze z północy ruszyli biegiem z okrzykiem na ustach, który szybko przeszedł w jęki i zawodzenie, kiedy spadł na nich deszcz strzał Lannisterów. Nie zdążyli jeszcze upaść na ziemię, kiedy okryła ich druga chmura, a łucznicy zakładali na cięciwy trzecią strzałę.

Trąbki ponownie zagrały, da-DAAA da-DAAA da-DA da-DA da-DAAAAAAA. Ser Gregor wzniósł swój ogromny miecz i wydał komendę. Odpowiedział mu krzyk tysiąca gardeł. Tyrion spiął konia i dołączył swój głos do ogólnej kakofonii:

— Rzeka! — krzyknął do ludzi z klanów, którzy ruszyli za nim. — Pamiętajcie, przebijać się do rzeki! — Prowadził ich jeszcze, kiedy przeszli w cwał, lecz po chwili Chella wrzasnęła przeraźliwie i minęła go galopem, a Shagga zawył i podążył za nią. Tyrion pozostał sam w tumanach kurzu.

Pikinierzy wroga utworzyli półksiężyc najeżony stalą; czekali za wysokimi dębowymi tarczami oznaczonymi słoneczną tarczą Karstarków. Pierwszy dopadł ich Gregor Clegane na czele uzbrojonych weteranów w szyku klina. Połowa z koni przestraszyła się w ostatnim momencie, łamiąc linię tuż przed rzędem włóczni. Pozostali zginęli, stalowe groty przebiły ich piersi. Tyrion widział, jak tuzin z nich pada. Rumak Góry stanął dęba, przebierając podkutymi żelazem kopytami, kiedy grot włóczni drasnął jego szyję. Oszalałe zwierzę natarło na ścianę tarcz. Z obu stron wysuwały się ku niemu włócznie, lecz tarcze musiały ustąpić pod jego ciężarem. Wrogowie cofali się przed śmiertelnymi razami kopyt. Kiedy jego rumak padł, parskając czerwoną pianą i gryząc ostatkiem sił, Góra podniósł się i zaczął siec mieczem na prawo i lewo.

Shagga wcisnął się w szczelinę, zanim tarcze zdążyły się zamknąć, a reszta Kamiennych Wron podążyła za nim.

— Spaleni! Księżycowi Bracia! Za mną! — krzyknął Tyrion, choć większość z nich znajdowała się już przed nim. Kątem oka zobaczył, jak Timett, syn Timetta, zeskakuje z konia, który padł pod nim w pełnym biegu, dostrzegł Księżycowego Brata nadzianego na włócznię Karstarków oraz konia Conna gruchoczącego czyjeś żebra jednym kopnięciem. Znowu posypał się grad strzał. Nie potrafił powiedzieć, skąd lecą, lecz opadały zarówno na Lannisterów, jak i na Starków; odbijały się od zbroi albo pozostawały na miejscu, jeśli znalazły kawałek odkrytego ciała. Tyrion schował się pod swoją tarczą.

Najeżony półksiężyc topniał, wróg cofał się pod naporem ataku konnych. Tyrion zobaczył, jak topór Shaggi przebija się przez kolczugę, skórzany kaftan, mięśnie i płuca pikiniera. Mężczyzna zginął na stojąco, lecz Shagga jechał dalej; drugim toporem rozłupał tarczę zmarłego i ciągnął go za sobą nabitego na ostrze. Dopiero po jakimś czasie trup osunął się na ziemię. Shagga skrzyżował topory i ryknął coś głośno.

Wreszcie wróg był już wszędzie i bitwa Tyriona skurczyła się do kilku stóp wokół jego konia. Jakiś zbrojny zadał mu cios włócznią w pierś, którą odbił toporem. Przeciwnik odsunął się, żeby zadać kolejne pchnięcie, lecz Tyrion spiął konia ostrogami i natarł na niego. Trzech innych otoczyło Bronna. Najemnik uciął głowę pierwszego z nich, a drugiemu przeorał twarz mieczem.

Z lewej nadleciała niespodziewanie rzucona włócznia i utkwiła w tarczy Tyriona z brzękiem. Odwrócił konia i ruszył do nieprzyjaciela, który zdążył zasłonić się własną tarczą. Tyrion zataczał koła wokół mężczyzny, rąbiąc w drewnianą osłonę. Przez jakiś czas sypały się tylko wióry, wreszcie nieprzyjaciel stracił równowagę, potknął się i upadł na plecy wciąż schowany za tarczą. Znalazł się poza zasięgiem topora Tyriona, który nie miał ochoty zsiadać z konia, więc zostawił leżącego i zaatakował innego, zadając mu od tyłu potężne uderzenie, od którego poczuł szarpnięcie w ramieniu. Korzystając z chwili wytchnienia, poszukał wzrokiem rzeki. Dostrzegł ją po swojej prawej stronie. Nie wiedział, kiedy zmienił kierunek.

Minął go jeden ze Spalonych pochylony nad koniem, włócznia przebiła góralowi brzuch i wyszła plecami. Nie można mu było już pomóc, lecz kiedy Tyrion zobaczył, że jeden z wrogów podbiega i chwyta cugle jego konia, zaatakował.

Nieprzyjaciel przyjął go z mieczem w dłoni. Był wysoki i szczupły, w długiej drucianej kolczudze i stalowych rękawicach, bez hełmu; krew spływała mu do oczu z rany na czole. Tyrion zadał mu cios w twarz, lecz mężczyzna go odparował.

— Giń, karle — krzyknął. Obracał się wkoło, kiedy Tyrion go objeżdżał, zadając ciosy w głowę i ramiona. Stal uderzała o stal. Tyrion szybko się zorientował, że przeciwnik jest szybszy i silniejszy od niego. Gdzie, na siedem piekieł, był Bronn? — Giń — stęknął mężczyzna, nacierając na niego gwałtownie. Tyrion zdążył unieść tarczę w ostatnim momencie i chwilę później poczuł, że jej drewno eksploduje do wewnątrz od siły uderzenia. Drzazgi opadły z jego ramienia. — Giń! — ryknął przeciwnik, po czym skoczył do przodu i grzmotnął Tyriona w skroń tak mocno, że aż zadzwoniło mu w głowie. Rozległo się przeraźliwe zgrzytnięcie stali o stal. Wysoki mężczyzna uśmiechał się... dopóki rumak Tyriona go nie ugryzł; jednym ruchem zdarł mu połowę skóry twarzy aż do kości. Kiedy mężczyzna zaczął przeraźliwie krzyczeć, Tyrion zatopił swój topór w jego głowie.

— Ty giń — powiedział i mężczyzna umarł.

Kiedy wyciągał topór z głowy trupa, usłyszał okrzyk:

— Za Eddarda! Za Eddarda i Winterfell! — Rycerz pędził wprost na niego, kręcąc nad głową nabitą kolcami kulą. Ich rumaki natarły na siebie, zanim Tyrion zdążył otworzyć usta, żeby zawołać Bronna. Z jego prawego łokcia popłynęła fala bólu, po tym jak kolczasta kula uderzyła w okolice stawu. Upuścił topór. Sięgnął po miecz, lecz rycerz znowu zakręcił kulą, tym razem mierząc w jego twarz. Usłyszał nieprzyjemne chrupnięcie i poczuł, że spada. Nie pamiętał chwili upadku na ziemię, lecz gdy otworzył oczy, ujrzał nad sobą tylko niebo. Przewrócił się na bok i spróbował wstać, jednak fala bólu wstrząsnęła jego ciałem i cały świat zadrżał. Rycerz, który go strącił z konia, pojawił się tuż nad nim. — Tyrionie Krasnalu — zagrzmiał. — Jesteś mój. Poddajesz się, Lannister?

Tak, pomyślał Tyrion, lecz słowo ugrzęzło mu w gardle. Jęknął tylko i spróbował dźwignąć się na kolana, szukając jednocześnie broni. Miecza, sztyletu, czegokolwiek...

— Poddajesz się? — Rycerz patrzył na niego z wysokości grzbietu rumaka. Jeździec i jego koń wydawali się ogromni; żelazna kula kołysała się powoli. Tyrion czuł, że ma zdrętwiałe ręce, obraz zamazany i pustą pochwę. — Poddaj się albo zginiesz — rzekł zdecydowanie rycerz, kręcąc kulą coraz szybciej.

Tyrion zerwał się na nogi i uderzył głową w brzuch konia. Zwierzę zarżało przeraźliwie i stanęło dęba. Rumak próbował się odsunąć. Krew i trzewia bluznęły na twarz Tyriona i koń zwalił się niczym lawina. Potem Tyrion pamiętał tylko przyłbicę pełną błota i coś, co przygniatało mu nogi. Wyczołgał się spod tego ciężaru. Gardło miał tak ściśnięte, że z trudem potrafił wydobyć głos.

— ...poddaj się... — wydusił z siebie.

— Tak. — Usłyszał głos przepełniony bólem.

Tyrion zeskrobał błoto z przyłbicy, usiłując coś zobaczyć. Koń przewrócił się na drugą stronę, przygniatając jeźdźca. Rycerz leżał z nogą pod koniem, a ramię, którym próbował się obronić przed upadkiem, sterczało odchylone pod nienaturalnym kątem.

— Poddaj się — powtórzył Tyrion. Rycerz sięgnął do pochwy, wyciągnął miecz i rzucił go pod nogi Tyriona.

— Poddaję się, panie.

Karzeł, wciąż oszołomiony, klęknął i podniósł miecz. Kiedy poruszył ramieniem, poczuł przenikliwy ból w łokciu. Wydawało się, że bitwa przesunęła się gdzieś dalej. W tej części pola pozostali tylko martwi, mnóstwo martwych. Kruki krążyły coraz niżej, gotując się do uczty. Tyrion zorientował się, że ser Kevan przesunął środkowe siły, by wzmocnić przednią straż, i duże oddziały pikinierów odepchnęły przeciwnika na wzgórza. Wspinając się po zboczach, napierali pikami na kolejną ścianę z tarcz, tym razem owalnych, nabijanych żelaznymi ćwiekami. Tyrion zobaczył chmurę strzał, które zaniosły śmierć za drewniane tarcze.

— Zdaje się, że przegrywacie, ser — zwrócił się do rycerza przygniecionego koniem. Ten nic nie odpowiedział.

Obrócił się na pięcie, usłyszawszy z tyłu tętent końskich kopyt, chociaż z trudem potrafiłby unieść miecz. Bronn zatrzymał konia i spojrzał na niego.

— Nie na wiele się przydałeś — powiedział Tyrion.

— Ale wygląda na to, że sam sobie poradziłeś — odparł Bronn. — Zgubiłeś czubek hełmu. — Tyrion dotknął głowy. Szpic zniknął.

— Nie zgubiłem. Wiem, gdzie jest. Widziałeś gdzieś mojego konia?

Zanim go znaleźli, ponownie zagrały trąbki i ze wzgórza zjechały posiłki lorda Tywina. Tyrion dostrzegł ojca przejeżdżającego nie opodal; pędził przez pole, a nad jego głową łopotał szkarłatno-złocisty proporzec. Słońce odbijało się od czubków kopii pięciuset rycerzy, którzy go otaczali. Resztki sił Starków rozprysły się niczym szkło pod uderzeniem młota.

Ból rozsadzał łokieć Tyriona, dlatego nie dołączył do ojca. Razem z Bronnem pojechali szukać swoich ludzi. Wielu znaleźli pośród zabitych. Ulf, syn Umara, leżał w kałuży krzepnącej już krwi z ramieniem uciętym w łokciu, wokół leżały trupy tuzina innych z klanu Księżycowych Braci. Shagga siedział oparty o drzewo, najeżony strzałami, z głową Conna na kolanach. Tyrion sądził, że obaj nie żyją, lecz gdy zsiadł z konia, Shagga otworzył oczy i powiedział:

— Zabili Conna, syna Coratta. — Na ciele przystojnego Conna nie widać było żadnych większych obrażeń poza czerwoną plamą na piersi w miejscu, gdzie przebiła ją włócznia. Bronn pomógł olbrzymowi wstać. Wydawało się, że dopiero teraz Shagga zauważył strzały w swoim ciele. Wyrywał je, przeklinając dziury w swojej skórze i kolczudze i wrzeszcząc wręcz na strzały, które aż wgryzły się w jego ciało. Kiedy wyjmowali kolejne strzały z ciała Shaggi, nadjechała Chella, córka Cheyka. Pokazała im dwie pary uszu, które zdobyła. Timetta i pozostałych Spalonych zastali w czasie przeszukiwania zabitych. Spośród trzystu ludzi z klanów, którzy wyjechali do bitwy razem z Tyrionem Lannisterem, przeżyła może połowa.

Pozostawił tych, którzy przeżyli, by zajęli się poległymi, Bronnowi zaś polecił zająć się rycerzem, którego wziął do niewoli. Sam udał się na poszukiwanie swojego ojca. Lord Tywin siedział nad rzeką, popijając wino z kryształowego pucharu, tymczasem giermek odpinał zapięcia jego napierśnika.

— Wspaniałe zwycięstwo — odezwał się ser Kevan na widok Tyriona. — Twoje dzikusy dobrze się spisały.

Ojciec nie odrywał od niego wzroku; spojrzenie jasnozielonych oczu migocących złotymi plamkami napełniło Tyriona chłodem, od którego aż zadrżał.

— Jesteś zaskoczony, ojcze? — spytał. — Czy to pokrzyżowało twoje plany? Mieli nas wyrżnąć, czy tak?

Lord Tywin opróżnił puchar z kamienną twarzą.

— Istotnie, umieściłem na lewym skrzydle najmniej zdyscyplinowanych ludzi. Sądziłem, że pierwsi się załamią. Robb Stark jest jeszcze młody, bardziej skory do junackich wypadów niż do rozsądnych decyzji. Miałem nadzieję, że gdy zobaczy wyrwę w naszej lewej flance, zechce się w nią wcisnąć. Gdyby skierował tam swoje siły, pikinierzy ser Kevana mieli zawrócić i uderzyć na niego z boku, spychając do rzeki, a ja miałem uderzyć z posiłkami.

— I uznałeś, że najlepiej będzie postawić mnie w samym środku tej rzezi, nie informując mnie o swoich planach.

— Udawane manewry są mniej przekonujące — odparł jego ojciec — a poza tym nie mam zwyczaju zwierzać się komuś, kto się brata z dzikusami i najemnikami.

— Żałuję, że moje dzikusy zepsuły ci zabawę. — Tyrion ściągnął stalowy naszyjnik i rzucił go na ziemię. Zamrugał, czując ból w ramieniu.

— Chłopak Starków okazał większą rozwagę, niż można by się spodziewać po takim młodziku — przyznał lord Tywin. — Jednakże zwycięstwo pozostaje zwycięstwem. Zdaje się, że jesteś ranny.

Prawe ramię Tyriona ociekało krwią.

— Miło z twojej strony, że zauważyłeś — wycedził przez zaciśnięte zęby. — Czy będziesz tak dobry, żeby posłać po swojego maestera? Chyba że chciałbyś mieć za syna jednorękiego karła...

Zanim ojciec zdążył mu cokolwiek odpowiedzieć, rozległ się natarczywy okrzyk:

— Lordzie Tywinie! — Tywin Lannister wstał, gdy ser Addam Marbrand zeskoczył z konia. Koń był spieniony, a z pyska ciekła mu krew. Ser Addam przyklęknął na kolano; był to smukły mężczyzna o miedzianych włosach do ramion, ubrany w zbroję koloru miedzi z płonącym drzewem na napierśniku. — Panie, wzięliśmy do niewoli kilku z ich dowódców. Mamy lorda Cerwyna, ser Wylisa Manderly, Harriona Karstarka i czterech Freyów. Lord Hornwood nie żyje. Obawiam się, że Roose Bolton uciekł.

— A chłopak? — spytał lord Tywin.

Ser Addam zawahał się na moment.

— Nie było z nimi chłopaka Starków. Podobno przeszedł na drugi brzeg rzeki w Bliźniakach i poprowadził konnicę na Riverrun.

Żółtodziób, pomyślał Tyrion, bardziej skory do junackich wypadów niż rozsądnych decyzji. Nie roześmiał się tylko dlatego, że był zbyt obolały.

CATELYN

Las rozbrzmiewał szeptami. Blask księżyca zamigotał na powierzchni strumienia w dole, który wił się skalistym podłożem doliny. Pod drzewami rżały cicho konie, grzebiąc kopytami w wilgotnej, pokrytej liśćmi ziemi, mężczyźni zaś opowiadali niezbyt spokojnie dowcipy ściszonymi głosami. Co pewien czas zadzwoniła kolczuga albo uderzona włócznia, ale nawet te odgłosy wydawały się stłumione.

— Już chyba niedługo, pani — powiedział Hallis Mollen. Prosił ją o zaszczyt bronienia jej w czasie bitwy, która miała niebawem nastąpić. Miał do tego prawo jako kapitan straży w Winterfell i Robb mu tego nie odmówił. Strzegło jej trzydziestu ludzi, którzy mieli dopilnować, aby nic się jej nie stało, i odwieźć ją bezpiecznie do domu, gdyby wynik bitwy okazał się dla nich niepomyślny. Robb obstawał przy pięćdziesięciu, Catelyn twierdziła, że wystarczy dziesięciu, że jemu przyda się każdy miecz. Ostatecznie zgodzili się na trzydziestu, co żadnego z nich nie uszczęśliwiło.

— Wszystko w swoim czasie — odpowiedziała. Wiedziała, że bitwa przyniesie ze sobą śmierć. Śmierć Hala... może jej albo Robba. Nikt nie był bezpieczny. Catelyn cieszyła się, że może czekać, wsłuchiwać się w szepty lasu i cichą muzykę strumienia, czuć we włosach ciepły wiatr.

Czekanie nie było dla niej niczym nowym. Jej mężczyźni zawsze kazali na siebie czekać.

— Wyglądaj mnie, mała Cat — mawiał jej ojciec, kiedy opuszczał dwór, jechał na bitwę czy na targ. I wyglądała go, stojąc na blankach Riverrun, patrząc na wody Czerwonych Wideł i Kamiennego Nurtu w dole. Nie zawsze wracał wtedy, kiedy obiecywał, czasem mijały dni, a ona stała, wyglądając czujnie między blankami, dopóki nie zobaczyła lorda Hostera, jak jedzie wzdłuż brzegu na swoim starym gniadym koniu. — Wyglądałaś mnie? — pytał pochylony, by ją uścisnąć. — Czekałaś, mała Cat?

Brandon Stark też kazał jej czekać.

— Wrócę niebawem, pani — obiecał. — A kiedy wrócę, pobierzemy się. — Kiedy jednak wreszcie nadszedł ten dzień, u jej boku w sepcie stanął jego brat, Eddard.

Ned wytrzymał z młodą żoną prawie dwa tygodnie, zanim wyjechał na wojnę, zostawiając jej obietnice. Przynajmniej dał jej coś więcej niż tylko słowa: dał jej syna. Minęło dziewięć księżyców i urodził się Robb, tymczasem jego ojciec wciąż walczył na południu. Urodziła go w bólu, nie wiedząc, czy Ned kiedykolwiek go zobaczy. Jej syna. Był taki mały...

A teraz czekała na Robba... na Robba i na Jaime'a Lannistera, złocistego rycerza, który — jak twierdzono — nie przywykł do czekania. „Królobójca jest niecierpliwy i skory do gniewu" — wyjaśnił Robbowi wcześniej jej stryj, Brynden. I na tych słowach opierał swoje nadzieje na zwycięstwo i przeżycie.

Nawet jeśli Robb się bał, to nie pokazywał tego po sobie. Catelyn obserwowała syna, jak chodzi między ludźmi, kładzie dłoń na ramieniu jednego, żartuje z drugim, jeszcze innemu pomaga uspokoić konia. Jego zbroja dzwoniła cicho, kiedy się poruszał. Odkrytą miał tylko głowę. Catelyn patrzyła, jak wiatr tarmosi grzywę jego kasztanowych włosów, tak bardzo podobnych do jej. Zastanawiała się, kiedy zdążył tak urosnąć. Miał piętnaście lat, a niemal dorównywał jej wzrostem.

Pozwólcie mu urosnąć większym, prosiła bogów. Niech dożyje szesnastu lat, a potem dwudziestu i pięćdziesięciu. Niech urośnie tak duży jak jego ojciec, pozwólcie mu trzymać w ramionach własnego syna. Proszę, proszę, proszę. Patrząc na tego wysokiego młodzieńca ze szczeciną pierwszej brody na twarzy i wilkorem biegającym wokół nóg, wciąż widziała niemowlę, które trzymała przy piersi w Riverrun, trzymała tak dawno temu.

Noc była ciepła, ale na myśl o Riverrun Catelyn zadrżała. Gdzie oni są?, zastanawiała się. Czy możliwe, żeby jej stryj się pomylił? Tak dużo zależało od tego, co im powiedział. Robb dał Blackfishowi trzystu pikinierów i wysłał ich do przodu w charakterze przedniej straży.

— Jaime nie wie — oświadczył ser Brynden po powrocie. — Jestem o tym przekonany. Moi łucznicy dopilnowali, żeby nie dostał żadnej wiadomości. Spotkaliśmy kilku ich zwiadowców, a ci, którzy nas widzieli, nikomu już o tym nie powiedzą. Powinien był wysłać więcej ludzi.

— Jak duże są jego siły? — spytał wówczas Robb.

— Dwadzieścia tysięcy piechoty. Są rozrzuceni wokół zamku w trzech obozach rozdzielonych rzekami — powiedział wtedy stryj z uśmiechem na ustach. — Nie da się inaczej oblec Riverrun. I to ich zgubi. Ponadto dwa lub trzy tysiące konnych.

— W takim razie wypada trzech na jednego na naszą niekorzyść — stwierdził Galbart Glover.

— Prawda — przyznał ser Brynden — ale jest coś, czego ser Jaime nie posiada.

— Co? — spytał go wtedy Robb.

— Cierpliwość — odparł Blackfish.

Ich siły powiększyły się od chwili wyjazdu z Bliźniaków. Lord Jason Mallister przyprowadził swoje wojsko z Seagard i przyłączył się do nich, kiedy mijali Niebieskie Widły. Po drodze dołączali inni, wędrowni rycerze, lordowie i zbrojni, którzy uciekli na północ po klęsce jej brata, Edmure'a, pod murami Riverrun. Pędzili z całych sił, by zaskoczyć Jaime'a Lannistera, i oto nadeszła ta godzina.

Catelyn patrzyła, jak jej syn dosiada konia. Przytrzymał mu go Olyvar Frey, syn lorda Waldera, w rzeczywistości dwa lata starszy od Robba, lecz jakby dziesięć lat młodszy i bardziej niecierpliwy. Przypiął Robbowi tarczę i podał hełm. Kiedy Robb zasłonił nim twarz, twarz, którą tak bardzo kochała, na koniu nie siedział już jej syn, lecz młody rycerz. Między drzewami, gdzie nie dochodził blask księżyca, panowała ciemność. Kiedy spojrzał na nią, widziała za zasłoną tylko ciemność.

— Muszę przejechać przed pierwszą linią, matko — powiedział do niej. — Ojciec zawsze powtarzał, że ludzie powinni zobaczyć dowódcę przed bitwą.

— A zatem jedź — odparła. — Niech cię zobaczą.

— To im doda odwagi — powiedział Robb.

A kto mnie doda odwagi?, zastanawiała się, lecz nic nie powiedziała, tylko się uśmiechnęła. Robb zawrócił swojego ogromnego rumaka i odjechał wolno. Szary Wicher nie odstępował go niczym cień. Za nim uformowała się jego straż na czas bitwy. Kiedy już wymusił na niej zgodę na jej straż, ona także nalegała, żeby i jego chroniono, a lordowie ją poparli. Wielu spośród ich synów pragnęło pojechać razem z Młodym Wilkiem, jak go teraz nazywano. Wśród trzydziestki znaleźli się Torrhen Karstark i jego brat Eddard, a także Patrek Mallister, Smalljon Umber, Daryn Hornwood, Theon Greyjoy, pięciu ze stadka Waldera Freya, a także kilku starszych, jak ser Wendel Manderly i Robin Flint. Wśród jego towarzyszy znalazła się także jedna kobieta: Dacey Mormont, najstarsza córka lady Mormont, dziedziczka Wyspy Niedźwiedziej, chuda dziewoja wysoka na sześć stóp, która dostała do zabawy kulę nabijaną kolcami w wieku, gdy innym dziewczynkom ofiarowuje się lalki. Jej wybór wywołał niezadowolenie niektórych lordów, lecz Catelyn zignorowała ich utyskiwania. „Tu nie chodzi o honor czyjegoś domu — powiedziała im — ale o bezpieczeństwo i życie mojego syna".

Tylko czy wystarczy trzydziestu?, zastanawiała się. Czy wystarczy sześć tysięcy?

Gdzieś w oddali odezwał się ptak; odebrała jego wysoki tryl niczym dotknięcie zimnej dłoni na szyi. Odpowiedział mu inny, a potem trzeci i czwarty. Znała te głosy z czasu spędzonego w Winterfell. Wołanie ptaków z północy, śnieżne wołanie, jak mawiano. Czasem można było je zobaczyć, kiedy boży gaj przykrywała gruba warstwa śniegu.

Są już tutaj, pomyślała Catelyn.

— Są już tutaj, pani — powiedział szeptem Hal Mollen. Zawsze wypowiadał oczywiste prawdy. — Niech bogowie zostaną z nami.

Skinęła głową, a w lesie zapadła cisza. Teraz też ich słyszała: tętent wielu koni, szczęk mieczy, włóczni i zbroi, szepty ludzkich głosów przeplatane śmiechem i przekleństwami.

Wydawało się, że mijają miliony lat. Odgłosy stawały się coraz głośniejsze. Coraz bardziej donośny śmiech, rzucona głośno komenda, plusk wody, kiedy przejeżdżali przez strumień. Parsknięcie konia. Ktoś zaklął. I wreszcie go ujrzała... tylko przez chwilę między gałęziami drzew, kiedy spojrzała w dół na dno doliny. Nawet z takiej odległości nie można było mieć wątpliwości, że to Jaime Lannister. Blask księżyca posrebrzył jego zbroję i ozłocił jego włosy, a szkarłatny płaszcz wydawał się teraz czarny. Jechał bez hełmu.

Pojawiał się i znikał między drzewami. Za nim podążali inni, długie kolumny rycerzy, zaprzysiężonych i wolnych, trzy czwarte konnicy Lannisterów.

— Nie należy do tych, którzy by siedzieli w namiocie, kiedy jego cieśle budują wieże oblężnicze — twierdził wcześniej ser Brynden. — Do tej pory już trzykrotnie wyjeżdżał z rycerzami, żeby stawić czoło najeźdźcom albo uciszyć oporną wioskę.

Robb skinął głową, nie odrywając wzroku od mapy, którą narysował mu jej stryj.

— Trzeba go ukłuć tutaj — powiedział, wskazując palcem. — Kilkuset ludzi, nie więcej. Wszyscy pod sztandarem Tullych. Kiedy ruszy za wami, będziemy czekać na niego... — przesunął palec o cal na lewo — tutaj.

Tutaj znaczyło noc przepełnioną ciszą, blask księżyca i cienie, ziemię pokrytą grubym dywanem opadłych liści, gęsto zalesione grzbiety wzgórz opadających łagodnie do strumienia, coraz rzadziej porośniętych, w miarę jak opadały.

Tutaj znaczyło jej syna, który zerkał teraz na nią i salutował mieczem.

Tutaj oznaczało wezwanie rogu Maege Mormont, długie, niskie wezwanie, które płynęło ze wschodu w dół doliny, które mówiło im, że ostatni z jeźdźców Jaime'a znaleźli się już w pułapce.

Szary Wicher odchylił łeb i zawył.

Catelyn zadrżała, jakby dźwięk rogu przeniknął jej ciało. Był to straszny, przeraźliwy dźwięk, choć płynęła w nim muzyka. Przez moment poczuła coś w rodzaju współczucia dla Lannisterów. A zatem to jest brzmienie śmierci, pomyślała.

HAAruuuuuuuuuuuuuuuuuuuuuuuuu rozległa się odpowiedź rogu Greatjona ustawionego na drugim końcu grzbietu. Na wschodzie i zachodzie rozległo się wołanie trąbek Mallisterów i Freyów żądnych zemsty. Od północy, gdzie dolina zwężała się i zginała jak łokieć, dołączyły się do nich nisko brzmiące rogi lorda Karstarka. Nad strumieniem poniżej rozległy się krzyki ludzi i rżenie koni.

Szepcący las wypuścił oddech w jednej chwili, kiedy łucznicy, których Robb umieścił wśród konarów drzew, wypuścili strzały i noc wybuchła krzykami ludzi i rżeniem koni.

Dookoła jeźdźcy podnosili swoje lance, a ziemia skrywająca okrutne ostrza rozstąpiła się.

— Winterfell! — Usłyszała okrzyk Robba, kiedy rozległo się drugie westchnienie strzał. Patrzyła, jak jej syn prowadzi swoich ludzi w dół zbocza.

Catelyn siedziała na koniu, nieruchoma, otoczona ludźmi ze swojej straży. Czekała tak samo, jak czekała wcześniej, na Brandona, Neda i na ojca. Stała wysoko na grzbiecie wzgórza; drzewa zakrywały większość z tego, co się działo w dole. Uderzenie serca, dwa, cztery i nagle jakby została tylko sama ze swoją strażą. Pozostali rozpłynęli się w zielonej gęstwinie.

Kiedy spojrzała na drugi brzeg doliny, ujrzała jeźdźców Greatjona wyłaniających się z ciemności między drzewami. Tworzyli długą linię, a kiedy wypadli z lasu, przez krótką chwilę Catelyn widziała tylko iskierki księżycowego blasku na czubkach ich kopii, jakby ze zbocza spłynęły tysiące błędnych ogników spowitych w srebrzysty płomień.

Zamrugała i widziała już tylko ludzi, którzy pędzili w dół, by zabijać lub ginąć.

Potem trudno jej było powiedzieć, że widziała bitwę.

Ale dobrze słyszała, ponieważ cała dolina rozbrzmiewała echami. Trzask złamanej kopii, szczęk krzyżujących się mieczy, okrzyki „Lannister", „Winterfell", „Tully" oraz „Riverrun i Tully"! Kiedy zorientowała się, że niczego więcej już nie zobaczy, zamknęła oczy i słuchała. Bitwa tętniła swoim życiem wszędzie dookoła. Słyszała tętent kopyt, chlupot żelaznych butów w płytkim strumieniu, stłumione odgłosy uderzeń miecza o drewniane tarcze i zgrzyt stali o stal, świst strzał, grzmot bębnów, przeraźliwe rżenie tysięcy koni. Ludzie przeklinali głośno i błagali o litość, otrzymywali ją (albo nie) i zachowywali życie (albo umierali). Dolina wydawała się igrać z dźwiękami. W jednej chwili słyszała głos Robba bardzo wyraźnie, jakby stał tuż obok i wołał:

— Do mnie! Do mnie! — Słyszała też warczenie wilkora, kłapanie jego długich zębów rozrywających ciało, a zaraz potem okrzyki przerażenia i bólu ludzi i zwierząt. Czy to możliwe, żeby to był tylko jeden wilk? Nie miała pewności.

Stopniowo odgłosy słabły i milkły, aż była pewna, że pozostał tylko jeden wilk. Kiedy wschód zaczerwienił się, Szary Wicher zawył ponownie.

Robb wrócił na srokatym wałachu zamiast swojego siwego rumaka, na którym zjechał w dolinę. Wilczy łeb na jego tarczy przecinały głębokie wyżłobienia i smugi surowego drewna, lecz sam Robb nie wyglądał na rannego. Jednakże kiedy podjechał bliżej, Catelyn zobaczyła, że jego rękawica, a także rękaw opończy są czarne od krwi.

— Jesteś ranny — powiedziała.

Robb uniósł dłoń i zgiął kilkakrotnie palce.

— Nie — orzekł. — To... to jest chyba krew Torrhena albo... — Pokręcił głową. — Nie wiem.

Za nim na górę wszedł tłum ludzi, byli brudni, w pogniecionych zbrojach, uśmiechnięci; prowadzili ich Theon i Greatjon. Ciągnęli między sobą ser Jaime'a Lannistera. Rzucili go na ziemię przed jej koniem.

— Królobójca — oznajmił Hal, jak zwykle niepotrzebnie.

Lannister podniósł głowę.

— Lady Stark — powiedział, wciąż klęcząc. Z rany na głowie spływała mu po policzku strużka krwi, lecz mimo to blade światło poranka przywróciło jego włosom złocisty połysk. — Oddałbym ci mój miecz, ale zdaje się, że go gdzieś zapodziałem.

— Nie pragnę twojego miecza, ser — oświadczyła. — Oddaj mi raczej mojego ojca i brata, Edmure'a. Oddaj mi moje córki. Mojego pana męża.

— Obawiam się, że ich także zgubiłem.

— Szkoda — odpowiedziała chłodno.

— Zabij go, Robb — odezwał się Theon Greyjoy. — Weź jego głowę.

— Nie — odparł jej syn, zdejmując zakrwawioną rękawicę. — Bardziej nam się przyda żywy niż martwy. A poza tym mój pan ojciec nigdy nie pochwalał zabijania jeńców po bitwie.

— Mądry człowiek — powiedział Jaime Lannister — i honorowy.

— Zabierzcie go i zakujcie w kajdany — poleciła Catelyn.

— Róbcie, co każe moja pani matka — rozkazał Robb. — I niech go dobrze pilnują. Lord Karstark zechce z pewnością ujrzeć jego głowę na palu.

— I ujrzy ją — odparł Greatjon. Skinieniem dłoni dał znak, żeby opatrzono Lannistera i zakuto w kajdany.

— Dlaczego lord Karstark miałby chcieć jego śmierci? — spytała Catelyn.

Robb spojrzał w głąb lasu; to samo zamyślone spojrzenie, które tak często widywała na twarzy Neda.

— On... on ich zabił...

— Zabił synów lorda Karstarka — wyjaśnił Galbart Glover.

— Obu — powiedział Robb. — Torrhena i Eddarda. A także Daryna Hornwooda.

— Nie można odmówić Lannisterowi odwagi — przyznał Glover. — Kiedy zorientował się, że przegrywa, zebrał swoich i próbował się przebić na górę, w nadziei że zabije lorda Robba. I prawie mu się udało.

— Zapodział swój miecz w karku Eddarda Karstarka, a wcześniej zdążył odciąć rękę Torrhenowi i rozpłatał głowę Darynowi Hornwoodowi — powiedział Robb. — Przez cały czas wołał mnie. Gdyby go nie powstrzymali...

— Wtedy ja byłabym pogrążona w żałobie zamiast lorda Karstarka — odparła Catelyn. — Twoi ludzie zrobili to, co do nich należało, Robb. Zginęli w obronie swojego seniora. Możesz ich opłakiwać, uhonorować za waleczność, ale nie teraz. Nie czas na żałobę. Owszem, odciąłeś żmii głowę, lecz trzy czwarte jej ciała pozostało owinięte wokół zamku mojego ojca. Wygraliśmy bitwę, nie wojnę.

— Ale jaką bitwę! — wtrącił Theon Greyjoy wyraźnie podniecony. — Pani, takiego zwycięstwa nie pamiętają od czasów Pola Ognia. Przysięgam, na naszego jednego zabitego przypada dziesięciu ludzi Lannisterów. Wzięliśmy do niewoli prawie setkę rycerzy i tuzin lordów chorążych. Lorda Westerlinga, lorda Baneforta, ser Gartha Greenfielda, lorda Estrena, ser Tytosa Braxa, Mallora Dornijczyka... i trzech Lannisterów, nie licząc Jaime'a. Bratankowie samego lorda Tywina, dwaj synowie jego siostry oraz syn jego nieżyjącego brata...

— A lord Tywin? — przerwała mu Catelyn. — Czy i jego uwięziliście?

— Nie — odparł Greyjoy.

— Dopóki się to nie stanie, daleko do końca wojny.

Robb podniósł głowę i odgarnął włosy z oczu.

— Matka ma rację. Przed nami Riverrun.

DAENERYS

Muchy krążyły dookoła *khala* Drogo, brzęcząc skrzydłami — ledwo słyszalne buczenie, które napełniało Dany przerażeniem.

Słońce stało wysoko i prażyło niemiłosiernie. Fale gorącego powietrza drgały nad skalistymi krawędziami pagórków. Cienka strużka potu spłynęła powoli między nabrzmiałymi piersiami Dany. Słychać było tylko miarowe człapanie ich koni, rytmiczne dzwonienie dzwonów we włosach Drogo i odległe głosy z tyłu.

Dany obserwowała muchy.

Były wielkie jak pszczoły, grube, czerwonawe, lśniące. Dothrakowie nazywali je krwiuchami. Żyły przeważnie na bagnach lub w pobliżu stojącej wody, wysysały krew zarówno z koni, jak i ludzi i składały jaja w ciałach zmarłych lub umierających. Drogo nienawidził ich. Gdy tylko jakaś pojawiła się wokół niego, jego ręka natychmiast strzelała w powietrze niczym atakująca żmija i zamykała się wokół muchy. Zawsze ją chwytał. Potem zaciskał dłoń, a kiedy rozwierał palce, widać było tylko czerwoną plamę.

Teraz jedna z much chodziła po zadzie jego konia, który machnął szybko ogonem, żeby ją strącić. Pozostałe latały wokół Drogo, coraz bliżej i bliżej. *Khal* nie reagował. Siedział ze wzrokiem wpatrzonym gdzieś w odległe brązowe wzgórza, trzymając luźno wodze. Pod jego malowaną kamizelką figowe liście z niebieskim błotem przykrywały ranę na piersi. Opatrzyła mu ją zielarka. Okład Mirri Maz Duur powodował swędzenie i palił, dlatego Drogo z przekleństwem na ustach zerwał go sześć dni temu. Okład z błota działał łagodząco, a zielarka dawała mu makowe wino. Przez ostatnie trzy dni dużo pił, makowe wino, sfermentowane kobyle mleko albo pieprzowe piwo.

Prawie nic nie jadł, a w nocy rzucał się i jęczał. Dany patrzyła teraz na jego wychudzoną twarz. Rhaego wiercił się w jej brzuchu, wierzgał jak koń, ale nawet i to nie interesowało już Drogo. Każdego ranka, kiedy budził się z niespokojnego snu, odnajdywała na jego twarzy nowe zmarszczki bólu. Zastanawiało ją jego milczenie. Bała się coraz bardziej. Nie powiedział ani słowa, odkąd wyruszyli o świcie. Kiedy mówiła coś do niego, w odpowiedzi otrzymywała tylko mruknięcie, od południa zamilkł całkowicie.

Jedna z krwiuch usiadła na nagim ramieniu *khala*. Inna wylądowała na jego szyi i popełzła w kierunku ust. *Khal* Drogo kołysał się miarowo w siodle, pobrzękując dzwonkami.

Dany ścisnęła boki srebrzystej i podjechała bliżej.

— Mój panie — powiedziała cicho. — Drogo. Moje słońce i gwiazdy. — Jakby jej nie słyszał. Mucha przeszła pod jego opadającym wąsem i zatrzymała się na policzku, w zagłębieniu obok nosa. — Drogo — wyrzuciła z siebie Dany. Wyciągnęła ramię niezdarnie i dotknęła jego ramienia.

Khal Drogo obrócił się w siodle, przechylił powoli w bok i spadł ciężko z konia. Muchy zerwały się na chwilę, po czym sfrunęły na jego leżące ciało.

— Nie! — krzyknęła Dany i zatrzymała konia. Nie zważając na swój brzuch, zeskoczyła na ziemię i podbiegła do męża.

Trawa pod nim była brązowa i sucha. Kiedy klęknęła, Drogo krzyknął z bólu. Patrzył na nią nieobecnym wzrokiem, a z jego gardła wydobywało się nieregularne charczenie.

— Mój koń — wymamrotał. Dany zgoniła muchy z jego piersi, zgniatając jedną z nich. Czuła pod palcami jego rozpaloną skórę.

Bracia krwi *khala* jechali tuż za nimi. Usłyszała krzyk Haggo, kiedy ruszyli szybko w ich stronę. Cohollo zeskoczył z konia.

— Krew mojej krwi — powiedział i przyklęknął na kolano. Pozostali dwaj nie zsiedli.

— Nie — jęknął *khal* Drogo, odpychając ręce Dany. — Muszę jechać... jechać... nie...

— Spadł — powiedział Haggo. Patrzył z góry na leżącego. Jego szeroka twarz pozostawała obojętna, lecz głos brzmiał ciężko.

— Nie wolno ci tak mówić — zwróciła się do niego Dany. — Długo już dzisiaj jechaliśmy. Zatrzymamy się tutaj.

— Tutaj? — Haggo rozejrzał się. Ziemia dookoła była brązowa i wypalona. — Niedobre miejsce na obóz.

— Kobieta nie daje komendy postoju — powiedział Qotho — nawet *khaleesi.*

— Zatrzymamy się tutaj — powtórzyła Dany. — Haggo, powiedz im, że *khal* Drogo zarządził postój. Jeśli będą pytać dlaczego, powiedz, że mój dzień jest już bliski i nie mogę jechać dalej. Cohollo, sprowadź niewolników, muszą szybko rozbić namiot *khala*. Qotho...

— Nie rozkazuj mi, *khaleesi* — przerwał jej Qotho.

— Znajdź Mirri Maz Duur — dokończyła. — Kapłanka idzie z innymi Owczarzami w długiej kolumnie niewolników. Sprowadź ją tutaj razem z jej skrzynką.

Qotho mierzył ją kamiennym spojrzeniem.

— *Maegi*. — Splunął. — Nie przyprowadzę.

— Zrobisz to — odparła Dany — albo powiem Drogo, kiedy się obudzi.

Z wyrazem wściekłości na twarzy Qotho zawrócił konia i pogalopował. Dany wiedziała, że wróci z Mirri Maz Duur pomimo swojej niechęci do niej. Niewolnicy rozbili namiot *khala* Drogo pod skalnym występem, którego cień dawał niewielką ulgę przed popołudniowym skwarem. Mimo to kiedy Dany przy pomocy Irri i Doreah wprowadziła go do jedwabnego wnętrza, panowała tam duchota. Na podłodze rozłożono grube, wzorzyste dywany, a w kątach poduszki. Eroeh, nieśmiała dziewczyna, którą Dany uratowała za błotnistymi murami Owczarzy, rozpaliła ogień. Położyły Drogo na tkanej macie.

— Nie — mamrotał w języku powszechnym. — Nie, nie. — Wydawało się, że nie potrafi wydusić z siebie nic więcej.

Doreah rozpięła jego pas medalionowy i zdjęła mu kamizelkę i getry, tymczasem Jhiqui przyklęknęła przy jego nogach i rozwiązała mu sandały do konnej jazdy. Irri chciała zostawić poły wejścia odsłonięte, lecz Dany ją powstrzymała. Nie chciała, by ktokolwiek oglądał Drogo w takim stanie, kompletnie zamroczonego i osłabionego. Kiedy zjawili się ludzie z jej *khas*, kazała im pozostać na straży przed namiotem.

— Nie wpuszczajcie nikogo bez mojego zezwolenia — powiedziała do Jhoqo. — Nikogo.

Eroeh spoglądała lękliwie na leżącego Drogo.

— On umiera — powiedziała szeptem.

Dany wymierzyła jej policzek.

— *Khal* nie może umrzeć. Jest ojcem rumaka, który przemierzy świat. Nigdy nie obciął swoich włosów. Nosi w nich dzwonki, które dał mu jego ojciec.

— *Khaleesi* — odezwała się Jhiqui — on spadł z konia.

Ze łzami w oczach, rozdygotana, Dany odwróciła się od nich. Spadł z konia! Tak było, widziała to, podobnie jak bracia krwi i pewnie służące, a także ludzie z jej *khas*. I kto jeszcze? Wszyscy się o tym dowiedzą, a Dany wiedziała, co to oznacza. *Khal*, który nie może jechać na własnym koniu, nie może też rządzić, a Drogo spadł z konia.

— Musimy go wykąpać — powiedziała z uporem. Nie wolno jej

poddać się rozpaczy. — Irri, niech natychmiast przyniosą wannę. Doreah, Eroeh, znajdźcie wodę, chłodną wodę. On jest taki rozpalony. — Przypominał ogień zamknięty w ludzkiej skórze.

Niewolnicy postawili ciężką, miedzianą wannę w rogu namiotu. Kiedy Doreah przyniosła pierwszy dzban wody, Dany zmoczyła kawałek jedwabiu i przyłożyła go do czoła Drogo. Otworzył oczy i skierował na nią nieobecny wzrok. Otworzył usta, lecz wydobył się z niego tylko jęk.

— Gdzie jest Mirri Maz Duur? — dopytywała się zniecierpliwiona i przestraszona jednocześnie.

— Qotho ją znajdzie — powiedziała Irri.

Służące napełniły wannę letnią wodą, która cuchnęła siarką, po czym dodały do niej pachnącego olejku i kilka garści pokruszonych liści mięty. Kiedy one przygotowywały kąpiel, Dany przyklęknęła niezdarnie obok pana męża. Pochylona nad swoim ogromnym brzuchem rozplotła mu warkocze, tak samo jak uczyniła to podczas pierwszej nocy, kiedy posiadł ją pod gwiazdami. Odłożyła ostrożnie na bok dzwoneczki. Będzie chciał je założyć, gdy tylko wyzdrowieje, wmawiała sobie.

Aggo wsunął głowę do wnętrza namiotu, wpuszczając strumień świeżego powietrza.

— *Khaleesi* — powiedział — przyszedł Andal i prosi, żeby go wpuścić.

„Andalem" Dothrakowie nazywali ser Joraha.

— Dobrze — powiedziała i dźwignęła się na nogi. — Wpuść go. — Ufała rycerzowi. Pomyślała, że on będzie wiedział, co robić.

Ser Jorah Mormont wszedł nisko pochylony i czekał przez chwilę, aż jego oczy przyzwyczają się do półmroku. W upale południa podróżował w luźnych spodniach z cętkowanego jedwabiu i sandałach z otwartymi palcami wiązanymi do kolan. Pochwę nosił przywiązaną do pasa ze skręconego końskiego włosia. Pod białą, wypłowiałą kamizelką widać było jego nagą pierś, a skórę miał czerwoną od słońca.

— W całym *khalasarze* aż wrze — powiedział. — Podobno *khal* Drogo spadł z konia.

— Pomóż mu — zwróciła się do niego Dany błagalnym tonem. — Pomóż mu, ze względu na miłość, jaką, jak twierdzisz, mnie darzysz.

Rycerz klęknął obok niej. Najpierw patrzył długo na Drogo, a potem skierował wzrok na Dany.

— Odpraw służące.

Z gardłem ściśniętym strachem Dany dała znak ręką. Irri wyprowadziła pozostałe dziewczęta.

Kiedy zostali sami, ser Jorah wyciągnął sztylet. Z zadziwiającą zręcznością i szybkością, jak na takiego olbrzyma, zaczął zdrapywać z piersi Drogo czarne liście i zaschniętą niebieską glinę. Opatrunek zasechł mocno, podobnie jak mury miasta Owczarzy, ale równie łatwo pękał. Ser Jorah kruszył nożem zaschniętą glinę z liśćmi, po czym odrywał jej kawałki od ciała. Z rany popłynął słodki zapach zgnilizny, tak intensywny, że Dany prawie zaczęła się dusić. Liście odchodziły ze skorupą krwi i ropy, pozostawiając czarne, lśniące od zepsucia ciało na piersi Drogo.

— Nie — wyszeptała Dany, a po jej policzkach popłynęły łzy. — Nie, proszę, bogowie, wysłuchajcie mnie, nie. — *Khal* Drogo rzucał się, jakby walczył z niewidocznym wrogiem. Z jego otwartej rany popłynęła wolno gęsta krew.

— Księżniczko, twój *khal* już jest martwy.

— Nie, on nie może umrzeć, nie wolno mu umrzeć, to była tylko niegroźna rana. — Dany ujęła w swoje małe dłonie ogromną, twardą rękę męża i ścisnęła ją mocno. — Nie pozwolę mu umrzeć...

Ser Jorah uśmiechnął się gorzko.

— *Khaleesi*, czy też Królowo, nie posiadasz mocy wydawania takich rozkazów. Oszczędź sobie łez, dziecko. Będziesz go opłakiwać jutro albo za rok. Teraz nie mamy czasu na smutki. Musimy jechać, i to szybko, zanim on umrze.

Dany patrzyła na niego zdumiona.

— Jechać? Dokąd?

— Ja bym wybrał Asshai. Leży daleko na południe, na końcu znanego świata, a twoi ludzie twierdzą, że jest to duży port. Znajdziemy duży statek, który zabierze nas z powrotem do Pentos. Nie łudź się, to będzie ciężka podróż. Myślisz, że możesz zaufać ludziom ze swojego *khas*? Pojadą z nami?

— *Khal* Drogo rozkazał im chronić mnie — odpowiedziała Dany niepewnym głosem — ale jeśli on umrze... — Dotknęła brzucha. — Nie rozumiem. Dlaczego mielibyśmy uciekać? Przecież jestem *khaleesi*. Noszę w brzuchu potomka Drogo, który zostanie *khalem*, kiedy Drogo...

Ser Jorah skrzywił się.

— Wysłuchaj mnie, księżniczko. Dothrakowie nie pójdą za niemowlakiem. Oni zginają karki przed siłą Drogo i przed niczym innym. Kiedy on odejdzie, Jhaqo, Pono i pozostali *ko* będą walczyć o jego miejsce. Zabiorą ci dziecko, gdy tylko się urodzi, i rzucą je psom na pożarcie...

Dany zakryła dłońmi brzuch.

— Dlaczego? — jęknęła. — Dlaczego mieliby zabijać niemowlę?

— Ponieważ jest synem Drogo, a staruchy mówią, że będzie rumakiem, który przemierzy świat. Tak brzmi przepowiednia. Lepiej więc zabić niemowlę, niż narażać się na jego gniew, kiedy dorośnie.

Dziecko poruszyło się gwałtownie w jej brzuchu, jakby słuchało ich rozmowy. Dany przypomniała sobie słowa Viserysa, który opowiadał, co psy Uzurpatora zrobiły z dziećmi Rhaegara. Syn Rhaegara także był wtedy niemowlakiem, a mimo to zabrali go od piersi matki i roztrzaskali głowę o ścianę. Tak postępowali mężczyźni.

— Nie wolno im skrzywdzić jego syna! — zawołała. — Każę mojemu *khas*, żeby go chronili, a bracia krwi Drogo...

Ser Jorah położył dłonie na jej ramionach.

— Zabiorą cię do Vaes Dothrak, gdzie mieszkają staruchy, to ich ostatni obowiązek wobec niego... a potem podążą za Drogo do krainy nocy.

Dany nie chciała wracać do Vaes Dothrak i spędzić reszty życia wśród tych okropnych staruch, wiedziała jednak, że rycerz mówi prawdę. Drogo był czymś więcej niż jej słońcem i gwiazdami, był jej tarczą.

— Nie opuszczę go — odparła z determinacją. Znowu wzięła go za rękę — Nie opuszczę — powtórzyła słabym głosem.

Kątem oka zobaczyła jakieś poruszenie przy wejściu. Do namiotu weszła Mirri Maz Duur i pokłoniła się nisko. Po wielodniowym marszu za *khalasarem* kulała, stopy miała pokrwawione i pokryte pęcherzami, a oczy podkrążone. Za kapłanką pojawili się Qotho i Haggo z jej skrzynią. Kiedy bracia krwi zobaczyli ranę Drogo, Haggo wypuścił z ręki skrzynię, która upadła z hukiem na ziemię, Qotho zaś zaklął najgorszym z przekleństw, od którego ścina się samo powietrze.

Mirri Maz Duur patrzyła na Drogo z kamienną twarzą.

— Rana zaogniła się.

— To przez ciebie, *maegi* — powiedział Qotho. Haggo zacisnął dłoń w pięść i uderzył Mirri w twarz, aż upadła na ziemię. Potem kopnął ją.

— Przestań! — krzyknęła Dany.

Qotho odciągnął Haggo.

— Dla takiej jak ona kopniak to za duża łaska. Zabierz ją przed namiot. Przywiążemy ją do kołka i niech ją ujeżdża każdy, kto będzie przechodził. Potem psy sobie na niej użyją, łasice wyszarpią jej wnętrzności, a kruki wydziobią oczy. Muchy znad rzeki złożą jaja w jej łonie i będą pić ropę z jej gnijących piersi... — Zacisnął żelazne palce na miękkim ramieniu Mirri i postawił ją na nogi.

— Nie — powiedziała Dany. — Nie pozwolę jej skrzywdzić.

Qotho wyszczerzył pokrzywione, pożółkłe zęby w szyderczym uśmiechu.

— Nie? Ty mi mówisz nie? Módl się lepiej, żebyśmy i ciebie nie przywiązali do kołka. To też twoja wina.

Ser Jorah stanął między nimi, wysuwając nieco miecz z pochwy.

— Bracie krwi, powstrzymaj swój język. Księżniczka wciąż jest twoją *khaleesi*.

— Tak długo, jak długo będzie żył krew mojej krwi — odpowiedział Qotho. — Kiedy on umrze, ona będzie niczym.

Dany poczuła ucisk w żołądku.

— Zanim zostałam *khaleesi*, byłam już potomkiem smoków. Ser Jorahu, wezwij mój *khas.*

— Nie — powiedział Qotho. — Sami pójdziemy. — Do zobaczenia... *khaleesi.* — Haggo wyszedł za nim z namiotu.

— Nie możesz spodziewać się od niego niczego dobrego, księżniczko — powiedział Mormont. — Zgodnie z tradycją Dothraków mężczyzna i jego bracia krwi żyją jednym życiem, a Qotho czuje, że ono dobiega końca. Martwy nie zna strachu.

— Nikt jeszcze nie umarł — powiedziała Dany. — Ser Jorahu, zdaje się, że będę potrzebowała twojego miecza. Lepiej załóż swoją zbroję. — Bała się o wiele bardziej, niż potrafiła się do tego przyznać, nawet przed samą sobą.

Rycerz skłonił głowę.

— Jak każesz — odparł i wyszedł z namiotu.

Dany odwróciła się do Mirri Maz Duur. Kobieta patrzyła na nią przestraszonym wzrokiem.

— Jeszcze raz mnie uratowałaś.

— A teraz ty musisz uratować jego — powiedziała Dany. — Proszę...

— Nikt nie prosi niewolnicy — przerwała jej stanowczo Mirri. — Im się rozkazuje. — Podeszła do Drogo i przyjrzała się uważnie ranie. — Prośby czy rozkazy, nie ma znaczenia. Tu już nie pomogą umiejętności uzdrowicielki. — *Khal* leżał z zamkniętymi oczyma. Uniosła palcami powiekę jego oka. — Koił ból makowym mlekiem?

— Tak — przyznała Dany.

— Przyrządziłam mu ognisty strąk i nieparzystkę, które owinęłam w owczą skórę.

— Mówił, że go pali. Potem zerwał. Zielarki przygotowały mu inny okład, mokry i kojący.

— Cóż, ogień posiada ogromną moc oczyszczającą. Wiedzą o tym nawet wasi ludzie bez włosów.

— Przyrządź mu coś innego — błagała Dany. — Tym razem dopilnuję, żeby to nosił.

— Za późno na takie rzeczy, pani — powiedziała Mirri. — Teraz mogę jedynie ulżyć mu na ciemnej drodze, żeby bezboleśnie dojechał do krainy nocy. Odejdzie przez świtem.

Dany poczuła, jakby ktoś ukłuł ją nożem w pierś. Co ona takiego zrobiła, że bogowie stali się wobec niej tacy okrutni? Znalazła wreszcie bezpieczne miejsce, zakosztowała miłości i nadziei. Wreszcie jechała do domu. I teraz miałaby to wszystko utracić...

— Nie — błagała. — Uratuj go, a dam ci wolność, przyrzekam. Musisz znać jakiś sposób... jakieś czary...

Mirri Maz Duur przysiadła na piętach i wpatrywała się w Dany swoimi czarnymi jak noc oczyma.

— Istnieje pewne zaklęcie. — Powiedziała to cicho, nieomal szeptem. — Ale to bardzo mroczne zaklęcie, pani. Niektórzy powiedzieliby, że śmierć jest jaśniejsza. Nauczyłam się go w Asshai i drogo za nie zapłaciłam. Moim nauczycielem był mag krwi z Krainy Cieni.

Dany poczuła dreszcz na całym ciele.

— A więc ty naprawdę jesteś *maegi*...

— Czyżby? — Mirri Maz Duur uśmiechnęła się. — Twojego jeźdźca może uratować tylko *maegi*, Srebrna Pani.

— Nie ma innego sposobu?

— Nie ma.

Khal Drogo jęknął, a jego ciałem wstrząsnął dreszcz.

— Zrób to — wykrztusiła Dany. Nie wolno jej się bać, w jej żyłach płynie krew smoków. — Uratuj go.

— Cena jest wysoka — ostrzegła ją kapłanka.

— Dostaniesz złoto, konie, wszystko co zechcesz.

— Nie chodzi o złoto czy konie. Mówimy o magii krwi, pani. Za życie można zapłacić tylko śmiercią.

— Śmiercią? — Dany zasłoniła brzuch rękoma, kołysząc się na piętach. — Moją śmiercią? — Powiedziała sobie, że gotowa jest umrzeć dla niego, jeśli będzie trzeba. Jest potomkiem smoka i nie wolno jej się bać. Jej brat, Rhaegar, umarł dla kobiety, którą kochał.

— Nie — uspokoiła ją Mirri Maz Duur. — Nie twoją śmiercią, *khaleesi*.

Dany odetchnęła z ulgą.

— Zrób to.

Maegi skinęła głową z powagą.

— Będzie, jak każesz. Wezwij służące.

Khal Drogo wzdrygnął się lekko, kiedy Rakharo i Quaro opuścili go powoli do wanny.

— Nie — wyszeptał. — Nie. Muszę jechać. — Kiedy zanurzył się w wodzie, wydawało się, że opuściły go resztki sił.

— Przyprowadźcie jego konia — rozkazała Mirri Maz Duur i tak się stało. Jhogo wprowadził do namiotu ogromnego rumaka. Wyczuwszy zapach śmierci, koń próbował stanąć dęba, rżał i wywracał oczyma. Potrzeba było aż trzech ludzi, żeby utrzymać go w miejscu.

— Co chcesz zrobić? — spytała Dany.

— Potrzebujemy krwi — odparła Mirri. — Tak trzeba.

Jhogo zrobił krok do tyłu z dłonią na swoim *arakhu*. Miał dopiero szesnaście lat, młody, giętki jak bicz, skory do śmiechu, nieustraszony, z cieniem pierwszego wąsa nad górną wargą. Upadł na kolana.

— *Khaleesi* — przemówił błagalnym tonem. — Nie wolno ci tego zrobić. Pozwól mi ją zabić.

— Zabijając *maegi*, zabijesz swojego *khala* — powiedziała Dany.

— To jest magia krwi — odpowiedział jej. — Nie wolno jej używać.

— Ja jestem *khaleesi* i ja mówię, że wolno. W Vaes Dothrak *khal* Drogo zabił rumaka, a ja zjadłam jego serce, żeby dać siły i odwagę naszemu synowi. Teraz będzie to samo. To samo.

Koń kopał i zapierał się, kiedy Rakharo, Quaro i Aggo podprowadzili go do samej wanny, w której unosił się *khal*; wyglądał, jakby już nie żył, z jego rany sączyła się ropa i krew. Mirri Maz Duur zaczęła intonować słowa w języku, którego Dany nigdy dotąd nie słyszała, a w jej dłoni błysnął nóż. Dany nie zauważyła, skąd go wzięła. Był stary, wykuty z rudego brązu, w kształcie liścia, z ostrzem pokrytym starymi znakami. *Maegi* przebiła szyję konia, który zarżał przeraźliwie i wstrząsnął się, kiedy chlusnął z niego strumień krwi. Przewróciłby się, gdyby nie trzymali go ludzie z jej *khas*.

— Niech moc tego rumaka przejdzie na jeźdźca — zaintonowała Mirri, kiedy strumień końskiej krwi zawirował w wannie. — Mocy zwierzęcia, przejdź w człowieka.

Jhogo wyglądał na przerażonego; musiał podtrzymywać martwe zwierzę, którego bał się dotykać, a z drugiej strony bał się je puścić. To tylko koń, pomyślała Dany. Jeśli może okupić życie Drogo śmiercią konia, to gotowa jest zapłacić tysiąckrotną cenę.

Kiedy opuścili konia na ziemię, wnętrze wanny zaciemniło się od krwi, tak że widać było tylko twarz *khala*. Mirri Maz Duur nie potrzebowała martwego konia.

— Spalcie go — rozkazała Dany. Wiedziała, że tak postępują. Kiedy umierał jeździec, zabijano jego konia i kładziono go pod stosem całopalnym, aby zawiózł jeźdźca do krainy nocy. Ludzie z jej *khas* wyciągnęli ciało konia z namiotu. Krew zaznaczyła całe jego wnętrze, na ścianach widniały czerwone plamy, a dywany były mokre i czarne.

Rozpalono ogień w koszach. Mirri wrzucała do nich czerwony proszek. Z płomieni buchał dym o przenikliwym zapachu, dość przyjemny, lecz Eroeh uciekła z płaczem, a Dany czuła coraz większy strach. Jednakże zaszła za daleko, żeby się cofać. Odesłała służące.

— Idź z nimi, Srebrna Pani — powiedziała do niej Mirri Maz Duur.

— Zostanę — odparła Dany. — On posiadł mnie pod gwiazdami i dał życie dziecku, które noszę. Nie zostawię go.

— Musisz to zrobić. Kiedy zacznę śpiewać, nikomu nie będzie wolno wchodzić do namiotu. Moja pieśń obudzi stare i mroczne moce. Tej nocy zatańczą tutaj zmarli. Żyjącym nie wolno na nich patrzeć.

Dany opuściła głowę z rezygnacją.

— Nikt nie wejdzie. — Pochyliła się nad wanną, nad Drogo skąpanym we krwi i pocałowała go w czoło. — Sprowadź go do mnie z powrotem — powiedziała szeptem, zanim opuściła namiot.

Na zewnątrz słońce zeszło już nisko nad horyzont, a niebo zasnuło się siną czerwienią. *Khalasar* rozbił obóz. Jak okiem sięgnąć, widać było maty i namioty. Wiał gorący wiatr. Jhogo i Aggo kopali dół, w którym mieli spalić zabitego konia. Dookoła namiotu Dany zebrał się tłum; wpatrywali się w nią kamiennym spojrzeniem swoich czarnych oczu, z twarzami nieruchomymi niczym miedziane maski. Dostrzegła ser Joraha Mormonta — cały w skórze i kolczudze pocił się obficie. Przepchnął się między Dothrakami i stanął u boku Dany. Zbladł, ujrzawszy purpurowe ślady, jakie zostawiły jej stopy.

— Co ty zrobiłaś, głupia? — zapytał przez zaciśnięte usta.

— Musiałam go uratować.

— Mogliśmy uciec — powiedział. — Zawiózłbym cię bezpiecznie do Asshai, księżniczko. Nie trzeba było...

— Naprawdę jestem twoja księżniczką? — spytała go.

— Wiesz, że tak jest. Niech bogowie mają nas w opiece.

— A zatem pomóż mi teraz.

Ser Jorah skrzywił się.

— Gdybym tylko wiedział jak.

Na dźwięk wysokiego zawodzenia Mirri Maz Duur Dany poczuła dreszcz na plecach. Niektórzy spośród Dothraków zaczęli szeptać między sobą i cofnęli się. Namiot pulsował blaskiem rozpalonych w jego wnętrzu ogni.

Przez splamione krwią jedwabne ściany dostrzegła poruszające się cienie. Mirri Maz Duur tańczyła i nie była sama.

Dany dostrzegła surowy strach na twarzach Dothraków.

— Nie wolno — zagrzmiał Qotho.

Nie zauważyła, kiedy wrócił. Byli z nim Haggo i Cohollo. Przyprowadzili ze sobą mężczyzn bez włosów, eunuchów, którzy leczyli za pomocą noża, igieł i ognia.

— Tak będzie — odparła Dany.

— *Maegi* — warknął Haggo, stary Cohollo zaś — Cohollo, który związał swoje życie z życiem Drogo od dnia jego urodzin, Cohollo, który zawsze był dla niej miły — splunął jej prosto w twarz.

— Umrzesz, *khaleesi* — powiedział Qotho — ale najpierw musi umrzeć ta druga. — Wyciągnął swój *arakh* i ruszył w stronę namiotu.

— Nie — krzyknęła — nie wolno ci. — Chwyciła go za ramię, lecz on ją odepchnął. Dany upadła na ziemię, krzyżując ramiona na brzuchu, by uchronić dziecko. — Powstrzymajcie go — rozkazała ludziom z *khas*. — Zabijcie go.

Po obu stronach wejścia do namiotu stali Rakharo i Quaro. Ten drugi zrobił krok do przodu, sięgając po swój bat, lecz Qotho uskoczył zwinnie niczym tancerz — jego zakrzywiony *arakh* pomknął w górę. Dosięgnął Quaro nisko pod ramieniem, lśniące ostrze przebiło się przez skórzane ubranie, potem przez skórę, mięsień i żebro. Młody jeździec zatoczył się do tyłu, a z rany trysnęła fontanna krwi.

Qotho wyszarpnął swój *arakh*.

— Władco koni — zawołał ser Jorah Mormont. — Zmierz się ze mną. — Z pochwy wysunął długi miecz.

Qotho odwrócił się na pięcie i zaklął. Jego *arakh* popłynął szybko, rozpryskując krew Quaro w drobniutką mgiełkę podobną do deszczu, który pada w upalny dzień. Długi miecz zatrzymał go w odległości stopy od twarzy ser Joraha. Przez chwilę oba miecze drżały w miejscu, a Qotho wył z wściekłości. Rycerz założył kolczugę, a także rękawice, nagolenniki z karbowanej stali i naszyjnik na gardło, nie miał jednak hełmu.

Qotho odskoczył do tyłu, a jego *arakh* zawirował mu nad głową z zawrotną szybkością niczym błyskawica, kiedy rycerz zaatakował. Potem ser Jorah odparowywał ciosy, najlepiej jak umiał, lecz kolejne cięcia następowały po sobie tak szybko, że Dany pomyślała, iż Qotho ma cztery *arakhy* i tyle samo ramion. Słyszała chrzęst miecza wgryzającego się w kolczugę, widziała iskry, kiedy długie, zakrzywione ostrze ześlizgiwało się po stalowej rękawicy. Nagle Mormont zachwiał się do tyłu, a Qotho skoczył do przodu. Lewa strona twarzy rycerza spływała krwią; kulał też od rany na biodrze widocznej poprzez przeciętą kolczugę. Qotho krzyczał głośno, prowokując go, nazywał go tchórzem, oseskiem i eunuchem w żelaznym ubraniu.

— Umrzesz! — groził, błyskając *arakhem* w świetle zachodzącego słońca. Syn w brzuchu Dany kopnął gwałtownie. Zakrzywione ostrze przemknęło obok prostego i wgryzło się głęboko w biodro rycerza, w miejscu gdzie wcześniej przecięło kolczugę.

Mormont jęknął i zachwiał się. Dany poczuła przenikliwy ból w brzuchu i wilgoć na udach. Qotho wydał zwycięski okrzyk, lecz jego *arakh* trafił na kość i utknął w niej na jedno bicie serca.

Tyle wystarczyło. Ser Jorah opuścił swój długi miecz z całą siłą, jaka mu jeszcze została, przez ciało. Przedramię Qotho zawisło luźno, kołysząc się na cienkiej nitce skóry i ścięgna. Następne cięcie rycerza dosięgło ucha, było tak gwałtowne, że wydawało się, iż twarz Qotho eksplodowała.

Dothrakowie krzyczeli przeraźliwie, Mirri Maz Duur zawodziła we wnętrzu namiotu, umierający Quaro błagał o wodę. Dany wołała o pomoc, lecz nikt jej nie słyszał. Rakharo walczył z Haggo. Taniec *arakhów* zakończył trzask bicza Jhogo, głośny jak grzmot pioruna. Jego koniec owinął się wokół gardła Hagga. Wystarczyło jedno pociągnięcie, by brat krwi przewrócił się, gubiąc miecz. Rakharo skoczył do przodu, wyjąc, i opuścił miecz na głowę Hagga. Jego koniec przeciął ją między oczyma, które zadrżały czerwone. Ktoś rzucił kamieniem; dopiero po chwili Dany zorientowała się, że jej ramię krwawi.

— Nie — płakała. — Nie, proszę, przestańcie, to za wysoka cena, za wysoka. — Posypały się kolejne kamienie. Zaczęła posuwać się w kierunku namiotu, lecz Cohollo ją powstrzymał. Chwycił mocno za włosy i odchyliwszy jej głowę, przyłożył nóż do gardła.

— Moje dziecko — krzyknęła, i może bogowie ją usłyszeli, bo w następnej chwili Cohollo już nie żył. Strzała Aggo przebiła jego płuca i serce.

Kiedy wreszcie Dany znalazła tyle siły, żeby podnieść głowę, zobaczyła, że Dothrakowie rozchodzą się w milczeniu do swoich namiotów i na swoje maty. Niektórzy siodłali konie i odjeżdżali. Słońce zdążyło już zajść. Na terenie całego *khalasaru* płonęły ogniska, ich ogromne płomienie trzaskały wściekle, plując w niebo popiołami. Dany spróbowała wstać, lecz spazm bólu pochwycił ją niczym ogromna pięść. Czuła, że z trudem oddycha. Zawodzenie Mirri Maz Duur brzmiało teraz jak pieśń pogrzebowa. We wnętrzu namiotu wirowały cienie.

Poczuła czyjeś ramię i zobaczyła, że podnosi ją ser Jorah. Twarz miał lepką od krwi i odcięte pół ucha. Jej ciało wiło się w jego ramionach wstrząsane falami bólu. Słyszała, jak przywołuje służące. Czy oni wszyscy się tak boją? Znała odpowiedź. Jeszcze jedna fala bólu. Dany zdusiła krzyk. Jakby jej syn trzymał nóż w każdej dłoni i torował sobie nimi drogę.

— Doreah, a niech cię! — ryczał ser Jorah. — Chodź tutaj. Sprowadź kobiety.

— Nie przyjdą. Mówią, że ona jest przeklęta.

— Przyjdą albo stracą głowy.

Doreah zaniosła się płaczem.

— One uciekły, panie.

— *Maegi*. — Usłyszała czyjś głos. Czy to Aggo? — Zanieście ją do *maegi*.

Nie, chciała powiedzieć Dany, nie, tylko nie to, nie wolno, lecz kiedy otworzyła usta, z gardła wydobył się tylko długi, bolesny okrzyk, a po jej ciele spłynął pot. Co z nimi, czy oni nie widzą? Cienie w namiocie wciąż krążyły wokół ognia i wanny pełnej krwi; ciemne na tle jedwabnych ścian, nie wszystkie przypominały ludzkie postacie. Przez chwilę widziała cień ogromnego wilka, a inny, jakaś ludzka postać, wił się w płomieniach.

— Owczarka zna tajemnicę łoża narodzin — powiedziała Irri. — Tak mówiła, słyszałam.

— Tak — przyznała Doreah. — Ja też słyszałam.

Nie, krzyknęła Dany, a może jej się tylko wydawało, że to zrobiła, ponieważ z jej ust nie wyszedł nawet najcichszy szept. Czuła, że ktoś ją niesie. Otworzyła oczy i ujrzała niebo, płaskie, czarne i ponure, pozbawione blasku gwiazd. Nie, proszę. Śpiew Mirri Maz Duur wzmógł się, aż jej głos wypełnił cały świat. Postacie!, krzyknęła Dany. Tancerze!

Ser Jorah wniósł ją do namiotu.

ARYA

Zapach gorącego chleba, który unosił się ze sklepów ulicy Mącznej, wydawał się słodszy od wszystkich perfum, które dotąd wąchała. Arya wciągnęła głęboko powietrze i przysunęła się do gołębia. Był tłusty, w brązowe plamki, zajęty dziobaniem okrucha, który wpadł między kamienie, lecz kiedy dotknął go jej cień, wzbił się szybko w powietrze.

Jej kij świsnął i dopadł ptaka dwie stopy nad ziemią. Gołąb opadł na ziemię, trzepocąc skrzydłami. Skoczyła na niego i chwyciła za skrzydło. Dziobnął ją w rękę, a ona złapała go za szyję i skręciła, aż poczuła trzask kości.

W porównaniu z łapaniem kotów, polowanie na gołębie wydawało się łatwe. Przechodzący ulicą septon popatrzył na nią zaciekawiony.

— To najlepsze miejsce, żeby złapać gołębia — powiedziała Arya, po czym otrzepała się i podniosła swój drewniany miecz. — Przylatują tutaj po okruchy. — Odszedł szybko.

Przywiązała ptaka do paska i ruszyła w dół ulicy. Jakiś mężczyzna pchał dwukołowy wózek pełen placków z owocami; w strumieniu zapachów rozpoznała borówki, cytryny i morele. Jej żołądek zaprotestował głośno.

— Mogę dostać jeden? — Usłyszała swój głos. — Cytrynowy albo…

Mężczyzna zmierzył ją wzrokiem od stóp do głów. Najwyraźniej nie podobało mu się to, co zobaczył.

— Trzy miedziaki.

Arya stuknęła drewnianym mieczem o but.

— Dam ci za niego gołębia — powiedziała.

— Niech Inni wezwą twojego gołębia — odpowiedział mężczyzna.

Placki były jeszcze ciepłe. Czuła napływającą do ust ślinę, ale nie miała nawet jednego miedziaka, a co tu mówić trzech. Przyjrzała się mężczyźnie; pamiętała, co Syrio mówił na temat patrzenia. Handlarz był niski, z lekko wystającym brzuchem, a poruszając się, przenosił ciężar ciała bardziej na lewą nogę. Zdążyła pomyśleć, że mogłaby spróbować porwać jeden z placków, a mężczyzna z pewnością by jej nie złapał, kiedy usłyszała jego głos:

— Trzymaj swoje brudne łapy z dala od mojego wózka. Złote płaszcze wiedzą, co robić z takimi złodziejskimi szczurami.

Arya obejrzała się za siebie. U wejścia do alei stało dwóch żołnierzy ze Straży Miejskiej. Ich wełniane, farbowane na złoty kolor płaszcze sięgały prawie do ziemi, a buty, kolczugi i rękawice były czarne. Jeden z nich miał u boku długi miecz, drugi żelazną maczugę. Zerkając tęsknie na wózek pełen placków, Arya szybko odeszła. Strażnicy nie zwracali na nią specjalnej uwagi, lecz na sam ich widok poczuła ucisk w żołądku. Chociaż dotąd trzymała się jak najdalej od zamku, i tak widziała z daleka gnijące głowy zatknięte na czerwonych murach. Nad każdą z nich kotłowało się stado wron, które z daleka przypominały tłuste muchy. W dzielnicy zwanej Zapchlonym Tyłkiem mówiono, że złote płaszcze zbratały się z Lannisterami, a ich dowódca otrzymał tytuł lorda wraz z ziemiami nad Tridentem i miejscem w radzie królewskiej.

Słyszała też inne wieści, straszne i nieprawdopodobne. Niektórzy opowiadali, że jej ojciec zamordował króla Roberta, a sam został zabity przez lorda Renly'ego. Jedni twierdzili, że to Renly zabił Króla w czasie pijackiej sprzeczki między braćmi. Inaczej nie uciekałby w nocy jak jakiś złodziej. Inni uważali, że Króla zabił dzik na polowaniu, że Król umarł, jedząc dzika — podobno tak się napchał, że pękł przy stole. Owszem, Król umarł przy stole, ale został otruty przez Varysa Pająka. Przeciwnie, to Królowa go otruła. Nie, umarł na francę. Nie, zakrztusił się rybią ością.

Tylko w jednym zgadzały się wszystkie wersje: król Robert nie żył. Przez cały dzień i całą noc dzwoniły dzwony siedmiu wież Wielkiego Septu Baelora; grzmot ich spiżowej żałoby niósł się ponad miastem. Pomocnik garbarza powiedział Aryi, że te dzwony odzywają się tylko po śmierci króla.

Arya pragnęła jedynie wrócić do domu, lecz ucieczka z Królewskiej Przystani okazała się trudniejsza, niż przypuszczała. Wszyscy mówili o wojnie, a na murach było tyle złotych płaszczy, ile pcheł na... hm, na jej ciele. Od jakiegoś czasu spała w Zapchlonym Tyłku, na dachach domów, w stajniach, gdzie tylko znalazła jakiś kąt, i szybko przekonała się, że dzielnica ta otrzymała właściwą nazwę.

Po ucieczce z Czerwonej Twierdzy każdego dnia odwiedzała którąś z siedmiu bram miasta. Smocza Brama, Lwia i Stara Brama były zamknięte. Gliniana Brama i Brama Bogów pozostały otwarte, lecz wpuszczano przez nie tylko wjeżdżających do miasta. Ci, którym wolno było wyjechać, mogli opuścić miasto przez Królewską Bramę albo przez Żelazną; niestety, strzegły ich pilnie posterunki żołnierzy Lannisterów w szkarłatnych płaszczach i hełmach z lwami. Arya obserwowała ich z dachu karczmy w sąsiedztwie Królewskiej Bramy, jak przeszukiwali fury i powozy, kazali konnym otwierać torby przy siodłach i wypytywali każdego pieszego.

Myślała o tym, żeby przepłynąć rzekę, ale Czarny Nurt był szeroki i głęboki i wszyscy zgodnie twierdzili, że jest bardzo zdradliwy. Nie miała pieniędzy, żeby zapłacić za prom albo miejsce na statku.

Pan ojciec nauczył ją, żeby nigdy nie kradła. Wciąż o tym pamiętała, tylko coraz trudniej było jej sobie przypomnieć, dlaczego nie wolno tego robić. Odkąd nauczyła się łapać ptaki, nie głodowała zbytnio, ale po pewnym czasie na widok gołębia robiło jej się niedobrze. Zanim trafiła do Zapchlonego Tyłka, kilka z nich zjadła na surowo.

Na ulicach dzielnicy znajdowało się wiele garkuchni, przed którymi nieustannie wystawiano ogromne gary pełne gulaszu i zawsze można było dostać za połowę ptaka piętkę wczorajszego chleba i „michę gulachu"; podpiekli nawet drugą połowę na ogniu, o ile obrała gołębia z piór. Arya oddałaby wszystko za kubek mleka i cytrynowe ciasteczko, ale gulasz nie był taki zły. Był zwykle zagęszczony kaszą z kawałkami marchewki, cebuli i rzepy, czasem nawet z jabłkiem, a po jego powierzchni zawsze pływała powłoka tłuszczu. Kiedy go jadła, starała się nie myśleć o mięsie. Raz trafił się jej kawałek ryby.

Jedyny kłopot polegał na tym, że garkuchnie nigdy nie były puste; zawsze czuła na sobie spojrzenia innych, żeby nie wiem jak szybko pochłaniała swoje jedzenie. Niektórzy przyglądali się jej butom albo płaszczowi; dobrze wiedziała, o czym myślą. Spojrzenia innych, czuła to nieomal, wpełzały pod jej ubranie; nie wiedziała dlaczego, co przerażało ją jeszcze bardziej. Kilkakrotnie śledzili ją, a potem gonili, lecz jak dotąd nikomu nie udało się jej złapać.

Już w czasie pierwszej nocy poza murami zamku skradziono jej srebrną bransoletkę, którą zamierzała sprzedać, a także tobołek z ubraniami; ukradziono je w spalonym domu przy Świńskim Zaułku, gdzie spała. Został jej tylko płaszcz, którym się opatuliła, skórzany kaftan, drewniany miecz i... Igła. Pewnie i ona by zniknęła, gdyby nie to, że spała na niej — była warta więcej niż cała reszta. Od tamtej pory Arya chodziła zawsze w płaszczu zarzuconym na ramię, żeby ukryć miecz na biodrze. W lewej dłoni nosiła drewniany miecz, zawsze trzymała go na widoku, tak by odstraszyć złodziei, chociaż w okolicy kręcili się tacy, których nie odstraszyłby nawet widok berdysza. Dlatego szybko straciła apetyt na gołębia i czerstwy chleb. Wolała iść spać głodna, niż narażać się na spojrzenia.

Kiedy znajdzie się za murami miasta, nazbiera jagód albo ukradnie jabłek czy wiśni z sadu. Widziała je w czasie podróży na południe królewskim traktem. Będzie też mogła wykopać jakieś korzonki w lesie albo spróbuje zapolować na królika. W mieście pozostały do łapania tylko szczury, koty i wychudzone psy. Słyszała, że właściciele straganów dawali garść miedziaków za miot szczeniaków — nie chciała nawet myśleć dlaczego.

Poniżej ulicy Mącznej ciągnął się labirynt krętych alei i uliczek. Arya przemykała wśród tłumu, starając się zachować odpowiednią odległość od złotych płaszczy. Nauczyła się trzymać środka ulicy. Czasem musiała uskakiwać przed przejeżdżającym wozem czy jeźdźcem, ale idąc środkiem, widziała zbliżających się strażników. Ludzie łapali ją za kołnierz, kiedy szła pod murem, lecz w niektórych alejkach niemal ocierała się o ściany domów, które pochylały się ku sobie.

Minęła ją banda rozkrzyczanych dzieci goniących toczącą się obręcz. Arya popatrzyła na nich z niechęcią, ponieważ przypomniała sobie czasy, kiedy bawiła się tak samo z Branem, Jonem i malutkim Rickonem. Zastanawiała się, jak duży jest teraz Rickon i czy Bran jest smutny. Oddałaby wszystko, żeby był z nią Jon, żeby nazwał ją „siostrzyczką" i potarmosił za włosy. Oglądając swoje odbicie w kałużach, doszła do wniosku, że nie widziała jeszcze równie mocno potarganych włosów.

Próbowała rozmawiać z dziećmi, które spotykała na ulicy, licząc na to, że zaprzyjaźni się z którymś na tyle, że da jej jakieś wygodne miejsce do spania, ale chyba nie tak się odzywała. Te mniejsze spoglądały tylko na nią przestraszone i uciekały, kiedy próbowała podejść bliżej. Ich starsi bracia i siostry zadawali Aryi pytania, na które nie potrafiła odpowiedzieć, przezywali ją i próbowali okraść. Poprzedniego dnia chuda, bosonoga dziewczyna, o wiele starsza od Aryi, przewróciła ją i próbowała ściągnąć buty z jej nóg. Puściła ją i odeszła z płaczem, krwawiąc, dopiero kiedy otrzymała uderzenie w ucho drewnianym mieczem.

Kiedy schodziła zboczem do Zapchlonego Tyłka, nad jej głową zakołowała mewa. Arya zerknęła na nią, lecz uznała, że ptak znajduje się poza zasięgiem jej kija. Pomyślała o morzu. Może powinna spróbować tej drogi. Stara Niania opowiadała im historie chłopców, którzy schowani na handlowych galerach wyruszali na poszukiwanie przygód. Może i ona powinna zrobić to samo. Postanowiła odwiedzić rzeczny port. I tak znajdował się po drodze do Glinianej Bramy, której jeszcze nie sprawdziła.

Kiedy przybyła na nabrzeże, panował tam dziwny spokój. Po rybim targu przechadzało się dwóch strażników, którzy nie zwracali na nią specjalnej uwagi. Połowa straganów była pusta, a w dokach stało mniej statków, niż się spodziewała. W oddali na wodach Czarnego Nurtu płynęły w szyku trzy królewskie wojenne galery, ich złociste dzioby pruły wodę w rytm unoszących się i opadających wioseł. Arya obserwowała je przez chwilę, po czym ruszyła wzdłuż rzeki.

Jej serce zatrzymało się na moment, kiedy ujrzała przy trzeciej przystani strażników w szarych płaszczach oblamowanych białym atłasem. Na widok barw Winterfell łzy napłynęły jej do oczu. Za nimi kołysała się na wodzie trójrzędowa galera kupiecka. Nie potrafiła odczytać nazwy wymalowanej na kadłubie łodzi, słowa wyglądały dziwnie, należały pewnie do języka Myr, Braavos albo były jeszcze starsze, może starovalyriańskie. Arya chwyciła za rękaw przechodzącego robotnika portowego.

— Przepraszam — powiedziała — co to za statek?

— To Wichrowa Wiedźma z Myr — odpowiedział jej.

— Wciąż tu stoi — bąknęła Arya. Mężczyzna obrzucił ją dziwnym spojrzeniem, wzruszył ramionami i odszedł. Arya pobiegła do przystani. To właśnie Wichrowa Wiedźma miała zabrać ją do domu... wciąż czeka! A ona sądziła, że statek dawno odpłynął.

Dwóch ze strażników grało w kości, trzeci zaś chodził tam i z powrotem z dłonią na kuli rękojeści miecza. Nie chcąc pokazywać łez, zatrzymała się, żeby otrzeć oczy. Jej oczy, dlaczego...

Patrz oczyma, usłyszała szept Syria.

Arya spojrzała uważnie. Znała wszystkich ludzi ojca. Trzej żołnierze w szarych płaszczach byli obcy.

— Ty — zawołał ten, który pełnił wartę. — Czego tu szukasz, chłopcze? — Jego towarzysze podnieśli wzrok znad kości.

Arya wiedziała, że jeśli zacznie uciekać, pobiegną za nią. Zmusiła się, by podejść bliżej. Szukali dziewczyny, a on myślał, że ona jest chłopcem. A zatem niech będzie chłopcem.

— Chcesz kupić gołębia? — Pokazała mu martwego ptaka.

— Wynoś się stąd — powiedział strażnik.

Arya posłuchała go i nie musiała nawet udawać, że jest przestraszona. Strażnicy wrócili do swoich kości. Nie potrafiła powiedzieć, jak wróciła do Zapchlonego Tyłka, lecz dyszała ciężko, kiedy dotarła wreszcie do krętych uliczek bez chodników między wzgórzami. Zapchlony Tyłek miał swoją specyficzną woń; był to smród chlewów, stajni i garbarni przemieszany z kwaśnym zapachem winnych szynków i tanich burdeli. Arya szła wolno śmierdzącym labiryntem. W tej samej chwili, kiedy poczuła zapach bulgocącego gulaszu płynący z otwartych drzwi, zorientowała się, że nie ma gołębia; musiał jej się wysunąć zza pasa albo ktoś go ukradł. Przez chwilę miała ochotę się rozpłakać. Żeby znaleźć równie tłustego, musiałaby wrócić na ulicę Mączną.

W drugim końcu miasta rozległo się bicie dzwonów. Arya spojrzała w górę, zastanawiając się, co to może znaczyć.

— Co tam znowu? — zawołał grubas ze sklepu garncarza.

— Bogowie litościwi, znowu dzwony — jęknęła stara kobieta.

Na drugim piętrze otworzyło się okno i ukazała się w nim rudowłosa dziwka w skąpej jedwabnej sukience.

— Czy teraz umarł mały Król? — zawołała, wychylając się na zewnątrz. — Ach, tak już z nimi jest, nigdy nie żyją za długo. — Roześmiała się, kiedy nagi mężczyzna objął ją z tyłu i gryząc w szyję, złapał za ciężkie białe piersi, które wylały się spod jej koszuli.

— Głupia dziwka — krzyknął grubas z dołu. — Nie umarł żaden król. Dzwoni tylko jedna wieża, wzywają wszystkich. Kiedy umiera król, dzwonią wszystkie dzwony.

— No, przestań mnie gryźć albo zadzwonię twoim dzwonem — powiedziała kobieta w oknie do mężczyzny za nią i odepchnęła go łokciem. — No to kto umarł, jeśli nie Król?

— Wzywają wszystkich — powtórzył grubas.

Dwóch chłopców mniej więcej w wieku Aryi przebiegło szybko, rozpryskując wodę w kałuży. Starucha przeklęła ich, ale chłopcy nawet nie zwolnili. Inni także szli szybko w górę ulicy. Arya pobiegła za wolniejszym z chłopców.

— Dokąd idziecie? — zapytała, kiedy znalazła się tuż za nim. — Co się dzieje?

Zerknął na nią przez ramię, nie zwalniając.

— Złote płaszcze wiozą go do septu.

— Kogo? — zapytała.

— Namiestnika! Buu mówi, że obetną mu głowę.

Przejeżdżający wóz zostawił za sobą głębokie koleiny. Chłopak wskoczył szybko, lecz Arya nie miała tyle szczęścia. Potknęła się i upadła na twarz; rozbiła kolano o kamień i obtarła mocno palce, kiedy uderzyła dłońmi o twardą ziemię. Igła zaplątała się jej między nogami. Podniosła się, pochlipując. Kciuk lewej ręki był cały we krwi. Kiedy podniosła palce, żeby go possać, zobaczyła, że zdarła sobie połowę paznokcia. Czuła w dłoniach pulsujący ból, kolano także miała zakrwawione.

— Z drogi! — Usłyszała krzyk dochodzący z poprzecznej ulicy. — Droga dla lordów Redwyne! — Arya zdążyła odsunąć się w ostatniej chwili przed czterema strażnikami, którzy pędzili galopem na ogromnych koniach. Ubrani byli w stroje w niebiesko-czerwoną kratę. Za nimi jechało dwóch młodych lordów na dwóch identycznych kasztanowych kobyłach. Arya spotykała ich wielokrotnie na zamku, bliźniacy Redwyne, ser Horas i ser Hobber, byli brzydkimi młodzieńcami o rudych włosach i kanciastych, piegowatych twarzach. Sansa i Jeyne Poole nazywały ich Horrorem i Boberem i zawsze chichotały na ich widok. Teraz nie wyglądali zabawnie.

Wszyscy zdążali szybko w tym samym kierunku, by przekonać się, do czego wzywają dzwony. Teraz ich dźwięk wydawał się jeszcze głośniejszy, bardziej natarczywy w swoim wezwaniu. Arya zanurzyła się w ludzkim strumieniu. Z trudem powstrzymywała łzy, czując ból w kciuku. Kuśtykając, zagryzała wargi i nasłuchiwała tego, co mówią idący obok niej ludzie.

— ...Lord Stark, namiestnik króla. Wiozą go do Septu Baelora.

— Słyszałem, że nie żyje.

— Już niedługo pożyje. Założę się o srebrnego jelenia, że mu obetną głowę.

— Należy się zdrajcy. — Mężczyzna splunął.

Arya zebrała się na odwagę.

— On nigdy... — zaczęła, ale rozmawiający nie zwracali na nią najmniejszej uwagi i rozmawiali dalej ponad jej głową.

— Głupi! Nie utną mu głowy. Od kiedy to wystawiają zdrajców na stopniach Wielkiego Septu?

— Chyba nie będą go pasować na rycerza. Słyszałem, że to Stark zabił starego króla Roberta. Podobno poderżnął mu gardło w lesie, a kiedy ich znaleźli, stał tam zimny jak głaz i opowiadał, że jakiś stary dzik załatwił Jego Miłość.

— Nie, nie tak było. Króla zabił jego własny brat, zrobił to tymi swoimi złotymi rogami.

— Zamknij się, stara kłamczucho. Nie wiesz, co mówisz. Jego lordowska mość jest porządnym człowiekiem.

Kiedy dotarli do ulicy Sióstr, szli już ściśnięci gęsto. Arya pozwoliła, żeby ludzki strumień poniósł ją aż na szczyt wzgórza Visenyi. Plac z białego marmuru wypełniała szczelnie ludzka masa; wszyscy wrzeszczeli na siebie, próbując przecisnąć się bliżej Wielkiego Septu Baelora. Dzwony biły tutaj bardzo głośno.

Z drewnianym mieczem w dłoni Arya przeciskała się przez tłum, przemykając skulona między końskimi nogami. Z jego środka widziała jedynie ramiona, nogi i brzuchy oraz wierzchołki siedmiu smukłych wież septu. Zauważyła drewniany wóz i pomyślała, że mogłaby spróbować wspiąć się tam dla lepszego widoku, lecz inni również wpadli na ten pomysł. Ale woźnica zaklął i przepędził ich jednym trzaśnięciem bicza. Tłum przycisnął ja do kamiennego cokołu. Zdesperowana, spojrzała w górę na Baelora Błogosławionego, Króla-septona. Wsunąwszy kij za pas, zaczęła się wspinać. Nie zważając na krwawe ślady, jakie pozostawiał jej kciuk, dotarła aż między stopy Króla.

I wtedy zobaczyła ojca.

Lord Eddard stał na ambonie Wielkiego Septona przed drzwiami septu, podtrzymywany przez dwóch strażników w złotych płaszczach. Ubrany był w aksamitny szary kubrak z białym wilkiem wyszytym na piersi białymi paciorkami oraz szary wełniany płaszcz lamowany futrem. Arya nie widziała go jeszcze tak chudego, jego pociągła twarz wyrażała ból. Bardziej był podtrzymywany, niż stał o własnych siłach; gips na jego złamanej nodze zszarzał i zgnił. Obok niego stał sam Wielki Septon, siwy, tłusty, w długiej, białej szacie i ogromnej koronie z kutego złota i kryształu, która promieniowała tęczami przy każdym jego ruchu.

Przy drzwiach septu, przed marmurową amboną zebrali się rycerze i wielcy lordowie. Wśród nich wyróżniał się Joffrey, cały w purpurowych jedwabiach i atłasie, zdobionych skaczącymi jeleniami i ryczącymi lwami, ze złotą koroną na głowie. Obok niego stała Królowa, jego matka, w żałobnej czerni zaakcentowanej szkarłatem, w jej włosach lśnił welon z czarnych diamentów. Arya rozpoznała Ogara, na ciemnoszarą zbroję nałożył śnieżnobiały płaszcz; otaczało go czterech rycerzy z Gwardii Królewskiej. Zobaczyła Varysa, eunucha, jak przesuwa się gładko między lordami w miękkich pantoflach i wzorzystej szacie z adamaszku. Patrząc na nich, pomyślała, że niski mężczyzna ze spiczastą brodą, odziany w srebrzystą pelerynę mógł być tym, który kiedyś walczył o jej matkę.

Wreszcie dostrzegła też i Sansę wystrojoną w błękitne jedwabie, jej długie kasztanowe włosy spływające lokami, na rękach miała srebrne bransolety. Arya zastanawiała się, co robi tam jej siostra i dlaczego wydaje się taka zadowolona z siebie.

Długi rząd włóczników w złotych płaszczach oddzielał ludzi zebranych na schodach od tłumu. Żołnierzami dowodził krępy mężczyzna w czarnej zbroi misternie zdobionej złotem. Jego płaszcz migotał metalicznie połyskiem prawdziwego złotogłowia. Kiedy dzwony przestały bić, na placu zapadła powoli cisza. Wtedy jej ojciec podniósł głowę i zaczął mówić głosem tak cichym i słabym, że z trudem go rozumiała. Ludzie za jej plecami zaczęli krzyczeć:

— Co? Głośniej! — A mężczyzna w czarno-złotej zbroi podszedł do jej ojca i szturchnął go mocno. „Zostaw go!", chciała krzyknąć, ale wiedziała, że nikt jej nie usłyszy. Zagryzła tylko wargi.

Ojciec przemówił jeszcze raz, głośniej.

— Jestem Eddard Stark, Lord Winterfell, Królewski Namiestnik. — Teraz jego głos niósł się przez plac. — Stanąłem tutaj, żeby wobec bogów i ludzi przyznać się do zdrady.

— Nie — wyszeptała Arya. Tłum wokół niej zaczął wrzeszczeć i wyć. Posypały się obelgi. Sansa ukryła twarz w dłoniach.

Jej ojciec mówił coraz głośniej.

— Złamałem przysięgę wierności wobec Króla i więzy zaufania wobec mojego przyjaciela Roberta — krzyczał. — Przysięgałem bronić jego dzieci, lecz zanim jeszcze ostygła jego krew, knułem spisek, którego celem było zamordowanie jego syna i objęcie przeze mnie tronu. Niech Wielki Septon oraz Baelor Błogosławiony i Siedmiu zaświadczą o prawdziwości moich słów: Joffrey Baratheon jest prawdziwym spadkobiercą Żelaznego Tronu i z łaski wszystkich bogów Panem Siedmiu Królestw i Protektorem Królestwa.

Ktoś rzucił kamień. Arya krzyknęła, widząc, że trafił jej ojca. Złote płaszcze podtrzymywały go przed upadkiem. Z głębokiej rany na jego czole płynęła krew. Poleciały kolejne kamienie. Jeden z nich uderzył strażnika po jego lewej stronie. Inny odbił się głośno od napierśnika rycerza w złocistoczarnej zbroi. Dwaj rycerze z Gwardii Królewskiej zasłonili tarczami Joffreya i Królową.

Arya wsunęła dłoń pod płaszcz i dotknęła Igły. Nigdy jeszcze niczego nie ściskała tak mocno jak teraz rękojeści swojego miecza. Bogowie, uratujcie go, proszę, modliła się. Nie pozwólcie im skrzywdzić mojego ojca.

Wielki Septon klęknął przed Joffreyem i jego matką.

— Cierpimy tak, jak grzeszymy — przemówił uroczystym tonem, jeszcze głośniej niż mówił jej ojciec. — Ten człowiek wyznał swoje winy w obliczu bogów i ludzi w tym oto świętym miejscu. — Kiedy uniósł ramiona w błagalnym geście, wokół jego głowy zatańczyły tęcze. — Bogowie są sprawiedliwi, lecz Baelor Błogosławiony uczył nas, że są też łaskawi. Jaki będzie los tego zdrajcy, Wasza Miłość?

Rozległ się krzyk tysiąca głosów, lecz Arya ich nie słyszała. Książę Joffrey... nie, król Joffrey... wyłonił się zza tarcz rycerzy swojej gwardii.

— Moja matka namawia mnie, bym pozwolił lordowi Starkowi przywdziać czarną szatę, lady Sansa zaś błaga o litość dla swojego ojca. — Po tych słowach spojrzał na Sansę i uśmiechnął się, tak że przez moment Arya sądziła, że bogowie usłyszeli jej prośbę, lecz tylko do momentu, kiedy Joffrey znowu odwrócił się do tłumu i powiedział: — Lecz ich serca to miękkie serca niewiast. Dopóki ja będę waszym Królem, zdrada nigdy nikomu nie ujdzie bezkarnie. Ser Ilynie, przynieś mi jego głowę.

Tłum zawył, a Arya poczuła, że statua Baelora kołysze się pod jego naporem. Wielki Septon chwycił Króla za pelerynę, Varys podbiegł do niego szybko, wymachując ramionami, nawet Królowa coś do niego mówiła, lecz Joffrey kręcił tylko głową. Lordowie i rycerze rozstąpili się, robiąc mu miejsce: Królewski Kat stanął przed nimi, wysoki, upiorny, szkielet w żelaznej kolczudze. Arya słyszała krzyk siostry, lecz niewyraźnie, jakby dochodził z oddali. Sansa opadła na kolana i płakała histerycznie. Ser Ilyn Payne wszedł na stopnie ambony.

Arya wysunęła się spomiędzy stóp Baelora i rzuciła się między tłum, wyciągając z pochwy Igłę. Wylądowała na grzbiecie mężczyzny w fartuchu rzeźnika, który runął na ziemię. Zaraz ktoś grzmotnął ją w plecy, tak że sama nieomal się przewróciła. Tłum wokół niej napierał nieustannie, gniotąc ją i depcząc biednego rzeźnika. Arya zaczęła wymachiwać mieczem.

Wysoko na pulpicie ser Ilyn Payne dał znak i rycerz w złocistoczarnej zbroi wydał rozkaz. Żołnierze przewrócili lorda Starka na marmurowy blat, tak że jego głowa i pierś wystawały poza krawędź.

— Hej, ty! — krzyczał ktoś rozgniewany do Aryi, lecz ona odpychała ludzi na boki i przeciskała się między nimi, bijąc każdego, kto znalazł się na jej drodze. Jakaś kobieta potknęła się, a Arya wskoczyła jej na plecy, zadając cięcia na lewo i prawo, wszystko to jednak nie miało znaczenia, za dużo ludzi, tłum natychmiast wypełniał puste miejsce, które sobie przygotowała. Ktoś zepchnął ją na bok. Wciąż słyszała krzyki Sansy.

Ser Ilyn wyciągnął z pochwy na plecach dwuręczny miecz. Kiedy uniósł go nad głową, wydawało się, że blask słońca tańczy na jego ostrzu ostrzejszym od najlepszej brzytwy. Lód, pomyślała, on ma Lód. Przez łzy niewiele już widziała.

I wtedy z tłumu wyłoniła się ręka, która — niczym potrzask — zacisnęła się na jej ramieniu; ścisnęła je mocno, tak że Igła wypadła jej z ręki. Arya poczuła, że unosi się w powietrze. Spodziewała się, że upadnie na ziemię, lecz on trzymał ją pewnie i mocno jak lalkę. Czyjaś twarz przysunęła się blisko jej twarzy, długie, czarne włosy, potargana broda i zepsute zęby.

— Nie patrz — warknął ochrypły głos.

— Ja... ja... ja... — szlochała Arya.

Starzec potrząsnął nią tak mocno, że aż zagrzechotały jej zęby.

— Zamknij gębę i nie patrz, chłopcze. — Niewyraźnie, jakby z oddali, usłyszała odgłos... ciche westchnienie, jakby milion ludzi wypuściło wstrzymywany oddech. Starzec jeszcze mocniej zacisnął palce na jej ramieniu. — Popatrz na mnie, tak, na mnie. — Jego oddech cuchnął kwaśnym winem. — Pamiętasz, chłopcze?

Przypomniała sobie poprzez zapach. Znowu zobaczyła potargane, tłuste włosy, połatany, brudny czarny płaszcz, który zakrywał pokrzywione ramiona, przenikliwe spojrzenie czarnych oczu. Tak, przypomniała sobie czarnego brata, który odwiedził jej ojca.

— Teraz mnie poznajesz, prawda? Bystry chłopak. — Splunął. — Tu już jest po wszystkim. Pójdziesz ze mną i będziesz siedział cicho. — Kiedy otworzyła usta, znowu nią potrząsnął. — Cicho, powiedziałem.

Plac pustoszał powoli. Ścisk zelżał dookoła, w miarę jak ludzie wracali do swojego życia. Tylko że życie Aryi skończyło się. Odrętwiała, szła powoli obok... Yorena, tak, tak miał na imię. Nie widziała, kiedy podniósł jej miecz.

— Mam nadzieję, że potrafisz się nim posługiwać, chłopcze — powiedział, podając jej Igłę.

— Ja nie jestem... — zaczęła.

Wepchnął ją do bramy, zanurzył brudne palce w jej włosach i pociągnął mocno.

— ...nie jesteś bystrym chłopcem, to chciałeś powiedzieć?

W drugiej ręce trzymał nóż.

Kiedy ostrze zbliżyło się do jej twarzy, rzuciła się do tyłu, kopiąc wściekle i szarpiąc głową, lecz on trzymał ją tak mocno, że wydawało jej się, iż oderwie jej skórę z głowy, a na ustach czuła słony smak łez.

BRAN

Najstarsi przeżyli już siedemnasty, osiemnasty dzień ich imienia. Jeden nawet dwudziesty. Jednakże większość z nich była młodsza, mieli po szesnaście lat albo mniej.

Bran przyglądał im się z balkonu wieżyczki maestera Luwina i słuchał ich okrzyków, jęknięć i przekleństw, kiedy wywijali kijami i drewnianymi mieczami. Cały dziedziniec rozbrzmiewał odgłosami uderzeń drewna o drewno, często przeplatanymi bolesnym jękiem, kiedy uderzenie trafiło w skórzaną osłonę albo w gołe ciało. Pomiędzy chłopcami chodził ser Rodrik, mrucząc, z twarzą czerwoną pod białymi bokobrodami.

— Nie — powtarzał. — Nie. Nie. Nie.

— Nie walczą najlepiej — powiedział Bran niepewnie. Podrapał za uchem Lato, który rozrywał zębami kawał mięsa. Rozległ się chrzęst łamanej kości.

— For certes — przyznał maester Luwin i westchnął głęboko. Maester patrzył przez ogromną lunetę z Myr; mierzył cienie i ustalał pozycję komety, która wisiała nisko na porannym niebie. — Ale może z czasem... Ser Rodrik ma rację, potrzebujemy ludzi na mury. Twój pan ojciec zabrał najlepszych do Królewskiej Przystani, resztę wziął twój brat. Wielu z nich nie wróci, trzeba więc znaleźć innych na ich miejsca.

Bran patrzył z niechęcią na walczących na dziedzińcu chłopców.

— Gdybym miał nogi, wszystkich bym pokonał. — Przypomniał sobie, kiedy ostatni raz trzymał w ręku miecz w czasie odwiedzin Króla w Winterfell. Wprawdzie był to tylko drewniany miecz, ale pokonał nim księcia Tommena, i to nie raz. — Ser Rodrik powinien nauczyć mnie posługiwać się berdyszem. Gdybym miał taki z długim drzewcem, Hodor mógłby być moimi nogami. Razem tworzylibyśmy rycerza.

— To chyba... nie jest najlepszy pomysł — odparł maester Luwin. — Widzisz, Bran, kiedy człowiek walczy, jego ramiona, nogi i myśli muszą stanowić całość.

Z dołu dobiegły krzyki ser Rodrika:

— Walczycie jak gęsi. On dziobnie ciebie, a ty dziobiesz go trochę mocniej. To ma być parada! Zablokuj cięcie. Dziobanie nie wystarczy. Gdybyście walczyli prawdziwymi mieczami, pierwsze dziobnięcie odcięłoby wam ramię. — Jeden z chłopców roześmiał się, a stary rycerz napadł natychmiast na niego. — Śmiejesz się. Ty? Walczysz jak jeż...

— Przecież był kiedyś rycerz, który nie widział — mówił Bran z uporem. — Opowiadała mi o nim Stara Niania. Miał długie drzewce z ostrzami z obu stron, tak że mógł obracać nim w rękach i przeciąć dwóch ludzi jednocześnie.

— Symeon Gwiezdnooki — powiedział Luwin, wpisując cyfry do księgi. — Kiedy stracił wzrok, kazał sobie wsadzić w oczodoły gwiezdne szafiry, tak przynajmniej śpiewają w balladach. Bran, pamiętaj, że to tylko opowieść, taka sama jak ta o Florianie Błaźnie. Opowieść z Ery Herosów. — Maester cmoknął. — Zostaw te marzenia, złamią ci tylko serce.

Wspomnienie o marzeniach przypomniało mu o czymś.

— Ostatniej nocy znowu śniła mi się wrona. Miała troje oczu. Przyfrunęła do mojej sypialni i powiedziała, żebym poszedł za nią, więc poszedłem. Zeszliśmy do krypty. Spotkałem tam ojca. Rozmawialiśmy. Był smutny.

— Dlaczego? — Luwin nie odrywał oka od soczewki lunety.

— Chyba chodziło o Jona. — Sen ostatniej nocy bardziej go zaniepokoił niż poprzednie z wroną. — Hodor nie chce schodzić do krypty.

Bran widział, że maester nie słucha go zbyt uważnie. Odsunął twarz od lunety.

— Hodor nie chce?...

— Zejść do krypty. Kiedy się obudziłem, chciałem, żeby mnie zabrał na dół, chciałem się przekonać, czy ojciec rzeczywiście tam jest. Najpierw w ogóle mnie nie rozumiał, więc poprowadziłem go do schodów, mówiąc mu, gdzie ma iść, ale on nie chciał zejść na dół. Stał na najwyższym stopniu i powtarzał tylko to swoje „Hodor", jakby się bał ciemności, a przecież miałem pochodnię. Wściekłem się i o mało co nie walnąłem go w głowę, jak to robi Stara Niania. — Bran zobaczył, że maester marszczy czoło, i dodał szybko: — Ale tego nie zrobiłem.

— To dobrze. Hodor jest człowiekiem, a nie mułem, którego można okładać.

— W moim śnie fruwałem razem z wroną, ale kiedy się budzę, nie potrafię tego robić — wyjaśnił Bran.

— Dlaczego miałbyś schodzić do krypty?

— Mówiłem ci. Żeby poszukać ojca.

Maester pociągnął za łańcuch na swojej szyji, jak zawsze kiedy był zakłopotany.

— Bran, miłe dziecko, któregoś dnia lord Eddard zasiądzie tam na dole w kamiennej postaci, spocznie obok swojego ojca i ojca jego ojca, i wszystkich przodków aż do czasów starych królów na północy... lecz nie nastąpi to tak szybko, z pomocą bogów. Twój ojciec pozostaje więźniem Królowej w Królewskiej Przystani. Nie znajdziesz go w krypcie.

— Był tam wczorajszej nocy. Rozmawiałem z nim.

— Uparciuch — westchnął maester, odkładając księgę. — Może chciałbyś pójść tam teraz?

— Nie mogę. Hodor nie chce, a schody są zbyt wąskie i kręte dla Tancerki.

— Może potrafię temu zaradzić.

Zamiast Hodora wezwano dziką, Oshę. Wysoka, silna, nigdy nie narzekała, zawsze gotowa pójść, gdzie ją posyłano.

— Całe życie spędziłam za Murem, więc nie boję się dziury w ziemi — powiedziała tylko.

— Chodź, Lato — zawołał Bran, kiedy podniosła go silnymi ramionami. Wilkor zostawił swoją kość i poszedł za Oshą i Branem przez dziedziniec, a potem krętymi schodami w głąb zimnego grobowca. Prowadził ich maester Luwin z pochodnią. Bran nie miał nic przeciwko temu, żeby Osha niosła go na rękach, a nie na plecach tak jak Hodor. Ponieważ służyła wiernie przez cały czas pobytu w Winterfell, ser Rodrik już wcześniej kazał uwolnić ją z łańcuchów. Pozostawiono jej tylko żelazne obręcze wokół kostek u nóg — na znak, że nie można było jej ufać w pełni — lecz one nie przeszkadzały jej kroczyć pewnie po wąskich schodach.

Bran nie pamiętał, kiedy ostatni raz był w krypcie. Z pewnością było to wtedy, gdy jako mały chłopiec bawił się tam z Robbem, Jonem i siostrami.

Żałował, że nie ma ich tam z nim w tej chwili. Grobowiec nie wydawałby mu się taki ciemny i straszny. Lato wszedł ostrożnie w rozbrzmiewający echem mrok, po czym zatrzymał się, uniósł łeb i wciągnął w nozdrza chłodne, zatęchłe powietrze. Szczerząc kły, cofnął się; w blasku pochodni maestera jego oczy lśniły złociście. Nawet Osha, twarda jak żelazo, sprawiała wrażenie zaniepokojonej.

— Z tego, co widać, mieszka tu ponure bractwo — powiedziała, ujrzawszy długi rząd przodków Starków wykutych w granicie, siedzących nieruchomo na kamiennych tronach.

— Królowie Zimy — powiedział szeptem Bran. Wydawało mu się, że w takim miejscu nie należy mówić zbyt głośno.

Osha uśmiechnęła się.

— Zima nie ma królów. Wiedziałbyś o tym, gdybyś ją zobaczył, letni chłopcze.

— Oni królowali na północy przez tysiące lat — powiedział maester Luwin. Podniósł pochodnię wysoko, tak że jej blask oświetlił kamienne twarze. Niektórzy, o srogich obliczach, bujnych włosach i brodach, przypominali wilki, które spoczywały u ich stóp. Inni, gładko wygoleni, o twarzach pociągłych i rysach ostrych jak krawędzie mieczy na ich kolanach. — Twardzi ludzie na twarde czasy. Chodźmy. — Ruszył szybko między kamiennymi filarami i rzeźbionymi postaciami. Uniesiona pochodnia ciągnęła za sobą płomienny jęzor.

Krypta była ogromna, większa od samego Winterfell, a Jon opowiadał kiedyś, że poniżej znajdowały się jeszcze inne poziomy, głębsze i ciemniejsze grobowce, w których pochowano dawniejszych królów. Dobrze było mieć światło. Lato nie chciał zejść ze stopni, nawet kiedy Osha z Branem w ramionach poszła za pochodnią.

— Bran, pamiętasz dzieje swojej rodziny? — odezwał się maester, kiedy szli. — Niech Osha dowie się, kim byli twoi przodkowie i co robili.

Patrząc na przesuwające się twarze, przypominał sobie opowieści. Usłyszał je od maestera, a Stara Niania sprawiała, że ożywały w jego wyobraźni.

— Ten tutaj to Jon Stark. Kiedy morscy najeźdźcy wylądowali na wschodzie, wypędził ich i wybudował zamek w Białym Porcie. Jego syn nazywał się Rickard Stark, nie ojciec mojego ojca, inny Rickard, który odebrał Przesmyk Królowi Bagien i poślubił jego córkę. Ten straszny chudzielec z długimi włosami i rzadką brodą to Theon Stark. Nazywali go Głodnym Wilkiem, ponieważ wciąż wojował. Dalej siedzi Brandon, ten wysoki o rozmarzonej twarzy, zwany Brandonem Żeglarzem z powodu jego miłości do morza. Jego grób jest pusty. Popłynął na zachód przez Morze Zachodzącego Słońca i nigdy nie wrócił. Jego syn, Brandon Podpalacz, wiedziony smutkiem podpalił wszystkie statki ojca. Tutaj jest Rodrik Stark, który w zawodach zapaśniczych wygrał Wyspę Niedźwiedzią i podarował ją Mormontom. A oto Torrhen Stark, Król, Który Klęknął. Ostatni Król Północy i pierwszy Lord Winterfell, po tym jak uległ Aegonowi Zdobywcy. Och, jest i Cregan Stark. Walczył kiedyś z księciem Aemonem i Smoczy Rycerz powiedział, że nigdy nie spotkał tak dobrego wojownika. — Doszli już prawie do końca krypty i Bran poczuł ogarniający go smutek. — A oto mój dziadek, lord Rickard, stracony przez Szalonego Króla, Aerysa; obok niego spoczywają jego córka, Lyanna, i syn, Brandon. Nie ja, inny Brandon, brat mojego ojca. Nie powinni mieć pomników, które stawia się tylko królom i lordom, ale ojciec kazał ich wyrzeźbić, ponieważ bardzo ich kochał.

— Piękna panna — powiedziała Osha.

— Robert miał ją poślubić, lecz książę Rhaegar porwał ją i zgwałcił — wyjaśnił Bran. — Robert wypowiedział mu wojnę, żeby ją odzyskać. Zabił Rhaegara nad Tridentem, ale Lyanna umarła.

— Smutna opowieść — powiedziała Osha.

— Tu spocznie lord Eddard, kiedy nadejdzie jego czas — odezwał się maester Luwin. — Bran, czy tutaj widziałeś ojca w twoim śnie?

— Tak. — Zadrżał na wspomnienie snu. Rozejrzał się niespokojnie, czując mrowienie na plecach. Czy coś słyszał? Czy tam ktoś był? Maester Luwin podszedł do pustego grobu z pochodnią w dłoni.

— Jak widzisz, nie ma go tutaj. I nie będzie jeszcze przez wiele lat. Sny są tylko snami, dziecko. — Wsadził ramię w ciemność grobowca, jakby to była paszcza ogromnej bestii. — Widzisz? Jest zupełnie pu…

Ciemność skoczyła na niego, warcząc.

Bran dostrzegł ogniki zielonych ślepi, błysk zębów i sierść równie czarną jak otaczająca ich ciemność. Maester Luwin krzyknął i zasłonił się ramionami. Pochodnia wypadła mu z rąk, odbiła się od kamiennej twarzy Brandona Starka i potoczyła się do stóp posągu; płomienie objęły jego nogi. W drgającym świetle zobaczyli, jak Luwin zmaga się z wilkorem, bijąc go jedną ręką po pysku, ponieważ druga pozostała w szczękach zwierzęcia.

— Lato! — wrzasnął Bran.

Wilkor zjawił się w jednej chwili, cień wyłaniający się z ciemności. Wpadł z impetem na Kudłacza i odepchnął go do tyłu; potem oba wilkory zaczęły się tarzać, warcząc i kąsając się nawzajem w ogromnym wirze szarego i czarnego futra, tymczasem maester Luwin dźwignął się na kolana. Lewy rękaw miał podarty i zakrwawiony. Osha oparła Brana o kamiennego wilka u stóp lorda Rickarda i pospieszyła maesterowi z pomocą. W blasku skwierczącej pochodni wielkie na dwadzieścia stóp wilcze cienie walczyły na ścianach i suficie.

— Kudłacz — zawołał cichy głos. Bran podniósł wzrok i ujrzał swego młodszego brata stojącego u wejścia do grobowca ojca. Chwyciwszy raz jeszcze Lato za pysk, Kudłacz odskoczył i wrócił do Rickona. — Zostaw mojego ojca. — Rickon zwrócił się do Luwina. — Zostaw go.

— Rickon — powiedział Bran cicho. — Ojca tam nie ma.

— Jest. Widziałem go. — Na twarzy Rickona zalśniły łzy. — Widziałem go wczoraj w nocy.

— We śnie...?

Rickon skinął głową.

— Zostawcie go. Zostawcie. On wraca do domu, tak jak obiecał. Wraca do domu.

Bran nigdy dotąd nie widział maestera Luwina tak zmieszanego. Krew kapała z jego ramienia, w miejscu gdzie Kudłacz rozerwał wełniany rękaw i przegryzł ciało.

— Osha, pochodnia — rzucił tylko, zaciskając zęby z bólu, ona zaś szybko podniosła pochodnię, zanim ta zgasła. Na nogach podobizny stryja Brandona pozostały czarne plamy. — Ta... ta bestia — mówił dalej Luwin — musi zostać na łańcuchu w psiarni.

Rickon poklepał zakrwawiony pysk Kudłacza.

— Nigdy go nie przywiązuję. On nie lubi łańcuchów. — Wilkor polizał mu palce.

— Rickon — powiedział Bran. — Pójdziesz z nami?

— Nie. Tu mi dobrze.

— Ciemno tutaj i zimno.

— Nie boję się. Muszę czekać na ojca.

— Możesz czekać ze mną — odparł Bran. — Razem na niego zaczekamy, ty i ja, i nasze wilkory. — Oba siedziały teraz blisko siebie i lizały rany, patrząc uważnie.

— Bran — odezwał się maester stanowczym tonem. — Wiem, że chcesz dobrze, ale Kudłacz jest zbyt niebezpieczny, żeby chodzić wolno. Jestem już trzecią jego ofiarą. Jeśli pozwolisz mu biegać wolno po zamku, prędzej czy później zagryzie kogoś. Prawda jest bolesna, ale wilka trzeba uwiązać na łańcuchu albo...

...zabić, pomyślał Bran, lecz głośno powiedział tylko:

— On nie został stworzony do łańcucha. Zaczekamy w twojej wieży, wszyscy.

— Tak być nie może — powiedział maester Luwin.

Osha uśmiechnęła się.

— O ile pamiętam, chłopiec jest tutaj teraz panem. — Oddała

Luwinowi pochodnię i wzięła Brana na ręce. — Do wieży maestera, jak każesz.

— Idziesz, Rickon?

Jego brat skinął głową.

— Jeśli Kudłacz pójdzie ze mną — powiedział i pobiegł za Oshą i Branem. Maester Luwin, zrezygnowany, ruszył za nimi, zerkając podejrzliwie na wilkory.

Wieża maestera Luwina wydała się Branowi tak zagracona, że nie wyobrażał sobie, aby właściciel potrafił znaleźć w niej cokolwiek. Piętrzące się stosy książek zajmowały powierzchnie stołów i krzeseł, na półkach rzędy zakrytych słojów, kikuty świec i woskowe kałuże widoczne na wszystkich meblach, przy drzwiach na taras luneta z brązu ustawiona na trójnogu, mapy nieba na ścianach, inne porzucone na podłodze wśród sitowia, wszędzie papiery, pióra, kałamarze, a wszystko to upstrzone odchodami kruków siedzących na krokwiach pod sufitem. Ich głośne krakanie płynęło z góry, kiedy Osha obmywała i bandażowała rany maestera, stosując się do jego zwięzłych instrukcji.

— To głupota — powiedział drobny, siwy starzec, kiedy smarowała ranę piekącą maścią. — Owszem, dziwny to zbieg okoliczności, że obaj chłopcy mieli taki sam sen, ale jak się nad tym zastanowić, to nie ma w tym nic niezwykłego. Obaj tęsknicie za panem ojcem i wiecie, że jest więziony. Strach osłabia umysł i podsuwa mu dziwaczne myśli. Rickon jest jeszcze za mały, żeby zrozumieć...

— Mam już cztery lata — przerwał Rickon maesterowi. Patrzył przez lunetę na chimery umieszczone na Pierwszej Wieży. Wilkory siedziały w przeciwległych końcach ogromnej, okrągłej komnaty, zajęte lizaniem ran i ogryzaniem kości.

— ...za młody i, ach, na siedem piekieł, ale to pali, nie, nie przerywaj, daj więcej. Jak mówiłem, jest za młody, lecz ty, Bran, jesteś na tyle dorosły, żeby wiedzieć, że sny to tylko sny.

— Ze snami różnie bywa. — Osha polała długą ranę jasnoczerwonym ognistym mlekiem. Luwin syknął. — Dzieci lasu powiedziałyby ci co nieco o snach.

Po twarzy maestera popłynęły łzy, lecz mimo to kręcił głową.

— Dzieci... żyją tylko w snach. Teraz. One odeszły, już nie żyją. Dość, teraz dość. Bandaże. Daj podkład i mocno zawiń, bo będę krwawił.

— Stara Niania mówi, że dzieci znały pieśni wszystkich drzew, że potrafiły latać jak ptaki, pływać jak ryby i rozmawiać ze zwierzętami — powiedział Bran. — Mówi też, że ich muzyka była tak piękna, że ludzie płakali, słuchając jej.

— A wszystko to robiły za pomocą magii — dodał maester Luwin trochę nieobecnym głosem. — Szkoda, że nie ma ich teraz tutaj. Może zaklęcie byłoby mniej bolesne niż moje lekarstwo i mogłyby porozmawiać z Kudłaczem, żeby nie gryzł już więcej. — Rzucił przez ramię gniewne spojrzenie czarnemu wilkowi. — Niech to będzie jeszcze jedna lekcja dla ciebie, Bran. Ten, kto wierzy w zaklęcia, walczy szklanym mieczem. Podobnie jak dzieci. Pokażę ci coś. — Wstał szybko, poszedł w drugi koniec pokoju i wrócił z zielonym słojem, który trzymał w zdrowej ręce. — Spójrz na to — powiedział, po czym odkrył słój i wytrząsnął z naczynia garść czarnych grotów strzał.

Bran podniósł jeden z nich.

— Jest zrobiony ze szkła. — Rickon, zaciekawiony, podszedł bliżej stołu.

— Smocze szkło — powiedziała Osha, siadając obok Luwina z bandażem w dłoniach.

— Obsydian — upierał się maester Luwin, wyciągając ranną rękę. — Wytopiony w ogniu bogów, głęboko pod ziemią. Tysiące lat temu dzieci lasu używały go do polowania. Nie używały metalu. Zamiast kolczugi nosiły długie koszule tkane z liści, a nogi owijały korą, dlatego wyglądały, jakby wtopione w las. Zamiast mieczy posługiwały się obsydianowym orężem.

— I wciąż się nim posługują. — Osha kładła na rany miękkie waciki i owijała je ciasno płóciennymi bandażami.

Bran podniósł jeden z grotów. Czarne szkło było gładkie i lśniące. Wydało mu się piękne.

— Czy mogę zatrzymać jeden?

— Jak chcesz — odparł maester.

— Ja też chcę jeden — powiedział Rickon. — Nie, cztery. Tyle, ile mam lat.

Luwin pozwolił mu odliczyć cztery groty.

— Uważaj, wciąż są bardzo ostre. Nie skalecz się.

— Opowiedz mi o dzieciach — poprosił Bran. Było to dla niego ważne.

— Co chciałbyś wiedzieć?

— Wszystko.

Maester Luwin pociągnął za swój łańcuch kołnierz w miejscu, gdzie go uwierał.

— Żyły w Erze Świtu, były pierwsze, istniały już, zanim nastali królowie i królestwa — powiedział. — W tamtych czasach nie było zamków ani grodów czy miast, a przynajmniej nie więcej niż spotkasz kupieckich osad między miejscem, w którym jesteśmy, a Morzem Dornijskim. Nie było wtedy ludzi. Tylko dzieci lasu zamieszkiwały ziemie, które dzisiaj nazywamy Siedmioma Królestwami.

Był to lud wielkiej urody, o ciemnej skórze, niewielkiej postury, wielkości dorastającego dziecka. Żyli w głębi lasu, w pieczarach, na wyspach albo w tajemniczych drzewnych miastach. Choć byli drobnej budowy, odznaczali się dużym wdziękiem i szybkością. Osobniki obu płci polowały razem, posługując się łukami z czardrewna i wiszącymi na drzewach sidłami. Ich bogami byli bogowie lasu, strumienia, kamienia, starzy bogowie, których imiona pozostają nieznane. Ich mędrcy, których nazywano zielonymi oczyma, rzeźbili dziwne twarze w pniach czardrzew, aby strzegły lasów. Nikt nie wie, jak długo dzieci panowały tutaj ani skąd przybyły.

Lecz jakieś dwanaście tysięcy lat temu na wschodzie pojawili się Pierwsi Ludzie, przekroczyli Złamane Ramię nad Morzem Dornijskim, zanim zostało ono złamane. Przybyli konno, przywożąc ze sobą spiżowe miecze i ogromne skórzane tarcze. Przedtem nie widziano konia po tej stronie wąskiego morza. Bez wątpienia dzieci przeraziły się na jego widok równie mocno jak Pierwsi Ludzie, kiedy ujrzeli wyrzeźbione w drzewach twarze. Gdy Pierwsi Ludzie zbudowali swoje grody i farmy, ścięli drzewa z twarzami i spalili je. Przerażone dzieci wypowiedziały im wojnę. Stare pieśni mówią, że zielone oczy swoją magią sprawili, iż morza wznosiły się i opadały, zalewając ziemię, druzgocąc Ramię, lecz nie dało się już zamknąć drzwi. Na skutek długich wojen ziemia spłynęła krwią Pierwszych Ludzi i dzieci, lecz bardziej dzieci niż Ludzi, ponieważ Ludzie byli więksi i silniejsi, a drewno, kamień i obsydian nie mogły sprostać spiżowym mieczom. Ostatecznie wysłuchano słów mędrców obu stron i wodzowie oraz herosi Pierwszych Ludzi spotkali się z zielonymi oczyma... i leśnymi tancerzami w zagajniku czardrzew na małej wysepce na środku jeziora zwanego Okiem Boga.

I tak zawarli Pakt. Pierwsi Ludzie otrzymali wybrzeże, wyżyny, jasne łąki, góry i bagna, lecz mroczne lasy miały na zawsze pozostać w rękach dzieci. Ustalono też, że nikt nie będzie już wycinał czardrzew. Aby bogowie mogli zaświadczyć o prawdziwości paktu, każdemu drzewu dano twarz, a utworzony zakon zielonych ludzi miał odtąd strzec Wyspy Twarzy.

Pakt rozpoczął trwającą cztery tysiące lat przyjaźń między Ludźmi i dziećmi. Z czasem Pierwsi Ludzie odrzucili bogów, których przywieźli ze sobą, i zaczęli wielbić bogów lasów. Podpisanie Paktu zakończyło Erę Świtu i dało początek Erze Herosów.

Bran zamknął dłoń wokół czarnego, lśniącego grotu.

— Ale powiedziałeś, że dzieci lasu wyginęły.

— No, zrobione — oświadczyła Osha i odgryzła ostatni kawałek zwisającego bandaża. — Na północ od Muru wszystko wygląda inaczej. Tam właśnie udały się dzieci, a także olbrzymy i inne rasy.

Maester Luwin westchnął.

— Kobieto, powinnaś już nie żyć albo siedzieć zakuta w łańcuchy. Starkowie potraktowali cię łagodniej, niż na to zasługujesz, a ty odpłacasz im się, napychając chłopcu głowę głupotami.

— Opowiedz nam, dokąd oni się udali — powiedział Bran. — Chcę wiedzieć.

— Ja też — zawtórował mu Rickon.

— No dobrze — mruknął Luwin. — Pakt pozostawał nienaruszony, dopóki rządy sprawowali władcy królestw Pierwszych Ludzi, przez całą Erę Herosów, Erę Długiej Nocy i w czasie narodzin Siedmiu Królestw, ostatecznie jednak wiele wieków później przez wąskie morze przypłynęły inne narody.

Pierwsi przybyli Andalowie, rasa wysokich, jasnowłosych wojowników, którzy przywieźli ze sobą stal i ogień, a na piersi mieli wymalowaną siedmioramienną gwiazdę swoich bogów. Wojny trwały setki lat, lecz ostatecznie sześć południowych królestw padło pod ciosami najeźdźców. Pierwsi Ludzie zachowali swoje rządy tylko tutaj; tutaj Król Północy odrzucał każdą armię, która próbowała przejść Przesmyk. Andalowie palili gaje czardrzew, ścinali twarze, mordowali dzieci, gdziekolwiek je znaleźli, i wszędzie ogłaszali wyższość Siedmiu nad starymi bogami. Tak więc dzieci uciekły na północ...

Lato zaczął wyć. Maester Luwin zamilkł zaskoczony. Kiedy Kudłacz wstał i dołączył do swojego brata, Bran poczuł strach w sercu.

— Nadchodzi — wyszeptał przepełniony rozpaczą. Zdał sobie sprawę, że wiedział o tym od ostatniej nocy, kiedy to wrona poprowadziła go do krypty, żeby się pożegnał. Wiedział, lecz nie wierzył. Pragnął, aby maester Luwin miał rację. Wrona, pomyślał, trójoka wrona...

Wycie ucichło równie niespodziewanie, jak się zaczęło. Lato podszedł do Kudłacza i zaczął lizać zlepioną krwią sierść swojego brata. W oknie rozległo się trzepotanie skrzydeł.

Na szarym kamiennym parapecie wylądował kruk. Otworzywszy dziób, zakrakał ochryple i złowieszczo.

Rickon rozpłakał się. Groty strzał wypadły mu z dłoni i zagrzechotały na podłodze. Bran przyciągnął go i przytulił do siebie.

Maester Luwin wpatrywał się w czarnego ptaka, jakby ujrzał pierzastego skorpiona. Wstał i podszedł do okna, poruszał się jak we śnie. Zagwizdał i kruk wskoczył na jego zabandażowane ramię. Na jego skrzydłach widniała zakrzepła krew.

— Jastrząb — mruknął Luwin — albo sowa. Biedactwo. Cud, że dotarł do nas. — Wziął list z nogi ptaka.

Bran zorientował się, że drży, kiedy maester rozwijał papier.

— Co to jest? — spytał, tuląc brata jeszcze mocniej.

— Ty wiesz, chłopcze — powiedziała Osha spokojnym głosem i położyła mu dłoń na głowie.

Maester Luwin popatrzył na nich nieobecnym spojrzeniem: mały, szary człowieczek z plamami krwi na rękawie szarej, wełnianej szaty i ze łzami w jasnoszarych oczach.

— Moi lordowie — przemówił głosem drżącym i ochrypłym — będziemy... będziemy musieli znaleźć kamieniarza, który znał go na tyle dobrze, żeby oddać podobieństwo.

SANSA

Sansa pogrążyła się w ciemności komnaty w wieży w sercu Warowni Maegora.

Zasłony wokół jej łóżka były zaciągnięte, spała, budziła się zapłakana i znowu zapadała w sen. Kiedy nie mogła zasnąć, leżała pod kocami, drżąc ze strachu. Służący przychodzili i odchodzili, przynosili posiłki, lecz ona nie mogła nawet znieść widoku jedzenia. Na stole pod oknem dopóty piętrzył się stos naczyń z nietkniętą i psującą się żywnością, dopóki ich nie zabrano.

Czasem zapadała w sen ciężki i pozbawiony snów, z którego budziła się jeszcze bardziej zmęczona niż przed zaśnięciem. Mimo wszystko były to najprzyjemniejsze chwile, ponieważ kiedy nawiedzał ją sen, śniła o ojcu. Na jawie czy we śnie wciąż go widziała. Patrzyła, jak żołnierze w złocistych płaszczach pchają go w dół, jak zbliża się ser Ilyn, jak wyciąga z pochwy na plecach Lód, widziała ten moment... kiedy... chciała wtedy odwrócić głowę, chciała, nogi się pod nią ugięły i upadła na kolana, a jednak nie mogła się odwrócić, wszyscy krzyczeli przeraźliwie, a jej Książę uśmiechnął się do niej, uśmiechnął się, a ona nabrała pewności, lecz tylko na jedno uderzenie serca, dopóki nie wypowiedział tych słów, a nogi jej ojca... zapamiętała to, jego nogi, jak drgnęły, kiedy ser Ilyn... kiedy miecz...

Może i ja umrę, powtarzała sobie i myśl ta nie wydała jej się tak straszna. Gdyby rzuciła się z okna, położyłaby kres swoim cierpieniom i kiedyś bardowie napisaliby ballady o jej cierpieniu. Widziała swoje ciało leżące na kamieniach, na dole, pogruchotane, niewinne, oskarżające tych, którzy ją zdradzili. Posunęła się nawet do tego, że przeszła do okna i otworzyła okiennice... lecz wtedy odwaga opuściła ją i wróciła szybko do łóżka, szlochając.

Służące, kiedy przynosiły posiłki, próbowały z nią rozmawiać, lecz ona milczała. Raz przyszedł nawet Wielki Maester Pycelle z pudłem pełnym flaszek i butli z zapytaniem, czy nie jest chora. Przyłożył dłoń do jej czoła, kazał ją rozebrać i badał na całym ciele, podczas gdy pokojówka ją przytrzymywała. Odchodząc, zostawił napój z wody miodowej z ziołami i nakazał pić po łyku co wieczór. Wypiła, jak kazał, i poszła spać.

We śnie słyszała kroki na schodach wieży, złowieszcze skrzypienie skóry na kamieniu, kiedy ktoś zbliżał się powoli do komnaty, krok po kroku. Jedyne, co mogła uczynić, to schować się za drzwiami i nasłuchiwać z drżeniem, tymczasem on wchodził coraz wyżej i wyżej. Wiedziała, że to ser Ilyn Payne, który przychodzi po jej głowę z Lodem w dłoni. Nie miała dokąd uciec, żadnej kryjówki, żadnego sposobu, by zamknąć drzwi. Wreszcie kroki umilkły; nie miała wątpliwości, że on stoi na zewnątrz, milczący z tym swoim martwym spojrzeniem i pociągłą, dziobatą twarzą. Dopiero wtedy zdała sobie sprawę, że jest naga. Przykucnęła, próbując się zasłonić rękoma, a kiedy drzwi zaskrzypiały i otworzyły się powoli... zobaczyła koniec wielkiego miecza...

Obudziła się, mamrocząc:

— Proszę, proszę, będę dobra, będę dobra, proszę, nie... — Lecz nikt jej nie słuchał.

Wreszcie naprawdę po nią przyszli. Nie usłyszała ich kroków. Drzwi otworzył Joffrey. Nie ser Ilyn, ale chłopiec, który był jej Księciem. Leżała w zasłoniętym łóżku skulona i nie potrafiła powiedzieć, czy było południe czy północ. Najpierw usłyszała trzask drzwi. Potem zasłony rozsunęły się gwałtownie, a ona zasłoniła dłonią oczy przed nieoczekiwanym światłem i zobaczyła ich nad sobą.

— Będziesz mi dzisiaj towarzyszyła na dworze — powiedział Joffrey. — Wykąp się i ubierz, jak przystało mojej narzeczonej. — Obok niego stał Sandor Clegane w brązowym kubraku i zielonym płaszczu; jego poparzona twarz wyglądała okropnie w świetle poranka. Z tyłu dostrzegła dwóch rycerzy Gwardii Królewskiej w długich płaszczach z białego atłasu.

Sansa zakryła się kocem aż po szyję.

— Nie — zaskomlała — proszę... zostawcie mnie.

— Jeśli sama nie wstaniesz i nie ubierzesz się, pomoże ci mój Ogar — powiedział Joffrey.

— Błagam cię, mój Książę...

— Teraz jestem Królem. Psie, wyciągnij ją z łóżka.

Próbowała się bronić, lecz Sandor Clegane objął ją wpół i podniósł z łóżka. Koc, którym się przykryła, opadł na podłogę. Jej nagość skrywała tylko cienka nocna koszula.

— Posłuchaj go, moje dziecko — powiedział Clegane. — Ubierz się. — Popchnął ją łagodnie w kierunku szafy.

Sansa cofnęła się.

— Zrobiłam to, o co prosiła Królowa, napisałam listy tak, jak mi kazała. Obiecałeś, że będziesz łaskawy. Proszę, pozwól mi wrócić do domu. Nikogo nie zdradzę, będę dobra, przysięgam, w moich żyłach nie płynie krew zdrajcy, nie płynie. Chcę tylko wrócić do domu. — Przypomniała sobie o dworskich obyczajach i skłoniła głowę. — Za twoim pozwoleniem.

— A ja nie pozwalam — oświadczył Joffrey. — Matka mówi, że i tak cię poślubię, więc zostaniesz tutaj i będziesz posłuszna.

— Ale ja nie chcę wychodzić za ciebie — jęknęła Sansa. — Ściąłeś głowę mojemu ojcu!

— Był zdrajcą. Nigdy nie obiecywałem darować mu życia, jedynie, że okażę mu łaskę. I tak też uczyniłem. Gdyby nie był twoim ojcem, kazałbym go rozerwać na strzępy albo obedrzeć ze skóry, a tak przynajmniej miał czystą śmierć.

Sansa wpatrywała się w niego, jakby zobaczyła go po raz pierwszy. Ubrany był w watowany szkarłatny kubrak w lwy i pelerynę ze złotogłowia z wysokim kołnierzem, który okalał jego twarz. Zastanawiała się, jak to możliwe, że kiedyś uważała go za przystojnego. Usta miał miękkie i i czerwone jak glisty po deszczu, oczy zaś puste i okrutne.

— Nienawidzę cię — wyszeptała.

Twarz króla Joffreya znieruchomiała.

— Matka mówi, że Królowi nie uchodzi bić własnej żony. Ser Merynie.

Nie zauważyła nawet, kiedy rycerz podszedł i odsunąwszy jej ramię, którym próbowała się osłonić, uderzył ją w ucho otwartą dłonią w rękawicy. Sansa nie pamiętała samego upadku. Kiedy doszła do siebie, klęczała na jednym kolanie wśród sitowia. W głowie jej dzwoniło. Ser Meryn Trant stał nad nią; na jego białej jedwabnej rękawicy lśniła krew.

— Będziesz już posłuszna, czy mam mu kazać, żeby uderzył cię jeszcze raz?

Czuła, że ucho jej zdrętwiało. Kiedy go dotknęła, poczuła lepkość na palcach.

— Ja... jak każesz, panie.

— Wasza Miłość — poprawił ją Joffrey. — Oczekuję cię na dworze. — Odwrócił się i wyszedł.

Ser Meryn i ser Arys poszli za nim, lecz Sandor Clegane pozostał i dźwignął ją gwałtownie na nogi.

— Oszczędź sobie cierpienia, dziewczyno, i daj mu to, czego chce.

— A czego... czego on chce? Powiedz mi, proszę.

— Chce, żebyś się uśmiechała, żebyś ładnie pachniała i była jego damą — warknął Ogar. — Chce, żebyś paplała wszystkie te słodkie słówka, których nauczyła cię septa. Chce, żebyś go kochała i... bała się go.

Po jego odejściu Sansa opadła na wyściełaną sitowiem podłogę i siedziała ze wzrokiem utkwionym w ścianę. Po pewnym czasie do pokoju weszły nieśmiało dwie pokojówki.

— Będę potrzebowała gorącej wody na kąpiel — zwróciła się

do nich — a także perfum i pudru, żeby zakryć siniaka. — Prawa strona twarzy bolała ją coraz bardziej, spuchnięta, ale wiedziała, że Joffrey życzy sobie, by wyglądała pięknie.

Na widok gorącej wody pomyślała o Winterfell, co dodało jej sił. Nie myła się od dnia śmierci ojca i zdumiała się, widząc, jak brudna staje się woda. Pokojówki obmyły jej twarz z krwi, wyszorowały plecy, umyły włosy i wyczesały, aż ułożyły się w grube kasztanowe loki. Sansa nie rozmawiała z nimi poza chwilami, kiedy musiała wydać im polecenia. Nie ufała pokojówkom Lannisterów. Ubierając się, wybrała suknię z zielonego jedwabiu, którą nosiła w czasie turnieju. Przypomniała sobie, jak szarmancki był wobec niej Joff tamtego wieczoru w czasie uczty. Może dzięki sukni także przypomni sobie tamte chwile i okaże jej więcej uprzejmości.

W oczekiwaniu wypiła szklankę maślanki i zjadła kilka słodkich ciasteczek, żeby uspokoić żołądek. Ser Meryn wrócił w południe. Teraz miał na sobie białą zbroję: napierśnik z emaliowanych, zdobionych złotem łusek, wysoki hełm z grzebieniem w kształcie słonecznej tarczy, nagolenniki, naszyjnik, rękawice i buty z olśniewającej stali oraz ciężki wełniany płaszcz spięty złotym lwem. Dzięki odczepionej od hełmu zasłonie wyraźniej widać było ponurą twarz, wory pod oczyma, szerokie skrzywione usta i rudawe, przetykane siwizną włosy.

— Pani — powiedział i skłonił się, jakby zaledwie trzy godziny wcześniej nic się nie wydarzyło. — Jego Miłość polecił, abym ci towarzyszył do sali tronowej.

— Czy polecił ci uderzyć mnie w razie odmowy?

— Czy odmawiasz, pani? — Jego spojrzenie pozbawione było jakiegokolwiek wyrazu. Zerknął przelotnie na siniaka, którego zostawił jej na twarzy.

Sansa zdała sobie sprawę, że on jej ani nie nienawidzi, ani nie kocha. Nic do niej nie czuł, zupełnie nic. Dla niego była tylko… rzeczą.

— Nie — powiedziała, wstając. Pragnęła pozwolić ponieść się wściekłości, zranić go tak jak on ją zranił, ostrzec, że jest królową i skaże go na wygnanie, jeśli jeszcze raz ośmieli się ją tknąć… ale przypomniała sobie słowa Ogara, więc powiedziała tylko: — Zrobię, co każe Jego Miłość.

— Podobnie jak ja — odpowiedział jej.

— Tak, ale nie jesteś prawdziwym rycerzem, ser Merynie.

Sangor Clegane by się roześmiał. Inni mogliby ją przekląć, kazać się zamknąć albo prosiliby o przebaczenie. Ale nie ser Meryn Trant. Ser Meryn Trant pozostał obojętny.

Na balkonie nie było nikogo poza Sansą. Stała ze spuszczoną głową, powstrzymując łzy, podczas gdy poniżej Joffrey siedział na Żelaznym Tronie i wymierzał, jak lubił mówić, sprawiedliwość. W przypadku dziewięciu spraw spośród dziesięciu wydawał się znudzony, dlatego pozwolił radzie zająć się nimi. Wiercił się niespokojnie, kiedy lord Baelish, Wielki Maester Pycelle albo Królowa Cersei zabierali głos. Gdy jednak sam rozstrzygał problem, nikt, nawet matka, nie był w stanie zmienić jego postanowień.

Polecił ser Ilynowi, aby obciął głowę złodziejowi, którego przyprowadzono. Dwóm rycerzom skłóconym o ziemie nakazał stoczyć pojedynek następnego ranka.

— Na śmierć i życie — dodał. Kobieta padła na kolana, błagając o głowę mężczyzny straconego za zdradę. Kochała go, jak wyznała, i pragnęła dla niego godziwego pochówku. — Jeśli kochałaś zdrajcę, ty także pewnie jesteś zdrajczynią. — Usłyszała w odpowiedzi. Dwaj żołnierze zawlekli ją natychmiast do lochów.

Na końcu stołu siedział lord Slynt o żabiej twarzy. Ubrany w czarny kubrak i lśniący płaszcz ze złotogłowiu kwitował skinieniem głowy każdy wyrok Króla. Sansa wpatrywała się w niego z obrzydzeniem. Pamiętała, jak rzucił jej ojca pod nogi ser Ilyna. Pragnęła, by ona mogła go zranić, żeby jakiś bohater rzucił jego pod nogi kata. Głos w głowie podpowiadał jej: Nie ma bohaterów, i zaraz przypomniała sobie, co powiedział jej kiedyś lord Petyr w tej samej sali. „Życie nie jest pieśnią, kochanie. Może sama się kiedyś przekonasz ku własnemu smutkowi". W życiu wygrywają potwory, pomyślała i zaraz usłyszała zimny, ochrypły głos Ogara: „Oszczędź sobie cierpienia, dziewczyno, i daj mu to, czego chce".

Na koniec przyprowadzono pulchnego barda, którego oskarżono o to, że w ułożonej przez siebie balladzie szydził ze zmarłego króla Roberta. Joff polecił przynieść jego harfę i kazał pieśniarzowi zaśpiewać balladę. Bard płakał i zaklinał się, że nigdy już jej nie zaśpiewa, lecz Król pozostał nieugięty. W tej zabawnej piosence Robert walczył ze świnią. Sansa wiedziała, że miał to być dzik, który go zabił, lecz niektóre wersety sugerowały, że może chodzić o Królową. Kiedy bard skończył śpiewać, Joffrey oświadczył, iż tym razem okaże łaskę. Oskarżony mógł zatrzymać albo swoje palce, albo język. Pozostawiono mu dzień do namysłu. Janos Slynt skinął głową.

Sansa odetchnęła, widząc, że była to ostatnia sprawa tego dnia, lecz jej męki jeszcze się nie skończyły. Gdy tylko pozwolono dworzanom odejść, zbiegła szybko z balkonu, lecz na dole czekał już na nią Joffrey. Był z nim Ogar, a także ser Meryn. Młody Król obejrzał ją uważnie.

— Wyglądasz o wiele lepiej.

— Dziękuję, Wasza Miłość — odpowiedziała. Puste słowa, lecz on, usłyszawszy je, skinął głową i uśmiechnął się.

— Chodź ze mną — rozkazał Joffrey i podał jej ramię. Nie miała wyboru. Kiedyś dotyk jego dłoni przyprawiłby ją o dreszcz rozkoszy, teraz poczuła mrowienie na ciele. — Niebawem będziemy świętować dzień mojego imienia — powiedział Joffrey, kiedy wychodzili przez tylne wyjście sali tronowej. — Spodziewam się wielkiej uczty, prezentów. Co mi podarujesz?

— Ja... nie wiem jeszcze, panie.

— Wasza Miłość — warknął. — Ty naprawdę jesteś głupią dziewuchą, prawda? Moja matka tak mówi.

— Tak? — Po wszystkim tym, co się wydarzyło, jego słowa nie powinny już jej tak ranić, a jednak było inaczej. Królowa zawsze była dla niej miła.

— Och, tak. Martwi się, że nasze dzieci będą tak samo głupie jak ty, ale ją uspokoiłem. — Na znak Króla ser Meryn otworzył drzwi przed nimi.

— Dziękuję, Wasza Miłość — powiedziała cicho. Ogar miał rację, pomyślała, jestem tylko ptaszyną, który powtarza wyuczone słowa. Słońce schowało się już za zachodnią ścianę i teraz kamienie Czerwonej Twierdzy wydawały się ciemne jak krew.

— Będziemy mieć dziecko, jak tylko będziesz do tego zdolna — oznajmił Joffrey, prowadząc ją przez dziedziniec ćwiczebny. — Jeśli pierwsze okaże się głupie, zetnę ci głowę i poszukam sobie mądrzejszej żony. Jak myślisz, kiedy będziesz mogła mieć dziecko?

Sansa szła ze spuszczoną głową zawstydzona.

— Septa Mordane mówi, że... że większość wysoko urodzonych panien zakwita w wieku dwunastu albo trzynastu lat.

Joffrey skinął głową.

— Tędy. — Poprowadził ją przez bramę do schodów prowadzących na blanki.

Sansa szarpnęła się i cofnęła drżąca. Nagle zrozumiała, dokąd ją prowadzi.

— Nie — powiedziała przestraszona. — Proszę, nie każ mi, błagam...

Joffrey zacisnął usta.

— Chcę ci pokazać, jaki jest los zdrajców.

Sansa potrząsnęła głową gwałtownie.

— Nie, nie pójdę.

— Ser Meryn zaciągnie cię na górę — zagroził. — Nie spodoba ci się to. Lepiej mnie posłuchaj. — Jofrey wyciągnął rękę, a Sansa cofnęła się, lecz wpadła na Ogara.

— Posłuchaj go — odezwał się Sandor Clegane, popychając ją w stronę Króla. Jego usta na poparzonej części twarzy zadrgały, a Sansa niemal usłyszała, co jeszcze chciał dodać. I tak cię zaciągnie na górę, więc lepiej daj mu to, czego chce.

Zmusiła się, żeby podać Joffrey'owi rękę. Droga na górę wydawała jej się koszmarem, każdy krok stawiała z ogromnym wysiłkiem, jakby stopnie schodów pokrywało błoto, a było ich więcej, niż się spodziewała, tysiące, na górze zaś czekało coś potwornego.

Z wysokich blanków nad bramą roztaczał się widok na cały świat poniżej. Sansa zobaczyła Wielki Sept Baelora na wzgórzu Visenyi, gdzie umarł jej ojciec. Na drugim końcu ulicy Siostrzanej widniały poczerniałe od ognia ruiny Smoczej Jamy. Na zachodzie widziała nabrzmiałe, czerwone słońce, częściowo schowane za Bramą Bogów. Za plecami miała słone morze, a od południowej strony znajdował się rybi targ, doki i kipiący Czarny Nurt. Od północy...

Odwróciła się w tamtą stronę i zobaczyła tylko miasto, aleje i ulice, wzgórza i doliny, kolejne aleje i ulice i kamienne mury. Wiedziała, że za nimi znajdują się gospodarstwa, pola i lasy, a jeszcze dalej, daleko na północy, stoi Winterfell.

— Na co patrzysz? — spytał Joffrey. — Chciałem, żebyś to zobaczyła, tutaj.

Zewnętrzną krawędź muru obronnego osłaniał gruby, kamienny murek, wysokością sięgający Sansie do brody i co pięć stóp poprzecinany otworami strzelniczymi łuczników. Głowy, nabite na żelazne pale między blankami skierowane były twarzami na miasto. Sansa zauważyła je, gdy tylko weszli na mur, lecz widok rzeki, ruchliwego miasta i zachodzącego słońca był o wiele przyjemniejszy. Może mnie zmusić, żebym popatrzyła na nie, pomyślała, ale i tak nie będę ich widziała.

— Ta należy do twojego ojca — powiedział. — Ta tutaj. Psie, odwróć głowę, żeby ją zobaczyła.

Sandor Clegane złapał głowę za włosy i odwrócił ją. Okaleczoną głowę zanurzono w smole, żeby dłużej się zachowała. Sansa patrzyła ze spokojem niewidzącym wzrokiem. W rzeczywistości nie przypominała głowy lorda Eddarda, w ogóle nie wyglądała jak prawdziwa głowa.

— Jak długo mam patrzeć?

Joffrey wyglądał na rozczarowanego.

— Chcesz zobaczyć pozostałe? — Wskazał na długi rząd.

— Jeśli taka twoja wola, Wasza Miłość.

Za tuzinem innych głów czekały dwa wolne pale.

— Te zachowałem dla stryja Stannisa i stryja Renly'ego. — Pozostałe głowy zostały nabite wcześniej niż głowa jej ojca. Pomimo zabezpieczenia ze smoły przestały już być rozpoznawalne. Król wskazał na jedną i powiedział: — To twoja septa. — Sansa nie była nawet pewna, czy głowa należała do kobiety. Zgniła szczęka odpadła od twarzy, a ptaki wydziobały jedno ucho i znaczną część policzka.

Wcześniej zastanawiała się, co się stało z septą Mordane, chociaż spodziewała się najgorszego.

— Dlaczego ją zabiłeś? — spytała. — Przysięgała bogom...

— Była zdrajczynią. — Joffrey najwyraźniej nie był z niej zadowolony. — Nie powiedziałaś jeszcze, co mi podarujesz w dzień mojego imienia. A może ja powinienem ci coś dać?

— Jeśli taka jest twoja wola, panie — odparła Sansa.

Kiedy się uśmiechnął, domyśliła się, że z niej drwi.

— Twój brat także jest zdrajcą, wiesz o tym. — Odwrócił głowę septy Mordane. — Pamiętam go z Winterfell. Mój pies nazwał go panem drewnianego miecza. Prawda, psie.

— Czyżby? — odpowiedział Ogar. — Nie pamiętam.

Joffrey wzruszył ramionami rozdrażniony.

— Twój brat pokonał mojego wuja, Jaime'a. Matka mówi, że tym samym dopuścił się zdrady i oszustwa. Płakała, kiedy się o tym dowiedziała. Kobiety są słabe, nawet ona, chociaż udaje, że tak nie jest. Twierdzi, że powinniśmy pozostać w Królewskiej Przystani, na wypadek gdyby zaatakowali moi stryjowie, ale ja się tym nie przejmuję. Po dniu mojego imienia zbiorę wojsko i sam zabiję twojego brata. To będzie mój prezent dla ciebie, lady Sanso. Głowa twojego brata.

Poczuła ogarniającą ją wściekłość i chwilę później usłyszała własny głos:

— A może to mój brat podaruje mi twoją głowę.

Joffrey nachmurzył się.

— Nigdy nie kpij ze mnie. Prawdziwa żona nigdy nie kpi ze swojego pana. Ser Merynie, daj jej lekcję.

Tym razem rycerz zanim uderzył, chwycił ją pod brodę i przytrzymał mocno. Uderzył dwukrotnie, z lewej na prawo i z prawej strony na lewo. Krew z rozciętej wargi zmieszała się na jej brodzie z solą łez.

— Nie powinnaś ciągle płakać — powiedział Joffrey. — Jesteś ładniejsza, kiedy się uśmiechasz.

Zewnętrzny murek sięgał jej do brody, lecz wzdłuż wewnętrznej krawędzi muru nie było niczego, zewnętrzny mur znajdował się siedemdziesiąt, może osiemdziesiąt stóp poniżej. Jeden ruch, pomyślała. Stał tam, dokładnie tam, i uśmiechał się głupkowato tymi swoimi glistowatymi ustami. Mogłabyś to zrobić, powiedziała sobie. Mogłabyś. Zrób to teraz. Nie obchodziło jej nawet, czy poleciałaby razem z nim. Ani trochę.

— Pokaż, dziewczyno. — Sandor Clegane przyklęknął przed nią, między nią i Joffreyem. Otarł jej krew płynącą z wargi z delikatnością niespotykaną u tak ogromnego człowieka.

Właściwa chwila minęła. Sansa spuściła oczy.

— Dziękuję — powiedziała, kiedy skończył. Przecież była dobrą dziewczyną i zawsze pamiętała o manierach.

DAENERYS

Cień skrzydeł zasłaniał jej rozgorączkowane sny.

Nie chcesz obudzić smoka, prawda?

Szła długim korytarzem pod wysokim kamiennym sklepieniem. Nie mogła obejrzeć się do tyłu, nie może tego zrobić. Daleko przed nią znajdowały się drzwi, bardzo daleko, lecz widziała, że są pomalowane na czerwono. Przyspieszyła. Jej gołe stopy zostawiały na kamiennej posadzce krwawe ślady.

Nie chcesz obudzić smoka, prawda?

Zobaczyła blask słońca na morzu Dothraków; żywa równina pełna zapachów ziemi i śmierci. Poruszane wiatrem trawy falowały jak woda. Drogo trzymał ją w ramionach i pieścił jej płeć, potem otworzył ją, budząc jej słodką wilgoć, która należała tylko do niego, a z góry uśmiechnęły się gwiazdy, gwiazdy nieba dnia.

— Dom — wyszeptała, kiedy wszedł w nią i napełnił swoim nasieniem, lecz nagle gwiazdy zniknęły, błękitne niebo przecięły ogromne skrzydła, a cały świat stanął w płomieniach.

Nie chcesz obudzić smoka, prawda?

Ser Jorah twarz miał wychudzoną, przepełnioną smutkiem.

— Rhaegar był ostatnim ze smoków — powiedział do niej, a jego słowa odbiły się echem od zimnych kamiennych ścian. W jednej chwili był tam, w następnej zaś już znikał, bezcielesny, bardziej ulotny niż wiatr. — Ostatni ze smoków — powiedział ledwo słyszalnym szeptem i zniknął. Czuła za sobą ciemność, a czerwone drzwi wydawały jej się bardziej odległe niż kiedykolwiek.

Nie chcesz obudzić smoka, prawda?

Teraz stał obok niej Viserys i krzyczał przeraźliwie.

— Smok nikogo nie błaga, wywłoko. Nikt nie rozkazuje smokowi. Ja jestem smokiem i ja dostanę koronę. — Roztopione złoto płynęło po twarzy niczym wosk, żłobiąc w jego ciele głębokie bruzdy. — Ja jestem smokiem i ja dostanę koronę! — wrzeszczał, a jego dłonie oplatały ją jak węże, ciągnąc za sutki, szczypiąc je i wykręcając, oczy zaś płonęły i płynęły galaretowatym strumieniem po sczerniałych policzkach.

...Nie chcesz obudzić smoka...

Czerwone drzwi znajdowały się tak daleko przed nią, a z tyłu lizał ją lodowaty oddech. Gdyby ją pochwycił, umarłaby czymś więcej niż śmiercią, wyjąc bez końca samotnie w ciemności. Zaczęła biec.

...Nie chcesz obudzić smoka...

Czuła wypełniający ją żar, straszliwe pieczenie w łonie. Jej syn był wysoki i dumny, o miedzianej skórze Drogo i jej srebrzystozłotych włosach, oczy miał fioletowe w kształcie migdałów. Uśmiechał się do niej i uniósł rękę w jej stronę, lecz kiedy otworzył usta, wylał się z nich ogień. Widziała, jak jego serce przepala mu pierś i zaraz zniknął, strawiony płomieniem niczym ćma. Zapłakała nad swoim dzieckiem, obietnicą słodkich ust przy jej piersi, lecz łzy zamieniły się w parę, gdy tylko dotknęły jej skóry.

...chcesz obudzić smoka...

Widziała w korytarzu duchy ubrane w wyblakłe królewskie

szaty. W dłoniach trzymały miecze z bladego ognia. Włosy ze srebra, włosy ze złota i platyny, oczy z opali, ametystów, turmalinu i nefrytu.

— Szybciej — krzyczały — szybciej, szybciej! — Pędziła, a jej stopy roztapiały kamień pod sobą. — Szybciej! — wołały duchy jednym głosem, a ona rzuciła się do przodu, krzycząc jeszcze głośniej. Jej plecy rozpruł ogromny nóż bólu i poczuła, że jej skóra rozwiera się, poczuła też smród palącej się krwi i ujrzała cień skrzydeł. Daenerys Targaryen pofrunęła.

...obudzić smoka...

Drzwi pojawiły się przed nią, tak blisko, tak blisko, korytarz wokół niej rozmazał się, chłód z tyłu odchodził. Nie było już kamiennej posadzki, a ona leciała nad morzem Dothraków, coraz wyżej i wyżej, pod nią falująca zieleń; wszystko, co żyło i oddychało, uciekało w popłochu przed cieniem jej skrzydeł. Wyczuwała dom, widziała go, tam, tuż za drzwiami, zielone pola i ogromne kamienne domy i ramiona, które niosły ze sobą ciepło. Otworzyła drzwi.

...smoka...

I ujrzała swojego brata, Rhaegara, na koniu równie czarnym jak jego zbroja. W wąskiej wizurze jego hełmu migotał ogień.

— Ostatni ze smoków — wyszeptał ser Jorah. — Ostatni, ostatni. — Dany uniosła czarną zasłonę hełmu brata. Twarz, którą ujrzała, była jej własnym obliczem.

Potem długo był tylko ból, wypełniający ją ogień i szept gwiazd.

Obudził ją smak popiołu.

— Nie — jęknęła — nie, proszę.

— *Khaleesi*? — Ujrzała nad sobą Jhiqui, która przypominała przestraszoną sarnę.

Namiot, zamknięty, pogrążony był w ciszy i cieniu. Z kosza paleniska unosiły się pyłki popiołów. Dany patrzyła za nimi, jak wylatują otworem dymnym. Latałam, pomyślała. Miałam skrzydła, latałam. Ale to był tylko sen.

— Pomóż mi — powiedziała szeptem, usiłując wstać. — Przynieś mi... — Jej głos przypominał żywą ranę; nie potrafiła przypomnieć sobie, czego chciała. Dlaczego była tak bardzo obolała? Jakby rozerwano jej ciało na strzępy, a potem ponownie je pozszywano z kawałków. — Chcę...

— Tak, *khaleesi*. — Jhiqui wybiegła z namiotu z krzykiem. Dany potrzebowała... czegoś... kogoś... czego? Wiedziała tylko, że jest to ważne. Tylko to się liczyło. Przewróciła się na bok i dźwignęła na łokciu, mocując się z kocem. Tak trudno było jej się poruszać. Świat pływał zamazany. Muszę...

Znaleźli ją na podłodze, pełzającą w stronę smoczych jaj. Ser Jorah Mormont wziął ją na ręce i pomimo słabych protestów zaniósł z powrotem na maty. Spoglądając przez ramię, zobaczyła swoje trzy służące, a także Jhogo z jego pierwszym wąsem i szeroką twarz Mirri Maz Duur.

— Muszę — próbowała im powiedzieć. — Muszę...

— ...śpij, księżniczko — powiedział ser Jorah.

— Nie — odparła Dany. — Proszę, proszę.

Chociaż była rozpalona, przykrył ją jedwabiem.

— Śpij i nabieraj sił, *khaleesi*. Wróć do nas. — A potem ujrzała nad sobą Mirri Maz Duur, *maegi*, która przystawiła jej do ust puchar. Poczuła smak kwaśnego mleka i czegoś jeszcze, czegoś gęstego i gorzkiego. Ciepła ciecz popłynęła po brodzie. Udało jej się przełknąć. W namiocie pociemniało i ponownie zapadła w sen. Tym razem nic jej się nie śniło. Przepełniona spokojem, unosiła się na czarnym, bezkresnym morzu.

Potem — nie potrafiła powiedzieć, czy minęła noc, dzień, a może rok — znowu się obudziła. W namiocie panowała ciemność, a jego ściany trzepotały niczym skrzydła poruszane porywami wiatru. Tym razem Dany nie próbowała wstawać.

— Irri — zawołała. — Jhiqui. Doreah. — Przybyły natychmiast. — Zaschło mi w gardle — powiedziała, a one zaraz przyniosły jej wody. Była ciepława i bez smaku, lecz Dany piła ją tak łapczywie, że Jhiqui musiała przynieść więcej. Irri zmoczyła kawałek miękkiego materiału i otarła jej czoło. — Byłam chora — powiedziała Dany. Dothracka służąca przytaknęła. — Jak długo? — Wilgotny okład na czole przynosił jej ulgę, za to przestraszył ją wyraz twarzy Irri.

— Długo — wyszeptała.

Kiedy Jhiqui wróciła z wodą, podeszła do niej Mirri Maz Duur; oczy miała ciężkie od snu.

— Pij — powiedziała. Podniosła jej głowę i znowu przytknęła do ust puchar, lecz tym razem z samym winem. Słodkie wino. Dany napiła się i opadła na posłanie, nasłuchując cichego szeptu własnego oddechu. Ciało miała ciężkie, znowu ogarniał ją sen.

— Przynieście mi... — powiedziała niewyraźnie. — Przynieście... Chcę potrzymać...

— Tak? — spytała *maegi*. — Czego sobie życzysz, *khaleesi*?

— Przynieś mi... jajo... smocze jajo... proszę... — Powieki ciążyły jej coraz bardziej.

Kiedy obudziła się po raz trzeci, smuga słonecznego blasku wlewała się do namiotu przez dymny otwór, a jej dłonie spoczywały na smoczym jaju. Było ono jasne, w kolorze śmietany, poprzecinane złotymi i brązowymi żyłkami. Dany czuła jego ciepło. Jej nagie ciało przykryte jedwabiem pokrywały drobniutkie kropelki potu. Smocza Rosa, pomyślała. Przesunęła palcami po powierzchni skorupy, a w odpowiedzi poczuła, jak we wnętrzu kamiennego jaja coś się przekręca i wyciąga. Nie przestraszyła się. Cały jej strach wypalił się, zniknął.

Dany dotknęła swojego czoła. Gorączka ustąpiła, skóra pod zasłoną potu była chłodna. Usiadła z wysiłkiem. Zakręciło jej się na chwilę w głowie i poczuła przenikliwy ból między udami. Mimo to czuła się silna. Służące przybiegły natychmiast na dźwięk jej głosu.

— Wody — powiedziała — dzban wody, najzimniejszej, jaką możecie znaleźć. Przynieście też owoców. Daktyli.

— Jak każesz, *khaleesi*.

— I niech przyjdzie ser Jorah — dodała, wstając. Jhiqui przyniosła jedwabną szatę i przykryła jej ramiona. — Wezmę ciepłą kąpiel. Niech przyjdzie Mirri Maz Duur i... — Natychmiast powróciły wspomnienia i zawahała się. — *Khal* Drogo. — wymówiła jego imię, obserwując ich twarze. — Czy on...?

— *Khal* żyje — odpowiedziała Irri cicho i choć wyszła szybko po wodę... Dany dostrzegła cień w jej oczach.

Odwróciła się do Doreah.

— Powiedz mi.

— Ja... przyprowadzę ser Joraha — odparła dziewczyna i skłoniwszy głowę, opuściła szybko namiot.

Jhiqui także chciała uciec, lecz Dany chwyciła ją za rękę i zatrzymała.

— O co chodzi? Muszę wiedzieć. Drogo... i moje dziecko. — Dlaczego dopiero teraz przypomniała sobie o dziecku? — Mój syn... Rhaego... gdzie on jest? Chcę go zobaczyć.

Służąca spuściła oczy.

— Chłopiec... on nie żył, *khaleesi* — powiedziała przestraszonym szeptem.

Dany puściła jej rękę. Mój syn nie żyje, pomyślała, kiedy Jhiqui wyszła z namiotu. Czuła to już wcześniej. Wiedziała, kiedy obudziła się pierwszy raz i zobaczyła płaczącą Jhiqui. Nie, wiedziała, zanim jeszcze się obudziła. Przypomniała sobie bardzo wyraźnie swój sen, przypomniała sobie wysokiego mężczyznę o miedzianej skórze i srebrzystozłotych włosach, którego strawiły płomienie. Powinna płakać, lecz jej oczy były suche jak popiół. Płakała we śnie, a łzy na jej policzkach zamieniały się w parę. Wypalił się we mnie cały żal, pomyślała. Czuła smutek, a jednak... czuła, że Rhaego oddala się od niej, jakby nigdy nie istniał.

Kilka chwil później do namiotu weszli ser Jorah i Mirri Maz Duur i zastali ją stojącą nad dwoma pozostałymi jajami. Wydały jej się równie gorące jak tamto, z którym spała, co ją zdziwiło.

— Ser Jorahu, podejdź tutaj — powiedziała. Wzięła jego dłoń i położyła na czarnym jaju poprzecinanym szkarłatnymi żyłkami. — Co czujesz?

— Skorupę twardą jak skała. — Rycerz przyglądał się jej uważnie. — Łuski.

— Czujesz ciepło?

— Nie. Tylko zimny kamień. — Odsunął dłoń. — Księżniczko, dobrze się czujesz? Powinnaś jeszcze leżeć, jesteś osłabiona.

— Osłabiona? Jestem silna, Jorahu. — Żeby go uspokoić, usiadła na stosie poduszek. — Opowiedz mi, jak umarło moje dziecko.

— On urodził się już martwy, księżniczko. Kobiety mówią... —

Zawahał się, a Dany dopiero teraz zobaczyła, jak obwisła jest jego skóra i że kuleje, kiedy się porusza.

— Powiedz mi. Powiedz, co mówią kobiety.

Odwrócił głowę. Wzrok miał niespokojny.

— Mówią, że dziecko było...

Czekała cierpliwie, lecz ser Jorah milczał. Twarz pociemniała mu ze wstydu. Sam przypominał trupa.

— Potworne — dokończyła za niego Mirri Maz Duur. Dany rozumiała, że choć rycerz jest odważnym i silnym mężczyzną, to w takiej chwili *maegi* była silniejsza, bardziej okrutna i o wiele bardziej niebezpieczna. — Był powykręcany. Sama go wyciągnęłam. Był ślepy, cały pokryty łuskami jak jaszczurka, miał kikut małego ogona i małe skórzaste skrzydła podobne do skrzydeł nietoperza. Kiedy go dotknęłam, ciało odeszło od kości, a w jego wnętrzu roiło się od cmentarnych robaków i cuchnęło zgnilizną. Nie żył już od dawna.

Ciemność, pomyślała Dany. Straszna ciemność za jej plecami, czyhająca, by ją połknąć. Byłaby stracona, gdyby się odwróciła.

— Mój syn był silny i żył, kiedy ser Jorah przyniósł mnie do namiotu — powiedziała. — Czułam, jak kopał, walczył, żeby się wydostać.

— Może i tak — odpowiedziała Mirri Maz Duur — a jednak stworzenie, które wyszło z twojego łona było takie, jak powiedziałam. W tamtym namiocie była śmierć, *khaleesi*.

— Tylko cienie — zaprzeczył ser Jorah, lecz Dany wyczuła zwątpienie w jego głosie. — Widziałem, *maegi*. Widziałem, jak sama tańczyłaś z cieniami.

— Grób rzuca długie cienie, Żelazny Lordzie — rzekła Mirri. — Długie i ciemne. Ostatecznie żadne światło nie potrafi ich powstrzymać.

Dany wiedziała, że ser Jorah zabił jej syna. Zrobił to powodowany miłością i lojalnością, lecz zaniósł ją do miejsca, gdzie nie powinna chodzić żadna żyjąca istota i oddał jej dziecko ciemności na pożarcie. On także o tym wiedział; poszarzała twarz, zapadłe oczy, utykanie.

— Cienie dotknęły także i ciebie, ser Jorahu — powiedziała do niego. Rycerz nic nie odpowiedział. Dany zwróciła się do kapłanki:

— Ostrzegałaś mnie, że tylko śmiercią można okupić życie. Myślałam, że miałaś na myśli konia.

— Nie — odrzekła Mirri Maz Duur. — Sama siebie okłamywałaś. Wiedziałaś, jaka będzie cena.

Czy rzeczywiście wiedziała? Będę zgubiona, jeśli się obejrzę.

— Otrzymałaś zapłatę — powiedziała Dany. — Koń, moje dziecko, Quaro, Qotho, Haggo i Cohollo. Ogromna cena. — Wstała. — Gdzie jest *khal* Drogo? Przyprowadź go do mnie, kapłanko, *maegi*, czarownico krwi, kimkolwiek jesteś. Przyprowadź mi *khala* Drogo. Pokaż mi, co kupiłam za życie mojego syna.

— Jak każesz, *khaleesi* — odpowiedziała stara kobieta. — Chodź, zaprowadzę cię do niego.

Dany była słabsza, niż przypuszczała. Ser Jorah objął ją ramieniem i pomógł wstać.

— Później będzie na to czas, księżniczko — powiedział cicho.

— Teraz pójdę do niego, ser Jorahu.

Świat otaczający mrok jej namiotu oślepił ją swoim blaskiem, gdy tylko wyszła na zewnątrz. Słońce przypominało roztopione złoto, a ziemia była pusta i zwarzona. Służące czekały z owocami, winem i wodą, a Jhogo podszedł szybko, żeby pomóc ser Jorahowi ją prowadzić. Aggo i Rakharo stali z tyłu. Oślepiona słonecznym blaskiem, Dany osłoniła oczy dłonią. Zobaczyła popioły ogniska, kilkadziesiąt koni, które chodziły niespokojne w poszukiwaniu kępy trawy, rozrzucone namioty i maty. Grupka dzieci podeszła bliżej, żeby się jej przyjrzeć; za nimi dostrzegła kobiety zajęte pracą i wysuszonych starców, którzy patrzyli zmęczonym, nieruchomym wzrokiem w niebo, przeganiając ospale krwiuchy. Gdyby zaczęła liczyć, nie zebrałaby więcej niż stu ludzi. Po czterdziestotysięcznym obozie pozostał tylko kurz i wiatr.

— *Khalasar* Drogo odszedł — powiedziała.

— Dothrakowie idą tylko za silnymi — wyjaśnił ser Jorah. — Przykro mi, księżniczko. Nie było sposobu, żeby ich powstrzymać. *Ko* Pono, który odjechał pierwszy, nazwał się *khalem* Pono i wielu pojechało za nim. Niedługo potem odjechał Jhaqo. Pozostali wymykali się nocą w mniejszych lub większych grupkach. Na morzu Dothraków, które dotąd przemierzał jeden *khalasar* Drogo, powstał tuzin nowych *khalasarów*.

— Pozostali tylko starzy — powiedział Aggo. — Przestraszeni, słabi i chorzy. I my, którzy przysięgaliśmy. My zostaliśmy.

— Tamci zabrali stada *khala* Drogo, *khaleesi* — dodał Rakharo. — Za mało nas, żeby ich powstrzymać. Takie jest prawo silniejszego — zabrać słabszemu. Zabrali też dużo niewolników, twoich i *khala*, ale trochę zostawili.

— A Eroeh? — spytała Dany. Przypomniała sobie przestraszone dziecko, które uratowała tuż za murami Miasta Owczarzy.

— Mago ją złapał. On teraz jest bratem krwi *khala* Jhaqo — powiedział Jhogo. — Ujeżdżał ją mocno i oddał *khalowi*. Jhaqo oddał ją swoim braciom krwi. Było ich sześciu. Kiedy z nią skończyli, poderżnęli jej gardło.

— Taki był jej los, *khaleesi* — potwierdził Aggo.

Będę stracona, jeśli się obejrzę.

— Okrutny los — orzekła Dany — ale nie tak okrutny, jak okrutny będzie los Mago. Obiecuję to wam, przysięgam na nowych i starych bogów, na boga jagnięcia i boga konia, na wszystkich żyjących bogów. Przysięgam na Matkę Gór, na Macicę Świata. Zanim z nimi skończę, Mago i *ko* Jhaqo będą błagali o litość, jaką okazali Eroeh.

Dothrakowie spojrzeli po sobie niepewnie.

— *Khaleesi* — odezwała się Irri łagodnym głosem, jakby tłumaczyła coś dziecku. — Jhaqo jest teraz *khalem* i ma za sobą dwadzieścia tysięcy jeźdźców.

Uniosła głowę.

— A ja jestem Daenerys, Zrodzona w Burzy, Daenerys z Rodu Targaryenów, jestem potomkiem Aegona Zdobywcy oraz Maegora Okrutnego, a także starej Valyrii. Jestem córką smoka i przysięgam wam, że oni umrą z krzykiem na ustach. A teraz zaprowadźcie mnie do *khala* Drogo.

Leżał na nagiej, rudej ziemi, wpatrzony w słońce. Wydawał się nie zauważać krwiuch, które chodziły po jego ciele. Dany przegoniła je i klęknęła obok. Oczy miał szeroko otwarte, ale nie patrzył nimi; od razu zorientowała się, że nie widzi. Wyszeptała jego imię, lecz nie zareagował. Rana na piersi zagoiła się, pozostała tylko szaroczerwona, ohydna blizna.

— Dlaczego leży tutaj sam, na słońcu? — spytała.

— Wydaje się, że dobrze mu w cieple, księżniczko — powiedział ser Jorah. — Jego oczy podążają za słońcem, chociaż go nie widzi. Chodzi tylko prowadzony przez kogoś, dalej nie pójdzie. Zje, jeśli włożysz mu coś do ust, napije się, jeśli wlejesz mu do ust.

Dany pocałowała w czoło swoje słońce i gwiazdy i podniosła się, stając twarzą w twarz z Mirri Maz Duur.

— Drogo każesz sobie płacić za swoje zaklęcia, *maegi*.

— On żyje — powiedziała Mirri Maz Duur. — Prosiłaś o życie. Zapłaciłaś za życie.

— Dla kogoś takiego, kim był Drogo, to nie jest życie. Jego życiem był śmiech, mięso skwierczące nad ogniem i koń między nogami. Jego życiem był *arakh* w dłoni i dzwoneczki dźwięczące w jego włosach, kiedy jechał na spotkanie wroga. Jego życiem byli jego bracia krwi, ja i syn, którego miałam mu dać.

Mirri Maz Duur nic nie odpowiedziała.

— Kiedy będzie taki jak przedtem? — spytała ją Dany.

— Kiedy słońce wzejdzie na zachodzie i zajdzie na wschodzie — odpowiedziała Mirri Maz Duur. — Kiedy wyschną morza, a wiatr będzie przenosił góry jak liście. Kiedy twoje łono znowu się poruszy i urodzisz żywe dziecko. Dopiero wtedy on powróci, nie wcześniej.

Dany dała znak ser Jorahowi i pozostałym.

— Zostawcie nas. Chcę porozmawiać z *maegi* na osobności. — Mormont i Dothrakowie odeszli. — Wiedziałaś — powiedziała Dany, kiedy zostały same. Całe ciało miała obolałe, lecz wściekłość dodawała jej sił. — Wiedziałaś, co zamierzałam kupić, znałaś cenę i pozwoliłaś mi ją zapłacić.

— Źle postąpili, paląc moją świątynię — odparła spokojnym głosem stara kobieta o płaskim nosie. — Rozgniewali Wielkiego Pasterza.

— To nie było dzieło bogów — odpowiedziała jej Dany chłodno. Jeśli się odwrócę, jestem zgubiona. — Oszukałaś mnie. Zamordowałaś dziecko w moim łonie.

— Rumak, który przemierzy świat, nie spali już żadnych miast. Jego *khalasar* nie rozdepcze już żadnych narodów.

— Wstawiłam się za tobą — powiedziała Dany głosem przepełnionym udręką. — Uratowałam cię.

— Uratowałaś mnie? — Lhazarenka splunęła. — Wzięło mnie trzech jeźdźców, i to nie tak jak mężczyzna posiada kobietę, ale od tyłu, tak jak pies bierze sukę. Kiedy przejeżdżałaś, czwarty był już we mnie. Jak więc mnie uratowałaś? Musiałam patrzeć, jak płonie dom moich bogów, gdzie wyleczyłam wielu dobrych ludzi. Spalili też mój dom, a na ulicy widziałam stos głów. Widziałam głowę piekarza, który piekł dla mnie chleb. Widziałam głowę chłopca, którego zaledwie trzy księżyce temu uratowałam przed gorączką martwych oczu. Słyszałam płacz dzieci odpędzanych przez jeźdźców batami. Powiedz więc, co uratowałaś?

— Twoje życie.

Mirri Maz Duur roześmiała się szyderczo.

— Spójrz na swojego *khala* i zobacz, co warte jest życie, kiedy odbierzesz wszystko inne.

Dany przywołała ludzi ze swojego khas i rozkazała im zabrać i związać Mirri Maz Duur. *Maegi* uśmiechnęła się tylko do niej, kiedy ją odprowadzali, jakby dzieliły jakąś tajemnicę. Jedno słowo i Dany mogła kazać ściąć jej głowę... tylko co by z tego miała? Głowę? Skoro życie okazało się bezwartościowe, czym jest śmierć?

Odprowadzili *khala* Drogo do jej namiotu i Dany rozkazała napełnić wannę; tym razem nie było w niej krwi. Sama go wykąpała. Zmyła brud i kurz z jego ramion i piersi, obmyła mu twarz kawałkiem miękkiej tkaniny, namydliła długie, czarne włosy i wyczesała je, aż lśniły tak jak dawniej. Zapadła już ciemność, kiedy skończyła. Czuła się wyczerpana. Sięgnęła po jedzenie i picie, lecz zdołała tylko pogryźć figę i napić się kilka łyków wody. Sen z pewnością przyniósłby jej ulgę, ale dość już spała... za długo. Ze wszystkich minionych nocy i tych, które mogły jeszcze nadejść, ta należała się Drogo.

Wspominając ich pierwszą noc, poprowadziła go w ciemność, ponieważ Dothrakowie wierzyli, że wszystkie ważne rzeczy w życiu człowieka powinny się odbywać pod gołym niebem. Powiedziała sobie, że istnieją moce potężniejsze od nienawiści i zaklęcia starsze i prawdziwsze niż wszystkie te, których *maegi* nauczyła się w Asshai. Na czarnym niebie nie było śladu księżyca, za to milion gwiazd świecił jasno. Uznała to za znak.

Na zewnątrz nie znaleźli miękkiego łoża z traw, jedynie twardą, brudną ziemię pełną kamieni. Nie było drzew, które kołysały się na wietrze, ani strumienia, który by łagodził jej strach swoją łagodną muzyką. Dany powiedziała sobie, że gwiazdy wystarczą.

— Przypomnij sobie, Drogo — wyszeptała. — Przypomnij sobie dzień naszych zaślubin, kiedy po raz pierwszy jechaliśmy razem. Przypomnij sobie noc, kiedy poczęliśmy Rhaego; otaczał nas twój *khalasar*, twoje oczy spoczywały na mojej twarzy. Przypomnij sobie, jak chłodna i czysta była woda w Macicy Świata. Przypomnij sobie, moje słońce i gwiazdy. Przypomnij sobie i wróć do mnie.

Była jeszcze zbyt obolała po porodzie, żeby wziąć go w siebie, tak jak by pragnęła, lecz Doreah nauczyła ją innych sposobów za pomocą dłoni, ust, piersi. Wpijała paznokcie w jego ciało, obsypywała go pocałunkami, szeptała, modliła się, opowiadała różne historie, a na końcu obmyła łzami. Mimo to Drogo pozostał niewzruszony, nie przemówił i nie powstał.

Kiedy blady świt rozjaśnił pusty horyzont, Dany zrozumiała, że naprawdę go straciła.

— Kiedy słońce wzejdzie na zachodzie i zajdzie na wschodzie — powiedziała ze smutkiem. — Kiedy wyschną morza, a wiatr będzie przenosił góry jak liście. Kiedy moje łono znowu się poruszy i urodzę żywe dziecko. Wtedy powrócisz, moje słońce i gwiazdy, nie wcześniej.

Nigdy, krzyczała ciemność, nigdy, nigdy, nigdy.

Powróciwszy do namiotu, Dany znalazła poduszkę, miękki jedwab wypchany piórami. Przycisnęła ją do piersi i wróciła do Drogo, do jej słońca i gwiazd. Będę zgubiona, jeśli się obejrzę. Już samo chodzenie sprawiało jej ból, pragnęła zasnąć i nie śnić niczego. Klęknęła, złożyła pocałunek na ustach Drogo i przycisnęła poduszkę do jego twarzy.

TYRION

— Mają mojego syna — powiedział Tywin Lannister.

— Tak, panie. — Posłaniec mówił głosem osłabionym trudami podróży. Na piersi jego podartej opończy widniał moręgowaty dzik Crakenhall poplamiony krwią.

Jednego z twoich synów, pomyślał Tyrion. Napił się wina, nic nie mówiąc, i pomyślał o Jaimie. Kiedy uniósł ramię, ból przeszył jego łokieć, przypominając, że i on zakosztował trochę smaku bitwy. Kochał swojego brata, ale nawet za całe złoto Casterly Rock nie chciałby być z nim w Szepcącym Lesie.

Zebrani kapitanowie i chorążowie jego pana ojca umilkli, kiedy posłaniec zdawał relację. Słychać było tylko trzask i syk kłody palącej się w kominku w drugim końcu zimnej sali.

Po długim i wyczerpującym marszu na południe Tyrion ucieszył się ogromnie na myśl o przynajmniej jednej nocy spędzonej w karczmie... chociaż, pomny na wspomnienia, wolałby, żeby nie była to ta karczma. Jego ojciec narzucił mordercze tempo i trzeba było za to zapłacić. Ranni w bitwie starali się ze wszystkich sił dotrzymać kroku, albo zostawali zdani na własne siły. Każdego ranka przy drodze zasypiali, by już więcej się nie obudzić. Każdego popołudnia kilku następnych padało, a każdego wieczoru kolejna grupka dezerterów uciekała, znikając w mroku. Bywały chwile, kiedy Tyrion miał ochotę przyłączyć się do nich.

Był na górze i rozkoszował się miękkim łóżkiem i ciepłem ciała Shae, kiedy obudził go giermek, oznajmiając, że przybył posłaniec z Riverrun i przywiózł złe wieści. Morderczy marsz na południe, ciała pozostawione przy drodze... wszystko to na nic. Robb Stark dotarł do Riverrun dawno temu.

— Jak to możliwe? — jęknął ser Harys Swyft. — Jak? Nawet po tym, co stało się w Szepczącym Lesie, trzymaliście Riverrun w żelaznym uścisku otoczone ogromną siłą... i nie wiem, dlaczego ser Jaime postanowił rozdzielić swoich ludzi na trzy obozy? Z pewnością zdawał sobie sprawę z tego, jak bardzo ich to osłabi.

Bardziej niż ty, parszywy tchórzu, pomyślał Tyrion. Owszem, Jaime stracił Riverrun, ale Tyrion nie mógł ścierpieć, kiedy jego brata obgaduje ktoś taki jak Swyft, bezczelny lizus, którego największym sukcesem było wydanie równie parszywej córki za ser Kevana, przez co związał się z Lannisterami.

— Ja bym postąpił tak samo — odparł stryj Tyriona spokojnym głosem. — Gdybyś znał Riverrun, ser Harysie, wiedziałbyś, że Jaime nie miał wyboru. Zamek stoi na końcu cypla, w miejscu gdzie Kamienny Nurt wpływa do Czerwonych Wideł Tridentu. Rzeki tworzą dwa boki trójkąta i w sytuacjach zagrożenia Tully'owie otwierają śluzy i trzeci bok tworzy wtedy ogromna fosa, przez co Riverrun zamienia się w wyspę. Tak więc mury zamku wyrastają wprost z wody, a obrońcy z wież kontrolują drugi brzeg na odległość wielu mil. Żeby całkowicie odciąć dostęp do Riverrun, oblegający musi założyć obóz na północ od Kamiennego Nurtu, drugi na południe od Czerwonych Wideł i trzeci między rzekami, na zachód od fosy. Nie można przeprowadzić oblężenia w inny sposób.

— Ser Kevan mówi prawdę, moi panowie — powiedział posłaniec. — Otoczyliśmy obozy palisadami z ociosanych pali, ale to nie wystarczyło, nie w wypadku nagłego ataku, do tego jeszcze rzeki rozdzielały poszczególne obozy. Najpierw zaatakowali obóz północny. Nikt nie spodziewał się ataku. Marq Piper nękał nasze tabory, ale nie miał więcej niż pięćdziesięciu ludzi. Dlatego w noc poprzedzającą ser Jaime wyjechał, żeby się z nim rozprawić... tak nam się przynajmniej wydawało, że to oni. Powiedziano nam, że siły Starków znajdują się na wschód od Zielonych Wideł i maszerują na południe...

— A wasi zwiadowcy? — Wydawało się, że oblicze ser Gregora Clegane'a jest wyrzeźbione ze skały. Ogień z kominka obmył je swym pomarańczowym blaskiem, wycinając głębokie cienie w oczodołach. — Niczego nie zauważyli? Nie ostrzegli was?

Poplamiony krwią posłaniec potrząsnął głową.

— Nasi zwiadowcy znikali. Sądziliśmy, że to robota Marqa Pipera. Ci, którzy wracali, twierdzili, że niczego nie widzieli.

— Człowiek, który nic nie widzi, nie potrzebuje oczu — oświadczył Góra. — Trzeba mu je wyciąć i dać innym zwiadowcom. Powiedz mu, że masz nadzieję, iż czworo oczu zobaczy więcej niż dwoje... a jeśli nie, następny będzie miał trzy pary oczu.

Lord Tywin Lannister odwrócił głowę i spojrzał na ser Gregora. Tyrion dostrzegł złocisty błysk, kiedy światło odbiło się w źrenicach ojca, lecz nie potrafił powiedzieć, czy jego spojrzenie wyraża przyganę czy aprobatę. Lord Tywin często zachowywał milczenie w czasie narad, słuchając cierpliwie, zanim zabrał głos — sposób bycia, który Tyrion próbował naśladować — jednak teraz jego milczenie wydawało się wręcz nienaturalne; nie tknął nawet pucharu z winem.

— Mówiłeś, że zaatakowali was w nocy — powiedział ser Kevan.

Posłaniec skinął głową znużony.

— Ich straż przednią prowadził Blackfish, wyciął nasze straże i oczyścił palisady dla głównych sił. Zanim nasi ludzie zorientowali się, co się dzieje, jeźdźcy przeskakiwali już ponad rowami i pędzili przez obóz z mieczami i pochodniami w dłoniach. Gdy tylko usłyszeliśmy odgłos walki i zobaczyliśmy płonące namioty, lord Brax poprowadził nas na tratwy. Próbowaliśmy przepłynąć na drugą stronę rzeki, ale zniósł nas prąd, a Tully'owie ciskali głazy katapultami z murów. Widziałem jedną z tratw rozbitą w drzazgi, a trzy inne przewrócone, ludzie wpadali do rzeki i tonęli... na tych zaś, którym udało się dotrzeć na drugi brzeg, czekali Starkowie.

Wyraz twarzy ser Flementa Braxa ubranego w srebrnofioletowy płaszcz, przypominał oblicze człowieka, który nie rozumie w pełni tego, co usłyszał.

— Mój pan ojciec…

— Przykro mi — odparł posłaniec. — Lord Brax miał na sobie pełną zbroję, kiedy przewróciła się tratwa. Był bardzo dzielny.

Był głupcem, pomyślał Tyrion; obracał swoim pucharem ze wzrokiem utkwionym w jego winne głębiny. Żeby płynąć przez rzekę na prostej tratwie w pełnej zbroi, kiedy wróg czeka na brzegu… jeśli tak wygląda dzielność, to on wybierze raczej tchórzostwo. Zastanawiał się, czy lord Brax czuł się szczególnie dzielny z ciężarem zbroi, która ciągnęła go w czarną toń.

— Obóz między rzekami także padł — mówił dalej posłaniec. — W czasie naszej próby przepłynięcia rzeki, z zachodu nadciągnęły nowe siły Starków, dwie kolumny uzbrojonych jeźdźców. Widziałem wśród nich olbrzyma w łańcuchach lorda Umbera oraz orła Mallisterów, ale prowadził ich chłopak, u jego boku biegł olbrzymi wilk. Sam tego nie widziałem, ale mówią, że bestia zabiła czterech ludzi i rozszarpała tuzin koni. Nasi włócznicy utworzyli zaporę z tarcz, co pozwoliło powstrzymać pierwszy atak, wtedy jednak Tully'owie otworzyli bramy Riverrun i Tytos Blackwood poprowadził oddział wypadowy i zaatakował ich od tyłu.

— Bogowie, ratujcie nas — rzekł lord Lefford.

— Greatjon Umber spalił wieże oblężnicze, które budowaliśmy, lord Blackwood zaś odnalazł wśród jeńców ser Edmure'a Tully'ego i odbił go wraz z innymi. Ser Forley Prester, który dowodził naszym południowym obozem, wycofał się, zachowując porządek, z dwoma tysiącami włóczników i taką sama liczbą łuczników, lecz dowodzący wolnymi najemnik z Tyrosh opuścił jego sztandary i przeszedł na stronę nieprzyjaciela.

— Niech będzie przeklęty. — Ze słów stryja Kevana przebijała bardziej złość niż zdziwienie. — Ostrzegałem Jaime'a, żeby mu nie ufał. Człowiek, który walczy za pieniądze, pozostaje wierny tylko swojej sakiewce.

Lord Tywin splótł dłonie pod brodą. Kiedy słuchał, poruszał tylko oczyma. W obramowaniu złocistych bokobrodów jego twarz przypominała maskę, lecz Tyrion dostrzegł drobniutkie kropelki potu na krótko ostrzyżonej głowie ojca.

— Jak to mogło się stać? — jęknął ponownie ser Harys Swyft. — Ser Jaime w niewoli, oblężenie przerwane… to katastrofa!

— Wszyscy jesteśmy ci wdzięczni, że nam uświadomiłeś rzecz tak oczywistą, ser Harysie. Pozostaje pytanie, co zrobimy?

— Co możemy zrobić? Ludzie Jaime'a wybici, rozproszeni albo w niewoli, podczas gdy Starkowie i Tully'owie siedzą pewnie na linii naszych dostaw. Zostaliśmy odcięci od zachodu! Jeśli zechcą, mogą pójść na Casterly Rock i nic ich nie powstrzyma. Moi panowie, zostaliśmy pokonani. Musimy prosić o pokój.

— Pokój? — Tyrion obrócił w dłoni puchar z winem, pociągnął długi łyk, po czym cisnął pustym naczyniem o podłogę, gdzie roztrzaskało się na tysiące kawałków. — Oto twój pokój, ser Harysie. Mój słodki siostrzeniec zburzył go bezpowrotnie w chwili, kiedy postanowił udekorować Czerwoną Twierdzę głową lorda Eddarda. Łatwiej przyjdzie ci napić się z tego pucharu, niż nakłonić Robba Starka do zawarcia pokoju. Przecież on wygrywa, czyżbyś tego nie zauważył?

— Dwie bitwy to jeszcze nie wojna — upierał się ser Addam. — Daleko nam jeszcze do klęski. Chętnie sam spróbowałbym miecza przeciwko temu chłopakowi Starków.

— Może zgodzą się na zawieszenie broni i na wymianę jeńców — zauważył lord Lefford.

— Niezbyt korzystnie wypadniemy na szali tej wagi, chyba że będą wymieniać trzech za jednego — zauważył Tyrion złośliwie. — A co im zaoferujemy w zamian za mojego brata? Może gnijącą głowę lorda Eddarda?

— Słyszałem, że królowa Cersei ma córki Namiestnika — powiedział z nadzieją w głosie lord Lefford. — Jeśli zwrócimy chłopakowi siostry…

Ser Addam prychnął pogardliwie.

— Musiałby być osłem, żeby wymienić Jaime'a Lannistera za dwie dziewczynki.

— W takim razie musimy zapłacić okup za ser Jaime'a, choćby nawet najwyższy — nie ustępował lord Lefford.

Tyrion wywrócił oczy.

— Jeśli Starkowie będą potrzebowali złota, mogą przetopić zbroję Jaime'a.

— Jeśli poprosimy o zawieszenie broni, pomyślą, że jesteśmy słabi — stwierdził ser Addam. — Powinniśmy ruszyć na nich natychmiast.

— Z pewnością uda się przekonać naszych przyjaciół na dworze, by wspomogli nas świeżymi posiłkami — powiedział ser Harys. — Ktoś mógłby też wrócić do Casterly Rock i zebrać posiłki.

Lord Tywin Lannister wstał.

— Mają mojego syna — powtórzył głosem, który uciął wszelkie rozmowy niczym miecz odrąbujący kawał łoju. — Zostawcie mnie samego.

Zawsze posłuszny Tyrion podniósł się, podobnie jak pozostali, lecz ojciec spojrzał na niego.

— Zostań, Tyrionie. Także i ty, Kevan. Reszta wyjść.

Tyrion usiadł bez słowa. Ser Kevan poszedł na drugą stronę sali, gdzie stały beczułki z winem.

— Stryju — zawołał Tyrion — jeśli byłbyś tak dobry...

— Proszę. — Ojciec podsunął mu swój puchar napełniony winem, którego dotąd nie tknął.

Teraz Tyrion poczuł się naprawdę zakłopotany. Napił się wina.

Lord Tywin usiadł.

— Masz rację co do Starków. Mając lorda Starka żywego, moglibyśmy liczyć na pokój z Winterfell i Riverrun, pokój, który by nam dał czas, żeby zająć się braćmi Roberta. Martwy natomiast... — Zacisnął dłoń w pięść. — Szaleństwo. Czyste szaleństwo.

— Joff to jeszcze chłopak — zauważył Tyrion. — Mnie w jego wieku zdarzyło się popełnić kilka głupstw.

Ojciec rzucił mu przenikliwe spojrzenie.

— W takim razie powinniśmy chyba być wdzięczni, że nie poślubił jeszcze żadnej dziwki. — Tyrion sączył swoje wino, zastanawiając się, jak by wyglądał lord Tywin, gdyby cisnął mu w twarz puchar. — Jesteśmy w gorszym położeniu, niż zdajecie sobie z tego sprawę — mówił dalej jego ojciec. — Można by powiedzieć, że mamy nowego króla.

Ser Kevan spojrzał na niego jak rażony piorunem.

— Nowego kogo? Co oni zrobili z Joffreyem?

Na wąskich ustach lorda Tywina pojawił się na moment wyraz obrzydzenia.

— Nic... jeszcze nic. Mój wnuk wciąż zasiada na Żelaznym Tronie, lecz eunuch otrzymał wiadomości od swoich pająków z południa. Dwa tygodnie temu Renly Baratheon poślubił Margaery Tyrell w Wysogrodzie i upomniał się o koronę. Ojciec i bracia jego żony zaprzysięgli mu swoje miecze.

— Smutne to wieści. — Kiedy ser Kevan marszczył czoło, bruzdy na nim przypominały głębokie kaniony.

— Moja córka rozkazuje nam udać się do Królewskiej Przystani, gdzie mamy bronić Czerwonej Twierdzy przed królem Renlym i Rycerzem Kwiatów. — Lord Tywin zacisnął usta. — Rozkazuje mi, zwróćcie uwagę. W imieniu Króla i rady.

— Jak król Joffrey przyjął te wiadomości? — spytał Tyrion z pewnym ponurym rozbawieniem.

— Cersei nie powiedziała mu jeszcze o tym — powiedział lord Tywin. — Obawia się, żeby nie zechciał sam pójść na Renly'ego.

— Z czyją armią? — spytał Tyrion. — Chyba nie zamierzasz oddać mu tej armii?

— Wspomniał coś o poprowadzeniu Straży Miejskiej — odparł lord Tywin.

— Jeśli zabierze ze sobą Straż, miasto pozostanie bez obrony — orzekł ser Kevan. — Nie można zapominać o obecności lorda Stannisa na Smoczej Skale...

— Tak. — Lord Tywin spojrzał na syna. — Dotąd sądziłem, że to ty zostałeś stworzony na błazna, ale chyba się myliłem.

— No cóż, ojcze — powiedział Tyrion — to prawie pochwała w twoich ustach. — Pochylił się do przodu zaciekawiony. — Co ze Stannisem? Jest starszy od Renly'ego. Co mówi o żądaniach swojego brata?

Jego ojciec zmarszczył brwi.

— Od samego początku czułem, że Stannis może stanowić większe niebezpieczeństwo niż wszyscy pozostali razem wzięci.

Na razie nie robi nic. Och, Varys słucha tego, co szepcą wokół niego. Stannis buduje statki, przyjmuje najemników, sprowadza władczynię cieni z Asshai. Co to może oznaczać? Czy cokolwiek z tego jest prawdą? — Wzruszył ramionami poirytowany. — Kevanie, przynieś mapę. — Ser Kevan natychmiast wykonał polecenie. Lord Tywin rozwinął skórzany zwój i wygładził go ręką. — Jaime postawił nas w beznadziejnej sytuacji. Roose Bolton i resztki jego sił znajdują się na północ od nas. Wróg trzyma Bliźniaki i Fosę Cailin. Robb Stark siedzi na zachodzie, więc nie możemy się wycofać do Lannisportu czy do Casterly Rock, chyba że chcemy bitwy. Jaime jest w niewoli, a jego armia rozbita. Thoros z Myr i Beric Dondarrion wciąż nękają oddziały naszych furażerów. Od wschodu zagrażają nam Arrynowie, Stannis Baratheon siedzi na Smoczej Skale, na południu zaś, w Wysogrodzie i w Końcu Burzy, gromadzą siły.

Tyrion uśmiechnął się pod nosem.

— Odwagi, ojcze. Przynajmniej Rhaegar Targaryen nie żyje.

— Tyrionie, miałem nadzieję usłyszeć od ciebie coś więcej niż tylko głupie żarty — powiedział lord Tywin Lannister.

Ser Kevan zmarszczył czoło pochylony nad mapą.

— Teraz Robb Stark ma już pewnie przy sobie Edmure'a Tully'ego i lordów znad Tridentu. Ich połączone siły mogą okazać się większe od naszych. Mając Roose'a Boltona za plecami, Tywinie... obawiam się, że jeśli zostaniemy tutaj, możemy znaleźć się w potrzasku trzech armii.

— Nie mam zamiaru pozostawać tutaj. Musimy skończyć nasze interesy z młodym lordem Starkiem, zanim Renly Baratheon wyjdzie z Wysogrodu. Bolton nie jest groźny. Jest bardzo ostrożny, szczególnie po tym, co go spotkało przy Zielonych Widłach. Będzie się ociągał z pościgiem. Tak więc... rano wyruszamy na Harrenhal. Kevanie, niech zwiadowcy ser Addama osłaniają nasze ruchy. Daj mu tylu ludzi, ilu zażąda, i wyślij ich czwórkami. Wszyscy mają wrócić.

— Tak, panie, tylko... dlaczego Harrenhal? To ponure miejsce, które cieszy się złą sławą. Niektórzy twierdzą nawet, że jest przeklęte.

— Niech sobie mówią — odparł lord Tywin. — Spuść ze smyczy ser Gregora i poślij przodem z jego zbójami. Niech jedzie z nimi też Vargo Hoat i jego wolni oraz ser Amory Lorch. Każdy ma mieć trzystu konnych. Powiedz im, że chcę zobaczyć, jak płoną niziny nad rzeką, od Oka Boga po Czerwone Widły.

— Zobaczysz, jak płoną, panie — przyrzekł ser Kevan, wstając. — Wydam odpowiednie rozkazy. — Skłonił się i ruszył do drzwi.

Kiedy zostali sami, lord Tywin zerknął na Tyriona.

— Twoje dzikusy miałyby okazję trochę sobie poużywać. Powiedz im, że mogą pojechać z Vargo Hoatem, niech plądrują do woli — wszelkie dobra, inwentarz, kobiety, mogą brać, co zechcą, resztę niech spalą.

— Mówić Shagdze i Timettowi, jak plądrować, to tak jak uczyć koguta piania — odparł Tyrion — ale wolałbym zatrzymać ich przy sobie. — Pomimo swojego nieokrzesania i nieposłuszeństwa dzikusy były jego ludźmi, ponadto im ufał bardziej niż komukolwiek z otoczenia swojego ojca. Nie miał zamiaru się ich pozbywać.

— W takim razie lepiej naucz się panować nad nimi. Nie pozwolę na plądrowanie miasta.

— Miasta? — powtórzył Tyrion zdezorientowany. — Jakiego miasta?

— Królewskiej Przystani. Wysyłam cię na dwór.

Była to ostatnia z rzeczy, jakiej Tyrion Lannister mógł się spodziewać. Sięgnął po puchar i zastanawiał się przez chwilę, popijając wino.

— I co miałbym tam robić?

— Panować — odparł krótko jego ojciec.

Tyrion parsknął śmiechem.

— Moja słodka siostra może mieć coś przeciwko temu!

— Niech sobie ma. Trzeba wziąć w garść jej syna, zanim całkiem nas zrujnuje. Wszystko przez tych durniów z rady — nasz przyjaciel Petyr, wielebny Wielki Maester i ten cudaczek bez kutasa lord Varys. Co z nich za rada, skoro Joffrey wyczynia same głupoty?

Czyj to był pomysł, żeby zrobić lordem tego tam Janosa Slynta? Przecież jego ojciec był rzeźnikiem, a oni dają mu Harrenhal. Harrenhal, niegdyś siedzibę królów! Jego stopa i tak tam nie postanie, jeśli mam jeszcze coś do powiedzenia. Ponoć wybrał sobie na godło zakrwawioną włócznię. Ja bym mu dał zakrwawiony topór rzeźniczy. — Jego ojciec mówił spokojnym głosem, lecz Tyrion dostrzegł iskierki gniewu w złocistych oczach. — Albo pozbycie się Selmy'ego, to nie ma sensu. Zgadza się, jest stary, ale imię Barristana Śmiałego wciąż ma duże znaczenie w całym królestwie. Nie splamił swojego honoru bez względu na to, u kogo służył. Czy to samo można powiedzieć o Ogarze? Psy karmi się pod stołem, zamiast sadzać je obok siebie na dostojnych miejscach. — Skierował palec na twarz Tyriona. — Skoro Cersei nie potrafi utrzymać w ryzach chłopaka, ty musisz to uczynić. A jeśli doradcy zaczną coś knuć przeciwko nam...

Tyrion wiedział.

— Pale — westchnął. — Głowy. Mury.

— Widzę, że czegoś się jednak ode mnie nauczyłeś.

— Więcej niż sądzisz, ojcze — odpowiedział cicho Tyrion. Dopił wino i zamyślony odstawił puchar. Częściowo odczuwał zadowolenie, i to większe niż przyznawał przed samym sobą. Jednakże z drugiej strony myślami powracał do bitwy nad rzeką i zastanawiał się, czy ojciec po raz kolejny posyłał go, żeby bronił lewej flanki. — Dlaczego ja? — spytał, przekrzywiając głowę na bok. — Dlaczego nie stryj? Dlaczego nie ser Addam, ser Flement czy lord Serrett? Dlaczego nie ktoś... większy?

Lord Tywin podniósł się gwałtownie.

— Jesteś moim synem.

Dopiero teraz zrozumiał. Spisałeś go już na straty, pomyślał. Ty sukinsynie, uznałeś Jaime'a za martwego, więc tylko ja ci zostałem. Tyrion miał ochotę uderzyć ojca, splunąć mu w twarz, wyciąć sztyletem jego serce i przekonać się, czy rzeczywiście zrobione jest ze starego, twardego złota, tak jak mówią prostaczkowie. A jednak siedział tam milczący, nieruchomy.

Lord Tywin ruszył do drzwi, rozgniatając butami okruchy z rozbitego pucharu.

— I jeszcze jedno — dodał już z progu. — Nie zabierzesz tej dziwki na dwór.

Po wyjściu ojca Tyrion długo jeszcze siedział w ogromnej sali. W końcu udał się na przytulne poddasze pod dzwonnicą. Sufit był tam niski, lecz nie stanowiło to specjalnej przeszkody dla karła. Z okna widział szubienicę, którą jego ojciec kazał postawić na podwórzu. Podmuchy nocnego wiatru obracały powoli ciałem karczmarki. Jej ciało wychudło bardzo i zmizerniało podobnie jak nadzieje Lannisterów.

Shae zamruczała sennie i odwróciła się w jego stronę, kiedy usiadł na brzegu piernatu. Wsunął dłoń pod koc i zamknął dłoń na jej piersi, ona zaś otworzyła oczy.

— Panie — powiedziała, uśmiechając się sennie.

Gdy poczuł, że jej sutek twardnieje, pocałował ją.

— Zastanawiam się, czy nie zabrać cię do Królewskiej Przystani, słodziutka — rzekł szeptem.

JON

Kobyła zarżała cicho, kiedy Jon Snow zacisnął popręg.

— Spokojnie, słodziutka — powiedział cichym głosem i poklepał ją lekko. Wiatr szeptał w szczelinach ścian stajni, owiewając mu chłodem twarz, lecz Jon nie zwracał na to uwagi. Przyczepił zwinięty tłumok do siodła; palce poparzonej dłoni wciąż miał sztywne i nieruchome. — Duch — zawołał cicho — do mnie. — Wilk zjawił się natychmiast, błyskając ślepiami.

— Jon, proszę. Nie wolno ci tego robić.

Wskoczył na konia i chwyciwszy wodze w dłonie, zawrócił go, tak że teraz patrzył w noc. W drzwiach stajni stał Samwell Tarly;

nad jego ramieniem wisiała tarcza księżyca, cień chłopaka był czarny, ogromny.

— Zejdź mi z drogi, Sam.

— Jon, nie możesz — powiedział Sam. — Nie pozwolę ci.

— Nie chciałbym cię zranić — odpowiedział mu Jon. — Odsuń się, Sam, bo najadę na ciebie.

— Nie zrobisz tego. Musisz mnie wysłuchać. Proszę...

Jon spiął ostrogami boki klaczy, która ruszyła w stronę drzwi. Przez chwilę Sam stał w miejscu niewzruszony z twarzą bladą i okrągłą jak księżyc za nim, także jego usta przybrały podobny kształt, wyrażając zdziwienie. Jednakże w ostatnim momencie uskoczył w bok, tak jak Jon się spodziewał, potknął się i przewrócił. Klacz przeskoczyła nad nim i pomknęła w noc.

Jon nasunął na głowę kaptur ciężkiego płaszcza i pozwolił koniowi jechać własnym tempem. Z Duchem u boku mijał Czarny Zamek, nieruchomy i pogrążony w ciszy. Wiedział, że z Muru patrzą strażnicy, lecz ich oczy skierowane były na północ, on zaś ruszył na południe. Nikt nie widział, jak wyjeżdżał, nikt poza Samem Tarlym, który podnosił się z brudnej ziemi w stajni. Jon miał nadzieję, że Sam nie zrobił sobie krzywdy, upadając. Był taki ciężki i niezgrabny, więc mogło się zdarzyć, że złamał sobie nadgarstek albo skręcił kostkę w nodze.

— Ostrzegałem go — powiedział głośno Jon. — Nic nie mogłem poradzić. — Zaciskał i rozprostowywał palce poparzonej ręki. Wciąż odczuwał ból, ale nareszcie miał zdjęte bandaże.

Jechał krętą wstęgą królewskiego szlaku pośród wzgórz posrebrzonych światłem księżyca. Musiał oddalić się od Muru najdalej jak to możliwe, zanim zorientują się, że go nie ma. Rankiem zjedzie z drogi i ruszy dalej przez pola, zarośla i strumienie, żeby zgubić pościg, teraz jednak przede wszystkim liczył się pośpiech. W końcu domyślą się, dokąd podąża.

Stary Niedźwiedź zwykle wstawał o świcie, więc do tego czasu Jon musiał oddalić się od Muru możliwie najdalej... jeśli Sam Tarly nie zdradził go. Grubas był bardzo posłuszny i strachliwy, ale kochał Jona jak brata. Jeśli zaczną go wypytywać, Sam z pewnością powie prawdę, ale Jon nie wyobrażał sobie, żeby Tarly znalazł tyle odwagi, by pójść do Królewskiej Wieży i domagać się obudzenia Mormonta.

Kiedy Jon nie przyniesie Staremu Niedźwiedziowi śniadania, pójdą do jego celi i znajdą na łóżku Długi Pazur. Trudno było mu się z nim rozstać, jednak Jon miał na tyle honoru, żeby zostawić miecz. Nawet Jorah Mormont postąpił podobnie, gdy uciekał zhańbiony. Z pewnością lord Mormont znajdzie kogoś bardziej godnego swojego oręża. Jon ze smutkiem pomyślał o starym dowódcy. Zdawał sobie sprawę, że jego dezercja będzie niczym sól posypana na ranę hańby syna Starego Niedźwiedzia. Wiedział, że nie tak dziękuje się za zaufanie, ale nic na to nie mógł poradzić. Czuł się, jakby kogoś zdradzał, bez względu na to, co robił.

Nawet teraz nie miał pewności, czy zachował się honorowo. Łatwiej było ludziom z południa. Oni mieli swoich septonów, z którymi mogli porozmawiać, którzy mogli im objawić wolę bogów i pomóc rozróżnić dobro od zła. Ale Starkowie modlili się do dawnych, bezimiennych bogów i nawet jeśli drzewa serca słyszały ich modlitwy, nie odpowiadały.

Jon zwolnił dopiero, kiedy zniknęły ostatnie światła Czarnego Zamku. Czekała go daleka droga, a miał tylko jednego konia. Przy drodze znajdowały się gospodarstwa i grody, gdzie mógł wymienić swoją klacz na innego konia, ale tylko wtedy, kiedy nie będzie przemęczona albo ranna.

Będzie też musiał rozejrzeć się za nowym ubraniem, prawdopodobnie trzeba je będzie ukraść. Teraz ubrany był na czarno od stóp do głów: wysokie skórzane buty, spodnie z surowego sukna i bluza, skórzany kaftan bez rękawów i ciężki, wełniany płaszcz. Długi miecz i sztylet skrywały pochwy z kreciej skórki, także kolczuga i czepiec na głowę schowane w torbie przytroczonej do siodła zrobione były z czarnego drutu. Gdyby go pojmano, każda część tego stroju mogłaby stać się przyczyną jego śmierci. Na północ od Przesmyku w każdej wiosce i osadzie obcy ubrany na czarno wzbudzał podejrzenie. Jon wiedział, że nigdzie nie będzie bezpieczny, gdy tylko maester Aemon wypuści swoje kruki. Nawet w Winterfell.

Bran może by go i wpuścił, lecz maester Luwin kierował się większym rozsądkiem. Zamknie bramę i odeśle Jona z powrotem, tak jak powinien uczynić. Lepiej w ogóle tam nie jechać.

Jednak oczyma wyobraźni widział zamek tak wyraźnie, jakby opuścił go poprzedniego dnia; wysokie, granitowe wieże, wielka sala przepełniona zapachami dymu, psów i pieczonego mięsa, samotnia ojca, pokój w wieżyczce, gdzie spał. Jakąś częścią jaźni bardzo pragnął znowu usłyszeć śmiech Brana, zjeść pasztet z wołowiny i bekonu Gage'a, posłuchać opowieści Starej Niani o dzieciach lasu i Florianie Błaźnie.

Ale przecież nie po to uciekł z Muru, opuścił go dlatego, że mimo wszystko jest synem swojego ojca i bratem Robba. Podarowany miecz, nawet tak wspaniały jak Długi Pazur, nie zrobi z niego Mormonta. Nie był też Aemonem Targaryenem. Starzec musiał wybierać trzykrotnie i trzy razy wybrał honor, ale nie był nim. Nawet teraz Jon nie wiedział, czy maester został na Murze, ponieważ był słaby i tchórzliwy, czy też okazał siłę i prawość. Rozumiał jednak, co starzec miał na myśli, kiedy mówił o cierpieniu związanym z wyborem, to akurat rozumiał aż nazbyt dobrze.

Tyrion Lannister twierdził, że większość ludzi zaprzeczy raczej okrutnej prawdzie, niż spojrzy jej w oczy, lecz Jon miał już dość zaprzeczeń. Był po prostu Jonem Snow, bękartem i wiarołomcą pozbawionym matki i przyjaciół, przeklętym. Przez resztę życia — nieważne, jak długo — będzie tylko milczącym cieniem, który stoi z boku i boi się wymówić swoje prawdziwe imię. Gdziekolwiek się uda w całych Siedmiu Królestwach, będzie zmuszony kłamać, ponieważ każdemu wolno będzie podnieść na niego rękę. Ale to nie miało już znaczenia, jeśli tylko dożyje tej chwili, kiedy stanie u boku brata i pomoże mu pomścić ojca.

Przypomniał sobie Robba takiego, jakim widział go podczas ich ostatniego spotkania — kiedy stał na dziedzińcu, a w jego kasztanowych włosach topniał śnieg. Jon musi pojechać do niego w tajemnicy, w przebraniu. Spróbował wyobrazić sobie wyraz twarzy Robba, kiedy ten go rozpozna. Pokręci głową i uśmiechnie się, a potem powie... powie...

Nie zobaczył uśmiechu, choć bardzo się starał. Zamiast tego powrócił myślami do dezertera, któremu ojciec ściął głowę w ten sam dzień, kiedy znaleźli wilkory. „Ty wypowiedziałeś te słowa", powiedział wtedy lord Eddard. „Ty przysięgałeś wobec swoich braci, wobec bogów dawnych i nowych". Desmond i Gruby Tom przywlekli tamtego człowieka do pieńka. Oczy Brana stały się wielkie jak spodki, a Jon musiał pilnować go, żeby trzymał kuca na miejscu. Pamiętał wyraz twarzy ojca, kiedy Theon Greyjoy przyniósł Lód, krew na śniegu i to, jak Theon kopnął głowę, gdy potoczyła się mu pod nogi.

Zastanawiał się, co by zrobił Lord Eddard, gdyby dezerterem okazał się jego brat Benjen, a nie jakiś obdarty obcy. Czy zachowałby się inaczej? Z pewnością... z pewnością... i Robb przywita go uśmiechem. Przywita... inaczej...

Nie potrafił dłużej o tym myśleć. Kiedy ściskał wodze, czuł w dłoni pulsujący ból. Spiął konia ostrogami i ruszył galopem. Pędził królewskim traktem, jakby chciał zostawić za sobą wątpliwości. Nie bał się śmierci, ale nie chciał umrzeć w ten sposób, związany i stracony jak zwykły przestępca. Jeśli ma zginąć, to z mieczem w dłoni, w walce z zabójcami ojca. Nie jest prawdziwym Starkiem, nigdy nim nie był... ale może umrze jak jeden z nich. Niech powiedzą, że Eddard Stark miał czterech synów, a nie trzech.

Duch biegł blisko niego przez prawie pół mili z wywieszonym jęzorem. Pochylony nad końskim grzbietem Jon jechał coraz szybciej. Wilk zwolnił, zatrzymał się i popatrzył za nim; jego oczy jarzyły się w blasku księżyca. Wkrótce zniknął w ciemności, lecz Jon wiedział, że wilk podąży za nim własnym krokiem.

Po obu stronach drogi przed sobą dostrzegł między drzewami rozrzucone światełka: Mole's Town. Cisza spowijała wioskę, kiedy przejeżdżał przez nią, raz tylko zaszczekał pies i zarżał muł w stajni. Przez zamknięte okiennice tu i ówdzie sączył się blask żaru palenisk.

Mole's Town było większe, niż się wydawało, lecz trzy czwarte osady znajdowało się pod ziemią, w głębokich, ciepłych piwnicach połączonych labiryntem tuneli. Nawet burdel był pod ziemią, na powierzchni stała tylko drewniana szopa nie większa od ustępu z czerwoną lampą nad drzwiami. Jon słyszał na Murze, jak dziwki stąd nazywano „zakopanymi skarbami". Zastanawiał się, czy tej nocy kopie tam któryś z jego braci. W ten sposób także łamali przysięgę, ale nikt się tym nie przejmował.

Jon zwolnił ponownie, dopiero gdy zostawił za sobą wioskę. Zarówno on, jak i jego kobyła byli mokrzy od potu. Zsiadł, drżąc, poparzona dłoń pulsowała bólem. Dostrzegł śnieżną zaspę pod drzewami, roziskrzoną w blasku księżyca, z której spływały strużki wody, tworząc rozległe kałuże. Jon przykucnął i zebrał wodę w złożone dłonie. Była lodowata. Napił się i spryskał sobie twarz, aż poczuł mrowienie na policzkach. Palce bolały go bardziej niż kiedykolwiek wcześniej, bolała go też głowa. Przecież postąpiłem słusznie, pomyślał, dlaczego zatem czuję się tak podle?

Koń spienił się bardzo, więc poprowadził go drogą poprzecinaną malutkimi strumykami i pokrytą kamieniami. W tym miejscu jej szerokość pozwalała wyminąć się zaledwie dwóm jeźdźcom. Głupotą było tak pędzić. Czyżby chciał złamać kark? Co w niego wstąpiło? Tak bardzo pragnął śmierci?

Gdzieś między drzewami rozległ się krzyk przestraszonego zwierzęcia i Jon spojrzał w tamtą stronę. Jego kobyła zarżała nerwowo. Czyżby jego wilk schwytał jakąś ofiarę? Złożył dłonie wokół ust.

— Duch! — zawołał. — Duch, do mnie. — W odpowiedzi usłyszał tylko szelest gałęzi poruszonej przez odlatującą sowę.

Ruszył dalej. Prowadził kobyłę przez pół mili, dopóki nie wyschła. Duch nie wracał. Jon chciał dosiąść konia i pojechać, lecz niepokoił się nieobecnością wilka.

— Duch! — zawołał ponownie. — Gdzie jesteś? Do mnie! Duch! — W tych lasach nic nie mogło zagrozić wilkorowi, nawet niedorostkowi, chyba że... nie, Duch był zbyt mądry, żeby zaatakować niedźwiedzia; a gdyby gdzieś w okolicy czaiło się stado wilków, Jon usłyszałby ich wycie.

Postanowił odpocząć. Jedzenie uspokoi jego żołądek i może Duch dogoni go w tym czasie. Nie widział niebezpieczeństwa;

Czarny Zamek pogrążony był jeszcze we śnie. W torbie znalazł suchara, kawałek sera i małe, pomarszczone jabłko. Pomyślał też o solonej wołowinie i plastrze bekonu, który ukradł z kuchni, lecz tę część prowiantu zostawił na poranny posiłek. Kiedy skończy mu się pożywienie, będzie musiał polować, co opóźni jego podróż.

Jon usiadł pod drzewem i jadł suchara z serem, podczas gdy klacz skubała trawę przy drodze. Jabłko zostawił na sam koniec. Zmiękło nieco, lecz miąższ wciąż był cierpki i soczysty. Trzymał w ręku już tylko ogryzek, kiedy usłyszał odgłosy: konie, i to nadjeżdżające z północy. Zerwał się na nogi i podszedł do swojej kobyły. Czy uda mu się uciec? Nie, podjechali za blisko, z pewnością by go usłyszeli, a jeśli przyjechali z Czarnego Zamku...

Sprowadził konia z drogi, za kępę gęsto rosnących szarozielonych drzew strażniczych.

— Cicho — powiedział szeptem i przycupnął, patrząc uważnie poprzez gałęzie. Przejadą, jeśli bogowie mu sprzyjają. Pewnie byli to jacyś mieszkańcy Mole's Town, wieśniacy udający się na pole. Zastanawiał się, co robili na drodze w środku nocy...

Stukot końskich kopyt stawał się coraz bardziej wyraźny. Sądząc z odgłosów, było ich co najmniej pięciu albo sześciu. Ich głosy niosły się między gałęziami.

— ...pewny, że tędy pojechał?

— Nie możemy mieć żadnej pewności.

— Mógł pojechać na wschód. Albo zjechał z drogi i pojechał na skróty przez las. Ja bym tak zrobił.

— Po ciemku? Głupi. Nawet jeśli byś nie złamał karku, z pewnością byś zabłądził, a rano i tak byś wrócił pod Mur.

— Wcale nie — odparł Grenn poirytowany. — Jechałbym na południe, według gwiazd.

— A gdyby niebo się zachmurzyło?

— Wtedy bym nie jechał.

— Wiecie, gdzie ja bym był na jego miejscu? — wtrącił ktoś inny. — Siedziałbym w Mole's Town i szukał zakopanych skarbów. — Ochrypły śmiech Ropuchy zagrzmiał donośnie wśród drzew. Kobyła Jona parsknęła.

— Cicho — powiedział Halder. — Chyba coś słyszałem.

— Gdzie? Ja nic nie słyszałem. — Konie zatrzymały się.

— Ty nie słyszysz nawet własnego pierdnięcia.

— Ja też coś słyszałem — wtrącił Grenn.

— Cicho!

Zamilkli, nasłuchując. Jon wstrzymał oddech. Sam, pomyślał. Nie poszedł do Starego Niedźwiedzia, ale spać też nie poszedł, obudził chłopaków. A niech ich wszystkich. Jeśli nie wrócą przed świtem, ich także uznają za dezerterów. Co oni robią?

Cisza wydawała się trwać w nieskończoność. Ze swojego miejsca Jon widział przez gałęzie nogi ich koni. Wreszcie odezwał się Pyp.

— Co słyszeliście?

— Nie wiem — przyznał Halder. — Jakiś hałas. Myślałem, że to może koń, ale...

— Nic nie słychać.

Jon dostrzegł kątem oka bladą postać przemykającą między drzewami. Rozległ się szelest liści i z cienia wynurzył się Duch; pojawił się tak nagle, że kobyła Jona zarżała przestraszona.

— Tam! — zawołał Halder.

— Ja też słyszałem!

— Zdrajca — powiedział Jon do wilkora, wskakując na siodło. Odwrócił konia, by wycofać się w gąszcz, lecz dopadli go, zanim ujechał dziesięć stóp.

— Jon! — zawołał Pyp.

— Stój — powiedział Grenn. — Nie uciekniesz przed nami.

Jon zawrócił i wyciągnął miecz.

— Cofnijcie się. Nie chcę nikogo zranić, ale zrobię to, jeśli będę musiał.

— Sam przeciwko siedmiu? — Na znak Haldera chłopcy rozproszyli się i otoczyli go.

— Czego chcecie? — spytał.

— Chcemy zabrać cię tam, gdzie twoje miejsce — odrzekł Pyp.

— Moje miejsce jest u boku mego brata.

— My jesteśmy twoimi braćmi — odparł Grenn.

— Wiesz, że stracisz głowę, jeśli cię złapią — wtrącił Ropucha, uśmiechając się nerwowo. — To takie głupie. Nie dziwiłbym się, gdyby Żubr tak się zachował.

— Wcale bym się tak nie zachował — odciął się Grenn. — Nie jestem wiarołomcą. Wiem, co przyrzekałem.

— Ja też — powiedział Jon. — Nie rozumiecie? Oni zamordowali mojego ojca. Jest wojna, a mój brat, Robb, walczy w dorzeczu…

— Wiemy — powiedział Pyp z powagą. — Sam o wszystkim nam opowiedział.

— Przykro nam z powodu twojego ojca — oświadczył Grenn — ale to już nie ma znaczenia. Złożyłeś przysięgę i nie wolno ci odejść.

— Muszę — upierał się Jon.

— Przecież wyrzekłeś te słowa — przypomniał mu Pyp. — „Zaczyna się moja warta", tak mówiłeś. „Zakończy ją tylko śmierć".

— Będę żył i umrę na posterunku — dodał Grenn.

— Nie musicie przypominać mi słów przysięgi. Pamiętam je równie dobrze jak wy. — Teraz był zły. Dlaczego nie zostawią go w spokoju? Przez nich wszystko stawało się jeszcze trudniejsze.

— Jestem mieczem w ciemności — zaintonował Halder.

— Strażnikiem na murach — zapiszczał Ropucha.

Jon ciskał im kolejne przekleństwa, lecz oni nie zważali na niego.

Pyp podjechał bliżej, recytując:

— Jestem ogniem, który odpędza zimno, światłem, które przynosi świt, rogiem, który budzi śpiących, tarczą, która osłania krainę człowieka.

— Nie zbliżaj się — ostrzegł go Jon, wymachując mieczem. — Nie żartuję, Pyp. — Nie zabrali ze sobą broni; mógł ich posiekać na kawałki.

Matthar zajechał go od tyłu i dołączył do pozostałych.

— Moje życie i mój honor należą teraz do Nocnej Straży.

Jon ścisnął piętami boki swojego konia, obracając go dookoła. Chłopcy zacieśniali krąg.

— Na tę noc… — Halder podjechał z lewej.

— …i na wszystkie pozostałe — skończył Pyp. Wyciągnął rękę

i złapał wodze Jona. — Oto twój wybór. Zabij mnie albo wróć z nami.

Jon uniósł miecz... i zaraz opuścił go zrezygnowany.

— A niech was wszystkich — rzucił.

— Czy mamy związać ci ręce, czy oddasz nam miecz i pojedziesz dobrowolnie? — spytał Halder.

— Nie ucieknę, jeśli o to ci chodzi. — Duch wynurzył się spomiędzy drzew i Jon posłał mu gniewne spojrzenie. — Nie przydałeś się na wiele — powiedział. Płonące ślepia patrzyły na niego ze zrozumieniem.

— Spieszmy się lepiej — powiedział Pyp. — Jeśli nie wrócimy o pierwszym brzasku, Stary Niedźwiedź utnie głowy nam wszystkim.

Jon niewiele pamiętał z powrotnej drogi. Wydawała mu się krótsza niż w drugą stronę, kiedy jechał na południe, może dlatego, że myślami był gdzie indziej. Pyp nadawał tempo, jechali galopem, szli pieszo, potem kłusem i znowu galopem. Minęli Mole's Town, czerwona latarnia nad drzwiami do burdelu zgasła. Nie spóźnili się. Do świtu pozostała jeszcze godzina, kiedy Jon ujrzał w oddali wieże Czarnego Zamku, czarne na tle bladej ściany Muru. Tym razem nie czuł, że zbliża się do domu.

Mogli zmusić go do powrotu, lecz nie potrafili go tam zatrzymać. Wojna nie skończy się następnego ranka, ani za dwa dni, a jego przyjaciele nie mogli pilnować go dzień i noc. Poczeka, niech pomyślą, że pogodził się z losem, a kiedy przestaną go pilnować, znowu ucieknie. Następnym razem będzie trzymał się z daleka od królewskiego szlaku. Może pojedzie wzdłuż Muru na wschód, aż do morza, dłuższa droga, ale bezpieczniejsza. Albo nawet na zachód, w góry, a potem przełęczą na południe. Ta droga była ciężka i niebezpieczna, ale przynajmniej nikt nie będzie go tam ścigał. Nie zabłądziłby w promieniu stu mil od Winterfell czy królewskiego szlaku.

Samwell Tarly czekał na nich w stajni; siedział na ziemi oparty o belę siana, zbyt podniecony, by położyć się spać.

— Ja... cieszę się, że cię znaleźli, Jon.

— A ja nie — odparł Jon, zsiadając z konia.

Pyp zeskoczył z konia i spojrzał na jaśniejące niebo skrzywiony.

— Sam, pomóż nam oporządzić konie — powiedział. — Przed nami długi dzień, a i noc była bezsenna, dzięki lordowi Snow.

Z nastaniem świtu Jon wszedł do kuchni, jak zawsze. Trzypalcy Hobb nie odezwał się ani słowem i dał mu śniadanie dla Starego Niedźwiedzia. Tego dnia składały się na nie trzy brązowe jaja ugotowane na twardo, smażony chleb z szynką i suszone śliwki. Jon zaniósł wszystko do Królewskiej Wieży. Mormont siedział w okiennym siedzeniu zajęty pisaniem. Jego kruk spacerował mu po ramieniu tam i z powrotem, skrzecząc cicho.

— Ziarno, ziarno, ziarno! — wrzasnął głośno na widok Jona.

— Zostaw jedzenie na stole — powiedział Stary Niedźwiedź. — Napiję się też piwa.

Jon otworzył okiennicę, sięgnął po dzban z piwem z zewnętrznej półki i napełnił róg. Hobb dał mu wcześniej cytrynę, którą teraz Jon rozgniótł w dłoni. Była jeszcze zimna. Sok popłynął między palcami jego dłoni. Mormont codziennie pił sok z cytryny z piwem, twierdząc, że dzięki temu ma jeszcze własne zęby.

— Nie wątpię, że kochałeś swojego ojca — powiedział, kiedy Jon podał mu róg. — Rzeczy, które kochamy, niszczą nas, chłopcze. Już ci to mówiłem, pamiętasz?

— Tak — przyznał Jon ponurym głosem. Nie miał ochoty rozmawiać o śmierci ojca, nawet z Mormontem.

— Staraj się o tym pamiętać. Trudną prawdę trzeba trzymać mocno w garści. Podaj mi talerz. Znowu szynka? Niech będzie. Nie wyglądasz najlepiej. Zmęczyła cię tak podróż przy świetle księżyca?

Jon poczuł, że wyschło mu w gardle.

— Wiesz?

— Wiesz — powtórzył jak echo kruk z ramienia Mormonta. — Wiesz.

Stary Niedźwiedź prychnął.

— Snow, czy sądzisz, że mianowali mnie Lordem Dowódcą Nocnej Straży dlatego, że jestem głupi jak but? Aemon mówił, że pojedziesz. A ja mu powiedziałem, że wrócisz. Znam moich ludzi, a także moich chłopców. Honor wyprowadził cię na królewski trakt... i honor przywiódł cię z powrotem.

— Przyprowadzili mnie przyjaciele — powiedział Jon.

— A czy ja mówiłem o twoim honorze? — Mormont oglądał uważnie jedzenie.

— Zabili mojego ojca. Sądziłeś, że będę siedział bezczynnie?

— Szczerze mówiąc, spodziewaliśmy się, że tak postąpisz. — Mormont spróbował śliwkę i wypluł pestkę. — Kazałem strażnikom, żeby cię obserwowali. Widzieli, jak wyjeżdżasz. Gdyby nie przyprowadzili cię twoi bracia, zostałbyś schwytany po drodze, z pewnością nie przez przyjaciół. Chyba że masz skrzydlatego konia, który potrafi fruwać jak kruk. Masz takiego?

— Nie. — Jon poczuł się jak głupiec.

— A szkoda, przydałby nam się.

Jon stał wyprostowany. Powiedział sobie, że umrze godnie, przynajmniej tyle mógł zrobić.

— Wiem, jaka jest kara za dezercję. Nie boję się śmierci.

— Śmierci! — zawołał kruk.

— Ani życia, mam nadzieję — stwierdził Mormont. Odciął sztyletem kawałek szynki i podsunął ptakowi. — Nie zdezerterowałeś, przynajmniej na razie. Stoisz tu przede mną. Gdybyśmy ucinali głowę każdemu, kto wymknie się nocą do Mole's Town, Muru strzegłyby same duchy. Ale może masz zamiar uciec ponownie rano albo za kilka dni. Co? Myślałeś o tym, chłopcze?

Jon milczał.

— Spodziewałem się tego. — Mormont obrał jajko. — Twój ojciec nie żyje. Czy potrafisz przywrócić mu życie?

— Nie.

— Dobrze — powiedział Mormont. — Obaj widzieliśmy zmarłych, którzy powrócili, i nie chciałbym już tego oglądać. — Zjadł jajko w dwóch kęsach i wypluł spomiędzy zębów okruch skorupy. — Twój brat wyruszył z siłą, jaką dysponuje cała północ. Każdy z jego chorążych ma pod sobą więcej ludzi, niż znajdziesz w całej Nocnej Straży. Dlaczego sądzisz, że potrzebują twojej pomocy? Czy jesteś aż tak dzielnym wojownikiem, a może trzymasz w kieszeni grumkina, żeby zaczarował twój miecz? — Jon nic nie odpowiedział. Kruk dziobał jajko, rozbijając skorupę. Potem wsadził dziób w dziurę i wyciągnął kawałek białka z żółtkiem. Stary Niedźwiedź westchnął. — Nie tylko ciebie dotknęła wojna. Moja siostra maszeruje wraz z ludźmi twojego brata, a z nią te jej córki ubrane w kolczugi. Maege to stara zmora, uparta, porywcza i samowolna. Szczerze mówiąc, trudno mi było z nią wytrzymać, ale nie znaczy to, że kocham ją mniej, niż ty kochasz swoje przyrodnie siostry. — Marszcząc czoło, Mormont wziął ostatnie jajko i zgniótł je w dłoni, aż rozległ się chrzęst skorupki. — A może tak jest. Nawet jeśli, to jej śmierć napełniłaby mnie smutkiem. A jednak nie pędzę tam. Złożyłem przysięgę, tak jak i ty. Moje miejsce jest tutaj... a twoje, chłopcze?

Ja nie mam swojego miejsca, chciał powiedzieć Jon, jestem bękartem, nie mam żadnych praw, nie mam imienia ani matki, teraz nawet i ojca. Głośno powiedział tylko:

— Nie wiem.

— Ale ja wiem — odpowiedział Lord Dowódca Mormont. — Wzmagają się zimne wiatry, Snow. Cienie wydłużają się za Murem. Cotter Pyke pisze, że duże stada łosi wędrują na południe i na wschód, ku morzu, podobnie jak i mamuty. Pisze też, że jeden z jego ludzi odkrył ogromne, zniekształcone ślady stóp niecałe trzy mile od Wschodniej Strażnicy. Tamtejsi zwiadowcy znaleźli całe opuszczone wioski, a ser Denys donosi, że nocą widzą ogniska w górach, ogromne ognie, które płoną od zmierzchu do świtu. Qhorin Półręki schwytał jeńca w głębi Rozpadliny, a ten utrzymuje, że Mance Rayder zbiera swoich ludzi w jakimś nowym, tajemniczym umocnieniu, które znalazł, i tylko bogowie wiedzą po co. Sądzisz, że twój stryj Benjen był jedynym zwiadowcą, którego straciliśmy w tym roku?

— Ben Jen — zakrakał kruk, przekrzywiając głowę z okruchami jajka w dziobie. — Ben Jen. Ben Jen.

— Nie — powiedział Jon. Wiedział, że byli też inni. Zbyt wielu.

— Myślisz, że wojna twojego brata jest ważniejsza od naszej wojny? — warknął starzec.

Jon zacisnął usta. Kruk zatrzepotał skrzydłami, jakby mu groził.

— Wojna, wojna, wojna, wojna — krzyczał.

— Otóż nie jest — odpowiedział za niego Mormont. — Bogowie, miejcie nas w opiece, chłopcze, nie jesteś ślepy ani głupi. Myślisz, że ważne jest, kto zasiada na Żelaznym Tronie, kiedy nocą trupy wychodzą na łów?

— Nie. — Jon nie myślał o tym w ten sposób.

— Jon, twój pan ojciec przysłał cię do nas. Kto wie, dlaczego?

— Dlaczego? Dlaczego? Dlaczego? — powtarzał kruk.

— Wiem tylko, że w żyłach Starków płynie krew Pierwszych Ludzi. Pierwsi Ludzie zbudowali Mur i podobno pamiętają rzeczy, które inni zapomnieli. Ta twoja bestia... zaprowadziła nas do tamtych istot, ostrzegła cię przed trupem na schodach. Ser Jaremy nazwałby to zbiegiem okoliczności, tylko że ser Jaremy nie żyje, w przeciwieństwie do mnie. — Lord Mormont nadział na koniec sztyletu kawałek szynki. — Uważam, że twoim przeznaczeniem było znaleźć się tutaj. Chcę, żebyś był z nami razem ze swoim wilkiem, kiedy wyjedziemy za Mur.

Na dźwięk tych słów Jon poczuł dreszcz emocji.

— Za Mur?

— Słyszałeś. Mam zamiar odnaleźć Bena Starka, martwego lub żywego. — Mormont pogryzł szynkę i połknął ją. — Nie będę tutaj siedział bezczynnie i czekał na śniegi i wiatr. Chcę, żebyś wiedział, co się dzieje. Tym razem Nocna Straż pokaże swoją siłę, pojedziemy przeciwko Królowi za Murem, przeciwko Innym czy komukolwiek, kto tam jeszcze jest. Sam poprowadzę ludzi. — Skierował sztylet na pierś Jona. — Zwykle zarządca Lorda Dowódcy jest też jego giermkiem, ale nie mam ochoty budzić się każdego ranka i zastanawiać się, czy już uciekłeś. A zatem musisz mi odpowiedzieć, Snow, i to teraz. Czy jesteś bratem z Nocnej Straży... czy tylko bękartem, który chce się bawić w wojnę?

Jon wyprostował się i wziął głęboki oddech. Wybacz mi, ojcze. Robb, Arya, Bran... wybaczcie mi, nie mogę wam pomóc. On ma rację. Tu jest moje miejsce.

— Jestem twój, panie. Twój. Przysięgam. Nie ucieknę.

Stary Niedźwiedź prychnął.

— Dobrze. A teraz weź miecz.

CATELYN

Catelyn Stark miała wrażenie, że upłynęło tysiąc lat od dnia, kiedy wyniosła z Riverrun swojego malutkiego syna i przepłynąwszy Kamienny Nurt w małej łódce, udała się w długą podróż na północ, do Winterfell. Teraz także wracali do domu przez rzekę, lecz chłopiec zamiast pieluch nosił zbroję.

Robb siedział na dziobie z dłonią opartą na łbie swojego wilkora, kiedy wioślarze chwycili za wiosła. Theon Greyjoy siedział obok niego. Jej stryj Brynden usadowił się w drugiej łodzi razem z Greatjonem i lordem Karstarkiem.

Catelyn zajęła miejsce bliżej rufy. Odbili szybko od brzegu i pozwolili, by silny prąd pociągnął ich ze sobą obok Wieży Koła. Na dźwięk szumu wody i zgrzytania ogromnego wodnego koła wewnątrz Catelyn uśmiechnęła się smutno, był to odgłos, który pamiętała z dzieciństwa. Stojący na murach zamku żołnierze i służący krzyczeli głośno jej imię i Robba, a także „Winterfell!" Wszędzie powiewały sztandary Rodu Tullych: srebrzysty pstrąg na niebiesko-czerwonym pofalowanym polu. Wzruszający to był widok, lecz ona nie odczuwała radości. Zastanawiała się, czy jeszcze kiedyś jej serce poczuje ulgę. Och, Ned...

Minąwszy Wieżę Koła, wykonali zwrot i pomknęli przez kipiący nurt. Wioślarze usilnie pracowali. Ich oczom ukazał się szeroki łuk Wodnej Bramy. Usłyszała zgrzytanie ciężkich łańcuchów, które ciągnęły do góry ogromną żelazną kratę. Wznosiła się powoli i w miarę jak się zbliżali, Catelyn mogła zobaczyć, że jej dolna część jest czerwona od rdzy. Z dolnego końca skapywały resztki brązowego błota, kiedy przepływali tuż pod zaostrzonymi palami. Catelyn patrzyła na nie, zastanawiając się, jak głęboko wżarła się w nie rdza, czy wytrzymałyby napór tarana i czy trzeba je wymienić. W tym dniu podobne myśli prawie jej nie opuszczały.

Przepłynęli pod łukiem bramy i pod murem; ze słońca w cień i znowu w słoneczny blask. Dookoła rozciągał się zamek. Mnóstwo łodzi, dużych i małych, czekało przywiązanych do żelaznych pierścieni umocowanych w kamieniu. Na schodzących do wody schodach czekali na nią strażnicy jej ojca i brat. Ser Edmure Tully był krępym młodym mężczyzną o bujnej kasztanowej czuprynie i ognistej brodzie. Jego napierśnik był porysowany i powyginany po bitwie, a błękitno-czerwony płaszcz poplamiony krwią i dymem. Towarzyszył mu lord Tytos Blackwood, wysoki, z krótko przystrzyżoną, szpakowatą brodą i zakrzywionym nosem. Jego jasnożółtą zbroję zdobiły liczne agaty tworzące wzór dzikiego wina, a szczupłe ramiona okrywał płaszcz uszyty z piór kruka. To on dowodził grupą wypadową, który wyrwała jej brata z rąk Lannisterów.

— Pomóżcie im — rozkazał ser Edmure. Trzej żołnierze zeszli na stopnie zanurzone już w wodzie i przyciągnęli łódź długimi bosakami. Kiedy Szary Wicher wyskoczył na schody, jeden z nich rzucił gwałtownie drąg i cofnął się, siadając w wodzie. Pozostali roześmiali się, a ich towarzysz spuścił głowę zawstydzony. Theon Greyjoy wyskoczył ponad burtą łodzi i ująwszy Catelyn wpół, podniósł ją i postawił na suchym stopniu nad sobą; woda chlupotała wokół jego butów.

Edmure zszedł po schodach, by uściskać siostrę.

— Kochana siostro — rzekł przez ściśnięte gardło. Miał ciemnoniebieskie oczy i usta stworzone do uśmiechu, chociaż teraz się nie uśmiechał. Wyglądał na bardzo zmęczonego trudami bitwy. Ranę na szyi miał przewiązaną bandażem. Catelyn uściskała go mocno.

— Cat, smucę się razem z tobą — powiedział, kiedy go puściła. — Kiedy usłyszeliśmy o lordzie Eddardzie... Lannisterowie zapłacą, przysięgam, pomścimy go.

— A czy to pozwoli mi odzyskać Neda... — odrzekła zdecydowanym głosem. Wydarzenia były zbyt świeże, jeszcze nie czas na łagodniejsze słowa. Nie mogła teraz myśleć o Nedzie. Nie chciała. Musi być silna. — Później o tym pomówimy. Teraz chcę zobaczyć się z ojcem.

— Oczekuje cię w swojej samotni — powiedział Edmure.

— Lord Hoster od pewnego czasu nie wstaje, pani — wyjaśnił zarządca jej ojca. Kiedy ten dobry człowiek zdążył tak posiwieć? — Polecił, abym natychmiast cię przyprowadził do niego.

— Ja ją zaprowadzę. — Edmure poprowadził Catelyn w górę schodów i przez niższy mur, gdzie kiedyś Petyr Baelish i Brandon Stark walczyli o jej względy. Masywne mury z piaskowca pochylały się wysoko nad nimi. Kiedy weszli przez drzwi między dwoma strażnikami w hełmach z grzebieniami w kształcie ryby, spytała:

— Jak bardzo jest chory? — Zadała to pytanie, chociaż bała się usłyszeć odpowiedź.

Twarz Edmure'a spochmurniała.

— Nie zostanie już z nami długo. Tak mówi maester. Ból... nie ustępuje.

Poczuła ślepą wściekłość, wściekłość skierowaną do całego świata, do jej brata, Edmure'a, siostry, Lysy, do Lannisterów, maesterów, a także do Neda, jej ojca i monstrualnych bogów, którzy chcieli zabrać jej ich obu.

— Powinieneś był mnie zawiadomić — powiedziała. — Przysłać wiadomość, gdy tylko się dowiedziałeś.

— Zakazał mi. Nie chciał, żeby wrogowie dowiedzieli się, że umiera. Czasy tak niespokojne, obawiał się, że gdyby Lannisterowie dowiedzieli się, jak jest słaby...

— ...mogliby zaatakować? — skończyła za niego Catelyn. Wszystko przez ciebie, przez ciebie, podszeptywał jej głos. Gdybyś nie uwięziła karła...

Wchodzili po krętych schodach w milczeniu.

Wieża miała trzy boki; podobnie jak cały Riverrun, także samotnia lorda Hostera była trójkątna, a jej kamienny balkon wystawał na wschód niczym dziób ogromnego statku zbudowanego z piaskowca. Z niego pan zamku mógł spoglądać na mury i umocnienia swojej siedziby i dalej, tam gdzie spotykały się rzeki. Łóżko jej ojca zostało przeniesione na balkon.

— Lubi siedzieć w słońcu i patrzeć na rzeki — wyjaśnił Edmure. — Ojcze, zobacz, kogo przyprowadziłem. Cat przyszła do ciebie...

Hoster Tully zawsze był ogromnym mężczyzną, wysokim i barczystym za młodu, w późniejszym wieku bardziej przysadzistym. Teraz wydał jej się skurczony, jakby jego ciało i mięśnie stopiły się. Nawet twarz miał obwisłą. Kiedy widziała go ostatnim razem, włosy i brodę miał brązowe, przyprószone tylko siwizną. Teraz były białe jak śnieg.

Otworzył oczy na dźwięk głosu Edmure'a.

— Mała Cat — powiedział cicho słabym, przepełnionym bólem głosem. — Moja mała Cat. — Po jego twarzy przemknął drżący uśmiech, a jego dłoń poszukała jej ręki. — Wyglądałem ciebie...

— Zostawię was samych — rzekł jej brat. Pocałował ojca delikatnie w czoło i wyszedł.

Catelyn klęknęła i ujęła dłoń ojca w swoje ręce. Była duża, lecz prawie bezwładna, pozbawiona ciała, kości pod skórą poruszały się luźno.

— Powinieneś był mnie zawiadomić — powiedziała. — Wysłać posłańca albo kruka...

— Posłańca można zatrzymać, wypytać — odparł — a kruka ustrzelić. — Zacisnął palce na jej dłoni po kolejnym spazmie bólu. — Te kraby w moim brzuchu... wciąż szczypią. W dzień i w nocy. Mają ostre szczypce. Maester Vyman przyrządza mi senne wino, makowe mleko... dużo śpię... ale nie chciałem przespać twojego przyjazdu. Bałem się... kiedy Lannisterowie wzięli do niewoli twojego brata, oblężenie... bałem się, że odejdę i nigdy cię już nie zobaczę... bałem się...

— Jestem tutaj, ojcze — powiedziała. — Razem z Robbem, moim synem. Też chciałby przyjść do ciebie.

— Twój chłopak — wyszeptał. — Miał moje oczy, pamiętam...

— Tak, dalej je ma. Przywieźliśmy ci zakutego w łańcuchy Jaime'a Lannistera, ojcze. Riverrun znowu jest wolne.

Lord Hoster uśmiechnął się.

— Widziałem. Wczoraj w nocy, kiedy to się zaczęło, mówiłem im... musiałem zobaczyć. Zanieśli mnie na mury nad bramą. Ach, jaki wspaniały widok... ta fala pochodni, słyszałem krzyki niosące się przez rzekę... jakie słodkie odgłosy... kiedy padła wieża oblężnicza, bogowie... mógłbym już wtedy umrzeć, gdybym tylko widział przedtem moje dzieci. Czy twój chłopak tego dokonał? Twój Robb?

— Tak — odpowiedziała Catelyn z dumą. — Robb... i Brynden. Twój brat także jest tutaj.

— On? — Ojciec mówił ledwo słyszalnym szeptem. — Czarna ryba... wrócił? Z Doliny?

— Tak.

— A Lysa? — Chłodny wiatr poruszył jego rzadkimi, siwymi włosami. — Dobrzy bogowie, a twoja siostra... czy i ona jest z wami?

Trudno było jej powiedzieć mu prawdę, głos ojca wyrażał tak ogromną nadzieję...

— Nie. Przykro mi...

— Och. — Twarz mu spochmurniała, a w oczach zgasła część światła. — Miałem nadzieję... bardzo chciałbym ją zobaczyć, zanim...

— Jest ze swoim synem w Orlim Gnieździe.

Lord Hoster skinął głową słabo.

— Teraz lord Robert, biedny Arryn odszedł... pamiętam... dlaczego nie przyjechała z tobą?

— Boi się. Jedynie w Orlim Gnieździe czuje się bezpieczna. — Pocałowała jego pomarszczone czoło. — Robb czeka. Przyjmiesz go? A Bryndena?

— Twój syn — wyszeptał. — Tak. Dziecko Cat... miał moje oczy, pamiętam. Kiedy się urodził. Przyprowadź go...

— A twój brat?

Ojciec spojrzał w dal, ponad rzeki.

— Czarna ryba — powiedział. — Ożenił się wreszcie? Wziął sobie jakąś... dziewczynę za żonę?

Nawet na łożu śmierci, pomyślała Catelyn ze smutkiem.

— Nie ożenił się. Wiesz o tym, ojcze. I nie zrobi tego.

— Mówiłem mu... kazałem mu się ożenić. Byłem jego lordem. On wie o tym. Miałem prawo wybrać mu kandydatkę na żonę. Dobra partia. Z Redwyne'ów. Stary ród. Słodka dziewczyna, ładna... gładka... Bethany, tak. Biedne dziecko. Wciąż czeka. Tak. Wciąż...

— Bethany Redwyne poślubiła lorda Rowana już wiele lat temu — przypomniała mu Catelyn. — Mają troje dzieci.

— A nawet gdyby — mruknął lord Hoster. — Plunął na nią. Na Redwyne'ów. Plunął na mnie. Swojego lorda, swojego brata... czarna ryba. Miałem inne partie. Dziewczyna lorda Brackena. Walder Frey... któraś z trzech, powiedział... Czy on się ożenił? Z kimkolwiek?

— Nie — odpowiedziała Catelyn. — Ale przebył daleką drogę, żeby cię zobaczyć. Mieczem musiał sobie torować drogę powrotną do Riverrun. Nie byłoby mnie tutaj, gdyby nie pomógł nam ser Brynden.

— Zawsze był wojownikiem — powiedział jej ojciec ochrypłym głosem. — To potrafił robić. Rycerz Bramy, tak. — Odchylił się do tyłu i zamknął oczy ogromnie znużony. — Niech przyjdzie, ale później. Teraz się prześpię. Jestem zbyt chory, żeby walczyć. Niech przyjdzie później, czarna ryba...

Catelyn pocałowała go delikatnie w czoło i pozostawiła w cieniu jego wieży, wysoko, ponad jego rzekami. Zdążył zasnąć, zanim wyszła z komnaty.

Kiedy wróciła na niższy mur, ser Brynden stał na schodach po kostki w wodzie, zajęty rozmową z kapitanem straży Riverrun. Przyszedł do niej od razu.

— Czy on?...

— Umiera — powiedziała. — Tak jak przypuszczaliśmy.

Oblicze jej stryja pociemniało. Przeczesał palcami swoje gęste siwe włosy.

— Przyjmie mnie?

Skinęła głową.

— Mówi, że jest zbyt chory, by walczyć.

Brynden Blackfish zachichotał.

— A ja jestem zbyt doświadczonym żołnierzem, żeby w to uwierzyć. Hoster będzie mi wypominał tę dziewczynę jeszcze po zapaleniu jego stosu całopalnego.

Catelyn uśmiechnęła się, wiedziała, że ma rację.

— Nie widzę Robba.

— Zdaje się, że poszedł z Greyjoyem do środka.

Theon Greyjoy siedział na ławie w Wielkiej Komnacie Riverrun, gdzie z rogiem pełnym piwa w dłoni opowiadał żołnierzom jej ojca o tym, co wydarzyło się w Szepczącym Lesie.

— Niektórzy próbowali uciec, ale zamknęliśmy dolinę z obu stron i wypadliśmy z ciemności uzbrojeni w miecze i kopie. Lannisterowie pomyśleli pewnie, że Inni ich napadli, kiedy wpadł między nich wilk Robba. Widziałem, jak oderwał komuś rękę. Ich konie płoszyły się, przestraszone jego zapachem. Nie potrafię wam powiedzieć, ilu padło...

— Theonie? — przerwała mu. — Gdzie jest mój syn?

— Lord Robb poszedł do bożego gaju, pani.

Ned tak by uczynił. Powinnam pamiętać, że jest tak samo synem swojego ojca jak i moim. Och, bogowie, Ned...

Znalazła Robba pod zielonym baldachimem, pośród wysokich sekwoi i starych potężnych wiązów; klęczał pod drzewem sercem, którego twarz wyrzeźbiona w smukłym pniu wyrażała raczej smutek niż zaciekłość. Jego długi miecz tkwił wbity w ziemię przed nim, a on opierał na rękojeści dłonie w rękawicach. Wokół niego klęczeli też: Greatjon Umber, Rickard Karstark, Maege Mormont, Galbart Glover i inni. Był wśród nich także Tytos Blackwood, który rozłożył za sobą swój obszerny, czarny płaszcz. Oni wciąż modlą się do starych bogów, pomyślała. Próbowała odpowiedzieć samej sobie, do jakich bogów ona się teraz modli, lecz nie potrafiła.

Nie chciała przeszkadzać im w modlitwie. Trzeba oddać cześć bogom, nawet tym okrutnym, którzy zabrali jej Neda, a także jej pana ojca. Czekała. Wiatr znad rzeki poruszał gałęziami, tak że widziała z prawej strony Wieżę Koła obrośniętą bluszczem z jednej strony. Kiedy się rozejrzała, natychmiast powróciły wspomnienia.

Wśród tych drzew ojciec uczył ją jeździć konno, z tamtego wiązu spadł Edmure i złamał rękę, a tam w altance obie z Lysą całowały się dla zabawy z Petyrem.

Dawno nie wracała myślami do tamtych czasów. Jakże młodzi byli wtedy. Ona sama niewiele starsza od Sansy, Lysa młodsza od Aryi, a Petyr jeszcze młodszy, ale chętnie się z nim bawił. Dziewczynki przekazywały go sobie na przemian pełne powagi albo rozchichotane. Wspomnienie powróciło tak żywe, że niemal poczuła jego spocone palce na swoich ramionach, poczuła zapach mięty w jego oddechu. W bożym gaju zawsze rosła mięta, a Petyr lubił żuć jej liście. Był takim śmiałym chłopcem, przez co wciąż popadał w kłopoty.

— Próbował włożyć mi język do ust — Catelyn wyznała swojej siostrze po spotkaniu z nim, kiedy były same.

— Mnie też — odpowiedziała wtedy Lysa, zawstydzona. — Podobało mi się to.

Robb podniósł się powoli i schował miecz do pochwy, a Catelyn zaczęła się zastanawiać, czy jej syn kiedykolwiek pocałował dziewczynę w bożym gaju. Widziała, jak Jeyne Poole wodziła za nim oczyma, a nawet służące, i to te starsze, osiemnastoletnie... Brał udział w bitwie, zabijał mieczem ludzi, z pewnością poznał też smak pocałunku. Łzy napłynęły jej do oczu. Otarła je gniewnym ruchem.

— Mamo — powiedział Robb, gdy tylko ją zobaczył. — Musimy zwołać radę. Trzeba podjąć decyzję.

— Twój dziadek chciałby się z tobą zobaczyć — oświadczyła. — On jest bardzo chory.

— Tak, mówił mi o tym ser Edmure. Przykro mi, mamo, ze względu na lorda Hostera i na ciebie, ale najpierw musimy się naradzić. Otrzymaliśmy wiadomość z południa. Renly Baratheon zażądał korony swojego brata.

— Renly? — spytała szczerze zdziwiona. — Sądziłam, że... lord Stannis...

— Podobnie jak i my, pani — powiedział Galbart Glover.

Rada wojenna zebrała się w Sali Tronowej, przybyli zasiedli przy czterech prowizorycznych stołach ustawionych w kwadrat. Lord Hoster był zbyt słaby, by wziąć w niej udział; pogrążony we śnie na balkonie, śnił o słońcu nad rzekami swojej młodości. Edmure zasiadał na tronie Tullych, u jego boku Brynden Blackfish, chorążowie zaś jej ojca po prawej i lewej stronie przy bocznych stołach. Wieść o zwycięstwie pod Riverrun dotarła do rozproszonych lordów znad Tridentu, co skłoniło ich do powrotu. Karyl Vance przyłączył się do nich, teraz już lord, jego ojciec zginął pod Złotym Zębem. Razem z nim był ser Marq Piper. Przyprowadzili też jednego z Darrych, syna ser Raymuna, młodzieńca w wieku Brana. Lord Jonos Bracken przybył, pozostawiwszy za sobą ruiny Kamiennego Płotu, ciskając gromami, zajął miejsce możliwie najdalej od Tytosa Blackwooda.

Po drugiej stronie zasiadali lordowie z północy, Catelyn i Robb naprzeciwko jej brata. Stanowili mniej liczną grupę. Po lewej ręce Robba siedział Greatjon, potem Theon Greyjoy; Galbart Glover i lady Mormont zajęli miejsca po prawej stronie Catelyn. Lord Rickard Karstark, wychudzony, przepełniony żalem, siedział jak postać z koszmaru, brudny, z potarganą brodą. Dwóch spośród jego synów zginęło w Szepcącym Lesie, o trzecim, najstarszym, nikt nie potrafił nic powiedzieć, to on poprowadził włóczników przeciwko Tywinowi Lannisterowi nad Zielonymi Widłami.

Dyskusje przeciągnęły się do późnej nocy. Każdy z obecnych miał prawo zabrać głos i każdy z tego skorzystał... krzycząc, przeklinając, przekonując, żartując, targując się, niektórzy walili kuflami o stół, grozili, wychodzili wzburzeni, po czym wracali posępni albo uśmiechnięci. Catelyn wysłuchała wszystkich.

Roose Bolton przegrupował pozostałości swoich rozbitych sił przy końcu grobli. Ser Helman Tallhart i Walder Frey wciąż trzymali Bliźniaki. Armia lorda Tywina przeszła na drugi brzeg Tridentu i maszerowała na Harrenhal. W królestwie panowało dwóch królów. Dwóch królów i ani odrobiny ugody.

Wielu spośród lordów chorążych chciało pójść prosto na Harrenhal, by stawić czoło lordowi Tywinowi i ostatecznie rozbić Lannisterów.

Młody, porywczy Marq Piper proponował uderzenie na Casterly

Rock. Jeszcze inni zalecali cierpliwość. Jason Mallister zauważył, że Riverrun leży na linii dostaw zaopatrzenia Lannisterów, dlatego powinni dać odpocząć własnym wojskom, tym samym uniemożliwiliby Lannisterom uzupełnienie zapasów. Lord Blackwood mówił jeszcze coś innego. Powinni byli skończyć robotę, którą zaczęli w Szepczącym Lesie. Trzeba iść na Harrenhal i sprowadzić na południe też armię Rose'a Boltona. Jak zawsze, nie zgadzał się z nim Bracken. Zdaniem lorda Jonosa Brackena powinni złożyć hołd lenny królowi Renly'emu i udać się na południe, żeby połączyć z nim siły.

— Renly nie jest królem — stwierdził Robb. Pierwszy raz jej syn zabrał głos. Podobnie jak jego ojciec, umiał słuchać innych.

— Chyba nie myślisz przystać do Joffreya, panie — powiedział Galbart Glover. — On zabił twojego ojca.

— To czyni go złym — odparł Robb. — Ale nie wiem, w jaki sposób czyni to królem Renly'ego. Joffrey wciąż pozostaje najstarszym prawowitym synem Roberta, tak więc zgodnie z prawem tron jemu się należy. Gdyby jednak umarł, do czego mam zamiar doprowadzić, ma młodszego brata. Tommen jest następny.

— Tommen także jest Lannisterem — warknął ser Marq Piper.

— To prawda — przyznał Robb zasmucony. — Ale nawet gdyby żaden z nich nie został Królem, dlaczego miałby nim być lord Renly? On jest młodszym bratem Roberta. Tak jak Bran nie może zostać lordem Winterfell przede mną, tak samo Renly nie może wyprzedzić lorda Stannisa.

— Lord Stannis ma pierwszeństwo — przyznała lady Mormont.

— Renly został koronowany — upierał się Marq Piper. — Popierają go w Wysogrodzie i Końcu Burzy, Dornijczycy też nie będą się ociągać. Jeśli Winterfell i Riverrun przyłączą się do niego, będzie miał po swojej stronie pięć z siedmiu wielkich rodów. Sześć, jeśli Arrynowie się ruszą! Sześć rodów przeciwko Casterly Rock! Nie minie rok, a nabijemy na pale ich głowy, głowę Królowej i jej chłopaka, lorda Tywina, Krasnala, Królobójcy, ser Kevana, wszystkich! Oto, czego możemy oczekiwać, jeśli przyłączymy się do króla Renly'ego. Cóż takiego posiada lord Stannis, co kazałoby nam odrzucić to wszystko?

— Prawo. — Robb nie dawał za wygraną. Catelyn pomyślała, że w tej chwili bardzo przypomina jej ojca.

— Radzisz więc stanąć po stronie Stannisa?

— Nie wiem — przyznał Robb. — Modliłem się o radę, lecz bogowie mi nie odpowiedzieli. Lannisterowie zabili mojego ojca za zdradę. Wszyscy wiemy, że to kłamstwo, lecz jeśli Joffrey jest prawowitym Królem, a my wystąpimy przeciwko niemu, wtedy nas uznają za zdrajców.

— Mój pan ojciec radziłby zachować ostrożność — przemówił sędziwy ser Stevron, a na jego ustach pojawił się przebiegły uśmiech Freyów. — Czekać. Niech obaj królowie zagrają o tron. Kiedy skończą walczyć, złożymy hołd zwycięzcy albo staniemy przeciwko niemu; tylko wtedy możemy podjąć decyzję. Wiedząc, że Renly zbroi się, lord Tywin chętnie przystałby pewnie na zawieszenie broni... i będzie liczył na bezpieczny powrót syna. Dostojni lordowie, pozwólcie, bym udał się do niego do Harrenhal i uzgodnił dogodne warunki ugody i okupów...

Jego głos utonął w fali okrzyków oburzenia.

— Tchórz! — zagrzmiał Greatjon.

— Błagając o zawieszenie broni, przyznamy się do własnej słabości — oświadczyła lady Mormont.

— Co nam po okupach, nie wolno oddawać Królobójcy — zawołał Rickard Karstark.

— Dlaczego nie pomyślicie o pokoju?

Wszyscy skierowali wzrok na nią, lecz ona czuła na sobie tylko spojrzenie Robba.

— Pani, oni zamordowali mojego pana ojca, twojego męża — oznajmił ponurym głosem. Wyjął z pochwy długi miecz i położył go na stole przed sobą. Jasna stal wyraźnie odcinała się od surowego drewna. — To jedyny pokój, jaki mogę oferować Lannisterom.

Greatjon poparł go głośno, a zaraz potem pozostali przyłączyli się do niego, krzycząc, wyciągając miecze z pochew albo uderzając pięściami w stół. Catelyn czekała, aż się uspokoją.

— Moi panowie — powiedziała — lord Eddard był waszym suwerenem, lecz ja dzieliłam z nim łoże i rodziłam mu dzieci. Myślicie, że kocham go mniej niż wy? — Jej głos, przepełniony żalem, prawie się załamał, ale wciągnęła głęboko powietrze i uspokoiła się. — Robb, gdybyś potrafił sprowadzić go z powrotem swoim mieczem, nie pozwoliłabym ci schować go do pochwy, dopóki nie zobaczyłabym Neda u mojego boku... Lecz on odszedł, podobnie jak Daryn Hornwood, dzielni synowie lorda Karstarka i wielu innych i nic ich nam nie zwróci. Czy muszą umierać następni?

— Pani, jesteś kobietą — odparł Greatjon swoim niskim głosem. — Kobiety nie rozumieją takich rzeczy.

— Należysz do łagodniejszej płci — powiedział lord Karstark; bruzdy świeżego smutku wciąż były wyraźne na jego twarzy. — Mężczyzna odczuwa potrzebę zemsty.

— Przyprowadź tu Cersei Lannister, a zobaczysz, jak łagodna potrafi być kobieta — odpowiedziała mu Catelyn. — Może nie znam się na taktyce i strategii... ale wiem, co to niemoc. Wyruszyliśmy na wojnę, kiedy armie Lannisterów pustoszyły dorzecze, a Ned gnił w lochu fałszywie oskarżony o zdradę. Stanęliśmy, by bronić się i przywrócić wolność mojemu mężowi. Pierwsze z zadań zostało ukończone, drugie pozostaje niemożliwe do zrealizowania. Będę opłakiwała śmierć Neda do końca moich dni, ale muszę też myśleć o tych, którzy jeszcze żyją. Chciałabym odzyskać moje córki, a więzi je Królowa. Nawet jeśli miałabym wymienić czterech Lannisterów za dwóch Starków, uznam to za dogodną transakcję i podziękuję bogom. Dla ciebie, Robb, także pragnę bezpieczeństwa, żebyś mógł zasiąść na miejscu ojca i panować w Winterfell. Pragnę, abyś przeżył całe życie, pocałował dziewczynę, poślubił kobietę, miał syna. Chcę to wszystko zakończyć. Pragnę wrócić do domu i opłakiwać śmierć mojego męża.

Kiedy skończyła mówić, w sali zapanowała całkowita cisza.

— Pokój — odezwał się jej stryj Brynden. — Pięknie, moja pani, ale na jakich warunkach? Nie można przerabiać miecza na lemiesz, skoro rano znowu trzeba go przekuć na miecz.

— Po co zginęli Torrhen i Eddard, jeśli miałbym wrócić do domu tylko z ich kośćmi? — spytał Rickard Karstark.

— Prawda — powiedział lord Bracken. — Gregor Clegane spustoszył moje pola, wybił ludzi i puścił z dymem Kamienny Płot. Miałbym teraz klękać przed tymi, którzy go wysłali? Po cośmy walczyli, skoro wszystko ma zostać tak jak dawniej?

Lord Blackwood przyznał mu rację, co zdumiało i zasmuciło Catelyn.

— Nawet jeśli zawrzemy pokój z królem Joffreyem, czy nie zostaniemy uznani za zdrajców wobec króla Renly'ego? Co będzie z nami, jeśli jeleń zwycięży lwa?

— Cokolwiek postanowicie, ja nigdy nie nazwę Lannistera moim Królem! — oświadczył Marq Piper.

— Ani ja! — zawołał mały Darry. — Nigdy!

Znowu rozległy się krzyki. Cat siedziała zrezygnowana. Była już tak blisko. Nieomal skłonni byli jej wysłuchać, prawie... lecz stosowna chwila już minęła. Nie będzie pokoju, nie będzie czasu na leczenie ran, nie będzie bezpieczeństwa. Spojrzała na syna, przyglądała się, jak słucha pozostałych, marszczy brwi zatroskany, lecz całą duszą jest przy swojej wojnie. Przyrzekł poślubić córkę Waldera Freya, lecz ona wiedziała dobrze, że jego prawdziwą narzeczoną jest miecz, który leży przed nim na stole.

Catelyn myślała o swoich dziewczynkach, zastanawiała się, czy jeszcze kiedyś je zobaczy, kiedy Greatjon wstał.

— Moi lordowie! — zawołał, a jego głos odbił się echem wysoko między krokwiami. — Oto, co myślę o dwóch królach! — powiedział i splunął. — Renly Baratheon nic mnie nie obchodzi, podobnie jak Stannis. Dlaczego mieliby sprawować nade mną rządy z jakiegoś kwiecistego tronu w Wysogrodzie albo Dorne? Co oni wiedzą o Murze, wilczym lesie czy kurhanach Pierwszych Ludzi? Czczą nawet niewłaściwych bogów. Niech Inni wezmą Lannisterów, ich też mam dość. — Sięgnął za plecy i wyciągnął z pochwy swój ogromny miecz. — Dlaczego my nie mielibyśmy znowu sprawować rządów? My poślubiliśmy smoki, a one już wymarły! — Wskazał mieczem na Robba. — Tutaj siedzi jedyny Król, przed którym zegnę kolano. — Król Północy!

Po tych słowach klęknął i złożył swój miecz u stóp jej syna.

— Na takich warunkach przystanę na pokój — orzekł lord Karstark. — Niech sobie zatrzymają swój czerwony zamek i Żelazny Tron. — Wysunął z pochwy miecz. — Król Północy! — powiedział i klęknął obok Greatjona.

Następna wstała Maege Mormont.

— Król Zimy! — powiedziała i złożyła swoją maczugę obok mieczy. Po niej podnieśli się lordowie z dorzecza, Blackwood, Bracken, Mallister, którzy nigdy dotąd nie przysięgali Winterfell, a jednak Catelyn widziała ich teraz, jak wstają, wyciągają miecze i klękając, wypowiadają głośno pradawne słowa, których nie słyszano w królestwie od ponad trzystu lat, odkąd Aegon Smok zjednoczył Siedem Królestw w jedno... a jednak znowu odbiły się echem od drewnianych ścian domu jej ojca:

— Król Północy!

— Król Północy!

— Król Północy!

DAENERYS

Ziemia była czerwona, jałowa, spieczona i trudno było znaleźć dobre drewno. Jej zwiadowcy przywieźli powyginane topole, szkarłatne krzewy i zebrane liście. Wybrali dwa najprostsze pnie, obcięli z nich gałęzie i korę, rozpołowili je i ułożyli w kwadrat. Do środka wrzucili siano, gałęzie, ścinki z kory i suchą trawę. Rakharo wybrał konia spośród niewielkiego stada, które im jeszcze zostało. Nie dorównywał rumakowi *khala* Drogo, lecz nie mieli już tak dobrych koni. Wprowadziwszy go do kwadratu, Aggo nakarmił konia wysuszonym jabłkiem, po czym powalił go jednym uderzeniem topora między oczy.

Mirri Maz Duur, związana na ziemi, patrzyła z niepokojem.

— Nie wystarczy zabić konia — powiedziała do Dany. — Krew sama w sobie nic nie znaczy. Nie znasz słów zaklęcia, nie posiadasz mądrości, by je odnaleźć. Myślisz, że magia krwi to dziecięca zabawa? Nazywacie mnie *maegi*, jakby oznaczało to przekleństwo, tymczasem to oznacza mądrość. Jesteś dzieckiem. Nie uda ci się, cokolwiek zamierzasz. Rozwiąż mnie, a pomogę ci.

— Mam już dość jej gadania. — Dany zwróciła się do Jhogo. Ten smagnął batem i kapłanka umilkła.

Potem nad ciałem konia zbudowali platformę z ociosanych pni mniejszych drzew i konarów. Ułożyli je ze wschodu na zachód, wzdłuż drogi słońca. Na platformie złożyli skarby *khala* Drogo: ogromny namiot, malowane kamizelki, siodła i uprząż, bicz, który otrzymał od ojca, kiedy osiągnął wiek męski, *arakhy*, którymi zabił *khala* Ogo i jego syna, oraz ogromny łuk zrobiony ze smoczej kości. Aggo chciał jeszcze dodać broń, którą bracia krwi podarowali Dany w prezencie ślubnym, lecz zabroniła mu.

— Należą do mnie — powiedziała — i chcę je zatrzymać. — Skarby *khala* zostały przykryte kolejną warstwą gałęzi oraz wiązek suchej trawy.

Ser Jorah Mormont odprowadził ją na bok, kiedy słońce sięgało niemal zenitu.

— Księżniczko... — zaczął.

— Dlaczego mnie tak nazywasz? — przerwała mu. — Mój brat, Viserys, był twoim Królem, prawda?

— Tak, pani.

— Viserys nie żyje. Ja jestem jego następczynią, ostatnią z rodu Targaryenów. Wszystko, co należało do niego, jest teraz moje.

— Królowo — powiedział ser Jorah, przyklękając na kolano. — Daenerys, mój miecz, który należał do niego, teraz jest twój. A także moje serce, które nigdy do niego nie należało. Jestem tylko rycerzem i nie mam ci nic do zaoferowania poza wygnaniem, ale błagam, wysłuchaj mnie. Pozwól odejść *khalowi* Drogo. Nie będziesz sama. Obiecuję, nikt nie zabierze cię do Vaes Dothrak, jeśli ty sama nie zechcesz tego uczynić. Nie musisz odchodzić do *dosh khaleen*. Pojedź ze mną na wschód. Do Yi Ti, do Qarth, nad Morze Nefrytowe albo do Asshai przy Cieniu. Obejrzymy cuda, jakich jeszcze nie widziałaś, i skosztujemy win, jakie bogowie dla nas stworzyli. Proszę, *khaleesi*. Wiem, co zamierzasz. Nie rób tego.

— Muszę — odpowiedziała. Dotknęła jego twarzy, delikatnie, ze smutkiem. — Ty tego nie rozumiesz.

— Rozumiem, że go kochałaś — oznajmił ser Jorah głosem przepełnionym desperacją. — Kiedyś kochałem moją panią żonę, ale nie umarłem dla niej. Ty jesteś moją królową, mój miecz należy do ciebie, ale nie każ mi przyglądać się ze spokojem, jak kładziesz się na stosie Drogo. Nie będę patrzył, jak płoniesz.

— Czy tego się obawiasz? — Dany pocałowała go delikatnie w szerokie czoło. — Nie jestem aż takim dzieckiem, słodki panie.

— A zatem nie zamierzasz umrzeć razem z nim? Przysięgasz, królowo?

— Przysięgam — odpowiedziała w języku powszechnym Siedmiu Królestw, który według prawa był jej językiem.

Trzecią warstwę na platformie tworzyły gałązki nie grubsze niż palec, które także przykryto suchymi liśćmi i chrustem. Ułożono je z północy na południe, od lodu do ognia, na nich zaś położono wysoko miękkie poduszki i miękkie jedwabie. Kiedy skończyli, słońce schodziło już w dół, ku zachodniemu horyzontowi. Dany zwołała wszystkich Dothraków. Pozostała ich niecała setka. Zastanawiała się, z iloma ludźmi zaczynał Aegon. Ach, teraz to już nieważne.

— Będziecie moim *khalasarem* — zwróciła się do nich. — Widzę wśród was niewolników. Jesteście wolni. Zdejmijcie swoje obroże. Możecie odejść, jeśli chcecie, nikt was nie skrzywdzi. Ale jeżeli zostaniecie, będziecie jak bracia i siostry, mężowie i żony. — Czuła spojrzenia czarnych oczu, nieruchomych, czujnych. — Widzę dzieci, kobiety, pomarszczone twarze starców. Wczoraj sama byłam dzieckiem. Dzisiaj jestem kobietą. Jutro będę stara. Każdemu z was mówię: dajcie mi swoje ręce i serca, a zawsze znajdzie się dla was miejsce. — Odwróciła się do trzech wojowników swojego *khas*. — Jhogo, tobie daję bicz ze srebrną rączką, mój ślubny prezent, nadaję ci imię *ko* i oczekuję twojej przysięgi, że odtąd będziesz żył i umrzesz jako krew mojej krwi i będziesz mnie strzegł.

Jhogo przyjął bicz, lecz jego twarz wyrażała całkowitą konsternację.

— *Khaleesi* — powiedział z wahaniem — tak nie może być. Okryłbym się wstydem, gdybym został bratem krwi kobiety.

— Aggo — mówiła dalej, nie zważając na słowa Jhogo. Zginę, jeśli się obejrzę. — Tobie daję smoczy łuk, mój ślubny prezent. — Był podwójnie rzeźbiony, lśniącoczarny, większy od niej. — Daję ci imię *ko* i oczekuję przysięgi, że odtąd będziesz żył i umrzesz jako krew mojej krwi i będziesz mnie strzegł.

Aggo przyjął łuk ze spuszczonymi oczyma.

— Nie mogę wypowiedzieć tych słów. Tylko mężczyzna może stanąć na czele *khalasaru* i tylko on może nadawać imię *ko*.

Dany zignorowała protest Agga i zwróciła się do Rakharo.

— Rakharo, ty otrzymasz wielki *arakh*, mój prezent ślubny, ze złoconym ostrzem i rękojeścią. Tobie także nadaję imię *ko* i proszę, abyś żył i umarł jako krew mojej krwi i strzegł mnie.

— Ty jesteś *khaleesi* — odparł Rakharo, odbierając *arakh*. — Pojadę z tobą do Vaes Dothrak pod Matką Gór i będę cię strzegł, dopóki nie zajmiesz miejsca wśród staruch *dosh khaleen*. Więcej nie mogę obiecać.

Skinęła głową spokojnie, jakby nie słyszała jego odpowiedzi, po czym zwróciła się do ostatniego spośród jej wybrańców.

— Ser Jorahu Mormont — powiedziała — pierwszy i największy z moich rycerzy, nie mam już ślubnego prezentu, który mogłabym ci podarować, lecz przysięgam, że pewnego dnia otrzymasz z moich rąk miecz, jakiego świat jeszcze nie widział, smoczy miecz z valyriańskiej stali. Także i ciebie poproszę o przysięgę.

— Masz ją, królowo — oświadczył ser Jorah, po czym klęknął na kolano i złożył miecz u jej stóp. — Przysięgam, że będę wierny i posłuszny i umrę za ciebie, jeśli będzie trzeba.

— Cokolwiek się stanie?

— Cokolwiek się stanie.

— Przyjmuję twoje słowa. Obyś ich nigdy nie żałował. — Dany pomogła mu wstać. Stanąwszy na palcach, pocałowała go w usta i powiedziała: — Jesteś pierwszym rycerzem Gwardii Królowej.

Kiedy wchodziła do namiotu, czuła na sobie spojrzenia ludzi z *khalasaru*. Dothrakowie mamrotali coś do siebie i patrzyli na nią podejrzliwie. Zdała sobie sprawę, że uznali ją za szaloną. Może i tak było. Niebawem się przekona. Jestem zgubiona, jeśli się obejrzę.

Irri pomogła jej wejść do wanny wypełnionej przeraźliwie gorącą wodą, lecz Dany nawet nie drgnęła ani nie krzyknęła. Kąpiel dawała jej poczucie czystości. Jhiqui dodała do wody olejki, które znalazła na targu w Vaes Dothrak, dlatego unosząca się para przyjemnie pachniała. Doreah umyła jej włosy i wyczesała je starannie, a Irri wyszorowała plecy. Dany zamknęła oczy i zanurzyła się w wonne ciepło. Czuła, jak ciepło przenika ranę między jej udami. Zadrżała, gdy wniknęło w nią głębiej; sztywność i ból wydawały się ustępować. Unosiła się swobodnie.

Kiedy była już czysta, służące pomogły jej wyjść z wody. Irri i Jhiqui wachlowały ją, aż wyschła, podczas gdy Doreah zabrała się do czesania jej włosów, aż spłynęły na plecy Dany niczym strumień roztopionego srebra. Przyniosły cynamon i kwiatorzeń i natarły jej nadgarstki, za uszami i sutki jej ciężkich od mleka piersi. Na końcu dotknęły jej płci. Palec Irri wydał się Dany delikatny i chłodny niczym pocałunek kochanka, kiedy dziewczyna wsunęła go delikatnie między jej wargi.

Potem Dany odesłała służące i sama zajęła się przygotowaniem *khala* Drogo do ostatniej podróży do krainy nocy. Umyła jego ciało, wyczesała i naoliwiła mu włosy, po raz ostatni zanurzyła w nich palce, przypominając sobie noc ich pierwszej podróży razem, kiedy dotknęła ich po raz pierwszy. Nigdy ich nie obciął. Ilu mężczyznom dane było umrzeć bez obciętych włosów? Zanurzyła twarz w te włosy i wciągnęła mocno w nozdrza ciężki zapach olejków. Pachniał jak trawa i ciepła ziemia, jak dym, nasienie i konie. Pachniał jak Drogo. Wybacz mi, słońce mojego życia, pomyślała. Przebacz mi wszystko, co uczyniłam i co muszę jeszcze zrobić. Zapłaciłam cenę, moja gwiazdo, lecz zbyt wysoką, zbyt wysoką...

Dany zaplotła mu warkocze, założyła na wąsy srebrne pierścienie i zawiesiła jego dzwonki. Tyle dzwonków, srebrne, złote, z brązu. Dzwonki, na dźwięk których wrogowie mieli truchleć ze strachu. Ubrała go w getry z końskiego włosia i wysokie buty, zapięła pas ciężki od złotych i srebrnych medalionów. Jego pierś przykryła malowaną kamizelką, starą i wypłowiałą, tę lubił najbardziej. Dla siebie wybrała luźne spodnie z jedwabiu, wiązane wysoko pantofle i kamizelkę podobną do tej, w którą ubrała Drogo.

Słońce już zachodziło, kiedy poleciła zanieść ciało na stos. Dothrakowie patrzyli w milczeniu, jak Jhogo i Aggo wynoszą Drogo z namiotu. Dany szła za nimi. Złożyli go na poduszkach i jedwabiach z głową zwróconą na północny wschód, w kierunku Matki Gór.

— Oliwa — rozkazała. Przynieśli dzbany i wylali ich zawartość na stos. Oliwa przesiąkała kolejno przez jedwab, gałęzie i suchą trawę, aż zaczęła kapać spod kłód, a powietrze wypełniło się przenikliwą wonią. — Przynieście moje jaja — poleciła służącym. Pobiegły ponaglone dziwną nutą w jej głosie.

Ser Jorah dotknął jej ramienia.

— Królowo, Drogo nie będzie potrzebował smoczych jaj w podróży do krainy nocy. Lepiej sprzedaj je w Asshai. Za jedno kupimy statek, który zabierze nas z powrotem do Wolnych Miast. Za trzy będziesz bogata do końca życia.

— Nie otrzymałam ich po to, żeby je sprzedawać — odpowiedziała.

Wspięła się na stos i ułożyła jaja obok swojego słońca i gwiazd. Czarne tuż przy jego sercu, pod ramieniem. Zielone obok głowy, zawinięte w warkocz. Kremowozłote między nogami. Całując go po raz ostatni, poczuła słodycz olejku na jego ustach.

Kiedy schodziła ze stosu, zobaczyła, że przygląda jej się Mirri Maz Duur.

— Jesteś szalona — stwierdziła kapłanka.

— Czy aż tak daleko od szaleństwa do mądrości? — spytała Dany. — Ser Jorahu, weź *maegi* i przywiąż ją do stosu.

— Do… królowo, wysłuchaj mnie…

— Rób, co ci każę. — Widząc jego wahanie, rozgniewała się. — Przysięgałeś słuchać mnie bez względu na wszystko. Rakharo, pomóż mi. — Kapłanka milczała, kiedy zaciągnęli ją do stosu i rzucili między skarby *khala*. Dany sama wylała oliwę na jej głowę. — Dziękuję ci, Mirri Maz Duur — rzekła. — Dziękuję za lekcje, których mi udzieliłaś.

— Nie usłyszysz moich krzyków — zapewniła ją Mirri; oliwa kapała z jej włosów na ubranie.

— Usłyszę — oświadczyła Dany — ale nie chodzi mi o twoje krzyki, lecz o twoje życie. Pamiętam, co mi powiedziałaś. Za życie można zapłacić tylko śmiercią.

Mirri Maz Duur otworzyła usta, jednak się już nie odezwała. Odchodząc, Dany zobaczyła, że w czarnych oczach kapłanki topnieje pogarda, a jej miejsce zajmuje coś, co mogło być strachem. Teraz pozostało już tylko obserwować słońce i wyczekiwać pierwszej gwiazdy.

Kiedy umiera władca koni, zabija się też jego wierzchowca, aby jego pan mógł pojechać dumny do krainy nocy. Ich ciała zostają spalone pod gołym niebem. Wtedy *khal* mknie na swoim ognistym rumaku, aby zająć miejsce pośród gwiazd. Im jaśniej człowiek płonął za życia, tym mocniej jego gwiazda świeci w ciemności.

Pierwszy zauważył ją Jhogo.

— Tam — powiedział ściszonym głosem. Dany odwróciła głowę i ujrzała gwiazdę nisko na wschodzie. Pierwsza gwiazda była kometą. Czerwona jak krew, jak ogień, ogon smoka. Nie mogłaby oczekiwać wyraźniejszego znaku. Wzięła pochodnię od Aggo i wsunęła ją między bale. Buchnął płomień, najpierw zapaliła się oliwa, zaraz potem chrust i sucha trawa. Malutkie płomyki pomknęły szybko w górę konstrukcji, niczym czerwone myszy skakały z gałązki na gałązkę. Gwałtowna fala ciepła buchnęła jej w twarz, delikatna i nieoczekiwana jak oddech kochanka, lecz już kilka chwil później stała się nie do zniesienia. Dany cofnęła się. Drewno trzaskało coraz głośniej. Rozległ się przenikliwy, zawodzący głos Mirri Maz Duur. Płomienie wirowały wściekle, pędząc coraz wyżej. Zmierzch zamigotał, jakby samo powietrze roztopiło się z gorąca. Dany usłyszała trzask pękających kłód. Płomienie objęły Mirri Maz Duur. Jej śpiew wzmógł się, stał się coraz bardziej przenikliwy... aż zachłysnęła się, potem jeszcze raz i jeszcze, a jej pieśń przeszła w drżące zawodzenie, agonalny jęk.

Wreszcie płomienie dotknęły jej Drogo i objęły go całkowicie. Zapaliło się jego ubranie i przez moment *khal* wydawał się ubrany w strzępy fruwającego pomarańczowego jedwabiu i pasma szarego dymu. Dany otworzyła usta, wstrzymując oddech. Jakaś część jej jaźni pragnęła pobiec do niego — tego właśnie obawiał się ser Jorah — pobiec w płomienie i błagać o przebaczenie, a potem przyjąć go w siebie po raz ostatni; ogień stopiłby ciało z ich kości, aż staliby się jednym na zawsze.

Czuła smród palącego się ciała, podobny do zapachu końskiego mięsa pieczonego na ogniu. Stos huczał ogniem w zapadającym zmierzchu niczym ogromna bestia, zagłuszając coraz słabsze zawodzenie Mirri Maz Duur, a długie jęzory jego płomieni wyciągały się ku niebu, żeby polizać brzuch nocy. Kiedy dym zgęstniał, Dothrakowie odsunęli się, kaszląc. Piekielne podmuchy rozwijały ogniste proporce, sycząc i trzeszcząc, a rozżarzone popioły ulatywały w górę i znikały w ciemności niczym nowo narodzone świetliki. Żar bił wściekle czerwonymi skrzydłami, odpędzając Dothraków, nawet Mormont się odsunął, lecz Dany pozostała na miejscu. W jej żyłach płynęła smocza krew, płynął ogień.

Przeczuwała prawdę już dawno temu. Zrobiła krok do przodu, lecz żar nie był jeszcze wystarczająco gorący. Płomienie wirowały przed nią jak kobieta, która tańczyła na jej uczcie weselnej. Wirowały i śpiewały, powiewając żółtopomarańczowymi welonami, jakże przerażającymi, a jednak tak cudownie ożywionymi żarem. Dany otworzyła ramiona, wystawiając się na jego objęcia. To także jest wesele, pomyślała. Mirri Maz Duur już umilkła. Kapłanka miała ją za dziecko, lecz dzieci dorastają, uczą się. Kolejny krok i teraz czuła już, pomimo sandałów, pod stopami gorący piasek. Pot spływał jej po udach, między piersiami, po policzkach, gdzie kiedyś płynęły łzy. Słyszała dobiegające z tyłu krzyki ser Joraha, lecz nic już się nie liczyło, nic poza ogniem. Płomienie były cudowne, nie widziała nigdy dotąd niczego równie pięknego; każdy z nich przypominał czarnoksiężnika ubranego w żółtą, pomarańczową i szkarłatną szatę, który wiruje, zamiatając długim płaszczem z dymu. Widziała szkarłatne lwy, ogromne żółte węże, jednorożce z jasnoniebieskich płomieni, widziała ryby, lisy i potwory, wilki, jasne ptaki i kwieciste drzewa, a każde stworzenie było piękniejsze od poprzedniego. Widziała konia, ogromnego, szarego rumaka wymalowanego dymem z rozwianą grzywą z niebieskiego płomienia. Tak, ukochany, moje słońce i gwiazdy, tak, dosiądź go teraz i jedź.

Zapaliła się jej kamizelka, więc zdjęła ją i rzuciła na ziemię. Malowana skóra buchnęła płomieniem. Dany podeszła jeszcze bliżej. Jej nagie piersi niemal dotykały ognia, a z ich czerwonych, nabrzmiałych sutków tryskało mleko. Teraz, pomyślała, teraz. Przez chwilę widziała *khala* Drogo na jego rumaku z dymu, z płomiennym biczem w dłoni. Uśmiechnął się i strzelił biczem.

Usłyszała trzask, odgłos pękającego kamienia. Platforma z bali, gałęzi i trawy zachwiała się i zaczęła zapadać. Posypały się na nią kawałki płonącego drewna i strumienie popiołów. Coś jeszcze upadło i potoczyło się do jej stóp: dymiący jeszcze kawałek kamienia był półokrągły, jasny, poprzecinany złotymi żyłkami. Wściekły ryk wypełnił cały świat, mimo to Dany usłyszała przez ogień okrzyki zdumienia kobiet i dzieci.

Tylko śmiercią można zapłacić za życie.

I rozległ się drugi trzask, głośny i przenikliwy jak grzmot pioruna. Dym zawirował wokół niej, a stos poruszył się. Bale strzeliły w górę, kiedy ogień dotknął ich serc. Usłyszała przeraźliwe rżenie koni i jeszcze głośniejsze okrzyki przerażonych Dothraków. Ser Jorah wołał ją i przeklinał na przemian. Nie, chciała krzyknąć, nie, mój dobry rycerzu, nie martw się o mnie. To mój ogień. Przecież nazywają mnie Daenerys, Zrodzona w Burzy, córka smoków, oblubienica smoków, matka smoków, nie widzisz? Czy nie widzisz? Buchając jęzorem ognia i dymu trzydzieści stóp w górę, stos zapadł się ostatecznie i runął na nią. Dany weszła odważnie w ognistą zawieruchę i zawołała swoje dzieci.

Trzeci trzask był tak donośny, jakby rozpękł się cały świat.

Kiedy ogień zgasł wreszcie, a ziemia ochłodziła się na tyle, by dało się na nią wejść, ser Jorah odnalazł ją pośród popiołów, szczerniałych kłód, okruchów żaru oraz spalonych kości mężczyzny, kobiety i rumaka. Była naga, pokryta sadzą, ubranie miała spopielone, włosy doszczętnie spalone... ale nic jej się nie stało.

Kremowozłocisty smok ssał jej lewą pierś, zielonobrązowy prawą. Tuliła oba do siebie ramionami. Szkarłatnoczarny spoczywał na ramionach Dany, długą, krętą szyję zwinął pod jej brodą. Na widok Joraha uniósł łeb i spojrzał na niego rozżarzonymi jak węgle ślepiami.

Rycerz opadł bez słowa na kolana. Za nim nadeszli ludzie z jej *khas*. Jhogo pierwszy złożył *arakh* u jej stóp.

— Krew mojej krwi — wyszeptał i zniżył twarz do dymiącej ziemi.

— Krew mojej krwi — powtórzył za nim jak echo Aggo.

— Krew mojej krwi — zawołał Rakharo.

Następnie podeszły jej służące i pozostali Dothrakowie, mężczyźni, kobiety i dzieci. Wystarczyło jedno spojrzenie w ich oczy, by Dany zrozumiała, że wszyscy oni należą do niej, dzisiaj i jutro, zawsze, należą do niej tak, jak nigdy nie należeli do Drogo.

Kiedy Daenerys Targaryen wstała, jej czarny smok zasyczał, a z jego pyska i nozdrzy buchnął jasny dym. Pozostałe dwa przestały ssać i dołączyły swoje głosy do wezwania, półprzezroczyste skrzydła zatrzepotały w powietrzu i po raz pierwszy od setek lat noc ożyła muzyką smoków.

Podziękowania

Mówią, że diabeł tkwi w szczegółach.

Powieść takich rozmiarów zawiera w sobie wiele diabłów, które mogą dać o sobie znać, jeśli nie będziecie uważać. Na szczęście znam wiele aniołów.

Dlatego wyrażam głębokie podziękowania wszystkim tym życzliwym ludziom, którzy zawsze gotowi byli mnie wysłuchać i udzielić porady (a czasem dzielili się ze mną swoimi książkami), dzięki czemu potrafiłem zapanować nad wszystkimi szczegółami. Wśród tych życzliwych są: Sage Walker, Martin Wright, Melinda Snodgrass, Carl Keim, Bruce Baugh, Tim O'Brien, Roger Zelazny, Jane Lindskold, Laura J. Mixon, no i oczywiście Parris.

Szczególne podziękowania za jej morderczą pracę należą się Jennifer Hershey.

Północ
LODOWY
BRZEG
Nawiedzony Las
MUR
Strażnica Cieni
Czarny Zamek
Wschodnia Strażnica
ZATOKA FOK
LODOWA ZATOKA
Wyspa Niedźwiedzia
Ostatnia Rzeka
Karhold
Wilczy Las
Dreadfort
N
Winterfell
Biały Nóż
Torrhen's Square
Królewski Trakt
KRAINA KURHANÓW
Biały Port
Wdowia Strażnica
Fosa Cailin
PRZESMYK
ZIMNA WODA
Strażnica nad Szarą Wodą
Trzy Siostry
Paluchy
Bliźniaki
Żelazne Wyspy
Seagard
Zielone Widły
Niebieskie Widły
Orle Gniazdo
Krwawa Brama
DOLINA ARRYNÓW
Rysował James Sinclair
Riverrun
Czerwone Widły

Południe
Trzy Siostry
Paluchy
Królewski Trakt
Żelazne Wyspy
Seagard
Zielone Widły
Niebieskie Widły
Orle Gniazdo
Krwawa Brama
DOLINA ARRYNÓW
Gulltown
Pyke
Trident
Czerwone Widły
Kamienny Nurt
Riverrun
Zatoka Krabów
Harrenhal
Złoty Ząb
Oko Boga
Królewski Trakt
Casterly Rock
Lannisport
Smocza Wyspa
Złoty Trakt
Królewska Przystań
Czarny Nurt
REACH
Morski Trakt
N
Królewski Las
Różany Trakt
Tarth
Mander
Koniec Burzy
ZATOKA ROZBITKÓW
Wysogród
Pogranicze
Deszczowy Las
Przylądek Gniewu
MORZE DORNÓW
Stare Miasto
Starfall
DORNE
Złamane Ramię
Słoneczna Włócznia
Arbor
Rysował James Sinclair